80-

LE PREMIER CERCLE

Né en 1918 à Kislovodsk (Russie), Alexandre Isaïevitch Soljénitsyne
passe son enfance et sa jeunesse à Rostov-sur-le-Don, dans le sud
de la Russie. A peine ses études terminées (mathématiques et phy-
sique à la faculté de Moscou, cours par correspondance d'histoire,
philosophie et littérature), la Seconde Guerre mondiale éclate :
soldat dans la cavalerie, puis officier dans l'artillerie, nommé capi-
taine, plusieurs fois décoré. En janvier 1945, il est arrêté pour avoir
émis, dans une lettre privée, des doutes sur les qualités militaires
de Staline. Condamné sans jugement à huit ans de déportation dans
*un camp, il devient maçon (comme le héros d'*Une journée d'Ivan
Denissovitch*). En 1953, il est relégué dans un village du Kazakhstan*
pour trois ans, période pendant laquelle on décèle chez lui un cancer
qui se résorbera de lui-même.
Réhabilité en 1957, il devient professeur de physique à Riazan.
Il publie en 1963 La Maison de Matriona, *en 1967* Le Pavillon des
cancéreux. *Son roman* Le Premier Cercle *sera confisqué ; édité en*
France, il reçoit le Prix du meilleur livre étranger en 1968. En octo-
bre 1971 a paru à Paris en russe son dernier roman, Août 1914.
Alexandre Soljénitsyne, qui a toujours plaidé pour l'abolition de
la censure et subi l'ostracisme des autorités de l'U.R.S.S., a obtenu
le Prix Nobel de littérature en 1970.

Le jeune diplomate Volodine a eu connaissance d'un piège tendu
à un médecin de valeur, ami de sa famille. Doit-il le prévenir ?
Sa conscience et son cœur disent oui, l'instinct de conservation
regimbe. En 1949, sous Staline, il faut se montrer en tout d'une
extrême prudence si l'on veut vivre ou simplement survivre, mais
alors est-on encore un être humain ? D'ailleurs, il n'existe pas de
technique permettant d'identifier les voix. En appelant d'une cabine
publique, en faisant vite, les risques restent limités. Et Volodine
téléphone.
Par malheur, il y a près de Moscou, à Mavrino, une de ces prisons
surnommées charachkas où les détenus politiques, pour la plupart
ingénieurs et techniciens, sont employés à des travaux de recherche.
Ceux de Mavrino s'occupent de mettre au point un téléphone assu-
rant le secret absolu des communications et, accessoirement, d'éla-
borer un système de codification de la voix analogue à celui des
empreintes digitales.
Qui sont ces détenus ? Des mathématiciens, des paysans ou de hauts
fonctionnaires qui ont plongé par le hasard d'un caprice ou d'une
dénonciation dans l'Enfer de la disgrâce dont la charachka est le
premier cercle, le camp de déportation le dernier — épreuves
qu'Alexandre Soljénitsyne, pour les avoir vécues, décrit et dénonce
avec vigueur dans ce livre bouleversant.

ALEXANDRE SOLJENITSYNE

Prix Nobel de Littérature, 1970.

Le premier cercle

TRADUIT DU RUSSE
PAR HENRI-GABRIEL KYBARTHI

ROBERT LAFFONT

1

MAIS QUI ÊTES-VOUS ?

LES aiguilles en métal ajouré marquaient cinq heures moins cinq.

Dans la lumière déclinante de ce jour de décembre, le cadran de bronze de la pendule sur l'étagère semblait noir.

Par les carreaux des doubles fenêtres qui s'élevaient du parquet au plafond on pouvait voir l'animation de la rue et les concierges qui déblayaient sous les pas des passants des pelletées d'une neige d'un brun sale, récemment tombée mais qui déjà se changeait en boue.

Le regard fixé sur tout cela sans vraiment le voir, le conseiller d'Etat de seconde classe Innokenty Volodine, appuyé contre les carreaux, sifflotait doucement. Il feuilletait du bout des doigts les pages brillantes et illustrées d'un magazine étranger. Mais il ne voyait pas ce qu'elles contenaient.

Le conseiller d'Etat de seconde classe Innokenty Volodine, dont le rang dans le service diplomatique était l'équivalent de celui de lieutenant-colonel dans l'armée, était long et maigre et il était ce jour-là non pas en uniforme mais vêtu d'un costume de cheviotte. Il ressemblait plutôt à un jeune homme désœuvré qu'à un chef de service au ministère des Affaires étrangères.

Il était temps, soit d'allumer les lumières du bureau, ce qu'il ne fit pas, soit de rentrer chez lui, ce qu'il ne semblait pas non plus disposé à faire.

Cinq heures, cela ne signifiait pas la fin de la journée de travail, mais seulement de sa partie diurne, la moins importante ; chacun maintenant allait rentrer chez lui pour dîner et dormir un peu, puis, à partir de dix heures, des milliers de fenêtres dans les soixante-cinq bâtiments ministériels de Moscou allaient se rallumer. Il n'y avait qu'un seul homme, à l'abri d'une douzaine de murs de forteresses, qui ne pouvait trouver le sommeil la nuit, et il avait dressé tous les fonctionnaires de Moscou à veiller avec lui jusqu'à trois ou quatre heures du matin. Connaissant les habitudes nocturnes du souverain, les quelque trente ministres attendaient comme des collégiens au cas où ils seraient convoqués. Pour ne pas s'assoupir, ils faisaient venir leurs adjoints et les adjoints à leur tour harcelaient leurs chefs de départements ; des documentalistes perchés sur leurs échelles se penchaient sur leurs fichiers, des garçons de bureau couraient dans les corridors, des secrétaires cassaient leurs crayons.

Et même aujourd'hui, à la veille du Noël occidental, alors que depuis deux jours toutes les ambassades étaient silencieuses, figées, leurs téléphones muets, et qu'en ce moment même des gens étaient sans doute assis devant leurs arbres de Noël, on allait encore travailler la nuit au ministère. Les uns joueraient aux échecs et les autres raconteraient des histoires, d'autres encore sommeilleraient sur des divans — mais on travaillerait quand même.

Les doigts nerveux de Volodine feuilletaient rapidement le magazine. Et sans cesse en lui les feux de la peur s'élevaient pour une brève flambée, puis s'apaisaient et refroidissaient.

Comme Innokenty gardait vivace depuis son enfance le souvenir du docteur Dobrooumov ! A cette époque, il n'était pas un personnage aussi en vue. On ne l'envoyait pas à l'étranger avec des délégations. Il n'était pas considéré comme un savant, mais simplement comme un médecin et il faisait tranquillement ses visites. La mère d'Innokenty était souvent souffrante et elle essayait toujours d'être soignée par lui plutôt que par un autre. Elle avait confiance en lui. A peine était-il entré et avait-il ôté sa casquette en peau de phoque dans l'entrée que l'appartement tout entier était empli de calme, d'assurance. Il ne restait jamais moins d'une demi-heure au chevet de sa malade. Il l'interrogeait systématiquement sur tout ce dont elle souffrait ; et puis il auscultait sa patiente et prescrivait une ordonnance. Jamais, ensuite, il ne croisait le jeune garçon sans lui poser une question et il s'arrêtait pour écouter la réponse, comme s'il s'attendait sérieusement à entendre quelque chose d'intelligent. A cette époque déjà le docteur était grisonnant. Comment était-il maintenant ?

Innokenty jeta par terre le magazine et, tendu et préoccupé, se mit à arpenter la pièce.

Devait-il téléphoner ou non ?

S'il s'était agi d'un autre professeur de médecine qu'il ne connaissait pas personnellement, Innokenty n'aurait jamais songé à essayer de le prévenir. Mais Dobrooumov !

Pouvait-il exister un moyen d'identifier quelqu'un qui utilisait un téléphone public ? Si l'on ne perdait pas de temps, si l'on raccrochait et si l'on s'en allait rapidement, pouvait-on reconnaître votre voix au téléphone ? Il n'existait sûrement pas de technique qui le permît.

Il s'approcha de son bureau. Dans le crépuscule il aperçut, sans la lire, la première feuille des instructions concernant sa nouvelle affectation. Il devait partir avant la nouvelle année, mercredi ou jeudi.

Il était plus logique d'attendre. Il était plus raisonnable d'attendre.

O mon Dieu ! Un frisson lui secoua les épaules, si peu habituées à supporter les fardeaux. Il aurait bien mieux valu qu'il n'ait jamais entendu parler de tout cela. S'il n'en avait rien su...

Il prit les instructions et tous les autres papiers posés sur le bureau et alla les porter dans le coffre.

Pourquoi, en fait, s'opposer à ce que Dobrooumov avait promis ? C'était là la générosité d'un homme de talent. Le talent sait qu'il est toujours riche et peu lui importe de partager.

Mais Innokenty se sentait de plus en plus mal à l'aise. Il s'appuya contre le coffre ; il resta là la tête basse, les yeux fermés.

Et soudain, comme s'il avait laissé passer une dernière chance, sans téléphoner pour qu'on amenât la voiture du garage, sans refermer l'encrier, Innokenty sortit de son bureau et referma la porte, remit sa clef au planton au bout du corridor, passa son manteau et se précipita dans l'escalier presque en courant, croisant au passage des habitants permanents de ce bâtiment dans leur uniforme, puis, toujours aussi vite, sortit dans le crépuscule.

Se hâter lui faisait du bien.

Ses chaussures de style français s'enfoncèrent dans la neige sale qui fondait.

Passant devant le monument Vorovsky dans la cour à demi fermée du ministère, Innokenty leva les yeux et trembla. Il trouvait une signification nouvelle au bâtiment neuf de la Bolchaïa Loubianka, de l'autre côté du boulevard Fourkasovski et il frissonna. Les neuf étages d'un gris noirâtre lui semblaient la coque d'un cuirassé et les dix-huit pilastres qui le flanquaient à tribord étaient comme dix-huit tourelles. Frêle et solitaire, Innokenty se sentait attiré vers cette masse, et il traversa la petite place, sous la proue de l'énorme navire.

Comme pour se sauver, il tourna à droite pour prendre le Kouznetsky Most. Là, un taxi garé au bord du trottoir s'apprêtait à démarrer. Innokenty monta, demandant au chauffeur de suivre le Kouznetsky Most et de tourner à gauche sous les réverbères qui répandaient une maigre lumière sur la Petrovka.

Il hésitait encore, il se demandait s'il pourrait téléphoner de l'extérieur sans avoir quelqu'un devant la cabine qui tapoterait une pièce de monnaie contre la vitre pour le faire se hâter. Mais chercher une cabine isolée, c'était encore plus voyant. Ne vaudrait-il pas mieux en trouver une quelque part en plein milieu du maelström et veiller seulement à ce qu'elle fût creusée dans un mur ? Il se dit aussi que c'était stupide d'errer avec le chauffeur de taxi comme témoin. Il chercha dans sa poche une pièce de quinze kopecks.

Mais ce n'était plus du tout cela qui comptait. Dans les minutes qui venaient de s'écouler, Innokenty avait senti un grand calme descendre en lui ; il se rendait compte clairement qu'il n'y avait pas d'autre choix. Ce serait peut-être dangereux, mais s'il ne le faisait pas...

Si on est perpétuellement prudent, peut-on rester un être humain ?

Au feu rouge d'Okhotny Ryad, ses doigts trouvèrent deux pièces de quinze kopecks. Un heureux présage !

Ils passèrent devant le bâtiment de l'université et

Innokenty fit signe au chauffeur de tourner à droite. Ils accélérèrent jusqu'à l'Arbat et là Innokenty donna deux billets sans demander la monnaie et traversa la place, en s'efforçant de garder un pas lent et mesuré.

L'Arbat était déjà éclairé. Devant le cinéma, une file épaisse de spectateurs attendait pour voir *L'Amour d'une Ballerine*. Le « M » rouge de la station de métro était presque masqué par une brume bleuâtre. Une femme aux airs de gitane vendait des brassées de mimosas.

Il fallait essayer de faire aussi vite que possible ! De transmettre le message aussi brièvement que possible... Et de raccrocher. Alors le risque serait réduit au minimum.

Innokenty continuait sa marche. Une fille en passant lui jeta un coup d'œil.

Et une autre.

Une des cabines téléphoniques en bois à l'extérieur de la station de métro était vide, mais Innokenty passa devant sans s'arrêter et entra à l'intérieur.

Là il y en avait quatre autres, creusées dans le mur — toutes occupées. Mais sur la gauche un type un peu éméché était déjà en train de raccrocher. Innokenty s'engouffra précipitamment après lui, tirant soigneusement l'épaisse porte vitrée et la tenant fermée d'une main, tandis que de son autre main, tremblante, sans ôter son gant, il introduisait la pièce dans l'appareil et composait le numéro.

Après plusieurs longues sonneries on décrocha à l'autre bout du fil.

« Oui ? fit une voix de femme qui semblait préoccupée ou irritée.

— Je suis bien chez le professeur Dobrooumov ? demanda-t-il en s'efforçant de changer sa voix.

— Oui.

— Voulez-vous le prier de venir à l'appareil, s'il vous plaît ?

— Qui le demande ? » La femme avait une voix pesante et paresseuse. Elle était sans doute allongée sur son divan et n'était pas pressée.

« Oh ! voyez-vous... Vous ne me connaissez pas... Et ça n'est pas vraiment important. Mais je suis très pressé. Demandez au professeur de venir à l'appareil, s'il vous plaît. »

Trop de mots inutiles ; et cela par stupide politesse !

« Le professeur ne peut pas se déranger pour parler à

tous les inconnus qui téléphonent », dit la femme d'un ton vexé.

A l'entendre, elle était bien capable de raccrocher sur-le-champ.

De l'autre côté de la vitre épaisse, des gens passaient en flot pressé devant la rangée de cabines. Quelqu'un attendait déjà devant celle qu'occupait Innokenty.

« Qui êtes-vous ? Pourquoi ne pouvez-vous pas me donner votre nom ?

— Je vous veux du bien ! J'ai une importante nouvelle pour le professeur !

— Bon, et alors ? Pourquoi avez-vous peur de me donner votre nom ? »

Il était temps pour lui de raccrocher. Les gens n'avaient qu'à ne pas avoir d'épouse stupide.

« Et vous, qui êtes-vous ? Sa femme ?

— Pourquoi voulez-vous que je vous réponde la première ? protesta la voix. C'est à vous de me le dire. »

Il fallait interrompre là la conversation ! Maintenant il ne s'agissait plus seulement du professeur... Furieux, n'essayant plus de déguiser sa voix ou de parler calmement, Innokenty se mit à supplier :

« Ecoutez-moi ! Ecoutez ! Il faut que je le prévienne d'un danger !

— D'un danger ? » La voix de la femme était moins brusque. Elle cédait. Mais elle n'alla pas pour autant chercher son mari ; pas question. « Raison de plus pour que je ne l'appelle pas. Peut-être que tout cela est faux. Comment pouvez-vous me prouver que vous me dites la vérité ? »

Le sol brûlait sous les pieds d'Innokenty et le combiné noir avec sa lourde chaîne d'acier tremblait dans sa main.

« Ecoutez-moi ! Ecoutez ! cria-t-il dans un élan de désespoir. Quand le professeur était en mission à Paris, il a promis à ses collègues français de leur donner quelque chose ! Un médicament. Et il est censé le leur remettre dans quelques jours. A des étrangers ! Vous comprenez ? Il ne doit pas le faire ! Il ne doit rien donner aux étrangers ! Il s'agit probablement d'une provoca... »

Mais il y eut un déclic dans l'écouteur, puis le silence total sans le ronflement habituel de la tonalité.

Quelqu'un avait coupé la communication.

2

L'IDÉE DE DANTE

« DES nouveaux !

— Ils ont amené des nouveaux !

— D'où venez-vous, camarades ?

— Amis, d'où êtes-vous ?

— Et qu'est-ce que vous avez tous sur la poitrine et sur vos casquettes... Une sorte de tache ?

— C'est là où étaient nos numéros, dit un des nouveaux venus. Nous en avions sur le dos et aussi aux genoux. Quand ils nous ont fait quitter le camp ils nous les ont arrachés.

— Comment ça, des numéros ?

— Messieurs, dit Valentin Pryantchikov, permettez-moi de demander à quelle époque nous vivons. » Il se tourna vers son ami Lev Rubine. « Des numéros sur des êtres humains ? Lev Grigoritch, laissez-moi vous poser une question : c'est ça qu'on appelle être progressiste ?

— Valentoulya, pas de discours, dit Rubine. Allez dîner.

— Mais comment est-ce que je pourrais manger si quelque part des êtres humains se promènent avec des numéros sur leur casquette ? C'est l'Apocalypse !

— Amis ! dit un autre *zek*[1] de Mavrino. On nous dis-

---

1. Abréviation de Zakliouchenii (détenus).

tribue neuf paquets de Belomor pour la seconde moitié
de décembre. C'est du pot.

— Tu veux dire des Belomor Yava ou des Belomor
Dukat ?

— Moité moitié.

— Les salauds, nous étouffer avec des Dukat ! Je
vais me plaindre au ministre. Ma parole, je me plain-
drai.

— Et qu'est-ce que c'est que cette tenue que vous por-
tez ? demanda le nouveau venu qui avait parlé le premier. Pourquoi êtes-vous tous habillés en parachutistes ?

— C'est l'uniforme qu'on nous fait porter maintenant.
Ces salauds nous serrent la vis. Autrefois on nous distribuait des tenues de laine et des manteaux. »

D'autres hommes de Mavrino arrivèrent du réfectoire.

« Regardez, des nouveaux !

— Ils ont amené des nouveaux.

— Avancez donc au lieu de faire les marioles ! On croirait que vous n'avez jamais vu de prisonniers vivants.
Vous bloquez tous le couloir !

— Tiens ! Qui est-ce que je vois ! Dof Drieprovsky !
Où étiez-vous pendant tout ce temps, Dof ? Je vous ai
cherché dans tout Vienne en 45, partout !

— Ils sont tous en guenilles et pas rasés ! De quel camp
venez-vous, les amis ?

— De plusieurs, de Retchlag...

— ... de Dubroviag...

— Tiens, ça fait plus de huit ans que je tire et je n'ai
jamais entendu parler de ces camps-là.

— Ce sont de nouveaux camps, des Camps spéciaux.
Ils n'ont été créés que l'année dernière, en 48. Il y a
eu une directive de Staline sur le renforcement de l'arrière...

— Quel arrière ?

— Ils m'ont piqué juste à l'entrée du Prater de Vienne,
et hop ! dans le panier à salade.

— Une seconde, Mitenka, écoutons les nouveaux.

— Non, allons marcher, allons marcher ! Un peu d'air
frais ! C'est le programme — même pendant les trem-
blements de terre ! Lev interrogera les nouveaux, ne t'en
fais pas.

— Deuxième Section ! Au réfectoire !

— Auzerlag, Louglag, Steplag, Pestchanlag...

— On croirait qu'il y a un grand Pouchkine inconnu

au M.V.D. [1]. Ce ne sont pas les poèmes ni les vers qui l'intéressent, mais il donne des noms poétiques aux camps de concentration.

— Ah, ah, ah ! C'est amusant, messieurs, très amusant, dit Pryantchikov. A quelle époque vivons-nous ?

— Silence, Valentoulya !

— Pardonnez-moi, demanda un nouveau venu à Rubine, comment vous appelez-vous ?

— Lev Grigoritch.

— Vous êtes ingénieur aussi ?

— Non, je ne suis pas ingénieur, je suis philologue.

— Philologue ! Ils ont même des philologues ici ?

— Vous feriez mieux de demander qui ils n'ont pas ici à la charachka, dit Rubine. Nous avons des mathématiciens, des physiciens, des chimistes, des techniciens radio, des ingénieurs du téléphone, des artistes peintres, des traducteurs, des relieurs, des architectes, des constructeurs et même un géologue qui est arrivé ici par erreur.

— Alors qu'est-ce qu'il fait ?

— Il ne s'en tire pas trop mal, il s'est trouvé une planque au laboratoire de photo.

— Lev ! Tu prétends être un matérialiste mais tu n'arrêtes pas de gaver les gens de nourriture spirituelle, dit Valentin Pryantchikov. Ecoutez, les amis ! Quand ils vous conduiront au réfectoire, nous aurons disposé trente assiettes pour vous à la dernière table près de la fenêtre. Emplissez-vous la panse ! Mais tâchez de ne pas éclater !

— Merci beaucoup, mais pourquoi vous privez-vous ?

— Ça n'est rien. Qui est-ce qui mange des harengs de Mezen et de la purée de millet de nos jours ! C'est vulgaire.

— Comment ? Vulgaire ? De la purée de millet vulgaire ? Je n'en ai pas vu depuis cinq ans !

— Ça n'est probablement pas du millet, c'est sans doute de la *magara !*

— Tu es fou ! De la *magara !* Qu'ils essaient un peu de nous donner de la *magara !* On la leur jetterait à la figure !

1. Sigle désignant un des deux ministères issus en 1946 du N.K.V.D., successeur de la Guépéou, qui avait elle-même remplacé la Tchéka.

— Et comment nourrissent-ils les gens dans les camps de transit maintenant ?

— Au camp de transit de Tcheliabinsk...

— Le nouveau Tcheliabinsk ou l'ancien Tcheliabinsk ?

— La question révèle un connaisseur. Au nouveau.

— Comment est-ce là-bas aujourd'hui ? Est-ce qu'ils continuent à ne pas utiliser les toilettes et à obliger les zeks à se servir de seaux et à les descendre du troisième étage ?

— Toujours.

— Vous avez dit charachka. Qu'est-ce que ça veut dire charachka ?

— Et combien de pain est-ce qu'on vous donne ici ?

— Qui n'a pas encore eu son dîner ? Seconde section.

— Du pain blanc, 400 grammes et le pain noir est sur la table.

— Pardonnez-moi, que voulez-vous dire par sur la table ?

— Comme ça : sur la table. Coupé en tranches. Tu en veux, tu en prends, tu n'en veux pas, tu n'en prends pas.

— Oui, mais pour ce beurre et pour ce paquet de Belomor on a dû se casser le tronc douze et quatorze heures par jour.

— Ça n'est pas se casser le tronc. On ne se casse pas le tronc si on est assis à un bureau. Celui qui se casse vraiment le tronc c'est le type qui manie la pioche.

— Pour être assis, à la charachka, on est assis, comme dans un marécage... Coupés de la vie extérieure. Vous entendez, messieurs ? Il paraît qu'ils ont pincé tous les voleurs et les picpockets et que même à Krasnaïa Presnya on n'en trouve plus à vadrouiller.

— L'allocation de beurre pour les professeurs est de 40 grammes et pour les ingénieurs de 20. A chacun suivant ses talents, à chacun suivant ses possibilités.

— Alors vous avez travaillé à Dnieprostroï ?

— Oui, j'ai travaillé avec Winter. Et c'est à cause de cette Dnieprogess que je suis en taule.

— Comment ça ?

— Eh bien, voyez-vous... Je l'ai vendue aux Allemands.

— La Dnieprogess ? On l'a fait sauter !

— Et après ? Je la leur ai vendue sautée.

— Ma parole, c'est une vraie bouffée d'air frais ! Des camps de transit ! Des voitures *Stolypine* ! Des camps !

De l'activité ! Oh ! allez seulement jusqu'à Sovietskaïa Gavan !

— Et retour, Valentoulya. Et retour !

— Oui, tu as raison ! Et encore plus vite retour, bien sûr !

— Vous savez, Lev Grigoritch, disait un nouveau venu à Rubine, ce brusque changement, ça m'a donné le vertige. J'ai vécu cinquante-deux ans, je me suis remis de maladies fatales, j'ai été marié à de jolies femmes, j'ai eu des fils, j'ai reçu des distinctions académiques... Mais jamais je n'ai été aussi béatement heureux qu'aujourd'hui ! Où suis-je arrivé ? On ne va pas me pousser dans l'eau glacée demain ! Quarante grammes de beurre ! Le pain noir... *sur la table* ! Les livres ne sont pas interdits ! On peut se raser soi-même ! Les gardiens ne battent pas les zeks. Mais quel grand jour ! Quel glorieux sommet ! Peut-être que je suis mort ? Peut-être que c'est un rêve ? Je m'imagine que je suis au paradis.

— Non, mon cher monsieur, dit Rubine, vous êtes en enfer, tout comme avant vous avez accédé à son cercle privilégié, le plus haut : le, premier cercle. Vous me demandez ce que c'est qu'une charachka ? C'est Dante, qui a inventé le concept de charachka si l'on veut. Vous vous souvenez que Dante s'est arraché les cheveux en se demandant où mettre les sages de l'Antiquité. Le devoir d'un chrétien était de balancer ces païens en enfer. Mais la conscience de la Renaissance ne pouvait se faire à l'idée d'hommes éclairés entassés avec toutes sortes de pécheurs et condamnés à des tortures physiques. Alors Dante a imaginé pour eux un endroit spécial en enfer. Souvenez-vous... c'est dans le Chant IV et c'est à peu près comme ceci :

Près d'un noble château enfin nous arrivâmes...

Regardez-moi ces vieilles voûtes !

...Sept fois enceint par de hautes murailles...

...vous êtes arrivés ici en panier à salade, alors vous n'avez pas vu les portes...

Je trouvai là des gens au regard lent et grave
Et d'un semblant de grande autorité
Qui parlaient peu et d'un ton de douceur [1].

— Ah ! Lev Grigoritch, vous êtes trop poète, dit Valentin Pryantchikov. Je vais expliquer bien plus clairement aux camarades ce qu'est une charachka. Relisez donc l'éditorial dans lequel il est dit : « Il a été prouvé que « le bon rendement en laine des moutons dépend de « l'alimentation et des soins qu'on leur donne. »

---

1. *La Divine Comédie*, trad. de Henri Longnon, éd. Garnier.

3

UN NOËL PROTESTANT

LEUR arbre de Noël était une branche de pin plantée dans une fente du tabouret. Une guirlande de petites ampoules de couleur à bas voltage fixées à des fils recouverts de matière plastique blanche en faisait deux fois le tour, reliée à une batterie par terre.

Le tabouret était dans un coin de la pièce, entre des rangées de doubles châlits, et un des matelas de la rangée supérieure abritait tout le coin et le minuscule arbre de Noël de l'éclat des ampoules fixées au plafond.

Six hommes en épaisse combinaison de parachutiste bleu marine étaient rassemblés auprès de l'arbre de Noël, et, la tête baissée, ils écoutaient l'un d'eux, Mach Richtman, au visage mince et très brun, réciter une prière de Noël protestante.

Il n'y avait personne d'autre dans la grande salle, où s'entassaient rangée après rangée des doubles châlits. Après le dîner et une heure de promenade tout le monde était allé prendre le travail de nuit.

Max termina la prière et les six hommes s'assirent. Cinq d'entre eux étaient hantés par les souvenirs doux-amers de leur pays natal, leur Allemagne bien-aimée et ordonnée, avec ses toits d'ardoise sous lesquels Noël, la fête la plus importante de l'année, était célébrée avec

tant de chaleur et de gaieté. Le sixième était un grand
gaillard avec une épaisse barbe noire de prophète biblique : il était juif et communiste.

Le destin de Lev Rubine était lié à l'Allemagne aussi
bien en temps de paix qu'en temps de guerre.

En temps de paix, il était philologue spécialisé dans
les langues germaniques ; il conversait dans un *hoch
deutsch* impeccable, pouvait à l'occasion continuer en
dialectes moyen allemand, vieil allemand ou haut allemand. Il se souvenait de tous les écrivains allemands
dont les œuvres n'avaient jamais été publiées comme
d'autant de relations personnelles. Il était capable de parler de petites villes du Rhin comme s'il avait souvent
arpenté leurs petites rues propres et ombragées.

Mais il n'avait été qu'en Prusse — et encore seulement
sur le front.

Il était commandant soviétique dans la « Section pour
la Désintégration des Forces Armées ennemies ». Dans
les camps de prisonniers, il sélectionnait les Allemands
disposés à l'aider. Il les faisait sortir des camps et entrer
dans une école spéciale où on leur fournissait des moyens
d'existence convenables. A certains il faisait passer le
front avec du T.N.T., de faux Reichsmarks, de faux
papiers de démobilisation et de fausses cartes d'identité
militaires. Ils n'avaient qu'à faire sauter des ponts et
puis rentrer chez eux sans hâte pour profiter de la vie
jusqu'au jour où ils étaient pris. Avec d'autres, il discutait de Gœthe et de Schiller, et aussi de brochures de
propagande ; et, avec des camions haut-parleurs, il les
faisait persuader leurs frères d'armes de tourner leurs
fusils contre Hitler. Avec d'autres encore, il franchissait
lui-même les lignes et par la simple force de persuasion
ils s'emparaient de points fortifiés, sauvant ainsi des
bataillons russes entiers.

Mais il ne pouvait pas persuader les Allemands sans
s'intégrer à eux, sans en arriver à les aimer et sans non
plus, depuis le jour de leur défaite, les plaindre. C'est
pour cela que Rubine avait été arrêté. Des ennemis dans
son propre service l'accusèrent après l'offensive de janvier 1945 de fomenter de l'agitation contre le slogan « Le
sang pour le sang et la mort pour la mort ».

Les accusations étaient exactes et il ne se rétracta
pas. Tout pourtant était infiniment plus compliqué que
la façon dont on le présenta dans les journaux ou dans
le verdict de son procès.

Deux tables de chevet contre le tabouret sur lequel était posé l'arbre de Noël allumé formaient avec lui une table. Ils commencèrent à se régaler de boîtes de conserve achetées au *Gastronome* (les zeks de la charachka étaient autorisés à passer des commandes dans les magasins d'alimentation de luxe de Moscou avec l'argent de leur compte en banque), arrosées de café froid et suivies d'un gâteau fait à la maison. Une longue discussion s'engagea. Max la guida fermement vers des thèmes pacifiques : vieilles coutumes populaires, émouvantes histoires de nuits de Noël. Alfred, étudiant en physique, au nez chaussé de lunettes, qui n'avait pas pu terminer ses études à Vienne, parlait avec un amusant accent autrichien. Un jeune homme, Gustav, des « Hitlerjugend », qui avait été fait prisonnier une semaine après la fin de la guerre, était assis là, avec ses joues roses, ses oreilles nacrées et translucides et ses grands yeux qui regardaient les lumières de Noël, osant à peine participer à la conversation des aînés.

On en vint quand même à parler de la guerre. Quelqu'un évoqua Noël 1944, cinq ans plus tôt, alors que tous les Allemands étaient fiers de l'offensive des Ardennes, alors que, comme dans l'Antiquité, les vaincus poursuivaient les vainqueurs. Ils se rappelaient comment en cette veille de Noël l'Allemagne écoutait Goebbels.

Rubine, en tirant sur les poils de sa barbe noire et drue, confirma ces propos. Il se souvenait de ce discours : il avait fait de l'effet. Goebbels avait parlé avec une angoisse profonde, comme s'il assumait personnellement le fardeau qui accablait l'Allemagne. On aurait dit qu'il avait un pressentiment de sa propre fin.

L'Obersturmbahn führer S.S. Reinhold Zimmel, dont le long corps se logeait à peine entre la table de chevet et les châlits, n'appréciait pas la civilité raffinée de Rubine. Il trouvait insupportable l'idée que le Juif osât porter un jugement sur Goebbels. Il n'aurait jamais daigné s'asseoir à la même table que lui s'il avait eu la force d'âme de renoncer à passer le réveillon de Noël avec ses compatriotes. Mais les autres Allemands avaient tous insisté pour que Rubine fût là. Pour la minuscule colonie allemande, entraînée par le destin dans une cage dorée de la charachka au cœur de ce pays sauvage et glacé, le seul être compréhensible qu'on eut sous la main était ce commandant d'armée ennemi qui avait passé toute la guerre à semer dans leurs rangs la discorde et la destruction. Lui seul pouvait interpréter pour eux les us et coutumes de la population locale, leur donner des conseils sur la façon de se comporter et traduire pour eux du russe les dernières nouvelles internationales.

Désireux de dire quelque chose d'aussi irritant que possible pour Rubine, Zimmel déclara qu'il y avait eu des centaines d'ardents orateurs dans tout le Reich. Il serait intéressant de savoir, ajouta-t-il, pourquoi les Bolcheviks préféraient lire des discours préparés et approuvés à l'avance.

L'accusation était d'autant plus blessante qu'elle était juste. On ne pouvait expliquer à cet ennemi et à ce meurtrier comment les circonstances historiques avaient amené cette situation. Rubine éprouvait à l'égard de Zimmel un inébranlable sentiment de répulsion. Il se le rappelait arrivant à la charachka après des années passées à la prison de la Boutyrka, vêtu d'un blouson de cuir craquelé où l'on voyait encore les marques laissées par les insignes des S.S. civils, la branche civile des S.S. étant ce qu'il y avait de pis. Même la prison n'avait pas pu adoucir l'expression d'impitoyable cruauté du visage de Zimmel. C'était un visage de bourreau. Et parce que Zimmel était là Rubine n'avait pas eu envie de venir à ce dîner, mais tous les autres le lui avaient demandé avec insistance et il les plaignait, esseulés et perdus qu'ils étaient, et se disait qu'il ne pouvait pas assombrir leur fête par son refus.

Maîtrisant sa rage, Rubine cita en allemand la phrase de Pouchkine disant que certaines personnes ne devraient pas essayer de porter des jugements plus haut que leurs bottes.

Max, inquiet, s'empressa d'étouffer le conflit. Sous la tutelle de Lev, Max lisait déjà Pouchkine en russe syllabe par syllabe. Pourquoi, demanda-t-il, Reinhold avait-il pris du gâteau sans crème fouettée ? Et où donc était Lev en ce réveillon de Noël 1944 ?

Reinhold se servit de crème fouettée. Et Lev se souvint qu'il était dans sa casemate sur la tête de pont au bord du Narev, près de Rojan.

Tout comme les cinq Allemands se souvenaient de leur Allemagne déchirée et piétinée, en l'embellissant des plus riches couleurs, de même Rubine se rappela soudain la tête de pont sur le Narev et les forêts humides autour du lac Ilmen.

Les petites lumières colorées se reflétaient dans les yeux des six hommes.

Aujourd'hui encore, on posa des questions à Rubine à propos des nouvelles. Mais il avait honte de passer en revue ce qui était arrivé en décembre. Après tout, il ne pouvait pas se permettre d'être un non-communiste, d'abandonner tout espoir de réendoctriner ces gens. Et il ne pouvait pas essayer de leur expliquer non plus qu'à notre époque socialiste complexe la vérité progresse parfois en suivant un chemin tortueux et détourné. Il était donc obligé de ne choisir pour eux — comme pour l'Histoire, et comme il faisait inconsciemment pour lui-même — que les événements qui éclairaient la route principale, sans tenir compte de ceux qui la masquaient.

Mais précisément en ce mois de décembre, à part les conversations sino-soviétiques qui traînaient en longueur et le soixante-dixième anniversaire du Petit Père des Peuples, rien de positif n'avait eu lieu. Et parler aux Allemands du procès de Traïcho Kostov, où toute la procédure avait été si grossièrement montée, où l'on n'avait présenté aux correspondants, après de longs délais, que de faux aveux prétendument écrits par Kostov dans sa cellule de condamné à mort, aurait été honteux et n'aurait guère servi à faciliter leur endoctrinement.

Aussi ce jour-là Rubine s'attarda-t-il principalement sur le triomphe historique des communistes chinois.

Max écoutait Rubine et hochait la tête d'un air approbateur. Ses yeux bruns un peu en amande avaient un regard innocent. Il éprouvait de l'affection pour Rubine, mais depuis le blocus de Berlin, il avait des doutes sur ce qu'il leur racontait. Rubine ne savait pas que, dans le laboratoire de micro-ondes où il travaillait, Max, risquant sa peau, montait, écoutait, puis démontait un poste de radio miniature qui n'avait absolument pas l'air d'un poste de radio. Grâce à cet appareil il avait entendu Cologne et la B.B.C. en langue allemande parler non seulement de Traïcho Kostov — et dire comment il avait dénoncé devant le tribunal ces faux aveux qu'on lui avait arrachés lors de l'instruction — mais aussi des projets d'une Alliance de l'Atlantique Nord et de la situation économique de l'Allemagne de l'Ouest. Tout cela, bien sûr, il le transmettait aux autres Allemands.

Et maintenant tous écoutaient Rubine avec des hochements de tête approbateurs.

D'ailleurs cela faisait longtemps que le moment était venu pour Rubine de partir. Après tout, en ne l'avait pas dispensé de travail de nuit aujourd'hui. Rubine vanta la qualité du gâteau et l'étudiant viennois, flatté, s'inclina. Puis Rubine prit congé. Les Allemands insistèrent pour le faire rester aussi longtemps que l'exigeait la politesse, puis le laissèrent partir. Ils se disposèrent alors à entonner d'une voix étouffée des chants de Noël.

Rubine sortit dans le couloir, portant sous son bras un dictionnaire mongolo-finnois et un livre de Hemingway en anglais.

Le couloir était large avec un sol provisoire de planches. Il n'avait pas de fenêtre et l'électricité y était allumée jour et nuit. C'était dans ce même couloir que Rubine avec les autres prisonniers curieux avait, une heure auparavant, à la faveur de l'intervalle entre les deux services du dîner, interrogé les nouveaux zeks venus des camps. Une porte de l'escalier intérieur de la prison donnait sur ce couloir ainsi que plusieurs portes de chambres-cellules. C'étaient des chambres parce qu'elles n'avaient pas de verrou et c'étaient des cellules parce qu'il y avait des judas dans les portes. De petites fenêtres vitrées. Les gardiens ici n'utilisaient jamais ces judas, mais on les avait installés comme on le faisait toujours dans les vraies prisons, conformément au règlement, tout simplement parce que dans les documents officiels la charachka était qualifiée de « prison spéciale ».

Par l'un de ces judas on aurait pu assister à la célébration d'un autre réveillon de Noël : un groupe de Lettons qui avaient également demandé une permission pour Noël.

Le reste des zeks étaient déjà tous au travail, et Rubine craignait d'être interpellé et conduit chez le commandant Chikhine pour rédiger un rapport écrit sur les causes de son retard.

A chacune de ses extrémités le couloir se terminait sur de grandes doubles portes. L'une de ces portes était lambrissée de bois et menait par un passage voûté à ce qui avait été jadis une pièce au-dessus de l'autel de la chapelle du domaine et qui était maintenant une autre chambre-cellule. La porte à l'autre bout du couloir était fermée à clef et recouverte du haut en bas de plaques de fer : les prisonniers l'avaient baptisée « la porte sainte ».

Rubine s'approcha de cette porte de fer et frappa au petit guichet qui y était aménagé. De l'autre côté le visage attentif et immobile du gardien vint se presser contre la vitre. La clef tourna sans bruit dans la serrure. Ce gardien-là était un brave type.

Rubine déboucha en haut du grand escalier du vieux bâtiment, un double escalier en fer à cheval, et traversa le palier dallé de marbre en passant devant deux vieilles lanternes en fer forgé qu'on n'allumait plus jamais. Puis il s'engagea dans le corridor du laboratoire et poussa une porte sur laquelle une pancarte annonçait « ACOUS-TIQUE ».

4

BOOGIE-WOOGIE

LE laboratoire d'acoustique était une vaste pièce, haute de plafond, avec plusieurs fenêtres. Elle était en désordre et encombrée d'instruments électroniques qui occupaient les rayonnages, de comptoirs en aluminium étincelant, de bancs de montage, d'armoires neuves en contre-plaqué provenant d'un atelier de Moscou et de bureaux cossus provenant du butin de guerre.

De grosses ampoules fixées au plafond dans des globes dépolis projetaient une lumière blanche agréable et diffuse.

Dans un coin de la pièce se dressait une cabine acoustique insonorisée qui n'allait pas jusqu'au plafond. Elle n'avait l'air que partiellement terminée. À l'extérieur, on avait fixé de simples sacs par-dessus la paille. Sa porte creuse comme les haltères des clowns, large d'un peu moins de un mètre, était pour le moment ouverte, et l'on avait tiré le rideau de laine pour aérer l'intérieur de la cabine. Tout à côté, des rangées de plats de cuivre étincelaient sur la surface de bakélite noire du central téléphonique.

A un bureau tout près de la cabine, mais lui tournant le dos, ses étroites épaules à peine couvertes par un châle, était assise une jeune fille frêle et menue au visage sévère.

Les quelque dix autres personnes qui occupaient la pièce étaient toutes des hommes, qui tous portaient la même combinaison bleu foncé. Eclairés par les globes du plafond et par les taches de lumière supplémentaire fournies par des lampes de bureau au col flexible, ils s'affairaient, circulaient dans la pièce, martelant, soudant, assis à des établis ou derrière des bureaux.

De divers endroits de la pièce, trois postes de radio, sans coffrage et montés sur les châssis d'aluminium qu'on avait pu trouver, diffusaient les rythmes contrastés d'un orchestre de jazz, d'un récital de piano et de chants folkloriques d'Orient.

Rubine traversa lentement le laboratoire jusqu'à son bureau, tenant toujours son dictionnaire mongolo-finnois et son Hemingway. Dans sa barbe noire et bouclée des miettes blanches de pâtisserie étaient restées collées.

Bien que les combinaisons distribuées aux prisonniers fussent identiques, chacun la portait de façon différente. Il manquait un bouton à celle de Rubine, la ceinture n'était pas serrée et sur son ventre le tissu faisait des plis. Par contre, un jeune homme à l'abondante chevelure châtain, qui justement bloquait le passage à Rubine, portait exactement la même combinaison bleu foncé comme un dandy : sa ceinture de tissu serrait sa taille mince et il avait une chemise de soie bleue, qui, bien que passée à la suite de fréquentes lessives, était fermée par un nœud de cravate de couleur vive. Ce jeune homme barrait entièrement le passage par lequel Rubine essayait de se faufiler. Il brandissait un fer à souder brûlant dans sa main droite et son pied gauche était posé sur une chaise. Appuyé sur son genou, il examinait soigneusement un schéma radio dans un exemplaire du magazine *Wireless Engineer*, en même temps qu'il chantait :

> *Boogie-woogie, boogie-woogie*
> *Samba ! Samba !*
> *Boogie-woogie, boogie-woogie*
> *Samba ! Samba !*

Rubine n'arrivait pas à passer et il resta planté là un moment avec une expression de feinte humilité. Le jeune homme ne semblait pas remarquer sa présence.

« Valentoulya, dit Rubine, vous ne pourriez pas déplacer légèrement votre patte arrière ? »

Valentoulya, sans lever les yeux du schéma, répondit sèchement :

« Lev Grigoritch ! Au flanc ! Pourquoi venez-vous ici la nuit ? Vous n'avez rien à faire ici. » Il leva sur Rubine un regard plein d'étonnement. « Qu'est-ce que nous avons à fiche d'un philologue ! Ha, ha, ha ! dit-il d'un ton sarcastique. Après tout, vous n'êtes pas ingénieur ! Quelle honte ! »

Ses lèvres charnues froncées dans une moue puérile, ouvrant des yeux incroyablement grands, Rubine dit :

« Mon garçon ! Il y a toutes sortes d'ingénieurs. Certains ont fait de brillantes carrières à vendre de l'eau gazeuse.

— Pas moi ! Je suis un ingénieur de première classe ! Ne l'oubliez pas, mon vieux ! » répliqua vivement Valentoulya en reposant le fer à souder sur son support métallique.

Il avait l'air net de la jeunesse. La vie n'avait pas encore laissé ses marques sur son visage. Ses gestes étaient ceux d'un adolescent. On avait du mal à croire qu'il était sorti d'une grande école avant la guerre, qu'il avait survécu aux camps de prisonniers allemands, qu'il était allé en Europe et qu'il purgeait déjà sa cinquième année de prison dans son propre pays.

Rubine soupira :

« Sans référence dûment certifiée en provenance de Belgique, l'administration ne peut pas...

— De quelle référence parlez-vous ? fit Valentin en haussant les sourcils. Ha, ha, ha ! Vous n'y êtes pas du tout ! Dites-vous bien une chose... J'aime les femmes à la folie ! »

La sévère jeune personne auprès d'eux ne parvenait pas à maîtriser son sourire.

Un autre prisonnier, qui se trouvait près de l'endroit où Rubine essayait de passer, reposa son travail et écouta Valentin d'un air approbateur.

« Seulement sur le plan théorique, me semble-t-il, répondit Rubine d'un air songeur et ennuyé.

— Et j'adore dépenser de l'argent !

— Mais vous n'en avez pas.

— Eh bien, alors, comment puis-je être un mauvais ingénieur ? Enfin, réfléchissez : pour aimer les femmes — et des femmes différentes tout le temps — j'ai besoin de beaucoup d'argent ! Et pour avoir beaucoup d'argent, il faut que je le gagne ! Et pour y arriver comme ingénieur, il faut que je sois brillant dans ma spécialité. Et comment voulez-vous que je le fasse si ça ne me passionne pas sincèrement ! Ah ! ah ! vous pâlissez ! »

Une sévère conviction éclairait le visage de Valentoulya, levé d'un air de défi vers Rubine.

« Ha ! ha ! cria le zek auprès de la fenêtre dont le bureau faisait face à celui de la petite jeune fille. Levka, écoute comment j'ai piqué la voix de Valentoulya ! Elle a une sonorité de cloche ! C'est ce que je m'en vais écrire dans le rapport. De cloche. Une voix comme ça peut se reconnaître sur n'importe quel téléphone. Malgré toutes les interférences possibles. »

Il déploya une grande feuille de papier quadrillé où étaient disposées des colonnes de noms suivis d'une classification de voix en forme d'arbre généalogique.

« Qu'est-ce que c'est que cette stupidité ? » dit Valentoulya. Il reprit son fer à souder et la cellophane se mit à fumer.

Le passage étant libre, Rubine put gagner son siège et se pencher à son tour sur la feuille de classification des voix.

Rubine et son ami Gleb Nerjine l'examinèrent ensemble en silence.

« Nous avons fait de réels progrès, Gleb, dit Rubine. En l'utilisant en même temps que des spectographes nous disposons d'un bon outil. Nous pourrons bientôt comprendre de quoi dépend une voix au téléphone. » Il sursauta. « Qu'est-ce que c'est que ça à la radio ? »

Les accents du jazz étaient plus forts dans la pièce, mais une mélodie provenant du petit poste qu'il s'était fabriqué lui-même posé sur l'appui de la fenêtre, se faisait entendre pour aussitôt disparaître, revenir et disparaître encore. Merjine répliqua :

« C'est un miracle. C'est la *XVIIe Sonate* (en ré mineur) de Beethoven. Pour je ne sais quelle raison elle n'est jamais... Ecoute, écoute. »

Ils se penchèrent tous deux plus près du poste, mais la musique de jazz recouvrait presque tout le reste.

« Valentin, dit Geb. Laissez-nous écouter ! Soyez un peu généreux !

— Je me suis déjà montré assez généreux, dit Valentin. J'ai rafistolé votre poste. Maintenant je m'en vais

dessouder votre bobine et vous ne la retrouverez jamais. »

La petite jeune fille haussa ses sourcils sévères et
dit :

« Valentin Martynitch ! C'est vraiment impossible
d'écouter trois radios à la fois. Eteignez votre poste
comme on vous l'a demandé. »

La radio de Valentin jouait alors un slow et la jeune
fille en était secrètement ravie.

« Serafima Vitalievna ! C'est monstrueux ! » Il saisit
le dossier d'une chaise et se mit à gesticuler comme
s'il parlait du haut d'une estrade. « Comment un être
normal et sain peut-il ne pas aimer ce jazz énergique
et revigorant ? Vous êtes tous corrompus par toutes
sortes de vieilles musiques de camelote ! Se peut-il que
vous n'ayez jamais dansé le *Tango bleu* ? Se peut-il
que vous n'ayez jamais vu les parodies d'Arkady Raï-
kine ? Vous ignorez, en ce cas, ce que l'homme a créé
de meilleur ! Pis que cela... Vous n'êtes jamais allés en
Europe. Où donc auriez-vous pu apprendre à vivre !
Je vous le conseille très très sérieusement : il faut que
vous tombiez amoureux de quelqu'un. » Il lança cette
harangue de derrière la chaise, sans remarquer le pli
amer des lèvres de la jeune femme. « De n'importe qui...
Ça dépend de vous [1] ! Des lumières qui clignotent dans la
nuit. Le frou-frou de toilettes de grands couturiers.

— Le voilà encore déphasé ! dit Rubine avec inquiétude. Nous allons être obligés de recourir à la force. »

Et passant derrière le dos de Valentoulya, il coupa
lui-même la musique de jazz.

Valentoulya pivota sur ses talons, piqué.

« Lev Grigoritch, qui vous a donné le droit de faire
ça ? »

Il fronça les sourcils en essayant de prendre un air
menaçant. Les notes fluides de la XVIIe Sonate s'élevaient maintenant librement dans toute leur pureté,
n'ayant plus pour concurrence que la chanson paysanne
du troisième poste installé au coin du laboratoire.

Le visage de Rubine se détendit, montrant des yeux
noirs conciliants et une barbe parsemée de miettes
de gâteau.

« Ingénieur Pryantchikov ! Est-ce que vous vous préoc-
cupez encore du Pacte Atlantique ? Avez-vous rédigé

1. En français dans le texte.

votre testament ? Qui avez-vous déshérité et à qui avez-vous légué vos pantoufles ? »

Le visage de Pryantchikov se fit soudain grave. Il leva les yeux vers Rubine et demanda tranquillement :

« Mais enfin, qu'est-ce que c'est que ça ? Ça me rend fou. En prison au moins on devrait avoir une certaine liberté. »

Un des techniciens qui travaillait au montage l'appela sur ces entrefaites et il s'éloigna fort déprimé.

Rubine se cala sans bruit dans son fauteuil, tournant le dos à Gleb et s'apprêta à écouter la musique. Mais la mélodie apaisante s'arrêta brusquement, comme un discours coupé au milieu d'un mot, et ce fut la fin bien peu cérémonieuse de la XVIIᵉ Sonate.

Rubine lâcha un chapelet de jurons, que seul Gleb pouvait comprendre.

« Epelle. Je ne t'entends pas, dit Gleb, le dos toujours tourné.

— Vraiment, dit Rubine d'une voix rauque, sans se retourner non plus, je n'ai jamais de chance. Voilà que j'ai manqué la sonate et je ne l'avais jamais entendue.

— Parce que tu n'es pas organisé, combien de fois faut-il te le répéter ? » déclara son ami. Quelques instants plus tôt, lorsqu'il enregistrait la voix de Pryantchikov, il était vibrant d'enthousiasme, mais il était retombé maintenant dans son apathie, dans sa tristesse habituelles. « Elle est excellente, ta sonate. Pourquoi n'a-t-elle pas un nom comme les autres ? » *Sonate brillante,* est-ce que ça ne serait pas bien ? Tout dans ce morceau étincelle et brille : il y a du bon et du mauvais, du triste et du joyeux, comme dans la vie. Il n'y a pas de fin, comme dans la vie. Voilà comment on devrait l'appeler : *Sonate ut in vita.* Mais, dis donc, où étais-tu ?

— Avec les Allemands. Nous fêtions Noël », dit Rubine avec un sourire narquois.

Ils parlaient sans se voir, leurs nuques se touchant presque.

« Quel brave type ! » songea Gleb. Puis tout haut il ajouta : « J'aime bien ton attitude à leur égard. Tu passes des heures à enseigner le russe à Max. Et pourtant tu aurais de bonnes raisons de les détester.

— Les détester ? Non, mais mon ancien amour pour eux, bien sûr, a un peu perdu de son éclat. Même quelqu'un qui ne fait pas de politique comme Max... est-ce qu'il ne partage pas un peu de la responsabilité du bourreau ? Après tout, il n'a rien fait pour les arrêter ?

— Tout comme actuellement nous ne faisons rien pour arrêter Abakoumov ou Chichkine-Michkine.

— Ecoute, Gleb, une fois pour toutes, je ne suis pas plus juif que je ne suis russe. Et je ne suis pas plus russe que citoyen du monde.

— Bien dit ! Citoyen du monde ! Ça fait désincarné, bien propre.

— Autrement dit, cosmopolite. Ils ont eu raison de nous flanquer en prison.

— Bien sûr qu'ils ont eu raison. Bien sûr que tu essaies toujours de prouver le contraire au Soviet Suprême. »

Le poste de radio posé sur l'appareil de la fenêtre annonça qu'on entendrait dans trente secondes la « Liste quotidienne de Compétitions de Productivité ».

Profitant de ces trente secondes, Gleb Nerjine, d'un geste délibérément lent, tendit la main vers le poste de radio et sans laisser au présentateur le temps de vociférer, il l'éteignit. Son visage las était grisâtre.

Valentin Pryantchikov était au même instant plongé dans un nouveau problème. Calculant quelle série d'amplification il devait utiliser, il chantonnait avec insouciance :

> *Boogie-woogie, boogie-woogie,*
> *Samba ! Samba !*

5

UNE EXISTENCE PAISIBLE

NERJINE avait le même âge que Valentin Pryantchikov, mais il paraissait plus vieux.

Ses cheveux roux n'étaient ni grisonnants ni clairsemés, mais son visage aux traits tirés était déjà creusé de nombreuses rides profondes : en véritables guirlandes autour de ses yeux et aux commissures de ses lèvres et en longs sillons sur son front. La peau de son visage, à cause du manque d'air frais, avait un air fané. Ce qui le vieillissait particulièrement, c'était l'économie de ses mouvements, cette sage économie grâce à laquelle la nature défend la force d'un prisonnier quand elle commence à s'épuiser sous un régime de camp de concentration. Certes, dans les conditions de liberté relative qui régnaient dans la charachka, avec un régime contenant de la viande et sans travail physique débilitant, une telle économie de mouvements ne s'imposait pas. Mais Nerjine, parce qu'il comprenait la nature de la peine de prison qu'il purgeait, s'efforçait de donner à cette régulation calculée un caractère habituel et permanent.

Sur le grand bureau de Nerjine s'entassaient de véritables barricades de livres et de dossiers, et même l'espace libre qui restait au milieu était occupé par des chemises, des textes dactylographiés, des livres et des magazines russes et étrangers ; et tous étaient ouverts. N'importe quel regard sans méfiance n'aurait vu là que les séquelles laissées par l'ouragan de la pensée scientifique.

Mais en fait tout cela n'était qu'une façade. Nerjine installait ses affaires ainsi chaque soir au cas où les chefs entreraient par hasard.

En fait, il ne voyait pas ce qu'il avait devant lui. Il écarta le rideau de soie claire et regarda par la fenêtre dans l'obscurité. Par-delà les profondeurs de la nuit, les lumières bariolées de Moscou s'allumaient et toute la ville, dissimulée derrière une colline, brillait comme un immense pilier d'une lumière pâle et diffuse qui faisait virer au brun le ciel sombre.

Le fauteuil spécial de Nerjine, avec son dossier monté sur ressorts qui cédait confortablement au moindre mouvement, son bureau cylindrique spécial aussi, d'un modèle qu'on ne fabriquait pas en Union soviétique, et son emplacement confortable auprès de la fenêtre qui faisait face au sud, tout cela aurait indiqué à quiconque connaissait un peu l'histoire de la charachka de Mavrino que Nerjine en était un des membres fondateurs.

La charachka avait emprunté son nom au village voisin de Mavrino, qui depuis longtemps appartenait à l'agglomération urbaine de Moscou. Elle avait été installée environ trois ans auparavant par un soir de juillet. Une quinzaine de zeks amenés de camps de concentration furent débarqués dans un vieux château des faubourgs de Moscou que, pour l'occasion, on avait entouré de barbelés. A la charachka on appelait maintenant ce temps-là la période « Krilov » et l'on s'en souvenait comme d'une époque pastorale. En ce temps-là on pouvait se promener librement le soir dans la zone interdite, s'allonger dans l'herbe humide de rosée qui, au mépris de tous les règlements des prisons, n'avait pas été coupée (car l'herbe est censée être coupée ras pour empêcher les zeks de se glisser sans bruit jusqu'aux barbelés, et observer soit les étoiles éternelles, soit les suées éphémères du sergent-chef du M.V.D. Ibakouneff lorsque, durant sa garde de nuit, il volait des bûches sur le chantier de restauration et les faisait rouler sous les barbelés pour les rapporter chez lui.

La charachka à cette époque ne savait pas dans quel

domaine scientifique s'exerçaient ses activités et on y passait son temps à déballer toute une collection de caisses acheminées par deux trains de marchandises. On rassemblait des fauteuils confortables et des bureaux. On triait du matériel cassé et démodé, matériel téléphonique, appareils de radio à très haute fréquence et instruments d'acoustique. La charachka s'apercevait que les appareils les plus perfectionnés et la documentation scientifique la plus récente avaient été volés ou détruits par les Allemands. Ils avaient profité de ce que le capitaine du M.V.D. envoyé pour expédier vers la Russie l'équipement de l'usine allemande, et qui s'y connaissait en mobilier mais absolument pas en allemand ni en radio, consacrait tout son temps à passer au peigne fin les environs de Berlin pour trouver de quoi meubler son appartement de Moscou et ceux de ses supérieurs.

Depuis lors l'herbe avait été coupée. Les portes donnant accès à la zone où les zeks allaient marcher pour prendre l'exercice ne s'ouvraient qu'à la sonnerie d'une cloche. La charachka était passée de la juridiction de Béria à celle d'Abakoumov et avait été affectée à des travaux sur le secret des communications téléphoniques. Cette mission n'aurait dû prendre qu'un an, mais cela faisait déjà deux ans que les travaux duraient, prenant de l'ampleur, devenant confus et embrassant de plus en plus de questions annexes. Et sur le bureau de Rubine et de Nerjine, on en était presque arrivé au point d'identifier des voix au téléphone et à la découverte de ce qui donne à une voix son caractère unique.

Personne, semblait-il, n'avait entrepris cette étude avant eux. On n'avait en tout cas pu trouver aucune documentation sur le sujet. On leur avait accordé six moix pour mener à bien leurs travaux, puis encore six mois, mais ils n'avaient guère progressé et maintenant le temps pressait.

Conscient de ce caractère d'urgence, Rubine lança d'une voix plaintive par-dessus son épaule :

« Je ne sais pas pourquoi, mais je n'ai pas la moindre envie de travailler aujourd'hui.

— C'est étonnant, marmonna Nerjine. Si je ne m'abuse, tu ne t'es battu que quatre ans et tu n'as passé que cinq ans en prison et tu es déjà fatigué ? Fais-toi envoyer en congé payé en Crimée. »

Ils se turent.

« Tu fais des recherches personnelles ? reprit doucement Rubine.

— Hm, Hm.

— Et qui va travailler sur les voix ?

— A vrai dire, je comptais sur toi.

— Quelle coïncidence ! Moi, je comptais sur toi.

— Tu n'as pas de conscience. Quelle quantité de matériel as-tu sorti de la bibliothèque Lénine sous prétexte de ces travaux ! Des discours d'avocats célèbres, les *Mémoires* de Koni, *Le travail d'un acteur sur lui-même*, de Stanislavski. Et tu as fini par perdre toute vergogne avec tes recherches sur *La princesse Turandot*. Quel autre zek du « qulaq » peut donc se vanter d'un choix de livres pareil ? »

Rubine fit saillir ses grosses lèvres dans une moue qui donnait toujours à son visage une expression comique.

« C'est curieux. Tous ces livres, même *La princesse Turandot*, je les ai lus avec quelqu'un et pendant les heures de travail par-dessus le marché. Est-ce que ce n'était pas avec toi ?

— Si, c'était avec moi. Et je devrais travailler. Je devrais travailler aujourd'hui sans relâche. Mais il y a deux choses qui m'ont arrêté dans mon élan. Tout d'abord, je suis troublé quand je pense aux parquets.

— Quels parquets ?

— Ceux de l'immeuble du M.V.D., aux portes de Kalouga, l'immeuble arrondi et qui a une tour. Les prisonniers de notre camp l'ont construit en 1945 et je travaillais là comme apprenti poseur de parquets. Et voilà qu'aujourd'hui j'ai appris que Roitman habite là. Alors depuis, je m'inquiète de la qualité de mon travail ou bien, si tu préfères, de mon prestige. Mes parquets là-bas craquent-ils ou pas ? Après tout, s'ils craquent, cela veut dire que c'était du travail bousillé. Et dire que je suis ici, incapable d'arranger ça !

— Oui, ça pourrait tourner au vrai cauchemar.

— Exactement. Et le second point qui me tracasse, c'est celui-ci : n'est-ce pas de mauvais ton de travailler le samedi soir quand on sait que le dimanche ne sera un jour férié que pour les employés libres ? »

Nerjine soupira.

« D'autant qu'en ce moment même, les employés

libres sont déjà partis vers des lieux de distraction. Bien sûr, c'est un très sale tour.

— Mais choisissent-ils bien les lieux où l'on s'amuse ? Tirent-ils plus de satisfaction de la vie que nous : voilà la question.

Ils tournaient à moitié le dos au reste de la pièce. Ils faisaient face à la fenêtre, et au-delà, aux réverbères de la zone interdite, au mirador dont on ne pouvait que deviner la présence dans l'obscurité, aux lumières distinctes des serres lointaines et aux piliers de lumière blanchâtre à peine visibles de Moscou.

Nerjine, bien qu'il fût mathématicien, avait des notions de linguistique et, dès le moment où la sonorité du russe parlé s'était inscrite dans le cadre des travaux à l'Institut de Recherches scientifiques de Mavrino, Nerjine avait fait équipe avec le seul philologue qui se trouvât là, Rubine. Depuis deux ans ils étaient assis dos à dos, douze heures par jour. Dès les premiers instants de leur rencontre, ils avaient découvert que tous deux avaient été soldats en première ligne, qu'ils avaient été ensemble sur le front du nord-ouest et sur le front de la Biélorussie, que tous deux avaient une jolie collection de décorations militaires, qu'ils avaient tous deux été arrêtés sur le front le même mois et par la même unité du SMERSH [1], et que tous deux, aux termes du même dixième point *universellement applicable* (autrement dit indépendamment de toute question d'âge, d'éducation, de sens électoral ou de situation matérielle) avaient été condamnés à dix ans. (En fait, tous les autres avaient écopé de la même peine.) Il n'y avait entre eux que six ans de différence, et un grade dans la hiérarchie militaire, car Nerjine était capitaine. En outre, il se trouvait qu'avant la guerre, Nerjine aurait très bien pu suivre l'un des cours du professeur assistant Rubine.

Ils regardaient toujours l'obscurité dehors.

Rubine dit tristement :

« En tout cas, nous sommes privés intellectuellement. Ça m'inquiète.

— Moi pas : il y a beaucoup d'intelligence dans le monde, mais pas tellement qui · serve à grand-chose.

— Tiens, voilà un bon livre à lire pour toi.

---

1. Sigle du service de contre-espionnage.

— Hemingway ? C'en est encore un à propos des pauvres taureaux dupés ?

— Non.

— Des lions persécutés ?

— Pas du tout !

— Ecoute, je n'arrive pas à comprendre les gens, pourquoi veux-tu que je me préoccupe des taureaux ?

— Tu dois absolument le lire !

— Je ne dois absolument rien faire pour qui que ce soit, n'oublie pas ça ! J'ai déjà payé mes dettes, comme dit notre ami Spiridon.

— Navrant individu ! C'est l'un des meilleurs livres du vingtième siècle !

— Et qui me révélera ce que tout le monde doit comprendre ? Cet homme explique vraiment ce dans quoi tout le monde se perd ?

— C'est un écrivain intelligent, sain moralement, d'une honnêteté sans bornes. Un soldat, un chasseur, un pêcheur, un buveur et un amoureux des femmes, méprisant tranquillement et franchement tous les mensonges, un homme simple, très humain, avec l'innocence du génie...

— Oh ! ça va ! fit Nerjine en riant. J'ai vécu trente ans sans Hemingway et j'arriverai bien à survivre encore. D'abord tu as essayé de m'imposer Capek et puis Fallada. En fait, ma vie a été déchirée. Laisse-moi cesser de m'étirer dans toutes les directions ! Laisse-moi au moins trouver un sens... »

Et il se retourna vers son bureau.

Rubine soupira. Il n'était toujours pas d'humeur à travailler.

Il se mit à regarder la carte de Chine posée sur l'étagère du bureau devant lui. Il avait découpé cette carte dans un journal et l'avait collée sur du carton. Durant toute l'année dernière, Rubine avait marqué au crayon rouge l'avance des armées communistes et maintenant, après leur victoire totale, il avait laissé la carte, là, devant lui, pour le ragaillardir dans ses moments de dépression et de fatigue.

Mais aujourd'hui la tristesse rongeait Rubine et même la grande masse rouge de la Chine victorieuse était incapable de la lui faire surmonter.

Nerjine, tout en suçant de temps en temps d'un air songeur le bout d'un stylo en matière plastique, écrivait d'une écriture pointue sur une toute petite feuille dissimulée derrière son camouflage de livres et de dossiers :

« Je me souviens d'un passage de Marx (si seulement je pouvais le trouver) où il dit que le prolétariat victorieux peut peut-être s'arranger sans exproprier les paysans prospères. Cela signifie qu'il voyait une méthode économique permettant d'inclure *tous* les paysans dans le nouveau système social. Le Laboureur, bien sûr, ne cherchait pas de telles voies en 1929. Et quand a-t-il jamais rien cherché de subtil ou d'intelligent ? Pourquoi un boucher essaierait-il de se faire guérisseur ? »

Le grand laboratoire d'acoustique bourdonnait au rythme de sa paisible existence quotidienne. Le moteur du tour qu'on utilisait pour fabriquer de l'équipement électrique ronronnait. On criait des ordres : « Branche ceci ! » « Eteins ça ! » La radio déversait des chansons à la guimauve. Quelqu'un demandait d'une voix forte une ampoule 6 K 7.

Profitant d'un moment où personne ne la regardait, Serafima Vitalievna lança un regard à Nerjine qui écrivait toujours de sa petite écriture microscopique sur son bout de papier.

Le commandant Chikhine, l'officier de sécurité, lui avait ordonné de surveiller ce prisonnier.

6

UN CŒUR DE FEMME

SERAFIMA VITALIEVNA était si menue qu'il était difficile de ne pas l'appeler « Simochka ». Elle était vêtue d'un corsage de baptiste avec un châle douillet autour du cou et elle était lieutenant du M.G.B.[1].

Tous les employés libres de ce bâtiment étaient des officiers du M.G.B.

Les employés libres, suivant la constitution stalinienne de l'U.R.S.S., avaient un grand nombre de droits, parmi lesquels le droit de travailler. Ce droit toutefois était limité à huit heures par jour par ce fait que leur travail n'était pas créateur, mais consistait à surveiller les zeks. Les zeks, eux, étaient privés de tout autre droit, mais avaient pour compenser un droit au travail plus étendu : douze heures par jour. Les employés libres travaillaient par rotation dans chacun des laboratoires de façon que les zeks fussent surveillés sans cesse, y compris pendant l'interruption du dîner, de six heures du soir à onze heures.

Simochka ce jour-là était de service de nuit. Dans le laboratoire d'acoustique, cette jeune fille frêle comme un

1. Sigle désignant le deuxième ministère issu du N.K.V.D. (voir note p. 19).

oiseau était maintenant la seule représentante de l'autorité, le seul dirigeant présent.

D'après le règlement, elle était censée veiller à ce que les zeks travaillent et ne flânent pas, qu'ils n'utilisent pas le labo pour fabriquer des armes, pour piocher les locaux ou pour creuser un tunnel d'évasion, et qu'ils n'utilisent pas non plus la multitude de pièces détachées de radio à leur disposition pour installer un système émetteur-récepteur en liaison avec la Maison Blanche. A onze heures moins dix, elle était censée rassembler tous les documents ultra-secrets pour les ranger dans le grand coffre-fort et ensuite sceller la porte du laboratoire.

Cela ne faisait que six mois que Simochka avait terminé les cours à l'Institut des Ingénieurs des Communications et, en raison des garanties de parfaite sécurité qu'elle offrait, on l'avait affectée à cet Institut de Recherche scientifique à ce point secret qu'il était désigné par un numéro et que les prisonniers, dans leur argot irrévérencieux, appelaient la charachka, ou l'asile de fous. Les employés libres admis ici se voyaient aussitôt décerner le rang d'officiers et payer des salaires plus élevés que ceux d'un ingénieur ordinaire. On payait leur rang, leur uniforme et tout ce qu'on exigeait d'eux, au fond, c'était du dévouement et de la diligence.

C'était une chance pour Simochka que personne ne fît appel à ses connaissances dans sa spécialité : car, tout comme nombre de ses amies, elle était sortie de l'Institut sans aucune connaissance de ce genre. Il y avait à cela différentes raisons. Les jeunes filles étaient arrivées des collèges avec de faibles notions de mathématiques et de physique. Elles avaient appris dans les classes supérieures qu'aux réunions du conseil de la faculté, le directeur de l'école avait reproché aux professeurs d'avoir donné des notes éliminatoires, et que même si un élève n'étudiait pas du tout, il recevait un diplôme. Et à l'Institut, quand elles trouvaient quand même le temps de s'asseoir pour travailler, les filles se frayaient un chemin à travers les mathématiques et la radiotechnologie comme à travers une épaisse forêt de pins. Mais en général elles n'en avaient pas le temps. A chaque automne, pour un mois ou davantage, on emmenait les étudiants dans des fermes collectives pour faire la récolte de pommes de terre. Pour cette raison, les autres mois de l'année, il leur fallait suivre des cours de dix heures par jour et cela ne leur laissait plus de temps pour leurs travaux personnels. Le lundi soir, il y avait l'endoctrination politique. Une fois par semaine, une réunion ou une autre, obligatoire. Et puis il fallait effectuer aussi des travaux socialement utiles : publier des bulletins, organiser des concerts ; il fallait aider aux travaux de la maison, faire les courses, faire sa toilette, s'habiller. Et le cinéma ? Et le théâtre ? Et le club ? Si on ne s'amusait pas, si on ne dansait pas un peu quand on était étudiant, quand le ferait-on ensuite ? Pour les examens, Simochka et ses amies rédigèrent de nombreux petits papiers qu'elles dissimulèrent dans des parties du vêtement féminin inaccessibles aux mâles, et, à l'examen, elles tirèrent celui dont elles avaient besoin et, le dépliant, en firent une feuille de brouillon. Les examinateurs, bien sûr, auraient pu facilement s'apercevoir du manque de connaissances des étudiantes, mais ils étaient eux-mêmes accablés par les réunions de comité, les assemblées et toute sorte de projets et de rapports destinés au bureau du doyen et du recteur. C'était une pénible perspective pour eux d'avoir à faire passer un examen une seconde fois. D'ailleurs, quand leurs étudiants échouaient, les examinateurs étaient réprimandés pour ces échecs comme s'il s'agissait d'articles défectueux dans une chaîne de production, conformément à la théorie bien connue d'après laquelle il n'y a pas de mauvais élèves, mais seulement de mauvais maîtres. Les examinateurs ne cherchaient donc pas à faire trébucher les étudiants mais au contraire faisaient leur possible pour que c'en fût fini de l'examen au plus vite et avec les meilleurs résultats possibles.

Durant les dernières années de leurs cours, Simochka et ses amis se rendirent compte avec un certain découragement qu'elles n'aimaient pas leur profession et qu'elle leur apparaissait même comme un fardeau. Mais à ce moment-là, il était trop tard. Simochka tremblait à l'idée d'avoir réellement à faire ses preuves.

Là-dessus, elle était arrivée à Mavrino. Elle avait constaté avec plaisir qu'on ne lui avait assigné aucun travail de recherche indépendant. Mais même quelqu'un de moins menu et de moins frêle qu'elle aurait trouvé impressionnant de franchir la zone interdite de ce château moscovite isolé, où une garde spéciale et toute une équipe de surveillants ne quittaient pas de l'œil un certain nombre de criminels d'Etat.

On avait réuni les dix diplômées de l'Institut des Communications pour leur donner des instructions. On leur avait dit qu'être affectées là comme elles l'avaient été, c'était pire que d'être à la guerre, qu'elles se trouvaient dans une fosse à serpents où il suffirait d'un geste imprudent pour provoquer leur destruction. On leur expliqua qu'elles allaient être en contact ici avec la racaille de la race humaine, des gens qui n'étaient même pas dignes de parler le russe. On les avertit que ces gens étaient particulièrement dangereux parce qu'ils ne découvraient pas leurs crocs de loup mais portaient constamment un masque de courtoisie et de bonne éducation. Si on les interrogeait sur leurs crimes — ce qui était formellement interdit — ils s'efforceraient, grâce à un mensonge habilement tissé de se faire passer pour d'innocentes victimes. On leur souligna qu'en tant que membres du Komsomol, elles ne devaient pas déverser leur haine sur ces vipères, mais qu'elles devaient leur témoigner une politesse apparente, sans entrer dans aucune discussion étrangère au service, sans accepter de faire pour eux la moindre course à l'extérieur et qu'à la première infraction, au premier soupçon d'infraction, ou possibilité de soupçon d'infraction à ces règlements, elles devaient courir tout avouer à l'officier de sécurité, le commandant Chikhine.

Le commandant Chikhine était un petit homme basané et gonflé de son importance, avec une grosse tête, des cheveux grisonnants coupés en brosse et de petits pieds qui disparaissaient dans des chaussures de jeune garçon. Il exprima ce jour-là une pensée qui lui était venue à l'esprit en disant que, si pour lui comme pour d'autres gens d'expérience, la nature profonde de reptile de ces malfaiteurs était parfaitement claire, il pouvait se trouver parmi des jeunes filles sans expérience comme ces nouvelles arrivantes quelqu'un dont le cœur humanitaire chancellerait et qui pourrait se rendre coupable d'une infraction, par exemple donner à un prisonnier un livre provenant de la bibliothèque des employés libres. Il ne parla même pas de poster une lettre à l'extérieur. (Car toute lettre, même adressée à une quelconque Maria ou Tania était de toute évidence destinée à quelque centre d'espionnage étranger.) Le commandant Chikhine donna pour instruction aux jeunes filles qui pourraient être témoins de la défaillance d'une de leurs amies de donner à celle-ci toute l'aide qu'il convenait d'apporter à une camarade, c'est-à-dire rapporter au commandant Chikhine ce qui s'était passé.

En conclusion, le commandant ne cacha pas que toute liaison avec les prisonniers était punie par le code criminel et que ledit code, comme on le savait bien, était élastique et prévoyait jusqu'à vingt-cinq ans de travaux forcés.

Il était impossible de ne pas trembler en imaginant le sombre avenir qui les attendait. Certaines jeunes filles se prirent même à avoir les larmes aux yeux. Mais on avait déjà semé la méfiance entre elles. En quittant la séance d'instruction elles ne parlèrent pas de ce qu'elles venaient d'entendre.

C'était donc plus morte que vive que Simochka avait suivi le commandant-ingénieur Roitman dans le labo d'acoustique et aux premiers instants elle eut même l'impression qu'elle allait s'évanouir.

Six mois s'étaient passés depuis lors et quelque chose de terrible était arrivé à Simochka. Non pas que sa conviction que l'impérialisme ourdissait de noirs complots eût été ébranlée. Elle n'éprouvait toujours aucun mal à croire que les prisonniers qui travaillaient dans les autres salles étaient des criminels aux mains tachées de sang. Mais chaque jour, elle rencontrait par douzaines des zeks dans le labo d'acoustique — l'air sombre et indifférent à la liberté, à leur destin, aux peines de dix et vingt-cinq ans qu'ils purgeaient, certains possédant des diplômes universitaires élevés, des ingénieurs et des techniciens, tous ne s'intéressant qu'au travail, même si ce n'était pas le leur, même s'il ne signifiait rien pour eux, et bien qu'il ne leur rapportât pas un sou ni un grain de gloire — et elle essayait en vain de voir en eux ces bandits internationaux invétérés qu'elle reconnaissait si facilement dans les films et que prenaient si habilement au piège les services de contre-espionnage.

Ils n'inspiraient aucune crainte à Simochka. Elle ne parvenait à éprouver aucune haine pour eux. Ces gens n'éveillaient en elle qu'un respect sans restriction : elle respectait leurs connaissances techniques et théoriques, leur fermeté dans l'infortune. Et malgré tout ce que lui criait son sens du devoir, bien que son amour de la patrie exigeât qu'elle signale à l'officier de sécurité

tous les péchés, réels ou d'omission, Simotchka pour
des raisons qu'elle ne comprenait pas en vint à estimer
ce devoir nauséabond et impossible à exécuter.

C'était particulièrement impossible dans le cas de son
voisin et collaborateur le plus proche, Gleb Nerjine,
dont le bureau faisait face à celui de la jeune fille.

Depuis quelque temps Simotchka travaillait étroitement avec lui : elle poursuivait sous sa direction des
expériences sur l'articulation des mots. A la charachka
de Mavrino, il était souvent nécessaire de mesurer le
degré de sensibilité des divers circuits téléphoniques.
Même avec tout l'arsenal d'instruments dont on disposait, il n'y en avait aucun capable d'indiquer la qualité
de transmission de la parole sur un cadran. Seules
la voix d'un interlocuteur, lisant des syllabes séparées,
des mots et des phrases, et les oreilles des auditeurs
essayant de saisir le texte à l'autre bout du circuit qu'on
essayait permettaient de fournir une évaluation d'après
le pourcentage d'erreurs. On appelait ce genre de
recherche expériences d'articulation.

Nerjine s'occupait de la programmation mathématique de ces expériences. Elles se déroulaient avec
succès et Nerjine avait même rédigé sur leur méthodologie une monographie en trois volumes. Quand
Simochka et lui étaient accablés parce qu'ils avaient
trop à faire en même temps, Nerjine énonçait avec
précision les travaux qu'on pouvait remettre et ceux
qu'il fallait entreprendre immédiatement, déterminant
tout cela avec une grande assurance. Dans ces moments-
là, son visage prenait une expression très jeune. Et
Simochka se représentant la guerre comme on la dépeignait au cinéma, imaginait Nerjine en uniforme de capitaine, ses cheveux roux flottant au vent parmi la fumée
des explosions, tandis qu'il donnait à sa batterie l'ordre
de tirer.

Mais Nerjine avait besoin de cette rapidité pour pouvoir, une fois fait le travail qui lui avait été affecté, se
libérer de toute activité. Il avait un jour dit à Simochka : « Je suis actif parce que je déteste l'activité. »
« Et qu'est-ce que vous aimez ? » avait-elle demandé
timidement. « La contemplation », avait-il répondu. Et
de fait une fois l'ouragan de travail passé, il restait
assis pendant des heures sans pratiquement changer de
position. La peau de son visage virait au gris, son expression vieillissait et les rides apparaissaient. Où donc

passait sa belle assurance ? Il devenait lent et indécis.
Il réfléchissait un long moment avant de coucher sur
le papier de sa petite écriture fine quelques-unes de ces
notes que Simochka, aujourd'hui encore, apercevait sur
son bureau entre les piles d'ouvrages techniques de
référence et de monographie. Elle remarqua même qu'il
les avait glissées quelque part sur la gauche de son
bureau et non pas dans son tiroir. Simochka brûlait de
curiosité de savoir ce qu'il écrivait et à qui cela s'adressait. Nerjine à son insu était devenu pour elle un objet
tout à la fois de sympathie et d'admiration.

La vie de Simochka en tant que femme n'avait guère
été heureuse jusque-là. Elle n'était pas jolie. Son visage
était gâché par un nez trop long. Ses cheveux assez
pauvres poussaient mal et étaient rassemblés sur sa
nuque en un maigre petit chignon. Elle n'était pas
simplement petite — ce qui rend souvent une femme
plus féminine — mais extrêmement petite ; elle avait
plutôt l'air d'une écolière que d'une femme faite. En outre
elle était sévère et nullement encline à plaisanter ni à
s'amuser ; et cela aussi la rendait peu séduisante aux
jeunes gens. Elle avait vingt-cinq ans et personne ne
lui avait jamais fait la cour, personne ne l'avait prise
dans ses bras, personne ne l'avait embrassée.

Mais peu de temps auparavant, environ un mois, un
incident s'était produit avec le microphone de la cabine,
et Nerjine avait appelé Simochka pour le réparer. Elle
était arrivée avec un tournevis à la main et, dans la
cabine insonorisée et étouffante, si minuscule qu'il y
avait à peine de la place pour deux, elle s'était penchée
sur le microphone que Nerjine examinait et, avant
qu'elle ne s'en rende compte, sa joue avait touché celle
de son compagnon. Elle l'effleurait et elle avait l'impression qu'elle allait mourir sur-le-champ. Qu'allait-il se
passer maintenant ? Elle aurait dû s'écarter, mais elle
continua stupidement à examiner le microphone. Il
s'écoula alors la minute la plus longue et la plus terrifiante de sa vie : leurs joues brûlaient, unies l'une à
l'autre et lui ne bougeait pas ! Soudain il lui prit la
tête et l'embrassa sur les lèvres. Simochka sentit tout
son corps fondre dans un joyeux abandon. Elle ne dit
rien alors des Komsomols ni de la patrie mais seulement :

« La porte n'est pas fermée ! »

Un mince rideau bleu marine se balançant sur sa

tringle les séparait du jour bruyant, des gens qui allaient et venaient et parlaient et qui à tout moment pouvaient l'écarter. Le prisonnier Nerjine ne risquait rien de plus que dix jours de cellule. La jeune fille risquait d'être classée comme suspecte, elle risquait sa carrière, peut-être même sa liberté. Mais elle n'avait pas la force de s'arracher aux mains qui lui tenaient la tête.

Pour la première fois de sa vie, un homme l'avait embrassée.

Ainsi la chaîne d'acier habilement forgée s'était rompue au maillon fait du cœur d'une femme.

7

« Ô INSTANT, ARRÊTE-TOI ! »

« QUEL est ce crâne chauve derrière moi ?

— Mon garçon, je suis tout simplement d'humeur poétique. Bavardons un peu.

— En principe, je suis occupé.

— Occupé... Allons donc ! Je suis dans un état, Gleb ! J'étais assis auprès de cet arbre de Noël improvisé par les Allemands et je parlais de mon abri sur la tête de pont de Poultousk, et, tout d'un coup, je me suis retrouvé sur le front ! J'ai cru revoir tout le front ! C'était un souvenir si vivace, si doux. Tu sais... même la guerre peut être un bon souvenir, tu ne crois pas ?

— Tu ne dois pas te le permettre. La morale taoïste dit : « Les armes sont les instruments du malheur, non « pas de la noblesse. L'homme sage conquiert contre « son gré. »

— Qu'est-ce que c'est que ça ? Tu es passé du scepticisme au taoïsme ?

— Il n'y a encore rien de définitif.

— J'ai commencé par me rappeler ce qu'il y avait de mieux chez mes Boches : comment nous composions ensemble les légendes des tracts : la mère étreignant ses enfants et notre blonde Gretchen en larmes. Ça, c'était notre chef-d'œuvre : il y avait un texte en vers.

— Je sais. J'en ai ramassé un.

— Je me suis souvenu des soirées tranquilles où je sortais avec eux sur la ligne de front avec les camions haut-parleurs.

— ... et, entre les touchants accents des tangos, ils s'efforçaient de persuader leurs frères soldats de retourner leurs fusils contre Hitler. Nous sortions des abris pour écouter aussi. Mais vos appels étaient un peu simplets.

— Comment ça ? Après tout, nous avons bel et bien pris Graudenz et Elbing sans tirer un seul coup de feu.

— Mais c'était déjà en 45.

— De petites gouttes d'eau finissent par user de grosses pierres ! Est-ce que je t'ai jamais parlé de Milka ? C'était une étudiante de l'Institut des Langues étrangères, diplômée en 1941 et qu'on a aussitôt envoyée comme traductrice dans notre section. Une petite fille très vive, au nez retroussé.

— Attends un peu, ça n'est pas celle qui est venue avec toi pour recevoir la capitulation d'une forteresse ?

— Si. C'était une petite fille terriblement poseuse, et elle adorait recevoir des félicitations pour son travail (que Dieu t'assiste si tu osais la réprimander !) et être proposée pour des décorations. Tu te souviens, sur le front du nord-ouest, juste au-delà de la Lopat, entre Rakhlitz et Novo-Svinoukhovo, au sud de Podtsepochia, il y a une forêt ?

— Il y en a plus d'une. Tu veux dire de l'autre côté de la Redya ou sur cette rive-ci ?

— Sur cette rive-ci.

— Oui, je connais.

— Eh bien, elle et moi avons passé toute une journée à parcourir cette forêt. C'était le printemps... Non, même pas le printemps, encore mars. Nous pataugions dans les flaques avec des bottes de feutre, nos bonnets de fourrure trempés de sueur... et il y avait cette éternelle odeur, tu sais, celle du printemps qui s'éveille. Nous nous promenions comme des amoureux pour la première fois, comme de jeunes mariés. Pourquoi est-ce qu'avec une femme qu'on ne connaît pas on revit tout ce genre de chose depuis le début, comme un gosse ? Cette forêt sans fin ! La fumée montant des abris éparpillés, sur l'emplacement d'une batterie de soixante-seize, dans une clairière. Nous les avons évités. Nous nous sommes promenés comme ça jusqu'au crépuscule,

trempés et les joues rouges. Toute la journée elle m'a
rendu fou et puis à la nuit tombée nous avons trouvé
un emplacement de canon vide.

— Au-dessus du sol.

— Tu te souviens ? Bien sûr. Cette année-là on en a
construit beaucoup à cet endroit, comme si c'étaient
des abris pour des animaux sauvages.

— Le terrain était humide à cet endroit. On ne pouvait pas creuser.

— En effet. A l'intérieur, il y avait des aiguilles de pin
sur le sol, l'odeur de la résine qui venait des bûches,
la fumée du feu... Il n'y avait pas de poêle. Il fallait
faire un feu de bois. Il y avait un trou dans le toit.
Pas de lumière, bien sûr. Des ombres sur les poutres
projetées par les flammes du feu. Qu'est-ce que tu en
dis, Gleb... Quelle vie !

— J'ai toujours remarqué que s'il y a une fille innocente dans une histoire qu'on raconte en prison, tout le
monde — y compris moi — espère ardemment qu'à la
fin de l'histoire elle ne sera plus innocente. Pour les
zeks, c'est le point principal d'un récit. Il y a là une
recherche de la justice, tu ne trouves pas ? Un aveugle
doit s'assurer, par la bouche de ceux qui peuvent voir,
que le ciel est toujours bleu et l'herbe toujours verte.
Un zek doit croire qu'il existe encore dans le monde
des femmes réelles, vivantes et adorables et qu'elles se
donnent à d'heureux coquins. Voilà la nuit que tu te
rappelles : celle que tu as passée avec ton amoureuse
dans un abri enfumé quand personne ne vous tirait
dessus. Et on parle d'enfer de la guerre ! Ce même soir
ta femme échangeait ses tickets de sucre contre des
bonbons tout collés ensemble, écrasés et mélangés avec
du papier et elle se demandait comment les partager
entre tes filles pour que cela leur dure trente jours. Et
à la prison de la Boutyrka, dans la cellule 73...

— ...au premier étage, dans un étroit couloir...

— ...exactement. Le jeune professeur d'histoire moscovite Razvodovsky, qui venait de se faire arrêter et
qui, bien sûr, n'était jamais allé au front, était en train
de prouver avec intelligence, conviction et grand enthousiasme, en invoquant des considérations sociales, historiques et éthiques, que la guerre a son bon côté. Et
dans cette cellule se trouvaient des jeunes gens désespérés qui s'étaient battus partout dans toutes les
armées : ils ont failli bouffer le professeur vivant. Ils

étaient furieux et ils disaient que non, qu'il n'y avait pas une seule miette de bien dans la guerre. J'écoutais et je me taisais. Razvodovsky avait de bons arguments. Par moments, je trouvais qu'il avait raison et j'avais, moi aussi, quelques souvenirs agréables. Mais je n'osais pas discuter avec les soldats. Le point sur lequel je voulais exprimer mon accord au professeur, c'était à peu près le même qui me distinguait, moi, un officier supérieur d'artillerie de réserve, de l'infanterie. Lev, après tout, au front, à part la prise de ces forteresses, tu passais ton temps à tirer au flanc. Forcément, tu n'avais aucune position dans un ordre de bataille qui risquait de te coûter ta tête si tu l'abandonnais ! Moi-même, j'étais un peu un tire-au-flanc aussi parce que je ne participais pas aux assauts et que je n'entraînais pas les hommes à l'attaque. Et puis notre mémoire nous joue des tours et nous dissimule ce qu'il y avait d'affreux...

— Oui, je ne dis pas...

— Tout ce qui était agréable, par contre, remonte à la surface. Mais quand je pense au jour où les bombardiers en piqué, Junker, ont failli me lacérer près d'Orel, eh bien, je ne trouve dans ce souvenir aucune satisfaction intérieure particulière. Non. Lev, la seule bonne guerre, c'est la guerre qui est bel et bien finie.

— Oh ! je ne dis pas qu'elle soit bonne, non, mais les souvenirs que j'en garde sont bons.

— Bien sûr, et un jour nous aurons de bons souvenirs des camps. Même des camps de transit.

— Des camps de transit ? De Gorki, de Kirov ? Oh non !

— C'est parce que l'administration là-bas t'a pris tes affaires et que tu ne veux pas être objectif. Mais il y a des gens qui n'étaient pas mal lotis, même là-bas : ceux qui contrôlaient les paquets de vivres et les surveillants des douches, il y en avait qui parvenaient même à coucher avec des prisonnières ; tous ces gens-là iront raconter partout qu'il n'y a pas de meilleur endroit sur terre qu'une prison de transit. Après tout, le concept même du bonheur est conditionné, c'est une fiction.

— La nature transitoire et l'irréalité du concept se sent dans le mot lui-même. Le mot *bonheur* se rattache à un mot qui signifie ce moment, cet instant [1].

---

1. En russe : cette heure, maintenant.

— Non, cher professeur, pardonne-moi. Tu n'as qu'à lire Vladimir Dahl. « Bonheur » vient du mot qui désigne le sort, la condition de l'homme, ce qu'on a réussi à tirer de la vie. La sagesse de l'étymologie nous donne une version bien mesquine du bonheur.

— Un instant ! Mon explication aussi vient de Dahl.

— C'est étonnant, la mienne aussi.

— Il faudrait faire des recherches sur ce mot dans toutes les langues. Je vais faire une note là-dessus.

— Maniaque !

— Peu importe ! Laisse travailler ceux qui s'occupent de philologie comparative...

— Tu veux dire par exemple que tout vient du mot *main* — comme dirait Marr ?

— Va te faire voir. Ecoute... As-tu lu la seconde partie de *Faust* ?

— Tu ferais mieux de me demander si j'ai lu la première partie. Tout le monde dit que c'est une œuvre de génie, mais personne ne l'a lue. Ou alors les gens ne la connaissent qu'à travers Gounod.

— Non, la première partie n'est pas difficile du tout.

> *Je n'ai rien à dire du soleil ni des mondes,*
> *Je ne vois que les tourments des humains...*

— Ah ! j'aime ça !

— Ou bien :

> *Ce dont nous avons besoin, nous ne le connais-*
> *[sons pas,*
> *Ce que nous connaissons nous n'en avons pas*
> *[besoin.*

— Formidable !

— La seconde partie, bien sûr, est un peu indigeste. Mais quand même, quelle belle idée il y a là ! Tu connais le contrat de Faust et Méphistophélès. Méphistophélès ne recevra l'âme de Faust que quand Faust criera : « O instant, arrête-toi ! Tu es trop beau. » Mais, malgré tout ce que Méphistophélès offre à Faust : le retour de sa jeunesse, l'amour de Marguerite, une facile victoire sur son rival, une fortune sans limites, la connaissance des secrets de l'existence, rien ne parvient à arracher la suprême exclamation des lèvres de Faust. Des années ont passé. Méphistophélès lui-même s'est lassé de poursuivre cet être insatiable. Il comprend qu'il est impossible de rendre un être humain heureux et il a envie de renoncer à cette vaine entreprise. Faust qui est maintenant un vieillard pour la seconde fois et qui est devenu aveugle, ordonne à Méphistophélès de rassembler des milliers de travailleurs et de leur faire creuser des canaux pour assécher des marécages. Dans son cerveau deux fois vieilli et qui aux yeux du cynique Méphistophélès apparaît comme nuageux et dément, une grande idée s'est éveillée : rendre l'humanité heureuse. Au signal de Méphistophélès, les serviteurs de l'enfer — les lémures — arrivent et commencent à creuser le tombeau de Faust. Méphistophélès veut seulement l'enterrer et se débarrasser de lui, il n'espère plus son âme. Faust entend le bruit de nombreuses pelles qui creusent. Qu'est-ce donc ? demande-t-il. Méphistophélès reste fidèle à son esprit railleur. Il brosse à Faust un tableau imaginaire des marécages qu'on assèche. Nos critiques se plaisent à donner de cet instant une interprétation socialement optimiste : ils disent que, sentant qu'il a apporté un bienfait à l'humanité et découvrant en cela son plus grand bonheur, Faust s'exclame enfin :

O instant, arrête-toi ! Tu es trop beau.

« Mais si on analyse : Gœthe ne riait-il pas justement du bonheur humain ? En réalité, il n'y a pas le moindre bienfait pour l'humanité. Faust prononce la phrase sacramentelle depuis si longtemps attendue à un pas du tombeau, trompé et peut-être devenu vraiment fou. Et les lémures aussitôt le poussent dans la fosse. Qu'est-ce donc : un hymne au bonheur ou une raillerie du bonheur ?

— Oh ! Lev, mon ami, je t'aime seulement comme tu es maintenant, quand tu discutes de tout ton cœur, que tu parles intelligemment et que tu n'essaies pas de coller sur les choses de fausses étiquettes.

— Misérable descendant de Pyrrhus ! Je ne savais pas que je te ferais plaisir. Mais écoute : sur la base de cette citation de Faust, lors d'un de mes cours d'avant-guerre — et ils étaient diablement audacieux pour l'époque — j'ai développé la conception mélancolique que le bonheur est une chose qui n'existe pas, qu'il est soit hors d'atteinte, soit illusoire. Là-dessus, on m'a fait passer une note griffonnée sur un bout de papier quadrillé arraché à un petit carnet : « Mais je « suis amoureux... et je suis heureux ! Qu'est-ce que « vous répondez à ça ? »

— Qu'as-tu répondu ?

— Que peut-on répondre ? »

8

LA CINQUIÈME ANNÉE SOUS LE HARNAIS

Ils étaient si absorbés par leur conversation qu'ils n'entendaient plus les bruits du laboratoire ni la radio envahissante dans l'autre coin. Une fois de plus, Nerjine avait pivoté dans son fauteuil de façon à tourner le dos au labo. Rubine appuyait sa barbe sur ses bras croisés sur le dos de son siège.

Nerjine parlait avec ferveur, comme quelqu'un qui fait part de pensées longuement mûries :

« Quand j'étais libre et que je lisais des livres où des sages méditaient sur le sens de la vie, ou bien sur la nature du bonheur, je ne comprenais pas grand-chose à ces passages. Je me disais : les sages sont censés penser. C'est leur métier. Mais le sens de la vie ? Nous vivons et c'est ça qui a un sens. Le bonheur ? Quand les choses vont très bien, c'est ça le bonheur, tout le monde le sait. Dieu merci, il y a eu la prison ! Ça m'a donné l'occasion de réfléchir. Pour comprendre la nature du bonheur, il faut d'abord analyser la satiété. Tu te rappelles la Loubianka ou le contre-espionnage ? Tu te rappelles cette soupe d'orge diluée ou cette bouillie au gruau d'avoine sans une once de matière grasse ? Peux-tu dire que tu *manges* une chose pareille ? Non. Tu communies avec. Tu la prends comme un sacrement ! C'est comme le « prana » des Yogis. Tu le manges lentement, du bout de ta cuillère de bois, tu le manges en t'absorbant totalement dans le processus de manger, en pensant au fait de manger... Et cela se répand à travers ton corps. Tu trembles en sentant la douceur qui s'échappe de ces petits grains trop cuits et du liquide opaque dans lequel ils flottent. Et puis — sans presque aucune nourriture — tu continues à vivre six mois, douze mois. Peux-tu vraiment comparer ça avec la façon grossière dont on dévore les steaks ? »

Rubine ne pouvait jamais supporter d'écouter les autres longtemps. Il envisageait toutes les conversations de la même façon, à savoir que c'était généralement lui qui faisait profiter ses amis des trésors de sa réceptivité. Il s'efforça donc d'interrompre Nerjine, mais celui-ci le saisit par sa combinaison et le secoua pour l'empêcher de parler.

« C'est ainsi que dans nos pauvres carcasses et d'après nos malheureux camarades, nous apprenons la nature de la satiété. La satiété ne dépend absolument pas de la quantité que nous *mangeons*, mais de la *façon* dont nous mangeons. C'est la même chose avec le bonheur, exactement la même chose. Lev, mon ami, le bonheur ne dépend pas du nombre de bienfaits extérieurs que nous avons arrachés à la vie. Il dépend uniquement de notre attitude envers eux. Il y a un dicton là-dessus dans la morale taoïste : « Quiconque est capable de « contentement sera toujours satisfait. »

Rubine eut un sourire narquois.

« Tu es un éclectique. Tu arraches partout des plumes de couleur vive pour les ajouter à ta queue. »

Nerjine secoua la tête. Ses cheveux pendaient sur son front. Il trouvait la discussion très intéressante et en cet instant il avait l'air d'un garçon de dix-huit ans.

« N'essaie pas de mélanger les choses, Lev. Ça n'est pas du tout comme ça. Je tire mes conclusions non pas de la philosophie que j'ai lue mais des récits concernant des êtres réels qu'on rencontre en prison. Et ensuite, quand je dois formuler ces conclusions, pourquoi veux-tu que j'aille redécouvrir l'Amérique ? Sur la planète de la philosophie, toutes les terres sont depuis longtemps découvertes. Je feuillette les philosophes antiques et j'y trouve mes pensées les plus neuves. Ne m'interromps pas ! J'allais te donner un exemple. Si au camp — et plus encore ici, à la charachka — il arrive un miracle comme un dimanche libre et férié, alors ce jour-là mon âme se dégèle et, bien que rien dans ma situation extérieure n'ait changé en mieux, malgré cela le joug de la prison se fait un peu moins pesant, j'ai une véritable conversation ou bien je lis une page sincère et je suis sur la crête de la vague. Voilà bien des années que je n'ai aucune vie réelle, mais j'ai oublié tout cela. Je suis sans poids, suspendu, désincarné. Je suis allongé là sur mon châlit et je fixe le plafond. Il est très près, il est nu, le plâtre s'écaille et la pure joie d'exister me fait trembler ! Je m'endors dans une béatitude parfaite. Aucun président, aucun premier ministre ne peut s'endormir aussi satisfait de son dimanche. »

Rubine eut un sourire bienveillant. Un sourire où se mêlaient tout à la fois l'acquiescement et un rien de condescendance envers les illusions de son jeune ami.

« Et qu'ont donc à dire là-dessus les grands livres Védas ? demanda-t-il, une moue ironique plissant ses lèvres.

— Je ne connais pas les livres Védas, répliqua Nerjine d'un ton ferme, mais les livres du Sankhya disent : « Pour ceux qui comprennent, le bonheur humain est « souffrance. »

— On peut dire que tu as travaillé la question, marmonna Rubine dans sa barbe. C'est Sologdine qui t'a expliqué ça ?

— Peut-être. L'idéalisme ? La métaphysique ? Oui. Va donc coller tes étiquettes, barbu ! Ecoute ! Le bonheur de la victoire incessante, le bonheur de la satisfaction des désirs, le bonheur de la réussite et de la satiété totale, c'est de la souffrance ! C'est la mort spirituelle, une sorte de douleur morale sans fin. Ce ne sont pas les philosophes des Védas, ni du Sankhya qui me l'ont appris, mais moi, en mon nom personnel, Gleb Nerjine, prisonnier maintenant pour la cinquième année sous le harnais qui me suis élevé à ce stade de développement où le mauvais commence à sembler bon. Et j'affirme pour ma part que les gens ne savent pas ce pour quoi ils luttent. Ils perdent leur temps à se démener de façon absurde pour une poignée de biens matériels et ils meurent sans se rendre compte de leur richesse spirituelle. Quand Lev Tolstoï rêvait d'être emprisonné, il raisonnait comme un être vraiment sensible et qui avait une vie spirituelle saine. »

Rubine éclata de rire. Il riait souvent dans les discussions quand il rejetait catégoriquement les opinions de son adversaire.

« Prends garde, mon enfant ! C'est l'immaturité d'un esprit juvénile qui parle en toi. Tu préfères ton expérience personnelle à l'expérience collective de l'humanité. Tu es empoisonné par la puanteur des fumées de la prison... et tu veux voir le monde à travers cette brume. Sous prétexte que notre existence a été démolie, que notre destinée ne s'est pas accomplie, pourquoi veux-tu que les hommes changent de convictions si peu que ce soit ?

— Et toi, tu es fier de tes convictions ?

— Mais oui ! *Hier stehe ich und kann nicht anders.*

— Tête de cochon ! Voilà ce que c'est que la métaphysique ! Au lieu de t'instruire ici en prison, au lieu de tirer une expérience de notre vraie vie...

— Quelle vie ? L'amer poison des échecs ?

— ... Tu t'es délibérément bandé les yeux, tu t'es bouché les oreilles, tu as pris une attitude et tu appelles ça de l'intelligence ? D'après toi, c'est le refus de l'évolution ?

— L'intelligence, c'est l'objectivité.

— Toi... objectif ?

— Absolument ! déclara Rubine avec dignité.

— Je n'ai jamais connu personne qui manque autant d'objectivité que toi.

— Sors ta tête du sable ! Regarde les choses dans leur perspective historique. Je ne devrais pas me citer, je sais, mais :

> *La vie d'un papillon ne dure qu'un instant,*
> *Un chêne fleurit cent ans.*

« La loi de la nature... Tu comprends ce que ça veut dire ? La loi inévitable, conditionnée de la nature. Tout suit son cours inéluctable. Et il est inutile de fouiller autour de soi pour déterrer une sorte de scepticisme pourri.

— Ne crois pas un instant, Lev, que le scepticisme soit facile. Peut-être est-ce pour moi un abri au bord de la route où je peux m'asseoir par mauvais temps. Mais le scepticisme est un moyen de libérer l'esprit dogmatique et c'est là que réside sa valeur.

— Dogmatique ? Tu es idiot ! Crois-tu donc que je sois dogmatique ? » Les grands yeux chaleureux de Rubine le regardaient d'un air de reproche. « Je suis de la même sorte de prisonnier que toi, du contingent de 1945. Et puis j'ai derrière moi quatre années de front, un éclat d'obus dans le côté et cinq ans de prison, alors je vois les choses tout aussi bien que toi. Ce qui doit être doit être. L'Etat ne peut pas exister sans un système pénitentiaire bien organisé.

— Je ne peux pas entendre ça. Je ne l'accepte pas.

— Bien sûr ! Voilà le scepticisme ! Sonnez, tambours et trompettes ! Quelle sorte de Sextus Empiricus avons-nous là ! Pourquoi te mets-tu dans un tel état ? Est-ce comme ça que tu comptes devenir un vrai sceptique ? Un sceptique est censé s'abstenir de juger. Un sceptique est censé être imperturbable.

— Oui, tu as raison, dit Gleb d'un ton désespéré. Je rêve de me contenir. J'essaie de n'avoir... que des pensées sublimes. Mais les circonstances m'accablent, le vertige me prend et je riposte avec fureur.

— Des pensées sublimes ! Et dire que tu me sautes à la gorge parce qu'au Djezkazgan il n'y a pas assez d'eau potable.

— C'est toi qu'on devrait envoyer là-bas, salaud ! Tu es le seul d'entre nous à croire que le Laboureur a raison, que ses méthodes sont normales et nécessaires. On devrait t'envoyer au Djezkazgan... Tu ne tarderais pas à chanter une autre chanson.

— Ecoute, écoute ! » C'était Rubine qui maintenant avait saisi Nerjine par sa combinaison. « Il est le plus grand ! Un jour tu comprendras. Il est le Robespierre et le Napoléon de notre révolution en un seul homme. Il est sage. Il est vraiment sage. Il voit bien plus loin que nous n'en sommes capables !

— Tu devrais croire plutôt tes propres yeux, dit Nerjine l'interrompant. Ecoute, quand j'étais jeune garçon, j'ai commencé à lire ses livres après ceux de Lénine... et je n'ai pas pu les finir. Après un style qui était direct, ardent, précis, je trouvais tout d'un coup une sorte de bouillie. Chacune de ses pensées est grossière et stupide... Il ne se rend même pas compte qu'il manque toujours ce qui est important.

— Tu as découvert tout ça quand tu étais un jeune garçon ?

— Quand j'étais en classe terminale. Tu ne me crois

pas ? Eh bien, le juge d'instruction qui a dressé mon
acte d'accusation ne m'a pas cru non plus... Toute cette
prétention, toute la condescendance didactique de ses
proclamations me rendent fou. Il est sérieusement persuadé qu'il est plus intelligent que n'importe quel autre
Russe !

— Mais il l'est !

— ... Et qu'il nous rend heureux rien qu'en nous laissant l'admirer. »

Emportés par leur discussion, les deux amis ne faisaient plus attention, et les échos de leur conversation
parvenaient maintenant jusqu'aux oreilles de Simochka, qui depuis un moment jetait des coups d'œil
désapprobateurs à Nerjine. Elle était vexée de constater que non seulement peu lui importait de profiter
du fait qu'elle était de garde, mais qu'il ne regardait
même pas de son côté.

« Tu te trompes... justement parce que tu te mêles
de questions auxquelles tu ne connais rien ! Tu es un
mathématicien et tu n'as pas de solides connaissances
d'histoire ni de philosophie... alors comment oses-tu
rendre un tel verdict ?

— Ecoute, j'en ai assez d'entendre que seuls sont
intelligents les gens qui ont découvert le neutron et
pesé Sirius-Alpha sans les avoir vus ; ils sont si infan-
tiles qu'ils sont incapables de s'orienter au milieu
des simples problèmes de l'existence humaine. Nous
n'avons pas le choix. Que nous reste-t-il à faire, à nous
mathématiciens et techniciens, si vous, les historiens,
ne vous intéressez plus à l'histoire ? Je vois qui rem-
porte les primes et qui touche les salaires d'académicien. Ils n'écrivent pas l'histoire, ils se contentent
de lécher un certain point bien connu. Alors nous qui
formons l'intelligentsia scientifique, nous sommes obligés d'étudier l'histoire nous-mêmes.

— Oh ! allons ! Mais c'est épouvantable ce que tu
dis là !

— Et en outre notre approche est technique, les
méthodes mathématiques ne sont pas si mauvaises.
Ça ne ferait pas de mal de les utiliser un peu. »

Sur le bureau inoccupé du commandant du génie,
Roitman, le chef du Laboratoire d'Acoustique, le téléphone intérieur de l'Institut se mit à sonner. Simochka
se leva pour aller répondre.

« ...Oui ! Et c'est ainsi que le juge qui a fait l'instruction de mon procès n'a pas cru que mon étude du matérialisme dialectique avait amené ma condamnation d'après l'article 58, paragraphe 10. Je n'avais jamais connu la vie réelle, j'avais toujours été un grand lecteur, c'est vrai ; mais j'ai comparé maintes fois ces deux styles, ces deux méthodes de discussion, et dans les textes...

— Gleb Vikentitch !

— ... dans les textes, j'ai découvert des erreurs, des déformations, des simplifications grossières... Alors me voilà ici !

— Gleb Vikentitch !

— Oui ? » dit Nerjine se rendant compte qu'on l'appelait. Il se retourna.

« Vous n'avez pas entendu ? Le téléphone a sonné », dit Simochka d'un ton sévère. Elle était plantée derrière son bureau, les sourcils froncés, les bras croisés, son châle marron tiré autour de ses épaules.

« Anton Nikolaievitch vous convoque dans son bureau.

— Ah oui ? » Sur le visage de Nerjine l'enthousiasme de la discussion s'effaçait pour laisser la place aux rides. « Très bien, merci, Serafima Vitalievna. Tu entends, Lev, c'est Anton. Qu'est-ce que ça peut être ? »

Une convocation dans le bureau du chef de l'Institut à dix heures du soir un samedi était un événement extraordinaire. Bien que Simochka s'efforçât de conserver une apparence d'indifférence officielle, son regard, Nerjine s'en aperçut, exprimait de l'inquiétude.

On aurait dit alors qu'il n'y avait jamais eu de flambée d'exaspération. Rubine regardait son ami d'un air soucieux. Quand son regard n'était pas altéré par la chaleur de la discussion, il était presque féminin dans sa douceur.

« Je n'aime pas ça quand la haute direction s'intéresse à nous, déclara-t-il. Ne construis pas ta maison près du palais du prince.

— Mais nous ne construisons rien du tout. Nous ne faisons qu'un travail mineur : sur les voix.

— Et voilà maintenant qu'Anton nous tombe dessus. Nous allons écoper à cause des mémoires de Stanislavski et du recueil de plaidoiries d'avocat, dit Rubine en riant. Ou bien peut-être est-ce à propos de l'articulation au Numéro Sept ?

— De toute manière, les résultats des travaux ont été

remis et il n'y a pas à reculer. A tout hasard, si je ne reviens pas...

— Ne dis pas de bêtises.

— Comment ça, des bêtises ? C'est la vie. Brûle tout, tu sais quoi. »

Il ferma son bureau à cylindre, donna la clef à Rubine et s'éloigna du pas nonchalant d'un prisonnier depuis cinq ans sous le harnais et qui ne se hâte jamais parce qu'il s'attend toujours au pire.

9

LES ROSE-CROIX

Passant sous une voûte d'appliques en cuivre et de moulures au plafond, Nerjine grimpa le large escalier recouvert d'un tapis rouge et qui à cette heure tardive était désert. Il se força à marcher avec un semblant d'insouciance lorsqu'il passa devant l'officier de service auprès des téléphones extérieurs et qu'il frappa à la porte du chef de l'Institut, le lieutenant-colonel du génie Anton Nikolaievitch Yakonov, du Service de Sécurité de l'Etat.

Le bureau était spacieux, meublé de tapis, de fauteuils et de divans et, au centre de la pièce, se trouvait une longue table de conférence recouverte d'un tissu bleu vif. Tout au fond, on distinguait les formes arrondies du bureau et du fauteuil de Yakonov. Nerjine ne s'était trouvé que de rares fois au milieu de toute cette grandeur et plus souvent à des réunions que seul.

Le lieutenant-colonel du génie Yakonov avait plus de cinquante ans, mais il était encore dans la force de l'âge. Il était grand et son visage rasé de frais gardait encore de légères traces de talc. Il portait un pince-nez en or et il y avait chez lui un peu de l'aimable prestance d'un prince Obolensky ou Dolgoroukov. Ses gestes d'une majestueuse assurance le distinguaient des autres dignitaires du ministère.

« Asseyez-vous, Gleb Vikentitch », proposa-t-il avec un grand geste, en se carrant dans son énorme fauteuil tout en jouant avec un épais crayon de couleur sur la surface brune de son bureau.

L'emploi du prénom et du patronyme indiquait une courtoisie et une bonne volonté qui en même temps ne coûtaient au lieutenant-colonel aucun effort, puisque sous le verre de son bureau, il avait une liste de tous les prisonniers avec leurs prénoms et leurs patronymes (tous ceux qui ne le savaient pas étaient stupéfaits de la mémoire de Yakonov). Nerjine le salua respectueusement de la tête mais sans se mettre au garde-à-vous, puis il s'assit auprès d'une petite table vernie.

La voix de Yakonov retentissait comme celle d'un acteur. On se demandait toujours pourquoi cet aristocrate ne roulait pas ses *r* à la façon des nobles d'antan.

« Vous savez, Gleb Vikentitch, il y a une demi-heure, j'ai eu à me souvenir de vous et je me suis demandé ce qui avait bien pu vous amener au Laboratoire d'Acoustique, chez... Roitman ? »

Yakonov prononça ce dernier nom avec un mépris délibéré, sans prendre la peine de le faire précéder du titre de commandant, même en présence d'un subordonné. Les mauvaises relations entre le directeur de l'Institut et son premier adjoint avaient atteint le point où on n'estimait plus nécessaire de les dissimuler.

Nerjine se crispa. Il avait le sentiment que l'entrevue avait déjà pris mauvaise tournure. Il avait vu la même ironie sur les lèvres de Yakonov quand, quelques jours plus tôt, il avait déclaré à Nerjine que peut-être lui, Nerjine, était-il objectif quant aux résultats de ses recherches sur l'articulation, mais que son attitude envers le Numéro Sept n'était pas celle que l'on a vis-à-vis d'un cher disparu, mais vis-à-vis du cadavre d'un ivrogne retrouvé devant la clôture de Mavrino. Le Numéro Sept était le cheval sur lequel Yakonov pariait, mais les travaux là-bas n'avançaient guère.

« ... Bien sûr, j'apprécie hautement vos mérites personnels dans cette technique de l'articulation... »

(Il se moquait de lui !)

« ... et je suis absolument navré que votre monographie originale ait été publiée dans une petite édition hors commerce, vous privant de la gloire de devenir un George Fletcher russe... »

(Il continuait à se moquer de lui sans vergogne !)

« Toutefois, j'aimerais tirer de votre travail davantage de « profit », comme disent les Anglo-Saxons. Après tout, vous savez que malgré toute mon estime pour la science abstraite, je suis un homme pratique. »

Le lieutenant-colonel Yakonov occupait un rang élevé, mais il était encore assez loin du Chef des Nations pour se permettre le luxe de ne pas déguiser son intelligence ou s'abstenir d'opinions personnelles.

« En tout cas, laissez-moi vous demander franchement : qu'est-ce que vous faites en ce moment au Laboratoire d'Acoustique ? »

Il n'aurait pu trouver une question plus impitoyable ! Yakonov n'avait simplement pas le temps de tout examiner, sinon il aurait connu la réponse.

« Pourquoi diable vous ennuyez-vous avec ces histoires de perroquets : « Charme », « Choix » ? Vous, un mathématicien ? Un universitaire ? Tournez-vous. »

Nerjine se retourna puis se leva. Il y avait un troisième personnage dans le bureau. Un homme à l'air effacé en vêtements civils qui se leva du divan et s'approcha de Nerjine. Ses lunettes rondes étincelaient. Dans la lumière généreuse répandue dans la pièce par le plafonnier, Nerjine reconnut Piotr Trofimovitch Vereniev, qui était professeur assistant dans l'Université où il étudiait avant la guerre. Toutefois, suivant l'habitude qu'il avait acquise en prison, Nerjine ne dit rien, il ne fit aucun geste, supposant que le personnage qui lui faisait face était un prisonnier et craignant de lui faire du tort en s'empressant de le reconnaître. Vereniev sourit mais lui aussi semblait intimidé. Yakonov reprit de sa voix de stentor mais d'un ton rassurant :

« Il y a vraiment une enviable retenue chez vous autres mathématiciens. Toute ma vie j'ai considéré les mathématiciens comme des sortes de Rose-Croix et j'ai toujours regretté de ne jamais avoir eu l'occasion d'être initié à leurs secrets. Je vous en prie, sentez-vous à l'aise. Serrez-vous la main et faites comme chez vous. Je vais vous laisser une demi-heure... pour que vous évoquiez de chers souvenirs et aussi pour que le professeur Vereniev puisse vous mettre au courant des tâches qui vous sont assignées. »

Yakonov se souleva des profondeurs de son fauteuil, sa massive silhouette soulignée par ses épaulettes argent et bleu, et se dirigea d'un pas vif vers la porte. Quand Vereniev et Nerjine se serrèrent la main, ils étaient seuls.

Cet homme pâle avec ses lunettes où la lumière allumait des reflets paraissait au prisonnier Nerjine un fantôme revenu illégalement d'un monde oublié. Entre ce monde et le monde d'aujourd'hui, il y avait eu les forêts proches du lac Ilmen, les collines et les ravins d'Orel, les sables et les marais de Biélorussie, les grasses fermes polonaises, les toits de tuile des villes allemandes. Pendant les neuf années qu'avait duré leur séparation, il y avait eu les cellules nues sous l'éclairage aveuglant de la Bolchaïa Loubianka, des camps de transit grisâtres et puants, des compartiments étouffants aménagés dans des fourgons de marchandises, le vent mordant de la steppe. Tout cela ne lui permettait plus de redécouvrir les sentiments qu'il éprouvait lorsqu'il avait écrit les fonctions d'une variable indépendante sur la tendre ardoise d'un tableau noir.

Pourquoi Nerjine se sentait-il mal à l'aise ?

Les deux hommes allumèrent une cigarette et s'assirent, de part et d'autre de la petite table vernie.

Ce n'était pas la première fois que Vereniev rencontrait un de ses anciens étudiants de l'Université de Moscou ou de R..., où, avant la guerre, lors de la lutte entre les écoles théoriques, on l'avait envoyé pour faire appliquer la ligne dure. Mais pour lui aussi la rencontre d'aujourd'hui présentait des aspects insolites : l'isolement de cet établissement dans les faubourgs de Moscou, entouré d'une atmosphère de secret et retranché derrière des barbelés et puis les étranges combinaisons bleu foncé au lieu de vêtements ordinaires.

Bizarrement, ce fut Nerjine, le plus jeune des deux, le raté sans titres académiques, qui posa les questions et ce fut l'aîné qui répondit comme s'il avait honte de sa biographie sans prétention de savant : évacuation en temps de guerre, réévacuation, trois ans de travail avec K..., une thèse de doctorat en topologie mathématique. Nerjine, qui était devenu inattentif au point d'en être discourtois, ne demanda même pas le sujet de cette thèse dans cette discipline aride où lui-même avait jadis entrepris des travaux. Il plaignit soudain Vereniev.

Quantités résolues, quantités non résolues, quantités inconnues ; c'était ça, la topologie ! La stratosphère de la pensée humaine ! Au vingt-quatrième siècle peut-être serait-elle utile à quelqu'un, mais pour l'instant...

Je n'ai rien à dire du soleil et des mondes,
Je ne vois que les tourments des êtres humains.

Comment était-il entré dans cette organisation ? Pourquoi avait-il quitté l'université ? On l'avait nommé probablement. Et alors, n'aurait-il pas pu en sortir ? Si, il aurait pu refuser, mais... Ici, les salaires étaient doubles. Des enfants ? Oui, quatre...

Pour quelque obscure raison, ils commencèrent à passer en revue la liste des étudiants de la classe de Nerjine qui, comme lui, avaient passé leur dernier examen le jour où la guerre avait éclaté. Les plus brillants avaient été commotionnés par les bombardements ou tués. Ils étaient de ces gens qui allaient sans cesse de l'avant, qui ne faisaient pas attention à eux. Ceux dont on n'aurait rien pu attendre ou bien terminaient maintenant leurs études ou bien occupaient des postes de lecteurs dans des établissements d'enseignement supérieur. « Et qu'est devenu notre orgueil et notre joie... Dmitri Dmitritch Gorianov-Chakhovsky ?

— Gorianov-Chakhovsky ! Petit vieillard un peu négligé qui tantôt barbouillait de craie sa veste de velours noir, tantôt mettait dans sa poche le chiffon du tableau noir au lieu de son mouchoir. C'était un personnage légendaire, composé à partir d'une multitude de plaisanteries sur les professeurs distraits. Il avait été l'âme de l'Université impériale de Varsovie, puis était venu s'installer dans la ville commerçante de R... en 1915, comme on irait s'installer dans un cimetière. Un demi-siècle de travaux scientifiques lui avait valu des télégrammes de félicitations venant de Milwaukee, du Cap, de Yokohama. Et puis il avait été victime d'une purge sous prétexte de « rafraîchir » le personnel de l'Université. Il était alors parti pour Moscou en emportant un mot de Kalinine disant : « Ne touchez pas à ce vieil « homme ! » On racontait que le père de Kalinine avait été serf du père du professeur.

« On ne l'avait donc pas touché. On ne l'avait pas touché à un point impressionnant. Il pouvait se permettre de faire une communication de sciences naturelles apportant la preuve mathématique de l'existence de Dieu. Ou bien, lors d'un cours public sur son bien-aimé Newton il pouvait lancer de derrière ses moustaches jaunies :

« Quelqu'un vient de me passer un mot : « Marx a « écrit que Newton était un matérialiste, et vous, vous « dites que c'était un idéaliste. » Je réponds : « Marx « avait tort. Newton croyait en Dieu, comme tous les « autres grands savants. »

C'était affolant de prendre en note ses cours. Les sténos s'arrachaient les cheveux. Comme il avait les jambes faibles, il s'asseyait tout auprès du tableau noir, tourné vers lui, le dos à l'auditoire et il écrivait de sa main droite en effaçant de la main gauche, sans cesser pendant tout ce temps de marmonner dans sa barbe. Il était absolument impossible de comprendre ses idées durant les cours, mais quand Nerjine et un de ses camarades avaient réussi, grâce à leurs efforts communs, à prendre en note ce qu'il avait dit et qu'ils y réfléchissaient tout un soir, ils étaient bouleversés comme par le scintillement des cieux étoilés.

Qu'était-il donc advenu ? Quand R... avait été bombardé, le vieil homme avait été victime d'une commotion et on l'avait évacué au Kirghizistan à demi mort. Puis il était rentré, mais, disait-on, il n'était plus à l'Université mais à l'Institut pédagogique. Donc il vivait toujours ? Hé oui. Stupéfiant. Le temps passe, et, puis, d'un autre côté, il ne passe pas...

Mais pourquoi, après tout, Nerjine avait-il été arrêté ?

Nerjine éclata de rire.

« Pourquoi « après tout » ? A cause de ma tournure d'esprit, Piotr Trofimovitch. Au Japon, il y a une loi qui dit qu'un individu peut être jugé pour ses pensées inexprimées.

— Au Japon ! Mais nous n'avons pas de loi de ce genre chez nous.

— Mais si, et ça s'appelle article 58, paragraphe 10. »

Nerjine n'entendit qu'à demi la principale raison pour laquelle Yakonov l'avait réuni à Vereniev. Vereniev avait été envoyé ici pour intensifier et systématiser le travail cryptographique. Ils avaient besoin de mathématiciens, de nombreux mathématiciens, et Vereniev était ravi de voir parmi eux son ancien étudiant à qui un si bel avenir était jadis promis.

Narjine posa distraitement les questions qui s'imposaient. Piotr Trofimovitch, qui s'échauffait peu à peu en parlant mathématiques, expliqua le problème et il dit quels essais devaient être faits, quelles formules il fallait examiner. Mais Nerjine pensait à ses petits bouts de papier sur lesquels il avait griffonné d'une écriture minuscule, à ces notes qu'il avait pu écrire si tranquillement derrière sa barricade de livres, sous le regard prudent et amoureux de Simochka, et tandis que Rubine lui marmonnait avec bonhomie à l'oreille.

Ces petits bouts de papier constituaient les premières manifestations de sa maturité d'homme de trente ans.

Bien sûr, il aurait été plus souhaitable d'atteindre la maturité dans sa spécialité première. Pourquoi, pourrait-on lui demander, avait-il fourré la tête entre ces mâchoires béantes que les historiens eux-mêmes avaient fuies en des périodes plus sûres du lointain passé ? Quel instinct le poussait à essayer de résoudre l'énigme de ce géant sinistre et gonflé de lui-même à qui il suffisait d'un battement de cils pour faire tomber la tête de Nerjine ? Comme on dit : pourquoi se mouiller ? Et plus encore pour chercher quoi ?

Devait-il alors céder aux tentacules de la cryptographie ? Quatorze heures par jour, sans jour de congé ni de période de repos, il se bourrerait la tête avec la théorie des probabilités, la théorie des nombres, la théorie des erreurs. Un cerveau mort. Une âme desséchée. Que resterait-il pour penser ? Que resterait-il pour chercher à connaître la vie ?

Bien sûr, il y avait la charachka. Ce n'était pas un camp. Viande au dîner. Beurre le matin. On ne s'écorchait pas les mains au travail. On ne se gelait pas les doigts. On ne couchait pas sur des planches, épuisé de fatigue dans des sandales de chanvre boueuses. A la charachka, on se couchait dans un lit avec un drap blanc et un sentiment de contentement.

Alors pourquoi vivre toute une vie ? Simplement pour vivre ? Simplement pour faire fonctionner l'organisme ? Belle consolation ! Pourquoi soi s'il n'y a que soi !

Le bon sens disait : « Oui, citoyen chef ! » Mais le cœur disait : « Arrière, Satan ! »

« Piotr Trofimovitch, savez-vous faire des chaussures ?

— Qu'avez-vous dit ?

— Je vous demande : voulez-vous m'apprendre à faire des chaussures ?

— Pardon ? Je ne vous comprends pas.

— Piotr Trofimovitch, vous vivez dans une coquille. »

Après tout, je vais purger ma peine et partir pour la lointaine taïga, en déportation. Je ne sais pas travailler de mes mains, alors comment vivrai-je ? C'est plein d'ours là-bas. On n'y aura pas besoin des fonctions d'Ailer, avant trois ères géologiques au moins.

« De quoi parlez-vous, Nerjine ? En tant que cryptographe, si les travaux marchent bien, vous serez libéré avant la fin de votre peine, on supprimera la condamnation de votre casier judiciaire, on vous donnera un appartement à Moscou...

— On supprimera ma condamnation de mon casier judiciaire ! s'écria Nerjine, furieux, en plissant les yeux. Où avez-vous pris l'idée que je réclamais ce petit cadeau ? Tu as bien travaillé, alors nous allons te libérer ? Te pardonner ? Non, Piotr Trofimovitch ! » Et de l'index il martelait la surface vernie de la petite table. « Vous commencez du mauvais côté. Qu'ils reconnaissent d'abord que c'est injuste de jeter les gens en prison à cause de leur façon de penser et ensuite c'est nous qui déciderons si nous pardonnons. »

La porte s'ouvrit. Le dignitaire corpulent au gros nez chaussé d'un pince-nez d'or entra.

« Alors, mes Rose-Croix, vous êtes parvenus à un accord ? »

Nerjine répondit sans se lever et en regardant Yakonov droit dans les yeux :

« Cela dépend de vous, Anton Nikolaievitch, mais je considère que ma tâche au laboratoire d'acoustique n'est pas terminée. »

Yakonov était maintenant debout derrière son bureau. Seuls ceux qui le connaissaient auraient pu s'apercevoir qu'il était en colère lorsqu'il dit :

« L'articulation... contre les mathématiques ! Vous avez échangé le nectar des dieux contre une soupe aux lentilles. Allez. »

Et avec un gros crayon de couleur il écrivit sur le bloc posé sur son bureau :

« Renvoyer Nerjine. »

10

LE CHATEAU ENCHANTÉ

DEPUIS des années — pendant la guerre et après — Yakonov occupait le poste solide d'ingénieur en chef de la
Section technique spéciale. Il portait avec dignité les
épaulettes d'argent brodées de bleu et les trois grandes étoiles de colonel du génie que ses connaissances
lui avaient acquises. Dans sa position il pouvait diriger
les choses de loin et en termes généraux, tantôt lisant
un rapport savant devant un auditoire de hauts fonctionnaires, tantôt discutant de façon intelligente et
colorée avec un ingénieur à propos d'une maquette que
celui-ci venait de terminer. Bref, il passait pour un
expert sans être responsable de rien et en touchant
chaque mois une assez jolie liasse de billets de mille
roubles. Yakonov présidait à la naissance de toutes les
entreprises techniques de la Section, s'en désintéressait
durant la difficile période des douleurs de la croissance
et de la maturité, pour honorer de nouveau de sa présence soit les auges creuses de leurs cercueils noirs
soit le couronnement doré des héros.

Anton Nikolaievitch n'était ni assez jeune ni assez sûr
de lui pour courir après l'éclat trompeur d'une Etoile
d'Or ou d'un prix Staline, ni pour mettre la main sur
tous les objets confiés par le ministère ou même par

le Patron en personne. Anton Nikolaievitch avait déjà
assez d'expérience et d'âge pour désirer éviter tout cet
ensemble d'émotions, d'essors et de plongeons.

En s'en tenant à cette attitude, il avait mené une
existence assez confortable jusqu'en janvier 1948. En
ce janvier-là, quelqu'un suggéra au Père des Peuples
d'Orient et d'Occident l'idée de créer un téléphone secret
spécial conçu pour lui seul et fonctionnant de telle façon
que personne ne pourrait comprendre ses conversations téléphoniques même si elles étaient interceptées.
De son auguste doigt, à l'ongle jauni de nicotine, le Père
des Peuples désigna sur la carte les installations de
Mavrino, qui avaient servi jusque-là à la mise au point
d'émetteurs portatifs pour la milice. Il prononça à cette
occasion les paroles historiques suivantes :

« En quoi ai-je besoin de ces émetteurs ? Pour arrêter
les cambrioleurs ? Quel intérêt ? »

Il fixa une date limite : le 1er janvier 1948. Puis il
réfléchit un moment et reprit :

« Bon, vous avez jusqu'au 1er mai. »

L'opération, considérée comme de la plus haute importance, fut déclarée prioritaire, et devant être effectuée
dans des délais très courts. On étudia la question au
ministère et on désigna Yakonov pour être personnellement responsable de Mavrino. Les efforts de Yakonov
pour prouver qu'il était surchargé de travail et pour
affirmer qu'il lui était impossible de faire deux choses
à la fois se révélèrent vains. Le chef de la section, Foma
Gourianovitch Oskoloupov, considéra Yakonov de ses
yeux verts de félin, et Yakonov se rappela la tache qui
ternissait ses états de service : il avait fait six mois de
prison. Il resta donc silencieux.

Depuis lors, cela faisait près de deux ans maintenant,
le bureau de l'ingénieur en chef de la Section au ministère était vacant. L'ingénieur en chef passait ses jours
et ses nuits dans le bâtiment de banlieue couronné par
une tour hexagonale au-dessus du dôme d'un autel désaf-
fecté.

Au début, ç'avait même été agréable de diriger les
choses personnellement ; de claquer d'un geste las la portière de la Pobiéda qu'on lui avait affectée, de cahoter
dedans en roulant à toute vitesse vers Mavrino, de passer
devant la sentinelle qui saluait à la porte entourée de
barbelés. C'était bon au printemps, quand tout était si
jeune et si clair, de se promener entouré d'une suite de

capitaines et de commandants sous les tilleuls centenaires de Mavrino. Ses supérieurs n'avaient encore rien
exigé de Yakonov : seulement des mémoires sans fin
concernant les projets à mener à bien et des indications
sur sa responsabilité du point de vue socialiste. Et la
corne d'abondance avait déversé ses trésors sur l'Institut de Mavrino : des pièces radio de fabrication russe
et étrangère, de l'équipement, du mobilier, une bibliothèque technique de trente mille volumes, des spécialistes prisonniers extraits des camps, la crème des officiers de sécurité et des surveillants (qui jouaient
toujours les coqs de village autour de chaque
projet secret) et enfin un corps de gardiens spéciaux d'une dureté de fer. Il fallut réparer la vieille
bâtisse et construire de nouvelles annexes pour le
personnel de la prison spéciale et pour abriter les
ateliers expérimentaux. Et lorsque les tilleuls furent
couverts de fleurs jaunes qui répandaient leur doux parfum, on pouvait entendre à l'ombre des vieux géants les
tristes discussions des prisonniers de guerre allemands
avachis dans leurs tuniques à col de lézard. Ces fascistes
paresseux qui en étaient à leur quatrième année d'emprisonnement depuis la fin de la guerre n'avaient aucun
désir de travailler. Pour un Russe, c'était insupportable de voir la façon dont ils déchargeaient les briques des
camions : lentement, soigneusement, comme si les briques étaient en verre, se les passant de main en main
jusqu'à la pile où on les entassait. Tout en installant des
radiateurs près des fenêtres et en refaisant les plan-
chers pourris, les Allemands déambulaient dans les
salles ultra-secrètes et regardaient d'un air morne les
indications en allemand et en anglais sur le matériel.
N'importe quel collégien allemand aurait pu deviner de
quel genre de laboratoire il s'agissait. Tout cela, Rubine
l'expliqua dans un rapport au colonel du génie et son
rapport était parfaitement exact. Mais il était également
très gênant pour les chefs des officiers de sécurité
Chikhine et Michkine (que les prisonniers désignaient
sous le nom collectif de Chikhine-Michkine), car que
pouvait-on y faire maintenant ? Allaient-ils signaler leur
propre négligence à leurs supérieurs ? Et d'ailleurs il
était de toute manière trop tard parce que les prisonniers de guerre avaient été renvoyés dans leur patrie et
que ceux qui allaient en Allemagne de l'Ouest pouvaient,
si cela présentait quelque intérêt, envoyer à qui le vou-

lait des rapports sur l'emplacement de l'Institut et la disposition des divers laboratoires. Aussi, sans même envoyer le rapport de Rubine, le commandant Chikhine insista-t-il pour qu'à l'Institut aucun de ceux qui travaillaient dans une salle n'en sût plus sur les secrets de ce qui se passait dans une autre que sur ce qui se passait sur la place du marché de Madagascar. Quand des fonctionnaires d'autres services du même ministère voulaient voir le colonel du génie pour des questions concernant le ministère, il n'était pas autorisé à leur donner l'adresse de son Institut et, pour préserver ce secret inviolé, il allait conférer avec eux à la Loubianka.

Les Allemands furent renvoyés dans leurs foyers et pour les remplacer on fit venir des zeks, tout comme ceux de la charachka, mais en uniformes sales et déchirés et n'ayant pas droit au pain blanc. Sous les tilleuls on entendait maintenant retentir de bons vieux jurons militaires, tantôt justifiés et tantôt non, qui rappelaient aux zeks de la charachka de quelle patrie ils venaient et quel était leur implacable destin. Les briques volaient hors des camions si bien qu'il n'en restait pratiquement pas d'intactes. Aux cris de « Un, deux, trois... Levez », les zeks hissaient un toit de contre-plaqué sur la plate-forme du camion. Ils grimpaient dessus eux-mêmes, on refermait le camion et ils traversaient les rues de Moscou tout en pelotant joyeusement les filles mêlées à eux qui les injuriaient... jusqu'au camp où on les emmenait passer la nuit.

C'est ainsi qu'en ce château enchanté, séparé de la capitale et de ses habitants ignorants par un no man's land magique, ces lémures dans leurs blousons noirs capitonnés opérèrent de fabuleux changements : on installa l'eau courante, le tout-à-l'égout, le chauffage central et les parterres de fleurs.

Cependant, cette institution privilégiée se développait et s'étendait. L'Institut Mavrino prit sous son aile, avec tout son personnel, un autre institut de recherches qui poursuivait des travaux similaires. Cet institut arriva au grand complet avec bureaux, tables, classeurs, chemises et rouleaux de documents et un équipement du genre qui se démode non pas en quelques années mais en quelques mois, et avec son chef, le commandant du génie Roitman, qui devint l'assistant de Yakonov. Malheureusement, le créateur de cet institut, son inspirateur et son protecteur, le colonel Yakov Ivanovitch Mamourine, le chef des Communications spéciales, un des plus importants fonctionnaires du gouvernement, avait disparu quelque temps auparavant dans des circonstances tragiques.

Ce qui s'était passé, c'était que le chef de Toute l'Humanité progressiste avait eu un jour une longue conversation avec la province du Yunnan, et qu'il avait été mécontent des couinements et des parasites qu'il y avait sur la ligne. Il convoqua Béria et lui dit en géorgien :

« Lavrenty ! Quel idiot as-tu mis à la tête des communications ? Débarrasse-toi de lui. »

On se débarrassa donc de Mamourine, c'est-à-dire qu'on l'emprisonna à la Loubianka. On se débarrassa de lui mais on ne sut qu'en faire ensuite. On n'avait aucune des directives habituelles ; pas d'instructions précisant qu'on devait le condamner et, si oui, pourquoi, et quelle peine de prison on devait lui infliger. S'il n'avait pas été un des leurs on lui aurait donné « vingt-cinq ans plus cinq sur les cornes », comme on disait, autrement dit vingt-cinq ans de prison et cinq ans ensuite de privation de droits civiques et on l'aurait envoyé à Norilsk. Mais, se rappelant le dicton : « C'est ton tour aujourd'hui et demain ce sera le mien », ses anciens collègues soutinrent Mamourine. Lorsqu'ils furent convaincus que Staline l'avait oublié, ils l'envoyèrent sans l'avoir interrogé ni condamné dans cette maison des faubourgs de Moscou, à Mavrino.

Ainsi donc, un soir d'été de 1948, on amena un nouveau zek à la charachka. Toutes les circonstances de son arrivée étaient bizarres. Le fait qu'il fut amené, non pas en panier à salade, mais dans une voiture particulière, qu'il était accompagné par le chef de la Section pénitentiaire en personne, et qu'enfin on lui servit son premier repas, dissimulé par une serviette, dans le bureau du directeur de la prison spéciale.

On apprit (les zeks étaient censés ne rien entendre mais ils entendaient tout) que le nouveau prisonnier avait déclaré « qu'il n'aimait pas le saucisson » et que le directeur de la prison avait insisté poliment pour qu'il en mangeât. Un zek qui allait chez le médecin pour chercher un médicament avait surpris cette conversation derrière une cloison. Discutant de nouvelles aussi passionnantes, la population indigène de la charachka en conclut que le nouvel arrivant était néanmoins un zek et chacun alla s'endormir satisfait.

Les historiens de la charachka ne surent jamais où le nouveau venu avait dormi cette première nuit. De bonne heure le matin, sur le large palier de marbre où les prisonniers n'étaient dorénavant plus admis, un zek sans façon, un balourd de serrurier, tomba nez à nez avec lui.

« Eh bien, frère, dit-il en lui donnant une bourrade en pleine poitrine, d'où viens-tu ? Comment t'es-tu fait épingler ? Assieds-toi et fumons une pipe. »

Mais le nouveau venu recula avec un air de dédain horrifié. Le serrurier fixa d'un regard mauvais ses yeux pâles, ses cheveux clairs et rares et dit d'un ton furieux :

« Très bien, espèce de salaud ! Je te promets que tu nous parleras quand tu auras été bouclé avec nous pendant une nuit ! »

Mais l'« espèce de salaud » ne fut pas enfermé dans la prison générale. Au second étage, donnant sur le couloir du laboratoire, on lui trouva une petite pièce qui avait servi jusque-là de chambre noire et on y poussa un lit de camp, une table, une armoire, une plante dans un pot et un réchaud électrique. On arracha le carton masquant la fenêtre à barreaux qui ne donnait pas sur la lumière du Bon Dieu mais sur le palier d'un escalier de service. L'escalier était au nord, si bien que même le jour c'était à peine si la lumière parvenait jusqu'à la cellule du prisonnier privilégié. Bien sûr, on aurait pu ôter les barreaux de la fenêtre, mais l'administration de la prison, non sans hésitation, décida après tout de les laisser. Même ceux qui occupaient des postes d'autorité ne comprenaient pas cette déconcertante affaire et ils ne parvenaient pas à fixer une ligne de conduite adéquate.

Ce fut alors qu'on donna au nouvel arrivant le surnom de « l'Homme au Masque de Fer ». Pendant longtemps personne ne sut son nom. Personne ne pouvait lui parler. Les zeks le voyaient par la fenêtre, assis dans sa cellule la tête basse, ou bien encore déambulant comme une ombre pâle sous les tilleuls aux heures où les autres zeks n'étaient pas autorisés à sortir. Le Masque de Fer était aussi maigre, il avait le teint aussi cireux qu'un zek après deux bonnes années d'interrogatoires. Mais son étonnant refus de saucisson écartait cette interprétation.

Bien plus tard, quand le Masque de Fer eut commencé à travailler au Numéro Sept, les zeks apprirent des employés libres que c'était le même colonel Mamourine qui, lorsqu'il était chef de la Section des Communications spéciales, avait obligé tous ceux qui passaient devant son bureau à marcher sur la pointe des pieds. Sinon il traversait en courant le bureau de sa secrétaire pour hurler :

« Devant le bureau de qui crois-tu que tu piétines, lourdaud ! Comment t'appelles-tu ? »

Plus tard encore, il apparut clairement que les souffrances de Mamourine à la charachka étaient d'ordre moral. Le monde des employés libres le rejetait et il ne voulait rien avoir à faire avec le monde des zeks. Tout d'abord, dans sa solitude, il lut beaucoup d'ouvrages immortels comme *Le Combat pour la Paix* de Panférov et *Le Cavalier de l'Etoile d'Or* de Babaievsky. Il lut Soboleysky Nikouline, puis les vers de Prokofiev et de Gribatchev. Alors s'opéra en lui une transformation miraculeuse : il se mit à écrire lui-même de la poésie. On sait pertinemment que le malheur et les tourments de l'âme font naître des poètes, et les tourments de Mamourine étaient plus aigus que ceux de n'importe quel autre prisonnier. En prison depuis deux ans, sans enquête ni procès, il vivait comme il avait vécu auparavant, se conformant seulement aux dernières directives du Parti et, comme précédemment, il défiait le Sage Maître. Mamourine avoua à Rubine que ce n'était pas la nourriture de la prison (on lui préparait spécialement ses repas) qui était si épouvantable ; ce n'était pas non plus la douleur d'être séparé de sa famille (une fois par mois on l'emmenait en secret jusqu'à son appartement où il passait la nuit) ; bref, ce n'étaient pas tant des besoins d'animaux primitifs qui le hantaient, mais c'était dur d'avoir perdu la confiance de Yosif Vissarionovitch ; c'était pénible de ne plus être colonel, d'être démobilisé et en disgrâce. C'était pourquoi il était infiniment plus difficile pour des gens comme lui et comme Rubine de supporter la détention que pour les canailles sans principes qui les entouraient.

Rubine était un communiste. Mais après avoir entendu les aveux de son collègue aux idées présumées orthodoxes, et après avoir lu sa poésie, Rubine commença à éviter Mamourine, voire à se cacher de lui, et il passait son temps avec des gens qui l'attaquaient injustement mais qui partageaient son sort.

Quant à Mamourine, il était poussé par un désir, aussi insistant qu'une rage de dents, de se justifier par le travail. Malheureusement, ses connaissances en matière de communications, bien qu'il eût été dans ce domaine un haut fonctionnaire, se limitaient à l'emploi d'un appareil téléphonique. Il était donc personnellement incapable de travailler ; il ne pouvait que diriger. Mais la direction, si le projet à mener à bien était de toute évidence voué à l'insuccès, ne le remettrait jamais dans les bonnes grâces du Meilleur Ami des Ouvriers des Communications. Il lui fallait diriger un projet présentant quelques promesses de réussite.

A cette époque, deux projets de ce genre s'ébauchaient à l'Institut de Mavrino : le Vocodeur et le Numéro Sept.

Pour des raisons profondes et qui n'ont rien à voir avec la logique, les gens ou bien s'entendent ou bien ne s'entendent pas du tout au premier regard. Yakonov et son assistant Roitman ne s'entendaient pas. De mois en mois, chacun devenait de plus en plus insupportable à l'autre ; toutefois étant attelés au même chariot par une main plus lourde que la leur, ils ne pouvaient pas se séparer, mais ils tiraient dans des directions différentes. Quand le problème du secret des communications téléphoniques en vint à être abordé par deux méthodes expérimentales différentes, Roitman rassembla tous ceux qu'il pouvait dans le Laboratoire d'Acoustique pour mettre au point le vocodeur qu'en russe on appelait l'« appareil d'élocution artificielle ». En réponse, Yakonov fit une sélection parmi les autres groupes et rassembla au Numéro Sept, c'est-à-dire au Laboratoire Sept, les ingénieurs les plus qualifiés et le matériel importé le plus perfectionné. Les premiers balbutiements d'autres solutions au problème s'éteignirent dans cette lutte inégale.

Mamourine choisit pour sa part le Numéro Sept, d'abord parce qu'il ne pouvait pas devenir le subordonné de son ancien subordonné, Roitman, et ensuite parce que le ministère estimait opportun d'avoir un regard farouche et vigilant derrière l'épaule de Yakonov, qui n'était pas membre du Parti et dont le passé n'était pas sans tache.

A dater de ce jour, Yakonov put se rendre à l'Institut comme bon lui plaisait. L'ancien colonel du M.V.D., le prisonnier solitaire aux yeux pâles et fiévreux, aux joues horriblement creuses, refusant nourriture et sommeil, renonçant à Homère et à Gribatchev, trimait jusqu'à deux heures du matin en passant quinze heures par jour au Numéro Sept. Un horaire de travail aussi commode ne pouvait exister qu'au Numéro Sept, car, comme on n'avait pas besoin de surveiller Mamourine, les employés libres n'étaient pas obligés de faire des heures de nuit.

Quand Yakonov avait laissé Vereniev et Nerjine dans son bureau, il était allé tout droit au Numéro Sept.

11

LE NUMÉRO SEPT

PERSONNE ne dit jamais aux simples soldats quels sont les plans des généraux, mais ils savent toujours perti-nemment s'ils sont sur la ligne de front ou sur un flanc. De même, les trois cents zeks de la charachka de Ma-vrino avaient l'impression parfaitement correcte que le Numéro Sept était le secteur crucial.

Personne à l'Institut n'était censé connaître le vrai nom du Numéro Sept — mais tout le monde le savait. C'était le « Laboratoire d'Analyse de la Parole ». L'expres-sion « analyse de la parole » avait été empruntée à l'anglais, et non seulement les ingénieurs et les traduc-teurs de l'Institut, mais aussi les installateurs et les monteurs, les tourneurs et peut-être même le charpen-tier dur d'oreille savaient que tout cet équipement était construit suivant les plans de modèles américains. Mais on faisait communément semblant de croire que tout cela était d'origine soviétique. Aussi des magazines amé-ricains de radio, avec des diagrammes et des articles sur la théorie du « découpage », qu'on vendait à New York aux éventaires des librairies d'occasion étaient-ils ici numérotés, reliés, classés et enfermés dans des cof-fres à l'abri du feu, à l'abri des espions américains.

Le découpage, l'amortissement, la compression d'amplitude, la différenciation électronique et l'intégration de la parole humaine normale étaient une profanation technique : c'était comme si l'on démembrait une station touristique du sud comme Novy Afon ou Gourzouf en petits fragments de matière, qu'on les entassait dans un milliard de boîtes d'allumettes, qu'on mélangeait le tout, qu'on les expédiait par avion à Nertchinsk, puis qu'on les triait et qu'on les réassemblait dans ce nouveau site pour qu'on ne pût distinguer le résultat de l'original, en recréant là-bas le climat subtropical, la rumeur des vagues sur la grève, l'air du midi et le clair de lune.

On se proposait de faire la même chose avec la parole en utilisant de petites doses d'impulsions électriques et d'une façon telle que, non seulement tout serait compréhensible, mais que le Patron serait en mesure de reconnaître par la voix la personne à qui il parlait.

Dans les charachkas, ces institutions capitonnées où l'on n'entendait pas les grondements de la lutte pour la vie qu'on menait dans les camps, cela faisait longtemps que l'administration avait posé en principe que dans le cas où les recherches seraient couronnées de succès, les zeks qui y avaient participé le plus étroitement recevraient tout — la liberté, un nouveau passeport, un appartement à Moscou — et que les autres n'auraient rien du tout, qu'on ne leur ferait même pas une remise de peine d'un jour, qu'on ne leur distribuerait pas une ration de vodka en l'honneur des vainqueurs.

C'était tout l'un ou tout l'autre.

Aussi les prisonniers qui avaient le mieux réussi à acquérir cette ténacité qui permettait, semblait-il, à un zek de s'accrocher par les ongles à la surface d'un miroir vertical, les prisonniers les plus tenaces cherchaient-ils à se faire inscrire au Numéro Sept qui faisait pour eux office de tremplin vers la liberté.

C'est ainsi que se retrouva là une brute d'ingénieur du nom de Markouchev, un homme au visage boutonneux tout haletant d'ardeur à l'idée de mourir pour les idées du colonel Yakonov. C'est ainsi que s'y retrouvèrent d'autres du même acabit.

Mais le perspicace Yakonov choisit aussi pour le Numéro Sept des hommes qui n'essayaient pas d'y aller. Tel fut le cas de l'ingénieur Amantsaï Boulatov, un

Tatare de Kazan, qui portait de grosses lunettes à monture d'écaille, un homme très droit au rire assourdissant, condamné à dix ans de prison pour avoir été fait prisonnier et pour avoir connu Moussa Djalil, l'ennemi du peuple. C'était également le cas d'Andreï Andreievitch Potapov, un spécialiste non pas des minivoltages, mais des courants à très haute tension et de la construction de centrales électriques. Il arriva à la charachka de Mavrino par l'erreur d'un employé ignorant qui classait les cartes au fichier du GOULAG [1]. Comme il était authentique ingénieur et un travailleur plein de bonne volonté, Potapov ne tarda pas à trouver sa place à Mavrino et devint irremplaçable dans les travaux concernant l'équipement précis et complexe de mesure des fréquences radio.

Il y avait là aussi l'ingénieur Khorobrov, un grand spécialiste de la radio. Il avait été nommé au Numéro Sept dès le début, quand c'était encore une unité ordinaire. Depuis quelque temps il était las du Numéro Sept et ne suivait plus son rythme frénétique. Et Mamourine était las lui aussi de Khorobrov.

Enfin, « fouaillant les gens et les chevaux », arriva au Numéro Sept de Mavrino en provenance du célèbre projet de construction Numéro 501 près de l'installation de Salekhard, venant d'une brigade disciplinaire d'un camp de travail, le sombre et génial ingénieur Bobynine. On le plaça aussitôt au-dessus de tout le monde. On l'avait arraché aux portes de la mort, et, en cas de réussite, il était le premier candidat à la liberté. Il restait donc à travailler après minuit, mais il travaillait avec une dignité si méprisante que Mamourine le craignait et que Bobynine était le seul de tout le groupe qu'il évitait de réprimander.

Le Numéro Sept était une salle analogue au Laboratoire d'Acoustique, mais un étage plus haut. Elle avait le même équipement et le même mobilier que l'autre, sauf qu'il n'y avait pas de cabine acoustique.

Yakonov se rendait au Numéro Sept plusieurs fois par jour et pour cette raison même son arrivée là-bas n'avait rien du caractère de la visite d'un grand patron. Seuls Markouchev et les autres lèche-bottes se poussèrent au premier rang pour se faire voir et s'affairèrent avec plus d'ardeur que jamais. Quant à Potapov, il avait

---

1. Sigle de l'administration centrale des camps.

installé un fréquencemètre à l'unique emplacement dégagé sur les étagères du haut encombrées d'instruments, s'isolant ainsi du reste du laboratoire. Il accomplissait son travail dans les temps, sans efforts frénétiques, et, en ce moment précis, il confectionnait un étui à cigarettes en matière plastique rouge transparente, avec l'intention d'en faire cadeau le lendemain matin.

Mamourine se leva pour accueillir Yakonov comme un égal. Il ne portait pas la combinaison bleu foncé des zeks ordinaires, mais un costume de bonne laine, qui ne suffisait pas toutefois à faire oublier son visage émacié et sa silhouette osseuse.

L'expression qui se peignit sur son visage couleur citron et sur ses lèvres exsangues fut interprétée par Yakonov comme de la joie :

« Anton Nikolaievitch ! Nous venons de réajuster sur la base d'une impulsion sur seize... et c'est bien mieux. Tenez, écoutez, je vais vous lire. »

« Lire » et « écouter » constituaient le test habituel de la qualité d'un circuit téléphonique. Le circuit était altéré plusieurs fois par jour — par l'addition ou la suppression ou le remplacement d'un élément — et l'établissement, chaque fois, d'un indice précis d'articulation était une méthode lourde et trop lente pour s'adapter au rythme des conceptions de montage fournies par les ingénieurs. En outre, cela n'avançait à rien d'obtenir des chiffres décourageants par un système qui jadis avait été objectif mais qui maintenant était entièrement aux mains de Nerjine, le protégé de Roitman.

Dominé par une unique pensée, sans rien demander ni expliquer, Mamourine gagna un coin éloigné de la salle, et là, le dos tourné et pressant le combiné sur sa joue, il se mit à lire un journal dans le micro. Yakonov coiffa une paire d'écouteurs à l'autre extrémité du circuit et tendit l'oreille. Il se passait quelque chose d'épouvantable dans les écouteurs : la voix de Mamourine était hachée par des volées de craquements, de ronflements et de sifflements. Mais, tout comme une mère contemple tendrement son vilain rejeton, Yakonov non seulement n'arracha pas les écouteurs qui lui déchiraient les oreilles, mais il écouta encore plus attentivement et parvint à la conclusion que cet horrible bruit semblait plus plaisant que les horribles bruits précédents, qu'il avait entendus avant le dîner. La lecture de Mamourine ne se faisait certes pas sur le ton vif d'une conversation, mais sur un mode assuré et d'une précision délibérée. En outre, il lisait un article sur l'insolence des gardes-frontières yougoslaves et sur la complaisance du sanglant bourreau de Yougoslavie, Rankovitch, qui avait transformé un pays aimant la paix en une énorme salle de torture. Yakonov devinait donc facilement ce qu'il n'entendait pas, comprenait qu'il l'avait deviné, oubliait qu'il l'avait deviné et se persuadait d'autant plus que l'audibilité était meilleure qu'avant.

Il voulait également discuter avec Bobynine. Ce dernier, un personnage massif, aux épaules larges, avec ses cheveux coupés comme ceux d'un forçat, bien qu'à la charachka on autorisât toutes sortes de coiffures, était assis non loin de là. Il ne s'était pas retourné quand Yakonov était entré dans le laboratoire et, penché sur la longue bande du film du photo-oscillogramme, il mesurait quelque chose avec un compas.

Ce Bobynine était un des insectes de la création, un zek insignifiant, un membre de la classe la plus basse. Et Yakonov était un dignitaire. Pourtant Yakonov ne pouvait se décider à déranger Bobynine, si grande que fût l'envie qu'il en avait.

On peut bâtir l'Empire State Building, discipliner l'armée prussienne, élever la hiérarchie de l'Etat au-dessus du trône du Tout-Puissant, mais on ne parvient pas à surmonter l'inexplicable supériorité spirituelle de certains êtres.

Il y a certains soldats que leur commandant de compagnie redoute. Il y a des ouvriers qui intimident leur contremaître. Des prisonniers qui font trembler leurs accusateurs.

Bobynine savait cela et il faisait usage de son pouvoir dans ses rapports avec l'autorité.

Chaque fois que Yakonov parlait avec lui, il se trouvait pris du désir irrésistible de flatter ce zek, d'éviter de l'irriter. Il s'en voulait de cette attitude, mais il remarquait que tous les autres réagissaient de la même façon devant Bobynine.

Otant les écouteurs, Yakonov interrompit Mamourine :

« C'est mieux, Yakov Ivanitch, infiniment mieux ! J'aimerais le faire écouter à Rubine. Il a une « bonne oreille ».

Quelqu'un, satisfait d'une opinion que lui avait exprimée Rubine, avait déclaré un jour qu'il avait une « bonne oreille ». Inconsciemment on avait admis ce postulat et on l'avait cru. Rubine était arrivé à la charachka par accident et il avait réussi à se maintenir là en faisant des traductions. Son oreille gauche était aussi bonne que celle de n'importe qui, mais son oreille droite était devenue sourde à la suite d'une commotion reçue sur le front du nord-ouest... fait qu'après s'être fait féliciter pour sa « bonne oreille » il avait dû cacher. La réputation d'avoir une « bonne oreille » avait affermi sa position, jusqu'au jour où il l'avait rendue plus solide encore avec son *magnum opus* en trois volumes : l'*Aspect audio-synthétique et électro-acoustique de la langue russe.*

On téléphona donc au Laboratoire d'Acoustique pour demander Rubine. En attendant, ils écoutèrent eux-mêmes, pour la dixième fois, Markouchev, les sourcils froncés et l'air concentré, garda un moment le téléphone à l'oreille et déclara d'un ton convaincu que c'était mieux, que c'était beaucoup mieux (l'idée de réajuster sur la base d'une impulsion sur seize était la sienne, il savait donc, avant même qu'on eût procédé au réajustement, que ce serait une amélioration). Dyrsine sourit à contrecœur, d'un air d'excuse et hocha la tête. Boulatov cria à travers tout le laboratoire qu'ils devraient se réunir avec les experts et procéder à un nouveau réglage sur la base d'une impulsion sur trente-deux. Deux électriciens accommodants, qui écoutaient chacun avec un écouteur du même casque, confirmèrent aussitôt avec une joyeuse exubérance que c'était en effet beaucoup plus clair.

Bobynine continuait à mesurer l'oscillogramme sans lever les yeux.

L'aiguille noire de la grande pendule électrique fixée au mur passa sur dix heures trente. Bientôt, dans tous les laboratoires, sauf dans le Numéro Sept, le travail allait cesser, les magazines considérés comme documents secrets allaient être enfermés dans des coffres, les zeks allaient regagner leur quartier d'habitation pour dormir et les employés libres allaient se précipiter vers l'arrêt d'autobus où la fréquence des passages était moins grande à cette heure tardive.

Ilya Terentevitch Khorobrov, au fond du laboratoire et hors de la vue de ses chefs, marchait d'un pas lourd derrière la cloison de rayonnages vers Potapov. Khorobrov était de Viatka, il venait de ses confins les plus reculés, près de Kaï, au-delà duquel, à travers forêts et marécages, s'étendait un pays plus grand que la France, le pays de GOULAG. Il voyait et comprenait plus que beaucoup, mais la nécessité de toujours dissimuler ses pensées, de réprimer son sens de la justice avait courbé son corps, lui avait donné un air déplaisant et creusé des rides marquées autour de ses lèvres. Finalement, lors des premières élections de l'après-guerre, il n'avait pu supporter tout cela plus longtemps, et sur son bulletin de vote il avait griffonné de grossières injures paysannes qui visaient le Plus Grand Génie des Génies. C'était une époque où l'on ne faisait rien pour la reconstruction et où l'on n'ensemençait pas les champs à cause du manque de main-d'œuvre. Mais pendant tout un mois plusieurs jeunes inspecteurs de police étudièrent l'écriture de tous les électeurs de la circonscription et Khorobrov fut arrêté. Il partit pour le camp avec un sentiment de joie : là au moins il pourrait parler comme il le voudrait. Mais les camps ordinaires ne fonctionnaient pas ainsi. Des indicateurs multiplièrent les dénonciations contre Khorobrov et force lui fut de se taire.

A la charachka, le bon sens exigeait qu'il se perdît dans l'activité du Numéro Sept et qu'il s'assurât, sinon la libération, du moins une existence convenable. Mais devant tant d'injustices, même quand elles ne le touchaient pas personnellement, la nausée montait en lui jusqu'au point où l'on n'a plus envie de vivre.

Passant derrière la cloison de rayonnages de Potapov, il se pencha sur le bureau et proposa doucement :

« Andreïch. Il est temps de filer. C'est samedi. »

Potapov venait de fixer un fermoir rose à l'étui à cigarettes en matière plastique transparente rouge. Il pencha la tête d'un côté pour admirer son œuvre et demanda :

« Qu'est-ce que tu en penses, Terentitch, ça va bien comme couleur, non ? »

Ne recevant ni approbation ni désapprobation, Potapov regarda Khorobrov avec un air de grand-mère par-dessus la monture métallique de ses lunettes et dit :

« Pourquoi tenter le sort ? Le temps travaille pour nous. Anton va s'en aller et ensuite nous nous volatiliserons immédiatement. »

Il avait une façon bien à lui de diviser certains mots en syllabes en s'attardant avec une mimique sur l'une d'elles.

Rubine cependant était arrivé au Laboratoire. Il était onze heures, le travail était terminé et Rubine, qui avait été toute la soirée d'humeur lyrique, avait seulement envie de regagner son lit pour continuer à lire Hemingway. Toutefois, en feignant de s'intéresser vivement à la qualité du nouveau circuit du Numéro Sept, il demanda à Markouchev de lire, puisque sa voie aiguë, avec une tonalité moyenne de cent soixante cycles par seconde, devrait être plus difficile à transmettre (par des procédés de ce genre, il s'était aussitôt posé en spécialiste). Coiffant les écouteurs, Rubine écouta et à plusieurs reprises donna à Markouchev l'ordre de lire tantôt plus fort, tantôt plus doucement, tantôt de répéter des phrases comme « Les bons paysans pataugeaient dans la boue » et « Il regarda, il bondit, il conquit », phrases que Rubine avait inventées pour vérifier certaines combinaisons sonores et que tout le monde connaissait à la charachka. Il finit par rendre son verdict : il y avait une tendance marquée à l'amélioration ; les voyelles se transmettaient vraiment fort bien, les dentales un peu plus mal ; il était toujours préoccupé par la formation de la lettre « j » ; et le son si courant dans les langues slaves, « vsp » ne se transmettait pas du tout et exigeait du travail.

Il y eut tout un chœur de voix ravies de constater que le circuit était meilleur. Bobynine leva les yeux de son oscillographe et marmonna d'un ton narquois :

« Quelle idiotie ! Un pas à droite, un pas à gauche. Ça ne rime à rien de deviner. Il faut trouver une méthode. »

Devant son regard ferme et sévère, chacun se tut, gêné.

Derrière ses étagères, Potapov collait avec de l'essence de poire le fermoir rose de l'étui à cigarettes. Potapov avait passé trois ans dans les camps allemands et il avait survécu surtout à cause de son talent extraordinaire à fabriquer de ravissants briquets, étuis à cigarettes et fume-cigarette à partir de déchets et sans se servir d'aucun instrument.

Personne ne semblait pressé de quitter le travail, bien que ce fût la veille d'un dimanche « volé ».

Khorobrov se redressa. Posant ses documents secrets

sur le bureau de Potapov pour qu'on les enfermât dans
le coffre, il sortit d'un pas ferme de derrière les rayonnages et se dirigea vers la sortie, passant sans s'arrêter
devant tous ceux qui faisaient cercle autour de l'analyseur de paroles.

Mamourine, très pâle, lui lança un regard furieux que
l'autre ne vit pas, car il lui tournait le dos et cria :

« Ilya Terentitch, pourquoi n'écoutez-vous pas ? D'ailleurs, où allez-vous ? »

Khorobrov tourna sur ses talons sans se hâter et,
avec un sourire railleur, répondit d'une voix claire :

« J'aurais préféré ne pas avoir à le mentionner à haute
voix, mais si vous insistez : en ce moment précis, je
m'en vais aux toilettes, ou, si vous préférez, aux gogues.
Si tout se passe bien là-bas, je continuerai mon chemin
jusqu'à la prison et je me coucherai pour dormir. »

Dans le silence qui suivit, Bobynine, qu'on ne voyait
presque jamais sourire, fut secoué d'un rire profond.

C'était de la mutinerie ! Mamourine fit un pas vers
lui, comme s'il s'apprêtait à le frapper et demanda
d'une voix perçante :

« Comment ça, dormir ? Tous les autres travaillent
et vous, vous allez dormir ? »

Sa main sur la poignée de la porte, Khorobrov répondit, en se maîtrisant à peine :

« Oui, c'est comme ça... Tout simplement *dormir* ! Je
viens de faire les douze heures de travail que la Constitution exige... et ça suffit. » Il allait lâcher autre chose
qui sans doute aurait été irréparable, mais, là-dessus, la
porte s'ouvrit et l'officier de service annonça :

« Anton Nikolaïtch ! On vous demande d'urgence au
téléphone de l'extérieur. »

Yakonov se leva précipitamment et sortit en passant
devant Khorobrov.

Peu après, Potapov à son tour éteignit sa lampe de
bureau, posa ses documents secrets ainsi que ceux de
Khorobrov sur la table de Boulatov et, d'un air inoffensif, s'éloigna en boitillant vers la sortie. Il traînait un
peu la jambe droite à la suite d'un accident de moto-
cyclette qu'il avait eu avant la guerre.

Le coup de téléphone de Yakonov provenait du ministre adjoint Sevastianov qui lui demandait d'être au
ministère à minuit.

On appelait ça une vie !...

Yakonov retourna à son bureau où l'attendait toujours Vereniev et Nerjine, il congédia ce dernier et invita Vereniev à l'accompagner dans sa voiture. Il enfila ensuite son manteau et, déjà ganté, revint à son bureau et sous la note : « Renvoyer Nerjine », ajouta :

« Khorobrov aussi. »

12

IL AURAIT DU MENTIR

QUAND Nerjine, qui sentait confusément que ce qu'il avait fait été irréparable mais ne s'en rendait pas encore tout à fait compte, revint au Laboratoire d'Acoustique, Rubine avait disparu. Les autres étaient encore tous là. Valentoulya, qui bricolait dans le passage sur un panneau où étaient montées des douzaines de lampes de radio, tourna vers lui son regard pétillant de vivacité.

« Doucement, jeune homme ! dit-il en arrêtant Nerjine de sa paume levée, comme un agent de police arrête une voiture. Pourquoi est-ce que je n'ai plus de courant au niveau numéro trois ? Le sais-tu ? » Puis se souvenant tout d'un coup : « Oh ! au fait, pourquoi t'ont-ils appelé ? Qu'est-ce qui s'est passé ?

— Sois plus subtil, » Valentin, dit Nerjine en éludant la question d'un air morne. Il ne pouvait avouer à ce prêtre de sa propre science qu'il venait tout juste de répudier les mathématiques.

« Si tu as des ennuis, déclara Valentin, je peux te donner un conseil : mets de la musique de danse. Tu as lu les vers de... comment s'appelle-t-il ? Tu sais, le poète avec la cigarette au bec. Celui qui ne manie jamais une pelle, et pousse les autres au travail... Souviens-toi :

> *Ma milice*
> *Me protège !*
> *Dans la zone interdite*
> *Comme il fait bon !*

« Et d'ailleurs, qu'est-ce que nous pourrions demander d'autre que de la musique de danse ? »

Mais Pryantchikov, qui n'écoutait déjà plus et qu'une nouvelle pensée préoccupait, cria :

« Vadka ! Branche l'oscillographe ! »

En approchant de sa table, Nerjine remarqua que Simochka semblait inquiète. Elle le regarda droit dans les yeux, ses petits sourcils tremblant légèrement.

« Où est le Barbu, Serafima Vitalievna ?

— Anton Nikolaievitch l'a convoqué aussi au Numéro Sept », répondit Simochka d'une voix forte. Et d'une voix encore plus forte, pour être entendue de tous, elle ajouta :

« Gleb Vikentitch, vérifions les listes de nouveaux mots. Nous avons encore une demi-heure. »

Simochka était une des lectrices dans les exercices d'articulation. Il fallait veiller à ce que l'énonciation de tous les lecteurs obéît à certaines normes de netteté de diction.

« Où voulez-vous que je vérifie avec un bruit pareil ?

— Ah !... Allons dans la cabine. » Elle lança un regard entendu à Nerjine, prit la liste de mots écrite à l'encre de Chine sur du papier à dessin et entra dans la cabine.

Nerjine la suivit. Il referma la porte épaisse de soixante centimètres derrière lui et poussa le verrou, puis il se glissa par la seconde petite porte, la ferma aussi et tira le rideau. Simochka, dressée sur la pointe des pieds, se pendit à son cou et l'embrassa sur les lèvres.

Dans l'espace restreint de la cabine, il souleva dans ses bras la frêle jeune fille, s'assit sur la seule chaise disposée devant le microphone de concert et installa Simochka sur ses genoux.

« Pourquoi Anton vous a-t-il convoqué ? Que s'est-il passé ?

— L'amplificateur n'est pas branché ? Notre conversation n'est pas retransmise par le haut-parleur ?

— Que s'est-il passé ?

— Pourquoi crois-tu qu'il s'est passé quelque chose ?

— Je l'ai tout de suite senti quand ils vous ont appelé. Et je le vois sur votre visage.

— Combien de fois t'ai-je dit de me tutoyer ?

— Mais si j'ai du mal à le faire ?

— Mais si je te le demande ?

— Que s'est-il passé ? »

Il sentit la chaleur de son corps menu sur ses genoux et à travers sa joue à elle pressée contre la sienne. Une sensation très rare pour un prisonnier. Depuis combien d'années ne s'était-il pas trouvé si près d'une femme !

Simochka était extraordinairement légère : on aurait dit que ses os étaient pleins d'air, qu'elle était en cire. Elle semblait ridiculement sans poids, comme un petit oiseau.

« Oui, ma petite caille... Je crois bien que je ne vais pas tarder à... m'en aller. »

Elle se retourna dans ses bras et pressa sa petite main contre les tempes de Nerjine, laissant tomber son châle de ses épaules.

« Où ça ?

— Comment : où ça ? Nous venons du fond des abysses. Nous retournons d'où nous sommes venus... Au camp.

— Mon chéri, pourquoi ? »

Nerjine, sans comprendre, regarda attentivement les grands yeux de cette fille sans beauté qui de façon si inattendue était tombée amoureuse de lui. Elle paraissait plus émue par son destin qu'il ne l'était lui-même.

« J'aurais pu rester, dit-il tristement. Mais dans un autre laboratoire. De toute façon nous n'aurions pas été ensemble. »

De tout son petit corps elle se serra contre lui, l'embrassa, lui demanda s'il l'aimait.

Ces dernières semaines, après le premier baiser, pourquoi avait-il ménagé Simochka, pourquoi avait-il eu pitié des illusions qu'elle se faisait d'un avenir heureux ? Elle n'avait guère de chance de trouver quelqu'un pour l'épouser ; elle tomberait entre les mains de n'importe qui. Cette petite s'est jetée toute seule dans tes bras, en se blottissant contre toi avec une bonne volonté si effrayante. Pourquoi lui refuser cela et se le refuser ? Avant de plonger dans un camp où pendant bien des années une pareille chance ne se reproduirait pas.

Gleb reprit d'un ton agité :

« Je suis navré de m'en aller comme ça. J'aimerais

emporter avec moi un souvenir de toi... ton... enfin... te laisser un enfant. »

Elle baissa aussitôt son visage rouge de honte et résista aux doigts qui essayaient de lui faire relever la tête.

« Ma petite caille, je t'en prie, ne te cache pas... Relève la tête. Pourquoi ne dis-tu rien ? Tu ne veux pas ? »

Elle releva la tête et du fond d'elle-même dit :

« Je vous attendrai ! Il vous reste cinq ans à purger ? Je vous attendrai cinq ans. Et quand vous serez libéré... Vous me reviendrez ? »

Il ne lui avait pas dit ça. Elle avait déformé les choses, comme s'il n'avait pas de femme. Elle était décidée à l'épouser, la chère petite avec son long nez !

La femme de Gleb vivait à l'extérieur, quelque part à Moscou. A Moscou, mais elle aurait pu aussi bien être sur Mars.

Et outre Simochka sur ses genoux, outre sa femme sur Mars, il y avait aussi, enfoui dans les profondeurs de son bureau, les résumés qui lui avaient coûté tant de peine, ses premières notes sur la période postléninienne, ses premières formulations de ses plus belles réflexions.

S'il partait avec un transport de prisonniers, toutes ces notes iraient au feu.

Il ferait mieux de mentir et de dire qu'il lui reviendrait. Un mensonge, une promesse, comme on en fait toujours. Comme cela, lorsqu'il partirait il pourrait laisser en sûreté à Simochka ce qu'il avait écrit.

Mais il ne trouva pas la force de mentir dans un tel but à ces yeux qui le regardaient avec tant d'espoir.

Evitant leur regard, il embrassa les petites épaules anguleuses que ses mains avaient découvertes sous son corsage.

Un instant plus tard il dit d'un ton hésitant :

« Tu m'as demandé un jour ce que j'écrivais tout le temps.

— Oui, qu'est-ce que tu écris ? » demanda Simochka avec une curiosité intense, le tutoyant pour la première fois.

Si elle ne l'avait pas interrompu, si elle n'avait pas tellement insisté, il lui aurait probablement parlé tout de suite. Mais elle l'avait interrogé avec beaucoup d'insistance et aussitôt il fut sur ses gardes. Il avait vécu tant d'années dans un monde où partout se tendaient ingénieusement des fils invisibles qui faisaient exploser des mines, des pièges...

Ces yeux confiants pleins d'amour... ils pouvaient très bien travailler pour l'officier de sécurité.

Après tout, comment cela avait-il commencé entre eux ? La première fois c'était elle qui avait posé sa joue contre la sienne et non pas lui. Ç'aurait pu être un piège.

« C'est quelque chose d'historique. Une étude historique générale de l'époque de Pierre le Grand. Mais ça compte beaucoup pour moi. Oui, je continuerai à écrire jusqu'à ce qu'Anton me jette dehors. Mais où est-ce que je laisserai tout ça quand je partirai ? »

Ses yeux scrutaient avec méfiance les profondeurs de son regard à elle.

Simochka sourit, tranquille :

« Pourquoi as-tu à poser la question ? Donne-moi tes papiers, je les garderai. Continue à écrire, mon chéri. » Et puis, cherchant en lui ce qu'elle voulait savoir, elle demanda : « Dis-moi, est-ce que ta femme est très belle ? »

La sonnerie du téléphone qui reliait la cabine au laboratoire retentit. Simochka décrocha et pressa le bouton « Emission » pour qu'on pût l'entendre à l'autre bout du fil. Assise là, rougissante, ses vêtements en désordre, elle se mit à lire la liste d'articulation d'une voix sourde et mesurée :

« Dop, fskop, chtap. Oui ? Quoi donc, Valentin Martynitch, une double diode-triode ? Nous n'avons pas de GG7 mais je crois que nous avons une 6 G2. Je termine tout de suite la liste et je sors. Droutt. Moutt, Schoutt. » Elle lâcha le bouton d'émission et frotta doucement sa tête contre celle de Gleb : « Il faut que je m'en aille. Ça devient voyant. Allons... lâchez-moi... Je vous en prie... »

Mais sa voix manquait de détermination.

Il l'étreignit et la serra encore plus fort contre lui :

« Tu ne t'en vas nulle part ! Je veux... Je...

— Non ! On m'attend. Il faut que je ferme le laboratoire.

— Tout de suite ! Ici ! » exigea-t-il.

Et il l'embrassa.

« Pas aujourd'hui.

— Quand ? »

Elle le regarda docilement :

« Lundi. Je serai de nouveau de service. A la place

de Lyra. Venez ici pendant la pause du dîner. Nous serons seuls pendant une heure. À condition que ce fou de Valentoulya ne vienne pas travailler. »

Pendant que Gleb déverrouillait et ouvrait les portes, Simochka parvint à se reboutonner, à se recoiffer et elle sortit devant lui, l'air hautain et froid.

13

LA LUMIÈRE BLEUE

« UN de ces jours je m'en vais lancer ma chaussure sur cette ampoule bleue. Ça me tape sur les nerfs.

— Tu la manqueras.

— De cinq mètres ? Comment veux-tu que je la manque ? Je te parie ma compote de fruits de demain que je la touche.

— Tu ôtes tes chaussures sur la couchette d'en bas. Ça fait un mètre de plus.

— Bon, de six mètres. Les monstres... Qu'est-ce qu'ils n'iront pas inventer ensuite pour rendre la vie d'un zek misérable. Toute la nuit ça me presse sur les yeux.

— La lumière bleue ?

— Oui, la lumière bleue. La lumière exerce une pression. Lebedev a découvert ça. Aristide Ivanitch, tu dors ? Voudrais-tu me passer une de mes chaussures ?

— Je peux te passer une de tes chaussures, Viatcheslav Petrovitch, mais réponds-moi d'abord ; qu'est-ce qu'elle a donc cette lumière bleue qui te gêne ?

— Tout d'abord, c'est une lumière à ondes relativement courtes qui contient donc plus de quanta. Et les quanta me frappent les yeux.

— Ça donne une lumière douce et personnellement ça

me rappelle l'icône bleue que maman allumait le soir
quand j'étais enfant.

— Une maman avec des épaulettes bleues ! Vraiment,
je te le demande : peut-on donner une démocratie
authentique au peuple ? J'ai remarqué que dans n'importe quelle cellule, la question la plus anodine — qu'il
s'agisse de laver les assiettes, de balayer par terre —
éveille toutes les nuances possibles d'opinions contradictoires. La liberté, ça serait la fin de l'humanité.
Hélas ! il n'y a que la matraque qui puisse lui montrer
la vérité.

— Oui, ça ne serait pas une mauvaise idée de mettre
une lampe d'icône ici. C'est un ancien autel.

— Non, c'est le dôme au-dessus de l'autel. Ils ont
ajouté un étage intermédiaire.

— Dimitri Alexandrovitch, qu'est-ce que tu fais ?
Ouvrir une fenêtre en décembre ! Assez !

— Messieurs, c'est l'oxygène qui rend un zek immortel. Il y a vingt-quatre hommes dans cette pièce et
dehors il n'y a pas de vent et il ne gèle pas. J'ouvre
un volume d'Ehrenbourg.

— Vas-y plus fort ! On étouffe !

— Tu lis Ehrenbourg en largeur ou en hauteur ?

— En hauteur, bien sûr, ça concorde exactement avec
le châssis.

— Il y a de quoi devenir fou ici ! Où est mon blouson ?

— Moi, j'enverrais tous ces drogués d'oxygène à Dïmia-
kon. Pour faire du travail non spécialisé. Par 60° au-
dessous de zéro douze heures par jour, ils se glisseraient
dans une cabane de berger pour échapper au froid.

— En principe, je ne suis pas contre l'oxygène, mais
pourquoi faut-il que ce soit toujours de l'oxygène froid ?
Je suis pour l'oxygène réchauffé.

— Bon sang, qu'est-ce qui se passe ici ? Pourquoi fait-il
sombre ? Pourquoi ont-ils éteint l'ampoule blanche si
tôt ?

— Valentoulya, tu te conduis comme quelqu'un de
libre. Si on te laissait faire, tu te promènerais encore
jusqu'à une heure du matin. De quel éclairage as-tu
besoin à minuit ?

— Vous allez encore enfumer la salle ? Pourquoi
fumez-vous tous ? Pouah, que ça pue ! Et la théière est
froide.

— Où est Lev ?

— Comment ? Il n'est pas dans son lit ?

— Il y a une vingtaine de livres, mais pas de Lev.

— Alors, il est sûrement à côté des toilettes.

— Pourquoi à côté ?

— Parce qu'il y a une ampoule blanche et que la cuisine chauffe le mur. Il y est sans doute en train de lire un livre. Je m'en vais me laver. Qu'est-ce que je dois lui dire ?

— ... oui, elle a improvisé un lit par terre pour moi et elle-même s'est mise sur le vrai lit. Un beau morceau, je vous assure, un beau morceau.

— Mes amis, je vous en prie, parlez de n'importe quoi, mais pas de femmes. Ici, à la charachka, avec le régime carné que nous avons, c'est un sujet de conversation socialement dangereux.

— Allons, un peu de silence ! L'extinction des feux a été sonnée il y a longtemps.

— Oui, mais il y a encore pas mal de musique ici.

— Si tu veux dormir, tu dormiras.

— ... J'ai servi, en Afrique, avec Rommel. L'ennui, là-bas, c'était qu'il faisait très chaud et qu'il n'y avait pas d'eau.

— ... dans l'océan Arctique, il y a une île qui s'appelle l'île Makhotkine. Et Makhotkine qui était pilote dans la zone de l'Arctique est en prison pour propagande antisoviétique.

— Mikhaïl Kouzmitch, qu'est-ce que tu as à remuer comme ça ?

— J'ai le droit de me retourner, non ?

— Bien sûr, mais n'oublie pas que le moindre de tes gestes en bas se répercute là-haut extrêmement amplifié.

— Ivan Ivanovitch, tu n'es pas passé par les camps. Là-bas, si quelqu'un se retourne dans un châlit à quatre places, il y en a trois qui sont secoués. Et quand quelqu'un accroche un rideau à la couchette d'en bas, amène une femme et se met au boulot, c'est un vrai tremblement de terre. Mais les gens dorment quand même.

— Grigori Borissovitch, quand es-tu arrivé dans une charachka ?

— ... je pensais mettre une pentode là et un petit rhéostat.

— ... c'était un homme indépendant, soigneux. Quand il ôtait ses chaussures le soir il ne les laissait pas par terre, il les mettait sous sa tête.

— En ce temps-là on ne laissait rien par terre !

— ... j'ai été à Auschwitz. A Auschwitz, ce qu'il y avait

d'affreux, c'était qu'on vous conduisait droit de la gare au four crématoire, musique en tête.

— ... la pêche, là-bas, c'était merveilleux, et il y avait aussi la chasse. A l'automne, il suffisait de sortir une heure et les faisans vous tombaient sur la tête. Dans les roseaux, il y avait des sangliers, et, dans les champs, des lapins.

— Toutes ces charachkas ont commencé en 1930 quand on a condamné le « Promparti [1] » et puis qu'on a décidé de voir comment les ingénieurs zeks travaille-raient en prison. L'ingénieur en chef de la première charachka a été Léonid Konstantinovitch Ranzine. L'expérience a réussi. Dans la vie libre, il était impos-sible d'avoir deux grands ingénieurs ou deux savants éminents dans le même groupe de recherche. En luttant à qui se ferait un nom, aurait la célébrité du Prix Sta-line, l'un finissait invariablement par évincer l'autre. Aussi dans la vie libre, tous les bureaux d'étude étaient composés d'un groupe incolore autour d'une seule tête brillante. Mais dans une charachka ? Pas d'argent ni de gloire pour menacer qui que ce soit. Nikolaï Niko-laïtch touche un demi-verre de crème aigre et Piotr Petrovitch a la même chose. Une douzaine de lions académiques vivent paisiblement ensemble dans la même tanière, parce qu'ils n'ont nulle part autre où aller. On finit par s'ennuyer à jouer aux échecs ou à fumer. Et si on inventait quelque chose ? Allons-y. Beau-coup de choses ont été créées de cette façon. C'est l'idée fondamentale de la charachka.

— Mes amis, une nouvelle ! Bobynine a été emmené quelque part.

— Valentoulya, cesse de geindre, ou je t'étouffe avec mon oreiller !

— Où ça, Valentoulya ?

— Comment l'a-t-on emmené ?

— L'aspirant est venu et lui a dit de mettre son man-teau et sa casquette.

— Avec ses affaires ?

— Sans ses affaires.

— Il a probablement été convoqué chez les grosses légumes.

— Chez Foma ?

1. Parti de la Production : parti réactionnaire des années 20 qui a subsisté jusque vers 1930.

— Foma serait venu ici lui-même, cherche plus haut.

— Le thé est froid, quelle saloperie !

— Valentoulya, tu fais toujours tinter ta cuillère sur ton verre après l'extinction des feux et j'en ai marre.

— Comment veux-tu que je fasse fondre mon sucre ?

— En silence.

— Il n'y a que les catastrophes célestes qui ont lieu en silence parce que le son ne se transmet pas dans l'espace. Si une étoile nouvelle éclatait derrière notre dos nous ne l'entendrions même pas. Rousska, ta couverture est en train de tomber, pourquoi es-tu penché au bord ? Tu ne dors pas ? Tu sais que notre soleil est une nouvelle étoile et que la terre est condamnée à périr dans un très proche avenir ?

— Je ne veux pas le croire. Je suis jeune et je veux vivre !

— Ah ! ah ! ah ! que c'est primitif ! C'est le mot ! Il veut vivre ! Que ce thé est froid !

— Valentoulya, où ont-ils emmené Bobynine ?

— Comment est-ce que je le saurais ? Peut-être chez Staline.

— Et qu'est-ce que tu ferais, Valentoulya, si on t'emmenait chez Staline ?

— Moi, ah ! ah ! Je lui dirais tout ce que j'ai sur le cœur de A à Z.

— Par exemple, quoi ?

— Oh ! tout, absolument tout. Et pour commencer : pourquoi devons-nous vivre sans femmes ? Ça restreint nos possibilités créatrices.

— Pryantchik, boucle-la ! Il y a longtemps que tout le monde dort. Qu'est-ce que tu as à faire tout ce raffut ?

— Mais si je n'ai pas envie de dormir ?

— Mes amis, qui fume ? Cachez vos cigarettes. L'aspirant arrive.

— Qu'est-ce que ce salaud vient faire ici ? Ne trébuche pas, citoyen aspirant, tu pourrais te péter ton grand nez.

— Pryantchikov !

— Quoi ?

— Où êtes-vous ? Vous ne dormez pas encore ?

— Si, je dors déjà.

— Habillez-vous, allons, habillez-vous, mettez votre manteau et votre casquette !

— Je prends mes affaires ?

— Non. La voiture attend. Vite.

— Je vais avec Bobynine ?

— Il est déjà parti. Il y a une autre voiture pour vous.

— Quel genre de voiture, aspirant, un panier à salade ?

— Plus vite, plus vite. Non, c'est une Pobiéda.

— Qui me demande ?

— Allons, Pryantchikov, pourquoi voulez-vous que je vous explique tout ? Je ne le sais pas moi-même. Plus vite.

— Valentoulya, tu vas leur dire là-bas.

— Tu vas leur dire qu'on devrait avoir des visites ! Pourquoi donc les prisonniers de l'article 58 n'ont-ils qu'une visite par an ?

— Et dis-leur qu'on devrait pouvoir marcher dehors.

— Et parle des lettres.

— Et de la distribution de vêtements.

— Un vrai *rote Front*, les gars ! Ah ! ah ! Adieu !

— Camarade aspirant ! Où est Pryantchikov ?

— Il arrive, camarade commandant ! Le voilà !

— Vide bien ton sac, Valentoulya, ne sois pas intimidé.

— Il y en a des allées et venues cette nuit.

— Qu'est-ce qui s'est passé ?

— Ça n'est jamais arrivé.

— Il y a peut-être la guerre. Peut-être qu'on les emmène au peloton d'exécution ?

— Ne dis pas d'âneries ! Tu penses qu'ils se donneraient la peine de nous fusiller un par un ? S'il y avait une guerre, ils nous faucheraient tous d'un coup ou bien ils inoculeraient la peste à notre kacha.

— Bon, les amis, c'est l'heure de dormir ! On verra demain.

— ... ça se passait en 1939 et en 1940 Béria a fait venir Boris Petrovitch Stetchkine de la charachka. Il n'était pas le genre à revenir les mains vides. Ou bien on changeait le directeur de la prison ou bien on accordait plus de temps pour les promenades à l'extérieur. Stetchkine n'a jamais pu supporter ce système de pots-de-vin, ces différentes catégories de rations, d'après lesquelles un académicien touche des œufs et de la crème aigre, un professeur quarante grammes de matières grasses, et les simples travailleurs la moitié. C'était un brave homme. Boris Petrovitch... Que le Ciel maintenant le garde...

— Il est mort ?

— Non, on l'a libéré. On lui a donné le Prix Staline. »

14

TOUS LES HOMMES ONT BESOIN D'UNE FEMME !

La voix lasse et mesurée d'Adamson, qui purgeait là sa seconde peine, se tut : il avait déjà passé sa première peine d'emprisonnement à la charachka. Çà et là on achevait dans des murmures des histoires commencées. On entendait des ronflements sonores et, par moments, explosifs.

L'ampoule fixée au passage voûté fermé par la grande double porte projetait sa pâle lueur sur une douzaine de châlits à deux étages disposés en éventail dans la grande salle semi-circulaire. Cette pièce, sans aucun doute la seule de son espèce à Moscou, avait douze bons mètres de diamètre. Au-dessus se trouvait un dôme spacieux, surmonté de la tour hexagonale, et dans le dôme étaient percées cinq fenêtres aux arrondis gracieux. Les fenêtres avaient des barreaux mais pas de volets et, dans la journée on pouvait voir de l'autre côté de la route un parc à l'abandon comme une forêt. De là, par les soirées d'été, on entendait les chansons tendres et troublantes des filles des faubourgs de Moscou.

Nerjine, installé sur sa couchette supérieure près de la fenêtre centrale, ne dormait pas, il ne cherchait même pas le sommeil. Au-dessous de lui, l'ingénieur Potapov dormait depuis longtemps du sommeil lourd et serein d'un homme qui travaille dur. Sur la couchette supérieure près de lui se trouvaient : à sa gauche, de l'autre côté du passage, Zemelya, le spécialiste du vide, au visage rond, vautré avec confiance et qui respirait bruyamment ; à sa droite, dans la couchette juste auprès de la sienne, Rousska Doronine, un des plus jeunes zeks de la charachka, qui s'agitait sans pouvoir trouver le sommeil. Au-dessous de Zemelya, la couchette de Pryantchikov était vide.

Maintenant qu'il pouvait réfléchir à la conversation dans le bureau de Yakonov, Nerjine comprenait tout plus clairement. Son refus de participer aux travaux du groupe cryptographique n'était pas un simple incident mais un tournant de sa vie. Il ne manquerait pas d'avoir pour conséquence, et peut-être très bientôt, un long et pénible voyage vers la Sibérie ou l'Arctique, vers la mort ou vers une victoire difficilement remportée sur la mort.

Il voulait réfléchir à ce brusque détour de son existence. Qu'avait-il réussi à accomplir durant ce répit de trois ans à la charachka ? Avait-il réussi à endurcir suffisamment son caractère avant de plonger de nouveau dans les abysses de la vie de camp ?

Le lendemain Gleb aurait trente et un ans (il n'avait bien entendu pas le courage de rappeler la date à ses amis). Etait-ce le milieu de sa vie, presque le terme ou seulement le commencement ?

Ses pensées étaient confuses. Il n'arrivait pas à se concentrer sur l'essentiel. D'un côté un sentiment de faiblesse l'accablait : après tout, il n'était pas encore trop tard pour se reprendre, pour accepter de travailler à la cryptographie. Mais aussi il éprouvait une fois de plus la souffrance que lui imposaient onze mois pendant lesquels on avait sans cesse remis la date de la visite que pourrait lui faire sa femme. Viendrait-elle maintenant avant son départ ?

Il sentait enfin bouger en lui le garçon vif, rapide, pas commode, celui qui était né voilà longtemps alors qu'il faisait la queue pour le pain au temps du premier plan quinquennal. Ce côté tenace de sa personnalité songeait déjà à toutes les fouilles qui l'attendaient : en quittant Mavrino, au centre d'accueil de la Boutyrka, à Krasnaïa Presnya... Et il réfléchissait aux moyens de dissimuler des bouts de crayons cassés dans la doublure de son blouson, d'emporter de la charachka sa vieille tenue de travail — car pour un zek qui travaillait, chaque couche supplémentaire de tissu était précieuse — et de prouver que la cuiller à café en aluminium qu'il avait sur lui depuis le début de sa détention était bien à lui et qu'il ne l'avait pas volée à la charachka où ils avaient à peu près le même modèle.

L'envie le tenaillait de se lever et, sous la lumière bleue de la veilleuse, de commencer ses préparatifs, de se mettre à faire ses paquets et à cacher ce qu'il voulait emporter.

Pendant ce temps Rousska Doronine ne cessait de changer brusquement de position. Il avait d'abord dormi à plat ventre, sa tête sous l'oreiller, remontant la couverture et laissant ses pieds exposés. Puis il s'était retourné sur le dos, rejetant la couverture si bien qu'on voyait le drap du dessus blanc et le drap du dessous de couleur plus sombre (après chaque douche on changeait un des deux draps, mais en ce mois de décembre, la charachka avait dépassé son contingent de savon et toutes les douches avaient été suspendues). Brusquement, Doronine s'assit dans son lit et se repoussa en arrière, s'installant avec l'oreiller derrière son dos. Du coin de son matelas, il tira un volume de *l'Histoire de la Rome antique*, de Mommsen. Observant que Nerjine fixait la lampe et qu'il ne dormait pas, Rousska chuchota d'une voix rauque :

« Gleb ! Tu n'as pas une cigarette ? Passe-m'en une. »

Rousska normalement ne fumait pas. Nerjine fouilla dans la poche de sa combinaison accrochée au montant du châlit et en tira deux cigarettes qu'ils allumèrent.

Rousska fumait d'un air concentré, sans se tourner vers Nerjine. Même sous la lumière mortuaire de la veilleuse bleue, le visage de Rousska, sous une masse désordonnée de cheveux blonds, semblait séduisant ; c'était un visage sans cesse changeant, tantôt simple et juvénile, et tantôt celui d'un fourbe inspiré.

« Tiens, prends ça », dit Nerjine en lui tendant un paquet vide de Belomor pour lui servir de cendrier.

Ils se mirent à secouer leurs cendres dedans.

Rousska était à la charachka depuis l'été et Nerjine l'avait tout de suite trouvé sympathique. Il éveillait ses instincts protecteurs.

Mais Nerjine avait vite découvert que, bien que

Rousska n'eût que vingt-trois ans (et on lui avait infligé
une peine de vingt-cinq ans de prison), il n'avait absolument pas besoin d'être protégé. Son caractère comme
son point de vue sur le monde s'étaient formés au cours
d'une vie encore courte mais mouvementée : et pas tant
grâce à ses deux semaines d'étude à l'Université de Moscou ni à ses deux semaines à l'Université de Leningrad
que grâce aux deux ans qu'il avait passés en vivant
avec de faux papiers alors qu'il figurait sur une liste de
criminels recherchés sur tout le territoire de l'Union
soviétique (ce qu'il avait confié à Gleb comme un grand
secret) et grâce aux deux ans aussi qu'il avait maintenant passés en prison. Avec une extraordinaire rapidité, il avait assimilé les lois de la jungle du GOULAG,
il était toujours sur ses gardes, il ne parlait ouvertement qu'avec très peu de ses compagnons, tout en
semblant être, à tous les autres, d'une franchise puérile.
Mieux encore, il était énergique, il s'efforçait d'en faire
beaucoup dans les délais les plus courts et lire était également une de ses occupations.

Gleb, mécontent des pensées mesquines qui l'agitaient
et n'éprouvant aucune envie de dormir, chuchota dans
le silence de la pièce :

« Dis-moi, où en es-tu avec la théorie des cycles ? »

Ils avaient discuté cette théorie peu de temps auparavant et Rousska en avait cherché confirmation chez
Mommsen.

Rousska se retourna en l'entendant murmurer mais
le regarda, le front barré d'un pli soucieux, comme s'il
ne comprenait pas ce qu'on lui demandait.

« Je disais : où en es-tu avec la théorie du changement cyclique ? »

Rousska poussa un profond soupir et son visage se
détendit en même temps qu'il chassait de son esprit
les pensées inquiètes qui l'absorbaient alors qu'il fumait
sa cigarette. Il se laissa glisser sur un coude, déposa son
mégot dans le paquet vide que Nerjine lui avait tendu
et dit d'un ton indolent :

« Tout m'ennuie. Les livres aussi bien que les théories. »

Le silence retomba entre eux. Nerjine allait se retourner sur l'autre côté quand Rousska soudain éclata de
rire et murmura, se laissant peu à peu emporter et parlant de plus en plus vite :

« L'histoire est si monotone qu'elle est repoussante à

lire. Plus un homme est noble et honnête, plus ses compatriotes le traitent de façon méprisable. Le consul
romain Spurius Cassius Viscellinus voulut donner des
terres au peuple et le peuple le condamna à mort. Spurius Melius voulut distribuer du pain au peuple affamé
et il fut exécuté sous prétexte qu'il avait cherché le
trône. Le consul Marcus Manlius, qui s'éveilla en entendant les oies légendaires et sauva le Capitole fut exécuté
comme traître. Alors ? » Il se mit à rire et reprit : « Et
le grand Hannibal, sans qui nous n'aurions jamais connu
le nom de Carthage, fut exilé par Carthage, eut ses biens
confisqués et sa maison rasée. Tout déjà est arrivé. On
a mis Gneus Nevius dans un puits pour l'empêcher
d'écrire des pièces libres et courageuses. Et les Etoliens
ont proclamé une fausse amnistie afin d'amener les
émigrés à revenir pour les massacrer. Déjà du temps de
Rome, on découvrit la vérité, oubliée par la suite, qu'il
est contraire au principe de l'économie de laisser un
esclave avoir faim, qu'il faut le nourrir. Toute l'histoire
n'est qu'une vaste pestilence. Il n'y a pas de vérité, il
n'y a pas d'illusions. On ne peut faire appel à rien et il
n'y a nulle part où aller. »

Sous le lugubre éclairage de la veilleuse bleue, le scepticisme qui faisait trembler de si jeunes lèvres était
particulièrement troublant.

C'était Nerjine lui-même qui avait semé ces idées chez
Rousska mais maintenant que Rousska les énonçait, il
éprouvait le désir de protester. Parmi ses camarades
plus âgés, Gleb avait l'habitude de passer pour icono-
claste, mais, envers le jeune prisonnier, il se sentait responsable.

« Je tiens à t'avertir, Rousska, répondit très doucement Nerjine en se penchant plus près de l'oreille de
son voisin, que peu importe à quel point de vérité et
de dureté sont arrivés les systèmes du scepticisme, de
l'agnosticisme ou du pessimisme, il faut que tu comprennes que par leur nature même ils nous condamnent
à l'abdication de la volonté. Ils ne sauraient guider
l'activité humaine car les gens ne peuvent pas rester
immobiles, ce qui veut dire qu'ils ne peuvent pas renoncer à des systèmes qui affirment quelque chose, qui les
convoquent quelque part.

— Même si c'est dans un marécage ? Simplement pour
patauger ? demanda Rousska, furieux.

— Parfaitement. Qui sait ? » Gleb hésitait. « Ecoute,

j'estime personnellement que le peuple a grand besoin de scepticisme. Il faut ça pour fendre les têtes de bois. Pour faire taire les voix des fanatiques. Mais le scepticisme ne peut jamais être un terrain solide sous les pieds. Et peut-être, après tout, avons-nous besoin de terrain solide.

— Donne-moi une autre cigarette », dit Rousska. Il se mit à fumer nerveusement. «Ecoute, quelle chance que le M.G.B. ne m'ait pas laissé l'occasion d'étudier ! dit-il d'une voix étouffée mais parfaitement claire. J'aurais fait des années d'université, j'aurais peut-être même passé un diplôme, tout le cirque idiot. Je serais peut-être même devenu un savant. J'aurais pu écrire un gros volume. J'aurais pu étudier les premiers secteurs administratifs de Novgorod d'un quatre-vingt-troisième point de vue, ou bien la guerre de César contre les Helvètes. Combien de cultures il y a dans le monde ! Et de langages et de pays. Combien de gens intelligents dans chaque pays et encore plus de livres intelligents... Et quel idiot va lire tout ça ? Tu te souviens de cette phrase que tu m'as citée : «Tout ce que, au prix d'un « immense effort, de grands esprits conçoivent, finit par «apparaître aux yeux d'esprits encore plus grands «comme de purs phantasmes. » C'est ça ?

— Très bien ! dit Nerjine d'un ton accusateur. Tu rejettes tout ce qui est solide et tout ce qui constitue un but. On peut douter, il faut douter. Mais est-ce qu'il ne faut pas aussi aimer quelque chose ?

— Si, si, il faut aimer, dit Rousska dans un murmure rauque et triomphant. Aimer... mais pas l'histoire, pas la théorie, mais une femme ! » Il se pencha sur la couchette de Nerjine et saisit celui-ci par le coude : «De quoi nous ont-ils privés, dis-moi ? Du droit d'aller à des meetings ou de souscrire à des emprunts d'Etat ? La seule façon dont le Laboureur pouvait vraiment nous toucher c'était en nous privant de femmes. Et c'est ce qu'il a fait. Pour vingt-cinq ans ! Le salaud ! Qui peut imaginer, dit-il, en se frappant la poitrine du poing, ce qu'est une femme pour un prisonnier ?

— Fais attention de ne pas finir dingue ! dit Nerjine en essayant de se défendre, mais une vague chaude déferla soudain en lui lorsqu'il pensa à Simochka et à la promesse qu'elle lui avait faite pour lundi soir. Chasse cette idée, dit-il. Ça va t'obscurcir le cerveau. C'est un simplexe ou un complexe freudien... comment diable dit-on ? La solution, c'est la sublimation. Transfère ton énergie dans d'autres domaines. Préoccupe-toi de philosophie... Tu n'auras pas besoin pour ça de pain, d'eau ni des caresses d'une femme. »

(Mais lundi ! Ce que les couples heureusement mariés n'apprécient absolument pas à sa juste valeur éveille un désir animal chez un prisonnier.)

« J'ai déjà le cerveau obscurci. Je ne dormirai pas avant le matin. Une femme ! Tout le monde a besoin d'une femme ! Pour qu'elle tremble dans vos bras. Pour que... Oh ! la barbe ! » Et Rousska lança sa cigarette qui brûlait encore sur sa couverture sans y prendre garde et se retourna brusquement, à plat ventre, en rabattant la couverture par-dessus sa tête.

Nerjine réussit à rattraper la cigarette juste au moment où elle allait tomber sur la couchette de Potapov en dessous et il l'éteignit. Oui ! Encore deux jours à venir et puis Simochka. Il imagina soudain en détail comment tout allait se passer après-demain et, avec un frisson, il chassa de son esprit ces perspectives d'une douceur lancinante qui émoussaient sa raison. Il se pencha à l'oreille de Rousska et dit :

« Et toi, Rousska ? Tu as quelqu'un ?

— Oui, j'ai quelqu'un ! » chuchota Rousska, allongé sur le dos et étreignant son oreiller. Il soufflait dessus et la chaleur de l'oreiller et toute l'ardeur de sa jeunesse, tout cela n'était que stérilité, tout se desséchait en prison : tout enflammait son jeune corps emprisonné qui aspirait à soulager ses ardeurs et qui ne trouvait rien. Il avait dit « j'ai quelqu'un » et il voulait croire qu'en effet il y avait une fille, mais ce qui s'était passé était si fugitif : il n'y avait pas eu de baiser, pas même une promesse. Seulement ce soir-là une fille l'avait écouté avec une expression de commisération et de ravissement tandis qu'il parlait de lui et, dans le regard de cette fille, Rousska, pour la première fois s'était vu comme un héros dont la propre histoire était extraordinaire. Rien encore ne s'était passé entre eux et en même temps quelque chose s'était passé qui lui donnait le droit de dire *qu'il avait quelqu'un.*

« Qui est-ce ? » interrogea Gleb.

Soulevant à peine sa couverture, Rousska répondit dans l'obscurité : « Chut... Clara...

— Clara ? La fille du procureur ? »

15

LA TROIKA DE MENTEURS

Le chef de la section 01 terminait son rapport au ministre Abakoumov.

Grand, ses cheveux noirs coiffés en raie, arborant les épaulettes d'un commissaire général de seconde classe, Abakoumov était installé, les coudes sur son grand bureau, l'air autoritaire. Il était corpulent mais pas gras : il connaissait la valeur d'une belle silhouette et jouait même au tennis. Ses yeux étaient ceux de quelqu'un qui n'était pas un imbécile, ils révélaient une pensée agile, méfiante, un esprit vif. Chaque fois que c'était nécessaire, il reprenait son subordonné et celui-ci s'empressait de noter ses observations.

Le bureau d'Abakoumov, sans être tout à fait une salle, n'était pas une pièce ordinaire. Il y avait une cheminée de marbre dont on ne se servait pas — vestige d'une époque passée — et une grande glace fixée au mur. Le plafond était haut, avec des moulures en plâtre, parmi lesquelles étaient accrochés un lustre et des peintures représentant des amours et des nymphes qui se poursuivaient (le ministre avait laissé les peintures dans l'état où elles étaient mais avait fait effacer le vert, parce que c'était une couleur qu'il ne supportait pas). Il y avait une porte-fenêtre, qui restait fermée hiver comme été, et de grandes croisées qu'on n'ouvrait jamais et qui donnaient sur la place. Il y avait de nombreuses pendules : une vieille horloge de parquet dans un magnifique coffre, une pendule de cheminée avec une petite statuette qui sonnait les heures et une horloge électrique de chemin de fer fixée au mur. Toutes marquaient une heure différente, mais Abakoumov ne se trompait jamais, car il avait en outre deux montres en or sur lui : une montre-bracelet resserrait son poignet velu et il avait une montre de gousset dans sa poche.

Les pièces de ce bâtiment étaient de plus en plus grandes à mesure que leurs occupants avaient un rang plus élevé dans la hiérarchie. Les bureaux étaient de plus en plus grands. Les tables de conférence recouvertes de velours étaient de plus en plus grandes. Mais c'étaient surtout les portraits du Grand Généralissime qui grandissaient. Même dans les bureaux des interrogateurs ordinaires, il était peint plus grand que nature. Dans le bureau d'Abakoumov, le Plus Brillant Stratège de Tous les Temps et de Tous les Peuples était représenté sur une toile haute de cinq mètres, un portrait en pied où on le voyait depuis ses bottes jusqu'à sa casquette à visière de maréchal, dans l'étincellement de tous les ordres et décorations qu'il arborait (en fait il ne portait jamais ces médailles, dont il s'était lui-même décerné un certain nombre ou qu'il avait reçues de présidents ou de potentats étrangers). Seules les décorations yougoslaves avaient été soigneusement effacées.

Toutefois, comme pour reconnaître l'insuffisance de ce portrait haut de cinq mètres et comme s'il éprouvait à chaque instant le besoin d'être inspiré par la vue du Meilleur Ami des Agents de Contre-Espionnage, Abakoumov gardait également un portrait de Staline sur son bureau.

Et à un autre mur était accroché un grand portrait d'un personnage au teint de saccharine et portant pince-nez qui était le supérieur direct d'Abakoumov, Béria.

A peine le chef de la section 01 parti, on vit apparaître sur le seuil le ministre adjoint Sevastianov, le major général Oskoloupov, chef de la section des Techniques spéciales, et l'ingénieur en chef de cette section, le colonel-ingénieur Yakonov. Observant chacun sa place

dans la hiérarchie et témoignant un respect tout particulier à l'occupant du bureau, ils avancèrent en
file indienne sur les motifs du tapis, chacun marchant
presque sur les talons de celui qui le précédait,
de sorte que l'on n'entendait que les pas de Sevastianov.

Vieil homme sec aux cheveux taillés en brosse et de
diverses nuances de gris, vêtu d'un costume gris, Sevastianov, seul des dix assistants du ministre, était un
civil. Il ne dirigeait ni les opérations ni les enquêtes,
mais les communications et tout ce qui touchait aux
techniques de précision. Aussi lors des réunions subis-
sait-il moins que les autres la colère du ministre et se
conduisait-il de façon moins tendue dans ce bureau. Il
s'assit aussitôt dans un fauteuil au capitonnage épais
qui faisait face au bureau.

Oskoloupov était alors en tête de file. Yakonov se
tenait juste derrière lui comme pour dissimuler sa
corpulence.

Abakoumov regarda Oskoloupov — il l'avait vu peut-
être trois fois dans sa vie — et il lui trouva quelque
chose de sympathique. Oskoloupov, lui aussi, avait
tendance à l'embonpoint. Son cou éclatait par-dessus le
col de sa tunique et maintenant qu'il baissait obséquieu-
sement la tête, on voyait son double menton. Son visage
couleur de vieux chêne était le visage simple et honnête
d'un homme d'action et non pas celui, fermé, d'un
intellectuel sûr de lui.

Regardant Yakonov par-dessus l'épaule d'Oskoloupov, Abakoumov demanda, employant le tutoiement :

« Qui es-tu ?

— Moi ? fit Oskoloupov en se penchant en avant,
navré de ne pas être reconnu.

— Moi ? » Yakonov fit un pas en avant. Du mieux qu'il
pouvait, il contenait son ventre qui ne faisait que s'ac-
centuer malgré tous ses efforts et l'on ne pouvait lire
une seule pensée dans ses grands yeux bleus lorsqu'il
se présenta.

« Toi, toi ! lança le ministre d'un ton catégorique. Tu
es du projet de Mavrino, n'est-ce pas ? Très bien,
asseyez-vous. »

Ils s'assirent.

Le ministre prit un coupe-papier en matière plastique
couleur rubis avec lequel il se gratta derrière l'oreille
et reprit :

« Allons. Depuis combien de temps vous fichez-vous de moi ? Deux ans ? D'après le plan vous aviez quinze mois. Quand les deux appareils seront-ils prêts ? » Et il ajouta d'un ton menaçant : « Ne mentez pas. Je n'aime pas les mensonges. »

C'était la question même à laquelle les trois menteurs de haut rang s'étaient préparés lorsqu'ils avaient appris qu'ils étaient tous les trois convoqués ensemble. Comme ils en étaient convenus, ce fut Oskoloupov qui commença. Comme s'il lançait ses paroles à la volée et en braquant un regard triomphant sur les yeux du tout-puissant ministre, il déclara :

« Camarade ministre ! Camarade colonel général ! Laissez-moi vous assurer que le personnel de la Section n'épargnera aucun effort... »

Le visage d'Abakoumov exprima la surprise :

« Où vous croyez-vous ? A un meeting ? Qu'est-ce que je suis censé faire de vos efforts... M'en envelopper les fesses ? Je vous le demande : à quelle date serez-vous prêts ? »

Et il prit son stylo à plume en or qu'il braqua sur son calendrier.

Sur ces entrefaites, comme convenu, Yakonov prit la parole, son ton même et sa voix lourde soulignant qu'il parlait non pas en administrateur mais en technicien :

« Camarade ministre, dans la zone de fréquence allant jusqu'à deux mille quatre cents cycles et étant donné un niveau de transmission moyen de 0,9...

— Des cycles, des cycles ! Zéro virgule cycle zéro... voilà exactement ce que vous êtes en train de produire ! Zéro, mon cul ! Je veux ce téléphone... deux appareils complets. Quand est-ce que je les aurai. Alors ? »

C'était maintenant à Sevastianov de parler ; il le fit lentement, en passant une main dans ses courts cheveux d'un gris presque blanc.

« Voulez-vous, Victor Semiénovitch, nous expliquer ce que vous avez en tête ? On ne peut pas parler de conversations téléphoniques quand nous n'avons pas encore un système de codage rigoureux...

— Pourquoi essaies-tu de me faire passer pour un idiot ? Qu'est-ce que tu veux dire par système de codage rigoureux ? » fit le ministre en le regardant sans douceur.

Quinze ans auparavant, quand ni Abakoumov ni personne d'autre n'aurait pu imaginer qu'il deviendrait ministre — alors qu'il était un courrier du N.K.V.D.[1], un jeune et solide gaillard bien découplé — ses quatre années d'éducation primaire lui avaient bien suffi. Il avait gravi des échelons uniquement dans le jiu-jitsu et la seule éducation qu'il avait reçue, ç'avait été dans les salles de gymnastique du club « Dynamo ».

Et puis, durant les années de remplacement et de développement du personnel chargé des interrogatoires, on avait découvert qu'Abakoumov savait mener ses enquêtes, en cognant les gens grâce à ses longs bras et ç'avait été le début de sa grande carrière. En sept ans il était devenu le chef du SMERSH, le service de contre-espionnage, et maintenant il était ministre. Et pas une seule fois au cours de cette longue ascension il n'avait senti une lacune dans son éducation. Même au poste où il était, tout en haut, il s'arrangeait de telle façon que ses subordonnés ne pouvaient pas le tourner en ridicule.

Abakoumov était furieux et il leva son poing serré au-dessus du bureau comme un pavé. Au même instant, les grandes portes s'ouvrirent et on vit entrer sans frapper dans la pièce un petit homme aux airs de chérubin et aux joues d'un bon rose : Mickhaïl Dmitrievitch Rioumine. Tout le ministère l'appelait « Minka », mais très rarement en sa présence.

Il se déplaçait aussi silencieusement qu'un chat. Lorsqu'il se fut approché, il jeta un coup d'œil aux visiteurs. Il serra la main de Sevastianov qui se leva ; il se dirigea vers l'extrémité du bureau d'Abakoumov et, se penchant vers le ministre, ses petites mains potelées caressant le bord du bureau, il ronronna d'un ton songeur :

« Ecoute, Victor Semiënovitch. Si nous devons nous attaquer à ce genre de problèmes, il faut les confier à Sevastianov. Pourquoi les nourririons-nous pour rien ? Est-ce qu'ils ne sont vraiment pas capables d'identifier une voix à partir d'un enregistrement magnétique ? Flanque-les dehors, s'ils n'en sont pas capables. »

Et il eut un sourire aussi doux que s'il offrait du chocolat à une petite fille. Il tourna vers les trois représentants de la Section un regard caressant.

Rioumine avait vécu de nombreuses années complè-

1. Voir page 19.

tement inconnu : il était chef comptable de l'Union des Coopératives des Consommateurs de la Province d'Arkhangelsk. Les joues roses et rebondies, mais les lèvres minces et indignées, il faisait pleuvoir sur ses comptables les observations désagréables, suçait des bonbons de sucre candi qu'il offrait également à l'agent d'expédition, parlait avec diplomatie aux chauffeurs et avec arrogance aux camionneurs et déposait à temps des documents précis sur le bureau du président.

Pendant la guerre on le mobilisa dans la marine et on fit de lui un interrogateur de la Section spéciale. Il aimait son travail et il se retrouva bientôt à monter de toutes pièces une accusation contre un journaliste correspondant auprès de la Flotte du Nord et qui était complètement innocent. Mais il monta l'acte d'accusation de façon tellement sommaire et cynique que le bureau du procureur, qui normalement ne se mêlait pas du travail des organismes de sécurité, signala l'affaire à Abakoumov. Le petit interrogateur du SMERSH pour la Flotte du Nord fut convoqué chez Abakoumov pour être réprimandé. Il entra d'un pas craintif dans le bureau, s'attendant au pire. La porte se referma. Quand elle s'ouvrit une heure plus tard, Rioumine sortit, l'air important : il avait été nommé à l'appareil central du SMERSH, comme chef interrogateur pour les cas spéciaux. A dater de là, son étoile n'avait cessé de monter.

« Je vais m'occuper d'eux, Mickail Dmitrievitch, crois-moi. Quand je me serai occupé d'eux, ils n'auront plus qu'à ramasser leurs os à la balayette ! » répondit Abakoumov en les regardant tous trois d'un air menaçant.

Et tous trois baissèrent les yeux d'un air coupable.

« Je vais leur donner l'enregistrement de la conversation. Ils n'ont qu'à le passer et comparer.

— Alors... As-tu arrêté quelqu'un ?

— Bien sûr, fit Rioumine avec un doux sourire. On a appréhendé quatre types près de la station de métro Arbat. »

Mais une ombre passa sur son visage. Il savait qu'on les avait appréhendés trop tard, que ce n'étaient pas eux. Mais une fois arrêtés, ils ne seraient pas relâchés. Peut-être faudrait-il même coller l'affaire sur le dos de l'un d'eux... pour lui donner une solution. On sentait l'agacement percer dans la voix insinuante de Rioumine :

« Je peux leur procurer des enregistrements de la moitié des fonctionnaires des Affaires étrangères, si tu veux. Mais ça n'est pas nécessaire. Il y a six ou sept personnes à regarder de près, celles qui au ministère auraient pu être au courant.

— Alors, arrête-les tous, ces chiens. Pourquoi traîner ? demanda Abakoumov avec indignation. Ils ne sont que sept ? Nous sommes un grand pays... Ils ne nous manqueront pas !

— Je ne veux pas faire ça, Victor Semiënovitch, objecta Rioumine. C'est un ministère, pas une usine de conserves et, en opérant ainsi, nous perdrions toute trace. En l'occurrence, nous devons découvrir exactement celui que nous cherchons. Et le plus vite possible.

— Hmm, fit Abakoumov, pensant tout haut. En comparant un enregistrement avec un autre. Oui, un jour, nous serons obligés de maîtriser cette technique-là aussi. Sevastianov, pouvez-vous vous en charger ?

— Je ne comprends toujours pas de quoi il s'agit, Victor Semiënovitch.

— Qu'est-ce qu'il y a à comprendre ? Rien du tout. Un salopard, un porc — sans doute un diplomate, sinon comment aurait-il pu être au courant ? — a téléphoné aujourd'hui à un professeur. Je ne me rappelle pas son nom...

— Dobrooumov, souffla Rioumine.

— ...Dobrooumov, c'est ça. Un médecin. Ce type vient de rentrer d'un voyage en France et, pendant qu'il était là-bas, ce salaud leur a promis de leur envoyer un de ses nouveaux médicaments... un cadeau, quoi, un échange d'expériences. Il ne pense même pas à la priorité des découvertes russes ! Alors nous, nous voulions qu'il leur donne bel et bien ce médicament... le prendre en flagrant délit et en faire un grand procès politique. Sur l'intervention des puissances étrangères. Là-dessus un porc infâme téléphone au professeur pour lui dire de ne pas leur donner ce médicament. Nous arrêterons de toute façon le professeur et nous lui ferons un procès, mais l'affaire est en partie gâchée. Alors, que faire ? Trouvez qui c'était et on vous félicitera. »

Par-delà Oskoloupov, Sevastianov regarda Yakonov qui soutint son regard et haussa légèrement les sourcils. Il cherchait à dire par là que c'était une technique nouvelle, qu'il n'y avait pas de plan de recherche établi et qu'ils avaient déjà assez d'ennuis comme cela sans se charger de ça aussi. Sevastianov était assez intelli-

gent pour comprendre tout à la fois le haussement de
sourcils de Yakonov et toute la situation. Il était prêt
à noyer le poisson.

Mais Foma Gourianovitch Oskoloupov avait une
conception personnelle de son travail. Il n'avait aucune
envie de jouer un rôle purement décoratif à la Section.
Depuis qu'il avait été nommé à ce poste, il était plein
du sentiment de sa propre valeur et fermement convaincu qu'il maîtrisait tous les problèmes et qu'il pouvait
les résoudre mieux que n'importe qui, puisque sans
cela on ne l'aurait jamais nommé à ce poste. Et bien
qu'en son temps il n'eût même pas fait sept ans d'école,
il refusait aujourd'hui d'admettre que certains de ses
subordonnés pouvaient comprendre le travail mieux
que lui, sauf, bien sûr, dans les détails, dans les diagrammes, où il s'agissait d'opérations purement ma-
nuelles. Peu de temps auparavant, il s'était rendu en
civil dans une station touristique fort cotée et s'était
fait passer pour un professeur d'électronique. Il avait
fait là la connaissance d'un écrivain très connu et l'écrivain ne pouvait détacher ses yeux de Foma Gouria-
vitch, il ne cessait de griffonner des notes sur son carnet et déclarait qu'il allait lui servir de modèle pour le
portrait d'un savant contemporain. Après cela, Foma
sut une fois pour toutes qu'il était un savant.

Il comprit donc tout de suite le problème et fonça :
« Camarade ministre ! Nous pouvons le faire ! »

Sevastianov le regarda avec stupéfaction.

« Où ca ? Dans quel laboratoire ?

— Dans le laboratoire téléphonique de Mavrino, bien
sûr. Ils se sont parlé par téléphone, n'est-ce pas ?

— Mais Mavrino est chargé d'un autre problème plus
important.

— Ça ne fait rien. Nous trouverons des gens ! Ils
sont trois cents là-bas, ça ne doit quand même pas
être impossible ? »

Et il tourna vers le ministre un visage plein d'ardeur.

Abakoumov ne sourit pas tout à fait, mais une fois
de plus son visage exprimait une sorte de sympathie
pour le général. Abakoumov était ainsi quand il agissait : tout prêt à tailler en pièces ceux qu'on lui dési-
gnerait. Quelqu'un de plus jeune qui vous ressemble
est toujours sympathique.

« Parfait, dit-il. Voilà qui est parlé : les intérêts de
l'Etat d'abord et le reste ensuite. D'accord ?

— Exactement, camarade ministre ! Exactement, camarade colonel général ! »

Rioumine, semblait-il, n'était absolument pas surpris. Et il ne parut pas davantage prêt à juger le dévouement d'Oskoloupov. Regardant distraitement Sevastianov, il dit :

« On vous contactera demain matin. »

Il échangea un coup d'œil avec Abakoumov et sortit sans bruit.

Le ministre se cura les dents avec son doigt, en essayant de déloger un morceau de viande coincé là depuis le dîner.

« Bon, alors... Quand ? Vous n'avez pas arrêté de me mener en bateau : c'a été le 1er août et puis les fêtes de novembre, ensuite la nouvelle année. Alors ? »

Il fixa Yakonov, pour le contraindre à répondre.

Yakonov semblait gêné par la position de son cou. Il le tourna un peu vers la droite, puis vers la gauche, leva les yeux vers le regard bleu et froid du ministre et baissa de nouveau la tête.

Yakonov savait qu'il avait beaucoup de talent. Yakonov savait que des gens encore plus talentueux que lui, dont le cerveau n'était occupé que par leur travail quatorze heures par jour, sans un seul congé de toute l'année, travaillaient également à la mise au point de ce maudit appareil. Et que des savants étrangers qui publiaient les détails de leurs inventions dans des périodiques qu'on se procurait facilement participaient eux aussi à la création de ce dispositif. Yakonov connaissait aussi les milliers de difficultés qui avaient été surmontées — et qui pourtant n'étaient que le début — et parmi lesquelles, comme des nageurs dans l'océan, ses ingénieurs se frayaient un chemin. Et, dans six jours, la date limite serait atteinte, la dernière de toutes les dernières dates limites qu'ils avaient arrachée à cette pièce de viande en uniforme. Mais il avait fallu demander des délais déraisonnables, car dès le début le Coryphée des Sciences avait accordé un délai d'un an pour accomplir une tâche qui en exigeait dix.

Dans le bureau de Sevastianov, ils étaient convenus de demander un délai supplémentaire de dix jours. De promettre deux téléphones pour le dix janvier. C'était sur ce point qu'insistait le ministre adjoint. C'était ce que voulait Oskoloupov. Ils comptaient présenter quelque chose qui, bien qu'incomplet, serait au moin fraîchement peint. Et jusqu'à ce qu'on ait fait subir à toute l'installation des essais pour établir que le codage était indéchiffrable, cela prendrait du temps et il serait alors possible de solliciter de nouveaux délais pour l'achèvement et la mise au point définitifs.

Yakonov savait que les objets inanimés n'obéissent pas aux dates limites fixées par les humains et que, même le 10 janvier, l'appareil n'émettrait pas de la parole humaine mais seulement un affreux cafouillage. Et, inévitablement, le sort qu'avait connu Mamourine serait celui de Yakonov. Le Patron convoquerait Béria et lui demanderait : « Quel est l'idiot qui a fourni cet appareil ? Débarrasse-toi de lui ! » Et Yakonov deviendrait en mettant les choses au mieux un nouveau Masque de Fer ou peut-être tout simplement un zek.

Et sous le regard du ministre, sentant la corde autour de son cou, Yakonov maîtrisa la peur abjecte qui l'étreignait et, aussi machinalement qu'on aspire de l'air dans ses poumons, il dit d'une voix rauque :

« Donnez-nous encore un mois ! Un mois de plus ! Le 1er février ! »

Il regarda Abakoumov avec un regard suppliant de chien.

Les gens de talent sont parfois injustes envers les autres. Abakoumov était plus habile que Yakonov le pensait, mais pour n'avoir pas servi depuis trop longtemps, l'esprit du ministre n'était plus bon à rien. Tout au long de sa carrière il avait connu des échecs chaque fois qu'il avait réfléchi et il avait avancé chaque fois qu'il avait manifesté du zèle dans son service. Abakoumov se servait donc le moins possible de son esprit.

Il comprenait fort bien que ni dix jours ni un mois ne serviraient alors que deux ans s'étaient déjà écoulés. Mais à ses yeux, les responsables, c'était cette troïka de menteurs : Sevastianov, Oskoloupov et Yakonov. Si la tâche était si difficile, alors pourquoi, quand ils avaient accepté la mission vingt-trois mois auparavant, étaient-ils convenus d'en finir en un an ? Pourquoi n'en avoir pas demandé trois ? (Il avait déjà oublié qu'il les avait aussi impitoyablement poussés alors.) S'ils avaient résisté au début à Abakoumov, il aurait pu résister ensuite à Staline et obtenir un délai de deux ans pour l'allonger ensuite à trois ans.

Mais si grande était la crainte qu'avaient instillée en eux leurs longues années de subordination qu'aucun d'eux, ni alors ni maintenant, n'aurait eu le courage de résister aux autorités supérieures.

Abakoumov lui-même pratiquait la vieille politique de laisser un peu de marge et, dans ses discussions avec Staline, il ajoutait toujours deux mois supplémentaires à titre de réserve. Et c'était là où on en était maintenant. On avait promis un téléphone à Staline pour le 1er mars. Dans le pire des cas il pourrait donc leur accorder un mois de plus, dès l'instant qu'il ne s'agissait que d'un mois.

Reprenant son stylo, Abakoumov demanda carrément :

« Quelle sorte de mois entendez-vous ? Un vrai mois ou bien est-ce que vous mentez encore ?

— Exactement un mois ! Exactement ! »

Oskoloupov était rayonnant, ravi par la tournure des événements et, à le voir, on aurait cru qu'il n'avait qu'une envie, c'était de rentrer directement à Mavrino pour prendre lui-même en main un fer à souder.

Avec un geste théâtral Abakoumov fit une note sur son calendrier.

« Bon. Disons le 21 janvier, anniversaire de la mort de Lénine, et vous aurez tous un Prix Staline. Sevastianov, est-ce que ce sera prêt ?

— Oui ! Bien sûr !

— Oskoloupov ! Je vous arracherai la tête ! Ce sera prêt ?

— Oui, camarade commissaire général. Il suffit de...

— Et toi, tu sais ce que tu risques ? Ce sera prêt ? »

Rassemblant son courage, Yakonov insista :

« Un mois ! Le 1er février !

— Et si ce n'est pas prêt le 1er ? Colonel, pèse tes mots... Tu mens. »

Bien sûr que Yakonov mentait. Bien sûr qu'il aurait dû demander deux mois. Mais c'était déjà trop tard.

« Ce sera prêt camarade commissaire général, promit-il tristement.

— Bon, mais n'oubliez pas que je ne vous l'ai pas fait dire. Je peux tout pardonner, mais pas le mensonge ! Vous pouvez partir. »

Soulagés, ils sortirent, toujours en file indienne, baissant les yeux devant le grand portrait haut de cinq mètres de Staline.

Mais ils se réjouissaient trop tôt. Ils ne savaient pas que le ministre leur avait tendu un piège.

A peine étaient-ils sortis qu'on annonçait un autre visiteur.

« Ingénieur Pryantchikov. »

16

PAS D'EAU BOUILLANTE POUR LE THÉ

CETTE nuit-là, Yakonov fut convoqué sur l'ordre d'Abakoumov, transmis par Sevastianov. Plus tard, deux messages secrets furent envoyés par téléphone à l'Institut Mavrino, à un intervalle de quinze minutes, pour convoquer au ministère d'abord le prisonnier Bobynine, puis le prisonnier Pryantchikov. Bobynine et Pryantchikov furent amenés dans des voitures séparées et on les fit attendre dans des pièces différentes pour empêcher tout arrangement entre eux.

Il était pourtant peu probable que Pryantchikov fût capable de procéder à ce genre d'entente en raison de son extraordinaire sincérité que nombre de ses contemporains considéraient comme une anomalie psychique. A la charachka, on disait : « Valentoulya est déphasé. »

Et maintenant, moins que jamais, il aurait été capable de prendre aucun arrangement pas plus que d'avoir des desseins cachés. Son âme tout entière était émue par les brillantes lumières de Moscou, scintillantes et étincelantes derrière les vitres de la Pobiéda. Quittant la région mal éclairée des faubourgs, dans le quartier de Mavrino, on était d'autant plus stupéfait de déboucher sur la grande avenue tout illuminée, dans le joyeux brouhaha de la place de la Gare, puis de passer devant des vitrines éclairées au néon. Pryantchikov ne pensait plus au chauffeur ni aux deux hommes en civil qui l'escortaient : il avait l'impression que ce n'était pas de l'air mais du feu qu'il inhalait et qu'il exhalait. Il ne quittait pas des yeux la vitre. On ne l'avait jamais amené à Moscou même de jour et pas un seul zek n'avait de toute l'histoire de la charachka vu Moscou de nuit.

Juste avant la porte Sretenka, la voiture dut céder le passage à la foule des spectateurs sortant d'une salle de cinéma, puis attendre que le feu passât au vert.

Pour des millions de prisonniers, c'était comme si la vie en liberté s'était arrêtée sans eux, comme s'il ne restait plus d'"hommes et que des femmes esseulées, vêtues de toile de sac, allaient, des cendres sur la tête, promenant un amour et une fidélité dont personne n'avait que faire. Et voilà que sous les yeux de Pryantchikov grouillait la foule animée et bien nourrie des villes — chapeaux, voilettes, renards argentés — et le parfum des femmes qui passaient montait aux sens de Valentin, à travers la carrosserie impénétrable de la voiture, comme une série de coups. Il percevait confusément des conversations, mais sans pouvoir distinguer les paroles ; il aurait voulu passer sa tête à travers le verre incassable et crier aux femmes qu'il était jeune, qu'il était accablé de mille désirs, qu'il était enfermé en prison pour rien. Après la solitude monastique de la charachka, c'était comme un conte de fées, comme un fragment de vie élégante qu'il n'avait jamais eu l'occasion de mener, d'abord parce qu'il n'était qu'un étudiant pauvre, ensuite parce qu'il était prisonnier de guerre, enfin parce qu'il était tout simplement en prison.

Plus tard, dans la salle d'attente, Pryantchikov n'avait pas nettement distingué les chaises et les tables qui y étaient disposées : les sentiments et les impressions qui l'avaient envahi avaient du mal à le quitter.

Un jeune lieutenant-colonel le pria courtoisement de le suivre. Pryantchikov, avec son cou frêle, ses poignets grêles, ses épaules étroites, ses jambes maigres, n'avait jamais paru aussi peu imposant que lorsqu'il pénétra dans le bureau sur le seuil duquel l'avait laissé l'officier qui l'escortait.

La pièce était si spacieuse que Pryantchikov ne se

rendit même pas compte tout de suite que c'était un bureau, ni que le personnage arborant des épaulettes dorées en était l'occupant. Il ne remarqua pas non plus derrière son dos le portrait de Staline haut de cinq mètres. Moscou et les femmes de la nuit passaient encore devant ses yeux. Il en restait grisé. Il avait du mal à imaginer pourquoi il était dans cette pièce et quelle sorte de pièce c'était. Mais ce qui était encore plus étrange, c'était que dans une pièce semi-circulaire éclairée par une petite ampoule bleue — bien que la guerre fût finie depuis cinq ans — son verre de thé refroidi qu'il n'avait pas fini de boire était resté.

Ses pieds foulèrent le vaste tapis qui s'étendait sur le plancher. Le tapis était doux et à poils drus et Pryantchikov aurait voulu se rouler dessus. Sur le côté droit de la salle se dressaient de grandes fenêtres et sur le côté gauche un miroir qui allait jusqu'au sol.

Les gens de l'extérieur ne se rendent pas compte de la valeur des choses. Pour un zek qui se débrouille avec un pauvre petit miroir plus petit que la paume de la main et qui n'a même pas toujours ça, c'est toute une aventure que de se regarder dans une grande glace.

Pryantchikov, comme attiré par un aimant, s'arrêta devant le miroir. Il s'en approcha tout près et examina avec satisfaction son visage net et bien rasé. Il ajusta son nœud de cravate et le col de sa chemise bleue. Puis il commença à reculer lentement, se regardant de face, puis de trois quarts, puis de profil. Au bout d'un moment de ce manège, il exécuta une sorte de pas de danse, se rapprocha du miroir et s'examina très attentivement. Constatant que, malgré sa combinaison bleue, il était fort bien proportionné et élégant, se sentant dans d'excellentes dispositions, il s'éloigna du miroir, non parce qu'une conversation d'affaires l'attendait — car Pryantchikov l'avait complètement oubliée — mais parce qu'il entendait poursuivre son inspection de la pièce.

L'homme qui pouvait jeter en prison n'importe qui dans la moitié du monde, le ministre omnipotent, devant lequel généraux et maréchaux pâlissaient, regardait maintenant ce petit zek bleu avec curiosité. Il avait fait arrêter et condamner des millions de gens mais cela faisait longtemps qu'il n'en avait vu un de près.

Avec la démarche d'un dandy en promenade, Pryantchikov s'approcha du ministre et le regarda d'un air interrogateur, comme s'il ne s'attendait pas à le trouver là.

« Vous êtes l'ingénieur Pryantchikov ? dit Abakoumov après avoir vérifié le nom sur ses papiers.

— Oui, répliqua Valentin, l'air absent. Oui.

— Vous êtes l'ingénieur qui dirige le groupe — de nouveau il consulta ses notes — le groupe d'analyse de la parole artificielle.

— De quelle parole artificielle parlez-vous ? fit Pryantchikov. Qu'est-ce que ça veut dire ? Personne dans notre atelier n'emploie ce nom-là. Nous appelons ça le vo-co-deur. Le codeur de voix. La voix en code.

— Mais c'est vous qui dirigez ces recherches ?

— En général, oui. Pourquoi ? fit Pryantchikov, sur ses gardes.

— Asseyez-vous. »

Pryantchikov s'assit, tirant sur les jambes bien repassées de sa combinaison.

« Je tiens à ce que vous parliez avec une totale franchise, sans craindre aucune mesure répressive de la part de vos supérieurs directs. Quand le vocodeur sera-t-il prêt ? Parlez franchement. Sera-t-il prêt dans un mois ? Ou bien seulement dans deux ? Dites-le-moi, n'ayez pas peur.

— Le vocodeur ? Prêt ? Ah ! ah ! ah ! » Pryantchikov éclata d'un rire sonore et juvénile comme on n'en avait jamais entendu dans le décor. Il se renversa en arrière sur le cuir confortable de son fauteuil et leva les mains en l'air. « Qu'est-ce que vous dites ? Comment pouvez-vous penser ça ? De toute évidence vous ne comprenez pas ce que c'est que le vocodeur. Je vais vous l'expliquer ! »

D'un mouvement souple il se leva de son fauteuil et se précipita vers le bureau d'Abakoumov.

« Vous avez un morceau de papier ? En voilà un ! » Il arracha une feuille d'un bloc sur le bureau, saisit le stylo du ministre qui était couleur de viande rouge et se mit à tracer d'une main hâtive et maladroite une courbe sinusoïde.

Abakoumov n'avait pas peur : il y avait tant de sincérité et de spontanéité enfantines dans la voix de cet étrange ingénieur et dans tous ses mouvements qu'il admettait cette sortie et qu'il continuait à regarder Pryantchikov sans écouter ce qu'il disait.

« Il faut que je vous dise qu'une voix humaine comprend de nombreuses harmoniques. » Pryantchikov s'étranglait presque dans son pressant désir de tout dire le plus vite possible. « L'idée du vocodeur est la reproduction artificielle de la voix humaine. Merde ! Comment pouvez-vous écrire avec un stylo pareil ?... Reproduction obtenue en totalisant sinon toutes, du moins les principales harmoniques émises chacune par un émetteur individuel. Bon, vous connaissez, bien sûr, les coordonnées cartésiennes — tous les écoliers connaissent ça — et les séries de Fourier ?

— Un instant, dit Abakoumov retrouvant ses esprits. Dites-moi seulement une chose : *quand* l'appareil sera-t-il prêt ? Quand ?

— Prêt... Hmm... Je n'y avais guère réfléchi. » Pryantchikov n'était plus emporté par les impressions qu'il avait recueillies en traversant la capitale de nuit, mais par l'élan de son enthousiasme pour le travail qu'il chérissait et, une fois de plus, il avait du mal à s'arrêter. Ce qui se passe, c'est ceci : le problème est facilité si nous acceptons d'épaissir le timbre de la voix. Dans ce cas, le nombre limité...

— Oui, mais pour quelle date ? Quelle date ? Le 1er mars ? Le 1er avril ?

— Bonté divine, qu'est-ce que vous racontez ? Avril ? Sans compter le travail de cryptographie, nous serons prêts dans... disons quatre, cinq mois, pas avant. Et quel effet vont avoir le codage et le décodage des impulsions ? Au fond, cela va introduire de nouveaux éléments de distorsion ! Oh ! n'essayons pas de deviner, dit-il à Abakoumov d'un ton pressant en tirant sur sa manche. Je vais vous expliquer tout le problème maintenant. Vous allez comprendre vous-même et convenir que dans l'intérêt même des travaux, il ne faut pas les précipiter ! »

Mais Abakoumov, le regard fixé sur les lignes ondulantes et sans signification tracées sur le papier, avait déjà trouvé le bouton de sonnette.

Le même lieutenant-colonel courtois apparut et invita Pryanthikov à prendre congé.

Pryanthikov obéit d'un air confus, la bouche à moitié ouverte. Il était particulièrement déçu parce qu'il n'avait pas fini d'exprimer ses pensées. Alors, au moment où il repartait déjà, il fit un effort, comprenant soudain à qui il venait de parler. Presque sur le pas de la porte, il se souvint que les copains lui avaient demandé de se plaindre, d'essayer d'obtenir quelque chose... Il se retourna brusquement et revint sur ses pas.

« Oh ! oui ! Écoutez ! J'ai complètement oublié de vous dire... »

Mais le lieutenant-colonel lui barra le chemin et l'obligea à revenir vers la porte ; l'homme derrière son bureau ne l'écoutait pas. Dans ce bref instant de gêne, Pryantchikov oublia soudain toutes les illégalités, tous les abus de la vie pénitentiaire, il n'avait plus l'esprit occupé que de diagrammes de radio, et ne se souvenait que d'une chose, il cria :

« Ecoutez ! A propos de l'eau pour le thé. Nous rentrons du travail tard le soir... Et il n'y a plus d'eau bouillante ! Nous ne pouvons pas nous faire de thé.

— Plus d'eau bouillante ? répéta l'homme derrière le bureau, une sorte de général. Très bien. Nous allons faire quelque chose pour ça. »

17

O COURSIER MIRACULEUX !

Vêtu de la même combinaison bleue, mais robuste, roux, les cheveux coupés court, à la forçat, Bobynine entra dans le bureau.

Il manifesta à peu près autant d'intérêt pour l'ameublement que s'il venait là cent fois par jour. Il entra directement et s'assit sans saluer le ministre. Il s'installa dans un des confortables fauteuils, non loin du bureau du ministre et se moucha longuement dans le mouchoir d'une blancheur douteuse qu'il avait lavé lui-même en prenant sa dernière douche.

Abakoumov, qui avait été quelque peu déconcerté par la frivolité de Pryantchikov, fut heureux de constater que Bobynine semblait plus imposant. Il ne lui cria pas : « Debout ! » Mais au contraire, supposant qu'il ne comprenait rien à la hiérarchie et qu'il n'avait pas deviné d'après l'enfilade de portes où on l'amenait, il lui demanda d'un ton presque paisible :

« Pourquoi vous êtes-vous assis sans permission ? »

Bobynine, regardant le ministre un peu de côté, continua à se curer le nez avec son mouchoir et répondit d'un ton nonchalant :

« Voyez-vous, il y a un proverbe chinois qui dit : « Mieux vaut s'arrêter que marcher, mieux vaut s'as-

« seoir que s'arrêter et mieux vaut se coucher que
« tout le reste. »

— Mais vous comprenez qui je peux être ? »

Confortablement accoudé sur les bras du fauteuil
qu'il avait choisi, Bobynine regarda Abakoumov droit
dans les yeux et avança nonchalamment :

« Oh ! qui donc ? Quelqu'un comme le maréchal
Gœring ?

— Comme qui ?

— Le maréchal Gœring. Un jour il a visité l'usine
d'aviation où je travaillais. Les généraux qui se trouvaient là marchaient tous sur la pointe des pieds,
mais moi je ne me suis même pas retourné pour le
voir. Il a regardé, il a longuement regardé et puis il
a continué son chemin. »

Quelque chose comme un sourire hésita sur le
visage d'Abakoumov, puis très vite il fronça les sourcils devant l'incroyable impudence du prisonnier.
Essayant de dissiper la tension qui le crispait, il
demanda :

« Comment ça ? Vous ne voyez aucune différence
entre nous ?

— Entre vous ? Ou bien entre *nous ?* » Il y avait
dans la voix de Bobynine une dureté d'acier. « Entre
nous, je la vois très clairement : vous avez besoin de
moi et moi je n'ai pas besoin de vous. »

Abakoumov aussi avait une voix qui pouvait rouler
comme le tonnerre et il savait l'utiliser pour intimider
les gens. Mais cette fois-là, il avait l'impression que
ce serait inutile et peu digne de crier. Il comprenait
que ce prisonnier était difficile à manier.

Il se contenta de dire en guise d'avertissement :

« Ecoutez, prisonnier. Si je suis accommodant avec
vous, ne vous oubliez quand même pas...

— Et si vous êtes grossier avec moi, je ne vous par-
lerai même pas citoyen ministre. Engueulez vos
colonels et vos généraux. Ils ont trop de choses dans
leur vie et ils ont peur de les perdre.

— Nous ferons aussi pression sur vous autant qu'il
le faudra.

— Vous vous trompez, citoyen ministre ! fit Bobynine dont les yeux brillaient de haine. Je n'ai rien,
vous comprenez : absolument rien ! Vous ne pouvez
pas mettre la main sur ma femme ni sur mon enfant :
une bombe s'en est chargée. Mes parents sont déjà

morts. Je ne possède en tout sur cette terre que mon mouchoir ; ma combinaison et mes sous-vêtements qui n'ont pas de boutons — il le démontra en dénudant sa poitrine — me sont fournis par le gouvernement. Il y a longtemps que vous m'avez ôté la liberté et vous n'avez pas le pouvoir de me la rendre parce que vous n'êtes pas libre vous-même. J'ai quarante ans et vous m'avez collé une peine de vingt-cinq ans. J'ai déjà fait des travaux forcés, je me suis promené avec un matricule sur le dos, menottes aux mains, encadré de chiens policiers, et j'ai connu le régime des brigades de travail. Alors avec quoi donc pouvez-vous me menacer encore ? De quoi pouvez-vous me priver ? De mon travail d'ingénieur ? Vous y perdriez plus que moi. Je fumerais bien. »

Abakoumov ouvrit un paquet de Troïka spéciales qu'il poussa vers Bobynine :

« Tenez, servez-vous.

— Merci, mais je ne change pas de marque. Celles-là me font tousser. » Et il prit une Belomor dans l'étui à cigarettes qu'il avait fabriqué lui-même. « Comprenez bien une chose et expliquez-la à tous les dirigeants qui ont besoin de le savoir : vous n'êtes forts que dans la mesure où vous ne privez pas les gens de *tout*. Car quelqu'un que vous avez privé de tout n'est plus en votre pouvoir. Il est de nouveau entièrement libre. »

Bobynine se tut, concentrant toute son attention sur sa cigarette. Il était ravi d'agacer le ministre et de se carrer dans un fauteuil aussi confortable. Son seul regret était d'avoir, pour le plaisir de l'effet, refusé les cigarettes de luxe qui lui avaient été offertes.

Le ministre consulta ses papiers :

« Ingénieur Bobynine ! C'est vous qui dirigez les recherches sur l'analyseur de parole ?

— Oui.

— Je vous demande de répondre avec une précision absolue : quand pourra-t-il entrer en service ? »

Bobynine haussa ses sourcils bruns et drus.

« Tiens, c'est nouveau ! Il n'y a donc personne de plus qualifié que moi à qui poser cette question ?

— Je veux le savoir de vous personnellement. Sera-t-il prêt en février ?

— En février ? Vous plaisantez ! S'il s'agit de four-

nir un rapport en se précipitant pour le regretter
ensuite, eh bien, alors !... disons, dans six mois. Quant
au codage infaillible... je n'en ai pas la moindre idée.
Peut-être un an. »

Abakoumov était accablé. Il se rappelait le frémissement de colère impatiente de la moustache du Patron... Et il était malade à l'idée des promesses qu'il
avait faites à la suite des affirmations de Sevastianov.
Il éprouvait l'horrible serrement de cœur de quelqu'un qui est venu se faire soigner un rhume de cerveau et à qui l'on a appris qu'il avait un cancer du
pharynx.

Le ministre dit d'une voix crispée :

« Bobynine, je vous demande de peser soigneusement vos paroles. Si on peut faire plus vite, alors
dites-moi : par quels moyens ?

— Plus vite ? Ça ne marchera pas.

— Mais pourquoi, pour quelles raisons ? Qui est
responsable ? Dites-le-moi, n'ayez pas peur ! Nommez
les responsables et quel que soit leur rang, je leur
arracherai leurs épaulettes. »

Bobynine renversa la tête en arrière et contempla
le plafond où gambadaient les nymphes de la compagnie d'assurances « la Russie ».

« Au total, cela fait deux ans et demi à trois ans !
fit rageusement le ministre. Et on vous avait donné
un délai d'un an ! »

Bobynine explosa :

« Comment ça... On nous avait donné un délai ?
Quelle image vous faites-vous de la science ? O cour-
sier miraculeux, bâtis-moi un palais d'ici à demain
matin et le matin il y a un palais. Et si le problème
a été mal posé ? Et si de nouveaux phénomènes sur-
gissent ? On nous a donné un délai ! Vous ne croyez
pas qu'outre les ordres il vous faut devant vous des
gens calmes, libres et bien nourris ? Parfaitement, et
sans toute cette atmosphère de suspicion. Tenez, nous
transportions d'un endroit à l'autre un petit tour et,
je ne sais pas si ça s'est passé pendant que nous
l'avions ou après, en tout cas, le socle s'est cassé. Dieu
seul sait pourquoi. Mais ça coûte trente roubles de le
ressouder. Ce tour est une saloperie, un appareil
vétuste, sans moteur, rien qu'une poulie sous une
courroie, mais, à cause de cet accident, l'officier de
sécurité, le commandant Chichkine a empoisonné la

vie de tout le monde et a questionné les prisonniers pendant quinze jours, car il cherchait quelqu'un sur le dos de qui coller une seconde peine pour sabotage. Voilà l'officier de sécurité de la prison, un parasite de plus qui ne sait rien faire d'autre que d'exaspérer les gens avec des problèmes et des histoires de protocole. Je me demande bien à quoi vous sert cet officier de sécurité. Au fond, tout le monde sait que nous travaillons à fabriquer un téléphone secret pour Staline et que Staline en personne insiste pour que les travaux aboutissent. Et même pour une opération comme ça vous ne pouvez pas nous assurer un ravitaillement régulier en matériel. Tantôt nous avons besoin de condensateurs que nous n'avons pas, tantôt les lampes sont du mauvais modèle, ou bien nous n'avons pas assez d'oscillographes. Quelle pauvreté ! C'est honteux ! « Qui est responsable ? » Avez-vous pensé à tous ces gens ? Ils travaillent tous pour vous, douze et même seize heures par jour, et vous ne donnez de la viande qu'aux ingénieurs en chef, les autres n'ont droit qu'à des os. Pourquoi n'autorisez-vous pas les parents de ceux de l'article 58 à venir les voir ? Nous sommes censés avoir des visites une fois par mois et vous ne les autorisez qu'une fois par an. Vous croyez que ça aide le moral ? Vous n'avez peut-être pas assez de paniers à salade pour transporter les prisonniers ? Ou de quoi payer les salaires des gardiens pour les jours de congé ? Le *régime* ! Le régime vous tourne la tête, le régime va bientôt vous rendre fou. Avant, le dimanche, on avait le droit de se promener toute la journée, maintenant c'est défendu. Pourquoi ? Pour qu'on travaille plus ? Que croyez-vous faire : ramasser de la crème sur de la merde ? Les choses n'iront pas plus vite parce que vous laisserez les gens étouffer sans air. Mais à quoi ça sert de vous parler ? Pourquoi m'avez-vous convoqué la nuit ? Est-ce qu'il n'y a pas assez de temps pendant la journée ? Il faut que je travaille, moi, demain. J'ai besoin de sommeil. »

Bobynine se redressa de toute sa taille, tremblant de colère.

Abakoumov, le souffle rauque, s'appuyait contre le bord du bureau.

Il était une heure vingt. Dans une heure, à deux heures et demie, Abakoumov devait présenter un rapport à Staline qui l'attendait dans sa maison de Kountsevo.

Si cet ingénieur avait raison, comment pourrait-il maintenant se tirer de ce mauvais pas ?

Staline ne pardonnait jamais.

Mais pour l'instant, congédiant Bobynine, il se souvint de cette troïka de menteurs de la Section spéciale technique. Une rage aveugle s'empara de lui.

Il les fit convoquer.

18

L'ANNIVERSAIRE

L<small>A</small> pièce était petite et basse. Il y avait deux portes, pas de fenêtre. Bien qu'il n'y eût aucune ouverture directe sur l'extérieur, l'air était frais et agréable : un ingénieur spécialisé était responsable de la circulation et de sa pureté chimique. Une grande partie de l'espace était occupée par un divan bas et sombre couvert de coussins à fleurs.

Une applique avec deux ampoules jumelles derrière leurs abat-jour de verre rose pâle éclairaient le mur juste au-dessus.

Sur le divan était allongé l'homme dont l'image avait été sculptée dans la pierre, peinte à l'huile, à l'aquarelle, à la gouache, au sépia, dessinée au fusain et à la craie, formée avec des pavés, des coquillages, des tuiles, des grains de blé et de soja, sculptée dans l'ivoire, taillée dans l'herbe des pelouses, tissée sur les tapis, reproduite par des escadrilles d'avions et photographiée et filmée plus souvent que n'importe quelle autre image depuis trois milliards d'années que la croûte terrestre existe.

Et il était tranquillement allongé là, les pieds en l'air, chaussés de bottes caucasiennes souples qui étaient comme de grosses chaussettes. Il portait une

tunique militaire avec quatre grandes poches, deux
sur la poitrine, deux sur les côtés : une vieille tunique,
bien usée, une de celles qu'il avait pris l'habitude de
porter depuis la guerre civile et qu'il n'avait remplacée
par une tenue de maréchal qu'après Stalingrad.

Le nom de cet homme emplissait les journaux du
monde entier, il était prononcé par des milliers de
speakers dans des centaines de langues, vociféré par
des orateurs au début et à la fin de leurs discours,
chanté par les voix jeunes et tendres des pionniers, et
célébré par les évêques. Il était imprimé sur les lèvres
des prisonniers de guerre mourants et sur les gencives gonflées des prisonniers des camps. On avait
donné ce nom à une multitude de cités et de places,
de rues et de boulevards, de palais, d'universités,
d'écoles, de sanatoriums, de chaînes de montagne,
de canaux, d'usines, de mines, de fermes collectives,
de cuirassés, de brise-glace, de bateaux de pêche, à
des artels de cordonniers, à des pouponnières... Un
groupe de journalistes moscovites avait proposé qu'on
le donnât aussi à la Volga et à la Lune.

Et ce n'était qu'un petit vieillard avec un double
menton desséché (qu'on ne montrait jamais sur ses
portraits), à la bouche imprégnée de l'odeur du tabac
turc, aux doigts gras qui laissaient des marques sur
les livres. Depuis hier il ne se sentait pas très bien.
Même dans cette atmosphère tiède, il avait froid au
dos et aux épaules et il s'était enveloppé dans un
châle en poil de chameau.

Il n'était pressé d'aller nulle part et il feuilletait
avec satisfaction un petit livre à la reliure brune. Il
en regardait les photographies avec intérêt et, çà et
là, lisait le texte, qu'il connaissait presque par cœur,
puis continuait à tourner les pages. Le petit livre
était d'autant plus commode qu'il pouvait trouver
place dans une poche de manteau. Il pouvait accompagner les gens partout dans leur existence. Il avait
deux cent cinquante pages, mais il était imprimé en
gros caractères bien épais, de sorte que même quelqu'un qui ne lisait pas très bien ou une personne
âgée pouvait le déchiffrer sans effort. Sur la reliure,
on lisait en lettres dorées : Yosif Vissarionovitch
Staline : *Brève Biographie*.

Les mots simples et élémentaires de ce livre avaient
sur le cœur humain un effet apaisant. On parlait de

son génie stratégique. De sa sage prévoyance. De sa
volonté puissante. De sa volonté de fer. Depuis 1918
il était pratiquement l'assistant de Lénine (mais oui,
mais oui, c'était comme ça). Le commandant de la
Révolution avait trouvé au front la déroute et la
confusion ; les instructions de Staline constituaient
la base du plan d'opérations de Frounze (parfaitement, parfaitement). Quelle chance nous avons eue
qu'aux jours difficiles de la Grande Guerre patriotique nous ayons été dirigés par un chef sage et expérimenté : le grand Staline. (Oui, ce peuple avait eu
de la chance.) Tout le monde connaît l'écrasante
puissance de la logique de Staline, la clarté de cristal
de sa pensée... (sans fausse modestie, tout cela était
vrai). Son amour du peuple. Sa sensibilité envers
autrui. Sa surprenante modestie (modestie... oui,
c'était très vrai).

Très bien, et on disait que le livre se vendait bien.
On avait tiré cinq millions d'exemplaires de cette
seconde édition. Pour un pareil pays, c'était trop peu.
La troisième édition devrait être de dix millions, peut-
être de vingt. On devrait la vendre directement dans
les usines, les écoles, les fermes collectives.

Il eut une vague nausée. Il reposa le livre, prit sur
la table ronde une goyave épluchée et mordit dedans.
S'il la suçait, sa nausée se dissiperait et il garderait
dans la bouche un agréable arrière-goût légèrement
iodé.

Il remarquait, tout en redoutant de l'admettre, que
sa santé empirait de mois en mois. Il avait des trous
de mémoire. Il était harcelé par des nausées. Il n'avait
pas de douleurs précises mais des heures d'une pénible
faiblesse le clouaient à son divan. Même le sommeil
ne le soulageait pas : il s'éveillait tout aussi mal en
point, tout aussi fatigué, avec la même pression dans
sa tête que quand il s'était couché et il n'avait pas
envie de remuer.

Au Caucase, à soixante-dix ans, on était encore un
djiguite ! On escaladait une montagne, on allait à cheval, on avait des femmes. Et lui qui avait une si
bonne santé ! Une si bonne santé ! Il devait vivre jusqu'à quatre-vingt-dix ans ! Mais qu'est-ce qui lui arrivait maintenant ? Depuis l'an passé Staline n'appréciait plus son plus grand plaisir dans la vie : les mets
savoureux. Le jus d'orange lui irritait la langue, le

caviar collait à ses dents, et même la soupe d'agneau géorgienne fortement assaisonnée, que son régime lui interdisait, il la mangeait avec une morne indifférence. Il n'avait pas non plus les mêmes sensations claires quand il goûtait des vins : ses beuveries se soldaient par de longues migraines. Même la pensée d'une femme commençait à le dégoûter.

En se fixant pour but de vivre jusqu'à quatre-vingt-dix ans, Staline songeait avec tristesse au fait que ces années ne lui apporteraient aucune joie personnelle, qu'il aurait simplement à souffrir encore vingt ans pour l'humanité.

Un médecin l'avait prévenu que... (mais on l'avait, paraît-il, fusillé par la suite). Les stéthoscopes tremblaient dans les mains des plus grands médecins de Moscou. Ils ne lui prescrivaient jamais de piqûres. (Il avait lui-même ordonné qu'on cessat de lui en faire.) De l'électrothérapie à haute fréquence et « davantage de fruits ». Essayez donc de parler de fruits à un homme du Caucase !

Il mordit une nouvelle bouchée, en plissant les yeux.

Trois jours plus tôt, on avait célébré son glorieux soixante-dixième anniversaire. Cela s'était passé de la façon suivante : le soir du 20, on avait battu à mort Traïcho Kostov. C'était seulement lorsque ses yeux de misérable chien étaient devenus vitreux que les véritables festivités avaient pu commencer. Le 21, il y avait eu une soirée de gala au Théâtre Bolchoï et Mao Tsé-toung, Dolorès Ibarruri et d'autres camarades avaient prononcé des discours. Puis il y avait eu un grand banquet. Et après cela un petit banquet. Ils avaient bu de vieux vins provenant des caves espagnoles. Il avait dû boire avec précaution, cherchant sans cesse à découvrir la fourberie sur les visages congestionnés. Et ensuite, avec Lavrenty, ils avaient bu du vin de Kakhépie et chanté des chansons géorgiennes. Le 22, il y avait eu une grande réception diplomatique. Le 23, il s'était regardé représenté à l'écran dans la seconde partie de *La Bataille de Stalingrad* de Virta et dans *Inoubliable 1919* de Vichnevsky.

Malgré sa fatigue, il avait beaucoup aimé ces œuvres (chacune d'elles avait obtenu un Prix Staline). Aujourd'hui, ce n'était plus seulement son rôle dans la Grande Guerre patriotique mais aussi dans la guerre civile qu'on dépeignait de plus en plus exactement. On voyait maintenant clairement quel grand homme il était alors déjà. Sa mémoire lui rappelait combien souvent il avait sérieusement mis en garde et corrigé l'impétueux et trop confiant Lénine. Et Vichnevsky avait eu raison de lui faire dire : « Chaque travailleur a le droit d'exprimer ses pensées. Un jour nous ferons figurer dans la Constitution un article dans ce sens. » Qu'est-ce que cela voulait dire ? Cela voulait dire que tout en défendant Petrograd contre Youdénitch, Staline pensait déjà à une future Constitution démocratique. Bien sûr, on appelait cela alors « la dictature du prolétariat », mais cela n'avait pas d'importance, c'était vrai, c'était fort.

Et dans le scénario de Virta, cette scène de nuit avec l'Ami était bien écrite. Même s'il ne restait plus à Staline un Ami aussi proche et aussi loyal en raison du manque constant de sincérité et de perfidie des gens (d'ailleurs jamais de toute sa vie il n'avait connu un tel Ami ! Les choses s'étaient passées de telle sorte qu'il n'en avait jamais eu). Mais en regardant sur l'écran la scène conçue par Virta, Staline avait senti une tendresse dans sa gorge et des larmes dans ses yeux (ça c'était l'œuvre d'un artiste !) et il aurait beaucoup aimé avoir un ami aussi droit, aussi désintéressé pour lui confier toutes les pensées qu'il avait au cours de ses longues nuits solitaires.

Mais qu'importait ! Le peuple aimait son Chef, il le comprenait et l'aimait, c'était certain. Il le voyait bien d'après les journaux, d'après les films, d'après tous les cadeaux qu'il avait reçus. Son anniversaire était devenu une fête nationale et c'était bon de le savoir. Combien de messages lui avait-on adressés ? Provenant d'institutions, d'organisations, d'usines, de particuliers. La *Pravda* avait demandé la permission de les publier, pas en une fois, mais à raison de deux colonnes par numéro. Ils en auraient pour plusieurs années, mais quand même ça n'était pas une mauvaise idée.

Quant aux cadeaux, ils n'avaient pas tenu dans les dix salles du musée de la Révolution. Pour ne pas empêcher les Moscovites de venir les voir dans la journée, Staline était allé les regarder de nuit. L'œuvre de milliers et de milliers de maîtres artisans, les plus beaux produits de la terre se dressaient, s'entassaient et étaient pendus devant lui. Mais là aussi il se trouva en proie à cette même indifférence, cette même diminution d'intérêt. A quoi l'avançaient tous ces cadeaux ?

Cela n'avait pas tardé à l'ennuyer. Et puis, là-bas, au musée, un souvenir déplaisant lui était remonté à la mémoire, mais sans se préciser tout à fait, comme cela lui arrivait si souvent dernièrement, de sorte qu'il s'était retrouvé avec seulement la sensation déplaisante. Staline avait traversé trois salles sans rien choisir. Il s'était arrêté devant l'énorme récepteur de télévision sur lequel étaient gravés les mots « Au grand Staline de la part des Tchékistes ». C'était le plus grand poste de télévision soviétique, il avait été monté en un seul exemplaire, à Mavrino. Et puis il avait tourné les talons et il était parti.

Voilà comment s'était passé son remarquable anniversaire, mais toutes ces cérémonies ne lui avaient pas apporté une totale satisfaction.

Staline éprouvait dans sa poitrine une certaine sensation de serrements qui l'inquiétait : cela avait un rapport avec le musée, mais il n'arrivait pas à comprendre lequel.

Le peuple l'aimait, oui mais le peuple avait tant de défauts. Comment pouvait-on les corriger ? Comme on pourrait construire plus vite le communisme si... s'il n'y avait pas tous ces bureaucrates sans âme. S'il n'y avait pas les grosses légumes imbues de leur importance. S'il n'y avait pas tant de faiblesse dans le travail d'organisation et d'endoctrinement des masses. S'il n'y avait pas ce laisser-aller dans l'éducation du Parti. Ce ralentissement dans le rythme de la construction, ces retards dans la production — une production d'articles de mauvaise qualité — cette mauvaise planification, cette indifférence envers l'adoption de moyens techniques et d'équipements nouveaux, ce refus des jeunes gens de partir pour les régions éloignées, cette perte de céréales dans les champs, ces dépenses inutiles faites par les comptables, ces vols dans les entrepôts, ces trafics auxquels se livraient les gérants, ce sabotage par les prisonniers, ces spéculateurs insolents, ces ménagères avides, ces enfants gâtés, ces bavards des tramways, cet étroit « esprit critique » en littérature, ces tendances libérales dans le cinéma.

Non, le peuple avait encore trop de défauts.

En 41, qu'est-ce qui l'avait fait battre en retraite ? Après tout, on avait ordonné au peuple de tenir jusqu'à la mort. Et pourquoi ne l'avait-il pas fait ? Qui alors avait battu en retraite, sinon le peuple ?

Mais en se rappelant 1941, Staline ne pouvait oublier le souvenir de sa propre faiblesse : il se rappelait son départ précipité et inutile de Moscou en octobre. Bien sûr, il ne s'agissait pas d'une fuite. Et quand il était parti, Staline avait laissé des gens responsables et leur avait donné des instructions fermes de défendre la capitale jusqu'à la dernière goutte de sang. Le malheur toutefois, c'était que ces camarades mêmes avaient faibli et qu'il avait dû rentrer, regagner la capitale lui-même pour la défendre.

Il envoya donc en prison tous ceux sans exception qui se souvenaient de la panique du 16 octobre. Mais lui aussi il s'infligea une punition : il se força à assister au défilé militaire de novembre. Un moment de sa vie comparable à cette fois où, alors qu'il était en exil dans le Touroukhansk, il était tombé dans un trou de la glace : la glace et le désespoir, mais de la glace et du désespoir était venue la force. Il n'y avait pas de quoi rire : un défilé militaire avec l'ennemi aux portes !

Mais comment cela pouvait-il être facile d'être Le Plus Grand de Tous les Grands ?

Fatigué par l'inaction, Staline s'abandonnait malgré lui à des pensées accablantes. En cet instant particulier, il ne concentrait sur rien son attention lassée. Il ferma les yeux, allongé là sur son divan et les souvenirs épars de sa longue, longue vie vinrent peu à peu s'insinuer dans son esprit. Mais pour on ne sait quelle raison, ce qu'il se rappelait ce n'étaient pas les bons souvenirs, mais les mauvais, les souvenirs humiliants. S'il se souvenait de son village natal de Gori, il ne se rappelait pas les vertes collines ni les méandres de la Medjuda et de la Liakhva, mais ce qui était détestable là-bas, ce qui l'avait incité à ne jamais y revenir, fût-ce même pour une heure, pour une visite. S'il se souvenait de 1917, c'était de la façon dont Lénine était arrivé et comment, avec ses idées dogmatiques, il avait chamboulé tout ce qui s'était fait avant lui, et comment il s'était moqué de Staline quand celui-ci avait proposé le développement d'un parti légal et la coexistence dans la paix et dans le calme avec le gouvernement provisoire. On s'était moqué de lui plus d'une fois : mais pourquoi était-ce devenu une habitude de lui mettre sur les bras tout ce qui était difficile et ingrat ? Ils se moquaient de lui, mais le 6 juillet c'était lui qu'on avait fait venir, et pas un autre, du Palais de

Kchesinskaya à la Forteresse Pierre-et-Paul quand il avait fallu persuader les marins de rendre la forteresse à Kerensky et de se replier sur Kronstadt. Gricha Zinoviev aurait été lapidé par les marins. Il faut savoir parler au peuple russe. Il se rappelait 1920 et là encore, comment Toukhatchevsky, les lèvres crispées, avait crié que c'était la faute de Staline s'il n'avait pas pris Varsovie. L'imbécile, en criant cela, il avait vraiment cherché ce qui l'attendait.

Ainsi, toute sa vie, les choses ne s'étaient jamais arrangées. Elles ne s'étaient jamais arrangées et il y avait toujours des gens qui se mettaient en travers de son chemin. Dès qu'on en écartait un, il y en avait déjà un autre à sa place.

Il entendit quatre coups légers frappés à la porte, même pas des coups, quatre doux grattements plutôt, comme si un chien voulait se faire ouvrir.

Staline tourna le commutateur auprès de son divan et le verrou commandé à distance se déclencha : la porte s'entrebâilla. Elle n'était pas masquée par une portière (car Staline n'aimait pas les rideaux, ni les tentures, ni les endroits où l'on pouvait se cacher) et elle s'était entrouverte juste assez, en fait, pour laisser passer un chien : mais au lieu de cela, ce fut la jeune tête de Poskrebychev qui apparut, avec sa calvitie naissante et sa perpétuelle expression de dévouement sincère et d'absolue docilité.

Inquiet pour le Patron, il remarqua que Staline était allongé là, à demi couvert par un châle en poil de chameau, mais il ne lui posa aucune question directe sur sa santé (on érigeait en postulat qu'elle était excellente). Il dit tranquillement :

« Yos Sarionitch, vous avez Abakoumov qui doit venir à deux heures et demie. Voulez-vous le recevoir ? Peut-être que non ? »

Yosif Vissarionovitch déboutonna sa poche de poitrine et en tira sa montre et sa chaîne (comme toutes les vieilles gens, il ne supportait pas les montres-bracelets).

Il n'était pas encore deux heures du matin.

Il n'avait aucune envie de se changer pour passer dans son bureau. Mais il ne pouvait non plus relâcher le joug de la discipline. S'il lâchait les rênes, même un tout petit peu, ils s'en apercevraient tout de suite.

« Nous verrons, répondit Staline d'un ton las et en clignant des yeux. Je ne sais pas.

— Bah ! laissez-le toujours venir. Il attendra ! » dit Poskrebychev en hochant trois fois de suite la tête (en accentuant son air juvénile il renforçait encore sa position). Puis il se figea de nouveau, regardant le Patron avec attention. « Vous avez d'autres instructions, Yos Sarionitch ? »

Staline considéra tristement ce personnage qui lui non plus, hélas ! ne pouvait pas être un ami pour lui, en raison de sa position trop inférieure.

« Va maintenant, Sacha », marmonna-t-il dessous ses moustaches.

Poskrebychev acquiesça encore une fois et retira sa tête de l'entrebâillement de la porte qu'il referma soigneusement.

Yosif Vissarionovitch remit en place le verrou et, serrant son châle autour de lui, se retourna de l'autre côté.

Il aperçut alors sur la table basse auprès du divan un livre dans une édition brochée à bon marché à couverture rouge et noire.

Il se souvint aussitôt de ce qui lui avait serré la poitrine, de ce qui lui avait donné des brûlures d'estomac, de ce qui avait gâché son anniversaire. C'était celui qui aujourd'hui encore se dressait sur son chemin et qu'on n'avait pas écarté : Tito... Tito !

Comment cela était-il arrivé ? Comment avait-il pu se tromper sur cette âme de scorpion ? Les années 1936 et 1937 avaient été si glorieuses ! Tant de têtes jusque-là intouchées étaient tombées cette année-là ! Mais il avait laissé Tito lui échapper.

Avec un grognement, Staline posa ses pieds par terre, se redressa et porta les mains à sa tête grisonnante, où se dessinait déjà un début de calvitie. Une exaspération incontrôlable s'empara de lui. Comme un héros de légende, Staline avait toute sa vie coupé les têtes toujours jaillissantes de l'hydre. Il avait abattu ainsi toute une montagne d'ennemis. Et voilà qu'il avait trébuché sur une motte de terre.

Yosif avait trébuché sur Yosif.

Kerensky, qui vivait encore quelque part, ne gênait pas le moins du monde Staline. D'ailleurs, Nicolas II ou Koltchak pouvaient bien surgir de la tombe, Staline ne ressentait pas d'inimitié personnelle contre eux :

c'étaient des ennemis avérés, ils ne se promenaient pas en proposant un socialisme à eux, d'une forme nouvelle, un socialisme meilleur !

Un socialisme meilleur ! Différent de celui de Staline. Quel aplomb ! Qui pouvait bâtir un socialisme sans Staline ?

Ce n'était pas que Tito connût la moindre réussite. De toute façon rien ne pouvait sortir de ce qu'il était en train de faire ! Staline considérait Tito comme un vieux médecin de campagne, qui a ouvert des ventres innombrables et taillé des membres par centaines dans des isbas sans cheminée ou sur des planches au bord de la route, regarde un petit interne en blouse blanche.

Par trois fois, les œuvres de Lénine avaient été modifiées et par deux fois celles des Fondateurs. Ils dormaient depuis longtemps ceux qui avaient discuté, ceux qu'on avait mentionnés dans les notes en bas de pages, ceux qui avaient cru construire un socialisme différent. Et voilà que, quand, même dans les forêts du nord, on n'entendait plus ni critique ni doute, voilà que Tito était arrivé avec son théologien dogmatique de Kardel, et avait dit que, pour ceci et cela, il fallait s'y prendre autrement !

Staline s'aperçut soudain que son cœur battait plus fort, qu'il avait la vue brouillée et qu'il sentait dans son corps des spasmes déplaisants.

Il contrôla son rythme respiratoire. Il se passa la main sur le visage et la moustache. Il ne pouvait pas céder. S'il le faisait, Tito lui ferait perdre toute tranquillité, tout appétit, tout sommeil.

Sa vision étant redevenue normale, il revit le livre rouge et noir. Le livre n'y était pour rien. Staline le prit d'un geste satisfait, cala son oreiller derrière lui et reprit une position à demi allongée.

C'était un exemplaire de l'édition tirée à des millions d'exemplaires dans dix langues d'Europe de *Tito, le maréchal des traîtres*, par Renaud de Jouvenel (c'était une bonne chose que l'auteur parût extérieur à la discussion, que ce fût un Français objectif, mais oui, et avec un nom aristocratique par-dessus le marché). Staline avait déjà lu ce livre attentivement quelques jours plus tôt, mais, comme c'était le cas avec tous les ouvrages qui lui plaisaient, il n'avait pas envie de s'en séparer. Combien de millions d'yeux allaient s'ouvrir pour voir ce tyran orgueilleux, cruel, plein d'adoration pour lui-même et d'abominable lâcheté. Ce traître répugnant ! Cet incorrigible lourdaud ! Même les communistes occidentaux s'y trompaient. Ce vieil imbécile d'André Marty... même lui avait dû être exclu du parti communiste pour avoir défendu Tito.

Il feuilleta le livre et... c'était là ! Qu'on cesse de glorifier Tito comme un héros : à deux reprises, par lâcheté, il avait voulu se rendre aux Allemands, mais son chef d'état-major, Arso Jovanovitch l'avait *forcé* à rester commandant en chef. Ce bon et noble Arso ! Tué ! Et Petritchevitch ! « Tué seulement parce qu'il aimait Staline. » Noble Petritchevitch. Il y a toujours quelqu'un pour tuer les meilleurs : et c'est à Staline de se charger des plus mauvais.

Tout était là, tout : le fait que Tito, selon toute apparence, était un espion anglais et qu'il était fier de ses caleçons marqués de la couronne royale, qu'il était repoussant physiquement, qu'il ressemblait à Gœring, qu'il avait des doigts recouverts de grosses bagues, qu'il était festonné de médailles et de décorations. (Que c'était pathétique cette vanité chez un homme sans aucun génie militaire !)

Oui, c'était un livre objectif, sérieux. Est-ce que Tito n'avait pas des perversions sexuelles ? Il faudrait parler de ça aussi.

« Le parti communiste yougoslave est entre les mains de meurtriers et d'espions. » « Tito n'a pu prendre le pouvoir que parce que Béla Kun et Traïcho Kostov l'ont soutenu. »

Kostov ! Que ce nom piquait Staline ! Une rage folle lui monta à la tête et il décocha un grand coup de botte... sur le mufle de Traïcho, sur son mufle ensanglanté ! Et un sentiment de justice satisfaite fit trembler les paupières grises de Staline.

Ce maudit Kostov ! Le salaud !

C'était étonnant à quel point, avec le recul du temps, les intrigues de ces misérables apparaissaient clairement ! Avec quelle habileté ils s'étaient déguisés ! En tout cas, il avait cloué le bec à Béla Kun en 1937 ; mais seulement dix jours plus tôt Kostov avait déshonoré un tribunal socialiste. Combien de procès Staline avait-il menés avec succès, quels ennemis n'avait-il pas contraints à se prendre au piège de leurs mensonges et à avouer les crimes les plus infâmes... Et quel échec ç'avait été que le procès de Kostov ! Une honte pour le monde entier ! Quelle astuce abominable l'accusé avait déployée ! Tromper les enquêteurs les plus expérimentés, se traîner à leurs pieds et puis en séance publique dénoncer tout cela ! En présence de correspondants étrangers ! Où sont les convenances ? Où est la conscience du Parti ? Où est la solidarité prolétarienne ? Bon, meurs, mais meurs de façon à nous être utile !

Staline repoussa le livre. Non, il ne pouvait pas rester allongé là. La bataille l'appelait.

Un pays sans souci peut dormir, mais pas son Père.

Il se redressa, mais sans se relever complètement. Il déverrouilla l'autre porte de la pièce (pas celle à laquelle Poskrebychev avait frappé) puis la referma derrière lui. Traînant un peu les pieds dans ses bottes souples, il s'engagea dans un couloir étroit, tortueux et bas de plafond sans fenêtres non plus, passant devant des glaces sans tain à travers lesquelles il apercevait le hall d'entrée : il continua jusqu'à sa chambre, elle aussi basse de plafond, petite, sans fenêtres et climatisée. Derrière les murs lambrissés de chêne de sa chambre on trouvait un blindage et, après seulement, la pierre.

Prenant une petite clef qu'il portait à sa ceinture, Staline ouvrit le couvercle métallique d'un flacon et se versa un verre de sa liqueur favorite et ravigotante, vida son verre, puis referma le flacon.

Il s'approcha du miroir. Son regard était clair et d'une incorruptible sévérité. Même les premiers ministres ne pouvaient supporter ces yeux-là. Son aspect était sévère, simple, militaire.

Il appela son ordonnance géorgienne pour se faire habiller.

Même pour ses proches, il avait l'aspect qu'il entendait avoir devant l'histoire.

Sa volonté de fer. Sa volonté inflexible.

19

LE LANGAGE EST UN OUTIL DE PRODUCTION

C'ÉTAIT la nuit qui était pour Staline la période la plus fructueuse.

Son esprit méfiant se déroulait lentement au matin. C'était dans ces ténébreuses dispositions d'esprit matinales qu'il chassait les gens des positions qu'ils occupaient, qu'il réduisait les dépenses, qu'il ordonnait la fusion en un seul de deux ou trois ministères. La nuit, l'esprit vif et acéré, il décidait de la façon de les scinder, de les diviser et quels noms donner aux nouveaux. Il signait de nouveaux décrets et confirmait de nouvelles nominations.

Ses meilleures idées naissaient entre minuit et quatre heures du matin : comment remplacer de vieux bons du trésor par des nouveaux, de façon à ne pas avoir à payer ceux qui en possédaient ; quelles peines de prison infliger pour absentéisme au travail ; comment étirer la journée et la semaine de travail ; comment lier à jamais les ouvriers et employés à leurs places ; l'édit concernant les travaux forcés et la potence, la dissolution de la Troisième Internationale ; l'exil en Sibérie des populations traîtresses.

L'exil de nationalités entières représentait à la fois sa grande contribution sur le plan de la théorie et son expérience la plus audacieuse, mais il ne restait pas d'autre solution. Toute sa vie il avait incontestablement été le premier spécialiste du Parti pour les questions des nationalités.

Il y avait eu bien d'autres remarquables édits. Mais dans toute l'architecture du Parti, il trouvait encore un point faible, et peu à peu un nouvel édit important mûrissait dans son esprit. Il avait tout fixé à jamais, arrêté tout mouvement, bouché toutes les issues, les deux cents millions d'habitants de l'Union soviétique savaient où était leur place... il n'y avait que les jeunes des fermes collectives qui échappaient au système.

Bien sûr, tout allait très bien dans les fermes collectives. Staline en était certain après avoir vu le film *Cosaques du Kouban* et après avoir lu le roman *Le Chevalier de l'Etoile d'Or*. Ces auteurs avaient été dans des fermes collectives. Ils avaient tout vu et dit ce qu'ils avaient vu et, de toute évidence, tout marchait bien. Staline d'ailleurs avait personnellement parlé dans les præsidiums avec des fermiers de kolkhozes. Mais en grand homme d'Etat toujours prêt à se critiquer lui-même, Staline cherchait à voir plus au fond que ces auteurs. Un des secrétaires provinciaux du Parti (il lui semblait bien qu'il avait été fusillé par la suite) avait laissé échapper devant lui que tout n'était pas rose : dans les fermes collectives, les hommes et les femmes âgés, enregistrés là depuis 1930, travaillaient avec enthousiasme, mais les jeunes (pas tous, bien sûr, juste certains individus irresponsables, égarés) essayaient, sitôt leurs études terminées, d'obtenir des passeports et de se précipiter à la ville. Staline avait entendu dire cela et aussitôt s'était amorcé en lui l'inévitable processus de correction.

L'éducation ! Ces sept ans, ces dix ans de scolarité pour tous, avec les enfants des cuisinières poursuivant des études plus poussées, avaient abouti à un véritable gâchis. Lénine sur ce point s'était trompé, mais il était encore trop tôt pour le dire au peuple. Chaque cuisinière, chaque ménagère devrait être capable de diriger l'Etat ! Comment donc se représentait-il cela de façon concrète ? Pensait-il que les cuisinières ne devaient pas faire la cuisine le vendredi, mais s'en aller tenir des séances au Comité exécutif provincial ? Une cuisinière est une cuisinière et son travail est de préparer son dîner. Quant à gouverner le peuple, c'est une haute mission, elle ne peut être confiée qu'à du personnel soigneusement trié, éprouvé sur de nombreuses années, du personnel expérimenté et sincère. Et la direction de ce personnel ne peut être confiée qu'à une seule main et notamment à la main expérimentée du Chef.

Les statuts de la ferme collective devraient établir que, de même que la terre lui appartient à perpétuité, de même tout individu né dans un village est automatiquement accepté depuis le jour de sa naissance par les membres de la ferme collective. Cela devrait avoir la forme d'un droit honorifique. Et seul le Præsidium du Comité exécutif local de la région devrait pouvoir autoriser un départ de la ferme collective.

Et faire suivre aussitôt d'une campagne de propagande, avec une série d'articles dans la presse : « Les Jeunes Héritiers du Grenier de la Ferme Collective, Une Etape Importante dans la Construction du Nouveau Village », les écrivains trouveraient certainement des façons d'exprimer l'idée.

C'était même à croire que quelqu'un dans les rangs des *gens de droite* avait prévu que ce problème allait se poser. (Ces « gens de droite » n'existaient pas : c'était Staline lui-même qui groupait un certain nombre de gens ensemble sous cette étiquette pour pouvoir les liquider plus commodément.)

Par un regrettable concours de circonstances, il arrivait toujours que les opposants dont on s'était débarrassé se révélaient avoir raison sur un point. Transpercé par leur pensée hostile, Staline prêtait une oreille prudente à leurs voix qui lui parvenaient d'au-delà de la tombe.

Mais, bien que cet édit fût urgent, et bien que d'autres édits, urgents aussi, eussent mûri dans son esprit, néanmoins en pénétrant dans son bureau, Staline aujourd'hui se sentait attiré par des préoccupations plus nobles !

Au seuil de sa huitième décennie, il n'avait pas le droit de repousser plus longtemps ce projet.

Tout, semblait-il, tout ce qui était possible avait été fait pour assurer son immortalité.

Mais Staline estimait que ses contemporains, même s'ils l'appelaient le Plus Sage des Sages, ne l'admiraient cependant pas autant qu'il le méritait, il estimait qu'ils étaient superficiels dans l'extase qu'ils lui témoignaient et qu'ils n'en étaient pas encore arrivés à comprendre la profondeur de son génie.

Une pensée depuis quelque temps l'obsédait : réussir encore un exploit scientifique, apporter sa contribution indélébile à une nouvelle science, autre que la philosophie et l'histoire. Bien sûr, il aurait pu le faire en biologie : mais là, il avait confié le travail à Lysenko, cet homme du peuple honnête et énergique. Et d'ailleurs, les mathématiques ou du moins la physique attiraient davantage Staline. Staline ne pouvait lire sans envie la discussion à propos de zéro et de moins un au carré dans *La Dialectique de la nature*.

Mais il avait beau feuilleter le *Manuel d'algèbre* de Kisselev et le *Traité de physique* de Sokolov pour les classes supérieures, il n'y trouvait aucune inspiration.

A vrai dire, c'était dans un domaine complètement différent, dans le domaine de la linguistique, qu'il était par hasard tombé sur un concept heureux, à la suite du récent procès du professeur Tchikobava, de Tiflis. Tchikobava était parvenu à écrire une hérésie en apparence antimarxiste en affirmant que le langage n'est absolument pas une superstructure mais tout simplement un langage, et qu'une langue n'est donc ni bourgeoise ni prolétarienne mais seulement langue nationale : et il avait ouvertement osé lancer des calomnies sur le nom de Marr lui-même.

Comme Marr et Tchikobava étaient tous deux géorgiens, une réponse avait aussitôt paru dans la Revue de l'Université de Géorgie, dont un exemplaire grisâtre, avec ses caractères géorgiens bien reconnaissables, était précisément posé devant Staline. Divers linguistes disciples de Marr avaient attaqué l'insolent professeur en lançant contre lui des accusations après lesquelles tout ce qu'il pouvait faire, c'était attendre que le M.G.V. vînt frapper à minuit à sa porte. On avait déjà laissé entendre que Tchikobava était un agent de l'impérialisme américain.

Rien n'aurait pu sauver Tchikobava si Staline n'avait pas décroché son téléphone pour lui laisser la vie sauve. Il avait décidé de l'épargner et de donner aux idées simples et provinciales de cet homme une interprétation immortelle et un brillant développement.

Certes, il aurait été plus impressionnant de réfuter,

par exemple, la théorie contre-révolutionnaire de la relativité, ou la théorie de la mécanique ondulatoire, mais les affaires de l'Etat ne lui en laissaient tout simplement pas le temps. La philologie, par contre, n'était que le prolongement de la grammaire et Staline avait toujours classé la grammaire sur le même niveau que les mathématiques.

Il pouvait rédiger ça de façon vivante et expressive (déjà il s'était assis pour écrire) : « Quelle que soit la langue des nations soviétiques que nous prenions, celle de Russie, d'Ukraine, de Biélorussie, d'Uzbékistan, du Kazakhstan, de Géorgie, d'Arménie, d'Estonie, de Lettonie, de Lithuanie, de Moldavie, de Tatarie, d'Azerbaïdjan, de Bachkirie, du Turkestan... (Bon sang ! avec les années, il avait de plus en plus de mal à se retenir d'énumérer les choses interminablement, mais pourquoi s'en priverait-il ? De cette façon cela entrait davantage dans la tête du lecteur et il était moins tenté de faire des objections.) ... il est clair aux yeux de tous que... » Eh bien, il n'y avait qu'à mettre là une idée qui fût claire pour tous.

Mais qu'est-ce qui est clair ? Rien n'est clair. Comme on dit : « Les arbres empêchent de voir la forêt. »

L'économie, voilà la base. Les phénomènes sociaux, voilà la superstructure. Et il n'y a pas de troisième élément. Pourtant, avec son expérience de la vie, Staline reconnaissait qu'on ne pouvait arriver nulle part sans un troisième élément. Par exemple, il pouvait y avoir des pays neutres (mais, bien sûr, pas d'individus neutres). Et imaginez que vers les années 20 vous ayez déclaré du haut d'une tribune : « Quiconque n'est pas avec nous n'est pas nécessairement contre nous. » On vous aurait chassé de l'estrade et des rangs du Parlement. Mais c'est pourtant ainsi que cela se passe : c'est de la dialectique.

Le moment était donc venu. Staline avait personnellement réfléchi à l'article de Tchikobava, frappé qu'il était par une idée qui ne lui était jamais venue. Si le langage est une superstructure, pourquoi ne change-t-il pas à chaque époque ? Si ce n'est pas une superstructure, alors qu'est-ce donc ? Une base ? Un moyen de production ?

A proprement parler, voici comment les choses se passent : les moyens de production comprennent des forces productrices et des relations productrices. Qualifier un langage de *relation* est après tout impossible. Cela signifie-t-il alors que le langage est une force productrice ? Mais les forces productrices, ce sont les instruments de production, les moyens de production et les gens. Mais bien que les gens s'expriment par le langage, néanmoins le langage n'est pas les gens. Le diable lui-même y perdrait son latin : il y a une sorte d'impasse.

La solution la plus honnête consisterait à reconnaître que le langage est un instrument de production, ma foi, comme les tours, les chemins de fer, comme le courrier. C'est également, au fond, un instrument de communication.

Mais si l'on expose la thèse de cette façon et si l'on déclare que le langage est un instrument de production, il y aura des ricanements. Pas dans notre pays, bien sûr.

Et il n'y avait personne à qui demander un avis : seul sur terre il était un authentique philosophe. Si seulement quelqu'un comme Kant était encore vivant, ou Spinoza, bien qu'ils fussent des bourgeois... Fallait-il téléphoner à Béria ? Mais Béria ne comprenait rien à rien.

Oh ! il pouvait, de façon audacieuse, exprimer sa théorie ainsi : « A cet égard le langage, qui diffère en principe de la superstructure, est toutefois impossible à distinguer des instruments de production, disons des machines qui sont aussi différentes à la notion de classe que l'est le langage. »

« Indifférent à la notion de classe » : voilà encore une chose qu'on n'aurait jamais pu dire auparavant.

Il mit un point à la fin de la phrase. Il se croisa les mains derrière la tête, bâilla puis s'étira. Il n'était pas allé très loin dans ses réflexions, mais il était déjà fatigué.

Staline se leva et arpenta le petit bureau, celui de nuit, son préféré. Il s'approcha d'une minuscule fenêtre où, au lieu de vitre ordinaire, il y avait deux plaques d'un verre jaunâtre à l'épreuve des balles séparées par une couche d'air comprimé. Dehors il y avait un petit jardin clos où, le matin seulement, le jardinier vaquait à ses travaux sous la surveillance d'un gardien. Pendant des jours, il n'y avait personne d'autre.

Par-delà le verre à l'épreuve des balles, il y avait de la brume dans le jardin. On ne voyait ni la Terre ni l'Univers.

Toutefois, la moitié de l'Univers, il la tenait contre son sein et cette moitié était harmonieuse et claire. C'était seulement la seconde moitié — la réalité objective — qui se tordait dans la brume universelle.

Mais d'où il était, de son bureau nocturne gardé et fortifié, Staline ne craignait nullement cette seconde moitié : il se sentait le pouvoir de la plier à son gré. C'était seulement quand il devait personnellement poser le pied dans cette réalité objective, quand, par exemple, il devait se rendre à un grand banquet dans la Salle des Colonnes, traverser l'espace terrifiant qui séparait l'automobile de la porte, puis monter seul l'escalier, traverser le foyer trop vaste et voir de part et d'autre les invités ravis et respectueux, mais néanmoins trop nombreux, c'était dans ces moments-là que Staline se sentait mal, sans défense, et qu'il ne savait même pas comment utiliser ses mains qui depuis longtemps n'auraient pu le défendre contre rien. Il les posait sur son ventre et souriait. Les gens croyaient que l'Omnipotent leur faisait la grâce de sourire, mais il souriait parce qu'il était désemparé.

L'espace, il l'avait lui-même décrit comme la condition fondamentale à l'existence de la matière. Mais, s'étant rendu maître d'un sixième de la matière terrestre, il avait commencé à en avoir peur. C'était ce qu'il y avait d'agréable dans son bureau de nuit : là, il n'y avait pas *d'espace*.

Staline ferma les volets d'acier et revint à pas lents vers sa table de travail. Même pour le Grand Coryphée, c'était une heure tardive pour travailler, mais il avala un comprimé et se rassit.

Il n'avait jamais eu de chance dans la vie, mais il fallait pourtant se donner du mal. Les générations futures lui en sauraient gré.

Comment se faisait-il qu'il y eût un régime Arakcheiev [1] en philologie ? Tout le monde avait peur de dire un mot contre Marr. Quels gens bizarres ! Quels gens craintifs ! On essaie de les instruire, de leur enseigner la démocratie, de leur mâcher les choses avant

---

1. Régime policier, ainsi nommé d'après un ministre d'Alexandre 1er. (N.D.T.)

de les leur mettre dans la bouche... et ils n'acceptent pas.

Là aussi, comme partout, tout dépendait de lui.

Sous le coup de l'inspiration, il écrivit plusieurs phrases :

« La superstructure a été créée par la base dans le but de ... »

« Le langage a été créé dans le but... »

Il pencha sur la feuille de papier son visage d'un brun grisâtre, criblé de petite vérole, avec son grand nez pareil à un soc... et il n'aperçut pas l'ange de la théologie médiévale qui souriait par-dessus son épaule.

Ce Lafargue... tous ces théoriciens étaient les mêmes. Cette façon de dire : « Une brusque révolution est apparue dans le langage entre 1789 et 1794. »

De quelle révolution s'agissait-il ? C'était la langue française avant et ça restait la langue française.

« Il faut dire en général pour l'information des camarades qui sont fascinés par les explosions que la loi de transition d'une vieille qualité à une nouvelle qualité grâce à l'explosion non seulement ne s'applique pas à l'histoire du développement linguistique, mais qu'elle s'applique rarement aussi aux autres phénomènes sociaux. »

Staline se renversa sur son siège et se relut. C'était assez bien tourné. Les propagandistes auraient à éclaircir à fond ce point : que toutes les révolutions cessent à un certain moment et que le développement ne se poursuit que par l'évolution. Et peut-être même que la quantité ne se transforme pas nécessairement en qualité. Mais ça, il le garderait pour une autre fois.

« Rarement ? » Non, pour l'instant c'était encore embarrassant.

Staline raya « rarement » et écrivit à la place « pas toujours ».

Qu'est-ce qui constituerait un bel exemple ?

« Nous sommes passés d'une structure bourgeoise, paysanne et individuelle (il venait de trouver une nouvelle expression et une excellente !) à la ferme collective socialiste. »

Ayant enfin terminé sa phrase par un point, il réfléchit encore et ajouta « autre structure ». C'était son style favori, un coup de plus sur un clou déjà enfoncé. Par la répétition de tous les mots qu'elle contenait une

phrase devenait pour lui plus compréhensible. Saisi
par l'inspiration, il poursuivit :

« Et il a été possible d'y parvenir parce qu'il s'agissait d'une révolution *venant d'en haut*, parce que la
révolution a été faite sur l'initiative de l'autorité exis-
tante. »

Staline fronça les sourcils. Assez. La tournure n'était
pas bonne. Cela ne donnait-il pas l'impression que
l'initiative de la collectivisation n'était pas venue des
fermiers collectifs eux-mêmes ?

Un doux grattement se fit entendre à la porte. Staline
pressa le bouton qui débloquait le verrou. Sur le seuil
apparut Sacha avec son visage semblable à celui d'un
clown, un visage battu et content de l'être.

« Yos Sarionitch ! fit-il presque dans un murmure.
Voulez-vous que je renvoie Abakoumov chez lui ou voulez-vous le faire attendre encore un peu ? »

Ah ! oui, Abakoumov. Emporté par son travail créateur, Staline l'avait complètement oublié.

Il bâilla. Il était fatigué maintenant. Cette flambée de
recherches qui l'avait embrasé un instant s'était éteinte ;
et d'ailleurs, ses dernières phrases n'étaient pas bonnes.

« Bon. Fais-le venir. »

Et d'un tiroir de son bureau il sortit un autre flacon
à bouchon métallique, l'ouvrit avec une clef qu'il prit
à sa ceinture et but un verre.

Toujours il devait être l'aigle des montagnes.

RENDS-NOUS LA PEINE CAPITALE
YOSIF VISSARIONOVITCH !

Non seulement personne n'osait l'appeler en face Sacha
au lieu d'Alexandre Nikolaievitch, mais c'était à peine
si on osait le faire en pensée.

« Poskrebychev a appelé » signifiait « Il a appelé ».
« Poskrebychev a ordonné » signifiait « Il a ordonné ».
Alexandre Nikolaievitch Poskrebychev occupait le poste
de chef au secrétariat personnel de Staline depuis plus
de quinze ans. C'était une très longue période et tous
ceux qui ne le connaissaient pas de très près pouvaient
à juste titre être surpris que sa tête fût toujours sur
ses épaules. Mais son secret était simple. Au fond, ce
vétérinaire de Penza était une ordonnance : et c'était
cela qui le maintenait à son poste. Même après avoir
été nommé lieutenant général, membre du Comité central et chef de la Section spéciale pour surveiller clandestinement les membres du Comité central, il se considérait encore comme une quantité négligeable devant
le Patron. Avec un petit rire fier, il trinquait avec lui
pour porter un toast à son village natal de Soplaki.
L'intuition de Staline n'avait jamais décelé ni doute ni
opposition chez Poskrebychev. Son nom, qui signifiait
pain fait à partir de raclures de pâte, était justifié : on

aurait dit que pour le cuire, on n'avait pas ramassé assez de restes de qualités d'esprit ni de caractère.

Mais quand il avait affaire à des subalternes, ce courtisan au crâne dégarni et aux airs d'idiot de village se gonflait soudain d'importance. A ceux qui lui étaient inférieurs dans la hiérarchie il parlait au téléphone d'une voix à peine audible : il fallait se coller l'oreille contre le récepteur pour l'entendre. De temps en temps on l'interrogeait à propos de vétilles, mais jamais on ne lui demandait négligemment : « Comment ça va làbas aujourd'hui ? » (Comment ça allait, même la propre fille du Patron n'avait aucun moyen de le savoir. Quand elle téléphonait on lui disait seulement : « Il y a du mouvement » ou bien « Il n'y a pas de mouvement », selon que l'on entendait ou non les pas de son père.)

Aujourd'hui Poskrebychev avait dit à Abakoumov :

« Yosif Vissarionovitch travaille. Il va peut-être vous recevoir. Il a demandé que vous attendiez. »

Il avait pris le porte-documents d'Abakoumov, puis il avait introduit le visiteur dans la salle de réception et était reparti.

Abakoumov ne se décida pas à demander ce qu'il tenait avant tout à savoir : quelle était l'humeur du Patron .aujourd'hui. Le cœur battant à tout rompre, il resta seul dans la pièce.

Cet homme robuste, râblé, décidé, quand il venait pour être reçu par Staline restait chaque fois pétrifié de frayeur, tout comme, en pleine époque d'arrestations, les citoyens avaient peur quand ils entendaient des bruits de pas dans l'escalier. La peur lui donnait tout d'abord une sensation de froid glacial aux oreilles, puis de brûlures, de sorte qu'il en venait à craindre en plus de voir ses oreilles perpétuellement enflammées éveiller la méfiance du Patron. Staline se méfiait du plus petit détail. Il n'aimait pas, par exemple, voir quelqu'un fouiller en sa présence une poche intérieure. Abakoumov fit donc passer ses trois stylos qu'il tenait prêts à noter les instructions de sa poche intérieure dans sa poche de poitrine.

La direction quotidienne de la Sécurité d'Etat était aux mains de Béria, de qui Abakoumov recevait la plupart de ses consignes. Mais une fois par mois le Chef Absolu lui-même voulait sonder la personnalité de l'individu auquel il avait confié la sauvegarde du système qu'il dirigeait.

Ces audiences d'une heure étaient le lourd prix dont Abakoumov avait à payer le pouvoir et l'influence qu'il exerçait. Il ne vivait, il n'était heureux que d'une audience à l'autre. Quand l'heure approchait, son cœur se serrait, ses oreilles devenaient glacées, il remettait son porte-documents avant d'entrer sans savoir s'il le récupérerait, il inclinait sa tête de taureau devant le bureau sans savoir s'il se redresserait dans une heure ou non.

Staline était terrifiant parce qu'une erreur commise en sa présence était l'erreur qui suffisait à déclencher une explosion irrémédiable. Staline était terrifiant parce qu'il n'écoutait pas les excuses, qu'il n'accusait même pas — ses yeux jaunes de tigre s'éclairaient seulement d'une lueur inquiétante, ses lourdes paupières s'abaissaient un peu — et, en son for intérieur, il prononçait le verdict et le condamné l'ignorait : il partait en paix, était arrêté le soir même et fusillé au matin.

Ce qu'il y avait de pis, c'étaient le silence et ce plissement des paupières ! Si Staline vous lançait à la tête un objet lourd ou pointu, s'il vous écrasait un orteil d'un coup de botte, s'il vous crachait dessus, s'il vous soufflait au visage les cendres de sa pipe, cette colère-là n'était pas l'ultime colère, cette colère-là passait. Si Staline était grossier et jurait, même avec la plus extrême violence, Abakoumov était content, cela signifiait que le Patron espérait encore remettre son ministre dans le droit chemin, et continuer à travailler avec lui.

Bien sûr, Abakoumov comprenait maintenant que dans son enthousiasme zélé il s'était élevé trop haut. Rester plus bas aurait été moins dangereux. Avec ceux qui étaient loin de lui, Staline parlait agréablement, avec bonne humeur. Mais il n'y avait aucun moyen de faire machine arrière quand on était l'un de ses proches.

La seule issue était d'attendre la mort. Sa propre mort. Ou bien...

Et tout se passait de façon si inexorable que, quand il se rendait chez Staline, Abakoumov craignait toujours qu'on eût découvert quelque chose.

Pour commencer, il tremblait de frayeur à l'idée qu'on aurait pu découvrir la façon dont il s'était enrichi en Allemagne.

A la fin de la guerre, Abakoumov était le chef du SMERSH pour toute l'Union soviétique et les services de contre-espionnage de tous les fronts et de l'armée étaient sous sa direction. C'était une période particulière de pillage incontrôlé qui ne dura que très peu. Pour être sûr de porter le coup final à l'Allemagne, Staline emprunta à Hitler l'usage d'autoriser l'expédition de colis du front vers l'arrière. Staline prit cette décision en s'appuyant sur sa connaissance du caractère du soldat, sur ce qu'il aurait éprouvé lui-même s'il avait été au front ; c'était bien de se battre pour l'honneur de sa patrie — et mieux encore de se battre pour celui de Staline — mais si on voulait voir des hommes risquer leur vie au moment le plus difficile, à la fin de la guerre, il fallait donner au combat un puissant élan, autrement dit, permettre à chacun d'envoyer quelque chose chez lui : cinq kilos de butin par mois et par soldat, dix kilos par officier et vingt par général. (Cet arrangement était juste, car une musette de soldat ne doit pas être trop lourde lors de l'attaque alors qu'un général a toujours son automobile.) Le contre-espionnage, le SMERSH, était dans une position bien meilleure. Les obus de l'ennemi ne l'atteignaient pas. Les avions ennemis ne le bombardaient pas. Il était toujours dans un secteur assez éloigné de la ligne de feu, mais où les inspecteurs du ministère des Finances n'étaient pas encore arrivés. Ses officiers étaient enveloppés d'un nuage de mystère. Nul n'osait vérifier ce qu'ils entassaient dans des fourgons scellés, ce qu'ils enlevaient de maisons de ceux qu'ils avaient arrêtés et que gardaient leurs sentinelles. Des camions, des trains et des avions rapportaient au pays la richesse des officiers du SMERSH. Les lieutenants, si ce n'étaient pas des imbéciles, pouvaient faire partir chez eux des milliers de roubles, les colonels des centaines de milliers et Abakoumov des millions.

Certes, il ne pouvait imaginer comment, s'il était déchu de son poste de ministre, ce pourrait être l'or qui le sauverait, même de l'or déposé dans une banque suisse. Il semblait évident qu'aucun bien ne sauverait un ministre décapité. Mais c'était au-dessus de ses forces de voir ses subordonnés s'enrichir alors que lui ne prenait rien. Il envoya donc un détachement spécial après l'autre faire des perquisitions. Il ne fut même pas capable de refuser deux valises bourrées de fixe-chaussettes. Il pillait dans une sorte de transe de somnambule.

Mais son trésor des Nibelungen ne donna à Abakoumov aucune richesse dont il pût disposer et le résultat le plus clair était qu'il craignait constamment d'être découvert. Aucun de ceux qui étaient au courant n'aurait osé dénoncer le tout-puissant ministre, mais en même temps le moindre hasard pouvait faire tout apparaître à la surface et causer sa perte.

Il était arrivé à deux heures trente, mais à trois heures dix il arpentait encore la salle de réception, en serrant son grand carnet tout neuf, tandis que la peur lui mordait les entrailles ; déjà ses oreilles commençaient à le brûler. Il aurait été trop content si Staline, trop plongé dans son travail, ne le recevait pas du tout aujourd'hui. Abakoumov redoutait qu'on ne lui demandât des comptes à propos du téléphone secret. Il ne savait pas quel mensonge dire pour l'instant.

Mais la lourde porte s'entrebâilla. Poskrebychev sortit sans bruit, presque sur la pointe des pieds, et, sans un mot, lui fit signe de venir. Abakoumov le suivit, en s'efforçant de ne pas marcher d'un pas trop lourd. Il se faufila par la porte suivante, elle aussi entrouverte, en la retenant par sa poignée de bronze pour l'empêcher de s'ouvrir davantage. Sur le seuil il dit :

« Bonsoir, Yosif Vissarionovitch ! Vous permettez ? »

Il avait fait une erreur, il ne s'était pas éclairci la gorge à temps, et sa voix avait un accent rauque, qui manquait de loyalisme.

Staline, vêtu d'une tunique à boutons d'or et arborant plusieurs rangées de décorations mais pas d'épaulettes, était en train d'écrire à son bureau. Il termina sa phrase et ce fut à ce moment seulement qu'il leva vers son visiteur un regard sinistre de vieille chouette.

Et il ne dit rien.

Très mauvais signe ! Il n'avait pas dit un mot.

Il se remit à écrire.

Abakoumov referma la porte derrière lui, mais il n'osait pas faire un pas de plus sans un signe de tête ou un geste d'invitation. Il resta planté là, ses longs bras ballants, légèrement penché en avant, un sourire respectueux plissant ses grosses lèvres. Il avait les oreilles en feu.

Abakoumov connaissait les deux bureaux du Chef : son bureau officiel de jour et ce petit bureau qu'il utilisait la nuit.

Dans le grand bureau de jour, situé à un étage élevé, il y avait du soleil et des fenêtres ordinaires. Sur des

rayons était rassemblée toute la parade de la pensée et
de la culture humaine, revêtue de reliures colorées.
Aux immenses murs étaient accrochés les portraits favoris du Chef, en uniforme d'hiver de généralissime, en
tenue d'été de maréchal. Il y avait des divans, des fauteuils, de nombreuses chaises pour la réception de délégations étrangères et pour les conférences. Et c'était
là que Staline se faisait photographier.

Ici, dans le bureau de nuit, au ras du sol, il n'y avait
ni peintures ni décoration et les fenêtres étaient petites.
Quatre petits rayonnages étaient posés contre les murs
lambrissés de chêne et, perpendiculaire à un autre mur,
se trouvait un bureau. Il y avait également un radio-
phonographe dans un coin et à côté une étagère avec
des disques. Staline aimait écouter ses discours d'autrefois le soir.

Abakoumov se pencha en avant d'un air soumis et
attendit.

Staline continuait à écrire. Il écrivait avec cette conviction et ce sens de la responsabilité où chaque mot tombant de la plume trouve aussitôt sa place dans l'histoire. Sa lampe de bureau n'éclairait que le papier,
l'éclairage du plafond, dissimulé par des corniches, était
en veilleuse. Staline n'écrivait pas tout le temps. Par
moments, il se détournait, plissant les yeux d'un côté,
vers le plancher, ou bien il lançait un regard désagréable à Abakoumov comme s'il écoutait quelque chose
bien qu'il n'y eût aucun son dans la pièce.

Comment s'était développée cette attitude impérieuse,
cette importance donnée à chaque geste ? Est-ce que
le jeune Koba — comme on appelait Staline dans le
Caucase — remuait les doigts, les mains, haussait les
sourcils et dévisageait les gens exactement de la même
façon ? Mais dans ce temps-là, personne n'avait peur,
personne ne tirait de ces gestes une signification redoutable. Ce fut seulement lorsque le nombre des nuques
déchiquetées par les balles eut atteint un certain chiffre
que les gens commencèrent à discerner dans ces mêmes
gestes une insinuation, un avertissement, un ordre. Et,
remarquant ce que les autres voyaient, Staline commença
à s'observer et, à son tour, il perçut dans ses gestes et
dans ses coups d'œil ce sens lourd de menaces... et il se
mit consciemment à les travailler ; ils atteignirent
ainsi une perfection plus grande et affectèrent plus
sûrement encore son entourage.

Staline, enfin, regarda sévèrement Abakoumov et, de sa pipe, lui indiqua un siège.

Abakoumov, tremblant de soulagement, traversa la pièce et s'assit, mais juste au bord du siège, de façon à pouvoir se relever plus facilement.

« Eh bien ? » interrogea Staline en fouillant parmi ses papiers.

Le moment était arrivé ! Il fallait maintenant prendre l'initiative et ne pas la perdre. Abakoumov s'éclaircit la voix et s'exprima avec précipitation, d'un ton cérémonieux. (Il maudit plus tard la servilité bavarde dont il avait fait preuve dans le bureau de Staline, ses promesses déraisonnables, mais, chaque fois, plus l'attitude du Tout-Puissant était hostile, moins Abakoumov connaissait de retenue dans ses assurances et ses promesses.)

L'invariable ornement des rapports nocturnes d'Abakoumov, ce qui en faisait le charme aux yeux de Staline, c'était la révélation d'un groupe d'opposants très importants, très compromis. Quand il n'avait pas un tel complot à dénoncer — et un nouveau à chaque fois — Abakoumov ne venait pas faire de rapport. Il avait aujourd'hui préparé le dossier d'un groupe à l'Académie Militaire de Frounze et il avait de quoi s'attarder longtemps sur les détails de l'affaire.

Mais il commença par parler des heureux développements — il ne savait pas lui-même s'ils étaient réels ou illusoires — du complot en vue d'assassiner Tito. Il annonça qu'une bombe à retardement serait placée à bord du yacht de Tito avant qu'il n'appareille pour l'île de Brioni.

Staline leva la tête, porta à sa bouche sa pipe éteinte et en tira une ou deux bouffées. Il ne fit aucun autre mouvement, ne manifesta pas le moindre intérêt ; mais Abakoumov, qui lisait quand même un peu en son chef, eut le sentiment qu'il était sur la bonne voie.

« Et Rankovitch ? demanda Staline.

— Oh ! oui, le moment sera choisi de façon que Rankovitch, Kardel et Moche — toute la clique — sautent tous en même temps ! On estime que cela se produira au plus tard ce printemps. » (L'équipage entier du yacht était censé périr aussi dans l'explosion, toutefois le ministre ne mentionna pas ce détail et le Meilleur Ami des Matelots ne l'interrogea pas sur ce point non plus.)

Mais à quoi pensait-il, en tirant sur sa pipe éteinte,

tout en regardant d'un air morne le ministre par-dessus son long nez ?

Il ne pensait pas, bien sûr, au fait que le Parti qu'il dirigeait avait, à ses débuts, répudié des actes de terrorisme individuels. Il ne pensait pas non plus au fait que lui-même avait eu recours à la terreur. Tout en suçant sa pipe et en regardant ce jeune et hardi gaillard bien nourri, aux joues rouges et aux oreilles en feu, Staline pensait ce qu'il pensait toujours lorsqu'il voyait ses subordonnés pleins d'ardeur et de prévenance.

Sa première pensée alors était toujours : jusqu'à quel point peut-on se fier à celui-là ? Et la seconde : le moment n'est-il pas venu de le sacrifier ?

Staline savait pertinemment qu'Abakoumov s'était enrichi en 1945. Mais il n'était pas pressé de le punir. Staline aimait le fait qu'Abakoumov fût ce genre d'individu. Les êtres intéressés sont plus faciles à comprendre et plus faciles à manier. Il se méfiait avant tout des gens voués à la pauvreté comme Boukharine. Ceux-là, il ne comprenait pas leurs motifs.

Mais il ne pouvait même pas se fier à un Abakoumov que pourtant il comprenait. La méfiance envers les gens était le trait essentiel du caractère de Yosif Djougachvili. La méfiance, c'était son point de vue sur le monde.

Il ne s'était pas fié à sa mère. Il ne s'était pas fié non plus à ce Dieu devant lequel pendant onze années de sa jeunesse il avait incliné la tête vers les dalles du séminaire. Plus tard, il ne s'était pas fié davantage à ses propres camarades du Parti et surtout à ceux qui parlaient bien. Il ne se fiait pas à ses compagnons d'exil. Il ne faisait pas confiance aux paysans pour semer le grain et récolter des moissons s'ils n'y étaient pas forcés et si leur travail n'était pas surveillé. Il ne faisait pas confiance aux travailleurs pour travailler si l'on ne leur fixait pas des normes. Il ne faisait pas confiance aux membres de l'intelligentsia pour construire et non détruire. Il ne faisait pas confiance aux soldats ni aux généraux pour se battre sans la menace des régiments pénitentiaires et des détachements de sacrifiés. Il ne se fiait pas à ses intimes. Il ne se fiait pas à ses épouses ni à ses maîtresses. Il ne se fiait pas à ses enfants. Et toujours, il avait découvert qu'il avait raison !

Il s'était fié à un être, un seul dans toute une vie de méfiance. Aux yeux du monde entier c'était quelqu'un qui passait pour aussi décidé dans ses amitiés que dans ses inimitiés ; seul parmi les ennemis de Staline, il avait brusquement tourné casaque pour lui offrir son amitié.

Et Staline lui avait fait confiance !

Cet homme, c'était Adolf Hitler.

Staline avait regardé avec approbation et ravissement Hitler soumettre la Pologne, la France et la Belgique, tandis que ses avions obscurcissaient le ciel d'Angleterre. Molotov était rentré de Berlin effrayé. Ses officiers de renseignements avaient signalé que Hitler rassemblait des forces dans l'Est. Hess s'était enfui en Angleterre. Churchill avait mis en garde Staline contre la possibilité d'une attaque. Tous les choucas des fougères de Biélorussie et des peupliers de Galicie criaient à la guerre. Toutes les femmes sur les marchés prédisaient la guerre d'un jour à l'autre. Staline seul demeurait inébranlable et sans inquiétude.

Il avait cru Hitler !

Cela avait bien failli lui coûter sa peau.

Alors maintenant, à tout jamais, il se méfiait de tout le monde.

Abakoumov aurait pu répondre âprement à cette méfiance, mais il n'osait pas. Staline avait eu tort de s'éloigner de la ligne tracée, par exemple, d'avoir convoqué cet imbécile de Petor Popivod pour discuter d'articles de journaux contre Tito. Il n'aurait jamais dû refuser, uniquement à cause de leurs questionnaires de sécurité, ces remarquables gaillards qu'Abakoumov avait choisis pour traquer l'ours. Il aurait dû les rencontrer et se fier à eux. Maintenant, bien sûr, le diable lui-même aurait été bien en peine de lui dire ce qu'il allait advenir du projet d'assassinat. Toute cette inefficacité exaspérait Abakoumov.

Mais il connaissait son Patron ! Pour Staline, il ne fallait pas travailler à pleine force, il ne fallait jamais mettre tout le paquet. Il ne tolérait pas l'échec quand on devait exécuter ses ordres, mais il avait horreur de la réussite spectaculaire. Il y voyait une façon de saper le côté unique de sa propre personnalité. Personne d'autre que lui ne devait connaître ou être capable de faire quelque chose à la perfection.

Aussi, même quand en apparence il peinait dans ses harnais ministériels, Abakoumov ne tirait qu'avec la moitié de ses forces, et il n'était pas le seul.

Tout comme le roi Midas changeait en or ce qu'il touchait, Staline créait partout la médiocrité.

Mais aujourd'hui Abakoumov avait l'impression, à mesure qu'il débitait son rapport, que le visage de Staline s'éclairait. Et quand il eut expliqué les détails de l'explosion projetée, le ministre, évitant d'aborder la question du maudit téléphone secret, s'efforçant même de ne pas regarder l'appareil posé sur le bureau de façon à ne pas attirer dessus l'attention du Chef, s'empressa de faire son rapport sur l'Académie Frounze, puis passa rapidement à l'Académie théologique, etc.

Mais Staline se souvenait ! En cet instant même il se rappelait quelque chose et ce pourrait bien être le téléphone ! Des rides profondes barraient son front et l'arête de son grand nez. Il fixait son regard têtu sur Abakoumov (le ministre essayait de prendre un air honnête et droit) mais il n'arrivait pas à se rappeler vraiment. La pensée fuyante lui avait échappé. Les rides sur son front grisâtre s'effacèrent.

Staline soupira, bourra sa pipe et l'alluma.

« Oh ! oui, dit-il dans la fumée de la première bouffée, se rappelant quelque chose. Gomulka, il a été arrêté ? Voyons... »

Gomulka avait, il n'y avait pas si longtemps, été privé de toutes ses responsabilités en Pologne et roulait vers l'abîme.

« Il a été arrêté », fit Abakoumov, soulagé, se soulevant un peu sur son siège. (On l'avait d'ailleurs fait savoir à Staline.) Arrêter quelqu'un, c'était ce qu'il y avait de plus simple dans la liste de ses fonctions.

Staline appuya sur un bouton et la lumière s'alluma au plafond. Il se leva et, sa pipe toujours à la bouche, se mit à marcher. Abakoumov comprit que son rapport était terminé et que le moment était venu d'entendre les instructions. Il ouvrit son grand calepin sur ses genoux, prit son stylo et se prépara à écrire. (Le Patron aimait qu'on couche ses paroles sur le papier.)

Mais Staline arpentait la pièce sans mot dire, comme s'il avait complètement oublié la présence d'Abakoumov. Son visage gris et grêlé était crispé par l'effort qu'il faisait pour se souvenir. Quand Abakoumov le vit passer devant lui de profil, il constata que les épaules du Patron commençaient à se voûter, ce qui le faisait paraître moins grand, petit même. Et Abakoumov se dit en lui-même (généralement il s'interdisait ce genre de pensées ici, de peur qu'un appareil quelconque fixé dans les murs ne les lise), il se dit que le Petit Père ne vivrait pas dix ans de plus, qu'il allait mourir. Pour Abakoumov, le plus tôt serait le mieux ; il avait l'impression que pour eux tous, ses proches, commencerait alors une vie facile et libre.

Staline était accablé par une nouvelle défaillance de sa mémoire : sa tête refusait de lui obéir ! En venant ici de sa chambre, il s'était dit qu'il avait une question particulière à poser à Abakoumov... et il avait oublié laquelle.

Et brusquement il leva la tête vers le mur en face de lui... et il se souvint ! Non pas de ce qu'il cherchait à se rappeler, mais de ce qu'il ne parvenait pas à se rappeler deux jours plus tôt, au musée de la Révolution, ce qui lui avait paru si déplaisant.

... C'était en 1937. Le vingtième anniversaire de la Révolution, quand il avait fait procéder à tant de réinterprétations de l'histoire. Il avait décidé d'examiner les pièces exposées au musée pour s'assurer qu'on n'y avait pas mis quelque chose qui ne devait pas y être. Dans une des salles — celle-là même où se trouvait aujourd'hui l'énorme récepteur de télévision — il avait vu en entrant accrochés bien haut au mur opposé, deux grands portraits. Les visages de Jeliabov et de Perovskaïa s'étalaient, francs et sans peur, criant à tous ceux qui entraient : « Mort au Tyran ! »

Staline, frappé par leurs deux regards comme par deux balles, recula, éternua, toussota. De ses doigts tremblants, il désigna les portraits.

On les décrocha immédiatement.

En même temps, les premières reliques de la Révolution — les débris du carrosse d'Alexandre II — furent enlevées du palais Kchessinskaïa.

A dater de ce jour-là, Staline avait ordonné qu'on construisît pour lui des abris et des appartements en divers endroits. N'ayant plus le goût de vivre dans l'ambiance surpeuplée de la ville, il était venu dans cette maison des faubourgs, avec ce bureau de nuit à plafond bas près de la salle de service de sa garde personnelle.

Et plus nombreux étaient les gens qu'il faisait disparaître, plus il était opprimé par la perpétuelle terreur qu'on s'attaquât à sa propre vie. Il avait inventé de nombreuses améliorations dans le système de garde : par exemple, on n'annonçait la composition de la garde qu'une heure avant le moment où les hommes devaient prendre leur poste, et chaque détachement était composé de soldats provenant de casernes différentes. En arrivant pour prendre leur service, ils se rencontraient pour la première fois, pour un seul jour et ils n'avaient pas la possibilité de comploter. Il avait fait bâtir sa maison comme un piège en forme de labyrinthe, avec trois enceintes de clôture sans qu'il y eût deux portes l'une en face de l'autre. Il avait aussi plusieurs chambres à coucher. Il précisait quel lit on devait faire juste avant de se retirer.

Toutes ces dispositions ne lui semblaient pas être de la lâcheté, mais seulement des précautions raisonnables à prendre. Sa personne était sans prix pour l'histoire de l'humanité. Mais d'autres peut-être ne s'en rendaient pas compte. Alors, pour ne pas se faire remarquer, il prescrivait des mesures similaires pour tous les petits dirigeants de la capitale et des provinces : il leur interdisait d'aller aux toilettes sans être accompagnés par des gardes du corps, il leur ordonnait de voyager dans l'une des trois automobiles identiques qui devaient toujours composer leur cortège.

Dans le bureau de nuit, se souvenant des portraits, il s'arrêta au milieu de la pièce, se tourna vers Abakoumov et dit, en agitant sa pipe :

« Et qu'est-ce que tu fais pour la sécurité des dirigeants du Parti ? »

Penchant la tête de côté, il braqua sur son ministre un regard malveillant.

Son carnet ouvert à la main, Abakoumov était assis très droit sur son siège, faisant face au Chef — il ne s'était pas mis debout, sachant que Staline aimait l'immobilité chez ceux auxquels il s'adressait — et, sans manifester la moindre surprise, il se mit à parler de questions qu'il n'avait jamais eu l'intention d'aborder (la spontanéité était indispensable dans une entrevue avec Staline : il interprétait toute forme de confusion comme une confirmation de ses pensées mauvaises).

« Yosif Vissarionovitch, commença Abakoumov d'une voix que l'humiliation faisait trembler, c'est pour cela que nous existons, notre ministère tout entier, pour que vous, Yosif Vissarionovitch puissiez travailler pour penser et guider en paix le pays. »

(Staline avait dit « la sécurité des dirigeants du Parti », mais Abakoumov savait qu'il voulait une réponse seulement en ce qui le concernait.)

« ... Chaque jour, je procède à des vérifications, à des arrestations et je fais ouvrir des enquêtes. »

La tête toujours penchée de côté, comme un corbeau au cou déformé, Staline l'observait attentivement.

« Voyons, demanda-t-il, où en est-on ? Y a-t-il toujours des cas de terrorisme ? Ils n'ont donc pas cessé ? »

Abakoumov eut un soupir amer.

« J'aimerais dire qu'il n'y a plus de cas de terrorisme, mais il y en a. Nous les débusquons dans des cuisines puantes et même sur les marchés. »

Staline ferma un œil, mais on lisait dans l'autre une lueur de satisfaction.

« C'est bien, fit-il. Ainsi, on travaille dans tes services.

— Mais, Yosif Vissarionovitch, dit Abakoumov (incapable de rester assis plus longtemps devant son Chef debout, il se leva sans déplier totalement ses jambes). Mais, Yosif Vissarionovitch, nous ne laissons pas tous ces cas parvenir au stade de la préparation directe. Nous arrêtons les coupables au moment de la conception, de l'intention, en appliquant l'article 19.

— Bon, bon, dit Staline, et, d'un geste apaisant, il fit signe à Abakoumov de se rasseoir (comme s'il avait besoin en ce moment de voir cette carcasse se dresser devant lui !). Alors, tu considères qu'il y a encore du mécontentement dans le peuple ? »

Abakoumov soupira de nouveau et dit d'un ton de regret :

« Oui, Yosif Vissarionovitch. Il y en a encore un certain pourcentage... »

(Ç'aurait été malin de dire qu'il n'y en avait plus ! Qu'est-ce qui justifierait alors son existence et celle de son ministère ?)

« Tu as raison, reconnut Staline. Et ça veut dire que tu as du pain sur la planche. Il y a des gens qui nous disent que plus personne n'est mécontent, que tous ceux qui votent « oui » aux élections sont satisfaits. Allons donc ! fit Staline, avec un sourire ironique. C'est de l'aveuglement politique ! L'ennemi s'est caché et vote « oui » mais il reste mécontent ! Tu estimes que cela représente cinq pour cent ? Ou peut-être huit ? »

(Staline était particulièrement fier de son intuition, de ce don de l'autocritique, de cette immunité devant les éloges !)

« Oui, Yosif Vissarionovitch, confirma Abakoumov, c'est exactement ça. Cinq pour cent, peut-être sept. »

Staline poursuivit sa trajectoire à travers la pièce et contourna le bureau.

« C'est ma faute, Yosif Vissarionovitch, ajouta Aba-koumov, s'enhardissant, maintenant que ses oreilles n'étaient plus en feu. Je n'arrive jamais à être content de moi. »

Staline tapota sa pipe contre le bord du cendrier.

« Et quel est l'état d'esprit des jeunes ? »

Une question suivait l'autre comme autant de cou-teaux et il suffisait d'une erreur pour se faire couper. Si on répondait « Bon » ce serait de l'aveuglement poli-tique. Si on disait « Mauvais », on ne croyait pas en l'avenir du pays.

Abakoumov leva les mains dans un geste éloquent, mais ne dit rien.

Staline n'attendait pas de réponse. Il déclara avec conviction, tout en continuant à tapoter sa pipe :

« Il faut faire plus attention aux jeunes. Nous devons nous montrer particulièrement intolérants envers les défauts des jeunes. »

Abakoumov se reprit et commença à prendre des notes.

Staline était fasciné par cette pensée ; dans ses yeux brillait une lueur féline. Il bourra de nouveau sa pipe, l'alluma et se remit avec plus d'énergie cette fois à arpenter la pièce.

« Nous devons intensifier notre surveillance sur l'hu-meur des étudiants ! Nous devons nous attaquer non seulement aux individus mais aux groupes entiers ! Et nous devons profiter de toute la marge de châtiments que nous laisse la loi. Vingt-cinq ans, pas dix ! Dix ans, c'est comme l'école, pas la prison. On peut donner dix ans aux jeunes écoliers. Mais dès l'instant qu'ils ont du poil au menton : vingt-cinq ! Ils sont jeunes, ils survi-vront. »

(Abakoumov notait avec assiduité. Le premier rouage d'un immense engrenage venait de se mettre en mar-che.)

« Et il est temps de mettre un terme à cette vie d'esti-vants qu'on mène dans les prisons politiques ! Béria m'a raconté qu'on autorise toujours les colis de vivres dans les prisons politiques, c'est vrai ?

— Nous allons les supprimer ! Nous allons les inter-dire ! dit Abakoumov d'un ton peiné, tout en continuant à écrire. C'est notre faute, Yosif Vissarionovitch, pardon-nez-nous.

— Combien de fois faut-il que je vous explique les

choses ? Il est temps que vous compreniez une fois pour toutes. »

Il parlait sans colère. Dans son regard adouci, on lisait la confiance en Abakoumov : il comprendrait, il apprendrait. Abakoumov ne se rappelait pas quand Staline lui avait parlé avec autant de simplicité et de bienveillance. Il n'avait plus du tout peur et son cerveau fonctionnait comme celui d'un être normal dans des conditions normales. Le problème qui depuis longtemps le tracassait comme une arête fichée dans la gorge, voilà soudain qu'il arrivait à l'exprimer. Le visage animé, Abakoumov déclara :

« Nous comprenons, Yosif Vissarionovitch ! Nous comprenons, répéta-t-il, parlant au nom de tout le ministère : la lutte de classe va s'intensifier. Raison de plus, Yosif Vissarionovitch, pour que vous compreniez notre situation ; pour que vous sachiez à quel point nos mains sont liées par l'abolition de la peine de mort ! Voilà deux ans et demi maintenant que nous nous cognons la tête contre ce mur. Nous ne savons pas comment ficher les gens qui sont abattus légalement. Nous sommes obligés de rédiger deux versions différentes du verdict. Et puis les salaires des bourreaux, nous ne pouvons pas les passer en comptabilité non plus et ça embrouille les comptes. Et puis, dans les camps, il n'y a rien pour leur faire peur. Ah ! que nous avons besoin de la peine capitale ! Rendez-nous la peine capitale, Yosif Vissarionovitch ! » Abakoumov plaidait de tout son cœur, une main sur sa poitrine et regardant d'un air d'espoir le visage boucané du Chef.

Staline avait l'air de sourire, d'esquisser un sourire. Un léger frémissement agita sa moustache drue.

« Je sais, dit-il calmement, d'un ton compréhensif. J'y ai pensé. »

... Stupéfiant ! Il savait tout ! Il pensait à tout ! Avant même qu'on le lui demande. Comme une divinité régnante il prévenait les pensées de son peuple.

« Un jour, bientôt, je vous rendrai la peine capitale, dit-il d'un ton songeur, regardant droit devant lui, comme s'il inspectait l'avenir. Ce sera une bonne mesure éducative. »

Comment pouvait-il ne pas penser à cette mesure ! Plus que tout autre, il souffrait depuis deux ans d'avoir cédé à l'envie de faire le fanfaron devant l'Occident et de s'être bercé de l'illusion que les gens n'étaient pas totalement dépravés.

Cela avait toujours été chez lui un trait marquant en tant qu'homme d'Etat et chef militaire : ni le congédiement, ni l'ostracisme, ni l'asile de fous, ni la prison à vie, ni l'exil ne lui semblaient un châtiment suffisant pour quelqu'un qu'il considérait comme dangereux. La mort était le seul moyen sûr de régler définitivement les comptes.

Et quand ses lourdes paupières se plissaient, le verdict qu'on voyait briller dans ses yeux était toujours la mort.

A son échelle, il n'y avait pas d'autre moyen.

Du vide où se perdait son regard, Staline tourna les yeux vers Abakoumov et soudain ils se plissèrent d'un air rusé :

« Tu n'as pas peur d'être le premier à être abattu ? »

Il avait à peine prononcé « abattu » qu'il avait baissé la voix pour laisser le mot s'estomper comme quelque chose qu'il fallait deviner.

Mais Abakoumov sentit la morsure de ce mot comme une gelure d'hiver. Le Très Cher était planté devant lui et il scrutait les traits du ministre pour y voir comment celui-ci prenait la plaisanterie.

N'osant ni se lever ni rester assis, Abakoumov était à demi redressé sur ses jambes crispées que la tension faisait trembler.

« Yosif Vissarionovitch ! Si je le mérite... Si c'est nécessaire. »

Staline le considéra d'un regard sagace et pénétrant. En cet instant, il se posait justement la question qui lui venait toujours à l'esprit à propos d'un intime : le temps n'était-il pas venu de se débarrasser de lui ! Il avait longtemps joué avec cette vieille clef de la popularité : d'abord encourager les bourreaux, puis, le moment venu, condamner leur ardeur sans limites. Le moment viendrait inévitablement où il faudrait jeter Abakoumov dans la même fosse.

« Correct ! dit Staline avec un sourire bienveillant, comme pour approuver sa vivacité d'esprit. Quand tu le mériteras... Nous t'abattrons. »

Staline resta un moment songeur, puis reprit avec plus de chaleur que le ministre de la Sécurité d'Etat n'en avait jamais entendu dans sa voix :

« Tu vas bientôt avoir beaucoup de travail, Abakoumov. Nous allons prendre le même genre de mesure qu'en 1937. Avant une grande guerre, une grande purge est nécessaire.

— Mais, Yosif Vissarionovitch, dit Abakoumov osant contredire son maître, vous croyez que nous n'arrêtons personne en ce moment ?

— Tu appelles ça arrêter... Tu vas voir ! Et quand la guerre viendra, nous arrêterons d'autres gens ailleurs. Renforce les organisations ! Le personnel, les salaires, je ne te refuserai rien. »

Puis il le congédia paisiblement :

« Bon, va. »

Abakoumov ne savait pas s'il marchait ou s'il flottait au-dessus de la moquette pour aller reprendre sa serviette dans le bureau de Poskrebychev. Non seulement il pouvait vivre maintenant tout un mois, mais n'y avait-il pas un élément nouveau dans ses relations avec le Patron ?

Bien sûr, il y avait eu la menace d'être abattu... Mais ça, après tout, ce n'était qu'une plaisanterie.

21

VIEILLESSE

L'IMMORTEL, remué par de grandes pensées, arpentait son bureau nocturne. Une sorte de musique intérieure montait en lui, comme si un immense orchestre lui jouait des marches.

Des gens mécontents ? Très bien. Il y avait toujours des gens mécontents et il y en aurait toujours.

Mais, en évoquant l'histoire relativement simple du monde, Staline savait qu'avec le temps les gens pardonnaient tout ce qu'il y avait eu de mal, l'oubliaient même, ou bien en gardaient le souvenir de quelque chose de bien. Des peuples entiers étaient semblables à la reine Anne, la veuve de Richard III de Shakespeare. Leur colère était éphémère, leur volonté manquait de fermeté, leur mémoire était faible : ils seraient toujours prêts à se soumettre totalement au vainqueur.

C'était pour cela qu'il devait vivre jusqu'à quatre-vingt-dix ans, parce que le combat n'était pas encore fini, la construction pas terminée, les temps incertains, et qu'il n'y avait personne pour le remplacer.

Mener et gagner la dernière guerre mondiale. Exterminer comme des rats les sociaux-démocrates occidentaux et puis tous les autres dans le monde qui demeuraient invaincus. Et puis, bien sûr, accroître la productivité. Résoudre les divers problèmes économiques. Seul, lui, Staline, connaissait le sentier par où mener l'humanité au bonheur, lui seul savait comment lui mettre le nez dedans, comme on approche d'un bol de lait un chiot aveugle : « Allons, bois ! »

Et après ?

Bonaparte... voilà vraiment un grand homme ! Sans craindre les aboiements des Jacobins, il s'était déclaré empereur, et c'est tout.

Il n'y avait rien de mal dans le mot empereur. Cela signifiait simplement « Commandant », « Chef ».

Ça sonnerait bien : Empereur de la Planète ! Empereur de la Terre !

Il n'y avait là aucune contradiction avec l'idée du communisme mondial.

(Il marchait toujours de long en large et l'orchestre continuait à jouer.)

Et puis, peut-être trouverait-on un médicament, un moyen de le rendre au moins lui immortel. Non, ils n'y arriveraient pas à temps.

Comment pourrait-il abandonner l'humanité ? Et aux mains de qui ? Ils allaient faire un gâchis de tout.

Bah ! tant pis. Il se ferait édifier plus de statues de lui, des monuments plus nombreux et plus hauts (quelqu'un d'ici là parviendrait bien à mettre la technique au point). Ce qu'on pourrait appeler l'endoctrination par les monuments. Faire édifier une statue de lui au sommet du mont Kazbek et une autre sur le mont Elbrouz... de façon que sa tête fût toujours au-dessus des nuages. Alors, bon, il pourrait mourir : le plus Grand de tous les Grands, sans égal dans l'histoire de la terre.

Il s'immobilisa soudain.

Et là-haut, tout là-haut ? Il n'avait pas d'égaux, bien sûr, mais là-haut, si tout là-haut, au-dessus des nuages, on levait les yeux... ?

Il se remit à arpenter le bureau, mais lentement.

Cette unique question qui demeurait sans réponse harcelait parfois Staline.

Tout en fait était clair dans ce domaine. On avait depuis longtemps prouvé tout ce qu'il fallait et écarté tout ce qui gênait. On avait prouvé que la matière est indestructible et qu'elle n'est pas créée. On avait prouvé que l'univers était infini. On avait prouvé que la vie avait commencé sans effort dans les profondeurs tièdes de l'océan. On avait prouvé qu'il était impossible de prou-

ver que le Christ existait. On avait prouvé que toutes les
guérisons miraculeuses, toutes les histoires d'esprits, de
prophéties et de transmission de pensée n'étaient que
des racontars de vieilles femmes.

Mais le tissu même de notre âme, ce que nous aimons
et ce à quoi nous nous sommes habitués se constitue
dans notre jeunesse... et jamais après. Depuis quelque
temps, des souvenirs d'enfance remontaient avec une
grande vivacité à la mémoire de Yosif.

Jusqu'à l'âge de dix-neuf ans, il avait été nourri de
l'Ancien et du Nouveau Testament, de la Vie des Saints
et de l'Histoire de l'Eglise. Il aidait à servir la messe, il
était choriste et aimait à chanter le *Maintenant tu es
pardonné* de Strokine. Aujourd'hui encore il pouvait le
chanter sans manquer une note. Et combien de fois au
cours des onze ans qu'il avait passés à l'école et au séminaire s'était-il approché des icônes pour en contempler
les yeux mystérieux !

Même dans la biographie publiée pour son anniversaire il avait voulu faire figurer cette photographie :
Djougachvili, diplômé du séminaire, en soutane grise
avec un col boutonné ; lourd ovale du visage d'adolescent
qui semblait épuisé par la prière ; cheveux longs, coiffés sévèrement, en attendant la prêtrise, humblement
enduits d'huile de lampe et peignés sur ses oreilles ;
seuls les yeux et les sourcils crispés pouvaient laisser
deviner que cet élève docile deviendrait peut-être un
métropolite.

Cet inspecteur ecclésiastique, Abakadze, qui avait
chassé Djougachvili du séminaire, Staline avait ordonné
de ne pas l'inquiéter. Que le vieil homme termine sa vie.

Et quand, le 3 juillet 1941, il s'était retrouvé devant
le microphone, sa gorge desséchée, crispée par la peur et
par la pitié poignante — car il n'y a pas de cœur totalement incapable de pitié — que lui inspirait son propre
sort, ce n'était pas par hasard que les mots « frères » et
« sœurs » avaient jailli de ses lèvres. Ni Lénine, ni aucun
autre dirigeant n'aurait songé à dire cela.

Ses lèvres disaient ce qu'on les avait habituées à dire
dans sa jeunesse.

Oui, et en ces jours de juillet peut-être avait-il prié tout
bas, tout comme certains autres athées se signaient
machinalement quand les bombes tombaient autour
d'eux.

Depuis quelques années, il se réjouissait à l'idée que

l'Eglise dans ses prières le proclamait le Chef Elu de Dieu. C'était pourquoi il entretenait le monastère de Zagorsk sur les fonds du Kremlin. Staline n'accueillait aucun premier ministre d'une grande puissance comme il accueillait son Patriarche docile et décrépit. Il allait à sa rencontre jusqu'à la porte et l'escortait par le bras jusqu'à la table. Il s'était demandé s'il ne devrait pas lui trouver un petit domaine quelque part, une maison de campagne dont il lui ferait cadeau. Comme on faisait des offrandes pour le bien de son âme.

En général, Staline observait chez lui une prédisposition non seulement à l'orthodoxie, mais à d'autres éléments, à d'autres vocables associés avec le monde d'autrefois, ce monde dont il était issu et que, par devoir, il détruisait maintenant depuis quarante ans.

Dans les années trente, pour des raisons de pure politique, il avait remis à la mode le mot oublié de « Patrie », qu'on n'utilisait plus depuis quinze ans et qui semblait presque un mot honteux. Mais, avec les années, il en était venu lui-même à aimer prononcer les mots « Russie » et « Patrie ». Il en était venu à beaucoup s'attacher au peuple russe, à ce peuple qui ne l'avait jamais trahi, qui avait eu faim pendant tant d'années, aussi longtemps que ç'avait été nécessaire, qui s'en était calmement allé même à la guerre, même dans les camps, qui avait supporté toutes sortes d'épreuves, qui jamais ne s'était rebellé. Après la Victoire, Staline avait déclaré avec une totale sincérité que le peuple russe possédait un esprit clair, un caractère résolu et une grande patience.

Avec les années, Staline lui-même en était arrivé à souhaiter, de plus en plus, que lui aussi fût considéré comme un Russe.

Il trouvait quelque chose de plaisant même dans les mots qui évoquaient le monde d'autrefois. Il ne devrait pas y avoir de « Directeur d'école », mais des « Proviseurs » ; pas de « Groupes de commandement », mais un « Corps des Officiers » ; pas de Comité exécutif central de l'Union soviétique, mais un Soviet Suprême (« Suprême » était un très beau mot). Les officiers devraient avoir des « ordonnances ». Les collégiennes devraient faire leurs études séparées des garçons, porter des pèlerines et payer leur enseignement. Le peuple soviétique devrait se reposer le dimanche, comme tous les chrétiens, et non pas suivre un calendrier impersonnel et numéroté. Seuls les mariages légaux devraient être reconnus, comme c'était le cas sous le tsar, et bien que lui-même en eût pâti en son temps. Peu importait ce qu'Engels en pensait dans les profondeurs de la mer.

C'était ici même, dans son bureau nocturne, que pour la première fois il avait essayé, devant sa glace, les épaulettes russes à l'ancienne mode... et qu'il en avait été si satisfait.

En dernière analyse, il n'y avait rien de honteux même dans une couronne, la plus haute marque de distinction. Enfin, c'était quand même un monde solide qui avait tenu trois cents ans, alors pourquoi ne pas lui emprunter le meilleur de ce qu'il avait ?

Et si la capitulation de Port-Arthur, quand elle était survenue, n'avait pu que le réjouir, alors qu'il n'était qu'un exilé fuyant la province d'Irkoutsk, quand même, après la capitulation du Japon, en 1945, il n'avait pas eu tort d'affirmer que la reddition de Port-Arthur était demeurée pendant quarante ans une tache sombre sur son orgueil et sur celui des autres Russes de son âge.

Eh oui, les vieux Russes ! Staline en venait parfois à songer qu'après tout ce n'était pas un hasard s'il s'était institué chef de ce pays, s'il avait conquis son cœur, lui et non pas tous ces célèbres vociférateurs et talmudistes à barbiches, sans famille, sans racines, sans rien de positif en eux.

Ils étaient tous là, dans cette pièce, sur ces étagères : ceux qui avaient été étranglés, abattus, broyés dans le fumier des camps, empoisonnés, brûlés, tués dans des accidents d'automobiles, ou s'étaient eux-mêmes donné la mort. Retirés de partout, voués à l'anathème, aujourd'hui auteurs apocryphes, ils étaient tous là, en rangs serrés ! Chaque nuit ils lui offraient leurs pages, ils secouaient leurs petits boucs, ils se tordaient les mains, ils lui crachaient dessus, ils ahanaient, ils lui criaient de leurs rayonnages : « Nous t'avions prévenu ! Tu aurais dû t'y prendre autrement ! » C'était facile de critiquer. C'était pourquoi Staline les avait réunis tous ici, de façon à pouvoir être plus vindicatif la nuit quand il prenait des décisions.

L'invisible orchestre intérieur aux accents duquel il marchait perdit le rythme et se tut.

Ses jambes commençaient à lui faire mal et il avait l'impression qu'il était sur le point d'en perdre l'usage. Parfois, ses jambes lui faisaient défaut jusqu'à la taille.

Le maître de la moitié du monde laissa lentement ses

doigts courir le long des rayons, passant ses ennemis en revue.

Et comme il se détournait après le dernier rayon, il aperçut le téléphone sur son bureau.

Une idée qui lui avait échappé toute la nuit s'esquiva de nouveau de sa mémoire comme le bout de la queue d'un serpent.

Il voulait demander quelque chose à Abakoumov : Gomulka avait-il été arrêté ?

Voilà, c'était ça ! D'un pas traînant, il regagna son bureau, prit son stylo et nota sur son calendrier : « Téléphone secret. »

Ils lui avaient annoncé qu'ils avaient rassemblé les gens les plus qualifiés, qu'ils avaient tout l'équipement nécessaire, qu'il y avait de l'enthousiasme, qu'il y avait un délai fixé... alors pourquoi n'était-ce pas fini ? Abakoumov, cet impudent, était resté assis là, le chien, une bonne heure sans en souffler mot !

Voilà comment ils étaient tous, dans toutes les organisations : chacun d'eux essayait de duper son Chef ! Comment pouvait-on leur faire confiance ? Comment pouvait-on ne pas travailler la nuit ?

Il chancela et s'assit, non pas dans son fauteuil, mais sur une petite chaise auprès du bureau.

Il lui semblait que la moitié de sa tête se crispait autour de sa tempe gauche et le tirait d'un côté. L'enchaînement de ses pensées se rompit. Il promena sur la pièce un regard vide.

C'était une dure vieillesse. Une vieillesse sans amis. Une vieillesse sans amour. Une vieillesse sans foi. Une vieillesse sans désir.

Même sa fille bien-aimée lui était devenue inutile et elle n'avait le droit de le voir que les jours fériés.

Cette impression de mémoire qui s'effaçait, d'esprit qui faiblissait, de solitude marchant sur lui comme la paralysie, tout cela l'emplissait d'une terreur désespérée.

La mort avait déjà fait son nid en lui, il refusait d'y croire !

22

LE RAPPEL DE L'ABIME

Quand le colonel du génie Yakonov quitta le ministère par la grande entrée de la rue Dserjinsky et contourna la proue de marbre noir du bâtiment sous les piliers de l'avenue Fourkasovsky, il ne reconnut pas tout de suite sa Pobiéda et il faillit ouvrir la portière de celle de quelqu'un d'autre pour y monter.

Toute la nuit dernière, une brume épaisse avait pesé sur la ville. La neige qui avait essayé de tomber au début de la soirée avait aussitôt fondu et avait cessé. Et maintenant, juste avant l'aube, la brume demeurait au ras du sol et une fragile croûte de glace recouvrait l'eau du dégel.

Le temps tournait au froid.

Bien qu'il fût près de cinq heures du matin, le ciel était encore tout noir.

Un étudiant de première année croisa Yakonov (il avait passé toute la nuit debout dans une entrée d'immeuble avec sa petite amie) et il lui jeta un regard envieux lorsqu'il le vit monter dans sa voiture. L'étudiant poussa un soupir, se demandant s'il vivrait assez vieux pour avoir une voiture aussi. Non seulement il n'avait jamais emmené sa petit amie faire un tour, mais la seule fois où il était allé quelque part sur quatre roues, c'était à l'arrière d'un camion pour aller faire la moisson dans une ferme collective.

Mais il ne savait pas qui il enviait...

Le chauffeur demanda : « A la maison ? »

Yakonov le considéra d'un air égaré.

« Quoi ? Non.

— A Mavrino ? » dit le chauffeur, surpris. Bien qu'il eût attendu dans un manteau de peau de mouton avec un capuchon, il frissonnait et il avait envie de dormir.

« Non », répondit le colonel du génie en portant la main un peu au-dessus de son cœur.

Le chauffeur se retourna et examina le visage de son maître à la faible lumière du réverbère qui filtrait par la vitre embuée.

Ce n'était plus le même homme. Les lèvres calmes et tranquilles de Yakonov, jadis serrées dans une moue hautaine, tremblaient violemment.

Il tenait encore sa montre au creux de sa main, d'un air ahuri.

Bien que le chauffeur attendît depuis minuit, qu'il fût furieux contre le colonel et qu'il eût marmonné des jurons dans la fourrure de son col en évoquant toutes les occasions qu'avait eues Yakonov d'être désagréable depuis deux ans, maintenant, sans rien demander de plus, il démarra sans savoir où il allait. Sa rage l'avait quitté.

Il était si tard qu'il commençait à être tôt. De temps en temps, ils rencontraient une automobile solitaire dans les rues désertes de la capitale. Il n'y avait pas de milice à cette heure-là, pas de passants non plus ni de voleurs pour leur arracher leurs vêtements du dos. Bientôt les trolleybus allaient reprendre.

Le chauffeur jetait de temps en temps un coup d'œil au colonel : après tout, il fallait quand même décider où aller. Il avait déjà franchi la porte Myasnitsky, il avait pris le boulevard Stretensky et le boulevard Rojdestvensky jusqu'à la place Troubni, puis il était revenu par la Neglinnaia. Mais il ne pouvait pas continuer à rouler comme ça jusqu'au matin.

Yakonov regardait droit devant lui, sans rien voir ; il avait le regard fixe et parfaitement vide.

Il habitait Bolshaya Serpukhovka. Le chauffeur, estimant que la vue des rues proches de sa maison éveillerait chez le colonel du génie l'envie de rentrer chez lui, décida de traverser le fleuve pour gagner Zmoskvaret-

chye. Il descendit Okhotny Ryad, tourna au Manège et
traversa l'étendue morne et vide de la place Rouge.

Les crénelures du mur du Kremlin et le faîte des sapins auprès des murailles étaient couverts de gelée
blanche. L'asphalte était gris et glissant. La brume
semblait essayer de disparaître sous les roues de la voiture.

Ils passèrent à deux cents mètres environ du mur, des
créneaux, de la sentinelle derrière lesquels — ils auraient
pu l'imaginer — le Plus Grand Homme de la Terre terminait sa nuit solitaire. Mais ils passèrent sans même
penser à lui.

Après avoir laissé derrière lui Saint-Basile et avoir pris
à gauche le quai de la Moskova, le chauffeur ralentit et
demanda :

« Vous voulez peut-être rentrer à la maison, camarade
colonel ? »

C'était précisément là où ils devaient aller. Il lui restait probablement moins de nuits à passer chez lui qu'il
n'avait de doigts aux mains. Mais comme un chien s'en
va mourir tout seul, Yakonov maintenant devait aller
ailleurs qu'auprès de sa famille.

La Pobiéda stoppa. Rassemblant les pans de son lourd
manteau de cuir, il descendit et dit au chauffeur :

« Toi, mon ami, va chez toi dormir. Je vais rentrer
à pied. » Il appelait parfois le chauffeur « Mon ami »,
mais il y avait un tel chagrin dans sa voix qu'il semblait lui dire adieu à jamais.

Un banc de brume recouvrait la Moskova jusqu'en
haut des quais.

Sans boutonner son manteau, son bonnet de fourrure
de colonel un peu sur le côté, Yakonov, glissant un peu
par moments, suivit le quai.

Le chauffeur avait envie de l'appeler, de le rejoindre
avec la voiture, puis il se dit : « Avec tant de galons, on
ne va pas se noyer. » Il fit demi-tour et repartit.

Yakonov suivit une longue section du quai sans aucune
rue perpendiculaire, avec une sorte de palissade sans
fin à sa gauche et le fleuve à sa droite. Il marchait au
milieu de l'asphalte, regardant droit devant lui les réverbères lointains.

Quand il eut parcouru une certaine distance, il eut
l'impression que cette promenade funèbre, tout seul, lui
avait procuré une satisfaction simple comme il n'en
avait pas connu depuis longtemps.

Lorsqu'ils avaient été convoqués la seconde fois chez le ministre, l'irrémédiable s'était produit. C'était comme si l'univers venait de s'abattre sur eux. Abakoumov était comme une bête enragée. Il avait tapé du pied, les avait poursuivis à travers le bureau, il les avait injuriés, il leur avait craché dessus et les avait manqués de peu et, bien décidé à lui faire mal, il avait décoché à Yakonov un coup de poing sur le nez et celui-ci avait commencé à saigner.

Il avait déclaré que Sevastianov allait être cassé de son grade, redevenir simple lieutenant et partir pour les forêts arctiques. Il allait casser Oskoloupov et le renvoyer comme simple gardien à la prison de la Boutyrka, où il avait commencé sa carrière en 1925. Et Yakonov, pour l'avoir trompé et pour s'être rendu coupable de « récidive de sabotage », il allait le faire arrêter et expédier en combinaison bleue au Numéro Sept sous les ordres de Bobynine, pour travailler de ses deux mains à l'analyseur de parole.

Là-dessus, il avait repris son souffle et leur avait laissé une chance supplémentaire, la dernière limite : le 21 janvier, anniversaire de la mort de Lénine.

Le grand bureau meublé sans goût avait dansé devant les yeux de Yakonov. Il avait essayé d'arrêter son saignement de nez avec son mouchoir. Il était resté planté là, sans défense devant Abakoumov, en pensant à ceux avec qui il ne passait qu'une heure par jour, mais les seuls pour qui il se démenait, se débattait et jouait au dictateur durant le reste de ses heures de veille : ses deux petits enfants âgés de huit ans et de neuf ans, et sa femme Baryoucha, qui lui était d'autant plus chère qu'il l'avait épousée si tard dans la vie. Il s'était marié à trente-six ans, juste après être revenu de là où la poigne de fer du ministre s'apprêtait maintenant à le renvoyer.

Ensuite Sevastianov avait emmené Oskoloupov et Yakonov dans son bureau et les avait menacés de les envoyer tous les deux derrière des barreaux, disant qu'il ne se laisserait pas rabaisser au rang de lieutenant et renvoyer dans l'active.

Et puis Oskoloupov avait emmené Yakonov dans son bureau et avait déclaré sans ambages qu'il comptait bien cette fois établir un lien entre le passé de prisonnier de Yakonov et son récent sabotage.

Yakonov approchait du grand pont de ciment qui enjambait la Moskova pour rejoindre la rive droite. Mais, au lieu de tourner et de l'emprunter, il passa dessous par un viaduc où patrouillait un milicien.

Le milicien observa avec méfiance cet étrange ivrogne à lorgnon coiffé d'un bonnet de colonel.

C'était le confluent de la Yaouza et de la Moskova. Yakonov franchit le petit pont qui le traversait, toujours sans essayer de repérer où il était.

Oui, c'était une partie mortelle qui s'était entamée et la fin en était proche. Yakonov savait, il éprouvait déjà sur lui cette pression insensée, insoutenable de la hâte, quand des gens se trouvaient ligotés par des délais impossibles qui paralysaient tout. On était pressé, pincé, essoré, plus vite encore plus vite, la norme, doubler la norme, tripler la norme, des heures de travail supplémentaires pour l'honneur, la compétition obligatoire, la réalisation des objectifs du plan en avance, toujours plus en avance. Là où l'on procédait ainsi, les maisons ne tenaient pas debout, les ponts se rompaient, les immeubles s'effondraient, les moissons pourrissaient ou ne mûrissaient pas. Mais avant que l'on ne découvre qu'on ne peut demander le surhumain à un être humain, ceux qui étaient pris dans ce tourbillon n'avaient pas d'autre issue, semblait-il, que de tomber malades, de se blesser dans les engrenages ou d'avoir un accident... et d'attendre ensuite dans un hôpital ou dans un sanatorium.

Toujours, jusqu'à maintenant, Yakonov avait réussi à se tirer habilement de situations comme celle-là, où tout était irrévocablement compromis par la hâte, pour se retrouver dans des situations où les choses étaient soit plus calmes et tranquilles, soit encore à leur début.

Seulement, cette fois, cette fois-là, il sentait qu'il ne pourrait pas s'en tirer. Il ne parviendrait pas à sauver si vite l'opération de l'analyseur de parole et il n'avait nulle part ailleurs où aller.

· Et il ne pouvait pas non plus s'en tirer en tombant malade.

Il s'immobilisa au bord du parapet et regarda le fleuve. La brume couvrait la glace sans la dissimuler entièrement, et juste en dessous, Yakonov apercevait un trou noir et pourri par l'hiver.

Le trou noir du passé — la prison — s'ouvrait de nouveau devant lui, le rappelait.

Les six ans qu'il avait passés là, Yakonov les considérait comme une honte infâme, une plaie, le plus grand échec de sa vie.

Il avait été emprisonné en 1932, quand il était un jeune ingénieur radio qui avait déjà, à deux reprises, été en mission à l'étranger (c'était à cause de ces missions à l'étranger qu'il avait été arrêté). Il s'était trouvé parmi les premiers zeks qui, suivant la conception de Dante, avaient constitué une des premières charachkas.

Comme il aurait voulu oublier son passé de prisonnier ! Et que les autres l'oublient aussi. Et que le destin l'oublie. Avec quel soin il évitait ceux qui lui rappelaient cette triste époque, ceux qui l'avaient connu prisonnier.

Tristement, il s'éloigna du parapet, traversa le quai et se mit à gravir une pente abrupte. Un chemin, que des pas nombreux avaient fini par désherber, longeait la barrière entourant un autre immeuble en construction ; il y avait un peu de verglas mais pas trop glissant.

Seul le fichier central du M.G.B. savait que, de temps en temps, d'anciens zeks se dissimulaient sous les uniformes du M.G.B.

Outre Yakonov, deux autres se trouvaient à l'Institut de Mavrino.

Yakonov les avait soigneusement évités, il s'était efforcé de ne jamais avoir avec eux de conversations en dehors du travail et ne restait jamais en tête-à-tête avec eux dans son bureau, pour que personne n'allât se faire d'idées.

L'un d'eux, Knykjetsky, un professeur de chimie septuagénaire, un des élèves favoris de Mendéléiev, avait purgé sa peine de dix ans de prison, après quoi, en raison de la longue liste de ses réussites dans le domaine scientifique, il avait été envoyé à Mavrino comme employé libre et il avait travaillé là pendant trois ans après la guerre, jusqu'au jour où le décret sur le renforcement de l'arrière s'était abattu sur lui. Un jour, à midi, il fut convoqué par téléphone au ministère et n'en revint pas. Yakonov se souvenait de la façon dont il avait descendu l'escalier recouvert de tapis rouge de l'Institut, en secouant sa tête argentée, ne comprenant toujours pas pourquoi on le convoquait pour « une demi-heure », tandis que, derrière lui, sur le palier supérieur de ce même escalier, l'officier de Sécurité Chichkine découpait déjà avec ses ciseaux à ongles la photo du professeur du Palmarès affiché au tableau de service de l'Institut.

Le second était Altynov. Il ne s'était pas fait un nom dans la science, mais c'était simplement un homme sérieux. Après sa première peine, il était resté réticent, méfiant, avec la méfiance instinctive d'un homme qui a appartenu à la tribu des prisons. Dès que le décret sur le renforcement de l'arrière avait commencé à faire ses premiers ravages sur les boulevards extérieurs de la capitale, Altynov avait simulé des troubles cardiaques et avait été admis dans une clinique cardiologique. Il avait simulé ces troubles avec une telle efficacité pendant si longtemps, qu'aujourd'hui les médecins n'avaient plus aucun espoir de le sauver. Et ses amis avaient cessé de murmurer, comprenant que son cœur, épuisé par tant d'années de manœuvres et d'esquive, n'avait tout simplement pas tenu le coup.

Et Yakonov, déjà condamné l'an passé pour avoir été un ancien zek, était maintenant de nouveau condamné comme saboteur.

L'abîme rappelait ses enfants.

Yakonov traversa le terrain vague, sans faire attention où il allait, sans remarquer la pente. Finalement, hors d'haleine, il s'arrêta. Il avait les jambes lasses, les chevilles fatiguées par le terrain inégal.

Alors, de la petite éminence à laquelle il était parvenu, il regarda autour de lui, promenant maintenant des yeux qui percevaient ce qu'ils voyaient, essayant de comprendre où il était.

Au cours de cette heure qui s'était écoulée depuis qu'il était descendu de voiture, le temps s'était rafraîchi et la nuit avait cédé la place au jour. La brume était tombée et avait disparu. Le sol sous ses pieds était jonché de fragments de brique, de graviers, de débris de verre, et il y avait non loin de lui une sorte d'appentis ou de cabane toute penchée. Plus bas, se trouvait la palissade qu'il avait suivie et qui entourait un grand lopin de terre où les travaux de construction n'avaient pas encore commencé. Et, bien qu'il n'y eût pas de neige, tout cela était couvert de gelée blanche.

Sur cette colline si proche du centre de la capitale, et qui avait été l'objet de cette étrange dévastation, des marches blanches s'élevaient, sept environ, puis cessaient, puis, semblait-il, reprenaient.

La vue de ces marches blanches au flanc de la colline éveilla chez Yakonov de vagues souvenirs. Sans comprendre, il les grimpa, puis escalada le tas de mâchefer durci qui leur faisait suite et trouva d'autres marches encore. Elles conduisaient à un bâtiment, dont on distinguait vaguement la forme dans l'obscurité, une silhouette étrange qui semblait à la fois en ruine et intacte.

Etaient-ce les ruines d'un immeuble bombardé ? Mais il ne restait plus d'endroits de ce genre à Moscou. D'autres forces avaient amené ici la destruction.

Des débris qui jonchaient les marches gênaient son ascension, au long de cet escalier qui, par paliers, conduisait au bâtiment comme on monte à une église.

Il s'élevait jusqu'à de grandes portes de fer, soigneusement fermées et devant lesquelles le gravier s'entassait jusqu'à la hauteur du genou.

Mais oui, mais oui ! Le souvenir frappa Yakonov comme un coup de fouet. Il regarda autour de lui. Le fleuve, délimité par la courbe des lumières, serpentait tout en bas, un de ses méandres étrangement familier disparaissant sous le pont et se prolongeant au-delà jusqu'au Kremlin.

Mais le clocher ? Il n'était pas là. Et ces pierres... Etait-ce ce qu'il en restait ?

Les larmes montèrent aux yeux de Yakonov. Il plissa les yeux.

Il s'assit doucement sur les fragments de pierre qui jonchaient le portique de l'église.

Vingt-deux ans auparavant, il était en cet endroit même avec une fille qui s'appelait Agniya.

23

L'ÉGLISE SAINT-JEAN-BAPTISTE

Il prononça son nom tout haut — Agniya — et, comme une bouffée de vent, des impressions neuves et depuis longtemps oubliées parcoururent son corps maintenant gorgé de confort.

Il avait alors vingt-six ans et elle vingt et un.

Agniya n'était pas de ce monde. Pour son malheur elle était d'un raffinement et d'une exigence qui dépassaient les possibilités d'un être humain. Ses sourcils et ses narines frémissaient parfois si fort durant la conversation qu'on aurait cru qu'elle allait s'envoler en s'en servant comme d'ailes. Nul n'avait jamais adressé à Yakonov autant de paroles sévères, personne ne lui avait si violemment reproché des actes qui lui semblaient tout à fait normaux, mais qu'elle, chose étonnante, estimait bas et méprisables. Et plus elle trouvait de défauts chez Yakonov, plus il s'attachait à elle : c'était très étrange.

On ne pouvait discuter avec elle qu'avec infiniment de précautions. Elle était si fragile que l'ascension d'une colline, la moindre course et même une conversation animée l'épuisaient. Il était facile de la blesser.

Elle trouvait néanmoins la force de se promener seule pendant des jours dans les bois, bien que, contrairement à toute citadine, elle n'emportât jamais de livre avec elle dans ces promenades. Les livres l'auraient gênée, l'auraient distraite de la forêt. Elle errait simplement au hasard et s'asseyait parfois pour étudier les secrets des bois. Quand Yakonov l'accompagnait, il était stupéfait de ses observations : pourquoi le tronc d'un bouleau s'inclinait vers le sol ; comment les ombres sur l'herbe des forêts changent le soir. Lui-même ne remarquait pas ces choses-là. La forêt était la forêt, l'air y était pur et tout était vert. Pour sa part, elle sautait même les descriptions de la nature dans Tourgueniev : leur caractère superficiel la peinait.

« Ruisseau des Bois », c'était le surnom que Yakonov lui donnait en cet été de 1927, qu'ils avaient passé dans deux maisons voisines. Ils sortaient ensemble, ils rentraient ensemble et tout le monde les considérait comme fiancés.

Mais les choses étaient en fait bien différentes.

Agniya n'était ni jolie ni laide. Elle avait un visage changeant. Elle pouvait arborer un sourire avenant et séduisant, ou bien elle pouvait faire grise mine, avoir un air las et peu attirant. Elle était plus grande que la moyenne, mais elle était mince et fragile ; sa démarche était si légère qu'elle ne semblait même pas toucher le sol. Et bien que Yakonov eût déjà une grande expérience et qu'il appréciât les femmes plantureuses, quelque chose d'autre que son corps l'attirait vers Agniya. Et parce qu'il était attiré vers elle, il se répétait qu'elle lui plaisait aussi en tant que femme, qu'elle s'épanouirait.

Pourtant, si elle passait volontiers les longs jours d'été avec Yakonov, parcourant avec lui des kilomètres dans les profondeurs verdoyantes, s'allongeant auprès de lui sur l'herbe des clairières ce n'était qu'à contrecœur qu'elle le laissait lui prendre le bras ; elle demandait : « Pourquoi donc ? » quand il le faisait, et essayait de se dégager. Et ce n'était pas parce qu'elle était gênée devant les autres, car en rentrant au village, comme concession à la vanité de Yakonov, elle marchait docilement bras dessus, bras dessous avec lui.

Se répétant qu'il l'aimait, Yakonov lui fit l'aveu de cet amour, tombant à genoux dans l'herbe des bois. « Comme c'est triste, dit-elle, car il me semble que je te trompe. Je n'ai rien à te donner en réponse. Je n'éprouve rien. C'est pourquoi je n'ai même pas envie de continuer à vivre. Tu es intelligent et merveilleux, et je devrais être heureuse, mais je n'ai pas envie de vivre... »

Elle parlait ainsi, et pourtant chaque matin elle attendait impatiemment de voir si elle allait lire un changement sur son visage, dans son attitude.

Elle parlait ainsi, mais elle lui disait aussi : « Il y a des tas de filles à Moscou. A l'automne, tu en rencontreras une qui sera belle et tu cesseras d'être amoureux de moi. »

Elle le laissait la prendre dans ses bras et même l'embrasser, mais même alors ses lèvres et ses mains demeuraient sans vie. « Comme c'est difficile ! se lamentait-elle. Je croyais que l'amour était comme l'arrivée d'un ange ardent. Et voilà que tu m'aimes, que je ne rencontrerai jamais personne qui soit meilleur que toi, et ni toi ni moi ne sommes heureux, et je n'ai pas envie de vivre. »

Il y avait chez elle un côté inhibé, enfantin. Elle redoutait les mystères qui unissent un homme et une femme dans le mariage et d'une voix crispée elle lui demandait : « Est-ce que nous ne pouvons pas nous en passer ? » Et Yakonov répondait d'une voix vibrante : « Mais ce n'est absolument pas le principal ! C'est seulement un à-côté de l'échange spirituel. » Alors, pour la première fois, elle remua un peu les lèvres dans un baiser et dit : « Merci. Sinon, à quoi bon vivre ? Je crois que je commence à t'aimer. En tout cas, je vais essayer. »

Ce même automne, ils se promenaient le soir dans les petites rues avoisinant la place Taganka, quand Agniya dit de sa voix sourde qu'on avait du mal à entendre dans les rumeurs de la ville :

« Aimerais-tu que je te montre un des plus beaux endroits de Moscou ? »

Elle le conduisit jusqu'à une barrière entourant une petite église en brique peinte en blanc et dont le grand autel était adossé à une petite ruelle tortueuse et anonyme. A l'intérieur de la clôture, il n'y avait qu'un étroit sentier contournant la minuscule église pour les processions et qui permettait au prêtre et au diacre de marcher côte à côte. A travers les fenêtres condamnées de l'église, on apercevait tout au fond la flamme paisible des cierges de l'autel et des lampes colorées des icônes. Et dans un coin de l'enclos poussait un vieux chêne, qui était plus haut que l'église. Ses branches, déjà jaunies, jetaient de l'ombre même sur la coupole et sur la ruelle, faisant paraître l'église minuscule.

« C'est l'église Saint-Jean-Baptiste, dit Agniya.

— Mais ce n'est pas le plus bel endroit de Moscou.

— Attends un peu. »

Elle lui fit franchir la barrière. Les dalles de la cour étaient couvertes de feuilles de chêne jaune et orange. A l'ombre du chêne se dressait un vieux clocher en forme de tente. Le clocher et une petite construction attenante à l'église masquaient le soleil qui déjà déclinait. Sur le seuil de la double porte de fer du vestibule nord de l'église, une vieille pauvresse s'inclinait et se signait aux accents radieux des vêpres chantées à l'intérieur.

« Cette église est magnifique par sa beauté et sa splendeur, chuchota Agniya, en se blottissant contre lui.

— De quel siècle est cette église ?

— Pourquoi dois-tu savoir de quel siècle ? Est-ce qu'elle n'est pas ravissante ?

— Elle est très jolie, bien sûr, mais...

— Regarde ! » dit Agniya se dégageant de son bras et le tirant par le poignet plus près du grand portique. Ils émergèrent de l'ombre pour déboucher dans le flamboiement du soleil couchant et elle s'assit sur le petit parapet de pierre.

Yakonov retint son souffle. On aurait dit qu'ils venaient brusquement de quitter la ville encombrée pour se retrouver sur une hauteur d'où l'on découvrait un vaste panorama. Le grand portique de l'église descendait la pente en une longue succession de marches et de paliers jusqu'à la Moskova qui s'embrasait dans le crépuscule. A gauche s'étendait la Zamoskborechye, aveuglante avec les reflets jaunes qui scintillaient de ses fenêtres, et tout en bas, jusqu'à leurs pieds, les cheminées noires de la centrale électrique de Moscou, déversaient leurs fumées dans le ciel du soir. La Yaouza étincelante venait se jeter dans la Moskova ; plus loin sur la droite s'allongeait l'hospice des Enfants-Trouvés ; et derrière se dressait la silhouette aiguë du Kremlin. Plus loin encore les cinq coupoles dorées de la cathédrale du Christ-Sauveur flamboyaient au soleil.

Et dans ce rayonnement doré, Agniya, un châle jaune jeté sur ses épaules et qui lui aussi semblait tout doré, était assise à regarder le soleil.

« Comme les Russes d'autrefois choisissaient bien l'emplacement de leurs églises et de leurs monastères ! dit Agniya d'une voix émue. J'ai descendu la Volga et aussi l'Oka et partout ils sont construits dans les sites les plus majestueux.

— Oui, répéta Yakonov, c'est le cas pour Moscou !

— Mais elle disparaît, Anton, dit Agniya, Moscou disparaît !

— Comment ça, elle disparaît, c'est ridicule.

— Ils vont démolir cette église, insista Agniya.

— Comment sais-tu qu'ils vont la démolir ? fit Anton, se mettant en colère. C'est un monument, ils le laisseront. »

Il regarda le minuscule clocher en forme de tente, où les branches du chêne touchaient presque les cloches.

« Ils le démoliront ! » prédit Agniya d'un ton convaincu, tout aussi immobile qu'avant, dans son châle jaune et dans la lumière dorée.

Non seulement sa famille n'avait pas élevé Agniya dans la foi mais, durant ces années où l'on vous faisait aller à l'église, sa mère et sa grand-mère n'y allaient pas, n'observaient pas les jeûnes, ne communiaient pas, méprisaient les prêtres et tournaient toujours en ridicule la religion qui avait si facilement accepté le servage. Sa grand-mère, sa mère et sa tante avaient leur foi à elles : être toujours du côté de ceux qui étaient opprimés, arrêtés, traqués, persécutés par les autorités. Sa grand-mère, semblait-il, était connue de tous les révolutionnaires de *La Volonté du Peuple* parce qu'elle leur donnait abri chez elle et qu'elle les aidait de toutes les façons possibles. Ses filles avaient suivi son exemple et caché des socialistes révolutionnaires et des sociaux-démocrates. La petite Agniya était toujours placée de façon à ne pas être touchée, derrière le cheval pour ne pas être cinglée par le fouet. Mais elle avait grandi et, à la surprise de ses aînés, tout cela avait évolué en elle. Elle était pour l'Eglise parce que, disait-elle, l'Eglise était persécutée.

Qu'elle en fût venue ainsi à croire en Dieu ou qu'elle se fût convaincue elle-même, elle affirmait en tout cas qu'il serait maintenant honteux de fuir l'église et, à l'horreur de sa mère et de sa grand-mère, elle commença à assister aux services et peu à peu à s'y intéresser.

« En quoi, à ton avis, persécutent-ils l'Eglise ? demanda Yakonov avec étonnement. Personne ne les empêche de sonner leurs cloches ; ils peuvent préparer leur pain de communion comme bon leur semble ; ils ont leurs processions avec la croix ; mais ils ne devraient rien avoir à faire avec les problèmes civiques et les écoles.

— Bien sûr qu'on les persécute, protesta Agniya, d'une voix comme toujours calme et douce. Si on dénonce l'Eglise, si on imprime n'importe quoi contre elle et si on ne l'autorise pas à se défendre, qu'on fait l'inventaire des biens ecclésiastiques et qu'on exile les prêtres, ça n'est pas de la persécution ?

— Où as-tu vu qu'on les exilait ?

— Pas dans les rues, évidemment.

— Et même si on les persécute, insista Yakonov, ça veut dire qu'on les persécute depuis dix ans ; et depuis combien de temps l'Eglise persécute-t-elle le peuple ? Dix siècles ?

— Je n'étais pas née alors, dit Agniya en haussant ses épaules étroites. Après tout, c'est aujourd'hui que je vis. Je vois ce qui se passe de mon temps.

— Mais tu connais bien l'histoire ! L'ignorance n'est pas une excuse ! Et t'es-tu jamais demandé comment l'Eglise avait réussi à survivre à deux cent cinquante ans de joug tartare ?

— Peut-être parce que la foi était bien ancrée ? risqua-t-elle. Peut-être parce que l'orthodoxie était spirituellement plus forte que l'Islam ? » demanda-t-elle, sans l'affirmer.

Yakonov eut un sourire condescendant :

« Tu as une imagination débridée ! Est-ce que notre pays dans son âme a jamais été chrétien ? Crois-tu que durant ces mille années le peuple a vraiment pardonné aux oppresseurs ? Ou qu'il aimait ceux qui nous détestaient ? Notre église a duré parce qu'après l'invasion le métropolite Cyrille, avant tous les autres Russes, est allé s'incliner devant le Khan en demandant protection pour le clergé. Le glaive tartare ! C'est avec ça que le clergé russe a protégé ses terres, ses serfs et ses services religieux ! Et d'ailleurs le métropolite Cyrille avait raison, c'était un réaliste en politique. C'est ce qu'il devait faire. C'était la seule façon de gagner. »

Quand Agniya était repoussée dans ses derniers retranchements elle ne discutait plus. Elle considéra son fiancé avec stupeur.

« Voilà sur quoi toutes ces belles églises ont été bâties dans de si beaux sites ! tonna Yakonov. Sur des schismatiques brûlés sur le bûcher. Sur les membres de sectes dissidentes fouettés à mort. Tu as trouvé sur qui t'apitoyer... On persécute l'Eglise ! »

Il s'assit auprès d'elle sur la pierre, chauffée par le soleil, du parapet :

« Et d'ailleurs, tu es injuste envers les Bolcheviks. Tu n'as pas pris la peine de lire leurs principaux ouvrages. Ils ont un grand respect pour le monde de la culture. Ils croient que personne ne devrait exercer un pouvoir arbitraire sur quelqu'un d'autre, ils croient au royaume de la raison. Et surtout ils sont pour l'égalité. Tu te rends compte : l'égalité universelle, complète, absolue. Personne n'aura de privilèges que d'autres n'ont pas. Personne n'aura sur autrui aucun avantage, qu'il s'agisse de revenu ou de statut. Pourrait-il exister rien de mieux qu'une pareille société ? Est-ce que ça ne vaut pas vraiment des sacrifices ? »

(Indépendamment de la séduction que pouvait exercer cette société, Anton venait précisément d'un milieu qui l'obligeait à y participer, aussi vite et aussi adroitement que possible, pendant qu'il en était encore temps.)

« Et avec ce genre de simagrées tu vas simplement bloquer ton avancement à l'Institut. D'ailleurs, à quoi riment ces protestations ? Que peux-tu faire ?

— Et que peut faire une femme en général ? » Ses belles tresses — elle portait des tresses à une époque où personne n'en avait, où toutes les femmes se les étaient fait couper, et elle ne les portait que par esprit de contradiction, car cela ne lui allait pas — ses tresses s'agitèrent, l'une pendant sur son dos et l'autre sur sa poitrine. « Une femme ne peut rien faire que détourner un homme de grands exploits. Même une femme comme Natacha Rostova. Je ne peux pas la supporter.

— Pourquoi ? demanda Yakonov surpris.

— Parce qu'elle n'a pas laissé Pierre rallier les décabristes ! »

Et de nouveau sa voix se brisa.

Elle était vraiment surprenante.

Le châle jaune diaphane glissa sur ses épaules et s'arrêta sur ses bras comme une paire de frêles ailes dorées.

Yakonov lui prit le coude à deux mains, doucement, comme s'il avait peur de le briser.

« Et toi, tu l'aurais laissé aller ?

— Oui », dit simplement Agniya.

A vrai dire, il n'arrivait pas à imaginer un grand exploit pour lequel il aurait eu besoin de la permission d'Agniya. Il avait une vie très active. Son travail était intéressant et le menait toujours plus haut.

Devant eux passèrent les fidèles attardés qui arrivaient du quai. Ils se signèrent devant les portes ouvertes de l'église. En entrant dans l'enceinte, les hommes se découvrirent. Il y avait, semblait-il, beaucoup moins d'hommes que de femmes, et pas du tout de jeunes.

« Tu n'as pas peur de te faire voir près d'une église ? » demanda Agniya sans aucune intention railleuse, mais d'un ton qui pourtant était moqueur.

C'était déjà le temps où il était réellement dangereux de se faire remarquer dans les parages d'une église par un collègue. Et Yakonov avait en effet l'impression qu'il était trop en vue ici.

« Prends garde, Agniya, insista-t-il, l'irritation commençant à le gagner. Il faut reconnaître ce qui est nouveau avant qu'il ne soit trop tard, et tous ceux qui ne le feront pas seront irrémédiablement dépassés. Tu as été attirée par l'église parce que cela encourage chez toi l'absence du goût de vivre. Il faut que tu te secoues une bonne fois et que tu te forces à t'intéresser à quelque chose, ne serait-ce qu'au processus même de la vie. »

Agniya baissa la tête et sa main, qui portait la petite bague en or de Yakonov retomba, inerte. Son corps enfantin semblait osseux et terriblement mince.

« Oui, oui, dit-elle d'une voix crispée. Je reconnais en effet qu'il est parfois très dur pour moi de vivre, que je n'en ai aucune envie. Le monde n'a pas besoin de gens comme moi. »

Il eut l'impression que quelque chose se rompait en lui. Elle faisait tout pour le repousser ! Sa décision de tenir ses promesses et d'épouser Agniya faiblissait.

Elle leva vers lui un regard plein de curiosité, grave.

Elle n'est pas belle, vraiment, songea Yakonov.

« Sûrement la célébrité et le succès t'attendent, et une prospérité durable, dit-elle avec tristesse, mais seras-tu heureux, Anton ? Prends garde toi aussi. Les gens qui s'intéressent au processus de la vie, ils perdent... Ils perdent... Mais comment pourrais-je t'expliquer ? » On aurait dit qu'elle cherchait ses mots du bout des doigts et ses efforts se reflétaient dans le petit sourire peiné qu'on voyait sur son visage. « Tiens... la cloche a sonné, les chants se sont tus... cela ne reviendra pas ; et toute la musique est là, tu comprends ? »

Elle le persuada alors d'entrer. Sous les voûtes massives une galerie avec de petites fenêtres et des grillages anciens ceinturait l'église. Un portail bas menait dans la galerie à la nef centrale.

Par les petites ouvertures de la coupole le soleil couchant emplissait l'église de lumière et se dispersait en reflets dorés au-dessus des icônes et de l'image en mosaïque du Sauveur.

Il y avait peu de fidèles. Agniya plaça un cierge mince sur le gros chandelier de cuivre et, esquissant un signe de croix, resta plantée là sévèrement, les mains crispées sur sa poitrine, regardant droit devant elle, en transe. La lumière éparpillée du couchant et le scintillement orange des cierges rendaient vie et chaleur aux joues d'Agniya.

C'était deux jours avant la fête de la Vierge et on lisait en son honneur une longue litanie. La litanie était d'une éloquence infinie, les descriptions et les louanges de la Vierge Marie roulaient comme une avalanche, et Yakonov comprit l'extase et la poésie de cette prière. Ce n'était pas un pédant ecclésiastique sans âme qui avait écrit ce texte, mais quelque grand poète inconnu, quelque prisonnier d'un monastère ; et ce qui le remuait alors, ce n'était pas le désir que peut un instant éprouver un homme pour le corps d'une femme, mais ce ravissement plus noble qu'une femme peut éveiller en lui.

Yakonov s'éveilla de sa rêverie. Il était assis sous le portique de l'église Saint-Jean-Baptiste, sur un monticule de débris, et il salissait son manteau de cuir.

En effet, sans aucune vraie raison, ils avaient démoli le clocher en forme de tente et les marches qui descendaient vers le fleuve. Il était incroyable que cette aube de décembre se levât sur ces mêmes mètres carrés de terre moscovite où ils avaient passé cette soirée ensoleillée. Mais la vue qu'on avait de la colline était toujours aussi étendue et les méandres du fleuve soulignés par les réverbères étaient toujours les mêmes.

... Peu de temps après, il était parti en mission à l'étranger. Et quand il était rentré on lui avait donné un article de journal à écrire — ou plutôt à signer — sur la désintégration de l'Occident, sur sa société, sa moralité, sa culture, sur la pauvreté dans laquelle y vivait l'intelligentsia, sur l'impossibilité qu'il y avait là-bas pour la science de progresser. Ce n'était pas toute la vérité, mais ce n'était pas à proprement parler un mensonge non plus. Ces faits existaient, bien qu'il y en eût d'autres. L'hésitation de la part de Yakonov aurait pu éveiller les soupçons, nuire à sa réputation. Et après tout, à qui donc un tel article pourrait-il faire du mal ?

L'article fut donc publié.

Agniya lui renvoya sa bague par la poste, attachée à un bout de papier sur lequel elle avait écrit : « Pour le métropolite Cyrille. »

Et il avait éprouvé un sentiment de soulagement.

... Il se leva et, dressé de toute sa hauteur, regarda par une des petites fenêtres à grillage de la galerie. Ça sentait la brique cassée, l'humidité et la moisissure. Ce qu'il apercevait à l'intérieur était assez hétéroclite : des tas de pierres cassées et d'ordures.

Yakonov se détourna de la fenêtre et, sentant son cœur battre moins fort, il s'appuya contre l'embrasure de pierre de la porte rouillée qu'on n'avait pas ouverte depuis bien des années.

De nouveau le poids glacé de la menace d'Abakoumov venait de le frapper.

Yakonov était au faîte de son pouvoir visible. Il occupait un haut rang dans un ministère puissant. Il était intelligent, talentueux... Et il avait la réputation d'être intelligent et d'avoir du talent. Sa tendre épouse l'attendait à la maison. Ses enfants dormaient dans leurs petits lits. Il avait un bel appartement avec des pièces hautes de plafond dans un vieil immeuble de Moscou. Il gagnait plusieurs milliers de roubles par mois. Une Pobiéda qui lui était affectée personnellement était à sa disposition sur un simple coup de téléphone. Et il était là, les bras appuyés contre les pierres mortes et il n'avait plus envie de vivre. Il y avait en lui un tel désespoir qu'il n'avait pas la force de bouger.

Le jour se levait.

Il y avait dans l'air glacé une pureté de fer. La gelée blanche garnissait comme d'une fourrure la souche du chêne abattu, les corniches de l'église qui tenaient encore debout, les grillages des fenêtres, les fils électriques qui allaient jusqu'au bâtiment voisin et, en bas, une partie de la longue palissade circulaire entourant l'emplacement où allait se dresser un gratte-ciel en construction.

24

EN SCIANT DU BOIS

Le jour se levait.

La royale parure de gelée blanche couvrait non seulement les poteaux délimitant la zone de construction, mais
aussi les fils de fer barbelés jalonnés de mille étoiles
minuscules et tordus en tresses innombrables, le toit
en pente du mirador et les mauvaises herbes du terrain
vague qui s'étendait par-delà la clôture.

Dimitri Sologdine contemplait avec de grands yeux
émerveillés ce miracle. Planté auprès d'un chevalet de
sciage pour couper des bûches, il portait, par-dessus sa
combinaison bleue, le blouson capitonné des camps de
travail ; il était nu-tête et on voyait dans ses cheveux les
premiers fils gris. C'était un esclave insignifiant, sans
aucun droit. Il avait déjà été emprisonné dix ans, mais
comme c'était la seconde peine de prison qu'il purgeait,
il n'y avait pour lui aucune perspective de libération. La
jeunesse de sa femme s'était flétrie dans une vaine
attente. Pour ne pas être congédiée de la place qu'elle
avait actuellement, comme elle l'avait été bien des fois
d'autres places, elle avait menti, elle avait nié l'existence
de son mari et cessé toute correspondance avec lui.
Sologdine n'avait jamais vu son fils unique. Sa femme
était enceinte lorsqu'il avait été arrêté. Sologdine avait

survécu aux forêts de Tcherdinsk, au nord de l'Oural, aux mines de Vorkouta au-delà du cercle arctique et à deux périodes d'instruction, la première de six mois et la seconde d'un an. Il avait connu les nuits sans sommeil, l'épuisement et l'amaigrissement. Il y avait longtemps qu'on avait piétiné dans la boue son nom et son avenir. Ses biens personnels se composaient d'un pantalon de coton usé, que l'on conservait dans le vestiaire du prisonnier en attente de jours plus terribles. Quant à l'argent, il recevait trente roubles par mois, mais pas en espèces. Il ne pouvait respirer l'air libre qu'à certaines heures autorisées par l'administration pénitentiaire.

Pourtant une paix inviolable régnait dans son âme. Ses yeux brillaient comme ceux d'un jeune homme. Sa poitrine exposée au gel était gonflée de la plénitude de la vie.

Ses muscles qui, lors des périodes d'instruction, étaient devenus comme des cordes sèches, s'étaient de nouveau gonflés et réclamaient de l'exercice. Aussi chaque matin, volontairement et sans aucune compensation allait-il scier et casser du bois pour la cuisine de la prison.

Mais la hache et la scie étant des armes redoutables entre les mains d'un zek, on ne les lui confiait pas comme ça. L'administration pénitentiaire, qui avait le devoir, en échange des salaires qu'elle percevait, de suspecter la perfidie dans les gestes les plus innocents des zeks, et peut-être de juger les autres d'après elle-même, ne pouvait certainement pas croire que quelqu'un acceptât de travailler pour rien. On soupçonnait donc fortement Sologdine de préparer une évasion ou un soulèvement armé. On donna la consigne de poster un gardien à cinq mètres de Sologdine lorsqu'il travaillait de façon que le gardien pût surveiller chaque mouvement de Sologdine, tout en restant hors de portée de la hache. Il y avait des gens prêts à assumer cette tâche dangereuse, et les rapports eux-mêmes de gardien à travailleur ne semblaient pas extravagants à une administration à qui l'on avait rabâché les vertus morales du GOULAG. Mais Sologdine était entêté et ne fit par là qu'accroître les soupçons. Il déclara violemment qu'il refusait de travailler en présence d'un gardien affecté à sa personne. Pendant quelque temps on ne cassa plus de bois pour la cuisine. (Le directeur de la prison ne pouvait pas forcer les zeks à travailler : ce n'était pas un camp, les zeks étaient occupés à des travaux intellectuels et ne se trouvaient pas sous sa juridiction.) Et par malheur les fonctionnaires qui avaient organisé l'établissement, pas plus que les services de comptabilité, n'avaient prévu ce genre de travaux. Aussi les employées libres qui préparaient la nourriture des prisonniers refusèrent-elles de casser du bois puisqu'elles n'étaient pas payées pour cela. L'administration essaya d'envoyer des gardiens qui n'étaient pas de service pour faire le travail, interrompant leur partie de dominos au poste de garde. C'étaient tous de jeunes gaillards qu'on avait choisis pour leur bonne santé ; mais, durant leurs années de service comme gardiens, ils avaient de toute évidence perdu leur faculté de travailler : ils commençaient à souffrir du dos et le jeu de dominos les attirait. Ils étaient tout simplement incapables, semblait-il, de casser autant de bois qu'il était nécessaire. Le directeur de la prison fut donc forcé de céder. Sologdine et les autres prisonniers qui allaient travailler avec lui — le plus souvent Nerjine et Rubine — étaient autorisés à manier la hache et la scie sans garde particulière. D'ailleurs, on pouvait tous les voir du mirador comme si on les tenait dans le creux de la main ; et les surveillants de service avaient pour consigne de les avoir à l'œil.

Dans les ténèbres qui se dissipaient, tandis que la lueur pâlissante des lampes se mêlait à la lumière du jour, Spiridon, le concierge, apparut au coin du bâtiment ; il portait un blouson fourré et une casquette de fourrure avec de grandes oreilles comme on n'en avait distribué à personne. Le concierge était un zek aussi, mais il était sous les ordres du commandant de l'Institut, et non pas de l'administration pénitentiaire. C'était donc uniquement pour éviter une discussion qu'il affûtait la scie et les haches pour l'administration. Le concierge approchait et Sologdine remarqua qu'il rapportait la scie, laquelle en effet n'était pas à sa place habituelle.

A toute heure entre le réveil et l'extinction des feux, Spiridon Yegorov circulait dans la cour sur laquelle étaient braquées les mitrailleuses, sans être escorté d'aucun gardien. L'administration avait pris cette décision hardie parce que Spiridon ne voyait absolument pas d'un œil et qu'il n'avait que trente pour cent de vision à l'autre. Bien qu'à la charachka, d'après le règlement, on eût prévu trois concierges, puisque la cour comprenait en fait plusieurs cours communicantes, ayant une surface totale d'environ deux hectares, Spiridon, qui ignorait ce point, se débrouillait tout seul et ne s'en portait pas plus

mal pour autant. L'essentiel était qu'il pouvait se remplir la panse : il ne mangeait pas moins de trois livres
de pain noir par jour car on pouvait dévorer autant de
pain qu'on voulait, parfaitement, et les gars lui donnaient
aussi de leur cacha (sorte de bouillie). Spiridon manifestement avait pris du poids et s'était amolli depuis le
temps qu'il avait passé au Sev Ural Lag, depuis trois
hivers de bûcheron et trois printemps de convoyeurs de
trains de bois flottant où il avait eu la responsabilité de
milliers de troncs.

« Hé, Spiridon ! cria Sologdine avec impatience.

— Quoi donc ? »

Le visage de Spiridon, avec sa moustache rousse grisonnante, ses sourcils roux grisonnants et son teint rougeâtre était extrêmement mobile et, quand on l'interrogeait, il prenait souvent un air empressé, comme
c'était le cas maintenant. Sologdine ne savait pas qu'un
trop grand empressement chez Spiridon n'était jamais
que dérisoire.

« Comment ça : quoi donc ? Cette scie ne va pas
couper.

— Pourquoi voulez-vous qu'elle ne coupe pas ?
demanda Spiridon, surpris. Vous n'avez pas arrêté de
vous plaindre cet hiver ! Allons, essayons-la. »

Et d'une main il lui tendit une extrémité de la scie.

Ils commencèrent à scier. Une ou deux fois, la lame
sauta de son sillon comme si elle ne voulait pas s'y installer, puis elle se mit à mordre et y resta.

« Vous la tenez très serrée, observa prudemment Spiridon. Prenez la poignée avec trois doigts, comme une
plume, et tirez dans le sens où ça vient, doucement...
Voilà. Quand vous tirez vers vous, faites-le sans secousse. »

Chacun d'eux savourait son évidente supériorité sur
l'autre ; Sologdine parce qu'il connaissait la mécanique
théorique, la résistance des matériaux et bien d'autres
sujets scientifiques ; Spiridon parce que dans le domaine
matériel tout lui obéissait. Mais Sologdine ne dissimulait
pas sa condescendance envers le concierge alors que
Spiridon cachait celle qu'il éprouvait pour l'ingénieur.

Bien qu'elle coupât au centre de la grosse bûche, la
scie ne se bloquait pas et poursuivait son mouvement
de va-et-vient, faisant jaillir de la sciure de pin jaunâtre
sur la combinaison des deux hommes.

Sologdine éclata de rire :

« Vous êtes un faiseur de miracles, Spiridon ! Vous m'avez roulé. Vous avez affûté la scie hier et vous l'avez réglée ! »

Spiridon, ravi, chantonnait au rythme de la scie :

« Elle ronge le bois, le mâche en petits bouts, sans l'avaler, le recrache... »

Et d'un coup de pied, il cassa la bûche avant qu'elle fût sciée jusqu'au bout.

« Je ne l'ai absolument pas affûtée, dit Spiridon en montrant à l'ingénieur la lame de la scie. Regardez les dents vous-même. Elles sont exactement comme hier. »

Sologdine examina les dents et ne trouva en effet aucune trace d'affûtage récent. Mais le coquin avait fait quelque chose à la scie.

« Allons, Spiridon, scions-en une de plus.

— Non, dit Spiridon, portant sa main à son front, je suis crevé. Tout ce que mes grands-pères et arrière-grands-pères n'ont pas fini, ils me l'ont laissé sur les bras. Et puis vos amis vont bientôt arriver. »

Mais les amis n'arrivaient pas.

Le jour maintenant était bien levé. C'était un matin glacé et jubilant. Tout le sol et même les gouttières étaient couverts d'une gelée grisâtre, qui couronnait les tilleuls là-bas dans la cour extérieure.

« Comment êtes-vous arrivé à la charachka, Spiridon ? » demanda Sologdine en dévisageant le concierge.

Il avait besoin de parler à quelqu'un. Au cours de ses nombreuses années de camp, Sologdine ne s'était lié qu'avec des gens instruits, sans jamais supposer qu'il y eût rien d'intéressant à apprendre de gens incultes.

« C'est vrai qu'ici, dit Spiridon, en faisant claquer ses lèvres, ils ont ramassé des scientifiques comme vous, et voilà que je me retrouve dans la même galère. Dans mon dossier, je suis fiché comme « souffleur de verre ». C'est vrai que j'ai été souffleur de verre autrefois, dans une verrerie de Bryansk. Il y a longtemps de ça, maintenant j'ai presque perdu la vue et le genre de travail que nous faisions là-bas n'a aucun rapport avec ce qu'on fait ici. Ici, il leur faut un souffleur qualifié comme Ivan. Nous n'en avons jamais eu de comme ça à notre atelier. Mais ils ont noté ça sur ma fiche quand même. Alors quand je suis arrivé ici on m'a inspecté pour voir ce que j'étais, et on a voulu me renvoyer. Mais le commandant m'a gardé comme concierge. »

Nerjine apparut au coin, venant de la cour extérieure

et du bâtiment isolé à un seul étage où se trouvaient les bureaux de l'administration. Il avait un blouson capitonné par-dessus sa combinaison déboutonnée, avec une serviette si courte nouée autour du cou qu'on aurait dit un foulard.

« Bonjour, les amis », leur lança-t-il avec entrain, se déshabillant tout en marchant, ôtant sa combinaison et ne gardant que son maillot de corps.

« Gleb, tu es devenu fou ; où vois-tu de la neige ? demanda Sologdine en lui jetant un regard empreint d'une douce hilarité.

— Là-haut », répondit Nerjine en grimpant sur le toit de la cave. Il y avait une mince couche de quelque chose qui pouvait être de la neige ou de la gelée blanche et, en ramassant quelques poignées, Nerjine se mit à se frictionner vigoureusement le torse, le dos et les côtes. Tout l'hiver il se frictionnait ainsi avec de la neige, mais si les gardiens se trouvaient à proximité, ils l'en empêchaient.

« Ah ! tu fumes dit Spiridon en secouant la tête.

— Toujours pas de lettre, Spiridon Damilitch ? fit Nerjine.

— Bien sûr que si !

— Pourquoi ne l'as-tu pas apportée, pour que je te la lise ? Tout va bien ?

— Il y a une lettre, mais je ne peux pas l'avoir. Le Serpent l'a.

— Michkine ? Il ne veut pas te la donner ? fit Nerjine interrompant sa friction.

— Il a mis mon nom sur la liste, mais le commandant voulait que je range le grenier. Et quand je suis arrivé, le Serpent ne recevait plus. Maintenant, il faut que j'attende lundi.

— Les salauds ! grommela Nerjine.

— Ah ! c'est ça le danger : juger les prêtres, dit Spiridon en haussant les épaules et en jetant un coup d'œil à Sologdine qu'il ne connaissait pas très bien. Allons, il faut que je m'en aille. »

Et coiffé de son bonnet de fourrure dont les oreilles battaient de façon comique, de chaque côté de sa tête comme les oreilles d'un bâtard, Spiridon s'éloigna en direction du poste de garde où aucun zek sauf lui n'avait accès.

« La hache ? Spiridon ! Où est la hache ? lui cria Sologdine, se souvenant qu'il ne l'avait pas apportée.

— L'officier de service l'apportera, répondit Spiridon et il disparut.

— Allons, dit Nerjine, en s'essuyant vigoureusement la poitrine et le dos avec sa serviette, on ne peut pas dire qu'Anton soit enchanté de moi. Il paraît que je considère le Numéro Sept comme « un cadavre d'ivrogne dans la clôture de la Mavrino ». En outre, il a proposé hier de me transférer au groupe cryptographique, mais j'ai refusé. »

Sologdine pencha la tête de côté et eut un sourire ironique : ses dents vigoureuses, exemptes de toute carie, mais décimées par le régime des camps, luisaient entre sa moustache et sa barbe.

« Tu ne te comportes pas comme un « calculateur » mais comme un « versificateur ».

Nerjine n'était pas surpris. C'était une des excentricités bien connues de Sologdine que de s'exprimer dans ce qu'il appelait la Langue de Clarté maximale, sans utiliser ce qu'il appelait « les mots oiseaux », autrement dit les mots dérivés de l'étranger. Impossible de savoir si c'était un jeu qu'il jouait ou s'il croyait à cette fantaisie. Avec beaucoup d'énergie, tantôt brillamment, tantôt maladroitement, il faisait mille détours pour essayer dans ses propos d'éviter même les mots les plus essentiels comme « ingénieur » et « métal ». Dans ses conversations au travail et même avec ses chefs, il s'efforçait de suivre la même ligne et obligeait parfois ses interlocuteurs à attendre jusqu'à ce qu'il eût trouvé un mot.

Ç'aurait été impossible si Sologdine avait cherché à briguer les faveurs de l'administration, à obtenir un travail plus important, à toucher de meilleures rations alimentaires. Mais c'était tout le contraire. Par tous les moyens possibles, Sologdine évitait l'attention des autorités et méprisait leurs faveurs.

Aussi était-il devenu parmi les zeks de la charachka un personnage.

Ce n'était pas sa seule excentricité : par exemple, alors qu'il dormait le long d'une fenêtre, en plein hiver, il insistait pour qu'on la laissât ouverte, si froid que fût le temps. Et il y avait aussi ce rite absolument inutile de couper du bois tous les matins, dans lequel il avait entraîné aussi bien Nerjine que Rubine. Mais son grand talent, c'était qu'à propos de n'importe quelle question il pouvait proférer une opinion absurde, complètement folle, disant, par exemple, que la prostitution est un bien moral ou bien que, lors de son duel avec Pouchkine, d'Anthès était dans son droit ; il défendait alors cette opinion avec un enthousiasme inspiré et parfois un certain succès, ses jeunes yeux bleus étincelants, les lèvres retroussées sur ses dents que le scorbut avait un peu clairsemées. Et parfois il était impossible d'être sûr : était-il sérieux ou bien se moquait-il ? Quand on l'accusait d'absurdité, il riait de bon cœur. « Vous menez des existences assommantes, messieurs ! Nous ne pouvons pas tous avoir les mêmes opinions et les mêmes critères. Qu'est-ce qui se passerait ? Il n'y aurait plus de discussions, d'échanges d'opinions. Quel ennui ! »

Et le mot même de « messieurs », au lieu de « camarades », il l'utilisait parce que ne connaissant plus la liberté depuis douze ans, il ne se souvenait pas de la façon dont ça se passait là-bas.

Nerjine, toujours à demi nu, finissait de s'essuyer avec son bout de serviette.

« Oui, dit-il sans gaieté. Malheureusement Lev a raison : je ne finirai jamais dans la peau d'un sceptique. J'ai envie de participer aux événements. »

Il enfila son maillot de corps trop petit pour lui et glissa ses bras dans les manches de sa combinaison.

Sologdine était planté là, appuyé dans une attitude spectaculaire contre le chevalet, les bras croisés sur sa poitrine.

« C'est bien, mon ami. Ton « doute renforcé » (dans la Langue de Clarté maximale c'était généralement le terme qu'il employait au lieu de « scepticisme »), il faudra bien que tu l'abandonnes un jour. Tu n'es plus un enfant. (Nerjine avait cinq ans de moins que Sologdine.) Et tu devrais savoir où tu es, comprendre sur le plan spirituel le rôle du bien et du mal dans la vie humaine. Il n'y a pas de meilleur endroit pour le faire qu'en prison. »

Sologdine semblait plein d'entrain, mais Nerjine ne manifestait aucune envie de se mettre à discuter maintenant des grandes questions primordiales du bien et du mal. Il avait accroché la serviette humide et dépenaillée autour de son cou comme un foulard. Tirant sur la visière de sa vieille casquette d'officier, qui craquait déjà aux coutures, il enfila son blouson molletonné et dit en soupirant :

« Tout ce que nous savons, c'est que nous ne savons rien. »

Il prit la scie, ce disciple de Socrate, et en tendit l'autre extrémité à Sologdine.

Ils commençaient à avoir froid et ils se mirent à scier avec énergie. La poudre brune de l'écorce jaillissait sous la lame. Elle ne mordait pas aussi bien que quand Spiridon la maniait, mais elle faisait quand même ses allées et venues sans effort. Les deux amis avaient scié ensemble plus d'un matin et ils travaillaient en général sans récriminer l'un après l'autre. Ils sciaient avec cette énergie et cet entrain particuliers qu'on a quand on ne travaille pas par obligation.

Ce fut seulement à la quatrième bûche que Sologdine, qui avait le visage tout rouge, lança :

« Attention aux nœuds. »

Et après la quatrième bûche, Nerjine murmura :

« C'est vrai que c'est plein de nœuds, cette saloperie ! »

A chaque passage de la scie, une sciure odorante jaune et blanche tombait sur le pantalon et les chaussures des bûcherons. Mais ce travail rythmé leur apportait la paix et les aidait à remettre de l'ordre dans leurs pensées.

Nerjine, qui s'était récemment éveillé de mauvaise humeur se disait maintenant que seule la première année de camp pouvait l'achever, qu'il avait atteint maintenant un tempo complètement différent, qu'il ne se battrait pas pour se faire une place dans les rangs des embusqués, qu'il ne redouterait pas le travail du camp et que, comme quelqu'un qui a compris les profondeurs de la vie, il sortirait lentement pour le rassemblement matinal, dans son blouson molletonné taché de plâtre et de mazout et qu'il tiendrait obstinément durant les douze heures de la journée, et ainsi de suite durant les cinq années qui lui restaient jusqu'à la fin de sa peine. Cinq ans, ça n'est pas dix. On peut tenir cinq ans.

Il songeait aussi à Sologdine, à la façon dont lui, Nerjine, avait acquis un peu de sa calme compréhension de la vie ; comme notamment c'était Sologdine qui le premier l'avait incité à se dire qu'on ne devrait pas considérer la prison seulement comme une calamité mais aussi comme une bénédiction.

Telles étaient les pensées qui lui traversaient l'esprit. Il n'aurait pu se douter que son compagnon, qui au même instant tirait la scie vers lui, était justement en train de se dire que la prison était une absolue malédiction à laquelle il faudrait sûrement un jour échapper.

Sologdine pensait alors à la grande réussite de sa carrière d'ingénieur, à laquelle il était parvenu dans le secret le plus total ces derniers mois, et plus particulièrement les dernières semaines. C'était la promesse de la liberté.

Il songeait au verdict qu'on devait lui communiquer après le petit déjeuner : il n'avait aucun doute sur ce qu'il serait. Avec un orgueil farouche, Sologdine pensait à son cerveau, épuisé par tant d'années d'interrogatoires et de famine dans les camps, par tant d'années où il avait manqué de phosphore, et qui pourtant parvenait encore à s'attaquer à un problème très important. A quarante ans, les hommes ont quelquefois un brusque élan de vitalité, surtout s'ils ne dépensent pas le surplus de leur énergie physique à avoir des enfants, mais s'ils le transforment par quelque détour mystérieux, en pensées solides.

Et puis il pensait aussi au départ imminent de Nerjine, inévitable maintenant qu'il avait parlé sur ce ton à Yakonov.

Ils sciaient toujours. Ils transpiraient, ils avaient le visage rouge. Ils avaient jeté leurs blousons matelassés sur les bûches et il y avait maintenant un bon tas de bois auprès du chevalet, mais ils n'avaient toujours pas de hache.

« Ça ne suffit pas ? demanda Nerjine. Nous en avons scié plus que nous ne pouvons en fendre.

— Soufflons un peu », dit Sologdine, en laissant tomber la scie qui vibra longuement.

Tous deux ôtèrent leur casquette. De la vapeur montait des cheveux drus de Nerjine et des cheveux plus clairsemés de Sologdine. Les deux hommes respiraient profondément. L'air semblait avoir pénétré dans les recoins les plus stagnants de leur corps.

« Mais si on t'envoie dans un camp, dit Sologdine, que va-t-il arriver à ton travail sur le passé ? (Il entendait par là l'histoire.)

— Qu'est-ce que ça change ? Après tout, je ne suis pas gâté ici non plus. Le fait de garder une seule ligne de ce que j'écris me fait risquer le cachot tout autant ici que là-bas. Je n'ai accès à aucune bibliothèque publique et on ne me laissera probablement plus jamais entrer dans les archives. Si tu penses à du papier, alors je peux trouver de l'écorce de pin ou de bouleau dans la forêt du nord. Et aucun espion ne pourra jamais me priver de l'avantage que j'ai : c'est le chagrin que je ressens et que je perçois chez les autres qui de toute évidence m'inspire mes hypothèses sur l'histoire, pas vrai ?

— Ma-gni-fi-que ! s'exclama Sologdine, en détachant chaque syllabe. Dans cette sphère élémentaire où se développe une pensée...

— « Sphère » est un mot oiseau, lui rappela Nerjine.

— Excuse-moi, dit Sologdine. Tu vois à quel point je manque d'invention. Dans cette boule primitive... la pensée — et il porta la main à son front — la force initiale d'une pensée détermine le succès de toute cause ! Et comme un arbre, elle ne donne de fruits que si on la laisse se développer naturellement. Les livres et les pensées d'autrui, voilà les ciseaux qui coupent la vie d'une pensée. Il faut tomber d'abord sur la pensée. Ensuite, on peut la vérifier dans un livre. Tu as beaucoup mûri. Beaucoup, je ne m'y attendais pas. »

Il commençait à faire frisquet. Sologdine reprit sa casquette sur le chevalet et s'en coiffa. Nerjine en fit autant. Il était flatté, mais il s'efforçait de ne pas se laisser atteindre par la flatterie.

Sologdine reprit :

« Gleb, maintenant que ton départ risque d'être très brusque, il faut que je me dépêche de te faire part de certains principes. Ils pourront t'être utiles. Evidemment, ce qui me gêne, c'est de ne pas savoir parler et d'avoir l'esprit simple... »

Tout cela était caractéristique de Sologdine. Avant d'exprimer une idée brillante, il mettait un point d'honneur à se déprécier.

« Sans faire état de ta mémoire affaiblie, dit Nerjine pour l'aider. Ni du fait que tu sois dans l'ensemble un fragile vaisseau plein d'erreurs.

— Oui, oui, c'est ce que je voulais dire, dit Sologdine, découvrant dans un sourire ses dents blanches et rondes. Aussi, conscient de mes imperfections, j'ai mis au point au long des années ces principes qui soutiennent la volonté comme un cercle de fer. Ces principes sont un peu un examen général de la façon dont il faut travailler. (C'était généralement par le mot « méthodologie » que Nerjine traduisait cette tournure lorsqu'il passait du Langage de Clarté maximale au Langage d'Apparente Clarté.) Ce sont les chemins qui mènent vers la création d'une organisation qui fonctionne bien : ils assurent la solidarité du but, de ses causes et de ses réalisations. »

Ils mirent sur leurs épaules leurs blousons matelassés.

Ils se rendaient compte que ce serait bientôt l'heure pour eux de cesser le travail et de se rendre à l'appel du matin. Au loin, devant les bureaux du personnel de la prison, sous l'allée des tilleuls de Mavrino blanchis comme magiquement par le gel, ils apercevaient les prisonniers qui faisaient leur promenade matinale. Parmi les silhouettes à demi redressées ou plus ou moins penchées, on apercevait celle bien droite de Kondrachev-Ivanov, un artiste de cinquante ans. Ils virent aussi Lev Rubine, qui avait dormi trop tard et qui essayait maintenant de les rejoindre pour casser du bois. Mais le gardien refusait de le laisser partir : il était trop tard.

« Regarde... voilà Lev avec sa barbe en désordre. »

Ils éclatèrent de rire.

« Alors, si tu veux, chaque matin, je t'expliquerai quelques-uns de mes principes.

— Bien sûr, Dimitri, commence donc maintenant. »

Nerjine se laissa tomber sur le tas de bois. Sologdine se percha inconfortablement sur le chevalet.

« Eh bien, par exemple, comment faire face aux difficultés.

— En ne perdant pas courage ?

— Ça ne suffit pas. »

Par-delà Nerjine, Sologdine regardait les petits buissons tout empanachés de gelée blanche et qu'effleurait à peine la lumière d'un rose pâle qui venait de l'est. Le soleil hésitait à se montrer. Le visage de Sologdine, amaigri et tendu, avec sa petite barbiche blanche et bouclée, et sa courte moustache, gardait quelque chose de la vieille Russie et rappelait un peu le visage d'Alexandre Nevsky.

« Comment faire face aux difficultés ? répéta-t-il. Dans le royaume de l'inconnu, les difficultés doivent être considérées comme un trésor caché ! Généralement, plus c'est difficile mieux ça vaut. Ce n'est pas aussi fructueux si tes difficultés proviennent de ton propre combat intérieur. Mais quand les difficultés naissent d'une résistance objective accrue, ça, c'est merveilleux ! »

La lumière rosée de l'aurore éclairait le visage congestionné d'Alexandre Nevsky, comme pour faire comprendre le caractère radieux de difficultés aussi magnifiques que le soleil.

« La voie de recherches fructueuses est : « La plus « grande résistance externe en présence de la moindre « insistance interne. » Les échecs doivent être considérés comme un signal pour déployer plus d'efforts et mieux concentrer sa volonté. Et si l'on a déjà fait des efforts appréciables, les échecs n'en sont que plus joyeux. Cela veut dire que notre pince vient de toucher le coffre de fer qui contient le trésor. Surmonter des difficultés accrues est d'autant plus précieux que l'échec en l'occurrence assure le développement de celui qui accomplit la tâche, et ce proportionnellement à la difficulté rencontrée.

— Bravo ! C'est fort ! » répondit Nerjine.

La lumière mouvante de l'aube avait glissé le long des buissons pour être déjà masquée par d'épais nuages gris.

Comme s'il levait les yeux de tablettes qu'il aurait été en train de lire, Sologdine jeta sur Nerjine un regard satisfait.

« Et maintenant écoute : le principe du Dernier Centimètre ! Le domaine du Dernier Centimètre !... Dans la Langue de Clarté maximale, le sens en apparaît immédiatement. Le travail terminé, le but presque atteint, tout semble fini et les difficultés surmontées. Mais la qualité du résultat n'est pas encore satisfaisante ! Il faut ajouter la dernière touche, peut-être chercher encore. C'est pendant ce moment de fatigue et d'autosatisfaction qu'il est particulièrement tentant d'abandonner le travail sans être parvenu aux sommets de la qualité. Le travail dans le domaine du Dernier Centimètre est très, très complexe et aussi particulièrement précieux, parce qu'on l'exécute en utilisant les moyens les plus parfaits. Le principe du Dernier Centimètre consiste, à vrai dire, en ceci : ne pas négliger le travail. Ne pas le remettre à plus tard, car les modes de pensée de la personne qui accomplit la tâche s'écarteront alors du royaume du Dernier Centimètre. Et peu importe le temps qu'on y passe, puisqu'on sait que le but n'est pas de terminer les choses plus rapidement mais d'atteindre à la perfection.

— Très bien ! » murmura Nerjine.

D'un ton radicalement différent et railleur, Sologdine lança :

« Eh bien, où étiez-vous, lieutenant ? Ça ne vous ressemble pas. Pourquoi arrivez-vous en retard avec la hache ? Nous n'avons plus le temps de casser le bois. »

Le sous-lieutenant Nadelachine, avec son visage de pleine lune, était encore adjudant peu de temps auparavant. Dès l'instant où il avait été nommé officier, les zeks de la charachka qui avaient une certaine symphatie pour lui l'avaient rebaptisé : « Benjamin. »

Se hâtant à petits pas précieux et haletant de façon comique, il lui tendit la hache et avec un sourire coupable, répondit aussitôt :

« Je vous en prie, Sologdine, cassez un peu de bois ! Il n'en reste plus du tout à la cuisine. Il n'y a plus rien pour cuire le déjeuner. Vous ne vous rendez pas compte du travail que j'ai, sans parler de celui que vous me donnez.

— Quoi ? fit Nerjine en riant. Du travail ? Lieutenant, croyez-vous que vous travaillez ? »

Le jeune officier tourna son visage vers Nerjine. Le front barré d'un pli soucieux, il récita comme un texte appris par cœur :

« Le travail consiste à surmonter la résistance. Quand je marche vite je surmonte la résistance et donc je travaille aussi. » Il aurait voulu demeurer imperturbable, mais un sourire éclairait son visage lorsque Sologdine et Nerjine éclatèrent d'un rire complice dans l'air glacé : « Allons, je vous en prie, cassez un peu de bois. »

Tournant les talons, il repartit à petits pas vers les bureaux de la prison où, à cet instant précis, apparut, vêtue d'un long manteau d'officier, la silhouette élégante et bien prise de son chef, le lieutenant-colonel Klimentiev.

« Gleb, dit Sologdine avec surprise. Est-ce que mes yeux me trompent ? Klimentiadis ? Pourquoi Klimentiadis un dimanche ? »

C'était une année où les journaux parlaient beaucoup des prisonniers grecs, qui de leurs cellules adressaient des télégrammes à tous les parlements et aux Nations Unies pour leur décrire les souffrances qu'ils enduraient. A la charachka, où les prisonniers ne pouvaient même pas envoyer une carte postale à leur femme — à plus forte raison écrire aux parlements étrangers — c'était devenu une manie de donner une forme grecque aux noms de famille des autorités de la prison : Michkinopolos, Klimentiadis, Chichkainidis, etc.

« Comment, tu ne sais pas ? Six hommes vont avoir des visites. »

Nerjine s'en souvint brusquement, et tout l'entrain qu'il avait manifesté en coupant le bois fut soudain teinté d'amertume. Près d'un an s'était écoulé depuis la dernière visite qu'il avait reçue, et huit mois depuis qu'il avait déposé une demande. Entre autres raisons de cette situation, il y en avait une en particulier : pour protéger la situation de sa femme qui préparait son doctorat à l'université, il ne donnait pas son adresse au dortoir des étudiantes, mais lui écrivait généralement « Poste Restante ». Et les autorités de la prison ne voulaient pas envoyer de lettres poste restante. Nerjine, en raison de sa vie intérieure intense, n'éprouvait aucun sentiment d'envie : ni les salaires ni les rations supplémentaires accordées à des zeks plus méritants ne troublaient son calme. Mais le sentiment d'injustice qu'il éprouvait à propos des visites, le fait que certains en recevaient tous les deux mois et que sa femme, mince et vulnérable, errait et soupirait au pied des murs épais de la prison, tout cela le tourmentait. Et puis aujourd'hui, c'était son anniversaire.

« Ils ont des visites ? dit Sologdine du même ton amer et envieux. Les moutons ont des visites tous les mois. Je ne verrai jamais la Ninochka... »

Sologdine n'employait jamais la formule « avant la fin de ma peine », car il avait le pressentiment que les peines de prison pourraient se succéder sans fin.

Il regarda Klimentiev, qui resta à parler quelques instants avec Nadelachine, puis rentra dans le bureau.

Il s'exclama soudain d'un ton précipité :

« Gleb... Ecoute... Ta femme connaît la mienne. Si tu as une visite, tâche de demander à Nadia de trouver Ninochka pour lui dire simplement trois choses de ma part. (Il leva les yeux vers le ciel.) « Il l'aime ! Il croit en elle ! Il espère !

— De quoi parles-tu ? On m'a refusé une visite, dit Nerjine avec agacement, en s'efforçant de prendre un bout de bois.

— Tiens, regarde ! »

Nerjine leva les yeux. Le petit lieutenant s'approchait de lui et, alors qu'il était encore à une certaine distance, il lui fit signe de venir. Lâchant la hache et renversant la scie qui tomba sur le sol en résonnant, Gleb partit en courant comme un petit garçon.

Sologdine vit le petit lieutenant faire entrer Nerjine dans le bâtiment des bureaux ; puis il prit une bûche qu'il mit debout et la frappa avec une telle violence que non seulement il la fendit en deux mais que la lame de la hache s'enfonça dans le sol.

La hache, bien entendu, était fournie par l'administration.

25

LE TRAVAIL DU PETIT LIEUTENANT

LA définition du travail d'après le manuel, telle que la citait le lieutenant Nadelachine, s'appliquait en fait à son travail à lui. Bien qu'il ne fût de service que douze heures toutes les quarante-huit heures, c'était un service dur, qui l'obligeait à monter et descendre fréquemment les escaliers et à avoir de nombreuses responsabilités.

Il avait connu une période particulièrement chargée la nuit précédente. A peine avait-il pris son service à vingt et une heures, vérifié que tous les prisonniers, au nombre de deux cent quatre-vingt-un, étaient présents, à peine les avait-il envoyés prendre leur travail de nuit, avait-il posté les sentinelles (sur le palier, dans le couloir des bureaux, plus une patrouille sous les fenêtres de la prison spéciale) et avait-il commencé à s'occuper de la nourriture et du logement des nouveaux arrivants, qu'il avait été convoqué par l'officier de sécurité, le commandant Michkine, qui n'était pas encore parti.

Nadelachine était un personnage étrange, et non seulement parmi les prisonniers — ou comme on les appelait maintenant « les travailleurs des prisons » — mais en général parmi ses compatriotes. Dans un pays où une personne sur deux avait appris à jurer soit dans les camps soit sur les fronts, où l'on entendait couramment d'abominables jurons, non seulement dans la bouche des ivrognes mais dans celle des enfants, non seulement en montant dans un autobus de banlieue, mais parfois même dans le courant de la conversation — et notamment des interrogatoires — Nadelachine ne disposait que d'un arsenal de jurons extrêmement restreint et il n'utilisait même pas de mots comme « merde » et « salaud ».

Quand il était en colère, il n'utilisait qu'une seule exclamation : « Que le diable t'emporte ! » et encore la marmonnait-il en général pour lui-même.

Ce fut donc après s'être dit : « Le diable t'emporte ! » qu'il se précipita chez le commandant.

L'officier de sécurité, le commandant Michkine, que Bobynine avait fort injustement traité de parasite, était un homme au visage rougeaud et à l'embonpoint malsain qui était resté travailler ce samedi soir en raison de circonstances extraordinaires. Il donna ses consignes à Nadelachine :

« Vérifier si les fêtes de Noël des Allemands et des Lettons ont commencé.

« Etablir la liste par groupes de tous ceux qui participent aux cérémonies de Noël.

« Observer personnellement, et aussi par les gardiens qui font une ronde toutes les dix minutes, s'ils boivent du vin, s'ils creusent des tunnels pour s'évader, de quoi ils parlent et surtout, s'ils font ou non de la propagande antisoviétique.

« Partout où ce sera possible, constater des infractions au régime de la prison et mettre un terme à cette scandaleuse débauche de religion. »

Il n'avait pas dit à Nadelachine : « Mettez-y un terme », mais : « Mettez-y un terme partout où ce sera possible. » Une paisible célébration de Noël n'était pas formellement interdite, mais c'en était trop pour le cœur du camarade Michkine.

Le lieutenant Nadelachine, avec son visage comme une calme lune d'hiver, rappela au commandant qu'il ne connaissait ni l'allemand ni le letton, et les gardiens encore moins (ils ne savaient même pas tous le russe).

Michkine se souvint qu'en effet lui-même, lors de ses quatre années de service comme commissaire d'une compagnie de gardiens pour un camp de prisonniers de guerre allemands, n'avait appris que trois mots : *Halt ! Zurück !* et *Weg !* Il coupa donc court à ses consignes.

Ayant entendu les ordres et salué tant bien que mal

(de temps en temps il allait quand même faire l'exercice), Nadelachine s'en alla assigner des places aux prisonniers nouvellement arrivés ; l'officier de sécurité lui avait remis une liste précisant dans quelle salle et dans quelle couchette il devait les installer. (Michkine tenait beaucoup à une réglementation centralisée des dortoirs de prison, où il avait partout posté des informateurs. Il savait que les conversations les plus franches ne se déroulaient pas dans l'agitation de la journée de travail, mais juste avant le sommeil, et que des remarques encore plus amères et plus sombres se faisaient le matin, si bien qu'il était extrêmement précieux de pouvoir écouter ce que les prisonniers se disaient d'une couchette à l'autre.)

Ensuite Nadelachine visita ponctuellement chaque salle où l'on fêtait Noël — soi-disant pour s'assurer du voltage des ampoules électriques. Il envoya une fois les gardiens en patrouille. Et il dressa une liste de tous ceux qui participaient aux festivités.

Puis le commandant Michkine le convoqua de nouveau et Nadelachine lui remit la petite liste. Michkine fut particulièrement intéressé par le fait que Rubine se trouvait avec les Allemands. Il nota ce fait dans le dossier de celui-ci.

Puis le moment vint de relever les gardiens et de trancher une discussion entre eux, chacun prétendant avoir été de service plus longtemps que d'autres la dernière fois.

Après cela, ce fut la discussion avec Pryantchikov à propos de l'eau bouillante pour le thé, une inspection de toutes les salles, l'extinction des ampoules blanches et l'allumage des veilleuses bleues. Puis le commandant Michkine le convoqua une fois de plus. Il n'était toujours pas rentré chez lui : en fait, chez lui, sa femme était souffrante et il n'avait aucune envie de l'écouter se plaindre toute la soirée. Le commandant Michkine était assis dans son fauteuil et il laissa Nadelachine debout tout en lui demandant en compagnie de qui, d'après ses observations, il voyait Rubine et si, la semaine dernière, il n'y avait pas eu des cas où celui-ci avait tenu des propos hostiles à l'administration pénitentiaire ou bien avait formulé des réclamations au nom du peuple.

Nadelachine occupait une place particulière parmi ses collègues, les chefs des équipes de gardiens. Il se faisait chapitrer sévèrement et souvent. Son naturel bon enfant avait longtemps été pour lui un obstacle dans son service au sein des organismes de sécurité. S'il n'avait pas réussi à s'adapter, il y a longtemps qu'il en aurait été chassé, voire emprisonné. Nadelachine n'avait jamais été grossier avec les prisonniers. Il leur souriait avec bonhomie et, pour toutes les petites choses, chaque fois qu'il avait la possibilité d'être indulgent, il l'était. Aussi les prisonniers l'aimaient-ils bien. Ils ne se plaignaient jamais de lui. Ils ne le contrariaient jamais. Ils n'hésitaient même pas à parler librement devant lui. Et c'était un homme qui savait observer et écouter, il avait une solide instruction et il inscrivait tout pour mémoire sur un carnet spécial, puis il utilisait le contenu de ce carnet pour faire ses rapports à ses chefs, compensant ainsi ses insuffisances dans le service.

Ce fut précisément ce petit carnet qu'il tira maintenant pour rapporter au major que le 17 décembre, les prisonniers s'étaient attroupés dans le couloir d'en bas après l'interruption de l'heure du déjeuner et que lui, Nadelachine, se trouvait juste derrière eux. Les prisonniers avaient marmonné que le lendemain était un dimanche mais qu'on ne pouvait pas obtenir un jour de congé des chefs et Rubine leur avait déclaré : « Quand allez-vous comprendre, mes amis, que vous n'arriverez jamais à éveiller la pitié de ces salauds ? »

« Il a dit ça ? « Ces salauds » ? demanda Michkine, tout rouge.

— C'est ce qu'il a dit », confirma Nadelachine avec un sourire innocent et lunaire.

Michkine rouvrit le dossier pour y noter quelque chose, et il demanda à son subordonné de lui faire un rapport séparé là-dessus.

Le commandant Michkine détestait Rubine et il recueillait tous les propos compromettants qu'il pouvait contre lui. Lorsqu'il était arrivé à Mavrino et qu'il avait appris que Rubine, un ancien communiste, proclamait partout qu'il était encore un communiste au fond du cœur, malgré la prison, Michkine l'avait fait venir pour bavarder avec lui de la vie en général et du travail qu'ils pouvaient faire ensemble en particulier. Mais ils n'étaient pas arrivés à s'entendre. Michkine avait présenté les choses à Rubine exactement comme cela se faisait lors des séances d'instruction :

« Si vous êtes un Soviétique, alors vous nous aiderez ;

« Si vous ne nous aidez pas, alors vous n'êtes pas un Soviétique ;

« Si vous n'êtes pas un Soviétique, alors vous êtes un Antisoviétique et vous méritez un supplément de peine. »

Mais Rubine demanda : « Et comment suis-je censé rédiger les dénonciations : à l'encre ou au crayon ?

— Oh ! l'encre serait préférable, conseilla Michkine.

— Oui, mais vous comprenez, j'ai déjà prouvé mon dévouement à l'autorité soviétique avec mon sang, et je n'ai pas besoin de recommencer avec de l'encre. »

Ainsi Rubine avait-il aussitôt révélé au commandant sa malhonnêteté et son hypocrisie.

Le commandant le convoqua de nouveau. Cette fois-là, Rubine s'excusa en donnant le prétexte, de toute évidence faux, que depuis qu'il était emprisonné on ne pouvait plus se fier à lui sur le plan politique et que tant qu'il en était ainsi, il ne pouvait faire aucun travail avec l'officier de sécurité.

A dater de cet instant, Michkine rassembla tout ce qu'il pouvait trouver contre lui.

Michkine était toujours en train de converser avec le jeune lieutenant quand une limousine du ministère de la Sécurité de l'Etat vint soudain chercher Bobynine. Profitant aussitôt d'une circonstance aussi favorable à sa carrière, Michkine s'empressa de passer sa tunique et vint se planter auprès de la voiture. Il invita l'officier à entrer pour se réchauffer et attira son attention sur le fait que lui, Michkine, travaillait la nuit. Il harcela Nadelachine en le bombardant d'ordres qui ne rimaient à rien et, pour faire bonne mesure, il demanda à Bobynine si celui-ci était assez chaudement vêtu. (Bobynine avait fait exprès de ne pas mettre le beau manteau qu'on lui avait distribué pour l'occasion mais son blouson molletonné en loques.)

Aussitôt après le départ de Bobynine, on avait convoqué Pryantchikov. Il n'était plus question maintenant pour le commandant de rentrer chez lui. Tout en attendant de voir qui d'autre on allait convoquer et quand ceux qui l'avaient été allaient rentrer, le commandant alla vérifier comment les gardiens qui n'étaient pas de service passaient leur temps : ils jouaient aux dominos. Il entreprit de les interroger sur l'histoire du Parti, car il était responsable de leur endoctrinement politique. Les gardiens, bien qu'ils fussent considérés comme étant également de service, dormaient en général, mais cette fois-là ils avaient envie de jouer aux dominos, aussi répondirent-ils aux questions du commandant avec un manque d'intérêt bien compréhensible. Leurs réponses aussi étaient déplorables : non seulement ces guerriers ne savaient pas bien pourquoi il avait fallu se scinder après le Second Congrès et pourquoi se regrouper au Quatrième, mais ils prétendaient même que Plekhanov était le ministre tsariste responsable de la fusillade des ouvriers de Pétersbourg le 9 janvier 1905. Michkine réprimanda Nadelachine pour tout cela : il avait laissé son équipe se relâcher.

Sur ces entrefaites, Bobynine et Pryantchikov étaient rentrés ensemble en voiture et, refusant de rien dire au commandant, ils étaient allés se coucher. Déçu et de plus en plus inquiet, le commandant repartit dans la même voiture pour ne pas avoir à rentrer à pied : il n'y avait pas d'autobus à cette heure-là.

Les gardiens, enfin libérés, maudirent le major et s'apprêtèrent à aller dormir. Nadelachine, lui aussi, aurait bien sommeillé, mais le destin ne le voulait pas ainsi : la sonnerie du téléphone retentit ; c'était un appel du poste des gardiens de convois, responsable des miradors entourant l'Institut de Mavrino. Le chef de poste signalait avec inquiétude que le gardien posté au mirador du coin sud-ouest avait annoncé par téléphone que, malgré la brume qui s'épaississait, il avait nettement aperçu quelqu'un qui, d'abord caché auprès du bûcher, s'était ensuite glissé jusqu'aux barbelés de la zone extérieure et, effrayé par les sommations du gardien, était parti en courant dans les profondeurs de la cour.

Bien que Nadelachine fût fermement convaincu que le gardien avait eu des visions et que les prisonniers étaient bien enfermés derrière leurs nouvelles portes d'acier et de solides murs épais de quatre briques, le fait même que le chef de poste allait rédiger un rapport exigeait de sa part une action énergique et un rapport correspondant. Il éveilla donc les gardes assoupis en déclenchant la sonnette d'alarme et les entraîna, torches électriques au poing, dans la grande cour noyée de brume. Ensuite il visita de nouveau toutes les cellules. Il n'alluma pas les ampoules blanches, pour qu'il n'y ait pas de plaintes, mais il ne voyait pas assez bien avec les veilleuses bleues, aussi se cogna-t-il violemment le genou au coin d'un châlit. Enfin, après avoir compté la tête de chaque prisonnier en l'éclairant du faisceau de sa torche, il arriva au chiffre de deux cent quatre-vingt-un.

Il regagna alors son bureau et rédigea de son écriture

ronde et claire qui exprimait la limpidité de ses pensées un rapport sur cẽ qui venait de se passer, adressé au chef de la prison spéciale, le lieutenant-colonel Klimentiev.

Quand il eut terminé, c'était déjà le matin. Le moment était venu d'inspecter la cuisine, de déverrouiller les placards et de faire sonner le réveil.

C'était ainsi que le petit lieutenant Nadelachine avait passé sa nuit, et il avait de bonnes raisons de dire à Nerjine qu'il méritait bien le gîte et le couvert qu'on lui accordait.

Nadelachine avait plus de trente ans, bien qu'il parût plus jeune à cause de son visage imberbe.

Le père et le grand-père de Nadelachine étaient tailleurs, non pas pour la clientèle de luxe mais pour des gens ordinaires. Ils ne dédaignaient pas de retourner des vêtements ou de retailler de vieilles frusques, et, quand on le leur demandait, ils le faisaient sur-le-champ. Ils auraient voulu que le fils prît la succession. Depuis son enfance, ce métier tranquille et de bon ton lui plaisait et il s'y était préparé, en regardant comment faisaient son père et son grand-père et en leur prêtant la main. Mais là-dessus la N.E.P. s'était terminée. On avait fixé à son père un impôt annuel et il l'avait payé. Deux jours plus tard on lui avait fixé un impôt pour une autre année que son père avait payé également. Deux jours après cela, sans vergogne, on l'avait taxé une fois de plus, pour la troisième fois. Son père avait déchiré sa licence de tailleur, décroché son enseigne et s'en était allé dans une artel. Le fils n'avait pas tardé à être appelé dans l'armée. Et de là il était entré au M.V.D. Ensuite il était devenu gardien.

Il n'avait pas fait une brillante carrière. Durant ses quatorze ans de service, d'autres gardiens, en trois ou quatre vagues, l'avaient dépassé l'un après l'autre. Certains étaient aujourd'hui capitaines alors que lui venait seulement d'être nommé officier un mois plus tôt, et encore avait-ce été de justesse.

Nadelachine comprenait beaucoup plus qu'il ne parlait. Il comprenait, par exemple, que ces prisonniers, qui n'avaient aucun droit en tant qu'êtres humains, étaient en fait souvent des gens d'un niveau supérieur au sien. Et plus encore, se représentant les autres à sa propre image, Nadelachine n'arrivait pas à voir en ces prisonniers les horribles criminels sous les traits desquels on les dépeignait lors des séances d'endoctrinement politique.

Avec même plus de précision qu'il ne se rappelait la définition du travail apprise lorsqu'il suivait des cours de physique de l'école du soir, il se souvenait de chaque détour des cinq couloirs de la prison de la Grande Loubianka et de l'intérieur de chacune de ses cent dix cellules. Le règlement de la Loubianka exigeait qu'on échangeât les gardiens toutes les deux heures, en les faisant passer d'une partie du couloir à une autre, pour les empêcher de lier connaissance avec leurs prisonniers, afin qu'ils ne fussent pas influencés ou achetés par eux. (Les gardiens étaient fort bien payés.) Chaque gardien était censé regarder par le judas au moins une fois toutes les trois minutes. Nadelachine, avec son exceptionnelle mémoire des visages, avait le sentiment qu'il se souvenait de chacun des prisonniers qu'il avait rencontrés dans ses années de service de 1935 jusqu'à 1947, date à laquelle il avait été affecté à Mavrino. Parmi eux se trouvaient de célèbres chefs militaires et aussi de simples officiers qui venaient du front, comme Nerjine. Il était persuadé qu'il les reconnaîtrait dans la rue sous n'importe quel déguisement, seulement bien sûr on ne les rencontrait jamais dans la rue. De ce monde-là, on ne revenait jamais à ce monde-ci. C'était seulement à Mavrino qu'il rencontrait certains de ses anciens pensionnaires, bien entendu sans leur laisser deviner qu'il les reconnaissait. Il les revoyait titubant de sommeil sous la lumière aveuglante des « boxes » d'un mètre carré ; coupant avec une ficelle leur ration de pain humide de quatre cents grammes ; plongés dans les magnifiques livres anciens dont regorgeait la bibliothèque de la prison ; sortant à la file indienne pour le nettoyage ; les mains derrière le dos quand on les convoquait à un interrogatoire ; absorbés par des conversations qui devenaient plus animées dans la demi-heure qui précédait l'extinction des feux ; allongés par les nuits d'hiver sous une lumière crue, leurs mains par-dessus leurs couvertures enveloppées dans des serviettes pour les protéger du froid, car le règlement exigeait que quiconque dissimulait ses mains sous la couverture fût éveillé et obligé à les poser dehors.

Mais surtout Nadelachine adorait écouter les discussions et les conversations de tous ces académiciens à la barbe grise, de tous ces prêtres, vieux bolcheviks, généraux et étrangers amusants. C'était son devoir d'écouter,

mais il le faisait aussi pour son propre plaisir. Ce qu'il
aurait préféré, c'était pouvoir écouter une histoire du
commencement jusqu'à la fin : comment un des prisonniers vivait jadis et pour quel motif on l'avait arrêté.
Mais les exigences de son service ne le lui permettaient
jamais. Il était stupéfait de constater que ces gens, durant
ces mois épouvantables où leur vie était brisée, leur sort
décidé, trouvaient le courage de parler, non pas de leurs
souffrances mais de tout sujet qui leur venait à l'esprit ;
de peinture italienne, des mœurs des abeilles, de la chasse
au loup, de la façon dont un nommé Corbusier (ou quelque chose comme ça) construisait quelque part des maisons pour d'autres qu'eux.

Un jour Nadelachine surprit une conversation qui
l'intéressa particulièrement. Il était assis dans la cabine
du gardien d'un panier à salade, escortant deux prisonniers enfermés à l'intérieur. On les transférait de la
Bolchaya Loubiänka à la Datcha Soukhanov, comme on
l'appelait, une horrible prison dans la banlieue de Moscou,
et d'où nombreux étaient ceux qui allaient droit au tombeau ou à l'asile de fous mais bien rares ceux qui retour-
naient à la Loubianka. Nadelachine lui-même n'avait
jamais travaillé là-bas, mais il avait entendu dire qu'on
y distribuait la nourriture avec des raffinements de tortures. On ne donnait pas aux prisonniers comme partout
ailleurs une nourriture lourde et grossière : on leur
servait une cuisine d'hôpital tendre et savoureuse. La
torture, c'étaient les portions : on donnait au prisonnier
une demi-tasse de bouillon, un huitième de côtelette,
deux frites. On ne les nourrissait pas : on rappelait seulement aux prisonniers ce qu'ils avaient perdu. C'était
beaucoup plus torturant qu'un bol de soupe trop claire
et cela contribuait également à les rendre fous.

Il se trouvait que les deux prisonniers du fourgon cellulaire n'étaient pas isolés mais que, on ne sait pourquoi,
on les transportait ensemble. Nadelachine au début
n'entendait pas de quoi ils parlaient à cause du bruit du
moteur. Mais là-dessus la voiture tomba en panne, le
chauffeur s'en alla quelque part et l'officier resta assis
devant. Nadelachine entendait la conversation à mi-voix
des prisonniers à travers le grillage de la porte arrière.

Ils maudissaient le gouvernement et le tsar, mais pas
le gouvernement actuel, pas Staline. C'était Pierre le
Grand qu'ils maudissaient. Que leur avait-il fait ? Et
pourtant ils étaient là, à régler avec lui toute sorte de

comptes. Un des prisonniers le critiquait, entre autres, pour avoir avili et supprimé le costume national russe et avoir privé son peuple de toute individualité. Ce prisonnier énumérait en détail, avec une extraordinaire connaissance de son sujet, quels vêtements les gens portaient alors, à quoi ils ressemblaient et en quelles occasions on les portait. Il disait que même aujourd'hui il n'était pas trop tard pour ressusciter certains éléments de ce costume qu'on pourrait fort bien combiner avec la mode actuelle au lieu de toujours copier aveuglément Paris. L'autre prisonnier avait répondu en plaisantant qu'il fallait pour cela deux hommes : un brillant tailleur capable de rassembler tous ces éléments et un ténor à la mode qu'on photographierait dans cette tenue, après quoi toute la Russie s'empresserait de l'adopter.

Cette conversation parut particulièrement intéressante à Nadelachine parce que le métier de tailleur demeurait sa secrète passion. Après ses périodes de service dans les couloirs où soufflait toujours un vent de folie, ce qui le calmait, c'était le froissement des étoffes, la souplesse des plis, la qualité de l'ouvrage.

Il faisait des vêtements pour ses enfants, il taillait des robes pour sa femme, des costumes pour lui. Mais il gardait ces activités secrètes.

Le métier de tailleur aurait été considéré comme une occupation déshonorante pour un militaire.

26

LE TRAVAIL DU LIEUTENANT-COLONEL

LE lieutenant-colonel Klimentiev avait des cheveux d'un noir de jais, brillants comme de la fonte peinte, coiffés bien à plat et séparés par une raie, et sa moustache arrondie semblait cirée. Il n'avait pas de ventre et à quarante-cinq ans, il avait l'allure d'un jeune militaire bien bâti. En outre, il ne souriait jamais quand il était de service et cela soulignait l'expression sombre et morose de son visage.

Bien que ce fût dimanche, il arriva encore plus tôt que d'habitude. Il traversa la cour extérieure au milieu des prisonniers qui y déambulaient, surprenant d'un coup d'œil au passage les moindres infractions au règlement. Mais, désireux de ne pas s'abaisser, il n'intervint pas et se contenta de pénétrer dans l'immeuble abritant les bureaux de la prison spéciale, où sans s'arrêter, il ordonna à Nadelachine de convoquer le prisonnier Nerjine et de se présenter également. En traversant la cour, le lieutenant-colonel avait remarqué que certains prisonniers qui se trouvaient sur son passage avaient essayé d'accélérer le pas et que d'autres avaient ralenti et s'étaient détournés de façon à ne pas avoir à le saluer une nouvelle fois. Klimentiev avait observé cela froidement mais sans s'en offenser. Il savait que ce n'était qu'en partie une manifestation de réel mépris pour sa position, que cette attitude était surtout dictée par la gêne vis-à-vis des camarades, la crainte de paraître servile. A peu près tous ces prisonniers, quand il les convoquait séparément dans son bureau, se comportaient de façon fort affable et certains essayaient même de gagner ses faveurs. Il y avait différentes sortes de gens derrière les barreaux et ils étaient de valeur différente. Il y avait longtemps que Klimentiev avait compris cela. Respectant leur droit d'être fiers, il insistait sans défaillance sur le droit qu'il avait d'être strict. Soldat jusqu'au fond de l'âme, il apportait à la prison, estimait-il, non pas une discipline dégradante mais un ordre militaire rationnel.

Il ouvrit la porte de son bureau. Il faisait chaud dans la pièce et il y flottait une odeur désagréablement suffocante de peinture provenant des radiateurs. Le lieutenant-colonel ouvrit sa fenêtre, ôta son manteau, s'assit, sanglé dans sa tunique, derrière sa table et en inspecta la surface dégagée. Sur la page du samedi de son agenda, qui n'avait pas encore été tournée, il y avait une note :

« Arbre de Noël ? »

De ce bureau passablement dénudé, où les seuls instruments de production étaient un classeur métallique contenant les dossiers des prisonniers, une demi-douzaine de chaises, un téléphone et une sonnette, le lieutenant-colonel Klimentiev, sans aucun levier de commande visible, dirigeait le cours de deux cent quatre-vingt-une existences et les opérations de cinquante gardiens.

Bien qu'il fût venu un dimanche — ce qui lui vaudrait un jour de liberté dans la semaine — et qu'il fût arrivé avec une demi-heure d'avance, Klimentiev conservait son égalité d'âme et son contrôle habituels.

Le sous-lieutenant Nadelachine était planté devant lui, fort inquiet. Sur chacune de ses joues apparaissait une tache rouge. Il avait peur du lieutenant-colonel, et pourtant celui-ci n'était jamais venu entacher son dossier personnel en y notant ses innombrables erreurs. Nadelachine, avec son visage rond et son air ridicule et pas du tout militaire, s'efforçait vainement d'adopter la position « Repos ».

Il signala que son service de nuit s'était effectué dans l'observance totale du règlement, qu'aucune infraction n'avait été commise, mais que deux incidents extraordinaires s'étaient produits. Le premier, il l'avait exposé dans un rapport. Il déposa ledit rapport sur le coin du bureau, mais la feuille aussitôt glissa suivant une trajectoire compliquée pour aller se nicher au loin sous une chaise, Nadelachine se précipita pour venir la remettre sur le bureau. Le second événement extraordinaire avait été la convocation des prisonniers Bobynine et Pryantchikov chez le ministre de la Sécurité de l'Etat.

Le lieutenant-colonel haussa les sourcils et l'interrogea de façon détaillée sur les circonstances de ces convocations et sur le retour des prisonniers. La nouvelle était évidemment déplaisante, voire inquiétante. Etre le chef de cette prison spéciale, c'était être assis en permanence sur un volcan : on était toujours juste sous le nez du ministre. Ce n'était pas un camp perdu dans la forêt où le commandant pouvait avoir un harem, des bouffons et, comme un seigneur féodal, exécuter les sentences qu'il prononçait lui-même. Ici, il fallait observer la lettre de la loi, suivre les consignes comme on marche sur une corde raide et ne pas se permettre le moindre accès de colère ni de miséricorde. Mais d'ailleurs c'était ce genre de personnage qu'était Klimentiev. Il ne pensait pas que Bobynine ou Pryantchikov eussent trouvé quoi que ce fût d'illégal à dénoncer la nuit dernière dans son comportement. Avec la longue expérience du service qu'il avait, il ne craignait pas les calomnies des prisonniers. C'était plutôt de ses collègues qu'elles risquaient de venir.

Il jeta ensuite un coup d'œil au rapport de Nadelachine et se rendit compte aussitôt que tout cela était absurde. Il gardait Nadelachine parce que c'était un garçon instruit et raisonnable.

Mais que d'insuffisances chez lui ! Le lieutenant-colonel entreprit de le réprimander. Il se souvenait en détail des négligences qu'il y avait eu lors de sa dernière période de service. Le matin, on avait envoyé les zeks au travail avec deux minutes de retard ; un grand nombre de lits dans les cellules étaient mal faits ; et Nadelachine n'avait pas eu la fermeté de rappeler les prisonniers coupables et de les obliger à refaire leurs lits. Tout cela, on le lui avait dit sur le moment mais on avait beau parler à Nadelachine, c'était comme si l'on se tapait la tête contre un mur de pierre. Et qu'était-il arrivé durant la sortie matinale ? Le jeune Doronine était resté planté à la limite même du secteur de promenade, il avait eu tout loisir d'examiner la zone interdite et la partie qui s'étendait plus loin du côté des serres et, après tout, c'était du terrain accidenté, il y avait un petit ravin, et tout cela convenait fort bien à une évasion. Or, Doronine avait été condamné à vingt-cinq ans pour falsification de documents et il avait été pendant deux ans sur la liste des personnes recherchées sur tout le territoire de l'Union soviétique ! Personne du détachement n'avait dit à Doronine d'avancer, de continuer à marcher au pas. Et où donc Guerassimovitch était-il allé ? Il s'était éloigné de tous les autres derrière les tilleuls dans la direction des ateliers. Et pour quel crime Guerassimovitch avait-il été condamné ? Guerassimovitch purgeait sa seconde peine, et il avait été appréhendé en vertu de l'article 58, paragraphe 1 A en application de l'article 19. Autrement dit, pour l'intention de commettre une trahison. Il n'avait pas réellement commis de trahison, mais il n'avait pas non plus prouvé que, lorsqu'il s'était rendu à Leningrad lors des premiers jours de la guerre, ce n'était pas pour attendre les Allemands. Nadelachine avait-il oublié qu'il était obligatoire d'étudier les prisonniers et de bien les connaître, aussi bien par l'observation directe que par l'examen de leurs dossiers ? Et pour finir, que dire de la présentation de Nadelachine ? Sa chemise était remontée : Nadelachine tira dessus ; l'étoile sur sa casquette était de travers : Nadelachine la remit droite. Il saluait comme une vieille femme. Pas étonnant si les prisonniers ne faisaient pas leurs lits correctement quand Nadelachine était de service. Les lits mal faits constituaient une dangereuse infraction à la discipline de la prison. Aujourd'hui c'étaient les lits mal faits, et demain on se révolterait pour ne pas aller travailler.

Le lieutenant-colonel lui donna alors ses ordres. Les gardiens désignés pour accompagner les prisonniers en visite devaient être rassemblés dans la troisième salle pour y recevoir les consignes. Nerjine pouvait rester à attendre dans le couloir. Nadelachine pouvait disposer.

Nadelachine sortit, très secoué. Lorsqu'il écoutait ses supérieurs, il sentait la justesse de toutes les accusations et de toutes les indications et promettait de ne pas recommencer ses erreurs. Mais son service continuait et de nouveau il se heurtait à la volonté de douzaines de prisonniers qui tous le tiraient dans des directions différentes et dont chacun voulait une petite bribe de liberté, et Nadelachine était incapable de leur refuser, il espérait que peut-être cela passerait inaperçu.

Klimentiev prit son stylo et barra sur son agenda la note « Arbre de Noël ? » Il avait pris sa décision hier.

Il n'y avait jamais eu d'arbre de Noël dans les prisons spéciales. Klimentiev n'arrivait pas à se rappeler un tel miracle. Mais les prisonniers, ceux qui avaient une certaine autorité, n'avaient cessé de réclamer qu'il y en eût un cette année. Et Klimentiev avait commencé à penser : pourquoi, au fond, ne pas l'autoriser ? De toute évidence, un arbre de Noël ne pouvait pas avoir de conséquences fâcheuses ; il n'y aurait pas d'incendie ; après tout, tous ceux qui se trouvaient là étaient au moins ingénieurs électriciens. Il était très important, par contre, que le soir de la nouvelle année, quand tous les employés libres partiraient pour Moscou pour avoir du bon temps, il y eût ici aussi un certain relâchement. Il savait que les veilles de jours de fête étaient les moments les plus durs pour les prisonniers, que quelqu'un risquait de commettre un geste désespéré ou absurde. Aussi la veille au soir avait-il téléphoné à l'administration pénitentiaire — de laquelle il dépendait directement — pour discuter la question de l'arbre de Noël. Les règlements pénitentiaires interdisaient les instruments de musique, mais on n'avait rien pu trouver concernant les arbres de Noël. Aussi, sans donner leur accord, ne l'avaient-ils pas formellement interdit. De longs états de service sans défaillance permettaient d'avoir confiance dans les actes du lieutenant-colonel Klimentiev. Et Klimentiev avait déjà pris sa décision la veille, dans l'escalier roulant du métro en rentrant chez lui : d'accord, qu'ils aient donc leur arbre de Noël.

Tout en montant dans une des voitures du métro, il avait pensé à lui-même avec satisfaction, se disant qu'il était avant tout un homme intelligent et pratique, et non pas un bureaucrate abruti, qu'il avait même une certaine bonté, mais que les prisonniers ne s'en rendraient jamais compte et ne sauraient jamais qui avait bien voulu les laisser avoir un arbre de Noël et qui n'avait pas voulu.

Pour quelque obscure raison, Klimentiev était si content d'avoir pris cette décision qu'il ne participa pas à la bousculade pour entrer dans la voiture avec les autres Moscovites, mais qu'il monta le dernier juste avant la fermeture des portes pneumatiques. Il n'essaya même pas de s'emparer d'un siège, mais se cramponna à la barre chromée et regarda son courageux reflet dans la vitre derrière laquelle défilaient les ténèbres du tunnel et des câbles et des canalisations sans fin. Puis il détourna les yeux vers une jeune femme assise non loin de là. Elle était vêtue de façon soignée mais pas coûteuse : un manteau noir d'astrakan synthétique et un bonnet de la même matière. Un porte-documents bourré était posé sur ses genoux. Klimentiev la regarda en se disant qu'elle avait un visage agréable mais fatigué et une expression surprenante chez une jeune femme, un manque d'intérêt pour ce qui l'entourait.

Au même instant, la femme lui jeta un coup d'œil et ils se regardèrent d'un air absent, juste le temps que peuvent le faire des compagnons de voyage de hasard. Et aussitôt le regard de la femme se fit méfiant, comme si elle se posait soudain une question qui la mettait mal à l'aise. Klimentiev, qui professionnellement, se rappelait les visages, sut tout de suite qui elle était et ne parvint pas à dissimuler le fait qu'il l'avait reconnue. Elle remarqua son hésitation et sans doute cela confirma-t-il son hypothèse.

Elle était la femme du prisonnier Nerjine, Klimentiev l'avait vue lors des visites à la prison Taganka.

Elle fronça les sourcils, détourna les yeux, puis regarda de nouveau Klimentiev. Il avait tourné la tête vers le tunnel, mais du coin de l'œil il voyait qu'elle le regardait. Tout à coup elle se leva d'un air décidé et s'approcha de lui si bien qu'il fut de nouveau contraint de lui faire face.

Elle s'était levée résolument, mais ce geste fait, elle avait perdu toute résolution, toute l'indépendance d'une jeune femme seule dans le métro, et on aurait pu croire que, avec sa lourde serviette, elle se proposait de céder sa place au lieutenant-colonel. Sur elle planait le triste sort de toutes les épouses de prisonniers politiques, c'est-à-dire d'épouses d'ennemis du peuple : quel que fût celui à qui elles s'adressaient, quel que fût l'endroit où elles allaient, partout où l'on était au courant de leur malheureux mariage, c'était comme si elles traînaient derrière elles l'ineffaçable honte de leur mari. Aux yeux de tous, c'était comme si elles partageaient le fardeau de la culpabilité avec l'affreux traître à qui elles avaient un jour sans y penser confié leur sort. Et elles commençaient à avoir l'impression qu'on avait vraiment des reproches à leur faire, ce que les enne-

mis du peuple, leurs maris, qui avaient l'habitude de
cette situation n'éprouvaient absolument pas.

S'approchant de façon à se faire entendre par-dessus
le fracas du train, la femme demanda :

« Camarade lieutenant-colonel ! Je vous en prie, pardonnez-moi ! Après tout, vous êtes bien... le supérieur de
mon mari ? Je ne me trompe pas ? »

Durant ses nombreuses années de service dans l'administration pénitentiaire comme officier, il avait vu
devant lui toutes sortes de femmes, et il n'avait jamais rien trouvé d'étonnant à leur air craintif et soumis. Mais là, dans le métro, malgré la façon extrêmement prudente dont elle l'avait abordé, cette femme
suppliante plantée devant lui, aux yeux de tous, lui
paraissait déplacée.

« Vous... Pourquoi vous êtes-vous levée ? Asseyez-
vous, asseyez-vous, dit-il, embarrassé, en essayant de
l'entraîner par la manche vers la banquette.

— Non, non, ça n'a aucune importance, dit la femme
en se dégageant, regardant le lieutenant-colonel d'un
air insistant, presque fanatique. Dites-moi, comment se
fait-il que depuis toute une année il n'y ait pas eu de
vis... que je ne puisse pas le voir ? Quand est-ce que je
pourrai ? Dites-moi ! »

Leur rencontre, c'était comme si un grain de sable
avait heurté un autre grain de sable à quarante pas
de distance. Le semaine précédente, l'administration
pénitentiaire du M.G.B. avait autorisé, entre autres, le
zek Nerjine à recevoir la visite de sa femme, le dimanche 25 décembre 1949, à la prison de Lefortovo. Mais
l'autorisation était accompagnée d'une note précisant
qu'il était interdit d'adresser l'annonce de cette visite
poste restante. comme le prisonnier l'avait demandé.

Nerjine avait alors été convoqué et on lui avait
demandé la véritable adresse de sa femme. Il avait
marmonné qu'il ne la connaissait pas. Klimentiev, que
les statuts de la prison avaient dressé à ne jamais révéler la vérité aux prisonniers, n'imaginait pas qu'ils
pussent être sincères. Nerjine, bien sûr, connaissait
l'adresse, mais il n'avait pas envie de la dire, et il était
facile de comprendre pourquoi : pour la même raison
qui faisait que l'administration pénitentiaire n'autorisait
pas des adresses « poste restante » : l'annonce de la
visite se faisait par carte postale : « Vous êtes autorisée
à rendre visite à votre mari à telle ou telle prison. » Ce

n'était pas assez que l'adresse de l'épouse fût enregistrée au M.G.B. : le ministère faisait de son mieux pour que celles qui désiraient recevoir ces cartes postales fussent aussi peu nombreuses que possible, pour que les voisins connussent l'existence des femmes des ennemis du peuple, pour qu'elles fussent découvertes, isolées et entourées par une opinion publique saine. C'était précisément ce que les femmes craignaient. L'épouse de Nerjine se servait même d'un nom de famille différent. De toute évidence, elle se cachait du M.G.B. Klimentiev avait expliqué à Nerjine que dans ces conditions il n'y aurait pas de visite. Il n'avait pas envoyé l'annonce.

Et voilà maintenant que cette femme, au milieu de l'attention silencieuse des gens qui les entouraient, venait de se lever devant lui de façon si humiliante.

« Il est défendu d'utiliser la poste restante, déclara-t-il, juste assez fort pour qu'elle l'entendît au-dessus du grondement des roues. Il faut donner une adresse.

— Mais je m'en vais ! fit la femme, son visage tout transformé par l'animation. Je m'en vais très bientôt et je n'ai pas d'adresse permanente. »

De toute évidence elle mentait.

La première réaction de Klimentiev fut de descendre au premier arrêt ; et si elle se mettait en tête de le suivre, il lui expliquerait, à la sortie du métro, là où il y aurait moins de gens, que ce genre de conversation non officielle était inadmissible.

La femme de l'ennemi du peuple semblait avoir oublié sa propre culpabilité. Elle fixait le lieutenant-colonel d'un regard sec, brûlant, insistant, où on lisait son indignation. Klimentiev était surpris d'un tel regard : quelle force, se demandait-il, la liait donc avec une telle obstination et un tel acharnement à quelqu'un qu'elle ne verrait pas avant des années et qui ne ferait que détruire sa vie ?

« J'en ai besoin, tellement besoin ! » lui confirma-t-elle avec ses grands yeux qui avaient perçu l'hésitation sur le visage de Klimentiev.

Klimentiev se souvint de la circulaire qui se trouvait dans le coffre-fort de la prison spéciale. Cette circulaire, développant le « décret sur le renforcement de l'arrière », portait un nouveau coup aux parents des prisonniers qui refusaient de donner leurs adresses. Le major Michkine avait proposé que le contenu de cette circulaire fût annoncé aux prisonniers le lundi. Si cette femme refusait de donner son adresse, si elle ne venait pas voir son mari demain, elle ne le verrait plus à l'avenir. S'il lui parlait de cette visite maintenant, bien qu'officiellement la notification n'eût pas été envoyée, n'eût pas été enregistrée dans le cahier, elle pourrait venir à Lefortovo comme par hasard.

Le train ralentissait.

Toutes ces pensées se pressaient dans l'esprit du lieutenant-colonel Klimentiev. Il savait que le principal ennemi des prisonniers, c'étaient les prisonniers eux-mêmes. Et il savait que la principale ennemie de toute femme, c'était cette femme elle-même. Les gens sont incapables de tenir leur langue même pour leur propre salut. Cela lui était déjà arrivé dans le cours de sa carrière d'avoir fait montre d'une stupide clémence, d'avoir permis quelque chose qui était interdit ; et personne ne l'aurait jamais su si ceux-là mêmes qui avaient bénéficié de son indulgence n'avaient pas éprouvé le besoin d'aller le crier sur les toits.

Il ne pouvait plus faire montre d'indulgence maintenant.

Mais, comme le grondement du train se faisait moins bruyant car on approchait d'une station, Klimentiev, apercevant déjà la gare et son marbre pâle, dit à la femme :

« Vous avez été autorisée à rendre visite à votre mari. Venez demain à dix heures du matin. » Il ne dit pas « A la prison de Lefortovo » parce que les voyageurs se pressaient déjà vers les portes et l'entouraient. Il dit seulement : « Vous savez où est le rempart de Lefortovo ?

— Je sais, je sais », dit la femme en hochant la tête d'un air heureux.

Et soudain ses yeux, jusqu'alors tout secs, s'emplirent de larmes.

Fuyant ces larmes, cette gratitude et tout bavardage superflu, Klimentiev descendit sur le quai pour prendre une autre rame.

Il était surpris d'avoir dit ce qu'il venait de dire, et il était furieux de l'avoir dit.

Le lieutenant-colonel laissa Nerjine attendre dans le couloir des bureaux de la prison parce que en général

Nerjine était un prisonnier insolent, qui cherchait toujours à faire la forte tête.

Le calcul du lieutenant-colonel était exact : Nerjine, après être resté planté un long moment dans le couloir, avait non seulement perdu l'espoir d'obtenir un droit de visite, mais, habitué qu'il était à toutes sortes d'infortunes, s'attendait à quelque nouveau coup du sort.

Il fut donc d'autant plus surpris d'apprendre que dans une heure il allait partir pour une visite. Selon le code éthique des prisonniers, que tous avaient inscrit dans leur cœur, on ne pouvait pas manifester de joie ou même de satisfaction, mais on devait simplement demander avec indifférence à quelle heure précise il fallait être prêt et s'en aller. Mais la nouvelle était si inattendue et la joie de Nerjine si grande, qu'il fut incapable de se maîtriser et que, rayonnant de plaisir, il remercia le lieutenant-colonel avec effusion.

Le lieutenant-colonel garda un visage parfaitement impassible, et il sortit aussitôt pour donner ses consignes aux gardiens qui devaient escorter les prisonniers à la visite.

Dans ces consignes il y avait un certain nombre de points : il convenait de rappeler aux gardiens l'importance de leur institution et le secret absolu qui l'entourait ; de leur expliquer le caractère incorrigible des criminels d'Etat qui avaient droit à des visites aujourd'hui ; de leur parler de leur envie acharnée d'utiliser précisément cette visite pour transmettre directement aux Etats-Unis par l'intermédiaire de leur femme des secrets d'Etat qui pouvaient être en leur possession (les gardiens n'avaient même pas une vague idée des travaux qui s'effectuaient dans l'enceinte du laboratoire et il était facile de leur inspirer la sainte terreur qu'un bout de papier, transmis de Mavrino, risquait de détruire tout le pays). Puis venait une liste de toutes les cachettes possibles dans les vêtements et les chaussures avec les méthodes permettant de les découvrir (ces vêtements, d'ailleurs, leur étaient remis une heure avant les visites, ils étaient spéciaux et servaient uniquement pour la parade). Suivait alors une série de questions et de réponses pour s'assurer que les gardiens avaient bien compris les instructions sur la fouille. Puis, pour finir, on leur donnait divers exemples de la tournure que pouvait prendre la conversation entre prisonniers et visiteurs, et on leur expliquait comment l'écouter et couper court à tout ce qui n'était pas question d'ordre personnel ou familial.

Le lieutenant-colonel Klimentiev connaissait le règlement et il aimait l'ordre.

27

UN ROBOT DÉCONCERTÉ

NERJINE, en se précipitant vers le dortoir de la prison, faillit renverser dans l'ombre du couloir le petit lieutenant Nadelachine. Sous son blouson molletonné, il avait toujours son bout de serviette effilochée.

Suivant un élan extraordinaire du caractère humain, tout, aussitôt, avait changé chez Nerjine. Cinq minutes plus tôt, lorsqu'il était dans le couloir à attendre d'être convoqué, les trente ans de sa vie lui apparaissaient comme une absurde et pénible succession d'échecs dont il n'avait pas eu la force de se dégager. Il lui semblait que le pire de ses échecs avait été son départ pour la guerre, peu après son mariage, puis son arrestation et sa longue séparation d'avec sa femme. Il voyait clairement l'amour entre sa femme et lui condamné, prédestiné à être piétiné.

Là-dessus, on lui avait annoncé qu'il aurait une visite à midi le jour même, et ses trente ans d'existence lui étaient apparus à la lumière d'un nouveau soleil : une vie tendue comme la corde d'un arc, une vie qui avait un sens aussi bien pour les choses importantes que pour les détails ; une vie qui progressait fièrement d'une réussite à l'autre et où les pas les plus inattendus vers ce but étaient précisément son départ pour la guerre et son arrestation et sa longue séparation d'avec sa femme. Vue de l'extérieur, cette séparation semblait navrante, mais Gleb était secrètement heureux de ce malheur. Il le buvait comme de l'eau fraîche. Ici, il apprenait à connaître des gens et des événements dont il ne pourrait rien apprendre nulle part ailleurs sur terre, et certainement pas dans la solitude tranquille et repue du foyer domestique. Depuis sa jeunesse, Gleb Nerjine craignait plus que tout de patauger dans la vie quotidienne. Comme dit le proverbe : « Ce n'est pas la mer qui vous noie, c'est la flaque de boue. »

Il allait retrouver sa femme ! Après tout, le lien qui les unissait n'était pas rompu. Une visite ! Et le jour de son anniversaire ! Et surtout après la conversation qu'il avait eue avec Yakonov hier. Il n'aurait jamais plus d'autres visites, mais aujourd'hui, c'était plus important que jamais. Ses pensées filaient comme des flèches enflammées : il ne fallait pas oublier ceci ; il fallait penser à parler de cela ; de ceci ; et de cela aussi !

Il se précipita dans la pièce en amphithéâtre où les prisonniers se hâtaient bruyamment, les uns venant de rentrer du petit déjeuner, les autres partant pour faire leur toilette ; Valentoulya Pryantchikov était assis, en caleçon, ayant repoussé sa couverture, les bras écartés, et il racontait en riant sa conversation de la nuit avec un fonctionnaire qui s'était révélé par la suite être le ministre. Nerjine aurait voulu écouter Valentoulya : c'était ce merveilleux instant de la vie où l'on éclate de chansons, où cent ans paraissent bien peu pour tout arranger. Mais il ne pouvait pas sauter le petit déjeuner ; un prisonnier n'en a pas toujours. D'ailleurs le récit de Valentoulya touchait à sa conclusion sans gloire. Le dortoir prononça son verdict : c'était moche de sa part de ne pas avoir parlé à Abakoumov des besoins essentiels des prisonniers. Malgré ses protestations et ses efforts pour se dégager, cinq bourreaux lui arrachèrent spontanément son caleçon et, au milieu des huées, des cris et des rires, le poursuivirent à travers la pièce, en le frappant avec leurs ceintures et en lui lançant du thé chaud.

Sur la couchette inférieure, le long du passage où l'on monte à la fenêtre du milieu, au-dessous de celle qu'occupait Nerjine et en face de celle que venait de fuir

Valentoulya, Andréi Andreiévitch Potapov buvait son thé matinal. En regardant cette joyeuse animation, il se mit à rire jusqu'au moment où les larmes lui montèrent aux yeux, qu'il essuya sous ses lunettes. Le lit de Potapov, avant même qu'on eût sonné le réveil, était refait et formait un parallélépipède impeccable. Il était en train d'étaler sur son pain une très mince couche de beurre. Il n'achetait rien à la cantine de la prison et envoyait tout l'argent qu'il gagnait à sa femme. Pour la charachka, on le payait beaucoup : cent cinquante roubles par mois, trois fois moins que ne touchait la femme de ménage libre, parce qu'il était un spécialiste irremplaçable et qu'il était bien vu de ses chefs.

Nerjine, tout en courant, se débarrassa de son blouson molletonné, le lança sur son châlit encore défait, et saluant Potapov mais sans attendre sa réponse, courut vers le réfectoire.

Potapov était l'ingénieur qui avait avoué durant son interrogatoire, qui avait signé ses aveux et les avait confirmés à son procès ; il avait reconnu avoir personnellement vendu aux Allemands — et pour très peu d'argent — l'orgueil des plans quinquennaux staliniens, le Dnieproghes, la centrale hydro-électrique du Dniepr, bien qu'il l'eût vendue démolie. Seule la miséricorde d'un tribunal humain avait fait que Potapov, pour ce crime incroyable et sans précédent, n'avait été condamné qu'à dix ans d'emprisonnement et cinq ans de privation de droits civiques, ce que, dans l'argot des prisonniers, on appelait « dix ans plus cinq sur les cornes ».

Nul de ceux qui avaient connu Potapov dans sa jeunesse, à commencer par lui, n'aurait rêvé qu'à quarante ans il serait jeté en prison pour des motifs politiques. Les amis de Potapov, avec raison, le traitaient de robot. Toute la vie de Potapov était consacrée à son travail, et même les congés de trois jours l'ennuyaient. Il n'avait pris de vacances qu'une seule fois dans sa vie, quand il s'était marié. Ensuite, on n'avait jamais pu trouver personne pour le remplacer et il avait volontiers renoncé à ses vacances. Quand on manquait de pain, de légumes ou de sucre, il ne remarquait guère ces menues épreuves. Il perçait un trou de plus dans sa ceinture pour mieux la serrer et continuait à s'occuper de la seule chose au monde qui l'intéressât : la transmission des hauts voltages. A vrai dire, il avait des idées très vagues sur le reste de l'humanité, sur les gens qui ne s'occupaient pas de la transmission des hauts voltages. Ceux qui ne créaient rien de leurs mains et qui ne travaillaient qu'avec leur langue, Potapov ne les considérait même pas comme des êtres humains. Il avait dirigé tous les calculs électriques à Dnieprostroï, il s'était marié à Dnieprostroï, et la vie de sa femme, comme la sienne, avait été consacrée à l'insatiable feu de joie de ces années-là.

En 1941, on construisit une nouvelle centrale électrique. Potapov avait été exempté de service militaire. Mais apprenant que Dnieproghes, la création de leur jeunesse, avait sauté, il dit à sa femme :

« Katia, tu sais, il faut que je parte. »

Et elle répondit :

« Oui, Andrioucha, il le faut. »

Et Potapov partit, le nez chaussé de ses lunettes à trois dioptries, la ceinture plus serrée que jamais, portant une chemise de campagne toute froissée, son insigne d'officier et son baudrier vide (la seconde année de cette guerre si bien préparée, il n'y avait toujours pas assez de pistolets pour les officiers). Au sud de Kastornaia, dans la fumée du seigle qui brûlait et dans la chaleur de juillet, il fut fait prisonnier. Il s'échappa, mais n'ayant pu parvenir à regagner ses lignes, il fut repris. Il s'échappa une seconde fois, mais, au milieu d'un champ où pleuvaient des parachutistes, il fut repris pour la troisième fois. Et les trois fois sans armes.

Il passa par les camps cannibales de Novograd-Volynsk et de Tchestokhova, où les prisonniers dévoraient l'écorce des arbres, l'herbe et la chair de leurs camarades morts. Les Allemands le tirèrent soudain d'un de ces camps pour l'amener à Berlin et là un homme (« poli mais un salaud ») qui parlait un russe magnifique, lui demanda s'il n'était pas par hasard le même Potapov qui se trouvait à Dnieprostroï. Pour le prouver, pourrait-il dessiner par exemple le diagramme de mise en circuit du générateur de là-bas ?

Ce diagramme avait jadis été publié, et Potapov, sans hésiter, le dessina. Il en parla lui-même lors de l'enquête, bien qu'il n'y eût pas été forcé.

Dans son acte d'accusation, cela s'appela : « Livraison des secrets de Dnieproghes. »

Cependant, ce qu'on omit de noter au procès, ce fut la suite : le Russe inconnu qui avait ainsi vérifié l'identité de Potapov proposa de lui faire signer une déclara-

tion par laquelle il s'engageait à reconstruire Dnieproghes, moyennant quoi on lui accorderait aussitôt
la liberté, des rations alimentaires, de l'argent, et on
lui rendrait son cher travail.

Comme on posait devant lui le document tentant,
une pensée passa soudain sur le visage du robot, plissé
par la réflexion. Sans battre sa coulpe ni prononcer de
grandes phrases, sans paraître vouloir jouer les héros
posthumes de l'Union soviétique, Potapov répondit modestement :

« Mais vous comprenez, j'ai signé une déclaration
sous serment. Et si je signe ça, il y a une sorte de
contradiction, non ? »

C'est ainsi que doucement et sans tapage, Potapov
choisit la mort plutôt que le bien-être.

« Très bien, je respecte vos convictions », répondit le
Russe inconnu, et il renvoya Potapov aux camps de
cannibales.

Aussi, pour ce beau geste, le tribunal soviétique
n'ajouta rien à la peine de dix ans à laquelle il était
condamné.

L'ingénieur Markouchev, lui, avait signé une déclaration analogue et s'en était allé travailler pour les
Allemands. Le tribunal lui avait infligé dix ans aussi.

C'était la signature de Staline, cette magnifique égali-
sation des amis et des ennemis, qui lui donnait une
place à part dans toute l'histoire de l'humanité.

Le tribunal ne condamna pas non plus Potapov pour
être entré à Berlin en 1945, juché sur un tank soviétique en tenue de parachutiste, avec une mitraillette à
la main, et le nez toujours chaussé des mêmes lunettes
cassées et rafistolées tant bien que mal.

Potapov s'en tira donc avec seulement « dix ans et
cinq sur les cornes ».

Nerjine revint du réfectoire, ôta ses chaussures et
grimpa sur sa couchette, secouant Potapov en même
temps que lui-même. Il avait devant lui la perspective
de son exploit acrobatique quotidien : faire son lit sans
bosse alors qu'il était debout dessus. Mais lorsqu'il repoussa l'oreiller, il trouva dessous un étui à cigarettes
en matière plastique transparente rouge foncé, bourré
d'une rangée de douze cigarettes Belomor Kanal entre
lesquelles était glissé un bout de papier qui portait ces
mots calligraphiés :

Voilà comment il a tué dix ans
A gaspiller la fleur de sa vie.

Impossible de se tromper. Dans toute la charachka, seul Potapov alliait un tel talent de calligraphe avec la connaissance de citations d'Eugène Onéguine qu'il avait gardée du lycée.

« Andréitch ! » dit Nerjine en penchant sa tête par-dessus le rebord du châlit.

Potapov avait fini de boire son thé, il avait déplié son journal et était en train de le lire, assis pour ne pas défaire son lit.

« Qu'y a-t-il ? marmonna-t-il.

— C'est votre œuvre ?

— Je n'en sais rien. Vous l'avez trouvé ? fit-il en essayant de ne pas sourire.

— Andréitch, s'exclama Nerjine, mais c'est merveilleux ! »

Les rides douces et rusées se creusèrent et se multiplièrent sur le visage de Potapov. Ajustant ses lunettes sur son nez, il répondit :

« Quand j'étais à la Loubianka avec le comte Esterhazi, tous les deux dans une seule cellule, c'était moi qui portais le seau de toilette les jours pairs, voyez-vous, et lui les jours impairs ; je lui enseignais le russe en me servant du règlement de la prison affiché au mur. Pour son anniversaire je lui ai donné trois boutons en mie de pain séchée — on lui avait coupé tous les siens — et il m'a juré qu'il n'avait jamais reçu d'aucun Habsbourg un cadeau qui venait autant à son heure. »

D'après la « classification vocale », la voix de Potapov était définie comme « atone avec des grésillements ».

Toujours penché par-dessus son châlit, Nerjine regardait avec affection le visage rude et buriné de Potapov. Avec ses lunettes, il ne portait pas plus de ses quarante-cinq ans et il avait même un air assez énergique. Mais quand il les ôtait, ses orbites creuses et sombres faisaient songer à celles d'un cadavre.

« Mais c'est gênant pour moi, Andréitch, je ne peux rien vous donner de pareil. Je ne suis pas habile de mes mains comme vous. Comment vous souvenez-vous de mon anniversaire ?

— Peu importe, répondit Pòtapov. Quelles autres dates remarquables reste-t-il dans nos existences ? »

Tous deux poussèrent un soupir.

« Vous voulez du thé ? proposa Potapov. Je viens de
m'en faire.

— Non, Andréitch, je n'ai pas besoin de thé. J'ai
droit à une visite.

— Magnifique ! dit Potapov, ravi. Votre femme ?

— Oui.

— Ça tombe bien. Allons, Valentoulya, ne nous cassez pas les oreilles.

— De quel droit un homme se moque-t-il d'un autre ?

— Qu'y a-t-il dans le journal, Andréitch ? » demanda
Nerjine.

Potapov, plissant ses yeux rusés d'Ukrainien, leva la
tête vers Nerjine, toujours penché par-dessus le châlit :

> *Les fables de la muse britannique*
> *Troublent le sommeil de la vierge.*

Plus de trois ans s'étaient écoulés depuis que Nerjine
et Potapov s'étaient rencontrés à la prison de la Boutyrka, dans une cellule bruyante et surpeuplée qui même
en plein juillet était à moitié sombre. Là, en ce second été
d'après la guerre, les existences de bien des gens différents s'étaient croisées. De nouveaux venus arrivés
d'Europe étaient passées par cette cellule. Et de ro-
bustes prisonniers qui venaient tout juste de réussir
à quitter les stalags allemands pour une prison de leur
patrie. Et des déportés meurtris et estropiés qui tran-
sitaient des grottes du GOULAG vers les oasis des charachkas. Quand il était entré dans sa cellule, Nerjine
avait rampé à l'aveuglette sous les planches qui servaient de lits : les planches étaient si basses qu'on ne
pouvait pas passer dessous à quatre pattes mais qu'il
fallait ramper à plat ventre. Là, sur l'asphalte crasseux du sol, les yeux encore mal habitués à l'obscurité,
il avait demandé joyeusement :

« Qui est le dernier, mes amis ? »

Et une voix atone et fêlée lui avait répondu :

« Coucou. Vous serez derrière moi. »

Jour après jour, à mesure qu'on évacuait des prisonniers pour les transporter aìlleurs, ils passaient
sous les planches « du seau de toilette à la fenêtre »,
et vers la troisième semaine, ils revenaient « de la
fenêtre au seau de toilette », mais cette fois au-dessus

des planches. Ensuite, ils repartaient vers la fenêtre. C'était ainsi que leur amitié s'était forgée, malgré les différences d'âge, d'existence et de goûts.

C'était alors, durant les mois interminables de délibérations après son procès que Potapov avait avoué à Nerjine qu'il ne se serait jamais intéressé à la politique si la politique elle-même n'avait pas commencé par le déchirer.

C'était alors, sous les planches de la prison de la Boutyrka que pour la première fois le robot s'était trouvé déconcerté, état qui, on le sait, n'est pas recommandé pour des robots. Non, tout comme avant, il ne regrettait pas d'avoir refusé le pain des Allemands ; et il ne regrettait pas les trois années perdues à crever de faim dans un camp de prisonniers et, tout comme avant, il estimait inadmissible que des étrangers portent un jugement sur nos désordres intérieurs.

Mais l'étincelle du doute avait jailli en lui et le feu couvait. Il n'arrivait pas à comprendre pourquoi les gens qui avaient construit Dnieproghes se retrouvaient en prison pour rien.

28

L'ART DE RAVAUDER LES CHAUSSETTES

A HUIT heures cinquante-cinq, il y avait une inspection des salles de la prison spéciale. Cette opération, qui dans les camps prenait des heures, les zeks debout dans le froid, poussés d'ici à là, comptés un par un, cinq par cinq, par centaines, parfois par brigades, cette opération à la charachka s'effectuait dans le calme et sans douleur. Les zeks buvaient leur thé au pied de leurs lits ; deux officiers de service, celui qui avait terminé et celui qui venait le relever, entraient dans la salle, les zeks se levaient — pas tous ; puis on lisait les avis et l'on écoutait sans entrain les réclamations.

L'officier de service à la prison ce jour-là était le lieutenant Chousterman. Il était grand, il avait les cheveux noirs et, sans être à proprement parler morose, il n'exprimait jamais le moindre sentiment humain, comme l'exigeait le règlement pour les gardiens qui avaient reçu une formation poussée. Nadelachine et lui avaient été envoyés de la Loubianka pour renforcer la discipline de la prison. Plusieurs parmi les zeks se souvenaient les avoir vus là-bas : à une époque, tous deux, avec le grade de sergent-chef, servaient de gardiens d'escorte ; autrement dit, c'étaient eux qui, ayant pris en main un prisonnier debout, le visage contre le

mur, lui faisaient descendre les célèbres marches usées
jusqu'au palier entre le quatrième et le cinquième
étage où l'on avait ouvert un passage faisant communi-
niquer la prison avec le bâtiment des interrogatoires.
C'était à travers ce passage que pendant un tiers de
siècle étaient passés tous les détenus de la prison
centrale : cadets, socialistes révolutionnaires, anarchistes, octobristes, mencheviks, bolcheviks, Savinkov,
Yakoubovitch, Koutepov, Ramzine, Choulgine, Boukharine, Rykov, Toukhatchevski, le professeur Pletnev,
l'académicien Vavilov, le maréchal Paulus, le général
Krasnov, des savants et des poètes mondialement
connus, puis leurs épouses, puis leurs filles. On conduisait les prisonniers jusqu'à un bureau tout aussi célèbre, où dans le gros livre des Vies enregistrées, chacun
d'eux signait par une ouverture dans une plaque métallique, sans voir la signature d'au-dessus ni celle d'au-
dessous. Puis on leur faisait emprunter un escalier
bordé de chaque côté par des filets comme ceux qu'on
utilise pour les trapézistes, pour empêcher les prisonniers de tenter de se suicider en sautant. Ensuite on
leur faisait prendre d'interminables couloirs de ministère où l'on étouffait sous la lumière électrique qui
faisait briller d'un éclat froid les étoiles d'or des
colonels.

Mais ceux qu'on menait aux interrogatoires avaient
beau être plongés dans les profondeurs infinies du
désespoir, ils ne tardaient pas à observer les différences entre les deux hommes : Chousterman — bien
sûr ils ne connaissaient pas son nom alors — avait
sous ses épais sourcils un regard menaçant comme la
foudre ; il saisissait le prisonnier par le coude comme
avec des griffes et brutalement le traînait, haletant,
dans l'escalier ; Nadelachine, avec son visage de pleine
lune et ses airs d'eunuque, marchait toujours à une
certaine distance du prisonnier, sans le toucher, et il
lui disait poliment où il devait tourner.

Aussi Chousterman, qui était plus jeune, portait-il
déjà trois petites étoiles sur ses épaulettes.

Nadelachine annonça que ceux qui allaient à des
visites devraient se présenter au bureau à dix heures.
A quelqu'un qui demandait s'il y aurait un film ce soir
il répondit que non. Il y eut un léger murmure
de mécontentement, mais d'un coin Khorobrov répondit :

« Et pas la peine de nous déranger pour une merde comme *Les Cosaques du Kouban*. »

Chousterman pivota brusquement pour interrompre l'homme qui venait de parler et, ce faisant, perdit le fil et dut recommencer à compter les prisonniers.

Dans le silence quelqu'un lança d'une voix audible, mais sans qu'on pût l'identifier :

« Tu vas voir, tu retrouveras ça dans ton dossier. »

Khorobrov, la lèvre supérieure crispée par la colère, répliqua :

« Je m'en fous pas mal. Ils en ont déjà écrit tant dans mon dossier qu'il n'y a plus de place dedans. »

L'ingénieur Adamson, avec ses grosses lunettes carrées, qui était assis sur la couchette voisine, demanda :

« Lieutenant ! Nous avons demandé un arbre de Noël. Il y en aura un ou pas ?

— Oui, il y aura un arbre de Noël ! répondit le sous-lieutenant, manifestement ravi d'annoncer cette bonne nouvelle. Nous allons l'installer ici, dans la salle.

— Et on pourra le décorer ? » demanda Rousska, juché sur son châlit. Il était assis en tailleur, un miroir posé sur son oreiller, à nouer sa cravate. Dans cinq minutes, il allait rencontrer Clara : il avait vu par la fenêtre qu'elle était déjà passée devant le mirador pour entrer dans la cour.

« Nous verrons ça. On n'a pas d'instructions.

— De quelles instructions avez-vous besoin ?

— Qu'est-ce qu'un arbre de Noël sans décorations ? Ah ! ah !

— Mes amis, nous le décorerons de toute façon.

— Calme-toi, mon gars. Et notre eau bouillante ?

— Est-ce que le ministre va faire quelque chose pour ça ? »

Une joyeuse rumeur emplit la salle, tout le monde parlait de l'arbre. Les officiers de service venaient de tourner les talons pour s'en aller, mais Khorobrov leur lança encore par-dessus le brouhaha des conversations :

« Dites-leur de nous laisser l'arbre jusqu'au Noël orthodoxe, le 7 janvier. Un arbre, c'est pour Noël, pas pour le Nouvel An. »

Les officiers de service firent comme s'ils ne l'avaient pas entendu et sortirent.

Tout le monde parlait en même temps. Khorobrov

avait encore l'esprit occupé par quelque chose qu'il n'avait pas réussi à dire aux officiers et maintenant, il s'adressait en silence et avec force grimaces à un interlocuteur invisible. Il n'avait jamais fêté ni Noël ni Pâques, mais par esprit de contradiction, il avait commencé à célébrer ces festivités en prison. Ces fêtes en tout cas n'étaient marquées ni par des fouilles intensifiées ni par une sévérité plus grande du régime.

Adamson termina de boire son thé, essuya les verres embués de ses lunettes à grosse monture en matière plastique et dit à Khorobrov :

« Illya Terentitch ! Tu oublies le second commandement du prisonnier : Ne te mouille pas. »

Khorobrov regarda Adamson sans tendresse :

« C'est un commandement dépassé, qui date de ta vieille génération de prisonniers. Vous vous êtes bien conduits et ils vous ont tous tués. »

Le reproche, en l'occurrence, était injuste. C'était précisément ceux qui avaient été arrêtés avec Adamson qui avaient organisé les grèves à Vorkouta. Mais tout cela s'était terminé de la même façon quand même. Et il n'était pas question d'expliquer cela à Khorobrov pour l'instant.

Adamson se contenta de hausser les épaules en disant :

« Si tu fais un scandale, ils t'enverront dans un camp de travaux forcés.

— Et c'est justement ce que je veux, Grigory Borissitch ! Si ce sont les travaux forcés, allons-y pour les travaux forcés, je m'en fous ! Au moins, je serai en joyeuse compagnie, peut-être qu'il n'y aura même pas de moutons là-bas. »

Rubine, qui était toujours en retard pour tout, n'avait même pas pris son thé. Il était là, avec sa barbe en désordre, auprès de Potapov et du châlit de Nerjine et disait d'un ton amical à ce dernier :

« Heureux anniversaire, mon jeune Montaigne, ma pauvre cloche.

— Je suis très touché, Lev, mon cher ami, mais tu ne devrais pas... »

Nerjine était agenouillé sur son châlit et tenait un sous-main, œuvre d'un prisonnier, c'est-à-dire fait le plus minutieusement du monde, car les prisonniers n'ont pas à se hâter. Il y avait de petites poches en calicot joliment placées, des fermetures, des boutons et des paquets de beau papier « libéré » de l'étranger. Tout ce travail, bien sûr, avait été pris sur le temps dû au gouvernement.

« ... D'ailleurs, on ne nous laisse jamais beaucoup écrire à la charachka, sauf des dénonciations.

— Et je souhaite, reprit Rubine, ses grosses lèvres plissées en une moue comique, que ton cerveau d'éclectique sceptique soit inondé par la lumière de la vérité.

— Et qu'est-ce que la vérité, paysan ! Peut-on vraiment savoir ce que c'est que la vérité ? » soupira Gleb. Son visage, animé et rajeuni par les préparatifs de la visite, s'était de nouveau figé en rides couleur de cendres. Ses cheveux roux pendaient mollement.

Sur la couchette supérieure voisine, au-dessus de celle de Pryantchikov, un ingénieur chauve et corpulent, d'âge mûr, utilisait ses dernières secondes de temps libre à lire un journal qu'il avait pris à Potapov. Il le tenait grand ouvert, à une certaine distance, et tantôt il fronçait les sourcils, tantôt il remuait légèrement les lèvres tout en lisant. Quand la sonnette retentit dans le couloir, il le replia n'importe comment.

« A quoi ça rime, bon sang ! ils continuent à ne parler que de domination mondiale. »

Et il chercha un endroit où jeter le journal.

L'immense Dvoietosov, à l'autre bout de la salle, ses grandes jambes maladroites pendant au bord de sa couchette, demanda d'une voix de basse :

« Et toi, Zemelya ? La domination mondiale, ça ne t'a pas gagné ? Ça ne te tente pas ?

— Moi, demanda Zemelya, surpris, comme s'il prenait la question au sérieux. Non, non, fit-il avec un large sourire. Qu'est-ce que tu veux que j'en foute ? Je n'en veux pas. »

Et en grommelant, il entreprit de descendre.

« Eh bien, dans ce cas, au boulot », dit Droietosov en sautant du haut de sa couchette, ce qui fit trembler le sol.

La sonnerie continuait à retentir. Elle convoquait les prisonniers au travail du dimanche. Elle leur annonçait que l'inspection était terminée et que l'on avait ouvert la « porte du Tsar » donnant sur l'escalier de l'institut ; les zeks partirent rapidement en troupeau serré.

La majorité d'entre eux étaient sortis. Doronine s'était précipité le premier. Sologdine, qui avait refermé la fenêtre pendant qu'ils se levaient et prenaient le thé, la rouvrit, coinçant dedans le volume d'Ehrenbourg qu'il lisait, puis il courut dans le couloir pour rattraper le professeur Tchelnov quand il sortirait de sa « cellule de professeur ». Rubine, comme toujours, n'avait rien réussi à faire le matin et il s'empressa de reposer ce qui restait de son petit déjeuner sur sa table de nuit, non sans renverser un peu de thé dessus. Puis il s'escrima sur son lit plein de trous et de bosses, s'efforçant vainement de le faire de façon qu'on ne le rappelle pas plus tard pour le recommencer.

Nerjine, lui, ajustait sa tenue « mascarade ». Il y avait une époque où les zeks de la charachka portaient tous les jours leurs beaux costumes et leurs manteaux et où ils les mettaient aussi pour les visites. Maintenant, pour qu'il fût plus facile de les surveiller, on leur avait distribué des combinaisons bleu foncé ; ainsi les gardiens du mirador pouvaient clairement distinguer les zeks des employés libres et savoir sur qui tirer. L'administration pénitentiaire les obligeait à changer de vêtements pour les visites et leur remettait des costumes et des chemises usées, sans doute confisqués dans des garde-robes privées au cours des saisies de biens après une condamnation. Certains zeks aimaient se voir bien vêtus, même si ce n'était que pour quelques heures ; d'autres auraient avec plaisir renoncé à cette répugnante opération qui consistait à passer des vêtements de cadavres, mais les autorités refusaient catégoriquement de les emmener aux visites en salopette, car ils ne voulaient pas que la famille eût une mauvaise opinion de la prison. Et comme aucun n'avait la force d'âme de refuser cette possibilité de voir ceux qu'il aimait, ils se changeaient.

La salle en amphithéâtre était maintenant presque vide. Douze paires de châlits à deux étages étaient là, les couvertures tirées comme dans un hôpital, avec le drap du dessus retourné et exposé, de façon à bien recueillir la poussière et à se salir plus vite. Cette méthode n'avait pu être conçue que dans un esprit bureaucratique et plus particulièrement dans un esprit masculin, et même la femme de son inventeur ne l'aurait jamais utilisée chez elle. Toutefois les règlements de la commission sanitaire de la prison l'exigeaient.

Dans la pièce un rare silence s'était établi, que nul n'avait envie de troubler.

Il restait là quatre prisonniers : Nerjine, qui était en train de s'habiller, Khorobrov, Adamson et l'ingénieur chauve.

Ce dernier était un de ces zeks timides qui, même après des années de prison, ne parvenaient pas à acquérir l'insolence caractéristique du prisonnier. Il n'aurait jamais osé ne pas se présenter au travail dominical, mais aujourd'hui il se sentait malade et, ayant obtenu du médecin de la prison une autorisation pour un jour de repos, il avait étalé sur son châlit toute une collection de chaussettes avec des trous, il avait posé à côté du fil et un œuf à raccommoder en carton et, plissant le front, il se demandait par où commencer son ravaudage.

Grigory Borissovitch Adamson, qui avait déjà « légalement purgé » une peine de dix ans, sans parler de six ans d'exil, et qui avait été condamné à dix autres années avec les « récidivistes », ne refusait pas à proprement parler d'aller travailler le dimanche, mais il faisait de son mieux pour ne pas y aller. Jadis, du temps où il était Komsomol, on n'aurait pas pu l'arracher à ceux qui travaillaient leur jour de congé ; mais il était entendu que ces enthousiastes agissaient dans l'ambiance de l'époque : pour remettre l'économie sur pied ; un ou deux ans peut-être, puis tout irait magnifiquement et on verrait partout s'épanouir des jardins. Adamson aujourd'hui était l'un des rares qui avaient déjà « tiré » dix ans pleins et il savait qu'une peine de ce genre n'était pas un mythe, une divagation du tribunal, une amusante aventure en attendant la première amnistie générale — comme en étaient persuadés tous les nouveaux venus — mais qu'il s'agissait bel et bien de dix, douze ou quinze ans perdus dans une vie humaine. Il avait appris depuis longtemps à économiser chaque mouvement de ses muscles, chaque minute de repos. Et il savait que la meilleure chose à faire un dimanche était de rester couché immobile, en caleçon, sur son lit.

Il enleva le livre que Sologdine avait coincé dans la fenêtre et laissa le châssis se refermer, puis il ôta lentement sa salopette, se glissa sous la couverture dans laquelle il s'enroula, essuya les verres de ses lunettes avec un bout de peau de chamois, mit un bonbon dans sa bouche, redressa son oreiller et prit sous le matelas un gros livre enveloppé par sécurité dans une couverture en papier. C'était un spectacle réconfortant de le regarder allongé là.

Khorobrov, au contraire, était misérable. Plongé dans de sombres méditations, il était allongé tout habillé par-dessus la couverture de son lit qu'il venait de faire, ses chaussures posées sur le cadre du châlit. Par nature, il souffrait de façon vive et persistante de problèmes que les autres chassaient d'un haussement d'épaules. Tous les samedis, en vertu du principe bien connu que tout se passait sur la base du volontariat, tous les prisonniers, sans être consultés, étaient inscrits comme volontaires désireux de travailler le dimanche et une liste était soumise à l'administration de la prison. S'il s'était agi de se porter vraiment volontaire, Khorobrov aurait toujours signé et aurait volontiers passé ses jours de congé à sa table de travail. Mais précisément parce que ce volontariat était dérisoire, Khorobrov devait rester allongé là stupidement dans sa prison.

Un zek dans un camp ne peut que rêver de rester couché douillettement à l'abri, le dimanche, mais, après tout, le sacro-iliaque d'un zek de charachka ne lui faisait jamais mal.

Il n'y avait absolument rien à faire. Khorobrov avait déjà lu tous les journaux qui se trouvaient là la veille. Sur la table de nuit auprès de sa couchette s'entassaient des livres provenant de la bibliothèque de la prison spéciale. L'un d'eux était un recueil d'articles de journaux par des écrivains en renom. Khorobrov ouvrit le livre sur un article d'Alexeï non-Tolstoï, comme on appelait par moquerie Alexeï N. Tolstoï à la charachka. Et à la date de juin 1941, il lut : « Des soldats allemands, poussés par la terreur et la démence, se sont précipités sur un mur de fer et de feu à la frontière. » Il reposa le livre aussitôt. Dans leurs maisons bien meublées de la banlieue moscovite, où même avant la guerre ils avaient des réfrigérateurs électriques, ces maîtres à penser étaient gonflés en oracles tout-puissants, alors pourtant qu'ils n'entendaient rien que la radio et ne voyaient rien que les parterres de leurs jardins. Un kolkhozien à demi illettré en connaissait plus qu'eux sur la vie.

Les autre livres de la pile étaient de la littérature, mais leur lecture rendait Khorobrov malade. L'un d'eux était un succès récent, *Loin de nous*, que les gens dehors lisaient en grand nombre. Mais au bout de quelques pages, Khorobrov sentit la nausée le gagner. Le livre était un pâté sans viande, un œuf vidé de son contenu, un oiseau empaillé. On y parlait d'un projet de construction exécuté par des zeks, des camps, mais nulle part on ne mentionnait le mot de camp pas plus que l'on ne disait qu'il s'agissait de zeks, qu'ils recevaient des rations de prisonniers et qu'ils étaient enfermés dans des cellules ; non, on en faisait des Komsomols bien vêtus, bien chaussés et pleins d'enthousiasme. Et là, le lecteur ayant un peu d'expérience sentait que l'auteur lui-même connaissait, voyait, touchait la vérité, qu'il était peut-être même officier de sécurité dans un camp, mais qu'il mentait, le regard froid et vitreux.

Le second livre était les *Œuvres choisies* du célèbre écrivain Galakhov dont l'étoile était au zénith du ciel littéraire. Ayant reconnu le nom de Galakhov et en attendant quelque chose, Khorobrov avait déjà lu ce volume mais l'avait reposé avec l'impression qu'on se moquait de lui tout comme quand on dressait la liste des « volontaires » pour le travail du dimanche. Même Galakhov, qui parfois parlait assez bien de l'amour, avait, victime d'une sorte de paralysie spirituelle, glissé dans ce style plus que jamais en vogue où l'on avait l'air d'écrire non pas pour des gens mais pour des idiots de village qui n'avaient jamais vu la vie et qui, dans leur simplicité d'esprit, étaient reconnaissants de la moindre babiole.

Tout ce qui vraiment déchirait et secouait le cœur humain était absent de leurs livres. Si la guerre n'était pas venue, ils n'auraient eu d'autre ressource que de devenir des panégyristes professionnels. La guerre leur avait ouvert la voie des sentiments simples et universellement compréhensibles des êtres humains. Mais là aussi, ils élevaient à des hauteurs hamlétiennes toutes sortes de conflits fantastiques et impossibles : par exemple, un membre du Komsomol qui faisait sauter des douzaines de trains de munitions derrière les lignes ennemies mais qui, n'occupant de situation appréciable dans aucune organisation du Parti, était déchiré jour et nuit par la question de savoir s'il était un vrai Komsomol lorsqu'il ne payait pas sa cotisation.

Il y avait aussi un autre livre, *Récits d'Amérique*, par des écrivains progressistes. Khorobrov était incapable de vérifier ces histoires en les comparant avec la vie, mais le choix était surprenant. Dans chaque nouvelle, on trouvait obligatoirement une abomination à propos de l'Amérique. Venimeusement rassemblés, ces récits composaient un tableau si cauchemardesque qu'on ne pouvait qu'être stupéfait de constater que les Américains n'avaient pas encore fui leur pays ou qu'ils ne s'étaient pas pendus.

Il n'y avait vraiment rien à lire !

Khorobrov songea à fumer. Il prit une cigarette et se mit à la rouler. Dans le silence absolu de la salle, le tabac bien tassé bruissait sous le papier entre ses doigts. Il aurait voulu fumer là où il était, sans sortir, sans bouger ses pieds du cadre du châlit. Les prisonniers qui fument savent que le seul vrai plaisir, c'est la cigarette qu'on fume allongé sur sa planche, sur sa couchette, une cigarette qu'on grille sans hâte, le regard fixé au plafond où flottent des images d'un passé à jamais perdu et d'un avenir qu'on ne pourra pas connaître.

Mais Khorobrov n'était pas un fumeur, il avait horreur de la fumée. Adamson, lui, bien qu'il fumât lui-même, estimait bien à tort qu'il fallait de l'air frais dans une pièce. Fermement convaincu que la liberté commence avec le respect des droits d'autrui, Khorobrov bascula en soupirant ses jambes vers le plancher et se dirigea vers la sortie. Ce faisant, il remarqua le gros livre que tenait Adamson et il comprit aussitôt qu'il n'y avait pas de livre de ce genre dans la bibliothèque de la prison, qu'il devait venir de l'extérieur et qu'il devait donc être intéressant.

Khorobrov toutefois ne perdit pas la tête, il n'alla pas demander tout haut comme une personne libre : « Qu'est-ce que tu lis ? » Ou bien « Où as-tu trouvé ça ? » parce que Nerjine et le dessinateur pouvaient entendre la réponse d'Adamson. Il s'approcha donc de ce dernier et lui demanda doucement :

« Grigory Borissitch, laisse-moi regarder le titre.

— Tiens, regarde », dit Adamson sans entrain.

Khorobrov ouvrit le livre et lut, à sa grande stupéfaction : *Le Comte de Monte-Cristo.*

Il eut un petit sifflement.

« Borissitch, demanda-t-il d'un ton cajoleur, il y a quelqu'un après toi ? J'ai une chance ? »

Adamson ôta ses lunettes et dit d'un ton songeur :

« On verra. Veux-tu me couper les cheveux aujourd'hui ? »

Les zeks n'aimaient pas le coiffeur stakhanoviste qui venait régulièrement. Les coiffeurs qu'ils se choisissaient eux-mêmes opéraient avec leurs ciseaux de manière à satisfaire les caprices de chacun et ils opéraient lentement parce qu'ils avaient tout le temps devant eux.

« Et qui va nous passer des ciseaux ?

— J'en aurai par Zyabline.

— Bon, je te couperai les cheveux.

— Parfait. Il y a une partie jusqu'à la page 128 qu'on peut arracher et je vais te la passer bientôt. »

Observant qu'Adamson avait lu jusqu'à la page 110, Khorobrov sortit dans le couloir, de bien meilleure humeur, pour fumer une cigarette.

Gleb, cependant, sentait monter en lui une extraordinaire impression de vacances avant d'aller à la visite. Sans doute quelque part à la Cité Universitaire de Stromynka, Nadia elle aussi était nerveuse en ce moment. Quand on se voit, les pensées se dispersent, on oublie ce qu'on voulait dire, il faut le noter d'avance par écrit, l'apprendre par cœur, puis le détruire, car on ne peut pas prendre un bout de papier avec soi. Et il faut ne se souvenir que de huit points, huit : qu'on peut partir, que les peines ne se terminent pas avec la fin de la peine, qu'il y aura encore l'exil, que...

Il se précipita en courant vers le vestiaire pour repasser son « plastron ». Le plastron était une invention de Rousska Doronine, et de nombreux autres l'avait adopté. C'était un morceau de toile blanche, prélevé sur un drap déchiré en trente-deux morceaux — le service de fournitures, bien sûr, n'en savait rien — et auquel on avait cousu un col blanc. Ce morceau de tissu était juste suffisant pour couvrir l'échancrure de la combinaison, là où l'on voyait le maillot de corps avec l'inscription en lettres noires « M.G.B. - Prison spéciale Nº ... ». Grâce à deux cordons on se l'attachait derrière la nuque. Le « plastron » contribuait à créer cette apparence de bien-être que tous désiraient avoir. Facile à laver, il servait fidèlement en semaine comme les jours de congé et, lorsqu'on le portait on n'avait pas honte devant les travailleurs libres de l'Institut.

Dans l'escalier, en utilisant le cirage desséché et qui s'en allait en miettes, d'un autre zek, Nerjine essaya vainement de faire briller ses chaussures usées. L'administration ne distribuait pas de chaussures pour les visites puisqu'on avait les pieds sous la table et donc hors de vue.

Lorsqu'il revint dans le dortoir pour se raser (les

rasoirs, y compris les « sabres » étaient autorisés, par
un étrange caprice du règlement), Khorobrov était déjà
plongé dans son livre. Le dessinateur, en plein ravaudage
de chaussettes, occupait une partie du plancher en plus
de sa couchette ; il taillait et cousait en marquant avec
un crayon. Adamson, levant les yeux de son livre, et la
tête de son oreiller, le regarda et dit :

« Le ravaudage n'est efficace que quand on le fait
consciencieusement. Dieu nous préserve d'une approche
trop formaliste. Ne vous dépêchez pas. Cousez un point
après l'autre et revenez deux fois sur chaque point.
Une des erreurs les plus communes, c'est d'utiliser du
fil pourri au bord d'un trou. N'économisez pas, n'essayez
pas de sauver les parties abîmées. Coupez les bords
du trou. Avez-vous jamais entendu le nom de Berkalov ?

— Comment ? Berkalov ? Non.

— Ah ! comment est-ce possible ? Berkalov était un
vieil ingénieur d'artillerie et l'inventeur du canon BO-3,
vous savez, un canon si merveilleux, avec des projectiles
d'une vélocité fantastique. J'ai vu Berkalov, également
un dimanche, également dans une charachka, qui rac-
commodait ses chaussettes. Et la radio marchait. « Lieu-
« tenant général Berkalov, Prix Staline du premier
« degré », annonça-t-on à la radio. Or, avant son arrestation il n'était que commandant. Eh bien, savez-vous
ce qu'il a fait ? Il a continué à raccommoder ses chaussettes et puis il s'est mis à préparer des crêpes sur un
réchaud. Mais le gardien est arrivé, l'a injurié, lui a
confisqué son réchaud et a rédigé un rapport pour le
chef de la prison qui aurait dû lui valoir trois jours
dans le bloc des punitions. Mais là-dessus, le chef de la
prison en personne est arrivé en courant comme un collégien et en criant : « Berkalov ! Prenez vos affaires !
« C'est le Kremlin ! Kalinine vous demande ! » C'est ça
notre destin de Russes. »

29

S'ENVOLER JUSQU'AU PLAFOND

Le vieux professeur de mathématiques Tchelnov, personnage familier dans bien des charachkas, qui sur des formulaires à la rubrique « nationalité » n'écrivait pas « russe » mais « zek » et qui en 1950 venait de terminer sa dix-huitième année en prison, avait de la pointe de son crayon contribué à de nombreuses inventions techniques, depuis la chaudière à injection directe jusqu'au moteur à réaction, et dans quelques-unes il avait mis toute son âme.

Toutefois, le professeur Tchelnov affirmait que cette expression « mettre son âme dans quelque chose » devait être utilisée avec prudence car seul un zek est certain d'avoir une âme immortelle, les gens libres menant souvent une existence trop vaine. Dans une conversation amicale entre zeks au-dessus d'un bol de gruau froid ou d'un verre de chocolat fumant, Tchelnov ne niait pas avoir emprunté cette idée à Pierre Bezoukhov dans *Guerre et Paix*. Quand un soldat français empêche Pierre de traverser la route, on se rappelle que Pierre répond avec un grand rire ; « Ah ! Ah ! Le soldat ne m'a pas laissé passer. Qui ça ? Moi ? Il n'a pas laissé passer mon âme immortelle ! »

A la charachka de Mavrino, le professeur Tchelnov

était le seul zek autorisé à ne pas porter de combinaison. Cette question d'ailleurs était allée jusqu'à Abakoumov qui avait pris personnellement cette décision. La principale raison d'une telle liberté tenait au fait que Tchelnov n'était pas un zek permanent de la charachka de Mavrino mais un zek en transit. Membre correspondant de l'Académie des sciences autrefois et directeur de l'Institut de Mathématiques, il était à la disposition particulière de Béria et on le transférait selon les besoins dans la charachka où se posait le problème mathématique le plus urgent. Dès l'instant où il l'avait résolu en gros et où il avait exposé la méthode de calcul, on l'emmenait ailleurs.

Mais le professeur Tchelnov ne profitait pas de sa liberté pour choisir sa tenue vestimentaire comme l'aurait fait un esprit vain : il portait un costume à bon marché, dont la veste et le pantalon étaient dépareillés ; il avait les pieds chaussés de bottes de feutre ; sur ses cheveux gris et clairsemés, il portait un bonnet en laine tricotée, bonnet de ski ou de femme, on ne savait trop ; et on le remarquait surtout grâce au grand châle de laine à carreaux assez excentrique qu'il drapait autour de ses épaules et de son dos, un peu comme une étóle de femme aussi.

Mais Tchelnov parvenait à porter ce châle et ce bonnet d'une façon qui ne le rendait pas ridicule mais majestueux. Le long ovale de son visage, son profil aigu, la façon autoritaire dont il parlait aux gens de l'administration pénitentiaire et aussi ce bleu clair un peu délavé de ses yeux comme on n'en voit qu'aux esprits abstraits, tout cela faisait étrangement ressembler Tchelnov à un Descartes ou peut-être à quelque mathématicien de la Renaissance.

Tchelnov avait été envoyé à la charachka de Mavrino pour mettre au point la base mathématique du codeur absolu : un système dont la rotation mécanique pourrait assurer l'ouverture et la fermeture d'une série de relais qui brouilleraient à tel point les impulsions correspondant à du langage déformé que même des centaines de gens disposant de centaines de décodeurs analogues seraient incapables de déchiffrer une conversation sur cette ligne téléphonique.

Au bureau d'étude on poursuivait des recherches pour le montage d'un codeur similaire. Tous les dessinateurs travaillaient là-dessus, à l'exception de Sologdine.

A peine Sologdine était-il arrivé à la charachka en provenance d'Inta dans le Grand Nord et avait-il jeté un coup d'œil sur les lieux, qu'il avait aussitôt déclaré à qui voulait l'entendre que sa mémoire avait été atteinte par un régime de famine prolongée, que ses capacités étaient émoussées, que d'ailleurs elles avaient dès sa naissance toujours été limitées et qu'il était tout au plus capable d'accomplir des travaux auxiliaires. Il pouvait se permettre une pareille audace car à Inta il ne participait pas aux travaux généraux, il avait une bonne place d'ingénieur et il ne craignait pas d'être renvoyé là-bas.

Mais on ne le renvoya pas comme on aurait pu le faire : on le laissa à la charachka, à l'essai. Au lieu de participer au grand courant des recherches où tout se faisait dans la tension, la hâte et la nervosité, Sologdine se trouva affecté à des travaux annexes paisibles. Là il n'avait pas de statut mais pas de soucis non plus, on le contrôlait rarement et il avait suffisamment de temps libre ; et sans surveillance, secrètement, la nuit, suivant ses propres conceptions, il avait commencé à travailler sur le dessin d'un codeur absolu.

Il estimait que les grandes idées ne pouvaient naître que dans l'esprit d'un seul.

Et de fait, au cours des six derniers mois, il avait découvert une solution qui avait échappé à dix ingénieurs spécialement chargés de la trouver mais qui étaient poussés et harassés sans trêve. Deux jours auparavant, Sologdine avait demandé, toujours officieusement, au professeur Tchelnov de vérifier ses travaux. Et maintenant il grimpait l'escalier aux côtés du professeur, le soutenant avec respect par le bras au milieu de la foule des zeks et attendant le verdict de celui-ci sur ses recherches.

Mais Tchelnov ne mélangeait jamais le travail et les loisirs.

Durant le bref trajet qui les avait menés à travers les couloirs et l'escalier, il n'avait pas porté de jugement sur le problème qui tenait tellement au cœur à Sologdine, mais il lui avait parlé en souriant de sa promenade matinale avec Lev Rubine. Quand Rubine n'avait pas été autorisé à se joindre aux coupeurs de bois, il avait lu à Tchelnov ses vers sur un sujet biblique. Il y avait bien par-ci, par-là un ou deux vers boiteux, mais c'était un poème original et Tchelnov devait bien reconnaître que ce n'était pas si mal. La ballade racontait comment Moïse avait conduit les Hébreux pendant quarante ans dans le désert au milieu des privations, de la soif, de la famine, comment le peuple élu avait été gagné par le délire et la rébellion, en quoi ils avaient tort alors que Moïse avait raison puisqu'il savait qu'à la fin ils atteindraient la Terre promise. Rubine, sans aucun doute, avait souffert pour écrire ce poème et pour y inscrire un message.

Tchelnov avait ses idées là-dessus.

Tchelnov avait attiré l'attention de Rubine sur le côté géographique de l'exode. Du Nil à Jérusalem, les Hébreux avaient moins de quatre cents kilomètres à parcourir, c'était dire que, même en se reposant le jour du Sabbat, ils auraient pu facilement les faire en trois semaines. Ne fallait-il donc pas supposer que, durant quarante années, Moïse ne s'était pas contenté de les conduire, mais les avait traînés à travers tout le désert d'Arabie ? D'où cette exagération...

Le professeur Tchelnov prit la clef de sa chambre chez l'officier de service à côté de la porte du bureau de Yakonov. On ne manifestait une telle confiance qu'à lui et au Masque de Fer. Aucun zek n'avait le droit de rester une seconde dans la salle où il travaillait sous la surveillance d'un employé libre, car on supposait que le prisonnier ne manquerait pas de profiter de cette seconde d'inattention pour forcer le coffre-fort, bourré de documents secrets, avec un crayon, pour les photographier avec un bouton de culotte, pour faire exploser une bombe atomique et s'envoler vers la lune.

Tchelnov travaillait dans une pièce qu'on appelait le « Brain Trust » où il n'y avait qu'une penderie et deux chaises. Il avait été décidé — avec, bien entendu, la permission du ministre — de remettre une clef personnelle au professeur Tchelnov. Depuis lors, cette pièce était devenue un sujet de préoccupation constante pour l'officier de sécurité, le commandant Chikhine. Durant les heures où les prisonniers étaient enfermés dans la prison derrière une porte à double rangée de barreaux, ce camarade grassement payé, qui fixait lui-même ses horaires, se rendait dans la chambre du professeur, tapotait les murs, sautait sur les lames du plancher, inspectait l'espace poussiéreux derrière la penderie et secouait tristement la tête en se disant que rien de bon ne pouvait sortir d'un tel libéralisme.

Mais il n'y avait pas que la clef. Quatre ou cinq portes plus loin dans le couloir du second étage se trouvait un poste de contrôle pour l'accès à la Section ultra-secrète. Le poste de contrôle... c'était un comptoir derrière lequel se trouvait une chaise. Assise sur la chaise, il y avait une femme de ménage, non pas une simple femme de ménage qui balayait par terre ou qui chauffait l'eau du thé — il y en avait d'autres pour cela — mais une femme de ménage chargée d'une fonction particulière, celle de vérifier les laissez-passer de tous ceux qui pénétraient dans la Section ultra-secrète. Les laissez-passer confectionnés à l'imprimerie principale du ministère, étaient de trois sortes : permanents, hebdomadaires et pour une seule visite, en vertu du système conçu par le commandant Chikhine : c'est lui qui avait eu l'idée de déclarer ultra-secret ce couloir aveugle.

Le travail au poste de contrôle n'était pas facile : il ne passait des gens que rarement, mais il était formellement interdit de tricoter des chaussettes, aussi bien d'après le règlement affiché au mur que d'après les fréquentes instructions verbales du camarade commandant Chikhine. Et les femmes de ménage — il y en avait deux qui se partageaient les périodes de vingt-quatre heures — passaient leur temps de service à mener une lutte pénible contre le sommeil. Ce poste de contrôle était également très incommode pour le colonel Yakonov qui, toute la journée, était interrompu pour signer des laissez-passer.

Le poste néanmoins existait. Et, pour pouvoir payer ces deux femmes de ménage, au lieu des trois concierges prévus dans l'organigramme, on n'en avait gardé qu'un, Spiridon.

Bien que Tchelnov sût pertinemment que la femme assise au point de contrôle s'appelait Maria Ivanovna et bien qu'elle laissât passer ce vieil homme aux cheveux gris tous les matins, elle lui demanda quand même :

« Votre laissez-passer ? »

Tchelnov lui montra son laissez-passer en carton et Sologdine le sien, en papier.

Ils franchirent le poste de contrôle, passèrent devant deux autres portes, l'une en verre barbouillée de craie derrière laquelle se trouvait l'atelier de l'artiste zek résident Kondrachev-Ivanov, et l'autre celle de la chambre privée du Masque de Fer. Ils ouvrirent la porte de Tchelnov.

C'était une petite pièce agréable, avec vue sur la cour extérieure des prisonniers et l'allée des tilleuls centenaires que le destin n'avait pas épargnés mais emprisonnés eux aussi dans l'enceinte de la zone protégée par des mitrailleuses. Une gelée abondante couronnait leur faîte majestueux.

Un ciel d'un blanc terne pesait comme un couvercle sur la tête.

A gauche des tilleuls, par-delà la zone découverte, se dressait une construction de bois vétuste, que le temps avait fait virer au gris et qui ce matin était toute blanche, haute de deux étages avec un toit de fer en forme de navire. Jadis, le propriétaire du domaine y avait vécu en attendant que fût terminée la maison de pierre. Plus loin, on apercevait les toits du petit village de Mavrino, puis un champ, et plus loin encore, le long de la ligne de chemin de fer, s'élevait le panache de vapeur argenté d'une locomotive, mais la locomotive elle-même et les wagons étaient à peine visibles dans cette morne lumière.

Ce fut à peine si Sologdine remarqua la vue qui s'étendait devant lui. Bien qu'il y fût invité, il ne s'assit pas. Appuyé au rebord de la fenêtre, il contemplait son rouleau de papiers sur le bureau de Tchelnov.

Tchelnov s'assit dans un fauteuil au dossier bien droit, rajusta son châle râpé autour de ses épaules, ouvrit son carnet à une page bourrée de notes, prit un long crayon affûté comme un javelot et tourna vers Sologdine un regard sévère : aussitôt le ton de désinvolture que leur conversation avait eu jusqu'alors devint impossible.

On aurait dit que de grandes ailes battaient dans la pièce. Tchelnov ne parla pas plus de deux minutes, mais avec une telle concision qu'on ne pouvait pas reprendre haleine entre ses pensées.

Cela signifiait que Tchelnov avait fait plus que n'en avait demandé Sologdine. Il avait procédé à une estimation des possibilités mathématiques du projet conçu par Sologdine. Le projet promettait un résultat qui n'était pas très éloigné de ce que l'on demandait, en attendant du moins qu'il fût possible de passer à un équipement électronique. Il fallait toutefois trouver le moyen de le rendre insensible aux impulsions à faible énergie ; estimer avec précision l'effet des forces de friction les plus importantes dans le mécanisme de façon à assurer le bon fonctionnement du volant.

« Et puis — là Tchelnov regarda Sologdine avec un œil qui pétillait — et puis attention : votre codeur est conçu sur le principe du chaos et c'est parfait. Mais une fois le chaos terminé, le chaos calmé, c'est déjà un système. Il serait encore préférable de rechercher une solution permettant de changer le chaos de façon chaotique. »

Là, le professeur resta songeur, plia la feuille en deux et se tut.

Sologdine ferma les yeux, comme aveuglé par une lumière trop vive et resta planté là, sans rien voir.

Dès les premiers mots du professeur, il s'était senti réchauffé. Il s'appuyait maintenant de toutes ses forces à la fenêtre pour ne pas, comme il avait l'impression que cela risquait de lui arriver, s'envoler de joie jusqu'au plafond.

Qu'avait-il été avant d'être en prison ? De quoi s'était-il montré capable ? Etait-il un vrai ingénieur ? Il était un gosse qui s'intéressait surtout à son apparence physique et, d'ailleurs, il avait été condamné à cinq ans à cause de la jalousie d'un ennemi.

Et puis il y avait eu la Boutyrka, la Presnya, le Sev Ural Lag, l'Ivdel Lag, le Kargopol Lag...

Il y avait eu son « protecteur », son « parrain », le lieutenant Kamychan, officier de sécurité, qui avait passé onze mois à le catéchiser en vue de sa seconde peine, de dix ans. En infligeant de nouvelles peines d'emprisonnement, Kamychan ne se souciait pas des quotas de l'administration centrale.

Il rassemblait tous ceux dont les peines étaient trop courtes, et qui n'étaient détenus dans les camps que suivant l'Ordonnance spéciale d'avant la fin de la guerre. Il ne se préoccupait pas longtemps de trouver des accusations. Quelqu'un disait à quelqu'un d'autre que le musée l'Ermitage avait vendu un tableau à l'Ouest... et tous deux écopaient de dix ans.

Une histoire de femme s'y était mêlée, une infirmière, une zek, à cause de laquelle Kamychan, un rude coureur de jupons, était jaloux de Sologdine. Et non sans raison. Même aujourd'hui Sologdine se rappelait cette infirmière avec une si vive sensation de reconnaissance physique qu'il ne regrettait pas complètement d'avoir écopé d'une peine supplémentaire à cause d'elle.

Kamychan adorait battre les gens, il les frappait sur les lèvres avec un bâton et les dents tombaient dans un flot de sang. Les jours où il venait au camp à cheval — il était un bon cavalier — il se servait du manche de sa cravache.

C'était pendant la guerre. Même à l'extérieur, tous les gens avaient des cartes d'alimentation. Et au camp ? Et à la Grotte de la Montagne ?

Sologdine, qui avait appris beaucoup de choses depuis la première instruction à laquelle il avait été soumis, n'avait rien signé. Mais il avait écopé de dix ans de plus quand même. On l'avait emmené directement du tribunal à l'hôpital. Il était mourant. Son corps, voué à la désintégration, refusait d'absorber le pain, les flocons d'avoine, le gruau.

Le jour vint où on le mit sur une civière et où on l'emporta à la morgue pour lui ouvrir le crâne avec un gros maillet de bois avant de le traîner au cimetière. Mais ce jour-là, il bougea...

Et sortir de là ! Sortir de là ! Oh ! la puissance de la vie qui revient ! Après les années d'emprisonnement, après les années de travaux forcés, après les baraquements paisibles des électriciens et du personnel technique, à quelles hauteurs s'était-il élevé ? Comment était-ce arrivé ? A qui donc ce Descartes en bonnet de laine s'adressait-il de façon si flatteuse ?

Tchelnov plia sa feuille de notes en quatre, puis en huit.

« Comme vous le voyez, dit-il, il reste beaucoup à faire. Mais ce projet sera le meilleur de tous ceux qui seront proposés. Ça vous vaudra la liberté. Et l'annulation de votre condamnation. »

Tchelnov sourit. Un sourire aigu et frêle, comme l'ensemble de son visage.

C'était de lui-même qu'il souriait. Bien qu'il eût fait beaucoup plus dans d'autres charachkas à diverses époques que Sologdine ne s'apprêtait à faire, il n'était pas lui-même menacé de la liberté ni de l'effacement de sa condamnation. En fait, il n'avait jamais été condamné. Un jour, il y avait bien longtemps, il avait dit à propos du Sage Petit Père que c'était un méprisable reptile et cela lui avait valu dix-huit ans d'emprisonnement, sans débat, sans verdict ni espoir.

Sologdine ouvrit ses yeux bleus tout brillants, se redressa et déclara d'un ton théâtral :

« Vladimir Erastovitch ! Vous me donnez le soutien et l'assurance qu'il me fallait ! Je n'arrive pas à trouver les mots pour vous remercier de votre attention. Je suis votre débiteur ! »

Mais un vague sourire déjà se dessinait sur ses lèvres.

Rendant le rouleau de papiers à Sologdine, le professeur se rappela quelque chose :

« Mais je dois vous présenter mes excuses. Vous m'aviez demandé de ne pas montrer ce diagramme à Anton Nikolaievitch. Mais ce qui s'est passé, c'est qu'il est entré dans ma chambre quand je n'y étais pas, qu'il a déroulé ces papiers, comme on pouvait s'y attendre, et bien sûr il a tout de suite compris de quoi il s'agissait. Il a fallu que je mette fin à votre incognito. »

Le sourire de Sologdine s'effaça. Il se rembrunit.

« Est-ce aussi important pour vous ? (La surprise de Tchelnov s'accompagnait d'un très léger mouvement de visage.) Mais pourquoi ? Un jour plus tôt, un jour plus tard... »

Sologdine lui-même était surpris de l'importance qu'il y attachait. Il baissa les yeux. Le moment n'était-il pas venu de porter son diagramme à Yakonov ?

« Comment vous expliquer, Vladimir Erastovitch ? Vous ne trouvez pas qu'il y a là un problème moral ? Après tout, il ne s'agit pas d'un pont, d'une grue, d'une tour. Cela n'a qu'une très faible importance sur le plan industriel et cela compte beaucoup pour le Laboureur. Quand je pense au client qui va utiliser notre transmetteur... Vous comprenez, jusqu'à maintenant je n'ai fait cela que pour mettre à l'épreuve mes forces. Pour moi. »

Il releva la tête.

Pour lui.

Tchelnov connaissait fort bien ce genre de travail. En général, c'était la plus haute forme de recherche.

« Mais, étant donné les circonstances, est-ce que ce n'est peut-être pas un trop grand luxe pour vous ? »

Sologdine sourit.

« Pardonnez-moi, je vous en prie, dit-il en se reprenant. Ce n'était rien. Je pensais simplement tout haut. Ne vous faites aucun reproche. Je vous suis reconnaissant. Très reconnaissant. »

Il serra respectueusement la main tendre et faible de Tchelnov et partit avec le rouleau de papiers sous son bras.

Lorsqu'il était entré dans cette pièce, il était encore libre de ses efforts.

Il en ressortait maintenant en vainqueur accablé. Il n'était plus le maître de son propre temps, de ses intentions ni de son travail.

Tchelnov, le dos bien droit dans son fauteuil, ferma les yeux et resta assis un long moment, son visage mince tendu sous son bonnet de tricot.

30

LES MAUVAISES NOTES

EN se réjouissant toujours intérieurement, Sologdine, ouvrant toute grande la porte avec une violence inutile, entra dans le bureau de dessin. Mais au lieu de trouver là les nombreuses personnes qu'il s'attendait à rencontrer dans cette grande salle, toujours bourdonnante de voix, il n'aperçut qu'une plantureuse silhouette féminine auprès d'une fenêtre.

« Vous êtes seule, Larissa Nikolaievna ? » demanda Sologdine, surpris. Il traversa la pièce d'un pas rapide.

Larissa Nikolaïevna Emina, une femme d'une trentaine d'années, dessinatrice, se détourna de la fenêtre où se trouvait sa table à dessin et sourit par-dessus son épaule à Sologdine qui approchait.

« Dimitri Alexandrovitch ? Et moi qui croyais que j'allais m'ennuyer ici toute la journée toute seule. »

Ces paroles semblaient lourdes de sous-entendus. Sologdine, son attention ainsi attirée, embrassa d'un rapide coup d'œil sa forte silhouette vêtue d'une jupe et d'une veste en laine d'un vert vif. D'un pas précis, il passa devant elle et alla jusqu'à son bureau sans répondre et aussitôt, avant de s'asseoir, traça une petite ligne verticale sur une feuille de papier rose posée là. Puis, tournant le dos à Emina, il fixa à sa table de dessin réglable un diagramme qu'il avait apporté avec lui.

Le bureau de dessin était une pièce claire et spacieuse au deuxième étage avec trois grandes fenêtres au sud. Entre des bureaux ordinaires, il y avait une douzaine de tables à dessin, les unes disposées presque à la verticale, les autres inclinées, certaines complètement horizontales. Celle de Sologdine était près de la fenêtre la plus éloignée, celle-là même auprès de laquelle Emina était assise. La planche à dessin était inclinée à la verticale et placée de façon à abriter Sologdine de ses chefs et de la porte d'entrée, mais à le laisser profiter pleinement du flot de lumière qui venait l'éclairer.

Sologdine finit par demander sèchement :

« Pourquoi n'y a-t-il personne ici ?

— Je pensais que c'était vous qui alliez me l'apprendre », répondit-elle d'une voix suave.

Il tourna brusquement la tête vers elle et dit :

« Tout ce que vous pouvez apprendre de moi, c'est où se trouvent les quatre malheureux zeks qui travaillent dans cette salle. L'un d'eux a été appelé pour recevoir une visite. Ugo Leonardovitch célèbre le Noël letton. Moi je suis ici. Et Ivan Ivanovitch a demandé un congé pour ravauder ses chaussettes, qui au cours de l'année dernière, ont atteint un effectif de vingt paires. Mais ce que j'aimerais savoir, c'est où se trouvent les seize travailleurs libres, autrement dit, les camarades qui sont beaucoup plus responsables que nous. »

Emina le voyait de profil et elle distinguait aisément le sourire condescendant qui se dessinait entre sa petite moustache précise et sa petite barbiche à la française. Elle le regardait avec ravissement.

« Comment ? Vous ne savez pas que notre commandant s'est mis d'accord hier soir avec Anton Nikolaievitch, et qu'aujourd'hui le bureau de dessin a congé ? Mais, bien sûr, il a fallu que je sois de garde.

— Congé ? En quel honneur ?

— Comment ça en quel honneur ? C'est dimanche.

— Depuis quand dimanche est-il tout à coup un jour de congé ?

— Mais le commandant a dit que nous n'avions pas de travail urgent pour l'instant. »

Sologdine se tourna brusquement vers Emina.

« *Nous* n'avons pas de travail urgent ? s'écria-t-il presque avec fureur. Bien. bien ! Nous n'avons pas de travail urgent ! répéta Sologdine, les lèvres tremblant d'impatience. Et qu'est-ce que vous diriez si je m'arrangeais pour qu'à partir de demain vous passiez vos jours et vos nuits tous les seize à recopier des diagrammes. Ça vous plairait ? »

Il avait presque crié « tous les seize ».

Malgré l'horrible perspective de copier jour et nuit, Emina resta calme, ce qui convenait à sa beauté tranquille et imposante. Aujourd'hui elle n'avait même pas encore ôté le papier calque qui recouvrait sa table à dessin légèrement inclinée et elle s'appuyait confortablement dessus. Les manches ajustées de sa veste soulignaient la rondeur de ses avant-bras. Elle se balançait doucement sur son siège et regardait Sologdine avec de grands yeux doux :

« Dieu me protège ! Vous seriez capable d'une vilenie pareille ? »

Sologdine lui demanda avec un regard glacé :

« Pourquoi utilisez-vous le mot « Dieu » ? Après tout, vous êtes la femme d'un tchékiste.

— Qu'est-ce que ça change ? demanda Emina, surprise. On fait bien des Koulitchs [1] pour Pâques, et après ?

— Des Koulitchs !

— Et alors ? »

Sologdine considéra longuement Emina. Le vert de son tailleur de tricot était vif, impertinent. Sa veste et sa jupe la moulaient et révélaient ses formes plantureuses. La veste était déboutonnée au cou et on voyait dépasser le col d'un corsage de batiste.

Sologdine traça une nouvelle ligne verticale sur la feuille rose et dit d'un ton hostile :

« Mais, après tout, vous avez dit que votre mari était lieutenant-colonel du M.V.D. ?

— C'est mon mari. Ma mère et moi, nous sommes de bonnes épouses », dit Emina avec un sourire désarmant. Ses lourdes tresses blondes formaient autour de sa tête une couronne majestueuse. Quand elle souriait, elle avait l'air d'une villageoise, mais d'une villageoise incarnée par une comédienne de talent.

Sologdine, sans répondre, s'assit de côté à sa table, de façon à ne pas voir Emina, et se mit à examiner le dessin qui y était épinglé.

Sologdine était encore sous le charme des éloges du

_____

1. Gâteaux de Pâques.

professeur Tchelnov. Il éprouvait une grande joie intérieure et il n'avait pas envie de voir ce sentiment se
dissiper. Par pure intuition, il estimait que le manque
de sensibilité aux impulsions à faible énergie du système
qu'il avait conçu et l'insuffisance de l'inertie du volant
étaient des problèmes qui pouvaient trouver une solution ; mais il faudrait évidemment vérifier tous les calculs. Par contre, le dernier commentaire de Tchelnov à
propos du chaos déterminé et calmé l'avait troublé. Cela
ne signifiait pas que son travail était imparfait, mais
cela montrait la différence qui le séparait de l'idéal. En
même temps, il sentait vaguement que quelque part dans
ses travaux il y avait un « dernier centimètre » qui
n'était pas au point, même si Tchelnov ne s'en était pas
aperçu et lui-même non plus. Il fallait absolument tout
de suite, dans le calme inespéré de ce dimanche, déter-
miner ce que c'était et entreprendre de le corriger. Alors
seulement il pourrait révéler ses travaux à Yakonov et
commencer le trajet qui lui ferait franchir ces murs
de ciment.

Il s'efforça donc de chasser Emina de ses pensées pour
revenir à celles que lui avait inspirées le professeur
Tchelnov. Cela faisait six mois qu'Emina était assise
auprès de lui, mais ils n'avaient jamais eu l'occasion de bavarder longtemps. Et ils ne s'étaient jamais
trouvés en tête à tête comme aujourd'hui. Sologdine
plaisantait parfois avec elle quand, suivant le programme qu'il s'était fixé, il s'octroyait une période de
repos de cinq minutes. Dans la mesure où il était son
dessinateur, elle occupant la position d'une dame d'un
niveau social supérieur alors que lui n'était qu'un esclave instruit, Larissa Nikolaievna l'amusait, mais cela
la troublait de voir tout le temps son grand corps épa-
noui.

Sologdine regardait son dessin et Emina, qui continuait à se balancer sur ses coudes, l'observait. Elle lui
demanda tout à trac :

« Dimitri Alexandrovitch, et vous ? Qui ravaude vos
chaussettes ? »

Sologdine haussa les sourcils.

« Mes chaussettes ? fit-il, regardant toujours son dessin. Ivan Ivanovitch raccommode ses chaussettes parce
qu'il est encore un bleu, qu'il n'est en prison que depuis
trois ans. Les chaussettes ne sont qu'un sous-produit du
soi-disant... (Là, il faillit s'étrangler, car il était obligé

d'utiliser un « mot oiseau »)... capitalisme. Moi, je n'en porte pas. »

Et il traça une ligne verticale sur une feuille de papier blanc.

« Alors... Que portez-vous ?

— Vous dépassez les bornes de la pudeur, Larissa Nikolaievna, dit Sologdine sans pouvoir s'empêcher de sourire. Je porte l'orgueil de notre costume russe, des chaussettes à semelles.

— Mais ce sont les soldats qui en portent.

— Les soldats et deux autres groupes en dehors d'eux : les prisonniers et les employés des fermes collectives.

— Mais il faut les laver et les raccommoder aussi...

— Vous vous trompez ! Qui aujourd'hui lave des chaussettes à semelles ? On les porte simplement un an sans les laver et puis on les jette et l'administration vous en distribue des neuves.

— Vraiment ? Sérieusement ? » fit Emina qui semblait affolée.

Sologdine éclata d'un rire insouciant et juvénile.

« En tout cas, il y a des gens qui voient ça comme ça. Mais avec quoi croyez-vous que j'achèterais des chaussettes ? Voyons, vous, qui êtes dessinatrice pour le M.G.B., combien gagnez-vous par mois ?

— Quinze cents roubles.

— Ah ! fit Sologdine d'un air triomphant. Quinze cents roubles ! Et moi, en tant que « créateur » (dans le Langage de la Clarté maximale cela voulait dire ingénieur) je touche trente roubles par mois. A ma place, vous ne gaspilleriez pas de l'argent en chaussettes, n'est-ce pas ? »

Une lueur amusée s'alluma dans les yeux de Sologdine. Cela n'avait aucun rapport avec Emina et pourtant elle rougit.

Le mari de Larissa Nikolaievna, pour tout dire, était un crétin. Pour lui, sa famille était depuis longtemps devenue un doux oreiller et sa femme le considérait simplement comme un meuble dans l'appartement. Quand il rentrait de son travail, il passait un long moment à dîner avec beaucoup de plaisir, après quoi il s'assoupissait. Quand il retrouvait ses esprits, il lisait les journaux et tripotait son poste de radio. Il passait son temps à vendre un vieux poste pour en acheter un nouveau. La seule chose qui l'excitât — et qui même éveillât sa passion — c'était le football. En raison du service auquel il appartenait, il était supporter du Club sportif Dynamo.

Il était si ennuyeux, si monotone en tout qu'il n'arrivait pas à éveiller le moindre intérêt chez Larissa. Les autres hommes qu'elle connaissait prenaient plaisir à évoquer les services qu'ils avaient rendus à la patrie, à jouer aux cartes, à boire jusqu'à en avoir le visage violacé et puis à avoir la main frôleuse et davantage quand ils étaient ivres.

Sologdine, avec ses mouvements légers, son esprit vif et sa langue acérée, avec cette façon qu'il avait de passer brusquement de la sévérité à la moquerie, lui plaisait sans qu'il fît le moindre effort pour cela et ne se souciait guère de son succès.

Pour le moment, il était retourné à son diagramme. Larissa Nikolaievna continuait à contempler son visage, sa moustache, sa petite barbe, ses lèvres pleines et humides. L'envie la prenait de sentir sur elle le contact de cette barbe qui la gratterait.

« Dimitri Alexandrovitch, dit-elle, rompant de nouveau le silence. Je vous dérange ?

— Oui, un peu », répondit Sologdine. Le Dernier Centimètre exigeait une concentration totale. Mais sa voisine le troublait. Il détourna les yeux de son dessin (les retournant du même coup vers Emina) et se mit à trier des papiers insignifiants.

Il entendait le tic-tac de la montre qu'elle portait au poignet.

Un groupe de gens passaient dans le couloir en parlant tranquillement. Du Numéro Sept, tout à côté, en entendait la voix un peu zozotante de Mamourine qui disait :

« Alors, ce transformateur, il va être prêt bientôt ? » Et l'exclamation irritée de Markouchev : « Vous n'auriez pas dû le leur donner, Yakov Ivanitch. »

Larissa Nikolaievna croisa les mains et reposa son menton dessus ; elle regarda Sologdine d'un air langoureux.

Il lisait.

« A toutes les heures ! Tous les jours ! murmura-t-elle avec respect. Vous êtes en prison et vous étudiez comme ça ! Vous êtes quelqu'un d'extraordinaire, Dimitri Alexandrovitch ! »

Mais de toute évidence, Sologdine était incapable de lire, car il leva aussitôt les yeux.

« Qu'est-ce que ça change que je sois en prison, Larissa Nikolaievna ? Je suis en prison depuis l'âge de vingt-cinq ans et j'en aurai quarante-deux quand j'en sortirai. Seulement je ne crois pas que j'en sortirai. Ils m'en ajouteront sûrement. Et le meilleur de ma vie se passera dans des camps, où toutes mes forces se gaspilleront. On ne peut pas céder aux conditions extérieures, c'est dégradant.

— Avec vous, tout est un système.

— J'ai passé sept ans de mes années de camp à vivre de gruau et j'ai fait mes plus grands efforts intellectuels sans sucre ni phospore. Cela m'a obligé à une discipline très stricte. La liberté ou la prison, qu'est-ce que ça change ? Un homme doit développer en lui une volonté inébranlable soumise à sa raison. »

De son index manucuré, l'ongle bien rond peint couleur de framboise, Emina essayait négligemment et sans succès de lisser le coin corné de son papier calque. Puis elle baissa la tête sur ses mains croisées, si bien que la couronne formée par ses tresses drues se trouva juste à la hauteur des yeux de Sologdine et elle reprit d'un ton songeur :

« Je vous dois des excuses, Dimitri Alexandrovitch...

— Pourquoi ?

— Un jour où j'étais debout près de votre bureau, j'ai regardé et j'ai vu que vous écriviez une lettre. Vous savez comment ça peut arriver, par hasard... Et puis une autre fois...

— Vous avez encore regardé... tout à fait par hasard ?

— Et j'ai vu que vous écriviez une lettre et ça avait l'air d'être la même.

— Alors vous pouviez même dire que c'était la même ? Et il y a eu une troisième fois ? oui, n'est-ce pas ?

— Oui.

— Tiens ! Larissa Nikolaievna, si ça continue, je vais être obligé de me dispenser de vos services de dessinatrice. Et je le regretterais, vous ne dessinez pas mal.

— Mais c'était il y a longtemps. Vous n'écrivez plus depuis lors.

— Mais vous avez quand même aussitôt fait votre rapport au commandant Chikinidi ?

— Pourquoi Chikinidi ?

— Bon, Chikhine. Vous avez rédigé une dénonciation ?

— Comment pouvez-vous penser ça ?

— Je n'ai même pas à le penser ! Vous allez me raconter que le commandant Chikhine ne vous a pas donné la consigne d'espionner mes gestes, mes paroles et même mes pensées ? »

Sologdine prit son crayon et traça une ligne verticale sur la feuille blanche.

« Alors, il vous en a bien donné la consigne, n'est-ce pas ? Parlez franchement !

— Oui... Il me l'a donnée.

— Et combien de dénonciations avez-vous rédigées ?

— Dimitri Alexandrovitch ! Croyez-vous que je sois capable de ça ? Et contre vous ? Au contraire, j'ai écrit les meilleures recommandations !

— Hmmm ! Enfin, pour l'instant nous vous croirons. Mais mon avertissement est toujours valable. Evidemment il s'agit d'un cas non criminel de pure curiosité de femelle. Je vais la satisfaire. C'était en septembre. Ce n'était pas trois jours de suite, mais cinq. J'écrivais une lettre à ma femme.

— C'est ce que je voulais vous demander ! Vous avez une femme ? Elle vous attend ? Vous lui écrivez de si longues lettres ?

— J'ai une femme, répondit Sologdine d'un ton lent et délibéré, mais c'est comme si elle n'existait pas. Je ne peux même plus lui écrire de lettres. Quand je lui écrivais... Non, je ne faisais pas de longues lettres mais je m'escrimais longtemps dessus. L'art épistolaire, Larissa Nikolaievna est un art très difficile. Nous écrivons souvent des lettres sans faire attention, et puis nous sommes surpris d'avoir perdu des gens qui nous étaient proches. Ma femme ne m'a pas vu depuis des années, mais elle a senti ma main sur elle. Les lettres sont le seul lien par lequel je la tiens depuis maintenant douze ans. »

Emina s'avança soudain. Elle appuya les coudes sur le bord du bureau de Sologdine et pressa ses paumes contre son visage rougissant.

« Etes-vous sûr de pouvoir la tenir ? Et pourquoi, Dimitri Alexandrovitch, pourquoi ? Douze ans ont passé, et il en reste encore cinq. Dix-sept en tout ! Vous la privez de sa jeunesse ! Pourquoi ? Laissez-la vivre ! »

La voix de Sologdine se fit grave :

« Il y a une catégorie spéciale de femmes, Larissa Nikolaievna. Ce sont les compagnes des Vikings, les Isolde au visage clair et à l'âme de diamant. Vous avez vécu dans une prospérité insipide et vous n'avez pas pu les connaître.

— Laissez-la vivre ! répéta Larissa Nikolaievna. Et autant que possible, vivez vous-même ! »

Personne n'aurait pu en cet instant reconnaître la grande dame majestueuse qui passait comme un navire dans les couloirs et les escaliers de la charachka. Elle était toujours assise dans la même position, penchée sur le bureau de Sologdine, le souffle un peu rauque. Son visage congestionné avait maintenant une expression presque paysanne.

Sologdine détourna la tête et traça une nouvelle verticale sur la feuille rose.

« Dimitri Alexandrovitch, voilà des semaines que je meurs de curiosité de savoir ce que signifient ces marques. Vous les tracez et puis quelques jours plus tard vous les barrez toutes. Qu'est-ce que ça signifie ?

— Je crois malheureusement qu'une fois de plus vous manifestez une tendance à la curiosité, dit-il en brandissant la feuille blanche. Voyez-vous, chaque fois que j'utilise en russe un mot d'origine étrangère, quand il n'y a pas de nécessité absolue, je fais une marque sur cette feuille. Le total de ces marques donne la mesure de mon manque de perfection. Je n'ai pas pensé à remplacer le mot « capitalisme » par le mot « richesse » et le mot « espionner » par l'expression « avoir l'œil » ; alors j'ai fait deux marques.

— Et sur la feuille rose ?

— Vous avez remarqué que j'ai aussi une feuille rose ?

— Et vous vous en servez encore plus que de la blanche. Est-ce que c'est une autre mesure de votre manque de perfection ?

— Oui, dit Sologdine d'un ton hésitant. Sur la feuille rose, je note mes « fautes » ce que dans votre langage vous appelleriez des « pénalités », et ensuite je me punis d'après leur nombre.

— Des pénalités ? Pourquoi ? dit-elle doucement.

— Pourquoi voulez-vous le savoir ?

— Allons, pourquoi ? demanda Larissa d'une voix encore plus sourde.

— Avez-vous remarqué quand je les notais ? »

Il n'y avait pas un bruit dans la pièce et Larissa répondit d'une voix qui n'était guère plus qu'un soupir :

« Oui, j'ai remarqué. »

Sologdine rougit et avoua d'un ton rageur :

« Je fais une marque sur la feuille rose chaque fois que je suis incapable de supporter votre présence trop proche, quand je... quand je vous désire ! »

Une brusque rougeur s'étendit sur les joues, les oreilles et le cou de Larissa. Elle ne bougea cependant pas du bord de son bureau et le regarda dans les yeux, sans se démonter.

Sologdine était furieux :

« Et maintenant je vais faire trois marques d'un coup ! Je mettrai du temps à payer ça ! Premièrement, à cause de vos yeux humides et impudents et parce qu'ils me plaisent ! Deuxièmement, parce que votre corsage n'est pas fermé, et que vous vous penchez en avant et que je vois vos seins ! Et troisièmement, parce que j'ai envie de vous embrasser dans le cou !

— Eh bien, alors, embrassez, dit-elle fascinée.

— Vous êtes devenue folle ! Sortez de cette pièce ! Laissez-moi ! »

Se reculant, elle se leva brusquement. Sa chaise se renversa avec fracas.

Il se tourna de nouveau vers sa table à dessin.

L'obsession qu'il avait combattue pendant qu'il coupait du bois le matin l'étouffait maintenant.

Et soudain il sentit un sein plantureux qui se pressait contre son épaule.

Il avait les yeux fixés sur le diagramme et il ne comprenait rien.

« Larissa ! » dit-il d'un ton sévère, puis il se tourna vers elle et ce faisant la toucha.

« Quoi ? demanda-t-elle haletante, tout près de lui.

— Laisse-moi... Je... Je vais fermer la porte », dit-il.

Sans s'écarter, elle répondit :

« Oui, va la fermer. »

31

DES EMPREINTES VOCALES

PERSONNE — y compris les employés libres — n'avait envie de travailler le dimanche.

Ils se rendaient au travail mollement, sans la bousculade qu'ils connaissaient en semaine dans l'autobus, et ils calculaient comment ils allaient pouvoir passer le temps jusqu'à six heures du soir.

Mais ce dimanche-là, il y avait plus d'animation qu'un jour de semaine. Vers dix heures du matin, trois automobiles longues et basses se présentèrent en cortège devant la grande porte. Le gardien du mirador salua. Elles franchirent la porte et s'engagèrent sur les allées de gravier d'où l'on avait déblayé la neige, passant devant Spiridon, le concierge roux, qui les regarda en clignotant et s'avancèrent jusqu'à l'entrée principale de l'institut. Des officiers de haut rang avec des épaulettes étincelantes d'or sortirent des trois voitures et, sans attendre qu'on vînt à leur rencontre, montèrent directement au bureau de Yakonov au deuxième étage. Personne n'eut l'occasion de les regarder attentivement. Le bruit courut dans certains laboratoires que le ministre Abakoumov lui-même était venu avec huit généraux. Dans d'autres, les gens restèrent assis calmement, sans se rendre compte de la menace qui pesait sur eux.

Ces bruits n'étaient qu'à moitié fondés : seul le ministre adjoint Sebastianov était venu, accompagné de quatre généraux.

Mais quelque chose d'inouï était arrivé. Le colonel du génie Yakonov n'était pas encore au travail. L'officier de service complètement affolé, qui venait de fermer avec précipitation son tiroir dans lequel se trouvait un livre qu'il lisait clandestinement, appela Yakonov à son appartement, puis signala au ministre adjoint que le colonel Yakonov était retenu chez lui par un malaise cardiaque mais que néanmoins il s'habillait et qu'il arrivait. Cependant l'adjoint de Yakonov, le commandant Roitman, élancé, son uniforme sanglé à la taille, ajusta tant bien que mal son baudrier et, se prenant le pied dans la frange du tapis, car il était myope, quitta précipitamment le laboratoire d'acoustique pour se présenter devant ses chefs. Il se hâtait non seulement parce que le règlement l'exigeait, mais aussi pous défendre les intérêts de l'opposition qu'il dirigeait au sein de l'institut : Yakonov l'empêchait toujours d'avoir des contacts avec ses supérieurs. Ayant déjà appris les détails de la convocation nocturne de Pryantchikov, Roitman avait hâte d'essayer de remédier à la situation et de convaincre cette haute commission que l'état du vocodeur n'était pas aussi désespéré que, par exemple, celui de l'analyseur de parole. Bien qu'il n'eût que trente ans, Roitman était déjà lauréat du Prix Staline, et il plongeait témérairement son laboratoire dans tout un tourbillon de difficultés pour veiller aux intérêts du Tout-Puissant.

Une dizaine de ceux qui étaient présents l'écoutèrent. Parmi eux, deux comprenaient quelque chose à l'aspect technique du problème et les autres se contentaient de prendre un air digne. Toutefois, le pâle Mamourine, bégayant de fureur, convoqué par Oskoloupov, prit la défense de l'analyseur de parole juste après Roitman, en disant que l'appareil était presque prêt à être mis en service. Yakonov arriva peu après, les yeux creux dans un visage d'une pâleur bleuâtre et s'effondra dans un fauteuil auprès du mur. La conversation s'interrompit dans la confusion et bientôt personne ne sut plus comment sauver cette entreprise si mal en point.

Et il fallut malheureusement que le cœur et la conscience de l'institut, c'est-à-dire respectivement le camarade Chikhine, officier de sécurité, et le représentant du Parti, le camarade Stepanov, eussent ce dimanche-là cédé à une faiblesse parfaitement naturelle : ne pas venir travailler et ne pas présider à l'œuvre collective qu'ils dirigeaient pendant la semaine ; leur action était d'autant plus pardonnable qu'on sait bien que, une fois l'endoctrinement et le travail d'organisation des masses correctement mis en place, la présence des chefs est par la suite inutile. L'inquiétude et la conscience de sa soudaine responsabilité étreignaient l'officier de service. Au mépris des risques que cela présentait pour lui-même, il abandonna les téléphones et se précipita à travers les laboratoires, pour chuchoter à l'oreille de leurs chefs que des visiteurs importants étaient arrivés, afin qu'ils puissent redoubler de vigilance. Mais comme il était très excité et qu'il avait hâte de retourner à ses téléphones, il ne prit pas garde à la porte fermée à clef dans le bureau de dessin. Il négligea également de courir jusqu'au Laboratoire du Vide, où Clara Makarigina était seule de service.

Les chefs de laboratoires à leur tour n'annoncèrent pas la nouvelle tout haut, car il était impossible de demander tout haut aux gens de prendre un air affairé à cause de l'arrivée du ministre adjoint et des généraux, mais ils firent la tournée de tous les bureaux pour murmurer un discret avertissement à chacun, individuellement.

L'institut tout entier attendait donc la visite des dignitaires. Mais eux, après avoir conféré, se séparèrent, les uns restant dans le bureau de Yakonov, les autres se rendant au Numéro Sept. Seuls Sebastianov et le commandant Roitman descendirent au Laboratoire d'Acoustique ; car, afin de se débarrasser de ce souci nouveau, Yakonov avait recommandé le département d'acoustique comme une base commode pour appliquer les consignes de Rioumine.

« Comment pensez-vous découvrir cette personne ? » demanda Sebastianov à Roitman sur le chemin du laboratoire.

Roitman ne pouvait pas penser, puisqu'il avait été mis seulement cinq minutes plus tôt au courant de cette mission ; c'était Oskoloupov qui avait réfléchi pour lui la nuit précédente lorsqu'il avait entrepris ses

recherches, sans y penser. Mais en cinq minutes Roitman avait déjà réussi à mettre sur pied un projet.

« Eh bien, voyez-vous, dit-il, en appelant le ministre
adjoint par son nom et prénom sans aucune servilité,
nous avons un appareil à analyse visuelle de la parole
— le VIR — qui permet d'obtenir ce qu'on appelle une
« empreinte vocale », et il y a quelqu'un, un certain
Rubine, qui sait déchiffrer ces empreintes.

— Un prisonnier ?

— Oui. Un assistant de philologie. Récemment je l'ai
mis à rechercher des traits spécifiques dans les empreintes vocales et j'espère que, quand nous transcri-
rons cette conversation téléphonique en empreintes
vocales et que nous la comparerons avec les empreintes vocales des suspects...

— Hmmm ! Il va falloir obtenir l'accord d'Abakoumov à propos de ce philologue, dit Sebastianov en
secouant la tête.

— Pour des raisons de sécurité ?

— Oui. »

Cependant, au Laboratoire d'Acoustique, bien que
tous fussent maintenant au courant de l'arrivée des
chefs, ils ne parvenaient toujours pas à surmonter
l'accablante inertie de l'inaction et ils faisaient seulement semblant : ils fouillaient nonchalamment dans
des tiroirs pleins de lampes radio, ils examinaient des
diagrammes dans les magazines, ils bâillaient auprès
de la fenêtre. Les employées libres s'étaient rassemblées en un petit groupe et échangeaient des commé-
rages à voix basse. L'assistant de Roitman les dispersa.
Simotchka, heureusement pour elle, n'était pas là :
elle avait congé en compensation du jour supplémentaire qu'elle avait fait. Cela lui épargna donc le supplice
de voir Nerjine sur son trente et un et rayonnant avant
d'aller voir une femme qui avait plus de droits sur lui
que Simotchka.

Nerjine avait l'impression d'être l'invité d'honneur à
une cérémonie ; il se rendit au Laboratoire d'Acoustique pour la troisième fois, alors qu'il n'avait rien à
faire, simplement par nervosité parce qu'il attendait le
panier à salade qui était très en retard. Au lieu de s'asseoir sur sa chaise, il se jucha sur l'appui de la fenêtre
en aspirant avec plaisir la fumée de sa Belomor tout
en écoutant Rubine. Rubine, qui n'avait pas trouvé chez
le professeur Tchelnov un auditeur digne de sa ballade

sur Moïse, était en train de la réciter doucement mais avec ferveur à Gleb Nerjine. Rubine n'était pas un poète. Il n'était pas assez habile à polir ses rimes, à travailler ses rythmes, mais il esquissait parfois des poèmes pleins de sincérité et d'intelligence. Et en ce moment Rubine tenait à entendre Gleb le féliciter de sa ballade sur Moïse.

Rubine ne pouvait pas exister sans amis, sans eux il suffoquait. L'esseulement lui était si insupportable qu'il ne laissait pas ses pensées mûrir dans sa tête, mais que, à peine découvrait-il en lui-même la moitié d'une idée, s'empressait de la faire partager. Toute sa vie il avait été riche d'amis, mais en prison il avait découvert que ses amis n'avaient pas les mêmes idées que lui et que ceux qui avaient les mêmes idées que lui n'étaient pas ses amis.

Personne donc au Laboratoire d'Acoustique ne travaillait encore, et seul Pryantchikov, éternellement joyeux et affairé, qui avait oublié déjà ses impressions de Moscou la nuit et sa folle équipée là-bas, pensait à une nouvelle amélioration dans un circuit en chantonnant :

Bendzi — Bendzi — Bendzi — bah — ar...
Bendzi — Bendzi — Bendzi — bah — ar...

Sur ces entrefaites, Sebastianov entra avec Roitman. Roitman était en train de dire :

« Dans ces empreintes vocales, la parole est mesurée de trois façons à la fois : la fréquence, qui s'inscrit en travers du ruban ; la durée, qui s'inscrit le long du ruban ; l'amplitude, qui se traduit par la densité du tracé. Chaque son donne donc une image si unique qu'on peut facilement la reconnaître et que tout ce qui a été dit peut même se lire sur le ruban magnétique. »

Il fit avancer Sebastianov à l'intérieur du laboratoire :

« Voici l'appareil qui a été conçu dans notre laboratoire. » (Roitman lui-même avait déjà oublié qu'il avait été emprunté.)

« Et voici, dit-il en dirigeant avec égards l'assistant du ministre vers la fenêtre, le candidat en sciences philologiques Rubine, la seule personne en Union soviétique qui puisse lire la transcription visuelle de la parole. »

Rubine s'était levé et s'inclinait sans rien dire.

Quand Roitman avait prononcé les mots « empreintes vocales » à la porte, Rubine et Nerjine avaient été tous deux stupéfaits. Leurs recherches — que jusqu'alors presque tout le monde avait tournées en dérision — venaient soudain d'émerger vers la lumière du jour. Durant les quarante-cinq secondes qu'il fallut à Roitman pour amener Sebastianov auprès de Rubine, Rubine et Nerjine, avec cette sensibilité acérée et cette rapidité de réaction si caractéristiques des zeks, avaient déjà compris qu'il allait y avoir une démonstration de la façon dont Rubine pouvait lire les empreintes vocales, que la phrase test ne pouvait être lue dans le micro que par un des speakers « autorisés » et que le seul speaker autorisé présent dans la salle était Nerjine. Ils comprirent aussi que, bien que Rubine fût vraiment capable de déchiffrer des empreintes vocales, il pouvait cependant faire une erreur dans un essai et qu'il ne pouvait pas se permettre d'erreur : car cela voudrait dire pour lui qu'il dégringolerait de la charachka dans l'enfer des camps.

Ils ne soufflèrent toutefois pas mot de tout cela, mais se contentèrent d'échanger un regard entendu.

Rubine chuchota :

« Si c'est toi et que c'est ta phrase, dis : « Les empreintes vocales permettent aux sourds de parler au téléphone. »

Nerjine répliqua sur le même ton :

« Si c'est sa phrase, devine d'après les sons. Si je me lisse les cheveux, tu as raison, si j'arrange ma cravate, tu te trompes. »

Ce fut alors que Rubine se leva et s'inclina.

Roitman poursuivit de ce ton hésitant, comme s'il s'excusait, qui, même si on l'entendait de dos trahirait toujours chez lui l'intellectuel :

« Et maintenant, Lev Grigoritch va nous montrer comment il procède. Un des speakers, eh bien, disons Gleb Vikentitch, va s'installer dans la cabine acoustique, il va prononcer une phrase devant le microphone, le VIR va l'enregistrer et Lev Grigoritch va essayer de la déchiffrer. »

Planté devant le ministre adjoint, Nerjine fixa sur lui son regard impertinent d'habitué des camps :

« Vous voulez donner une phrase ? demanda-t-il sévèrement.

— Non, non, répondit poliment Sebastianov en détournant les yeux. Inventez quelque chose vous-même. »

Docilement, Nerjine prit une feuille de papier, réfléchit un moment, puis, trouvant l'inspiration, il écrivit quelque chose et, dans le silence qui suivit, tendit la feuille à Sebastianov, de façon que personne d'autre ne pût la lire, pas même Roitman : « Les empreintes vocales permettent aux sourds de parler au téléphone.

— C'est vrai ? demanda Sebastianov, stupéfait.

— Oui.

— Alors, voulez-vous lire, s'il vous plaît ? »

Le VIR se mit à ronronner. Nerjine disparut dans la cabine. Chemin faisant, il se dit que cette toile à sac dont elle était revêtue avait vraiment un air épouvantable : toujours cette pénurie au magasin. Il ferma soigneusement la porte. La machine se mit à cliqueter et un ruban long de deux mètres sur lequel s'inscrivait un labyrinthe de tracés à l'encre et de taches apparut sur le bureau de Rubine.

Tout le laboratoire cessa de travailler pour suivre la scène avec attention. Roitman était visiblement nerveux. Nerjine sortit de la cabine et de loin observa Rubine avec une indifférence nonchalante. Tout le monde était debout, seul Rubine était assis et son crâne chauve luisait. Prenant en pitié ses spectateurs impatients, il ne voulut pas garder plus longtemps le secret de sa sagesse sacerdotale et se mit aussitôt à marquer la bande encore humide de son crayon indélébile qui, comme toujours, était mal taillé.

« Vous le voyez ici, certains sons peuvent être déchiffrés sans la moindre difficulté, les voyelles accentuées, par exemple. Dans le second mot, le son « r » est distinctement visible deux fois. Dans le premier mot, c'est le son accentué de « i » et devant lui un « v » doux, car il ne peut pas y avoir de son dur là. Avant cela, il y a la composante « a », mais il ne faut pas oublier que dans le premier mot, la syllabe secondaire accentuée « o » se prononce comme « a ». Mais le son « ou » conserve son individualité même quand il est loin de l'accent : ici il a le trait caractéristique de la basse fréquence. Le troisième son du premier mot est incontestablement un « ou ». Ensuite il y a une consonne mouillée explosive, très probablement un « k » : nous avons donc « oukovi » ou bien « oukavi ». Et il y a là un « v »

dur : on le distingue nettement du « v » doux, car il n'a
pas de traits plus hauts que deux mille trois cents cycles. « Voukovi »... Et puis il y a un arrêt brutal et juste
à la fin une voyelle atténuée, et j'interprète le tout
comme étant le son « dy ». Cela nous donne donc « vou-
kovidy »... Il nous faut deviner le premier son qui est
un peu brouillé. Je pourrais le prendre pour un « s »
si ce n'était que mon intuition me dit que c'est un « z ».
Le premier mot est donc — et Rubine prononça le mot
russe correspondant à « empreinte vocale » : « zvouko-
vidy ». Poursuivons : dans le second mot, comme je le
disais, il y a deux sons « r », et évidemment la termi-
naison du verbe régulier « ayet », mais comme c'est au
pluriel, c'est évidemment « ayout ». Ce doit être « razri-
vaiout », ou bien « razrechaiout », et je vais d'ici un
moment voir lequel c'est. Antonina Valerianovna, c'est
vous qui avez pris la loupe ? Est-ce que je pourrais
l'avoir un moment ? »

Il n'avait absolument pas besoin de la loupe, car le
VIR donnait des tracés très larges, mais il faisait cela,
dans la tradition des camps, pour se faire mousser et
Nerjine rit sous cape, se lissant distraitement les cheveux qui n'en avaient absolument pas besoin non plus.
Rubine lui jeta un coup d'œil et prit la loupe qu'on
venait de lui apporter. La tension montait. Personne
ne savait si Rubine allait deviner correctement. Sebastianov, abasourdi, murmura :

« C'est stupéfiant. C'est stupéfiant. »

Personne ne fit attention quand le lieutenant Chousterman entra dans la salle sur la pointe des pieds. Il
n'avait pas le droit d'entrer, aussi s'arrêta-t-il près de
la porte. Il fit signe à Nerjine de quitter la salle aussitôt, toutefois il ne sortit pas avec lui, mais essaya de se
faire voir de Rubine. Il avait besoin de lui pour lui faire
refaire son lit conformément au règlement. Ce ne serait
pas la première fois que Chousterman harcèlerait Rubine de cette façon.

Rubine cependant avait deviné le mot « sourd » et
s'escrimait sur le mot suivant. Roitman rayonnait : non
seulement parce qu'il participait au triomphe, mais
aussi parce qu'il était sincèrement ravi de toutes les
réussites dans les travaux.

A cet instant précis, Rubine leva par hasard les yeux
et, rencontrant le regard furieux de Chousterman, comprit pourquoi celui-ci était là. Il lui répondit par un

regard malicieux qui voulait dire : « Va le faire toi-même. »

« Les derniers mots sont au téléphone. C'est une combinaison sur laquelle nous tombons si souvent que je la reconnais tout de suite. Et voilà.

— Stupéfiant ! répéta Sebastianov. Pardonnez-moi, quels sont vos nom et prénom ?

— Lev Grigoritch.

— Ecoutez, Lev Grigoritch, pouvez-vous distinguer des traits vocaux individuels sur des empreintes vocales ?

— Nous appelons cela le classement individuel de la parole. En fait, c'est le sujet de nos travaux.

— Très bien ! Je crois que nous avons une mission inté-res-sante pour vous. »

Chousterman ressortit sur la pointe des pieds.

INTERDIT DE S'EMBRASSER

Le moteur du panier à salade qui devait emmener les prisonniers à la visite était en panne, il y avait eu un retard tandis qu'on échangeait des coups de téléphone et qu'on donnait des instructions sur ce qu'il convenait de faire. Vers onze heures du matin, quand Nerjine, convoqué du Laboratoire d'Acoustique, arriva à la fouille, les six autres qui allaient à la visite étaient déjà là. On était encore en train de fouiller certains d'entre eux, d'autres étaient déjà passés et attendaient, les uns affalés auprès d'une grande table, les autres arpentant la pièce par-delà la zone de fouille. Dans cette zone, auprès du mur, se tenait le lieutenant-colonel Klimentiev, parfaitement astiqué, très droit, impeccable comme un guerrier de carrière après une revue. Une forte odeur d'eau de Cologne émanait de sa moustache, noire comme un four, et de ses cheveux non moins noirs.

Les mains croisées derrière le dos, il était là comme si tout cela ne le concernait pas, mais sa présence obligeait les gardes à fouiller consciencieusement.

A peine avait-il pénétré dans la zone de fouille que Nerjine fut accueilli par les bras tendus d'un des gardiens les plus acharnés à prendre en faute les prisonniers, Krasnogoubenki, qui demanda aussitôt :

« Qu'est-ce qu'il y a dans vos poches ? »

Nerjine avait dépassé depuis longtemps le stade de l'agitation obséquieuse que les nouveaux prisonniers éprouvaient en présence des gardiens. Il ne se donna pas la peine de répondre et ne se précipita pas pour retourner les poches du costume de cheviotte si nouveau pour lui. Il lança à Krasnogoubenki un regard endormi et déplaça les bras juste assez pour permettre au gardien de le fouiller. Après cinq ans de prison et autant de fouilles, Nerjine n'avait pas l'impression, comme cela aurait été le cas pour un nouveau venu, que c'était de la violence à l'état brut, que des doigts sales tripotaient son cœur déchiré. Non, rien de ce que l'on faisait à son corps n'aurait pu jeter un nuage sur la joie qui l'emplissait.

Krasnogoubenki ouvrit l'étui à cigarettes que Potapov venait de lui donner, inspecta la partie vide du bout de toutes les cigarettes pour voir s'il n'y avait rien de caché là, regarda sous les allumettes dans la boîte, vérifia les coutures de son mouchoir. Il ne trouva rien d'autre dans les poches. Puis, passant les mains entre le maillot de corps de Nerjine et sa veste, il palpa tout le corps pour voir s'il n'y avait rien de caché sous la chemise ou bien entre la chemise et le plastron. Il s'accroupit ensuite sur ses talons et palpa soigneusement une jambe puis l'autre. Tandis que Krasnogoubenki était dans cette position, Nerjine put examiner tout à loisir le décorateur-graveur et il comprit pourquoi celui-ci était si nerveux. En prison le graveur avait découvert qu'il avait un certain talent pour écrire des nouvelles et il en avait rédigé plusieurs : sur ses expériences de prisonnier de guerre en Allemagne, sur les rencontres en cellule, sur les tribunaux. Il avait déjà transmis à l'extérieur une ou deux de ses nouvelles par l'intermédiaire de sa femme, mais à qui pouvait-on les montrer ? Il fallait les cacher. Là-bas comme ici. Et on ne pouvait jamais espérer emporter rien de ce qu'on avait écrit. Mais un vieux bonhomme, un ami de leur famille, avait lu ce qu'on lui avait envoyé et lui avait fait dire, par le truchement de sa femme, qu'on trouvait rarement une telle perfection et une telle force d'expression, même chez Tchékhov. Cette réaction avait vivement encouragé le graveur.

Pour la visite d'aujourd'hui, il avait écrit une autre nouvelle qu'il trouvait magnifique. Mais à l'instant mê-

286 LE PREMIER CERCLE

me où on le fouillait, il avait eu le trac devant Krasnogoubenki et, se détournant, il avait avalé la boulette de
papier à dessin sur laquelle il avait écrit la nouvelle
d'une écriture microscopique. Il était maintenant accablé de regrets d'avoir dévoré son histoire : peut-être
aurait-il réussi à la faire passer ?

Krasnogoubenki dit à Nerjine :

« Otez vos chaussures. »

Nerjine posa le pied sur le tabouret, dénoua ses lacets
et laissa tomber sa chaussure sans regarder où elle atter-
rissait. Ce faisant, il révéla une chaussette trouée. Krasnogoubenki ramassa la chaussure, en palpa l'intérieur
et en plia la semelle. Avec le même visage imperturbable,
comme si c'était un geste ordinaire qu'il accomplissait
chaque jour, Nerjine se débarrassa de la seconde chaussure et révéla une seconde chaussette en triste état. Sans
doute parce que les chaussettes avaient de gros trous,
Krasnogoubenki ne pensa pas qu'il pût rien y avoir de
caché dedans et ne demanda pas au prisonnier de les
enlever.

Nerjine remit ses chaussures, Krasnogoubenki alluma
une cigarette.

Klimentiev avait tiqué quand Nerjine avait laissé tomber ses chaussures. Au fond, c'était une insulte délibérée
envers le gardien. Si l'on ne soutenait pas les gardiens,
les prisonniers se croiraient tout permis avec l'administration. Une fois de plus, Klimentiev regretta d'avoir
témoigné de la générosité et il faillit décider de trouver
une raison pour annuler la visite de cet insolent qui
non seulement n'avait pas honte de sa situation de criminel mais qui semblait encore s'y complaire.

« Attention ! cria-t-il d'un ton sévère, ce qui fit se
retourner vers lui sept prisonniers et sept gardiens. Vous
connaissez le règlement ? Vous ne devez rien remettre
à votre famille. Vous ne devez rien recevoir d'elle. Tout
ce qui doit être remis à vous ou à elle doit passer par
moi. Dans vos conversations vous ne devez pas parler
du travail, des conditions de travail, des conditions
d'existence, du programme quotidien, de l'emplacement
de l'institut. Vous n'êtes autorisés à citer aucun nom.
En ce qui vous concerne, vous pouvez seulement
dire que tout va bien et que vous n'avez besoin de
rien.

— Alors de quoi pouvons-nous parler ? cria quelqu'un.
De politique ? »

Klimentiev ne daigna même pas répondre, tant c'était absurde.

« Parle de ta culpabilité, conseilla un des prisonniers d'un ton sombre, parle de ton repentir.

— Vous n'êtes pas autorisés non plus à parler de votre condamnation, c'est un secret, poursuivit Klimentiev d'une voix ferme. Demandez des nouvelles de votre famille, de vos enfants. Encore une chose. Il y a un nouveau règlement : désormais, il est interdit de se serrer la main et de s'embrasser. »

Nerjine qui était resté indifférent à la fouille tout comme au stupide règlement qu'il savait tourner, sentit, en entendant qu'on interdisait les baisers, une flamme s'allumer dans son regard.

« Nous nous voyons une fois par an ! » cria-t-il d'un ton rauque à Klimentiev et celui-ci se tourna vers lui avec reconnaissance, s'attendant à ce que Nerjine aille plus loin.

Nerjine entendait déjà Klimentiev rugir :

« Je vous prive de visite ! » Il s'étrangla et ne dit rien.

Sa visite, annoncée à la dernière minute, semblait irrégulière et rien ne serait plus facile que de l'en priver.

En tant que vieux prisonnier, il devait savoir maîtriser sa rage.

Ne se heurtant donc à aucune rébellion, Klimentiev ajouta pour faire bonne mesure d'une voix sèche et précise :

« S'il y a un baiser ou une poignée de main échangés, s'il y a une autre infraction de commise, la visite sera immédiatement terminée.

— Mais ma femme ne sait pas ! Elle va m'embrasser ! cria le graveur.

— Votre famille sera avertie également ! riposta Klimentiev.

— Il n'y a jamais eu un pareil règlement.

— Il y en a un maintenant. »

Ils étaient stupides ! Et leur fureur était stupide ! Ils avaient l'air de croire que c'était lui personnellement qui avait imaginé ce règlement au lieu de le découvrir dans les nouvelles instructions

« Combien de temps la visite durera-t-elle ?

— Si ma mère vient, on ne la laissera pas entrer ?

— Les visites durent trente minutes. Je n'admettrai que la personne au nom de laquelle la convocation a été rédigée.

« — Et ma petite fille de cinq ans ?

— Les enfants jusqu'à quinze ans sont admis avec les adultes.

— Et à seize ans ?

— Pas admis ! Pas d'autres questions ? Bon, allons-y, dehors ! »

Stupéfiant ! On ne les emmenait pas dans un panier à salade comme ç'avait été le cas récemment pour d'autres, mais dans un petit autobus bleu.

L'autobus s'arrêta devant la porte du bâtiment abritant les bureaux. Trois gardiens, des nouveaux, qui s'étaient mis en civil et en chapeau mou, les mains dans les poches (où était leur pistolet) montèrent les premiers et s'installèrent à trois places différentes. Deux d'entre eux avaient des airs de boxeurs ou de gangsters en retraite. Ils avaient de beaux manteaux.

La gelée matinale avait déjà disparu mais le froid persistait.

Sept prisonniers grimpèrent dans le car par l'unique porte de devant et s'assirent.

Trois autres gardiens en uniforme montèrent.

Le conducteur claqua la porte et appuya sur l'accélérateur.

Le lieutenant-colonel Klimentiev monta dans une voiture particulière.

33

PHONOSCOPIE

A MIDI, Yakonov ne se trouvait pas dans le silence velouté et le confort de son bureau. Il était au Numéro Sept, occupé à régler une « greffe » de l'analyseur sur le vocodeur. Ce matin-là, l'ambitieux ingénieur qu'était Markouchev avait eu l'idée de combiner ces deux systèmes en un seul et de nombreux chercheurs étaient attelés au projet, chacun avec son but précis. Les seuls à s'y opposer étaient Bobynine, Pryantchikov et Roitman, mais personne ne les écoutait.

Par contre, quatre personnages étaient assis dans le bureau de Yakonov. Sebastianov, qui avait déjà parlé au téléphone avec Abakoumov, le général Boulbaniouk, le lieutenant Smolosidov, de Mavrino, et le prisonnier Rubine.

Le lieutenant Smolosidov était un homme massif. Même si l'on était persuadé qu'il y a du bien chez toute créature, il était difficile d'en trouver dans ce visage sévère, avec ses grosses lèvres crispées par un pli morose. Il occupait dans son laboratoire un poste mineur : il n'était guère plus qu'un monteur radio et son salaire était celui d'une ouvrière de la plus basse catégorie. Il parvenait à voler à l'institut mille autres roubles par mois en vendant des pièces détachées de radio au marché noir, mais tout le monde se doutait que la situation et le revenu de Smolosidov ne se limitaient pas à cela.

Les employés libres de la charachka avaient peur de lui, même ceux qui jouaient au volley-ball avec lui. Son visage, qui n'exprimait jamais la plus faible lueur de sincérité, était terrifiant. La confiance particulière que plaçaient en lui les chefs les plus élevés ne l'était pas moins. D'où était-il ? Avait-il même un domicile ? Une famille ? Il n'allait jamais voir ses collègues chez eux, pas plus qu'il ne partageait ses loisirs avec aucun d'eux une fois franchis les murs de l'institut. On ne savait rien de son passé, hormis les médailles qui barraient sa poitrine et la façon téméraire dont il s'était vanté un jour que tel célèbre maréchal n'avait pas dit un mot de toute la guerre que lui, Smolosidov, n'eut entendu.

Quand on lui avait demandé comment cela était possible, il avait répondu qu'il était l'opérateur radio personnel du maréchal.

A peine la question s'était-elle posée de savoir à quel employé libre confier le magnétophone et les bandes envoyés par la Très Secrète Administration que le général Boulbaniouk, qui avait apporté le matériel, donna l'ordre : à Smolosidov.

Aussi Smolosidov était-il en train d'installer le magnétophone sur une petite table vernie, pendant que le général Boulbaniouk dont la tête ressemblait à une grosse pomme de terre avec des protubérances à la place du nez et des oreilles, disait :

« Vous êtes un prisonnier, Rubine. Mais vous avez été communiste autrefois et peut-être qu'un jour vous le redeviendrez... »

« Je suis communiste maintenant ! » voulut s'exclamer Rubine, mais c'était humiliant d'avoir à prouver cela à Boulbaniouk.

« Aussi nos organisations ont-elles confiance en vous. Vous allez entendre sur ce magnétophone un secret d'Etat. Nous espérons que vous allez nous aider à arrêter cette canaille, ce complice des traîtres à notre pays. Ils veulent faire passer nos frontières à d'importantes découvertes scientifiques. Il va sans dire que la moindre tentative pour révéler...

— Compris », fit Rubine, l'interrompant, car il craignait plus que tout qu'on ne l'autorisât pas à travailler sur la bande magnétique. Ayant depuis longtemps perdu tout espoir de réussite personnelle, Rubine vivait la vie de toute l'humanité comme s'il s'agissait de sa propre existence familiale. Ce ruban qu'il n'avait pas encore entendu le blessait déjà personnellement.

Smolosidov mit l'appareil en marche.

Rubine écouta avec attention la voix enregistrée par le magnétophone comme s'il scrutait le visage d'un ennemi personnel. Quand Rubine regardait ainsi fixement, son visage se crispait et prenait une expression cruelle. Il aurait été impossible de jamais implorer miséricorde de quelqu'un qui avait un tel visage.

Dans le silence du bureau, par-dessus un léger crépitement de parasites, ils entendirent le dialogue de l'inconnu excité et pressé avec la vieille dame flegmatique.

A chaque phrase la cruauté le cédait sur le visage de Rubine à la perplexité. Mon Dieu, ce n'était pas du tout ce à quoi il s'attendait. C'était quelque chose d'absurde et d'étrange...

On arrivait à la fin de la bande.

On attendait un commentaire de Rubine, mais il ne savait encore quoi dire.

Il avait besoin d'un peu de temps pour examiner le problème sous tous les angles. Il alluma sa cigarette qui s'était éteinte et dit :

« Repassez-la. »

Smolosidov pressa le bouton de marche arrière.

Rubine jeta un regard d'espoir à ses mains brunes avec leurs doigts bleuâtres. Après tout, Smolosidov pourrait faire une erreur et laisser l'appareil sur la position « enregistrement » au lieu de « reproduction ». Et tout serait effacé sans laisser la moindre trace. Alors lui, Rubine, n'aurait plus rien à décider.

Rubine fumait, serrant entre ses dents l'extrémité creuse en carton.

Tous gardaient le silence.

Smolosidov n'avait pas fait d'erreur. Il avait appuyé sur le bon bouton.

Une fois de plus ils entendirent la voix du jeune homme, nerveuse, presque désespérée, et de nouveau la dame mécontente, marmonnant et ronchonnant. Rubine devait faire un effort pour imaginer le criminel, alors qu'il était hanté par cette femme qu'il pouvait voir très facilement, semblait-il, avec une chevelure teinte et luxuriante, qui n'était peut-être même pas la sienne.

Il se prit le visage à deux mains. Ce qu'il y avait de plus absurde dans tout cela, c'était qu'aucun être rai-

sonnable, et dont l'esprit ne serait pas déformé, ne pouvait considérer une découverte médicale comme un
secret d'Etat. Parce qu'une médecine qui demandait à
un patient de quelle nationalité il était n'était simplement
pas une médecine. Et cet homme qui avait décidé de
téléphoner dans cet appartement piégé — et peut-être
ne se rendait-il pas pleinement compte du danger — ce
garçon téméraire était sympathique à Rubine.

Mais objectivement, cet homme qui voulait faire quelque chose de bien en apparence s'était en fait attaqué
aux forces positives de l'histoire. Etant entendu que la
priorité sur le plan de la découverte scientifique était
considérée comme importante et nécessaire au renforcement de l'Etat, quiconque sapait cette priorité se
dressait, objectivement parlant, sur le chemin du progrès. Et il devait donc être éliminé.

Et puis aussi la conversation n'était pas si simple.
Cette répétition affolée du mot « étrangers ». Leur donner
« quelque chose ». Il pouvait s'agir d'autre chose que
d'un médicament. « Médicament » pouvait être un mot
de code. L'histoire connaissait des exemples de ce genre.
Comment les marins de la Baltique avaient-ils été
appelés à l'insurrection armée ? « Envoyez-nous le règlement ! » Et cela signifiait : « Envoyez un navire de guerre
et des troupes de débarquement... »

La bande s'arrêta. Rubine releva la tête, il regarda le
visage maussade de Smolosidov, le visage bête et prétentieux de Boulbaniouk. Tous deux lui faisaient horreur.
Il ne voulait même pas les regarder. Mais dans ce bureau,
à ce petit carrefour de l'histoire, c'étaient eux qui objectivement en représentaient les forces positives.

Il fallait s'élever au-dessus de ses sentiments personnels.

C'était ce genre de bouchers, mais de la Section politique de l'Armée, qui avaient jeté Rubine en prison parce
qu'ils étaient incapables de supporter son talent et sa
sincérité. C'était ce genre de bouchers, mais du bureau
du prévôt militaire, qui, pendant quatre ans, avaient jeté
au panier des douzaines de protestations envoyées par
Rubine pour affirmer qu'il n'était pas coupable.

Il fallait s'élever au-dessus de son misérable destin.

Et ces deux-là avaient beau mériter d'être sur-le-champ
soufflés par une grenade antipersonnelle, il fallait les servir comme il fallait servir la Patrie, sa conception du
progrès, son drapeau.

Rubine écrasa sa cigarette dans le cendrier, et, s'efforçant de regarder droit dans les yeux Sebastianov, qui lui
semblait quelqu'un de convenable, il dit :

« Allons, très bien. On va essayer. Mais si vous n'avez
pas de suspects, je n'arriverai pas à le trouver... Je ne
peux pas enregistrer les voix de tous ceux qui habitent
Moscou. Avec quoi est-ce que je dois comparer cet enregistrement ? »

Boulbaniouk le rassura :

« Nous en avons ramassé quatre près de la cabine téléphonique. Mais ce n'est probablement aucun d'eux. Nous
avons obtenu cinq noms du ministère. Je les ai notés là
sans leur rang, et je ne vous montre pas la situation
qu'ils occupent pour que vous ne soyez pas effrayé d'accuser qui que ce soit. »

Il lui tendit une page de son carnet sur laquelle étaient
écrits cinq noms :

1. Petrov.
2. Siagovity.
3. Volodine.
4. Tchevronok.
5. Zavarzine.

Rubine lut la liste et fit mine de la garder.

« Non, non ! fit vivement Sebastianov. C'est Smolosidov qui va garder la liste. »

Rubine la rendit. Cette précaution ne le vexait pas, au
contraire elle l'amusait. Comme si ces cinq noms n'étaient
pas déjà gravés dans sa mémoire : Petrov, Siagovity,
Volodine, Tchevronok, Zavarzine. Ses longues études philologiques faisaient tellement partie de lui que même
maintenant il avait en passant noté les étymologies des
noms : « Siagovity » : quelqu'un qui sautait loin ; « Tchevronok » : une alouette.

« Il faut, dit-il sèchement, que vous enregistriez la voix
de ces cinq individus au téléphone.

— Vous les aurez demain. »

Rubine réfléchit un moment et dit :

« Encore un point : donnez-moi l'âge de chacun. » Il
désigna du menton le magnétophone. « Je vais avoir
besoin de cette bande sans interruption et je vais en
avoir besoin aujourd'hui.

— C'est le lieutenant Smolosidov qui l'aura. On va
vous donner à tous les deux une pièce dans la zone
ultra-secrète.

— Ils sont en train de la préparer », dit Smolosidov.

L'expérience avait enseigné à Rubine d'éviter le mot dangereux « quand ? » de façon qu'on ne lui pose pas la même question. Il savait qu'il avait là pour une ou deux semaines de travail et que s'il demandait aux chefs : « Quand en avez-vous besoin ? » ils répondraient : « Demain matin. » Il demanda donc :

« Avec qui encore puis-je parler de ce travail ? »

Sebastianov regarda Boulbaniouk et répondit :

« Seulement avec le commandant Roitman, avec Oskoloupov, et avec le ministre lui-même. »

Boulbaniouk demanda :

« Vous vous souvenez bien de mes avertissements ? Voulez-vous que je les répète ? »

Rubine se leva sans en avoir demandé la permission et regarda le général en plissant les yeux comme si c'était un petit objet difficile à voir.

« Il faut que j'aille y réfléchir », dit-il, sans s'adresser à personne en particulier.

Personne ne protesta.

Rubine, plongé dans ses pensées, sortit du bureau, passa devant l'officier de service et, sans faire attention à quiconque, se mit à descendre l'escalier recouvert d'un tapis rouge.

Il lui fallait faire entrer Nerjine dans ce nouveau groupe de recherche. Comment pourrait-il travailler sans avoir l'avis de quelqu'un ? Le problème n'allait pas être facile. Ils venaient tout juste de commencer à travailler sur les voix. Ils en étaient à la première classification, à la première nomenclature.

Il sentait s'éveiller en lui le frisson de la recherche scientifique.

Au fond, c'était une science nouvelle : trouver un criminel d'après l'empreinte de sa voix.

Jusqu'à maintenant, on utilisait les empreintes digitales. On appelait ça la dactyloscopie, l'étude des sillons des doigts. On avait mis près d'un siècle à la mettre au point.

On pourrait donner à la nouvelle science le nom d'étude de la voix — c'était ainsi que Sologdine l'aurait appelée — ou phonoscopie. Et il fallait créer tout cela en quelques jours.

Petrov, Siagovity, Volodine, Tchevronok, Zavarzine.

34

LA CLOCHE MUETTE

Calé sur son siège capitonné près d'une vitre, Nerjine savourait l'agréable mouvement de balancement de l'autobus. Auprès de lui était assis Illarion Pavlovitch Guerassimovitch, un physicien spécialiste de l'optique, un petit homme aux épaules étroites avec un visage d'intellectuel, le nez chaussé de lorgnons comme un espion sur une affiche de propagande.

« Vous savez, je croyais bien que je m'étais fait à tout, dit Nerjine, en lui faisant part de ses impressions à mi-voix. Je suis prêt à m'asseoir le derrière nu dans la neige ; et même quand on nous entasse à vingt-cinq dans des fourgons de marchandises ou que le gardien de l'escorte démolit les valises, tout ça m'est égal, tout ça me laisse indifférent. Mais il y a une chose dans mon cœur qui est vivante et qui ne meurt pas : mon amour pour ma femme. Quand il s'agit d'elle, je ne peux rien supporter. La voir une fois par an et ne pas avoir le droit de l'embrasser ? En voilà une façon de nous traiter ! »

Guerassimovitch fronçait les sourcils : il avait l'air plongé dans le deuil même quand il réfléchissait simplement à des diagrammes de physique.

« Il n'y a probablement qu'un chemin qui mène à

notre invulnérabilité répondit-il ; c'est de tuer en soi *tous* les liens et de renoncer à *tous* les désirs. »

Guerassimovitch n'était à la charachka que depuis quel-.ques mois et Nerjine n'avait pas eu le temps de faire vraiment connaissance avec lui. Mais il l'aimait bien, par instinct.

Ils ne poursuivirent pas la conversation et le silence aussitôt tomba entre eux. Aller pour recevoir une visite était un événement trop important dans la vie d'un prisonnier. C'était le moment de raviver son âme endormie sous une voûte funéraire. On évoquait des souvenirs qui ne remontaient jamais les jours ordinaires. On accumulait des pensées et des sentiments pendant toute l'année pour les dépenser en ces brefs instants de réunion avec quelqu'un qui vous était proche.

L'autobus s'arrêta à la porte. Le sergent du poste de garde monta pour compter du regard et à deux reprises les prisonniers qui sortaient. Avant cela le gardien-chef avait déjà signé pour sept têtes. Le sergent ensuite s'accroupit sous l'autobus, vérifia que personne n'était accroché aux ressorts — même un démon désincarné aurait été incapable de s'accrocher là plus d'une minute — puis il rentra au poste de garde. Ce fut seulement alors que la première porte s'ouvrit, puis la seconde. L'autobus franchit la ligne enchantée, ses pneus chuchotant joyeusement sur la route couverte de givre.

C'était au caractère profondément secret de leur institut que les zeks de Mavrino devaient ces sorties. Les parents qui venaient les voir n'étaient pas censés savoir où résidaient ces cadavres vivants, ils devaient ignorer s'ils arrivaient de plus de cent cinquante kilomètres ou bien du Kremlin, si on les amenait d'un aéroport ou de l'autre monde. Ils ne voyaient que des gens biens nourris, bien vêtus, aux mains blanches et qui avaient perdu leur loquacité de jadis, qui souriaient tristement et assuraient qu'ils avaient tout ce qu'il leur fallait et qu'ils n'avaient besoin de rien.

Ces visites faisaient un peu penser aux scènes que l'on voit sur les stèles grecques antiques et où sont représentés à la fois le mort et les parents survivants qui ont fait élever le monument. Mais sur les stèles il y a toujours une petite ligne qui divise l'autre monde de celui-ci. Les vivants regardent tendrement le mort, qui, lui, a les yeux tournés vers Hadès, sans joie ni tristesse, avec un regard clair et semblant en savoir trop.

Nerjine se retourna pour voir du haut d'une petite éminence ce qu'il n'avait presque jamais eu la chance de
voir : le bâtiment où ils vivaient et travaillaient, la construction de brique sombre avec la coupole rouillée qui
coiffait la salle en amphithéâtre et, plus haut encore, la
vieille tour hexagonale. Sur la façade sud, où se trouvaient le Laboratoire d'Acoustique, le Numéro Sept, le
bureau de dessin et celui de Yakonov, les rangées régu
lières des fenêtres qu'on ne pouvait pas ouvrir regardaient vers l'extérieur, uniformes et indifférentes ; et
les banlieusards et les Moscovites qui venaient le dimanche dans le petit bois ne pouvaient guère imaginer
combien de vies remarquables, de désirs piétinés, de
passions bouillonnantes et de secrets d'Etat se trouvaient
rassemblés, entassés, entremêlés et chauffés au rouge
dans cette vieille bâtisse solitaire. Mais à l'intérieur on
retrouvait la même atmosphère de secret. Les gens d'une
salle ne savaient rien de ceux de la salle voisine. Les
voisins ne se connaissaient pas. Les officiers de sécurité
ne savaient rien des vingt-deux femmes passionnées et
déraisonnables qui, en tant qu'employées libres, avaient
accès dans le sombre bâtiment. Tout comme ces femmes
ne savaient rien l'une de l'autre — et seul le ciel pouvait
savoir, et en fin de compte l'histoire — et ignoraient que
toutes, malgré les épées suspendues au-dessus de leur
tête, elles avaient trouvé là un secret attachement, étaient
amoureuses de quelqu'un, échangeaient secrètement des
baisers ou bien s'étaient prises de pitié pour un détenu
et le mettaient en contact avec sa famille.

Ouvrant son étui à cigarettes rouge foncé, Gleb Nerjine
alluma une cigarette avec cette satisfaction particulière
qu'on éprouve parfois à faire ce geste dans des moments
particuliers de la vie.

Bien qu'il pensât par-dessus tout à Nadia, son corps,
savourant la nouveauté du voyage, n'avait envie que de
rouler, rouler encore. Il aurait voulu que le temps s'arrê-
tât, que l'autobus poursuivît à jamais sa route sur l'asphalte enneigé où les pneus laissaient des sillons noirs,
par-delà ce parc blanc de gel qui couvrait les branches
des arbres, par-delà les enfants qu'on apercevait au passage et dont Nerjine avait l'impression de ne plus avoir
entendu la voix depuis le début de la guerre. Les soldats
et les prisonniers n'entendent jamais de voix d'enfants.

Nadia et Gleb n'avaient vécu ensemble qu'un an. Cette
année-là ils couraient toujours une serviette sous le bras.

Tous deux faisaient leur cinquième année d'université, ils étaient toujours en train d'écrire des dissertations et de passer des examens.

Et puis la guerre était venue.

Il y avait des gens aujourd'hui qui avaient des gosses qui trottaient sur leurs petites jambes courtes.

Mais pas eux.

Un petit garçon s'apprêta à traverser la route. Le conducteur fit une brusque embardée pour l'éviter. L'enfant s'effraya et s'immobilisa, portant sa petite main gantée de laine bleue à son visage tout rouge.

Nerjine, qui depuis des années ne pensait pas aux enfants, eut brusquement la révélation que Staline les avait privés d'enfants, Nadia et lui. Même s'il parvenait au bout de sa peine, même s'ils étaient de nouveau réunis, sa femme aurait alors trente-six ans, peut-être quarante. Ce serait tard pour avoir un enfant.

Sur l'étang aussi des douzaines d'enfants vêtus de couleurs vives patinaient.

L'autobus s'engagea dans de petites rues en cahotant sur le pavé.

Les descriptions de prison en ont toujours souligné les horreurs. Pourtant, n'est-ce pas plus affreux encore quand il n'y a pas d'horreur ? Quand l'horreur réside dans la méthodologie grise des années. Quand elle consiste à oublier que votre seule et unique vie sur terre a été brisée. Et que vous êtes prêt à pardonner cela à quelque porc immonde. Quand vous ne pensez qu'à la façon dont vous pourriez saisir sur le plateau non pas le milieu mais le croûton du pain, et comment lors du prochain bain vous pourriez vous procurer du linge de corps sans accrocs et qui ne serait pas trop petit.

Tout cela, il faut le vivre, on ne peut pas l'imaginer. Pour écrire des phrases comme : « Je suis assis derrière des barreaux, dans une prison humide », ou bien : « Ouvrez la porte de la prison et donnez-moi une fille aux yeux noirs », on n'a presque pas besoin d'être en prison, c'est facile à imaginer. Mais c'est rudimentaire. Seules des années interminables et sans interruption peuvent faire mûrir la véritable expérience de la prison.

Nadia avait écrit dans sa lettre : « Quand tu reviendras... » Et c'était ça toute l'horreur : il n'y aurait pas de retour. On ne pouvait pas revenir. Après quatorze ans passés au front et en prison, il ne resterait sans doute pas dans le corps une seule cellule du passé. Ils

ne pourraient que repartir de zéro : un nouveau personnage, inconnu, arriverait, portant le nom de son ancien
mari et elle constaterait que son bien-aimé, que l'homme
qu'elle s'était enfermée à attendre quatorze ans, que cet
homme n'existait plus, qu'il avait disparu, molécule par
molécule.

Ce serait bon si dans cette seconde existence ils s'aimaient de nouveau.

Et sinon ?

Ils étaient déjà entrés dans les rues des faubourgs de
Moscou. A Mavrino, la lueur diffuse du ciel nocturne
donnait l'impression que Moscou n'était que lumière
éblouissante. Mais ici, on ne voyait que des maisons à
un ou deux étages, qui depuis longtemps avaient besoin
de réparations, dont le stuc s'écaillait, dont les barrières
de bois penchaient, et elles étaient comme ça l'une après
l'autre. A vrai dire, on n'y avait pas touché depuis le
début de la guerre : on faisait des efforts ailleurs, il n'en
restait pas pour ici. Mais à la campagne, par exemple de
Riazan à Ruzaievka, quel genre de toits y avait-il ? Quel
genre de maisons ?

L'autobus cahota sur les pavés de la grande place de
la gare et la traversa. On retrouvait les tramways, les
trolleybus, les voitures, les gens. Les miliciens portaient
de nouveaux uniformes d'un violet vif tirant sur le rouge
et que Nerjine n'avait jamais vus.

Comme c'était incompréhensible que Nadia pût l'attendre tant d'années ! Qu'elle pût évoluer au milieu de
cette foule qui tentait sans cesse de rattraper quelque
chose, qu'elle pût sentir sur elle des regards d'hommes
sans jamais changer de sentiments. Nerjine imaginait
ce que ce serait si c'était l'inverse. Si Nadia était en prison et que lui était libre. Il ne serait peut-être même pas
capable de le supporter un an. Jamais auparavant, il
n'avait songé que cette frêle femme avait une détermination de granit. Pendant longtemps il avait douté d'elle,
mais il sentait maintenant que pour Nadia ce n'avait
même pas été difficile d'attendre.

Quand il était encore à la prison de transit de Krasnaïa Presnya, quand après six mois d'instruction il avait
pour la première fois reçu l'autorisation d'écrire une
lettre, Gleb avait écrit à Nadia avec un bout de crayon
sur un morceau de papier d'emballage déchiqueté et plié
en triangle, sans timbre :

« Ma chérie ! Tu m'as attendu pendant les quatre

années de la guerre... Ne sois pas en colère de m'avoir
attendu en vain : maintenant cela va être dix ans de
plus. Toute ma vie je me souviendrai, comme d'un soleil,
de notre bref bonheur. Mais à partir d'aujourd'hui consi-
dère-toi comme libre. Ce n'est pas la peine que ta vie soit
gâchée aussi. Marie-toi ! »

De toute la lettre Nadia n'avait compris qu'une chose :
« Ça veut dire que tu ne m'aimes plus ! Comment peux-
tu me livrer à quelqu'un d'autre ? »

Ah les femmes ! Même quand il était au front, sur la
tête de pont du Dniepr, elle était parvenue jusqu'à lui,
avec de faux papiers de l'Armée rouge, portant une chemise de soldat trop grande pour elle, et elle avait dû subir
des interrogatoires et des fouilles. Elle était venue
pour rester avec son mari, si possible, jusqu'à la fin de
la guerre : s'il était tué, pour mourir avec lui, s'il devait
survivre, pour survivre elle aussi.

Et c'était sur cette tête de pont, qui récemment encore
était un piège mortel mais où régnait maintenant un état
de calme défensive, où poussait partout une herbe indifférente, qu'ils avaient saisi les brèves journées de leur
bonheur volé.

Mais les armées s'étaient éveillées, étaient passées à
l'attaque et Nadia avait dû rentrer, une fois de plus, avec
la même chemise de soldat qui ne lui allait pas, avec les
mêmes faux papiers de l'Armée rouge. Un camion l'avait
emmenée par une brèche ouverte dans la forêt et, de
l'arrière, elle lui avait longuement fait des signes de la
main.

...Aux arrêts, des gens attendaient en files désordon-
nées. Quand un trolleybus arrivait, les uns restaient à
leur place, d'autres s'avançaient en jouant des coudes.
Boulevard Sadovy, leur autobus bleu pâle à moitié
vide et tentant passa devant l'arrêt d'autobus et s'arrêta au feu rouge. Un Moscovite hors d'haleine se précipita, sauta sur le marchepied et frappa à la porte en
criant :

« Vous allez quai Kotelnitcheski ? Quai Kotelnitcheski ?
— Non, non, vous ne pouvez pas monter ! » cria un des
gardiens en lui faisant signe de partir.

Secoué par le rire, Ivan, le souffleur de verre, cria :
« Mais si ! Allons, monte, c'est là que nous allons, on
va t'emmener. »

Ivan était un prisonnier non politique et allait aux visites tous les mois. Tous les zeks se mirent à rire. Le Mos-

covite n'arrivait pas à comprendre quel genre d'autobus c'était et pourquoi on ne le laissait pas monter.

Mais il avait l'habitude de ce genre d'interdiction et il sauta à terre.

Une demi-douzaine d'autres candidats passagers qui s'étaient groupés derrière lui revinrent sur leurs pas.

L'autobus bleu pâle prit à gauche le boulevard Sadovy. Cela voulait dire qu'ils n'allaient pas à la Boutyrka, comme d'habitude. Sans doute à la Taganka.

Nerjine n'aurait jamais été séparé de sa femme et il aurait tranquillement passé sa vie à intégrer des équations différentielles si seulement il n'était pas né en Russie, ou bien à une autre époque, ou s'il avait été quelqu'un d'autre.

Il se rappelait une scène de *Quatre-vingt-treize* de Victor Hugo. Dantenac est assis sur une dune. Il aperçoit plusieurs clochers à la fois et chacun d'eux sonne. Toutes les cloches sonnent l'alarme, mais la bourrasque emporte le son et il n'entend rien.

De la même façon, par un étrange caprice auditif, Nerjine depuis son adolescence entendait cette cloche muette : tous les gémissements, les cris, les hurlements des mourants, que le vent obstiné emportait loin des oreilles humaines. Il avait grandi sans lire un seul livre de Mayne Reid, mais à douze ans il avait dévoré une énorme pile d'*Izvestia* aussi haute que lui et il avait lu le compte rendu du procès des ingénieurs saboteurs. Dès le début, il n'avait pas cru à ce procès. Il ne savait pas pourquoi — sa raison ne parvenait pas à l'expliquer — mais il sentait nettement que tout cela n'était que mensonges. Il connaissait des ingénieurs dans la famille de plusieurs de ses amis et il ne pouvait pas imaginer ces gens-là commettant des sabotages.

A treize ou quatorze ans, Gleb n'allait pas courir les rues quand il avait fini d'étudier ses leçons, mais il restait à lire les journaux. Il connaissait les chefs du Parti par leurs noms, il connaissait leurs postes, les noms des chefs militaires soviétiques, des ambassadeurs soviétiques dans tous les pays et des ambassadeurs étrangers en Union soviétique. Il lisait tous les discours prononcés lors du congrès, il avait lu les Mémoires des vieux bolcheviks et l'histoire ondoyante du Parti : il y en avait eu plusieurs versions et chacune était différente des autres. A l'école aussi, en quatrième année, on leur avait déjà inculqué des rudiments d'économie politique et depuis la cinquième année ils avaient des cours de sciences sociales presque tous les jours. On lui avait donné à lire *A la mémoire de Herzen* et il ne pouvait s'arracher à la lecture de ce volume de Lénine.

Soit parce qu'il avait l'oreille jeune, soit parce qu'il lisait plus que ce qu'il y avait dans les journaux, il sentait nettement tout ce qu'il y avait de faux dans cette façon abusive et étouffante de porter aux nues un homme, toujours un seul homme ! S'il était tout, cela ne voulait-il pas dire que les autres n'étaient rien ? Par esprit de pure protestation, Gleb refusa de se laisser emporter.

Gleb n'était qu'en neuvième année quand un matin de décembre il regarda dans une vitrine où on avait affiché un journal et lut que Kirov avait été tué. Et tout d'un coup, comme une lueur aveuglante, il lui apparut que c'était Staline qui avait fait tuer Kirov et personne d'autre. Parce qu'il était le seul qui profiterait de sa mort ! Un sentiment de poignante solitude l'étreignit : les adultes, entassés auprès de lui, ne comprenaient pas cette simple vérité.

Et puis les mêmes vieux bolcheviks qui avaient fait toute la révolution et qui n'avaient vécu que pour elle, commencèrent par douzaines et par centaines à disparaître dans le néant. Certains, sans attendre d'être arrêtés, avalaient du poison chez eux, d'autres se pendaient dans leur maison de campagne. Mais le plus souvent ils se laissaient arrêter, ils comparaissaient devant le tribunal et, de façon inexplicable, avouaient, se condamnaient ouvertement en se couvrant de tous les péchés et reconnaissaient avoir servi dans toutes les agences de renseignements étrangères du monde. C'était si exagéré, si invraisemblable, si gros, que seule une oreille de pierre pouvait ne pas entendre ce mensonge.

Est-ce que les gens vraiment n'entendaient pas ? Les écrivains russes qui osaient se proclamer les héritiers spirituels de Pouchkine et de Tolstoï rédigeaient en l'honneur du tyran des louanges écœurantes. Les compositeurs russes, formés au conservatoire de la rue Herzen, déposaient devant son piédestal leurs hymnes serviles.

Pour Gleb Nerjine, la cloche muette retentit tout au long de sa jeunesse. Une décision irrévocable s'enracina en lui : apprendre et comprendre ! Apprendre et comprendre !

Arpentant les boulevards de sa ville natale, quand il

aurait été plus normal de soupirer après les filles, Gleb allait rêvant qu'un jour il clarifierait tout ça et que peut-être même il franchirait les murailles derrière lesquelles tous ces gens, comme un seul homme, s'étaient calomniés avant de mourir. Peut-être ces murailles pouvait-on les comprendre.

Il ne connaissait pas alors le nom de cette prison principale, il ne savait pas non plus que nos désirs, s'ils sont vraiment grands, sont sûrs d'être exaucés.

Des années passèrent. Tout s'accomplit dans la vie de Gleb Nerjine, même si cela se révéla ne pas être facile ni plaisant. On l'arrêta et on l'emmena à cet endroit même auquel il songeait et il y rencontra ceux qui survivaient encore, qui n'étaient pas surpris de ce qu'il avait deviné et qui en avaient cent fois plus à dire.

Tout donc s'accomplit, mais Nerjine se retrouva sans travail, sans temps, sans vie... et sans sa femme. Dès l'instant qu'une unique grande passion occupe l'âme, elle entrave tout le reste. Il n'y a pas de place en nous pour deux passions.

... L'autobus traversa en cahotant le pont qui enjambait la Yaouza et continua par des rues interminables, tortueuses, hostiles.

Nerjine finit par dire :

« Tiens, on ne nous conduit pas à la Taganka ? Où allons-nous ? Je ne comprends pas. »

Guerassimovitch, émergeant des mêmes sombres réflexions, répondit :

« C'est le rempart de Lefortovo. Nous arrivons à la prison Lefortovo. »

Les portes s'ouvrirent devant l'autobus. Le lourd véhicule pénétra dans une cour de service, s'arrêta devant un bâtiment à deux étages adossé à la prison. Le lieutenant-colonel Klimentiev était déjà là, l'air jeune sans sa tunique ni sa casquette.

C'était vrai qu'il faisait moins froid ici. Sous un ciel aux nuages épais, s'étendait la morne tristesse de l'hiver.

Sur un signe du lieutenant-colonel, les gardiens descendirent de l'autobus, formèrent un rang et seuls les deux des coins du fond restèrent assis là, leur pistolet dans leur poche. Les prisonniers, sans avoir le temps de regarder le bâtiment principal de la prison, suivirent le lieutenant-colonel à l'intérieur.

Ils prirent un long couloir étroit sur lequel s'ouvraient

sept portes. Le lieutenant-colonel passa le premier et lança des ordres comme dans une bataille :

« Guerassimovitch... Ici ! Loukahenko, dans cette pièce ! Nerjine dans la troisième ! »

Un par un, les prisonniers entrèrent.

Klimentiev assigna à chacun d'eux un des sept gardiens. Nerjine se retrouva avec le gangster.

Toutes les pièces étaient des bureaux d'interrogatoire : les fenêtres d'où filtrait un peu de lumière avaient des barreaux ; le fauteuil et le bureau de l'interrogateur tournaient le dos à la fenêtre ; il y avait une petite table et un tabouret pour la personne qu'on interrogeait.

Nerjine poussa le fauteuil de l'interrogateur plus près de la porte, l'installant là pour sa femme. Il prit le petit tabouret inconfortable, avec une fente où il risquait de se pincer. C'était sur un tabouret comme ça, derrière une table exactement comme celle-ci qu'il avait jadis passé six mois d'interrogatoires.

La porte était restée ouverte. Nerjine entendit les talons de sa femme claquer légèrement dans le couloir et sa chère voix :

« Ici ? »

Et elle entra.

35

SOIS INFIDÈLE

Quand le camion, cahotant sur les racines de pins et grondant de toute sa puissance pour s'arracher au sable, avait emmené Nadia du front, Gleb était resté debout dans la brèche ouverte entre les arbres, et la brèche toujours plus longue et plus sombre l'avait avalée. Qui aurait pu leur dire alors que leur séparation ne s'achèverait pas avec la guerre et qu'en fait elle venait à peine de commencer ?

C'est toujours dur d'attendre qu'un mari revienne de la guerre. Mais le plus difficile, ce sont les derniers mois avant la fin. Car les éclats d'obus et les balles ne font pas de calcul pour savoir combien de temps un homme se bat.

C'était alors que les lettres de Gleb avaient cessé d'arriver.

Nadia se précipitait à la rencontre du facteur. Elle écrivait à son mari, à ses amis, à ses supérieurs. Tous étaient silencieux comme la tombe.

En ce printemps de 1945, il n'y avait pas un soir où les salves d'artillerie n'éclataient pas dans l'air. Une ville après l'autre était prise : Königsberg, Breslau, Francfort, Berlin, Prague.

Toujours pas de lettres. Ses espoirs diminuaient. Elle

commençait à se sentir apathique. Mais elle ne pouvait pas se laisser aller. S'il était vivant et s'il rentrait, il l'accuserait de perdre son temps. Elle s'épuisait donc en longues journées de travail, elle préparait un diplôme de chimie, elle étudiait les langues étrangères et le matérialisme dialectique... et c'était seulement le soir qu'elle pleurait.

Et soudain, pour la première fois, Nadia ne toucha pas sa délégation de solde en tant que femme d'officier.

Elle crut donc qu'il avait été tué.

Et puis la guerre s'acheva. Des gens ivres de joie couraient dans les rues. Certains tiraient des coups de pistolet en l'air. Tous les haut-parleurs d'Union soviétique déversaient des marches victorieuses sur une terre affamée et blessée.

Mais au fond de son cœur elle refusait d'admettre une situation sans retour, alors elle se mit à imaginer des contes de fées. Peut-être avait-il été envoyé en mission de renseignement ? Peut-être l'avait-on chargé d'une mission spéciale ? Une génération élevée dans le secret et la méfiance imaginait des mystères même là où il n'en existait pas.

L'été chaud du sud réchauffait tout mais pas la veuve de Nerjine.

Elle continuait pourtant à étudier comme avant la chimie, les langues et le matérialisme dialectique, craignant de lui déplaire s'il revenait quand même.

La guerre était finie depuis quatre mois. C'était le moment d'admettre que celui qu'elle aimait ne vivait plus. Et puis un petit bout de papier triangulaire arriva de la Krasnaïa Presnya : « Ma chérie ! Maintenant cela va être dix ans de plus ! »

Les proches de Nadia n'arrivaient pas à la comprendre. Elle avait appris que son mari était en prison, et voilà qu'elle était devenue joyeuse et radieuse. Une fois de plus elle n'était plus seule sur terre. Quel bonheur que ce ne fût pas quinze ans, pas vingt-cinq ans ! C'est seulement de la tombe que personne ne revient. Les gens reviennent des travaux forcés.

Maintenant que ce n'était pas la mort, maintenant qu'elle n'éprouvait plus ce terrible manque de foi, Nadia retrouvait des forces neuves. Il était à Moscou. Cela voulait dire qu'elle devait aller à Moscou pour le sauver. Elle imaginait qu'il suffirait d'être près de lui pour pouvoir lui apporter le salut.

Mais comment parvenir là-bas ? Nos descendants ne pourront jamais imaginer ce que cela signifiait à cette époque de voyager et surtout d'aller à Moscou. Tout d'abord, comme dans les années 30, chaque citoyen devait prouver avec documents à l'appui pourquoi il ne devait pas rester là où il était, quelle nécessité d'Etat l'obligeait à encombrer les transports de sa personne. Après cela on lui donnait un laissez-passer l'autorisant à faire la queue une semaine dans les gares, à dormir sur le sol maculé de crachats, ou à glisser timidement un pot-de-vin par la porte de derrière du caissier.

Nadia parvint à obtenir, ce qui était pratiquement impossible, son immatriculation pour poursuivre ses études à Moscou. Ayant payé trois fois le prix du billet, elle prit l'avion pour Moscou, tenant sur ses genoux sa serviette bourrée de manuels et les bottes de feutre pour les forêts du Nord qui attendaient son mari.

Ce fut un de ces moments inspirés de la vie où des puissances du bien vous aident et où on réussit tout. L'université la plus respectée du pays accepta cette petite provinciale inconnue qui n'avait ni nom, ni argent, ni relations et qui n'avait pas téléphoné.

Cela se révéla plus facile que d'obtenir le droit d'aller en visite à la prison de transit de Krasnaïa Presnya. On ne donnait pas d'autorisation de visite. A personne. Le GOULAG était débordé. Il y avait, arrivant de l'Ouest, un flot de prisonniers qui dépassait l'imagination.

Mais au poste de garde hâtivement édifié en planches mal équarries, alors qu'elle attendait une réponse à l'une de ses demandes inutiles, Nadia vit une colonne de prisonniers qu'on faisait sortir par les portes de bois de la prison pour aller travailler sur un terrain au bord de la Moskova. Son intuition souffla soudain à Nadia que Gleb était là.

Ils faisaient sortir au moins deux cents prisonniers. Tous étaient dans cet état intermédiaire où l'on dit adieu à ses vêtements « libres » pour adopter la tenue noir grisâtre du zek. Chacun d'eux gardait encore quelque chose qui rappelait sa vie antérieure : une casquette militaire à visière avec une bande de couleur, mais sans galon ni insigne, des bottes de cuir qui n'avaient pas encore été vendues pour du pain ou confisquées par les bandes à l'intérieur de la prison, une chemise de soie déchirée dans le dos. Tous étaient tondus et s'efforçaient d'une façon ou d'une autre de se protéger le crâne du soleil estival. Tous étaient mal rasés et tous étaient maigres, certains d'entre eux au bord de l'effondrement physique.

Nadia n'eut pas à chercher. Elle sentait où se trouvait Gleb et puis elle le vit : il marchait, portant une chemise de laine au col déboutonné, mais avec encore ses galons rouges d'officier d'artillerie aux poignets et sur sa poitrine les marques laissées par ses décorations. Il marchait les bras derrière le dos comme les autres. Il ne levait pas les yeux vers les espaces ensoleillés de la colline qui, semblait-il, auraient pu attirer le regard d'un prisonnier, pas plus qu'il ne jetait un coup d'œil aux femmes avec des colis au milieu desquelles ils passaient. A la prison de transit on ne recevait pas de lettres et il ne savait pas que Nadia était à Moscou. Aussi pâle, aussi émacié que ses camarades, il écoutait avec un intérêt passionné son voisin, un imposant vieillard à la barbe grise.

Nadia courut le long des rangs en criant le nom de son mari, mais à cause de la conversation qui l'absorbait et à cause des aboiements des chiens de garde, il ne l'entendit pas. Hors d'haleine elle continua à courir pour ne pas le perdre de vue. C'était si terrible que pendant des mois il eût croupi dans des cellules sombres et froides. C'était si merveilleux de le voir là, non loin d'elle. Elle était si fière qu'il n'eût pas été brisé. C'était si pénible qu'il ne parût pas malheureux, qu'il eût oublié sa femme. Pour la première fois elle se sentit triste, elle songea qu'il ne l'avait pas traitée justement, que la victime ce n'était pas lui, mais elle.

Tout cela elle l'éprouva en un instant. Les gardiens l'interpellèrent, les horribles chiens dressés à haïr l'homme tiraient sur leur laisse, prêts à bondir, ils aboyaient en la regardant de leurs yeux tout rouges. On chassa Nadia. La colonne descendit une pente étroite où il ne lui était plus possible de se frayer un chemin. Les derniers gardiens qui barraient l'espace interdit les séparant des prisonniers restèrent loin en arrière et, en les suivant, Nadia ne parvint pas à rattraper la colonne. Cette dernière avait disparu de l'autre côté de la colline, derrière une autre palissade.

Le soir et la nuit, quand les habitants de Krasnaïa Presnya ne pouvaient pas les voir, des trains de bétail arrivaient à la prison de transit. Des détachements de

gardiens avec leurs lanternes qu'ils balançaient à bout
de bras, leurs chiens qui aboyaient, des cris, des jurons
et des coups, embarquaient les prisonniers à raison de
quarante par wagon et les emmenaient par milliers
vers Pechora, Inta, Vorkouta, Sovietskaïa Gavan, Norilsk, Irkoutsk, Tchita, Krasnoïarsk, Novosibirsk, vers
l'Asie centrale, le Karaganda, le Djezkazgan, vers Pri-
balkan, Irtych, Tobolsk, l'Oural, Saratov, Viatka, Vo-
logda, Perm, Solvitchegodsk, Rybinsk, Potminsk,
Soukhosezvodninsk, et vers bien d'autres petits camps
anonymes. D'autres prisonniers, par petits groupes de
cent ou de deux cents étaient emmenés de jour par
camions dans des localités aux environs de Moscou
comme Serebryani Bor, Novy Iyerusalim, Parchino.
Khorino, Beskoutnikovo, Khimki, Dmitrov, Solnetcho-
gorsk, et de nuit à Moscou même où, à l'abri de palis-
sades et de barbelés, ils bâtissaient la grande capitale
moderne.

Le destin gratifia Nadia d'un cadeau inattendu :
Gleb ne fut pas emmené dans l'Arctique mais débarqué
à Moscou dans un petit camp où l'on construisait un
grand immeuble résidentiel pour les chefs du M.V.D.,
un immeuble semi-circulaire à la porte de Kalouga.

Lorsque Nadia se précipita pour sa première visite
là-bas, elle eut l'impression qu'il avait été à moitié
libéré.

Dans la rue Bolchaïa Kaloujskalaïa, des limousines
circulaient et, de temps en temps, une voiture diplomatique. Les autobus et les trolleybus s'arrêtaient à la
porte des jardins Neskoutchny, où était situé le poste
de garde du camp, semblable à l'entrée ordinaire d'un
chantier de construction. Le chantier lui-même grouillait de gens en vêtements sales et déchirés, mais les
ouvriers du bâtiment ont tous cet air-là et les passants
ne devinaient pas qu'il s'agissait de zeks.

Et ceux qui le devinaient n'en soufflaient mot.

C'était l'époque où l'argent était rare et le pain cher.
Nadia faisait des économies sur la nourriture, vendait
diverses choses et apportait des colis à son mari. On
acceptait toujours les colis. Mais on n'accordait pas
souvent de visites. Gleb n'arrivait pas à tenir sa norme.

Lors des visites il était impossible de le reconnaître.
Comme c'est le cas de tous les gens qui ont une forte
personnalité, le malheur avait eu de bons effets sur
lui. Il s'adoucissait, embrassait les mains de sa femme

et suivait les étincelles qui s'allumaient dans ses yeux. Il n'avait plus le sentiment alors d'être en prison. La vie de camp, dont le caractère impitoyable dépasse tout ce que l'on sait de la vie des cannibales et des rats, l'avait fait plier. Mais il s'était délibérément amené jusqu'à cette frontière au-delà de laquelle on ne s'apitoie plus sur son propre sort et il répétait avec un entêtement sincère :

« Chérie ! Tu ne sais pas ce que tu entreprends de faire. Tu vas m'attendre un an, même trois, même cinq... Mais plus la fin approchera, plus ce sera difficile d'attendre. Les dernières années seront les moins supportables. Nous n'avons pas d'enfants. Alors ne détruis pas ta jeunesse. Quitte-moi ! Remarie-toi ! »

Nadia hochait la tête d'un air peiné.

« Tu cherches un prétexte pour te libérer de moi ? »

Les prisonniers occupaient l'immeuble qu'ils étaient en train de construire, le côté non terminé. Quand les femmes qui apportaient des colis descendaient du trolleybus, elles voyaient deux ou trois fenêtres du dortoir des hommes au-dessus de la palissade et les prisonniers entassés à ces fenêtres. Parfois on pouvait voir aussi les femmes qui vivaient avec des zeks du camp. L'une d'elles, qui se trouvait là avec les hommes, serra dans ses bras celui avec lequel elle vivait et cria par-dessus la palissade à sa femme légitime :

« Assez fait le trottoir, putain ! Remets ton dernier paquet et file ! Si je te revois au poste de garde, je te grifferai la figure. »

Les premières élections d'après-guerre au Soviet suprême approchaient. A Moscou on s'y préparait avec énergie. Il n'était pas désirable de garder dans la capitale les prisonniers détenus en vertu de l'article 58. Bien sûr, c'étaient de bons travailleurs. Mais ils pouvaient être une cause de gêne. Et la surveillance était mal assurée. Alors, pour les effrayer tous, il fallait en expédier au moins quelques-uns. Des bruits alarmants circulaient dans les latrines, d'après lesquels il y allait avoir des transports de prisonniers vers le Nord. Ceux qui avaient des pommes de terre les firent cuire pour le voyage.

Pour protéger les électeurs, on interdit toutes les visites dans les camps de Moscou avant les élections. Nadia envoya à Gleb une serviette de toilette avec un petit billet cousu dedans : « Mon bien-aimé ! Peu importe combien d'années passeront, ni combien de tempêtes éclateront au-dessus de nos têtes (elle adorait s'exprimer en termes fleuris), ta femme te sera fidèle aussi longtemps qu'elle vivra. Il paraît que ceux de ta section vont être envoyés ailleurs. Tu seras dans des régions lointaines, privé pendant de longues années de nos rencontres, des coups d'œil échangés en secret pardessus les barbelés. Si la moindre distraction peut soulager ton fardeau dans cette vie désespérément morne, qu'importe, j'y consens, mon chéri, j'insiste même pour que tu me sois infidèle, pour que tu voies d'autres femmes. Je n'ai pas peur ! Après tout, tu me reviendras, n'est-ce pas ? »

36

C'EST BIEN JOLI DE DIRE :
EN ROUTE POUR LA TAIGA !

SANS connaître le dixième de Moscou, Nadia connaissait pourtant cette sinistre géographie : la disposition des prisons moscovites. Les prisons étaient également distribuées à travers toute la capitale, suivant un plan bien conçu, de façon que d'aucun point de Moscou jusqu'à l'une d'elles le trajet ne fût long. En remettant des colis, en demandant des renseignements, en venant en visite, Nadia apprit peu à peu à reconnaître la grande Loubianka et la petite Loubianka régionale, et elle découvrit aussi qu'il y avait des prisons réservées aux interrogatoires, appelées KPZ, dans toutes les gares de chemin de fer. Elle était allée plus d'une fois à la prison de la Boutyrka et à Taganka, elle savait quels tramways — bien que les arrêts ne fussent pas indiqués sur les itinéraires — allaient à Lefortovo et à Krasnaïa Presnya. Elle habitait actuellement près de la prison appelée « La Paix du Marin » qui avait été démolie en 1917, puis restaurée et fortifiée.

Depuis que Gleb était une fois de plus revenu d'un camp lointain à Moscou, et cette fois non pas pour être transféré dans un autre camp mais dans une étonnante institution, une prison spéciale où la nourriture était excellente et où les prisonniers travaillaient à des questions scientifiques, Nadia avait recommencé à voir son mari de temps en temps. Les épouses toutefois n'étaient pas censées savoir où leurs maris étaient détenus, et, pour leurs rares visites, on les faisait venir dans diverses prisons de Moscou.

Les visites les plus agréables étaient à la Taganka. Ce n'était pas une prison pour détenus politiques mais pour voleurs, et le règlement était assez souple. Les visites avaient lieu au club des gardiens où les geôliers communiaient avec les muses grâce à des accordéons. Les prisonniers étaient amenés dans un autobus découvert par la rue Kamentchikov déserte. Leurs femmes les attendaient sur les trottoirs et, avant même le début des visites officielles, chaque prisonnier pouvait embrasser son épouse, rester près d'elle, dire tout ce qui était interdit par le règlement et même parfois il lui passait quelque chose de la main à la main. Les visites elles-mêmes se déroulaient de façon assez détendue. On s'asseyait l'un à côté de l'autre et il n'y avait qu'un seul gardien pour surveiller les conversations de quatre couples.

La Boutyrka, qui elle aussi était essentiellement une prison où régnait une heureuse indulgence, glaçait pourtant les femmes. Les prisonniers qui arrivaient à la Boutyrka en venant de l'une ou l'autre des Loubianka, étaient aussitôt ragaillardis par le relâchement général de la discipline. Il n'y avait pas de lumière aveuglante dans les boxes. On pouvait passer dans les couloirs sans avoir les mains derrière le dos. On pouvait parler d'une voix normale dans les cellules et regarder par le judas, s'allonger sur les planches qui servaient de lits dans la journée et parfois même dormir dessus. La discipline à la Boutyrka était plus relâchée à d'autres égards aussi : la nuit, on pouvait dormir avec les mains sous son manteau, on ne vous enlevait pas vos lunettes, on permettait les allumettes dans la cellule, on n'ôtait pas le tabac des cigarettes et on coupait le pain qui arrivait dans les colis seulement en quatre et non en petits morceaux.

Les épouses ne savaient rien de toutes ces indulgences. Elles voyaient un mur de forteresse de six mètres de haut, qui s'étendait dans la rue Novoslobodskaïa sur la longueur de tout un pâté de maisons. Elles voyaient des portes de fer entre de puissants piliers

bétonnés et d'autres portes, qui celles-là glissaient lentement sur leurs gonds, commandées à distance pour
laisser les paniers à salade entrer et sortir. Et quand
les femmes étaient admises pour les visites, on les faisait passer à travers deux mètres de maçonnerie puis on
les conduisait entre les hauts murs qui entouraient la
terrifiante tour Pougatchev. Les zeks ordinaires voyaient
leurs visiteurs à travers deux grillages, avec un gardien
qui arpentait l'allée ainsi formée, comme si lui-même
était en cage. Les zeks de plus haut vol, les zeks des
charachkas, rencontraient leurs visiteurs de l'autre côté
d'une grande table sous laquelle un épais panneau les
empêchait de se toucher les pieds ou de se faire des
signaux. Le gardien était assis au bout de la table
comme une statue vigilante, écoutant la conversation.
Mais ce qu'il y avait de plus oppressant à la Boutyrka,
c'était que les maris semblaient surgir des profondeurs
de la prison, émerger pour une demi-heure de ces murs
épais et humides, arborer une sorte de sourire fanto-
matique, assurer qu'ils vivaient bien, qu'ils n'avaient
besoin de rien, et puis replonger derrière ces murs.

Aujourd'hui c'était la première fois que la visite
avait lieu à Lefortovo.

Au poste de garde on cocha son nom sur la liste et
on désigna à Nadia un long bâtiment à un seul étage.

Dans une salle nue, occupée seulement par deux longs
bancs et une longue table, plusieurs femmes attendaient
déjà. Sur la table se trouvaient des paniers et des sacs
à provisions, manifestement pleins de nourriture. Et
bien que les zeks de la charachka fussent suffisamment
nourris, Nadia qui était venue avec seulement un gâteau dans un sac se faisait des reproches à l'idée que
même une fois par an elle n'était pas capable d'offrir à
son mari quelque chose d'un peu savoureux. Elle avait
fait cuire le gâteau de bonne heure le matin quand les
autres dans son dortoir étaient encore plongées dans
le sommeil, en utilisant de la farine blanche qu'elle avait
et des restes de beurre et de sucre. Elle n'avait pas eu
le temps d'acheter des bonbons ou des pâtisseries dans
un magasin, et d'ailleurs il ne lui restait que peu d'argent pour tenir jusqu'au jour de la paie. Il se trouvait
que la visite avait lieu le jour de l'anniversaire de son
mari et elle n'avait rien à lui offrir. Elle aurait voulu
lui donner un bon livre, mas après la dernière visite
elle ne pouvait même pas faire ça. Cette fois-là, Nadia

lui avait apporté un livre de poèmes d'Essenine qu'elle
avait réussi à se procurer par miracle. C'était la même
édition que son mari avait au front et qui avait disparu
quand on l'avait arrêté. Aussi Nadia avait-elle écrit sur
la page de garde : « De même que ce livre, tout ce
que tu as perdu te sera rendu. »

Mais le lieutenant-colonel Klimentiev avait arraché la
page en sa présence et la lui avait rendue, en disant
qu'il ne pouvait y avoir de texte manuscrit dans les
colis remis aux prisonniers : le texte devait passer séparément par le censeur.

En apprenant cela, Gleb lui dit d'un ton furieux :
« Ne m'apporte plus de livres. »

Quatre femmes étaient assises autour de cette table,
l'une d'elles toute jeune avec un enfant de trois ans.
Nadia ne connaissait aucune d'elles. Elle les salua et
elles lui répondirent tout en poursuivant leur conversation animée.

Contre le mur du fond, sur un banc plus petit, une
femme de trente-cinq ou quarante ans, vêtue d'un très
vieux manteau de fourrure, était assise à l'écart des
autres. Elle portait un foulard gris noué autour de la
tête et dont le tissu était usé jusqu'à la trame. Elle
était là les bras croisés et elle fixait le sol devant elle.
Tout dans son attitude exprimait le désir qu'on la laisse
tranquille sans avoir à parler avec personne. Elle n'avait
rien qui ressemblât à un colis et il n'y avait rien à côté
d'elle non plus.

Le groupe des autres femmes était prêt à accueillir
Nadia, mais Nadia n'avait pas envie de les rejoindre.
Elle aussi se sentait ce matin d'une humeur différente.
S'approchant de la femme assise à l'écart, elle lui de-
manda :

« Vous permettez ? »

La femme leva les yeux, des yeux absolument inco-
lores. Rien dans son regard n'indiquait qu'elle eût compris ce qu'on lui avait demandé. Elle regardait Nadia
comme si celle-ci était transparente.

Nadia s'assit en serrant autour d'elle son manteau de
faux astrakan. Elle aussi resta silencieuse.

Elle avait envie en cet instant de ne rien entendre
d'autre, de ne penser à rien d'autre qu'à Gleb, qu'à la
conversation qu'ils allaient avoir, à ce qui disparaissait
à jamais dans les ténèbres du passé et dans celles de
l'avenir, à ce qui n'était ni lui ni elle, mais elle et lui

ensemble et qu'on désignait sous le nom d'« amour ».

Mais elle ne pouvait s'empêcher d'entendre les conver-sations à la table. Les femmes parlaient de ce que leurs maris avaient à manger, de ce qu'on leur servait sur la table le matin et le soir, elles disaient tous les com-bien ils avaient leur linge blanchi. Comment savaient-elles tout cela ? Cela voulait-il dire qu'elles passaient les instants heureux de leurs visites à en discuter ? Elles énuméraient quelles victuailles, combien de kilos et de grammes elles avaient elles-mêmes apportés. Tout cela faisait partie de cette tenace préoccupation des fem-mes qui fait d'une famille une famille et qui assure la perpétuité de l'espèce humaine. Mais ce n'était pas ainsi que Nadia le voyait. Au contraire, elle se disait : que c'est scandaleux, que c'est commun, que c'est pitoya-ble de changer en banalité de grands moments ! L'idée n'était-elle jamais venue à ces femmes qu'elles devraient plutôt se demander qui avait osé emprisonner leur mari ? Après tout, leur mari aurait pu tout aussi bien ne pas se trouver derrière ces barreaux et ne pas avoir à vivre sous ce régime de prison.

Il leur fallut attendre longtemps. La visite avait été fixée pour dix heures, mais à onze heures personne n'était encore apparu.

Après les autres, en retard et essoufflée, arriva la septième visiteuse, une femme à cheveux gris. Nadia la connaissait pour l'avoir vue lors d'une précédente visite : c'était la femme du graveur, sa troisième femme qui avait également été sa première. Elle avait volon-tiers raconté son histoire à Nadia. Elle avait toujours adoré son mari qu'elle considérait comme un génie. Mais il lui avait expliqué qu'à cause d'un complexe psychologique qu'elle avait, il était malheureux avec elle et il l'avait abandonnée avec leur enfant pour une autre femme. Il avait vécu trois ans avec cette rousse et puis il était parti pour la guerre. Il avait aussitôt été fait prisonnier, mais en Allemagne il avait vécu dans une certaine liberté et semblait avoir là commis quel-ques écarts. Lorsqu'il rentra de captivité, il fut arrêté à la frontière et on lui infligea une peine de dix ans. De la Boutyrka, il annonça à la rousse qu'il avait épou-sée qu'il était en prison et il demanda des colis. Elle répondit : « Il aurait mieux valu qu'il me trahisse plu-tôt que son pays ! J'aurais pu lui pardonner plus faci-lement. » Il demanda donc alors à sa première femme de lui pardonner et elle se mit à lui apporter des colis et à venir le voir... Et maintenant il lui jurait un amour éternel.

Nadia se rappelait qu'en racontant cette histoire la femme du graveur avait déclaré amèrement qui si on a un mari en prison, la meilleure chose à faire est de lui être infidèle, « pour que, quand ils sortiront, ils nous apprécient : sinon, ils croiront que personne n'a eu besoin de nous pendant tout ce temps ; que personne n'a voulu nous avoir ».

La nouvelle venue avait fait évoluer la conversation autour de la table. Elle parlait de ses démarches auprès des avocats et avec le centre judiciaire de la rue Nikolski. Ce centre de consultations était baptisé centre « modèle ». Ses avocats prenaient des milliers de roubles d'honoraires et fréquentaient souvent les restaurants de Moscou, pendant que les affaires de leurs clients n'avançaient pas. Ils avaient fini par aller trop loin. On les avait tous arrêtés, on leur avait tous donné dix ans, et le mot « modèle » avait été effacé de l'enseigne de la rue Nikolski, seulement, même au centre de consultations qui n'était pas modèle, les nouveaux avocats qu'on avait envoyés en renfort commencèrent à demander des milliers de roubles et de nouveau négligèrent les affaires de leurs clients. Les avocats expliquaient en confidence que de gros honoraires étaient nécessaires, car ils étaient obligés de partager avec d'autres. Il était impossible de vérifier leurs dires. Peut-être ne partageaient-ils avec personne, mais ils laissaient clairement entendre qu'ils partageaient bel et bien, que tout cela passait par de nombreuses mains. Les femmes désemparées marchaient devant le mur bétonné de la loi comme elles marchaient devant le mur de six mètres de la Boutyrka : elles n'avaient pas d'ailes pour passer par-dessus, et force leur était de courber la tête devant chaque porte qui s'ouvrait. Les formalités légales qui s'opéraient derrière les murs étaient pour elles comme le fonctionnement clandestin d'une formidable machine qui — malgré la culpabilité évidente des accusés et le contraste qui existait entre eux et ceux qui les avaient emprisonnés — vous distribuait parfois, comme à la loterie, des gains inespérés. Aussi, non pas tant pour ces gains que pour le rêve qu'elles en avaient, les femmes payaient-elles les avocats.

L'épouse du graveur avait la ferme conviction qu'elle

finirait par réussir. D'après ce qu'elle disait, il apparaissait qu'elle avait rassemblé quarante mille roubles
en vendant sa chambre et en empruntant à sa famille et
qu'elle avait versé tout cet argent aux avocats. Elle en
avait déjà eu quatre. Trois demandes de grâce et cinq
appels avaient déjà été formulés. Elle suivait l'évolution de tous ces appels et en de nombreux endroits on
lui avait promis que son affaire serait considérée avec
faveur. Elle connaissait par leur nom tous les procureurs des trois principaux bureaux d'accusation, et
l'atmosphère des salles d'attente de la Cour suprême
et du Soviet suprême lui était familière. Comme beaucoup de gens confiants, elle avait tendance à exagérer
la valeur de chaque remarque qui permettait un peu
d'espoir et de chaque regard qui n'était pas empreint
d'hostilité.

« Il faut écrire ! Il faut écrire à tout le monde ! répé-
tait-elle avec énergie, en invitant les autres femmes à
suivre son exemple. Nos maris souffrent. La liberté ne
viendra pas toute seule. Il faut écrire ! »

Ces propos distrayaient Nadia tout en lui donnant des
remords. En écoutant les discours inspirés de la femme
vieillissante du graveur, on ne pouvait s'empêcher de
croire qu'elle les avait toutes distancées, qu'elle réus-
sirait certainement à faire sortir son mari de prison
et l'on se demandait : Pourquoi n'ai-je pas pu en
faire autant ? Pourquoi ai-je été une compagne moins
loyale ?

Nadia n'avait eu affaire qu'une fois au centre « modèle » de consultations judiciaires, elle avait rédigé une
unique demande et n'avait versé que deux mille cinq
cents roubles à l'avocat. C'était sans doute trop peu :
il s'était vexé et n'avait rien fait.

« Oui, dit-elle doucement comme si elle se parlait à
elle-même, avons-nous tout fait ? Avons-nous la conscience tranquille ? »

Les femmes qui parlaient à la table ne l'entendirent
pas, mais sa voisine se tourna brusquement vers elle
comme si Nadia l'avait insultée.

« Et qu'est-ce qu'on peut faire ? interrogea-t-elle d'un
ton hostile. Tout ça est un cauchemar ! L'article 58, ça
veut dire l'emprisonnement à perpétuité. L'article 58,
ça n'est pas pour un criminel, mais pour un ennemi !
L'article 58, même avec un million, vous ne pouvez pas
vous en tirer ! »

Son visage n'était que rides. On percevait dans sa voix l'accent d'une souffrance sans faille.

Nadia sentit son cœur s'ouvrir à cette vieille femme D'un ton qui cherchait à excuser les propos qu'elle venait de tenir, elle reprit :

« Je voulais dire que nous ne faisons pas tout ce que nous pourrions. Après tout, les femmes des décembristes ont tout quitté sans regret pour suivre leur mari. Peut-être que si nous ne pouvons pas leur assurer la liberté, nous pouvons obtenir pour eux l'exil. Je serais d'accord pour qu'on l'envoie dans la taïga, dans n'importe quelle taïga, même dans l'Arctique, où il n'y a jamais de soleil... Et je partirais avec lui, j'abandonnerais tout... »

La femme qui avait le visage d'une nonne sévère et dont la robe grise était usée jusqu'à la trame, regarda Nadia avec étonnement et respect :

« Vous auriez encore la force de partir pour la taïga ? Comme vous avez de la chance ! Moi, je n'ai plus la force de rien. Je crois que j'épouserais n'importe quel vieillard riche qui voudrait bien de moi. »

Nadia reprit d'une voix tremblante :

« Et vous pourriez l'abandonner ? Derrière des barreaux ? »

La femme prit Nadia par la manche de son manteau :

« Ma chère, c'était facile d'aimer un homme au XIXe siècle ! Les femmes des décembristes... Vous croyez qu'elles ont accompli un exploit héroïque ? Est-ce que les sections du personnel les convoquaient pour remplir des questionnaires de sécurité ? Est-ce qu'elles devaient cacher leur mariage comme si c'était une maladie ? Pour garder leur emploi, pour qu'on ne leur enlève pas leurs cinq cents derniers roubles par mois, pour ne pas être boycottées dans leur appartement, pour que quand elles allaient chercher de l'eau dans la cour les gens ne sifflent pas sur leur passage en les traitant d'ennemies du peuple ? Est-ce que leur propre mère et leur propre sœur faisaient pression sur elles en leur disant d'être raisonnables et de divorcer ? Non, au contraire ! Elles étaient suivies d'un murmure d'admiration provenant de la crème de la société. Elles offraient avec condescendance la légende de leurs exploits aux poètes. En partant pour la Sibérie dans leurs somptueux équipages, elles ne perdaient pas — en même temps que le droit de vivre à Moscou — leurs derniers misérables mètres carrés ! Elles n'avaient pas à se préoccuper de vétilles comme le fait de salir leur livrée de travail ou bien qu'il n'y eût pas de pots ni de casseroles dans la cuisine ! C'est bien joli de dire : En route pour la taïga ! Vous ne devez pas attendre depuis bien longtemps ! »

Sa voix était prête à se briser. Des larmes emplirent les yeux de Nadia tandis qu'elle écoutait les arguments passionnés de sa voisine.

« Ça va faire cinq ans bientôt que mon mari est en prison, dit-elle pour se justifier. Et avant il était sur le front !

— Ne comptez pas ça ! protesta la femme avec violence. Etre sur le front ça n'est pas la même chose. Là c'est facile d'attendre ! Tout le monde attend. On peut parler ouvertement. Lire les lettres ! Mais attendre et se cacher en plus, c'est autre chose ! »

Elle se tut, s'apercevant qu'elle n'avait pas besoin d'expliquer ça à Nadia.

Il était déjà onze heures et demie. Le lieutenant-colonel Klimentiev entra enfin, escorté d'un gros sergent-chef à l'air désagréable.

Le sergent se mit à prendre les colis, à ouvrir les paquets de biscuits scellés sous vide et à casser en deux chaque gâteau fait à la maison. Il rompit également celui de Nadia, cherchant dedans un message, de l'argent ou du poison. Klimentiev cependant rassembla tout les permis de visite, enregistra les noms dans un grand livre, puis, l'air très militaire se redressa et déclara d'une voix claire :

« Attention ! Vous connaissez le règlement ? La visite dure trente minutes. Vous ne devez rien donner aux prisonniers. Il vous est interdit d'interroger les prisonniers sur leur travail, sur leur vie, sur leurs horaires. Toute infraction à ce règlement est punie par le code criminel. Et, en outre, à dater d'aujourd'hui les poignées de main et les baisers sont interdits. En cas d'infraction, la visite sera immédiatement terminée. »

Les femmes dociles gardèrent le silence.

« Guerassimovitch, Natalia Pavlovna ! » dit Klimentiev, lisant le premier nom.

La voisine de Nadia se leva et, avançant d'un pas ferme dans ses brodequins de feutre d'avant-guerre, elle sortit dans le couloir.

37

LA VISITE

BIEN qu'elle eût pleuré pendant qu'elle attendait, Nadia avait une impression de vacances quand enfin elle entra.

Lorsqu'elle apparut sur le seuil, Nerjine s'était déjà levé pour l'accueillir et lui souriait. Son sourire ne dura qu'un instant, mais elle en éprouva une bouffée de bonheur : il était toujours aussi proche. Ses sentiments envers elle n'avaient pas changé.

Le personnage au cou de taureau, en costume gris clair, avec un air de gangster retiré des affaires, s'approcha de la petite table et sa présence divisa en deux la pièce étroite, les empêchant de se toucher.

« Oh ! allons, laissez-moi au moins lui prendre la main ! dit Nerjine, furieux.

— C'est contre le règlement », répondit le gardien, en entrebâillant ses lourdes mâchoires juste assez pour laisser passer les mots.

Nadia eut un pâle sourire et fit signe à son mari de ne pas discuter. Elle s'assit dans le fauteuil qu'on lui avait avancé. Par endroits, le crin jaillissait du cuir. Plusieurs générations d'interrogateurs s'étaient assises

dans ce fauteuil et avaient envoyé à la tombe des centaines de gens qu'ils n'avaient pas tardé à suivre eux-
mêmes.

« Bon anniversaire ! dit-elle en essayant de paraître
joyeuse.

— Merci.

— Quelle coïncidence que ce soit aujourd'hui.

— C'était dans les astres. »

Ils avaient déjà repris l'habitude de se parler.

Nadia fit un effort pour oublier la présence oppres-
sante du gardien qui les surveillait. Nerjine essaya de
s'asseoir de façon à ne pas se pincer dans la fente du
tabouret.

La petite table derrière laquelle avaient défilé tant
de prisonniers qu'on interrogeait se dressait maintenant entre le mari et la femme.

« Je voulais juste te dire, je t'ai apporté un petit quelque chose à manger, un gâteau, tu sais, comme maman
les fait ! Je suis désolée... C'est tout.

— Tu es bête, ça n'était même pas la peine. Nous avons
tout ce qu'il nous faut.

— Mais pas de pâtisserie, n'est-ce pas ? Et tu m'as
dit de ne plus t'apporter de livres... Est-ce que tu lis
ton Essenine ? »

Le visage de Nerjine s'assombrit. Cela faisait maintenant plus d'un mois qu'une dénonciation avait été
adressée à Chikhine à propos de cet Essenine et Chikhine lui avait confisqué le livre en déclarant que
c'était interdit.

« Je le lis, oui. »

Quand on n'avait qu'une demi-heure, était-ce utile
d'entrer dans les détails ?

Bien qu'il ne fît pas du tout chaud dans la pièce,
mais plutôt frisquet, Nadia déboutonna le col de son
manteau et l'entrebâilla, car elle voulait montrer à son
mari non seulement son manteau de fourrure neuf —
pour lequel il n'avait rien dit — mais aussi son corsage
neuf. Elle comptait sur la couleur orange du corsage
pour éclairer son visage qui, pensait-elle, devait sembler
bien pâle dans cette triste lumière.

D'un seul coup d'œil Nerjine considéra sa femme :
son visage, sa gorge et l'échancrure de son corsage.
Nadia s'agita un peu sous ce regard — c'était le plus
important de la visite — et parut se dresser pour venir
à sa rencontre.

« Tu as un nouveau corsage. Montre-m'en un peu plus.

— Et mon manteau de fourrure ? fit-elle, l'air déçu.

— Qu'est-ce qu'il a, ce manteau de fourrure ?

— Il est neuf.

— C'est vrai, dit enfin Gleb. Le manteau de fourrure est neuf. »

Mais il regarda les boucles noires, sans même savoir que c'était de l'astrakan ou si c'était de la vraie fourrure ou de la fausse, car il était moins que personne capable de distinguer un manteau de cinq cents roubles d'un manteau de cinq mille roubles.

Elle rejeta en arrière le manteau. Il vit son cou, comme il avait toujours été, fin et délicat comme celui d'une jeune fille, ses épaules étroites qu'il aimait jadis serrer quand il l'étreignait et, sous les plis de son corsage, ses seins qui après toutes ces années s'étaient un peu flétris.

Un bref instant, il avait pensé, avec un sentiment de reproche, qu'elle s'achetait de nouvelles toilettes, qu'elle se faisait de nouvelles relations, mais en voyant ses seins, il se rappela que les parois du fourgon cellulaire gris avaient broyé sa vie à elle aussi.

« Tu es maigre, dit-il avec compassion. Mange mieux. Tu ne peux pas manger mieux ?

— Tu ne me trouves plus séduisante ? demanda le regard de Nadia.

— Tu es aussi merveilleuse que jamais ! » répondit le regard de son mari.

Ce genre de propos n'était pas interdit par le lieutenant-colonel, mais on ne pouvait les tenir en présence d'un étranger.

« Je mange bien, dit-elle en mentant. C'est simplement que la vie est très remplie, harassante.

— Comment ça ? Raconte-moi.

— Non, toi d'abord.

— Qu'est-ce que je peux te dire ? dit Nerjine en souriant. Rien.

— Eh bien, tu comprends... » commença-t-elle avec réticence.

Le gardien était planté à une cinquantaine de centimètres de la table, un gros homme charnu comme un bouledogue qui regardait le couple avec un impassible mépris.

Il leur fallait trouver le ton juste, le langage ailé de

l'allusion. La supériorité intellectuelle qu'ils éprouvaient devait leur inspirer ce ton.

« Il est à toi, ce costume ? » demanda-t-elle.

Nerjine fit la grimace et secoua la tête d'un air narquois.

« A moi ? Non, je suis un petit village de Potemkine. Pour trois heures. Ne t'inquiète pas pour le sphinx.

— Je ne peux pas m'en empêcher », dit-elle avec une petite moue, un peu puérile, coquette, sûre qu'elle était maintenant qu'il la regardait encore avec plaisir.

« On s'habitue à voir le côté humoristique de la chose. »

Nadia se souvint de la conversation avec la femme de Guerassimovitch et soupira :

« Mais les femmes. »

Nerjine essaya de toucher avec le sien les genoux de sa femme, mais une barre sous la table empêchait même le contact. La table oscilla. S'appuyant sur ses coudes et se penchant vers sa femme, Nerjine dit d'un ton déçu :

« C'est comme ça... Partout des obstacles. »

« Tu es à moi ? Bien à moi ? demandait le regard de Nerjine.

— Je suis celle que tu aimais. Je ne suis pas pire, crois-moi », lui répondaient ses yeux gris brillants.

« Et dans ton travail... A quels obstacles te heurtes-tu ? Dis-le-moi. Tu as fini ta troisième année ?

— Oui.

— Alors tu as soutenu ta thèse ?

— Non.

— Comment est-ce possible ?

— Eh bien, voilà... » Elle se mit à parler très vite, affolée à l'idée que tant de temps s'était déjà écoulé. « Personne n'a soutenu de thèse depuis trois ans. On les remet. Par exemple, une étudiante a passé deux ans à rédiger sa thèse sur « les Problèmes de Distribution dans l'Alimentation communautaire » et on lui a fait changer de sujet...

(Ah ! Pourquoi parler de ça ? Ça n'avait aucune importance.)

« ... Ma thèse à moi est prête et imprimée, mais ils la gardent pour divers changements... »

(La « Lutte contre la Servilité »... mais est-ce qu'on pouvait parler de ça ici ?)

« ... Et puis, il y a la question des photocopies... Et je

ne sais pas encore si je vais la faire relier. Ça pose des
tas de problèmes.

— Mais on te paie ta bourse ?

— Non.

— De quoi vis-tu ?

— De mon salaire.

— Alors tu travailles ? Où ça ?

— Là, à l'université.

— A quel titre ?

— J'ai une situation provisoire, irréelle, tu comprends ?
Ma situation est précaire partout... Je vis par tolérance.
Au dortoir aussi. D'ailleurs, je... »

Elle jeta un coup d'œil au gardien. Ce qu'elle voulait
dire, c'était que la milice avait suspendu son inscription
à la Stromynka et que, tout à fait par erreur, on lui
avait renouvelée pour six mois. L'erreur pouvait être
découverte d'un jour à l'autre. Raison de plus pour ne
pas en parler en présence d'un sergent du M.V.D.

Elle reprit :

« Et j'ai eu le droit de te rendre visite aujourd'hui
parce que... Voilà comment ça s'est passé... »

Ah ! mais, ça n'était pas possible de le raconter, même
en une demi-heure.

« Attends, tu me le raconteras plus tard. Je voudrais
te demander... Est-ce qu'il y a des obstacles qui ont un
rapport avec moi ?

— Des obstacles très importants, mon chéri. On me
donne... On veut me donner un sujet spécial à traiter...
J'essaie de ne pas l'accepter.

— Qu'est-ce que tu entends par sujet spécial ? »

Elle eut un soupir désemparé et jeta de nouveau un
coup d'œil au garde. Son visage attentif, comme s'il
s'apprêtait tout d'un coup à aboyer ou à lui montrer les
dents, était là suspendu à moins d'un mètre d'eux.

Nadia leva les mains dans un geste d'impuissance. Il
lui aurait fallu expliquer qu'à l'université il n'y avait
pratiquement plus de sujets qu'on pouvait traiter sans
autorisation. Et travailler sur un sujet soumis à l'autorisation signifiait un nouveau questionnaire de sécurité
encore plus détaillé, concernant son mari, les parents
de son mari et les parents de leurs parents. Si elle
s'avisait de dire « Mon mari a été condamné en vertu
de l'article 58 », non seulement on refuserait de la laisser
travailler à l'université, mais on lui interdirait aussi de
soutenir sa thèse. Si elle s'avisait de mentir et de dire

« Mon mari a été porté disparu au front », elle devrait quand même donner le nom de famille de celui-ci et ils n'auraient plus qu'à vérifier au fichier du M.V.D. et elle serait condamnée pour parjure. Il y avait encore une troisième possibilité, mais sous le regard vigilant de Nerjine, Nadia s'abstint de la mentionner et lui raconta avec animation :

« Tu sais, j'appartiens à un groupe musical à l'université. On m'envoie tout le temps jouer à des concerts. Il n'y a pas longtemps, j'ai joué dans la Salle des Colonnes le même soir que Yakov Zak... »

Gleb sourit et hocha la tête, comme s'il ne voulait pas le croire.

« ... Tu sais, c'était une soirée amicale, alors c'est arrivé tout à fait par hasard, mais quand même... Et, figure-toi, que c'était drôle... Ils n'ont pas voulu de ma plus belle robe, ils ont dit que je ne pouvais pas jouer là-dedans ; alors ils ont téléphoné à un théâtre et ils m'en ont fait apporter une autre, une magnifique qui me descendait jusqu'aux chevilles.

— Tu as joué... Et puis on te l'a reprise ?

— Oh ! oui. Tu sais, les filles me reprochent de m'amuser à faire de la musique, mais je leur dis : « Il vaut « mieux s'occuper de quelque chose que de quelqu'un... »

Nerjine lança à sa femme un regard reconnaissant, puis demanda avec inquiétude :

« Dis-moi, à propos du sujet spécial... »

Nadia baissa les yeux.

« Je voulais te dire... Seulement ne va pas prendre ça à cœur... Tu insistais là-dessus autrefois... Tu disais que nous devrions divorcer... » termina-t-elle très doucement.

(C'était la troisième possibilité : celle qui lui ouvrirait de nouveau la vie. Bien sûr, elle n'écrirait pas « divorcée » parce que le questionnaire de sécurité réclamerait alors le nom de famille de son ancien mari, son adresse actuelle et le nom de ses parents, et même leurs dates de naissances, professions et adresses — mais elle écrirait simplement : « célibataire ».)

Oui, il y avait eu une fois où il avait insisté... Mais maintenant, il tremblait. Ce fut alors seulement qu'il remarqua que son alliance, qu'elle avait toujours portée, n'était plus à son doigt.

« Oui, bien sûr, dit-il avec une grande détermination.

— Alors, tu ne serais pas contre... si... il fallait... que je le fasse ? » Au prix d'un grand effort, elle leva les

yeux vers lui. Ses grands yeux gris qui le suppliaient
de lui pardonner et de la comprendre. « Ce... Ce ne
serait pas vrai, ajouta-t-elle d'une voix étranglée.

— Bravo, tu aurais dû le faire il y a longtemps », fit
Nerjine d'une voix qui vibrait d'une ferme conviction,
bien qu'il n'éprouvât ni conviction ni fermeté... Et il
remit jusqu'à après la visite toute interprétation de ce
qui s'était passé.

« Peut-être que je ne serai pas obligée », dit-elle d'un
ton suppliant, tout en refermant son manteau. En cet
instant précis elle avait l'air fatiguée, épuisée... « Je
voulais simplement... au cas où... pour que nous soyons
d'accord. Peut-être que je n'y serais pas forcée.

— Mais si, pourquoi donc ? Tu as tout à fait raison,
répéta Nerjine d'un ton neutre, songeant déjà à ce qu'il
s'apprêtait à lui dire de plus important. Il faut absolument, ma chérie, que tu n'espères pas trop la fin de
ma peine ! »

Nerjine était déjà prêt personnellement à écoper d'une
seconde peine et puis de la prison à perpétuité : c'était
arrivé à beaucoup de ses camarades. Il ne pouvait pas
mentionner cela dans des lettres et il était donc bien
obligé d'en parler maintenant.

Mais une expression de crainte apparut sur le visage
de Nadia.

« Une peine de prison, c'est quelque chose d'élastique,
expliqua-t-il, en parlant vite et en avalant la fin de ses
mots pour que le gardien ne pût pas suivre ce qu'il
disait. Cela peut se prolonger à jamais, en spirales.
L'histoire est pleine d'exemples de ce genre. Et même
si ma peine devait miraculeusement s'achever, ne va
pas t'imaginer que toi et moi regagnerions notre ville,
que nous retrouverions notre vie d'autrefois. Il faut que
tu comprennes une chose et que tu ne l'oublies jamais :
on ne vend pas de billet pour le passé. Par exemple, ce
que je regrette le plus, c'est de ne pas être cordonnier.
Comme on aurait besoin de ce genre de talent dans un
village de Sibérie du Nord, à Krasnoïarsk, aux confins
de l'Angara. C'est le seul genre de vie auquel il faille se
préparer. Qui a besoin là-bas des formules mathématiques d'Euler ? »

Il avait atteint son but : le gardien aux airs de gangster retraité avait laissé, impassible, les pensées de Nerjine s'envoler devant lui.

Mais Nerjine oubliait — non, il n'oubliait pas, il ne

comprenait pas, comme c'était leur cas à tous — que des gens qui ont l'habitude de fouler la terre grise et tiède ne peuvent d'un seul coup s'élever sur les sommets glacés des montagnes. Il ne comprenait pas que sa femme continuait même aujourd'hui, comme au commencement, à compter méthodiquement les jours et les semaines de sa peine. Pour lui, cette peine était une éternité brillante et froide, et pour elle il restait deux cent soixante-quatre semaines, soixante et un mois, un peu plus de cinq ans : déjà beaucoup moins que le temps qui s'était écoulé jusqu'à maintenant, puisqu'il était allé à la guerre et que depuis lors il n'était pas rentré.

A mesure que Nerjine parlait, la crainte sur le visage de Nadia faisait place à l'horreur.

« Non, non ! s'écria-t-elle. Ne dis pas ça, chéri ! » Elle ne pensait déjà plus au gardien, elle n'avait plus honte de manifester ses sentiments. « Ne me prends pas mon espoir ! Je ne veux pas y croire ! Ça n'est tout simplement pas possible ! Ou bien as-tu cru que je voulais vraiment te quitter ? »

Sa lèvre supérieure tremblait, son visage était crispé, ses yeux exprimaient la loyauté, seulement la loyauté.

« Je te crois, je te crois, Nadiouchenka ! dit-il d'une voix changée. C'est comme ça que je l'avais compris. »

Elle ne répondit rien et se tassa un peu sur son fauteuil.

Sur le seuil de la pièce était planté le lieutenant-colonel avec ses airs de dandy et il observait avec vigilance les trois personnages rassemblés là. Sans bruit, il appela le gardien.

L'ancien gangster, comme si on l'arrachait à sa tarte aux myrtilles, s'approcha du lieutenant-colonel. A quatre pas derrière le dos de Nadia, ils échangèrent deux ou trois mots en tout, mais pendant ce temps, Nerjine, baissant la voix, parvint à demander :

« Tu connais la femme de Sologdine ? »

Rompue à d'aussi brusques détours de conversation, Nadia réussit à répondre :

« Oui.

— Et tu sais où elle habite ?

— Oui.

— On ne l'autorise pas à avoir de visites, alors dis-lui... »

Le gangster revenait.

« ... qu'il l'aime, qu'il croit en elle et qu'il espère ! articula nettement Gleb.

— ... qu'il l'aime, qu'il croit en elle et qu'il espère », répéta Nadia en soupirant. Elle regarda son mari avec insistance. Cela faisait des années qu'elle l'étudiait, mais voilà qu'elle voyait maintenant en lui un aspect nouveau.

« Ça te convient, dit-elle tristement.

— Quoi donc ?

— Tout. Ici. Tout ça. Etre ici », dit-elle, déguisant la teneur de ses propos sous un ton sans rapport avec ce qu'elle disait, pour que le gardien ne pût la suivre.

Mais la nouvelle auréole de Nerjine ne le rapprochait pas d'elle.

Elle aussi gardait tout ce qu'elle avait appris pour le considérer et l'analyser plus tard, après la visite. Elle ne savait pas ce qui était en train d'émerger de tout cela, mais instinctivement elle cherchait chez lui une faiblesse, une souffrance, un appel à l'aide, tout ce à quoi une femme pouvait consacrer le reste de sa vie, toutes les raisons qu'elle pouvait avoir d'attendre encore dix ans et de le rejoindre dans la taïga.

Mais il souriait ! Il souriait avec la même assurance qu'à la Krasnaïa Presnya ! Il se suffisait toujours à lui-même. Il n'avait jamais besoin de la sympathie de personne. Il avait même l'air confortablement installé sur son petit tabouret. Il semblait inspecter la pièce avec satisfaction, comme s'il trouvait là aussi matière à d'autres conclusions. Il paraissait en bonne santé et ses yeux pétillaient. Est-ce qu'il avait vraiment besoin de la loyauté d'une femme ?

Mais Nadia n'avait pas encore réfléchi à tout cela.

Nerjine ne devinait pas quelles pensées l'assaillaient.

« C'est fini ! dit Klimentiev sur le pas de la porte.

— Déjà ? » demanda Nadia d'un ton surpris.

Nerjine fronça les sourcils, essayant de se rappeler le détail le plus important qui restait encore sur la liste qu'il avait apprise par cœur avant la visite.

« Ah ! oui, ne sois pas surprise, si on m'envoie loin d'ici, très loin, et si tu ne reçois plus aucune lettre.

— Est-ce qu'ils peuvent faire ça ? Où ça ? » s'écria Nadia.

Une nouvelle pareille, et voilà qu'il lui en parlait seulement maintenant !

« Dieu seul sait, dit-il, en haussant les épaules.

— Ne me dis pas que tu commences à croire en Dieu ? »

Ils n'avaient parlé de rien.

Il sourit :

« Pascal, Newton, Einstein.

— On vous a dit de ne pas prononcer de noms ! aboya le gardien. Allez, ça suffit ! »

Le mari et la femme se levèrent ensemble, et, maintenant qu'il n'y avait plus de risque de voir la visite interrompue, Nerjine prit Nadia dans ses bras pardessus la petite table, l'embrassa sur la joue et se cramponna aux douces lèvres qu'il avait complètement oubliées. Il n'avait aucun espoir d'être à Moscou dans un an pour les embrasser de nouveau. Sa voix tremblait de tendresse :

« Pour tout, fais ce qui est le mieux pour toi. Et moi... » Il ne termina pas sa phrase.

« Qu'est-ce que c'est que ça ! rugit le gardien en tirant Nerjine par l'épaule. J'interromps la visite ! »

Nerjine se dégagea.

« Interromps-la, donc, hé, va te faire voir », marmonna Nerjine.

Nadia recula vers la porte et, de ses doigts que n'ornait aucune alliance, elle fit un signe d'adieu à son mari.

Puis elle disparut derrière la porte.

38

UNE AUTRE VISITE

GUERASSIMOVITCH et sa femme s'embrassaient.

Guerassimovitch était petit, pas plus grand que sa femme. Leur gardien était un garçon placide et simple. Peu lui importait s'ils s'embrassaient. Il était même gêné d'avoir à être là quand ils se voyaient. Il se serait volontiers tourné vers le mur et serait resté là pendant toute la demi-heure, mais ça n'était pas possible : le lieutenant-colonel Klimentiev avait donné l'ordre de laisser ouvertes les sept portes des bureaux d'interrogatoire pour qu'il pût surveiller les gardiens du couloir.

Peu importait aussi au lieutenant-colonel si les prisonniers et leurs épouses s'embrassaient. Il savait que cela n'entraînait la révélation d'aucun secret d'Etat. Mais il se méfiait de ses propres gardiens et des prisonniers, dont certains étaient des indicateurs et pouvaient raconter des histoires sur Klimentiev lui-même.

Guerassimovitch et sa femme s'embrassaient.

Ce n'était pas le genre de baiser qui les aurait ébranlés dans leur jeunesse. Ce baiser, volé aux autorités et au destin, était un baiser sans couleur, sans goût et sans odeur, un baiser pâle comme on pourrait en échanger avec un mort dans un rêve.

Ils se rassirent, séparés par la petite table au-dessus

du contre-plaqué gauchi qui servait à l'interrogatoire des prisonniers.

Cette petite table rudimentaire avait une histoire plus nourrie que bien des vies humaines. Des années durant, des gens s'étaient assis derrière elle, avaient sangloté, frissonné de terreur, lutté contre un manque de sommeil accablant, prononcé des paroles fières et vibrantes de colère ou bien signé de viles dénonciations contre leurs proches. Généralement on ne leur donnait ni crayon ni plume, ou seulement pour de rares dépositions manuscrites. Mais les prisonniers avaient laissé des marques sur la surface inégale du bois, d'étranges graffiti ondoyants ou anguleux, qui, mystérieusement, conservaient les détours subconscients de l'âme.

Guerassimovitch regardait sa femme.

Sa première pensée fut qu'elle était devenue bien peu séduisante. Elle avait les yeux creux et comme ses lèvres, ils étaient entourés de rides. La peau de son visage était flasque et Natacha semblait ne pas la soigner du tout. Son manteau datait d'avant la guerre et cela faisait longtemps qu'il avait besoin au moins d'être retourné. La fourrure du col était plate et élimée et l'écharpe qu'elle portait n'avait plus d'âge ; il croyait se rappeler qu'ils l'avaient achetée des années plus tôt à Komsomolsk-sur-Amour avec un bon de réquisition ; et elle la portait à Leningrad quand elle allait chercher de l'eau à la Néva.

Guerassimovitch chassa la vilaine pensée qui montait des profondeurs de son être que sa femme était sans beauté. Devant lui, se trouvait une femme, la seule au monde qui fût la moitié de lui-même. Devant lui, se trouvait une femme, celle avec qui il pouvait partager ses souvenirs. Quelle jeune fille, attirante et fraîche mais étrangère incompréhensible, avec ses souvenirs à elle, différents, pourrait signifier pour lui plus que sa femme ?

Natacha n'avait pas tout à fait dix-huit ans quand ils s'étaient rencontrés dans une maison de la Srednaïa Podyatcheskaïa, près du pont de Lviny, le jour de l'an 1930. Cela ferait vingt ans dans six jours.

Natacha avait juste dix-neuf ans quand il avait été arrêté pour la première fois. Pour sabotage.

Guerassimovitch avait commencé à travailler comme ingénieur à une époque où le mot « ingénieur » était encore presque synonyme du mot « ennemi » et quand il était à la mode de soupçonner les ingénieurs d'être

des saboteurs. Guerassimovitch, qui était à peine sorti
de l'institut, portait à cause de sa myopie un pince-nez
qui lui donnait exactement l'air d'un de ces intellectuels qui figuraient sur les affiches contre l'espionnage
dans les années 30. Il saluait tout le monde, qu'il eût
à le faire ou non et disait : « Pardonnez-moi, je vous
en prie », d'une voix très douce. Aux réunions, il gardait
un silence total et restait assis là tranquille comme une
souris. Il ne comprenait même pas à quel point il irritait
tout le monde.

Mais malgré tous les efforts pour préparer un solide
dossier contre lui, ce fut à peine si l'on parvint à étendre
la sentence jusqu'à trois ans. Lorsqu'il arriva au bord
de l'Amour, on cessa aussitôt de le surveiller. Sa fiancée
vint le rejoindre là-bas et devint sa femme.

Bien rares étaient les nuits où le mari et la femme ne
rêvaient pas de Leningrad. Et ils s'apprêtaient à y
retourner en 1935. Mais là-dessus des torrents humains
commencèrent à déferler dans leur direction.

Natalia Pavlovna, elle aussi, observait attentivement
son mari. Il y avait eu une époque où elle avait vu ce
visage changer, où elle avait vu les lèvres se durcir, les
yeux devenir froids, presque cruels, derrière le pince-
nez. Illarion Pavlovitch cessa de saluer les gens, il cessa
de débiter ses « Je vous demande pardon ». Sans cesse
on lui reprochait son passé. On le congédiait d'un endroit
pour l'engager ailleurs à un poste qui ne convenait pas
à quelqu'un ayant son instruction. Ils déménageaient
sans cesse, ils vivaient dans la gêne, ils perdirent leur
fille, ils perdirent leur fils. Puis, décidant finalement de
risquer le tout pour le tout, ils revinrent à Leningrad.
Ils y arrivèrent en juin 1941.

Là, ils eurent plus de mal que jamais à s'installer dans
des conditions supportables. Le questionnaire de sécurité de son mari pendait sur lui comme une menace.
Pourtant, ayant quitté son laboratoire pour un travail
plus dur, sa nouvelle vie, loin de l'affaiblir, le rendit
plus fort. Il survécut à tout un automne passé à creuser
des tranchées. Quand vinrent les premières neiges, il
était devenu fossoyeur.

Ce sinistre métier était l'un de ceux dont on avait le
plus besoin et qui rapportait le plus dans la ville assiégée.
En ultime tribut aux morts, les survivants donnaient au
fossoyeur les morceaux de pain réservés aux pauvres.

On ne pouvait pas manger ce pain sans trembler. Mais

Illarion s'était trouvé cette excuse : Les gens n'ont guère eu pitié de nous, alors n'ayons pas pitié d'eux !

Le couple survécut. Mais avant même la fin du blocus, Illarion fut arrêté, accusé d'avoir des *intentions* de trahir son pays. A Leningrad, on arrêtait beaucoup de gens pour des intentions. Après tout, on ne pouvait pas directement accuser de trahison des gens qui ne s'étaient même pas trouvés en territoire occupé.

Natalia Pavlovna regardait attentivement son mari, mais, chose étrange, elle ne trouvait sur lui aucune trace des années difficiles. Ses yeux regardaient avec une calme intelligence derrière son pince-nez. Ses joues n'étaient pas creuses. Il n'avait pas de rides. Son costume était de bonne qualité. Son nœud de cravate était soigneusement fait.

On aurait pu croire que c'était elle qui était en prison.

Et sa première pensée, peu charitable, fut qu'en effet il vivait très bien à la prison spéciale. On ne le persécutait pas, il était plongé dans ses recherches scientifiques, il n'avait pas le temps de penser aux souffrances de sa femme.

Mais elle chassa cette idée méprisable.

Elle demanda d'une petite voix :

« Alors, comment ça va ? »

Comme si elle avait dû attendre douze mois cette visite, en pensant à son mari pendant trois cent soixante nuits dans un lit glacé de veuve, pour demander : « Alors, comment ça va ? »

Et Guerassimovitch, dont la vie ne s'était jamais épanouie, dont le monde avait toujours été celui d'un condamné dans la taïga et dans le désert ou dans les cellules d'interrogatoire, et qui maintenant savourait le bien-être d'une institution secrète, répondit :

« Pas trop mal. »

Ils n'avaient qu'une demi-heure. Les secondes passaient. Il y avait des douzaines de questions à poser, des désirs et des plaintes à formuler. Et Natalia Pavlovna demanda :

« Quand as-tu appris pour la visite ?

— Avant-hier. Et toi ?

— Mardi. Le lieutenant-colonel m'a demandé à l'instant si je n'étais pas ta sœur.

— Parce que nous avons le même patronyme ?

— Oui. »

Quand ils s'étaient fiancés et, plus tard, quand ils

vivaient au bord de l'Amour, tout le monde les prenait pour le frère et la sœur. Il y avait chez eux cette heureuse ressemblance extérieure et intérieure qui fait d'un couple plus qu'un mari et une femme.

« Comment ça va au travail ?

— Pourquoi me demandes-tu ça ? fit-elle avec inquiétude. Tu sais ?

— Quoi ? »

Il savait quelque chose, mais il n'était pas sûr que ce fût cela qu'elle voulait dire.

Il savait qu'à l'extérieur on persécutait les femmes des prisonniers.

Mais comment pouvait-il savoir que mercredi dernier sa femme avait été congédiée parce qu'elle était mariée avec lui ? Depuis trois jours, ayant déjà été informée qu'elle pourrait le voir, elle ne cherchait pas un nouveau travail. Elle attendait leur entrevue, comme s'il pouvait y avoir un miracle, comme si cette visite allait soudain baigner sa vie d'une lumière qui lui montrerait quoi faire.

Mais comment pouvait-il donner un conseil, lui qui était emprisonné depuis tant d'années et qui avait si peu l'habitude de la vie civile ?

Elle devait prendre une décision : le désavouer ou non.

Dans cette pièce grise et mal chauffée, avec la lumière pâle qui provenait de la fenêtre à barreaux, la visite passait et les espoirs de miracle que Natalia Pavlovna avait pu nourrir se dissipaient.

Natalia Pavlovna comprit que durant cette triste demi-heure elle ne parviendrait pas à exprimer sa solitude et sa souffrance à son mari, qu'il suivait sa propre voie, qu'il menait sa vie à lui. D'ailleurs il ne comprendrait rien ; alors pourquoi l'inquiéter ?

Le gardien s'éloigna vers le côté de la pièce pour examiner le plâtre sur le mur.

« Parle-moi de toi », dit Illarion Pavlovitch en tenant la main de sa femme à travers la table. Dans ses yeux brillait cette tendresse qui avait brûlé pour elle lors des mois les plus cruels du blocus.

« Larik ! Est-ce qu'il y a la moindre possibilité d'une remise de peine ? »

Ce dont elle parlait, c'était du système qui fonctionnait au camp près du fleuve Amour : un jour de travail comptait pour deux jours de peine et cela faisait autant de moins.

Illarion secoua la tête :

« Comment veux-tu que j'aie une remise de peine ? On ne fait pas ça ici, tu le sais bien. Ici, il faut inventer quelque chose d'important, alors on te libère plus vite. Mais le malheur, c'est que les inventions qui les intéressent — et il jeta un coup d'œil au dos du gardien — sont... comment dirais-je ? d'un genre extrêmement indésirable... »

Il ne pouvait s'exprimer plus clairement.

Il prit les mains de sa femme et les pressa doucement contre ses joues.

Durant les mois glacés de Leningrad, il n'avait pas frissonné à l'idée de prendre du pain à quelqu'un qu'il faudrait enterrer le lendemain.

Mais maintenant, il ne pouvait pas...

« Tu es triste toute seule ? Tu es très triste ? demandat-il tendrement, en lui caressant toujours la main avec sa joue.

— Triste ? » Son cœur se serrait maintenant parce que la visite touchait presque à sa fin, qu'elle allait bientôt s'en aller et quitter Lefortovo sans être enrichie par rien, pour regagner les rues sans joie, seule, seule, seule. La stupéfiante absurdité de chaque acte et de chaque jour ! Rien de doux, rien d'aigu, rien d'amer, une vie comme du coton gris.

« Natalotchka ! fit-il en lui caressant les mains. Si tu fais le compte du temps que j'ai déjà fait, après tout, il n'en reste plus tellement maintenant. Rien que trois ans. Seulement trois ans...

— Seulement trois ans ! s'écria-t-elle, l'interrompant avec indignation, sentant sa voix trembler, sachant qu'elle ne la contrôlait plus. Seulement trois ans ? Pour toi... c'est seulement ! Pour toi, la libération pure et simple... c'est « extrêmement indésirable ». Tu vis au milieu d'amis ! Tu es plongé dans ton travail bien-aimé. On ne te houspille pas. Mais moi, on m'a congédiée, je n'ai plus rien pour vivre. On ne me prendra nulle part. Je ne peux pas continuer ! Je n'ai plus la force. Je ne peux pas tenir un mois de plus ! Il vaudrait mieux que je meure ! Mes voisins me persécutent tant qu'ils peuvent. Ils ont jeté ma malle dehors, ils ont arraché mon étagère du mur, ils savent que je n'oserai pas dire un mot. Ils savent qu'ils peuvent me faire expulser de Moscou ! J'ai cessé d'aller voir mes sœurs, ma tante Jenya ! tout le monde se moque de moi, tout le monde dit qu'on n'a jamais vu une pareille imbécile. Ils me pressent de divorcer pour me remarier. Quand tout cela va-t-il finir ? Regarde ce que je suis devenue ! J'ai trente-sept ans. Dans trois ans je serai une vieille femme. Je rentre à la maison et je ne me fais même pas à dîner ; je ne range même pas la chambre ; j'en ai assez. Je m'écroule sur le divan et je reste allongée là sans force. Larik, mon chéri, je t'en prie, fais quelque chose pour qu'on te libère plus tôt. Tu as un esprit brillant. Je t'en prie, invente-leur quelque chose. Sauve-moi. Sauve-moi ! »

Elle n'avait pas l'intention de dire tout ça quand elle était arrivée. Mais son cœur s'était brisé. Secouée de sanglots et embrassant la main de son mari, elle laissa sa tête tomber contre la petite table qui avait déjà reçu tant de larmes.

« Je vous en prie, calmez-vous », dit le gardien d'un ton coupable, en jetant un coup d'œil par la porte ouverte.

Le visage de Guerassimovitch se figea. On entendait ses sanglots déplacés dans le couloir. Le lieutenant-colonel était planté d'un air menaçant sur le seuil, il jetait un regard mauvais au dos de la femme et il ferma la porte lui-même.

Le règlement n'interdisait pas spécifiquement les larmes, mais, à un niveau plus élevé d'interprétation de la loi, il n'y avait pas place pour elles.

39

PARMI LES JEUNES

« Ça n'a rien de compliqué. Il suffit de dissoudre de la poudre à blanchir et de l'étendre au pinceau sur le passeport, comme ça. Le tout c'est de savoir combien de temps la laisser et quand il faut la rincer.

— Bon, et après ?

— Ça sèche et il n'y a plus une trace, c'est propre, tout neuf, et il n'y a plus qu'à griffonner un nom quelconque, Sidorov ou Petrouchine, né dans le village de Kriouchi.

— Et on ne se fait jamais prendre ?

— Pour ça ? Clara Petrovna... ou peut-être... voudriez-vous me permettre...

— Quoi donc ?

— ... de vous parler, Clara... quand personne ne nous entend.

— Allez-y.

— Eh bien, vous voyez, Clara, la première fois qu'on m'a arrêté j'étais un jeune homme innocent et sans défense. Mais la seconde fois... Ah ! J'étais sur la liste des personnes recherchées sur tout le territoire de l'Union soviétique, dans les années où on ne plaisantait pas, de la fin de 1945 à la fin de 1947. Ça voulait dire que je devais avoir comme faux papiers non seulement mon passeport, avec mon enregistrement de résidence dessus, mais aussi une carte de travail, une carte d'alimentation et le permis m'autorisant à faire mes achats dans le magasin. Et par-dessus le marché, j'avais des tickets de pain supplémentaires : je les vendais et je vivais là-dessus.

— Mais c'est très mal.

— Qui dit que c'était bien ? On m'a forcé : Je n'ai pas réfléchi.

— Mais vous auriez pu tout simplement travailler ?

— « Simplement travailler » ne rapporte pas grand-chose. Le travail du juste ne permet pas de construire des palais, vous savez ? Et comme quoi est-ce que j'aurais travaillé ? On ne m'a pas laissé l'occasion d'apprendre un métier : je ne me suis pas fait prendre, mais j'ai commis des erreurs. En Crimée, il y avait une fille au service des passeports... mais n'allez pas vous imaginer que j'aie rien eu à faire avec elle. Elle m'a pris en sympathie et elle m'a confié un secret, à propos du numéro de mon passeport : certaines lettres dedans étaient un code pour indiquer que j'avais été en territoire occupé.

— Mais vous n'y aviez pas été !

— Non, bien sûr que non, mais ce n'était pas mon passeport non plus ! C'est pour ça qu'il a fallu que j'en achète un autre.

— Où ça ?

— Clara ! Vous avez vécu à Tachkent, vous connaissez le bazar de Tezikov et vous me demandez où ? J'étais sur le point de m'acheter un Ordre du Drapeau Rouge aussi, mais le type en voulait deux mille roubles et je n'en avais que dix-huit cents, et il était entêté, il insistait : Deux mille ou rien.

— Mais qu'est-ce que vous vouliez faire d'une décoration ?

— Qu'est-ce qu'on veut faire d'une décoration ? C'est simple, je voulais simplement me vanter un peu... Jouer le soldat de première ligne. Si j'avais la tête froide comme vous...

— Où avez-vous pris l'idée que j'avais la tête froide ?

— Froide, sérieuse, et votre regard est si... si intelligent.

— Oh ! voyons !

— C'est vrai. Toute ma vie j'ai rêvé de faire la connaissance d'un fille qui ait la tête froide.

— Pourquoi ?

— Parce que je suis impulsif, que je ne réfléchis pas et qu'elle m'empêcherait de faire des bêtises.

— Bon, continuez votre histoire.

— Où en étais-je ? Ah oui ! quand je suis sorti de la Loubianka... j'étais purement et simplement étourdi de bonheur. Mais quelque part en moi il y avait ce petit chien de garde qui me demandait : Qu'est-ce que c'est que ce miracle ? Comment cela se peut-il On ne laisse jamais personne sortir, m'avait-on dit dans la cellule, coupable ou non coupable c'est dix ans et cinq sur les cornes et le camp.

— Qu'est-ce que ça veut dire « sur les cornes » ?

— Oh ! une muselière pour cinq ans.

— Comment ça ?

— Mon Dieu, mais on ne vous a rien appris ! Et dire que vous êtes la fille d'un procureur ! Pourquoi ne vous intéressiez-vous pas à ce que faisait votre père ? Une muselière ça veut dire qu'on ne peut pas mordre. On est privé de droits civiques. On ne peut pas voter ni être élu.

— Attendez une minute, quelqu'un vient.

— Où ça ? N'ayez pas peur, c'est Zemelya. Asseyez-vous comme vous étiez. Je vous en prie ! Ne partez pas. Ouvrez ce dossier, voilà. Etudiez-le. Alors j'ai tout de suite compris qu'on m'avait laissé sortir pour me garder en observation, pour voir qui j'allais retrouver, si je retournerai voir les Américains dans leurs maisons de campagne ; et que ce ne serait pas une vie. Alors je les ai roulés ! J'ai dit adieu à ma mère. Je suis parti de chez moi pendant la nuit et je suis allé chez un vieux type. C'est lui qui m'a expliqué comment on fait les faux papiers. Alors pendant deux ans on a recherché à travers toute l'Union soviétique Rostislav Doronine. Et moi j'ai continué à me déplacer sous de faux noms : en Asie centrale, au lac Issik-Koul, en Crimée, en Moldavie, en Arménie, en Extrême-Orient. Et puis j'ai eu très envie de voir ma mère. Mais je ne pouvais pas rentrer à la maison. Je suis allé à Zagorsk et j'ai travaillé dans une usine comme une sorte d'apprenti que tout le monde peut houspiller et maman venait me voir le dimanche. J'ai travaillé là quelques semaines... Et puis j'ai dormi trop tard un matin et je suis arrivé en retard au travail. Alors je suis passé en justice !

— On a tout découvert ?

— Pas du tout ! On m'a condamné à trois mois sous mon faux nom. J'étais dans une colonie de travail et on continuait à me rechercher à travers toute l'Union soviétique : Rostislav Doronine, yeux bleus, nez droit, cheveux roux, tache de naissance sur l'épaule gauche. Ça leur a coûté pas mal d'argent, ces recherches. J'ai tiré mes trois mois, j'ai obtenu mon passeport du chef du camp et j'ai filé vers le Caucase.

— De nouveau sur les routes !

— Pourquoi pas ?

— Alors comment est-ce arrivé ?

— Comment j'ai été pris ? Je voulais étudier.

— Vous voyez bien, vous vouliez mener une vie honnête. Il faut étudier, c'est important. C'est une belle chose.

— Je crois malheureusement, Clara, que ça n'est pas toujours si beau que ça. J'ai découvert ça plus tard en prison, dans les camps. Si votre professeur veut conserver son salaire et qu'il a peur de perdre sa place, vous croyez que vous allez apprendre de belles choses de lui ? Dans les facultés de lettres ? C'est vrai que vous, vous avez fait des études techniques.

— J'ai fait mes humanités aussi.

— Mais vous avez abandonné, n'est-ce pas ? Vous me raconterez ça plus tard. Oui, j'aurais dû être patient et attendre l'occasion d'acheter un diplôme de fin d'études. Ça n'aurait pas été difficile de m'en procurer un ; mais la négligence, c'est ce qui nous perd ! Je me suis dit : « Faudrait-il qu'ils soient assez bêtes pour me rechercher « encore, un gosse ? Il y a probablement longtemps qu'ils « m'ont oublié. » Alors, j'ai pris mon vieux diplôme à mon nom et j'ai posé ma candidature à l'université, mais à Leningrad, au département de géographie.

— Mais à Moscou vous étiez au département d'histoire ?

— Je m'étais mis à aimer la géographie, après toutes ces vadrouilles. C'est fascinant comme tout ! On voyage et on regarde autour de soi : les montagnes, les vallées, la taïga, les régions subtropicales ! Toute sorte de gens différents ! Eh bien, qu'est-ce qui s'est passé ? Ça faisait une semaine que j'allais à l'université quand ils m'ont pincé ! Et de nouveau au trou ! Maintenant j'en ai pour vingt-cinq ans ! Et en route pour la toundra où je n'étais pas encore allé... pour acquérir une expérience pratique de géographie.

— Vous pouvez parler de ça en riant ?

— A quoi bon pleurer ? Si je pleurais à propos de tout, Clara, je n'aurais pas assez de larmes. Je ne suis pas le seul. On m'a envoyé à Vorkouta — et si vous saviez la bande qu'ils ont là-bas ! Ils sculptent le charbon ! Tout Vorkouta dépend des zeks. Toute la région du Nord ! C'est le rêve de Thomas More réalisé.

— Le rêve de qui ? Je suis désolée, il y a tellement de choses que je ne sais pas.

— Thomas More, le vieux type qui a écrit *L'Utopie*. Il avait la bonne conscience de reconnaître qu'il resterait toujours dans la société diverses formes de travaux humiliants et particulièrement pénibles. Personne ne voudrait s'en charger. Qui devrait donc les accomplir ? More y a réfléchi et il a trouvé la solution : de toute évidence, il y aurait dans une société socialiste aussi des gens qui désobéiraient aux lois. C'est à eux que reviendraient les tâches humiliantes, et particulièrement pénibles. Les camps ont donc été conçus par Thomas More, c'est une vieille idée.

— Je ne sais que penser. A notre époque, vivre de cette façon ! avoir un faux passeport, changer de ville, être comme une feuille dans le vent... Je n'ai jamais rencontré nulle part de gens comme vous dans ma vie.

— Mais, Clara, ça n'est pas comme ça que je suis non plus ! Les circonstances peuvent faire de nous des démons ! Vous savez que la façon dont nous vivons détermine la façon dont nous pensons. J'étais un garçon sage, j'obéissais à ma mère, je lisais *Le Royaume des Ténèbres* de Dobrolioubov. Quand un milicien agitait le doigt devant moi, mon cœur se serrait. On grandit, on tombe dans tout cela imperceptiblement. Qu'aurais-je pu faire ? Rester assis là comme un lapin et attendre qu'ils me ramassent une seconde fois ?

— Je ne sais pas ce que vous auriez pu faire, mais quelle façon de vivre ! J'imagine à quel point ce doit être affreux : vous êtes toujours en marge de la société ! Vous êtes dans une certaine mesure quelqu'un de superflu, de pourchassé.

— Bah ! quelquefois c'est affreux, et quelquefois, vous savez, ça ne l'est pas. C'est comme au bazar de Tezikov... Après tout, si un homme vend des décorations toutes neuves et le diplôme en blanc qui va avec, avec qui croyez-vous que cet individu mercenaire travaille ? Dans quelle organisation ? Pouvez-vous l'imaginer ? Ecoutez ceci, Clara : moi-même je suis partisan d'une vie honnête, mais pour tout le monde, vous comprenez, pour absolument tout le monde !

— Mais si tout le monde attend tout le monde, ça ne commencera jamais. Si chacun doit...

— Chacun devrait, mais ça n'est pas chacun qui le fait. Ecoutez, Clara, je vais exprimer ça de façon très simple. Contre quoi était la Révolution ? Contre les *privilèges* ! De quoi le peuple russe en avait-il assez ? Des privilèges. Les uns étaient en salopette et les autres en zibeline, les uns se traînaient à pied alors que d'autres roulaient carrosse, les uns écoutaient le sifflet de l'usine alors que les autres s'emplissaient la panse dans les restaurants. Ça n'est pas vrai ?

— Bien sûr.

— Bon. Et comment se fait-il aujourd'hui que les gens ne repoussent pas les privilèges mais qu'ils les recherchent ? Que dire de moi ? Vous croyez vraiment que ça dépend de moi ? J'ai regardé mes aînés, je les ai bien regardés. J'habitais une petite ville du Kazakhstan et qu'est-ce que je voyais ? Les femmes des autorités locales, est-ce qu'elles allaient dans les magasins ? Jamais de la vie ! On m'a envoyé, moi, chez le premier secrétaire du comité régional du parti communiste pour apporter une caisse de macaronis, une pleine caisse. Pas ouverte. Alors il faut bien se dire que ça n'a pas été uniquement cette caisse-là et uniquement ce jour-là.

— Oui, c'est affreux ! Ça m'a toujours rendue malade... Vous me croyez ?

— Bien sûr que je vous crois. Pourquoi voulez-vous que je ne croie pas une personne vivante plutôt qu'un livre publié à un million d'exemplaires ? Et puis ces privilèges... ils entourent les gens comme la peste : si quelqu'un peut acheter ailleurs qu'au magasin qui est réservé à tout le monde, il n'achètera jamais qu'ailleurs. Si une personne peut être soignée dans une clinique spéciale, elle ne se fera jamais traiter que là. Si quelqu'un peut circuler dans une voiture qui lui est personnellement affectée, il ne lui viendra jamais à l'idée de circuler autrement. Et s'il y a quelque part un endroit privilégié où on n'admet les gens qu'avec des laissez-passer, eh bien, les gens feront tout pour obtenir ce laissez-passer.

— C'est vrai et c'est épouvantable.

— Si quelqu'un peut bâtir une barrière autour de lui, soyez sûr qu'il le fait. Quand le salopard était gosse, il escaladait la clôture d'un marchand pour voler des pommes... et il avait raison ! Maintenant il fait bâtir une grande et solide palissade à travers laquelle personne ne peut voir, parce que tel est son bon plaisir... et il estime qu'il a encore raison.

— Rostilav Vadimitch...

— Pourquoi m'appelez-vous Vadimitch ? Appelez-moi simplement Rousska.

— Ça m'est difficile de vous appeler comme ça.

— Eh bien, dans ce cas je me lève et je m'en vais. Voilà la cloche du déjeuner. Je suis Rousska pour tout le monde, et pour vous surtout. Je n'accepterai aucune autre appellation.

— Alors, très bien... Rousska, je ne suis pas complètement idiote non plus. J'ai beaucoup réfléchi toute seule. Il faut lutter contre tout ça ! Mais pas de la façon dont vous vous y prenez, certainement pas.

— Mais je n'ai pas encore lutté du tout. Je suis simplement parvenu à la conclusion que s'il doit y avoir égalité, alors ça doit être l'égalité pour tous, et sinon, eh bien ! vous pouvez vous la... Oh ! excusez-moi, je ne voulais pas... Excusez-moi... Nous voyons tout ça depuis l'enfance : à l'école on entend de belles paroles mais on ne peut pas faire un pas sans piston, on n'arrive nulle part sans graisser la patte. Alors en grandissant nous devenons rusés et combinards : l'agressivité est une forme de bonheur !

— Non, non, ça n'est pas possible ! Il y a beaucoup de choses justes dans notre société. Vous exagérez. Il ne faut pas être comme ça ! Vous en avez vu beaucoup et c'est vrai que vous avez beaucoup souffert, mais « l'agressivité est une forme de bonheur », ce n'est pas une philosophie de la vie. Il ne faut pas être comme ça !

— Rousska, la cloche du déjeuner a sonné, tu as entendu ?

— Bon, Zemelya, file, je serai là dans une seconde. Clara ! Je vous parle sérieusement, gravement. De tout mon cœur, je serais heureux de vivre autrement. Mais si seulement j'avais un ami... à la tête froide... une amie. Si seulement nous pouvions réfléchir ensemble. Organiser bien la vie. Je ne sais pas si je peux vous dire tout ça.

— Vous pouvez.

— Avec quelle confiance vous avez dit ça ! Pourtant c'est impossible. Etant donné votre milieu... Vous venez d'une société absolument différente.

— Ma vie n'a pas été facile, ne croyez pas ça. Je peux comprendre.

— Hier et aujourd'hui vous m'avez regardé d'une façon si amicale que ça me donne envie de vous raconter tout comme je le ferais à quelqu'un de proche... D'ailleurs, c'est seulement à l'extérieur que je suis, en quelque sorte, un prisonnier condamné à vingt-cinq ans. Je... Oh ! si seulement je pouvais vous expliquer à quel point je marche sur une lame de rasoir ! N'importe qui de normal en mourrait d'une crise cardiaque... Mais je vous raconterai tout ça plus tard... Clara ! Ce que je veux dire maintenant, c'est que j'ai en moi une énergie volcanique. Vingt-cinq ans, c'est absurde. C'est facile de sortir d'ici. Ce matin même, j'ai mis au point la façon dont je pourrais m'en aller de Mavrino. Le jour où ma fiancée me dirait : « Rousska ! Echappe-toi ! Je t'attends ! » je jure que trois mois plus tard je me serais échappé, que j'aurais un faux passeport. Je n'échouerais pas. Je l'amènerais à Tchita, à Odessa, à Veliky Oustioug ! Et nous commencerions une nouvelle vie libre, honnête et intelligente !

— Oh ! oui, une belle vie !

— Vous savez ce que disent toujours les héros de Tchékhov : « Dans vingt ans ! Dans trente ans ! Dans « cent ans ! » Faire une belle journée de travail dans une briqueterie et rentrer à la maison pour dîner ! Quels ridicules rêves ils avaient ! Non, je plaisante. Je suis vraiment sérieux. C'est tout à fait sérieux, je veux étudier et je veux travailler. Seulement pas tout seul. Clara ! Regardez comme c'est calme. Il n'y a personne. Ça vous plairait d'aller à Veliky Oustioug ? Je n'y suis jamais allé.

— Quel personnage surprenant vous êtes !

— Je l'ai cherchée à l'université de Leningrad, mais je ne savais pas où je la trouverais.

— Qui ça ?

— Clara, des mains de femme peuvent faire de moi ce qu'elles voudront : un grand escroc, un joueur brillant ou bien un spécialiste des vases étrusques ou des rayons cosmiques. Tout ce que vous voudrez que je sois, je le deviendrai.

— Vous vous ferez un faux diplôme ?

— Non, je travaillerai vraiment. Tout ce que vous direz je le deviendrai. Je n'ai besoin que de vous, que de votre tête que vous tournez lentement pour me regarder quand vous entrez au laboratoire. »

40

LA FEMME DE MÉNAGE

Le major général Piotr Afanassiévitch Makaryguine, qui avait un diplôme de droit, avait longtemps fait office de procureur pour les affaires spéciales, autrement dit pour des affaires qu'il était préférable de ne pas révéler au public et dont la procédure était donc secrète. C'était un procureur qui, sans peut-être être célèbre, sortait de l'ordinaire. Il était d'une inflexible fermeté dans l'exécution de ses devoirs.

Il avait trois filles, toutes de sa première femme qui avait été sa maîtresse pendant la guerre civile et qui etait morte à la naissance de Clara. Ces filles avaient été élevées par une belle-mère qui avait été ce qu'il est convenu d'appeler une bonne mère pour elles.

Elles s'appelaient Dinera, Dotnara et Clara. Dinera voulait dire en russe « enfant de l'ère nouvelle ». Dotnara signifiait « fille du peuple laborieux ». Et Clara, c'était simplement Clara, la signification de ce nom étant inconnue à tous les membres de la famille.

Les filles se suivaient de deux ans en deux ans. La cadette, Dotnara, avait terminé ses dix ans d'études secondaires en 1940, et, dépassant Dinera, elle s'était mariée un mois plus tôt que celle-ci, au printemps de 1941. C'était alors une fille svelte aux boucles blondes

qui ruisselaient sur ses épaules et elle adorait que son
fiancé l'emmène à l'hôtel Metropol pour danser au milieu
des tables. Son père était furieux qu'elle se fût mariée
de bonne heure, mais il avait dû s'en accommoder.
Certes, son gendre se trouvait être de la bonne espèce :
il était sorti de l'Ecole de Diplomatie, c'était un jeune
homme brillant et bien parrainé, le fils d'un père célèbre
qui avait péri pendant la guerre civile. Ce gendre s'appelait Innokenty Volodine.

La fille aînée, Dinera, pendant que sa mère intervenait
à l'école pour ses mauvaises notes en maths, passait
son temps à balancer ses jambes sur le divan en lisant
et en relisant toute la littérature mondiale, d'Homère
à Claude Farrère. Après avoir terminé ses études secondaires, mais sans l'assistance de son père, elle entra à
l'Institut de Cinématographie en tant qu'élève comédienne et au bout d'un an elle épousa un metteur en scène
assez connu, fut évacuée avec lui à Alma-Ata, incarna
l'héroïne de son film, puis le quitta pour des problèmes
de création, épousa un général divorcé de l'intendance et
partit avec lui pour le front... mais au troisième échelon
— la meilleure zone en temps de guerre, car les obus
ennemis ne l'atteignaient pas, non plus que les terribles
fardeaux de l'arrière. Elle fit là la connaissance d'un
écrivain qui venait tout juste de devenir à la mode, un
correspondant de guerre du nom de Galakhov, et elle
voyagea avec lui pour recueillir de la documentation sur
l'héroïsme pour les journaux. Elle rendit le général à
son ancienne femme et partit avec l'écrivain pour Moscou. Depuis lors, l'écrivain avait fait son chemin. Dinera
présidait un salon littéraire, elle avait la prétention d'être
une des femmes les plus intelligentes de Moscou et on
avait même écrit à son sujet une épigramme :

> *Il m'est doux d'être silencieux avec vous,*
> *Car avec vous impossible de placer un mot.*

Pendant huit ans, Clara avait donc été la seule enfant
à rester à la maison.

Personne ne disait de Clara qu'elle était belle et on la
disait même rarement « jolie ». Elle avait un visage net
et droit, empreint d'un certain courage. Cette fermeté
semblait commencer quelque part du côté des tempes.
On retrouvait la même fermeté dans le mouvement sans
hâte de ses mains. Elle riait rarement. Elle n'aimait pas
non plus parler beaucoup, mais elle aimait écouter.

Clara avait terminé sa neuvième année d'études quand
tout lui tomba dessus à la fois : le mariage de ses deux
sœurs, le début de la guerre, son départ en évacuation
avec sa belle-mère pour Tachkent, où son père les avait
envoyées dès le 25 juin. Et puis il y eut aussi le départ
de son père pour l'armée en tant que procureur divi-
sionnaire.

Elles passèrent trois ans à Tachkent, chez un vieil ami
de leur père, l'assistant d'un des procureurs généraux
de la région. Jamais dans leur tranquille appartement
près du club des officiers du district militaire, au premier étage, avec des volets aux fenêtres, jamais n'entrait
ni la chaleur du sud ni les malheurs de la ville. De nombreux hommes quittaient Tachkent pour rejoindre l'armée, mais il en arrivait dix fois autant. Bien que chacun
d'eux pût prouver que sa place était là et non pas au
front, Clara avait le sentiment incontrôlable qu'ils déferlaient sur la ville comme dans un champ d'épandage.
Implacablement la loi éternelle de la guerre fonctionnait : les gens avaient beau ne pas aller au front comme
volontaires, c'étaient quand même les meilleurs et les
plus courageux qui s'y retrouvaient ; et, en vertu du
même code de sélection, la plupart d'entre eux y laissaient leur vie. A cinq mille kilomètres de là, on trouvait
la fine fleur de l'esprit humain, la pureté de l'héroïsme,
et Clara vivait entourée de médiocres sans intérêt.

Clara termina sa dixième année d'école à Tachkent.
On discuta pour savoir dans quel établissement d'enseignement supérieur elle devrait entrer. Rien ne l'attirait
particulièrement, rien en elle ne s'était défini. Ce fut
Dinera qui choisit à sa place. Elle avait beaucoup insisté
dans ses lettres et, quand elle était venue à la maison
faire ses adieux avant de partir pour le front, elle avait
répété que Clara devrait faire des études littéraires.

Et ce fut ce qu'elle fit, tout en sachant depuis ses
études secondaires que la littérature l'ennuyait : Gorki
était correct mais assez lourd ; Saltykov-Chichédrine
était progressiste, mais on pourrait mourir de bâille-
ments à essayer de le lire ; Tourgueniev se limitait à ses
idéaux de noble ; Gontcharov était associé avec les débuts du capitalisme russe ; Lev Tolstoï en était arrivé
à prôner la paysannerie patriarcale... et leurs professeurs
ne leur conseillaient pas de lire les romans de Tolstoï car
ils étaient très longs et ne faisaient que rendre confus
les essais critiques si clairs écrits sur lui. Et puis on

passait en revue un tas d'écrivains totalement inconnus : Dostoïevski, Stepniak-Kravchinski et Shoukhovo-Kobyline. C'était vrai qu'on n'avait même pas besoin de se souvenir des titres de leurs œuvres. Sur toute cette longue liste, seul Pouchkine étincelait comme un soleil.

Tout le programme de la littérature à l'école se limitait à une étude intensive de ce que les écrivains avaient voulu exprimer, de ce qu'était leur position et de quelles idées sociales ils s'étaient fait les apôtres. Et c'était vrai non seulement pour eux, mais aussi pour les écrivains soviétiques et pour les auteurs des « peuples frères » de l'Union soviétique. Jusqu'à la fin Clara et ses compagnes ne purent jamais comprendre pourquoi ces gens bénéficiaient de tant d'attention. Ils n'étaient pas les plus intelligents. Les journalistes et les critiques, et notamment les dirigeants du Parti, étaient tous plus malins qu'eux. Ils faisaient souvent des erreurs, ils s'embrouillaient dans les contradictions et même un élève était capable de le déceler. Ils subissaient l'influence étrangère. Et pourtant il fallait écrire des dissertations à leur propos et trembler à chaque erreur de lettre ou de virgule. Ces vampires des jeunes âmes ne pouvaient éveiller d'autres sentiments que la haine à leur égard.

Pour Dinera, la littérature était quelque chose d'absolument différent, quelque chose qu'elle éprouvait vivement, quelque chose de gai. Dinera promettait que la littérature serait comme ça à l'Institut. Mais pour Clara la littérature ne se révéla pas plus gaie qu'à l'école. Il y avait des cours de littérature slavonne, de littérature religieuse, de mythologie et d'histoire comparée, et tout ça donnait l'impression d'écrire sur de l'eau. Dans les groupes d'études littéraires, on parlait de Louis Aragon et de Howard Fast et encore de Gorki et de son influence sur la littérature d'Uzbékistan. En suivant ces cours et en participant à ces discussions, Clara attendait toujours d'entendre quelque chose d'important sur la vie, sur Tachkent en temps de guerre.

Un frère d'une camarade de Clara en dixième année, par exemple, avait été tué alors que ses amis et lui essayaient de voler du pain dans un camion qui passait. Dans le couloir de l'Institut, Clara avait jeté par hasard un sandwich à moitié terminé dans la poubelle et aussitôt un étudiant qui faisait partie de son groupe d'étude d'Aragon s'était précipité et, le dissimulant tant bien que mal, avait ramassé le sandwich dans la poubelle pour

le fourrer dans sa poche. Une des étudiantes avait emmené Clara pour avoir son avis à propos d'un achat au
bazar de Tezikov, le grand bazar d'Asie centrale et
même de toute l'Union soviétique. Sur deux pâtés de
maisons les gens s'entassaient et il y avait de nombreux
mutilés de guerre : ils sautillaient sur des béquilles, agitaient les moignons de leurs bras, se traînaient dans des
voitures de cul-de-jatte, ils vendaient des objets, disaient
la bonne aventure, mendiaient, suppliaient. Clara leur
donnait de l'argent et son cœur se brisait. Plus loin, la
foule était plus épaisse encore. On n'arrivait pas à se
frayer un chemin à travers les spéculateurs sans vergogne, nommes et femmes. Personne n'était surpris et tout
le monde acceptait les prix élevés bien qu'ils ne fussent
en aucune façon en rapport avec les salaires. Les magasins de la ville pouvaient bien être vides, on trouvait de
tout ici. On trouvait de tout à manger, à porter, de tout,
y compris du chewing-gum américain, des pistolets et
des manuels de magie blanche et noire.

Mais à l'institut on ne parlait pas de cette vie-là, comme
si on n'en connaissait même pas l'existence. On étudiait
une littérature qui parlait de tout au monde sauf de ce
qu'on pouvait voir de ses propres yeux.

Comprenant qu'au bout de cinq ans elle irait à son tour
dans une école pour faire à des petites filles d'écœurantes dissertations et pour traquer leurs fautes de ponc-
tuation et d'orthographe, Clara se mit à jouer de plus
en plus au tennis : il y avait d'excellents courts à Tachkent.

C'est ainsi qu'elle passa le long automne tiède, mais
au milieu de l'hiver elle tomba malade.

Elle fut malade longtemps, toute une année. Elle resta
au lit dans une clinique, puis chez elle, de nouveau en
clinique et enfin elle rentra à la maison. Elle fut exami-
née par des spécialistes, par des professeurs ; on lui pres-
crivit des piqûres intraveineuses, intramusculaires, on
lui fit des injections de solution saline et des analyses
qu'on montra à d'autres médecins.

A cette époque, où elle se demandait ce qu'allaient être
à l'avenir ses forces physiques, durant les longues nuits
sans sommeil dans le noir, lors de ses promenades solitaires dans les couloirs d'hôpital quand tout ce qu'elle
voyait et ce qu'elle sentait là lui était devenu intolérable, qu'aurait pu faire d'autre Clara que réfléchir ! Elle
découvrit en elle-même un penchant et même un talent

pour une vie remplie et compliquée auprès de laquelle tout l'Institut lui semblait quelque chose de pitoyablement insignifiant et vide.

Elle n'eut pas à y retourner. Lorsqu'elle fut rétablie, le front était déjà en Biélorussie. Tout le monde quitta Tachkent et eux aussi rentrèrent à Moscou.

C'était étrange. Ces pensées sur la vie, qui lui avaient pourtant paru claires lors de sa maladie, se dispersaient maintenant dans la lumière, le bruit et le mouvement, elles flottaient au loin et Clara ne parvenait même pas à régler les questions aussi simples que de savoir à quel institut elle allait entrer. Elle voulait simplement un endroit où l'on parle moins et où l'on agisse plus, et cela voulait dire un établissement technique. En même temps, elle ne voulait pas travailler sur des machines lourdes et sales. Ce fut ainsi qu'elle entra à l'Institut des Ingénieurs des Communications.

Par manque de conseils, elle avait de nouveau commis une erreur, mais elle ne l'avoua à personne, ayant obstinément décidé de terminer ses études et de travailler où elle le pourrait. D'ailleurs, elle n'était pas la seule de sa classe à se trouver là par accident. C'était une époque où chacun poursuivait l'oiseau magique de l'éducation supérieure. Ceux qui n'entraient pas à l'Institut de l'Aviation se présentaient à l'Institut vétérinaire. Ceux que l'on refusait dans les Instituts de Chimie ou de Technique devenaient paléontologues.

Après la guerre, le père de Clara eut beaucoup à faire en Europe. Démobilisé à l'automne, il eut aussitôt un appartement de cinq pièces dans le nouvel immeuble du M.V.D. à la Porte de Kalouga. Un des premiers jours après son retour, il emmena sa femme et sa fille le visiter.

Une voiture leur fit franchir la grille des jardins de Neskoutchny et s'arrêta avant le pont du chemin de fer qui entourait Moscou. C'était la fin de la matinée d'une chaude journée d'octobre. La mère et la fille portaient des robes froufroutantes sous de légers manteaux. Le père portait une grande capote de général qui n'était pas boutonnée et qui laissait voir de nombreuses médailles et décorations.

L'immeuble ceignait la Porte de Kalouga par deux ailes semi-circulaires, l'une donnant sur la rue Bolchaïa Kaloujskaïa, l'autre sur le chemin de fer. Chaque bâtiment avait huit étages et on prévoyait une tour de seize étages avec un solarium sur le toit et la statue haute de dix mètres

d'une fermière de kolkhoze. Il y avait encore des écha-
faudages et la maçonnerie n'était pas terminée. Toutefois, cédant à l'impatience des autorités, le bureau de
construction avait remis aux propriétaires le bâtiment
donnant sur le chemin de fer, seconde partie de l'immeuble qui, elle, était achevée, c'est-à-dire l'escalier et
les appartements qui donnaient dessus.

Le chantier de construction était entouré, comme toujours dans les rues fréquentées, par une solide palissade.
Les barbelés au faîte de la palissade et les vilains miradors ne frappaient pas particulièrement les passants et,
pour ceux qui vivaient de l'autre côté de la rue, c'était
devenu un spectacle familier qui n'attirait donc plus
leur attention.

La famille du procureur traversa la place et passa de
l'autre côté de l'immeuble. Là, on avait ôté les barbelés. Le second bâtiment, qu'on avait commencé à occuper, était séparé du chantier par une clôture. En bas,
à l'entrée principale, ils furent accueillis par un contremaître fort poli et il y avait aussi un soldat auquel Clara
ne fit pas attention. Tout était terminé. La peinture avait
séché sur les rampes. Les poignées des portes étaient
astiquées. On avait mis les numéros des appartements.
on avait nettoyé les vitres et il ne restait plus qu'une
femme en vêtements crasseux qui lavait les marches de
l'escalier.

« Attention, là-bas ! », cria le contremaître. La femme
s'arrêta de laver et se déplaça sur le côté, laissant le
passage pour une personne à la fois, sans lever le visage
de son seau où trempait une serpillière.

Le procureur passa.

Le contremaître passa.

Dans un froissement d'étoffes parfumées, frôlant presque le visage de la femme de ménage, la femme du procureur passa.

La femme de ménage, qui ne pouvait peut-être plus
supporter cette soie ni ce parfum, leva les yeux, tout en
restant penchée, pour voir s'il y en avait d'autres.

Son regard brûlant de mépris foudroya Clara. Ruisse-
lante de taches d'eau sale, elle avait le visage expressif
d'une intellectuelle.

Clara éprouva non seulement la honte qu'on éprouve
toujours à passer près d'une femme qui lave le sol, mais,
en voyant sa jupe raccommodée, son blouson molletonné
dont le coton sortait par les trous, elle éprouva une honte

et une horreur plus grandes encore. Elle resta figée là,
elle ouvrit son sac, elle aurait voulu le vider pour en
donner le contenu à cette femme, mais elle n'osa pas.

« Eh bien, passez ! » dit la femme avec colère.

Rassemblant les plis de sa robe élégante et de son manteau sombre, Clara grimpa les marches en courant.

Dans l'appartement, personne ne lavait par terre :
c'était du parquet.

L'appartement leur plut. La mère de Clara donna au
contremaître des instructions sur quelques changements
qu'elle souhaitait et elle fut particulièrement mécontente
de constater que dans une des pièces les lames de parquet craquaient. Le contremaître se balança sur deux
ou trois lames et promit de veiller à ce qu'on y remé-
diât.

« Et qui fait tout ce travail ? » demanda brusquement
Clara.

Le contremaître sourit et ne dit rien. Ce fut son père
qui répondit :

« Des prisonniers, qui veux-tu que ce soit ? »

Lorsqu'ils descendirent, la femme n'était plus là.

Le soldat dehors avait disparu aussi.

Quelques jours plus tard, ils emménagèrent.

Quatre ans s'étaient écoulés depuis cet incident, et
Clara ne parvenait toujours pas à oublier cette femme
et elle montait toujours par l'ascenseur ; mais s'il lui
arrivait de prendre l'escalier, elle faisait toujours un
écart lorsqu'elle passait à cet endroit des marches,
comme si elle craignait de marcher sur la femme de
ménage. C'était une impression étrange et pourtant impossible à maîtriser.

Dès les premiers jours qui suivirent son retour, son
père ne reconnut pas dans la Clara d'après-guerre la
jeune fille qu'il avait quittée quatre ans auparavant. Il
avait toujours considéré ses deux filles aînées comme
des beautés frappantes, mais à la cervelle d'oiseau et il
croyait que Clara par contre était sérieuse et réfléchie.
Mais pas du tout. Elle avait recueilli on ne sait où toutes
sortes de mauvaises histoires qu'elle se plaisait à raconter au déjeuner. Et ce n'étaient pas tellement les histoires elles-mêmes qui étaient scandaleuses que le fait
qu'elle eût pris la manie de généraliser à propos de n'importe quel cas particulier. Un jour, après l'une de ses
anecdotes, le vieux procureur frappa du poing sur la
table et quitta la pièce sans avoir fini son repas.

Clara n'avait personne à qui parler. Année après année, elle vivait avec une liste grandissante de questions.

Un jour qu'elle descendait l'escalier avec son beau-frère, elle ne put s'empêcher de le prendre par la manche et de lui faire faire un écart à l'endroit où elle devait contourner l'invisible femme de ménage. Innokenty remarqua son geste et lui demanda ce qu'il y avait. Clara hésita, se disant qu'elle allait sans doute passer à ses yeux pour une folle. Puis elle lui raconta.

Innokenty, toujours narquois et blasé d'habitude, écouta son récit sans rire. Il lui prit les deux mains, tourna vers elle un regard radieux et dit :

« Ma petite Clara ! Alors tu commences à comprendre. »

Désireuse de prolonger cet heureux moment de franchise, sans bouger de la marche où elle avait rencontré la femme de ménage, Clara posa ses mains gantées sur les épaules d'Innokenty et le bombarda de questions qui depuis longtemps s'amassaient en elle.

Innokenty n'était pas pressé de répondre. Quittant ses airs railleurs, il regarda simplement sa belle-sœur. Et soudain il dit :

« Moi, je n'ai qu'une seule question à te poser, ma chère petite Clara. Pourquoi étais-tu une si petite fille avant la guerre ? Tu te rends compte avec quel plaisir je t'aurais épousée ! »

Clara rougit, tapa du pied, et retira ses mains des épaules d'Innokenty.

Mais elle le força quand même à commencer de répondre à ses questions.

Cette conversation avait eu lieu l'été précédent et à peu près au moment où Clara remplissait d'un cœur léger des questionnaires. Ses antécédents familiaux étaient impeccables, sa vie jusqu'alors avait baigné dans la lumière régulière de la prospérité, elle n'avait commis aucun des actes qui déshonorent un citoyen. Sa candidature fut acceptée et elle franchit le seuil du poste de garde de l'Institut secret de Mavrino.

41

LES LIMIERS DE L'IMPÉRIALISME

CLARA, avec les autres étudiantes diplômées de l'Institut des Communications, suivit l'inquiétant cours d'instruction du commandant Chikhine.

Elle apprit qu'elle travaillerait parmi les plus redoutables de tous les espions, *les liniers de l'impérialisme mondial.*

Clara fut affectée au Laboratoire du Vide. C'était le laboratoire qui produisait une grande quantité d'ampoules électroniques commandées par les autres laboratoires. Ces ampoules étaient d'abord soufflées dans le petit atelier de soufflerie de verre, puis au Laboratoire du Vide proprement dit, une grande pièce sombre face au nord, on les vidait de l'air qu'elles contenaient au moyen de trois pompes à vide sifflantes. Les pompes formaient comme une cloison dans la pièce. Même de jour, on laissait ici la lumière électrique allumée. Le sol était en dalles de pierre et on entendait sans cesse le bruit des gens qui marchaient, des sièges qu'on déplaçait. A chaque pompe travaillait un zek spécialiste du vide. Ailleurs d'autres zeks étaient assis à des bureaux. Il n'y avait que deux employés libres, une fille du nom de Tamara et le chef du laboratoire qui portait un uniforme de capitaine.

Clara avait été présentée à ce chef dans le bureau de

Yakonov. C'était un petit juif rondelet d'un certain âge à l'air un peu indifférent. Sans rien ajouter aux menaces concernant les dangers qui l'attendaient, il lui fit signe de le suivre et, dans l'escalier, lui demanda :

« Bien sûr, vous n'avez aucune connaissance ni théorique ni pratique ? Je parle de vos capacités professionnelles. »

Clara balbutia une réponse. En plus de sa peur, il ne lui manquait plus maintenant que la honte. Voilà qu'on allait la dénoncer, montrer qu'elle était une ignorante, et tout le monde allait rire d'elle.

Aussi, tout comme elle aurait pu pénétrer dans une cage de fauves, elle entra dans le laboratoire occupé par des monstres en combinaison bleue.

Les trois spécialistes du vide rôdaient d'ailleurs autour de leurs pompes comme des animaux en cage. Ils avaient une commande urgente à exécuter et cela faisait deux jours de suite qu'on ne les laissait pas dormir. Mais celui du milieu, un homme d'une quarantaine d'années avec un début de calvitie, mal lavé et pas rasé, s'arrêta, sourit et dit :

« Tiens ! tiens ! Du renfort ! »

Toutes ses craintes s'évanouirent. Il y avait une simplicité si désarmante dans cette exclamation que ce fut seulement au prix d'un grand effort que Clara put s'empêcher de répondre par un sourire.

Le plus jeune spécialiste du vide, à la plus petite des pompes, s'interrompit également. Il était très jeune et il avait un visage gai, un peu espiègle, avec de grands yeux innocents. Le regard qu'il lança à Clara semblait montrer qu'il avait été pris au dépourvu.

L'aîné des spécialistes du vide, Dvoietosov, dont l'énorme pompe dans les profondeurs de la salle émettait un rugissement particulièrement bruyant, était un grand gaillard dégingandé, assez sec, mais avec un peu de ventre. Il contempla Clara avec mépris et passa derrière les armoires comme pour fuir la vue d'une telle abomination.

Clara découvrit par la suite qu'il se comportait ainsi avec tous les employés libres et que, quand les chefs entraient dans la salle, il mettait délibérément un appareil en marche afin de faire un vacarme tel que cela les obligerait à crier. Il était d'apparence assez négligée et pouvait fort bien arriver avec un bouton ne tenant plus à son pantalon que par un fil ou avec un trou dans ses vêtements. Quand les filles étaient là, il se mettait volontiers à se gratter sous sa combinaison. Il se plaisait à dire :

« Ici je suis chez moi, dans mon pays... Alors pourquoi voulez-vous que je me gêne ? »

Le troisième spécialiste du vide était connu par les prisonniers, y compris les plus jeunes, sous le simple nom de Zemelya et il ne s'en formalisait absolument pas. C'était un de ces individus que les psychologues appellent « des caractères ensoleillés ». Lors des semaines suivantes, en l'observant, Clara remarqua qu'il ne regrettait jamais rien de perdu, que ce fût un crayon ou toute sa vie gâchée. Il ne se mettait jamais en colère contre rien ni personne, pas plus qu'il n'avait peur de qui que ce fût. C'était un bon ingénieur, mais un spécialiste des moteurs d'avion. Il avait été amené à Mavrino par erreur, mais il s'était installé là et n'avait fait aucun effort pour aller ailleurs, considérant avec raison qu'il était mieux loti là où il était.

Le soir, quand les pompes s'arrêtaient, Zemelya aimait écouter des récits ou en faire.

« Autrefois, on pouvait avoir un petit déjeuner pour une pièce de cinq kopecks. Et on pouvait acheter tout ce qu'on voulait. On ne pouvait pas faire un pas sans qu'on vous propose quelque chose, disait-il, avec un large sourire. Et personne ne vendait de camelote non plus : les gens se seraient fait cracher à la figure. Quand on achetait des bottes, c'étaient de vraies bottes. Elles duraient dix ans si on ne les faisait pas réparer, quinze si on mettait des pièces. Le cuir de la partie supérieure n'était pas coupé comme il est maintenant, mais posé de façon à contourner le pied. Et puis, il y avait celles... comment les appelait-on ? Des rouges décorées : ce n'étaient pas des bottes, c'était comme une seconde âme ! » Un sourire s'épanouissait sur son visage comme si le soleil venait soudain de sortir. « Ou bien, par exemple, dans les gares... On arrivait une minute avant le train, on achetait un billet, et on s'asseyait... Il y avait toujours des wagons vides. On les faisait rouler quand même... On ne faisait pas d'économies. La vie était facile, très facile... »

L'aîné des spécialistes du vide, pour écouter ces histoires, émergeait de son coin sombre où son bureau était prudemment dissimulé aux regards des chefs. Il arrivait lentement, son corps massif oscillant d'un côté à l'autre, les mains enfoncées dans ses poches, et il se plantait là au milieu de la pièce, regardant de côté, avec ses lunettes qui tombaient sur son nez et disait :

« De quoi parles-tu, Zemelya ? Tu t'en souviens, de tout ça ?

— Je m'en souviens un peu, disait Zemelya en s'excusant avec un sourire.

— Dommage, disait Dvoietosov, en secouant la tête. Oublie-le. Continue plutôt de pomper. »

Il restait là encore un moment, sans mot dire, à regarder par-dessus ses lunettes. Puis il regagnait son coin.

Les devoirs de Clara se révélèrent fort simples. Elle était censée arriver un jour le matin et rester jusqu'à six heures du soir et le lendemain après le déjeuner et rester jusqu'à onze heures du soir. Elle prenait la garde en alternance avec Tamara. Le capitaine était toujours là depuis le matin, parce que les chefs pourraient avoir besoin de lui dans la journée. Il ne venait jamais le soir parce qu'il ne s'était pas fixé pour but d'avancer. La principale tâche des filles était d'être de service, autrement dit d'avoir à l'œil les prisonniers. Hormis cela, « pour leur propre développement », le chef leur confiait de menues besognes qui n'étaient pas urgentes. Clara ne voyait Tamara que deux heures par jour. Tamara travaillait à l'institut depuis plus d'un an et se montrait assez sèche avec les prisonniers. Il semblait toutefois à Clara qu'elle apportait des livres à l'un d'eux et qu'elle en échangeait subrepticement avec lui. En outre, à l'institut même, Tamara faisait partie d'un groupe d'étude de la langue anglaise où les employés libres étudiaient et où les condamnés enseignaient... gratuitement, bien sûr. Tamara n'avait pas tardé à apaiser les craintes de Clara qui redoutait de voir ces gens faire des choses terribles.

Clara enfin avait eu personnellement une conversation avec un des prisonniers. Certes, ce n'était pas un criminel politique, mais un prisonnier ordinaire, et il n'avait très peu à Mavrino. C'était Ivan, le souffleur de verre, qui était, pour son malheur, un grand maître dans son art. Sa belle-mère avait dit de lui que c'était un magnifique artisan, et un ivrogne encore plus magnifique. Il gagnait beaucoup d'argent, en buvait une grande partie, battait sa femme chaque fois qu'il était ivre et assommait les voisins. Mais tout cela n'aurait rien été si son chemin n'avait pas croisé celui du M.G.B. Un camarade qui avait un air d'autorité mais pas d'insigne l'avait fait venir et lui avait proposé de travailler pour trois mille roubles par mois. Ivan était employé dans un établissement où le salaire était plus modeste, mais il pouvait gagner davantage en travaillant à la pièce. Oubliant à qui il s'adressait, il demanda quatre mille. Le camarade responsable en ajouta deux cents à son offre. Ivan ne voulut pas en démordre. On le laissa partir. Le premier jour de paie suivante, il s'enivra et commença à faire du chahut dans la cour. Cette fois, la milice, que généralement on ne trouvait jamais, arriva en force aussitôt et emmena Ivan. Il passa en justice dès le lendemain et écopa d'un an. Après le procès, on le conduisit auprès du même camarade responsable qui expliqua à Ivan qu'il allait travailler dans le nouvel établissement qu'on lui avait désigné, mais qu'il ne serait pas payé. Si ces conditions ne lui convenaient pas, il pourrait toujours aller extraire du charbon dans l'Arctique.

Ivan était maintenant emprisonné et soufflait des tubes à rayons cathodiques. Sa peine d'un an était arrivée à son terme, mais sa condamnation figurait sur son casier judiciaire. Pour ne pas être envoyé loin de Moscou à cause de ses antécédents, il avait supplié l'administration de le garder comme employé libre, même au salaire de quinze cents roubles.

Bien que personne à la charachka ne pût se préoccuper d'une histoire aussi simple avec une fin aussi heureuse — car à la charachka il y avait des gens qui avaient passé cinquante jours de suite dans des cellules de condamnés à mort, et des gens qui avaient connu personnellement le pape et Albert Einstein — Clara néanmoins en fut bouleversée. Elle découvrit que, comme disait Ivan, « ce qu'ils veulent faire, ils le font ».

Elle qui avait toujours eu la tête solidement fixée sur les épaules, elle en vint tout d'un coup à soupçonner que parmi ces gens en combinaison bleue il pourrait bien s'en trouver quelques-uns qui n'étaient absolument pas coupables. S'il en était ainsi, alors est-ce que son père, lui aussi, à un moment ou à un autre, n'avait pas condamné un innocent ?

Peu après, elle se rendit au Théâtre Mali avec Alexis Lanski qui lui faisait la cour. On jouait *Vassa Jieleznova* de Gorki. La pièce lui laissa une impression pénible. La salle était à moitié vide. Sans doute, cela démontait-il les comédiens. Ils arrivaient en scène, l'air ennuyé, comme des employés qui viennent à leur travail et qui sont contents quand ils peuvent partir. C'était navrant de jouer devant une salle aussi vide. Rien dans la représentation ne semblait mériter l'attention d'une personne adulte. Cela gâchait même le jeu d'une comédienne au naturel aussi étonnant que la Pachennaia. On avait l'impression que si, dans le silence de la salle, un des spectateurs se mettait à dire tranquillement comme dans un salon : « Allons, très bien, mes chers amis, assez de grimaces ! » la pièce tomberait en morceaux. L'humiliation de la troupe se communiquait au public. Chacun avait la sensation de participer à une entreprise honteuse et les gens n'osaient pas se regarder. Aussi tout était très tranquille aux entractes, tout comme pendant les actes. Les couples bavardaient à voix basse et déambulaient silencieusement dans le foyer.

Clara et Lanski se promenèrent eux aussi de cette façon durant le premier entracte et Lanski chercha des excuses à Gorki et au théâtre. Il critiqua Jarov, le comédien du peuple, qui aujourd'hui de toute évidence ne se donnait aucun mal pour le public, et il critiqua plus vivement encore les tendances bureaucratiques du ministère de la Culture qui avaient sapé la confiance du spectateur soviétique dans notre théâtre réaliste.

Alexis Lanski avait un visage ovale et régulier bien coloré car il trouvait le temps de faire du sport. Son regard était calme et intelligent à force d'avoir lu tant de livres en vingt-sept ans. Titulaire d'un diplôme de candidat en Science Philologiques, membre de l'Union des Écrivains soviétiques et critique connu qui bénéficiait de la protection de Galakhov, Lanski n'écrivait pas tant lui-même qu'il condamnait les autres.

Lors du second entracte, Clara demanda à rester dans la loge. Il n'y avait personne dans les loges voisines ni au-dessous d'eux à l'orchestre. Elle dit à Lanski :

« C'est pour ça que ça m'ennuie de voir Ostrovski et Gorki, parce que j'en ai assez de cet étalage de la puissance de la richesse, de la désapprobation familiale, des vieillards qui épousent des jeunes femmes, je suis écœurée de cette façon de lutter avec des fantômes. Cinquante ans, cent ans ont passé et nous continuons à nous indigner de choses qui n'existent plus depuis longtemps. On ne voit jamais de pièce sur ce qui existe aujourd'hui.

— Comme quoi ? » fit Lanski en regardant Clara avec curiosité et un sourire aux lèvres. Il ne s'était pas trompé sur elle. Il s'était dit : Cette fille ne t'a pas frappé par son aspect physique, mais on ne doit jamais s'ennuyer avec elle. « Comme quoi ? » répéta-t-il.

Clara, s'efforçant de ne pas trop parler du secret intérêt qu'elle portait à ces gens, lui raconta qu'elle travaillait avec des prisonniers qu'on lui avait décrits comme les limiers de l'impérialisme, mais que, quand on commençait à les connaître mieux, ils se révélaient tout à fait différents. La question ne cessait de la préoccuper et elle voulait que Lanski y réponde : Y avait-il, après tout, des innocents parmi eux ?

Lanski écouta avec attention et répondit calmement :

« Bien sûr. C'est inévitable dans n'importe quel système pénitentiaire.

— Mais, Alexis ! Cela voudrait dire qu'ils peuvent faire tout ce qu'ils veulent ! C'est terrible. »

Avec une tendre sollicitude, Lanski posa sa main aux longs doigts sur celle de Clara, crispée sur le velours rouge.

« Non, dit-il d'un ton doux mais convaincant, pas « tout ce qu'ils veulent ». Qui « veut » quoi que ce soit ? Qui « fait » quoi que ce soit ? L'histoire. Pour vous et pour moi ça semble quelquefois terrible, mais, Clara, il est temps de s'habituer au fait qu'il existe une loi des grands nombres. Plus grande est l'ampleur d'un événement historique, plus grande est la probabilité d'erreurs individuelles : qu'elles soient d'ordre judiciaire, tactique, idéologique, ou économique. Nous n'appréhendons le processus que sous ses formes fondamentales et déterminantes, et l'essentiel c'est d'être convaincu que ce processus est inévitable et nécessaire. Oui, parfois, quelqu'un souffre. Et pas toujours de façon méritée. Et ceux qui ont été tués au front ? Et ceux qui ont péri de façon parfaitement absurde dans le tremblement de terre d'Akaba ? Et les accidents de la circulation ? A mesure que la circulation augmente, il en va de même du nombre des victimes qu'elle fait. La sagesse consiste à accepter que ce développement s'accompagne d'un inévitable accroissement de victimes. »

Mais Clara secouait la tête avec indignation.

« Un accroissement ! s'exclama-t-elle d'une voix étouffée, car la sonnette du théâtre avait déjà retenti deux fois et les spectateurs regagnaient la salle. Et si on l'essayait sur vous, la loi des grands nombres ? Tout va bien à vous entendre et vous dites tout de façon très suave, mais vous ne comprenez donc pas que tout n'est pas exactement comme vous le décrivez ?

— Vous voulez dire que nous sommes des hypocrites ? répliqua Lanski qui adorait discuter.

— Non, je ne dis pas ça. »

La troisième sonnerie retentit. Les lumières s'éteignirent. Poussée par l'envie bien féminine d'avoir le dernier mot, elle lui chuchota précipitamment à l'oreille :

« Vous êtes sincère, mais pour ne pas avoir à modifier vos opinions, vous évitez toute rencontre avec des gens qui pensent différemment. Vous récoltez vos pensées dans des conversations avec des gens comme vous, dans des livres écrits par des gens comme vous. En physique, on appelle ça la résonance, dit-elle, en hâte juste au moment où le rideau se levait. Vous commencez par des convictions sans grande importance, mais elles s'accordent et se soutiennent les unes les autres jusqu'à un point... »

Elle se tut, regrettant son incompréhensible élan de passion.

Elle avait gâché le troisième acte pour Lanski tout comme pour elle. Dans ce troisième acte, d'ailleurs, la comédienne Roiek joua avec une netteté extraordinaire le rôle de la fille cadette de Vassa et cela releva le niveau de la représentation. Pachennaia, également, retrouva sa forme divine.

Clara ne comprenait pas, à la vérité, qu'elle s'intéressait, non pas à un innocent quelque part, qui avait peut-être longtemps croupi au-delà du cercle polaire, mais au plus jeune des spécialistes du vide, à ce garçon aux yeux bleus et aux joues dorées, qui avait encore l'air d'un adolescent bien qu'il eût vingt-trois ans. Dès leur première rencontre, le regard du jeune homme avait révélé la fascination qu'exerçait sur lui Clara, une fascination franche et joyeuse qui ne ressemblait à rien de ce qu'elle avait jamais connu chez ses admirateurs moscovites. Seulement Clara ne comprenait pas que ses soupirants dans le monde libre vivaient au milieu des femmes, en voyaient beaucoup qui étaient plus belles qu'elle et qu'ils connaissaient leur propre valeur alors que Rousska venait d'un camp où pendant deux ans il n'avait pas entendu claquer un talon ; et Clara, comme Tamara avant elle, apparue comme un mirage qui ne se dissipait pas.

Mais dans l'isolement de la charachka, cette fascination ne possédait pas totalement le voisin de Clara. Presque toute la nuit, à la lumière électrique, dans le laboratoire à demi plongé dans l'ombre, ce jeune homme vivait sa propre vie, bien remplie et au rythme précipité. Tantôt, à l'insu des chefs il construisait quelque chose. Tantôt il étudiait en secret l'anglais pendant les heures de travail. Tantôt il téléphonait à ses amis dans d'autres laboratoires et se précipitait pour les retrouver dans le corridor. Il y avait de l'impétuosité dans tous ses gestes et toujours, à tout moment, et notamment en ce moment particulier, il était totalement absorbé par quelque chose qui le passionnait. Et la fascination qu'avait à ses yeux Clara n'était qu'une de ces choses si passionnantes pour lui.

Malgré toute cette activité, il n'oubliait pas de soigner son apparence physique. A l'échancrure de sa salopette, sous sa cravate bariolée, on apercevait toujours du linge d'un blanc immaculé. Clara ne savait pas qu'il s'agissait en fait du plastron dont Rousska était l'inventeur et qui n'était que la trente-deuxième partie d'un drap distribué par l'administration.

Les jeunes gens que Clara rencontrait dans le monde libre avaient déjà réussi dans leur carrière, s'habillaient bien, évoluaient et conversaient de façon à ne pas s'abaisser. Avec Rousska, Clara avait l'impression de rajeunir, d'avoir envie elle aussi d'être espiègle. Elle l'observait en secret avec une sympathie croissante. Elle ne croyait pas que ni lui, ni le brave Zemelya fussent vraiment de ces chiens dangereux contre qui le commandant Chikhine les avait mises en garde. Elle avait surtout envie d'en savoir plus sur Rousska, sur les méfaits qui lui avaient valu d'être emprisonné, elle voulait savoir s'il avait une longue peine à purger. Le fait qu'il fût célibataire était assez évident. Elle ne se décidait pas à lui poser les autres questions ; elle s'imaginait que ce serait sûrement très pénible pour lui, car cela lui rappellerait son abominable passé qu'il désirait oublier pour s'amender.

Deux mois passèrent encore. Clara était parfaitement acclimatée à eux tous. Ils avaient souvent en sa présence raconté toute sorte d'absurdités qui n'avaient rien à voir avec le travail. Rousska guettait les moments où, lorsqu'elle était de service le soir, à l'heure du dîner des prisonniers, Clara se trouvait seule au laboratoire et il finit par venir à ces moments-là, tantôt en prétextant qu'il avait oublié ses affaires, tantôt en disant qu'il voulait travailler tranquille.

Durant ces visites du soir, Clara oubliait toutes les mises en garde de l'officier de sécurité.

Et la veille, leur conversation intense avait, comme un flot qui déferle, balayé les maudites barrières de la convention qui les séparaient.

Le jeune homme n'avait aucun passé abominable à oublier. Il n'avait qu'une jeunesse perdue sans raison et un désir passionné d'apprendre et d'explorer.

Il vivait jadis avec sa mère dans un village des environs de Moscou. Il venait de terminer ses dix ans d'études secondaires quand des Américains de l'ambassade avaient loué une maison dans leur village. Rousska et deux de ses camarades furent assez imprudents et curieux aussi pour aller pêcher deux ou trois fois avec les Américains. Tout, semblait-il, se passa bien. Rousska entra à l'Université de Moscou, mais on l'arrêta en septembre. On l'appréhenda secrètement, sur la route, si bien que sa mère ne sut pas pendant longtemps où il avait disparu. Rousska expliqua à Clara qu'on essayait toujours d'arrêter quelqu'un dans des conditions telles qu'il ne pouvait rien cacher de ce qu'il portait et qu'il ne pourrait pas non plus transmettre à ses proches un mot de passe ou un signe de reconnaissance. On l'enferma à la Loubianka. Clara n'avait même jamais entendu le nom de cette prison avant d'arriver à Mavrino. Les interrogatoires commencèrent. Ils voulaient que Rousska leur dise de quelle mission l'avait chargé le service de renseignements américain. A quel appartement secret il était censé apporter ses informations. Rousska — c'étaient ses propres termes — était encore un bébé : il ne comprit tout simplement pas et éclata en sanglots. Et puis, un miracle se produisit brusquement. On laissa Rousska quitter cet endroit d'où personne n'a le droit de revenir.

C'était en 1945.

Et c'était là qu'il avait interrompu son récit la veille.

Toute la nuit, Clara avait été bouleversée par l'histoire qu'il avait commencée. Le lendemain, au mépris des règlements les plus élémentaires de sécurité et même des limites de la convenance, elle était venue délibérément s'asseoir à côté de Rousska, auprès de sa petite pompe à vide et ils avaient repris la conversation.

Lors de l'interruption du déjeuner, ils étaient devenus grands amis, comme des enfants, mordant à tour de rôle dans une grosse pomme. Il leur semblait déjà étrange que pendant tant de mois ils n'eussent pas conversé. Ils étaient à peine capables d'exprimer les pensées qui les emplissaient. Interrompant la jeune fille tant il avait hâte de parler, Rousska lui avait pris les mains et elle n'avait rien vu là de mal. Quand tout le monde était allé déjeuner en les laissant seuls, ils découvrirent un sens nouveau dans le geste d'une épaule qui effleurait l'autre ou d'une main qui s'emparait de l'autre. Et Clara s'aperçut que les clairs yeux bleus du jeune homme la regardaient avec ravissement.

Dans un murmure à peine perceptible, Rousska lui dit :

« Clara, qui sait quand nous serons de nouveau assis comme ça ? Pour moi, c'est un miracle. Je n'y crois pas. Je suis prêt à mourir, ici, tout de suite ! (Il lui prit les mains pour les caresser.) Clara, je suis peut-être destiné à perdre toute ma vie en prison. Rendez-moi heureux, pour que où que je sois je puisse me rappeler ce moment. Juste une fois... Laissez-moi vous embrasser ! »

Clara avait l'impression d'être une déesse descendue pour visiter clandestinement un prisonnier. Ce ne fut pas un baiser ordinaire. Rousska l'attira à lui et l'embrassa avec une force destructrice, c'était le baiser d'un prisonnier torturé par les privations et elle y répondit...

Il voulut l'embrasser encore, mais Clara se libéra, étourdie et secouée.

« Je vous en prie, allez-vous-en, dit-elle. Pour aujourd'hui, allez-vous-en ! » répéta Clara.

Il hésita. Puis il obéit. Sur le seuil il se tourna vers Clara d'un air implorant, pitoyable... Puis il sortit.

Peu après, tout le monde revint au laboratoire.

Clara n'osait pas regarder Rousska ni personne d'autre. Elle éprouvait en elle un sentiment brûlant : ce n'était pas de la honte, mais si c'était de la joie, ce n'était pas une joie paisible.

Elle entendit dire que les prisonniers avaient été autorisés à avoir un arbre pour le Nouvel An.

Elle resta assise sans bouger pendant trois heures, seuls ses doigts remuaient. Elle tressait un petit panier en fils électriques de couleur, un cadeau pour l'arbre du Nouvel An.

Et Ivan, le souffleur de verre, en revenant de la visite,

souffla deux amusants petits démons en verre qui semblaient porter des fusils, puis il confectionna une cage
avec des barreaux en verre et à l'intérieur, accrochée
à un fil argenté, il suspendit une lune de verre qui rendait
un petit son triste.

42

LE CHATEAU DU SAINT-GRAAL

PENDANT la moitié de la journée, un ciel bas et lourd pesa sur Moscou. Il ne faisait pas froid. Mais avant le déjeuner, quand les sept prisonniers descendirent de l'autobus bleu dans la cour extérieure de la charachka, les premiers flocons de neige impatients commençaient à voleter.

Un de ces flocons, une étoile à six branches, tomba sur la manche du vieux manteau militaire de Nerjine, devenu d'un brun roussâtre. Nerjine s'arrêta au milieu de la cour et huma l'air.

Le lieutenant Chousterman, qui se trouvait là, lui signala que ce n'était pas une période de promenade et qu'il devait entrer dans le bâtiment.

Il n'avait pas envie d'entrer. Il n'avait envie de parler à personne de cette visite, d'ailleurs, il ne le pouvait pas. Il n'avait pas envie de la partager avec qui que ce fût ni de voir quelqu'un d'autre y participer. Il n'avait envie de parler à personne, d'écouter personne. Il voulait être seul et passer en revue tout ce qu'il avait ramené avec lui avant que tout cela ne se désintègre, avant que ce ne soit plus qu'un souvenir.

Mais la solitude était précisément ce qui manquait à la charachka, comme dans tous les autres camps.

Pénétrant dans le bâtiment par l'entrée des prisonniers,

une rampe de bois qui descendait jusqu'à un couloir de la cave, Nerjine s'arrêta en se demandant où il pourrait aller.

Puis il pensa à un endroit.

Il alla jusqu'à l'escalier de service, que presque personne n'utilisait plus, passa devant un tas de chaises cassées et monta jusqu'au palier fermé du deuxième étage. Cet espace était réservé au peintre zek Kondrachev-Ivanov pour lui servir d'atelier. Il n'avait absolument rien à voir avec les travaux essentiels de la charachka, mais on le gardait là à titre, pourrait-on dire, de peintre de la cour. Il y avait de vastes halls et couloirs dans la section du ministère à laquelle appartenait la charachka et ils avaient besoin d'être ornés de peintures. Il y avait aussi, moins vastes, mais comprenant plus de pièces, les appartements privés du ministre adjoint Foma Gourianovitch Oskoloupov et des autres fonctionnaires de son entourage ; et il était encore plus urgent de décorer tous ces appartements de grandes et belles peintures qui ne coûteraient rien.

Certes, Kondrachev-Ivanov ne satisfaisait que de piètre façon ces exigences artistiques. Il peignait de grands tableaux, mais, même s'ils ne coûtaient rien, ils n'étaient pas beaux. Les clients qui se rendaient à son atelier essayaient en vain de lui montrer comment peindre et avec quelles couleurs, puis en soupirant, ils prenaient ce qu'il y avait. D'ailleurs, quand on les mettait dans des cadres dorés, les tableaux avaient meilleur air.

En montant, Nerjine passa devant une grande commande, déjà terminée, destinée au couloir du ministère et intitulée *A. S. Popov montre à l'amiral Makarov le premier radiotélégraphe*, puis il grimpa le dernier étage et aperçut sur le mur au-dessus de lui un tableau haut de près de deux mètres et intitulé *Le Chêne blessé*. Ce tableau aussi était terminé, mais aucun client ne voulait le prendre.

C'était un chêne solitaire qui poussait avec une puissance mystérieuse sur la face nue d'une falaise, où un sentier serpentait de façon périlleuse au flanc du rocher. Quels ouragans avaient soufflé là ! Comme ils avaient courbé ce chêne ! Et le ciel derrière l'arbre et tout autour semblait balayé par une éternelle tempête. Un ciel comme ça ne pouvait jamais connaître le soleil. Cet arbre anguleux et entêté, avec ses racines accrochées au roc comme des serres, avec ses branches cassées et tordues, déformées par le combat contre les vents incessants qui ne cessaient de l'arracher à la falaise, refusait de rompre le combat et s'attachait périlleusement à sa place, au-dessus de l'abîme.

Aux murs de la cage d'escalier étaient accrochées des toiles plus petites. Sur le palier, d'autres étaient posées sur des chevalets. La lumière entrait par deux fenêtres, l'une exposée au nord, l'autre à l'ouest. Là, sur le palier. donnait la petite fenêtre du Masque de Fer, avec son grillage et son rideau rose, une fenêtre qui n'ouvrait pas sur la lumière du jour.

Il n'y avait rien d'autre, pas même une chaise. En guise de siège, il y avait un socle de bois assez étroit.

Bien que l'escalier fût à peine chauffé et qu'une humidité glaciale y pénétrât, Kondrachev-Ivanov avait jeté par terre son blouson molletonné. L'artiste, ses bras et ses jambes dépassant de façon comique d'une salopette trop petite pour lui, était planté là, immobile, grand, droit, et ne souffrant apparemment pas du froid. Ses grandes lunettes, qui faisaient paraître son visage plus important et plus sévère, et qui prenaient appui fermement sur ses oreilles et sur son nez, convenaient à ses mouvements brusques. Quand Nerjine survint, il fixait un coin de sa toile, son pinceau et sa palette à la main.

En entendant des pas, il se retourna.

Leurs regards se croisèrent. Chacun des deux hommes était plongé dans ses propres pensées.

L'artiste n'était pas ravi d'avoir un visiteur. Pour l'instant, il avait besoin de silence et de solitude.

Et pourtant, d'un autre côté, il était heureux de le voir. Sans être le moins du monde hypocrite, avec son excès d'enthousiasme habituel, il s'exclama :

« Gleb Vikentitch ! Bienvenue ! »

Et d'un geste bienveillant, il agita le pinceau et la palette.

La chaleur est chez un artiste un couteau à double tranchant : elle nourrit son imagination, mais elle ruine son activité quotidienne.

Nerjine hésita sur l'avant-dernière marche. Il dit, presque dans un murmure, comme s'il craignait d'éveiller une troisième personne qui se trouvait là :

« Non, non, Hippolite Mikhaïlitch, je suis simplement venu, si cela ne vous dérange pas... pour être tranquille ici.

— Ah ! oui. Ah ! oui, bien sûr », répondit l'artiste d'un

ton tout aussi confidentiel en lisant dans le regard de son visiteur et en se rappelant que Nerjine était allé recevoir une visite. Il recula, désignant avec son pinceau et sa palette le billot de bois.

Retroussant les longs pans de son manteau (qu'il avait réussi au camp à empêcher d'être raccourci), Nerjine s'assit sur le billot, s'adossa à la rampe et, malgré la violente envie qu'il en éprouvait, s'abstint de fumer.

L'artiste se concentra sur son tableau.

Tous deux gardaient le silence.

Les sentiments que la visite avait éveillés en Nerjine maintenaient en lui une souffrance qui n'était pas désagréable.

Il voulut une fois de plus toucher ses doigts là où, en lui disant adieu, il avait palpé les mains de sa femme, ses bras, son cou, ses cheveux.

On vit des années privé de ce pour quoi on a mis les hommes sur la terre.

On reste avec ce qu'on a d'intelligence, avec ses convictions si on est assez mûr pour en avoir et, par-dessus tout, on est prêt à se sacrifier et on se soucie du bien public. On fait figure de citoyen d'Athènes, d'idéal de l'humanité.

Mais tout cela manque de sens.

Seul l'amour d'une femme, dont on est privé, semble valoir plus que tout au monde.

Les simples mots : « Est-ce que tu m'aimes ? » et « Je t'aime », dits avec des coups d'œil ou à peine murmurés emplissent aujourd'hui l'âme d'un bonheur tranquille.

C'était dommage qu'il n'eût pas décidé de l'embrasser dès le début de la visite. Car il n'avait plus aucun moyen maintenant d'obtenir ce baiser supplémentaire.

Les lèvres de sa femme n'étaient pas comme elles étaient jadis, elles avaient quelque chose d'affaibli. Et comme elle avait paru épuisée ! Comme elle avait une voix tourmentée, harcelée quand elle avait parlé de divorce !

Un divorce légal ? Quelle importance ? Gleb déchirerait sans regret un certain papier timbré.

Mais la vie l'avait assez ballotté pour qu'il sût que les événements ont leur logique implacable. Les gens n'imaginent jamais que leurs actions les plus ordinaires ont des conséquences qui sont à l'opposé de leurs intentions. Ainsi en serait-il avec Nadia. Elle obtiendrait le divorce pour éviter d'être harcelée. Une fois divorcée, elle se remarierait sans même s'en rendre compte.

Au fond, depuis le dernier geste d'adieu de sa main sans alliance, il savait, le cœur serré, que c'est ainsi que les gens se disent adieu à jamais.

Nerjine resta assis là un long moment sans rien dire, puis il se ressaisit. La joie excessive qu'il avait ressentie après la visite s'était calmée, chassée par de sombres considérations ; l'ordre était revenu dans ses pensées et de nouveau il était un condamné.

« Ça te convient ici », avait-elle dit.

Ici, autrement dit en prison.

Il y avait du vrai là-dedans. Parfois il ne regrettait absolument pas d'avoir passé cinq ans en prison. Ces années en étaient arrivées à avoir une signification en soi.

Où pouvait-on en apprendre plus sur les gens qu'ici ?

Et y avait-il un meilleur endroit pour réfléchir sur soi-même ?

Combien d'hésitations juvéniles, combien de faux départs lui avaient été épargnés sur la route de fer de la prison ?

Comme disait Spiridon : « La liberté est un trésor, mais les démons veillent sur elle. »

Si l'on prenait ce rêveur de peintre, si peu accessible aux moqueries de l'âge, qu'avait-il perdu à être emprisonné ? Bien sûr, il ne pouvait pas se promener dans les collines ni dans les bois avec une boîte de peinture. Les expositions ? Il n'aurait pas été capable de les arranger ; en cinquante ans, il n'avait pas exposé un seul tableau dans une galerie respectable. L'argent ? Il n'avait jamais rien non plus touché pour ses peintures quand il était dehors. Des admirateurs de son œuvre ? Bah ! il en avait plus ici qu'il n'en avait là-bas. Un atelier ? Quand il était libre il n'avait même pas ce glacial palier d'escalier. Il devait vivre et peindre au même endroit : une pièce longue et étroite comme un couloir Afin d'avoir de la place pour travailler, il posait une chaise par-dessus l'autre et roulait son matelas, et les visiteurs lui demandaient s'il était en train de déménager. Il n'y avait qu'une seule table et quand une nature morte était posée dessus, sa femme et lui devaient manger sur les chaises en attendant que le tableau fût terminé.

Pendant la guerre il n'y avait pas d'huile pour peindre. Il utilisait de l'huile de graines de tournesol prélevée sur sa ration. Il devait travailler pour avoir une carte d'alimentation et on l'envoya dans un service de la Guerre chimique pour faire les portraits de femmes occupant des positions élevées dans le domaine politique et militaire. On lui avait commandé dix portraits, mais il ne travailla que sur un seul, conduisant son modèle au bord de la folie, tant les séances de pose étaient interminables. Il ne la peignait d'ailleurs pas du tout comme le demandaient ses chefs. Quand il eut fini, personne ne voulut prendre ce portrait qui s'appelait *Moscou 1941*.

Cette toile pourtant avait capturé l'atmosphère de 1941. On y voyait une jeune femme en uniforme de la Guerre des Gaz. Sa chevelure luxuriante était châtain cuivré et ruisselait de sous son calot. Elle avait la tête rejetée en arrière, ses yeux fous regardaient quelque chose d'horrible, d'inoubliable. On y voyait briller des larmes de rage. Mais son corps n'était pas détendu dans une posture féminine. Ses mains, crispées et prêtes au combat, étaient serrées sur les courroies de son masque à gaz et sa tenue gris foncé, destinée à la protéger de l'ypérite, se cassait en plis argentés durs et luisait comme une armure médiévale. La cruauté et la noblesse s'alliaient sur le visage de cette jeune fille décidée du Komsomol de Kalouga qui n'était pas belle mais en qui Kondrachev-Ivanov voyait la Pucelle d'Orléans.

Le tableau paraissait ressembler à la toile bien connue intitulée *Nous n'oublierons pas ! Nous ne pardonnerons pas !* Pourtant, ils en avaient eu peur, ils ne l'avaient pas accepté, ils ne l'avaient exposé nulle part et pendant des années ce tableau était resté, comme une madone de colère et de vengeance, dans la petite chambre du peintre, tourné contre le mur ; et il était resté là jusqu'au jour de son arrestation.

Il se trouva qu'un écrivain qui n'était pas consacré ni publié avait écrit un roman et qu'il invita une vingtaine de ses amis à en écouter la lecture. C'était un jeudi littéraire dans le style du XIX⁰ siècle. Ce roman coûta à chacun des assistants une peine de vingt-cinq ans dans les camps de travail. Kondrachev-Ivanov était l'un de ceux qui avaient écouté le roman séditieux. (Il était l'arrière-petit-fils du décembriste Kondrachev, condamné à vingt ans et connu parce qu'une gouvernante française amoureuse de lui était venue le rejoindre en Sibérie.)

Kondrachev-Ivanov, lui, n'alla pas dans un camp mais, après qu'il eut signé le verdict de la cour spéciale, on le conduisit directement à Mavrino où on le mit à peindre des tableaux, au rythme d'un par mois, norme fixée pour lui par Oskoloupov. Au cours de l'année précédente, Kondrachev avait peint les tableaux accrochés là et quelques autres qu'on avait emportés. Qu'est-ce que cela changeait ? A cinquante ans, avec devant lui la perspective de vingt-cinq années d'emprisonnement, il ne vivait pas mais volait à travers cette calme année de prison, sans savoir s'il en aurait jamais une autre pareille. Il ne faisait pas attention à la nourriture ni aux vêtements qu'on lui donnait, pas plus qu'il ne prenait garde quand on le comptait avec les autres.

Il travaillait sur plusieurs toiles à la fois, les laissant à tour de rôle, pour y revenir plus tard. Il n'avait porté aucune d'elles à ce niveau qui donne au maître le sentiment de la perfection. Il n'était même pas certain qu'un tel niveau existât. Il les abandonnait quand il cessait de voir en elles quelque chose de particulier, quand son œil s'y habituait. Il les abandonnait quand, chaque fois qu'il y revenait, il les améliorait de moins en moins, quand il remarquait qu'au lieu de les améliorer, il les gâchait.

Il les tournait alors contre le mur et les recouvrait. Il s'en détachait totalement. Et lorsqu'il les regardait de nouveau d'un œil neuf, avant de les donner pour qu'on les accrochât pour toujours au milieu d'un luxe prétentieux, l'artiste éprouvait un sentiment de triomphe. Même si personne ne les revoyait plus, c'était quand même lui qui les avait peintes.

Attentif maintenant, Nerjine se mit à examiner le dernier tableau de Kondrachev : un rectangle dans les proportions du quadrilatère égyptien, quatre sur cinq. Le tableau s'intitulait *Ruisseau d'automne*, ou bien comme l'appelait l'artiste lui-même *Largo en ré mineur*.

Un petit ruisseau en occupait le centre. Il n'avait pas l'air de couler et sa surface paraissait prête à geler. Là où l'eau n'était pas profonde, les ombres brunes de feuilles mortes jonchaient le fond. La rive gauche était escarpée et la rive droite dessinait un méandre au loin. La première neige gisait en plaques sur les rives et une herbe d'un brun jaunâtre jaillissait aux endroits où elle avait fondu. Deux bosquets d'osier blanc poussaient au bord, couleur un peu de fumée, encore humides des flocons de neige fondue. Mais l'essentiel n'était pas là. A l'arrière-plan il y avait une épaisse forêt d'arbres d'un noir olivâtre, devant laquelle flamboyait un unique bouleau cramoisi. Derrière ce flamboiement esseulé, les sapins montaient la garde, encore plus sinistres et plus unis, dressant leurs pointes acérées dans le ciel. Le ciel était désespérément roux et blanc et le soleil suffocant s'enfonçait dans la même brume pommelée, incapable de la transpercer d'un seul rayon. Mais ce n'était pas cela non plus le plus important, c'était plutôt l'eau stagnante du ruisseau. Elle donnait une extraordinaire impression de profondeur ; elle était comme du plomb, transparente et très froide. Elle maintenait par elle-même l'équilibre entre l'automne et l'hiver. Et une autre sorte d'équilibre aussi.

C'était justement sur ce tableau que l'artiste travaillait.

Il existait une loi suprême de l'activité créatrice que Kondrachev connaissait depuis longtemps. Il avait essayé d'y résister, mais une fois de plus il y cédait. Cette loi disait que rien de ce qu'il avait fait précédemment n'avait aucun poids, ne méritait d'être pris en considération, ne faisait honneur à l'artiste. Seule la toile qu'il était en train de peindre aujourd'hui représentait l'essence de toute l'expérience de sa vie, le faîte de ses possibilités, la clef de voûte de son talent.

Et si souvent le tableau était un échec ! Chacune de ses œuvres précédentes, juste au moment où il allait réussir, avait échoué également, mais il oubliait son désespoir passé, car c'était maintenant ce tableau — le premier sur lequel il eût appris à peindre réellement — qui échouait... et toute sa vie avait été vécue en vain et il n'avait jamais eu le moindre talent !

Cette eau — elle donnait bien l'impression qu'on la déversait, l'impression d'être froide, profonde et immobile — mais tout cela n'était rien si le tableau ne parvenait pas à faire comprendre la plus haute synthèse de la nature. Cette synthèse — la compréhension, la paix, l'unité de toutes choses — Kondrachev ne l'avait jamais trouvée en lui-même, dans ses sentiments extrêmes, mais il la reconnaissait et la saluait dans la nature. Est-ce que l'eau qu'il avait peinte sur cette toile donnait ce sentiment de paix suprême ou non ? Il avait une si grande envie de comprendre et il désespérait de jamais savoir.

« Vous savez, Hippolite Mikhaïlitch, dit lentement Ner-

jine, je crois que je commence à être d'accord avec
vous : tous ces paysages sont bien la Russie.

— Pas le Caucase ? » dit Kondrachev-Ivanov, en se
retournant vivement. Ses lunettes ne bougèrent pas,
comme si elles étaient soudées à lui.

Cette question, sans être la plus importante, n'était pas
négligeable non plus. Beaucoup de gens se méprenaient
sur les toiles de Kondrachev. Elles leur paraissaient ne
pas être russes mais caucasiennes, parce qu'elles étaient
soit trop majestueuses, soit trop exaltées.

« Il peut fort bien y avoir des endroits comme ça en
Russie », déclara Nerjine.

Il se leva et arpenta le palier, regardant *Matin d'un
jour inhabituel* et les autres paysages.

« Oh ! bien sûr ! bien sûr ! insistait l'artiste. Non seulement il peut y avoir des endroits comme ça en Russie,
mais il ne peut pas y en avoir au Caucase. J'aimerais
vous emmener dans certains coins des environs de
Moscou, sans une escorte de gardiens. Comprenez bien
une chose : le public a été trompé par Léviathan. Après
Léviathan, nous en sommes arrivés à considérer notre
nature russe comme mineure, appauvrie, modeste. Mais
si notre nature n'était pas plus que cela, alors dites-moi,
d'où viendraient ces rebelles de notre histoire : ceux qui
s'immolent eux-mêmes, les mutins, Pierre le Grand, les
décembristes, les révolutionnaires de *La Volonté du peuple* ?

— Jelyabov ! Lénine ! renchérit Nerjine. C'est vrai ! »

Mais Kondrachev n'avait pas besoin d'approbation. Lui
aussi s'excitait. Il remuait la tête, et les verres de ses
lunettes envoyaient des reflets :

« Notre nature russe tantôt se réjouit et tantôt s'enrage
et ne cède pas devant les sabots des Tatares !

— Mais oui, mais oui, dit Nerjine. Et ce chêne tordu,
là... qu'est-ce qu'il a de caucasien ? Si même ici, dans ce
haut lieu du GOULAG, tous autant que nous sommes... ?
(Il eut un geste impatient.) Et au camp ? Là-bas, ce n'est
pas seulement notre harmonie spirituelle, mais aussi les
derniers vestiges de conscience qu'ils exigent de nous en
échange de deux cent cinquante grammes de pain noir. »

Kondrachev-Ivanov se redressa de toute sa hauteur.

« Jamais ! Jamais ! fit-il en levant les yeux vers le ciel,
comme un homme qu'on mène au peloton d'exécution.
Aucun camp ne doit briser la beauté spirituelle d'un
homme. »

Nerjine eut un rire froid.

« Peut-être qu'il ne doit pas, mais il la brise quand même ! Vous n'êtes jamais allé dans un camp, alors ne jugez pas. Vous ne savez pas comment on y démolit. Les gens y entrent avec certains traits de caractère et quand ils en sortent — en admettant qu'ils en sortent — ils sont méconnaissables. C'est bien connu : ce sont les circonstances qui déterminent la conscience.

— Non ! fit Kondrachev en déployant ses longs bras, prêt en cet instant à combattre le monde entier. Non ! Non ! Non ! Ce serait dégradant ! Pourquoi faut-il vivre alors ? Et pourquoi, dites-moi, pourquoi y a-t-il des gens qui s'aiment fidèlement quand ils sont séparés ? Après tout, les circonstances exigent qu'ils se trahissent ! Et pourquoi alors les gens réagissent-ils de façon différente alors qu'ils sont soumis aux mêmes conditions, parfois dans le même camp ? »

Nerjine avait confiance dans la supériorité de son expérience comparée aux invraisemblables théories de cet éternel idéaliste. Mais il ne pouvait s'empêcher de respecter ses objections.

« Un être humain, poursuivit Kondrachev, possède depuis sa naissance une certaine essence. C'est en fait le noyau de cet être humain. Son « je ». Et on ne sait pas encore très bien qui forme qui : si c'est la vie qui forme l'homme, ou bien, grâce à la vigueur de son esprit, si c'est l'homme qui forme la vie ! Car... (Kondrachev-Ivanov baissa soudain la voix et se pencha vers Nerjine qui s'était rassis sur le billot)... car il a quelque chose à quoi il peut se mesurer. Un point de repère. Car il a en lui une Image de la Perfection qui, dans de rares moments, émerge soudain devant son regard spirituel. »

Kondrachev s'approcha tout près de Nerjine et, ses lunettes brillant comme une promesse, il lui demanda d'un ton conspirateur.

« Vous voulez que je vous le montre ? »

C'est ainsi que se termine toute discussion avec des artistes. Ils ont leur logique à eux.

« Bien sûr, montrez-le ! »

Kondrachev s'éloigna vers un coin de la pièce, prit une petite toile clouée à un cadre et la rapporta avec son dos grisâtre tourné vers Nerjine.

« Vous avez entendu parler de Parsifal ? demanda-t-il d'une voix tendue.

— Ça a un rapport avec Lohengrin.

— C'est son père. Le gardien du calice du Saint-Graal.

— Il y a un opéra de Wagner là-dessus, n'est-ce pas ?

— Le moment que je veux représenter ne se trouve ni dans Wagner ni dans von Eschenbach, mais c'est le seul qui m'intéresse. Chacun peut connaître un moment pareil quand il voit soudain l'Image de la Perfection... »

Kondrachev ferma les yeux et se mordit les lèvres. Il se concentrait.

Nerjine se demandait pourquoi le tableau qu'il allait voir était si petit.

L'artiste ouvrit les yeux :

« Ce n'est qu'une étude. Une étude pour le plus grand tableau de ma vie. Je ne le peindrai probablement jamais. C'est le moment où Parsifal voit pour la première fois le château ! Le château du Saint-Graal ! »

Il plaça l'étude sur un chevalet devant Nerjine, tout en gardant les yeux fixés sur la toile. Puis il leva la main devant ses yeux, comme pour les abriter de la lumière. Et, reculant, il trébucha sur la première marche de l'escalier et faillit tomber.

Le tableau était deux fois plus haut que large. Il y avait un ravin profond entre deux falaises. Sur chaque bord, à droite et à gauche, il y avait une forêt, une épaisse futaie primitive. Des fougères et des buissons de ronces hostiles avaient envahi les flancs de la falaise. En haut à gauche, sortant de la forêt, un cheval gris clair apparaissait, monté par un cavalier casqué et vêtu d'un grand manteau. Le destrier n'avait pas peur de l'abîme et il venait de lever son sabot, tout prêt, suivant les ordres du cavalier, à reculer ou à sauter par-dessus.

Mais ce n'était pas l'abîme que regardait le cavalier. Stupéfait, il regardait au loin où une lumière d'un or rougeoyant, venant peut-être du soleil, peut-être d'une source plus pure que le soleil, brillait derrière un château. Au sommet de la montagne qui s'élevait par paliers, lui aussi s'élevant par degrés et par tourelles, visible d'en bas de la gorge à travers les fougères et les arbres, s'élevant vers le ciel, aussi irréel que si c'était une construction de nuages, vibrant, vague et pourtant visible dans sa perfection qui n'était pas de ce monde, se dressait le château auréolé de violet du Saint-Graal.

43

L'AGENT DOUBLE

A L'EXCEPTION du gros Gustav avec ses oreilles roses, Doronine était le plus jeune zek de la charachka. Son visage était encore marqué d'acné juvénile. Son caractère bon enfant, sa veine et sa rapidité lui avaient attiré l'amitié de tous. Durant les quelques minutes autorisées par l'administration pour le volley-ball, Rousska se consacrait de tout son cœur au jeu. Si les hommes au filet laissaient passer le ballon, alors il bondissait de l'arrière pour le renvoyer, même s'il risquait pour cela de tomber et de s'écorcher les genoux. Tous aimaient son surnom insolite, Rousska, surnom parfaitement justifié, car, après deux mois passés à la charachka, ses cheveux rasés au camp s'étaient mis à pousser, roux et bouclés.

Il avait été amené d'un camp de Vorkouta parce que sur sa fiche officielle du GOULAG il était inscrit comme fraiseur. Mais il se révéla être un bien piètre fraiseur, et on ne tarda pas à le remplacer par un vrai. Dvoietosov le sauva d'un nouveau départ vers les camps en le choisissant pour lui apprendre à faire fonctionner la petite pompe à vide. Comme il avait l'esprit d'imitation, Rousska apprit rapidement. Pour lui, la charachka était comme une maison de repos et il tenait à y rester. Au camp, il avait dû subir toute sorte de mésaventures qu'il racontait maintenant avec une grande gaieté : comment il avait failli mourir dans une mine, comment il avait fait semblant d'avoir chaque jour de la température en se chauffant les aisselles avec des pierres. (Quand on avait essayé de le prendre en utilisant deux thermomètres, il avait trouvé deux pierres de masse similaire de façon que la différence entre les deux thermomètres ne fût jamais de plus d'un dixième de degré.)

Mais quand il évoquait son passé en riant — un passé qui au cours des vingt-cinq années suivantes allait éternellement recommencer — Rousska ne racontait qu'à un tout petit groupe, et même à ceux-là en secret, son principal exploit : comment pendant deux ans il avait tenu en échec l'Organisation des personnes recherchées sur tout le territoire de l'Union soviétique.

Aussi, dans la foule si diverse des pensionnaires de la charachka, Rousska ne se fit-il pas particulièrement remarquer jusqu'à un certain jour de septembre. Ce jour-là, avec un air de conspirateur, il alla trouver vingt des zeks les plus influents de la charachka, ceux qui représentaient l'opinion publique. Il expliqua à chacun d'eux d'un ton excité que ce matin-là le commandant Chikhine, l'officier de sécurité, l'avait engagé comme indicateur et que, lui, Rousska, avait accepté, en se disant qu'il utiliserait sa position pour le bénéfice de tous.

En dépit du fait que le dossier de Rostislav Doronine comportait cinq fausses identités, des marques, des lettres et des symboles divers indiquant qu'il était dangereux, spécialiste de l'évasion et qu'on ne devait le transporter que menottes aux mains, le commandant Chikhine, soucieux d'augmenter son équipe d'indicateurs, avait décidé que Doronine, étant donné son jeune âge, était instable, qu'il était ravi de sa position à la charachka et qu'il serait donc loyal à l'officier de sécurité.

Secrètement convoqué au bureau de Chikhine — on vous faisait d'abord venir au secrétariat et puis on vous disait : « Oui, oui, allez voir le major Chikhine » — il y resta trois heures. Pendant ce temps, tout en écoutant les instructions et les explications monotones de son « protecteur », Rousska de son œil vif étudia non seulement la grosse tête du commandant avec ses cheveux devenus gris à force de collectionner les dénonciations et les calomnies, son visage sombre, ses petites mains, ses chaussures de jeune garçon, l'ensemble du bureau en marbre et les rideaux de soie, mais il lut aussi, à l'envers, les en-têtes des dossiers et des papiers sous la plaque de verre recouvrant le bureau de Chikhine, et ce, bien qu'il fût assis à plus d'un mètre cinquante de là. Il nota aussi quels documents Chikhine semblait garder dans le coffre et lesquels il enfermait simplement dans le bureau.

Tout en observant ces détails, Rousska gardait ses yeux bleus sur ceux du major et multipliait les hochements de tête approbateurs. Derrière ce bleu innocent, des plans aventureux s'ébauchaient, mais l'officier de sécurité, habitué à la grise monotonie de la docilité humaine ne pouvait s'en douter.

Rousska comprit que Chikhine pouvait fort bien l'envoyer à Vorkouta s'il refusait de devenir indicateur.

On avait enseigné à Rousska et à toute sa génération que la « pitié » était un sentiment honteux, que la « bonté » était dérisoire et que la « conscience » était un terme du jargon des prêtres. On leur enseignait en même temps que dénoncer était un devoir patriotique et ce que l'on pouvait faire de mieux pour aider la personne que l'on dénonçait et aussi pour contribuer à améliorer la santé de la société. Rousska n'était pas allé jusqu'à admettre tout cela, mais cela avait quand même eu sur lui un effet. La principale question pour lui maintenant n'était pas de savoir combien il était mal ou inacceptable de devenir un indicateur, mais ce que cela donnerait. Déjà enrichi par une expérience turbulente, par de nombreuses rencontres en prison et par de violentes discussions avec des détenus, ce jeune homme imaginait aussi une situation où l'on fouillerait dans toutes ces archives et où on livrerait tous ces Chikhine à des tribunaux d'infamie.

Il découvrit donc qu'à long terme il serait aussi dangereux de coopérer avec le « protecteur » qu'à court terme il serait dangereux de refuser.

Mais par-delà ces considérations, Rousska était un être joueur. Tout en lisant à l'envers les amusants papiers coincés sur le verre du bureau de Chikhine, il tremblait d'excitation à l'idée de la partie serrée qu'il faudrait jouer. Il en avait assez du manque d'activité dans le confort de la charachka.

Et lorsqu'il se fut assuré, pour donner à tout cela une apparence de réalité, de ce qu'il toucherait, il accepta avec empressement.

Après le départ de Rousska, Chikhine, ravi de sa

finesse psychologique, se mit à arpenter son bureau en frottant l'une contre l'autre ses petites mains : un indicateur aussi enthousiaste promettait une riche moisson de dénonciations. Rousska de son côté, non moins ravi que Chikhine, s'en alla trouver les zeks de confiance et avoua qu'il avait accepté de devenir indicateur par amour du sport, et ausi pour étudier les méthodes de l'officier de sécurité et dénoncer les vrais indicateurs.

Les zeks, même les plus vieux, ne se rappelaient pas avoir jamais entendu personne tenir de tels propos. Pleins de méfiance, ils demandèrent à Rousska pourquoi, au risque de sa vie, il s'en vantait. Et il répondit :

« Quand viendra le moment où toute cette bande passera en jugement, vous témoignerez en ma faveur. »

Chacun des vingt zeks à qui il fit cette confidence en parla à un ou deux autres et pourtant personne ne s'en fut dénoncer Rousska au « protecteur ». C'est ainsi que cinquante personnes se révélèrent bel et bien irréprochables.

Cet incident excita longtemps la charachka. Les zeks croyaient Rousska et continuèrent à le croire. Mais, comme toujours, les événements suivirent leur cours à eux. Chikhine exigea du matériel, ce qui signifiait des dénonciations. Rousska devait donner quelque chose. Il s'en alla trouver ses confidents, déclarant :

« Messieurs ! Songez combien il doit y avoir d'autres indicateurs puisque cela ne fait pas un mois que j'ai été engagé et que Chikhine me harcèle déjà. Je vous en prie, comprenez ma situation. Donnez-moi du matériel. »

Les uns ne voulurent rien avoir à faire avec lui, d'autres l'aidèrent. On décida de se débarrasser d'une certaine dame qui ne travaillait là que par cupidité, pour augmenter les milliers de roubles que son mari rapportait à la maison. Elle méprisait les zeks, elle avait exprimé l'opinion qu'il fallait tous les abattre. Elle avait déclaré cela au milieu d'autres employées, mais les zeks ne tardèrent pas à l'apprendre. Elle avait personnellement dénoncé deux zeks, l'un pour avoir eu une liaison avec une des filles, et l'autre pour avoir fabriqué une valise à partir de matériel fourni par l'administration. Rousska la calomnia sans merci, signalant qu'elle postait des lettres pour les zeks et qu'elle volait des condensateurs dans les armoires. Et, bien qu'il n'eût pas fourni l'ombre d'une preuve à Chikhine, et que le mari de cette femme, qui était un colonel du M.G.D., eût protesté, l'irrésistible puissance de la dénonciation secrète dans ce pays n'en fit pas moins son œuvre : la dame en question fut congédiée et partit en larmes.

Parfois Rousska dénonçait les zeks aussi, à propos de petites choses inoffensives, en les prévenant d'abord. Puis il cessa de les prévenir et ne leur dit plus rien. Ils ne lui demandaient rien non plus. Ils comprenaient instinctivement qu'il continuait à dénoncer... et que c'était maintenant à propos de choses qu'il n'osait pas leur avouer.

Rousska subit donc le sort habituel des agents doubles. Comme auparavant, personne ne le dénonça, ne révéla le jeu qu'il jouait ; mais on commença à l'éviter. Le fait qu'il leur eut dit, par exemple, que Chikhine gardait sous le verre de son bureau un horaire spécial montrant quand les indicateurs pouvaient passer le voir sans convocation — ce qui les aurait trahis — ne compensait cependant pas son adhésion au clergé des indicateurs.

Nerjine, qui aimait bien Rousska et qui admirait ses intrigues, ne se doutait pas que c'était Rousska qui l'avait dénoncé en disant qu'il avait un Essenine en sa possession. Rousska n'aurait pas pu prévoir que la perte du livre causerait une grande peine à Nerjine. Il s'était dit que le livre appartenait à Nerjine, qu'on le découvrirait, que personne ne le lui prendrait et que cela occuperait bien l'esprit de Chikhine si on lui affirmait que le livre qui se trouvait dans la valise de Nerjine lui avait sans doute été apporté par un employé libre.

Ayant encore sur les lèvres le goût doux et salé du baiser de Clara, Rousska sortit dans la cour. La neige sur les tilleuls ressemblait à une floraison et l'air était doux comme au printemps. Durant ses deux années de vagabondage clandestin, alors que toutes ses jeunes pensées s'attachaient à tromper les inspecteurs lancés à ses trousses, il n'avait jamais recherché l'amour d'une femme. Il était entré en prison vierge, et la nuit, cela pesait sur lui comme un lourd fardeau.

Mais, une fois dans la cour, en voyant le long bâtiment bas des bureaux, il se souvint que le lendemain, à l'heure du déjeuner, il voulait donner un spectacle. Le moment était venu de l'annoncer : il n'avait pas pu le faire plus tôt, car le projet aurait risqué de s'effondrer. Baigné dans l'admiration de Clara, ce qui lui donnait l'impression d'être triplement capable et intelligent, il regarda autour de lui, aperçut Rubine et Nerjine tout au bout de la cour, auprès d'un tilleul à double tronc, et se dirigea vers eux avec détermination. Il avait sa casquette en arrière et de côté, ce qui exposait son front et ses cheveux bouclés.

Il approcha ; Rubine lui tournait le dos, mais Nerjine lui faisait face.

Ils ne parlaient pas de vétilles, car Nerjine avait un air sinistre et très grave. En voyant Rousska s'approcher, Nerjine ne le regarda pas, il ne changea pas le moins du monde d'expression, il ne modifia pas le rythme de ses propos, pas plus qu'il ne hocha la tête, mais il était clair que les paroles que Rousska entendit ne faisaient déjà plus partie de leur conversation :

« En règle générale, si un compositeur écrit trop, j'ai toujours un préjugé contre lui. Mozart, par exemple, a composé quarante et une symphonies. Quelqu'un peut-il produire autant en évitant qu'il n'y ait là-dedans du déchet ? »

Non, ils n'avaient pas confiance en lui ! Ces paroles marquaient évidemment un détour de la conversation, car elles prévenaient Rubine de l'arrivée d'un tiers et il se retourna. Voyant Rousska, il dit :

« Voyons, enfant. Qu'en pensez-vous : est-ce que le génie et la vilenie sont compatibles ? »

Rousska regarda Rubine sans chercher à dissimuler. Son visage rayonnait de pureté et de malice.

« A mon avis, non, Lev Grigoritch. Mais depuis quelque temps tout le monde m'évite comme si je combinais moi-même ces deux qualités. Messieurs, je suis venu vous faire une proposition : aimeriez-vous que demain, à l'heure du déjeuner, je vous livre tous les Judas à l'instant même où ils reçoivent leur trente pièces d'argent ?

— Comment ça ?

— Oh ! vous connaissez le principe général d'une société juste qui veut que toute peine mérite salaire ? Demain chaque Judas va toucher ses pièces d'argent pour le troisième trimestre de l'année. »

Nerjine feignit l'indignation :

« Quelle inefficacité ! Nous sommes déjà au quatrième trimestre et on paie seulement le troisième ? Pourquoi un tel retard ?

— Beaucoup de gens doivent d'abord approuver la

feuille de paie, expliqua Rousska d'un ton d'excuse. Je vais recevoir la mienne aussi.

— Pourquoi te paie-t-on pour le troisième trimestre ? demanda Rubine surpris. Après tout, tu n'as travaillé que la moitié de ce trimestre.

— Et après ? Je me suis distingué ! dit Rousska en les regardant tous les deux avec un sourire vainqueur.

— Et on te paie ça en espèces ?

— Seigneur non ! Par un mandat envoyé par un expéditeur imaginaire pour être versé à mon compte personnel. On m'a demandé quel nom d'expéditeur je voulais. On m'a dit : « Aimeriez-vous Ivan Ivanovitch Ivanov ? » Ça m'a fait tiquer. Alors j'ai demandé : « Vous ne pour-« riez pas mettre comme nom d'expéditeur Klara Kou-« driavtseva ? Après tout, c'est agréable de penser qu'une « femme s'intéresse à vous. »

— Et ça fait combien pour le troisième trimestre ?

— Ah ! c'est ce qu'il y a de plus astucieux dans l'histoire ! D'après la feuille de paie, l'indicateur touche cent cinquante roubles par trimestre. Mais, pour sauver les apparences, l'argent doit être envoyé par la poste. La poste, elle, perçoit une redevance de trois roubles. Tous les « protecteurs » sont si avares qu'ils ne veulent rien ajouter de leur poche et ils sont si paresseux qu'ils ne proposent pas d'augmenter de trois roubles le salaire secret des indicateurs. Comme personne de normal n'enverra jamais une somme aussi bizarre par mandat, les trois roubles qui manquent sont la marque de Judas. Demain, à l'heure du déjeuner, vous pourrez tous vous rassembler autour des bureaux et regarder les mandats de tous ceux qui sortent de chez l'officier de sécurité. Un pays doit connaître ses indicateurs, vous ne trouvez pas, messieurs ? »

44

LA VIE N'EST PAS UN ROMAN

Tandis que les flocons épars commençaient à tomber, un par un, sur le trottoir sombre de la rue du Repos-du-Matelot — sur la chaussée les pneus des voitures avaient effacé les traces de la neige des jours précédents — les filles de la chambre 418 du Pavillon des Etudiantes de la Stromynka se préparaient pour le dimanche soir.

La chambre 418 était au second étage. Les neuf carreaux de sa fenêtre rectangulaire donnaient sur la rue du Repos-du-Matelot. Le long des deux murs, à droite et à gauche, s'alignaient trois lits de camp, des étagères d'osier avec des livres et des tables de nuit. La partie centrale de la pièce était occupée par deux bureaux, ne laissant que d'étroits passages entre eux et les lits. Le plus proche de la fenêtre était appelé le « bureau de dissertation » et il était encombré de livres, de cahiers, de dessins et de piles de feuillets dactylographiés. Installée à un coin, Olenka, une blonde pâle, lisait un tas de ces feuillets. Plus loin se trouvait la table commune, où Mouza était en train d'écrire une lettre et où Liouda, devant un miroir, déroulait ses papillotes. Les lits s'arrêtaient juste avant le mur où s'ouvrait la porte, pour laisser la place à des cintres d'un côté, et de l'autre à un lavabo dissimulé par un rideau. Les filles étaient censées faire leur toilette au bout du couloir, mais elles trouvaient cela trop froid et inconfortable.

Erjika, la Hongroise, était allongée sur le premier lit en partant du lavabo et elle lisait. Elle portait une robe de chambre connue dans cette pièce sous le surnom de « drapeau brésilien ». Elle possédait en outre d'autres peignoirs pittoresques qui faisaient le ravissement de ses compagnes. Mais quand elle sortait en public, elle s'habillait avec beaucoup de retenue, comme si elle essayait délibérément de ne pas attirer l'attention sur elle. Elle en avait pris l'habitude durant les années où elle était dans la résistance hongroise.

Le lit suivant appartenait à Liouda et c'était un véritable fatras. Liouda s'était levée peu de temps auparavant. La couverture et le drap étaient tombés sur le sol, tandis que sur l'oreiller une robe de soie bleue repassée de frais était soigneusement étalée ainsi que des bas. Liouda, debout près du bureau, racontait d'une voix forte, sans s'adresser à personne en particulier, car personne ne l'écoutait, comment un poète espagnol, arraché à son pays alors qu'il était encore un enfant, l'avait courtisée. Elle se rappelait dans tous ses détails le restaurant où ils étaient allés, quel orchestre il y avait là, quelles entrées on avait servies, quels plats et ce qu'ils avaient bu.

Le menton appuyé sur ses petits poings ronds, Olenka essayait pendant ce temps de lire au lieu d'écouter Liouda. Bien sûr, elle aurait pu l'interrompre, mais comme sa défunte mère le lui avait dit : « Evite les gens querelleurs, tu n'en auras jamais fini avec eux. » Il s'était déjà avéré que, quand on essayait d'arrêter Liouda, cela ne faisait que l'exciter. Liouda n'était pas vraiment une étudiante. Elle avait terminé son stage à l'institut financier et elle était venue à Moscou suivre des cours pour les professeurs d'économie politique. Elle appartenait à une famille où on avait de l'argent à dépenser et c'était, semblait-il, surtout pour se distraire qu'elle suivait ces cours.

Olenka trouvait les histoires de Liouda écœurantes tant elles étaient toujours concentrées sur le côté distraction de la vie, qui exigeait de l'argent, du temps libre et une tête vide ; elle trouvait encore plus répugnante la conviction profonde de Liouda que non seulement les rencontres avec les hommes et les relations avec les hommes en général ont un sens précis, mais encore que la vie n'a pas d'autre signification.

Olenka était fermement convaincue que leur génération maudite — elle était née en 1923 — ne pouvait absolument pas se permettre de considérer les choses de cette façon. Accepter une telle idée, cela voulait dire accrocher toute sa vie à un seul fil d'araignée et attendre chaque jour qu'il se rompe pour découvrir que de toute façon il n'avait jamais tenu nulle part.

Certes, un de ces fils nacrés venait précisément de surgir dans la vie d'Olenka. Il dansait devant elle comme une balançoire. Ce soir-là, Olenka devait aller à un concert avec un homme qu'elle aimait beaucoup. Le fil était là et, si elle voulait, elle pouvait le saisir à deux mains, mais elle avait peur de tirer dessus. Il pourrait se briser.

Pour le moment, Olenka n'avait même pas encore repassé ses vêtements pour la soirée. Elle n'avait pas lâché sa lecture, non par obligation, mais parce qu'elle était sincèrement fascinée. Elle était en train de lire le troisième exemplaire d'un manuscrit piètrement dactylographié donnant un compte rendu des fouilles à Novgorod cet automne, après son propre départ. Olenka avait obliqué vers l'archéologie assez tard dans ses études, avant sa cinquième année. Elle voulait travailler l'histoire autant que possible de ses propres mains et, depuis ce transfert, elle était ravie de sa décision. Cet été-là, elle avait eu la bonne fortune de déterrer une lettre sur écorce de bouleau : un document datant du XIIe siècle.

Dessus, sur sa « lettre », il n'y avait que quelques mots. Un mari écrivait à sa femme, lui demandant d'envoyer Sachka avec deux chevaux à un certain endroit à une certaine date. Mais, pour Olenka, ces lignes qu'elle avait exhumées étaient comme une fanfare venant réchauffer la terre, et beaucoup plus importantes que les phrases exaltées des chroniques. Après tout, cette ménagère qui vivait au XIIe siècle à Novgorod était de toute évidence instruite. Quel genre de femme était-elle ? Et quel genre de ville était Novgorod ? Qui était Sachka : un fils, un ouvrier ? Et quel air avaient les chevaux lorsque Sachka était parti ? Cette lettre au contenu si banal attira de plus en plus Olenka dans les vieilles rues de Novgorod. Elle avait toujours du mal à maîtriser son imagination. Parfois, même dans la salle de lecture, elle fermait les yeux et s'imaginait par un soir d'hiver, sans tempête ni froid, se rendant à Novgorod en traîneau, par Tver, et apercevant de loin une multitude de feux, puisqu'on n'utilisait pas encore de lampes à mèche. Et elle rêvait qu'elle était elle-même une fille de l'ancienne Novgorod, et que son cœur battait de joie à l'idée de revenir après une longue absence dans sa chère ville d'un demi-million d'habitants, libres et bruyants.

Quant à Liouda, ce qu'il y avait de plus passionnant dans son histoire, ce n'était pas l'aspect extérieur de son aventure avec le poète. A Voronej, où elle avait été mariée trois mois avant d'avoir une foule d'autres hommes, Liouda estimait toujours que sa virginité n'avait au fond passé que trop vite. C'est pourquoi, dès qu'elle avait fait la connaissance de cet Espagnol, elle avait joué le rôle d'une vierge chaste, tremblante et s'intimidant au moindre effleurement. Quand le poète stupéfait avait imploré son premier baiser, elle avait frissonné, elle était passée du délice à la déception et avait inspiré à ce créateur un poème de vingt-quatre vers qui, malheureusement, n'étaient pas en russe.

Mouza, rondelette aux traits épais et qui portait lunettes, semblait avoir plus de trente ans. Bien qu'elle considérât comme inconvenant de demander à Liouda de se taire, elle s'efforçait, pendant que se poursuivait ce récit envahissant et interminable, d'écrire une lettre à ses vieux parents qui habitaient une lointaine ville de province. Son père et sa mère s'aimaient encore comme de jeunes mariés et chaque matin quand il allait au travail, son père se retournait indéfiniment pour faire de grands gestes à sa mère qui lui répondait par la petite lucarne de la porte. Leur fille les aimait de la même façon. Personne au monde ne lui était plus proche que ses parents. Elle leur écrivait souvent et leur racontait en détail toutes ses expériences.

Mais en ce moment elle n'était pas elle-même. Depuis deux jours, depuis vendredi soir, il lui arrivait quelque chose qui éclipsait son infatigable travail quotidien sur Tourgueniev, le travail qui dominait tous les autres aspects de sa vie. Elle avait l'impression d'avoir été souillée par quelque chose de sale et de honteux, quelque chose qu'elle ne parvenait pas à laver, à cacher ni à montrer à personne, et avec quoi il était également impossible de vivre.

Cela s'était passé ainsi : vendredi soir, elle rentrait de la bibliothèque et s'apprêtait à aller se coucher quand elle avait été convoquée au bureau du dortoir et là on

lui avait dit : « Oui, oui, dans cette pièce, je vous prie. »
Deux hommes en civil étaient assis là, tout d'abord très
polis, et qui s'étaient présentés comme étant Nikolaï Ivanovitch et Sergueï Ivanovitch. Sans se soucier de l'heure
tardive, ils l'avaient gardée là une heure, deux heures,
trois heures. Ils avaient commencé par des questions :
avec qui vivait-elle, avec qui travaillait-elle — et pourtant,
bien sûr, ils savaient tout cela aussi bien qu'elle. Ils lui
parlèrent sans hâte de patriotisme, du devoir social de
tout travailleur intellectuel et scientifique de ne pas s'enfermer dans sa spécialité, mais de servir le peuple avec
tous ses moyens et toutes ses possibilités. Mouza ne
trouva rien à redire à cela : c'était absolument vrai. Les
frères Ivanovitch lui proposèrent alors de les aider :
c'est-à-dire de retrouver à une heure précise l'un d'eux
dans ce bureau, ou bien au centre de propagande politique de l'université, ou bien au club, ou bien quelque part
dans les bâtiments de l'université, selon ce qu'ils convien-
draient, pour répondre là à certaines questions et faire
part de ses propres observations.

Cela avait été le début d'une longue et pénible séance.
Ils s'étaient mis à lui parler de plus en plus grossièrement, en l'invectivant, puis en s'adressant à elle de façon
insultante, l'appelant par son prénom : « Allons, pourquoi montres-tu tant de répugnance ? Ça n'est pas un
service de renseignement étranger qui te recrute. » Qu'est-
ce qu'un service de renseignement étranger ferait d'elle...
Elle serait comme la cinquième roue de la charrette.
Là-dessus, ils déclarèrent qu'ils ne la laisseraient pas
soutenir sa thèse, qu'ils ruineraient sa carrière universitaire car le pays n'avait pas besoin d'érudits aussi timo-
rés. Cela lui fit très peur. Elle en était arrivée à ses derniers mois : elle n'avait plus que jusqu'en juin. Et sa
thèse était presque prête. Elle les croyait quand ils
disaient qu'ils la feraient expulser du cours : pour eux,
ce ne serait pas difficile. Puis ils prirent un pistolet et
se le passèrent de l'un à l'autre en le braquant, comme
par hasard, sur Mouza. Quand elle vit le pistolet, Mouza
sentit ses craintes se dissiper. Car en fin de compte,
c'était survivre après avoir été expulsée avec un mauvais
dossier qui était pire que tout. A une heure du matin, les
frères Ivanovitch la laissèrent partir pour qu'elle pût
réfléchir jusqu'au mardi, jusqu'à ce mardi 27 décembre.
Et ils lui firent signer un papier déclarant qu'elle ne révé-
lerait rien de cette entrevue.

Ils lui assurèrent qu'ils savaient tout. Et que si elle parlait à quiconque de cette conversation, elle serait aussitôt arrêtée et condamnée sur la foi du papier qu'elle avait signé.

Quel triste choix lui laissaient-ils ? Condamnée désormais, elle attendait mardi. Elle n'avait pas la force d'étudier. Elle se rappelait ces jours si récents où elle ne pouvait penser qu'à Tourgueniev, où personne ne l'opprimait et où, stupidement, elle n'avait pas conscience de son bonheur.

« Et je lui ai dit : Vous autres, Espagnols, vous faites si grand cas de l'honneur d'une personne, mais puisque vous m'avez embrassée sur les lèvres je suis déshonorée. » Le visage séduisant malgré sa dureté de la blonde Liouda exprimait le désespoir d'une jeune fille violentée.

Olenka poussa un bruyant soupir et reposa le rapport. Elle aurait voulu dire quelque chose de désagréable, mais une fois de plus elle se maîtrisa. Dans ces moments-là, son menton, qu'elle avançait de façon si charmante, et tout son visage se durcissaient. Fronçant les sourcils, elle monta sur la chaise et tendit le bras pour brancher le fer à repasser dans la prise « clandestine » par-dessus l'ampoule accrochée au plafond et que Liouda avait laissée après son repassage. Les fers et les réchauds étaient strictement interdits à la Stromynka. Les surveillantes cherchaient les prises « clandestines » et, bien sûr, il n'y en avait aucune par terre dans aucune chambre.

La mince Erjika était allongée pendant tout ce temps et lisait les *Œuvres choisies* de Galakhov. Ce livre ouvrait devant elle tout un monde de personnages, un monde clair et beau où il était facile de vaincre toutes les souffrances. Les personnages de Galakhov n'étaient jamais ébranlés par le doute : qu'il s'agît de servir son pays ou pas, de se sacrifier ou pas. La profondeur et l'intégrité de ces gens surprenaient Erjika. Elle s'avouait que durant ses années de travail clandestin dans la Hongrie de Horty, elle ne se serait jamais inquiétée de n'avoir pas payé ses cotisations comme ce jeune komsomol de Galakhov qui faisait sauter des trains sur les arrières de l'ennemi.

Reposant le livre et roulant sur le côté, elle se mit à son tour à écouter Liouda. Ici, dans la chambre 418, elle en était arrivée à apprendre des choses surprenantes et contradictoires. Tel ingénieur refusait de se rendre sur les lieux d'un séduisant projet de construction en Sibérie et il restait à Moscou... à vendre de la bière, tel étudiant avait soutenu sa thèse et n'avait toujours pas de travail. Erjika avait ouvert de grands yeux : « Il y a vraiment des chômeurs en Union soviétique ? » Il semblait aussi que pour être inscrit à Moscou il fallait donner de bons pots-de-vin. « Mais, après tout, c'est un phénomène instantané, n'est-ce pas ? » avait-elle demandé, en voulant dire non pas « instantané » mais « temporaire ».

Liouda terminait son récit à propos du poète en disant que, si elle devait l'épouser, elle n'avait pas d'autre moyen de s'en sortir que de faire semblant d'être vierge. Et elle entreprit d'expliquer comment elle entendait lui donner cette illusion lors de leur nuit de noces.

Une expression de souffrance passa sur le visage de Mouza. Incapable de se contenir, elle frappa sur la table.

« Mais comment est-ce possible ? Combien d'héroïnes de la littérature mondiale ont, à cause de cela...

— Parce qu'elles étaient idiotes ! répliqua gaiement Liouda, enchantée d'avoir une auditrice. Parce qu'elles croyaient à un tas d'absurdités. Tout est si simple ! »

Olenka étendit une couverture à un bout de la table commune et tâta le fer. Sa veste neuve d'un brun-gris avec la jupe assortie représentait tout ce qu'elle avait. Olenka avait vécu de pommes de terre et de kacha, et elle ne se rappelait pas depuis le début de la guerre avoir mangé vraiment à sa faim. Si elle pouvait se dispenser de payer quarante kopecks dans le trolleybus, elle le faisait. Mais ce tailleur était de première qualité, il était parfait. Elle aurait préféré brûler son propre corps avec le fer que ce tailleur.

Tout bien considéré, Liouda hésitait à épouser le poète :

« Il n'est pas membre de l'Union des Ecrivains soviétiques ; il n'écrit qu'en espagnol ; et ce que cela donnera dans l'avenir en ce qui concerne son salaire... je n'arrive pas à l'imaginer ! »

Erjika était si stupéfaite qu'elle reposa ses pieds sur le sol et s'assit.

« Quoi ? demanda-t-elle. En Union soviétique aussi on épouse un homme pour des considérations matérielles ?

— Tu t'y habitueras et tu comprendras », dit Liouda en secouant la tête devant le miroir. Elle avait ôté ses papillotes et une profusion de boucles blondes tremblait sur sa tête. Une seule de ces mèches aurait suffi à prendre au piège le jeune poète.

« Mes amies, j'en suis arrivée à la conclusion suivante... », commença Erjika, mais là-dessus elle remarqua que Mouza regardait le plancher d'un air bizarre sous ses pieds... Elle poussa un cri étouffé et releva les jambes.

« Quoi ? Il est passé ? » cria-t-elle affolée.

Mais les filles éclatèrent de rire. Rien n'était passé.

Dans la chambre 418, parfois même de jour et surtout la nuit, d'horribles rats russes trottinaient à travers le plancher en poussant de petits cris. Durant toutes ses années de lutte clandestine contre Horty, Erjika n'avait jamais rien redouté autant que ce qu'elle craignait aujourd'hui : voir ces rats sauter sur son lit et courir sur elle. Dans la journée, au milieu des rires de ses amies, sa terreur se dissipait, mais la nuit elle se blottissait dans sa couverture qu'elle rabattait sur sa tête en jurant que si elle vivait jusqu'au matin elle quitterait la Stromynka. Nadia, la chimiste, apporta du poison qu'elles répandirent dans les coins. Les rats se calmèrent un moment puis revinrent. Deux semaines auparavant, il y avait eu une crise et il avait fallu que cela tombe sur Erjika : quand elle était allée chercher de l'eau dans le seau le matin, elle avait ramené dans son récipient un petit rat noyé. Frissonnant de dégoût au souvenir de son museau pointu, Erjika se rendit le jour même à l'ambassade de Hongrie pour demander à être logée dans un appartement séparé. L'ambassade transmit la requête au ministère des Affaires étrangères d'U.R.S.S., le ministère des Affaires étrangères au ministère de l'Éducation supérieure ; le ministère de l'Éducation supérieure l'envoya au recteur de l'Université qui fit une demande à la section administrative et économique ; la section répondit qu'il n'y avait pas d'appartements disponibles et que personne ne s'était jamais plaint d'avoir vu des rats à la Stromynka. La réponse revint par les mêmes voies. L'ambassade néanmoins donna à Erjika quelques espoirs de trouver une chambre.

Erjika, les bras noués autour des genoux, était assise là dans son drapeau brésilien comme un oiseau exotique.

« Mes amies, mes amies, murmura-t-elle, comme une mélopée, je vous aime toutes tant ! Je ne voudrais vous quitter pour rien au monde... sauf pour des rats. »

Ce n'était qu'en partie vrai. Certes, elle aimait bien ses compagnes, mais Erjika ne pouvait parler à aucune d'elles des inquiétudes qu'elle éprouvait à propos du sort de la

Hongrie, toute seule sur le continent européen. Depuis le procès de Laszlo Rajk, quelque chose d'incompréhensible se passait dans sa patrie. Le bruit courait que des communistes qu'elle avait connus dans la résistance avaient été arrêtés. Un parent de Rajk, qui lui aussi faisait ses études à l'université de Moscou, ainsi que d'autres étudiants hongrois qui étaient avec lui, avaient été rappelés en Hongrie et aucun d'eux n'avait donné de nouvelles.

On frappa à la porte, des petits coups qui voulaient dire : « Vous n'avez pas besoin de cacher le fer, c'est quelqu'un de la maison. » Mouza se leva et se dirigea en boitillant vers la porte : elle souffrait de rhumatisme précoce au genou. Elle souleva le crochet. Dacha entra rapidement. C'était une robuste fille, avec une grande bouche un peu de travers.

« Mes amies, dit-elle en riant, sans oublier de remettre le crochet derrière elle. Je viens tout juste d'échapper à un admirateur. Et devinez qui ?

— Tu as donc tant de prétendants ? » demanda Liouda avec surprise, tout en fouillant dans sa valise.

L'université en effet était encore mal remise du coup de la guerre. Les étudiants dans les cycles supérieurs étaient peu nombreux et tous, sur un plan ou sur un autre, avaient quelque chose qui n'allait pas.

« Attends une minute ! s'écria Olenka, en entrant dans le jeu. (Elle regarda Dacha comme si elle voulait l'hypnotiser.) C'était « la mâchoire ? »

« La mâchoire » était un étudiant qui, trois fois de suite, avait échoué à l'examen de matérialisme dialectique et historique et qui avait été chassé du cycle supérieur en tant qu'idiot irrécupérable.

« Non, c'était « le serveur » ! s'exclama Dacha, en ôtant sa chapka de ses cheveux noirs et en l'accrochant à une patère. Sans enlever encore son manteau au col de mouton — acheté trois ans plus tôt avec bon au centre de distribution de l'université — elle resta plantée près de la porte.

« Ah !... celui-là ?

— J'étais dans un tramway et il est monté, expliqua Dacha en riant. Il m'a reconnue tout de suite. « Où des« cendez-vous ? » a-t-il demandé. Après cela, je ne pouvais me cacher nulle part. Nous sommes descendus ensemble. « Vous ne travaillez plus à ce bain ? J'y suis allé très « souvent et vous n'y êtes jamais. »

— Alors tu aurais dû dire... (Le rire de Dacha était contagieux et il saisit Olenka comme une flamme.) Tu aurais dû dire... Tu aurais dû dire... ! »

Mais elle n'arrivait pas à articuler sa phrase et, pouffant de rire, elle se rassit sur le lit.

« Quel garçon ? Quel bain ? interrogea Erjika.

— Tu aurais dû dire... ! » lança Olenka, mais un nouveau fou rire la secoua. Elle agita les mains pour essayer de communiquer ce qu'elle n'arrivait pas à prononcer.

Liouda riait aussi, tout comme Erjika qui ne comprenait toujours rien. Même le visage sévère et sans beauté de Mouza s'éclaira d'un sourire. Elle ôta ses lunettes pour les nettoyer.

« Où allez-vous ? m'a-t-il dit. Qui est-ce qui vous intéresse donc dans ces immeubles d'étudiants ? » Dacha s'étrangla de rire et reprit : « J'ai dit : Je connais une concierge là-bas et elle... elle me tricote des mitaines...

— Des mitaines ?

— Exactement !

— Mais expliquez-moi, je veux savoir ! Quel garçon ? » demanda Erjika d'un ton suppliant.

Elle donna à Olenka des claques dans le dos. Elle avait toujours le rire très facile. Mais son rire n'était pas qu'un besoin juvénile ; elle estimait également que le rire est bon pour celui qui rit et pour celui qui l'entend et que seul quelqu'un capable de rire de tout son cœur est vraiment équipé pour la vie.

Elles se calmèrent. Le fer était prêt. Olenka s'empressa d'asperger d'eau sa veste puis elle la recouvrit adroitement d'un chiffon blanc.

Dacha ôta son manteau. Avec son chandail gris qui la moulait et sa jupe droite serrée par une ceinture, on voyait comme elle était souple et bien tournée, on comprenait comment elle pouvait toute la journée faire un travail physique sans se fatiguer. Repoussant son couvre-lit aux couleurs vives, elle s'assit soigneusement au bord du lit, qu'elle avait fait avec un soin religieux : coussins bien gonflés, recouverts de dentelle, broderies fixées au mur par des punaises. Et elle se mit à raconter à Erjika :

« C'est arrivé l'automne dernier, pendant la vague de chaleur que nous avons eue juste avant l'arrivée du froid... Après tout, où peut-on trouver des prétendants ? Comment peut-on lier connaissance ? Liouda m'a conseillé d'aller faire un tour au parc Sokoliniki, mais toute seule !

Elle m'a expliqué que les filles gâchent tout en se promenant par deux.

— C'est la meilleure façon ! fit Liouda, occupée à nettoyer soigneusement une tache sur le talon de sa chaussure. Ça n'est pas courant de voir une fille toute seule.
Naturellement ça donne envie à un homme de l'aborder.

— Alors c'est ce que j'ai fait, poursuivit Dacha, mais
sans cette fois qu'il y eût d'amusement dans sa voix. Je
me suis promenée et puis je me suis assise. J'ai regardé
les arbres. Et en effet quelqu'un est venu s'asseoir à
côté de moi, quelqu'un de pas mal. Qui était-il ? J'ai
découvert qu'il était serveur dans un snack-bar. Et moi ?
J'avais honte de dire que j'étais étudiante. Un bas-bleu,
ça fait horreur à un homme...

— Oh ! allons donc... ne parle pas comme ça ! Dieu sait
où peut mener cette attitude ! » protesta aussitôt Olenka,
agacée.

Le monde était si décimé, dans le sillage laissé par
la carcasse de fer de la guerre ! Là où des gens de leur
âge ou plus âgés de cinq, dix ou quinze ans auraient dû
marcher et sourire, on voyait des trous noirs et béants.
Et ce n'était pas avec cette expression grossière et
absurde, inventée par on ne savait qui, de « souris d'université », qu'elles pourraient saisir ce dernier rayon de
lumière qui leur restait, qui leur faisait signe et qui les
incitait à continuer.

« ... et j'ai dit que je travaillais comme caissière dans
un établissement de bains. Il n'a pas arrêté de me poser
des questions pour savoir lequel et dans quelle équipe
je travaillais. J'ai eu toutes les peines du monde à m'en
débarrasser... »

Dacha avait perdu toute son animation. Ses yeux sombres avaient un regard angoissé.

Elle avait étudié toute la journée à la Bibliothèque
Lénine, puis elle avait absorbé une nourriture sans goût
au réfectoire et elle était rentrée, épuisée, avec la perspective d'un dimanche soir vide qui ne promettait rien.

Il y avait eu une époque, quand elle fréquentait la
spacieuse école de rondins de leur village, où elle était
contente des réussites qu'elle obtenait dans ses études.
Elle était heureuse aussi que, sous prétexte d'aller à
l'institut, elle ait réussi à obtenir un passeport et à être
inscrite à Moscou. Mais maintenant elle vieillissait et
cela faisait dix-huit ans qu'elle étudiait sans interruption.
Ça lui donnait la migraine. Et d'ailleurs, pourquoi étu-

diait-elle ? Le bonheur était simple pour une femme : avoir un enfant ; mais voilà : de qui et pour qui ?

D'un ton songeur, dans la pièce maintenant silencieuse, Dacha prononça sa formule favorite :

« Non, mes amies, la vie n'est pas un roman. »

Certes, au village, au centre de tracteurs et de machines agricoles, il y avait un agronome. Il ne cessait d'écrire à Dacha pour lui demander de l'épouser. Mais elle était sur le point d'obtenir son diplôme et tout le village dirait : « Pourquoi cette fille a-t-elle fait des études... Elle a épousé un agronome ! N'importe quelle ouvrière agricole peut faire ça. » D'un autre côté, Dacha avait le sentiment que même en tant qu'étudiante en sciences elle ne pouvait s'introduire dans la société dont elle voulait faire partie : elle n'avait pas l'esprit assez léger ni assez insouciant, elle n'avait pas l'audace de Liouda.

La regardant d'un air jaloux, Dacha lança :

« Liouda, je te conseillerais de te laver les pieds. »

Liouda contempla ses pieds :

« Tu crois ? »

Mais on ne pouvait chauffer l'eau que sur le réchaud, maintenant caché, et c'était le fer qui était branché à la douille voleuse.

Dacha voulut chasser sa tristesse en se livrant à un travail quelconque. Elle se souvint qu'elle avait acheté du linge qui n'était pas de la bonne taille, mais elle avait bien dû le prendre car c'était tout ce qu'il y avait. Elle s'éloigna et se mit à faire les retouches nécessaires.

Elles étaient toutes silencieuses. Sous les coups du fer à repasser, le bureau chancelait. Mouza concentrait toute son attention sur sa lettre. Mais non, ça ne marchait pas. Elle relut les dernières phrases qu'elle avait écrites. Elle changea un mot, en corrigea quelques autres peu clairs. Décidément ce n'était pas ça ! La lettre était un mensonge, et son père et sa mère le sentiraient tout de suite. Ils comprendraient que les choses n'allaient pas pour leur fille, qu'il lui était arrivé un ennui. Mais pourquoi se demanderaient-ils, Mouza n'en parlait-elle pas directement dans sa lettre ? Pourquoi, pour la première fois, racontait-elle un mensonge ?

S'il n'y avait eu personne d'autre dans la chambre, Mouza aurait éclaté en sanglots. Elle aurait tout simplement pleuré tout son soûl et peut-être cela lui aurait-il rendu les choses un peu plus faciles. Mais, au lieu de cela, elle jeta son stylo et se prit la tête à deux mains, dissimulant son visage aux regards. Ainsi, voilà comment ça arrive ! On vous demande un choix qui engage toute une vie et on n'a personne à qui en parler. On ne pouvait vraiment compter sur personne ! Et mardi elle se retrouverait devant ces deux personnages sûrs d'eux, avec leurs mots tout prêts, et plus d'un tour dans leur sac. Sans doute un éclat d'obus pénètre-t-il de cette façon dans le corps : un objet étranger, un bout d'acier qui paraît bien plus gros qu'il ne l'est. Comme ce serait bon de vivre sans cet éclat d'obus dans la poitrine. Pourtant maintenant on ne pouvait plus l'enlever ; tout était perdu. Parce qu'ils ne céderaient pas. Et elle ne céderait pas non plus. Elle ne céderait pas car comment pourrait-elle juger des qualités humaines de Hamlet et de Don Quichotte en sachant qu'elle était une indicatrice, qu'elle avait un nom de code comme « Marguerite » ou quelque chose comme ça et qu'elle devait recueillir des renseignements contre ces filles ou contre son professeur ?

S'efforçant de ne pas se faire remarquer, Mouza essuya les larmes qui coulaient de ses yeux.

Olenka avait déjà fini de repasser sa jupe. C'était maintenant le tour de son corsage crème avec des boutons roses.

« Où est Nadia ? » demanda Dacha.

Personne ne répondit. Personne ne savait.

Mais Dacha, occupée à coudre, avait décidé de parler de Nadia :

« Combien de temps une femme peut-elle continuer ainsi ? Il a été porté disparu. Voyons, ça fait maintenant cinq ans que la guerre est finie. Elle pourrait estimer que le moment est venu de faire une coupure, vous ne croyez pas ? De regarder la vie en face.

— Qu'est-ce que tu dis ! Qu'est-ce que tu dis ! » s'exclama Mouza d'un ton torturé, en levant les mains. Les larges manches de sa robe à carreaux gris glissèrent jusqu'à ses coudes, révélant la blancheur flasque de ses bras. « C'est la seule façon qu'il y ait d'aimer ! Le véritable amour s'étend par-dessus le tombeau. »

Les lèvres pleines et humides d'Olenka se plissèrent en une moue :

« A travers le tombeau ? C'est une idée transcendantale, Mouza. On peut garder de la gratitude, de tendres souvenirs... Mais l'amour ?

— Pendant la guerre, fit Erjika intervenant dans la

conversation, beaucoup de gens ont été emmenés au loin, à l'étranger. Peut-être qu'il est vivant quelque part.

— C'est possible, acquiesça Olenka. Dans ce cas elle pourrait espérer. Mais Nadia est le genre de femme à savourer son chagrin jusqu'au bout. Et seulement le sien. Des gens comme elle ont besoin d'avoir un chagrin dans leur existence. »

Dacha s'arrêta de coudre, laissant son aiguille glisser nonchalamment le long d'un ourlet et elle attendit qu'elles eussent toutes parlé. Elle savait, quand elle avait lancé la conversation, qu'elle allait les surprendre.

« Ecoutez-moi, mes amies, dit-elle. Nadia nous trompe, elle nous raconte des mensonges. Elle ne croit absolument pas que son mari soit mort et elle n'espère pas qu'il ait simplement été porté disparu. Elle sait que son mari est vivant. Et elle sait même où il est. »

Les filles étaient stupéfaites :

« Où as-tu appris ça ? »

Dacha leur lança un regard de triomphe. En raison de ses extraordinaires dons d'observation, on la surnommait dans la chambre « l'enquêteuse ».

« Tout ce qu'il faut, c'est savoir écouter. Est-ce qu'elle a jamais parlé de lui comme s'il était mort ? Non. Elle essaie même de ne pas dire « il était », et elle arrive même à ne dire ni « il était » ni « il est ». Enfin, s'il avait été porté disparu, elle aurait pu au moins une fois parler de lui comme s'il était mort ?

— Bon, alors qu'est-ce qui lui est arrivé ?

— Comment ! s'écria Dacha en reposant sa couture. Ça n'est pas clair ? »

Non, ça n'était pas clair pour elles.

« Il est vivant mais il l'a quittée. Et elle a honte de l'avouer ! C'est humiliant ! Alors elle a inventé cette « disparition ».

— C'est bien possible, c'est bien possible ! acquiesça Liouda qui se rinçait la bouche derrière le rideau.

— Ça veut dire qu'elle se sacrifie au nom de son bonheur avec lui ! s'exclama Mouza. Ça veut dire que pour je ne sais quelle raison elle estime qu'elle doit garder le silence et ne pas se remarier.

— Oui, tu as tout à fait raison ; tu es très futée, Dachka ! dit Liouda en émergeant de derrière le rideau sans son peignoir, vêtue seulement de sa chemisette, ses jambes nues la faisant paraître encore plus grande et plus joliment tournée. Elle se ronge et c'est pourquoi

elle joue le rôle d'une sainte qui est fidèle à un cadavre. Elle ne se sacrifie absolument pas, elle tremble
d'envie que quelqu'un la caresse mais personne ne veut
d'elle ! Il arrive qu'on se promène dans la rue et que
tout le monde se retourne pour vous regarder... mais elle,
elle pourrait se jeter au cou de n'importe qui et personne
ne voudrait d'elle. »

Elle repassa derrière le rideau.

« Mais on n'a certainement pas besoin d'attendre que
les gens se retournent pour vous regarder ! protesta
Olenka avec vigueur. Il faut être au-dessus de ça !

— Ha, ha ! répliqua Liouda. C'est facile pour toi de
penser ça parce que les gens te regardent bel et bien.

— Mais Chagov vient la voir, dit Erjika, qui avait du
mal à prononcer le « Ch » russe.

— Il vient la voir... Mais ça ne veut rien dire ! déclara
avec conviction Liouda, toujours invisible derrière le
rideau. Il faut qu'il grignote la ligne !

— Qu'est-ce que ça veut dire *grignoter* ? » dit Erjika
qui ne comprenait pas.

Elles se mirent toutes à rire.

« Non, ce qu'il y a, reprit Dacha en insistant, c'est que
peut-être espère-t-elle encore que son mari quittera l'autre femme pour lui revenir. »

A la porte on frappa le signal convenu : « Ne cachez
pas le fer, c'est une amie. »

Le silence se fit. Dacha souleva le crochet.

Nadia entra, d'un pas traînant, le visage accablé et
vieillissant, comme pour confirmer les pires moqueries
de Liouda. Chose étrange, elle ne salua même pas ses
compagnes, elle ne dit même pas : « Ah ! me voilà »
ou bien « Quoi de neuf, mes amies ? » Elle accrocha son
manteau et se dirigea vers son lit.

Le plus dur pour elle en ce moment, ç'aurait été de
dire quelques mots polis et sans signification.

Erjika s'était remise à lire. Olenka achevait son repassage sous l'ampoule du plafond, allumée.

Personne ne trouvait rien à dire. Puis, désireuse de
mettre fin à ce silence gênant, Dacha reprit sa couture et
répéta, comme pour conclure :

« Non, mes amies, la vie n'est pas un roman. »

45

LA VIEILLE FILLE

APRÈS sa visite à Gleb, Nadia n'avait envie que de se
retrouver avec d'autres gens aussi malheureux qu'elle, de
ne parler que de prison et de prisonniers. Elle alla directement de la Lefortovo à la Krasnaïa Presnya, traversant
tout Moscou pour répéter à la femme de Sologdine les
trois mots secrets de son mari.

Mais elle ne la trouva pas chez elle et cela n'avait rien
d'étonnant : le dimanche était le seul jour dont pouvait
disposer la femme de Sologdine pour faire toutes les
courses de la semaine, pour elle-même et pour son
fils. Nadia ne pouvait pas non plus laisser un mot aux
voisins. La femme de Sologdine lui avait dit, et elle le
croyait volontiers, que ses voisins lui étaient hostiles
et qu'ils l'espionnaient.

Nadia avait grimpé d'un pas rapide les escaliers raides
et sombres, tout excitée à l'idée de parler avec cette
femme qui partageait son chagrin secret. Elle redescen-
dit, pas seulement déçue, mais accablée. Et, comme
des images apparaissent lentement sur le papier blanc
dans la chambre noire du photographe, toutes les sombres pensées et les pressentiments qui s'étaient éveillés
en elle à la prison émergèrent maintenant et commencèrent à peser sur le cœur de Nadia.

Il avait dit... oui, il l'avait bien dit : « Ne sois pas surprise si on m'envoie loin d'ici, si tu ne reçois plus de lettres. » Il risquait d'être envoyé au loin ! Alors même ces visites, une fois par an, cesseraient ? Que ferait-elle ?

Et puis il avait parlé des régions intérieures de l'Angara.

Et n'avait-il pas parlé de Dieu ? Une phrase ou une autre. La prison lui paralysait l'esprit, le faisait sombrer dans l'idéalisme, dans le mysticisme, lui enseignait la soumission. Il changeait ; quand il reviendrait, elle ne le reconnaîtrait plus.

Mais le pire, ç'avait été quand il avait dit d'un ton presque menaçant : « Tu ne devrais pas trop espérer voir la fin de ma peine. Une peine de prison, c'est quelque chose de conditionnel. » Nadia s'était écriée : « Je ne veux pas le croire ! ça n'est simplement pas possible ! » Mais les heures maintenant se succédaient. Durant tout le trajet à travers Moscou, de la Krasnaïa Presnya au Parc Sokoliniki, ces tristes pensées demeuraient, elle ne pouvait les chasser.

Si la peine de prison de Gleb ne connaissait jamais de fin, alors à quoi bon attendre ? Pourquoi continuer à vivre ?

Elle arriva à la Stromynka trop tard pour entrer au réfectoire, et cela suffit à la plonger dans le désespoir le plus complet. Elle pensa à l'amende de dix roubles qu'on lui avait infligée deux jours auparavant, pour être montée sur la plate-forme arrière d'un autobus. Dix roubles ! C'était de l'argent pour elle maintenant.

Une neige légère et agréable commençait à tomber. Un petit garçon avec une casquette enfoncée sur les yeux vendait des cigarettes Kadek. Nadia s'approcha de lui et en acheta deux.

« Où sont mes allumettes ? se dit-elle tout haut.

— Tenez, ma petite dame ! Voilà du feu ! dit le garçon en lui tendant une boîte d'allumettes. C'est gratis. »

Sans penser à l'effet que cela pourrait faire, Nadia parvint à allumer la cigarette, tant bien que mal, à la seconde allumette. Elle rendit la boîte au jeune garçon et comme elle ne tenait pas à rentrer déjà, elle se mit à marcher dans la rue. Elle n'avait pas l'habitude de fumer. La fumée lui donna une impression de chaleur dans la bouche et aussi une vague nausée ; et cela lui fit oublier un peu la douleur qui lui serrait le cœur.

Lorsqu'elle eut fumé la moitié de la cigarette, Nadia la jeta et monta jusqu'à la chambre 418.

Elle passa devant le lit défait de Liouda et s'allongea lourdement sur le sien, désirant plus que tout avoir la paix.

Sur le bureau s'entassait en quatre piles sa thèse, en quatre exemplaires. Quels ennuis elle avait pu avoir avec ça ! Les dessins, les photocopies, la première révision, la seconde et voilà maintenant que c'était revenu pour une troisième lecture.

C'était désespérément, et de façon illégale, bloqué. D'un autre côté elle pourrait maintenant faire dessus ce travail occulte de réécriture qui lui vaudrait la paix et un bon salaire. Mais cela signifierait remplir ce terrible questionnaire de sécurité de huit pages et le faire parvenir d'ici à mardi à la section du personnel.

Raconter toute la vérité : cela impliquerait l'expulsion d'ici à la fin de la semaine, de l'université, du dortoir, de Moscou.

Ou alors elle pouvait divorcer tout de suite.

Et Gleb ne lui avait donné aucun conseil.

Son cerveau endolori et brumeux était incapable de trouver une solution.

Erjika fit son lit du mieux qu'elle put. Elle n'était pas très forte pour ça ; toute sa vie, des domestiques s'étaient chargées à sa place de ce genre de travail. Puis elle se mit un peu de rouge aux joues et partit pour la bibliothèque Lénine.

Mouza essayait de lire, mais elle n'arrivait pas à se concentrer.

Elle remarquait la tristesse de Nadia et en éprouvait de l'inquiétude, mais elle n'arrivait pas à se décider à lui parler.

Dacha se demandait si elle devait ou non faire son repassage. Elle ne pouvait pas rester longtemps inactive.

« Oui, dit-elle, j'ai entendu dire aujourd'hui qu'on allait doubler notre allocation de lecture cette année. »

Olenka sursauta.

« Tu plaisantes !

— C'est ce que le doyen a dit.

— Attends une seconde. Combien cela va-t-il faire ? fit Olenka, le visage brûlant d'une joie que l'argent ne peut donner qu'à des gens qui n'en sont pas avides. Trois cents et trois cents font six cents. Soixante-dix et soixante-dix font cent quarante. Et cinq et cinq font...

Ah ! ah ! cria-t-elle en battant des mains. Sept cent cinquante ! C'est quelque chose !

— Tu vas aller t'acheter toute une collection de Soloviev ! fit Dacha.

— Je ne sais pas. Je ne sais pas, dit Olenka avec un sourire. Peut-être une robe couleur grenat, en crêpe georgette ? Tu vois ce que je veux dire ? fit-elle en soulevant l'ourlet de sa jupe. Avec des doubles volants. »

Il y avait beaucoup de choses qu'Olenka n'avait pas. C'était seulement depuis un an qu'elle recommençait à s'intéresser aux choses. Sa mère était morte deux ans auparavant, et, depuis, Olenka n'avait plus de famille. En une seule semaine, en 1942, sa mère et elle avaient reçu des allocations d'enterrement à la fois pour son père et pour son frère. Juste après cela sa mère était tombée gravement malade et Olenka avait dû s'arrêter au milieu de sa première année d'études d'histoire. Un an après, elle avait repris en passant par une école de correspondance. Elle travaillait la nuit dans un hôpital et pendant la journée elle tenait son ménage. Elle devait aller chercher du bois pour le feu et échanger ses tickets de pain contre du lait.

On ne voyait rien de tout cela pour l'instant sur son doux visage potelé de vingt-six ans.

Elle estimait qu'on devait tout surmonter et ne jamais laisser ses ennuis être un fardeau pour les autres.

Aussi était-elle agacée de voir Nadia étaler sa souffrance qui ne pouvait que déprimer tout le monde.

Olenka demanda :

« Qu'est-ce que tu as, Nadia ? Tu étais gaie ce matin. »

C'étaient des paroles de compassion, mais elles exprimaient quand même son irritation.

Nadia regarda Olenka fixer au revers de sa veste une broche rouge en forme de fleur, elle la regarda se parfumer.

Et le parfum qui donnait à Olenka un air invisible de joie semblait à Nadia être la senteur même du désespoir. Sans changer d'expression, et en parlant avec beaucoup de difficulté, Nadia dit :

« Je te dérange ? Je gâche ta bonne humeur ? »

Olenka se redressa, le visage sévère.

Les deux femmes se regardèrent à travers le bureau encombré.

« Ecoute, Nadia, dit Olenka, en articulant soigneusement. Je ne veux pas te blesser. Mais comme l'a dit notre ami commun Aristote, l'être humain est un animal social. Nous pouvons partager nos joies, mais nous n'avons pas le droit de répandre la tristesse. »

Nadia était assise sur son lit, penchée et immobile, comme une vieille femme.

« Te rends-tu compte, dit-elle d'une voix tranquille et sans timbre, à quel point on peut être triste ?

— Je comprends très bien ! Tu es triste, j'en suis convaincue. Mais tu ne peux pas te mettre à penser que tu es la seule à souffrir en ce monde. Peut-être d'autres ont-ils supporté bien plus que toi. Penses-y. »

Elle n'ajouta pas : pourquoi un mari disparu, qu'on peut remplacer, cause-t-il plus de peine qu'un père mort, qu'un frère mort, qu'une mère morte, qu'on ne remplacera jamais ?

Elle resta parfaitement immobile à regarder Nadia.

Nadia savait qu'Olenka parlait des pertes qu'elle avait subies. Elle songeait quand même : toute mort est irrévocable, mais la mort n'arrive qu'une fois. Ça ne vous ébranle qu'une fois. Et, puis, peu à peu, imperceptiblement, cette mort s'enfonce dans le passé. Peu à peu, le chagrin lâche prise. Et on épingle une fleur rouge à son revers, on se parfume et on va à un rendez-vous.

Mais le chagrin était toujours avec elle, toujours présent : il était dans le passé, dans le présent et dans l'avenir. Et malgré tous ses efforts, elle n'arrivait pas à s'en libérer.

Mais elle ne pouvait raconter la vérité à Olenka.

Elle céda donc, elle mentit, regardant sa thèse en hochant la tête :

« Oh ! pardonne-moi, je suis absolument épuisée. Je n'ai pas la force de la relire encore. Combien de fois peut-on réviser quelque chose ? »

Là-dessus, la colère d'Olenka disparut complètement et elle dit d'un ton amical :

« Oh ! il faut que tu expulses les étrangers ? Bah ! tu n'es pas la seule. Ne te laisse pas abattre. »

« Expulser les étrangers » signifiait relire sa thèse en remplaçant toute référence à un étranger ; par exemple : « Lowe a démontré » devait se lire « les savants sont parvenus à démontrer » ; comme l'a montré Langmuir » devenait « comme on l'a montré ». Par contre, si un Russe, si un Danois ou un Allemand au service de la Russie avait fait quoi que ce soit pour se distinguer, alors il fallait citer son nom et dûment souligner son patriotisme et les services immortels qu'il avait rendus à la science.

« Pas les étrangers. Il y a longtemps que je me suis débarrassé d'eux. Maintenant il faut que j'élimine l'académicien B...

— Le nôtre, un Soviétique ?

— ... et toute sa théorie. Et j'ai tout bâti là-dessus. Et voilà maintenant qu'il... que ça... »

L'académicien B... appartenait maintenant au même monde clandestin que le mari de Nadia.

« Bah ! ne prends pas les choses aussi au tragique ! dit Olenka. Sois contente encore qu'on te laisse la réviser avant. Ça pourrait être pire. Mouza me racontait... » Mais Mouza ne l'entendait pas. Elle était maintenant plongée dans son livre et la chambre autour d'elle n'existait pas.

« ... Mouza disait qu'il y avait une fille au département de littérature qui a soutenu sa thèse sur Zweig il y a quatre ans et qui a été nommée professeur assistante. Tout d'un coup, on a découvert qu'elle avait écrit à trois reprises dans sa thèse que Zweig était « un cosmopolite » et que la thèse soutenait ce point de vue. On l'a donc convoquée devant la Commission supérieure des certificats et on lui a retiré son diplôme. C'est effrayant !

— Bah ! Nadia, tu t'inquiètes pour la chimie, dit Dacha. Et nous qui faisons de l'économie politique ? Est-ce que ce n'est pas tendre le cou vers le nœud coulant ? Mais ça va. On respire quand même. Maintenant je m'en tire grâce à Stoujaila-Oliabichkine. »

Dacha préparait sa thèse pour la troisième fois. Son premier sujet avait été « les Problèmes de la Distribution de Nourriture sous le Socialisme ». Ce sujet était extrêmement clair vingt ans plus tôt, quand chaque pionnier, et notamment Dacha, savait par cœur que la cuisine familiale appartenait au passé et que les femmes libérées prendraient leurs petits déjeuners dans des réfectoires collectifs. Mais à mesure que les années passaient, le sujet était devenu brumeux, voire dangereux. Assurément tous ceux qui prenaient leurs repas dans un réfectoire collectif — Dacha elle-même, par exemple — ne le faisaient que poussés par une pénible nécessité. Il n'y avait que deux façons de prendre des repas collectifs : des restaurants — mais là, l'application des principes socialistes n'était pas tout à fait ce qu'elle aurait pu être — et les petits bars minables où on ne servait que de la vodka. Théoriquement, il existait toujours les

réfectoires collectifs, car le Grand Coryphée était trop
occupé depuis vingt ans pour s'exprimer sur le sujet de
la distribution de la nourriture. Mais il était dangereux
dans ces conditions de prendre le risque de s'exprimer
soi-même. Dacha travailla longtemps sur sa thèse, puis
en fin de compte son directeur de thèse lui fit changer de
sujet ; mais il en choisit un sur la mauvaise liste : « Le
Commerce des Biens de Consommation sous le Socialisme. » Il ne semblait pas y avoir grand-chose là-dessus
non plus. Tous les discours, toutes les directives affirmaient que les biens de consommation pouvaient être
produits, et même qu'ils devraient être produits. Toutefois, sur le plan pratique, ces biens, contrairement à
l'acier laminé et aux produits pétroliers, semblaient manquer et même les conseils les plus autorisés ne savaient
pas si l'industrie légère allait se développer ou dépérir.
Aussi, le moment venu, repoussa-t-on ce sujet aussi.
    Là-dessus les braves gens firent travailler leur cervelle
et Dacha se trouva avec le sujet de thèse suivant :
« L'Economiste russe du XIXᵉ siècle, Stoujaila-Oliabichkine. »
    En riant, Olenka demanda :
    « As-tu trouvé son portrait, à ton bienfaiteur ?
    — Justement. Je n'arrive pas à le trouver.
    — Cruelle ingratitude fit Olenka essayant d'égayer Na-
dia, car elle-même se sentait fort joyeuse à l'idée de sortir ce soir. Moi je l'aurais trouvé et accroché au-dessus
de mon lit. Je l'imagine très bien : le genre vieux propriétaire terrien, très bel homme, plein de désirs spirituels
inassouvis. Après un solide petit déjeuner il s'asseyait,
vêtu de sa robe de chambre, devant la fenêtre, là-bas,
tu sais, au fond de cette province d'Eugène Onéguine où
les tempêtes de l'histoire ne soufflent jamais ; il restait
assis là, à regarder la jeune Palachka nourrir les
cochons, tout en rêvant tout seul :

> Comment l'Etat s'enrichit,
> Et sur quoi il vit...

    ... Puis le soir il jouait aux cartes. »
    Olenka éclata de rire.
    Liouda avait passé la robe bleu clair posée sur son lit.
    Nadia poussa un soupir et détourna les yeux du lit
défait. Liouda était devant la glace et se maquillait avec
infiniment de soin.

Soudain Mouza lança, comme si elle avait depuis le début participé à la conversation :

« Vous n'avez jamais remarqué ce qui rend les héros littéraires russes différents des héros d'Europe occidentale ? Les héros préférés des écrivains occidentaux sont toujours à la recherche d'une carrière, d'argent, de célébrité. Les Russes peuvent se passer de manger et de boire... c'est la justice et le bien qu'ils recherchent. Vous ne trouvez pas ? »

Sur quoi elle se replongea dans son livre.

Liouda avait enfilé ses caoutchoucs et décrochait son manteau de fourrure. Nadia désigna sèchement du menton le lit de Liouda et fit d'un ton dégoûté :

« Tu vas encore nous laisser cette saleté à ranger ?

— Eh bien, ne range pas ! dit Liouda furieuse, les yeux brillants. Que je ne te prenne jamais plus à toucher à mon lit ! fit-elle d'une voix aiguë. Et cesse de me prêcher la morale !

— Il est temps que tu comprennes ! s'écria Nadia, en laissant éclater les sentiments qu'elle réprimait. Tu nous insultes. Tu crois que nous ne pensons à rien d'autres qu'à tes soirées de sortie ?

— Tu es jalouse ? Personne ne vient grignoter ta ligne ? »

Elles avaient le visage crispé, laid, comme le sont toujours des visages de femmes dans la colère.

Olenka·ouvrait la bouche pour interpeller Liouda à son tour, mais elle n'aimait pas la façon dont Nadia avait prononcé les mots « soirées de sortie ».

Oh ! ce n'était pas un aussi pur plaisir qu'il pouvait y paraître, ces soirées dehors.

« Il n'y a pas de quoi être jalouse ! s'écria Nadia d'une voix brisée.

— Si tu t'es perdue en route, cria Liouda encore plus fort, sentant la victoire proche, et si au lieu de te retrouver dans un monastère tu es ici à poursuivre des études, alors très bien, reste assise dans ton coin, mais ne joue pas les belles-mères. Ça me rend malade ! Vieille fille !

— Liouda, comment oses-tu ? cria Olenka.

— Alors qu'est-ce qu'elle fait à fourrer son nez dans les affaires de tout le monde ? La vieille fille ! La ratée ! »

Sur ces entrefaites Dacha se joignit à la discussion et se mit à essayer de prouver son point de vue avec beaucoup d'énergie. Mouza s'excita à son tour et, agitant son livre en direction de Liouda, se mit à vociférer :

« Petite-bourgeoise ! Et elle s'en flatte ! »

Toutes les cinq hurlaient à la fois, personne n'écoutant personne, personne n'étant d'accord avec personne.

Ne comprenant rien, honteuse de sa sortie et des sanglots qu'elle ne pouvait réprimer, Nadia, toujours dans ses plus beaux atours qu'elle avait mis pour aller à la prison, se jeta à plat ventre sur son lit et se cacha la tête sous l'oreiller.

Liouda se poudra encore une fois le visage, donna un dernier coup de brosse à ses boucles blondes, rabattit sa voilette juste sous ses yeux et, sans faire son lit, mais en jetant sa couverture dessus en guise de concession, quitta la chambre.

Les autres appelèrent Nadia, mais elle ne bougea pas. Dacha lui ôta ses chaussures et lui couvrit les jambes avec les coins de la couverture.

On frappa à la porte. Olenka se précipita dans le couloir, revint comme un tourbillon, fourra ses boucles sous son chapeau, enfila un manteau bleu marine à col jaune et se dirigea vers la porte d'un pas décidé.

Elle allait non pas vers le bonheur, mais vers la bataille.

C'est ainsi que la chambre 418 envoya dans le monde l'une après l'autre deux belles tentatrices élégamment vêtues.

Mais, ayant perdu avec elles son animation et ses rires, la chambre devint plus triste encore.

Moscou était une ville énorme et il n'y avait nulle part où aller.

Mouza ne lisait plus ; elle ôta ses lunettes et s'enfouit le visage entre ses grandes mains.

Dacha déclara :

« Olenka est bête. Il va seulement s'amuser avec elle et la laisser tomber. On raconte qu'il a une autre fille quelque part et peut-être un enfant aussi. »

Mouza releva la tête.

« Mais Olenka n'est pas liée à ce garçon. S'il se révèle être ainsi, elle peut toujours le quitter.

— Comment ça, pas liée ! fit Dacha avec un sourire ironique. De quel genre de liens veux-tu parler, si...

— Oh ! tu sais toujours tout ! Comment peux-tu savoir ça ? fit Mouza avec indignation.

— Ce n'est pas sorcier, elle passe la nuit chez eux.

— Oh ! ça ne veut rien dire ! Ça ne prouve absolument rien ! dit Mouza.

— D'ailleurs c'est la seule façon maintenant... sinon on ne peut plus les garder. »

Les deux compagnes restèrent silencieuses, chacune plongée dans ses propres pensées.

La neige dehors tombait en flocons plus épais. Il faisait déjà nuit.

L'eau gargouillait doucement dans le radiateur sous la fenêtre.

C'était intolérable de penser qu'elles allaient passer ce dimanche soir dans un trou pareil.

Dacha songea au serveur qu'elle avait repoussé, un homme fort et sain. Pourquoi avait-elle renoncé à lui ? D'accord, il l'avait emmenée dans ce club à la lisière de la ville où personne de l'université ne venait jamais. Et après ?

« Mouza ! fit Dacha, allons au cinéma.

— Qu'est-ce qu'on joue ?

— Ce film allemand, *le tombeau indien*.

— Oh ! ce navet ! Une ânerie commerciale !

— Mais ça se joue ici même, dans le pavillon, juste à côté. »

Mouza ne répondit pas.

« Ce que ça peut être assommant ici !

— Je n'y vais pas, dit Mouza : trouve-toi du travail à faire. »

Brusquement la lumière électrique diminua d'intensité. Seul un mince filament rougeoyait encore dans l'ampoule.

« Il ne nous manquait plus que ça ! gémit Dacha. Il y aurait de quoi se pendre dans un endroit pareil ! »

Mouza restait assise, immobile comme une statue.

Nadia était allongée sur son lit et ne bougeait pas.

« Mouza, allons au cinéma. »

On frappa à la porte.

Dacha alla regarder et revint en disant :

« Nadia ! Chagov est là ! Tu te lèves ? »

46

LE FEU ET LA PAILLE

NADIA pleura un long moment. Elle mordit la couverture pour essayer de s'arrêter. Elle avait le visage brûlant et ruisselant de larmes ; l'oreiller l'étouffait.

Elle aurait été heureuse d'aller quelque part, de sortir de la chambre jusqu'à une heure avancée de la nuit. Mais dans toute la gigantesque ville de Moscou, il n'y avait nulle part où aller.

Ce n'était pas la première fois qu'on lui jetait à la figure des noms pareils : « belle-mère », « grincheuse », « religieuse », « vieille fille ». Le pire, c'est qu'ils étaient si peu conformes à la réalité.

Mais est-ce que la cinquième année d'un mensonge est jamais facile ? Le visage se tire et se crispe sous le masque qu'on arbore constamment, la voix devient perçante, les jugements perdent de leur substance. Peut-être maintenant était-elle effectivement devenue une insupportable vieille fille ?

C'est si difficile de se juger. Dans un dortoir où on ne peut pas, comme à la maison, taper des pieds devant maman. Dans un dortoir, au milieu de vos pairs, on apprend à se voir sous son plus vilain jour.

A l'exception de Gleb Nerjine, il n'y avait personne, absolument personne qui pût la comprendre.

Mais Gleb ne pouvait pas la comprendre non plus.

En quelques phrases rapides et assurées, il avait démoli tout ce qui avait donné à Nadia du courage au jour le jour, toute sa foi, tous ses espoirs, tout ce qui l'avait soutenue dans sa solitude.

Il n'y aurait pas de terme à la peine à laquelle il avait été condamné !

Et cela voulait dire qu'il n'avait pas besoin d'elle.

O mon Dieu, mon Dieu !

Nadia était allongée de tout son long. De ses yeux ouverts et immobiles, elle fixait entre l'oreiller et la couverture une section du mur devant elle et elle n'arrivait pas à comprendre, elle ne cherchait pas à comprendre quel genre de lumière il y avait dans la pièce. Il semblait faire très sombre, mais elle pouvait quand même distinguer les cloques sur la peinture ocre familière.

Soudain, à travers l'oreiller, elle entendit qu'on frappait à la porte de contre-plaqué les douze coups tambourinés, comme des pois qui tombent dans une casserole : le martèlement de quatre doigts ! quatre ! quatre ! Et avant même que Dacha lui eût dit : « Nadia ! Chagov est là ! Est-ce que tu te lèves ? » Nadia avait repoussé l'oreiller, s'était mise debout sur ses bas, avait lissé sa jupe qui était toute plissée à la taille, elle s'était donné un coup de peigne et enfilait fébrilement ses chaussures.

A la lueur pâle et sans vie que donnait le voltage réduit de cinquante pour cent, Mouza la regarda se précipiter et s'écarta.

Dacha s'empressa de faire le lit de Liouda et de ramasser ce qui traînait dans la pièce.

Puis elles firent entrer le visiteur.

Chagov entra, son vieux manteau militaire jeté sur les épaules. Il était grand, avec une allure de soldat. Il pouvait se pencher, mais pas se voûter. Ses mouvements étaient parcimonieux, réfléchis.

« Bonjour, gracieuses dames, dit-il d'un ton condescendant, je suis venu voir comment vous vous occupez sans lumière, et en faire autant. Il y a de quoi mourir d'ennui ! »

Quel soulagement, songea Nadia ; avec cette lumière, il ne s'apercevrait pas qu'elle avait pleuré.

« Vous voulez dire que sans la baisse de courant, vous ne seriez pas venu ? » fit Dacha, prenant le même ton que Chagov, flirtant inconsciemment, comme elle le faisait avec tous les célibataires qu'elle rencontrait.

« Jamais de la vie. A la lumière vive, les visages des femmes sont privés de tout leur charme : cela révèle leurs expressions méprisantes, leurs regards envieux, leurs rides prématurées, leur épais maquillage. »

Nadia frémit en entendant les mots « regards envieux » : on aurait dit qu'il avait surpris leur discussion.

Chagov reprit :

« Si j'étais une femme, je promulguerais une loi spécifiant que les lumières doivent être tamisées. Comme ça tout le monde ne tarderait pas à avoir un mari. »

Dacha regarda sévèrement Chagov. Il parlait toujours comme ça et cela ne lui plaisait pas. Toutes les expressions qu'il employait semblaient apprises par cœur, elles manquaient de sincérité.

« Vous permettez que je m'asseye ?

— Je vous en prie », répondit Nadia, d'une voix unie où l'on ne retrouvait aucune trace de sa fatigue, de son amertume, de ses larmes récentes.

Contrairement à Dacha, elle aimait bien Chagov pour son assurance, sa façon lente de parler, sa voix ferme et basse. Une sorte de calme émanait de lui. Et son esprit lui semblait plaisant.

« On ne me le dira peut-être pas une seconde fois, avec un pareil auditoire ; il faut que je m'asseye vite. A quoi vous occupez-vous, mes jeunes étudiantes ? »

Nadia resta silencieuse. Elle avait du mal à bavarder avec lui ; la veille ils s'étaient querellés et Nadia, dans un brusque élan, qui sous-entendait une intimité qui n'avait jamais existé entre eux, l'avait frappé dans le dos avec un porte-documents et s'était enfuie en courant. C'était un geste stupide, enfantin, et maintenant la présence de tiers lui rendait les choses plus difficiles.

Dacha répondit :

« Nous allons au cinéma. Nous ne savons pas avec qui.

— Voir quel film ?

— *Le Tombeau indien*.

— Oh ! Il faut absolument y aller. Comme le disait une des infirmières : « Il y a un tas de fusillades, un tas « de massacres, bref c'est un film magnifique. »

Chagov était confortablement assis derrière le bureau qu'elles partageaient toutes.

« Mais, pardonnez-moi, gracieuses dames, je pensais vous trouver dansant en rond, mais on a plutôt l'impression d'être à un enterrement. Vous avez des problè-

mes avec vos parents ? La dernière décision du Bureau
du Parti vous a rendues malheureuses ? Après tout, ça
n'a pas l'air de s'appliquer aux étudiantes diplômées.

— Quelle décision ? demanda Nadia dans un souffle.

— Quelle décision ? A propos de la vérification par les
autorités de l'origine sociale des étudiants ; s'assurer
s'ils sont sincères quand ils disent qui sont leurs parents.
Eh bien, Mouza Georgievna ? Vous êtes sûre de n'avoir
rien dissimulé ? Il y a là toutes sortes de riches possibilités : peut-être quelqu'un a-t-il confié quelque chose
à quelqu'un ou bien parlé dans son sommeil, ou bien
lu une lettre adressée à autrui ; oh ! toutes sortes de
choses. »

Nadia sentit son cœur se serrer. Ils continuaient à
chercher, à chercher et à fouiller ! Comme elle en avait
assez de tout cela. Où parviendrait-elle à y échapper ?

« Qu'est-ce que c'est que cette abomination ?

— Comment, comment ? Même ça ne vous égaie pas ?
Ah ! voulez-vous que je vous raconte une histoire très
amusante à propos du vote secret qui a eu lieu hier
au Conseil de la Faculté de Physique ? »

Chagov s'adressait à elles toutes, mais il ne quittait
pas Nadia des yeux. Il se demandait depuis longtemps
ce qu'elle voulait de lui. Presque chaque nouvel incident
semblait rendre la situation plus claire.

Elle restait plantée auprès de l'échiquier pendant qu'il
jouait aux échecs avec quelqu'un et lui demandait de
jouer avec elle pour qu'elle puisse apprendre les débuts
de partie.

(Mais, après tout, les échecs vous aident à oublier le
passage du temps.)

Ou bien elle lui demandait ce qu'il pensait de la façon
dont elle avait joué à un concert.

(Mais c'était bien naturel ! On a toujours envie de
recevoir des louanges et venant de quelqu'un qui ne
vous est pas totalement indifférent.)

Une autre fois elle se trouvait avoir un billet « de
trop » pour le cinéma et elle lui avait demandé de
l'accompagner.

(Elle voulait simplement avoir l'illusion pour un soir
d'être quelque part avec quelqu'un...)

Et puis le jour de son anniversaire elle lui avait fait
un cadeau, un carnet... mais de façon si bizarre. Elle
le lui avait fourré dans sa poche de veste et s'était

enfuie en courant. Pourquoi agissait-elle comme ça ? Pourquoi s'en aller ?

(Oh ! ce n'était que de la gêne ! Rien que de la gêne !)

Il l'avait rattrapée dans le couloir et avait lutté avec elle, en faisant semblant d'essayer de lui rendre le carnet, et dans leur lutte il l'avait serrée dans ses bras... et elle l'avait laissé faire, pendant une minute elle n'avait pas fait un geste pour se dégager.

(Il y avait tant d'années que personne n'avait tenu Nadia dans ses bras que cette sensation soudaine et aiguë l'avait paralysée.)

Et puis ce petit coup qu'elle lui avait donné pour rire avec le porte-documents ?

Comme avec tout le monde, Chagov avait maintenu vis-à-vis de Nadia un contrôle de fer sur lui-même. Mais si elle était simplement une femme esseulée, qui réclamait de l'aide ? Qui pouvait être assez inflexible pour la lui refuser ? Assez dur ?

Aussi ce soir-là Chagov était-il venu de sa chambre, la 412, à la chambre 418, non seulement certain de trouver là Nadia, mais tout agité à l'idée de ce qui allait peut-être se passer entre eux.

Si les filles paraissaient s'amuser de son histoire sur le vote curieux qui avait eu lieu au Conseil de Physique, c'était par pure politesse.

« Alors, la lumière va revenir ou pas ? finit par s'écrier Mouza.

— Je vois que mes histoires ne vous amusent pas. Surtout Nadejda Ilinichna ; son visage est comme un nuage d'orage. Et je sais pourquoi : on lui a infligé une amende de dix roubles l'autre jour et elle ne s'en remet pas. »

Cela rendit Nadia furieuse. Elle s'empara de son sac, l'ouvrit violemment, en tira un bout de papier qu'elle déchira nerveusement. Puis elle en répandit les morceaux sur le bureau devant Chagov.

« Mouza, pour la dernière fois, est-ce que tu viens ? demanda Dacha d'une voix tendue en décrochant son manteau.

— J'arrive ! » répondit Mouza et elle alla prendre son manteau.

Chagov et Nadia ne se retournèrent pas pour voir les deux autres sortir.

Mais quand la porte se fut refermée derrière elles, Nadia se sentit honteuse.

Chagov ramassa les bouts de papier et les tendit à la lumière. Un autre billet de dix roubles...

Chagov se leva et s'approcha de Nadia. Il la dominait de toute sa taille. Il prit dans les siennes ses petites mains.

« Nadia ! (C'était la première fois qu'il l'appelait ainsi. Il se sentait bizarre, nerveux.) Pardonnez-moi ! Je suis... avec vous... »

Elle resta parfaitement immobile ; son cœur battait et elle se sentait faible. Sa rage à propos du billet de dix roubles était passée aussi vite qu'elle était venue. Une étrange pensée l'envahissait : il n'y avait pas de gardien, pas de gardien pour pencher vers eux sa tête de taureau. Ils pouvaient se dire tout ce qu'ils voulaient. Ils pouvaient décider eux-mêmes quand se dire bonsoir.

Le visage de Chagov était très près : un visage fort, aux traits réguliers. Il lui prit les coudes, tièdes sous son corsage de batiste.

« Nadia ! » répéta-t-il très doucement.

Elle pourrait lui demander quoi faire à propos de sa thèse, de son classement... Elle pourrait lui parler de tout.

« Lâchez-moi », dit-elle enfin d'un ton de regret fatigué.

C'était elle qui avait commencé et voilà qu'elle disait maintenant « lâchez-moi ».

« Je ne vous comprends pas, Nadia », dit-il, en remontant les mains de ses coudes à ses épaules.

Pour la troisième fois il l'avait appelée « Nadia » et elle n'avait rien dit.

« Vous ne comprenez pas... quoi ? » demanda-t-elle.

Mais sans bouger.

Il l'attira contre lui.

La pâle lumière cachait la rougeur qui monta au visage de la jeune femme.

Elle le repoussa.

« Lâchez-moi ! Comment avez-vous pu penser... »

Elle secoua la tête et sa natte retomba sur son visage, lui dissimulant un œil.

« Du diable si je vous comprends, si je sais quoi penser de vous ! » Il la lâcha, et, passant devant elle, s'approcha de la fenêtre.

L'eau dans le radiateur s'écoulait doucement.

Nadia se recoiffait d'une main tremblante.

Chagov alluma une cigarette. Il avait le souffle rauque. Impossible de savoir ce que voulait cette femme !

« Savez-vous, demanda-t-il, marquant un temps entre chaque mot, comment brûle la paille sèche ?

— Oui, je sais, répondit-elle d'une voix morne. Ça flambe jusqu'au ciel et puis c'est un petit tas de cendre.

— Jusqu'au ciel ! répéta-t-il.

— Un petit tas de cendre, répéta-t-elle à son tour.

— Alors dites-moi... Pourquoi n'arrêtez-vous pas de lancer des allumettes allumées dans de la paille sèche ? »

(Etait-ce ce qu'elle avait fait ? Comment avait-il pu se méprendre sur elle ? Après tout, il arrive à tout le monde d'avoir envie parfois de plaire à quelqu'un, même de temps en temps seulement.)

« Allons-nous-en ! s'écria-t-elle. Allons quelque part !

— Nous n'allons nulle part. Nous allons rester ici. »

Il fumait tranquillement maintenant, en tenant son fume-cigarette à un coin de la bouche. Elle aimait la façon dont il fumait.

« Non, je vous en prie, allons quelque part ! répéta-t-elle.

— C'est ici ou nulle part, dit-il, en l'interrompant brutalement. Il faut que je vous dise : j'ai une fiancée. Je ne peux rien vous promettre. Et... il ne faut pas qu'on me voie avec vous en ville. »

47

LA RÉSURRECTION DES MORTS

Nadia et Chagov avaient en commun le fait que ni l'un ni l'autre n'était né à Moscou. Les Moscovites que Nadia rencontrait à la faculté avaient un air de supériorité empoisonnée ; on appelait cela le « Patriotisme moscovite ». Quels que fussent ses succès dans ses études, ils considéraient Nadia comme un individu de second plan... et plus encore que la plupart des autres provinciales parce qu'elle parvenait si mal à dissimuler ses sentiments.

Chagov était un provincial également, mais il s'était frayé un chemin à travers la société moscovite aussi facilement qu'un brise-glace dans l'eau tranquille. Un jour elle avait entendu un jeune étudiant décidé à humilier Chagov lui demander d'un air narquois : « Et vous, d'où êtes-vous au juste ? »

Chagov avait toisé l'étudiant avec une sorte de regret nonchalant et, se balançant un peu sur ses talons, il avait dit :

« Vous n'avez jamais eu l'occasion d'y aller. Je viens d'une province qui s'appelle le Front. D'un patelin qui s'appelle la Tranchée. »

On a depuis longtemps observé que la vie n'écrit pas nos biographies de façon égale au long des années.

Chaque être humain a sa période particulière où il se manifeste plus totalement, où il sent plus profondément et où il agit avec le plus d'effet sur lui-même et sur les autres. Et quoi qu'il arrive à cette personne, désormais, en dépit de toutes les apparences, tout n'est plus que déclin. Nous nous souvenons, nous nous enivrons de ce temps, nous jouons et rejouons sur tous les tons, nous nous chantons et nous nous rechantons ce bout de mélodie qui un jour a résonné en nous. Pour certains, cette période se situe dans l'enfance, et ils restent enfants toute leur vie. Pour d'autres, elle coïncide avec le premier amour ; et ce sont les gens qui répandent le mythe selon lequel l'amour ne vient qu'une fois. Quiconque a connu une pareille période en parlera à jamais ; sur ses vieux jours, il marmonnera à travers ses gencives édentées les souvenirs de sa grandeur perdue. Pour Nerjine, cette période c'était la prison. Pour Chagov, c'était la guerre.

Chagov était entré dans la guerre avec un élan d'impatience et de terreur. Il avait été appelé le premier mois et n'avait été démobilisé qu'en 1946. Et durant ces quatre années, chaque matin il s'était demandé s'il vivrait jusqu'au soir. Il n'avait jamais été affecté à d'importants états-majors et il n'avait quitté le front que pour entrer à l'hôpital. En 1941, il avait battu en retraite de Kiev, et, en 1942, le long du Don. Bien que la guerre se passât mieux en 1943 et en 1944, il avait passé ces années-là à reculer aussi, en 1944 au-dessous de Kovel. Dans des fossés le long des routes, dans des tranchées inondées, entre les ruines de maisons incendiées, il avait appris la valeur d'une boîte de soupe, d'une heure de repos, la signification de la véritable amitié, le sens de la vie elle-même.

Les souffrances du capitaine de sapeurs Chagov ne pouvaient s'apaiser maintenant, il faudrait des dizaines d'années pour cela. Il ne pouvait considérer les gens que sous un seul aspect : ou bien c'étaient des soldats ou bien pas. Même dans les rues de Moscou où l'on oubliait tout, il maintenait cette division : parmi les êtres humains, seuls les soldats étaient immanquablement sincères et amicaux. L'expérience lui avait enseigné à ne se fier à personne qui n'avait pas subi le baptême du feu.

Après la guerre, Chagov s'était retrouvé sans famille ; la maison où il vivait avait été bombardée. Ses biens terrestres se limitaient au sac qu'il avait sur le dos et à une valise pleine de butin pris aux Allemands. Bien sûr, pour adoucir leur retour à la vie civile, on avait donné à tous les officiers démobilisés douze mois de solde calculée d'après leur rang, un salaire sans travail.

Quand il était revenu de la guerre, Chagov, comme beaucoup de soldats du front, avait été abasourdi. Pendant quelque temps, ils furent meilleurs qu'ils n'étaient partis. Ils revenaient purifiés par la proximité de la mort et le bouleversement de leur pays les frappait d'autant plus vivement, un bouleversement qui s'était opéré loin derrière les lignes, une sorte de durcissement et d'amertume, souvent un manque total de confiance, une terrible pauvreté côtoyant une écœurante richesse.

Mais au diable tout cela ! Et d'ailleurs tous les anciens soldats étaient là ; ils marchaient dans les rues et encombraient les métros. Mais ils étaient vêtus de façon différente et ne se reconnaissaient plus entre eux. Peu à peu ils avaient renoncé aux vieilles règles du front pour reprendre celles de la vie civile.

Chagov ne posait pas de questions. Il n'était pas de ces infatigables qui sont toujours en quête d'une sorte de justice universelle. Il comprenait que tout évolue à sa guise et que nul ne peut arrêter ce mouvement. On peut seulement choisir de sauter à bord ou non. Il était clair désormais que la fille d'un général, par la seule vertu de sa naissance, était prédestinée à une vie sans heurts et qu'on ne la retrouverait pas travaillant dans une usine. Il était impossible d'imaginer quelqu'un qui avait été secrétaire d'une organisation régionale du Parti assis derrière un tour. Les travaux d'usine n'étaient pas pour ceux qui les concevaient, pas plus que ceux qui rédigeaient les ordres d'attaque n'allaient eux-mêmes à l'assaut.

En fait, il n'y avait rien là de nouveau sur notre planète. Mais cela heurtait certains individus : cela vexait le capitaine Chagov de constater qu'après ses loyaux services il n'avait pas le droit de prendre part à cette vie pour laquelle il avait particulièrement combattu. Il lui fallait maintenant combattre de nouveau pour ce droit, livrer une bataille sans effusion de sang, sans coups de feu, sans grenades ; il lui fallait faire passer son droit de vivre par le bureau du comptable, le rendre officiel grâce à l'apposition d'un sceau.

Et le faire gaiement.

Chagov était parti pour la guerre avant de terminer sa cinquième année et d'obtenir son diplôme, aussi devait-il maintenant rattraper le temps perdu et essayer d'avancer sur la route d'un titre scientifique. Sa spécialité, c'était la mécanique théorique et il projetait, dès avant la guerre, de s'y consacrer en tant que savant. C'était plus facile alors. Aujourd'hui, il se trouvait en plein dans un éclatement universel d'amour de la science — de n'importe quelle science, de toute la science — qui suivait la hausse des salaires.

Bon ! Il rassembla ses forces pour un nouvel assaut, plus long. Peu à peu, il vendit au marché ses trophées de guerre allemands.

Sans s'intéresser aux toilettes à la mode, il portait exactement les vêtements dans lesquels il avait été démobilisé : des bottes de l'armée, un pantalon de l'armée, une chemise kaki en laine anglaise ornée de quatre rubans et de deux chevrons pour les blessures. Cela rappelait à Nadia un autre capitaine de première ligne, Nerjine.

Sensible à tous les échecs et à toutes les insultes, Nadia se sentait comme une petite fille devant le bon sens de fer de Chagov. Elle lui avait demandé conseil. Mais elle lui avait menti, avec un entêtement de petite fille, en affirmant que Gleb avait disparu au front.

Nadia elle-même n'avait pas remarqué comment ni quand elle s'était laissée aller à tout cela : le billet de cinéma « en trop », l'embrassade pour rire à propos du porte-documents.

Mais dès l'instant où Chagov était entré ce soir, même alors qu'il flirtait avec Dacha, elle avait su qu'il venait pour la voir et que quelque chose allait se passer.

Une minute plus tôt, elle versait des larmes inconsolables sur sa vie gâchée. Mais après avoir déchiré le billet de dix roubles, elle s'était redressée, avec des forces nouvelles, prête maintenant à une nouvelle vie.

Elle n'avait vu là aucune contradiction.

Chagov maintenant avait retrouvé son sang-froid habituel.

Il avait clairement fait comprendre à cette femme qu'elle ne pouvait espérer l'épouser.

Après l'avoir entendu parler de sa fiancée, Nadia arpenta nerveusement la chambre puis vint elle aussi se planter près de la fenêtre et se mit à dessiner en silence sur la vitre avec son doigt.

Il la plaignait. Il aurait voulu rompre le silence et expliquer les choses simplement, avec une sincérité qu'il avait depuis longtemps abandonnée. Elle était une pauvre étudiante, sans relations, sans avenir : que pouvait-elle lui apporter ? Et il avait droit à son morceau du gâteau. Il aurait voulu lui expliquer que, bien que sa fiancée vécût dans l'oisiveté, elle n'était absolument pas dépravée. Elle avait un bel appartement dans un immeuble d'un quartier réservé aux gens les plus huppés. Il y avait un portier, il y avait des tapis par terre : où pouvait-on voir cela aujourd'hui ? Tout le problème serait résolu d'un coup. Quelle meilleure solution pouvait-on imaginer ?

Mais il ne faisait que penser ces choses, il ne les exprimait pas tout haut.

Et Nadia, appuyant son front contre la vitre et regardant dans la nuit, finit par lui répondre d'une voix neutre :

« Eh bien, c'est parfait ! Vous avez une fiancée. Et moi j'ai un mari. »

Chagov se retourna, stupéfait.

« Un mari ? Où est-il ? Disparu ?

— Non, pas disparu », dit Nadia presque dans un souffle.

(Avec quelle imprudence se livrait-elle !)

« Vous croyez qu'il vit encore ?

— Je l'ai vu... aujourd'hui. »

(Elle s'était livrée, mais elle n'allait pas se pendre à son cou comme une collégienne !)

Il ne fallut pas longtemps à Chagov pour se rendre compte de ce qu'il venait d'entendre. Il ne pensait pas, comme aurait pu le faire une femme, que Nadia avait été abandonnée. Il savait que « disparu » cela voulait presque toujours dire une personne déplacée et que quand cette personne était déplacée en direction de l'est, cela voulait généralement dire derrière des barreaux.

Il prit Nadia par le coude.

« C'est Gleb ?

— Oui, dit-elle presque sans voix.

— Et alors ? Il est en prison ?

— Oui.

— Bon, bon, bon », dit Chagov, comme libéré.

Il réfléchit une minute, puis il sortit rapidement de la pièce.

Nadia était si accablée de honte et de désespoir qu'elle n'avait pas remarqué le changement dans la voix de Chagov. Il était parti, tant pis. Elle était contente d'avoir tout dit. Maintenant elle se retrouvait toute seule avec son véritable fardeau.

Le filament de l'ampoule rougeoyait à peine.

Elle traversa lourdement la chambre et alla chercher la seconde cigarette qu'elle avait dans la poche de son manteau. Elle trouva une allumette et l'alluma. Elle éprouvait une étrange satisfaction à sentir le goût amer du tabac.

Elle n'avait pas l'habitude de fumer et elle se mit à tousser.

Le manteau de Chagov était resté là, sur une des chaises.

Comme il était pressé ! Il avait eu si peur qu'il en avait oublié son manteau.

Tout était très silencieux ; quelqu'un dans la chambre voisine jouait l'étude de Liszt en *fa* mineur.

Elle avait joué ce morceau-là jadis, quand elle était jeune... mais y avait-elle compris quelque chose ? Ses doigts avaient joué les notes, mais elle ne savait rien alors de ce mot *disperato*. Désespéré.

Appuyant le front contre le carreau du milieu, elle tendit les bras pour sentir sur la paume de ses mains la froideur des autres carreaux.

Elle resta là, comme une crucifiée sur la croix noire de la fenêtre.

Il y avait eu dans sa vie un minuscule point de chaleur... et c'était fini.

Et il ne lui avait fallu qu'une minute ou deux pour se résigner à cette paix.

Elle était de nouveau la femme de son mari.

Elle regarda dans la nuit, essayant de distinguer la cheminée du Repos-du-Marin. *Disperato !* Désespéré ! Ce désespoir impuissant qui essayait de s'élever pour retomber ensuite. Ce *ré* bémol insistant : une voix de femme, tendue, qui ne trouvait pas de réponse.

Une série de réverbères menait quelque part vers l'obscurité noire de l'avenir, un avenir où il n'existait pas de volonté de vivre.

L'étude se termina. Une voix annonça l'heure : six heures du soir.

Nadia avait complètement oublié Chagov, et il revint sans frapper.

Il avait avec lui une bouteille et deux verres.

« Eh bien, femme de soldat ! dit-il avec entrain. Ne perds pas courage ! Tiens, prends un verre ! Si tu as une tête solide sur les épaules, tu connaîtras encore le bonheur. Buvons... à la résurrection des morts ! »

48

L'ARCHE

LE dimanche, même à la charachka, il y avait repos général après six heures du soir. Il était absolument impossible d'éviter cette regrettable interruption dans le travail des prisonniers, car le dimanche les employées libres n'avaient qu'une équipe de service. C'était une tradition déplorable, contre laquelle toutefois les commandants et les lieutenants-colonels étaient impuissants à lutter, car eux-mêmes ne se souciaient guère de travailler le dimanche soir. Seul Mamourine, le Masque de Fer, horrifié par la perspective de ces soirées vides quand les employées libres étaient parties, quand on avait fait la ronde et bouclé tous les zeks, qui, après tout, étaient aussi des êtres humains, seul Mamourine restait à arpenter les couloirs déserts devant les portes fermées, ou bien à se languir dans sa cellule entre le lavabo, la penderie et le lit. Mamourine avait essayé de faire travailler le Numéro Sept, le dimanche soir aussi, mais il n'avait pu vaincre le conservatisme des chefs de la prison spéciale qui ne voulaient pas doubler les effectifs des gardiens.

C'est ainsi que deux cent quatre-vingt-six prisonniers — contrairement à toute raison et au code de travail

des prisonniers — se reposaient effrontément le dimanche
soir.

Cette période de repos était de nature telle qu'une
personne non initiée à cette vie aurait pu croire qu'il
s'agissait de torture inventée par le diable. La nuit dehors
et la vigilance particulière qui s'imposait le dimanche
ne permettaient à l'administration pénitentiaire d'autoriser les prisonniers ni à sortir dans la cour ni à se rendre
à une séance de cinéma dans la grange. Après un an de
correspondance avec toutes les juridictions supérieures,
on avait décidé également que même les instruments de
musique, l'accordéon, la guitare, la balaïka et l'harmo-
nica, sans parler d'instruments plus encombrants, ne
pouvaient être autorisés à la charachka, puisque leurs
accents à l'unisson pouvaient masquer le creusement
d'un tunnel d'évasion à travers les fondations en pierre.
Les officiers de sécurité, par le truchement de leurs
indicateurs, s'efforçaient constamment de découvrir si
les prisonniers avaient des flûtes ou des pipeaux de
fortune et, pour avoir joué sur un peigne, plus d'un
prisonnier avait été convoqué au bureau et avait fait
l'objet d'un rapport spécial. Il pouvait encore moins être
question, bien sûr, de permettre la présence de postes
de radio dans le dortoir de la prison ou même du phonographe le plus primitif.

Certes, les prisonniers étaient autorisés à utiliser la
bibliothèque de la prison. Mais la prison spéciale n'avait
pas de fonds pour acheter des livres ni des rayonnages.
On avait simplement nommé Rubine bibliothécaire
(poste que, croyant par là pouvoir mettre la main sur les
meilleurs livres, il avait demandé lui-même) et on lui
avait remis juste une fois une centaine de volumes
usagés, tels que *Moumou* de Tourgueniev, les *Lettres*
de Stassov, l'*Histoire romaine* de Mommsen, et on lui
avait donné la consigne de les distribuer parmi les
prisonniers. Ces derniers, ou bien avaient lu tous ces
livres voilà longtemps, ou bien n'avaient pas envie de
les lire et demandaient de la lecture aux employées
libres, ouvrant ainsi un riche domaine aux officiers de
sécurité pour mener des enquêtes et des perquisitions.

Pour leur période de repos et de récréation, les prisonniers avaient droit à dix pièces réparties sur deux étages,
à deux couloirs, un en haut et un en bas, à l'étroit escalier de bois qui reliait ces deux étages et à une toilette
au pied de cet escalier. Leur récréation consistait à ce

qu'on les autorisait, sans restriction aucune, à s'allonger sur leur châlit et même à dormir s'ils y parvenaient au milieu du vacarme, à s'asseoir sur leurs couchettes, puisqu'il n'y avait pas de chaise, à se promener dans la pièce ou d'une pièce à l'autre, même en caleçon, à fumer dans les couloirs autant qu'ils le voulaient, à discuter politique en présence des indicateurs et à utiliser les toilettes sans intervention ni limitation aucune. D'ailleurs ceux qui étaient emprisonnés depuis longtemps et qui devaient se soulager sur commande deux fois par jour pouvaient apprécier cet aspect de l'immortelle liberté. Le sentiment de plénitude qu'ils connaissaient durant le repos du dimanche venait du fait que c'était à eux que le temps appartenait et non pas au gouvernement. La période de repos était donc considérée comme quelque chose de réel.

Pendant cette période, les prisonniers étaient isolés par de lourdes portes d'acier fermées de l'extérieur, et personne ne les rouvrait, personne n'entrait, personne ne venait les convoquer ni les chercher. Durant ces brèves heures, le monde extérieur ne pouvait pénétrer à l'intérieur pour troubler qui que ce fût. C'était ce que signifiait la période de repos : que tout le monde extérieur — l'univers avec ses étoiles, la planète avec ses continents, la capitale avec ses lumières, ses banquets et ses indices de production qui montaient — tout cela avait sombré dans la non-existence, s'était transformé en un noir océan, presque indiscernable à travers les barreaux des fenêtres, par-delà les réverbères jaunes de la zone interdite.

Baignée par la lumière électrique perpétuelle du MGB, l'arche de deux étages de cette ancienne propriété d'église, aux murs épais de quatre briques et demie, flottait sans but et indifférente sur cette mer noire des destinées et de la confusion humaines, en projetant des faisceaux de lumière sans cesse déclinants.

Le dimanche soir, la lune pouvait bien se fendre en deux. De nouvelles Alpes pouvaient surgir dans l'Ukraine. L'océan pouvait engloutir le Japon ou le déluge universel commencer : les prisonniers, enfermés dans leur arche n'en sauraient rien jusqu'à l'appel du matin. Ils ne pourraient pas davantage être touchés par des télégrammes de parents, par des appels téléphoniques importuns, par l'annonce qu'un enfant se mourait ou qu'on avait arrêté un de leurs proches en pleine nuit.

Ceux qui flottaient dans l'arche étaient sans poids et ils avaient des pensées sans poids. Ils n'avaient pas faim et ils n'étaient pas rassasiés. Ils ne connaissaient pas le bonheur et ne craignaient pas de le perdre. Ils n'avaient pas la tête pleine de mesquins calculs officiels, d'intrigues, de promotions, leurs épaules ne ployaient pas sous des problèmes de logement, de combustible, de pain et de vêtements pour leurs enfants. L'amour, ce délice et tourment de l'humanité depuis des temps immémoriaux, était impuissant à leur communiquer son frisson ou son angoisse. Leurs peines de prison étaient si longues que nul ne songeait même à l'année où il retrouverait la liberté. Des hommes dotés d'une intelligence, d'une instruction et d'une expérience exceptionnelles — mais toujours trop dévoués à leur famille pour abandonner beaucoup d'eux-mêmes à leurs amis — n'appartenaient ici qu'à leurs amis.

La lumière des ampoules qui se reflétait sur les plafonds blancs et sur les murs crépis à la chaux illuminait leurs esprits lucides.

D'ici, de l'arche, qui poursuivait avec assurance sa route à travers la nuit, le flot tortueux de l'Histoire maudite était facile à embrasser d'un seul coup d'œil, comme d'une hauteur considérable, et pourtant dans les moindres détails, jusqu'à un caillou au fond, comme si l'on baignait dedans.

En ces heures du dimanche soir, la matière et la chair ne rappelaient pas aux gens leur existence. L'esprit d'une mâle amitié et la philosophie gonflaient au-dessus de leurs têtes les voûtes semblables à des voiles.

C'était peut-être bien cela, cette bénédiction que tous les philosophes de l'Antiquité essayaient en vain de définir et d'enseigner aux autres.

49

LA COMÉDIE

Dans la pièce semi-circulaire au premier étage, sous le haut plafond voûté au-dessus de l'autel, l'atmosphère était particulièrement vivante et favorable à la méditation.

Vers six heures, les vingt-cinq hommes qui l'occupaient s'étaient rassemblés là de très aimable humeur. Les uns se mirent le plus vite possible en caleçon, se débarrassant de leur tenue de prisonnier dont ils avaient assez et se laissèrent tomber sur leur châlit ou bien grimpèrent comme des singes jusqu'à la couchette supérieure. D'autres s'affalèrent sur leur lit sans ôter leur salopette. Quelqu'un, juché sur la couchette supérieure, agitait les bras en criant quelque chose à un ami à un autre bout de la pièce. D'autres restaient simplement assis ou bien battaient la semelle et regardaient autour d'eux, savourant d'avance le plaisir des heures de liberté qu'ils avaient devant eux, se demandant comment les passer le plus plaisamment possible.

Parmi ces derniers se trouvait Isaac Moïssiévitch Kagan, un petit homme brun, aux cheveux en désordre, qu'on appelait « Le directeur de la salle de batterie ». Il était de particulièrement bonne humeur en arrivant dans cette pièce claire et spacieuse, car la salle de batterie

où il était enfermé quatorze heures par jour comme un
lutin se trouvait dans une cave obscure et mal ventilée.
Il était cependant satisfait de ce travail dans la cave, et
il affirmait que dans un camp il serait mort depuis longtemps. Il n'était pas de ceux qui se vantaient de ce qu'au
camp ils vivaient mieux qu'en liberté.

En liberté, Isaac Kagan, qui n'avait jamais terminé
ses études d'ingénieur, était magasinier de pièces détachées. Il avait essayé de vivre une vie obscure et de
traverser discrètement l'Ere des Grandes Réussites.
Kagan savait qu'il était plus paisible et plus profitable
d'être un magasinier bien tranquille. Dans son isolement,
il dissimulait une passion presque farouche pour le gain
qui l'occupait entièrement. Aucune sorte d'activité politique ne l'attirait. Mais toutefois, même dans le magasin,
il observait autant que possible les lois du Sabbat. Mais
pour quelque obscure raison, la Sécurité d'Etat choisit
précisément Kagan pour l'attacher à son char et pour
l'entraîner vers des pièces fermées et des missions de
conspirateur en insistant pour qu'il devînt un indicateur.
Kagan trouva cette offre répugnante. Il n'eut ni la franchise ni l'audace — qui les avait ? — de leur dire en face
que ce qu'on lui proposait était abominable. Mais avec
une patience inépuisable il garda le silence, marmonna,
fit traîner les choses, se montra difficile, s'agita sur son
siège et finit par ne jamais signer d'accord disant qu'il
travaillerait pour eux. Non pas qu'il fût incapable de
dénoncer. Il aurait sans sourciller dénoncé quelqu'un qui
lui aurait fait du mal ou qui l'aurait humilié. Mais cela
l'aurait écoeuré de dénoncer des gens qui lui avaient
témoigné de la bonté ou même de l'indifférence.

Mais cette obstination lui valut d'être mal noté à la
Sécurité d'Etat. On ne peut pas se protéger contre tout
en ce monde. Les gens bavardaient dans le magasin où
il travaillait. L'un maudissait la mauvaise qualité d'un
outil. Un autre se plaignait des fournitures. Un autre
encore du Plan. Isaac pendant tout ce temps ne disait
rien, se contentant de rédiger ses bons de sortie avec
son crayon indélébile. Mais cela finit par se savoir —
tout cela d'ailleurs avait sans doute été arrangé d'avance
— et, chacun dénonçant les autres, ils écopèrent tous
de dix ans en vertu de l'article 58, paragraphe 10. Kagan
fut soumis à cinq confrontations, mais personne ne
prouva qu'il avait dit un mot. Si l'article 58 avait été plus
étroit, on aurait laissé Kagan repartir. Mais l'interroga-

teur savait qu'il avait un dernier ressort, le paragraphe 12 du même article : le fait de n'avoir pas dénoncé. Ce fut donc pour n'avoir pas dénoncé qu'on infligea à Kagan la même énorme peine de dix ans qu'aux autres.

Kagan quitta le camp pour la charachka grâce à sa remarquable astuce. A une époque difficile de sa vie, quand on l'avait évincé du poste de « chef adjoint de la baraque » et qu'on l'avait envoyé couper du bois, il écrivit une lettre au camarade Staline, président du conseil des ministres, en expliquant que si le gouvernement lui donnait à lui, Isaac Kagan, la possibilité de le faire, il entreprendrait d'inventer un système pour le contrôle par radio des lance-torpilles.

Son calcul était exact. Personne au gouvernement n'aurait fait le moins du monde attention si Kagan avait écrit une supplique en disant que tout allait très mal pour lui et qu'il désirait être sauvé. Mais la perspective d'une importante découverte militaire fit aussitôt revenir à Moscou l'inventeur. Kagan fut amené à Mavrino et divers militaires portant des écussons bleu clair et bleu foncé vinrent le voir en le pressant de donner à son audacieuse théorie une forme concrète. Mais maintenant qu'il commençait à avoir du pain blanc et du beurre, Kagan n'éprouvait aucune hâte. Il répondit froidement qu'il n'était pas lui-même un spécialiste des torpilles, si bien que, naturellement, il en avait besoin d'un. En deux mois on lui trouva un spécialiste des torpilles : un zek. Mais là-dessus Kagan fit observer, fort raisonnablement, qu'il n'était pas lui-même mécanicien naval et que bien entendu il avait besoin d'un tel spécialiste aussi. Dans les deux mois suivants on lui trouva un technicien de la marine... également un zek. Kagan soupira alors et dit que la radio n'était pas sa spécialité non plus. Il y avait de nombreux ingénieurs radio à Mavrino et l'un d'eux fut aussitôt affecté à Kagan. Kagan les rassembla tous et, imperturbablement, sur un tel ton que personne ne pouvait l'accuser de légèreté, il déclara :

« Maintenant, mes amis, puisque vous voilà tous rassemblés, vous pouvez grâce à vos seuls efforts inventer un système pour contrôler par radio les vedettes lance-torpilles. Ce n'est pas à moi de venir fourrer mon nez là-dedans et de venir vous conseiller à vous, qui êtes des spécialistes, quelle est la meilleure façon de s'y prendre. »

Là-dessus on les envoya tous les trois dans une charachka navale, cependant que Kagan s'était trouvé un coin à la section des batteries et que tout le monde s'était habitué à le voir là.

Kagan était en train de harceler Rubine, qui était allongé sur sa couchette, mais d'assez loin pour que Rubine ne pût pas lui décocher de coup de pied.

« Lev Grigoritch, dit-il de sa voix lente et onctueuse, de toute évidence vous perdez votre sens de la responsabilité sociale. Les masses attendent de la distraction. Vous seul pouvez leur en donner ; et vous voilà le nez dans un livre.

— Isaac, allez au diable », dit Rubine. Il était déjà allongé à plat ventre, en train de lire, son blouson molletonné sur ses épaules par-dessus sa combinaison. La fenêtre entre Sologdine et lui était entrebâillée et laissait entrer un agréable courant d'air frais qui sentait la neige.

« Non, sérieusement, Lev Grigoritch ! protesta Kagan.

— Tout le monde tient à vous entendre encore interpréter avec autant de talent *Le Corbeau et le Renard*.

— Et qui m'a dénoncé au « Protecteur » ? C'était vous n'est-ce pas ? » ricana Rubine.

Le dimanche soir précédent, pour amuser le public, Rubine avait composé une parodie de la fable de Krylov, *Le Corbeau et le Renard*, pleine d'argot de camp et de sous-entendus qui ne convenaient pas à des oreilles féminines. On lui avait fait recommencer cinq fois son numéro et il avait été porté en triomphe par les prisonniers mais le lundi le commandant Michkine l'avait convoqué et avait ouvert un dossier contre lui pour corruption du moral des ennemis du peuple. On avait pris des dépositions de témoins. Rubine avait dû fournir le manuscrit de la parodie avec une note explicative.

Aujourd'hui après le déjeuner, Rubine avait travaillé deux heures dans la nouvelle pièce qu'on lui avait réservée. Il avait sélectionné certaines articulations des voyelles typiques du criminel à identifier, il les avait fait passer dans le lecteur de parole et avait laissé les bandes humides à sécher. Il était arrivé à certaines hypothèses et à certains soupçons, mais ce fut sans aucun enthousiasme pour son travail qu'il regarda Smolosidov apposer un sceau sur la porte lorsqu'il quittèrent la pièce. Ensuite il avait regagné le flot des zeks comme une bête qui rejoint le troupeau qui rentre au village.

Comme toujours, sous son oreiller, sous son matelas,

sous sa couchette et avec les provisions qu'il avait dans
sa table de nuit, il y avait une demi-douzaine des livres
les plus intéressants qu'il avait reçus dans les colis.
Intéressants du moins pour lui seul et c'était pourquoi
ils n'avaient pas déjà disparu. Des dictionnaires chinois-
français, letton-hongrois, russe-sanscrit, *les Salamandes*
de Capek un recueil de nouvelles écrites par des écrivains japonais extrêmement progressistes, *Pour qui sonne
le glas* de Hemingway — qu'on avait cessé de traduire
en Russie, car il n'était plus progressiste — deux mono-
graphies sur les Encyclopédistes, le *Fouché* de Stefan
Zweig, en allemand, et un roman d'Upton Sinclair qui
n'avait jamais été traduit en russe. (Les divers dictionnaires de langues étrangères reflétaient le fait que depuis
deux ans Rubine travaillait à un projet grandiose, dans
l'esprit d'Engels et de Marx, concernant tous les mots de
toutes les langues dérivant des concepts de « main » et
de « travail manuel » — sans savoir que la veille au soir
le Coryphée de la Philologie avait laissé tomber le coute-
las de la guillotine idéologique sur la tête de Marx.)

Il y avait au monde un nombre incroyablement vaste
de livres, de livres essentiels et importants et l'envie de
les lire tous ne laissait jamais à Rubine le temps d'en
écrire un lui-même. Même aujourd'hui Rubine était prêt
à lire jusque bien après minuit sans penser à la journée
de travail qui l'attendait pour demain. Mais le soir, la
soif de discussion de Rubine, son esprit et son éloquence
étaient aussi particulièrement aiguisés et il n'en fallait
pas beaucoup pour les mobiliser au service de la société.
Il y avait des gens à la charachka qui ne croyaient pas à
Rubine, qui le considéraient comme un indicateur à
cause de ses opinions orthodoxes, qu'il ne cachait pas ;
mais il n'y avait personne qui ne fût ravi de ses qualités
d'amuseur.

Le souvenir de la version de *Le Corbeau et le Renard*
adapté en argot était si vif que, suivant l'exemple de
Kagan, nombreux furent ceux dans la salle à réclamer
bruyamment à Rubine un nouveau numéro comique. Et
quand Rubine s'assit, maussade et barbu, et s'extirpa de
sous la couchette supérieure, tous les zeks abandonnèrent ce qu'ils étaient en train de faire pour se préparer
à écouter. Seul Dvoietosov, sur sa couchette supérieure,
continua à se couper les ongles de pied de telle façon
que des morceaux volaient à travers la pièce ; Adamson,
sous sa couverture, continua aussi à lire sans se retour-

ner. Des zeks provenant d'autres dortoirs s'entassèrent
sur le seuil et, parmi eux, le Tatare Boulatov, avec ses
lunettes à monture d'écaille, qui s'écria :

« Oui, s'il te plaît ! S'il te plaît ! »

Rubine n'avait aucune envie d'amuser une foule au
sein de laquelle se trouvaient des gens qui méprisaient
tout ce qui lui était cher. Il savait aussi qu'un nouveau
numéro comique de sa part ne manquerait pas de lui
valoir de nouveaux désagréments lundi : intimidation,
interrogatoire par « Chikhine-Michkine ». Mais, semblable à ce héros proverbial qui n'épargnerait pas son propre père pour faire un mot, Rubine fit semblant de
froncer les sourcils, promena autour de lui un regard
grave et déclara dans le silence qui suivit :

« Camarades ! Je suis stupéfait de votre frivolité.
Comment peut-on parler de numéro comique quand il
y a parmi nous des criminels avérés qui n'ont pas encore
été démasqués ? Nulle société ne peut s'épanouir sans
une justice équitable. J'estime nécessaire de commencer
notre soirée par un petit procès. A titre d'exercice.

— Parfaitement !

— Qui allons-nous juger ?

— Peu importe... Il a raison ! firent des voix.

— Amusant ! Très amusant ! » dit Sologdine pour les
encourager et il s'installa plus confortablement. Aujour-
d'hui, comme jamais, il avait mérité son repos, et il
tenait à ce que ce repos fût distrayant.

Le prudent Kagan, sentant que le divertissement qu'il
avait déclenché menaçait d'échapper à tout contrôle,
s'en alla sans rien dire vers le mur et s'assit sur son
châlit.

« Vous découvrirez qui nous allons juger au cours des
débats, expliqua Rubine qui n'avait pas encore lui-
même d'idée précise. Je serai, si vous permettez, le procureur, dans la mesure où la charge de procureur a
toujours éveillé en moi des sentiments très particuliers. »

Tout le monde à la charachka savait que Rubine avait
eu des procureurs qui le détestaient personnellement et
que pendant cinq ans il avait lutté seul contre le bureau
principal de la prévôté militaire.

« Gleb ! reprit-il, tu seras le président du tribunal. Choisis une troïka de juges objectifs, impartiaux, en un
mot... absolument soumis à ta volonté. »

Nerjine, laissant tomber ses chaussures sur le sol, alla
s'asseoir sur la couchette supérieure qu'il occupait. Avec

chaque heure qui passait, il se détachait davantage de l'entrevue de ce matin pour se réintégrer au monde, qui lui était habituel, des prisonniers. L'appel de Rubine trouva en lui un soutien. Il se poussa jusqu'à la balustrade de bois du châlit, passa les jambes entre les barreaux et s'assit là comme sur une tribune dressée dans la pièce.

« Allons, quels seront mes assesseurs ? Montez ici ! »

Il y avait de nombreux prisonniers dans la pièce, tous voulaient écouter le procès, mais aucun n'osait se porter volontaire pour être assesseur, soit par prudence, soit par crainte de paraître ridicule. Sur une couchette supérieure voisine de celle de Nerjine, Zemelya, le spécialiste du vide, était allongé à lire le journal du matin. Nerjine s'en empara.

« Allons petit malin ! Tu es assez instruit ! Si tu ne fais pas attention tu vas être entraîné, toi aussi, vers la domination mondiale. Viens t'asseoir et sois un assesseur. »

On applaudit d'en bas.

« Allons, Zemelya, allons ! »

Zemelya avait bon caractère et ne pouvait résister longtemps. Avec un sourire gêné, il passa son crâne chauve à travers les barreaux de sa couchette :

« C'est un grand honneur d'être choisi par le peuple ! Mais mes amis, je n'ai pas étudié, je ne suis pas capable... »

Des rires amicaux fusèrent :

« Aucun de nous n'est capable ! Aucun de nous n'a étudié pour ça ! »

Ce fut toute la réponse qu'il obtint et c'est ainsi qu'il fut élu assesseur.

De l'autre côté de Nerjine était allongé Rousska Doronine. Il s'était déshabillé et s'était entièrement caché sous sa couverture avec, en outre, un oreiller par-dessus sa tête. Il était fou de bonheur et il n'avait envie ni d'entendre, ni de voir, ni d'être vu. Seul son corps était là ; ses pensées et son cœur avaient suivi Clara, qui était rentrée chez elle. Juste avant de partir elle avait terminé de tresser son panier pour l'arbre du Nouvel An et elle l'avait en secret donné à Rousska. C'était ce panier qu'il tenait maintenant sous sa couverture et qu'il couvrait de baisers.

Voyant qu'il était inutile de déranger Rousska, Nerjine chercha des yeux un second candidat.

« Amantaï ! Amantaï ! cria-t-il à Boulatov. Viens rejoindre le tribunal. »

Boulatov eut un regard moqueur.

« Je viendrais bien, mais il n'y a nulle part où s'asseoir ! Je vais être l'huissier à la porte. »

Khorobrov, qui avait déjà coupé les cheveux à Adamson et à deux autres et qui était en train de faire une coupe à un nouveau client, assis torse nu au milieu de la salle, cria :

« Pourquoi veux-tu un autre assesseur ? Le verdict, après tout, est fixé d'avance, n'est-ce pas ? Tu peux t'arranger avec un seul.

— C'est vrai ! acquiesça Nerjine. Pourquoi garder un parasite ? Mais où est l'accusé ? Huissier ! Faites entrer l'accusé ! Je demande le silence ! »

Il frappa de son long fume-cigarette sur le montant du châlit. Les conversations cessèrent.

« Le procès ! » réclamèrent des voix. Une partie du public était assise et l'autre debout.

En bas, sous le président du tribunal, la voix lugubre de Potapov psalmodia :

« Si je lève les yeux au Ciel, Vous êtes là. Si je les baisse vers l'Enfer, Vous êtes là. Et si j'allais dans les profondeurs de la mer, là aussi Votre main droite m'atteindrait. »

Potapov avait étudié la théologie à l'école et son esprit précis d'ingénieur avait retenu le texte du catéchisme orthodoxe.

Sous l'assesseur on entendit le bruyant tintement d'une cuiller remuant du sucre dans un verre.

« Valentoulya ! cria Nerjine d'un ton menaçant. Combien de fois t'a-t-on dit de ne pas faire de bruit avec ta cuiller ?

— Fais-le passer en jugement ! » rugit Boulatov, et plusieurs mains vinrent tirer Pryantchikov de la pénombre de la couchette inférieure où il était pour l'amener au milieu de la pièce.

« Assez ! dit Pryantchikov en se dégageant d'un geste furieux. J'en ai marre des procureurs ! J'en ai marre de vos procès ! Quel droit quelqu'un a-t-il de juger autrui ? Ah ! ah ! très amusant ! Je vous méprise, mon ami ! cria-t-il au président du tribunal. Allez vous faire foutre ! »

Pendant que Nerjine constituait son tribunal, Rubine avait conçu tout le numéro. Dans ses yeux d'un brun sombre brillait la lumière de la découverte. Il eut vers Pryantchikov un grand geste miséricordieux :

« Lâchez-le ! Valentoulya, avec son amour pour la justice, peut fort bien être l'avocat du gouvernement. Qu'on lui donne un siège ! »

Dans toute plaisanterie, il y a un moment fugitif où elle hésite entre devenir banale et blessante ou bien vraiment inspirée. Rubine, qui avait jeté une couverture sur son épaule comme un manteau, grimpa en chaussettes sur une table de nuit et, s'adressant au président, dit :

« Monsieur le conseiller ! L'accusé n'a pas voulu comparaître devant le tribunal, aussi allons-nous le juger *in absentia*. Je vous demande de commencer. »

Parmi la foule qui se pressait aux portes, se tenait Spiridon, le concierge à la moustache rousse. Son visage intelligent, aux joues flasques, strié de nombreuses rides, manifestait à la fois de la sévérité et de l'amusement. Il regarda le tribunal d'un air maussade.

Derrière Spiridon, son long visage cireux et fin coiffé d'un bonnet de laine, se dressait le professeur Tchelnov.

Nerjine annonça d'une voix anormalement aiguë :

« Camarades, attention ! Je déclare ouverte la séance du Tribunal militaire de la Charachka de Mavrino. Nous entendons la cause de... ?

— Olgovitch Igor Sviatoslavitch », souffla le procureur.

Saisissant l'idée au vol, Nerjine, d'un ton nasillard, fit semblant de lire :

« Nous entendons la cause d'Olgovitch Igor Sviatoslavitch, Prince de Novgorod-Siéverski et de Poutivl, né approximativement... comment, greffier, pourquoi approximativement ? Attention ! En raison de l'absence au tribunal d'un texte écrit, l'acte d'accusation sera lu tout haut par le procureur. »

50

LE PRINCE TRAITRE

RUBINE se mit à parler avec une très grande facilité comme s'il lisait vraiment une feuille de papier. Il était passé quatre fois en jugement et les formules judiciaires étaient gravées dans sa mémoire.

« Voici les conclusions de l'affaire en question, numéro Cinq millions — Trois millions six cent cinquante et un mille neuf cent soixante-quatorze, concernant l'accusé Olgovitch Igor Sviatoslavitch.

« Des services de la Sécurité d'Etat ont arrêté l'accusé de ladite affaire, Olgovitch I. S. L'enquête a établi qu'Olgovitch, qui était un chef militaire de la brillante armée russe, avec rang de prince et grade de commandant d'un corps de cavalerie, s'est révélé être un infâme traître à son pays. Sa trahison a consisté en une capitulation volontaire pour devenir le prisonnier de l'ennemi maudit de notre peuple, le Khan Kontchak. En outre, il a livré son propre fils Vladimir Igorevitch, ainsi que son frère et son neveu et toute sa troupe avec tous ses hommes, leur armement et le matériel inventorié.

arrangée par le clergé réactionnaire, il a omis d'organi-

« Son activité traîtresse s'est manifestée dès le début lorsque, trompé par une éclipse de soleil, provocation

ser la propagande politique de masse parmi ses troupes,

qui s'en allaient « boire dans leur casque au flot du Don » sans parler de l'état peu hygiénique des eaux du Don à cette époque, c'est-à-dire avant l'introduction de la double chlorination. Au lieu de cela, l'accusé s'est borné, alors qu'il était déjà en vue des forces ennemies, à lancer à ses armées un appel absolument irresponsable :

Frères, voici l'ennemi que nous cherchions,
Alors attaquons !

(Acte d'Accusation — Volume 1, Folio 36.)
« La signification fatale pour notre pays de la défaite des forces unies de Novgorod-Siéverski-Koursk-Poutivl-Rylsk a été on ne peut mieux exprimée dans les termes mêmes qu'a employés le grand-prince de Kiev, Sviatoslav :

Que Dieu me laisse épuiser les païens,
Mais je n'ai pas pu retenir cette jeunesse.

(Acte d'Accusation — Volume 1, Folio 88.)
« L'erreur du naïf Sviatoslav, conséquence de son aveuglement de classe, a été d'attribuer la mauvaise organisation de toute la campagne et la dispersion des efforts militaires russes seulement à « la jeunesse » de l'accusé, sans se rendre compte que nous avons affaire ici à une trahison délibérée et lourde de conséquences.
« Le criminel lui-même a réussi à échapper à une enquête et à un procès, mais le témoin BORODINE, Alexandre Porfiriévitch, ainsi qu'un témoin qui a exprimé le désir de garder l'anonymat et qui est donc ici désigné comme l'AUTEUR DU LIVRET ont par leurs dépositions irréfutables révélé le rôle infâme du prince I.S. Olgovitch, d'abord dans la conduite de la bataille elle-même qui a été acceptée dans des conditions défavorables pour le commandement russe :
« Sur le plan météorologique :

Les vents soufflent, emportant des flèches,
Et les laissant tomber sur les régiments d'Igor...

« Et sur le plan tactique :

De tous côtés l'ennemi approche
Encerclant nos forces de toutes les directions.

(*Ibid.*, Vol. 1, Folios 123, 124, témoignage de L'AUTEUR DU LIVRET.)

« Plus infâme encore a pourtant été sa conduite et aussi celle de son rejeton princier en captivité. Les conditions dans lesquelles ils ont tous deux vécu dans cette prétendue captivité montrent qu'ils avaient les bonnes grâces du Khan Kontchak, ce qui constituait objectivement une récompense à eux attribuée par le commandement Polovtsien pour les remercier de la capitulation criminelle de leurs troupes.

« Ainsi, par exemple, la déposition du témoin Borodine a établi qu'en captivité le prince Igor avait son cheval et à n'en pas douter d'autres chevaux.

Si tu le désires, prends tout cheval qui te plaît !

(*Ibid.*, Volume 1, Folio 233.)

« Le Khan Kontchak a dit en outre au prince Igor :

Tu te considères ici comme un captif,
Mais vis-tu vraiment comme un captif.
Ou bien n'es-tu pas plutôt mon hôte ?

« et plus loin :

Avoue-le... les captifs vivent-ils ainsi ?

(*Ibid.*, Volume 1, Folio 300.)

« Le Khan Polovtsien révèle tout le cynisme de ses relations avec le prince traître :

Pour ton courage et pour ton audace,
Toi, mon prince, tu m'es infiniment cher.

(*Ibid.*, Volume 3, Folio 5.)

« Une enquête plus poussée a montré que ces relations cyniques existaient bien avant la bataille de la Rivière Kaial :

Tu m'as toujours été très cher.

(*Ibid.*, Folio 14, déposition du témoin Borodine.)

« et, même :

Ce n'est pas ton ennemi, mais ton loyal allié,
Ton ami fidèle et ton frère
Que j'aimerais être...

(*Ibid.*)

« Tout cela nous montre objectivement que l'accusé était un complice actif du Khan Kontchak, un agent et un espion depuis longtemps au service des Polovtsiens.

« En s'appuyant sur ce qui précède, Olgovitch Igor Sviatoslavitch, né en 1151, dans la ville de Kiev, de nationalité russe, non inscrit au Parti, sans condamnation précédente, citoyen de l'Union soviétique, de son état chef militaire, servant avec le grade de commandant de corps de cavalerie avec rang de prince, décoré de l'ordre du Viking du Premier Degré, du Soleil rouge et de la Médaille du Bouclier d'Or, est accusé des faits suivants :

« D'avoir délibérément commis une infâme trahison contre son pays et s'être livré en même temps à des activités accessoires d'espionnage et de collaboration s'étendant sur une période de nombreuses années avec le Khan de Polovtsie.

« Autrement dit, il est coupable des crimes prévus par les articles 58-I, 58-VI, 58-IX et 58-XI du Code criminel de la Fédération des républiques socialistes soviétiques russes.

« Devant les accusations ci-dessus exprimées, Olgovitch a avoué sa culpabilité et a été démasqué par la déposition des témoins ainsi que par un poème et un opéra.

« En vertu de l'article 208 du Code de Procédure criminelle de la Fédération des républiques socialistes soviétiques russes, ladite affaire a été confiée au procureur pour que l'accusé soit jugé. »

Rubine reprit haleine et regarda gravement les zeks. Emporté par le torrent de son imagination, il était incapable de s'arrêter. Des rires retentissaient dans la salle et jusqu'aux portes, le pressant de poursuivre. Il en avait déjà dit plus et des choses plus rudes qu'il n'aurait souhaité le faire ici en présence de divers indicateurs et autres individus méprisables.

Spiridon, avec ses cheveux roux grisonnants qui, faute d'être coupés ou peignés, descendaient sur son front, autour de ses oreilles et sur sa nuque, n'avait pas souri une seule fois. Fronçant les sourcils, il examinait le tribunal. Ce Russe de cinquante ans entendait ici pour la première fois parler de ce prince de jadis qui avait été

fait prisonnier ; pourtant, dans le décor familier du tribunal et dans l'assurance inébranlable du procureur, il
avait revécu une fois de plus tout ce qu'il avait lui-
même éprouvé. Il percevait toute l'injustice des conclusions du procureur et toute l'angoisse de ce malheureux
prince.

« Etant donné l'absence de l'accusé et l'inconvénient
qu'il y a d'interroger les témoins, interrompit Nerjine
du même ton nasillard et mesuré, venons-en aux conclusions des deux parties. La parole est de nouveau au
procureur. »

Nerjine se tourna pour quêter l'approbation de Zemelya.

« Bien sûr, bien sûr », acquiesça l'assesseur, qui n'était
pas contrariant.

« Camarades juges, fit Rubine d'un ton lugubre, je n'ai
que peu de chose à ajouter à cet enchaînement de
redoutables accusations, à cet affreux entassement de
crimes qu'on vient de révéler devant vos yeux. Tout
d'abord, j'aimerais réfuter une fois pour toutes la triste
opinion communément répandue qu'un homme blessé
a le droit moral de se laisser faire prisonnier. Ce n'est
absolument pas notre avis, camarades ! Et d'autant plus
dans le cas du prince Igor. On nous raconte qu'il a été
blessé sur le champ de bataille. Mais qui peut prouver
cela aujourd'hui, sept cent soixante-cinq ans plus tard ?
A-t-on conservé un document officiel concernant une
blessure, signé par son chirurgien militaire division-
naire ? En tout cas il n'existe pas de pareil certificat
officiel dans le dossier de l'accusation, camarades
juges ! »

Amantaï Boulatov ôta ses lunettes et, privé de leur
éclat malicieux, ses yeux étaient d'une tristesse absolue.

Lui-même, Pryantchikov, Potapov et de nombreux
autres parmi ceux présents avaient été emprisonnés pour
cette même « trahison au pays », la capitulation volontaire.

« Et en outre, clama le procureur, j'aimerais souligner
la répugnante conduite de l'accusé au camp polovtsien.
Le prince Igor n'avait aucune pensée pour son pays, il
ne pensait qu'à sa femme :

Tu es seule, ma très chère colombe,
Tu es seule...

« A l'analyse, ces sentiments nous sont parfaitement compréhensibles, car sa Iaroslavna était jeune, c'était sa seconde épouse et il ne pouvait faire grande confiance à une telle femme. En fait le prince Igor nous apparaît comme un opportuniste égoïste. Pour qui dansaient les danseurs Polovtsiens, je vous le demande ? Pour lui, naturellement. Et son répugnant rejeton s'est empressé d'avoir des rapports sexuels avec la fille du Khan Kontchak, bien que le mariage avec des étrangers ait été catégoriquement interdit à nos citoyens par les autorités compétentes ! Et cela à une période d'extrême tension dans les relations soviéto-polovtsiennes, quand...

— Permettez-moi ! dit Kagan de son lit. Comment le procureur sait-il qu'il y avait une autorité soviétique en Russie à cette époque ?

— Huissier ! Expulsez cet agent corrompu ! » ordonna Nerjine.

Mais avant que Boutalov eût fait un geste, Rubine avait accepté le défi.

« Si vous permettez, je vais répondre ! L'analyse dialectique des faits fournit sur ce point des preuves concluantes. Lisez ce que l'Auteur écrit :

Des étendards rouges flottent sur Poutivl.

« Ça me paraît assez clair, non ? Le noble prince Vladimir Galitski, chef du commissariat pour la région militaire des Poutivl, rassembla une garde locale populaire, sous le commandement de Skoula et de Ierochka, pour la défense de sa ville natale. Le prince Igor pendant ce temps contemple les jambes nues des Polovtsiennes. J'ajouterai que nous sommes tous sensibles à cette préoccupation qui l'habitait, mais après tout Kontchak ne lui avait-il pas offert le choix de « n'importe laquelle des beautés »... alors pourquoi ce salaud n'en a-t-il pas pris une ? Qui parmi nous croira qu'un homme refuserait une femme ? Et puis le comble du cynisme de l'accusé se révèle dans sa prétendue évasion de captivité et son retour *volontaire* dans sa patrie. Qui croira qu'un homme à qui on a offert « tout cheval qui lui plaît » retournerait volontairement dans sa patrie en renonçant à tout cela ? Comment cela serait-il possible ? »

C'était précisément la question que l'on avait posée aux prisonniers qui rentraient. A Spiridon aussi on avait demandé : pourquoi êtes-vous rentré dans votre pays si ce n'est que vous avez été recruté par l'ennemi ?

« Il ne peut y avoir ici qu'une seule et unique interprétation : le prince Igor a été recruté par l'espionnage polovtsien pour favoriser la désintégration du royaume de Kiev ! Camarades juges ! En moi, comme en vous, bout une noble indignation. Je réclame au nom de l'humanité que ce fils de chien soit pendu ! Mais, comme la peine capitale a été abolie, qu'on le laisse moisir vingt-cinq ans et qu'on lui donne cinq ans de plus sur les cornes ! La cour est décidée en outre à interdire les représentations de l'opéra *Le Prince Igor* comme étant totalement amoral et propre à rendre populaires des attitudes de trahison dans notre jeunesse ! La cour va également traduire en justice le témoin dudit procès, Borodine, A.P. et l'arrêter à titre préventif. A traduire également en justice ces aristocrates : 1. Rimsky, 2. Korsakov. Car s'ils n'avaient pas achevé ledit opéra il n'aurait jamais été représenté. J'en ai fini ! »

Rubine sauta lourdement du haut de la table de nuit. Il en avait assez de parler.

Personne ne rit.

Pryantchikov, sans attendre d'y être invité, se leva de son siège et, dans le profond silence, déclara :

« *Tant pis*[1], messieurs ! *Tant pis*[1] ! Vivons-nous au XXe siècle ou à l'âge de pierre ? Que veut dire le mot trahison ? A l'âge de la désintégration atomique ! Des semi-conducteurs ! Des cerveaux électroniques ! Qui a le droit de le priver de liberté ?

— Pardonnez-moi... c'est déjà la défense ? fit le professeur Tchelnov poliment, tandis que tous les regards se tournaient vers lui. J'aimerais tout d'abord ajouter aux arguments du procureur certains faits que mon collègue n'a pas exposés et...

— Bien sûr, bien sûr, Vladimir Erastovitch ! acquiesça Nerjine. Nous sommes toujours pour l'accusation et contre la défense et nous sommes prêts à permettre n'importe quelle violation des règlements judiciaires. Continuez ! »

Un sourire crispé apparut sur les lèvres du professeur. Il parlait très doucement et, si on l'entendait quand même, c'était que son auditoire l'écoutait avec respect. Ses yeux délavés semblaient regarder au-delà des assis-

---

1. En français dans le texte. (*N. d. T.*)

tants, comme s'il voyait devant lui les pages de la chronique. La boule de laine de son bonnet soulignait le caractère aigu de son visage et lui donnait un air vigilant.

« J'aimerais préciser, dit le professeur de mathématiques, qu'avant même d'être nommé chef militaire, le prince Igor aurait été démasqué la première fois où il aurait rempli notre questionnaire spécial de sécurité. Sa mère était polovtsienne, fille d'un prince de Polovtsie. Lui-même avait donc cinquante pour cent de sang polovtsien. Il était allié des Polovtsiens depuis des années. Il avait toujours été « un allié sincère et un ami sûr » pour Kontchak avant cette campagne ! En 1180, lorsqu'il fut battu par la famille Monomaque, il s'échappa à bord du même bateau que le Khan Kontchak. Plus tard, Sviatoslav et Riourik Rostislavitch demandèrent à Igor de participer aux campagnes qui rassemblaient tous les Russes contre les Polovtsiens, mais Igor refusa sous prétexte qu'il y avait de la glace... « la terre sera couverte de glace ». Peut-être parce qu'à cette époque Svoboda Kontchakovna, la fille de Kontchak, était déjà fiancée à Vladimir Igorevitch ! En 1185, l'année qui nous occupe maintenant, qui donc après tout aida Igor à échapper de captivité ? Un Polovtsien ! Le Polovtsien Svour, qu'Igor anoblit par la suite. Et la fille de Kontchak finit par donner à Igor un petit-fils. Pour avoir dissimulé ces faits, je propose que l'AUTEUR DU LIVRET soit également traduit en justice, ainsi que le critique musical Stassov, qui a passé sous silence les tendances à la trahison de l'opéra de Borodine et enfin le comte Moussine-Pouchkine, car il a certainement été complice lorsque a brûlé l'unique manuscrit de l'œuvre. Il est clair que quelqu'un a brouillé les pistes au bénéfice de quelqu'un d'autre. »

Ayant terminé, Tchelnov fit un pas en arrière.

Il avait toujours sur ses lèvres ce même pâle sourire.

Tous étaient silencieux.

« Il n'y a donc personne pour défendre l'accusé ? Tout de même, cet homme a sûrement besoin qu'on le défende ! demanda Isaac Kagan avec indignation.

— Il n'a pas besoin de défense, ce salaud ! cria Dvoietosov. Ça tombe sous l'article 1 B. Qu'on le colle au mur ! »

Sologdine avait un air maussade. Ce que Rubine avait dit était très amusant. Et il respectait les connaissances de Tchelnov. Mais le prince Igor était l'orgueil de l'Histoire russe, un représentant de la chevalerie à sa période la plus glorieuse : il ne devait donc pas, même indirectement, être tourné en ridicule. Sologdine avait un mauvais goût dans la bouche.

« Non, non, si vous permettez, je m'en vais quand même prendre sa défense ! dit hardiment Isaac, en promenant sur l'auditoire un regard sournois. Camarades juges ! En tant qu'honorable magistrat, je souscris sans réserve à toutes les conclusions de l'accusateur public, commença-t-il d'un ton traînant. Ma conscience me dit que le prince Igor devrait non seulement être pendu mais aussi écartelé. Bien sûr, c'est la troisième année qu'il n'y a plus de peine de mort dans notre législation si humaine et force nous est de lui substituer autre chose. Toutefois, je n'arrive pas à comprendre pourquoi le procureur fait montre d'une clémence si suspecte. De toute évidence on devrait enquêter sur le procureur lui-même. Pourquoi s'est-il arrêté à deux pas de la peine la plus lourde et s'est-il contenté de vingt-cinq ans de travaux forcés ? Après tout, il y a dans notre code criminel un châtiment bien plus redoutable que vingt-cinq ans de travaux forcés. »

Isaac s'interrompit, pour faire la plus forte impression possible.

« Qu'est-ce que c'est Isaac » ? lui cria-t-on avec impatience.

Et sans se presser, avec une feinte innocence, il répondit :

« Article 20-*Ya*, paragraphe *a*. »

Parmi tous les assistants, malgré leur grande expérience de la prison, nul n'avait jamais entendu parler d'un tel article. Où ce juriste avait-il été chercher un détail pareil ?

« Et qu'est-ce qu'il dit, cet article ? »

On se mit à lancer de tous côtés des suppositions obscènes : « Qu'il faut le châtrer ! »

— Presque, presque, déclara Isaac, imperturbable. Il s'agit en fait de castration spirituelle. L'article 20-*Ya*, paragraphe *a*, prévoit que l'on est déclaré ennemi des travailleurs et expulsé du territoire de l'Union soviétique ! Que l'accusé aille mourir en Occident si ça l'amuse. Je n'ai rien d'autre à dire. »

Modestement, penchant de côté sa petite tête aux cheveux en broussaille, il regagna son châlit.

Une explosion de rires secoua la pièce.

« Comment ? Comment ? rugit Khorobrov, en s'étranglant, tandis que son client sautait en l'air sous la morsure de la tondeuse. Expulsé ? Il existe vraiment un article comme ça ?

— Qu'on lui donne la peine maximale ! Qu'on lui donne le maximum ! » crièrent-ils.

Spiridon eut un sourire matois.

Ils parlèrent tous à la fois et puis se dispersèrent.

Rubine s'allongea de nouveau sur le ventre, essayant de se concentrer sur un dictionnaire mongolien-finnois. Il maudissait la façon stupide dont il devenait le centre de l'attention générale et il avait honte du rôle qu'il avait joué.

51

VINGT ANS DE PASSÉ

ADAMSON, appuyé à son oreiller froissé, dévorait toujours *Le Comte de Monte-Cristo*. Il était allongé, tournant le dos à ce qui se passait dans le dortoir. Aucune comédie judiciaire ne pouvait l'amuser. Il tourna juste un instant la tête quand Tchelnov parla, parce que ce qu'il disait était nouveau pour lui.

En vingt ans d'exil, de prison, de cellule, de camp et de charachka, Adamson, qui était jadis un orateur puissant et sensible, avait perdu tout sentiment pour ses propres souffrances et pour celles de ceux qui l'entouraient.

Le procès qui venait de se dérouler dans la salle était consacré au sort des prisonniers de guerre : les soldats soviétiques, d'abord conduits vers la captivité par leurs généraux ineptes, puis froidement abandonnés par Staline pour être décimés par la faim. Les prisonniers de guerre de la vague de 1945 et de 1946. Théoriquement, Adamson pouvait reconnaître la tragédie de ce qui leur arrivait et pourtant ce n'était là qu'une vague, une parmi beaucoup et pas la plus remarquable. Les prisonniers de guerre étaient intéressants parce qu'ils avaient vu de nombreux pays étrangers et ils étaient donc automatiquement des faux témoins, comme le disait Potapov. Mais leur vague néanmoins était vide et morne. C'étaient de malheureuses victimes de la guerre et non pas des hommes qui avaient volontairement choisi la lutte politique comme existence.

Chaque vague de zeks arrêtés par le N.K.V.D., comme toutes les générations humaines, avait son histoire et ses héros.

C'était difficile pour une génération d'en comprendre une autre.

Il semblait à Adamson que ces gens dans la salle ne pouvaient se comparer à ces géants, qui, comme lui, avaient délibérément choisi l'exil sur le Ienisseï, au lieu de rétracter les propos qu'ils avaient tenus à des réunions du Parti pour demeurer dans le confort et la prospérité. Chacun d'eux avait eu ce choix-là. Ils n'avaient pas accepté de voir la Révolution déformée et défigurée et ils étaient prêts à se sacrifier pour qu'elle restât pure. Mais cette jeune tribu d'étrangers, trente ans après la Révolution d'Octobre, était arrivée en prison en jurant comme les paysans et en prononçant ouvertement des propos blasphématoires qui, pendant la guerre civile, leur auraient valu d'être fusillés.

Aussi Adamson qui n'était personnellement hostile à aucun ex-prisonnier de guerre, ne reconnaissait-il en général pas l'existence de cette espèce.

D'ailleurs, comme il se le répétait, il avait depuis longtemps cessé de s'intéresser aux discussions, aux aveux et aux témoignages oculaires des prisonniers. Il avait perdu toute la curiosité qu'il pouvait avoir dans sa jeunesse à propos de ce que l'on disait à l'autre bout de la cellule. Il avait cessé aussi de s'intéresser au travail. Il n'était pas en contact avec sa famille car il était né dans une autre ville que Moscou, il ne recevait jamais de visite et les lettres censurées qui parvenaient jusqu'à la charachka étaient déjà involontairement desséchées et appauvries alors même que leur expéditeur les écrivait. Il ne perdait pas son temps à lire les journaux : leur signification lui apparaissait clairement après un simple coup d'œil aux gros titres. Il ne pouvait pas écouter d'émission musicale plus d'une heure par jour et ses nerfs ne pouvaient pas plus supporter les mots prononcés à la radio que les livres qui racontaient des mensonges. Et bien que, quelque part au fond de lui, il continuât de s'intéresser vivement au monde et au sort de cette doctrine à laquelle il avait consacré sa vie, il s'était dressé à paraître totalement indifférent à tout ce qui l'entourait. Et c'est ainsi qu'Adamson, qui n'avait pas été fusillé en son temps, ni affamé ni empoisonné, n'aimait pas aujourd'hui les livres qui brûlaient de vérité mais ceux plutôt qui l'amusaient et qui l'aidaient à trouver moins longues ses interminables peines de prison.

Non, on ne lisait pas *Monte-Cristo* dans la taïga du Ienisseï en 1929, il y avait tout juste vingt ans. Sur l'Angara, dans le lointain village de Dotchani, auquel on accédait par une piste de traîneau de huit cents kilomètres taillée à travers la taïga, des exilés venant de localités situées à plus de cent kilomètres à la ronde s'étaient rassemblés, sous prétexte d'une soirée de Nouvel An, pour une conférence afin de discuter de la situation internationale et de la situation intérieure du pays. Il faisait cinquante degrés au-dessous de zéro. Le poêle provisoire dans le coin, qu'on avait donné aux exilés parce que le calorifère était démoli, ne pouvait absolument pas chauffer la vaste hutte sibérienne. Il gelait à travers les murs de la cabane. De temps en temps, dans le silence de la nuit, les rondins des murs craquaient comme des coups de fusil.

La conférence fut ouverte par Satanevitch par un rapport sur la politique du Parti au village. Il ôta sa casquette, libérant ses cheveux noirs et bouclés, mais il garda son manteau de peau de mouton avec son vocabulaire anglais qui dépassait toujours de sa poche. (« Il faut connaître l'ennemi », disait-il.) Satanevitch jouait toujours à être le chef. Il fut fusillé par la suite, apprit-on, lors de la grève au camp de Vorkouta. Mais, hélas ! plus on discutait son rapport et celui des autres avec passion, plus l'unité de ce frêle rassemblement d'exilés avait tendance à se désintégrer. Ce n'étaient pas deux ou trois opinions qui se faisaient jour, mais autant qu'il y avait de participants. Au matin, la partie officielle de la conférence s'acheva dans la lassitude sans qu'on fût parvenu à une résolution.

Puis ils mangèrent et burent en utilisant de la vaisselle fournie par l'administration et des branches de sapin en guise de décoration pour masquer les creux dans la table et les déchirures de la nappe. Les rameaux qui se dégelaient sentaient la neige et la résine et leur piquaient les mains. Ils buvaient de la vodka distillée par des moyens de fortune.

A l'heure des toasts, ils firent le serment qu'aucun des

assistants ne signerait jamais une renonciation ni une capitulation.

Ils chantèrent de glorieux chants révolutionnaires : *Varchavianka, Notre Bannière flotte sur le Monde, Le Baron noir.*

Et ils continuèrent à discuter de tout ce qui leur passait par la tête.

Rosa, une ouvrière de la manufacture de tabac de Kharkhov, était assise sur un édredon de plumes qu'elle avait apporté d'Ukraine en Sibérie et dont elle était très fière. Elle fumait une cigarette après l'autre et d'une main méprisante ramenait en arrière ses cheveux bouclés :

« Je ne peux pas supporter l'Intelligentsia ! Ces gens-là me dégoûtent avec toutes leurs discussions subtiles et leurs complications. La psychologie humaine est beaucoup plus simple que ne se plaisaient à l'imaginer les écrivains prérévolutionnaires. Notre problème est de libérer l'humanité de son fardeau spirituel ! »

Ils en arrivèrent on ne sait comment à parler des bijoux pour les femmes. Un des exilés, Patrouchev, un ancien procureur d'Odessa dont la jeune épouse venait justement d'arriver de Russie peu de temps auparavant, s'exclama d'un ton de défi :

« Pourquoi voulez-vous maintenir la société future dans la pauvreté ? Pourquoi ne devrais-je pas rêver de l'époque où chaque femme pourra porter des perles ? Où chaque homme pourra orner d'une tiare la tête de sa bien-aimée ? »

Quel chahut ça avait été ! Avec quelle violence ils l'avaient bombardé de citations de Marx et de Plekhanov, de Campanella et de Feuerbach !

La société future ! Ils en parlaient facilement !

Le soleil de l'année nouvelle, 1930, se leva et ils sortirent tous pour l'admirer. C'était un matin froid et piquant où les colonnes de fumée rose s'élevaient tout droit vers le ciel. Sur les étendues blanches de l'Angara, des paysannes menaient le bétail boire à un trou dans la glace près d'une rangée de sapins. Il n'y avait pas d'hommes ni de chevaux : on les avait tous emmenés pour abattre du bois.

Deux décennies s'étaient écoulées. Le souvenir de ces toasts s'était effacé. On avait fusillé ceux qui tenaient bon. On avait fusillé ceux qui capitulaient. Il n'y avait que dans la tête esseulée d'Adamson, intacte dans l'abri

de la charachka semblable à une serre, que continuait
à pousser, comme un arbre invisible, le souvenir de ces
années...

Adamson regardait son livre et ne lisait pas.

Là-dessus Nerjine vint s'asseoir au bord de son châlit.

Nerjine et Adamson avaient fait connaissance trois
ans auparavant dans la cellule de la Boutyrka où Potapov aussi était emprisonné. Adamson terminait alors sa
première peine de dix ans et il stupéfiait ses compagnons
de cellule par son autorité glacée, son scepticisme profondément enraciné, alors que lui-même vivait en secret
dans le fol espoir de bientôt rejoindre sa famille.

Ils avaient suivi chacun des routes différentes. Adamson, par négligence, avait été libéré, mais juste assez
longtemps pour que sa famille déménageât et vînt s'installer à Sterlitamak où la milice avait accepté d'inscrire
Adamson. A peine sa famille installée, on l'avait arrêté
de nouveau et soumis à un interrogatoire portant sur
un seul point : avait-il vraiment été en exil de 1929
à 1934 et emprisonné depuis lors ? Ayant établi que
c'était le cas, qu'il avait déjà purgé sa peine et même
plus que cela, la Session spéciale le gratifia donc de
dix ans de plus. La direction des charachkas avait appris
par l'immense fichier des prisonniers répartis à travers
toute l'Union soviétique l'incarcération de son ancien
employé et s'était empressée de le faire sortir une fois
de plus pour l'envoyer dans une charachka. Adamson
avait été amené à Mavrino où, comme partout dans le
monde des prisonniers, il avait aussitôt retrouvé de
vieilles connaissances, parmi lesquelles Nerjine et Potapov. Et quand tous trois s'étaient arrêtés pour fumer
dans l'escalier, Adamson avait eu l'impression qu'il
n'avait jamais retrouvé la liberté pour un an, qu'il
n'avait pas vu sa famille, qu'il n'avait pas gratifié sa
femme d'une autre fille durant cette période, que tout
cela n'était qu'un rêve impitoyable... et que la seule
réalité solide du monde était la prison.

Nerjine s'était assis pour inviter Adamson à sa table
d'anniversaire, car on avait décidé de fêter le jour de
sa naissance. Adamson avec quelque regard félicita Nerjine et demanda, en lui jetant un regard en coulisse, qui
serait là. Adamson n'était nullement ravi d'avoir à
remettre sa combinaison et à gâcher un dimanche qu'il
passait de façon si merveilleuse, tranquillement, en
caleçon, et pas plus d'être obligé de reposer ce livre

qui le distrayait afin d'aller à un dîner d'anniversaire.
Surtout, il n'avait aucun espoir de passer agréablement
le temps de cette manière, car il était presque certain
qu'une discussion politique allait éclater et qu'elle
serait, comme toujours, vaine et inutile, sans pourtant
qu'il fût possible de ne pas y intervenir. En même
temps il serait impossible de s'y mêler vraiment, car il
ne se voyait pas plus révélant aux « jeunes » prisonniers
ses pensées profondément enfouies et si souvent bafouées
qu'il ne s'imaginait leur montrant sa femme toute nue.

Nerjine lui dit qui serait là. A la charachka, seul
Rubine était vraiment proche d'Adamson, et encore
Adamson devrait-il le gronder pour sa farce d'aujourd'hui,
indigne d'un vrai communiste. Par contre, Adamson
n'aimait pas Sologdine ni Pryantchikov.

Pourtant il n'y avait rien à faire et Adamson accepta.
Nerjine lui expliqua que la fête commencerait dans une
demi-heure entre le châlit de Potapov et celui de Pryantchikov, sitôt que Potapov aurait fini de préparer la
crème.

Comme ils bavardaient, Nerjine vit ce qu'Adamson
était en train de lire et dit :

« J'ai eu l'occasion de lire aussi *Monte-Cristo* en prison
autrefois, mais pas jusqu'au bout. J'ai remarqué que,
bien que Dumas s'efforce de donner un sentiment d'horreur, il dépeint le château d'If comme une prison assez
douce. Sans même parler du fait qu'il ne mentionne
pas d'aussi charmants détails que l'enlèvement quotidien du seau de toilette de la cellule, dont Dumas,
avec ce manque de connaissances propre à un individu
libre, ne dit rien, on peut comprendre pourquoi Dantès
a pu s'échapper. Pendant des années personne n'a fouillé
la cellule, alors qu'elles sont censées être inspectées
chaque semaine. Le tunnel n'a donc pas été découvert.
Et puis on n'a jamais changé les gardiens, alors que nous
savons par expérience que les gardiens doivent être
changés toutes les deux heures pour que l'un puisse
guetter une négligence chez l'autre. Au Château d'If, pendant des jours de suite, ils n'entraient pas dans les
cellules pour tout examiner. Ils n'avaient même pas de
judas : ce n'était donc absolument pas une prison, mais
une pension au bord de la mer. On avait même laissé
une casserole dans la cellule et Dantès s'en est servi
pour creuser le sol. Et puis, enfin, on a de confiance
cousu un cadavre dans un sac sans lui brûler la chair

au fer rouge à la morgue et sans le larder de coups de baïonnette au poste de garde. Dumas aurait dû soigner plus les détails au lieu d'assombrir l'atmosphère. »

Nerjine ne lisait jamais un livre pour se distraire. Il y cherchait des amis ou des ennemis et dénonçait sur chaque livre qu'il lisait un jugement précis qu'il aimait imposer aux autres.

Adamson connaissait cette habitude autoritaire qu'il avait. Il l'écouta sans lever la tête de son oreiller, le regardant calmement derrière les verres rectangulaires de ses lunettes.

« Bon, je viendrai », dit-il, et, s'allongeant plus confortablement, il se replongea dans sa lecture.

52

LES BAGATELLES DE LA VIE DE PRISON

NERJINE alla aider Potapov à préparer la crème. Au cours des années de famine passées dans les camps de prisonniers allemands et dans les prisons soviétiques, Potapov avait découvert que manger n'est pas quelque chose qu'on doit mépriser, quelque chose de honteux, mais une des expériences les plus délectables de la vie où se révèle l'essence même de notre existence.

> *J'aime compter les heures*
> *D'après le déjeuner, le thé*
> *Et le dîner*

récitait ce remarquable spécialiste russe des hauts voltages, qui avait consacré toute sa vie à des transformateurs ayant des capacités se chiffrant en milliers de kilowatts.

Et comme Potapov était un de ces techniciens dont les mains sont aussi vives que l'esprit, il n'avait pas tardé à devenir un excellent cuisinier : au *Kriegsgefangenlager,* il confectionnait un gâteau à l'orange en n'utilisant que des épluchures de pommes de terre, et, à la charachka, il était spécialisé dans les desserts et les confiseries.

Pour l'instant, il s'affairait sur deux tables de nuit

poussées l'une contre l'autre dans l'allée séparant son châlit de celui de Pryantchikov. Une agréable pénombre régnait sous les matelas des couchettes supérieures qui arrêtaient la lumière des ampoules. En raison de la forme semi-circulaire de la salle — avec les châlits disposés le long des rayons — l'allée était étroite au début et s'élargissait vers la fenêtre. L'énorme appui de la fenêtre, creusé dans un mur épais de quatre briques et demie, servait aussi à Potapov. Il y avait partout des boîtes de conserve, des récipients en matière plastique et des bols. Potapov, d'un air solennel, et comme s'il accomplissait un rite, battait du lait condensé, du chocolat et deux œufs (une partie de ces ingrédients lui ayant été fournie par Rubine qui recevait souvent des colis et qui les partageait toujours) pour confectionner une mixture qui n'avait de nom dans aucune langue. Il marmonnait contre Nerjine qui était en retard et il lui ordonna de se procurer les deux verres qui manquaient : il avait déjà une timbale de bouteille thermos, deux petites coupes de laboratoire et deux gobelets en papier ciré qu'il avait collés en leur donnant la forme de ceux qu'on utilisait dehors pour les glaces. Pour les deux autres, Nerjine proposa d'emprunter deux verres à raser qu'il alla rincer à l'eau chaude.

Le repos serein du dimanche s'était installé dans la pièce semi-circulaire. Les uns étaient assis à bavarder avec des camarades allongés sur leurs couchettes ; d'autres lisaient tandis qu'autour d'eux on échangeait des remarques. D'autres encore étaient étendus en silence, les mains croisées derrière la tête, à fixer le plafond blanc.

Tous les sons se mêlaient en une seule cacophonie.

Zemelya, le spécialiste du vide, allongé sur sa couchette supérieure, en caleçon, caressait d'une main satisfaite sa poitrine velue, et, arborant son éternel sourire, racontait une histoire à Michka Mordvine à deux allées de là.

« Si tu veux savoir la vérité, tout a commencé avec un demi-kopeck.

— Comment ça ?

— Eh bien, autrefois, en 1926, 1928 — quand tu étais petit — il y avait une pancarte au-dessus du guichet de chaque caissier : « Exigez votre monnaie jusqu'au demi-kopeck ! » Il y avait d'ailleurs une pièce, une pièce d'un demi-kopeck. Les caissiers la donnaient sans un mot.

C'était l'époque de la NEP, quoiqu'on fût en temps de paix.

— Il n'y avait pas de guerre ?

— C'est ça, pas de guerre, tu te rends compte ? C'était avant toutes les guerres... le temps de paix. Eh oui ! Pendant la NEP, les gens dans les administrations officielles travaillaient six heures et ça n'était pas comme maintenant. Et tout allait très bien. Les gens faisaient leur travail. Si on te gardait un quart d'heure, il fallait te marquer des heures supplémentaires. Alors, à ton avis, qu'est-ce qui a disparu le premier ? Le demi-kopeck ! C'est comme ça que tout a commencé. Ensuite les pièces de cuivre. Et en 1930, celles d'argent aussi. Il n'y avait plus de monnaie. On ne pouvait plus te rendre la monnaie. Depuis lors rien n'a marché convenablement. Il n'y a plus de petite monnaie, et ils se sont mis à ne même plus compter les roubles. Aucun mendiant ne te demande l'aumône d'un kopeck, mais il te dit : « Citoyen, donne-moi un rouble ! » Et dans les administrations, quand on te paie, ne va pas t'aviser de demander les kopecks qui figurent sur la feuille de paie, on te rira au nez, on te trouvera mesquin ! Ce sont eux qui sont idiots ! Un demi-kopeck, ça marque le respect pour un homme, or on ne te rend même pas soixante kopecks sur un rouble. Autrement dit, on te chie sur la tête. Personne ne s'est levé pour prendre la défense du demi-kopeck : alors voilà où on en est, on a perdu. »

De l'autre côté, un autre prisonnier sur une couchette d'en haut leva la tête de son livre et dit à son voisin : « Le gouvernement tsariste était pourri ! Ecoute ça, une révolutionnaire a fait la grève de la faim pendant huit jours pour forcer le chef de la prison à lui faire des excuses. Et cet imbécile s'est excusé. Va donc demander au chef de la Krasnaïa Presnya de s'excuser !

— Aujourd'hui, on se mettrait à la nourrir avec un tube à partir du troisième jour. Et puis on lui collerait une seconde peine de prison pour provocation. Où as-tu lu ça ?

— Dans Gorki. »

Dvoietosov qui était étendu non loin de là sortit de sa torpeur :

« Qui lit Gorki ? demanda-t-il d'une voix de basse impressionnante.

— Moi.

— Qu'est-ce que tu y trouves ?

— Eh bien, par exemple, il y a quelques détails sur la prison de Nijni-Novgorod : on pouvait poser une échelle contre le mur et passer par-dessus et personne ne vous arrêtait. Tu te rends compte ? Et les gardiens de prison, dit l'auteur, avaient des revolvers si rouillés qu'ils ne pouvaient leur servir qu'à planter des clous dans le mur. C'est très utile à savoir. »

Au-dessous d'eux, une de ces éternelles discussions de prison avait lieu : quand vaut-il mieux être emprisonné ? La façon dont la question était posée donnait à penser que personne ne pourrait jamais éviter la prison. Les gens en prison avaient tendance à exagérer le nombre des autres détenus. Quand en fait il n'y avait en tout que douze ou quinze millions d'êtres humains en captivité, les zeks étaient persuadés qu'il y en avait vingt ou même trente millions. Ils étaient persuadés qu'il ne restait pratiquement plus d'hommes en liberté. La question « quand vaut-il mieux être emprisonné ? » portait sur le point de savoir si c'était préférable de l'être quand on était jeune ou sur ses années de déclin. Certains prisonniers, généralement les jeunes, affirmaient joyeusement que mieux valait être emprisonné quand on était jeune. On avait alors une chance de comprendre ce que cela voulait dire de vivre, ce qui comptait et ce qui était sans intérêt ; et puis, à trente-cinq ans, après avoir tiré dix ans, un homme pouvait bâtir sa vie sur des bases intelligentes. Un homme emprisonné sur ses vieux jours ne pouvait que souffrir parce qu'il n'avait pas bien vécu, parce que son existence n'avait été qu'une succession d'erreurs et qu'il ne pouvait plus corriger ces erreurs. D'autres — généralement les plus âgés — affirmaient avec non moins d'optimisme qu'être emprisonné quand on était âgé était au contraire comme s'installer dans une pension modeste ou dans un monastère, après que, dans les meilleures années, on eut tiré tout de la vie. (Dans l'esprit des prisonniers, « tout » se réduisait à la possession d'un corps de femme, à de bons vêtements, à de la bonne chère et à de l'alcool.) Ils démontraient ensuite qu'au camp on ne pouvait pas faire perdre grand-chose à un vieil homme. Par contre, on usait et on démolissait un homme jeune si bien qu'ensuite « il n'avait même plus envie de monter une femme ».

Voilà de quoi ils discutaient dans le dortoir semi-circulaire ce jour-là. C'est ainsi que les prisonniers discutent toujours. Les uns se rassuraient. Les autres se tourmentaient. Mais ni leurs discussions ni les exemples ne rendaient la vérité plus claire. Le dimanche soir, c'était toujours une bonne chose d'être emprisonné ; mais quand ils se levaient le lundi matin, c'était toujours mauvais.

Et pourtant, même cela n'était pas tout à fait vrai...

La discussion sur « le meilleur moment pour être emprisonné » n'était cependant pas de celles qui dressent les uns contre les autres les participants, mais plutôt qui les rapprochent dans une mélancolie philosophique. Jamais et nulle part elle ne menait à des éclats de colère.

Thomas Hobbes a dit quelque part qu'on ne verserait du sang à propos du théorème « la somme des angles d'un triangle est égale à 180 degrés » que dans le cas où il nuirait aux intérêts de quelqu'un.

Mais Hobles ne savait rien des condamnés. Sur le dernier châlit auprès des portes, se poursuivait une discussion qui pouvait bien mener à un combat et à une effusion de sang, bien qu'elle ne lésât les intérêts de personne. Le tourneur était venu voir l'électricien et, au fil de la conversation, ils en vinrent à aborder le sujet de Sestroretsk et des chaudières qui chauffent les maisons de Sestroretsk. Le tourneur avait vécu un hiver à Sestroretsk et se souvenait fort bien de quel genre de chaudières il s'agissait. L'électricien n'y était jamais allé personnellement, mais son beau-frère avait été chaudronnier, chaudronnier de première classe, et il avait fabriqué notamment des chaudières à Sestroretsk. L'électricien décrivit une chaudière qui était pratiquement l'opposé de ce dont se souvenait le tourneur. Leur querelle, qui avait commencé comme une discussion banale, en était déjà au stade des voix mal assurées et des insultes personnelles. Elle noyait toutes les autres conversations dans la salle. Les deux adversaires souffraient chacun de l'exaspération d'être incapable de prouver qui avait raison. Ils cherchaient en vain un arbitrage, puis ils se rappelèrent soudain que Spiridon, le concierge, connaissait bien les chaudières et que lui au moins dirait à l'autre que des chaudières aussi absurdes que celles qu'il imaginait n'existaient ni à Sestroretsk ni nulle part ailleurs. Et presque en courant, à la satisfaction de tous, ils s'en allèrent chercher le concierge.

Mais dans leur précipitation ils oublièrent de refermer la porte derrière eux et du couloir arriva le vacarme d'une autre querelle non moins explosive : saluait-on la seconde moitié du xxᵉ siècle le 1ᵉʳ janvier 1950 ou le 1ᵉʳ janvier 1951 ? La discussion devait évidemment se poursuivre depuis quelque temps et s'était enlisée sur la question : le 25 décembre de quelle année le Christ était-il né ou était-il censé être né ?

La porte claqua. Le vacarme assourdissant cessa. Le calme revint dans la salle et Khorobrov entendait maintenant le récit du dessinateur chauve au-dessus de lui :

« Quand nos cosmonautes partiront pour le premier vol vers la lune, il y aura naturellement une réunion auprès de la fusée juste avant le départ. L'équipage tombera d'accord pour économiser du carburant, battre le record de vitesse cosmique, ne pas arrêter l'engin spatial pour des réparations en plein vol et exécuter l'alunissage dans des conditions uniquement « bonnes » et « excellentes ». Un des trois membres de l'équipage sera un commissaire politique. Durant le vol il donnera au pilote et au navigateur des instructions sur l'utilisation politique des voyages cosmiques et leur demandera des déclarations pour les journaux. »

Pryantchikov entendit cette prédiction alors qu'il circulait dans la pièce avec une serviette et une savonnette. Avec des gestes de ballerine, il bondit vers Khorobrov et, prenant un air mystérieux, déclara :

« Illia Terentitch ! Laissez-moi vous rassurer. Ça ne se passera pas comme ça.

— Et comment ça se passera-t-il ? »

Pryantchikov posa un doigt sur ses lèvres, comme dans un film policier :

« Ce sont les Américains qui arriveront les premiers sur la lune. »

Il éclata d'un rire clair et enfantin.

Puis il s'enfuit en courant.

Le graveur était assis auprès de Sologdine sur sa couchette. Ils étaient plongés dans une longue conversation sur les femmes. Le graveur avait quarante ans, mais, bien qu'il eût un visage encore jeune, il avait les cheveux complètement gris, ce qui lui allait très bien.

Le graveur aujourd'hui était d'excellente humeur. Certes, ce matin, il avait commis une erreur et mangé sa nouvelle qu'il avait roulée en une boule de papier, alors que, en fait, il aurait pu la faire passer à travers la fouille pour la donner à sa femme. Mais par contre il avait appris que celle-ci avait montré ses précédentes nouvelles à plusieurs personnes de confiance qui toutes en avaient été ravies. Bien sûr, les louanges des parents et des amis pouvaient être exagérées et déformées, mais où donc pouvait-on trouver des opinions sincères ? Qu'il écrivît bien ou mal, le graveur conservait pour l'avenir la vérité de ce que Staline avait fait de millions de prisonniers de guerre russes, il préservait le cri de leurs âmes. Il en était fier et heureux, et il avait fermement décidé de continuer à écrire. En outre, la visite elle-même d'aujourd'hui s'était fort bien passée. Sa fidèle épouse l'attendait, elle avait signé une requête pour sa libération et l'heureux résultat de ses interventions n'allait pas tarder à se manifester.

Sologdine était allongé sur le dos, un mauvais livre ouvert sur sa poitrine, et il écoutait le conteur avec un léger pétillement dans les yeux. Avec sa petite barbiche blonde et bouclée, ses yeux clairs, son front haut et ses traits réguliers de vieux guerrier russe, Sologdine était d'une beauté surnaturelle, presque indécente.

Aujourd'hui, il était tout empli de joie. Son cœur chantait victoire : il avait trouvé le codeur absolu. Sa libération était maintenant pour l'année prochaine, ou plutôt serait s'il décidait de livrer le codeur à Yakonov.

Une éblouissante carrière l'attendait. En outre, aujourd'hui, son corps ne languissait pas comme d'habitude après une femme, il était calmé, libéré. Bien qu'il eût noté quelques pénalités sur sa feuille de papier rose, bien qu'il eût chassé Larissa de son esprit, ce soir, allongé sur sa couchette, Sologdine reconnaissait qu'il avait eu précisément ce qu'il voulait d'elle.

Cherchant un exutoire à sa joie, il s'amusait à suivre nonchalamment les tours et les détours d'un récit qui le laissait indifférent, raconté par quelqu'un qui, sans être stupide, était parfaitement médiocre et n'avait rien devant lui ni derrière lui d'aussi brillant que lui-même, Sologdine.

Sologdine ne se lassait jamais de raconter à tout le monde qu'il avait une piètre mémoire, des dons limités et une absence totale de volonté. Mais on pouvait se douter de ce qu'il pensait réellement de lui-même à la façon dont il écoutait les gens : il les écoutait avec des airs supérieurs, comme s'il essayait de ne pas laisser voir qu'il n'écoutait que par politesse.

Le graveur commença par lui parler de ses deux femmes en Russie, puis il évoqua sa vie en Allemagne et les

ravissantes Allemandes avec lesquelles il avait eu des
rapports. Il fit une comparaison entre les Russes et les
Allemandes qui était nouvelle pour Sologdine : il affirmait que les femmes russes étaient trop indépendantes,
trop intenses en amour ; qu'elles étudiaient toujours
l'homme qu'elles aimaient, qu'elles recherchaient ses
points faibles et qu'elles le trouvaient parfois manquant
de courage. On a toujours l'impression qu'une femme
russe qu'on aime est votre égale. Au contraire, une femme
allemande ploie comme un roseau entre les mains de son
bien-aimé. Pour elle l'homme qu'elle aime est son Dieu.
Il est le premier et le plus magnifique sur terre. Elle
se soumet totalement à sa volonté. Elle ne rêve que de
lui plaire. Aussi le graveur se sentait-il plus un homme
avec les Allemandes, plus seigneur et maître.

Rubine fut assez imprudent pour sortir fumer dans
le couloir. Mais il n'y avait nul endroit dans la charachka
où il pouvait fuir à la fois tous les ennuis.

Evitant la vaine discussion qui se poursuivait dans le
corridor, il revint dans la salle pour se précipiter vers
ses livres, mais quelqu'un sur une couchette inférieure
l'attrapa par son pantalon et lui demanda :

« Lev Grigoritch ! Est-ce vrai qu'en Chine les lettres
des « indicateurs » sont acheminées en franchise postale ? »

Rubine se dégagea. Mais l'ingénieur électricien, qui
s'était penché au bord de la couchette supérieure, le
prit par son col et voulut conclure leur discussion de
tout à l'heure :

« Lev Grigoritch ! Il faut rebâtir la conscience de
l'homme de façon que les gens ne soient fiers que du
travail de leurs propres mains et qu'ils aient honte d'être
des contremaîtres, des commandants, des babillards. Que
ce soit une honte pour toute sa famille quand une
fille épouse un fonctionnaire... J'aimerais vivre sous ce
socialisme-là. »

Rubine se libéra, s'avança jusqu'à sa propre couchette
et s'allongea à plat ventre, seul une fois de plus avec
ses dictionnaires.

53

LA TABLE DU BANQUET

Ils étaient sept assis à la table d'anniversaire, faite de trois tables de nuit de hauteurs différentes qu'on avait rassemblées et recouvertes d'un morceau de papier vert clair. Sologdine et Rubine étaient assis avec Potapov sur la couchette de celui-ci, Adamson et Kondrachev étaient avec Pryantchikov sur le châlit de ce dernier et celui dont on fêtait l'anniversaire était à la tête de la table, sur l'appui de la fenêtre. Au-dessus d'eux Zemelya était déjà endormi et il n'y avait personne d'autre à côté. Le compartiment formé par les châlits à deux étages était séparé du reste de la pièce.

Au milieu de la table on avait déposé dans une coupe en matière plastique le gâteau de Nadia : des bandes de pâte en forme de nouilles cuites dans de la graisse jusqu'à devenir sèches et croquantes. C'était quelque chose qu'on n'avait jamais vu à la charachka. Pour sept hommes, ce plat semblait ridiculement petit. Mais il y avait aussi des gâteaux simples et des gâteaux recouverts de crème qu'on appelait des pâtisseries. Il y avait aussi du caramel confectionné en faisant bouillir une boîte de lait condensé avant de l'ouvrir et, caché derrière le dos de Nerjine, dans une boîte de conserve d'un litre, il y avait ce séduisant breuvage auquel étaient destinés

les « gobelets » : un peu d'alcool échangé aux zeks du
laboratoire de chimie en échange d'un morceau de maté-
riau isolant difficile à se procurer. On avait dilué l'alcool
dans l'eau dans la proportion de quatre pour un, puis
on l'avait coloré avec du chocolat. Cela donnait un
liquide marron guère alcoolisé mais que néanmoins on
attendait avec impatience.

« Eh bien, messieurs, déclara Sologdine en se renversant en arrière d'un geste spectaculaire, ses yeux brillant
dans la pénombre, repensons à la dernière fois où chacun de nous s'est assis à une table de banquet.

— Ça m'est arrivé hier avec les Allemands », lâcha
Rubine qui avait horreur du sentimentalisme.

Pour Rubine, le fait que Sologdine s'adressât toujours
à un groupe en disant « Messieurs » lui semblait être
le résultat du traumatisme de douze années de prison.
Pour la même raison les idées de Sologdine étaient déformées à bien d'autres égards, et Rubine s'efforçait
toujours de s'en souvenir au lieu d'exploser de colère,
même quand il était obligé d'écouter des propos insensés.

« Non, non ! insista Sologdine. Je pense à une vraie
table, messieurs ! Quand il y a une lourde nappe blanche,
de la liqueur et du vin dans des carafons de cristal,
et, bien sûr, des femmes bien habillées. »

Il aurait voulu savourer cette vision et reculer le début
du festin, mais Potapov, avec le regard jaloux et inqui-
siteur d'une maîtresse de maison, balaya d'un coup
d'œil la table des invités et, de sa voix maussade, déclara :

« Vous devez comprendre, mes amis, qu'avant que
« le tonnerre des patrouilles de minuit » ne nous sur-
prenne avec cette potion, nous ferions bien de procéder
aux formalités officielles. »

Il fit signe à Nerjine de servir.

Néanmoins, pendant qu'on versait la liqueur, ils restaient silencieux et chacun malgré lui évoquait un souvenir du passé.

« C'était il y a longtemps, soupira Nerjine.

— Moi, je ne me souviens pas ! » dit Potapov avec
impatience. Jusqu'à la guerre, il avait vécu dans le tourbillon dément du travail et bien qu'il se rappelât vaguement un repas de mariage, il était incapable de dire
aujourd'hui si c'était son propre mariage ou celui de
quelqu'un d'autre.

« Pourquoi pas ? dit Pryantchikov, sortant de sa torpeur. Avec plaisir ! Je vais vous raconter ça tout de suite. En 1945, à Paris, je...

— Un instant, Valentoulya, dit Potapov, l'interrompant. Un toast ?

— A celui à qui nous devons d'être réunis ! fit Kondrachev d'une voix plus forte qu'il n'était nécessaire et en se redressant bien qu'il fût déjà assis très droit. Et puisse-t-il y avoir... »

Mais les invités n'avaient pas encore eu le temps de prendre leurs « gobelets » que Nerjine se leva dans le petit espace libre auprès de la fenêtre et dit calmement :

« Mes amis, je sais que je viole une tradition ! Mais je... »

Il était ému et il poursuivit sans s'arrêter pour reprendre haleine. L'attendrissement qu'il lisait dans les yeux de ses compagnons avait éveillé quelque chose en lui.

« Soyons justes ! Tout dans notre existence n'est pas si sombre ! Ce bonheur que nous avons maintenant — une libre table de banquet où des hommes échangent des pensées libres sans crainte et sans dissimulation — ce bonheur, nous ne l'avions pas quand nous étions à l'extérieur.

— C'est vrai, et d'ailleurs la liberté manquait bien souvent », dit Adamson avec un sourire narquois. Depuis son enfance il avait passé moins de la moitié de sa vie en liberté.

« Mes amis ! dit Nerjine avec feu. J'ai trente et un ans. Au cours de ces années, la vie m'a tout à la fois comblé de faveurs et d'humiliations. En vertu de ce principe de sinusoïde, je pourrais avoir encore d'autres pointes de vaine réussite, de fausse grandeur ! Mais je vous jure que je n'oublierai jamais l'authentique grandeur des êtres humains tels que je les ai connus en prison ! Je suis fier que mon modeste anniversaire aujourd'hui ait rassemblé une compagnie aussi choisie. Ne nous embarrassons pas de cérémonial. Portons un toast à l'amitié qui s'épanouit sous les voûtes des prisons ! »

Les timbales de papier heurtèrent sans bruit les verres et les gobelets en plastique. Potapov eut un sourire gêné, ajusta ses lunettes et déclama :

Célèbres pour leur éloquence aiguë
Les membres de cette famille se sont réunis
Chez Nikita l'Inquiet,
Chez le Prudent Ilia.

Ils burent lentement la liqueur brune, s'efforçant d'en savourer l'arôme.

« Il est corsé, dit Rubine d'un ton approbateur. Bravo, Andréitch !

— Oui, c'est vrai », reconnut Sologdine. Il était aujourd'hui d'humeur à tout trouver bon.

Nerjine éclata de rire.

« C'est bien rare quand Lev et Mitia sont d'accord sur quelque chose ! Je n'arrive pas à me rappeler un jour où ce soit jamais arrivé.

— Ah ! non, Gleb ? Tu ne te souviens pas de ce jour du Nouvel An où Lev et moi avons admis tous les deux qu'une femme qui a été infidèle ne saurait être pardonnée, mais qu'on peut pardonner à un mari ? »

Adamson eut un rire las :

« Quel homme ne serait pas d'accord là-dessus ?

— Ce type là-bas, dit Rubine en désignant Nerjine, a déclaré cette fois-là qu'on peut pardonner à une femme aussi, qu'il n'y a pas de différence.

— Vous avez dit ça ? demanda précipitamment Kondrachev.

— Oh ! c'est insensé ! fit Pryantchikov avec un rire sonore. Comment peut-on même les comparer ?

— La structure même du corps et le mode de jonction prouvent qu'il y a une différence énorme ! s'exclama Sologdine.

— Ne me blâmez pas, mes amis, dit Nerjine. Après tout, quand je grandissais, il y avait, flottant au-dessus de nos têtes, une bannière rouge avec en lettres d'or le mot égalité. Depuis lors, bien sûr, la vie a suffisamment assommé le simple d'esprit que je suis. Mais il me semblait alors que si les nations étaient égales et si les gens étaient égaux, alors les hommes et les femmes devaient être égaux... sur tous les plans.

— Personne ne vous fait de reproche ! dit Kondrachev tout aussi précipitamment. Ne cédez pas si facilement.

— Nous ne pouvons vous pardonner ce genre d'absurdité qu'en raison de votre jeune âge, trancha Sologdine qui avait cinq ans de plus.

— Théoriquement, Gleb a raison, dit Rubine, embarrassé. Moi aussi je suis prêt à briser des lances pour l'égalité entre hommes et femmes. Mais étreindre ma femme après qu'un autre l'a fait ? Brrr ! Biologiquement je ne pourrais pas.

— Mais, messieurs, c'est trop ridicule pour qu'on en discute ! s'écria Pryantchikov, mais, comme toujours, on ne le laissa pas parler.

— Lev Grigoritch, il y a un moyen bien simple, dit Potapov d'un ton ferme. N'étreignez vous-même personne d'autre que votre femme !

— Voyons, écoutez... », protesta Rubine, noyant son large sourire dans sa barbe de pirate.

La porte s'ouvrit bruyamment et quelqu'un entra. Potapov et Adamson se retournèrent. Ce n'était pas un gardien.

« Il faut brûler Carthage ? demanda Adamson en désignant de la tête le récipient qui contenait la liqueur.

— Le plus tôt sera le mieux. Qui a envie de se retrouver au cachot ? Gleb, versez-nous le reste. »

Nerjine versa ce qui restait dans leurs timbales en le partageant équitablement.

« Alors, cette fois, allez-vous nous laisser boire à la santé de celui dont nous fêtons l'anniversaire ? demanda Adamson.

— Non, mes frères. Je renonce à mon droit traditionnel de façon à... je... J'ai vu ma femme aujourd'hui. J'ai vu qu'elle était — comme toutes nos épouses — épuisée, effrayée, persécutée. Nous pouvons tout supporter parce que nous n'avons pas à nous cacher, mais elles ? Buvons à leur santé, à elles qui se sont liées à...

— Oui, parfaitement ! Quelle bonne idée ! » s'exclama Kondrachev. Ils burent. Puis ils gardèrent un moment le silence.

« Regardez la neige », observa Adamson.

Tous les regards se tournèrent par-delà Nerjine vers les fenêtres embuées. On ne pouvait pas voir la neige elle-même, mais les lampes et les projecteurs de la zone interdite projetaient sur les carreaux les ombres noires des flocons qui tombaient.

Quelque part par-delà cet épais rideau de neige se trouvait Nadia Nerjine.

« Même la neige que nous voyons est noire », dit Kondrachev.

Ils burent à l'amitié. Ils burent à l'amour. Rubine déclara :

« Je n'ai jamais eu de doute à propos de l'amour.
Mais, à dire vrai, jusqu'au front et à la prison je ne
croyais pas à l'amitié, surtout à la forme « sacrifie-ta-
« vie-pour-ton-ami ». Dans la vie ordinaire on a sa famille
et au fond il n'y a pas de place pour l'amitié, vous ne
trouvez pas ?

— C'est une opinion répandue, répondit Adamson.
Après tout, la chanson intitulée *Dans la vallée* est populaire en Russie depuis cent cinquante ans et aujourd'hui
encore on la réclame souvent à la radio, mais, si on
écoute les paroles, c'est une répugnante jérémiade, la
complainte d'une âme mesquine :

Tous nos amis, tous nos camarades,
Nous ne les gardons que jusqu'au premier jour noir.

— C'est scandaleux, fit le peintre. Comment peut-on
vivre un seul jour avec de telles pensées ? Mieux vaut
se pendre !

— Ce serait plus vrai de dire : c'est seulement dans
les jours noirs qu'on commence à avoir des amis.

— Qui a écrit cette chanson ?

— Merzliakov.

— Quel nom ! Lev, qui était Merzliakov ?

— Un poète, de vingt ans l'aîné de Pouchkine.

— Vous connaissez sa biographie, bien sûr ?

— Il était professeur à l'université de Moscou. Il a
traduit *La Jérusalem délivrée*.

— Qu'est-ce que Lev ne sait pas ? Uniquement les
mathématiques supérieures.

— Inférieures aussi.

— Mais il dit toujours : « Simplifions et trouvons le
« facteur commun. »

— Messieurs, il faut que je vous cite un exemple qui
prouve que Merzliakov avait raison ! dit Pryantchikov,
en s'étranglant et en se dépêchant comme un enfant à
une table d'adultes. Il n'était en aucune façon inférieur
à ses compagnons ; il comprenait vite, il était brillant
et sa franchise était séduisante. Mais il ne possédait
pas d'autorité virile, et n'avait pas un aspect digne, de
sorte qu'il semblait plus jeune qu'il n'était et que les
autres le traitaient en adolescent. Après tout, c'est un
fait établi. Nous sommes trahis par celui-là même avec
qui nous partageons notre nourriture ! J'avais un ami
proche avec qui je me suis échappé d'un camp de

concentration hitlérien. Nous nous sommes cachés ensemble et, vous vous rendez compte... c'est lui qui m'a trahi.

— Quelle abominable chose ! s'exclama le peintre.

— Voilà comment ça s'est passé. Pour être franc, je n'avais pas envie de revenir. Je travaillais déjà dans une société. J'avais de l'argent. Et il y avait des filles. »

Presque tous avaient entendu cette histoire. Pour Rubine, il était parfaitement clair que le gai, le sympathique Valentin Pryantchikov, avec qui c'était très bien d'être ami à la charachka, se trouvait, dans l'Europe de 1945, objectivement, un réactionnaire et que ce qu'il appelait la trahison d'un ami — c'est-à-dire que son ami avait aidé à faire revenir Pryantchikov dans son pays contre son gré — n'était pas la trahison, mais un devoir patriotique.

Adamson sommeillait derrière ses lunettes. Il se doutait qu'il y aurait de ces conversations creuses. Mais, après tout, toute cette foule devrait bien d'une façon ou d'une autre rejoindre le troupeau.

Rubine et Nerjine, dans les centres de contre-espionnage et les prisons de l'année qui avait suivi la guerre, étaient si intégrés à la vague des prisonniers de guerre refluant d'Europe que c'était comme si eux-mêmes avaient passé quatre ans comme prisonniers. Les histoires de rapatriés ne les intéressaient pas ; aussi, à leur bout de table, poussèrent-ils Kondrachev dans une conversation sur l'art. Dans l'ensemble, Rubine ne considérait pas Kondrachev comme un artiste très important, ni comme quelqu'un de très sérieux et il estimait que ses affirmations n'avaient aucun fondement économique ni historique. Mais dans les conversations qu'il avait avec lui, sans le savoir, il apprenait beaucoup sur lui-même.

L'art pour Kondrachev n'était pas une occupation ni une branche de la connaissance. L'art pour lui était le seul mode de vie possible. Tout ce qui l'entourait — un paysage, un objet, un individu ou une nuance de couleur — avait des résonances dans l'une des vingt-quatre tonalités existantes et, sans hésitation, Kondrachev pouvait nommer cette tonalité. Par exemple, il appelait Rubine « *do* mineur ». Tout ce qui l'entourait — une voix humaine, une humeur fugitive, un roman ou précisément une tonalité — avait une couleur et, sans hésitation, Kondrachev pouvait nommer cette couleur. Ainsi, *fa* dièse majeur était bleu sombre avec de l'or.

Le seul état que Kondrachev ne connaissait jamais, c'était l'indifférence. Il était connu pour ses goûts et ses aversions extrêmes, pour ses jugements absolus. C'était un admirateur de Rembrandt et un détracteur de Raphaël. Il vouait un véritable culte à Valentin Serov et c'était un ennemi acharné des prédécesseurs populistes des tenants du réalisme social. Il ne pouvait rien accepter avec tiédeur : il pouvait seulement être ravi de quelque chose ou bien l'avoir en horreur. Il refusait même d'entendre le nom de Tchékhov, il condamnait Tchaïkovsky en déclarant : « Il me suffoque ! Il supprime tout espoir et toute vie ! » Mais il était si près des chorals de Bach et des concertos de Beethoven que c'était comme s'il les avait personnellement couchés sur le papier.

Pour le moment, Kondrachev était lancé dans une conversation sur le point de savoir si oui ou non l'art devait suivre la nature.

« Vous voulez par exemple peindre une fenêtre qui donne sur un jardin par un matin d'été », disait Kondrachev. Sa voix était jeune et vibrante d'enthousiasme et, si l'on fermait les yeux, on pouvait croire que c'était un jeune homme qui parlait. « Si l'on suit honnêtement la nature et qu'on représente tout comme on le voit, est-ce que ce sera vraiment tout ? Et le chant des oiseaux ? Et la fraîcheur du matin ? Et cette pureté invisible qui vous baigne ? Après tout, quand vous peignez, vous percevez tout cela ; cela fait partie de l'impression que vous avez de ce matin d'été. Comment peut-on capturer cela dans la peinture ? Comment peut-on le conserver pour celui qui regardera le tableau ? Il faut de toute évidence que tout cela figure dans votre toile ! Par la composition, par la couleur, car vous n'avez rien d'autre à votre disposition.

— Autrement dit, le peintre ne se contente pas de copier ?

— Bien sûr que non ! En fait, chaque paysage, reprit Kondrachev très excité, chaque paysage et chaque portrait aussi, vous le commencez en vous rassasiant le regard de la nature et en pensant : comme c'est merveilleux ! Comme c'est beau ! Si seulement je pouvais parvenir à le rendre comme c'est ! Mais à mesure que vous vous enfoncez plus profondément dans votre travail, vous remarquez soudain dans la nature une sorte de gaucherie, d'absurdité, d'incongruité ! Là, à cet endroit,

à cet autre aussi ! Et il faut que ce soit comme ça !
Alors c'est comme ça que vous peignez ! »

Kondrachev lança aux autres un regard triomphant.

« Mais, mon cher ami, protesta Rubine, votre « il
faut » est un chemin bien dangereux ! Après cela, vous
prendrez des êtres vivants pour en faire des anges et
des démons, vous leur ferez porter les peaux de chèvre
de la tragédie classique. Après tout, si vous peignez un
portrait d'Andréï Andréitch Potapov, il doit montrer
Potapov comme il est.

— Et qu'est-ce que ça veut dire : comme il est ?
demanda l'artiste. Extérieurement... Oui. Il doit y avoir
une ressemblance dans les proportions du visage, la
forme des yeux, la couleur des cheveux. Mais n'est-il pas
téméraire de croire qu'on peut voir et connaître la
réalité précisément comme elle est ? Particulièrement la
réalité spirituelle ? Qui la voit et qui la connaît ? Et
si, en regardant le modèle, je vois quelque chose de
plus élevé que ce qu'il s'est révélé être jusqu'à maintenant dans la vie, alors pourquoi voulez-vous que je ne
le peigne pas ? Pourquoi ne faudrait-il pas aider un
homme à se trouver et à s'élever ?

— Eh bien, alors, vous êtes cent pour cent un tenant du réalisme social ! dit Nerjine en battant des
mains. Foma ne sait tout simplement pas à qui il a
affaire.

— Pourquoi faut-il que je sous-estime son âme ? dit
Kondrachev, ses yeux lançant des éclairs derrière ses
lunettes qui ne bougeaient jamais sur son nez. Je vais
vous dire autre chose : non seulement l'art du portrait,
mais toutes les relations humaines sont à cet égard
extrêmement importantes : chaque personne doit aider
autrui à découvrir ce qu'il a de mieux en lui.

— Ce que vous voulez dire, reprit Rubine, c'est qu'il
ne peut exister d'objectivité en art ?

— Parfaitement, je suis non-objectif et j'en suis fier !
rugit Kondrachev.

— Quoi ? Comment ça ? demanda Rubine, stupéfait.

— Comme ça, tout simplement ! Je suis fier de ma
non-objectivité ! déclara Kondrachev, ses paroles tombant comme autant de coups. (Il entreprit de se lever.)
Et vous, Lev Grigoritch, et vous ? Vous n'êtes pas objectif non plus, mais vous croyez l'être et c'est encore
pire. Au moins moi, je suis non-objectif et je le sais !
Je considère cela comme une qualité !

— Je ne suis pas objectif ? répliqua Rubine. Moi ? Alors qui est objectif ?

— Personne, bien sûr ! fit l'artiste exultant. Personne ! Personne ne l'a jamais été et personne ne le sera jamais ! Chaque acte de perception a une coloration émotionnelle. La vérité est censée être l'ultime résultat d'une longue enquête, mais est-ce que nous ne percevons pas une sorte de vérité crépusculaire avant toute enquête ? Nous prenons un livre et aussitôt l'auteur nous paraît déplaisant et, dès la première page, nous sentons que nous ne l'aimerons pas et, bien sûr, nous avons raison ! Vous vous proposez de comparer une centaine de langues, vous venez tout juste de vous enfouir dans des dictionnaires, vous avez encore quarante ans de travail devant vous, mais vous êtes déjà convaincu que vous arriverez à prouver que tous les mots viennent du mot « main ». C'est ça, l'objectivité ? »

Nerjine, ravi, riait en regardant Rubine. Rubine riait aussi : comment pouvait-on se mettre en colère contre ce pur esprit !

« Est-ce qu'il n'arrive pas la même chose dans les sciences sociales ? ajouta Nerjine.

— Mon enfant, riposta Rubine, s'il était impossible de prévoir des résultats, alors il ne pourrait guère y avoir de « progrès », n'est-ce pas ?

— Le progrès ! grommela Nerjine. Au diable le progrès. J'aime l'art parce qu'il ne peut pas y avoir là de « progrès ».

— Qu'est-ce que tu veux dire ?

— Simplement ça ! Au XVIIᵉ siècle, il y avait Rembrandt... Et il y a Rembrandt aujourd'hui. Et essaie donc de faire mieux que lui. Et pourtant la technique du XVIIᵉ siècle nous semble aujourd'hui barbare. Ou bien prends les innovations techniques des années 1870. Pour nous, c'est un jeu d'enfants. Mais c'est à cette époque-là qu'*Anna Karénine* a été écrit. Que peux-tu citer de supérieur à ça ?

— Votre argument, Gleb Vikentitch, l'interrompit Adamson, en se détournant de Pryantchikov, peut avoir une autre interprétation. Cela pourrait signifier que les savants et les ingénieurs ont créé de grandes œuvres durant tous ces siècles et qu'ils ont progressé, pendant que de toute évidence les snobs de l'art ont tout simplement fait les clowns. Les parasites...

« — Se sont vendus ! » s'exclama Sologdine, avec une énorme satisfaction.

Des esprits aussi opposés qu'Adamson et lui se trouvaient ainsi réunis dans la même pensée.

« Bravo ! Bravo ! dit Pryantchikov faisant chorus. Mes amis ! C'est merveilleux ! C'est exactement ce que je vous disais hier soir au Laboratoire d'Acoustique ! »

A ce moment-là, ils discutaient de la supériorité du jazz, mais il lui semblait maintenant qu'Adamson exprimait les mêmes pensées que lui.

« Je crois que je peux réconcilier vos positions, dit Potapov avec un sourire matois. Au siècle où nous vivons, il y a eu une affaire dans laquelle un certain ingénieur électricien et un certain mathématicien, préoccupés des lacunes de leur pays en matière de littérature, ont collaboré à une nouvelle. Hélas ! elle n'a jamais été écrite, car aucun d'eux n'avait de crayon.

— Andréitch ! s'exclama Nerjine. Vous pourriez vous en souvenir ?

— Bah ! avec votre aide, je vais essayer. Après tout, cela a été la seule œuvre de ma vie. Je devrais pouvoir me la rappeler.

— Très amusant, très amusant, messieurs ! » dit Sologdine, s'animant et s'installant plus confortablement. Il adorait ce genre de distraction en prison.

« Mais vous vous rendez compte évidemment, comme nous l'enseigne Lev Grigoritch, qu'aucune œuvre artistique ne saurait être comprise si l'on ne connaît pas l'histoire de sa création et sa justification sociale.

— Vous faites des progrès, Andréitch.

— Finissez votre pâtisserie, chers invités : elle a été faite spécialement pour vous ! L'histoire de cet événement créateur est la suivante : durant l'été de 1946, dans une certaine cellule scandaleusement surpeuplée du sanatorium de Bou-Tour — ainsi nommé d'après le monogramme qui figure sur les bols à la Boutirskaia-Tiourma — Gleb Vikentitch et moi étions voisins, d'abord sous les planches qui nous servaient de lit, puis par-dessus, suffoquant à cause du manque d'air, grognant de temps en temps parce que nous avions faim. Nous n'avions rien d'autre à faire que de bavarder et de faire des observations sur les mœurs de notre société. L'un de nous a commencé par dire : « Et si... ? »

— C'est vous, Andréitch, qui avez dit le premier : « Et

« si... ? » L'idée de départ, qui était également le titre, en tout cas était de vous.

— Et si... ? avons-nous dit, Gleb Vikentitch et moi. Et si tout d'un coup dans notre cellule...

— Oh ! ne traînez pas comme ça ! Quel était le titre ?

— Allons,

Décidés à divertir le monde orgueilleux...

— Essayons tous les deux de nous rappeler cette histoire, hein ? » La voix monocorde et fêlée de Potapov ronronnait comme celle d'un lecteur invétéré de volumes poussiéreux. Le titre était : *Le Sourire de Bouddha.*

54

LE SOURIRE DE BOUDDHA

L'ACTION de notre extraordinaire récit se situe durant cette brûlante vague de chaleur de 1945, où des prisonniers en nombre infiniment supérieur à celui des quarante voleurs de la légende se languissaient à demi nus dans l'air confiné derrière les fenêtres muselées d'une cellule dans la prison mondialement connue de la Boutyrka.

« Que peut-on dire de cette précieuse institution ? Ses origines remontent à un casernement à l'époque de la Grande Catherine. En cette époque cruelle, l'impératrice ne ménageait pas les briques pour ces murs fortifiés et pour ces plafonds voûtés.

> *Le vénérable château fut bâti*
> *Comme doivent l'être tous les châteaux.*

« Après la mort de la correspondance éclairée de Voltaire, ces chambres sonores, où avait retenti jadis le pas brutal des bottes de carabiniers, tombèrent en ruine. Mais, des années plus tard, à mesure que le progrès avançait dans notre patrie, les successeurs de la puissante dame nommée plus haut trouvèrent utile de mettre là, sur un pied d'égalité, des hérétiques qui ébranlaient le trône orthodoxe et des obscurantistes qui s'opposaient au progrès.

« La truelle du maçon et la cuvette du plâtrier ont divisé ces caves en centaines de cellules spacieuses et réconfortantes. Le talent insurpassé des forgerons soviétiques a produit des barreaux inébranlables aux fenêtres et des couchettes à châssis tubulaires qu'on abaissait la nuit et qu'on relevait durant la journée. Les meilleurs artisans parmi nos serfs de talent ont apporté leur précieuse contribution à la gloire immortelle du château de la Boutyrka : les tisserands ont tissé de la toile pour tendre sur les sommiers ; les plombiers ont installé un astucieux système de tout-à-l'égout ; les chaudronniers ont fabriqué des seaux de latrines de taille généreuse, complets avec poignées et couvercle, les charpentiers ont découpé des « guichets de ravitaillement » dans les portes ; les vitriers ont installé des judas ; les serruriers ont posé des serrures ; et, durant l'ère ultra-moderne du commissaire du peuple Yejov, des spécialistes ont déversé du verre fondu opaque sur les barres de renforcement d'acier et installé sur les fenêtres ces « muselières » uniques en leur genre, qui privent les méchants prisonniers du moindre coup d'œil sur la cour de la prison, sur la chapelle (qui sert également de prison) ou sur un coin de ciel bleu.

« Des considérations pratiques ont amené les directeurs du sanatorium de la Boutyrka à sceller vingt-cinq châssis de châlit dans les murs de chaque cellule, créant ainsi la base d'un simple calcul mathématique, car peu de gardiens avaient fait des études supérieures : quatre cellules représentaient cent têtes, un couloir de huit cellules représentait deux cents têtes.

« C'est ainsi que pendant de longues décennies cette maison de repos a prospéré, sans provoquer ni la censure de la société ni les plaintes des prisonniers. On peut juger qu'il n'y avait pratiquement aucune protestation de la part de la société par le fait qu'on en trouvait très peu d'exprimées dans les pages des *Nouvelles de la Bourse* et aucune dans les *Izvestia*, ou *Nouvelles des Représentants des Travailleurs et des Paysans*.

« Mais le temps ne travaillait pas pour le major général qui était chef de la prison de la Boutyrka. Dès les premiers jours de la guerre, il fallut enfreindre le règlement établi de vingt-cinq têtes par cellule pour loger les

LE PREMIER CERCLE 477

occupants supplémentaires pour lesquels il n'y avait pas
de couchette. Quand ces surplus atteignirent de redoutables proportions, on laissa en permanence les couchettes abaissées, on ôta la toile, qu'on remplaça par des
planches, et le major général ravi et ses camarades
fourrèrent cinquante personnes dans chaque cellule et,
après la guerre, soixante-quinze, ce qui ne rendait
cependant pas les choses plus difficiles pour les gardiens,
qui savaient que désormais dans chaque couloir il y avait
six cents têtes et qui en outre touchaient des primes pour
ce supplément.

« Dans de pareilles conditions d'entassement, il était
inutile de distribuer des livres, des jeux d'échecs ou de
dominos, puisque de toute façon il n'y aurait pas eu de
place pour les mettre. Avec le temps, la ration de pain
fut réduite pour ces ennemis du peuple, le poisson fut
remplacé par de la chair d'amphibie et d'hyménoptères,
le chou et les orties par du fourrage destiné au bétail. Et
la terrifiante tour Pougatchev, où l'impératrice avait fait
enchaîner le héros populaire, retrouva son utilisation
pacifique de silo.

« Les gens affluaient. Il ne cessait d'en arriver de
nouveaux et les traditions des prisonniers devenaient
plus vagues et déformées. Les détenus ne savaient pas
que leurs prédécesseurs se prélassaient sur de la toile,
qu'ils lisaient des livres interdits (abandonnés, oubliés
dans les bibliothèques de la prison). On apportait dans
la cellule du bouillon d'ichtyosaure ou de la soupe de
fourrage dans un tonneau fumant. Entassés comme ils
l'étaient, les prisonniers s'asseyaient sur les planches,
les jambes repliées contre la poitrine, prenant appui sur
leurs mains, comme les chiens assis. Ils veillaient comme
des fauves à ce que le liquide fût versé dans les bols de
façon équitable. On se passait les bols en spirale « du
seau de latrines à la fenêtre » et « de la fenêtre au radiateur » ; puis les occupants des lits de planches et des
niches sous les planches lapaient cette bouillie dispensa-
trice de vie et seuls les bruits de déglutition troublaient
le silence philosophique de la cellule.

« Tout le monde était satisfait. Il n'y avait aucune
plainte dans le journal des syndicats *Troud*, ni dans *Le
Messager Patriarcal de Moscou*.

« Parmi les cellules, il y avait le numéro 72, que rien
ne distinguait des autres. Elle avait déjà été choisie et
un destin spécial lui était réservé, mais les prisonniers

qui sommeillaient paisiblement sous les planches et ceux qui juraient au-dessus ne savaient rien de ce qui les attendait. Le jour fatal, ils étaient couchés comme d'habitude sur le sol de ciment près du seau de latrines, ou, allongés sur les planches, ils s'éventaient dans la chaleur (la cellule n'était jamais aérée d'un hiver sur l'autre). Ils tuaient les mouches et se racontaient combien c'était bon pendant la guerre, en Norvège, en Islande et au Groenland. En se fiant à ce sens intérieur du temps qu'ils possédaient, les zeks savaient que dans moins de cinq minutes le geôlier de service allait crier par le guichet : « Allons, couchez-vous. Extinction des feux. »

« Mais soudain les prisonniers sentirent battre leur cœur : on ouvrait les serrures. La porte pivota sur ses gonds et sur le seuil apparut un capitaine mince et svelte en gants blancs, l'air extrêmement excité. Derrière lui bourdonnait toute une meute de lieutenants et de sergents. Dans le silence funèbre, on emmena les zeks dans le couloir avec leurs affaires. Le bruit courut aussitôt qu'on les emmenait au peloton d'exécution. Dans le couloir on compta cinq groupes de dix qu'on fourra dans les cellules voisines où chacun comme d'habitude réussit à trouver un peu d'espace pour dormir. Ces heureux gaillards avaient échappé au triste sort des vingt-cinq qui restaient. La dernière vision qu'ils eurent de leur chère cellule 72, ce fut l'arrivée d'une sorte d'horrible machine munie d'un atomiseur. Puis on leur ordonna de tourner à droite, et, avec le cliquetis des clefs des gardiens contre la boucle de leurs ceinturons et le claquement de doigts qui à la Boutyrka signifiait « Je conduis un prisonnier », on leur fit franchir un certain nombre de portes d'acier, descendre plusieurs escaliers et ils débouchèrent dans un couloir qui n'était ni la cave des exécutions ni le donjon des tortures mais que les zeks connaissaient fort bien : c'était l'antichambre des célèbres bains de la Boutyrka. Cette salle avait un aspect quotidien et faussement inoffensif. Les murs, les bancs et le plancher étaient en carreaux chocolat, rouge et vert, et des chariots roulaient avec un bruit de tonnerre sur les rails venant du « grilloir » — la chambre de stérilisation — avec d'énormes crochets auxquels on suspendait les vêtements des prisonniers infestés de vermine. Se bousculant — car le troisième commandement des prisonniers déclare « si on te le donne, prends-le ! » — les zeks séparèrent les uns des autres les crochets brûlants pour y accrocher leurs vêtements dépenaillés, brunis par endroits et brûlés par la stérilisation à laquelle ils étaient soumis tous les dix jours. Et les deux vieilles commères, servantes de l'enfer, congestionnées par la chaleur, méprisant la nudité des prisonniers qui leur paraissait répugnante, poussèrent le chariot vers le Tartare et refermèrent avec fracas les portes d'acier derrière elles.

« Les vingt-cinq prisonniers restèrent enfermés dans la salle. Ils n'avaient avec eux que leur mouchoir ou des bouts de drap déchiré. Ceux qui, malgré leur terrible maigreur, conservaient toutefois une mince couche de viande tannée dans cette région peu exigeante du corps grâce à laquelle la nature nous a accordé l'heureux don de nous asseoir, ces individus fortunés s'assirent sur les bancs de pierre tiède incrustés de carreaux vert émeraude, framboise et bruns. Par le luxe de leur aménagement, les bains de la Boutyrka laissent loin derrière les bains de Sandoukovski et, dit-on, de nombreux étrangers curieux se sont délibérément livrés à la Tchéka simplement pour s'y baigner.

« Les prisonniers qui avaient tellement maigri qu'ils ne pouvaient s'asseoir sur rien de dur arpentaient la salle, sans chercher à se couvrir le sexe mais s'efforçant, à grand renfort d'ardentes discussions, de pénétrer le mystère de ce qui se passait.

« Depuis longtemps leur imagination avait faim de connaissance.

« Mais on les garda là de si longues heures que les discussions s'achevèrent dans le silence tandis que les corps couverts de chair de poule et les ventres habitués au sommeil à partir de dix heures du soir réclamaient quelque réconfort. Parmi ceux qui discutaient, la victoire était allée aux pessimistes qui affirmaient que des gaz toxiques se déversaient déjà par le grillage des murs et du sol et qu'ils allaient tous mourir instantanément. Plusieurs d'entre eux étaient déjà incommodés par l'odeur évidente du gaz.

« Mais la porte s'ouvrit bruyamment, et tout soudain fut transformé ! Les deux gardiens habituels en blouse sale et armés de tondeuses sales pour tondre les prisonniers-moutons n'entrèrent pas, personne non plus ne vint leur casser les ongles avec les ciseaux les plus émoussés du monde. Non. Quatre garçons coiffeurs arrivèrent en poussant quatre tables roulantes avec miroirs, eau de Cologne, brillantine, vernis à ongles, et même perruques. Ils furent suivis de quatre vénérables et corpulents maîtres barbiers, dont deux étaient Arméniens. Dans ce salon de coiffure ainsi improvisé derrière la porte, les prisonniers se virent tondre le poil pubique, la tondeuse pressant contre les régions les plus sensibles qu'on saupoudrait ensuite de poudre rose. Les rasoirs glissaient légèrement sur les joues émaciées des prisonniers et ils entendaient chuchoter à leur oreille : « Je ne vous fais pas mal ? » Non seulement on ne leur rasa pas le crâne mais on leur présenta des perruques. Non seulement on ne leur scalpa pas le menton mais, à la demande du client, on laissa la naissance de la barbe et des favoris. Cependant les garçons, allongés à leurs pieds leur faisaient les ongles. Enfin, et ce n'était pas la moindre surprise, personne ne les attendait à l'entrée du bain pour leur verser dans le creux de la main une louche de savon noir dégoulinante et puante. Un sergent était planté là et, en échange d'un reçu, il leur donna à chacun une éponge naturelle et une savonnette portant l'inscription « Lilas des Fées. »

« Puis, comme toujours, on les enferma dans les bains et on les laissa se baigner tout leur soûl. Mais ce n'était pas le bain qui intéressait les prisonniers. Les discussions reprirent plus ardentes que jamais dans l'eau chaude de la Boutyrka. Cette fois, c'étaient les optimistes qui l'emportaient. Ils affirmaient que Staline et Béria s'étaient enfuis en Chine, que Molotov et Kaganovitch s'étaient convertis au catholicisme romain, qu'il y avait un gouvernement provisoire social-démocrate en Russie et que les élections à L'Assemblée Constituante se déroulaient déjà.

« Là-dessus, la porte des bains s'ouvrit dans un grondement de cathédrale et, dans la salle violette sur laquelle ils débouchèrent, les événements les plus invraisemblables les attendaient. Chacun d'eux reçut une serviette rose et duveteuse et un plein bol de flocons d'avoine : la ration de six jours d'un prisonnier d'un camp de travail. Les prisonniers jetèrent les serviettes par terre et, avec une vitesse stupéfiante, sans cuiller ni rien, engloutirent les flocons d'avoine. Même le vieux major de la prison qui se trouvait là fut surpris et ordonna qu'on servît un bol supplémentaire à chaque zek. Ils le mangèrent aussi. Ce qui se passa ensuite, nul n'aurait pu le deviner ! On

leur apporta des pommes de terre normales, mangeables :
pas gelées, ni pourries, ni noircies, simplement mangeables.

« — C'est impossible ! protestèrent les auditeurs. Ça
n'est pas vrai. »

« Mais ce fut en fait exactement ainsi que cela se passa.
Certes, c'étaient des pommes de terre de l'espèce qu'on
donnait aux cochons, elles étaient petites et pas épluchées
et les zeks, avec leur ventre plein, n'auraient pas pu les
manger, mais l'astuce diabolique de la chose, c'était qu'on
ne les leur apporta pas en portions séparées mais toutes
dans un seau commun. En poussant des hurlements,
s'assenant de rudes coups et grimpant les uns par-dessus
les autres, les zeks se précipitèrent vers le seau et au
bout d'une minute celui-ci roulait vide sur le carrelage.
A cet instant on apporta du sel, mais il ne restait alors
plus rien à saler. »

« Entre-temps leurs corps nus avaient séché. Le vieux
major ordonna aux zeks de ramasser les serviettes par
terre et il s'adressa à eux :

« — Mes chers frères, dit-il, vous êtes tous d'honnêtes
citoyens soviétiques, seulement mis à part à titre temporaire de la société, les uns pour dix ans, les autres pour
vingt-cinq ans, en raison des menues erreurs que vous
avez commises. Jusqu'à maintenant, malgré de fréquentes
directives provenant du camarade Staline lui-même, la
direction de la prison de la Boutyrka s'est rendue coupable de sérieuses erreurs et déviations auxquelles on
est, actuellement, en train de remédier. » (Ils vont nous
laisser rentrer chez nous, se dirent effrontément les
prisonniers.) Le major poursuivit : « Nous allons désormais vous garder dans des conditions de sanatorium. »
(Alors, pensèrent-ils, nous restons en prison.) « Outre
tout ce que l'on vous a autorisé dans le passé, vous allez
maintenant avoir la permission : 1. D'adorer votre Dieu ;
2. De vous allonger sur vos châlits de jour ; 3. De quitter
votre cellule pour aller aux toilettes quand bon vous
semblera ; 4. D'écrire vos Mémoires.

« Outre ce qui vous a été jusqu'à maintenant interdit,
il vous sera désormais interdit aussi : 1. De vous moucher
dans les draps et les rideaux fournis par l'administration ; 2. De demander une seconde ration de nourriture ;
3. De contredire l'administration pénitentiaire ou de
formuler des plaintes contre elle quand des visiteurs de
haut rang pénètrent dans votre cellule ; 4. D'emporter des

cigarettes Kazbek de la table sans en demander la permission .

« Quiconque enfreindra l'un de ces règlements sera puni de quinze jours de cachot et exilé dans un camp éloigné sans avoir le droit d'écrire. C'est clair ? »

« A peine le major avait-il terminé sa harangue que les chariots bringuebalant sortirent du « grilloir », mais pas avec le linge et les blousons dépenaillés des prisonniers, absolument pas. Hadès, ayant englouti ces haillons, ne les rendait pas. Au lieu de cela, quatre jeunes lingères entrèrent, les yeux baissés, rougissantes, encourageant avec de ravissants sourires les prisonniers à penser que tout n'était pas perdu pour eux en tant qu'hommes et elles leur tendirent des chemises de coton, des cravates, des chaussures américaines d'un jaune brillant reçues au titre du prêt-bail et des costumes en tweed synthétique.

« Muets de terreur et de ravissement, les prisonniers furent raccompagnés sur deux rangs jusqu'à leur cellule 72. Mais, Seigneur, comme elle avait changé !

« Déjà dans le couloir leurs pieds s'enfonçaient dans une épaisse moquette nattée qui conduisait de façon avenante jusqu'aux toilettes. Et lorsqu'ils entrèrent dans la cellule, ils baignèrent dans des courants d'air frais tandis que le soleil immortel brillait droit dans leurs yeux. (Tout ce travail frénétique avait pris la nuit entière et maintenant c'était le matin.) Ils découvrirent que les barreaux avaient été peints en bleu clair, qu'on avait ôté les « muselières » des fenêtres, que sur l'ancienne chapelle de la Boutyrka qui se dressait dans la cour on avait monté un miroir réglable et qu'un gardien était spécialement posté pour l'orienter de façon que la lumière du soleil qu'il réfléchissait se déversât constamment par la fenêtre de la cellule 72. Les murs de la cellule qui, la veille au soir, étaient olive sombre, étaient maintenant recouverts d'une couche de peinture à l'huile blanche sur laquelle les peintres avaient par endroits dessiné des colombes et des rubans portant les slogans : « Nous sommes pour la paix ! » et « Paix au Monde ! »

« Il ne restait plus trace des lits de planches ni des nids de vermine. On avait tendu de la toile sur les châssis des lits et on avait disposé sur la toile des édredons et des oreillers de plume et les couvertures coquettement repliées révélaient la blancheur des draps. Chacun des vingt-cinq lits avait sa table de nuit. Le long des murs il y avait des rayons contenant les œuvres de Marx, d'Engels, de saint Augustin et de saint Thomas d'Aquin. Au milieu de la pièce se trouvait une table couverte d'une nappe empesée et sur laquelle on avait posé un cendrier et une boîte intacte de cigarettes Kazbek. Toute l'opulence créée au cours de cette nuit magique avait été brillamment élaborée par les services de comptabilité et seul le coffret de cigarettes Kazbek n'avait pu être classé sous aucune rubrique de dépenses. Aussi le directeur de la prison avait-il décidé de l'emplir de cigarettes qu'il avait payées de sa poche et c'était pourquoi un châtiment si sévère avait été imposé au cas où les prisonniers s'en serviraient sans autorisation.

« Mais ce qui avait le plus changé, c'était le coin où se trouvait jadis le seau de latrines. Le mur avait été soigneusement lavé et repeint. En haut une grosse lampe brûlait devant une icône de la Vierge Marie avec l'Enfant. On voyait briller le cadre d'une autre icône, du faiseur de miracles saint Nicolas Mirlikiski. Sur une étagère était posée une statue blanche de la Madone catholique romaine et, dans une petite niche, laissée là par les constructeurs, on avait posé une Bible, le Coran et le Talmud. Dans la niche il y avait aussi un petit buste en bronze de Bouddha. Les yeux de Bouddha étaient presque fermés, il avait les commissures des lèvres retroussées et on aurait dit qu'il souriait.

« Les zeks, rassasiés de flocons d'avoine et de patates et abasourdis par tout ce déferlement d'impressions neuves se déshabillèrent et s'endormirent aussitôt. Une douce brise agitait les rideaux de dentelle des fenêtres qui empêchaient les mouches d'entrer. Un gardien en faction près de la porte ouverte s'assurait que personne ne volait de Kazbek.

« Ils vécurent ainsi dans une paix luxueuse jusque vers midi, heure à laquelle un capitaine au comble de l'agitation et en gants blancs arriva en courant pour annoncer le réveil. Les zeks s'habillèrent rapidement et firent leurs lits. Une table ronde avec une nappe blanche fut précipitamment poussée dans la cellule : elle était jonchée d'exemplaires des magazines *Ogoniok*, *l'U.R.S.S. en construction* et *Amerika*. On apporta deux vieux fauteuils avec des housses. Un silence sinistre, intolérable, descendit sur la cellule. Le capitaine s'avança à pas de loup entre les couchettes et, avec un beau petit bâton blanc, frappa sur les doigts de ceux qui voulaient prendre le magazine *Amerika*.

« Dans le silence exaspérant, les prisonniers tendaient l'oreille. Comme vous le savez par votre propre expérience, l'ouïe est le sens le plus important d'un prisonnier. Sa vue est généralement limitée par les murs et les « muselières ». Son sens de l'odorat est saturé par les mauvaises odeurs. Il n'y a pas d'objets nouveaux à toucher. Mais son ouïe est anormalement développée. Chaque son, même tout au bout du couloir, est aussitôt reconnu ; il dit au prisonnier ce qui se passe dans la prison et lui permet de mesurer le temps : il sait ainsi si on apporte l'eau chaude, si on va emmener les détenus à la promenade, si quelqu'un apporte un colis.

« En écoutant, ils commencèrent ainsi à entrevoir la solution de cette énigme. Une porte d'acier roula du côté de la cellule 75 et une foule de gens se précipitèrent tous ensemble dans le couloir. On entendit des conversations étouffées, puis des pas assourdis par les tapis, puis des voix de femmes, un froissement de jupes et, à la porte de la cellule 72, la voix du directeur de la prison de la Boutyrka qui demandait d'un ton engageant :

« — Et maintenant madame R..., peut-être cela vous intéresserait-il de visiter l'une de nos cellules ? Laquelle ? Voulez-vous que nous disions la première sur laquelle nous tombons ? La cellule 72 que voici par exemple. Ouvrez la porte, sergent ! »

« Et madame R... entra dans la cellule, escortée d'une secrétaire, d'une traductrice, de deux vénérables matrones quakeresses, du directeur de la prison et de plusieurs personnes en civil et d'autres en uniforme du M.V.D. Veuve d'une personnalité bien connue, femme remarquable qui avait joué un rôle éminent dans de nombreuses causes et qui avait beaucoup fait pour défendre les droits de l'homme, madame R... avait entrepris de rendre visite au brillant allié de l'Amérique et de voir de ses propres yeux quel usage on faisait de l'aide fournie par l'UNRRA. Le bruit avait couru en Amérique que les colis de vivres de l'UNRRA n'étaient pas distribués à n'importe qui. Et puis elle voulait voir si la liberté de conscience était violée en Union soviétique. On lui avait déjà montré des citoyens soviétiques ordinaires (des fonctionnaires qui s'étaient changés pour la circonstance) qui, dans leur rude tenue de travailleurs, remercièrent les Nations unies de leur aide désintéressée. Et maintenant madame R... avait insisté pour qu'on lui montrât une prison. On avait accédé à son souhait. Elle s'assit dans un des fauteuils, sa suite groupée autour d'elle, et une conversation commença par le truchement de l'interprète.

« Les rayons du soleil reflétés par le miroir brillaient sans cesse dans la pièce. La brise agitait les rideaux.

« Madame R... était enchantée de constater que cette cellule choisie au hasard et dans laquelle ils avaient pénétré par surprise fût si étonnamment propre et exempte de mouches et que, bien que ce fût un jour de semaine, la lampe brûlât devant l'icône dans le coin droit.

« Au début les prisonniers étaient timides et ne bougeaient pas, mais quand l'interprète traduisit la question de la visiteuse de marque qui voulait savoir si c'était pour préserver la pureté de l'air que les prisonniers ne fumaient pas, l'un d'eux se leva nonchalamment, ouvrit le coffret de Kazbek, alluma une cigarette et en offrit une à un de ses camarades.

« Le visage du major général s'assombrit.

« — Nous luttons contre cette habitude de fumer, dit-il d'un ton significatif, car le tabac est un poison. »

« Un autre prisonnier s'assit à la table et se mit à feuilleter le magazine *Amerika*, on ne sait pourquoi, très vite.

« — Pour quelles raisons ces gens ont-ils été condamnés ? Par exemple, ce monsieur assis là qui est en train de lire le magazine ? » demanda la visiteuse de haut rang.

« (Ce « monsieur » avait écopé de dix ans pour avoir imprudemment lié connaissance avec un touriste américain.)

« Le major général répondit :

« — Cet homme était un hitlérien actif. Il travaillait à la Gestapo. Il a personnellement incendié un village russe et, pardonnez-moi, il a violé trois paysannes russes. Il est probablement impossible de savoir le nombre d'enfants qu'il a tués.

« — A-t-il été condamné à être pendu ? s'exclama madame R...

« — Non, nous espérons qu'il s'amendera. Il a été condamné à dix ans d'honnête travail. »

« Le visage du prisonnier exprima la souffrance mais, sans s'interrompre, il continua avec une hâte fébrile la lecture du magazine.

« Sur ces entrefaites, un prêtre russe orthodoxe entra par hasard dans la cellule. Il portait sur sa poitrine une grande croix de nacre. De toute évidence il effectuait sa ronde régulière et était très gêné de rencontrer dans la cellule les autorités de la prison et les visiteurs étrangers.

« Il voulut partir, mais madame R..., charmée par sa modestie, lui demanda de vaquer à ses devoirs. Le prêtre alors fourra dans la main d'un prisonnier déconcerté un évangile de poche. Il s'assit sur la couchette auprès d'un autre, pétrifié de surprise, et lui dit :

« — Alors, mon fils, la dernière fois vous m'avez demandé de vous parler des souffrances de Notre Seigneur Jésus-Christ. »

« Madame R... pria alors le major général de poser aux prisonniers une question : l'un d'eux avait-il une plainte à transmettre aux Nations unies ? Le major général demanda d'une voix menaçante :

« — Prisonniers, attention ! Qu'est-ce que j'ai dit à propos des Kazbeck ? C'est le cachot que vous voulez ? »

« Les prisonniers qui jusqu'alors étaient pétrifiés répondirent avec indignation, plusieurs d'entre eux parlant à la fois :

« — Citoyen major général, il n'y a rien d'autre à fumer !

« — J'ai laissé mon tabac dans mon autre pantalon !

« — Nous ne savions pas ! »

« La célèbre dame fut témoin de l'authentique indignation des prisonniers, elle entendit leurs sincères exclamations et avec le même intérêt elle écouta la traduction :

« Ils protestent unanimement contre la sérieuse situation des Noirs en Amérique et demandent que la question soit étudiée par les Nations unies.

« Un quart d'heure se passa ainsi en agréable échange de propos. Puis l'officier de service dans le couloir signala au directeur de la prison qu'on avait apporté le déjeuner. Les visiteurs avaient demandé qu'on ne fît pas de cérémonies et qu'on servît le déjeuner en leur présence. La porte s'ouvrit toute grande et de jeunes et jolies serveuses — les lingères avaient changé de tenue — apportèrent du bouillon de poulet qu'elles commencèrent à servir dans des assiettes. Aussitôt une vague d'instinct primitif déferla sur les prisonniers jusqu'alors convenables. Sans hôter leurs chaussures, ils bondirent sur leurs lits, ramenant leurs jambes contre leur poitrine, accroupis avec les mains près de leurs pieds et, dans cette position qui rappelait celle des chiens assis, ils surveillèrent la scène pour être certains que la soupe était équitablement distribuée. Les visiteuses étaient choquées, mais l'interprète leur expliqua que c'était une coutume nationale russe.

« Il ne fut pas possible de persuader les prisonniers de s'asseoir à table et de manger avec des cuillers en argent. Ils avaient déjà pris leurs cuillers en bois bienaimées et, à peine le prêtre avait-il béni la table et les serveuses distribué les assiettes en prévenant que sur la table il y avait un plat pour les os, qu'on entendit un horrible bruit de succion puis de broiement d'os de poulet à l'unisson... et tout ce qu'on avait mis dans les assiettes disparut. On n'avait pas eu besoin du plat réservé aux os.

« — Peut-être ont-ils faim ? se hasarda à dire une visiteuse inquiète. Peut-être qu'ils en voudraient davantage ? »

« — Personne n'en veut davantage » ? demanda le général d'une voix rauque.

« Personne n'en voulait car tous connaissaient la vieille formule des camps : « Le procureur vous en donnera davantage. »

« Les zeks engloutirent des boulettes de viande avec la même indescriptible rapidité.

« Il n'y avait pas de compote de fruits comme dessert ce jour-là : on était en semaine.

« Convaincus de la fausseté des insinuations répandues par des gens hostiles en Occident, madame R... et toute sa suite sortirent dans le couloir et là elle dit :

« — Mais comme ils ont des manières grossières ! Et quel faible niveau de développement ont atteint ces malheureux ! Il faut espérer toutefois qu'en dix ans ils s'habitueront à la culture. Vous avez une prison magnifique ! »

« Le prêtre sortit précipitamment de la cellule avec le cortège, se hâtant de le suivre avant qu'on n'eût refermé la porte.

« Quand les visiteuses eurent quitté le couloir, le capitaine en gants blancs se précipita dans la cellule :

« — Debout ! cria-t-il, en rangs par deux. Dans le cou-
« loir. »

« Et remarquant que tout le monde n'avait pas compris
ses paroles, il ajouta quelques explications complémen-
taires pour ceux qui avaient l'esprit lent en utilisant la
semelle de sa chaussure.

« Ce fut seulement alors qu'on découvrit qu'un zek
habile avait pris à la lettre l'autorisation d'écrire ses
Mémoires. Ce matin-là, pendant que tous les autres dormaient, il avait réussi à écrire deux chapitres intitulés
« Comment j'ai été torturé », et « Mes rencontres à Lefortovo ».

« On lui confisqua sur-le-champ ses Mémoires et on
commença une nouvelle instruction contre lui, sous
l'inculpation d'abominables calomnies envers les organismes de sécurité de l'Etat.

« Et de nouveau, dans un accompagnement de cliquetis
de clefs et de claquements de doigts, on les conduisit par
une multitude de portes d'acier jusqu'à l'antichambre
des bains luisant encore de son éternelle beauté de rubis
et de malachite. Là, on leur ôta tout, y compris leur linge
de soie bleu ciel et l'on procéda à une fouille corporelle
attentive au cours de laquelle on découvrit entre les
joues d'un zek le Sermon sur la Montagne arraché à
l'Evangile. Pour ce délit, il fut aussitôt battu, d'abord sur
la joue droite, puis sur la joue gauche. On leur prit aussi
les éponges et les savonnettes « Lilas des Fées, » pour lesquelles on leur fit signer une décharge.

« Deux gardiens en blouses sales arrivèrent et, avec
des tondeuses émoussées et crasseuses, se mirent à tailler
le poil pubique des prisonniers puis, avec les mêmes
instruments, à leur tondre le visage et le crâne. Pour
finir, on déversa dans la paume de chacun d'eux une
louche de savon synthétique liquide puant et on les
enferma dans les bains. Les prisonniers n'avaient rien
d'autre à faire que de se laver de nouveau.

« Puis, avec un grondement de cathédrale, la porte de
sortie s'ouvrit et ils débouchèrent dans l'ombre de la
salle violette. Deux vieilles femmes, servantes de l'enfer,
poussèrent les chariots du « grilloir » où à des crochets
brûlants étaient suspendus les haillons bien connus de
nos héros.

« Dépités, ils regagnèrent la cellule 72 où ils retrouvèrent leurs cinquante camarades allongés sur les planches
infestées de vermine et qui voulaient absolument savoir

tout ce qui s'était passé. Une fois de plus les « muselières » masquaient les fenêtres, on avait recouvert de peinture olive les colombes et dans le coin il y avait un grand seau de latrines.

« Et dans la niche, oublié, le petit Bouddha de bronze souriait mystérieusement. »

55

ON N'A QU'UNE CONSCIENCE

PENDANT qu'on racontait cette histoire, Chagov, ayant ciré
ses chaussures, qui n'étaient pas neuves mais encore en
bon état, et ayant endossé un uniforme repassé de frais,
décoré de ses médailles et rubans, s'en alla à l'autre bout
de la ville. Grâce à son ami du front, Alexis Lanski, il avait
été invité à une réception chez le procureur Makariguine.
(Par malheur pour Chagov, la tenue militaire passait de
mode à Moscou et il lui faudrait bientôt se lancer dans
l'âpre concurrence pour des vêtements et des chaussures.)

La réception ce jour-là était destinée aux jeunes gens
et à la famille Makariguine en général, pour fêter la nomination du procureur dans la classe de l'ordre de Lénine.
En réalité les jeunes gens qui s'y présentèrent n'étaient
pas des proches parents et ils se souciaient peu de la
médaille du procureur... mais papa avait donné l'argent
et c'était une raison suffisante pour faire la fête. Liza,
y serait aussi — Liza, la fille à laquelle Chagov avait dit
à Nadia qu'il était fiancé quoiqu'il n'y eût rien de décidé
définitivement ni d'annoncé officiellement. C'est à cause
de Liza qu'il avait demandé à Lanski de le faire inviter.

Et maintenant, ayant préparé quelques propos pour
engager la conversation, il montait le même escalier sur
lequel Clara continuait à voir la femme de ménage qui

astiquait les marches ; il montait vers l'appartement même où, quatre ans plus tôt, l'homme, dont il avait déjà presque enlevé la femme, rampait sur ses genoux pour poser le plancher.

Les immeubles aussi ont leurs histoires.

Chagov sonna et Clara lui ouvrit la porte. Ils ne se connaissaient pas, mais chacun devina qui était l'autre.

Clara portait une robe en crépon de laine verte avec une ample jupe serrée à la ceinture. Une broderie d'un vert brillant soulignait le col, descendait sur la poitrine comme un sautoir et autour des manches comme des bracelets.

Il y avait déjà un certain nombre de manteaux de fourrure accrochés dans le petit vestibule. Clara n'avait pas encore eu le temps de demander à Chagov de retirer sa capote, que déjà le téléphone sonnait. Elle décrocha et se mit à parler tout en faisant signe à Chagov de pendre son manteau.

« Innokenty ? Allô... comment ? Tu es encore chez toi ? Tu n'es pas d'humeur... qu'est-ce que ça veut dire, Innokenty ? Papa sera vexé. Oui, ta voix sent la fatigue... Mais fais un effort ! Alors attends une minute, j'appelle Dotty. » Elle cria vers l'autre pièce : « Dotty ! Ton amoureux est à l'appareil, viens ici. Retirez votre manteau ! » Chagov s'était déjà défait de sa capote. « Enlevez vos caoutchoucs ! » Il n'en portait pas. « Ecoute, il ne veut pas venir. Qu'est-ce qui lui prend ? »

La sœur de Clara, Dotnara — la « femme du diplomate », comme Lanski l'avait dit à Chagov — vint dans le vestibule et prit le téléphone. Elle resta debout devant la porte, barrant le passage à Chagov qui d'ailleurs n'était pas pressé de s'éloigner de cette créature parfumée, vêtue d'une robe cerise. Il baissa légèrement les yeux et la considéra. Il remarqua un détail curieux au sujet de sa robe : les manches ne faisaient pas partie de la robe elle-même, mais d'une sorte de demi-cape qu'elle portait par-dessus. Il y avait en elle quelque chose — et Chagov ne savait pas si c'était l'absence de gros rembourrages aux épaules comme en portait tout le monde ou la courbe naturellement ravissante de ses bras depuis les épaules arrondies jusqu'aux mains — quelque chose qui faisait paraître Dotnara extrêmement féminine, comme personne d'autre.

Aucun de ceux qui étaient réunis dans ce confortable petit vestibule n'aurait pu imaginer que dans ce téléphone noir, inoffensif, dans cette conversation banale au sujet d'un invité qui devait venir à la réception, la ruine était cachée, la ruine qui nous guette tous, même, comme l'a dit Pouchkine, dans les os d'un destrier mort.

Plus tôt, ce même jour-là, Rubine avait demandé de surveiller plus attentivement les conversations téléphoniques des deux suspects. C'était la première fois depuis ce moment-là que Volodine se servait de son appareil. Là-bas, au central, la bande magnétique tournait, enregistrant sa voix.

Innokenty avait confusément pensé qu'il ferait mieux de ne pas téléphoner à ce moment-là, mais sa femme était sortie en laissant un billet pour lui dire qu'il devait aller ce soir-là chez son beau-père le procureur.

Il téléphona donc pour annoncer qu'il n'irait pas.

Tout aurait certainement été plus facile pour Innokenty si, après cette nuit épouvantable, ce jour-là n'avait pas été un dimanche. En semaine il aurait pu faire le point de sa situation à divers signes, par exemple voir si sa nomination pour Paris était en bonne voie ou si on l'annulait. Mais un dimanche, il ne pouvait rien dire, surtout pas si la paix ou le danger planait sur le calme de la journée.

Pendant les dernières vingt-quatre heures il avait senti que son coup de téléphone était une folie, presque un suicide... et qu'il n'avait peut-être servi à rien non plus. Il se rappelait avec irritation l'épouse de Dobrooumov : une gourde, quoique évidemment il n'y eût pas en vérité à la blâmer ; elle n'était pas la première ni la dernière à manifester de la méfiance.

Rien n'indiquait à Innokenty qu'on l'avait surpris, mais une prémonition secrète, un de ces étranges signaux que nous percevons parfois mystérieusement, le tenaillait. Il avait l'impression qu'un désastre approchait... et il ne voulait pas aller à la réception.

Il s'efforçait alors de l'expliquer à sa femme en alignant maladroitement ses mots, comme on le fait toujours quand on dit quelque chose de désagréable. Sa femme insistait... et les « composantes » précises de son « canevas individuel de voix » se gravaient sur la mince bande magnétique marron, pour se transformer en un enregistrement qui se déroulerait de nouveau devant Rubine à neuf heures le lendemain matin.

Dotty ne parlait pas sur le ton catégorique qu'elle avait adopté durant les quelques derniers mois. Touchée par la

fatigue que dénotait la voix de son mari, elle lui demandait doucement s'il ne viendrait pas quand même, ne
serait-ce que pour une heure.

Innokenty eut pitié de sa femme et accepta d'y aller.

Mais après avoir raccroché, il resta immobile un moment, la main sur le récepteur, comme s'il n'avait pas
fini ce qu'il voulait dire.

Il avait pitié, pas pour la femme avec laquelle il vivait
en ce temps-là sans vraiment vivre avec elle, pour la
femme qu'il allait quitter de nouveau dans quelques
jours... mais pour la jeune fille blonde dont les boucles
tombaient sur les épaules, la fille qu'il avait connue à
la fin de ses études, lorsqu'ils avaient commencé à apprendre tous les deux ce qu'est la vie. En ce temps-là la
passion qui les unissait écartait toute discussion ; ils ne
voulaient pas entendre parler de remettre leur mariage,
même d'une année. Grâce à l'instinct qui nous guide au-
delà de la surface de nos illusions et de nos impressions
erronées, ils se connaissaient exactement l'un de l'autre et
ne voulaient pas se laisser séparer. Déjà gravement malade, la mère d'Innokenty s'opposait au mariage. (Mais
est-il une mère qui ne s'oppose pas au mariage de son
fils ?) Le procureur n'était pas d'accord non plus. (Mais
quel père se séparerait volontiers d'une ravissante fille
de dix-huit ans ?) Et tout le monde dut céder. Les
jeunes gens se marièrent et leur bonheur devint légendaire pour leurs amis.

Leur vie conjugale commença sous les meilleurs aus-
pices. Ils appartenaient à ce cercle de la société dont les
membres ne savent pas ce que signifie marcher à pied
ou prendre le métro, à cette catégorie qui, même avant
la guerre, préférait les avions aux wagons-lits, qui n'avait
jamais à se soucier ne serait-ce que de meubler un
appartement. Partout où ils allaient — Moscou, Téhéran,
la côte de Syrie, la Suisse — une maison, une villa, un
appartement meublé attendait le jeune couple. Leur
conception de l'existence était la même : « Nous n'avons
qu'une vie ! » Alors, acceptons tout ce que la vie
peut nous offrir, sauf une chose : la naissance d'un
enfant, car l'enfant est une idole qui absorbe votre
substance, dessèche tout votre être, sans rien donner
en échange de vos sacrifices, pas même la banale gratitude.

De telles idées les mettaient en harmonie avec les
conditions dans lesquelles ils vivaient et les circonstances

étaient en harmonie avec eux. Ils mordirent donc dans tous les fruits nouveaux et étranges. Ils apprirent le goût de tous les bons cognacs, à distinguer les vins du Rhône des vins de Corse, à reconnaître tous les vins de tous les vignobles du monde. A porter des vêtements de toute sorte. A danser toutes les danses. A nager sur toutes les plages. A jouer au tennis et à naviguer à la voile. A assister à un acte ou deux de toutes les pièces dont on parlait. A parcourir tous les livres à succès.

Pendant six ans, le meilleur de leur jeunesse, ils se donnèrent tout l'un à l'autre. Au cours de ces six mêmes années, l'humanité pleurait dans la dispersion, elle mourait sur les fronts de guerre et sous les ruines des villes ; des adultes affolés arrachaient des miettes de pain noir aux mains des enfants. Mais aucun des malheurs du monde n'avait touché Innokenty ni Dotnara.

Après tout, nous n'avons qu'une vie !

Mais, comme les Russes le disaient jadis, les voies du Seigneur sont insondables. A la fin des six premières années de leur vie conjugale, lorsque les bombardiers cessèrent de voler et quand se turent les canons, quand les choses vertes, oubliées dans les fumées de la guerre, commencèrent à frémir du début d'une nouvelle croissance, quand partout au monde les gens en vinrent à se rappeler qu'ils n'avaient qu'une seule vie... Innokenty se sentit soudain rassasié, dégoûté par tous les biens de la terre, tout ce qu'on peut sentir, toucher, boire, manger ou mâcher.

Cette sensation l'effraya. Il lutta contre elle ; il attendit qu'elle s'effaçât comme une maladie ; mais elle ne passa pas. Il ne la comprenait pas. Tout était à sa portée, pourtant quelque chose lui manquait.

Ses joyeux amis, dont il s'était senti si proche, se mirent à lui plaire de moins en moins sans qu'il sût pourquoi. L'un semblait plutôt stupide ; l'autre, plus ou moins grossier ; un autre, trop renfermé.

Pas seulement ses amis, même sa blonde Dotty — comme il avait depuis longtemps surnommé Dotnara — sa propre femme, avec qui il ne faisait jusqu'alors qu'un être, lui paraissait désormais différente de lui et même lointaine.

Par moments les jugements de Dotty lui semblaient trop précis. Ou bien sa voix vibrait de trop d'assurance. Dans un domaine, puis dans l'autre, il trouva qu'elle avait des manières qui lui déplaisaient ; et en même temps elle semblait de plus en plus convaincue d'avoir raison à tout point de vue.

Leur vie mondaine se mit à peser à Innokenty, mais Dotty ne voulait pas entendre parler d'y changer quoi que ce fût. Pire encore : elle qui avait l'habitude de se lasser de tout, qui abandonnait chaque nouveau bien pour celui qui viendrait ensuite, voilà qu'il lui semblait devoir conserver tout ce qu'ils possédaient dans leurs appartements. Pendant deux ans Dotty envoya d'énormes paquets de Paris à Moscou : tissus, chaussures, robes, chapeaux... Innokenty trouvait cela abominable. Et puis, avait-elle toujours mâché ses aliments ainsi ? A grand bruit et en claquant des lèvres, surtout quand elle mangeait un fruit.

Pourtant, en réalité, l'inconnue du problème ne tenait pas à une transformation de ses amis ou de sa femme, mais à Innokenty lui-même. Quelque chose lui manquait, il ne savait pas quoi.

Depuis longtemps on considérait Innokenty comme un épicurien. On l'appelait ainsi et il acceptait ce titre avec joie sans savoir exactement ce que cela signifiait. Puis un jour, chez lui, à Moscou, il lui passa par la tête de chercher l'œuvre du maître pour savoir exactement ce qu'il avait enseigné. Il se mit à fouiller les bibliothèques de sa mère morte. Il pensait trouver dans l'un des trois tiroirs un livre sur Epicure ; il se rappelait l'avoir vu quelque part par là, quand il était enfant.

Il entreprit la recherche avec des gestes malaisés, laborieux, comme s'il déplaçait des objets lourds. L'air s'était empli de poussière. Il n'était pas habitué à un travail de ce genre et cela le fatigua beaucoup. Mais il s'acharna... et une brise de renouveau sembla souffler du fond des vieux rayonnages à la bizarre odeur de moisi. Il trouva le livre d'Epicure entre autres choses et, plus tard, il finit par le lire. Mais il fit une grande découverte : les lettres de sa mère. Il ne l'avait jamais comprise et ne s'était senti proche d'elle qu'au cours de sa petite enfance. Il avait accepté sa mort presque avec indifférence et n'était pas rentré de Beyrouth pour son enterrement.

Dans ses plus lointains souvenirs, l'image de son père s'associait avec les longues trompettes d'argent qui pointaient vers les sculptures en plâtre du plafond et avec l'air de : « O nuits bleues, levez-vous en feux de joie ! » Innokenty personnellement ne se souvenait pas de son père, qui était mort en 1921 dans le gouvernement de

Tambov. Mais partout, tout le monde aimait à parler à Innokenty de son père : le célèbre héros de la guerre civile, un des chefs des marins. A entendre ainsi chanter ses louanges partout, par tout le monde, Innokenty s'habitua à être très fier de son père, de ses combats pour les gens du commun contre les aristocrates qui vivaient orgueilleusement dans le luxe. En même temps, il était presque condescendant envers sa mère, toujours malade, qui souffrait toujours de quelque chose et se plaignait de ci ou de ça, toujours parmi les livres et entourée de bouillottes. Comme la plupart des fils, il n'avait jamais pensé que sa mère avait une vie personnelle différente de la sienne propre, de son enfance, de ses besoins ; ni qu'elle était vraiment malade ; qu'elle était morte à l'âge de quarante-sept ans.

Ses parents n'avaient vécu que très rarement ensemble, presque jamais. Mais Innokenty ne s'était pas interrogé à ce sujet dans son enfance et n'avait pas songé non plus à questionner sa mère. Et maintenant, tout cela s'étalait devant lui, dans les lettres, et les calepins dans lesquels sa mère écrivait son journal. Le mariage de ses parents n'avait pas été un mariage, mais plutôt le passage d'un ouragan, comme tout en ces années-là. Des circonstances imprévues les avaient jetés ensemble, des circonstances ne leur avaient pas permis de se revoir souvent et des circonstances les avaient séparés. Et dans ce journal, la mère se révélait autre chose qu'une simple annexe du père, comme le fils l'avait toujours cru, mais elle avait vécu dans un monde qui lui était personnel. Innokenty apprit que sa mère avait toujours aimé un autre homme dont elle n'avait jamais pu partager la vie.

Il y avait des paquets de lettres nouées avec des rubans de couleurs diverses ; lettres d'amies, d'amis, de relations, acteurs et actrices, artistes et poètes dont les noms étaient maintenant tout à fait oubliés ou dont on ne se souvenait que pour les rejeter. Les notes quotidiennes de son journal étaient écrites en russe et en français dans des vieux carnets à couverture de maroquin bleu foncé. Sur toutes les pages, l'une après l'autre, son étrange écriture évoquait un oiseau blessé volant de droite et de gauche, en griffant sa piste tortueuse et fantaisiste avec ses ongles. Bien des pages étaient des souvenirs de réunions littéraires et de pièces de théâtre. Il eut un coup au cœur en lisant que sa mère, jeune alors, par une des nuits blanches de juin, avait accueilli avec de jeunes amies la troupe du Théâtre d'Art de Moscou à la gare de Saint-Pétersbourg et qu'elle en avait pleuré de bonheur. Un amour désintéressé de l'art éclatait joyeusement sur ces pages, et sa fraîcheur touchait Innokenty. Il ne connaissait aucune troupe de ce genre en ce temps-là et il ne s'imaginait certes pas qu'il se passerait de sommeil pendant toute une nuit pour l'accueillir, sauf s'il y était délégué par la section de Culture et si les bouquets étaient payés par le service de comptabilité. Personne ne penserait certainement à en pleurer.

La lecture du journal l'entraînait. Et voilà qu'il arrive à des pages intitulées « Notes sur l'Ethique ».

« La pitié est la première réaction d'une âme bonne. »

Innokenty se rembrunit. La pitié ? Emotion honteuse et humiliante tant pour celui sur lequel on s'apitoie que pour celui qui a pitié : c'est au moins ce qu'il avait appris à l'école.

« Ne crois jamais avoir raison plus qu'un autre. Respecte les opinions d'autrui, même celles qui sont hostiles aux tiennes. »

C'était assez suranné. Si ma conception du monde est la bonne, comment puis-je respecter ceux qui me contredisent ?

Le fils eut l'impression qu'il n'était plus en train de lire, mais qu'il entendait parler sa mère d'une petite voix frêle.

« Qu'y a-t-il de plus précieux au monde ? C'est de ne pas participer aux injustices. Elles sont plus fortes que nous. Elles ont existé dans le passé et continueront à exister à l'avenir. Mais ne leur permettons pas de passer à travers *nous*. »

Oui, sa mère était une créature faible. Impossible de se représenter Maman en train de combattre, de lutter, impossible de concilier l'image de Maman et celle du combat.

Si Innokenty avait ouvert le journal six années plus tôt, il n'aurait jamais remarqué toutes ces lignes. Mais maintenant il les lisait lentement et s'en étonnait. Elles ne contenaient rien de très mystérieux et il y avait même des choses tout simplement fausses... mais il était surpris. Les mots eux-mêmes dans lesquels s'exprimaient sa mère et ses amis étaient désuets. Avec un sérieux impassible, elles mettaient des majuscules à Vérité, Beauté, Bien et Mal : impératifs moraux. Dans le langage d'Innokenty et de ses amis on usait de termes plus concrets, donc plus compréhensibles : intelligence morale, humanité, loyauté, ténacité.

Quoique Innokenty fût indiscutablement doué d'intelligence morale, qu'il fût humain, loyal et tenace — être tenace, voilà ce que tous les gens de sa génération appréciaient le plus en eux-mêmes et s'efforçaient le plus énergiquement de devenir — assis sur un tabouret bas, devant ces bibliothèques, il lui semblait avoir découvert une des choses qui lui manquaient.

Il trouva aussi des albums de photos qui avaient cette pure clarté des vieilles photographies. Il y avait plusieurs paquets de programmes des théâtres de Saint-Pétersbourg et de Moscou. Et le quotidien du théâtre : *Le Spectateur*. Et *Le Messager de l'écran*, est-ce qu'il paraissait en ce temps-là ? Est-ce que tout cela appartenait à cette époque ? Et des piles entassées de revues diverses, dont les titres n'étaient que taches de couleur devant les yeux d'Innokenty : *Apollon, La Toison d'or, Les Balances, Le Monde de l'art, Le Soleil russe, Le Réveil, Pégase*. Il y avait des reproductions de tableaux, de sculptures, de décors de théâtres inconnus, dont il ne restait plus une trace à la galerie Tretyakova. Vers de poètes ignorés. Innombrables suppléments de magazines émaillés de noms d'écrivains européens dont Innokenty n'avait jamais entendu parler et, à la douzaine, des éditeurs inconnus, aussi oubliés que s'ils étaient tombés au fin fond des enfers : Griffon, Hawthorne, Scorpion, Musaget, Halcyon, Spolokhi, Logos, Prométhée, Service social.

Pendant plusieurs jours, il revint s'asseoir sur ce tabouret, devant les bibliothèques ouvertes, il les respira et cet air l'empoisonna, l'air du monde de sa mère, ce monde dans lequel une fois, il y avait longtemps, son père était entré en imperméable noir, des grenades accrochées à la ceinture, avec un mandat de perquisition.

Innokenty y était justement quand Dotty vint lui demander d'aller à une quelconque réception. Il la regarda, médusé, puis fronça les sourcils en pensant à cette réunion prétentieuse où tout le monde serait probablement d'accord avec tous les autres, où l'on se lèverait d'un bond au premier toast au camarade Staline, puis où l'on mangerait et boirait abondamment en oubliant le camarade Staline, et après on jouerait stupidement aux cartes.

Il regarda Dotty qu'il vit à une distance inexprimable et lui demanda d'y aller seule.

Dotty estima que quiconque préférait fouiller de vieux albums plutôt que d'aller à une bonne soirée était un barbare. Emouvants, vagues, mais jamais morts, tels étaient les souvenirs d'enfance. Tout ce qu'Innokenty trouvait sur ces rayonnages lui parlait d'une voix grave... mais ne disait rien du tout à sa femme.

En fin de compte, la mère était arrivée à ses fins : elle se relevait de sa tombe pour arracher son fils à la jeune femme.

C'est à travers tout cela qu'Innokenty en vint à la comprendre : de même que l'essence de l'aliment ne peut s'exprimer en calories, l'essence de la vie ne sera jamais incluse même dans le plus grand concept.

Une fois qu'il eut commencé, Innokenty ne put s'arrêter. Durant les dernières années, il était devenu paresseux et ne se souciait plus d'apprendre. Sa connaissance du français, à laquelle il devait sa carrière, il l'avait acquise avec sa mère, quand il était jeune. Alors il se précipita dans la lecture.

Or il se révéla qu'il faut savoir comment on doit lire. Il ne s'agit pas seulement de parcourir les pages des yeux. Etant donné que dès sa jeunesse Innokenty avait été tenu à l'abri des livres erronés ou interdits et qu'il avait lu les classiques bien établis, il s'était habitué à croire tout ce qu'il lisait, jusqu'au moindre mot, en s'abandonnant sans réserve à la volonté de l'auteur ; mais cette fois, lorsqu'il lut des écrivains qui se contredisaient, il fut incapable pendant un certain temps de se rebeller et il ne sut que se soumettre d'abord à l'un, puis à l'autre, et ensuite à un troisième.

Il était allé à Paris travailler à l'UNESCO. Pendant qu'il était là-bas, il avait beaucoup lu... après le travail. C'est alors qu'il en vint à moins se laisser bousculer de la pensée d'un auteur à celle d'un autre, et qu'il eut l'impression d'avoir personnellement pris la barre en main.

Il n'avait pas découvert grand-chose en ces années-là... mais quelque chose quand même.

Jusqu'alors la vérité d'Innokenty était la suivante : Tu n'as qu'une vie.

Maintenant il en était arrivé à concevoir une nouvelle loi en lui-même et dans le monde : Tu n'as aussi qu'une conscience.

Et, de même qu'on ne peut recouvrer une vie perdue, on ne peut récupérer l'épave d'une conscience.

Innokenty commençait à comprendre cela lorsque, le

dimanche, quelques jours avant son départ prévu pour Paris, il eut le malheur d'apprendre qu'on préparait une provocation contre ce nigaud de Dobrooumov. Il en savait assez pour prévoir qu'une telle affaire ne s'arrêterait pas à Dobrooumov et qu'elle pourrait être le début d'une longue campagne. Mais Dobrooumov lui était particulièrement cher, comme une silhouette parmi les souvenirs de sa mère.

Pendant plusieurs heures, il avait fait les cent pas, indécis, dans son bureau — le diplomate dont il partageait le cabinet était parti en voyage officiel. Il s'était balancé d'avant en arrière, était devenu nerveux, s'était pris la tête entre les mains. Enfin il s'était décidé à téléphoner tout en sachant pourtant que l'appareil de Dobrooumov pouvait fort bien être déjà branché sur la table d'écoute et qu'au ministère très peu de gens connaissaient le secret.

Maintenant, il lui semblait que cela s'était passé des siècles auparavant... et c'était pourtant la veille seulement.

Pendant toute la journée, Innokenty fut profondément troublé. Il partit de chez lui pour éviter qu'on vînt l'arrêter là. Pendant toute la journée ses sentiments oscillèrent des regrets cuisants à une peur abjecte, d'un indifférent « advienne que pourra » jusqu'au retour à la peur. La veille il n'avait pas prévu cette terrible nervosité. Il n'avait pas su qu'il pourrait tant craindre pour lui-même.

Et voilà que le taxi l'emmenait au long de la Bolchaia Kaloujskaia brillamment illuminée. La neige tombait lourdement et les essuie-glaces balayaient le pare-brise.

Il pensait à Dotty. Ils s'étaient tant éloignés l'un de l'autre durant le dernier printemps qu'il s'était débrouillé pour ne pas l'emmener à Rome.

Lorsqu'il était revenu en août, il avait appris qu'en guise de représailles elle avait eu une aventure avec un officier de l'état-major général. Avec une conviction de femme entêtée, elle n'avait même pas nié son infidélité dont elle rendait Innokenty responsable : pourquoi l'avait-il laissée seule ?

D'ailleurs, il n'avait pas éprouvé la douleur d'une perte : rien que du soulagement. Il n'était pas jaloux et ne pensait pas à la vengeance. Il avait seulement cessé de la rejoindre dans sa chambre et depuis ces quatre derniers mois il gardait un silence méprisant. Certes, il ne pouvait même pas être question de divorce. Dans sa branche du service, le divorce serait fatal à sa carrière.

Mais maintenant, pour ces derniers jours avant son départ — avant son arrestation ! — il voulait être gentil avec Dotty. Il ne se rappelait plus ce qu'il y avait de mal en elle, mais seulement ce qu'il y avait de bien.

Si on devait l'arrêter, elle serait assez bousculée et terrorisée à cause de lui.

A droite, au-delà de la grille de fer qui entoure le jardin Neskoutchni, défilaient les troncs et les branches noirs des arbres, soulignés de blanc.

La neige épaisse apportait la paix et l'oubli.

56

LE DINER

L'APPARTEMENT du procureur inspirait de l'envie à toute l'aile numéro deux, quoique la famille Makariguine le trouvât, quant à elle, trop petit ; il se composait de deux logements contigus dont on avait supprimé les murs mitoyens. Il avait donc deux portes d'entrée dont l'une était condamnée, deux salles de bain, deux toilettes, deux vestibules, deux cuisines et cinq autres pièces dans la plus vaste desquelles on servait alors le dîner.

Hôtes et invités étaient vingt-cinq en tout, et les deux bonnes bachkires étaient tout juste capables de se débrouiller pour changer les assiettes. L'une était la servante de la maison et on avait emprunté l'autre aux voisins pour la soirée. Très jeunes toutes les deux, elles venaient du même village et avaient fini leurs études secondaires l'été précédent à la même école de Tchekmagouch. Les traits tirés, les joues rougies par la chaleur de la cuisine, leur visage exprimait sérieux et effort. La femme du procureur — haute taille, corps lourd, pas encore vieille — les surveillait, l'air approbateur.

Morte depuis, la première femme du procureur avait vécu la guerre civile avec son mari : elle avait su tirer à la mitrailleuse, avait porté un manteau de cuir et vécu conformément à toutes les décisions de la cellule du Parti, jusqu'à la dernière. Mais elle n'aurait jamais été capable d'élever le ménage Makariguine jusqu'à sa situation d'aujourd'hui ; à vrai dire, il était difficile de s'imaginer de quoi cette femme aurait eu l'air si elle n'était pas morte à la naissance de Clara.

Quant à Alevtina Nikanorovna, la femme actuelle de Makariguine, elle savait qu'une bonne famille ne saurait prospérer sans une bonne cuisine, que tapis et nappes sont d'important symboles de réussite et que le cristal convient aux banquets. Voilà des années qu'elle collectionnait le cristal, pas les objets banals, grossiers, ratés, après être passés au long d'une chaîne par bien des mains indifférentes, où ne brille pas même une étincelle de l'âme d'un maître. Elle collectionnait les cristaux anciens, ceux qui étaient confisqués par ordre judiciaire entre 1920 et 1940 et qu'on vendait parfois dans les centres fermés de distribution réservés aux fonctionnaires de la justice : chaque coupe, chaque tasse reflétait les qualités particulières de l'artisan qui l'avait créée. Elle avait beaucoup ajouté à sa collection en Lettonie, durant les deux années d'après-guerre où le procureur officiait à Riga ; dans les magasins d'occupation et sur le marché libre elle avait acheté des meubles, de la porcelaine et même des cuillers d'argent dépareillées.

Maintenant, sur les deux grandes tables, la lumière brillante faisait miroiter des feux multicolores sur les arêtes et les facettes du cristal taillé. Il y avait des teintes de rubis : de l'or et un rouge foncé ; cuivre, un rouge de chocolat ; rouge de sélénium avec un soupçon de jaune. Il y avait du vert épais et sombre et du vert de cadmium avec un reflet d'or ; et du bleu de cobalt. Il y avait un blanc laiteux. Un cristal iridescent aux teintes de rouille et un cristal traité pour qu'il ressemble à de l'ivoire. Il y avait des carafes au goulot renflé deux fois avec des bouchons ronds en verre taillé. Et des coupes, pareilles à des tiares renversées, en cristal ordinaire blanc, pleines jusqu'au bord de fruits, de noix et de bonbons, et de simples petites coupes en verre épais, des gobelets, des flûtes. Tout était prodigieusement varié : il y avait rarement plus de six articles de la même teinte ou au même monogramme.

Au milieu de tout cet éclat, à la table de la génération la plus âgée, celui qui était la cause de toutes ces festivités rayonnait : le procureur avec sa décoration neuve. On avait fêté en leur temps d'autres décorations : médailles ternies maintenant.

La table des jeunes s'étendait sur toute la longueur de la pièce. Les deux tables se touchaient, mais d'angle, de telle sorte que certains ne se voyaient pas les uns les autres et qu'on ne s'entendait pas : il y avait plusieurs conversations distinctes. L'ensemble de tous les propos s'élevait, vivace, joyeux, et, par-dessus, retentissait un rire jeune ou le tintement des verres.

Les toasts officiels étaient terminés depuis longtemps : au camarade Staline, aux membres du corps judiciaire et à l'hôte : et que cette médaille ne soit pas la dernière ! A dix heures et demie on avait apporté et remporté bien des plats : salés et sucrés, amers, sûrs, fumés, maigres, gras, glacés, farcis de vitamines. Nombre de ces mets étaient merveilleux ; mais personne ne mangeait avec la même concentration et le même plaisir que s'il s'était trouvé seul. Ce repas était maudit comme tous les dîners officiels : on y servait des plats rares, étalés en grandes quantités ; les invités étaient trop serrés les uns contre les autres, ils se gênaient mutuellement ; ils se donnaient à la compagnie, bavardaient, plaisantaient et prenaient soin de manifester du mépris pour la chère.

Mais Chagov, qui s'était étiolé dans les cantines d'étudiants pendant des années, et les deux amies de Clara, qui venaient de l'institut, se précipitaient sur tous les plats, en s'efforçant, par décence, de sembler indifférents. Il y en avait une autre qui mangeait de bon cœur : une protégée de l'hôtesse, assise auprès d'elle. C'était une camarade d'enfance, fille de basse extraction, qui avait épousé un moniteur du Parti dans le lointain district de Zarechenski. Elle n'était pas heureuse : elle ne se frayerait jamais un chemin dans la bonne société avec un lourdaud de mari comme le sien. Elle se trouvait seule à Moscou en expédition d'achats. En un certain sens il plaisait à l'hôtesse que son amie mangeât de tout, l'appréciât, demandât la recette et fût si évidemment enchantée par le décor de la maison et le milieu où évoluait la famille du procureur. Mais elle avait honte aussi de cette femme qui était à peine une amie, surtout devant l'hôte inattendu : le général de brigade Slovouta. Et elle avait honte de Douchan Radovitch, vieil ami du procureur, qui n'était désormais presque plus un ami. On les avait invités tous les deux parce qu'à l'origine on envisageait cette réception comme une réunion de famille. Maintenant Slovouta penserait peut-être que les Makariguine avaient l'habi-

tude de recevoir des mendiants. (« Mendiants », tel était
le mot d'Alevtina Nikanorovna pour désigner quiconque
ne pouvait se hausser dans la vie et gagner un bon
traitement.) Cela lui gâchait sa fête. Elle avait donc assis
son amie aussi loin que possible de Slovouta et la faisait
taire de son mieux.

Dotty s'approcha de leur extrémité de table parce
qu'elle avait perçu quelque chose qui lui semblait être
une passionnante histoire de domestiques. (Il y avait si
peu de temps qu'on les avait libérées de la servitude et
qu'on les avait instruites qu'aucune ne voulait aider à la
cuisine, laver la vaisselle, ou le linge.) D'ordinaire, dans
le district de Zarechenski, ils aidaient une fille à quitter
une ferme collective et, en échange, elle travaillait pour
eux pendant deux ans. Puis ils lui procuraient un passeport pour qu'elle puisse aller à la ville. Au centre d'épidé-
miologie, là-bas, on payait le salaire de deux femmes de
charge qui ne s'étaient jamais présentées au travail : ces
gages allaient aux filles qui travaillaient l'une chez le chef
du Centre et l'autre chez le directeur de l'Administration
de la Santé du district. Dotty fronça les sourcils : là-
bas, dans les districts, tout était plus simple. Mais ici,
à Moscou ?

Dinera, femme brune et vive qui achevait rarement une
de ses propres pensées et ne permettait certainement
jamais à personne d'autre de le faire, finit par s'ennuyer
à la « table d'honneur » et alla vers celle des jeunes. Elle
était vêtue de noir : du satin d'importation la moulait
comme une peau mince et luisante, tout entière, sauf ses
bras, blancs comme de l'albâtre.

Elle fit signe à Lanski d'un bout à l'autre de la pièce.

« Aliocha ! Je vais vous rejoindre ! Etes-vous allé à
Inoubliable 1919 ? »

Avec le même sourire qu'il offrait à tout le monde,
Lanski répondit :

« Hier.

— Et pourquoi pas à la première ? Je vous ai cherché
avec mes jumelles, je voulais suivre votre trace étincelante ! »

Lanski était assis à côté de Clara dont il attendait ce
soir-là une réponse qui comptait pour lui. Il se prépara
sans grand enthousiasme à une discussion : impossible
de ne pas se quereller avec Dinera. Maintes fois, à des
réunions littéraires, dans les salles de rédaction, au restaurant du Club Central des Ecrivains, des disputes

s'étaient élevées entre eux. N'étant pas contrainte par
une situation dans le monde littéraire ou au sein du
Parti, Dinera attaquait durement... et pas toujours dans
les règles. Dramaturges, scénaristes, metteurs en scène,
elle n'épargnait personne, pas même son propre mari :
Nicolas Galakhov. L'audace de ses jugements, comme l'audace de ses robes et de son existence, bien connue de
tout le monde, lui convenait à merveille et apportait un
souffle de vie dans l'atmosphère insipide de la critique
façonnée non par des hommes mais selon les situations
littéraires. Elle s'en prenait à la critique littéraire en
général et aux essais d'Alexis Lanski en particulier. Souriant et contraint, Lanski ne se lassait jamais d'exposer
à Dinera ses erreurs anarchistes et ses déviations petites-
bourgeoises. Il acceptait ce dialogue qui se déroulait à
moitié sur le plan de la plaisanterie, un dialogue où un
peu de complicité voisinait avec la colère, parce que son
propre destin littéraire était dans une large mesure
entre les mains de Galakhov.

Inoubliable 1919, pièce de Vichnevski, était apparemment l'histoire de la révolution à Petrograd et chez les
marins de la Baltique, mais en réalité il n'était question
que de Staline, et comment Staline avait sauvé Petrograd, sauvé toute la révolution, sauvé toute la Russie.
Ecrite pour le soixante-dixième anniversaire du Père et
Maître, la pièce expliquait comment, sous la direction de
Staline, Lénine s'était débrouillé, d'une manière ou
d'une autre, pour se tirer d'affaire.

« Voyez-vous, dit Dinera avec un long geste rêveur
de la main en s'asseyant à table en face de Lanski, il
faut dans une pièce de l'imagination, une imagination
aiguë, de la malice, de l'insolence. Vous rappelez-vous
Une tragédie optimiste de Vichnevski ? Un cœur où deux
marins échangent des plaisanteries : « Il n'y a pas trop
« de sang dans cette tragédie ? — Pas plus que dans
« Shakespeare ». Eh bien, ça, c'est original ! Et après vous
allez voir la nouvelle pièce de Vichnevski, et qu'est-ce ?
Quelque chose de réaliste évidemment, exact au point de
vue historique, une image poignante du chef, mais... c'est
tout.

— Comment ? » demanda le très jeune homme qui
avait donné à Dinera la chaise à côté de la sienne. Il
portait un peu négligemment, un peu froissé, un ruban
de l'ordre de Lénine à la boutonnière. « Ça ne vous suffit
pas ? Je ne me rappelle pas quand on nous a présenté un

portrait plus touchant de Yosif Vissarionovitch. Bien des gens pleuraient dans l'assistance.

— J'avais les larmes aux yeux moi aussi ! dit Dinera pour se débarrasser du jeune homme. Ce n'est pas de ça que je parle. » Elle s'adressa à Lanski : « Mais il n'y a presque pas de noms dans la pièce. En fait de personnages nous avons trois secrétaires du Parti sans aucune personnalité, sept commandants, quatre commissaires... comme au comité d'une organisation. Et ces marins qui courent partout !... ces « petits frères » sont sortis des pièces de Bielotserkovski pour aller dans celles de Lavrenev, de celles de Lavrenev à celles de Vichnevski, de Vichnevski à Sobolev. » Dinera secoua la tête en nommant les auteurs, puis elle battit des paupières et continua : « On sait d'avance qui est bon, qui est mauvais et comment tout ça finira.

— Et ça ne vous plaît pas, pourquoi ? demanda Lanski en feignant la surprise. Pourquoi tenez-vous à des distractions fausses et superficielles ? Que faites-vous de la vie ? Croyez-vous que dans la réalité nos pères doutaient de la guerre civile ? Avons-nous douté de la fin de la guerre pour la Patrie ? Même quand l'ennemi était dans les faubourgs de Moscou ?

— L'auteur dramatique doute-t-il de la manière dont sa pièce sera accueillie ? Dites-moi, Aliocha, comment se fait-il que nos premières ne soient jamais des fours ? Comment se fait-il que nos auteurs n'aient jamais à s'en soucier ? Je vous assure qu'un jour je ne me retiendrai plus ; je mettrai deux doigts dans ma bouche et je donnerai un de ces coups de sifflet... »

Elle montra fort gracieusement comment elle s'y prendrait, mais aucun coup de sifflet ne jaillit d'une pose aussi délicate.

Se conduisant comme un homme de grande importance, son voisin lui servit du vin, mais elle n'y toucha pas.

« Je vais vous expliquer, répondit Lanski impassible. Chez nous, les pièces n'échouent jamais et ne peuvent échouer parce que l'auteur et le public partagent la même vision, tant au point de vue artistique qu'au sujet de leur conception générale du monde.

— Oh ! Aliocha ! dit Dinera en fronçant les sourcils, gardez ça pour un article. Je connais la thèse : le peuple ne s'intéresse pas à vos perceptions *personnelles* ; en tant que critique vous devez exprimer la vérité et il n'y a qu'une vérité...

— Bien sûr, dit Lanski avec un sourire calme. Par devoir le critique s'interdit de s'abandonner à des impulsions affectives banales, mais il doit adapter ses sentiments à la tâche générale... »

Il continua son explication mais n'oublia pas de jeter un coup d'œil à Clara, de lui toucher le bout des doigts du bout des siens au bord d'un plat, comme pour lui dire que, tout en parlant, en réalité, il attendait sa réponse.

Clara ne pouvait pas être jalouse de Dinera et, d'ailleurs, c'est Dinera qui avait introduit Lanski dans le foyer des Makariguine rien que pour faire la connaissance de Clara. Mais cette conversation littéraire qui lui enlevait Aliocha l'ennuyait. En voyant Dinera croiser ses bras blancs, elle regretta ses longues manches. Elle avait de jolis bras, elle aussi.

Mais elle était réellement heureuse de son allure ce soir-là. Ce court ennui ne pouvait gâter la gaieté qu'elle sentait en elle, une légèreté du cœur à laquelle elle n'était pas habituée. Elle n'y pensait pas, mais c'est ainsi qu'allaient les choses. Elle était destinée à être joyeuse ce jour-là. Ce jour exceptionnel finissait en une soirée extraordinaire. Le matin — et cela semblait pourtant bien loin — n'avait-elle pas eu cette merveilleuse conversation avec Rostislav ? Son tendre baiser. Le panier qu'elle avait tressé pour l'arbre du Jour de l'An. Et puis, quand elle s'était précipitée chez elle, c'était presque l'heure de la réception. En réalité toute la soirée était pour elle. Quel plaisir que d'enfiler sa nouvelle robe verte avec ses broderies à jour de vives couleurs, d'accueillir les invités à leur arrivée. Sa jeunesse, qui s'était étirée trop longtemps, fleurissait une deuxième fois alors qu'elle avait vingt-quatre ans. Son heure était venue : maintenant, à cet instant. Il lui semblait même que, dans l'extase de ce matin-là, elle avait promis à Rostislav de l'attendre. Elle, qui avait toujours esquivé tout contact physique — elle, exactement la même personne — ce soir-là, en accueillant Aliocha dans le vestibule, elle l'avait laissé lui prendre la main. Etait-ce bien elle ? Ils avaient été en froid durant le mois précédent et voilà que dans le vestibule Aliocha lui disait :

« Clara ! Je ne sais pas ce que vous penserez de moi..., j'ai réservé deux couverts au restaurant Aurora pour le réveillon du Nouvel An. On y va ? Je sais que ce n'est pas notre genre, mais si nous y allions, rien que pour nous amuser ? »

Elle n'avait pas dit non. Elle avait hésité et puis ce gros jeune homme, Jenka, était arrivé en trombe et lui avait demandé de chercher un disque pour lui. Depuis, elle n'était pas restée seule un instant avec Alexis et n'avait pu reprendre leur conversation interrompue.

Jenka et les filles qui avaient fait leurs études avec Clara à l'Institut des Communications se conduisaient comme des étudiants ce soir-là, et se laissaient aller malgré la présence d'invités de haut rang. Jenka buvait comme un trou et ne cessa de dire des plaisanteries à sa voisine jusqu'à ce qu'enfin, rouge et pouffant de rire, elle s'exclamât : « Je n'en peux plus ! » Elle se leva d'un bond et quitta la table. Un jeune lieutenant du M.V.D., neveu de la femme du procureur, s'approcha d'elle et lui tapa dans le dos pour l'empêcher d'étouffer. Tout le monde le traitait de garde-frontière à cause du galon et de l'ourlet de son képi ; mais en réalité il vivait à Moscou et il était chargé de vérifier les papiers des voyageurs dans les trains.

Chagov était assis, lui aussi, à la table des jeunes gens à côté de sa Liza. Il lui servait à manger et à boire et lui parlait, mais sans trop se soucier de ce qu'il disait. Il pensait à tout ce qu'il voyait autour de lui. Derrière ce masque de courtoisie, il enregistrait tout, tout ce qui s'étalait, qui était suspendu et disposé là ; et les invités qui participaient si distraitement au dîner. A partir des épaulettes dorées des juristes, qui avaient rang de généraux, jusqu'aux écussons ornés de palmes des diplomates, dans un autre coin de la pièce et au ruban de l'ordre de Lénine épinglé avec tant de désinvolture au revers de son jeune voisin (et dire qu'il avait espéré se distinguer à cette réception avec ses modestes décorations et médailles !). Dans toute cette assistance fastueuse, Chagov ne distinguait pas un seul soldat du front, un frère des champs de mines, un compagnon du pas de course sur les champs labourés, ce vilain petit trot qu'on appelle pompeusement « assaut ». Au début de la fête, il avait évoqué mentalement les visages de ses camarades tués sur les champs de lin, sous les murs des baraques, au cours des attaques ; et il avait eu envie de saisir la nappe, de l'arracher à la table en braillant : « Salopards ! Où étiez-vous, vous ? »

Mais la fête continuait. Chagov buvait. Pas assez pour s'enivrer, mais juste assez pour que ses bottes ne sentent plus le poids de son corps. Et quand le plancher fut plus léger à ses pieds, il s'abandonna à la chaleur et à l'éclat qui l'entouraient. Cela ne lui répugnait plus : désormais Chagov pouvait entrer corps et âme dans la partie, malgré les blessures qui le tenaillaient et la sécheresse de son estomac.

La vieille distinction qu'il avait faite entre les soldats et les autres n'était-elle pas démodée ? En ce temps-là, la plupart des gens avaient honte de porter leurs décorations de guerre, celles qu'ils avaient gagnées au front, qui leur avaient tant coûté et qui avaient tant brillé auparavant. On ne pouvait plus se permettre désormais de saisir les gens par l'épaule et de les secouer en leur demandant : « Et vous, où étiez-vous ? » Qui avait combattu et qui s'était caché ? Impossible de les reconnaître désormais. Tout s'était brouillé. Il existe une loi de l'oubli : gloire aux morts et vive les vivants.

Lui seul de toute cette compagnie connaissait le prix du bien-être et lui seul en était vraiment digne. Pour sa première entrée dans ce monde-là, il avait bien l'impression de s'y être installé du premier coup. En parcourant la salle du regard il se disait : « Voilà mon avenir ! voilà mon avenir ! »

Le jeune voisin de Chagov, celui qui portait le ruban d'une décoration, regardait tout, autour de lui, de ses yeux mi-clos. Il portait une cravate bleu clair et jaune et sa chevelure claire et lisse se clairsemait déjà. Il avait vingt-quatre ans et s'efforçait d'en paraître au moins trente ; les gestes de ses mains étaient étudiés et sa lèvre inférieure dénotait une énorme dignité. En dépit de sa jeunesse, c'était un des conseillers référendaires les plus appréciés au bureau du Protocole du Præsidium du Soviet suprême. Ce conseiller référendaire savait que la femme du procureur rêvait déjà de le marier à Clara. Mais Clara n'était déjà que trop menu fretin pour lui. En général, il avait de bonnes raisons pour ne pas se presser de se marier. Mais avec Dinera, c'était une autre affaire : elle rayonnait d'un je-ne-sais-quoi qui le faisait se sentir bien auprès d'elle. Sans tenir compte d'autre chose, le seul fait de flirter avec la femme d'un écrivain aussi célèbre l'élevait beaucoup dans son amour-propre. Il lui faisait la cour, essayait de la frôler de temps en temps et l'aurait volontiers soutenue dans la discussion ; mais il se trouvait qu'elle ne voulait pas être soutenue : impossible de lui prouver qu'elle avait tort.

« Mais alors, vous n'êtes pas d'accord avec Gorki ! Vous contestez Gorki lui-même, disait Lanski.

— Gorki fut le fondateur du réalisme socialiste ! rappela le conseiller référendaire. Tout compte fait, semer le doute sur Gorki est un crime aussi grave que... »

(Il hésita à faire une comparaison. Que...)

Lanski hocha gravement la tête dans sa direction. Dinera sourit.

« Maman ! s'exclama à haute voix Clara impatiente. Nous ne pourrions pas avoir récréation jusqu'au thé à notre table ? »

La femme du procureur était allée donner des ordres à la cuisine ; à son retour elle vit que son ennuyeuse amie s'était accrochée à Dotty et lui racontait avec un grand luxe de détails comment, dans le district de Zaretchenski, tous les enfants des activistes du Parti figuraient sur une liste spéciale, de telle sorte qu'il y avait toujours assez de lait pour eux et toutes les piqûres de pénicilline dont ils avaient besoin. La conversation s'orienta vers la médecine. Quoique jeune, Dotty souffrait déjà de maux divers et les histoires de maladies la passionnaient.

Alevtina Nikanorovna voyait les choses ainsi : celui qui a du prestige est assuré de rester en bonne santé. Il suffit alors de téléphoner à un professeur célèbre, de préférence à quelque lauréat du prix Staline, qui rédigera une ordonnance et n'importe quelle occlusion coronaire disparaîtra instantanément. Dans ce cas-là aussi, on peut toujours s'offrir les meilleurs sanatoriums. Son mari et elle-même ne craignaient pas la maladie.

D'un ton réprobateur, elle répondit à l'exclamation de Clara : « Allons, hôtesse ! Sers tes invités ! Ne les éloigne pas de la table !

— Non, nous voulons danser ! s'écria le garde-frontière.

— Danser ! Danser ! » criaient les autres.

Et les jeunes gens se dispersèrent.

Une musique retentissante vint de la pièce voisine. On jouait un tango intitulé *Feuilles d'automne*.

57

DEUX GENDRES

Dotty aussi alla danser et la maîtresse de maison se
fit aider par son amie pour desservir. Il ne resta donc
que cinq hommes à la table des gens âgés : Makariguine ;
son vieil et cher ami du temps de la guerre civile, le
Serbe Douchan Radovitch qui avait enseigné à l'Institut
du Professorat rouge, supprimé depuis longtemps ; un
ami de plus fraîche date, Slovouta, qui avait suivi les
cours de jurisprudence supérieure avec Makariguine,
lui aussi procureur et général de brigade ; enfin les deux
gendres de Makariguine : Innokenty Volodine qui portait,
parce que son beau-père y tenait, l'uniforme gris souris
à palmes dorées, et l'écrivain Nicolas Galakhov, lauréat
du prix Staline.

Makariguine avait déjà fêté sa nouvelle décoration en
offrant un banquet à ses collègues et il avait souhaité
que cette fête-ci fût pour les jeunes gens et plus *en
famille*. Mais Slovouta, confrère influent, avait raté le
banquet parce qu'il n'était revenu que la veille d'Extrême-
Orient où il requérait dans la célèbre affaire des militaires
japonais travaillant à des armes bactériologiques. Makariguine avait donc dû l'inviter ce soir. Mais il avait
déjà convié Radovitch qui était légalement presque *per-
sona non grata*. Recevoir Radovitch en même temps que

les relations actuelles avait quelque chose de gênant pour le procureur. Au début, Makariguine l'avait invité à la fête de famille tout simplement pour le plaisir de parler du temps jadis. Il aurait pu annuler l'invitation à la dernière minute, mais l'idée de commettre une telle lâcheté l'avait agacé. Il avait donc décidé de compenser la présence du douteux Radovitch par celle de ses deux gendres : le diplomate aux galons dorés et l'écrivain avec sa médaille de lauréat.

Quand ils ne se trouvèrent plus que tous les cinq à table, Makariguine redouta quelque réflexion incongrue de Radovitch. C'était un homme intelligent mais capable de dire des choses insensées quand il perdait son sang-froid. Makariguine s'efforça donc d'orienter la conversation vers des sujets sûrs et dénués de profondeur. Contenant sa voix d'ordinaire cordiale, il entreprit de morigéner Innokenty avec bonne humeur pour ne pas lui avoir apporté avec des petits-enfants le réconfort de ses vieux jours.

« Après tout, qu'est-ce que c'est que ces deux-là ? se plaignait-il. En voilà un drôle de couple ! Un bélier, une brebis et pas d'agneaux ! Ils vivent pour eux-mêmes, prennent du poids et n'ont aucun souci. Les alouettes leur tombent dans la bouche toutes rôties. Ils brûlent la chandelle par les deux bouts. Iinterrogez-le... il semble que cette canaille soit un épicurien. Allons, Innokenty, avoue ! tu es disciple d'Epicure. »

Même pour plaisanter, nul ne traiterait un membre du Parti communiste de l'Union soviétique de néo-hégélien, de néo-kantien, de subjectiviste, d'agnostique ni, Seigneur ! de révisionniste. Mais « épicurien » semble si inoffensif que l'épicurisme ne peut vraisemblablement empêcher qui que ce soit d'être un marxiste orthodoxe.

A ce moment Radovitch, qui connaissait les œuvres des grands ancêtres et les chérissait jusqu'au moindre détail, intervint : « Ma foi, Epicure est une personne recommandable, un matérialiste, Karl Marx lui-même a disserté sur Epicure. »

Radovitch était maigre, sec, et sa peau de parchemin foncé semblait tendue directement sur ses os.

Innokenty éprouva une bouffée de bien-être. Là, dans cette pièce où bourdonnaient une conversation animée et des rires, sous ces couleurs brillantes, son arrestation lui semblait impossible. Les dernières craintes qui palpitaient encore au fond de son cœur se dissipèrent. Il but rapidement, se détendit et regarda joyeusement autour de lui ces gens qui ne savaient rien. Il se sentit aimé des dieux. Makariguine et Slovouta, qu'il aurait méprisés en d'autres moments, lui semblaient humains et lui étaient chers alors, comme s'ils jouaient un rôle dans sa sécurité.

« Epicure, répondit-il, les yeux brillants de défi. Oui, je suis un de ses disciples, je ne le nie pas. Mais je vous étonnerai sans doute en vous disant qu'« épicurien » est un mot généralement mal compris. Quand on veut dire de quelqu'un qu'il est trop gourmand de vivre, voluptueux, lascif, bref un porc, on le taxe d'épicurisme. Non, une minute, je parle sérieusement », dit-il pour écarter une interruption de Makariguine ; il parlait alors avec chaleur, tout en faisant basculer devant lui son verre de vin entre ses doigts minces et sensibles. « En réalité, Epicure fut exactement le contraire de ce que l'on croit. Parmi les maux fondamentaux qui nuisent au bonheur humain, Epicure dénonce les désirs insatiables. Il dit que, en réalité, l'être humain n'a que très peu de besoins et que notre bonheur ne dépend donc pas du sort. Il ne suggère pas du tout de se livrer à des orgies. Certes, il considère le banal plaisir humain comme le plus grand des biens, mais il poursuit en disant que tous les plaisirs ne viendront pas immédiatement. D'abord, il doit y avoir des périodes de besoins insatisfaits, en d'autres termes une absence de plaisir. Il trouve donc préférable de renoncer à tous les efforts sauf les plus humbles. Son enseignement nous débarrasse des craintes que nous inspirent les coups du sort... C'est donc un grand optimiste qu'Epicure !

— Tu m'en diras tant ! » s'exclama Galakhov étonné. Et il tira de sa poche un calepin ainsi qu'un petit stylomine d'ivoire blanc. Malgré sa célébrité spectaculaire, Galakhov n'avait pas de prétention ; il était capable de cligner de l'œil et de frapper les gens dans le dos avec autant de bonhomie que n'importe qui. Quelques mèches blanches brillaient déjà de façon séduisante au-dessus de son visage plutôt basané et gras.

« Donnez-leur encore à boire, dit Slovouta à Makariguine en montrant le verre vide d'Innokenty. Qu'il boive, sinon il va nous faire éclater la tête avec ses histoires. »

Makariguine servit du vin et Innokenty but avec plaisir.
A ce moment seulement, après qu'il l'eut si bien défendue,

la philosophie d'Epicure lui sembla réellement une bonne règle de vie.

Radovitch souriait à cette extraordinaire profession de foi. Il ne buvait pas d'alcool : cela lui était interdit. Pendant presque toute la soirée, il était resté immobile, sombre ; il portait une espèce de vareuse d'allure militaire et des lunettes sévères avec une monture à bon marché. Jusqu'à ces tout derniers temps, quand il sortait se promener à Sterlitamak, il portait, comme il l'avait fait au temps de la guerre civile et de la N.E.P., un chapeau qui ressemblait au casque de Boudienny, surmonté d'une haute et mince pointe. Mais désormais une coiffure de ce genre faisait rire les passants et aboyer les chiens. Impossible de la porter à Moscou : la milice ne le permettrait pas.

Slovouta, dont le visage n'était pas vieux mais bouffi, affectait des manières un peu condescendantes avec Makariguine. Sa promotion au grade de général de division était déjà signée. Toutefois, être attablé avec Galakhov lui procurait une satisfaction extrême et il imaginait déjà comment, après avoir quitté cette réception, il irait encore plus tard ailleurs et dirait d'un air distrait que Kolia Galakhov, avec qui il venait de boire, lui avait dit... En réalité, Galakhov ne lui avait rien dit du tout, car il était fort discret ; probablement méditait-il sur un nouveau roman. Estimant qu'il n'avait plus rien à glaner chez Makariguine, Slovouta s'apprêtait à partir.

Cela se passait juste au moment où les jeunes gens s'enfuyaient pour danser. Makariguine usa de tous les arguments qui lui vinrent à l'esprit pour inciter Slovouta à rester encore un petit moment, et, à force d'insistance, parvint à entraîner son invité jusqu'à son « sanctuaire de tabac ». Makariguine avait une collection de tabacs dans son cabinet de travail et il en était très fier. Quant à lui, il fumait d'habitude du tabac bulgare qu'il arrivait à se procurer par des amis, et le soir, lorsqu'il avait fumé sa pipe à satiété, il s'adonnait au cigare. Mais il aimait étonner ses invités en leur faisant goûter tour à tour chaque variété de sa collection.

La porte du cabinet de travail donnait juste derrière lui. Il l'ouvrit et invita Slovouta et ses gendres à y pénétrer. Innokenty et Galakhov déclinèrent l'invitation et demandèrent à prendre congé des gens âgés sous prétexte d'aller voir ce que faisaient leurs épouses. Le procureur en fut vexé et, pire encore, il craignit une incongruité de Douchan. Il s'écarta pour laisser rentrer Slo-vouta, puis se tourna vers son ami et agita l'index vers lui pour le mettre en garde.

Les gendres ne se hâtèrent pas de rejoindre leurs femmes. Ils étaient arrivés à cet âge heureux — Galakhov avait quelques années de plus qu'Innokenty — où on les considérait encore comme jeunes, mais où personne ne les obligeait à danser. Ils pouvaient s'accorder la satisfaction d'une conversation d'homme à homme parmi les bouteilles qui n'étaient pas encore vides et au son étouffé de la musique.

Durant la semaine passée, Galakhov venait justement d'envisager d'écrire quelque chose au sujet des complots impérialistes et du combat que nos diplomates menaient pour la paix. Cette fois, il ne pensait pas à un roman, mais à une pièce, ce qui lui permettrait d'éluder bien des éléments au sujet desquels il ne savait rien, tels que les détails concernant les intérieurs et les vêtements. Toutefois, il saisit cette occasion de parler à son beau-frère parce qu'il cherchait quelques caractéristiques typiques du diplomate soviétique et des traits saillants de la vie occidentale. L'action devait se dérouler en Occident, mais Galakhov n'y avait fait qu'un très bref séjour, lors d'un congrès progressiste. Il convenait que ce n'était pas une excellente chose que d'écrire au sujet d'une vie qu'il ne connaissait pas du tout. Mais au cours des dernières années, il lui avait semblé que même des fantaisies sur les habitants de la lune lui viendraient plus facilement que des histoires au sujet de l'existence telle qu'il la voyait autour de lui et où chaque thème recelait ses périls.

Ils bavardèrent, la tête penchée au-dessus de la table. La servante faisait tinter la vaisselle en la ramassant. La musique de la pièce voisine venait jusqu'à eux, puis le poste de télévision se mit à gronder d'une voix métallique.

« Poser des questions est un privilège de l'écrivain », reconnut Innokenty ; ses yeux brillaient comme lorsqu'il avait défendu Epicure.

« Peut-être est-ce aussi son malheur », rétorqua Galakhov.

Le stylomine blanc et plat en ivoire était prêt sur la nappe.

« En tout cas, les écrivains me font toujours penser à des enquêteurs, mais des enquêteurs qui ne prennent pas de vacances et qui ne se reposent pas : dans le train, à table, à l'heure du thé, au bazar et au lit, ils sont toujours en train d'enquêter sur des crimes réels ou imaginaires.

— En d'autres termes, ils nous rappellent que nous avons une conscience.

— Ma foi, pas toujours, à mon avis, si on se fie à vos revues.

— Mais nous ne nous efforçons pas de fouiller les crimes d'un homme, nous cherchons plutôt sa valeur, ses qualités.

— Dans ce cas particulier, votre travail serait le contraire d'une œuvre de conscience. Si je comprends bien, tu veux écrire un livre au sujet des diplomates ? »

Galakhov sourit. Sourire viril qui convenait à son visage large, si différent des traits délicats de son beau-frère.

« Ce que l'on veut faire, Innokenty, et ce que l'on ne veut pas faire, n'est pas une affaire de décision personnelle aussi simple que dans les interviews du Nouvel An. On emmagasine des matériaux à l'avance, pour le cas où on ne pourrait plus interroger un diplomate. Nous sommes apparentés, c'est une chance.

— Bonne idée. N'importe quel diplomate qui te serait étranger te raconterait toutes sortes de mensonges. Tout compte fait, nous avons bien des choses à cacher. »

Ils se regardèrent droit dans les yeux.

« Je comprends. Mais je n'aurais pas besoin de connaître cet aspect de votre travail. C'est-à-dire que pour moi...

— Ah, ah ! Ainsi tu t'intéresses surtout à la vie de l'ambassade, à une journée de travail banale, aux réceptions, à la présentation des lettres de créance.

— Non, j'irais plus en profondeur que ça ! Comment les choses se reflètent-elles dans l'âme d'un diplomate soviétique ?

— Ah ! Comment les choses se reflètent ? Je comprends ? Je vois. Et avant la fin de la soirée, je te dirai tout. Mais d'abord, dis-moi quelque chose, toi. Pourquoi as-tu abandonné le thème de la guerre ? Est-ce que tu l'as épuisé ? »

Galakhov secoua la tête.

« Impossible de l'épuiser.

— Oui, cette guerre était une chance pour toi. Tant de conflits, de telles tragédies... où les aurais-tu trouvés ailleurs ? »

Innokenty le considéra d'un air joyeux.

L'écrivain se rembrunit et soupira : « Le thème de la guerre est gravé dans mon cœur.

— Eh bien, tu as écrit des chefs-d'œuvre sur ce thème.

— Et pour moi il est éternel. J'y retournerai jusqu'à ma mort.

— Tu ne devrais peut-être pas ? demanda Innokenty, très calme et prudent.

— Il le faut ! rétorqua Galakhov fermement. La guerre élève le cœur de l'homme.

— Son cœur ? Oui, convint aussitôt Innokenty, mais regarde ce qui est arrivé à la littérature de guerre. Les idées les plus élevées sont des schémas de batailles, on y décrit aussi la manière de répandre le feu qui anéantit : « Nous n'oublierons pas, nous ne pardonnerons jamais » ; l'ordre du chef fait loi. Mais tout cela est beaucoup mieux présenté dans les règlements militaires que dans la littérature. Oui, et tu as aussi montré combien ces pauvres chefs militaires s'épuisent à lire leurs cartes. »

De nouveau, Galakhov fronça les sourcils.

D'un geste rapide, Innokenty tendit la main au-dessus de la table, la posa sur celle de Galakhov et dit, cette fois sans raillerie : « Nicolas, est-ce que vraiment la littérature doit reproduire le règlement militaire ou les journaux, ou les mots d'ordre ? Maïakovski, par exemple, se targuait de choisir une coupure de journal comme épigraphe d'un poème. Autrement dit, il se faisait gloire de ne pas s'élever au-dessus du journal. Mais alors, à quoi bon la littérature ? Après tout, l'écrivain enseigne au peuple ; c'est certainement ce que nous avons toujours compris. Un grand écrivain — excuse-moi, je ne devrais peut-être pas dire ça, je vais parler plus bas — au fond, un grand écrivain est un second gouvernement. C'est pourquoi, nulle part, aucun régime n'a jamais aimé ses grands écrivains, seulement les petits. »

Les deux beaux-frères se rencontraient rarement et ne se connaissaient guère. Galakhov répondit prudemment : « Ce que tu dis est vrai, mais seulement pour un régime bourgeois.

— Ma foi, évidemment, évidemment... dit négligemment Innokenty. Nos lois sont entièrement différentes. Notre littérature présente un exemple fascinant : elle n'est pas faite pour le lecteur, mais pour les écrivains.

— Cela signifierait que nous ne sommes pas beaucoup lus ? »

Galakhov était capable d'écouter et de faire des réflexions assez vives au sujet de la littérature et de ses propres livres. Mais il y avait une conviction à laquelle il ne pouvait absolument pas renoncer : c'est qu'il était lu et même par beaucoup de monde. Lanski croyait, lui aussi, que ses critiques formaient le goût et même le caractère de bien des gens. « Là, tu as tort, on nous lit, peut-être plus que nous ne le méritons. »

Innokenty fit un geste rapide de dénégation.

« Non, ce n'est pas ce que je voulais dire. Oh ! c'est insensé ! Le père de Dotty m'a versé trop de vin et c'est pourquoi je suis si incohérent. Kolia, crois-moi. Je ne dis pas cela parce que nous sommes parents, je te veux sincèrement du bien. Il y a quelque chose en toi qui me plaît beaucoup. Je me sens donc obligé de te demander, à ma façon : y as-tu déjà pensé ? Comment conçois-tu ta véritable place dans la littérature russe ? Tout compte fait, tes œuvres complètes feraient déjà six volumes actuellement. Tu as trente-sept ans... à cet âge, Pouchkine s'était fait descendre. Tu ne cours pas ce risque-là. Néanmoins, tu ne peux pas échapper à cette question : qui es-tu ? Quelles idées as-tu apportées à notre époque tourmentée ? Hormis les idées, indiscutées évidemment, que le réalisme socialiste te fournit ? »

Des petites vagues, trahissant les infimes crispations des muscles, passèrent sur le front et les joues de Galakhov.

« Tu touches un point faible, dit-il en regardant fixement la nappe. Quel écrivain russe n'a pas convoité secrètement la jaquette de Pouchkine ? ou la chemise de Tolstoï ? » Il retourna deux fois son stylomine sur la table et leva vers Innokenty des yeux qui ne dissimulaient plus rien. Il avait envie de parler, de dire ce qu'il était obligé de taire dans les cercles littéraires.

« Quand j'étais gamin, au début du plan quinquennal, il me semblait que je mourrais de bonheur si je voyais mon nom imprimé au bas d'un poème. Je m'imaginais que ce serait l'immortalité... mais voilà... »

Dotty vint vers eux, écarta des chaises et se pencha.

« Innokenty ! Kolia ! Vous n'allez pas me chasser ? Estce que vous avez une conversation très intelligente ? » Ses lèvres dessinèrent un joli O majuscule.

Innokenty la regarda, radieux. Ses cheveux blonds lui tombaient sur les épaules, exactement comme neuf ans plus tôt. Elle jouait avec l'extrémité de sa ceinture en attendant leur réponse.

Innokenty ne l'avait pas vue ainsi depuis longtemps.
Depuis ces derniers mois elle défendait âprement son
indépendance et insistait sur leurs différences de conception de la vie. Puis quelque chose s'était brisé en elle...
ou bien la prémonition de leur séparation avait-elle pénétré son cœur ? Elle était devenue docile et affectueuse.
Quoiqu'il ne pût lui pardonner leur longue période de
mésentente et d'éloignement et qu'il sût qu'elle ne pou-
ait pas ramener en arrière les aiguilles de la pendule,
sa grâce soulevait des vagues chaleureuses dans l'âme d'Innokenty. Il l'attira vers lui et la fit asseoir : interruption
intempestive de la conversation. Comme elle était encore
svelte et fraîche, assise là auprès de lui !... tout le monde
pouvait deviner qu'elle aimait son mari et qu'elle aimait
être avec lui. Une idée fugace passa dans l'esprit d'Innokenty : pour le salut de sa femme, mieux vaudrait ne pas
manifester une intimité qui n'existait plus. Pourtant il
lui caressa doucement le bras.

Le stylomine d'ivoire resta inutilisé.

Galakhov s'appuya sur les coudes et regarda au-delà
du mari et de la femme, vers une grande baie éclairée
par les lumières de la Porte de Kalouga. Il ne pouvait
pas parler franchement de lui-même en présence de
femmes.

Mais là-bas... là-bas... on commençait à imprimer le
recueil de ses poèmes d'action. Dans tout le pays des
centaines de théâtres, imitant ceux de la capitale, mettaient en scène ses pièces. Des jeunes filles copiaient ses
vers à la main et les apprenaient par cœur. Durant la
guerre, les journaux les plus importants lui avaient volontiers ouvert leurs colonnes. Il s'était essayé à des
essais, des nouvelles, des critiques, puis son roman avait
enfin paru et il était devenu lauréat du prix Staline. Et
après ? C'était étrange : il avait atteint la célébrité, mais
pas l'immortalité.

Il n'avait pas remarqué lui-même quand et comment
son essor vers l'immortalité avait battu de l'aile et était
retombé au sol. Peut-être n'avait-il été vraiment libre
qu'en écrivant les vers que les filles apprenaient par
cœur. Ses pièces, ses nouvelles, ses romans s'étaient des-
séchés sur pied alors qu'il n'avait pas encore trente-
sept ans.

Et pourquoi faudrait-il nécessairement rechercher l'immortalité ? La plupart des confrères de Galakhov ne s'en
souciaient pas. Ne comptaient pour eux que leur situa-

tion présente et la manière dont les choses s'arrangeaient pour eux de leur vivant. Au diable l'immortalité ! disaient-ils : ne vaut-il pas beaucoup mieux avoir de l'influence sur le cours des événements actuels ? Et ils l'avaient, leur influence. Leurs livres étaient utiles au peuple. On les publiait en éditions à grand tirage, on les distribuait d'office à toutes les bibliothèques et pendant des mois on faisait du tapage à leur sujet. Certes, ils ne pouvaient guère écrire la vérité. Mais ils se consolaient en pensant que cela changerait un jour ou l'autre et qu'alors ils reviendraient à cette époque, à ces événements pour les décrire sincèrement en révisant et en faisant réimprimer leurs anciens livres. Pour le moment, ils devaient écrire au moins ce quart, ce huitième, ce seizième, oh ! allons-y ! ce trente-deuxième de vérité qui était possible. Même ce petit rien valait mieux que rien du tout.

Mais ce qui tourmentait Galakhov, c'est qu'écrire lui devenait de plus en plus pénible à chaque nouvelle page. Il s'imposait un horaire fixe. Il s'interdisait de bâiller, combattait la paresse de son cerveau, chassait toute pensée susceptible de le distraire, se défendait à lui-même de guetter le facteur ou d'aller lire les journaux. Pendant des mois, il s'interdit d'ouvrir un Tolstoï, parce que le style insistant de Tolstoï ne cessait de s'imposer à lui. Il veillait à ce que son bureau fût bien aéré et maintenu exactement à 18° centigrades, à ce que la table fût toujours propre, sinon il ne pouvait plus écrire.

Chaque fois qu'il s'attelait à une nouvelle œuvre d'importance, il jurait, plein d'ardeur, à des amis et à lui-même que cette fois il ne ferait pas la moindre concession à qui que ce soit, que cette fois il écrirait un vrai livre.

Pour les premières pages, il se laissait emporter par l'enthousiasme, mais bientôt il se rendait compte qu'il n'écrivait pas tout seul ; que la présence de celui pour qui il écrivait planait sans cesse au-dessus de lui ; que sans le vouloir il relisait chaque paragraphe avec les yeux de celui-là. Il ne s'agissait pas du lecteur, d'un camarade ou d'un ami, ni des critiques en général... non, c'était toujours le critique le plus important, le célèbre Jabov.

Galakhov imaginait comment Jabov lirait ce nouvel ouvrage contre lequel il écrirait un long essai qui prendrait toute une colonne de la *Gazette littéraire*... et ça s'était déjà produit. Cette critique serait intitulée : « Par quelle porte soufflent ces brises ? » ou bien « Revenons sur certaines tendances de bon ton au long de nos sentiers battus ». Il n'attaquerait pas directement au début, mais commencerait par des citations sacro-saintes de Bielinski ou de Nekrassov, avec lesquels seules des fripouilles pourraient n'être pas d'accord. Puis il manipulerait ses textes soigneusement, les présenterait sous un jour complètement différent... de telle sorte que Bielinski ou Nekrassov viendraient prouver que Galakhov était un personnage antisocial, antihumain, dont les bottes s'appuyaient sur un terrain philosophique douteux.

Alors, paragraphe après paragraphe, Galakhov s'ingéniait à prévoir les objections de Jabov et à les esquiver ; et le livre devenait de plus en plus terne, rentrait docilement dans le rang.

Quand il en arrivait à la moitié, Galakhov constatait que l'histoire s'était transformée sans bruit et qu'une fois de plus ça ne marchait pas.

« Quant aux traits de nos diplomates ? dit Innokenty avec un sourire triste tout en caressant le poignet de sa femme. Eh bien, qu'en dirai-je ? Tu peux les imaginer toi-même. Haut degré d'orientation idéologique. Principes élevés. Profonde loyauté envers notre cause. Profond dévouement personnel à Yosif Vissarionovitch. Obéissance inflexible aux instructions de Moscou. Certains ont une parfaite connaissance de langues étrangères, d'autres pas. Et certains... disons quelques-uns, sont très attachés aux plaisirs physiques parce que, disent-ils, nous ne vivons qu'une fois. Mais ce n'est plus une caractéristique typique.

58

L'INCREVABLE

RADOVITCH était un malchanceux confirmé et impénitent. Ses cours avaient été supprimés vers les années 30, aucun de ses livres n'avait été publié et en plus de tout cela il était tyrannisé par divers ennuis de santé. Il avait dans la poitrine un éclat de shrapnel provenant d'un obus de Koltchak. Un ulcère du duodénum le harcelait depuis quinze ans. Et chaque matin, depuis un certain nombre d'années, il devait s'imposer une pénible opération sans laquelle il ne pouvait vivre ni manger : il devait s'irriguer l'estomac par l'œsophage.

Mais le destin, qui connaît la modération dans sa tyrannie comme dans sa bonté, par ces affections mêmes protégeait Radovitch. Bien qu'il fût une personnalité connue dans les milieux du Komintern, Radovitch traversa sans encombre les années les plus critiques tout simplement parce qu'il les avait passées à l'hôpital. Et puis, un an auparavant, quand tous les Serbes qui restaient en Union soviétique avaient été soit emprisonnés, soit embrigadés dans le mouvement anti-Tito, Radovitch qui, pour des raisons de santé, était hors du circuit, fut une fois de plus oublié.

Comprenant le caractère équivoque de sa situation, Radovitch faisait un effort extraordinaire pour se maîtriser, il ne prenait jamais la parole, il ne se laissait jamais entraîner dans une discussion fanatique ; il faisait de son mieux pour vivre l'existence morne d'un invalide.

En ce moment aussi, il s'occupait à se maîtriser, aidé dans cette entreprise par la table à tabac. C'était une table ovale en ébène sculpté et qui avait sa place particulière dans le cabinet de travail. On y trouvait de longs tubes de carton, une petite machine pour les remplir, une collection de pipes disposées sur un râtelier et un grand cendrier en nacre. Tout à côté se trouvait un petit meuble en bouleau de Karélie, ressemblant à une pharmacie en miniature avec ses nombreux tiroirs dont chacun contenait une espèce particulière de tabac à cigarettes, à cigares, à pipe et même à priser. A eux deux, la table et le petit meuble composaient ce que Radovitch appelait « l'autel du tabac ».

Tout en écoutant en silence le discours de Slovouta sur la préparation de la guerre bactériologique, suivi du jugement qu'il portait (fondé sur des comptes rendus officiels d'interrogatoires qu'on lui avait soumis) sur les crimes affreux perpétrés contre l'humanité par les officiers japonais, Radovitch inspectait et humait avec volupté le contenu des tiroirs à tabac sans décider lequel il allait choisir. C'était un suicide pour lui de fumer. Tous ses docteurs le lui avaient catégoriquement interdit. Mais puisqu'on lui avait défendu aussi de manger et de boire — et en fait c'était à peine s'il avait mangé au dîner de ce soir — son goût et son odorat étaient particulièrement sensibles aux diverses sortes de tabac. Une vie sans fumer lui semblait absolument insipide. A toutes les condamnations portées contre sa distraction favorite, il avait une seule réponse : *Fumo ego sum*, sur quoi il se roulait une cigarette du tabac le plus grossier qu'on pouvait trouver sur le marché et que, dans sa situation financière actuelle assez serrée, il préférait. A Sterlitamak, pendant l'évacuation, il achetait des feuilles aux vieux dans les champs, puis il les séchait et les coupait lui-même. Dans l'oisiveté de sa vie de célibataire, il trouvait maintenant que la manipulation du tabac profitait à son activité intellectuelle.

En réalité, même si Radovitch s'était laissé aller, il n'avait rien de si terrible à dire. C'était un marxiste, chair de leur chair, sang de leur sang et il avait des opinions orthodoxes sur tout. Toutefois, l'entourage de Staline était plus violemment sensible à de menues dif-

férences d'opinions qu'à un contraste marqué, et le peu
qui distinguait Radovitch des autres aurait pu lui valoir
d'être aussitôt liquidé.

Il avait donc gardé le silence, par bonheur, et la conversation passa des Japonais à une comparaison entre les
cigares, sujet auquel Slovouta ne connaissait rien : il
faillit s'étrangler en tirant maladroitement sur le sien.
Des cigares, le sujet de conversation changea une fois
encore et on se mit à parler des procureurs. Non seulement leur travail ne diminuait pas avec les années mais,
bien qu'ils fussent plus nombreux, leur fardeau se faisait
plus pesant.

« Et que disent les statistiques des crimes ? » demanda
Radovitch, apparemment impassible, enfermé dans l'armure de sa peau parcheminée.

Les statistiques ne disaient rien du tout. Elles étaient
muettes et invisibles, nul ne savait même si elles existaient encore.

Mais Slovouta répondit :

« Les statistiques affirment que le nombre des crimes
diminue dans notre pays. »

Il n'avait pas lu les statistiques lui-même, mais ce
qu'on en avait dit dans un magazine.

Mais il ajouta du même ton sincère :

« Néanmoins, il y a encore beaucoup de crimes commis. C'est un héritage de l'ancien régime. Les gens sont
très dépravés à cause de l'idéologie bourgeoise. »

Les trois quarts de ceux qui passaient aujourd'hui
devant les tribunaux avaient fait leurs études après 1917,
mais cette idée ne venait jamais à l'esprit de Slovouta.
Il n'avait lu ça dans aucun de ses magazines habituels.

Makariguine acquiesça : il n'avait pas besoin d'être
persuadé à cet égard.

« Quand Vladimir Ilitch nous a dit que la révolution
culturelle serait beaucoup plus difficile que la Révolution d'Octobre, nous ne pouvions même pas imaginer ce
qu'il entendait par là! C'est seulement aujourd'hui que
nous comprenons comme il voyait loin. »

Makariguine avait un haut front carré et des oreilles
qui dépassaient.

Tirant tous ensemble sur leurs cigares et leurs cigarettes, ils ne tardèrent pas à emplir de fumée le cabinet de
travail.

La pièce était meublée de façon assez hétéroclite : il y
avait le bureau, un meuble ancien, soutenu par huit colon-

nes rondes et trapues au pied, et puis l'ensemble de
bureau, de style extrêmement moderne, avec une reproduction haute de quarante-cinq centimètres de la tour
Spasskaia avec l'horloge du Kremlin et une étoile rouge.
Dans les deux encriers massifs, en forme de tour de la
muraille du Kremlin, il n'y avait pas d'encre ! Makariguine
avait depuis longtemps cessé d'écrire quand il était chez
lui, car le temps qu'il passait à son bureau suffisait à tout ;
quant à son courrier personnel, il le faisait avec un stylo.
Derrière les vitres de la bibliothèque, étaient rangés des
livres de droit et les numéros de plusieurs années de la
revue *L'Etat et la Loi.* Il y avait aussi la vieille *Grande
Encyclopédie soviétique* (qui contenait des erreurs et
mentionnait des ennemis du peuple), la nouvelle *Grande
Encyclopédie soviétique* (qui comprenait encore des ennemis du peuple) et enfin la petite édition de *L'Encyclopédie abrégée* (qui contenait tout à la fois des erreurs
et des noms d'ennemis du peuple).

Makariguine n'avait consulté aucun de ces ouvrages
depuis longtemps, pas même le Code criminel de 1926,
désespérément désuet bien qu'il fût toujours en vigueur.
Car tout cela avait été brillamment remplacé par un assortiment d'instructions plus ou moins secrètes, qu'il
connaissait chacune par un numéro : 083 ou bien 005 -
27-42. Ces instructions, la quintessence de la sagesse en
matière judiciaire, étaient reliées dans un petit dossier
que Makariguine gardait à son bureau. Les livres de son
cabinet de travail n'étaient pas là pour être lus mais
pour impressionner les visiteurs. Les livres que Makariguine lisait effectivement, la nuit, dans les trains ou en
vacances, étaient cachés dans un meuble fermé à clef :
c'étaient des romans policiers.

Au-dessus du bureau du procureur était accroché un
grand portrait de Staline dans son uniforme de généralissime. Un petit buste de Lénine était posé sur l'étagère.

Slovouta, ventripotent, la chair distendant son uniforme et débordant par-dessus le haut col qui lui encer-
clait le cou, inspectait la pièce d'un air approbateur.

« Ça va bien pour toi, Makariguine ? L'aîné de tes
gendres a reçu deux fois le prix Staline, si je ne me
trompe pas ?

— Deux fois, répéta le procureur avec satisfaction.

— Et le plus jeune est conseiller de première classe ?

— De seconde seulement pour l'instant.

— Ne t'inquiète pas, c'est un garçon intelligent et tu

n'auras pas le temps d'y penser qu'il sera ambassadeur !
Et à qui vas-tu marier ta plus jeune ?

— Ma plus jeune ? J'ai essayé plusieurs fois, mais c'est
une fille entêtée qui ne veut pas entendre parler de mariage. Si tu veux mon avis, elle a déjà attendu trop longtemps.

— Alors, elle a fini ses études ? Elle cherche un ingénieur ?... »

Quand Slovouta riait, son ventre tremblait et tout son
corps était agité de soubresauts. « Qui gagne huit cents
roubles par mois ? Marie-la à un tchékiste, c'est ça,
marie-la à un tchékiste, voilà un bon placement ! Allons,
Makariguine, merci d'avoir pensé à moi, il faut que je
m'en aille, il ne faut pas me retenir, tu sais, j'ai des gens
qui m'attendent et il est presque onze heures. Reste en
bonne santé, professeur, ne tombe pas malade.

— Au revoir, camarade général. »

Radovitch se leva pour lui dire au revoir aussi, mais
Slovouta ne lui tendit pas la main. Radovitch, l'air vexé
et méprisant, suivit des yeux le large dos rond de Slovouta qui franchissait le seuil et qui, accompagné par
Makariguine, descendait vers la voiture qui l'attendait.

Resté seul avec les livres, Radovitch se tourna aussitôt
vers eux. Passant les mains sur les rayons, il finit par
prendre, après quelques hésitations, un volume de
Plekhanov et il allait s'installer dans un fauteuil pour le
lire quand un petit livre sous une reliure rouge et noire
criarde posé sur le bureau de Makariguine attira son
regard et il le prit également. Mais cet ouvrage était
comme du feu entre ses mains sans vie et parcheminées.
C'était un petit livre récemment publié et intitulé : *Tito,
le maréchal des traîtres,* par un nommé Renaud de Jouvenel. La première édition tirée à un million d'exemplaires
venait de paraître.

Au cours des onze dernières années, une si énorme
quantité de littérature malhonnête était passée par les
mains de Radovitch — des livres infâmes, des œuvres
de sycophantes, faux d'un bout à l'autre — mais jamais,
lui semblait-il, il n'avait vu quelque chose d'aussi abominable ni d'aussi vil. Avec l'œil expérimenté d'un homme
qui connaît les livres, il en feuilleta les pages et, au bout
de quelques minutes, il vit qui en avait besoin et pourquoi, quel triste individu était son auteur et combien de
bile nouvelle cette lecture ferait déferler dans l'âme des
gens contre la Yougoslavie qui, bien sûr, ne méritait

rien de tout cela. Son regard se fixa sur une phrase qu'il relut deux fois : « Il est inutile de s'attarder en détail sur les motifs qui ont amené Laszlo Rajk à avouer : le fait qu'il ait avoué signifie qu'il était coupable. »

Bien sûr, il était inutile de s'attarder en détail sur ces motifs. Il n'était pas nécessaire non plus d'ajouter que Rajk avait été battu par les enquêteurs et par les bourreaux. Il était sans intérêt également de mentionner qu'il avait été torturé par la famine et le manque de sommeil. Et, on n'en savait rien, mais ils avaient pu aussi l'allonger par terre et lui piétiner les testicules à coups de botte. A Sterlitamak, le vieux prisonnier Adamson, avec qui il s'était lié dès les premiers mots échangés, avait raconté à Radovitch certaines des méthodes favorites qu'ils utilisaient là-bas. Inutile de s'attarder sur les détails. Le fait qu'il ait avoué signifiait qu'il était coupable !

C'était la *summa summarum* de la justice de Staline !

Mais la Yougoslavie était une plaie trop profonde, trop sensible à effleurer dans une conversation avec Makariguine. Et quand ce dernier revint, jetant machinalement un tendre regard au nouveau ruban qu'il portait (« ce n'est pas la médaille elle-même, mais le fait qu'on ne vous ait pas oublié »), Douchan était penché en avant dans le fauteuil, ayant maîtrisé sa rage, et il lisait le volume de Plekhanov.

« Merci, Douchan, de n'avoir rien laissé échapper. J'en avais un peu peur ! fit Makariguine en prenant un cigare et en se laissant lourdement tomber sur le divan avec un soupir de soulagement.

— Et que crois-tu que j'aurais laissé échapper ? demanda Radovitch un peu surpris.

— Ce que tu aurais pu raconter ? Oh ! je ne sais pas, dit le procureur en coupant le bout de son cigare. N'importe quoi. Tu ne sais rien garder pour toi, reprit-il en allumant son cigare. Quand il parlait des Japonais... je voyais rien qu'à la façon dont ta bouche se crispait que tu mourais d'envie de protester. »

Radovitch se redressa :

« Parce que c'est une provocation et que ça se sent à dix kilomètres.

— Tu as perdu la tête, Douchan ? Il s'agit d'un problème du Parti ! Comment peux-tu parler de provocation ?

— Ça n'a rien à voir avec le Pari ! Tu appelles Slovouta le Parti ? Réfléchis un peu. Comment se fait-il que nous ayons maintenant, en 1949, découvert les préparatifs qu'ils faisaient en 1943 ? Après tout, ils sont nos prisonniers depuis quatre ans maintenant. Et si tu poursuis ce raisonnement, montre-moi le pays au milieu d'une guerre qui ne fait pas de plan pour la développer ! Comment peux-tu être aussi crédule ? Tu t'imagines sans doute que les Américains lancent des doryphores par avion ? »

Les grandes oreilles de Makariguine s'empourprèrent.

« Ma foi, ils en seraient bien capables et, même s'ils ne le font pas, qu'est-ce que ça change ? C'est la politique du gouvernement... Il faut se comporter comme au théâtre : parler un peu plus fort et mettre un peu de maquillage, sinon le public ne comprend pas. »

Radovitch, toujours aussi pâle, se remit à feuilleter le volume de Plekhanov. Makariguine fumait en silence, poursuivant une pensée qui fuyait.

Il finit quand même par la retrouver. Il s'agissait de sa fille Clara. En surface, tout allait bien pour les filles de Makariguine, mais il y avait quelque chose qui n'allait pas avec Clara, la plus jeune, sa préférée, celle qui ressemblait le plus à sa mère. Depuis longtemps maintenant, il se passait quelque chose de regrettable et qui n'avait fait qu'empirer au cours des derniers mois. Lorsqu'ils prenaient leurs repas ensemble, ils ne savouraient plus l'atmosphère familiale chaleureuse et douillette qu'ils avaient connue jadis, mais, on ne sait pourquoi, ils finissaient toujours par se disputer comme des chiffonniers. Tous les sujets simples et humains et dont on pouvait discuter d'une façon qui n'entravait pas la digestion, Clara les repoussait. Elle orientait toutes les discussions vers le sujet des « malheureux » avec qui elle travaillait et avec qui elle avait de toute évidence abandonné toute prudence et toute vigilance. Elle se laissait aller à la sentimentalité et prétendait qu'il y avait des innocents parmi les prisonniers ; elle insultait son père et l'accablait de reproches en laissant entendre que c'était lui en particulier qui était responsable de leur condamnation. Elle devenait absolument furieuse et une fois sur deux quittait la table sans terminer son repas.

Quelques jours plus tôt, Makariguine avait rencontré sa fille dans la salle à manger. Appuyée sur le buffet, elle enfonçait un clou dans sa chaussure avec un chandelier en chantonnant des paroles étranges et incompréhensibles qui ressemblaient à « Tambour tambour » sur un air que son père ne reconnaissait que trop bien, celui d'un vieux chant révolutionnaire. S'efforçant autant qu'il le pouvait de rester calme, il lui fit observer :

« Le monde immense est inondé de larmes », tu pourrais choisir une autre chanson pour réparer une chaussure. Des gens sont morts, d'autres sont partis pour l'exil et les travaux forcés, avec cette chanson aux lèvres ! »

Par entêtement, par le diable sait quoi, elle se hérissa et répliqua avec fureur :

« Tu te rends compte ! Les nobles héros ! Ils sont partis pour l'exil et les travaux forcés ! Eh bien, ils partent encore aujourd'hui !

— Quoi ? »

Le procureur était absolument pris au dépourvu par une comparaison aussi impudente et aussi injustifiée. Comment pouvait-on perdre à ce point le sens de la perspective historique ? Il avait du mal à se contenir, et, faisant tous ses efforts pour ne pas frapper sa fille il lui arracha la chaussure des mains et la jeta violemment par terre.

« Comment oses-tu comparer le Parti de la classe ouvrière et cette racaille fasciste ! »

Elle était têtue ; même si on la battait elle ne pleurait pas. Elle restait plantée là, immobile, un pied dans une chaussure, l'autre seulement couvert d'un bas.

« Pas de discours, papa ! Tu te considères comme appartenant à la classe ouvrière ? Tu as été ouvrier pendant deux ans, il y a une éternité, et depuis trente ans tu es procureur. Quel ouvrier tu fais, tu n'as même pas un marteau dans la maison. Un ouvrier qui ne peut pas approcher d'une voiture s'il n'a pas de chauffeur ! L'existence détermine la conscience, c'est ce qu'on nous a enseigné, n'est-ce pas ?

— Oui, l'existence sociale, petite idiote ! Et la conscience sociale !

— Qu'est-ce que tu appelles la conscience sociale ? Les uns ont des domaines et les autres vivent dans des cabanes. Les uns ont des voitures et les autres vont au travail avec des trous dans leurs chaussures. Lequel d'entre eux est social ? »

Le père s'étranglait de rage et d'impuissance. C'était de nouveau l'éternelle impossibilité d'expliquer avec logique et clarté la sagesse de la vieille génération à ces jeunes écervelés.

« Tu es idiote ! Tu ne comprends rien et tu n'étudies rien !

— Eh bien, enseigne-moi ! Vas-y, explique-moi ! Sur quel argent vis-tu ? On ne te paierait pas des milliers de roubles si tu ne leur donnais rien en retour ! »

Une lueur de colère passa sur son visage sombre.

« Le travail accumulé, petite imbécile ! Lis donc Marx. Tu as une éducation, une profession... C'est du travail accumulé et ça te vaut un meilleur salaire. Et les dix-huit cents roubles qu'on te donne à l'Institut ? Qu'est-ce que tu fais pour ça ? »

Là-dessus, sa femme survint, attirée par le bruit de la discussion et elle se mit à réprimander Clara d'essayer de réparer elle-même une chaussure. Elle aurait dû le faire faire par un cordonnier et le payer. Les cordonniers étaient là pour ça, ce n'était pas la peine d'abîmer le chandelier et le buffet.

Assis sur le divan, Makariguine ferma les yeux et vit en imagination sa fille bien-aimée et détestée, qui l'avait si bien abreuvé d'insultes, ramasser la chaussure qu'il avait jetée, la regarder un instant sans rien dire et s'éloigner en boitillant vers sa chambre.

« Douchan, soupira Makariguine. Qu'est-ce que je peux faire de ma fille ?

— Quelle fille ? » fit Radovitch, surpris. Il continuait de feuilleter son Plekhanov.

Le visage de Makariguine n'était guère plus étroit au menton qu'aux tempes. C'était un visage large, rectangulaire, qui convenait fort bien à la sévère responsabilité sociale d'un procureur. Ses grandes oreilles dépassaient comme les ailes d'un sphinx. C'était déconcertant de lire la confusion sur ce visage.

« Comment est-ce arrivé, Douchan ? Quand nous poursuivions Koltchak, qui aurait imaginé que ce serait là la reconnaissance que nous trouverions chez nos enfants ? »

Il lui raconta l'épisode de la chaussure.

Radovitch tira de sa poche un bout de peau de chamois sale et, d'un air ému, essuya les verres de ses lunettes. Il était très lent.

« Tout à côté de chez moi, commença-t-il, habite un remarquable jeune homme, un officier démobilisé. Il me parle de temps en temps. Un jour il m'a raconté que, lorsqu'il était dans l'armée, il utilisait les mêmes tranchées que les simples soldats. Chaque fois qu'un de ses supérieurs passait, il lui disait toujours : « Pourquoi ne « vous faites-vous pas creuser une tranchée séparée ? « Pourquoi ne vous faites-vous pas faire la cuisine par

« l'ordonnance ? Vous ne vous respectez pas ! Pourquoi
« croyez-vous que vous touchez une ration d'officier ? »
Or, ce garçon avait eu, comme nous, une formation léniniste : pour lui, on ne pouvait tout simplement pas
faire ça. Ce serait choquant ! Alors son commandant lui
ordonna carrément : « Ne déshonorez pas votre rang
« d'officier ! » Il se tourna donc vers les soldats et leur
dit : « Creusez-moi une tranchée ! Installez-y mon mobi-
« lier ! » Ses supérieurs le félicitèrent en disant : « Il y
« a longtemps que vous auriez dû faire ça. »

— Alors, qu'est-ce que tu veux dire ? » fit le procureur
en fronçant les sourcils. Le vieux Douchan était devenu
désagréable avec les années. Il était jaloux parce qu'il
n'était arrivé nulle part, il se croyait obligé de lancer
des pointes aux autres.

« Ce que je veux dire ? fit Radovitch en remettant ses
lunettes et en se levant, mince et bien droit. Que cette
fille a parfaitement raison. On nous a prévenus : il faut
savoir apprendre de ses ennemis.

— D'après toi, nous avons des leçons à apprendre des
anarchistes ? demanda le procureur, stupéfait.

— Pas du tout, Piotr. Je fais seulement appel à la
conscience du Parti ! s'exclama Douchan, en levant la
main et en braquant vers lui un long doigt. « Le monde
immense est inondé de larmes » et... le travail accumulé ? Et peut-être quelques petits suppléments ? Tu
gagnes huit mille roubles, n'est-ce pas ? Et une femme
de ménage environ deux cent cinquante ? »

Le visage de Makariguine était un rectangle impassible : Mais on voyait un petit nerf se crisper sur une
de ses joues.

« Tu es devenu fou dans ta grotte ! Tu as perdu tout
contact avec la réalité ! Qu'est-ce que je suis censé faire ?
Aller les trouver demain pour demander deux cent cinquante roubles ? Comment voulez-vous que je vive ? On
croirait que j'ai perdu la tête et on me jetterait dehors !
Après tout, les autres ne protestent pas ! »

Pour souligner la signification de la réponse, Radovitch,
son doigt braqué comme une lance, semblait à chaque
geste enfoncer sa lame dans le corps de Makariguine.

« Ce qu'il nous faut, c'est nous purger de cette pourri-
ture bourgeoise ! Regarde-toi, regarde les idées qui t'en-
croûtent. Piotr ! Regarde ce que tu es devenu ! »

Makariguine leva la main pour se défendre.

« Alors que reste-t-il pour quoi on puisse vivre ? Pour

qui avons-nous combattu ? Tu ne te souviens pas d'Engels : « L'égalité ne signifie pas l'égalité de tout avec « zéro ! Nous évoluons vers une situation où chacun « réussira et s'épanouira ! »

— Ne te cache pas derrière Engels ! L'exemple que tu as donné rappelle davantage Feuerbach : « Votre pre-« mière responsabilité vis-à-vis de vous-même. Si vous « êtes heureux, vous rendrez les autres heureux aussi. »

— Ma-gni-fi-que ! dit Makariguine en battant des mains d'un air approbateur. Ah ! je n'avais même jamais lu ça. Montre-moi où tu l'as trouvé.

— Ma-gni-fi-que ! fit Radovitch en riant, toute sa carcasse secouée par cet affreux rire qui ressemblait à une toux. C'est la morale du meunier de Wilde ! Non. Quiconque n'a pas souffert lui-même pendant vingt ans ne devrait pas avoir le droit de s'occuper de philosophie.

— Tu es un fanatique desséché ! Une momie ! Un communiste préhistorique !

— Et toi, tu n'es pas devenu historique un peu trop vite ? fit Radovitch en s'emparant sur le bureau d'une photographie encadrée d'une femme à cheveux blancs et blouson de cuir avec un mauser. Lena n'était pas du côté de Chliapnikov. Tu ne te souviens pas ? Tu devrais être content qu'elle soit morte. Sinon, on t'aurait sûrement impliqué dans l'affaire Chakhtinski.

— Pose ça ! ordonna Makariguine, qui avait brusquement pâli. Ne dérange pas son souvenir. Réactionnaire ! Réactionnaire !

— Je ne suis pas un réactionnaire ! Tout ce que je demande, c'est la pureté léniniste ! fit Radovitch en baissant la voix. Personne n'en souffle mot ici. En Yougoslavie, le contrôle des travailleurs sur la production existe. Il y a... »

Makariguine eut un sourire ironique et plein d'hostilité.

« Tu es un Serbe. C'est difficile pour un Serbe d'être objectif. Je comprends ça et je te pardonne. Rappelle-toi ce que Marx a dit du « provincialisme balkanique ». Les Balkans, ça n'est pas le monde entier.

— Quand même... » s'exclama Radovitch, mais il s'interrompit. Ils avaient atteint la ligne au-delà de laquelle même une amitié de trente années cimentée devant un détachement de la Garde Rouge pouvait se briser. C'était la ligne au-delà de laquelle Piotr Makariguine ne pouvait être qu'un procureur.

Radovitch redevint un petit homme au visage parche-
miné.

« Alors, réactionnaire ! déclara Makariguine d'une
voix hostile. Ça veut dire que le régime semi-fasciste de
Yougoslavie est un régime socialiste ? Ça veut dire que
ce que nous avons ici est une aberration ? La fin de la
révolution ? Ce sont de vieilles accusations. Il y a longtemps que nous les avons entendues et ceux qui ont
osé les formuler sont maintenant dans l'autre monde. La
seule chose que tu as oublié de dire c'est que dans la
lutte contre le monde capitaliste nous sommes destinés
à périr. C'est ça ?

— Non, non, bien sûr que non ! répondit Radovitch,
d'une voix vibrante de conviction, le visage illuminé par
la vision qu'il avait de l'avenir. Ça n'arrivera jamais. Le
monde capitaliste est condamné par des contradictions
bien pires. Et comme tout le monde l'a prédit au Komintern, je suis fermement convaincu que nous assisterons
bientôt à un conflit armé entre l'Amérique et l'Angleterre
pour la conquête des marchés mondiaux ! »

59

ILS SONT ENTRÉS LES PREMIERS
DANS LA VILLE

DANS le salon, ils dansaient aux accents du tourne-disque, un énorme appareil qui faisait à la fois pick-up et poste de radio. Makariguine avait un meuble plein de disques, y compris des discours du Père des Peuples avec sa voix traînante, beuglante, et son accent. On trouvait ces disques dans toutes les maisons socialement orthodoxes, mais les Makariguine, comme tous les gens censés, ne les écoutaient jamais. Il y avait aussi des chansons sur la Très Chère et Bien-Aimée Patrie ; et des chansons où il était question d'aéroplanes qui « passaient les premiers » et de filles qui « passaient ensuite ». Cependant, il aurait été aussi déplacé d'écouter ces chansons ici que de discuter sérieusement des miracles de la Bible dans les salons aristocratiques. Actuellement, les disques qu'on jouait venaient de l'étranger, c'étaient des disques qu'on ne trouvait pas dans les magasins, qu'on ne jouait pas à la radio. Parmi eux, quelques disques « d'émigrés » de Letchenko.

Dans la pièce voisine du salon, le lustre était éteint. Clara avait allumé le récepteur de télévision. La pièce contenait également un piano qui n'avait pas servi depuis le jour de son achat, et dont on n'avait jamais ôté le gai tissu qui en recouvrait le couvercle. Les récepteurs de télévision venaient tout juste de faire leur apparition et l'écran n'était pas plus grand qu'une enveloppe. L'image était tachetée et refusait de s'immobiliser. En tant que technicienne radio, Clara aurait dû pouvoir s'attaquer elle-même à un pareil problème, mais elle préféra appeler Jenka, qui, bien que parfaitement ivre pour le moment, connaissait son affaire. Son travail consistait à diriger un puissant brouilleur d'émissions étrangères. Chancelant vaguement, il avait encore assez de contrôle sur lui-même pour régler le poste avant de s'en aller écluser encore un peu.

Du salon, une porte vitrée donnait sur le balcon. Les rideaux de soie noire n'étaient pas fermés et on avait vue de l'animation qui régnait à la Porte de Kalouga — phares d'automobiles, feux de circulation verts et rouges, points rouges des freins — tout cela sous la neige qui ne cessait de tomber et de tomber.

Il y avait beaucoup trop de mobilier dans la pièce pour que les huit couples pussent y danser à la fois, alors ils évoluaient chacun à leur tour. Au milieu des visages animés des filles et de l'expression extrêmement avide de plaire du lieutenant du M.V.D., on remarquait le sourire d'excuse de Lanski, qui semblait souhaiter qu'on lui pardonnât de s'adonner à une occupation aussi triviale. Le jeune homme de lettres dansa avec Dinera jusqu'au moment où, profitant de la gêne qu'elle sentait chez lui, elle insista pour qu'il allât se trouver une autre partenaire. Durant toute la soirée, une fille plutôt mince et avenante, une des compagnes d'études de Clara, n'avait pas quitté des yeux le jeune lieutenant. Il évitait généralement le commun des mortels ; mais flatté quand même de son attention, il décida de récompenser cette maigrichonne d'une danse. On commença à jouer un fox-trot. Et bientôt, à la demande générale, il y eut un entracte.

Le jeune lieutenant du M.V.D. entraîna sa partenaire vers une fenêtre donnant sur le balcon où l'on avait poussé deux fauteuils : il lui apporta de la glace et lui fit des compliments sur sa façon de danser. Elle souriait et semblait avoir envie de dire quelque chose. Il observa son cou nerveux et sa poitrine plutôt plate sous son léger corsage, et, profitant du fait que les rideaux les dissimulaient en partie des autres, avec un geste qui montrait qu'il était bien disposé, il effleura la main qu'elle gardait posée sur son genou. La jeune fille se mit à parler d'une voix nerveuse et vibrante :

« Vitali Ievguéniévitch, quelle chance de vous rencontrer ici ! Je vous en prie, ne m'en veuillez pas si j'ai l'audace d'aborder une question de travail durant vos heures de loisir, mais il est impossible de mettre la main sur vous au Soviet suprême. » (Vitali ôta sa main de celle de la jeune fille.) « Voilà six mois que les papiers de mon père attendent à votre secrétariat. Il est atteint de paralysie. Voilà son certificat délivré au camp et la demande de grâce que j'ai formulée. »

Le lieutenant, sur la défensive, se replia dans son fauteuil et détacha avec sa cuiller une petite boule de glace. La jeune fille avait déjà oublié la sienne, et, d'un geste maladroit, sa main effleura la cuiller qui, basculant, vint tacher sa robe et tomba sur le plancher auprès de la porte du balcon où elle s'immobilisa. Ni l'un ni l'autre ne fit un effort pour la ramasser.

« Il a perdu l'usage de tout son côté droit ! Une attaque de plus et il est fini ! Il est déjà condamné. A quoi vous sert-il maintenant en prison ? »

Une expression déplaisante crispa les lèvres du jeune officier.

« Voyons, c'est un manque de tact de votre part de me parler ici. Notre numéro de téléphone au bureau n'est pas secret. Appelez-moi et nous prendrons rendez-vous. Au fait, votre père a été arrêté au terme de quel article ? Cinquante-huit ?

— Oh ! non, pas du tout ! s'exclama la jeune fille avec soulagement. Croyez-vous que j'aurais osé vous le demander s'il était un prisonnier politique ? Il est tombé sous le coup de la loi du 7 août ?

— Pour la loi du 7 août, les demandes de grâce ont également été rejetées.

— Mais c'est horrible ! Il va mourir dans un camp. Pourquoi doit-on garder dans un camp quelqu'un qui va certainement mourir ? »

Le jeune fonctionnaire, le regard fixe, dévisagea la jeune fille.

« Si nous raisonnons de cette façon, que reste-t-il de la loi ? fit-il avec un sourire ironique. Après tout, il a été condamné par un tribunal ! Vous ne comprenez donc pas ? Et d'ailleurs, qu'est-ce que ça veut dire « mourir dans un camp » ? Il faut bien que les gens meurent, même dans les camps. Quand l'heure vient de mourir, qu'est-ce que ça change de savoir que ça se passe à un endroit ou à un autre ? »

Il se leva, agacé, et s'éloigna.

Ses paroles retentissaient de cette conviction et de cette simplicité qui laissent même l'orateur le plus habile impuissant à protester.

L'impudente jeune fille traversa sans rien dire le salon pour passer dans la salle à manger où l'on avait apporté du thé et des gâteaux, et sans être vue de Clara, elle enfila son manteau dans l'entrée et sortit.

Clara tripotait les boutons du récepteur de télévision, rendant l'image encore plus mauvaise. Quant à Jenka, il allait et venait.

Laissant la jeune fille mince et bouleversée passer devant eux et franchir la porte, Galakhov, Innokenty et Dotnara entrèrent dans le salon. Lanski vint à leur rencontre.

Nous tenons particulièrement aux gens qui nous apprécient. Lanski appréciait à juste titre ce que Galakhov avait écrit et il attendait davantage de chacun de ses nouveaux livres. C'était donc avec d'autant plus de satisfaction que Galakhov coopérait avec Lanski et facilitait sa carrière.

Alexis Lanski était maintenant de cette joyeuse humeur où l'on peut même dire quelque chose d'un peu impertinent sans faire mauvaise impression.

« Nikolaï Arkadiévitch ! s'exclama-t-il, l'air radieux. Avouez qu'au fond de votre cœur, vous n'êtes pas du tout un écrivain. Savez-vous qui vous êtes vraiment ? »

Cela semblait comme une répétition de la question d'Innokenty et Galakhov en fut un peu gêné.

« Vous êtes un soldat ! reprit Lanski.

— Bien sûr, un soldat ! » Galakhov eut un sourire viril.

Il plissa les yeux comme s'il regardait au loin. Même les plus grands jours de sa carrière littéraire ne lui avaient pas donné un sentiment d'orgueil et surtout un sens de la pureté comme il en avait éprouvé le jour où un casse-cou l'avait entraîné, la tête pleine de gloire, jusqu'au poste de commandement d'un bataillon presque encerclé, pour tomber sous le feu des canons et des mortiers, puis, en pleine nuit, dans la tranchée secouée et ébranlée par le bombardement, manger à la même gamelle avec quatre membres de l'état-major du bataillon et se sentir sur un pied d'égalité avec ces guerriers roussis par la bataille.

« Alors, permettez-moi de vous présenter à un frère d'armes du front, le capitaine Chagov. »

Chagov se tenait très droit, sans daigner prendre une attitude de respect. Son grand nez régulier et son visage large lui donnaient un air franc.

Le soldat écrivain, au contraire, à la vue des décorations, des médailles et des deux rubans décernés pour blessures, le gratifia d'une cordiale poignée de main.

« Capitaine Chagov ! fit-il en souriant. Où vous êtes-vous battu ? Allons, asseyez-vous et racontez-moi. »

Ils s'assirent sur le divan, serrant un peu Innokenty et Dotty. Ils auraient bien fait s'asseoir Lanski aussi, mais ce dernier eut un petit geste discret et s'éclipsa. Assurément, des anciens du front ne pouvaient guère se retrouver sans trinquer ! Chagov expliqua qu'il s'était lié d'amitié avec Lanski en Pologne par une foutue journée, le 5 septembre 1944, où les forces russes en pleine avance arrivèrent sur la Narew et la traversèrent Dieu sait comment... sur des rondins de bois ! Ils savaient que ce serait facile le premier jour, mais que ce serait une autre paire de manches s'ils attendaient. Après ils avaient foncé sur les Allemands comme des possédés, ouvrant une étroite brèche d'un kilomètre, sur quoi les Allemands s'étaient précipités pour les couper avec trois cents chars venant du nord et deux cents du sud.

Aussitôt que commencèrent les histoires de guerre, Chagov abandonna le langage qu'il parlait chaque jour à l'université et Galakhov celui des bureaux de rédaction, des réunions, et, plus encore, la langue soignée et mûrement pesée dans laquelle il écrivait ses livres. Et tous deux abandonnèrent aussi la langue des salons, car il était devenu impossible d'utiliser un intermédiaire aussi circonspect et aussi prudent pour communiquer l'esprit et la fumée du front. Au bout de quelques phrases, ils eurent également grand besoin de gros mots, mais, hélas ! c'était impensable ici.

Sur ces entrefaites, Lanski revint avec trois verres et un fond de bouteille de cognac. Il approcha un siège de façon à voir les deux autres. Ils prirent chacun un verre et il servit la première tournée.

« A l'amitié des soldats ! » déclara Galakhov en clignotant.

Ils vidèrent leurs verres.

« Il en reste encore ! » dit Lanski en regardant la bou-

teille à la lumière et en la secouant d'un air de reproche.
Il versa le reste.

« A ceux qui ne sont pas revenus ! » dit Chagov, levant
son verre.

Ils burent la seconde tournée. Lanski jeta un coup
d'œil autour de lui pour voir si personne ne le regardait,
puis cacha la bouteille vide derrière le divan.

Une griserie nouvelle venait se mêler à l'ancienne.

Lanski s'arrangea pour que le récit vînt couvrir son
propre rôle dans les événements. Il raconta comment,
en ce jour mémorable, alors qu'il n'était qu'un correspondant de guerre novice sorti deux mois plus tôt de
l'université, il était parti pour la première fois vers le
front ; comment il s'était fait emmener par un camion
— un camion apportant à Chagov des mines antichars —
comment ils avaient progressé sous un tir de mortiers
allemands, de Dlougosedlo à Kabat par un couloir si
étroit que les Allemands du « nord » envoyaient des obus
de mortiers sur les positions des Allemands du « sud » ;
comment ce même jour et en ce même endroit un des
généraux russes qui regagnait le front après une permission passée avec sa famille arriva avec sa jeep en plein
dans les lignes allemandes et comment on ne le revit
jamais.

Innokenty, qui avait écouté leur conversation, les interrogea sur la peur de la mort. Lanski était excité maintenant et répondit sans hésitation que, dans des moments
de pareil désespoir, la mort n'est pas terrible parce qu'on
l'oublie. Chagov haussa un sourcil et voulut donner son
opinion.

« On ne craint pas la mort avant qu'elle arrive sur
vous. D'abord on n'a peur de rien, et puis on en sent le
goût et on a peur de tout. Mais ce qui réconforte, c'est le
fait que la mort ne vous concerne pas vraiment. Vous,
vous existez, mais pas la mort ; la mort vient et vous
n'êtes plus là. »

Quelqu'un avait mis le disque *Bring me Back my
Baby*.

Pour Galakhov, les souvenirs de Chagov et de Lanski
étaient sans intérêt. Tout d'abord, il n'avait pas participé
à l'opération dont ils parlaient, il ne connaissait pas
Dlougosedlo, Kabat ni Nove-Miasto, et ensuite, il n'était
pas un de ces correspondants de guerre mineurs comme
Lanski, mais un correspondant « stratégique ». Il n'envisageait pas les batailles en termes d'un pont de planches

pourries ou d'une chènevière derrière quelque village, mais sur une vaste échelle, avec la conception de leur fonction stratégique que pouvaient avoir un général ou un maréchal.

Galakhov interrompit la conversation.

« Oui, c'est la guerre ! Nous y entrons comme des citadins maladroits et nous en ressortons avec des cœurs d'acier. Alexis, est-ce qu'on chantait *La chanson des Correspondants de Première Ligne* là où vous étiez ?

— Bien sûr que oui ! dit Lanski en se mettant à fredonner.

— Nera, Nera ! appela Galakhov. Viens nous donner un coup de main, nous allons chanter *La chanson des Correspondants de Première Ligne.* »

Quand ses dents blanches et régulières étincelaient, son visage basané perdait son expression lourde.

Dinera se précipita pour les rejoindre.

« Bien sûr ! dit-elle avec fierté en redressant la tête, je suis une ancienne des premières lignes, moi aussi ! »

On arrêta le tourne-disque et ils se mirent à chanter tous les trois, compensant leur manque de qualité musicale par leur sincérité.

De Moscou jusqu'à Dresde
Sur tout le front de l'Ouest
Parcourant la campagne et avançant dans la poussière
Nos Leicas en bandoulière et nos carnets dans la poche
Et parfois même avec un fusil
Dans la chaleur et dans le froid, vers la victoire
Nous marchons !

Tout le monde s'était rassemblé pour les écouter. Les jeunes gens observaient avec curiosité le grand homme qu'on ne voyait pas tous les jours.

Les vents et les vodkas nous dessèchent la gorge
Mais nous marchons sans trêve.
A ceux qui nous font des reproches, nous disons
Venez donc avec nous,
Passez les nuits avec nous,
Faites la guerre avec nous, fût-ce un an !

A peine s'étaient-ils mis à chanter que Chagov, tout en gardant le même sourire aux lèvres, avait senti un froid intérieur monter en lui. Il se sentait coupable à cause de son enthousiasme déplacé, coupable envers ceux qui, bien sûr, n'étaient pas là, ceux qui, en 1941, avalaient les vagues du Dniepr, ceux qui, en 1942, rongeaient des aiguilles de pin dans la forêt de Novgorod. Alexis Lanski était un garçon charmant et Galakhov un écrivain très respecté, mais ils ne connaissaient pas grand-chose du front dont ils avaient maintenant fait quelque chose de sacré. Même les correspondants les plus audacieux, ceux qui avaient rampé dans les coins d'enfer les plus brûlants — et ce n'était pas la majorité — étaient aussi différents de la piétaille du front qu'un comte qui laboure est différent d'un paysan de naissance : les correspondants n'étaient pas soumis au règlement militaire ni aux ordres et donc pas non plus à la discipline de combat. Personne ne pouvait leur interdire des actions qui équivalaient à de la trahison quand elles étaient commises par un soldat : être pris de panique, sauver leur peau, fuir la zone de combat. D'où l'abîme qui existait entre la psychologie du soldat de première ligne, dont les pieds étaient enracinés dans le sol si avancée que fût la position, pour qui il n'y avait pas d'endroit pour se cacher et qui était destiné probablement à périr sur le champ de bataille, et le correspondant avec ses petites ailes qui en deux jours pouvait regagner son appartement de Moscou.

Et pour transmettre notre article par fil,
Nous n'étions pas couverts par le feu des chars.
Un journaliste de moins... qu'importe
Mais dans une vieille Emka sans rien de plus.
Avec nos étuis à revolvers vides
Nous sommes entrés les premiers dans la ville !

Ces gens qui étaient « entrés les premiers dans la ville » des anecdotes existaient sur eux : il s'agissait de deux ou trois correspondants qui, ayant mal lu leur position sur une carte, étaient entrés tout droit dans une ville après avoir traversé le no man's land sur un bonne route — puisqu'une Emka ne roulait pas sur une mauvaise — pour rebrousser chemin aussitôt et en sortir comme s'ils avaient été échaudés.

Innokenty écoutait en jouant distraitement avec les doigts de sa femme ; lui aussi avait son idée sur la signification de la chanson. Il n'avait absolument pas connu la guerre, mais il connaissait la situation de nos correspondants. Notre correspondant n'était pas du tout le journaliste vagabond dont parlait la chanson, un journaliste dont la vie n'était pas considérée comme précieuse et qui risquait de perdre sa place s'il était en retard pour rapporter des événements sensationnels. En fait, tout ce que notre correspondant avait à faire, c'était d'exhiber sa carte de presse et il était reçu comme une autorité à qui il fallait essayer de dissimuler les lacunes de son organisation tout en en exhibant les mérites. Partout où il allait, il était traité presque comme quelqu'un ayant le droit de donner des ordres. Et le succès de notre correspondant dépendait non pas de la rapidité ni de l'exactitude avec lesquelles il transmettait ses articles, mais de la façon dont il y introduisait le bon éclairage, la philosophie qui convenait. Ayant sur les choses le point de vue qui convenait, le correspondant de toute évidence n'avait pas besoin de pousser jusqu'à telle ou telle tête de pont, tel ou tel point chaud, la bonne compréhension des événements pouvant tout aussi bien se formuler à l'arrière.

Etant parvenue à régler le récepteur de télévision et fière de son exploit, Clara quitta la pénombre du salon pour gagner un endroit où Lanski l'aperçut. Il la regarda et se dit qu'elle était mignonne, mais oui, qu'elle avait une jolie silhouette et que dans l'ensemble elle lui plaisait vraiment. Il sourit en la regardant de ses yeux clairs tout en chantant le dernier couplet, pour lequel le trio de départ avait maintenant reçu en renfort la moitié de l'assistance :

Buvons à la victoire !
Buvons à notre journal !
Et si nous ne survivons pas, mon cher,
Quelqu'un saura,
Quelqu'un dira
Ce qu'elle était, cette guerre que nous avons faite !

Les dernières paroles venaient à peine de retentir quand on entendit non loin de là un sifflement, puis tout l'appartement fut plongé dans l'obscurité.

« Une explosion ! » cria une voix et les jeunes éclatèrent de rire. Quand les rires se furent un peu calmés, quelqu'un lança en plaisantant dans le noir :

« Mika ! Qu'est-ce que tu fais ! Ça n'est pas Lioussa, c'est moi ! »

Les rires reprirent et ils se remirent à bavarder sans guère se préoccuper de l'éclairage. Çà et là, on craquait

une allumette. Elles brûlaient jusqu'au bout ou bien tombaient par terre encore allumées.

De la lumière arrivait par les fenêtres. Du vestibule la
domestique bachkire signala à sa maîtresse :

« Les lumières de l'escalier marchent !

— Où est Genka ? Genka ! Viens réparer l'électricité !

— Genka ne sait pas réparer l'électricité, répliqua quelqu'un d'une voix assurée et morose.

— Il faut appeler le réparateur ! ordonna de la salle
à manger la femme du procureur. Clara, téléphone aux
gens de l'électricité !

— Laissez faire Clara ! Pourquoi avons-nous besoin d'un
réparateur ? Elle peut arranger ça elle-même.

— Quelle bêtise dites-vous, jeunes gens ? demanda sévèrement la femme du procureur. Vous voulez que ma
vèrement la femme du procureur. Vous voulez que ma
fille se fasse électrocuter ? Je vous en prie, si quelqu'un
phoner. »

Il y eut un silence gênant.

Quelqu'un dit que cela venait du récepteur de télévision.
Ou alors que c'était peut-être un des plombs fixés sous le
plafond. Mais aucun des assistants, aucun de ces membres les plus utiles de la société, de ces hôtes du XXᵉ siècle
ne proposa son aide. Ni le diplomate, ni l'écrivain, ni le
critique littéraire, ni le jeune fonctionnaire appartenant
à une importante institution de l'Etat. Ni l'acteur, ni
l'officier des garde-frontières, ni l'étudiant en droit. Ce
fut le soldat de première ligne en bottes, dont la présence
paraissait superflue à quelques-uns, qui intervint.

« Permettez-moi de vous aider, Clara Petrovna. Débran-
chez simplement le poste de télévision. »

Chagov se dirigea vers le vestibule. Les filles de Bachkirie, essayant de réprimer leur fou rire, l'éclairèrent avec
un bout de bougie. Les filles de Bachkirie s'étaient fait
complimenter aujourd'hui par la maîtresse de maison
qui leur avait promis dix roubles de plus que le salaire
convenu. Elles étaient enchantées de leur place ici et
espéraient que d'ici le printemps prochain elles auraient
mis assez d'argent de côté pour s'acheter de jolies toilettes, trouver des maris à la ville et ne pas rentrer chez
elles.

Quand la lumière revint, Clara n'était plus parmi les
invités. Profitant de l'obscurité, Lanski l'avait entraînée
dans un couloir en cul-de-sac, où personne ne pouvait les
voir et ils étaient là, à discuter derrière une penderie.

Lanski lui avait déjà fait accepter un rendez-vous pour le soir du Nouvel An au restaurant Aurora. Il était ravi à l'idée que cette fille moqueuse et nerveuse allait à n'en pas douter devenir sa femme. Elle serait son critique et sa compagne, trop exigeante pour le laisser hésiter ou se tromper. Il se pencha pour déposer un baiser sur ses mains et sur les poignets brodés de ses longues manches.

Clara regarda la tête penchée de son compagnon et sentit sa gorge se serrer. Ce n'était pas sa faute si l'autre homme et cet homme-là n'étaient pas le même mais deux individus différents. Ce n'était pas sa faute non plus si le moment de son plein épanouissement était arrivé et si elle était destinée par les implacables lois de la nature à tomber, comme un pomme de septembre, entre les mains de quiconque chercherait à la saisir.

60

UN DUEL QUI NE RESPECTE PAS LES RÈGLES

Sur sa couchette supérieure, seul avec le plafond voûté au-dessus de sa tête comme la voûte céleste, serrant contre lui son oreiller tiède qu'il imaginait être le sein de Clara, Rousska brûlait de bonheur. Une demi-journée s'était écoulée depuis le baiser qui l'avait bouleversé et il hésitait encore à souiller ses lèvres comblées en tenant des propos sans intérêt ou en absorbant de la nourriture.

« Après tout, tu ne pourrais pas m'attendre ? » lui avait-il dit.

Et elle avait répondu :

« Pourquoi ? Je pourrais... »

« Voilà que tu recommences... Tu fuis une honnête discussion d'homme à homme ! fit une voix jeune et cordiale presque juste au-dessous de lui. Une fois de plus tu t'intéresses davantage à lancer des mots oiseaux aux gens !

— Et une fois de plus tu ne dis rien... Tu ne proposes que des énigmes ! L'Oracle ! L'Oracle de Mavrino ! Qu'est-ce qui te fait croire que je tiens tellement à discuter avec toi ? C'est peut-être tout aussi assommant pour moi que d'essayer de faire entrer dans la tête d'un vieux paysan que le Soleil ne fait pas le tour de la Terre. Il n'apprendra jamais, si vieux qu'il vive.

— La prison est l'endroit rêvé pour discuter ! Où veux-tu d'autre ! A l'extérieur, on ne tarderait pas à t'arrêter pour ça. Mais ici, tu rencontres des gens qui savent vraiment discuter ! Et tu refuses cette occasion ? C'est ça ? »

Sologdine et Rubine, liés par leur éternel désaccord, chacun craignant de quitter le champ de bataille pour ne pas avoir l'air de s'avouer battu, étaient encore assis autour de la table d'anniversaire que les autres avaient abandonnée. Adamson était retourné lire *Monte-Cristo*. Pryantchikov s'en était allé feuilleter un numéro de l'année dernière d'*Ogoniok* qu'il avait déniché quelque part. Nerjine était parti avec Kondrachev-Ivanov pour voir le concierge Spiridon. Potapov, remplissant jusqu'au bout ses devoirs d'hôte, avait lavé la vaisselle, remis en place les tables de nuit et il était allongé sur sa couchette avec un oreiller sur le visage pour arrêter le bruit et la lumière. De nombreux occupants de la salle étaient endormis. D'autres lisaient tranquillement ou bavardaient entre eux. Le moment était venu où les gens commençaient à se demander si l'officier de service n'avait pas par hasard oublié d'éteindre l'ampoule blanche pour allumer l'ampoule bleue. Sologdine et Rubine étaient toujours assis sur le lit de Pryantchikov devant la dernière table de nuit qui restait.

Sologdine dit doucement :

« Je peux t'assurer par expérience qu'un véritable débat se déroule comme un duel. En se mettant d'accord sur un médiateur. Nous pourrions même inviter Gleb tout de suite. On prend une feuille de papier et on trace une ligne au milieu. En haut on expose le problème. Et puis, chacun sur sa moitié exprime ses opinions sur la question de façon aussi claire et aussi concise que possible. Il n'y a pas de limite au temps pendant lequel on peut écrire de façon qu'il n'y ait pas d'erreurs accidentelles.

— Tu plaisantes, protesta Rubine d'un ton endormi, ses paupières fripées se fermant presque. Son visage, au-dessus de sa barbe, témoignait d'une extrême fatigue. Qu'est-ce que nous allons faire... Discuter jusqu'au matin ?

— Tout au contraire ! s'exclama Sologdine les yeux brillants. C'est d'ailleurs ce qu'il y a de remarquable dans un véritable débat d'homme à homme. Ils peuvent faire retentir l'air de leurs propos vides pendant des semaines.

Mais un débat par écrit est quelquefois terminé en dix minutes : il devient aussitôt évident que les adversaires parlent de deux choses complètement différentes ou bien qu'ils sont parfaitement d'accord. S'il se révèle utile de poursuivre le débat, alors ils entreprennent, à tour de rôle, d'inscrire des arguments sur leur moitié respective de la feuille. Comme dans un duel : Une botte ! La parade ! Un coup ! La réplique ! Il n'y a donc pas d'échappatoire possible, pas moyen de nier ce qui a été dit, de changer les mots. Et en deux ou trois déclarations, la victoire de l'un et la défaite de l'autre apparaissent clairement.

— Il n'y a pas de limite de temps ?

— Pour soutenir la vérité ? Non.

— Nous n'allons pas nous battre à l'espadon ? »

Le visage enflammé de Sologdine s'assombrit :

« Je savais que ça serait comme ça. Tu commences par m'attaquer.

— A mon avis, c'est toi qui m'attaques !

— Tu m'épingles des étiquettes et tu en as tout un assortiment : obscurantiste ! réactionnaire ! » (Il évita le mot étranger incompréhensible de « relaps ».) « ... Lécheur de bottes professionnel ! » (Pour éviter l'expression de « laquais patenté ».) « ... Protecteur de traîtres ! Tu as plus d'injures à ta disposition que de concepts scientifiques. Mais chaque fois que je propose une honnête discussion, tu es trop occupé, tu n'en as pas envie, tu es trop fatigué ! »

Sologdine était tenté par la discussion, comme toujours le samedi soir, période qui selon son emploi du temps était réservée à l'amusement. D'ailleurs, ce jour-là était, à bien des égards, un jour de triomphe.

Rubine était en fait épuisé. Une nouvelle tâche, difficile et pas particulièrement agréable, l'attendait. Demain matin, il lui faudrait commencer à créer, tout seul, un domaine scientifique absolument nouveau, et il lui fallait donc ménager ses forces. Il avait des lettres à écrire. Ses dictionnaires mongolo-finnois, hispano-arabe et les autres l'attendaient. Et aussi Capek, Hemingway, Upton Sinclair. Et puis, à cause de son numéro comique du procès, à cause des discussions mesquines avec ses voisins, à cause du dîner d'anniversaire, il n'avait pu, de toute la soirée, trouver le temps de réaliser un certain projet d'une grande importance.

Mais les lois non écrites de la discussion en prison l'en

empêchaient. Rubine ne pouvait pas être battu, fût-ce en une seule discussion, car à la charachka c'était lui qui représentait l'idéologie progressiste.

« Mais de quoi pouvons-nous discuter ? interrogea Rubine avec un geste d'impuissance. Nous avons déjà dit tout ce qu'il y avait à dire.

— De quoi ? Je te laisse le choix ! répliqua Sologdine avec un geste chevaleresque, comme s'il laissait son adversaire choisir les armes et le lieu du duel.

— Bon, je choisis : une discussion à propos de rien !

— Ça n'est pas conforme aux règles. »

Rubine tira d'un air agacé sur sa barbe noire.

« A quelles règles ? De quelles règles s'agit-il ? Qu'est-ce que c'est que cette inquisition ? Comprends bien une chose : pour discuter utilement il doit exister un terrain d'entente. Il doit, d'une façon générale, exister au moins un certain accord...

— Ah ! c'est bien ça ! Voilà de quoi tu as l'habitude ! Tu ne sais te défendre qu'en face de gens qui pensent comme toi ! Tu ne sais pas discuter comme un homme !

— Et toi qui discutes avec moi ? Après tout, peu importe où nous creusons, par quoi nous commençons... Tiens, tu crois que les duels sont encore aujourd'hui la meilleure façon de régler les querelles !

— Essaie de prouver le contraire ! répondit Sologdine, radieux. Si le duel existait, qui oserait calomnier quelqu'un ? Qui oserait harceler les faibles ?

— Te voilà reparti avec tes ridicules chevaliers ! Pour toi, les ténèbres du Moyen Age, la chevalerie stupide et pointilleuse, les Croisades... c'est le haut lieu de l'histoire !

— C'était le sommet de l'esprit humain ! affirma Sologdine en se redressant. Un magnifique triomphe de l'esprit sur la chair ! Une lutte implacable, épée à la main, pour la conquête de choses sacrées !

— Et le pillage, les chargements de richesses volées ! Tu n'es qu'un conquistador, tu comprends ?

— Tu me flattes ! répliqua Sologdine d'un air satisfait.

— Je te flatte ? Quelle abomination ! »

Et Rubine, pour exprimer son horreur, enfouit les doigts de ses deux mains dans sa chevelure clairsemée.

« Tu es un ennuyeux hidalgo !

— Et toi, un fanatique biblique ! Autrement dit un possédé ! répliqua Sologdine.

— Alors, vois toi-même : de quoi pouvons-nous discuter ? Des qualités de l'âme slave d'après Khomiakov ? De la restauration des icônes ?

— Bon, reconnut Sologdine. Il est tard et je n'insiste pas pour que nous choisissions un des grands sujets. Mais vérifions la méthode du débat-duel sur un bon sujet bien simple. Je vais t'en donner plusieurs à choisir. Voudrais-tu discuter littérature ? C'est ton domaine, pas le mien.

— Quoi en littérature ?

— Eh bien, par exemple, comment faut-il interpréter Stavroguine ?

— Il y a déjà une douzaine d'essais là-dessus...

— Ils ne valent pas un kopeck ! Je les ai lus. Stravroguine ! Svridrigaïlov ! Krilov ! Peut-on vraiment les comprendre ? Ils sont aussi complexes et incompréhensibles que les personnages de la vie réelle ! C'est bien rare qu'on puisse connaître tout de suite un être humain, et jamais complètement ! Il apparaît toujours un petit fait inattendu ! C'est pourquoi Dostoïevski est grand ! Et les érudits littéraires imaginent qu'ils peuvent éclairer totalement un être humain. C'est amusant. »

Mais remarquant que Rubine s'apprêtait à partir — car c'était maintenant le moment de partir sans que ce fût déshonorant — Sologdine s'empressa de dire :

« Très bien. Un thème moral. La signification de l'orgueil dans la vie d'un individu. »

Rubine haussa les épaules et dit avec une expression ennuyée :

« Est-ce que nous sommes vraiment redevenus des collégiens ? »

Il se leva. C'était le moment honorable pour partir.

« Très bien, et ce sujet..., commença Sologdine en le prenant par l'épaule.

— Oh ! voyons, fit Rubine en le repoussant mais sans colère. Je n'ai pas le temps de plaisanter. Et discuter sérieusement ? Tu es un sauvage ! Un troglodyte ! Tout dans ta tête est à l'envers ! Tu es la seule personne qui reste sur toute la planète à ne pas accepter les trois lois de la dialectique. Et tout le reste dépend de ça ! »

Sologdine écarta cette accusation d'un geste de la main :

« Je ne les accepte pas ? Je les accepte maintenant.

— Quoi ? Tu acceptes la dialectique ? » Rubine plissa ses grosses lèvres charnues en une moue et dit d'une voix zozotante :

« Mon petit poulet ! Viens ici que je t'embrasse ! Tu as accepté la dialectique !

— Je l'ai non seulement acceptée... J'y ai aussi réfléchi ! Tous les matins depuis deux mois maintenant j'y pense ! Mais pas toi !

— Tu y as même pensé ? Mon cher garçon ! Si *comme il faut* [1] ! fit Rubine. Et peut-être... J'ose à peine te poser la question... as-tu accepté aussi la gnosiologie ? »

Sologdine fronça les sourcils : « La faculté d'appliquer les conclusions dans la pratique ? Eh bien, c'est ça la connaissance matérielle !

— Ah ! en ce cas, tu es un matérialiste spontané ! dit Rubine. C'est un peu primitif. Mais alors de quoi pouvons-nous discuter ?

— Que veux-tu dire ? demanda Sologdine avec indignation. Encore une fois de rien ? Si nous n'avons aucun terrain d'entente, nous n'avons rien à discuter et si nous avons un terrain d'entente nous n'avons rien à discuter non plus ? Ecoute, si tu permets, on va discuter quand même.

— Qu'est-ce que c'est que cette obligation ? De quoi veux-tu que nous discutions ? »

Sologdine se leva à son tour en agitant les bras avec énergie.

« Ecoute ! J'accepte le combat dans les conditions les plus désavantageuses. Je vais te battre avec une arme arrachée à tes propres mains ! Nous allons discuter les prémisses que c'est toi qui ne comprends pas les trois grandes lois ! Tu les as apprises par cœur, comme un perroquet, et tu n'as jamais réfléchi à leur signification véritable. Je peux te coincer là-dessus comme je veux.

— Bon, très bien, coince-moi ! ne put s'empêcher de crier Rubine, furieux contre lui-même mais se lançant de nouveau dans la discussion.

— Je t'en prie, dit Sologdine en s'asseyant. Assieds-toi. »

Mais Rubine resta debout, espérant encore pouvoir s'en aller.

« Bon, commençons par quelque chose de facile, dit Sologdine avec satisfaction. Ces lois montrent-elles ou non la direction du développement ?

— La direction ?

1. En français dans le texte. (*N.d.T.*)

— La direction ! Ou même le développement en soi, dit-il.

— Bien sûr.

— Et où vois-tu cela ? Où en particulier ? interrogea froidement Sologdine.

— Eh bien, dans les lois elles-mêmes ! Elles reflètent le mouvement pour nous. »

Rubine s'assit à son tour. Ils se mirent à parler plus calmement, de façon plus sérieuse.

« Quelle loi en particulier révèle le mouvement ?

— Eh bien, pas la première, bien sûr ! La seconde ? Disons la troisième.

— Hmmm ! C'est la troisième ? Et comment pouvons-nous la définir ?

— Quoi donc ?

— La direction, voyons. »

Rubine fronça les sourcils :

« Ecoute, pourquoi toute cette scholastique, après tout ?

— Tu appelles ça de la scholastique ? Tu ne sais rien des sciences exactes. Si une loi ne nous donne pas des corrélations numériques et que nous ne connaissons pas encore la direction du développement, alors nous ne savons absolument rien. Très bien. Commençons par l'autre bout. Tu utilises souvent la formule : « Une néga-« tion de négation. » Mais qu'entends-tu par ces mots ? Par exemple, peux-tu répondre à la question suivante : est-ce que la négation d'une négation se produit toujours dans le cours du développement ou bien ne se produit-elle pas toujours ? »

Rubine réfléchit un moment. La question était inattendue. On ne la posait généralement pas de cette façon. Mais, comme cela arrive dans les discussions, il dissimula son hésitation et s'empressa de répondre :

« Fondamentalement oui. Pour l'essentiel.

— Là ! rugit Sologdine, ravi. Tu as recours à tout le jargon : « fondamentalement », « pour l'essentiel » ! Tu mélanges les choses au point d'être incapable de démêler le début de la fin. Si quelqu'un te dit « la négation d'une « négation », tu as l'image mentale d'une graine, d'une tige qui en sort et de dix graines nouvelles qui en proviennent. Quel ennui ! C'est à vous rendre malade ! »

On aurait dit qu'il brandissait une épée pour taillader une troupe de Sarrazins.

« Réponds-moi directement : quand est-ce que la « néga-« tion d'une négation » se produit et quand est-ce qu'elle ne se produit pas ? Quand faut-il s'y attendre et quand est-ce impossible ? »

On ne voyait plus trace maintenant de la lassitude de Rubine. Il rassemblait toutes ses pensées vagabondes pour cette discussion, qui ne servait à personne, mais qui n'en était pas moins importante.

« Mais à quoi cela rime-t-il dans la pratique de demander : « Quand cela se produit-il ? » et « quand cela ne se « produit-il pas ? »

— Bien, bien ! Quelle est la signification pratique de la loi de base d'où l'on déduit les deux autres ? Comment veux-tu qu'on te parle ?

— Tu mets la charrue avant les bœufs ! fit Rubine avec indignation.

— Encore du jargon ! Du jargon ! Autrement dit...

— La charrue avant les bœufs ! insista Rubine. Nous considérerions comme une honte de déduire l'analyse concrète des phénomènes des lois toutes faites de la dialectique. Nous n'avons donc pas à savoir « quand cela se « produit », et « quand cela ne se produit pas ».

— Je vais te répondre ! Mais tu vas tout de suite dire que tu le savais, que c'était sous-entendu, etc. Ecoute : si la réapparition de l'ancienne qualité de quelque chose est possible grâce à un mouvement vers l'arrière, alors tu n'as pas la négation d'une négation ! Par exemple, si un écrou est bien serré et qu'il faille le dévisser, tu le dévisses. C'est un processus inverse, un changement de la quantité en qualité et non pas du tout la négation d'une négation ! Si par contre en allant vers l'arrière il est impossible de reproduire la qualité primitive, alors le développement peut se poursuivre par une négation, mais seulement si la répétition est permise dans le cadre de ce développement. Sinon, les changements irréversibles ne seront une négation que là où la négation de ces négations est possible.

— Ces jeux de la logique, marmonna Rubine. Tu fais des acrobaties intellectuelles.

— Tu reprends l'exemple de l'écrou. Si tu en abîmes le pas de vis en le serrant, alors tu ne peux plus lui redonner sa qualité première en le dévissant. Cette qualité ne peut être reproduite qu'en jetant l'écrou dans une cuve d'acier en fusion, en le faisant passer par un laminoir, en obtenant une tige à six pans puis en le perçant et en l'aplatissant et en découpant enfin un écrou neuf.

— Ecoute, Mitiaï, dit Rubine en l'interrompant d'un

ton apaisant, tu ne peux pas sérieusement exposer la dialectique sur la base d'un écrou.

— Pourquoi pas ? Pourquoi un écrou vaut-il moins qu'une graine ? Sans écrou, il n'y a pas une machine qui tiendrait. Alors te voilà donc avec chaque état successif irréversible. Il nie le précédent, et le nouvel écrou par rapport au vieil écrou qui a été abîmé est la négation d'une négation. C'est simple ? »

D'un mouvement du menton, il lança en avant son petit bouc.

« Un instant ! dit Rubine. A quel moment m'as-tu réfuté ? D'après tes propres paroles, il se révèle que la troisième loi donne bien la direction du développement. »

Posant une main sur son cœur, Sologdine s'inclina :

« Si tu n'avais pas l'esprit vif, Lev, je n'aurais guère l'honneur de converser avec toi ! Oui, elle la donne ! Mais ce qu'une loi donne, il faut apprendre à s'en servir. En es-tu capable ? Non pas d'adorer une loi mais d'en faire un instrument de travail ? Maintenant que tu as déduit qu'elle donne effectivement une direction. Mais posons la question : la donne-t-elle toujours ? Oui, dans la nature elle la donne toujours : la naissance, la croissance, la mort. Mais que dire du monde inanimé ? Là, elle ne la donne absolument pas toujours.

— Mais c'est principalement la société qui nous intéresse.

— Qui entends-tu par « nous » ? La société n'est pas mon domaine. Je suis ingénieur. La société ? La seule forme de société que je reconnaisse, c'est celle des belles dames. »

Il lissa ses moustaches d'un air comique et éclata de rire.

« Bien, déclara Rubine d'un ton songeur. Peut-être y a-t-il dans tout cela un sens rationnel. Mais généralement cela flaire le verbiage fleuri mais vide. Il n'en sort aucun enrichissement de dialectique.

— Le verbiage fleuri mais vide est entièrement de ton côté ! fit Sologdine avec véhémence, l'interrompant d'un geste de la main. Si vous déduisez tout de ces trois lois...

— Mais je te l'ai dit... Nous ne déduisons pas !

— Vous ne déduisez pas des lois ? demanda Sologdine d'un ton surpris.

— Non !

— Alors, à quoi sont-elles bonnes ?

— Ecoute, dit Rubine en commençant à marteler les

arguments avec insistance. Qu'est-ce que tu es, un bout de bois ou un être humain ? Nous décidons toutes les questions sur la base d'une analyse concrète des informations, tu comprends ça ? Toutes les doctrines économiques sont dérivées des chiffres de production. Tout problème social d'une analyse de la situation de classes.

— Alors pourquoi as-tu besoin des trois lois ? fit Sologdine, furieux, et ne pensant plus au silence de la pièce. Tu n'en as pas besoin finalement ?

— Oh ! si, nous en avons grand besoin, s'empressa de dire Rubine.

— Mais pourquoi ? Si on n'en déduit rien ? Si on ne peut même pas grâce à elles fixer la direction du développement, si c'est du verbiage fleuri et vide ? S'il suffit de répéter comme un perroquet « la négation d'une néga- « tion »... Alors à quoi donc servent-elles ? »

Potapov, qui avait vainement essayé de se protéger du vacarme grandissant avec son oreiller, finit par l'arracher rageusement et par se dresser sur son lit :

« Ecoutez, mes amis, si vous ne voulez pas dormir, respectez au moins le sommeil des autres. »

Et il désigna d'un geste éloquent Rousska allongé en diagonale sur la couchette supérieure.

« Je veux dire : si vous ne pouvez pas trouver de meilleur endroit », ajouta-t-il.

La fureur de Potapov, qui aimait l'ordre, le silence qui régnait sur la salle semi-circulaire — et que Rubine et Sologdine avaient fini par remarquer auraient contraint des gens raisonnables à se maîtriser.

Mais les deux compères continuèrent de plus belle. Leur longue discussion, qui n'était pas la première, venait à peine de commencer. Ils comprirent qu'ils devraient quitter la pièce, mais ils étaient incapables de se calmer ni de s'arrêter. Ils sortirent donc, se jetant des arguments à la figure jusqu'à ce que la porte du couloir se fût refermée derrière eux.

Presque aussitôt après leur départ la lumière blanche s'éteignit et on alluma la veilleuse bleue.

Rousska Doronine, qui avait attentivement suivi leur discussion, fut néanmoins le dernier à recueillir sur eux « du matériel ». Il entendit l'avertissement muet de Potapov, le lui comprit, bien qu'il n'eût pas vu le doigt de celui-ci braqué sur lui — et il éprouva l'intolérable souffrance que l'on ressent quand on est accusé par quelqu'un dont on respecte les opinions.

Lorsqu'il avait commencé son délicat double jeu avec l'officier de sécurité, il avait tout prévu. Il avait roulé Chikhine, il était maintenant à la veille de son triomphe avec cette histoire des indicateurs qui allaient toucher cent quarante-sept roubles. Mais il était sans défense contre la méfiance de ses amis. Son projet solitaire, précisément parce qu'il était si insolite et si secret, était voué à l'ignominie et au mépris. Il était stupéfait que ces hommes mûrs, compétents et expérimentés ne fussent pas assez généreux pour le comprendre, pour croire en lui, pour croire qu'il n'était pas un traître.

Et comme il arrive toujours quand nous perdons la bonne volonté des gens, la seule personne qui continue quand même à nous aimer devient doublement précieuse.

Et quand cette personne est en outre une femme ?

Clara... Elle comprendrait ! Il lui raconterait son aventure demain... Elle comprendrait.

Sans espérer ni même désirer dormir, il se retourna sur sa couchette fiévreuse, se rappelant le regard interrogateur de Clara — et songeant avec plus de confiance que jamais à un plan d'évasion en passant sous les barbelés le long de la crête qui menait à la route, d'où un autobus le conduirait au cœur de la ville.

Ensuite Clara l'aiderait.

C'était plus difficile de trouver quelqu'un à Moscou, avec ses sept millions d'habitants, que dans toute la région désolée de Vorkouta. Moscou, c'était l'endroit où il fallait fuir.

61

ALLER VERS LE PEUPLE

Parlant de l'amitié de Nerjine avec le concierge Spiridon, Rubine et Sologdine appelaient cela « aller vers le
peuple ». Ils considéraient cela comme une quête de cette
même grande vérité toute simple qu'avant Nerjine avaient
recherchée en vain Gogol, Nekrassov, Herzen, les slavo-
philes, les révolutionnaires de *La Volonté du Peuple*,
Dostoïevski, Léon Tolstoï et enfin Vassissouali Lokhan-
kine.

Rubine et Sologdine ne recherchaient pas pour leur
part cette simple vérité car ils possédaient la vérité
absolue.

Rubine savait pertinemment que le concept du « peuple » était artificiel, que c'était une généralisation légale,
que chaque peuple se divise en classes et que même les
classes changent avec le temps. Rechercher la plus haute
signification de la vie dans la classe paysanne était
une occupation vaine et sordide, car seul le prolétariat était constant dans ses buts et l'avenir lui appartenait. C'était seulement dans son collectivisme et dans son
désintéressement que la vie pourrait atteindre à sa signification la plus haute.

Et Sologdine savait tout aussi bien que « le peuple » est
un terme général pour désigner un ensemble de gens

n'ayant guère d'intérêt, grisâtres, sans raffinement, plongés obscurément dans leur existence quotidienne. Le colosse de l'esprit humain ne se bâtit pas sur leurs multitudes. Seules de brillantes personnalités, comme des étoiles vibrantes essaimées dans le ciel sombre de l'existence, portent en elles la vie dans sa conception la plus élevée.

Tous deux savaient que ce goût passerait à Nerjine, qu'il mûrirait, qu'il considérerait autrement la vie et les choses.

En fait, Nerjine avait déjà connu les positions extrêmes, il était déjà passé par là.

La littérature russe du siècle passé, languissante dans sa compassion pour le frère qui souffre, avait créé pour Nerjine, comme pour tous ceux qui la lisaient pour la première fois, l'image d'un Peuple auréolé, aux cheveux argentés, incarnant toute la sagesse, la pureté morale et la grandeur spirituelle.

Mais c'était loin, sur les rayons des bibliothèques, ailleurs, dans les villages et dans les champs, aux carrefours du XIXᵉ siècle. Les cieux s'étaient ouverts, le XXᵉ siècle était arrivé et il y avait longtemps que ces endroits-là n'existaient plus sous le ciel russe.

Il n'y avait plus de vieille Russie, mais, au lieu de cela, l'Union soviétique et, là, une grande ville. C'était dans cette ville qu'avait grandi le jeune Gleb. La corne d'abondance de la science avait répandu sur lui les succès. Il découvrit qu'il raisonnait vite mais qu'il y en avait d'autres qui raisonnaient encore plus vite que lui, des gens accablants par l'étendue de leurs connaissances. Et le Peuple était resté sur les rayons des bibliothèques et la conception que Nerjine en avait maintenant était la suivante : les seules gens qui comptent sont ceux qui portent dans leur tête le fardeau de la culture du monde, les encyclopédistes, les connaisseurs de l'Antiquité, ceux qui apprécient le beau ; des gens d'une haute éducation et aux multiples facettes. C'était à cette élite qu'il fallait appartenir. Et abandonner l'échec aux ratés.

Mais la guerre éclata et Nerjine fut d'abord mobilisé comme conducteur de chariots de transport de troupes. Maladroit, suffoquant de honte, il poursuivait les chevaux dans les pâturages pour les briser et sauter sur leur dos. Il ne savait pas monter, il ne savait pas harnacher les chevaux ni manier le foin et tous les clous qu'il enfonçait se pliaient invariablement, comme pour se moquer d'un travailleur incapable. Et plus amer devenait le sort de Nerjine, plus bruyant le rire de ces gens mal rasés, impies, sans pitié et extrêmement désagréables qui constituaient le peuple autour de lui.

Nerjine parvint alors au grade d'officier d'artillerie. Il retrouva sa jeunesse et sa compétence et se promena sanglé dans son ceinturon et brandissant une houssine qu'il avait trouvée en route car il n'avait rien d'autre à portée. Il montait audacieusement sur le marchepied des camions qui fonçaient, jurait avec violence au passage des rivières, était prêt à partir à l'attaque à minuit ou sous la pluie et il commandait ces gens obéissants, loyaux, ingénieux et donc agréables qui constituaient le peuple. Et eux, qui formaient son petit peuple à lui, écoutaient aimablement ses discours de propagande politique à propos du grand Peuple qui s'était levé comme un seul homme.

Puis Nerjine avait été arrêté. Lors des premières enquêtes, dans les prisons de transit et dans ses premiers camps où il avait été abasourdi de coups redoutables, il fut horrifié de voir l'autre aspect de certains de ceux qui composaient « l'élite », dans des circonstances où seules la fermeté, la volonté et la loyauté aux amis étaient essentielles pour un prisonnier et décidaient du sort de ses camarades, ces individus délicats, sensibles et instruits, qui appréciaient le beau, se révélaient souvent être des lâches, prompts à céder, habiles à excuser leurs propres vilenies. Ils ne tardèrent pas à dégénérer en traîtres, en mendiants et en hypocrites. Et Nerjine parvenait à peine à se considérer comme différent d'eux. Il se détourna de ceux dont il avait jadis estimé que c'était un honneur d'être avec eux. Il se mit à tourner en ridicule et à railler ce qu'il avait jusqu'alors adoré. Il s'efforçait désormais d'être plus simple, de se débarrasser des habitudes de politesse et d'extravagance intellectuelle de l'intelligentsia. A une période d'échecs sans espoir, au milieu des décombres de sa vie brisée, Nerjine estimait que les seules gens qui comptaient étaient ceux qui rabotaient du bois, qui travaillaient le métal, qui labouraient la terre et qui fondaient le fer de leurs propres mains. Il s'efforça d'emprunter aux simples travailleurs leur sagesse d'hommes capables et leur philosophie de la vie. Il revint ainsi à ce qui était à la mode au siècle précédent : « aller vers le peuple ».

La boucle n'était cependant pas tout à fait fermée, car

Nerjine, le zek instruit, avait un avantage sur nos grands-parents. Contrairement à ces aristocrates instruits du XIXᵉ siècle, il n'avait pas à changer de vêtements ni à descendre l'escalier à tâtons pour aller vers le peuple. Il se trouva tout simplement jeté au milieu de lui, en pantalon de coton déchiré, en blouson taché et on lui ordonna d'effectuer sa norme de travail. Nerjine partagea le sort du peuple, non pas en monsieur condescendant et donc étranger, mais comme l'un d'eux, qui n'était pas différent d'eux, comme un égal parmi les égaux.

Nerjine dut apprendre à enfoncer un clou droit, à fixer une planche à une autre, non pas tant pour s'acquérir les bonnes grâces des paysans que pour gagner son bout de pain détrempé qui représentait sa pitance de la journée. Après la sévère expérience des camps, Nerjine perdit une nouvelle illusion. Il en arriva à comprendre qu'il n'y avait plus nulle part où aller. Il découvrit que le peuple ne bénéficiait plus à ses yeux d'aucune supériorité. Quand il s'asseyait dans la neige avec les gens du peuple sur l'ordre des gardiens qui les escortaient, quand il se cachait avec eux pour fuir le contremaître dans les coins sombres d'un chantier de construction, quand ils trimballaient ensemble des brouettes dans le froid et qu'ils faisaient sécher dans les baraques le tissu dont ils s'enveloppaient les pieds, Nerjine voyait clairement que tous ces gens n'étaient pas d'une stature plus grande que la sienne. Ils ne supportaient pas la faim ni la soif plus stoïquement que lui. Ils ne se montraient pas plus fermes devant la muraille d'une peine de dix ans. Ils n'étaient pas plus prévoyants ni plus adroits que lui lors des moments difficiles des transports et des fouilles. Et ils étaient plus aveugles et moins méfiants devant les indicateurs. Ils étaient plus prêts à croire les grossiers mensonges des dirigeants. Ils attendaient des amnisties, alors que Staline aurait préféré crever plutôt que de leur en donner. Si quelque culotte de peau dans un camp se sentait de bonne humeur et souriait, ils s'empressaient de lui rendre son sourire. Et ils étaient également plus avides de petites choses : du « rabiot » du gâteau au millet aigri, des affreux pantalons du camp, pour peu qu'ils fussent un peu plus neufs ou de couleur un peu plus vive.

Il manquait à la plupart d'entre eux ce point de vue personnel qui devient plus précieux que la vie elle-même.

Il ne restait plus à Nerjine qu'une chose à faire : être lui-même.

S'étant une fois de plus remis d'un enthousiasme, Nerjine — définitivement ou non — comprit le peuple sous un jour nouveau dont il n'avait jamais entendu parler nulle part : le peuple, ce n'est pas tous ceux qui parlent notre langue, ni les élus marqués par l'empreinte ardente du génie. Ce n'est pas par la naissance, par le travail de ses mains, par les ailes de son instruction qu'on est élu pour figurer dans les rangs du peuple.

C'est par ses qualités intérieures. Chacun forge son moi année après année.

Il faut essayer de tremper, de tailler et de polir son âme de façon à devenir un être humain.

Et par là même devenir une infime particule de son peuple.

62

SPIRIDON

SITOT arrivé à la charachka, Nerjine avait remarqué Spiridon avec ses cheveux roux et son visage sur lequel il était impossible de distinguer le respect de la raillerie à moins qu'on le connût bien. Il y avait d'autres charpentiers, tourneurs et fraiseurs, mais la surprenante vigueur de Spiridon le mettait à part et c'était sans nul doute auprès de cet individu si représentatif du peuple qu'il fallait chercher l'inspiration.

Nerjine toutefois ne parvint pas à trouver de prétexte pour se lier davantage avec Spiridon ; il n'avait aucun sujet de conversation avec lui ; ils ne se rencontraient pas au travail, ils habitaient des parties différentes de la charachka. Le petit groupe de travailleurs manuels occupait une pièce à part et ils passaient séparément leurs périodes de loisirs. Aussi quand Nerjine commença à aller voir Spiridon, ce dernier et ses compagnons tombèrent unanimement d'accord pour estimer que Nerjine était un indicateur et qu'il cherchait une proie pour le « Protecteur ».

Spiridon considérait que sa position à la charachka était au bas de l'échelle et il n'arrivait pas à imaginer pourquoi l'officier de sécurité pourrait bien essayer de le prendre au piège. Néanmoins, comme les autorités ne faisaient la fine bouche sur aucune sorte de charogne, il fallait être prudent. Chaque fois que Nerjine entrait, Spiridon faisait semblant d'être ravi et l'invitait à s'asseoir sur sa couchette. Arborant un air stupide, il se mettait à parler de sujets à cent lieues de la politique : comment on attrape un poisson qui fraie par les ouïes avec un bâton fourchu et comment on le prend ensuite à l'épuisette, comment il avait chassé l'élan et l'ours roux et comment il fallait se méfier de l'ours noir avec une bande blanche autour du cou. Comment on éloignait les serpents avec du trèfle. Comment le lupin est ce qu'il y a de mieux pour faire du foin. Et il racontait longuement comment, lorsqu'il avait vingt ans, il avait courtisé sa Marfa Ustinovna, qui jouait au cercle dramatique du club du village. Elle devait épouser un riche meunier mais par amour elle avait accepté de s'enfuir avec Spiridon et, le jour de la Saint-Pierre, il l'avait épousée en secret.

Et pendant tout ce temps, les yeux malades de Spiridon, fermés sous ses épais sourcils roux, disaient : « Pourquoi es-tu venu, indicateur ? Il n'y a rien pour toi ici. »

C'est vrai que n'importe quel indicateur se serait depuis longtemps découragé et aurait laissé partir sa victime intraitable. Nul n'aurait gardé sa curiosité assez longtemps éveillée pour venir voir Spiridon tous les dimanches soirs et écouter ses récits de chasse. Mais Nerjine qui, les premiers temps, allait voir Spiridon avec une certaine timidité, Nerjine en particulier, avec son insatiable désir de résoudre en prison tous les problèmes auxquels il n'avait pu trouver de solution lorsqu'il était libre, ne se lassait jamais, mois après mois, des histoires de Spiridon. Bien plus, elles le rafraîchissaient, elles lui apportaient le souffle de l'aube sur le fleuve, de la brise venant des champs, elles le ramenaient à cette période sans pareille de sept ans dans la vie de la Russie, les sept années de la N.E.P. qui n'avaient pas d'équivalent dans l'histoire de la Russie rurale depuis l'époque de la forêt primitive, avant même le temps du Viking Riourik, jusqu'à la plus récente division des énormes fermes collectives en unités plus petites. Nerjine n'avait connu cette période de sept ans que comme un enfant qui ne comprenait rien et il regrettait de n'être pas né plus tôt.

En écoutant la voix chaude et râpeuse de Spiridon, Nerjine n'essayait jamais de détourner par une question sournoise la conversation vers la politique. Et Spiridon peu à peu en vint à se fier à lui et lui aussi se mit à se passionner pour le passé. Il se détendit. Les rides profondes qui barraient son front s'effacèrent. Son visage rouquin s'éclaira un peu.

Seul le fait qu'il n'y voyait pas empêchait Spiridon de lire des livres à la charachka. S'adaptant à Nerjine, il s'aventurait à lâcher de temps en temps des mots aussi savants que « analogue », et généralement pas à bon escient. Du temps où Marfa Ustinovna jouait des rôles au cercle dramatique du village, il l'avait entendue sur la scène et il se rappelait le nom d'Essenine.

« Essenine ? fit Nerjine qui ne s'attendait pas à cela. Magnifique ! Je l'ai ici à la charachka ! C'est une rareté aujourd'hui. »

Et il apporta le petit livre sous sa couverture de papier imitant les feuilles d'érable à l'automne. Il était intrigué : un miracle allait-il se produire ? Ce demi-illettré de Spiridon allait-il comprendre et apprécier la poésie d'Essenine ?

Le miracle n'eut pas lieu. Spiridon ne se rappelait pas un seul vers de ce qu'il avait entendu jadis, bien qu'il aimât « Tanioucha était jolie » et « Le battage du blé ».

Deux jours plus tard, le major Chikhine convoqua Nerjine et lui ordonna de soumettre son exemplaire d'Essenine pour vérification par les censeurs. Nerjine ne savait pas qui l'avait dénoncé. Mais ayant été ouvertement brimé par le « Protecteur » et ayant perdu son Essenine indirectement à cause de Spiridon, Nerjine gagna enfin la confiance de celui-ci. Spiridon se mit à l'appeler par son prénom, et dès lors ils ne conversèrent plus dans la salle, mais sous la voûte de l'escalier de la prison où personne ne pouvait les entendre.

Depuis lors, depuis cinq ou six dimanches, les récits de Spiridon brillaient de cette profondeur populaire que Nerjine brûlait d'entendre. Soir après soir, se déroulait devant Nerjine la vie d'un paysan russe qui avait dix-sept ans l'année de la Révolution et qui avait plus de quarante ans quand avait éclaté la guerre contre Hitler.

Quels tumultes il avait connus ! Quelles vagues l'avaient battu ! A quatorze ans il s'était retrouvé chef de famille. Son père avait été tué dans la guerre contre l'Allemagne. Et il était allé moissonner avec les vieillards. « J'ai appris à manier la faux en une demi-journée », racontait-il. A seize ans, il travaillait dans une verrerie et il allait à des meetings sous des drapeaux rouges. Lorsqu'on déclara que la terre appartenait aux paysans, il se précipita au village pour avoir sa part. Cette année-là, sa mère, ses frères, ses sœurs et lui travaillèrent la terre et, en octobre, le jour de Pokrov, ils avaient du blé. Mais après Noël les autorités commencèrent à réquisitionner ce blé pour la ville : livrez-en un peu et puis livrez-en encore plus. Et après Pâques, Spiridon, qui avait dix-huit ans, fut appelé dans l'Armée rouge. Mais il n'avait aucune intention d'aller dans l'armée et, abandonnant son bout de terre derrière lui, en compagnie d'autres jeunes gens, il alla se réfugier dans les bois où ils retrouvèrent « les Verts ». Leur formule était : « Ne nous touchez pas, et nous ne vous toucherons pas. » Mais là-dessus, même la forêt devint encombrée et ils se trouvèrent au milieu des Blancs qui n'étaient là que depuis peu de temps. Les Blancs leur demandèrent s'il y avait des commissaires parmi eux. Il n'y en avait pas mais ils abattirent quand même leur chef, histoire de les effrayer, et ils ordonnèrent aux autres de mettre des cocardes tricolores et leur distribuèrent des fusils. Dans l'ensemble, les Blancs maintenaient l'ordre ancien, comme sous le tsar. Ils se battirent un moment pour les Blancs et furent faits prisonniers par les Rouges : en fait, ils ne firent aucun effort pour éviter d'être capturés, ils capitulèrent de leur plein gré. Les Rouges fusillèrent les officiers et ordonnèrent aux soldats d'ôter les cocardes de leurs bonnets et de mettre des brassards rouges. C'est ainsi que Spiridon se fixa avec les Rouges jusqu'à la fin de la guerre civile. Il marcha jusqu'en Pologne et, après la Pologne, leur armée fut transformée en unité de travailleurs et on ne les laissa pas encore rentrer chez eux. Ensuite, on les emmena à Petrograd pendant le Carême et lors de la première semaine de jeûne on leur fit traverser la glace et ils prirent une sorte de fort. Ce fut seulement après que Spiridon rentra chez lui.

Il regagna le village au printemps et se mit à travailler avec acharnement sur le bout de terre qu'il avait gagné. Il ne rentrait pas de la guerre comme certains : il n'était pas ruiné ni brisé. Il ne tarda pas à s'établir, à se marier et à acheter des chevaux. Comme dit le proverbe : « Là où il y a un bon chef de famille, on peut traverser la cour et trouver un rouble. »

Bien que le pouvoir s'appuyât sur les paysans pauvres, les gens alors n'avaient pas envie d'être pauvres, mais de s'enrichir, et les paysans pauvres comme Spiridon —

ceux qui aimaient travailler, bien sûr — se trouvèrent à leur tour entraînés à acheter. On se mit à employer à cette époque l'expression : « fermier intensif ». Cela signifiait quelqu'un qui voulait avoir une bonne ferme mais qui ne dépendrait pas d'ouvriers agricoles loués. Avec la main-d'œuvre louée on n'avait pas besoin de cervelle pour s'enrichir. Mais eux voulaient faire les choses scientifiquement.

« Un bon mariage c'est la moitié de la vie », disait toujours Spiridon. Marfa Ustinovna était son grand bonheur et sa principale réussite dans la vie. A cause d'elle, il ne buvait pas et évitait les mauvaises fréquentations. Elle lui donna un enfant chaque année, deux fils, puis une fille, mais ces naissances ne l'éloignèrent pas d'un pouce de son mari. Elle avait son idée : monter une exploitation ! Elle avait de l'instruction et lisait la revue *Soyez votre propre agronome*, et c'est ainsi que Spiridon devint un fermier intensif.

Les fermiers intensifs étaient favorisés, on leur accordait des prêts et on leur donnait des graines. La réussite suivait la réussite et l'argent ne manquait pas. Marfa et lui entreprirent de se construire une maison de brique, sans se rendre compte que l'époque d'une telle libéralité touchait à son terme. Spiridon était respecté. Il siégeait au « Præsidium ». Il était un héros de la guerre civile et maintenant il était communiste.

Mais là-dessus voilà qu'ils brûlèrent : ce fut tout juste s'ils sauvèrent les enfants de l'incendie. Ils se retrouvèrent affamés et sans rien.

Mais ils n'eurent guère le temps de se lamenter. A peine s'étaient-ils remis au travail pour réparer les dégâts de cet incendie que de lointaine Moscou éclata comme un coup de tonnerre la formule « dékoulakisation ». Et tous ces fermiers intensifs qu'on avait encouragés sans aucune raison se trouvèrent maintenant sans aucune raison non plus reclassifiés comme koulaks et exterminés. Marfa et Spiridon se félicitèrent de n'avoir pas réussi à se bâtir une maison en brique.

Au lieu de partir dans un convoi de la Guépéou pour mourir dans la toundra, Spiridon Iegorov fut nommé « commissaire pour la collectivisation » avec mission d'entraîner les gens dans les fermes collectives. Il portait maintenant un terrifiant revolver à la ceinture et il expulsait personnellement des gens de leurs maisons et les envoyait avec la milice, dépouillés de tous leurs biens, koulaks ou pas koulaks, tous ceux qu'il fallait, d'après le règlement.

En cette occasion, comme lors des autres brusques changements dans la vie de Spiridon, il ne disposait pas de moyen de comprendre facilement les événements ni de procéder à une analyse de classe. Nerjine ne l'en blâmait pas, mais il se rendait compte que Spiridon en était resté troublé. Il s'était mis à boire à cette époque et il buvait comme si, avant, tout le village avait été à lui et que maintenant il l'eut perdu. Il était commissaire mais il donnait mal ses ordres. Il ne remarquait pas que les paysans tuaient leur bétail, qu'ils arrivaient à la ferme collective sans une bête vivante.

Tout cela valut à Spiridon d'être destitué de ses fonctions de commissaire ; et, sans s'arrêter là, on lui ordonna aussitôt de mettre les mains derrière le dos et, revolver au poing, un milicien devant et un autre derrière, ils l'emmenèrent en prison. Le procès fut rapide. Comme il le disait : « Là où nous étions, ils n'ont jamais perdu de temps à juger les gens. » On lui donna dix ans pour « contre-révolution économique » et on l'envoya travailler au canal de la Mer-Blanche et, quand il fut terminé, au canal Moscou-Volga. Sur les chantiers, Spiridon travaillait comme terrassier et comme menuisier. Il touchait de grosses rations alimentaires et la seule chose après quoi il se languissait, c'était Marfa, qui était restée avec les trois enfants.

Là-dessus on révisa le procès de Spiridon. On transforma sa condamnation pour « contre-révolution économique » en condamnation pour « abus d'autorité » et il passa donc de la catégorie « socialement hostile » à celle de « socialement amie ». On le convoqua et on lui annonça qu'on allait lui confier un fusil et faire de lui un gardien de prisonniers. Et bien que, la veille encore, Spiridon, en bon zek, eût accablé des pires injures ceux qui les escortaient et qui les gardaient, il accepta le fusil qu'on lui proposait et se mit à surveiller ses anciens camarades parce que cela réduirait sa peine et que cela lui vaudrait quarante roubles par mois pour envoyer à la maison.

Peu après, le chef du camp, qui portait l'insigne de commissaire de la sécurité de l'Etat, le félicitait pour sa libération. Spiridon reçut ses papiers qui l'affectaient non pas à une ferme collective, mais à une usine. Il y emmena Marfa et les enfants et ne tarda pas à figurer sur le bulletin rouge du tableau d'honneur de l'usine comme l'un des meilleurs souffleurs de verre. Il faisait des heures supplémentaires pour rattraper tout ce qu'ils avaient perdu depuis leur incendie. Ils pensaient déjà à une petite cabane avec un potager et aux études des enfants. Ceux-ci avaient quinze, quatorze et treize ans lorsque la guerre éclata. Très vite le front fut tout proche de leur ville.

A chaque tournant de la vie de Spiridon, Nerjine restait silencieux, attendant de voir ce que Spiridon allait faire ensuite. Il supposa que Spiridon allait rester là à attendre les Allemands, en ruminant sa rancœur d'avoir été envoyé dans un camp. Mais pas du tout. Spiridon tout d'abord se conduisit comme un personnage des meilleurs romans patriotiques. Tout ce qu'ils possédaient, il l'enterra. Dès qu'on eut expédié par fourgon de marchandises le matériel de l'usine et qu'on eut donné aux ouvriers des chariots, il y installa sa femme et les trois enfants et, « avec le cheval d'un autre et le fouet d'un autre, sans nous arrêter », il battit en retraite de Potchep à Kalouga comme des milliers d'autres.

Mais au-dessous de Kalouga quelque chose craqua, la colonne se trouva brisée et ils ne furent plus des milliers mais seulement des centaines et les hommes durent se rendre au plus proche bureau d'instruction militaire pour rejoindre l'armée, laissant leurs familles continuer seules.

Alors, dès qu'il eut compris qu'il allait devoir faire ses adieux à sa famille, Spiridon, ne doutant apparemment pas de la justesse de ce qu'il faisait, alla se cacher dans les bois et attendit d'être dépassé par les premières lignes. Puis, avec le même chariot et avec le même cheval — non plus propriété du gouvernement qu'il traitait avec indifférence mais biens personnels sur lesquels il veillait avec soin — il ramena sa famille de Kalouga à Potchep, regagna son village et s'installa dans une cabane abandonnée. Là, on lui dit de prendre autant de terres de l'ancienne ferme collective qu'il pouvait en cultiver. Spiridon se servit et se mit à labourer et à semer sans aucun remords, ne faisant guère attention aux communiqués militaires, travaillant dur et sans cesse tout comme si c'était encore ce temps lointain où il n'y avait ni fermes collectives ni guerre.

Les partisans vinrent le trouver et lui dirent de ne plus labourer mais de rassembler ses affaires et de venir se battre avec eux. « Il faut bien que quelqu'un laboure », dit Spiridon et il refusa d'abandonner la terre.

Les partisans alors réussirent à tuer un motocycliste allemand, non pas en dehors du village, mais en plein milieu. Les partisans étaient au courant de tous les mouvements des Allemands. Ceux-ci arrivèrent, chassèrent tout le monde et rasèrent le village.

Spiridon ne doutait plus cette fois que le moment était venu de se venger des Allemands. Il conduisit Marfa et les enfants chez sa belle-mère et s'en alla rejoindre les partisans dans les bois. On lui donna un pistolet automatique, des grenades et lui, consciencieusement, avec entrain, tout comme il avait travaillé à l'usine ou dans les champs, se mit à tirer sur les patrouilles allemandes, à détruire des transports et à faire sauter des ponts. Les jours de vacances il allait rendre visite à sa famille. Si bien qu'après tout, d'une façon ou d'une autre, il ne perdait pas contact avec elle.

Mais le front recula de nouveau. Les partisans affirmaient déjà que Spiridon serait décoré dès que nos forces arriveraient. Et puis, on leur annonça qu'ils allaient être incorporés dans l'armée soviétique, que leur vie dans les bois se terminait.

Les Allemands expulsèrent tous les habitants du village où habitait Marfa. Un jeune garçon courut le prévenir.

Alors, sans attendre l'arrivée de nos troupes, sans rien attendre du tout et sans rien dire à personne, Spiridon lâcha son pistolet automatique et deux chargeurs pour se précipiter retrouver sa famille. Il parvint à s'introduire dans leur colonne en tant que civil et, une fois de plus fouettant le même cheval attelé à la même carriole, obéissant à une nouvelle décision qui au fond lui semblait juste, il chemina vers l'ouest par la route encombrée menant de Potchep à Sloutsk.

En entendant cela, Nerjine se prit la tête à deux mains, ahuri. Il ne comprenait plus. Mais comme ce n'était pas à lui de faire l'instruction de Spiridon puisqu'il faisait simplement là une expérience, là non plus il ne lui fit aucun reproche mais se contenta de lui demander :

« Et ensuite, Danilitch ? »

Ensuite ? Il aurait pu, bien sûr, regagner les bois et il le fit une fois, mais il tomba sur des bandits et il eut toutes les peines du monde à sauver d'eux sa fille. Il continua donc dans le flot des gens. Il commençait à se dire que ceux de chez lui ne le croiraient pas, qu'ils se

rappelleraient qu'il n'avait pas rejoint tout de suite les
rangs des partisans, et qu'au contraire il les avait fuis et
comme, de toute façon, il n'avait rien d'autre à faire, il
continua jusqu'à Sloutsk. Là, on les embarqua sur un
train à destination de la Rhénanie et on leur donna des
tickets d'alimentation. Le bruit courut tout d'abord qu'on
ne les laisserait pas emmener leurs enfants et Spiridon se demandait déjà ce qu'il allait faire. Mais finalement ils prirent tous place à bord du train. Il abandonna
le cheval et la carriole et partit. Près de Mayence, les
garçons et lui furent affectés à une usine et sa femme
et sa fille envoyées pour travailler dans des fermes allemandes.

Un jour, dans cette usine, un contremaître allemand
frappa le plus jeune fils de Spiridon. Spiridon, sans prendre le temps de réfléchir, se précipita avec une hache
pour menacer le contremaître. D'après les lois du Reich
allemand, un tel acte signifiait pour Spiridon le peloton
d'exécution. Mais le contremaître se maîtrisa, s'approcha du rebelle et dit, comme le racontait maintenant Spiridon :

« Je suis moi-même un *Vater*. Je *verstehe* [1] toi. »

Il ne signala pas l'incident. Spiridon apprit bientôt
que ce matin-là le contremaître avait été avisé de la mort
de son fils en Russie.

Et Spiridon, aujourd'hui à demi aveugle et malade, se
rappelant ce contremaître rhénan, essuya une larme avec
sa manche :

« Après cela, je n'en voulais plus aux Allemands. D'avoir
brûlé notre maison, de tout le reste... Ce *Vater* avait
effacé tout le mal. Après tout, l'être humain s'était manifesté en lui, Allemand ou pas. »

Mais c'était une des rares, des très rares fois où son
sens de ce qu'il fallait faire lui fit défaut, et l'âme de ce
paysan roux et entêté en fut ébranlée. Pendant toutes ces
années difficiles, au cours de toutes ces cruelles épreuves
où tantôt il faisait surface et tantôt replongeait, aucune
arrière-pensée n'affaiblissait Spiridon à l'heure de la
décision. Ainsi les réactions instinctives de Spiridon
étaient un défi aux pages les plus rationnelles de Montaigne et de Charron.

Malgré l'horrifiante ignorance dans laquelle était Spiridon Iegorov des plus hautes créations de l'homme et de

---

1. Comprends.

la société, ses actes étaient empreints d'une constante modération. S'il savait que les chiens du village étaient chassés par les Allemands, alors il plaçait une tête de vache dans la neige poudreuse pour les survivants éventuels. Et bien qu'évidemment il n'eût jamais étudié ni la géographie ni l'allemand, quand la malchance les amena, son fils aîné et lui, à construire des tranchées en Alsace et que les Américains les bombardèrent du haut du ciel, il s'enfuit avec son fils et, sans demander son chemin à personne, sans être capable de lire les panneaux de signalisation allemands, se cachant dans la journée, voyageant de nuit dans un pays inconnu, sans route, marchant tout droit, il parcourut quatre-vingt-dix kilomètres et parvint à la maison même du fermier près de Mayence où travaillait sa femme. Là, ils restèrent dans un abri creusé dans le verger jusqu'à l'arrivée des Américains.

Aucune des éternelles questions sur la valeur des perceptions sensorielles, sur la connaissance suffisante ou non que nous avons de notre vie intérieure ne tourmentait Spiridon. Il était convaincu de ce qu'il voyait, entendait, sentait et comprenait sans aucune erreur.

De même, tout ce qui concernait sa conception de la vertu formait un tout tranquillement cohérent. Il ne calomniait personne. Il ne disait jamais de mensonge à propos de personne. Il n'employait de gros mots que quand c'était nécessaire. Il ne tuait qu'à la guerre. Il ne se battait que pour défendre sa femme. Il ne pouvait même pas voler un chiffon ni une croûte de pain à quelqu'un. Et si, avant son mariage, il avait, comme il le disait lui-même, « fait des bêtises avec les femmes », eh bien, la suprême autorité, Alexandre Pouchkine, n'avait-il pas avoué que le commandement *Tu ne convoiteras pas la femme de ton voisin* lui semblait particulièrement difficile à respecter ?

Et maintenant, à cinquante ans, prisonnier, presque aveugle, apparemment condamné à mourir en prison, Spiridon ne semblait pas évoluer en direction de la sainteté, de l'abattement du repentir, ou encore moins, de la réforme promise par l'expression « camps de redressement ». Mais, armé de son infatigable balai, chaque jour de l'aube au crépuscule, il balayait la cour et de cette façon défendait son existence en face du commandant et des officiers de sécurité.

Ce que Spiridon aimait, c'était la terre.

Ce que Spiridon possédait, c'était une famille.

Les notions de « patrie », de « religion » et de « socialisme », qu'on n'utilise pas dans la conversation de tous les jours étaient évidemment inconnues de Spiridon. On aurait dit que ses oreilles étaient bouchées à ces mots-là, que sa langue ne voulait pas les employer.

Sa religion, c'était sa famille.

Sa patrie, c'était sa famille.

Le socialisme aussi, c'était sa famille.

Il était donc bien obligé de dire à tous les rois, les prêtres et les prêcheurs du bien, à tous les raisonnables et les éternels, à tous les écrivains et orateurs, à tous les gribouilleurs et criailleurs, aux procureurs et aux juges qui s'étaient intéressés à la vie de Spiridon :

« Pourquoi n'allez-vous pas au diable ? »

63

LES PRINCIPES DE SPIRIDON

L'ESCALIER de bois, au-dessus de leurs têtes, résonnait et craquait sous les piétinements des prisonniers. De temps en temps, de la poussière et des balayures tombaient d'en haut, mais Spiridon et Nerjine s'en rendaient à peine compte.

Ils étaient assis sur le sol non balayé, dans leurs combinaisons sales et usées de parachutistes dont les fonds étaient bien trop larges pour eux. Ils n'avaient rien à quoi s'appuyer et leur position n'était pas très confortable. Les genoux dans les mains, ils étaient assis contre les planches irrégulières clouées au bas de l'escalier. Ils avaient les yeux fixés droit devant eux, sur le mur pelé des toilettes.

Nerjine, comme toujours lorsqu'il était plongé dans ses pensées, fumait beaucoup. Il mettait ses mégots en rang près de la plinthe à moitié pourrie d'où le mur sale et triangulaire de plâtre écaillé montait jusqu'à l'escalier.

Bien que, comme tout un chacun, Spiridon touchât sa ration de « Belomorkanal » qui lui rappelaient un sale travail dans une sale région où il avait failli laisser sa peau, il refusait fermement de fumer, obéissant à l'interdiction des médecins allemands qui avaient restauré trois dixièmes de la vue d'un de ses yeux... et lui avaient ainsi rendu la lumière.

Spiridon ressentait de la gratitude et de l'estime pour ces médecins allemands. Il était déjà aveugle lorsqu'ils lui avaient enfoncé une grande aiguille dans la colonne vertébrale, l'avaient laissé longtemps avec des bandes enduites de pommade sur les yeux, puis lui avaient enlevé ces bandes dans une pièce à moitié obscure et lui avaient dit : « Regarde ! » Le monde alors s'était éclairé ! A la lueur d'une veilleuse qui apparaissait à Spiridon comme un soleil éclatant, il avait pu distinguer d'un œil la forme sombre de la tête de son sauveur et il lui avait baisé la main.

Nerjine imaginait toujours l'expression intense et, à cet instant, pleine de douceur, de cet ophtalmologiste des bords du Rhin. Oui, et cet homme libéré de ses bandages dont la voix chaude, la gratitude tremblante contrastaient tellement avec l'acte sauvage qui l'avait amené à l'hôpital, dut apparaître au médecin comme une espèce de sauvage roux venu des steppes.

Cela s'était passé après la fin de la guerre. Spiridon et toute sa famille habitaient un camp américain de personnes déplacées. Un des hommes de son village natal, un parent par alliance que Spiridon appelait son « salaud de cousin » à cause de certains épisodes qui s'étaient passés pendant la collectivisation des terres, l'y retrouva. Ils étaient allés avec ce « salaud de cousin » jusqu'à Sloutsk puis avaient été séparés de lui en Allemagne. Force leur était donc maintenant de boire à ces heureuses retrouvailles et, comme il n'y avait pas autre chose, son parent avait apporté une bouteille d'alcool pur. L'alcool n'était pas scellé et ils ne pouvaient pas lire l'étiquette allemande... mais le parent avait eu la bouteille pour rien. Et Spiridon le prudent, le méfiant, qui avait échappé à mille dangers, se trouva sans défense contre ce hasard russe... Allons, vas-y, débouche-la, mon vieux ! Spiridon en avala un verre entier et le « salaud de cousin » le reste. Par bonheur, les fils de Spiridon n'étaient pas là, sinon on leur en aurait offert un verre aussi. Quand il se réveilla après midi, Spiridon fut effrayé de constater qu'il faisait sombre de si bonne heure et il sortit la tête par la fenêtre et, longtemps, ne comprit pas comment il se faisait que la moitié supérieure du quartier général américain de l'autre côté de la rue, ainsi que du poste de garde, n'existaient plus alors que les moitiés inférieures étaient là. Il chercha même à cacher son infortune à Marfa mais, le soir, le voile de la cécité totale était tombé aussi sur la partie inférieure de ses yeux.

Le « salaud de cousin » était mort.

Après la première opération, les ophtalmologistes lui dirent que s'il ne commettait aucune imprudence pendant un an et qu'ils lui refaisaient alors une seconde opération, son œil gauche retrouverait totalement la vue et le droit à cinquante pour cent. Ils le promirent et Spiridon aurait dû attendre mais les Iegorov décidèrent de rentrer à la maison.

Nerjine regarda Spiridon avec attention.

« Mais, Danilitch, tu te rendais compte de ce qui t'attendait ici ? »

Les yeux de Spiridon se plissèrent en un tas de petites rides et il sourit malicieusement.

« Moi ? Je savais qu'ils nous feraient payer. Bien sûr, les tracts vous répétaient : on vous pardonnera tout, vos frères et vos sœurs vous attendent, les cloches sonneront et personne ne sera plus obligé d'aller dans les kolkhozes, n'iront que ceux qui voudront. Enlevez vos souliers et arrivez pieds nus, ça ira plus vite. Mais moi je ne les ai pas crus, ces tracts, et je savais que je n'échapperai pas à la prison. »

Ses courtes moustaches drues, rousses avec une touche de gris, tremblèrent à ces souvenirs.

« J'ai dit tout de suite à Marfa Ustinovna : « Ma petite, « ils nous offrent tout un lac, mais on n'aura qu'une « flaque de boue. » Elle m'a tapé sur la tête et elle m'a dit : « Mon vieux, quand tu auras tes yeux, on pourra « voir là-bas quoi faire : faisons la seconde opération. » Mais tous les gosses disaient : « Papa, maman, rentrons « chez nous. Rentrons dans notre pays ! Pourquoi atten- « dre ici à cause d'une opération ? Vous croyez que nous « n'avons pas de médecins pour les yeux en Russie ? « Après tout, nous avons battu les Allemands et nous « sommes capables de soigner les blessés ! Nous voulons « finir nos études en Russie ! » L'aîné n'avait plus que deux ans à faire. Ma fille, Véra, ne cessait pas de pleu- rer : « Tu veux me faire épouser un Allemand ? » Elle avait l'impression qu'en restant elle manquait le fiancé de sa vie... Je me grattais la tête en pensant : mes enfants, mes enfants, il y a des médecins en Russie, mais qui

vous dit que nous arriverons jusqu'à eux ? Mais je me
disais qu'ils mettraient toute la faute sur mon dos. Pourquoi inquiéteraient-ils les enfants ? C'est moi qu'ils jette-
raient en prison... alors que les enfants vivent. »

Ils partirent donc. Au poste frontière, on sépara
tout de suite les hommes des femmes et ils continuèrent
par des trains différents. La famille Iegorov qui était
restée ensemble pendant toute la guerre était dispersée
maintenant. Personne ne leur demanda s'ils étaient de
Briansk ou de Saratov. Sans aucun jugement préalable,
la mère et la fille furent envoyées dans la région de
Perm où la fille travaillait maintenant à une scie mécanique dans un kolkhoze forestier. Quant à Spiridon et
à ses fils, on les mit derrière des barbelés et on les
condamna à dix ans de prison chacun pour trahison.
Spiridon et son plus jeune fils étaient tombés au camp
de Solikamsk où, tout au moins, le père put prendre
soin de l'enfant deux ans encore. L'aîné avait été envoyé
au camp de Kolyma.

C'était ça se retrouver à la maison. C'était ça le fiancé
de la fille et l'école des fils.

Par suite de la tension que représentaient les interrogatoires, puis du régime de famine du camp — Spiridon donnait la moitié de sa ration quotidienne à son
fils — non seulement sa vue ne s'était pas améliorée,
mais celle de son œil gauche, celui qui lui restait, avait
diminué. Dans ce trou reculé de la montagne où il fallait
serrer les dents pour survivre, demander aux médecins
de rendre la vue, c'était comme demander de monter
vivant au paradis. A la malheureuse infirmerie du camp,
on aurait été bien en peine de décider où l'envoyer se
faire soigner et plus encore de le soigner.

La tête dans les mains, Nerjine méditait sur l'énigme
que constituait son ami. Il ne regardait ni de haut ni
avec humilité ce paysan dominé par les événements, mais
absolument comme un égal. Depuis quelque temps, toutes leurs conversations conduisaient de plus en plus Nerjine vers une question. Toute la contexture de la vie de
Spiridon tendait vers cette question. Et il semblait
qu'aujourd'hui le moment fût venu de la poser.

L'existence compliquée de Spiridon, le fait qu'il fût
passé sans cesse d'un camp à un autre dans le combat...
n'était-ce pas plus qu'un simple instinct de conservation ?
Est-ce que cela ne correspondait pas d'une certaine
manière à l'idée de Tolstoï qu'il n'y a, en ce monde, ni

justes ni coupables ? N'y avait-il pas toute une philosophie sceptique dans les actions presque instinctives de
ce paysan roux ?

Aujourd'hui, sous l'escalier, l'expérience sociale entreprise par Nerjine promettait de donner un résultat brillant et totalement inattendu.

« J'ai le cafard, disait Spiridon en passant sa main
calleuse sur sa joue non rasée, comme s'il voulait en
écorcher la peau. Après tout, je n'ai pas eu de lettre de
chez moi depuis quatre mois.

— Mais tu dis que le sergent a une lettre ? »

Spiridon le regarda d'un air de reproche (ses yeux
étaient éteints mais ils ne paraissaient jamais vitreux,
comme ceux des gens aveugles de naissance, ils demeuraient expressifs).

« Qu'est-ce qu'il peut y avoir dans cette lettre au bout
de quatre mois ?

— Quand tu l'auras demain, viens ici et je te la lirai.

— Je viendrai, sois tranquille.

— Peut-être qu'il y en a eu de perdues à la poste ?
Peut-être que les « protecteurs » les ont gardées. Cela ne
sert à rien de s'inquiéter, Danilitch.

— Comment ça, ça ne sert à rien ? J'ai le cœur noué.
Je m'inquiète pour Véra. Elle n'a que vingt et un ans et
elle n'a ni père ni frères et sa mère n'est pas à côté
d'elle. »

Nerjine avait vu une photo de Véra Iegorovna prise
au printemps dernier. C'était une grande fille bien en
chair avec des yeux confiants. Son père avait réussi
à lui faire passer toute la guerre mondiale sans dommage. Il l'avait sauvée avec une grenade à main des
hommes qui, dans les bois de Minsk, avaient essayé
de la violer alors qu'elle n'avait que quinze ans. Mais que
pouvait-il faire pour elle maintenant de sa prison ?

Nerjine imaginait l'épaisse forêt de Perm, le bruit de
mitrailleuse de la scie mécanique, l'abominable grondement des tracteurs, les troncs des arbres qu'on traînait,
les camions dont l'arrière s'enlisait dans les marécages
avec leurs radiateurs dressés vers le ciel comme s'ils
imploraient les chauffeurs noirs et furieux, lesquels
n'étaient plus capables de faire la différence entre les
jurons et les mots ordinaires... et, au milieu d'eux, une
jeune fille en vêtements de travail qui accentuaient
encore ses formes féminines. Elle dort avec eux auprès
des feux de camp. Personne qui passe ne rate l'occasion

de la peloter. Ce n'était pas pour rien, en effet, que
Spiridon se rongeait.

Mais à quoi cela servirait-il d'essayer de le rassurer ?
Mieux valait distraire son esprit et, en même temps,
découvrir par son truchement ce qui existait comme
contrepoids aux connaissances de ses propres amis intellectuels. N'allait-il pas entendre maintenant, ici, une
définition du scepticisme tel que le voyait le peuple et
ensuite, peut-être, la faire sienne.

« Il y a longtemps que j'ai envie de te demander quelque chose, Spiridon Danilitch, dit-il. Je t'écoute, je
t'écoute raconter tes aventures. Ta vie est détruite, oui,
mais sans aucun doute pas seulement la tienne mais celle
de beaucoup d'autres aussi. Tu as passé ton temps à
aller d'un endroit à l'autre, cherchant l'impossible... mais
pas sans raison ? D'après toi, selon quels principes (il
faillit dire « critères ») devons-nous juger la vie ? Par
exemple, y a-t-il vraiment des gens sur terre qui désirent
le mal ? Qui se disent : « Je vais faire du mal aux
« autres ? Je vais leur serrer un peu le cou pour qu'ils
« ne puissent pas respirer et vivre ? » C'est peu probable,
non ? Peut-être que tout le monde veut le bien, que tout
le monde *croit* vouloir le bien, que tout le monde n'est
pas sans péché ou sans erreur... et que c'est pour cela
que les humains se font tant de mal les uns aux autres.
Ils se convainquent qu'ils font bien et, en fait, cela
devient du mal. Comme tu dis, ils sèment du seigle et
ce sont des mauvaises herbes qui sortent de terre... »

De toute évidence, il ne s'était pas exprimé clairement.
Spiridon le regardait en fronçant les sourcils, comme s'il
avait l'impression qu'on lui avait tendu un piège.

« Disons maintenant que tu fasses une erreur et que
je veuille te la faire corriger et que je te l'explique avec
des mots mais que tu ne m'écoutes pas, que tu me fasses
même taire... qu'est-ce qui me reste à faire ? Te taper
sur la tête ? C'est bien si j'ai raison, mais si j'ai seulement l'impression que j'aie raison, si je me le suis seulement fait entrer dans la tête moi aussi ? Ou encore si
j'avais raison dans le temps mais que j'aie tort maintenant ? Après tout, la vie change, non ? Je veux dire, si on
ne peut pas être sûr d'avoir toujours raison... est-ce qu'il
faut se mêler d'agir ou pas ? Est-il concevable qu'un être
humain quelconque sur terre puisse dire qui a raison et
qui est coupable ? Qui peut le dire à coup sûr ? »

— Moi je peux te le dire ! s'exclama Spiridon avec

empressement, le visage éclairé, avec le même empressement que si on lui avait demandé quel officier était de
service le lendemain matin. Je peux te le dire : le chien-
loup a raison et le cannibale a tort !

— Quoi-quoi-quoi ? fit Nerjine, frappé par la simplicité
et la force de cette réponse.

— C'est comme ça », répéta Spiridon avec une ferme
conviction, se tournant vers Nerjine et lui soufflant son
haleine chaude dans la figure, « le chien-loup a raison
et le cannibale a tort. »

64

LES POINGS SERRÉS

Le mince et jeune lieutenant avec la moustache en brosse qui était venu prendre son service le dimanche soir fit personnellement une ronde dans les couloirs supérieurs et inférieurs de la prison spéciale après l'extinction des feux, obligeant les détenus à regagner leurs chambres. Le dimanche, ils répugnaient toujours à aller se coucher. Il aurait volontiers fait une seconde ronde, mais il ne parvenait pas à s'arracher à la jeune et rondelette assistante du médecin responsable de l'infirmerie. Cette assistante avait un mari à Moscou qui ne pouvait la voir pendant des jours entiers lorsqu'elle était affectée dans la zone interdite. Le lieutenant comptait bien ne pas passer cette nuit-là tout seul. Avec un rire gras elle ne cessait de se dégager en répétant indéfiniment :

« Assez de bêtises ! »

La seconde fois le lieutenant envoya donc son sergent. Le sergent comprit que le lieutenant ne quitterait pas l'infirmerie avant le matin, qu'il ne viendrait pas l'inspecter, aussi ne fit-il aucun effort particulier pour que tout le monde allât se coucher. D'abord, il avait été un salaud pendant tant d'années que cela avait fini par l'ennuyer et ensuite il se rendait bien compte que des

adultes qui devaient travailler le lendemain finiraient
bien par aller dormir.

Il n'était pas permis d'éteindre les lumières dans l'escalier ni dans les couloirs de la prison spéciale, car cela
pourrait favoriser une évasion ou une rébellion.

C'est ainsi qu'au cours des deux rondes personne
n'avait chassé Rubine et Sologdine qui étaient appuyés
au mur du couloir principal. Il était minuit passé, mais
ils ne pensaient plus à dormir.

C'était une de ces discussions interminables et violentes qui fréquemment, comme des bagarres, terminent les
fêtes russes.

Le débat-duel sur le papier n'avait pas marché. Pendant
l'heure qui venait de s'écouler, Rubine et Sologdine
avaient déjà examiné les deux autres lois de la dialectique, ranimant les sombres de Hegel et de Feuerbach.
Mais sur ces hauteurs glacées et altières, leur discussion
n'arrivait pas à s'installer ni à prendre pied et chaque
coup les faisait tomber plus bas dans l'abîme.

« Tu es un fossile, un dinosaure ! tonnait Rubine.
Comment pourras-tu jamais vivre avec des idées aussi
folles ! Tu crois vraiment que la société peut t'accepter ?

— Quelle société ? demanda Sologdine l'air stupéfait.
Aussi loin que je puisse me souvenir, j'ai toujours été
en prison. Il n'y a rien autour de moi que des barbelés
et des gardiens. Je suis coupé de cette fameuse société
par-delà la zone interdite, j'en suis d'ailleurs coupé à
jamais. Alors pourquoi faut-il que je m'y prépare ? »

Ils avaient déjà discuté de l'évolution de la jeunesse.

« Comment oses-tu porter des jugements sur la jeunesse, fit Rubine, furieux. J'ai combattu avec des jeunes
gens sur le front, je suis allé avec eux en patrouille, et
toi tu les juges d'après ce que tu as entendu de je ne
sais quel bon à rien dans un camp de transit. Pendant
douze ans tu t'es aigri dans les camps... Qu'as-tu vu du
pays ? Les Etangs du Patriarche ? Ou bien es-tu allé à
Kolomenskoie le dimanche ?

— Le pays ? Tu prends sur toi de juger le pays ? cria
Sologdine d'une voix étouffée, comme s'il s'étranglait.
Honte ! Honte à toi ! Combien de gens sont passés par
la Boutyrka ? Tu te souviens de Gromov, Ivanteiev, de
Iachine, de Blokhine : ils te disaient la vérité. Ils t'ont
tout dit de leur existence... Vas-tu me dire que tu ne les
écoutais pas ? Et ici ? Vartapetov, et puis ce... comment
s'appelle-t-il...

— Qui ça ? Pourquoi veux-tu que je les écoute ? Des gens aveugles ! Ils se contentent de pousser des cris comme un animal qui a eu une patte écrasée. Ils interprètent l'échec de leur existence comme un effondrement général des structures du monde. Leur observatoire, c'est un seau hygiénique de cellule. Ils voient les choses d'une souche d'arbre, ils n'ont pas un vrai point de vue ! »

Ils continuèrent et continuèrent, perdant le fil de leurs arguments, de leurs pensées, ne faisant plus attention à ce couloir où, à part eux, il n'y avait que deux joueurs d'échecs à moitié idiots assis devant un échiquier et le forgeron, un fumeur invétéré. Tout ce qu'ils voyaient, c'étaient leurs propres gestes furieux, leurs visages enflammés, une grande barbe noire affrontant un petit bouc blond et net.

Chacun ne cherchait qu'une chose : un endroit où frapper l'autre plus douloureusement.

Sologdine foudroyait du regard Rubine avec une telle passion que si les yeux pouvaient fondre par la chaleur des sentiments qu'ils exprimaient, les yeux de Sologdine auraient fondu.

« Essayer de te parler, c'est quelque chose ! Tu es inaccessible à tout argument raisonnable ! Ça ne te gêne absolument pas de passer du noir au blanc. Et ce qui me met vraiment en fureur, c'est le fait qu'au fond tu es pour la devise (et là, dans le feu de la discussion, il fit usage d'un mot d'origine étrangère bien qu'il appartînt à la chevalerie) « la fin justifie les moyens ». Pourtant si on te demandait en face si tu l'acceptes, tu dirais que non ! Oui, je suis sûr que tu dirais que non.

— Pas du tout ? répondit Rubine avec une soudaine tranquillité. Pour moi personnellement, je ne l'accepte pas. Mais si on se place sur un plan social ? Car dans toute l'histoire humaine, nos fins sont les premières à être si élevées que nous pouvons dire qu'elles justifient les moyens par lesquels elles ont été atteintes.

— Ah ! alors, on en arrive même à ça, dit Sologdine, apercevant pour sa lame un point sans défense et assenant un coup formidable. Rappelle-toi : plus la fin est élevée, plus élevés doivent être les moyens ! Les moyens perfides détruisent la fin elle-même.

— Qu'entends-tu par perfides ? De quel côté est la perfidie ? Tu renies peut-être le moyen révolutionnaire ? Peut-être renies-tu aussi la nécessité de la dictature ?

— N'essaie pas de m'entraîner dans la politique ! dit

Sologdine, en agitant rapidement son doigt devant le nez de Rubine. Je suis emprisonné au titre de l'article 58... mais je n'ai jamais rien eu à faire avec la politique et je ne vais pas commencer maintenant. Le forgeron qui est assis là-bas... il est ici d'après l'article 58, lui aussi, et c'est un illettré.

— Non, réponds à la question ! insista Rubine. Reconnais-tu la dictature du prolétariat ?

— Je n'ai pas dit un mot du règne des travailleurs. Je t'ai posé une question de pure éthique : la fin justifie-t-elle ou non les moyens ? Et tu m'as répondu ! Tu t'es découvert.

— Je n'ai pas dit que je l'acceptais au sens personnel !

— Qu'est-ce que c'est que ça ! fit Sologdine dans un cri étouffé. La moralité ne doit pas perdre de sa force quand son champ d'action s'étend ! Ça voudrait dire que si toi personnellement tu commets un meurtre ou une trahison, c'est une infamie, mais que si Le Seul et Unique et Infaillible supprime cinq ou dix millions de personnes, c'est conforme à la loi de la nature et qu'on doit le comprendre dans un sens progressiste.

— Il s'agit de deux choses qui ne peuvent pas se comparer ! Elles sont qualitativement différentes.

— Cesse de faire semblant ! Tu es trop intelligent pour croire à cette saleté ! Personne qui pense juste ne peut penser ça ! Tu mens tout simplement !

— C'est toi qui mens ! Tout chez toi n'est qu'un numéro ! Ton stupide « langage d'extrême précision » ! Et ta façon de jouer les chevaliers et les preux ! Et cette manie de te donner l'air d'Alexandre Nevski ! Tout chez toi est une comédie parce que tu es un raté de la vie ! Cette histoire de scier du bois... C'est un numéro aussi !

— Je sais pourquoi tu as cessé d'y venir ! C'est que là-bas il faut travailler avec les mains, pas avec la langue !

— Comment ça, j'ai cessé ? Pour trois jours ! »

Leur discussion se poursuivait sans interruption à travers les recoins éclairés ou obscurs de leurs souvenirs, comme un express de nuit fonce au milieu des sifflets et des signaux lumineux, tantôt traversant les steppes désertes et tantôt les villes scintillantes ; et tout ce qui passait ainsi projetait un reflet irréel et fugitif ou un grondement incertain contre le balancement implacable de leurs pensées accrochées comme des wagons.

« Pour commencer tu pourrais appliquer tes principes

de moralité à toi-même ! fit Rubine avec indignation. Qu'est-ce qu'on peut dire de la fin et des moyens dans ton cas ? Sur un plan personnel ! Essaie donc de te rappeler comment tu as débuté dans ta carrière d'ingénieur ! De quoi rêvais-tu ? Tu étais décidé à devenir millionnaire.

— Tu pourrais parler aussi de la façon dont tu enseignais aux enfants du village à dénoncer leurs parents ! »

Ils se connaissaient depuis deux ans. Et maintenant, tout ce qu'ils avaient appris au cours de leurs conversations intimes, ils essayaient de l'utiliser l'un contre l'autre de la façon la plus nuisible et la plus pénible. Ils se souvenaient de tout maintenant et ils se le relançaient à la figure comme autant d'accusations. Leur duel ne s'élevait pas à des questions générales mais descendait de plus en plus bas vers des problèmes personnels où chacun pouvait faire mal à l'autre.

« Voilà ceux qui pensent comme toi, voilà tes meilleurs amis ! proclamait Sologdine. Chikhine-Michkine ! Je n'arrive pas à comprendre pourquoi tu les évites ? Qu'est-ce que c'est que cette hypocrisie ?

— Quoi ? Qu'est-ce que tu dis ? fit Rubine d'une voix étranglée. Tu parles sérieusement ? »

Non, Sologdine savait pertinemment que Rubine n'était pas un indicateur et qu'il n'en serait jamais un, mais la tentation était grande de le mettre dans le même sac que les officiers de sécurité.

« Après tout, insista Sologdine, ce serait plus conforme à ton point de vue. Puisque les geôliers ont raison, c'est ton devoir de les aider du mieux possible. Et pourquoi ne jouerais-tu pas les indicateurs ? Chikhine t'écrira une bonne recommandation et ton dossier sera reconsidéré...

— Ça sent le sang ! fit Rubine en crispant ses gros poings et en les levant comme s'il voulait se battre. Il y a des gens qui se font casser la figure pour des phrases comme ça.

— Tout ce que je dis, riposta Sologdine en se maîtrisant autant qu'il en était capable, c'est que ce serait plus logique de ta part. Si la fin justifie les moyens. »

Rubine desserra les poings et contempla d'un air méprisant son adversaire :

« Il faut d'abord avoir des principes ! Tu n'as pas de principes. Tu débites des propos abstraits à propos du Bien et du Mal... »

Sologdine voulut préciser sa position :

« Absolument pas ! Fais l'effort de comprendre, c'est tout. Puisque nous sommes tous emprisonnés à juste titre et toi seulement à tort, ça veut dire que les geôliers ont raison. Tous les ans tu leur écris une supplique pour demander ta grâce...

— Tu mens ! Ça n'est pas une demande de grâce, mais une demande de révision de mon dossier.

— Quelle différence ?

— Une très grande différence.

— On repousse tes demandes et tu continues à mendier. C'était toi qui ne voulais pas discuter de la signification de l'orgueil dans la vie d'un homme, alors que tu devrais être le premier à t'en soucier ! Pour le plaisir d'une liberté superficielle tu es prêt à t'abaisser ! Tu es comme un chiot au bout d'une laisse : celui qui tient la laisse à la main t'a en son pouvoir.

— Et toi, tu n'es au pouvoir de personne ? fit Rubine furieux. Et tu ne mendierais pas ?

— Non !

— Eh bien, c'est que tu n'as simplement pas l'occasion d'obtenir ta liberté ! Mais si la chance se présentait tu ne te contenterais pas de mendier, tu...

— Jamais, dit Sologdine.

Comme c'est noble de ta part ! Tu te moques de la façon dont le Numéro Sept lutte, mais si tu pouvais te distinguer, tu ramperais à plat ventre.

— Jamais, répéta Sologdine en tremblant.

— Mais moi je te le dis ! déclara Rubine. Tu n'as simplement pas le talent de te distinguer. Les raisins sont trop verts ! Mais si tu pouvais faire quelque chose... Si on pouvait faire appel à toi... Tu irais en rampant à plat ventre !

— Prouve-le ! dit Sologdine, qui à son tour avait les poings crispés. Tu parlais de gens qui se font casser la figure !

— Laisse-moi le temps... Je te le prouverai ! Donne-moi... un an ! Veux-tu me donner un an ?

— Prends-en dix.

— Mais je te connais ! Bien sûr, tu te dissimuleras derrière la dialectique, tu diras que « tout coule, tout change ».

— C'est pour des gens comme toi que « tout coule, tout change » ! Ne juge pas les autres d'après toi-même. »

65

DOTTY

LES relations sont toujours étranges entre un homme et une femme : on ne peut rien prévoir, il n'y a pas de direction, pas de lois. Parfois on arrive à une impasse et tout ce qu'on peut faire, c'est s'asseoir et pleurer : tous les mots ont été dits, en vain ; tous les arguments ont été évoqués et réfutés. Et puis, quelquefois, sur un regard, lancé par hasard, ou sur un mot, le mur ne s'effondre pas, mais fond tout simplement. Et là où il n'y avait rien que ténèbres, un sentier apparaît de nouveau, où deux personnes peuvent marcher de front.

Ce n'est qu'un sentier... Et peut-être seulement pour une minute.

Innokenty avait depuis longtemps décidé que tout était fini entre Dotty et lui... il ne pouvait en être autrement avec ces airs distants qu'elle prenait, avec sa mesquinerie. Mais aujourd'hui, chez son beau-père, elle avait été si gentille qu'il éprouvait pour elle une grande tendresse. Il l'éprouvait encore tandis qu'ils rentraient chez eux dans la voiture, seuls tous les deux et bavardant à propos de la soirée. Il écoutait Dotty parler du mariage de Clara et, sans y réfléchir, il passa son bras autour d'elle et lui prit la main.

Il songea soudain : si cette femme n'avait jamais été ni son épouse ni sa maîtresse et qu'il avait passé son bras autour d'elle comme ça, qu'éprouverait-il ? C'était clair : il donnerait n'importe quoi pour faire l'amour avec elle.

Alors pourquoi trouvait-il blessant d'avoir envie d'elle, du moment que c'était sa propre femme ?

Ce qui était barbare et méprisable, c'était que, telle qu'elle était, et il savait qu'elle était allée avec d'autres hommes, en cet instant même, il avait terriblement envie d'elle. Comme s'il était poussé à prouver quelque chose. Mais quoi, et à qui ?

Quand ils se retrouvèrent dans le salon pour se dire bonsoir, Dotty posa sa tête sur la poitrine d'Innokenty, déposa sur son cou un baiser maladroit et sortit sans le regarder. Innokenty passa dans sa propre chambre et commença à se déshabiller. Tout d'un coup il éprouva le besoin de la voir.

C'était un peu parce qu'à la soirée il se sentait à l'abri d'une arrestation ; la foule des gens qui buvaient, bavardaient et riaient formait comme une armure autour de lui. Maintenant, dans la solitude de son cabinet de travail, il avait de nouveau peur.

Il s'arrêta à la porte de sa femme en robe de chambre et en pantoufles. Ne sachant encore s'il allait frapper ou non, il poussa doucement la porte. Dotty la fermait toujours la nuit. Mais, cette fois, elle s'ouvrit sous sa poussée

Sans frapper Innokenty entra. Dotty était couchée dans son lit, sous une douce couverture d'un violet argenté.

Elle ne fit pas un geste, elle ne dit pas un mot.

Une petite lampe sur la table de chevet éclairait son pâle visage, ses cheveux clairs, sa chemise de nuit de satin délicatement bordée de dentelle.

Il faisait plutôt chaud dans la chambre, mais Innokenty était heureux de cette chaleur, il avait l'impression d'avoir des frissons. Une odeur de parfum flottait dans la pièce.

Il s'approcha d'une petite table couverte d'un tissu gris fumé. Prenant un coquillage, il se mit à jouer avec et, sans regarder Dotty, il dit d'un ton hostile :

« Je n'arrive pas à comprendre pourquoi je suis venu. Je ne peux pas imaginer qu'il puisse jamais rien y avoir de nouveau entre nous. »

Il ne parla pas de la façon dont lui-même l'avait trompée à Rome, il ne voulait même pas y penser.

« Mais voilà, je me suis dit : et si j'allais la trouver ? »

Il manipulait nerveusement le coquillage ; il tourna la tête et regarda Dotty.

Il se méprisait.

Elle souleva légèrement la joue de l'oreiller et leva les yeux vers lui, avec une expression attentive et tendre, bien qu'elle pût à peine distinguer son visage dans la pénombre. Ses bras semblaient nus et sans défense sous les plis ravissants de sa chemise de nuit. D'une main, elle tenait un livre.

« Allonge-toi toujours un moment auprès de moi », dit-elle d'un ton hésitant.

S'allonger ? Pourquoi pas ? Oublier tout ce qui s'était passé était une autre histoire.

C'était plus facile de parler quand on était allongé : sans savoir pourquoi, il pouvait en dire beaucoup plus, des choses infiniment plus intimes, s'ils n'étaient pas assis l'un en face de l'autre dans des fauteuils, mais allongés tous deux sous la couverture.

Il fit deux pas vers le lit, puis il hésita.

Elle souleva la couverture pour qu'il se glissât dessous.

Innokenty s'allongea et tout se referma derrière lui.

66

LA LAME TRANCHANTE DE L'ÉPÉE DE DAMAS

Enfin la charachka dormait.

Deux cent quatre-vingts zeks dormaient sous les ampoules bleues, la tête renversée en arrière ou enfoncée dans leurs oreillers, respirant sans bruit ou ronflant bruyamment, criant, pelotonnés pour ne pas avoir froid ou bien étalés parce qu'ils avaient trop chaud. Ils dormaient sur deux étages du bâtiment, à raison de deux rangées de châlits à chaque étage, et chacun voyait dans ses rêves des choses différentes : les vieux voyaient ceux qu'ils aimaient ; les jeunes voyaient des femmes ; les uns voyaient ce qu'ils avaient perdu ; les autres un train, les autres une église ; certains voyaient leurs juges. Leurs rêves étaient différents mais tous, tous les dormeurs se rappelaient avec lassitude qu'ils étaient prisonniers, que s'ils déambulaient sur l'herbe verte ou dans la ville, cela voulait dire qu'ils s'étaient échappés, qu'ils avaient trompé leurs geôliers, qu'il y avait eu un malentendu et qu'ils étaient traqués. Ce bienheureux oubli des fers que Longfellow avait imaginé dans *Le Rêve d'un prisonnier* n'était pas leur lot. Le choc d'une arrestation injustifiée, la condamnation à dix ou à vingt-cinq ans, les aboiements des chiens policiers, le martèlement des bottes des gardiens et le fracas déchirant de la diane que l'on sonnait au camp avaient pénétré tous les niveaux de leur être, tous leurs instincts secondaires et même primaires, pour entrer jusque dans leurs os, si bien que si un incendie avait éclaté, le prisonnier en s'éveillant se serait d'abord souvenu qu'il était en prison et seulement alors aurait senti la chaleur et la fumée.

Mamourine, le Masque de Fer, dormait dans sa cellule solitaire. L'équipe des gardiens de repos dormait. Celle qui était de service dormait aussi. L'assistante médicale de service à l'infirmerie, après avoir résisté toute la soirée au lieutenant à la moustache en brosse, venait de céder et eux aussi dormaient maintenant tous les deux sur l'étroit divan du bureau du médecin. Et enfin, le petit gardien posté sur le palier du grand escalier devant les portes de fer munies de lourdes chaînes qui donnaient accès à la prison, ne voyant personne venir l'inspecter, après avoir actionné son téléphone de campagne sans avoir reçu de réponse, s'était endormi à son tour, assis la tête appuyée sur la rampe, et il ne surveillait plus par la fenêtre, comme il était censé le faire, le couloir de la prison spéciale.

Choisissant résolument cette heure au cœur de la nuit où les règles de la prison de Mavrino cessaient d'être appliquées, le prisonnier numéro 281 quitta sans bruit la salle semi-circulaire, clignotant sous la lumière vive, ses bottes foulant le sol jonché de mégots de cigarettes. Il avait enfilé directement ses bottes et jeté par-dessus son maillot de corps son manteau de soldat tout usé. Sa barbe noire était en désordre. Ses cheveux clairsemés tombaient de chaque côté de sa tête et son visage exprimait la souffrance.

Il avait vainement essayé de trouver le sommeil. Puis il s'était levé pour arpenter le couloir. Il avait fait cela plus d'une fois. Cela chassait son irritation et dissipait la douleur aiguë qu'il éprouvait à la nuque et ce point qu'il sentait près de son foie.

Mais bien qu'il fût sorti pour marcher, il avait pris avec lui, comme d'habitude, deux livres, dans l'un desquels était plié le brouillon du manuscrit d'un « Projet de la création de Temples civiques. » Et aussi un crayon mal taillé. Ayant déposé ses livres, le crayon, une boîte de tabac blond et une pipe sur une longue table sale, Rubine se mit à arpenter régulièrement le couloir en serrant autour de lui son manteau.

Il reconnaissait que la vie n'était pas facile pour tous

les détenus, aussi bien pour ceux qu'on avait emprisonnés pour rien que pour ceux qui étaient des ennemis
et qu'on avait emprisonnés en tant qu'ennemis. Mais il
trouvait que sa propre situation était tragique au sens
aristotélicien du terme. Le coup lui avait été asséné des
mains de ceux qu'il aimait le plus que tout. Il avait été
emprisonné par des bureaucrates indifférents parce qu'il
aimait à un point inconvenant la cause commune. Et
chaque jour, en raison de cette tragique contradiction,
Rubine se trouvait contraint, afin de défendre sa dignité
et celle de ses camarades, de se dresser contre les officiers et les gardiens de la prison dont les actions exprimaient, suivant la vaste conception qu'il avait du monde,
une loi absolument vraie, correcte et progressiste. Par
contre, ses camarades n'étaient pour la plupart absolument pas des camarades et, dans toute la prison, on
l'accablait de reproches, on le maudissait, on l'attaquait
presque, parce que les gens ne voyaient que leur propre
peine et qu'ils ne distinguaient pas derrière tout cela la
grande Conformité à la Loi naturelle. Dans chaque cellule,
à chaque nouvelle rencontre, dans chaque discussion, il
était contraint, inlassablement, au mépris de toutes les insultes qu'ils pouvaient lui prodiguer, de leur prouver
que, d'après les statistiques et si l'on voyait les choses dans leur ensemble, tout allait comme il le fallait,
que l'industrie était florissante, que l'agriculture produisait des surplus, que la science progressait par bonds
et que la culture brillait comme un arc-en-ciel.

Ses adversaires, qui constituaient la majorité, se
conduisaient comme s'ils étaient le peuple, et que lui,
Rubine, représentait bien peu en quantité. Mais tout lui
disait que c'était un mensonge. Le peuple était en dehors
des prisons et en dehors des barbelés. Le peuple avait
pris Berlin, ayait retrouvé les Américains sur l'Elbe, le
peuple avait reflué vers l'est dans les trains de démobilisation, était allé reconstruire le Dnieproghes, ranimer
le Donbass, rebâtir Stalingrad. Un sentiment d'unité avec
des millions de gens lui donnait l'impression de ne pas
être seul dans sa lutte contre quelques douzaines d'individus.

Souvent ils le taquinaient non pas pour défendre la
vérité mais pour se venger de lui puisqu'ils ne pouvaient
se venger des geôliers. Ils le persécutaient, sans songer
que chacune de ces escarmouches l'anéantissait et l'amenait plus près du tombeau.

Mais il était obligé de discuter. Sur le secteur du front que représentait la charachka de Mavrino, rares étaient ceux qui pouvaient défendre le socialisme comme lui.

Rubine frappa au petit guichet vitré de la porte de fer, une fois, deux fois, la troisième fois très fort. A la troisième fois le visage gris du gardien endormi apparut à la fenêtre.

« Je me sens malade, dit Rubine. J'ai besoin de médicaments. Conduisez-moi à l'assistante du médecin. »

Le gardien réfléchit un moment.

« Bon. Je vais téléphoner. »

Rubine continua à arpenter le couloir.

Il était au fond un personnage tragique.

Il était prisonnier depuis plus longtemps que tous les autres détenus ici.

Son grand cousin, à qui Lev, à seize ans, vouait un véritable culte, lui avait donné la consigne de cacher des caractères d'imprimerie. Lev avait été ravi d'accomplir cette mission. Mais il n'avait pu se garder du fils des voisins qui l'avait dénoncé. Lev n'avait pas dénoncé son cousin, il avait inventé une histoire et prétendu qu'il avait découvert les caractères d'imprimerie sous un escalier.

Tout en arpentant le hall d'un pas lourd et mesuré, Rubine se rappelait son cachot dans la prison de Kharkhov, vingt ans plus tôt.

Cette prison avait été construite suivant un plan américain : un puits ouvert à plusieurs étages avec des escaliers et des paliers de fer et, au fond, un régulateur de trafic avec des drapeaux. Tous les sons résonnaient, d'un bout à l'autre de la prison. Un jour Lev entendit traîner quelqu'un dans un grand fracas le long de l'escalier... Et puis soudain un hurlement à vous déchirer le cœur retentit :

« Camarades ! Je vous apporte le salut des cachots frigorifiés ! A bas les bourreaux staliniens ! »

On le battit... On entendit ce bruit particulier des coups sur la chair tendre. On lui ferma la bouche et le hurlement devint intermittent puis cessa totalement. Mais trois cents prisonniers dans trois cents cachots se précipitèrent sur leur porte, la martelèrent à coups de poing et crièrent :

« A bas les chiens assoiffés de sang !

— Ils boivent le sang des travailleurs !

— Nous avons un autre tsar sur le dos !

— Vive le léninisme ! »

Et puis, dans certaines cellules, des voix frénétiques s'élevèrent :

Debout, les prisonniers de la famine...

Et toute la masse invisible des prisonniers, ne pensant plus à eux-mêmes, lancèrent d'une voix de tonnerre :

C'est la lutte finale...

On ne les voyait pas, mais beaucoup de ceux qui chantaient, comme Lev, avaient sans nul doute des larmes de triomphe aux yeux...

La prison bourdonnait comme une ruche qu'on vient d'éveiller. De petits groupes de geôliers avec leurs clefs se cachaient sur l'escalier, terrifiés par l'hymne immortel du prolétariat...

Quelle vague de douleur il éprouvait à la nuque ! Quelle pression sur le côté droit du ventre !

Rubine frappa de nouveau au petit guichet. Au second coup le visage ensommeillé du même gardien apparut. Ouvrant la vitre, il marmonna :

« J'ai sonné. On ne répond pas. »

Il voulut refermer la vitre, mais Rubine l'en empêcha.

« Eh bien, allez là-bas ! cria-t-il d'une voix exaspérée par la douleur. Je suis malade, vous comprenez ? Je n'arrive pas à dormir ! Faites venir l'assistante médicale.

— Bon, très bien », fit le gardien. Et il referma le guichet.

Une fois de plus Rubine se mit à marcher de long en large, mesurant désespérément l'étendue du couloir plein de fumée et encombré de détritus, et le temps lui sembla avancer aussi lentement que ses pas.

Et, par-delà l'image de la prison de Kharkhov, dont il se souvenait toujours avec orgueil, bien que ce séjour de deux semaines au cachot eût pesé sur tous ses questionnaires de sécurité, sur toute sa vie, et eût alourdi la peine qu'il purgeait actuellement, d'autres souvenirs pénétrèrent dans son esprit, des souvenirs qui le faisaient brûler de honte.

... Un jour, il fut convoqué au bureau du Parti de l'usine de tracteur. Lev se considérait comme un des fondateurs de l'usine. Il travaillait à la rédaction du journal de l'entreprise. Il traversait les ateliers, inspirant

les jeunes, insufflant de l'énergie aux plus vieux travailleurs, affichant des dépêches sur les succès des brigades
d'élite du travail, sur les exemples d'initiatives et de
négligences.

Le garçon de vingt ans, dans sa blouse de paysan
d'Ukraine, entra dans les locaux du Parti avec la même
franchise dont il avait fait montre jadis dans le bureau
du secrétaire du Comité central de l'Ukraine, Pavel
Petrovich Postichev. Et tout comme là-bas il avait simplement dit : « Bonjour, camarade Postichev ! » en lui
tendant la main le premier, il dit ici à la femme d'une
quarantaine d'années aux cheveux coupés court et main-
tenus par un foulard triangulaire rouge :

« Bonjour, camarade Bakhtina ! Tu m'as convoqué ?

— Bonjour, camarade Rubine, fit-elle en lui serrant la
main. Assieds-toi. »

Il s'assit.

Il y avait une troisième personne dans la pièce. Ce
n'était pas un travailleur, il portait une cravate, un costume et des chaussures jaunes. Il était assis dans
un coin et examinait des papiers sans faire attention à
eux.

Le bureau du Parti était sévère comme un confessionnal, décoré de rouge flamboyant et de noir sobre.

D'une voix contrainte et qui manquait un peu de
vigueur, la femme discuta avec Lev des affaires de
l'usine, dont ils avaient toujours jusqu'alors parlé avec
ferveur, puis, brusquement, se renversant en arrière, elle
lui avait dit d'un ton ferme :

« Camarade Rubine ! Il faut vider ton cœur devant le
Parti. »

Lev était abasourdi. Comment ça ? Est-ce qu'il ne
donnait pas au Parti toutes ses forces, toute sa santé,
nuit et jour ?

Non ! Ça n'était pas assez !

Mais qu'y avait-il de plus ?

Ce fut alors que l'autre personnage intervint. Il
s'adressa à Rubine en le vouvoyant, ce qui choqua son
oreille de prolétaire. Il expliqua que Rubine devait dire
franchement tout ce qu'il savait sur son cousin marié.
Etait-il vrai que son cousin avait été un membre actif
d'une organisation de l'opposition et qu'il dissimulait
maintenant ce fait au Parti ?

Il fallait dire quelque chose tout de suite. Tous deux
le dévisageaient.

Lev avait appris à voir la révolution à travers les yeux justement de ce cousin. C'était de lui aussi qu'il avait appris que tout n'était pas aussi beau ni aussi parfait qu'il semblait lors des manifestations du Premier Mai. Oui, la révolution c'était le printemps : il y avait donc beaucoup de boue dans laquelle on devait patauger pour trouver la terre ferme du chemin.

Mais quatre ans avaient passé. Et les querelles au sein du Parti avaient cessé. On avait déjà commencé à oublier l'opposition. A partir des milliers de fragiles petits esquifs que représentaient les fermes des paysans, on avait construit, pour le meilleur ou pour le pire, le paquebot de la collectivisation. Les hauts fourneaux de Magnitogorsk fumaient déjà et les tracteurs sortis des quatre premières usines de tracteurs traçaient des sillons dans les fermes collectives. Et « 518 » et « 1 040 » étaient déjà presque derrière eux. Objectivement, tout se faisait pour la gloire de la Révolution mondiale... et à quoi cela rimait-il de lutter maintenant à cause de celui dont on donnerait le nom à tous ces grands exploits ? Lev s'était forcé à aimer même ce nom. Oui, il en était arrivé à l'aimer. Pourquoi dès lors fallait-il qu'il y ait maintenant des arrestations, des vengeances contre ceux qui jadis avaient discuté ?

« Je ne sais pas. Il n'a jamais été membre de l'opposition », s'entendit-il répondre. Mais il se rendit compte que, s'il entendait parler en adulte, sans romantisme juvénile, les dénégations étaient déjà vaines.

Le secrétaire du Parti avait des gestes brefs et énergiques. Le Parti ! Le Parti n'est-il pas ce que nous avons de plus haut ? Comment peut-on opposer des démentis au Parti ? Comment est-il possible de ne pas se révéler au Parti ? Le Parti ne punit pas, c'est notre conscience. Souviens-toi de ce qu'a dit Lénine.

Dix pistolets braqués sur sa tête n'auraient pas effrayé Rubine. Ni un froid cachot, ni l'exil à Solovki ne lui auraient arraché la vérité. Mais devant le Parti il ne pouvait pas, dans ce confessionnal rouge et noir, il ne pouvait pas mentir.

Rubine révéla quand et où son cousin avait appartenu à l'organisation et ce qu'il avait fait.

La femme qui recueillait la confession gardait le silence.

Le courtois invité en chaussures jaunes dit :

« Alors, si je vous ai bien compris... »

Et il lut ce qu'il avait écrit sur un bout de papier.
« Et maintenant, signez. »
Rubine eut un geste de recul.
« Qui êtes-vous ? Vous n'êtes pas le Parti.
— Pourquoi ne le suis-je pas ? dit l'inconnu, vexé. Je suis un membre du Parti aussi. Je suis un enquêteur du Guépéou. »
Rubine frappa de nouveau au petit guichet. Le gardien qui, manifestement, venait tout juste de s'éveiller encore, dit d'un ton agacé :
« Ecoutez, pourquoi frappez-vous ? J'ai sonné je ne sais pas combien de fois et on ne répond pas. »
Les yeux de Rubine flamboyaient d'indignation :
« Je vous ai demandé d'aller là-bas, pas de téléphoner ! Mon cœur ne va pas ! Je vais peut-être mourir.
— Vous n'allez pas mourir, fit le gardien d'un ton apaisant, voire compatissant. Vous tiendrez bien jusqu'au matin. Maintenant je vous laisse juger, comment est-ce que je peux m'en aller et abandonner mon poste ?
— Quel idiot croyez-vous viendra vous le prendre ? cria Rubine.
— Ce n'est pas que quelqu'un viendra me le prendre, mais le règlement l'interdit. Vous n'avez pas servi dans l'armée ? »
Rubine avait tellement mal à la tête qu'il était presque persuadé qu'il allait mourir sur l'heure. Voyant son visage crispé, le gardien se décida :
« Bon, très bien, éloignez-vous de cette fenêtre et ne frappez pas. Je vais courir là-bas. »
Il avait dû y aller. Rubine avait l'impression que sa douleur s'était un peu calmée.
Il se remit à arpenter le corridor.
Et dans son esprit passèrent des souvenirs qu'il n'avait aucun désir d'évoquer, parce que les oublier c'était s'en libérer.
Peu après la prison, expiant sa faute devant les komsomols et désireux de prouver son utilité aussi bien à lui-même qu'à la classe révolutionnaire, Rubine, un mauser à la ceinture, s'en alla collectiviser un village.
Faire trois bons kilomètres en courant pieds nus et en échangeant des coups de feu avec des paysans enragés, qu'avait-il donc cru faire ? « Enfin je me bats dans la guerre civile ! » Tout simplement.
Tout ça semblait parfaitement naturel. Ouvrir les fosses où le grain était enterré, empêcher les propriétai-

res de moudre de la farine ou de cuire du pain, leur interdire d'aller puiser de l'eau au puits. Et si un enfant de paysan mourait, eh bien, crevez donc, pauvres diables affamés, avec vos enfants, mais vous ne cuirez pas le pain ! Cela n'éveillait aucune pitié en lui, à la fin c'était devenu un spectacle aussi ordinaire que le passage d'un tramway dans une ville, que celui du chariot solitaire tiré par un cheval épuisé qui traversait à l'aube le village silencieux et étouffé. Un coup de fouet sur un volet :

« Des cadavres ? Apportez-les. »

Et au volet suivant : « Des cadavres ? Apportez-les. »

Et bientôt c'était :

« Hé ! Il y a encore quelqu'un de vivant ? »

Et maintenant il éprouvait dans sa tête une sensation de pression. Comme si on le brûlait avec un fer rouge. Et parfois il se disait que ses blessures étaient la juste récompense de ce qu'il avait fait alors : il payait cela de la prison, il payait cela de ses maladies.

Son emprisonnement était donc juste. Mais puisqu'il comprenait que ce qu'il avait fait était épouvantable, puisqu'il ne le referait jamais, puisqu'il avait expié ! Comment pourrait-il s'en purger ? A qui pourrait-il dire que ce n'était jamais arrivé ? Considérons désormais que ce n'est jamais arrivé ! Nous ferons comme si ce n'était jamais arrivé !

Y a-t-il donc quelque chose qu'une nuit d'insomnie n'arrive pas à arracher à l'âme misérable de celui qui s'est égaré ?

Cette fois ce fut le gardien qui ouvrit la fenêtre. Il avait décidé après tout d'abandonner son poste et d'aller dans les bureaux. Il découvrit que tout le monde là-bas était endormi et qu'il n'y avait personne pour décrocher le téléphone quand il sonnait. Le sergent qu'il avait réveillé écouta son rapport et le réprimanda d'avoir abandonné son poste ; sachant que l'assistante médicale couchait avec le lieutenant, il n'osait pas les déranger.

« Il n'y a rien à faire, dit le gardien par le guichet. Je suis allé là-bas moi-même faire mon rapport. Ils disent que c'est impossible. Il va falloir attendre jusqu'au matin.

— Mais je meurs. Je meurs ! gémit Rubine par l'ouverture. Je m'en vais casser la fenêtre ! Faites venir tout de suite l'officier de service ! Je vais faire la grève de la faim !

— Quelle grève de la faim ? Qu'est-ce qui vous donne
à manger maintenant ? protesta judicieusement le gardien. Demain matin il y aura le petit déjeuner et vous
pourrez dire alors que vous faites la grève de la faim.
Allons, filez. Je vais téléphoner encore une fois au
sergent. »

Rubine dut se maîtriser.

Surmontant sa nausée et sa douleur, Rubine essaya de
nouveau d'arpenter le couloir. Il se rappelait la fable
de Krylov, *L'Epée*. Quand il était libre, la signification
de cette fable lui avait échappé mais en prison elle le
frappait.

> *L'épée au tranchant acéré*
> *Fut jetée sur un tas de ferraille*
> *Et emportée au marché*
> *Et vendue pour rien à un paysan.*

Le paysan se servit de l'épée pour ôter l'écorce des
arbres, pour tailler des mèches en bois pour faire des
lampes. L'épée était ébréchée et rouillée. Et un hérisson
demanda à l'épée posée sur une planche dans la chau-
mière :

> *Dis-moi, quel genre de vie mènes-tu ?*
> *N'est-ce pas honteux de servir à faire des mèches*
> *Et à raboter des poteaux ?*

Et l'épée répondit au hérisson, tout comme Rubine
s'était répondu des centaines de fois :

> *Entre les mains d'un guerrier je consternais*
>   *[l'ennemi !*
> *Mais ici mon talent est gâché.*
> *Pourtant ce n'est pas moi qui suis à blâmer...*
> *Mais celui qui n'a pas su m'employer.*

67

DES TEMPLES CIVIQUES

RUBINE sentait faiblir ses jambes et il s'assit à la table, y appuyant sa poitrine.

Bien qu'il eût réfuté avec violence les déclarations de Sologdine, elles lui faisaient mal car il sentait qu'il y avait en elles une part de vrai. Oui, parmi les jeunes générations en particulier, les fondements de la vertu avaient été ébranlés, les gens avaient perdu le goût des actions morales et belles.

Dans les vieilles sociétés, on savait qu'il fallait une église et l'autorité d'un prêtre pour préserver la morale. Même de nos jours, quelle paysanne s'aviserait de faire un pas sérieux dans la vie sans avoir consulté le curé ?

Il importait maintenant que l'Union soviétique se préoccupât peut-être plus d'améliorer la moralité publique que de construire le canal de la Volga au Don ou Angarastroï.

Mais comment ? C'était de cela justement que traitait le « Projet de la création de temples civiques » dont Rubine avait déjà rédigé le premier jet. Cette nuit, pendant qu'il aurait son insomnie, il devrait y apporter la dernière main et, quand il aurait une visite, il pourrait essayer de le faire passer à l'extérieur. On pourrait alors le retaper et l'envoyer au Comité central du Parti. Il ne pouvait pas l'envoyer sous sa propre signature — le Comité central serait offensé de recevoir des conseils de cet ordre d'un prisonnier politique — mais il ne pouvait pas le faire anonymement non plus. Qu'un de ses camarades du front le signe donc ; Rubine était tout disposé à sacrifier la gloire qu'il aurait pu en tirer pour la bonne cause.

Surmontant les vagues de migraine qui déferlaient dans sa tête, Rubine bourra sa pipe de tabac « Toison d'or », par habitude, car il n'avait aucune envie de fumer pour le moment et même cette seule idée lui donnait la nausée. Il se mit à fumer, cependant, tout en examinant le projet.

Assis, son manteau jeté par-dessus son linge de corps, devant la table nue couverte de miettes de pain et de cendres, dans le couloir étouffant où, à chaque instant, passaient des zeks ensommeillés qui se précipitaient aux toilettes, l'auteur anonyme relut le projet désintéressé qu'il avait développé sur tant de feuilles noircies à la hâte.

Le préambule exposait la nécessité d'élever encore la haute moralité de la population, de donner plus de signification aux fêtes révolutionnaires et civiles, de conférer plus de dignité au mariage, à l'attribution de noms aux nouveau-nés, à l'entrée dans l'âge adulte et aux funérailles civiles des morts. L'auteur notait en passant que le mariage, la naissance et la mort prenaient chez nous un caractère routinier, de sorte que les citoyens ne ressentaient que faiblement les liens familiaux et sociaux.

Comme solution, l'auteur du projet proposait la création de temples civiques, majestueux par leur architecture et dominant les alentours par leur situation.

Suivait, divisé en sections, elles-mêmes divisées en paragraphes, l'exposé de la réalisation pratique du projet. Dans quelles agglomérations ou sur la base de quelles unités territoriales, il convenait de construire les temples civiques. A quelles dates des fêtes seraient célébrées dans ces temples en présence de tous les habitants. La durée approximative de chacun des rites. Le mariage devrait être précédé de fiançailles et la cérémonie devrait être annoncée quinze jours à l'avance. L'entrée dans l'âge adulte serait célébrée par groupes et devant une foule rassemblée dans le temple, et les intéressés devraient prêter serment de remplir leurs devoirs vis-à-vis de leur pays et de leurs parents et aussi d'observer les règles de la morale.

Le projet indiquait que l'aspect rituel de toutes ces cérémonies avait son importance. Les vêtements des serviteurs du temple devraient se distinguer par le caractère solennel de leurs ornements et mettre en valeur la pureté immaculée de ceux qui les portaient. Les formules rituelles seraient étudiées tant sur le plan du rythme que sur celui de l'émotion. Aucune occasion ne devrait être négligée d'agir sur tous les organes sensoriels des gens qui assistaient aux cérémonies : arômes particuliers, musique et chants, utilisation de vitraux et de projecteurs, peintures murales contribuant au développement des goûts esthétiques de la population... bref, tout l'ensemble architectural du temple devrait être empreint de majesté et glorifier l'éternité.

Chaque mot du projet avait dû être choisi avec le plus grand soin parmi tous les synonymes possibles. Des gens superficiels auraient pu, s'appuyant sur n'importe quelle négligence de vocabulaire, conclure que ce que l'auteur proposait c'était tout simplement de faire revivre les temples chrétiens sans le Christ... mais c'était profondément faux ! Quelqu'un qui aurait un penchant pour les analogies historiques pourrait aussi accuser l'auteur d'avoir copié Robespierre et son culte de l'Etre suprême... mais ce n'était pas ça du tout non plus, bien sûr !

L'auteur estimait que la partie la plus originale de son projet était celle consacrée aux nouveaux... non, non pas prêtres mais serviteurs du temple comme il les appelait. Il estimait que toute la réussite du projet dépendait de la possibilité de créer dans la nation un corps de ces serviteurs ayant de l'autorité et capables de mériter l'amour et la confiance du peuple par leur vie totalement irréprochable, désintéressée et digne. Il proposait au Parti que les candidats pour les cours de serviteurs du temple fussent sélectionnés d'après des critères de moralité et qu'ils fussent exempts de tout autre travail. Une fois que les premières demandes, importantes évidemment, seraient satisfaites, le programme des cours pourrait, avec les années, devenir plus étendu et plus profond et donner aux serviteurs des temples une instruction vaste et brillante qui comprendrait, entre autres, la réthorique. (L'auteur de l'exposé ne craignait pas de déclarer que l'art de l'éloquence avait décliné dans notre pays, peut-être parce qu'il n'y avait plus à persuader qui que ce fût puisque toute la population soutenait inconditionnellement son Etat bien-aimé sans persuasion.)

Et telle était la puissance de l'esprit industrieux de Rubine que la correction de son projet l'absorba tant que, s'il n'oublia pas son mal, ce dernier, tout au moins, ne lui parut plus le concerner directement.

Le fait que personne ne vînt s'occuper d'un prisonnier en train de mourir à une heure indue ne surprenait pas Rubine. Il avait vu assez de cas de ce genre dans les prisons et dans les camps de transit.

Aussi, quand il entendit la clef tourner dans la serrure, Rubine commença-t-il par avoir le cœur serré de crainte qu'on ne le découvre se livrant au milieu de la nuit à une occupation qui était contraire au règlement et qu'on ne lui inflige un châtiment ennuyeux et stupide ; il rassembla donc ses papiers, son livre et son tabac et voulut retourner dans la pièce semi-circulaire, mais c'était trop tard. Le gros sergent-chef l'avait repéré par la petite fenêtre et il l'appela de derrière les portes fermées.

Aussitôt, Rubine sentit revenir toute sa solitude, son douloureux sentiment d'impuissance et de dignité blessée.

« Sergent, dit-il, s'approchant lentement de l'assistant de l'officier de service, il y a plus de deux heures que je demande l'assistante médicale. Je vais porter plainte auprès de l'administration pénitentiaire du M.G.B. contre l'assistante médicale et contre vous. »

Mais l'autre lui dit d'un ton conciliant :

« Rubine, je n'ai rien pu faire avant. Ce n'était pas ma faute. Allons-y. »

Tout ce qu'il avait pu faire, en effet, quand il avait appris que ce n'était pas le premier venu qui faisait une histoire mais l'un des zeks les plus turbulents, ç'avait été de se décider à prévenir le lieutenant. Longtemps, il n'avait pas eu de réponse et puis l'assistante médicale avait sorti la tête un instant puis avait disparu. Finalement, le lieutenant avait quitté l'infirmerie en fronçant les sourcils et avait donné au sergent-chef la permission de faire entrer Rubine.

Rubine enfila donc les manches de son manteau et le boutonna. Le sergent-chef le conduisit à travers le couloir du sous-sol de la charachka et le fit monter dans la cour de la prison par l'escalier sur lequel s'était amassée une épaisse couche de neige poudreuse. Devant un décor immobile comme un tableau, avec la neige se dressant en colonnes blanches dans le fond, le sergent-chef et Rubine traversèrent la cour en laissant derrière eux des traces profondes dans la neige.

Dès qu'il fut dans la nuit, sous le lourd ciel nuageux baigné d'une lumière vaporeuse et qu'il sentit sur son visage chaud et sur sa barbe le contact innocent des froids petits cristaux hexagonaux, Rubine s'arrêta et ferma les yeux. Il fut soudain envahi par un immense sentiment de paix... il éprouvait toute la puissance d'exister, le bonheur de n'aller nulle part, de ne rien demander, de ne rien désirer, de juste vouloir demeurer là toute la nuit, dans une félicité totale, comme les arbres qui restent là à recevoir les flocons de neige.

A cet instant précis il entendit, venant de la voie de chemin de fer qui passait à moins d'un kilomètre de Mavrino, le long sifflement d'une locomotive, ce sifflement solitaire si particulier, qui nous prend l'âme lorsque nous sommes adultes et nous rappelle l'enfance parce que, alors, il promettait tant.

S'il avait pu seulement rester ainsi une demi-heure tout se serait passé, son âme et son corps auraient guéri et il aurait pu composer un mélancolique poème sur les locomotives qui sifflent dans la nuit.

Si seulement il n'avait pas eu besoin de suivre le gardien !

Mais le gardien se retournait déjà pour le regarder avec méfiance... ne songerait-il pas à profiter de la nuit pour s'échapper ?

Les jambes de Rubine le portèrent là où il devait aller.

La jeune assistante médicale était engourdie de sommeil et le sang animait ses joues. Sous sa blouse blanche, de toute évidence, elle n'avait ni son chemisier ni sa jupe. Elle ne devait même pas avoir grand-chose. N'importe quel autre prisonnier, et Rubine lui-même à n'importe quel autre moment, l'aurait remarqué et aurait essayé de mieux entrevoir le corps de l'assistante médicale mais, pour le moment, les pensées de Rubine ne descendirent pas jusqu'à cette femme qui avait été la cause de son tourment toute la nuit.

« Je vous prie de me donner un cachet « triple » et aussi quelque chose contre l'insomnie, mais pas du luminal. Il faut que je dorme immédiatement.

— Je n'ai rien contre l'insomnie, dit-elle, opposant un refus automatique.

— Je vous demande de me donner ça ! répéta Rubine avec insistance. Il faut que je commence à travailler pour le ministre de bonne heure demain matin. Or, je n'arrive pas à m'endormir. »

L'allusion au ministre, la certitude que Rubine allait rester là et continuer à demander ses cachets et, aussi, le pressentiment que le lieutenant allait très vite revenir auprès d'elle convainquirent l'assistante médicale de lui donner ses médicaments.

Elle sortit les cachets de l'armoire et les fit avaler à Rubine en sa présence car, selon le règlement de la prison, tout médicament était considéré comme une arme et ne pouvait être emporté par un prisonnier.

Rubine demanda l'heure et apprit qu'il était déjà trois heures et demie. Il sortit. Il repassa par la cour et regarda avec nostalgie les tilleuls éclairés par les puissantes lampes de la zone interdite ; il s'emplit les poumons d'air glacé, se baissa et ramassa une poignée de flocons et s'en frotta le visage et le cou, puis mit dans sa bouche un peu de cette substance sans poids ni contours.

Et son âme communia avec la fraîcheur du monde.

68

LE COSMOPOLITE SANS FEU NI LIEU

La porte entre la salle à manger et la chambre à coucher n'était pas tout à fait fermée et le tintement unique de l'horloge murale s'entendit clairement puis s'éteignit après s'être répercuté en ondes harmoniques.

La demie de quelle heure ? Adam Roitman eut envie de consulter sa montre-bracelet qui bruissait doucement sur la table de nuit, mais il craignit qu'un brusque éclat lumineux ne dérange sa femme. Elle dormait dans une pose particulièrement gracieuse, sur le côté, le torse penché en avant, le visage appuyé contre l'épaule de son mari et Adam sentait la poitrine contre ses coudes.

Voilà cinq ans qu'ils étaient mariés, mais, même dans son demi-sommeil, il eut conscience d'une bouffée de tendresse parce qu'elle était couchée près de lui, parce qu'elle dormait d'une manière bizarre en réchauffant ses petits pieds toujours glacés entre les jambes du mari.

Adam venait de sortir d'un rêve incohérent. Il voulut se rendormir mais se rappela les informations de la soirée et ses ennuis au travail. Et ses pensées se chevauchèrent, de plus en plus nombreuses, ses yeux s'ouvrirent et regardèrent fixement. Il se sentait en proie à cette lucidité nocturne qui rend vain tout effort pour dormir.

Le bruit de pas et de meubles remués qui s'était

prolongé presque toute la soirée dans l'appartement des Makaryguine, à l'étage au-dessus, avait cessé depuis longtemps.

Par une mince faille entre les rideaux tirés pénétrait la faible lueur de la nuit.

Privé de sommeil, allongé dans son pyjama, Adam Veniaminovitch Roitman n'éprouvait plus l'assurance et le sentiment de supériorité sur autrui que lui conféraient en plein jour ses épaulettes de commandant au M.G.B. et sa médaille du prix Staline. Couché sur le dos dans son lit comme n'importe quel autre mortel, il se rendait compte qu'il y avait beaucoup de gens sur terre, que ce monde était cruel et qu'il n'était pas facile d'y vivre.

Ce soir-là, pendant que la joie bouillonnait chez les Makaryguine, un de ses plus vieux amis lui avait rendu visite : un juif lui aussi. Il était venu sans sa femme, soucieux, et lui avait dit des choses décourageantes.

Rien de nouveau. Le commencement remontait au printemps précédent et d'abord dans le seul domaine de la critique théâtrale ; au début, cela paraissait assez innocent : les véritables noms juifs paraissaient imprimés entre parenthèses après les pseudonymes à consonance russe. Puis cela gagna la littérature. Dans un journal de second ordre qui traitait de tout en ce monde et de bien d'autres choses encore, quelqu'un glissa le mot venimeux de *cosmopolite*. Et ce fut une découverte. Ce terme magnifique qui unissait tous les mondes de l'univers, que portaient comme une couronne les génies de tous les temps, les plus nobles âmes — Dante, Goethe, Byron, ce mot s'était terni, s'était souillé, il sifflait à toutes les pages de cet immonde torchon et signifiait désormais *youpin*.

Il continua sa marche rampante pour aller se dissimuler honteusement dans des classeurs, derrière des portes closes.

Et désormais le souffle glacé et prémonitoire atteignait les milieux techniques. Roitman, dont l'ascension se poursuivait, ferme et brillante vers la notoriété, avait senti sa propre situation sapée, précisément au cours du mois dernier.

Ses souvenirs ne le trompaient-ils pas ?

Tout compte fait, durant la Révolution et pendant longtemps ensuite, le mot « juif » était plus sûr que le mot « russe ». On se méfiait beaucoup plus du Russe que du juif : qui étaient ses parents ? De quoi vivaient-ils avant 1917 ? Pour le juif pas besoin de vérifier. Ils étaient tous pour la révolution qui les avait débarrassés des pogroms et de la ségrégation.

Et voilà maintenant que, petit à petit, imperceptiblement, Joseph Staline, dissimulé derrière des personnages de second rang, reprenait le fouet des persécuteurs d'Israël.

Quand on traque un groupe d'individus — anciens exploiteurs, membres d'une caste, partisans de quoi que ce soit ou alliés à quiconque — il y a toujours des chefs d'accusation raisonnables (ou bien pseudo-raisonnables ?). Chacun sait au moins qu'il a choisi son sort et qu'il aurait pu en choisir un autre. Mais la race ? la religion ?

Le moi intime, le moi nocturne de Roitman contestait : nul ne choisit son origine sociale. Pourtant on se mettait à persécuter les gens pour cela.

Pour Roitman, l'humiliation la plus cuisante résidait dans le fait qu'au fond de son cœur il voulait s'intégrer. Il entendait être pareil à tout le monde et pourtant on ne voulait pas de lui, on le rejetait, on le traitait d'étranger. Tu as une autre patrie. Tu es un youpin.

L'horloge murale de la salle à manger tinta quatre fois, lentement, avec une grande solennité, puis se tut. Roitman attendit le cinquième coup mais fut heureux de n'en entendre que quatre. Il lui restait encore assez de temps pour dormir.

Il remua à peine. Sa femme murmura dans son sommeil, tourna son visage de l'autre côté mais, d'instinct, colla le dos à son mari. Il changea de position, s'adapta aux contours du corps de sa femme qu'il enlaça. Reconnaissante, elle se tut.

Son fils dormait paisiblement dans la salle à manger, toujours si tranquillement. Il ne se réveillait jamais la nuit, ne criait jamais, n'appelait jamais.

L'intelligence de ce bambin de trois ans faisait l'orgueil de ses jeunes parents. Adam Veniaminovitch Roitman parlait avec délices de toutes ses habitudes et de ses exploits, il les décrivait même aux prisonniers du laboratoire d'acoustique. Avec le manque de sensibilité des gens heureux, il ne comprenait pas combien c'était pénible pour ceux qui étaient privés des joies de la paternité, et les prisonniers l'étaient. Son fils babillait déjà assez aisément, mais il prononçait encore assez mal, d'une manière incertaine. Dans la journée il imitait sa mère

qui, venant de la Volga, prononçait « o » les « a » brefs.
Et le soir, il parlait comme son père ; Adam avait un
« r » trop guttural et d'autres défauts de langage.

C'est ainsi dans la vie : si le bonheur vient, et quand
il vient enfin, c'est généreusement, sans restrictions.
L'amour, le mariage, la naissance de son fils coïncidaient
pour Roitman avec la fin de la guerre et son prix Staline.
Non pas qu'il fût pauvre pendant la guerre. Les hostilités
n'atteignaient pas la Bachkirie où les rations alimentaires
étaient abondantes ; c'est là qu'il avait conçu le premier
système de codage automatique des signaux téléphoniques, avec ceux qui étaient encore ses confrères à l'institut Mavrino. En 1949, un tel système était périmé mais,
en ce temps-là, il leur avait valu d'être lauréats du prix
Staline.

Comme ils y travaillaient fiévreusement alors ! Qu'était-
il advenu de leur enthousiasme, de leurs recherches
opiniâtres, de la flamme qui les animait ?

Avec la pénétration qui vient à l'état de veille dans
l'obscurité nocturne, lorsque la vision n'est pas distraite
et se tourne vers l'intérieur, Roitman comprit soudain
ce qui lui manquait depuis quelques années. Certainement c'était que tout ce qu'il faisait... il ne le faisait
pas lui-même.

Il n'avait même pas remarqué quand et comment il
avait glissé du rôle de créateur à celui de patron d'autres
créateurs.

Il retira sa main posée sur le corps de sa femme,
comme si elle le brûlait, haussa l'oreiller et se remit
sur le dos.

Oui, oui, oui ! il est facile de se leurrer quand on
rentre chez soi le samedi soir, quand on est déjà attiré
par le confort du foyer et les projets de la famille pour
le dimanche — de dire : « Valentin Martinitch ! demain
il faut que tu trouves un moyen de nous débarrasser de
cette distorsion non linéaire ! Lev Grigorievitch, veux-tu
revoir cet article de Procédés et en noter les idées essentielles ? » Et le lundi matin, frais, dispos et reposé, il
retournait au travail, s'asseyait à son bureau et — comme
un conte de fées — il trouvait un résumé de l'article
de Procédés et Pryantchikov lui expliquait comment se
débarrasser de la distorsion non linéaire... s'il n'en était
pas venu à bout lui-même pendant la journée du
dimanche.

Comme c'est commode !

Et les prisonniers n'étaient pas vexés par Roitman. En réalité ils l'adoraient parce qu'il ne se conduisait pas comme un geôlier mais comme un humain honnête.

Mais la création — la joie du bouillonnement cérébral et l'amertume des échecs inattendus — la création l'avait abandonné.

De quoi s'était-il soucié surtout durant ces dernières années ? D'intrigues. Du combat pour dominer à l'Institut. Ses amis et lui avaient fait tout ce qu'ils pouvaient pour discréditer et renverser Yakonov parce qu'il leur portait ombrage, cet homme vénérable et audacieux en même temps, et ils craignaient qu'il eût le prix Staline pour lui tout seul. Il y avait des taches dans le passé de Yakonov, des ombres qui l'empêchaient d'être admis au Parti ; et les « jeunes » en avaient profité ; c'est aux réunions de la cellule qu'ils avaient mené leur assaut contre le « vieux ». Il leur arrivait de mettre ses rapports à l'ordre du jour, de lui demander de sortir, de le menacer d'en discuter en sa présence et de voter une résolution (« seuls les membres du Parti ont voix au chapitre »). D'après les motions du Parti, Yakonov avait toujours tort. Par moments Roitman avait pitié de lui. Mais il n'y avait pas moyen de s'y prendre autrement.

Et voilà que tout se tournait contre eux. En persécutant Yakonov, les jeunes gens avaient oublié qu'il y avait quatre ou cinq juifs parmi eux. Et désormais Yakonov ne cessait de répéter en toute occasion que le cosmopolitisme est le plus cruel ennemi de la patrie socialiste. La veille, l'assistant du ministre avait piqué une colère, instant crucial pour l'institut Mavrino, et c'est alors que le détenu Markouchev avait proposé son idée : réunir en un seul engin l'analyseur de parole et le vocodeur. C'était sans doute une absurdité, mais on pouvait la présenter aux chefs comme une amélioration capitale. Yakonov avait donc immédiatement confié la construction du vocodeur au Numéro Sept et y avait affecté Pryantchikov. En présence de Sevestyanov, Roitman s'y était opposé véhémentement et s'était mis à discuter. Sur ce, Yakonov lui avait tapoté l'épaule, très condescendant et jouant aussi le rôle d'un ami excessivement bienveillant.

« Adam Veniaminovitch ! Ne laisse pas supposer à l'assistant du ministre que tu places tes intérêts personnels au-dessus de ceux du département des techniques spéciales. »

Et voilà le tragique de la situation actuelle : Ils vous cognent en pleine figure et vous n'avez même pas le droit de pleurer ! Ils vous étranglent en plein jour... et vous devriez vous lever d'un bond en applaudissant !

Cinq heures sonnèrent... Roitman n'avait pas entendu la demie.

Il n'avait plus envie de dormir et il se sentait captif dans son lit.

Lentement, prudemment, il se leva et glissa les pieds dans ses pantoufles. Sans bruit, il évita la chaise qui le séparait de la fenêtre, s'approcha et écarta les rideaux de soie.

Que de neige !

Au-delà de la cour s'étendait l'extrémité la plus oubliée du jardin Neskoutchny : un ravin abrupt plein de neige et surplombé de pins blancs solennels. Une couche de neige ébouriffée couvrait le rebord de la fenêtre et collait aux vitres.

Mais il n'en tombait plus.

Et les radiateurs posés sous la fenêtre chauffaient les genoux de Roitman.

S'il n'avait pas accompli grand-chose au point de vue scientifique durant les dernières années, c'est parce qu'il était sans cesse accablé par les réunions et la paperasserie. Tous les lundis, endoctrinement ; tous les vendredis, instruction technique ; deux fois par mois, réunion du Parti et, deux autres fois par mois, réunion du bureau de la cellule de l'Institut. Oui, et encore deux ou trois fois par mois on l'appelait au ministère ; une fois par mois, réunion spéciale de sécurité et vigilance ; tous les mois il lui fallait rédiger des plans de projets scientifiques et envoyer tous les trimestres un rapport sur ses réalisations ; et encore une fois tous les trois mois, pour une raison quelconque, faire un rapport individuel sur chaque détenu : une pleine journée de travail ! Et par-dessus le marché un de ses subordonnés le dérangeait toutes les demi-heures pour quelque réquisition : le moindre condensateur, pas plus gros qu'une mine de crayon, chaque mètre de fil et chaque tube à vide exigeaient un ordre de réquisition signé par le chef de laboratoire, sinon le magasin ne le livrait pas.

Bon sang ! si seulement on pouvait se débarrasser de toutes ces formalités et du combat à couteaux tirés pour s'élever vers le sommet ! Si seulement Roitman pouvait personnellement se pencher sur des diagrammes, s'il pouvait prendre en main le fer à souder, s'il lui était permis de s'asseoir devant l'écran vert de l'oscilloscope pour essayer de saisir cette courbe en particulier, alors, comme Pryantchikov, lui aussi fredonnerait sans souci un air de boogie-woogie. Quelle bénédiction autrefois d'avoir trente et un ans, de ne pas porter les lourdes épaulettes, de ne se soucier en rien de son apparence extérieure, de construire quelque chose et, comme un gamin, d'aspirer à quelque chose dans ses rêves !

« Comme un gamin », s'était-il dit à lui-même. Et un caprice de sa mémoire lui rappela le gamin qu'il avait été. Un épisode de son enfance, profondément enfoui dans sa mémoire et qu'il avait oublié pendant de nombreuses années, remonta avec une clarté impitoyable à la surface de son esprit embrumé, en pleine nuit. À douze ans, Adam, arborant la cravate rouge des Pionniers, la voix tremblante de dignité blessée, demandait l'expulsion des jeunes Pionniers et du système scolaire soviétique d'un agent des ennemis de classe. Mitka Chtitelman avait parlé avant lui et Michka Luksembourg après lui. Ils avaient tous dénoncé leur camarade d'école, Oleg Rojdestenski comme coupable d'antisémitisme, de fréquenter l'église et d'avoir une origine de classe étrangère... tout en parlant, ils jetaient des regards exterminateurs sur le gamin tremblant qui passait au jugement.

C'était à l'approche de l'année 1929, et les enfants de ce temps-là se repaissaient encore de politique, affichaient des journaux, s'administraient eux-mêmes et péroraient. C'était dans une ville du Sud et le groupe se composait de juifs pour la moitié. Avec une conviction frénétique, ils se considéraient tous comme membres du prolétariat quoiqu'ils fussent tous fils d'avocats, dentistes et même petits commerçants.

Pâle, mince, Oleg était le meilleur élève de la classe. Il esquivait les sujets politiques et n'avait adhéré aux Pionniers qu'avec un manque d'enthousiasme évident. Les jeunes zélotes subodoraient en lui un corps étranger. Ils le surveillaient et prenaient leur temps pour le pincer. Une fois, Oleg fit un faux pas en disant : « Chacun a le droit de dire ce qu'il juge bon. » Chtitelman lui bondit dessus. « Qu'est-ce que ça signifie ? N'importe quoi ? Nicolas, celui-là, m'a traité de « tête de youpin ». Est-ce qu'il en a le droit aussi ? — De le *dire* ? » Oleg allongea son cou mince mais ne céda pas. « Chacun a le droit de *dire* tout ce qu'il veut. »

Et c'est ainsi que commença l'affaire Oleg. On trouva des amis pour donner des renseignements à son sujet ; Chourik Bourikov et Chourik Borojbit l'accusèrent d'être entré à l'église avec sa mère et d'être venu un jour en classe avec une croix au cou. Il y eut des conciliabules : sessions du conseil des élèves, du comité de groupe, assemblées des jeunes Pionniers, défilés des Pionniers ; et partout le Robespierre de douze ans stigmatisait devant la masse des élèves le complice des antisémites, le colporteur de l'opium religieux qui pendant quinze jours n'avait pas mangé tant il avait peur, qui avait tu à sa famille son exclusion des jeunes Pionniers et ne tarderait pas à être chassé de l'école.

Adam Roitman n'était pas l'instigateur. On l'avait entraîné dans l'affaire mais, même après bien des années, tant de vilenie le faisait rougir de honte.

Le cercle du mal ! le cercle du mal ! Et pas moyen de briser ce cercle de méchanceté. Pas d'issue, pas plus d'issue que dans la lutte contre Yakonov.

Par où doit-on commencer à remettre le monde en ordre ? En s'en prenant aux autres ou bien à soi-même ?

La lourdeur de tête et le vide des poumons indispensables pour s'endormir lui étaient revenus.

Il retourna à son lit et se glissa doucement sous la couverture. Il lui fallait dormir avant que l'horloge sonne six coups.

Le matin il reprendrait la phonoscopie. Voilà un bel atout dans son jeu ! S'il réussissait, cette entreprise pourrait devenir une... scientifique distincte...

69

L'AUBE DU LUNDI

A LA charachka le réveil était à sept heures. Mais le lundi, longtemps avant le réveil, un gardien entra dans la chambre où vivaient les travailleurs et secoua l'épaule du portier. Spiridon ronfla, s'éveilla et regarda le gardien à la lumière de l'ampoule bleue.

« Habille-toi, Yegorov. Le lieutenant veut te voir », dit le gardien à voix basse.

Mais Spiridon resta allongé, les yeux ouverts sans bouger.

« Tu m'entends ? Je te dis que le lieutenant veut te voir.

— Pourquoi ? Il a fait dans sa culotte ? demanda Spiridon toujours immobile.

— Lève-toi, lève-toi. Je ne sais pas pourquoi.

— Bah ! » Spiridon soupira lentement, glissa sous sa nuque un bras couvert de poils roux et bâilla. « Un de ces jours, je ne me lèverai pas. Quelle heure est-il ?

— Près de six heures.

— Pas encore six heures ? Eh bien, laisse-moi tranquille, tout va bien. »

Il resta allongé.

Le gardien le considéra du coin de l'œil et sortit.

A demi dans la lumière bleue, à demi à l'ombre de

la couchette du dessus, Spiridon appuyait la nuque sur sa main posée contre l'oreiller et ne bougeait pas.

Il regrettait de ne pas avoir fini son rêve.

Il voyageait dans un char sur lequel s'amoncelaient des branches sèches et sous les branches étaient dissimulées des bûches appartenant au forestier. Apparemment, il s'en allait de la forêt à sa maison au village, mais par une route qui ne lui était pas familière. Spiridon voyait clairement tous les détails de cette route avec ses yeux qui, dans son rêve, étaient bons tous les deux : les racines qui gonflaient la chaussée en travers de la route, les arbres fendus depuis longtemps par la foudre, les pins, et le sable dans lequel les roues s'enfonçaient profondément. Dans son sommeil Spiridon sentait toutes les odeurs de la forêt au début du printemps et les humait avec avidité. Il les aspirait avidement parce que dans son rêve il se rappelait clairement qu'il était un zek, qu'il en avait pour dix ans plus cinq, qu'il s'était évadé de la charachka, qu'on avait déjà dû remarquer son absence et qu'il devait donc se presser de porter ce bois à sa femme et à sa fille avant qu'on lâche les chiens sur sa piste.

Ce qu'il y avait de plus réjouissant dans son rêve, c'est que le cheval n'était pas une bête quelconque, mais le préféré de tous ceux qu'il avait jamais eus : Grivna, jument de trois ans, le premier cheval qu'il eut acheté pour sa ferme après la guerre civile. Elle était toute grise et sa robe avait même un reflet roussâtre, si bien qu'on l'avait baptisée « Rosette ». Avec ce cheval, il avait réussi à se remettre d'aplomb et Grivna était entre les brancards lorsqu'il s'était esquivé pour aller épouser Marfa Ustinovna. Spiridon s'en allait donc sur le char, étonné et heureux parce que Grivna vivait encore, qu'elle était encore jeune et que, tout comme autrefois, elle traînait son fardeau sur la côte, dans le sable, sans qu'il y eût à la fouetter. Tout l'esprit de Grivna se manifestait par ses longues oreilles grises et sensibles, dont les mouvements indiquaient au maître qu'elle serait ce qu'il lui fallait et qu'elle s'en débrouillerait. Donner du fouet à Grivna, même un petit coup de très loin, l'aurait offensée. Spiridon ne se munissait jamais de fouet lorsqu'il conduisait Grivna.

Que Grivna fût encore jeune et qu'elle dût sans doute être encore là quand il aurait purgé sa peine le réjouissait tant que dans son rêve il eut envie de descendre du char pour lui baiser les naseaux. Mais tout à coup, dans la descente conduisant au lit d'un ruisseau, Spiridon remarqua que le char était mal chargé, que les branches glissaient et qu'elles tomberaient toutes ensemble au passage du gué.

A cet instant même, une violente poussée le fit tomber par terre... c'était le gardien qui lui secouait l'épaule.

Spiridon restait allongé et se rappelait non seulement Grivna, mais des douzaines d'autres chevaux qu'il avait conduits et fait travailler ; chacun était gravé dans sa mémoire comme un être humain. Il se rappelait aussi des milliers d'autres chevaux qu'il avait aperçus, et cela l'attristait que sans motif ces premiers serviteurs de l'homme eussent été éliminés de l'existence : quelques-uns mouraient de faim, d'autres crevaient à la tâche et on en vendait d'autres encore aux Tartares qui les mangeaient. Certes Spiridon était capable de comprendre des décisions raisonnables, mais qu'on eût détruit les chevaux, voilà qui lui était impossible à admettre. En ce temps-là, on disait que le tracteur les remplacerait, mais les choses avaient tourné de telle sorte que le travail était retombé sur les épaules des femmes.

S'agissait-il seulement des chevaux ? Spiridon lui-même n'avait-il pas détruit des vergers individuels pour que les fermiers n'eussent plus rien à perdre et qu'ils se laissent plus facilement incorporer au troupeau ?

« Yegorov ! » cria le garde à pleine voix, du seuil de la porte. Il réveilla les autres dormeurs.

« J'y vais, sainte Mère de Dieu ! » répondit aussitôt Spiridon en posant ses pieds nus par terre. Il s'approcha du radiateur pour chercher les chaussettes russes qu'il y avait mis à sécher.

La porte se referma sur le gardien. Le voisin de Spiridon, le forgeron, lui demanda : « Où vas-tu ?

— Les seigneurs m'appellent. Il faut que je gagne ma ration à la sueur de mon front », répondit le portier en proie à une bouffée de colère.

Chez lui, le cultivateur Spiridon ne traînait pas au lit. Mais en prison, il détestait se lever dans l'obscurité. Etre obligé de sortir du lit avant l'aurore avec un gourdin au-dessus de la tête, voilà ce qu'il y avait de pire en captivité.

A Sevourallag, on les faisait lever à cinq heures. A la charachka, cela valait la peine de céder. Spiridon fit pénétrer l'extrémité de ses souliers dans le bout de son pantalon ouatiné, laça ses houseaux d'aspect militaire, enfila sa salopette qui était comme une seconde peau bleue, puis son blouson, mit son bonnet de fourrure à couvre-oreilles, boucla sa ceinture de toile et sortit. On lui laissa franchir la barrière de la prison au-delà de laquelle personne ne l'accompagnait. Il descendit dans un couloir souterrain, y traîna ses souliers ferrés sur le sol de ciment et monta un escalier aboutissant dans la cour.

Il ne voyait rien dans la pénombre neigeuse, mais ses pieds sentaient que la neige devait avoir plus de vingt centimètres d'épaisseur. Cela signifiait qu'il avait neigé toute la nuit, que c'était une grosse chute de neige. En pataugeant dans la neige, il se dirigea vers la lumière qui brillait à la porte des bureaux.

A cet instant, l'officier de service apparut sur le seuil : le lieutenant aux terribles moustaches. Il venait à peine de quitter l'infirmière, avait découvert que tout était en pagaille et qu'il avait beaucoup neigé ; il avait con-voqué le portier. Les deux mains glissées dans la cein-ture, il dit : « Ici, Yegorov, ici. Déblaie la neige, depuis l'entrée principale jusqu'au poste de garde et du quar-tier général à la cuisine. Et aussi dans la cour. Allez, allez !

— Va te faire foutre ! grogna Spiridon en partant dans la neige fraîche, pelle en main.

— Comment ? Qu'est-ce que tu as dit ? » demanda le lieutenant menaçant.

Spiridon se retourna vers lui. « J'ai dit *jawohl*, chef, *jawohl* ! » Les Allemands avaient l'habitude de dire des choses et Spiridon leur répondait *jawohl*. « Dites-leur de me garder des pommes de terre à la cuisine.

— D'accord. Au boulot ! »

Spiridon s'était toujours conduit sagement, ne s'était jamais querellé avec les autorités mais, ce jour-là, il était de mauvaise humeur... parce que c'était le lundi matin, parce qu'il était obligé de reprendre le travail sans même avoir eu le temps de se frotter les yeux, parce que approchait le moment où il recevait une lettre de chez lui et parce qu'il pressentait un désastre. Et puis parce que après avoir piétiné pendant cinquante ans il en éprouvait une amertume qui lui brûlait la poitrine. Il ne neigeait plus. Les tilleuls restaient immobiles. Ils étaient blancs, pas du givre de la veille, mais de la neige qui venait de tomber. Le ciel obscur, l'absence de vent indiquaient à Spiridon que la neige ne durerait pas longtemps.

Spiridon se mit au travail sans joie. Mais après les cinquante premières pelletées, il travailla régulièrement, avec bonne volonté même. Comme sa femme, le travail le libérait de tout ce qu'il avait sur le cœur, et quand ils travaillaient la vie leur était plus facile.

Spiridon entreprit de déblayer la neige, non pas en partant du poste de garde comme on le lui avait dit, pour les chefs, mais comme il l'entendait : d'abord un sentier vers la cuisine, puis un sentier circulaire, large de trois pelletées dans la cour pour la promenade de ses frères, les zeks.

Cependant, il pensait à sa fille. Sa femme et lui avaient déjà eu leur part de vie. Ses fils étaient, eux aussi, derrière des fils de fer barbelés, mais après tout, c'étaient des hommes. Plus la vie est dure pour l'homme quand il est jeune, plus elle lui sera facile à l'avenir. Mais sa fille ?

Quoique Spiridon ne vît rien d'un œil et qu'il n'eût plus que trois dixièmes de vision à l'autre, il décrivit un ovale parfait dans la cour. A sept heures juste, il ne faisait pas encore jour lorsque les deux premiers enthousiastes de l'air pur, Potapov et Khorobrov, qui s'étaient levés tôt et s'étaient lavés avant le réveil, gravirent les marches conduisant à la cour.

Rationné, l'air était précieux.

« Qu'est-ce qui se passe, Danilitch, demanda Khorobrov en relevant le col du veston civil noir qu'il portait lorsqu'on l'avait arrêté. Tu ne t'es pas couché du tout ?

— Tu t'imagines que ces salauds nous laisseraient dormir ? » répondit Spiridon. Mais sa colère du réveil s'était apaisée. Pendant l'heure de travail silencieux, toutes ses idées noires au sujet des geôliers s'en étaient allées et le laissaient en proie à la résolution vivace de l'homme habitué à souffrir. Sans se l'exprimer en mots, Spiridon avait déjà décidé au fond de son cœur que si sa fille avait mal tourné elle en subirait suffisamment les conséquences et qu'il devrait donc lui répondre gentiment sans la maudire.

Mais même ces très importantes méditations sur sa fille, qui lui étaient venues dans le calme des tilleuls avant l'aurore, disparaissaient devant les soucis mesquins de la journée : deux planches enfouies quelque part sous la neige, le balai qu'il fallait mieux assujettir à son manche.

Il devait encore déblayer le chemin du poste de garde pour les voitures et les employés libres. Spiridon prit la pelle sur l'épaule, fit le tour du bâtiment de la charachka et disparut.

Sologdine, léger et svelte, avec son blouson molletonné posé sur les épaules qui supportaient si bien le froid, sortit pour couper du bois. Après sa querelle sans motif de la veille avec Rubine et les accusations irritantes de celui-ci, il avait mal dormi pour la première fois depuis deux ans qu'il était à la charachka. Ce matin-là, il recherchait l'air, la solitude et l'espace, pour réfléchir. Les bûches étaient sciées, il ne lui restait plus qu'à les fendre.

Potapov marchait lentement avec Khorobrov, un peu en retrait à cause de sa jambe blessée. Il portait la capote de l'Armée rouge qu'on lui avait donnée à la prise de Berlin, lorsqu'on l'avait envoyé à l'assaut sur un tank. (Il avait été officier, mais on ne reconnaissait pas le grade des prisonniers de guerre.)

Khorobrov émergeait à peine du sommeil après s'être débarbouillé, mais déjà son esprit toujours alerte redevenait vigilant. Les mots qui jaillissaient de lui semblaient décrire un arc sans but dans l'air nocturne et revenir le déchirer :

« Il y a combien de temps que nous avons lu que la chaîne d'assemblage chez Ford transforme l'ouvrier en machine, que la chaîne d'assemblage est la manifestation la plus inhumaine de l'exploitation capitaliste ? Mais quinze années se sont écoulées, et maintenant on acclame la chaîne d'assemblage et on y voit le système de production le meilleur et le plus nouveau, parce qu'on l'a rebaptisée « Chaîne en mouvement ». Maintenant, il n'y a plus qu'à rebaptiser toute la Russie... et Staline serait aussitôt capable de l'adapter à l'athéisme. »

Potapov était toujours mélancolique le matin. C'est le matin seulement qu'il pouvait penser à sa vie brisée, à son fils qui grandissait sans lui, à sa femme qui dépérissait seule. Plus tard dans la journée, le travail l'absorbait et il n'avait plus le temps de penser.

Potapov percevait dans les propos de Khorobrov un mécontentement qui pouvait les induire à commettre des erreurs. Jetant étrangement en avant sa jambe blessée, il marchait sans rien dire et s'efforçait de respirer profondément et plus régulièrement.

Ils continuèrent à décrire des cercles dans la cour.

D'autres les rejoignirent qui marchaient seuls ou par deux ou par trois. Pour diverses raisons, ils ne cherchaient pas à engager la conversation, à rattraper l'autre ou à s'en rapprocher inutilement.

C'était l'aurore. Couvert par les nuages de neige, le ciel tardait à blanchir. Les lampes projetaient encore des cercles jaunes sur la neige.

L'air était encore frais de neige fraîchement tombée qui ne crissait pas sous les pieds mais s'enfonçait doucement.

Haut et raide, Kondrachev, coiffé d'un feutre (il n'avait jamais vécu dans un camp), marchait avec son camarade de couchette : le menu Guerassimovitch, qui portait une casquette. Guerassimovitch n'arrivait pas à l'épaule de Kondrachev.

Accablé par la visite de la veille, Guerassimovitch avait passé toute la journée du dimanche au lit comme un invalide. Le cri d'adieu de sa femme l'avait brisé. Ce matin-là, il avait rassemblé tout son courage pour sortir se promener emmitouflé et grelottant et, à peine dehors, il avait voulu retourner à l'intérieur de la prison. Mais il avait alors rencontré Kondrachev-Ivanov, avait fait un tour de la cour avec lui et n'avait plus pensé à ses malheurs pendant toute la durée de la promenade.

« Comment ? Tu ne sais rien de Pavel Dmitrievitch Korine ? demanda Kondrachev aussi étonné que si tous les écoliers connaissaient ce personnage. Diable ! il a peint, dit-on, quoique je ne l'aie jamais vu, un tableau stupéfiant : *Disparition de la Russie !* Certains prétendent que la toile a six mètres de long, d'autres douze. Et sur ce tableau... »

Il commençait à faire gris.

Le gardien traversa la cour en criant que la promenade était terminée.

Dans le passage souterrain, les prisonniers qui rentraient rafraîchis bousculèrent sans le vouloir un Rubine lugubre, barbu, épuisé, pâle. Ce jour-là, il n'avait pas seulement dormi pendant tout le temps où il aurait dû couper du bois, corvée à laquelle on n'aurait vraiment pas dû l'affecter après sa querelle avec Sologdine, mais aussi pendant la promenade du matin. Après un bref temps de sommeil, assuré par la drogue, il était lourd et gourd. En outre, il se sentait privé d'oxygène, expérience inconnue pour quiconque respire l'air frais autant qu'il le souhaite. Il voulait donc filer jusqu'à la cour pour y prendre une goulée d'air et se frotter le visage avec une poignée de neige.

Mais au sommet de l'escalier, le gardien l'empêcha de sortir.

Rubine resta au fond du puits de ciment, en bas de l'escalier où de la neige était tombée et il respira un air plus frais. Il fit trois mouvements circulaires avec ses bras en aspirant profondément, puis ramassa de la neige, se frictionna le visage et retourna à la prison.

Spiridon rentra aussi après avoir déblayé la route des automobiles, entre le portail et le poste de garde.

Au bâtiment administratif de la prison, deux lieutenants se transmettaient la consigne : celui qui avait une petite moustache carrée et le nouvel officier de service, Jvakoun. Ils étudiaient les ordres laissés par le commandant Michkine.

Le lieutenant Jvakoun était un type grossier au visage lourd, impénétrable, qui, durant la guerre, avait servi comme sergent et « exécuteur attaché à un tribunal militaire de division » ; il y avait passé tout son temps de service. Il tenait beaucoup à sa situation à la prison spéciale et, n'étant pas très lettré, il lisait à deux reprises les ordres de Michkine pour ne pas s'y perdre.

A neuf heures moins dix, les lieutenants parcoururent les chambrées pour y effectuer un pointage et lire, selon leurs instructions, l'ordre suivant :

« Dans les trois jours, tous les détenus doivent remettre au commandant Michkine une liste de leurs proches parents indiquant ce qui suit : nom, prénoms, patronyme, lien de parenté, adresse au travail et à domicile.

« Par proches parents nous entendons : mère, père, épouse légitime, fils et filles nés d'un mariage légitime. Tous les autres — frères, sœurs, tantes, cousins, petits-enfants et grands-parents — ne sont pas considérés comme de proches parents.

« A dater du 1er janvier, correspondance et visites se limiteront aux proches parents indiqués par les détenus.

« En outre, à dater du 1er janvier, la lettre mensuelle aura une dimension fixe : pas plus d'une feuille de cahier pliée en deux. »

C'était si dur et si implacable que l'esprit ne saisissait pas ce qui venait d'être annoncé. Il n'y eut donc ni désespoir ni révolte mais seulement des railleries qui poursuivirent Jvakoun.

« Bonne année !

— Nos vœux de bonheur !

— Hou ! hou !

— Une liste de dénonciation contre nos parents !

— Ils ne peuvent pas trouver tous ça eux-mêmes ?

— Pourquoi pas aussi réglementer la dimension de notre écriture ? »

Tout en comptant les détenus Jvakoun cherchait à se rappeler qui criait et quoi, pour le rapporter plus tard au commandant.

D'ailleurs les prisonniers étaient toujours mécontents, qu'on leur joue un bon tour ou un mauvais.

Les zeks s'en allèrent au travail, hébétés.

Même ceux qui étaient détenus depuis longtemps, même ceux-là étaient abasourdis par la cruauté de cette nouvelle consigne. Cruauté à double tranchant. D'une part, cela signifiait que dorénavant le mince lien de communication avec les parents ne subsisterait qu'au prix d'une dénonciation contre eux. Après tout, bon nombre de ceux qui restaient en liberté se débrouillaient pour cacher le fait qu'ils avaient un parent derrière les barreaux et c'est uniquement grâce à cette dissimulation qu'ils conservaient travail et logement. D'autre part, cela signifiait aussi qu'épouses et enfants illégitimes seraient éliminés de même que frères, sœurs et cousins germains. Pourtant, après la guerre, après les bombardements, l'évacuation, la famine, bien des zeks n'avaient pas d'autres parents. Et parce que nul ne peut prévoir son arrestation, se confesser, communier et régler les comptes de son existence, bien des filles honnêtes restaient libres avec un passeport sur lequel ne figurait pas la marque noire du tampon qu'y aurait appliqué le bureau d'enregistrement des mariages ZAGS. Ainsi donc, cette épouse illégitime deviendrait une étrangère.

Même les enthousiastes les plus invétérés du travail étaient inconsolables. Quand la cloche sonna, ils sortirent lentement, bras ballants, s'attroupèrent dans les couloirs, fumèrent, bavardèrent. Lorsqu'ils furent assis à leurs bureaux, ils eurent un sursaut de vivacité, reprirent la conversation et voici les questions qui les préoccupaient : comment se faisait-il que les renseignements au sujet des parents n'étaient pas déjà notés et enregistrés dans le classeur central de la charachka. Etait-ce possible ? Nouveaux venus et naïfs le croyaient. Mais les vieux zeks chevronnés secouaient fermement la tête : ils expliquaient que les cartes sur lesquelles figuraient les parents des prisonniers étaient en pagaille, que derrière les portes capitonnées de cuir noir on « n'attrapait pas les souris ». Les formulaires, les questionnaires étaient si nombreux qu'on ne s'y retrouvait plus : le bureau de la charachka ne note pas au jour le jour ce qui est enregistré sur le livre des visites et des colis et, par conséquent, la liste des parents demandée par Klimentiev et Michkine était un coup mortel bien ajusté contre les parents des détenus.

Voilà ce que se disaient les zeks et aucun ne voulait travailler.

Mais il se trouva que ce même matin-là marquait le début de la dernière semaine de l'année, au cours de laquelle, selon les projets de l'Institut, il fallait donner un coup de collier héroïque pour achever d'accomplir le plan de l'année 1949 et le plan de décembre et aussi préparer et adopter le plan pour toute l'année 1950, le plan pour le trimestre de janvier à mars et le plan pour les dix premiers jours de janvier. Tout ce qui concernait les papiers était exécuté par l'administration elle-même. Tout ce qui concernait le travail devait être exécuté par les détenus. Il importait donc que ce jour-là en particulier les détenus fussent enthousiastes.

La direction de l'Institut ne savait rien de la décision accablante prise par la direction de la prison et annoncée ce matin-là ; cette mesure avait été décidée en fonction du plan annuel de la prison.

Nul ne pouvait accuser le ministère de la Sécurité de l'Etat de dispositions évangéliques. Mais il en avait quand même un caractère : la main droite ignorait ce que faisait la gauche.

Le commandant Roitman — sur le visage de qui il ne restait plus trace des hésitations nocturnes — avait rassemblé tous les zeks et employés libres du laboratoire d'acoustique pour leur donner ses instructions au sujet du plan. À force de contrôler depuis longtemps l'expression de son visage, Roitman avait acquis l'habitude de gonfler les lèvres qui avançaient comme celles d'un Noir. Un baudrier dont il n'avait que faire barrait sa poitrine par-dessus sa chemise d'uniforme et cela lui allait particulièrement mal. Il voulait se montrer énergique pour insuffler de l'énergie à ses subordonnés, mais le souffle de la faillite passait déjà sous les voûtes ; le milieu de la salle était abandonné et vide parce qu'on avait emporté le vocodeur ; Pryantchikov, l'as du laboratoire d'acoustique, la perle de son personnel, n'était pas là ; Rubine manquait aussi, enfermé au troisième étage avec Smolosidov ; alors Roitman avait hâte d'en finir là pour monter, lui aussi.

Parmi les employés libres, Simochka était absente, elle devait remplacer quelqu'un d'autre après déjeuner.

« Eh bien, qu'il en soit ainsi », pensa Nerjine ; elle n'était pas là. A cet instant-là, cela le soulageait : il n'aurait pas à lui donner d'explications par signes et par billets.

Dans le cercle réuni devant Roitman, Nerjine s'appuya au dossier élastique de son fauteuil, posa les pieds sur les barreaux d'une chaise. La plus grande partie du temps il regarda au-delà de la fenêtre.

Dehors un vent d'ouest humide se levait, et le ciel nuageux était d'un gris de plomb. La neige tombée dans la nuit commençait à s'effondrer et se tasser. Encore un de ces dégels insensés et pourris.

Nerjine n'avait pas assez dormi, il se sentait mou, ses rides se dessinaient nettement sous la lumière grise et les commissures de ses lèvres s'affaissaient. Il était en proie au sentiment du lundi matin que connaissent bien des prisonniers, quand il leur semble qu'ils n'ont plus la force de remuer ou de vivre. Les yeux mi-clos, Nerjine regardait sans but mais fixement l'enceinte noire et le mirador avec la sentinelle dessus, droit en face de sa propre fenêtre.

Une visite par an, qu'est-ce que ça signifiait ?

Il en avait justement reçu une la veille. Un instant avant, il croyait avoir dit tout ce qui lui semblait le plus urgent, le plus nécessaire. Pourtant, aujourd'hui déjà ?

Quand pourrait-il lui parler de nouveau ? Quand pourrait-il lui écrire ? Mais comment pourrait-il lui écrire ? Pourrait-il prendre contact avec elle là où elle travaillait ? Depuis la veille il lui apparaissait nettement que c'était impossible.

Pourrait-il lui expliquer qu'ils devaient cesser de correspondre pour ne pas leur dire où elle travaillait ? L'adresse sur l'enveloppe suffirait comme dénonciation.

Pourrait-il tout simplement ne pas écrire du tout ? Qu'en penserait-elle alors ? Pas plus tard qu'hier, je souriais et, à partir d'aujourd'hui, je me tairai pour toujours ?

La sensation d'être pris dans un étau lui serra le cou, lui coupa le souffle. Et ce n'était pas une image poétique, mais un énorme étau de serrurier avec des mâchoires faites pour rompre le cou d'un homme et dans lequel étaient piquées des dents.

Impossible de trouver une solution. Toutes étaient mauvaises.

Poli, Roitman les regardait de ses yeux doux de myope, à travers ses lunettes d'anastigmat et leur parlait de plans, plans, plans, d'une voix qui n'était pas celle d'un patron, mais où tintait une note de fatigue et de supplication.

Néanmoins, il lançait sa graine sur un terrain stérile.

70

LE BARIL DANS LA COUR

CE lundi matin-là, il y avait aussi une réunion dans le bureau de dessin. Rassemblés, employés libres et zeks étaient assis à plusieurs tables. Quoique la salle fût à l'étage supérieur et les fenêtres orientées vers le sud, la grisaille du matin leur dispensait peu de lumière ; de-ci, de-là, il y avait des ampoules électriques allumées au-dessus d'une planche à dessin.

Le chef de bureau, un lieutenant, n'était pas debout auprès de sa chaise, mais parlait sans grande conviction d'exécuter le plan, de nouveaux plans et du devoir socialiste de relever les défis. Quoiqu'il n'y crût pas lui-même, il disait qu'à la fin de l'année suivante ils auraient trouvé la solution technique du codeur absolu et il était arrivé à en parler de telle sorte qu'il offrait des échappatoires à ses dessinateurs.

Assis au dernier rang, Sologdine regardait le mur par-dessus les têtes. Le regard clair, le visage lisse et frais, il semblait profiter de cette réunion pour se détendre et nul n'aurait supposé qu'il avait une idée derrière la tête, qu'il était soucieux.

Impression trompeuse : il pensait intensément. Il ne lui restait que quelques heures ou peut-être même quelques minutes, il ne savait pas combien de temps, pour résoudre le problème de toute son existence sans commettre d'erreur. Toute la matinée, en cassant du bois, il n'avait pas eu conscience d'une seule bûche, d'un seul coup de hache : il pensait. Comme dans un instrument d'optique où des miroirs tournoyants saisissent et réfléchissent la lumière sur leurs nombreuses facettes, dans l'esprit de Sologdine, pendant tout ce temps-là, des rayons de pensée qui ne s'entrecroisaient pas, mais n'étaient pourtant pas parallèles, tourbillonnaient et étincelaient.

Il avait écouté avec un sourire ironique la consigne annoncée ce matin. Voilà longtemps qu'il prévoyait une telle mesure. Il avait été le premier à s'y préparer en cessant toute correspondance. Cet ordre le confirmait dans son jugement : le régime de la prison deviendrait de plus en plus dur et la voie normale pour recouvrer la liberté, appelée « fin de peine », serait barrée.

Ce qu'il regrettait le plus et ce qui lui donnait le plus d'amertume, c'était la tournure embarrassante qu'avait prise la discussion de la veille au soir : Rubine semblait avoir acquis le droit de porter des jugements sur tout ce qui concernait la vie de Sologdine. Il pouvait rayer le nom de Lev Rubine sur la liste de ses amis et essayer de l'oublier, mais il ne pouvait oublier le défi qu'il avait esquivé. Il subsistait et c'était un ulcère.

La réunion prit fin et tous regagnèrent leur place.

Personne au bureau de Larissa. Elle était libre ce jour-là parce qu'elle avait travaillé le dimanche.

Tant mieux ! Après tout, une femme gagnée hier serait embarrassante aujourd'hui.

Sologdine se leva, dégrafa une vieille feuille de papier sale de sa planche à dessin... et le cœur du vocodeur apparut.

Le dos rejeté en arrière, Sologdine resta un long moment devant le dessin.

Plus il l'étudiait et s'absorbait dans sa création, plus il s'apaisait. En lui, les miroirs tourbillonnèrent de plus en plus lentement. Les faisceaux de lumière semblèrent s'accorder et se mettre en parallèle les uns avec les autres.

Comme le règlement l'imposait chaque semaine, une des dessinatrices passa de table en table pour demander les vieilles feuilles de papier inutiles afin de les détruire. Il n'était pas question de les déchirer et de les jeter au panier ; on les comptait, leur nombre était consigné dans un document et ensuite on les brûlait dans la cour.

Sologdine prit un gros crayon gras, biffa son dessin de quelques traits et le barbouiila.

Puis il le dégrafa, le retira de la planche, mit la feuille de papier sale par-dessus, en glissa une autre par-dessous, les roula ensemble et les tendit à la dessinatrice. « Trois feuilles, s'il vous plaît. »

Il s'assit, ouvrit un livre de formules pour se donner une contenance et observa ce que l'on ferait de ses feuilles ensuite.

Personne ne s'approcha de la femme qui les avait.

Chikhine et Michkine faisaient nettement preuve de laisser-aller : ils étaient trop confiants. Pourquoi n'avaient-ils pas assorti le bureau de dessin d'un bureau de sécurité du bureau de dessin, afin de passer en revue tous les croquis à détruire du bureau de dessin ?

Comme il n'avait personne à qui souffler cette plaisanterie, Sologdine en rit tout seul.

Enfin, après avoir rassemblé en plusieurs rouleaux toutes les feuilles comptées, la dessinatrice demanda une boîte d'allumettes à un fumeur et sortit avec une autre femme qui avait, elle aussi, recueilli des feuilles de papier utilisées.

Sologdine traça en cadence des traits sur une feuille de papier en comptant les secondes : elles descendent l'escalier... elles mettent leur manteau... elles sortent dans la cour...

Ayant disposé sa planche à dessin à la verticale, il se dissimula derrière de telle sorte que personne dans la salle ne le voyait regarder dehors, vers l'endroit de la cour où se trouvait le baril de tôle souillé de suie, vers lequel Spiridon, homme de ressource, avait ce matin-là déblayé un sentier. En outre, la neige avait sans doute fondu et se tassait ; les deux femmes, qui portaient des bottes parvinrent aisément au baril.

Mais il leur fallut longtemps pour enflammer la première feuille. Elles craquèrent plusieurs allumettes l'une après l'autre, puis plusieurs à la fois, mais le vent les éteignit ou bien les allumettes se brisèrent, ou encore le soufre enflammé rejaillit sur elles et elles le brossèrent frénétiquement de leurs vêtements. Désormais, il ne restait presque plus d'allumettes dans la boîte et sans doute seraient-elles obligées de revenir en chercher une autre.

Le temps passait... à tout instant Sologdine pouvait être convoqué par Yakonov.

Mais les femmes crièrent quelque chose, agitèrent les bras et Spiridon s'approcha d'elles, coiffé de son bonnet de fourrure à gros couvre-oreilles, le balai à la main.

Il retira son bonnet pour ne pas l'endommager, le posa sur la neige auprès de lui, se pencha au-dessus du baril, y plongea les deux bras, y resta un moment comme s'il prenait racine et se redressa... la feuille de papier qu'il tenait à la main était rouge, elle avait pris feu. Spiridon la laissa tomber dans le baril et jeta toutes les autres par-dessus. Les flammes jaillirent et dans le récipient les feuilles se transformèrent en cendres.

A cet instant précis, quelqu'un cria le nom de Solog- dine de l'extrémité de la salle de dessin.

On le convoquait chez le lieutenant-colonel.

Le laboratoire de filtrage se plaignait de ne pas avoir reçu les plans de deux paliers qu'il avait commandés.

Le lieutenant-colonel n'était pas un homme grossier et se contenta de dire, les sourcils froncés : « Voyons, Dimi- tri Alexandrovitch, qu'est-ce qu'il y a de si compliqué dans cette affaire ? On l'a commandé jeudi. »

Sologdine se redressa. « Excusez-moi, je suis en train de terminer, ce sera prêt dans une heure. »

Il n'avait pas encore commencé... mais il ne pouvait tout de même pas avouer que ce travail ne lui prendrait qu'une heure.

71

SON MÉTIER PRÉFÉRÉ

Le secteur opérationnel tchékiste (sécurité et contre-espionnage) du centre de Mavrino était divisé entre le commandant Michkine, « protecteur » de la prison, et le commandant Chikhine, « protecteur » de la production. S'occupant de services différents et payés par des trésoriers différents, ils ne se concurrençaient pas. En outre, une espèce d'inertie les empêchait de collaborer : chacun avait son bureau dans un bâtiment et un étage différents ; on ne discutait pas d'affaires de contre-espionnage et de sécurité au téléphone ; comme ils avaient le même grade, chacun aurait trouvé aussi humiliant de rendre visite à l'autre que de se prosterner. L'un travaillait avec les gens de nuit, et l'autre avec ceux de jour, si bien qu'ils ne se rencontraient pas pendant des mois. Cependant chacun écrivait dans ses rapports et plans trimestriels que toutes les fonctions de sécurité et contre-espionnage du centre de Mavrino devaient faire l'objet d'une collaboration étroite.

Il arriva une fois qu'en lisant la *Pravda* le commandant Chikhine fut frappé par le titre d'un article : « Son métier préféré. » C'était l'histoire d'un propagandiste qui n'aimait rien tant que d'expliquer quelque chose à autrui : aux ouvriers, l'importance d'augmenter la productivité ; aux soldats, le besoin de se sacrifier ; aux électeurs, qu'il faut prendre en bloc les candidats communistes et sans parti de la même liste. Ce titre lui plut. Il en conclut que lui non plus ne s'était sans doute pas trompé dans la vie. Jamais aucun autre métier n'avait eu d'attrait pour lui. Il aimait celui qu'il faisait et son métier l'aimait.

Autrefois Chikhine avait suivi les cours de l'école du Guépéou, puis fait des études supérieures d'enquêteur-interrogateur. Mais il n'avait travaillé que très peu de temps comme enquêteur et ne pouvait donc considérer ce métier comme sa profession. Il avait été officier de sécurité à la section de transports du Guépéou ; pendant la guerre, il avait dirigé un service de censure militaire ; puis il avait fait partie d'une commission de rapatriement ; puis on l'avait affecté à un camp de regroupement et vérification ; ensuite, comme instructeur spécial, il avait enseigné les techniques de la déportation des Grecs du Kouban au Kazakhstan et enfin le voilà à l'institut de recherches Mavrino comme officier de sécurité.

La spécialité de Chikhine présentait bien des avantages. D'abord, depuis la fin de la guerre civile, elle n'était plus dangereuse. Dans chaque opération, il jouissait d'une supériorité de force accablante : deux ou trois hommes armés contre un ennemi désarmé, surpris et souvent à peine réveillé.

Et puis le métier était bien payé, donnait accès aux meilleurs centres de distribution limitée, aux meilleurs logements dont les condamnés étaient expulsés, à une retraite supérieure à celle des militaires et aux maisons de santé de première classe.

Ce n'était pas épuisant : pas de normes de travail.

Certes, des amis avaient dit à Chikhine qu'en 1937 et 1945 les enquêteurs avaient du travail par-dessus la tête, mais personnellement il ne s'était jamais trouvé dans une telle situation et n'y croyait pas tout à fait. Quand tout va bien, ce métier permet de somnoler pendant des mois au bureau. La mesure caractérisait l'ensemble du travail. S'ajoutait à la pondération naturelle du bien-nourri la lenteur délibérée avec laquelle on agit sur l'âme du prisonnier pour en tirer des témoignages : tailler lentement son crayon, choisir sa plume et son papier, y coucher patiemment toutes sortes d'absurdités procédurières et de données circonstancielles. Cette

lenteur calculée du travail était excellente pour les nerfs
et assurait longue vie au travailleur lui-même.

La nature du travail en honneur dans son métier
n'était pas moins précieuse à Chikhine. Il s'agissait
essentiellement de prendre des notes, de constituer des
archives, d'arriver à un « archivisme » absolu et qui
englobait tout. Aucun entretien ne se terminait comme
une conversation ordinaire, il fallait toujours à la fin
écrire une dénonciation, signer une déclaration, ou bien
l'engagement de ne pas faire de faux témoignage, de ne
pas révéler des secrets, de ne pas quitter la région, ou
encore de recueillir des renseignements et de les transmettre. Ce métier exigeait en particulier patience, attention, et cette netteté qui était un trait distinctif du caractère de Chikhine ; il ne laissait pas de feuilles volantes
tomber dans le chaos, il les faisait classer et il était
toujours capable de retrouver n'importe laquelle d'entre
elles. En tant qu'officier, Chikhine ne pouvait accomplir
le travail matériel de classer les papiers. Cette tâche était
confiée à une fille dégingandée qui n'y voyait pas très
clair, munie d'un certificat spécial des services de sécurité et dépêchée précisément à cette fin par le secrétariat
du M.G.B.

Le travail de sécurité et de contre-espionnage plaisait
surtout à Chikhine parce qu'il lui donnait du pouvoir
sur autrui, la conscience de sa propre omnipotence, et
l'entourait de mystère.

Même ses camarades tchékistes qui n'« opéraient » pas
dans la sécurité et le contre-espionnage manifestaient en
sa présence une estime et une timidité qui le flattaient.
Tous — y compris le colonel du génie Yakonov —
devaient lui fournir à la première demande un rapport
sur leur activité, mais Chikhine n'avait de comptes à
rendre à aucun d'entre eux. Lorsqu'il montait le large
escalier couvert d'un tapis — le visage sombre, les
cheveux gris coupés ras, et un gros porte-documents
sous le bras — les lieutenantes du M.G.B. s'écartaient
timidement pour le laisser passer et chacune s'empressait d'être la première à le saluer. Alors Chikhine avait
conscience de sa valeur et il était fier de son importance.

Si jamais quelqu'un avait dit à Chikhine — mais personne ne l'avait fait — qu'il inspirait la haine, qu'il
torturait les gens, il en aurait été sincèrement outragé.
Pour lui, torturer n'était pas un but et ne lui apportait
aucune satisfaction. Certes, il existe des gens qui sont

capables de cela, il en avait vu au théâtre, au cinéma ; c'étaient des sadiques ; ceux qui aiment la torture par passion, des êtres qui n'ont plus rien d'humain... mais il s'agissait toujours de Gardes blancs ou de fascistes. Chikhine accomplissait seulement son devoir, avec un seul but : que personne ne pense ou ne fasse quoi que ce soit de nuisible.

Il était arrivé une fois que l'on trouve dans la cage de l'escalier principal de la charachka, servant tant aux employés libres qu'aux zeks, un paquet contenant cent cinquante roubles. Les deux lieutenants techniciens qui l'avaient trouvé ne pouvaient ni le cacher ni retrouver discrètement le propriétaire parce qu'ils étaient deux. Ils remirent donc le paquet au commandant Chikhine.

De l'argent sur un escalier utilisé par les détenus, de l'argent tombé aux pieds de gens à qui il était strictement interdit d'en posséder... après tout, c'était un événement extraordinaire, une affaire d'Etat !

Pourtant, Chikhine évita d'en faire une histoire et se contenta d'apposer une affiche sur le mur de l'escalier :

QUICONQUE A PERDU 150 ROUBLES EN ESPÈCES SUR L'ESCALIER PEUT LES RÉCLAMER N'IMPORTE QUAND AU COMMANDANT CHIKHINE

Ce n'était pas une petite somme ! Mais telle était l'estime dans laquelle on tenait Chikhine en général et la méfiance qu'il inspirait que les jours et les semaines passèrent sans que personne réclamât l'argent perdu ; l'encre de l'annonce pâlit, l'affiche se couvrit de poussière, on en déchira un coin, et finalement quelqu'un écrivit dessus, au crayon bleu en lettres d'imprimerie :

GARDE-LES ENFANT DE SALAUD !

L'officier de service arracha l'affiche et la porta au commandant. Ensuite, pendant longtemps, Chikhine parcourut les laboratoires et compara les teintes de crayon bleu. Il était offensé par la grossièreté et l'accusation gratuite suggérée par cette inscription. Il n'avait aucune intention d'empocher l'argent de quelqu'un d'autre. Il aurait préféré de beaucoup que l'intéressé se présentât afin de pouvoir monter contre lui une affaire édifiante et le travailler à toutes les réunions de sécurité. Mais il aurait certainement rendu l'argent.

Evidemment il n'avait pas l'intention de le jeter non plus. Au bout de deux mois, il l'offrit en guise de cadeau à la fille dégingandée à vue basse qui venait une fois par semaine lui classer ses papiers.

Jusqu'alors Chikhine menait la vie d'un père de famille exemplaire. Et voilà que le diable lui inspirait des sentiments pour cette secrétaire aux trente-huit ans négligés et aux jambes trop grasses. Il lui arrivait à peine à l'épaule, mais il lui trouva un attrait de nouveauté. Il était à peine capable d'attendre le jour où elle venait et il perdit toute prudence, à tel point qu'à un moment où on remettait son bureau en état, il fut surpris dans un local qui lui était affecté provisoirement. Deux détenus — un charpentier et un plâtrier — non seulement les entendirent mais les épièrent à travers une fente. La nouvelle se répandit rapidement et les zeks en firent des gorges chaudes aux dépens de leur pasteur spirituel ; ils auraient volontiers écrit à sa femme, mais ils ne connaissaient pas son adresse. Alors ils se contentèrent de mettre au courant les directeurs de l'Institut.

Mais ils ne parvinrent pas à démolir l'officier de sécurité. En cette occasion, le général de brigade Oskoloupov réprimanda Chikhine, non pas pour ses relations avec la secrétaire — étant donné que cela aurait visé les principes moraux de la secrétaire — ni parce qu'il entretenait ces relations pendant les heures de travail — parce que Chikhine n'avait pas d'heures de travail déterminées — mais seulement parce que les détenus avaient découvert le pot aux roses.

Le lundi 26 décembre, s'étant accordé un dimanche de repos, le commandant Chikhine arriva au travail peu après neuf heures, mais s'il s'était présenté après le déjeuner personne ne le lui aurait reproché.

Au second étage, en face du bureau de Yakonov, s'ouvrait un corridor sans fenêtres qui n'était jamais éclairé et conduisait à deux portes : celle du bureau de Chikhine et celle de la salle du comité du Parti. Toutes deux étaient capitonnées de cuir noir et il n'y avait ni nom ni signe, ni sur l'une ni sur l'autre. La proximité des deux portes au fond d'un couloir obscur faisait l'affaire de Chikhine, car, du vestibule, il était impossible de discerner exactement où allaient ceux qui s'y engageaient.

Ce jour-là, à proximité de son bureau, Chikhine rencontra le secrétaire du comité du Parti, Stepanov, homme maigre, mal portant et qui arborait des lunettes aux verres brillants et teintés. Ils échangèrent une poignée de main et Stepanov proposa à voix basse : « Camarade Chikhine — il n'utilisait jamais les prénoms ni les surnoms — entrez faire une partie de billard. »

Il y avait en effet une table de billard dans la salle du comité et Chikhine y jouait de temps à autre, mais ce jour-là, il devait s'occuper d'affaires importantes et il secoua donc la tête d'un air digne.

Stepanov soupira et alla jouer tout seul.

Aussitôt entré dans son bureau, Chikhine déposa soigneusement son porte-documents sur sa table. Tous les papiers de Chikhine portaient sur des affaires « secrètes » ou « ultra-secrètes », il les conservait dans un coffre et ne les emportait jamais nulle part, mais s'il avait circulé sans porte-documents, il n'aurait impressionné personne. Il emportait donc chez lui pour les lire des journaux comiques, *Ogonyek*, *Krokodil* et *Vokroug*, quoiqu'il eût pu s'y abonner pour quelques kopecks. Ensuite, il alla vers la fenêtre, y resta les pieds sur le tapis pendant un moment, puis revint vers la porte. Sans doute des idées l'attendaient tapies dans son bureau, derrière le coffre, derrière le classeur, derrière le canapé et maintenant elles jaillissaient de leurs cachettes et s'attroupaient autour de lui en criant pour attirer son attention.

Il avait des choses à faire.

Il passa la main sur ses cheveux courts et grisonnants.

D'abord il s'agissait de vérifier un projet important qu'il avait élaboré au cours de bien des mois, que Yakonov avait approuvé récemment, que l'administration avait adopté, qui avait été expliqué dans les laboratoires, mais qu'on n'avait pas encore mis en pratique. C'était un nouveau système concernant des registres secrets. En étudiant attentivement l'état de choses à l'Institut de Mavrino, le commandant Chikhine avait découvert — et il n'en était pas peu fier — qu'il n'y existait pas encore une véritable sécurité. Certes, il y avait des coffres d'acier à l'épreuve du feu, aussi hauts qu'un homme, dans chaque salle : cinquante coffres rapportés d'Allemagne où ils avaient été pillés dans une entreprise. Il était vrai aussi que tous les papiers, secrets, semi-secrets, ou qui se trouvaient à proximité de ceux qui étaient secrets, étaient enfermés dans les coffres en présence d'un officier de service spécialement désigné à cet effet, pendant le déjeuner, le dîner et la nuit. Mais il ne s'agissait que des papiers concernant des plans achevés ou en cours d'exécution : tragique méprise ! Les premières lueurs d'inspiration, les premières idées, les hypothèses vagues — en vérité tous les éléments dont seraient issus les projets de l'année suivante, autrement dit le matériel le plus prometteur — rien de tout cela n'était enfermé dans les coffres d'acier. Un espion adroit ayant de bonnes connaissances techniques n'avait tout simplement qu'à traverser les fils de fer barbelés, qu'à pénétrer dans la zone interdite et qu'à trouver dans une corbeille un morceau de buvard avec un diagramme dessus, puis à ressortir de la zone à travers les barbelés... et l'espionnage américain comprendrait immédiatement ce que nous faisions. Homme consciencieux, le commandant Chikhine enjoignit donc une fois au portier Spiridon de trier devant lui, dans la cour, tout ce que contenaient les corbeilles. Il y trouva deux bouts de papier couverts d'une croûte de neige et de cendres mais sur lesquels on avait tracé une esquisse ; cela apparaissait clairement. Chikhine n'hésita pas à prendre ces débris par un coin et à les déposer sur le bureau de Yakonov. Et Yakonov n'eut plus rien à dire. On adopta donc le projet de Chikhine selon lequel chaque individu devait utiliser un registre secret à son nom. On fit immédiatement venir des registres adéquats de la papeterie du M.G.B. Ils comportaient deux cents grandes pages numérotées et reliées, chacun avait son numéro et il était possible de les sceller. Il suffisait de distribuer ces registres à tout le monde sauf aux tourneurs et au portier. Le règlement interdirait d'écrire quoi que ce soit ailleurs que sur les pages de son propre registre. On éliminait ainsi les désastreux brouillons volants et le projet présentait un autre intérêt : il permettait d'exercer un contrôle sur les pensées. Etant donné que chaque jour il fallait marquer la date sur le registre, le commandant Chikhine pouvait désormais surveiller n'importe quel prisonnier en particulier pour voir s'il avait beaucoup pensé le mercredi ou bien si le vendredi il avait rêvassé à quelque chose de nouveau. Deux cent cinquante registres de ce genre équivaudraient à deux cent cinquante Chikhine sans cesse penchés au-dessus des épaules des détenus. Les zeks étaient toujours rusés et paresseux et cherchaient toujours à travailler le moins possible. Il est facile de contrôler ce qu'a produit un ouvrier manuel.

Mais comment évaluer la somme de travail intellectuel d'un ingénieur ou d'un savant ? Eh bien, c'est ce qu'avait inventé le commandant Chikhine. Quel dommage que les officiers de sécurité et de contre-espionnage n'eussent pas le droit à des prix Staline !

Ce jour-là, il se trouvait donc que Chikhine devait vérifier si les registres avaient été distribués à tous ceux qui devaient en utiliser et savoir s'ils avaient commencé à s'en servir.

Chikhine avait d'ailleurs une autre tâche pour ce jour-là : dresser la liste complète des prisonniers qui devaient faire partie du convoi prévu par l'administration pour quelques jours plus tard et savoir exactement quand ce transport de détenus aurait lieu.

En outre, Chikhine était aussi absorbé par une affaire qu'il avait commencée avec brio mais que, par la suite, il n'avait guère fait progresser, « l'affaire du tour brisé » : dix détenus avaient transporté un tour depuis le laboratoire Numéro trois jusqu'à l'atelier de réparation et, au cours de ce déplacement, le socle du tour s'était fêlé. En une semaine d'enquête, on avait rédigé quatre-vingts pages de rapports mais la vérité ne s'était pas manifestée : aucun des détenus en cause n'était un nouveau venu.

Il lui fallait aussi procéder à une enquête pour savoir d'où provenait le livre de Dickens au sujet duquel Doronine avait fourni une dénonciation d'après laquelle cet ouvrage était lu dans la salle ovale et en particulier par Adamson. Convoquer Adamson pour l'interroger n'eût été que perte de temps car il en était à sa deuxième détention. Il fallait donc faire venir les employés libres qui travaillaient près de lui et les effrayer en prétendant qu'on était au courant de tout.

Chikhine avait tant à faire ce jour-là ! Tout compte fait il ne savait pas encore ce que ses indicateurs allaient lui révéler de nouveau. Il ne savait pas qu'il enquêterait au sujet d'une parodie de la justice se présentant sous la forme d'une représentation du « Procès du prince Igor ». Désespéré, Chikhine se frotta les tempes et le front pour faire retomber tout l'essaim de ses pensées.

Ne sachant par où commencer, Chikhine résolut d' « aller au peuple », autrement dit de descendre jusqu'au vestibule dans l'espoir de rencontrer un de ses indicateurs qui, d'un battement de paupières, lui signalerait une dénonciation urgente, à faire avant le rendez-vous habituel.

Mais il n'avait pas encore atteint la table de l'officier de service qu'il entendait déjà ce dernier parler au téléphone d'un nouveau groupe constitué à son insu.

De quoi s'agissait-il ? Etait-il possible de procéder aussi inopinément ? Comment avait-on pu constituer un nouveau groupe à l'Institut le dimanche, en l'absence de Chikhine ?

L'officier de service le mit au courant.

C'était un coup dur ! Le ministre adjoint était venu, et aussi des généraux. Et Chikhine n'était pas à l'Institut. Le remords l'accabla. Il aurait pu suggérer au ministre adjoint des raisons de croire qu'il était en état d'alerte dans le domaine de la sécurité. Ils ne l'avaient pas prévenu et ne lui avaient pas demandé son avis à temps : impossible d'incorporer dans un groupe chargé de telles responsabilités l'abominable Rubine, ce faux jeton, cet individu qui trichait tout le temps ! Rubine jurait qu'il croyait à la victoire du communisme et refusait pourtant de devenir indicateur. En outre, il portait une barbe provocante, le chien sale, le Vasco de Gama ! On allait voir !

Se hâtant avec pondération, notre Chikhine à tête ronde se dirigea vers la salle 21 à petits pas de ses petits pieds chaussés de souliers de gamin.

Néanmoins, il y avait une manière de venir à bout de Rubine. Il avait récemment soumis (comme il le faisait deux fois par an) une demande de révision de son cas. Il dépendait de Chikhine d'appuyer cette demande par une recommandation louangeuse ou bien — comme toutes les fois précédentes — par un commentaire venimeusement malveillant.

Pas de vitre à la porte numéro 21 constituée d'un bloc massif. Le commandant la poussa. Elle était fermée au verrou. Il frappa, n'entendit aucun bruit de pas et vit tout à coup la porte s'entrouvrir légèrement. Smolosidov apparut dans l'entrebâillement, une mèche noire menaçante sur le front. En reconnaissant Chikhine il ne bougea pas et n'ouvrit pas non plus la porte.

« Bonjour », dit Chikhine, hésitant ; il n'était pas habitué à ce genre de réception. Smolosidov était encore plus « tchékiste opérationnel » que Chikhine lui-même.

Smolosidov restait figé comme un boxeur en garde, les bras légèrement rejetés en arrière. Il ne disait rien.

« C'est que je... dit Chikhine, abasourdi. Laissez-moi entrer. Je dois me mettre au courant de votre groupe. »

Smolosidov recula d'un demi-pas et, tout en barrant l'entrée de la pièce, il fit signe à Chikhine qui pénétra de biais par l'étroit entrebâillement de la porte et suivi des yeux l'index de Smolosidov. Une feuille de papier était accrochée de l'autre côté de cette porte :

Liste des personnes admises dans la salle 21 :
1. — Ministre adjoint du M.G.B. : Sevastyanov ;
2. — Chef de section : général de brigade Boulbaniouk ;
3. — Chef de section : général de brigade Oskoloupov ;
4. — Chef de groupe : commandant du génie Roitman ;
5. — Lieutenant Smolosidov ;
6. — Détenu Rubine.
            Confirmé par :
            Abakoumov
            Ministre de la Sécurité de l'Etat.

Avec un haussement d'épaules respectueux, Chikhine recula jusqu'au vestibule.

« Il faut que je... convoque Rubine, chuchota-t-il.

— Impossible ! » répondit Smolosidov à voix tout aussi basse.

Et il ferma à clef.

72

LE SECRÉTAIRE SALARIÉ

Un moment le syndicat avait joué un très grand rôle dans la vie des employés libres de Mavrino. Et puis un camarade haut placé — si haut placé qu'il était embarrassant de l'appeler « camarade » — en avait entendu parler. Il avait dit : « Qu'est-ce que tout ça veut dire ? » et il n'avait pas ajouté « camarades », car il ne pensait pas qu'on devait choyer ses subordonnés. « Après tout, Mavrino est une unité militaire. Quel genre de syndicat peuvent-ils avoir là-bas ? Vous savez ce que ça rappelle ? »

Ce jour-là le syndicat de Mavrino avait été supprimé.

Sa disparition n'avait pas causé de bouleversement dans la vie à Mavrino.

L'importance de l'appareil du Parti, qui était déjà considérable avant, s'était extraordinairement accrue. Le Comité de District du Parti jugea nécessaire d'avoir un secrétaire salarié pour l'organisation du Parti à Mavrino, secrétaire qui serait dispensé de tout autre travail. Après avoir examiné plusieurs questionnaires présentés à cet effet par la section du personnel, le bureau du Comité du District du Parti recommanda pour ce poste :

« Stepanov, Boris Sergueiévitch ; né en 1900 ; dans le village de Loupatchi, district de Bobrovsk ; origines :

ouvrier agricole ne possédant pas de terres ; milicien rural après la révolution ; sans profession ; situation sociale : employé ; instruction : quatre ans d'école élémentaire, deux ans d'école du Parti ; membre du Parti depuis 1921 ; travaille au Parti depuis 1923 ; n'hésite pas à appliquer la ligne du Parti ; n'a pas participé à l'opposition ; n'a pas servi dans les armées ni les institutions des gouvernements blancs ; ne s'est jamais trouvé en territoire occupé ; n'est jamais allé à l'étranger ; ne connaît aucune langue étrangère ; ne connaît aucune des langues des peuples de l'U.R.S.S. ; choqué par l'explosion d'un obus ; décoré de l'Ordre de « l'Etoile Rouge » et de la médaille « Pour la Victoire dans la Guerre Patriotique contre l'Allemagne. »

A l'époque où le Comité du Parti avait recommandé Stepanov, il travaillait aux moissons dans le district de Volokolamsk comme propagandiste. Profitant de chaque instant de repos des fermiers collectifs, qu'ils fussent assis à déjeuner ou simplement en train de fumer une cigarette, il les faisait aussitôt rassembler, ou bien le soir il les convoquait à l'immeuble de l'administration et sans répit leur expliquait l'importance qu'il y avait à ensemencer chaque année la terre et avec des semences de bonne qualité ; il leur disait que le rendement devait dépasser la quantité de grain semé ; qu'il fallait ensuite moissonner sans gaspillage ni pillage et, aussitôt que possible, livrer le grain à l'Etat. Ne connaissant pas de repos, il allait trouver alors les conducteurs de tracteurs pour leur expliquer l'importance d'économiser et de ménager leur équipement et combien il était absolument inadmissible de flâner ; il répondait aussi avec répugnance à des questions qu'on lui posait sur la mauvaise qualité des réparations et l'absence de vêtements de travail.

A cette époque l'Assemblée générale de l'appareil du Parti à Mavrino avait chaleureusement accepté la recommandation du Comité provincial et désigné à l'unanimité Stepanov comme son secrétaire salarié, sans l'avoir jamais vu. On choisit un nouveau propagandiste pour envoyer dans le district de Volokolamsk, un agent des coopératives qui avait été congédié de son poste dans le district de Iegorievsk parce que des marchandises avaient disparu. A Mavrino, on donna à Stepanov un bureau voisin de celui de l'officier de sécurité et il prit en main la direction des affaires du Parti.

Il commença son travail en vérifiant les affaires traitées pour le Parti par l'ancien secrétaire qui n'était pas salarié et qui ne se consacrait pas uniquement à cette tâche.

L'ancien secrétaire était le lieutenant Klikatchev, qui était fort maigre, sans doute parce qu'il était très actif et ne se reposait jamais. Il réussissait à diriger le laboratoire de décodage, à être à la tête des groupes de cryptographie et de statistique et à organiser un séminaire de komsomols ; il était l'âme du « Groupe des Jeunes », autrement dit de la clique de Roitman, et, outre cela, il était secrétaire du Comité du Parti. Mais si l'administration trouvait le lieutenant Klikatchev exigeant et si ses subordonnés le considéraient comme un bourreau de travail, le nouveau secrétaire avait l'impression qu'à l'examen les affaires du Parti à l'Institut de Mavrino allaient se révéler avoir été négligées.

Ce fut en effet le cas.

La vérification par Stepanov des affaires du Parti dura une semaine. Sans sortir une seule fois de son bureau, il examina jusqu'au dernier document et en arriva à connaître chaque membre du Parti d'après son dossier personnel et sa photographie, et seulement ensuite en chair et en os. Klikatchev sentit sur lui la lourde main du nouveau secrétaire.

Une insuffisance après l'autre se révélait. Sans parler du caractère incomplet des questionnaires, des certificats et recommandations dans les dossiers personnels, même de l'absence de caractéristiques détaillées sur chaque membre et chaque candidat membre, un défaut d'ordre général apparaissait dans toutes les opérations : une tendance à les exécuter en fait mais à ne pas en garder de traces écrites, si bien que les opérations elles-mêmes devenaient pour ainsi dire illusoires.

« Mais qui va le croire ? Qui va croire que ces mesures ont été effectivement prises ? » demanda Stepanov, une main posée sur son crâne chauve, une cigarette allumée entre ses doigts.

Et patiemment il expliqua à Klikatchev que tout n'avait été fait qu'en théorie (car on n'en avait pour preuves que des assurances verbales) et non pas dans les faits (car ce n'était pas sur le papier, on n'en trouvait pas trace dans les archives).

Par exemple, à quoi cela avançait-il les athlètes de l'Institut — non compris évidemment les prisonniers —

de jouer au volley-ball à chaque période de déjeuner (même avec l'habitude de mordre un peu pour cela sur les heures de travail) ? « C'est peut-être vrai. Peut-être qu'ils jouent vraiment. Cela ne rime évidemment à rien que vous ou moi ou personne aille dans la cour voir si le ballon bondit d'un bout à l'autre. » Mais pourquoi ces joueurs de volley-ball, après avoir fait tant de parties et acquis une telle expérience, pourquoi ne voulaient-ils pas faire part de cette expérience dans un bulletin critique spécial, « Volley-ball rouge » ou bien, par exemple, « l'Honneur du Membre de l'Equipe Dynamique » ? Et si alors Klikatchev avait pris ce bulletin pour le ranger dans le dossier de documentation du Parti, eh bien, aucune inspection ensuite n'aurait permis de douter qu'on eût effectivement joué au volley-ball et cela sur les instructions du Parti. Mais qui maintenant allait croire Klikatchev sur parole ?

Ainsi en allait-il de tout. « Les mots n'ont rien à voir avec les affaires ! » : ce fut sur cette déclaration profonde que Stepanov se mit au travail.

Tout comme un prêtre ne croirait jamais que quelqu'un pût mentir en confession, Stepanov n'imaginait même pas qu'on pût mentir dans un document écrit.

Mais Klikatchev, avec sa tête étroite et son long cou, ne se risquait pas à discuter avec Stepanov : les yeux toujours brillants de reconnaissance, il était d'accord avec lui et s'instruisait. Et Stepanov ne tarda pas à se radoucir à l'égard de Klikatchev, montrant ainsi qu'il n'était pas un mauvais bougre. Il écouta attentivement Klikatchev lui exposer ses craintes sur le fait que le chef d'un institut secret aussi important que Mavrino fût le colonel du génie Yakonov, un homme qui non seulement avait un questionnaire douteux, mais qui était purement et simplement un ancien ennemi. Stepanov à son tour se montra extrêmement prudent. Il fit de Klikatchev son bras droit, lui dit de se rendre plus souvent au Comité du Parti et lui dispensa avec bienveillance les trésors de son expérience.

Ainsi Klikatchev en vint-il à connaître plus vite et plus intimement que tout autre le nouvel organisateur du Parti. Comme c'était ainsi que Klikatchev l'avait baptisé, les « Jeunes » commencèrent à l'appeler « le Berger. » Mais précisément en raison des relations que Klikatchev entretenait avec « le Berger », les choses se passèrent plutôt bien pour les « Jeunes ». Ils comprirent vite qu'il valait beaucoup mieux pour eux avoir un organisateur du Parti qui ne fût pas ouvertement de leur camp, un homme objectif qui s'en tenait à la lettre de la loi et qui n'interviendrait pas.

Et Stepanov était en effet un homme qui respectait la loi au pied de la lettre. Si on lui disait qu'il devait avoir pitié de quelqu'un, que la loi ne devait pas statuer contre lui avec toute sa sévérité, qu'il fallait lui témoigner de la miséricorde, alors des sillons douloureux se creusaient sur le front de Stepanov (un front haut en raison de l'absence de cheveux aux tempes) et les épaules de Stepanov ployaient comme sous un nouveau fardeau. Mais, brûlant d'une ardente conviction, il trouvait la force de se reprendre et se tournait brusquement vers ceux qui étaient avec lui, les regardant l'un après l'autre tandis que des carrés blancs qui n'étaient que les reflets des fenêtres apparaissaient et disparaissaient sur les verres de ses lunettes :

« Camarades ! Camarades ! Qu'est-ce que j'entends ! Comment pouvez-vous dire une chose pareille ? Souvenez-vous : il faut toujours soutenir la loi ! Soutenir la loi de toutes vos forces ! C'est la seule façon de véritablement aider celui pour qui vous vouliez l'enfreindre ! Car la loi est faite précisément pour servir la société et l'homme, et souvent nous ne comprenons pas cela et, par notre aveuglement, nous voulons tourner la loi ! »

Pour sa part, Stepanov était satisfait des « Jeunes » et de l'ardeur qu'ils témoignaient aux réunions et aux séances de critiques du Parti. Il voyait en eux le noyau de cette saine collectivité qu'il essayait de créer dans chaque nouvel endroit où il travaillait. Si la collectivité ne révélait pas aux dirigeants ceux qui dans son sein enfreignaient la loi, si la collectivité gardait le silence aux réunions, Stepanov considérait à juste titre que la collectivité était malsaine. Si la collectivité comme un seul homme attaquait même ses membres, et notamment celui qu'il fallait attaquer, cette collectivité — d'après les conceptions de gens d'ailleurs plus haut placés que Stepanov — était saine.

Stepanov avait ainsi un certain nombre d'opinions arrêtées dont il n'arrivait pas à se débarrasser. Par exemple, il ne pouvait imaginer une réunion qui ne se terminât pas par l'adoption d'une résolution tonitruante, incitant chacun et mobilisant toute la collectivité en vue d'une nouvelle victoire dans la production. Il adorait notamment ce genre de manifestation dans les réunions « ouvertes » du Parti où se trouvaient aussi des gens qui n'étaient pas inscrits et où on pouvait les réduire en pièces également. Ils n'avaient pas le droit de voter ni de se défendre. Avant le vote on entendait parfois des voix blessées ou même indignées qui disaient : « Qu'est-ce que c'est ? Une réunion ou un procès ?

— Camarades, je vous en prie, je vous en prie ! » Dans ces cas-là, Stepanov, d'un air autoritaire, interrompait n'importe quel orateur, fût-il le président de la réunion. Se fourrant précipitamment un comprimé dans la bouche d'une main tremblante — depuis qu'il avait été choqué par un obus, il avait de très violentes migraines chaque fois qu'il éprouvait une tension nerveuse et il était toujours nerveux quand on attaquait la vérité — il s'avançait au milieu de la salle sous les lumières du plafond, si bien que de grosses gouttes de sueur brillaient sur son crâne chauve :

« Qu'est-ce que c'est ? Etes-vous finalement contre la critique et l'autocritique ? »

Et, martelant l'air de son poing comme s'il voulait clouer ses pensées dans la tête de ses auditeurs, il expliquait :

« L'autocritique est le principe de motivation le plus élevé de notre société, la puissance essentiellement responsable de son progrès ! Il est temps de comprendre que, quand nous critiquons les membres de notre collectivité, ce n'est pas pour faire leur procès, mais pour maintenir à tout moment chaque travailleur dans un état de constante tension créatrice ! Et il ne peut y avoir deux opinions là-dessus, camarades ! Bien sûr, nous n'avons pas besoin de n'importe quelle critique, c'est vrai. Nous avons besoin d'une critique sérieuse. Nous avons besoin d'une critique qui ne touche pas aux cadres expérimentés que sont nos dirigeants ! Il ne faut pas confondre la liberté de critiquer avec la liberté anarchique de la petite-bourgeoisie ! »

Puis il revenait auprès de la carafe d'eau et avalait une nouvelle pilule.

Et, toujours, l'ensemble de la collectivité saine, y compris ceux de ses membres que la résolution proposée cinglait et anéantissait en les accusant de « criminelle négligence dans le travail », et « d'incapacité de réaliser les objectifs du Plan frôlant le sabotage », votait à l'unanimité la résolution.

LE PREMIER CERCLE

645

Il arrivait même parfois que Stepanov, qui aimait les
résolutions longues et subtiles, Stepanov, qui savait
d'avance et de la façon la plus heureuse quels discours
seraient prononcés et que l'unanimité finirait par se faire,
ne parvînt pas à composer le texte de toute la résolution avant la réunion. Alors, quand le président déclarait :
« Le camarade Stepanov a la parole pour énoncer la résolution ! » Stepanov essuyait la sueur qui perlait sur son
front et sur son crâne chauve et s'exprimait ainsi :
« Camarades ! J'ai été très occupé, aussi en rédigeant
le projet de résolution ne suis-je pas tout à fait parvenu
à trouver certaines circonstances, certains noms et certains faits », ou bien :
« Camarades ! Aujourd'hui, j'ai été convoqué à l'Administration et je n'ai pas encore écrit le projet de résolution. »
Dans les deux cas, il concluait par :
« Je vous demande donc de voter pour la résolution
dans son ensemble et demain, quand j'aurai le temps,
j'en mettrai au point les détails. »
Et la collectivité de Mavrino se révélait être si saine
que les mains se levaient sans un murmure, personne
ne sachant alors, pas plus qu'ils ne le sauraient plus
tard, qui allait être traîné dans la boue et qui serait
félicité dans cette résolution.
La position du nouvel organisateur du Parti se trouva
grandement renforcée par le fait qu'il ne se permettait
pas la faiblesse d'avoir d'étroites relations avec qui que
ce fût. Tout le monde l'appelait respectueusement « Boris
Serguéitch ». Acceptant cela comme son dû, il n'appelait
toutefois personne dans toute l'installation par son nom
et son patronyme et, même dans l'excitation du jeu à
la table de billard, dont le tapis jetait une tache verte
dans le bureau du Comité du Parti, il s'exclamait :
« Posez la boule, camarade Chikhine ! »
« Ecartez-vous, camarade Klikatchev ! »
En règle générale Stepanov n'aimait pas les gens qui
éveillaient en lui de mauvais sentiments. En même temps
lui-même n'en éveillait pas chez autrui. Aussi, à peine
commençait-il à sentir le moindre signe de mécontent-
tement ou de résistance en face des mesures qu'il prenait
que, sans se dépenser en paroles ni en trésors de persuasion, il prenait une grande feuille de papier blanc et
écrivait tout en haut en gros caractères : « Il est proposé
que les camarades ci-dessous nommés accomplissent

ceci ou cela pour telle ou telle date », puis il divisait la feuille en plusieurs colonnes : nom, prénom, signature d'accusé de réception. Et il donnait pour consigne à son secrétaire de faire circuler la feuille. Les camarades désignés la lisaient, exprimaient comme bon leur semblait leur amertume en face de cette feuille blanche indifférente, mais il leur fallait signer et, ayant signé, ils ne pouvaient manquer d'accomplir les devoirs supplémentaires qu'on attendait d'eux.

Stepanov était un secrétaire de Parti libéré non seulement du travail ordinaire mais aussi des doutes et des vagabondages dans les ténèbres. Il lui suffisait d'entendre à la radio qu'il n'y avait plus de Yougoslavie héroïque mais qu'il y avait maintenant une clique de Tito pour que dans les cinq minutes il expliquât cette décision avec une telle insistance, une telle conviction, qu'on aurait cru qu'il la mûrissait en lui depuis des années. Si quelqu'un attirait prudemment l'attention de Stepanov sur un conflit entre les consignes d'aujourd'hui et celles d'hier, sur le triste état du ravitaillement de l'Institut, sur la piètre qualité de l'équipement de fabrication soviétique ou sur les problèmes du logement, le secrétaire salarié souriait et ses lunettes brillaient comme si elles savaient d'avance ce qu'il allait dire :

« Voyons, camarade, à quoi vous attendez-vous ? C'est simplement un peu de désordre dans les services. Mais il n'y a aucun doute qu'on effectue des progrès dans ce domaine, comme je suis sûr que vous l'admettez. »

Stepanov néanmoins avait quand même certaines défaillances humaines, encore que sur une très petite échelle. Par exemple il aimait se faire féliciter par ses supérieurs et il se plaisait à impressionner par son expérience les membres ordinaires du Parti.

Il buvait aussi de la vodka — mais seulement si on lui en offrait ou si on en mettait sur la table et il se plaignait à chaque fois que la vodka lui ruinait la santé. Aussi n'en achetait-il jamais lui-même et n'en offrait-il jamais à personne. Et c'étaient là ses seuls défauts.

Les « Jeunes » discutaient parfois entre eux du « Berger ». Roitman disait :

« Mes amis ! C'est un prophète de l'encrier sans fond. Il a l'âme d'une feuille de papier dactylographiée. Il est inévitable qu'on ait des gens comme ça en période de transition. »

Mais Klikatchev avait un sourire en coin et disait :

« Les salauds ! Ils nous ont bien eus avec lui... Il va nous mettre le nez dans la merde. Ne croyez pas qu'il soit stupide. En cinquante ans il a appris à naviguer ! Vous croyez que c'est pour rien qu'à chaque réunion il y a une dénonciation ? Il écrit l'histoire de Mavrino à coups de dénonciations. Il entasse les preuves de sa prévoyance : quoi qu'il arrive, n'importe quelle inspection montrera que le secrétaire a mis tout le monde en garde sur la situation avant qu'elle se produise.

Suivant l'opinion peu objective de Klikatchev, Stepanov était un sournois intrigant qui ne reculerait devant rien pour élever ses trois fils.

Stepanov, en effet, avait trois fils qui ne cessaient de demander de l'argent à leur père. Il les avait placés tous les trois à la faculté d'histoire de l'Université. Son calcul avait semblé juste à l'époque, mais il n'avait pas tenu compte du fait qu'il y avait surabondance croissante d'historiens dans toutes les écoles, dans les instituts techniques et cours divers, d'abord à Moscou, puis dans le district de Moscou, et enfin jusqu'à l'Oural. Le fils aîné termina ses études et, au lieu de rester à la maison pour nourrir ses parents, partit pour Khanti-Mansiisk en Sibérie occidentale. Le fils cadet fut nommé à Oulan-Oude, près du lac Baïkal, et, quand le troisième serait assez grand, sans doute ne pourrait-il pas trouver un poste plus proche que dans l'île de Bornéo.

Leur père se cramponnait d'autant plus obstinément à son poste et à sa petite maison de la banlieue de Moscou avec son bout de potager, ses tonneaux de chou-croute et les trois porcs qu'il engraissait. Son épouse, une femme d'une grande tempérance et même peut-être quelque peu « arriérée », considérait l'engraissement des porcs comme son grand intérêt dans la vie et le principal soutien du budget familial. Elle avait réservé le dimanche précédent à un voyage à la campagne avec son mari pour acheter un cochon de lait. À cause de cette opération (qui s'était révélée réussie), Stepanov n'était pas venu travailler la veille, dimanche, bien qu'il fût inquiet à la suite d'une certaine conversation qu'il avait eue samedi et qu'il eût hâte de se rendre à Mavrino.

Le samedi, à l'Administration politique, Stepanov avait reçu un rude coup. Un fonctionnaire, très haut placé, mais également très bien nourri, malgré ses soucis et ses responsabilités, et qui pesait plus de cent kilos, avait considéré le nez anguleux de Stepanov, marqué par les lunettes qu'il portait et avait demandé d'une voix nonchalante de baryton :

« Alors, Stepanov, comment ça va avec le judaïsme chez vous ?

— Le ju... qui ça ? dit Stepanov en penchant la tête pour mieux entendre.

— Le judaïsme ? »

Et voyant que le secrétaire ne comprenait absolument pas, le fonctionnaire s'expliqua :

« Bon, je veux dire les youpins. »

Pris par surprise et n'osant pas répéter ce mot à double tranchant, qui avait si récemment valu à ceux qui l'employaient dix ans pour propagande antisoviétique, Stepanov murmura d'un ton vague :

« Oui, il y en a quelques-uns.

— Eh bien, qu'est-ce que vous comptez en faire ? »

Sur ces entrefaites, le téléphone avait sonné, le camarade responsable avait décroché et n'avait rien dit de plus à Stepanov.

Perplexe, Stepanov lut toute la pile des directives à l'Administration, des instructions et des consignes, mais les lettres noires sur le papier blanc évitaient habilement la question juive.

Pendant toute la journée du dimanche, lors du voyage à la recherche du cochon de lait, il réfléchit et réfléchit encore, se grattant la poitrine avec désespoir. Manifestement, son intuition s'émoussait sur ses vieux jours ! Mais comment aurait-il pu deviner, puisque durant ses années de travail, Stepanov avait été habitué à croire que les camarades juifs avaient toujours été particulièrement dévoués à la cause. Et maintenant, voilà que c'était la disgrâce ! Stepanov, le fonctionnaire expérimenté, allait manquer un mouvement important et il se trouvait même indirectement compromis dans les intrigues des ennemis, à cause de cette faction Roitman-Klikatchev...

Le lundi matin, Stepanov se rendit à son travail dans le plus grand désarroi. Après s'être fait refuser par Chikhine une partie de billard — durant laquelle Stepanov espérait apprendre de lui quelque chose — paralysé par l'absence d'instructions, le secrétaire salarié du Parti s'était enfermé dans le bureau du Comité du Parti et, pendant deux heures, avait sauvagement lancé les unes contre les autres des boules de billard, parfois même les faisant passer par-dessus le bord de la table.

Le grand bas-relief en bronze du mur fut témoin de plusieurs coups brillants, quand deux ou trois boules entrèrent simultanément dans la blouse. Mais les profils du bas-relief ne donnèrent aucune indication à Stepanov sur la façon dont il pourrait éviter de détruire sa saine collectivité et encore moins la renforcer dans cette situation nouvelle.

Epuisé, il finit par entendre un téléphone sonner et se précipita pour décrocher.

On lui téléphonait qu'une voiture était déjà partie pour Mavrino avec deux camarades qui lui donneraient les instructions nécessaires sur le problème de la lutte contre la flagornerie.

Le secrétaire salarié fut aussitôt ragaillardi, il devint même presque gai, logea une boule par ricochet, puis rangea la queue et les boules de billard dans une armoire.

L'autre chose qui le mit de bonne humeur ce fut le souvenir que le cochon de lait aux oreilles roses qu'il avait acheté la veille avait volontiers et sans faire d'histoire mangé hier soir et ce matin sa pâtée. C'était la promesse qu'on pourrait l'engraisser à bon compte.

73

DEUX INGÉNIEURS

LE commandant Chikhine était dans le bureau du colonel du génie Yakonov. Ils étaient assis et bavardaient en égaux, aimablement, bien que chacun méprisât profondément l'autre.

Yakonov adorait dire lors des réunions : « Nous autres tchékistes. » Mais, pour Chikhine, Yagonov était toujours cet ennemi du peuple qui était allé à l'étranger, qui avait purgé sa peine, qui avait été pardonné, admis même au sein de la sécurité de l'Etat, mais qui n'était pas innocent ! Inévitablement, inévitablement le jour viendrait où les organismes de sécurité démasqueraient Yakonov et l'arrêteraient de nouveau. Comme Chikhine aimerait alors lui arracher ses épaulettes ! La superbe condescendance du colonel du génie, l'assurance de gentleman avec laquelle il assumait son autorité irritaient le vigilant petit commandant. Chikhine essayait donc toujours de souligner sa propre importance et celle du travail « opérationnel » dont le colonel de génie ne cessait de sous-estimer la valeur.

Il se proposait, à la prochaine réunion de sécurité, de faire inscrire à l'ordre du jour un rapport de Yakonov sur les conditions de sécurité à l'Institut, avec une violente critique de tout ce qui n'allait pas. On pourrait fort bien combiner cette réunion avec le transfert de la charachka d'un certain nombre de zeks peu consciencieux et avec l'introduction de nouveaux registres secrets.

Le colonel du génie Yakonov, épuisé, des cernes bleus autour des yeux après sa crise de la veille, mais gardant cependant son expression d'aimable rondeur et acquiesçant aux paroles du commandant, pensait en son for intérieur, à l'abri de murailles et de douves où nul œil ne pouvait pénétrer, sauf peut-être celui de sa femme, que le commandant Chikhine était un affreux pou, grisonnant à force d'être pendu sur des dénonciations, que ses occupations étaient absurdes et toutes ses propositions stupides.

On avait donné à Yakonov un mois. Dans un mois sa tête reposerait peut-être sur le billot du bourreau. Il devrait se débarrasser de son armure, abandonner ce poste élevé et s'asseoir lui-même devant les diagrammes et réfléchir dans la solitude.

Mais l'énorme fauteuil capitonné de cuir dans lequel le colonel était assis portait en lui-même sa propre négation : responsable de tout, le colonel ne pouvait toucher à rien lui-même, mais seulement prendre son téléphone et signer des papiers. Et puis cette petite guerre avec le groupe de Roitman sapait son énergie mentale. Et cette guerre, il devait la poursuivre. Il était maintenant en mesure de les chasser de l'Institut et, ce qu'il voulait, c'était leur capitulation sans conditions. Après tout, ils avaient voulu le faire expulser et ils étaient capables de le détruire.

Chikhine parlait. Yakonov le regardait sans le voir. Il avait les yeux ouverts, mais seulement physiquement et, quittant son corps alangui, ses pensées allaient vers sa maison.

Mon foyer ! Mon foyer est mon château ! Comme les sages anglais qui furent les premiers à comprendre cette vérité. Sur votre propre petit territoire seules vos propres lois existent. Quatre murs et un toit vous séparent d'un monde qui vous opprime sans cesse, vous secoue, vous presse comme un citron. Des yeux attentifs qui brillent doucement vous accueillent sur le seuil de votre maison. Des petits enfants amusants, avec toujours quelque chose de nouveau à raconter (c'est bien s'ils ne sont pas encore à l'école) qui vous réconfortent et vous rafraîchissent, vous qui êtes fatigué d'être persécuté, d'être tiraillé dans un sens ou dans l'autre. Votre femme leur a déjà enseigné l'anglais à tous les deux. **Assise** au piano, elle joue une valse de Waldteufel. Les heures de déjeuner sont brèves et aussi la fin de la soirée, quand il fait déjà presque nuit, mais chez vous il n'y a pas de sots gonflés de leur importance ni de jeunes pareils à des sangsues.

Dans le travail de Yakonov, il y avait tant de tourments, tant de situations humiliantes, tant de violentes déceptions, tant de pressions administratives et Yakonov se sentait si vieux qu'il aurait volontiers renoncé à ce travail, s'il l'avait pu, pour rester dans son petit monde confortable, chez lui.

Oh ! cela ne voulait pas dire que le monde extérieur ne l'intéressait pas. Il l'intéressait en fait beaucoup. A vrai dire il était difficile de trouver dans toute l'histoire du monde une époque plus passionnante que la nôtre. La politique mondiale était pour lui une sorte de jeu d'échecs, un jeu d'échecs sur une bien plus grande échelle. Mais Yakonov ne prétendait pas y jouer lui-même, ni même être un pion sur l'échiquier, ni une partie d'un pion ni même le feutre sous le pion. Yakonov prétendait observer en spectateur, et savourer le spectacle installé, dans son pyjama confortable, dans son vieux fauteuil à bascule au milieu de ses livres.

Yakonov avait toutes les qualités, il remplissait toutes les conditions pour cela. Il possédait à fond deux langues et les stations de radios étrangères rivalisaient pour lui offrir des renseignements. Le ministère recevait des publications étrangères techniques et militaires qu'il transmettait aussitôt aux instituts secrets. Les rédacteurs de ces publications se plaisaient à faire figurer de temps en temps un article sur la politique, sur la future guerre globale, sur la future structure politique de la planète. Evoluant dans les sphères élevées, Yakonov entendait parfois des détails dont la presse ne disposait pas. Il ne dédaignait pas non plus les ouvrages sur la diplomatie et le renseignement traduits de langues étrangères. En plus de toutes ces informations, il avait sa propre intelligence si pénétrante. Il suivait notamment de son fauteuil à bascule la partie Est contre Ouest et, d'après les mouvements effectués, il essayait d'en deviner l'issue.

De quel côté était-il ? Quand tout allait bien à son travail, il était bien sûr pour l'Est. Quand on le pressait trop, il était plutôt pour l'Ouest. Pour lui, le plus fort et le plus cruel l'emporterait. Sur ce point, hélas ! toute l'histoire et ses prophètes étaient d'accord.

Dès son jeune âge, il avait adopté la formule populaire : « Les gens sont tous des salauds ! » Et plus il avançait dans la vie, plus il voyait cette vérité confirmée et reconfirmée. Plus il creusait, plus il en trouvait de preuves et plus il lui était facile de vivre. Car si les gens sont tous des salauds, alors on n'a jamais besoin de rien faire pour eux, mais seulement pour soi. Et s'il n'existe pas d' « autre social » personne n'a besoin de se risquer à vous demander des sacrifices. Tout cela avait été voilà bien longtemps très simplement exprimé par la voix populaire elle-même : « Ta chemise est ce que tu as de plus proche de ton corps. »

Les gardiens des questionnaires et des âmes n'avaient donc aucune raison de redouter son passé. Quand il pensait à la vie, Yakonov comprenait que les seules gens qui vont en prison sont ceux qui, à un moment de leur existence, manquent d'intelligence. Les gens vraiment intelligents voient loin, ils multiplient les détours et les esquives, mais ils restent toujours intacts et en liberté. Pourquoi faudrait-il passer derrière des barreaux une existence qui ne nous appartient qu'aussi longtemps que nous respirons ? Non ! Yakonov avait renoncé au monde des zeks non pas seulement en apparence mais par conviction profonde. Sans cela, on ne lui aurait pas donné quatre pièces spacieuses avec un balcon et sept mille roubles par mois, ou du moins on ne lui aurait pas donné tout cela si vite. On lui faisait du tort, on le traitait de façon capricieuse, souvent stupide, toujours cruelle... mais c'était dans la cruauté après tout que la force se manifestait sous sa forme la plus authentique.

Chikine lui tendait une liste de zeks condamnés à être déportés le lendemain. La liste des candidats déjà acceptés s'élevait primitivement à seize et Chikhine y avait volontiers ajouté les deux noms inscrits par Yakonov sur son carnet. L'administration pénitentiaire avait donné son accord pour vingt. Il fallait donc trouver deux autres noms et en informer le lieutenant-colonel Klimentiev avant cinq heures du soir.

Mais aucun nom de candidat ne venait aussitôt à l'esprit. Il s'avérait toujours au fond que les meilleurs spécialistes étaient ceux sur lesquels on pouvait le moins compter en ce qui concernait la sécurité, alors que les favoris de l'officier de sécurité étaient des bons à rien et des paresseux. Pour cette raison il était difficile de se mettre d'accord pour des listes de transport.

Yakonov reposa la feuille sur son bureau et eut un geste rassurant.

« Laissez-moi la liste. Je vais y réfléchir. Pensez-y de votre côté. Nous en parlerons au téléphone. »

Chikhine se leva lentement et — il n'aurait rien dû dire mais il ne put s'en empêcher — il exposa ses doléances à cet individu qui ne méritait pas de l'entendre se plaindre du comportement du ministre : admettre le prisonnier Rubine et Roitman dans le bureau 21 alors que lui, Chikhine, et le colonel Yakonov non plus n'étaient pas autorisés à y pénétrer ; comment était-ce possible ?

Yakonov haussa les sourcils et laissa ses paupières se refermer si bien que son visage un moment n'exprima rien. C'était comme s'il avait dit : « Oui, commandant, oui, mon ami, cela m'est pénible, très pénible. Mais je ne peux pas lever les yeux pour regarder le soleil ! »

En fait, l'attitude de Yakonov vis-à-vis du bureau 21 était qu'il s'agissait d'une affaire douteuse, que Roitman était un garçon trop excité et qu'il risquait bien cette fois de se rompre le cou.

Chikhine sortit et Yakonov se rappela la tâche la plus agréable qui l'attendait aujourd'hui, car la veille il n'avait pas eu le temps de s'en occuper. S'il parvenait à réaliser des progrès précis sur l'encodeur absolu, cela le sauverait devant Abakoumov dans un mois.

Il téléphona au bureau d'études pour ordonner que Sologdine vînt le trouver avec son nouveau projet.

Deux minutes plus tard Sologdine frappait et entrait, les mains vides. Il était là, mince, avec sa barbiche bouclée et sa combinaison sale.

Yakonov et Sologdine ne s'étaient jusqu'alors guère adressé la parole : Yakonov n'avait pas eu besoin de convoquer Sologdine dans son bureau. Au bureau d'études et quand ils s'étaient rencontrés accidentellement, le colonel du génie n'avait pas fait attention à ce personnage insignifiant. Mais maintenant, jetant un coup d'œil à la liste des noms et des patronymes sous le verre de sa table, Yakonov, avec toute la cordialité d'un gentleman hospitalier, examina d'un œil approbateur le prisonnier qui venait d'entrer et lui dit avec chaleur :

« Asseyez-vous, Dimitri Alexandrovitch, je suis enchanté de vous voir. »

Les bras pendants le long du corps, Sologdine approcha, s'inclina sans rien dire et resta planté là, très droit.

« Alors il paraît que vous nous avez préparé une surprise en secret ? commença Yakonov d'une voix sonore. Il y a à peine quelques jours, c'était samedi, j'ai vu votre croquis de la partie principale de l'encodeur absolu chez Vladimir Erastovitch... Asseyez-vous donc. J'y ai jeté un rapide coup d'œil et j'ai hâte d'en discuter plus en détail. »

Sans détourner les yeux sous le regard de Yakonov, qu'il sentait plein de compassion, mais restant planté là, immobile, comme dans un duel où l'attendait le premier coup de feu, Sologdine répondit d'une voix précise :

« Vous vous trompez, Anton Nikolaievitch. J'ai en effet travaillé du mieux que j'ai pu sur l'encodeur. Mais tout ce que j'ai réussi à faire et que vous avez vu n'est qu'une création grotesque et imparfaite et correspond bien à mes très médiocres talents. »

Yakonov se renversa dans son fauteuil en protestant avec cordialité :

« Allons, allons, mon ami, je vous en prie, pas de fausse modestie ! Bien que j'aie jeté très rapidement un coup d'œil à votre projet, j'en ai eu une impression très favorable. Et Vladimir Erastovitch, qui est meilleur juge qu'aucun de nous deux, a exprimé des éloges sans réserves. Je vais donner des instructions pour qu'on ne laisse entrer personne. Allez chercher votre croquis et vos calculs... et nous allons examiner ça. Voulez-vous que je fasse venir Vladimir Erastovitch ? »

Yakonov n'était pas un admirateur stupide qui ne s'intéressait qu'aux résultats du processus de production. C'était un ingénieur et jadis il avait même été un ingénieur aventureux et, en cet instant il éprouvait un peu de cette satisfaction délicate que peut nous procurer une invention humaine qui a mis du temps à s'épanouir. C'était la seule et unique satisfaction que son travail conservait encore pour lui. Il jeta à Sologdine un regard interrogateur, assorti d'un sourire bienveillant.

Sologdine était un ingénieur aussi et il l'était depuis quatorze ans. Il était prisonnier de surcroît... depuis douze ans.

Il avait la gorge sèche et du mal à parler :

« Il n'empêche, Anton Nikolaievitch, que vous vous trompez totalement. C'était un simple croquis qui n'était même pas digne de votre attention. »

Yakonov se rembrunit, commençant à être un peu agacé, et reprit :

« Bon, très bien, nous verrons, nous verrons. Allez le chercher. »

Sur ses épaulettes, dorées avec une bordure bleue, il y avait trois étoiles. Trois grandes étoiles imposantes disposées en triangle. Le lieutenant Kamichan, l'officier de sécurité de Gornaïa Zakritka, durant les mois où il rossait Sologdine, s'était vu décerner aussi, à la place de ses cubes, un triangle de trois étoiles d'or bordées de bleu, mais plus petites.

« Le croquis n'existe plus, dit Sologdine d'une voix mal assurée. Comme j'y ai découvert des erreurs profondes et irréparables, je... je l'ai brûlé. »

Le colonel pâlit. Dans le silence sinistre, on entendait son souffle rauque. Sologdine s'efforçait de ne pas faire de bruit en respirant.

« Que voulez-vous dire ? Vous l'avez brûlé vous-même ?

— Non. Je l'ai remis pour qu'on le brûle. Conformément au règlement. »

Il avait la voix étouffée et sourde. Plus aucune trace de son assurance de tout à l'heure.

« Alors peut-être qu'il est encore intact ? dit Yakonov d'un ton plein d'espoir.

— Il a brûlé. Je l'ai vu par la fenêtre », répondit Sologdine avec une lourde insistance.

Une main crispée sur le bras de son fauteuil et l'autre étreignant un presse-papiers en marbre, comme s'il s'apprêtait à l'utiliser pour fendre le crâne de Sologdine, le colonel dressa son corps et se pencha sur le bureau.

Rejetant légèrement la tête en arrière, Sologdine resta planté là, comme une statue en combinaison bleue.

Entre les deux ingénieurs, plus besoin d'autre question ni d'explication. Entre leurs regards branchés l'un sur l'autre passait un courant électrique d'une fréquence insupportable.

« Je te détruirai », déclaraient les yeux du colonel.

« Vas-y, salaud, colle-moi une troisième peine de prison ! » criaient les yeux du prisonnier.

On était au bord de l'explosion.

Mais Yakonov, se protégeant les yeux d'une main comme si la lumière les blessait, se détourna et s'approcha de la fenêtre.

Saisissant le dossier du siège le plus proche, Sologdine, épuisé, baissa les yeux.

« Un mois. Rien qu'un mois. Est-ce que je suis vraiment fini ? »

Tout jusqu'au plus menu détail apparaissait clairement au colonel.

« Une troisième peine. Je ne pourrais pas y survivre », se dit Sologdine, saisi d'horreur.

De nouveau Yakonov se tourna vers Sologdine.

« Ingénieur ! Comment as-tu pu faire ça ? » demandait son regard.

Les yeux de Sologdine ripostèrent :

« Prisonnier ! Tu as tout oublié ! »

Avec un regard où le mépris se mêlait à la fascination, chacun se voyant comme il aurait pu être, ils se foudroyaient des yeux sans pouvoir se détacher l'un de l'autre.

Yakonov pouvait maintenant se mettre à crier, à frapper la table, il pouvait décrocher le téléphone, faire jeter Sologdine au cachot... Sologdine s'attendait à tout.

Mais Yakonov tira de sa poche un mouchoir blanc tout propre et s'en essuya les yeux. Puis il regarda longuement Sologdine.

Sologdine s'efforçait pendant ce temps de garder son calme.

D'une main le colonel du génie prit appui sur le bord de la fenêtre et de l'autre il fit doucement signe au prisonnier de s'approcher.

En trois pas fermes, Sologdine le rejoignit.

Légèrement voûté comme un vieillard, Yakonov demanda :

« Sologdine, vous être Moscovite ?

— Oui, dit Sologdine le regardant toujours droit dans les yeux.

— Regardez là-bas, lui dit Yakonov. Vous voyez l'arrêt de l'autobus sur la route ? »

On distinguait nettement l'arrêt de la fenêtre.

Sologdine regarda.

« De là, il y a juste une demi-heure de trajet jusqu'au centre de Moscou », dit doucement Yakonov.

Sologdine se retourna vers lui.

Et soudain, comme s'il était sur le point de tomber, Yakonov posa les deux mains sur les épaules de Sologdine.

« Sologdine ! dit-il d'un ton plaintif et insistant. Vous auriez pu prendre cet autobus vous-même en juin ou en juillet de cette année. Et vous n'avez pas voulu. Je pense qu'en août vous auriez pu avoir votre première permission... et aller sur la mer Noire. Vous baigner, vous baigner, vous vous rendez compte ? Cela fait combien d'années que vous ne l'avez pas fait, Sologdine ? Après tout, on ne permet jamais cela aux prisonniers !

— Pourquoi pas ? Sur les chantiers de bûcherons, protesta Sologdine.

— Charmants bains ! dit Yakonov sans lâcher les épaules de Sologdine. Mais vous allez finir là-haut dans le Nord, Sologdine, là où les rivières ne dégèlent jamais... Ecoutez, je ne peux pas croire qu'il existe sur terre un être humain qui ne souhaite pas qu'il lui arrive du bien. Expliquez-moi pourquoi vous avez brûlé ce dessin. »

Les yeux bleus de Dimitri Sologdine demeurèrent imperturbables, incorruptibles, immaculés. Dans leurs pupilles noires, Yakonov ne vit que le reflet de sa tête majestueuse.

Des cercles bleu ciel avec un trou noir au milieu... et, derrière, tout l'univers étonnant d'un rêve humain.

« Et pourquoi donc croyez-vous que je l'ai fait ? » dit Sologdine répondant à la question par une autre, ses lèvres humides entre sa moustache et sa petite barbe retroussée par un sourire qui avait même l'air narquois.

« Je ne comprends pas, dit Yakonov en ôtant ses mains et en s'éloignant. C'est un suicide... Je ne comprends pas. »

Derrière lui il entendit une voix sonore et ferme !

« Citoyen colonel ! Je suis trop peu important, personne ne me connaît. Je ne veux pas livrer ma liberté pour rien... »

Yakonov se retourna brusquement.

« ... Si je n'avais pas brûlé mon dessin, si je l'avais déposé devant vous, terminé, alors notre lieutenant-colonel, vous, Oskoloupov, quiconque en aurait eu envie, aurait pu m'expédier demain sur un transport et inscrire n'importe quel nom au bas du dessin. Il y a eu des cas de ce genre. Et des camps de transit, je vous l'assure, il n'est pas facile de se plaindre. On vous retire les crayons, on ne vous donne pas de papier et on n'envoie pas les réclamations. »

Yakonov écoutait Sologdine presque avec délice. Cet homme lui avait plu dès l'instant où il était entré.

« Alors vous allez reconstituer votre dessin ? »

Ce n'était plus le colonel du génie qui parlait, mais un homme désespéré, épuisé, sans pouvoir.

« Exactement ce qu'il y avait sur ma feuille... En trois jours ! dit Sologdine, les yeux brillants. Et dans cinq semaines je vous donnerai un croquis complet du projet, avec les calculs détaillés de tous ses aspects techniques. Est-ce que ça vous convient ?

— Un mois ! Un mois ! Nous en avons besoin dans un mois ! »

Les mains de Yakonov sur le bureau se tendaient vers cet ingénieur diabolique.

« Bon, vous l'aurez dans un mois », assura froidement Sologdine.

Mais là-dessus Yakonov devint méfiant

« Un instant, dit-il. Vous venez de me dire que c'était un croquis sans intérêt, que vous y aviez trouvé des erreurs profondes et irréparables.

— Oh ! oh ! fit Sologdine avec un grand rire. Parfois le manque de phosphore et d'oxygène, le manque d'impressions provenant du monde réel me joue des tours. Et j'ai une sorte de trou noir. Mais pour l'instant je suis d'accord avec le professeur Tchelnov : tout sur ce croquis était parfait. »

Yakonov sourit à son tour et se rassit dans son fauteuil. Il était fasciné par la façon dont Sologdine se contrôlait, dont il avait mené cette conversation.

« Vous avez joué un jeu bien risqué, mon cher. Après tout, ça aurait pu se terminer autrement. »

Sologdine leva une main.

« Difficilement, Anton Nikolaievitch. Il semble que j'ai calculé très exactement la position de l'Institut et la vôtre. Bien sûr vous savez le français. Sa Majesté l'Occasion. L'occasion passe rarement près de nous dans la vie, et il faut lui sauter sur le dos à temps et solidement ! »

Sologdine parlait et agissait aussi simplement que s'il était avec Nerjine à couper du bois. Il s'assit à son tour, continuant d'observer Yakonov avec amusement.

« Alors qu'allons-nous faire ? » demanda le colonel du génie d'un ton aimable.

Sologdine répondit comme s'il lisait un texte imprimé, comme si c'était quelque chose qu'il avait décidé depuis longtemps :

« Tout d'abord, j'aimerais éviter d'avoir à faire à Oskoloupov. Il se trouve que c'est le genre de personnage qui adore être coinventeur. Je ne crois pas que vous me joueriez un tour pareil. Je ne me trompe pas, n'est-ce pas ? »

Yakonov, ravi, acquiesça de la tête. Oh ! comme il était soulagé !

« Je dois vous rappeler aussi que le dessin est toujours, jusqu'à maintenant, brûlé. Alors, si vous appréciez mon projet, trouvez un moyen de faire parvenir directement un rapport sur moi au ministre. Si c'est absolument impossible, au ministre adjoint. Faites-lui signer personnellement un ordre me nommant chef du bureau d'études. Ce sera ma garantie et je me mettrai au travail. J'aurai d'autant plus besoin de la signature du ministre que dans mon groupe je m'en vais instaurer un système qui va être tout à fait inhabituel. Je n'approuve pas ce travail de nuit, ces dimanches héroïques et la transformation du personnel scientifique en zombies. Les gens doivent être aussi impatients de travailler que s'ils allaient retrouver leurs maîtresses. »

Sologdine parlait de plus en plus gaiement, de plus en plus librement, comme si Yakonov et lui se connaissaient depuis l'enfance.

« Alors laissez-les dormir, laissez-les se détendre. Laissez tous ceux qui en ont envie couper du bois pour la cuisine. Il faut penser à la cuisine aussi, vous ne trouvez pas ? »

Soudain la porte du bureau s'ouvrit toute grande. Chauve, maigre, Stepanov entra sans frapper, les verres de ses lunettes brillant d'un éclat redoutable.

« Anton Nikolaievitch, dit-il sévèrement. J'ai quelque chose d'important dont je voudrais discuter avec vous. »

Stepanov s'était adressé à quelqu'un en l'appelant par ses nom et patronyme ! C'était incroyable.

« Alors j'attends l'ordre ? » dit Sologdine en se levant. Le colonel du génie acquiesça. Sologdine sortit d'un pas léger et ferme.

Yakonov ne comprit pas tout d'abord de quoi l'organisateur du Parti parlait avec une telle énergie.

« Camarade Yakonov ! Je viens de recevoir chez moi quelques camarades de l'Administration politique et ils m'ont passé un bon savon. J'ai commis d'importantes erreurs. J'ai laissé un groupe de, disons, de cosmopolites sans racines bâtir leur nid au sein de l'organisation de notre Parti. J'ai fait preuve d'imprévoyance politique. Je ne vous ai pas soutenu quand on a essayé de vous persécuter. Mais nous ne devons pas craindre d'admettre nos erreurs ! Pas plus tard que maintenant vous et moi allons mettre au point une résolution, puis nous convoquerons une réunion ouverte du Parti... et nous frapperons un coup terrible à la flagornerie. »

Les affaires de Yakonov qui, la veille encore, semblaient si désespérées, venaient de prendre un tour nouveau.

74

CENT QUARANTE-SEPT ROUBLES

AVANT l'interruption du déjeuner, l'officier de service Ilakoune afficha dans le hall de la prison spéciale une liste des personnes convoquées à cette heure-là chez le commandant Michkine. Il était tacitement établi que c'était à l'intention des zeks pour qui étaient arrivés des lettres et des avis de mandat déposés à leur compte personnel.

La distribution des lettres aux zeks se faisait de façon furtive dans les prisons spéciales. Cela ne pouvait bien entendu pas se passer de façon aussi banale qu'en liberté... par l'intermédiaire de n'importe quel postier irresponsable. Derrière une porte épaisse, le « Protecteur », qui avait lui-même lu la lettre et décidé qu'elle ne contenait aucune opinion rebelle ni pécheresse, la remettait au prisonnier en assortissant son geste d'un sermon. On lui remettait la lettre sans chercher à dissimuler le fait qu'elle avait été ouverte, si bien que la dernière trace d'intimité de pensées échangées entre deux êtres chers était anéantie. La lettre, qui était passée entre de nombreuses mains, dans laquelle on avait prélevé des citations pour les insérer dans le dossier du prisonnier, sur les pages de laquelle on avait apposé le sceau noir et flou du censeur, avait perdu sa banale signification personnelle pour acquérir le sens plus large d'un document d'Etat. Dans certaines charachkas d'ailleurs, on comprenait cela si bien qu'en règle générale les lettres n'étaient pas remises au prisonnier : il était seulement autorisé à les lire, rarement à les lire deux fois, et dans le bureau du « Protecteur » il devait signer à la fin de la lettre pour reconnaître qu'elle avait été lue. Si en lisant une lettre de sa femme ou de sa mère, le zek essayait d'en copier des extraits pour se les rappeler, cela éveillait autant de soupçons que s'il avait essayé de copier un document de l'état-major général. Sur les photographies qu'on lui envoyait de chez lui, le zek, dans ces charachkas-là, signait également une attestation comme quoi il les avait vues et puis on les mettait dans son dossier de prisonnier.

La liste fut donc affichée et les zeks s'alignèrent pour la distribution du courrier. Dans la même file se trouvaient ceux qui désiraient envoyer leurs lettres pour le mois de décembre. Car les lettres expédiées devaient, elles aussi, être soumises personnellement au « Protecteur ». Sous couvert de ces opérations, le commandant Michkine avait l'occasion de converser librement avec les indicateurs et de les convoquer dans son bureau en dehors des horaires habituels. Mais pour éviter qu'apparût de façon évidente avec qui il passait un long moment, le « Protecteur » de la prison gardait parfois d'honnêtes zeks dans son bureau, pour embrouiller les autres.

Ceux qui faisaient la queue se méfiaient donc les uns des autres et parfois savaient même exactement lesquels décidaient du cours de leur existence, mais néanmoins ils leur prodiguaient les plus aimables sourires de façon à ne pas les mettre en colère.

Lorsque retentit la cloche du déjeuner, les zeks se précipitèrent de la cave vers la cour qu'ils traversèrent, sans manteau ni casquette, dans le vent humide, et coururent jusqu'à la porte des bureaux de la prison. On avait annoncé ce matin-là un nouveau règlement concernant la correspondance et la file était particulièrement longue : quarante hommes. Il n'y avait pas assez de place dans le couloir pour eux tous. L'assistant de l'officier de service, un sergent-chef plein de zèle, donnait des ordres avec tout l'empressement que lui permettait sa santé florissante. Il compta vingt-cinq hommes et ordonna aux autres d'aller se promener et de revenir à l'heure du dîner. Il disposa ceux qui avaient été admis le long du mur, à une certaine distance du bureau des chefs, et il se mit à arpenter le couloir pour veiller à ce qu'on observât le règlement. Le zek dont le tour arrivait franchissait plusieurs portes, frappait à celle du bureau du commandant Michkine et, après en avoir reçu la permission, y entrait. Quand il ressortait, on faisait venir le suivant. Pendant toute la période du déjeuner, le sergent-chef affairé régla ainsi le trafic.

Malgré l'insistance de Spiridon qui depuis le matin réclamait sa lettre, Michkine lui avait dit fermement qu'il la lui donnerait lors de la pause du déjeuner, quand tous les autres recevaient les leurs. Mais une demi-heure avant le déjeuner, Spiridon fut convoqué par le commandant Chikhine pour être interrogé. Si Spiridon avait fourni le témoignage qu'on exigeait de lui, s'il avait tout avoué, sans doute aurait-il réussi à obtenir sa lettre. Mais il n'a tout, il se montra obstiné et le commandant Chikhine ne put le laisser partir dans un pareil état d'impénitence. Sacrifiant donc sa propre heure de déjeuner (bien qu'en fait il n'allât jamais au réfectoire des employés libres à cette heure-là de façon à ne pas avoir à jouer des coudes) il continua à interroger Spiridon.

Le premier de la file pour recevoir son courrier était Dirsine, un ingénieur émacié, surmené, du Numéro Sept, un de ceux qui travaillaient régulièrement là-bas. Depuis plus de trois mois il n'avait pas reçu de lettre. C'était en vain qu'il avait interrogé Michkine, dont la réponse était toujours : « Non, ils n'écrivent pas. » C'était en vain qu'il avait demandé à Mamourine qu'on fît des recherches. On n'en avait fait aucune. Aujourd'hui il avait vu son nom sur la liste et, maîtrisant la douleur qui lui barrait la poitrine, il était parvenu à arriver le premier. De sa famille, il ne restait que sa femme, épuisée comme lui-même par dix ans d'attente.

Le sergent-chef fit signe à Dirsine d'entrer et le suivant dans la file était Rousska Doronine dont le visage, sous les cheveux clairs en désordre, arborait un sourire malicieux. Apercevant derrière lui le Letton Hugo, un de ceux en qui il avait confiance, il pencha la tête et lui chuchota avec un clin d'œil :

« Je m'en vais toucher de l'argent. Ce que j'ai gagné.

— Entrez ! » ordonna le sergent-chef.

Doronine se précipita, croisant Dirsine qui sortait, l'air décontenancé.

Dans la cour, Amantsaï Boulatov demanda à Dirsine, son camarade de travail, ce qui s'était passé.

Le visage de Dirsine, toujours mal rasé, toujours épuisé, avait une expression plus sinistre que jamais.

« Je ne sais pas. Il paraît qu'il y a une lettre, mais que je dois venir après le déjeuner, qu'il faut que nous parlions.

— Ce sont des salopards ! » dit Boulatov avec assurance, ses yeux flamboyant par-dessus ses lunettes cerclées d'écaille. « Ça fait longtemps que je te le dis : ils te pressent comme un citron avec cette lettre. Refuse de travailler.

— Ils me colleront une seconde condamnation », fit Dirsine en soupirant. Il avait toujours le dos voûté et la tête enfoncée dans les épaules comme si on l'avait un jour violemment frappé avec quelque chose de lourd.

Boulatov soupira également. Il était si belliqueux parce qu'il avait encore une longue, longue peine à purger. Mais la détermination d'un zek diminue à mesure qu'approche l'heure de la libération. Dirsine « tirait » sa dernière année.

Le ciel était d'un gris uni, sans tache sombre ni claire. Il ne donnait aucune impression de hauteur ni de voûte : on aurait dit une bâche sale jetée par-dessus la terre. Sous le vent âpre et humide, la neige s'était tassée, était devenue spongieuse et avait perdu peu à peu sa blancheur matinale pour tourner au marron rougeâtre. Elle s'agglomérait sous les pieds en petits tas glissants.

La promenade se déroula comme d'habitude. On ne pouvait imaginer le genre de temps qui ferait renoncer à leur promenade les prisonniers de la charachka, qui dépérissaient du manque d'air. Après de longues heures passées assis à l'intérieur, ils trouvaient même agréables ces rafales de vent humide : elles chassaient l'air vicié et les pensées stagnantes.

Parmi ceux qui déambulaient dehors se trouvait le dessinateur-graveur. Il prenait par le bras un zek après l'autre, faisait deux ou trois fois avec eux le tour de la cour et leur demandait conseil. Il estimait que sa situation était particulièrement épouvantable : comme il était en prison il ne pouvait épouser légalement sa première femme et voilà maintenant qu'on ne la considérait pas comme son épouse légitime. Il n'avait pas plus le droit de correspondre avec elle ni même de lui écrire qu'il ne pourrait plus lui écrire. Il avait déjà utilisé son quota de lettres pour décembre. Les autres compatissaient. Sa situation était en effet embarrassante. Mais pour chacun les souffrances qu'il éprouvait l'emportaient sur celles des autres.

Enclin à des sentiments extrêmes, Kondrachev-Ivanov, aussi grand et droit que s'il avait avalé un poteau, scruta le visage des détenus en promenade puis s'approcha du professeur Tchelnov et lui expliqua d'un air lugubre qu'à une époque où l'on faisait fi à ce point de la dignité humaine il était humiliant de continuer à vivre. Tout être humain courageux a un moyen simple d'échapper à cette succession infinie de moqueries.

Le professeur Tchelnov, avec son bonnet tricoté et son châle écossais jeté sur les épaules, cita d'un ton réservé au peintre les *Consolations de la vie pénitentiaire de La Boétie.*

Devant la porte du bureau s'était rassemblé un groupe de volontaires chasseurs d'indicateurs : Boulatov, dont on entendait résonner la voix dans toute la cour ; Khorobrov, le joyeux spécialiste du vide, Zemelya ; Dvoietosov, qui portait par principe un blouson déchiré ; l'alerte Pryantchikov, qui se mêlait de tout ; Max, qui venait de chez les Allemands ; et l'un des Lettons.

« Le pays doit savoir qui sont ses indicateurs ! répétait Boulatov, les soutenant dans leur intention de rester ensemble.

— Bah ! en fait nous les connaissons de toute façon », répondit Khorobrov, planté sur le pas de la porte et examinant la file de ceux qui attendaient pour le courrier. Il pouvait dire avec certitude que certains de ceux qui se trouvaient là attendaient leurs trente pièces d'argent. Mais on ne soupçonnait évidemment que les indicateurs les moins habiles.

Rousska sortit du bureau, exultant, ayant du mal à s'empêcher de brandir son mandat au-dessus de sa tête. Se penchant tous, ils inspectèrent le mandat : il avait été expédié par la mythique Klavdya Koudriavtseva à Rostislav Doronine et s'élevait à cent quarante-sept roubles.

Revenant de déjeuner pour se mettre dans la file, le super-indicateur, le roi des moutons, Arthur Siromakha, observa le cercle formé autour de Rousska avec une inquiétante attention. Il observa ce cercle parce qu'il avait l'habitude de tout remarquer, mais il n'en comprit pas encore la signification.

Rousska reprit son mandat et, comme ils en étaient convenus, quitta le groupe.

Le troisième entré pour voir le « Protecteur » était un ingénieur électricien, un homme de quarante ans, qui la veille au soir dans l' « arche » bouclée avait exaspéré Rubine avec ses projets de nouveau socialisme, à la suite de quoi il s'était puérilement lancé dans une bataille de polochons sur les couchettes supérieures.

Le quatrième à entrer, d'un pas vif et léger, fut Victor Liovbimitchev, qui avait la réputation d'être « un type régulier ». Quand il souriait, il découvrait de grandes dents bien plantées et il s'adressait à tous les prisonniers, jeunes ou vieux, en les appelant « frères ». Dans cette simple formule transparaissait la pureté de son âme.

L'ingénieur électricien sortit sur le seuil en lisant sa lettre. Plongé dans sa lecture, il ne sentit pas le bord de la marche et trébucha de côté, mais aucun des chasseurs d'indicateurs ne vint l'ennuyer. Sans son blouson ni sa casquette, dans le vent qui lui ébouriffait les cheveux, l'air encore jeune malgré tout ce qu'il avait souffert, il lisait la première lettre qu'il recevait de sa fille Ariane après huit ans de séparation. Lorsqu'en 1941 il était parti sur le front où il avait été fait prisonnier par les Allemands, après quoi on l'avait expédié dans une prison politique, c'était une petite fille blonde de six ans qui se cramponnait à son cou. Et dans les baraquements des prisonniers de guerre, lorsqu'il marchait en piétinant une couche de vermine infestée de typhus, quand il attendait quatre heures pour une louche de bouillie épaisse et malodorante, les chers cheveux blonds le guidaient comme le fil de l'autre Ariane de Crète et c'était cela au fond qui lui avait permis de survivre et de rentrer. Mais quand il avait regagné son pays pour se retrouver en prison, il n'avait jamais revu sa fille. Sa mère et elle étaient restées à Tcheliabinsk où on les avait évacuées. Et la mère d'Ariane, qui avait dû se trouver un autre homme, n'avait pas voulu pendant longtemps parler à sa fille de l'existence de son père.

D'une écriture soigneuse et penchée de collégienne, sans ratures, sa fille lui écrivait maintenant :

Bonjour, cher papa !
Je ne t'ai pas répondu parce que je ne savais pas comment commencer ni quoi écrire. C'est excusable, car je ne t'ai pas vu depuis très longtemps et je me suis

habituée à l'idée que mon père était mort. Il me semble même étrange qu'aujourd'hui tout d'un coup j'aie un père.

Tu me demandes comment je vais. Je vais comme tout le monde. Tu peux me féliciter : je me suis inscrite aux Komsomols. Tu me demandes de t'écrire de quoi j'ai besoin. Il me faut, bien sûr, beaucoup de choses. Pour l'instant je mets de l'argent de côté pour me payer des caoutchoucs et me faire faire un manteau de demi-saison. Papa ! Tu me demandes de venir te voir. Mais est-ce vraiment si pressé ? Aller quelque part si loin pour te retrouver, tu en conviendras, n'est pas très agréable. Quand tu le pourras tu viendras ici toi-même. Je te souhaite de réussir dans ton travail. Et je te dis au revoir.

Je t'embrasse.
Ariane.

Papa, as-tu vu le film les Gants de boxe ?
C'est très bon ! Je ne manque pas un film.

« Est-ce qu'on va vérifier pour Liovbimitchev ? demanda Khorobrov tandis qu'ils attendaient de le voir ressortir.

— Ecoute, Terentitch, Liovbimitchev est des nôtres ! » lui répondirent-ils.

Mais Khorobrov, avec son intuition, avait senti qu'il y avait quelque chose de louche chez ce personnage. Et d'ailleurs Liovbimitchev était retenu dans le bureau par le « Protecteur ».

Victor Liovbimitchev avait les yeux candides d'une biche. La nature l'avait doté du corps souple d'un athlète, d'un soldat, d'un amant. La vie l'avait brusquement arraché au stade pour le jeter dans un camp de concentration en Bavière. Dans ces horribles enclos où l'ennemi entassait les soldats russes, et où Staline n'autorisait pas la Croix-Rouge à pénétrer, dans ces horribles petites fosses seuls survécurent ceux qui allèrent le plus loin dans le renoncement aux idées relatives de bien et de conscience ; ceux qui en tant qu'interprètes pouvaient vendre leurs semblables ; ceux qui en tant que gardiens du camp pouvaient assommer leurs compatriotes ; ceux qui en tant que coupeurs de pain et cuisiniers pouvaient manger les rations de ceux qui mouraient de faim. Il y avait deux autres possibilités de survie : travailler comme fossoyeur, ou bien « comme chercheur d'or » autrement dit comme préposé aux latrines. Pour ces besognes, les nazis donnaient une louche supplémentaire de bouillie. Mais deux hommes pouvaient s'occuper des latrines, alors que chaque jour une cinquantaine s'en allaient creuser des tombes. Chaque jour une douzaine de wagons apportaient des corps à ensevelir. L'été de 42, ce fut le tour des fossoyeurs eux-mêmes. Avec tous les désirs de son corps, qui n'avait pas encore vécu, Victor Liovbimitchev voulait vivre. Il décida que, s'il devait mourir, il serait le dernier. Il avait déjà accepté de devenir gardien quand l'occasion s'était présentée. Mais une occasion s'offrit à lui : un individu à l'accent nasillard arriva au camp et, bien qu'il fût un ancien commissaire politique de l'Armée rouge, il entreprit de les convaincre d'aller se battre contre les Soviétiques. Ils signèrent. Les komsomols aussi. A la sortie du camp, il y avait une cuisine militaire allemande et les volontaires s'emplirent la panse aussitôt. Après cela, Liovbimitchev se battit en France dans les rangs de la Légion Vlassov : il poursuivit des partisans de la Résistance dans les Vosges, puis se défendit sur le Mur de l'Atlantique contre les Alliés. En 1945, à l'époque du grand « coup de filet », il réussit à se faufiler à travers les mailles, à rentrer au pays et à épouser une fille aux yeux tout aussi vifs et tout aussi clairs que les siens, avec un corps tout aussi jeune et tout aussi souple que le sien ; il l'abandonna au bout d'un mois et fut arrêté. Les Russes qui avaient participé à la Résistance et qu'il avait poursuivis dans les Vosges se trouvaient à cette époque en prison. A la Boutyrka, ils jouaient aux dominos tout en attendant des colis de leurs familles et ils évoquaient les jours passés en France et les combats qu'ils avaient menés là. Tous reçurent, avec une grande impartialité, des peines de dix ans. Ainsi, toute sa vie, on avait enseigné à Liovbimitchev que personne n'avait jamais eu ni ne pourrait avoir de « conviction »... y compris, bien sûr, ceux qui les jugeaient.

Ne se doutant de rien, le regard innocent, tenant à la main un bout de papier qui avait l'air d'un talon de mandat, Victor non seulement ne fit aucun effort pour franchir le groupe de « chasseurs », mais il s'approcha même d'eux en demandant :

« Frères ! Qui a déjeuné ? Quel était le second plat ? Est-ce que ça vaut la peine d'y aller ? »

Désignant du menton le mandat que Liovbimitchev tenait à la main, Khorobrov demanda :

« Tu as beaucoup d'argent, n'est-ce pas ? Tu n'as plus besoin de déjeuner ?

— Comment ça beaucoup ? » répliqua Liovbimitchev qui s'apprêtait à fourrer le mandat dans sa poche. Il n'avait pas pris la peine de le cacher plus tôt car tout le monde avait peur de sa force et il pensait que personne n'oserait lui demander de comptes. Mais tandis qu'il parlait avec Khorobrov, Boulatov, comme pour jouer, se pencha et lut :

« Fichtre ! Mille quatre cent soixante-dix roubles ! A partir de maintenant, tu peux cracher sur le rata d'Anton ! »

Si un autre zek avait fait cela, Liovbimitchev lui aurait donné un coup de poing pour rire sur la tête et ne lui aurait pas montré le mandat. Mais avec Boulatov, il n'en était pas question, car Boulatov avait promis de faire entrer Liovbimitchev au Numéro Sept et il avait déjà fait des efforts dans ce sens. Ç'aurait été frapper le Destin et diminuer ses chances d'être libéré. Liovbimitchev expliqua donc :

« Où vois-tu des mille, regarde ! »

Et tout le monde vit : cent quarante-sept roubles zéro zéro kopecks.

« Tiens, c'est drôle ! On ne pouvait pas t'en envoyer cent cinquante ! observa Boulatov imperturbable. Bon, file, il y a des côtelettes hachées comme second plat. »

Mais Boulatov n'avait pas terminé sa phrase et Liovbimitchev n'était pas encore éloigné que Khorobrov ne parvenait plus à jouer son rôle. Il oublia qu'il fallait se contrôler, sourire et continuer à pêcher. Il avait oublié que ce qui était important, c'était seulement de découvrir qui étaient les indicateurs. On ne pouvait pas les détruire. Ayant souffert lui-même à cause d'eux et ayant vu tant de gens périr par leur faute, il haïssait plus que tout au monde ces traîtres clandestins. Liovbimitchev était assez jeune pour être le fils de Khorobrov, il était assez beau pour poser pour une statue, et voilà qu'il s'était révélé être une de ces crapules volontaires !

« Salaud ! balbutia Khorobrov, les lèvres tremblantes. Tu essaies de te tirer de là plus tôt au prix de notre sang ? Qu'est-ce qu'il te faut de plus ? »

Bagarreur toujours prêt à se battre, Liovbimitchev fit un bond en arrière et serra les poings.

« Charogne de Viatka ! lança-t-il.

— Allons, voyons, Terentitch ! » fit Boulatov, sautant plus rapidement encore pour éloigner Khorobrov.

Enorme et pataud, Dvoietosov, dans son blouson déchiré, saisit le poing serré de Liovbimitchev et ne le lâcha pas.

« Doucement, mon gars ! » fit-il avec un sourire dédaigneux, avec ce calme presque caressant que lui inspirait son corps bandé comme un ressort.

Liovbimitchev pivota aussitôt sur ses talons et ses grands yeux de biche rencontrèrent le regard de myope de Dvoietosov.

Liovbimitchev ne chercha pas à le frapper de son autre poing. Il comprenait au regard de hibou de Dvoietosov et à la façon dont il lui serrait le bras que l'un d'entre eux risquait de se faire tuer.

« Doucement, mon gars ! répéta Dvoietosov avec insistance : Il y a des côtelettes hachées comme second plat. Va les manger. »

Liovbimitchev se dégagea et, secouant fièrement la tête, il grimpa l'escalier.

Ses joues rondes et couvertes d'un léger duvet étaient toutes rouges. Il cherchait un moyen de se venger de Khorobrov. Il ne comprenait pas encore que l'accusation l'avait cloué au pilori. Bien qu'il fût prêt à dire à tout le monde qu'il comprenait la vie, voilà qu'on découvrait qu'en fait il ne la comprenait pas.

Comment avaient-ils pu deviner ? Par quel moyen ?

Boulatov le regarda s'éloigner et se prit la tête dans les mains :

« Seigneur ! Qui va-t-il falloir croire maintenant ? »

Toute cette scène s'était déroulée sans beaucoup de mouvement et personne autour ne l'avait remarquée, ni les zeks qui se promenaient ni les deux gardiens plantés immobiles au bord de la cour. Seul Siromakha, tournant à demi ses lourdes paupières lasses, avait tout vu et, se souvenant de Rousska, comprit exactement ce qui s'était passé.

Il se mit en branle.

« Dites donc, les amis ! lança-t-il à ceux qui le précédaient. J'ai laissé mon circuit branché. Si vous me laissiez passer avant mon tour ? Je n'en aurai que pour quelques secondes.

— Nous avons tous laissé nos circuits branchés.

— Nous avons tous nos problèmes », répondirent-ils en riant.

Et ils ne le laissèrent pas passer.

« Je m'en vais le couper ! » s'exclama Siromakha d'un air inquiet et, passant devant les « chasseurs », il disparut dans le bâtiment principal. Il grimpa quatre à quatre jusqu'au second étage. Mais le bureau du commandant Chikhine était fermé de l'intérieur et la clef était dans la serrure. Ce pouvait être un interrogatoire. Ce pouvait être aussi un rendez-vous avec sa secrétaire aux jolies jambes. Siromakha repartit, désemparé.

A chaque minute, des cadres tombaient, l'un après l'autre, et il ne pouvait rien faire.

Il aurait dû retourner prendre place dans la file d'attente, mais son instinct de bête traquée était plus fort que son désir de s'acquérir des faveurs. Il envisageait avec terreur de repasser devant cette meute en colère. Peut-être allaient-ils lui sauter dessus sans raison. Ils le connaissaient trop bien à la charachka.

Cependant, dans la cour, le professeur de chimie Orobintsev, un petit homme à lunettes, portant le somptueux manteau de fourrure et le chapeau qu'il avait quand il était en liberté — il n'était même pas passé par une prison de transit et on ne s'était pas encore occupé de le désinfecter — avait rassemblé autour de lui divers autres simples d'esprit comme lui-même, dont le dessinateur chauve, et il leur accordait une interview. C'est un fait bien connu que les gens croient surtout ce qu'ils veulent bien croire. Ceux qui voulaient croire que la liste de parents qu'ils avaient fournie n'était pas une dénonciation mais une mesure intelligente qui permettrait de régulariser leur situation, s'étaient maintenant rassemblés autour d'Orobintsev. Ce dernier venait d'apporter sa liste, bien proprement divisée en colonnes. Il l'avait soumise au commandant Michkine à qui il avait parlé personnellement et il répéta avec autorité les explications de l'officier de sécurité : où il fallait inscrire les noms des enfants mineurs et ce qu'il fallait mettre si votre père n'était pas votre vrai père. Une seule fois le commandant Michkine avait offensé l'éducation d'Orobintsev. Ce dernier s'étant plaint de ce qu'il ne se rappelait pas le lieu de naissance de sa femme, Michkine avait ouvert la bouche toute grande et avait éclaté de rire en disant : « Comment ça ? Vous l'avez trouvée dans un bordel ? »

Maintenant, ces crédules écoutaient Orobintsev, restant à part de l'autre groupe qui s'était rassemblé autour d'Adamson à l'abri des trois troncs de tilleul.

Adamson, après un repas copieux, fumait nonchalamment en racontant à son auditoire que toutes ces interdictions sur la correspondance n'étaient pas nouvelles, que les choses avaient même été pires et que cela ne durerait pas plus longtemps que jusqu'au remplacement d'un ministre ou d'un général quelconque et qu'il ne fallait donc pas perdre courage. Il fallait pour le moment s'abstenir autant que possible de remettre les listes et tout cela tomberait à l'eau. Adamson avait de longs yeux étroits et, lorsqu'il ôtait ses lunettes, on avait encore davantage l'impression qu'il considérait avec ennui le monde des prisonniers. Tout se répétait, l'archipel du GOULAG ne lui réservait aucune surprise. Adamson en avait tant vu qu'on aurait dit qu'il avait déjà appris à sentir et à accepter ce qui pour d'autres était une tragédie comme n'étant guère plus qu'une petite contrariété.

Cependant, les « chasseurs », dont les effectifs s'étaient renforcés, avaient surpris un autre indicateur. De la poche d'Isaak Kagan, ils avaient en riant tiré un mandat de cent quarante-sept roubles. Juste avant, ils lui avaient demandé ce qu'il avait reçu du « Protecteur » et il avait répondu qu'il n'avait rien reçu, qu'il était même surpris d'avoir été convoqué par erreur. Lorsqu'on lui prit le mandat de force pour lui faire honte, Kagan non seulement ne rougit pas, non seulement ne s'enfuit pas précipitamment, mais il se mit à jurer avec violence, en les empoignant par leurs vêtements, à jurer à tous les accusateurs que c'était là un pur malentendu et qu'il allait leur montrer une lettre de sa femme dans laquelle elle lui expliquait comment au bureau de poste elle n'avait pas eu les trois roubles de sorte qu'elle avait dû lui en envoyer seulement cent quarante-sept. Il leur demanda même de l'accompagner tout de suite au laboratoire d'acoustique où il trouverait la lettre et la leur montrerait. Puis, secouant sa tête aux cheveux en désordre et se rendant compte que son écharpe avait glissé de son cou et traînait presque par terre, leur expliqua de façon très convaincante pourquoi il avait caché tout d'abord le fait qu'il eût reçu un mandat. Kagan était particulièrement obstiné. Dès l'instant où il s'était mis à parler, il était absolument impossible de se débarrasser de lui sauf en reconnaissant qu'il avait absolument raison et en lui laissant le dernier mot. Khorobrov, son voisin de couchette, qui l'avait entendu raconter comment il avait été emprisonné pour avoir refusé de jouer les indicateurs et qui ne trouvait plus la force de vraiment se fâcher contre lui, se contenta de dire :

« Oh ! Isaak, tu es un porc, rien qu'un porc ! Quand tu étais libre, tu as refusé des milliers de roubles pour travailler pour eux, et voilà que maintenant tu marches pour quelques centaines. »

Ou bien lui avait-on fait peur en le menaçant de l'envoyer dans les camps ?

Mais Isaak Kagan, sans perdre contenance, continuait à fournir des explications et il aurait même fini par les convaincre s'ils n'avaient pas pris encore un indicateur, cette fois un Letton. Cela détourna leur attention et Kagan s'en alla.

On appela la seconde équipe pour déjeuner et la première alla se promener. Nerjine grimpa la rampe, enveloppé dans son manteau. Il aperçut aussitôt Rousska Doronine, debout dans la cour. Rousska observait d'un regard triomphant la chasse qu'il avait organisée, puis il tourna les yeux vers le chemin qui conduisait à la cour des employés libres et, plus loin, vers l'endroit sur la route où Clara n'allait pas tarder à descendre de l'autobus. Pour venir prendre son service du soir.

« Alors ? fit-il en souriant à Nerjine et en désignant du menton la meute des chasseurs. On t'a raconté pour Liovbimitchev ? »

Nerjine s'approcha de lui et le prit doucement par les épaules.

« On devrait te jeter en l'air ! Mais je suis inquiet à ton sujet.

— Bah ! Je ne fais que commencer ; attends un peu, ce n'est rien. »

Nerjine secoua la tête, se mit à rire et poursuivit sa marche. Il rencontra Pryantchikov qui revenait en hâte de déjeuner, tout rayonnant d'avoir accablé d'injures tout son soûl les indicateurs.

« Ah ! ah ! lui dit-il. Tu as manqué tout le spectacle ! Où est Lev ?

— Il a un travail urgent. Il n'est pas sorti.

— Quoi ? Plus urgent que le Numéro Sept ? Ah ! ah !
Ça n'existe pas. Ils nous emmerdent ! Ils nous emmerdent tous ! »

Et il s'éloigna en courant.

Plus loin dans la cour Nerjine rencontra Guerassimovitch, sa tête menue coiffée d'une petite casquette en
lambeaux et vêtu d'un manteau court au col relevé. Ils
échangèrent un triste signe de tête. Guerassimovitch, cour-
bant le dos contre le vent, était planté là, les mains dans
ses poches, minuscule comme un moineau.

Le moineau de la fable dont le cœur était aussi courageux que celui du chat.

75

L'ENDOCTRINEMENT PAR L'OPTIMISME

COMPARÉ au travail du commandant Chikhine, celui du commandant Michkine avait ses bons et ses mauvais côtés. Parmi les premiers, le principal était de lire les lettres et de décider s'il convenait de les expédier ou pas. Parmi les seconds il y avait le fait, par exemple, que ce n'était pas à Michkine qu'il appartenait de décider de problèmes comme le transport des zeks hors de la charachka, la suppression de la paie pour un travail accompli, le classement dans telle ou telle catégorie pour le ravitaillement, la durée des visites de parents et autres tracasseries officielles. Le commandant Michkine trouvait beaucoup à envier dans l'organisation concurrente du commandant Chikhine qui était même informé des nouvelles intérieures de la prison avant lui. C'est pourquoi il tenait à regarder souvent par le rideau transparent de son bureau pour voir ce qui se passait dehors dans la cour. Chikhine, à cause de la mauvaise disposition de sa fenêtre au troisième étage, était privé de cet avantage. L'observation des prisonniers dans leur vie quotidienne fournissait aussi toute une documentation à Michkine, qu'il pouvait ajouter aux renseignements que lui fournissaient les indicateurs : il voyait qui se promenait avec qui, parlait avec passion ou avec indifférence. Ensuite, quand il remettait ou prenait une lettre, il aimait à lancer tout à coup :

« A propos, de quoi parliez-vous donc, Petrov et vous, hier pendant l'heure du déjeuner ? »

Parfois, grâce à cette méthode, il recueillait des renseignements utiles de la bouche du prisonnier complètement démonté.

Aujourd'hui également, pendant l'heure du déjeuner, Michkine ordonna au suivant des zeks qui faisaient la queue devant la porte d'attendre et il jeta un coup d'œil dans la cour. Mais il ne vit pas la chasse aux indicateurs. Elle se passait à l'autre bout du bâtiment.

A trois heures, à la fin de la pause du déjeuner, quand le sergent-chef officieux eut congédié tous les zeks qui n'avaient pas réussi à entrer chez Michkine, ordre fut donné de faire venir Dirsine.

Ivan Selivanovitch Dirsine avait été doté par la nature d'un visage anguleux aux joues caves et aux pommettes saillantes, d'une élocution difficile et d'un nom de famille — venant du mot qui signifiait « trou » — qui semblait lui avoir été attribué par moquerie. Il était passé jadis directement de l'usine à l'Institut, via les cours du soir pour les travailleurs et il y avait étudié avec modestie et obstination. Il avait des capacités, mais il n'avait jamais su les mettre en valeur et, toute sa vie, il avait été relégué à l'arrière-plan et humilié. Au Numéro Sept, seuls ceux qui n'en avaient pas envie ne l'exploitaient pas. Et, comme sa peine de dix ans, légèrement réduite, arrivait à son terme, il était maintenant encore plus timide que d'habitude devant les autorités. Il avait plus que tout peur de voir sa peine doublée car il avait vu la chose se pratiquer couramment pendant la guerre pour les prisonniers.

Même sa première peine, il l'avait écopée de façon absurde. Il avait été emprisonné au début de la guerre pour « propagande antisoviétique » à la suite de la dénonciation de voisins qui avaient des vues sur son appartement et qui, d'ailleurs, avaient fini par l'occuper. Il est vrai qu'on ne tarda pas à s'apercevoir qu'il n'avait fait aucune propagande de ce genre, mais qu'il *aurait pu*, puisqu'il écoutait la radio allemande. On s'aperçut aussi, bien sûr, qu'il n'écoutait pas la radio allemande, mais il *aurait pu*, puisqu'il avait chez lui un récepteur interdit. On s'aperçut enfin qu'il n'avait pas de récepteur mais il *aurait pu* très bien en avoir un, puisqu'il était ingénieur radio de profession et que, à la suite de la dénonciation, on avait trouvé chez lui deux lampes de radio dans une boîte.

Dirsine eut largement son compte de camps du temps de guerre, à la fois de ceux où les gens mangeaient du grain mouillé, volé aux chevaux, et de ceux où l'on mélangeait de la farine à de la neige sous un panneau où l'on pouvait lire : « Emplacement du Camp » et qui avait été cloué au premier pin de la taïga. Durant les huit années que Dirsine avait passées au pays du GOULAG, ses deux enfants étaient morts et sa femme était devenue une vieille femme décharnée. Puis on s'était souvenu qu'il était ingénieur et on l'avait amené à la charachka où il touchait du beurre et aussi de l'argent, ce qui lui permettait d'envoyer cent roubles par mois à sa femme.

Et voilà que, sans qu'il s'expliquât pourquoi, il n'avait plus de lettres de sa femme. Elle était peut-être morte.

Le commandant Michkine avait les bras croisés et appuyés sur son bureau. Sur ce dernier il n'y avait pas de papier, l'encrier était fermé et la plume était sèche. Quant à Michkine lui-même, son visage était lilas avec une touche de rouge et dépourvu absolument, comme d'habitude, de la moindre expression. Il avait le front si gras que ni la vieillesse ni la réflexion n'arrivaient à lui creuser des rides. Ses joues aussi étaient grasses. Le visage de Michkine était comme celui d'une idole en terre cuite à laquelle on aurait ajouté du rose et du violet. Ses yeux étaient inexpressifs, sans vie, vides d'une sorte de vacuité arrogante.

Jamais encore cela ne lui était arrivé : Michkine lui avait demandé de s'asseoir. Dirsine essayait déjà d'imaginer quel malheur il avait encore pu s'attirer et ce qu'il pouvait y avoir dans le rapport contre lui. Obéissant aux instructions, le commandant commença par garder le silence, puis il finit par dire :

« Vous n'avez cessé de vous plaindre, vous venez ici et vous vous plaignez. Il y a deux mois que vous n'avez pas reçu de lettres.

— Plus de trois, camarade commandant, précisa Dirsine timidement.

— Trois, bon, qu'est-ce que ça change ? Mais est-ce que vous avez jamais réfléchi au genre de personne qu'est votre femme ? »

Michkine parlait sans hâte, en articulant distinctement

et en marquant des pauses importantes entre les phrases :

« Hein ! quel genre de personne est-elle votre femme ?
— Je ne comprends pas, marmonna Dirsine.
— Qu'est-ce que vous ne comprenez pas ? Sur le plan
politique, elle est quoi ? »

Dirsine pâlit. Ainsi donc, il n'avait pas encore assez
d'expérience, il n'était pas encore préparé à tout. Sa
femme avait écrit quelque chose dans une lettre et
c'était elle maintenant, à la veille de sa propre libération...

Il pria en secret pour sa femme. Il avait appris à prier
au camp.

« C'est une geignarde et nous n'avons pas besoin de
geignardes, expliqua le commandant avec fermeté. Elle
est bizarrement aveugle aussi : elle ne voit pas les bons
côtés de la vie, mais seulement les mauvais.

— Dieu du ciel, qu'est-ce qui lui est arrivé ? s'écria
Dirsine avec angoisse.

— A elle ? » Michkine se mit à marquer des pauses
encore plus grandes. « A elle ? Rien du tout. (Dirsine
soupira.) Pour l'instant. »

Sans la moindre hâte, le commandant sortit une lettre
d'une boîte et la tendit à Dirsine.

« Merci ! dit Dirsine, le souffle coupé. Est-ce que je
peux m'en aller ?

— Non. Lisez-la ici. Je ne veux pas vous laisser emporter une lettre pareille au dortoir. Que penseront les
prisonniers de la liberté sur la base de telles lettres ?
Lisez-la. »

Et il se tut, comme une idole de pierre, prêt à assumer tout le fardeau de sa charge.

Dirsine tira la lettre de l'enveloppe. Il ne s'en rendait
pas compte mais un œil étranger aurait été désagréablement impressionné par l'apparence même de cette
lettre qui semblait refléter la personnalité de celle qui
l'avait écrite : elle était sur du gros papier, presque du
papier d'emballage et pas une seule ligne n'allait droit
sur la page mais toutes descendaient involontairement
vers la droite, de plus en plus bas. La lettre était datée
du 18 septembre :

Cher Vania !

Je me suis assise pour t'écrire, mais en fait j'ai envie

*de dormir. Je ne peux pas. Quand je rentre du travail,
je vais tout de suite au jardin. Maniouchka et moi nous
arrachons les pommes de terre. Il n'y en a que des petites. Pour mon congé, je ne suis allée nulle part, je
n'avais rien à me mettre, toutes mes affaires sont en loques. Je voulais mettre de l'argent de côté et venir te
voir... mais rien ne s'arrange. L'autre fois Nika est allée
te voir et on lui a dit qu'il n'y avait personne de ce
nom là-bas et son père et sa mère l'ont grondée : « Pourquoi est-ce que tu es allée là-bas ? Maintenant ils ont ton
nom et ils vont avoir l'œil sur toi aussi. » Dans l'ensemble nos relations avec eux sont tendues et ils n'adressent
même pas la parole à L. V. Nous vivons mal. Grand-mère
est couchée, malade depuis trois ans, elle ne se lève pas,
elle est toute desséchée, elle ne meurt pas et elle ne
guérit pas non plus et elle nous a tous épuisés. Elle pue
affreusement et ça crée tout le temps des disputes. Je
ne parle pas à L. V., Maniouchka s'est complètement séparée de son mari, sa santé est mauvaise, ses enfants ne
lui obéissent pas, quand nous rentrons du travail, c'est
affreux, on n'entend que des malédictions, il n'y a nulle
part où s'enfuir, quand est-ce que tout ça va finir ? Enfin, je t'embrasse fort. Porte-toi bien.*

Il n'y avait même pas de signature ni de « ta femme ».
Ayant attendu patiemment que Dirsine ait lu et relu
cette lettre, le commandant Michkine agita ses sourcils
blancs et ses lèvres violettes et dit :
« Je ne vous ai pas donné cette lettre quand elle est
arrivée. J'ai pensé que c'était juste une humeur passagère
et que mieux valait que vous gardiez bon moral pour
travailler. J'ai attendu qu'elle envoie une lettre convenable. Mais voici celle qu'elle a envoyée le mois dernier. »
Dirsine leva sans mot dire les yeux vers le commandant, mais son visage mal fait n'exprimait même pas le
reproche mais seulement le chagrin. Il prit la seconde
enveloppe non cachetée, l'ouvrit avec des doigts tremblants et en sortit une lettre, elle aussi écrite en lignes
erratiques et descendantes, mais, cette fois, sur une
feuille arrachée à un carnet :

30 octobre.

Cher Vania !

*Tu me reproches de ne pas t'écrire souvent. Mais je
rentre tard de mon travail et je vais presque toujours*

dans la forêt chercher du petit bois et puis c'est le soir et je suis si fatiguée que je tombe dans mon lit. Je dors mal la nuit, grand-mère m'en empêche. Je me lève tôt, à cinq heures, et à huit il faut que je sois au travail. Grâce à Dieu l'automne est encore chaud mais l'hiver va venir bientôt ! On ne peut pas avoir de charbon au dépôt, c'est seulement pour les patrons et ceux qui sont pistonnés. Il n'y a pas longtemps, un chargement de bois m'a glissé dans le dos et j'ai continué à le traîner par terre derrière moi, je n'avais plus la force de le soulever et je me disais : « Voilà la vieille qui traîne un chargement de bois ! » J'en ai attrapé une hernie à l'aine. Nika est venue pour les vacances, elle devient une belle femme et elle n'est même pas passée nous dire bonjour. Je ne peux pas penser à toi sans avoir mal. Je n'ai personne sur qui compter. Je continuerai à travailler tant que j'aurai des forces et j'ai seulement peur de tomber malade comme grand-mère. Grand-mère a complètement perdu l'usage de ses jambes. Elle est tout enflée, elle ne peut ni se coucher ni se lever toute seule. Ils ne prennent pas les gens malades à ce point à l'hôpital, ce n'est pas avantageux pour eux. L. V. et moi nous sommes obligées de la lever chaque fois, elle fait sous elle dans le lit, ça pue affreusement, ce n'est pas une vie mais les travaux forcés. Bien sûr, ce n'est pas de sa faute mais je n'ai plus la force de tenir. Bien que tu nous aies conseillé de ne pas nous disputer, nous nous disputons tous les jours et tout ce que j'entends de L. V. c'est salope et putain. C'est la même chose avec Maniouchka et ses enfants. Est-ce que les nôtres seraient devenus comme ça aussi en grandissant ? Tu sais, souvent, je suis contente qu'ils ne soient plus là. Valéri a commencé l'école cette année, il a besoin d'un tas de choses, mais il n'y a pas d'argent. C'est vrai qu'on verse une pension alimentaire à Maniouchka pour Pavel, par jugement. Pour le moment, je n'ai rien à t'écrire, tu vois. Porte-toi bien. Je t'embrasse.

Si encore on pouvait dormir pendant les congés, mais il faut se traîner aux défilés...

Dirsine se pétrifia en lisant cette lettre. Il porta sa main à son front et se mit à le frotter, comme s'il essayait de se laver.

« Alors ? Vous l'avez lue ou pas ? Vous n'avez pas l'air de lire. Vous êtes un adulte. Vous êtes instruit.

Vous avez fait de la prison, vous comprenez ce que c'est que ce genre de lettre. Pendant la guerre, on condamnait pour des lettres comme ça. Un défilé... pour tout le monde c'est une joie, mais pour elle ? Le charbon ? Le charbon n'est pas pour les patrons mais pour tous les citoyens, à condition qu'on fasse la queue pour l'avoir, évidemment. Bref, pour cette lettre non plus, je ne savais pas s'il fallait vous la donner ou pas, et puis est arrivée la troisième, qui est toujours du même genre. J'ai réfléchi et j'ai décidé qu'il fallait mettre fin à cette affaire. Il faut que vous y mettiez fin vous-même. Ecrivez-lui quelque chose d'optimiste, vous savez, d'encourageant, qui la soutienne. Expliquez-lui qu'il ne faut pas qu'elle se plaigne, que tout s'arrange. Voyez, ils sont devenus riches, ils ont touché un héritage. Lisez. »

Les lettres étaient par ordre chronologique. La troisième était datée du 8 décembre.

Cher Vania !

Je t'annonce de tristes nouvelles. Le 26 novembre 1949, à 12 heures 05, grand-mère est morte. Elle est morte et nous n'avions pas un kopeck. Par chance, Micha a donné 200 roubles et il n'y a pas eu trop de frais, mais, bien sûr, c'était un pauvre enterrement. Pas de pope. Pas de musique. On a juste porté le cercueil sur une télègue et on l'a jeté dans la fosse. Maintenant, c'est un peu plus tranquille à la maison, mais il y a une sorte de vide. Je suis malade moi-même, je transpire terriblement la nuit, mes oreillers et mes draps sont trempés. Une bohémienne m'a prédit que je mourrais cet hiver et je serai contente d'être débarrassée d'une pareille vie. Il semble que L. V. ait la tuberculose. Quand elle tousse, il y a du sang dans sa gorge. Quand elle rentre du travail, les disputes commencent, elle est mauvaise comme une sorcière. Maniouchka et elle me rendent folle. Je n'ai vraiment pas de chance... j'ai encore quatre dents abîmées et deux qui sont tombées. Il faudrait les remplacer, mais je n'ai pas d'argent, et puis il faut faire la queue.

Ton salaire pour trois mois, 300 roubles, est arrivé juste à point, nous étions gelés, c'était presque notre tour pour le charbon — j'ai le numéro 4576 — mais ils ne donnent que de la poussière. Pourquoi aller le prendre ? Maniouchka a ajouté 200 roubles à elle à tes 300 et nous avons payé un chauffeur nous-mêmes pour qu'il nous apporte du charbon en morceaux. Mais nos pommes de terre ne vont pas durer jusqu'au printemps. Tu imagines, deux jardins, et on n'en tire rien. Pas de pluies. Pas de récolte.

Il y a constamment des ennuis avec les enfants. Valéri n'a que des deux et trois à l'école et après la classe il va traîner Dieu sait où. Le directeur a fait venir Maniouchka et lui a dit quelle espèce de mère êtes-vous qui ne savez pas venir à bout de vos enfants ? Ajenka, qui a six ans, et les deux autres jurent comme il n'est pas permis, ce sont de vraies canailles. Je donne tout mon argent pour eux et il n'y a pas longtemps Valéri m'a appelée chienne et il faut que j'entende ça de la bouche d'une saloperie de petit garçon, alors qu'est-ce que ce sera quand ils seront grands ? Il paraît qu'en mai on va toucher l'héritage et ça va coûter 2 000 roubles, alors d'où va-t-on les prendre ? Elena et Micha vont faire un procès, elles veulent prendre la chambre à L. V. Combien de fois, de son vivant, grand-mère lui a dit qu'elle ne voulait pas décider qui aurait quoi. Micha et Elena sont malades aussi.

Je t'ai écrit à l'automne, deux fois même, je crois, peut-être que tu ne reçois pas mes lettres ? Où est-ce qu'elles se perdent alors ?

Je t'envoie un timbre de quarante kopecks. Quelles sont les nouvelles là-bas ? Est-ce qu'on va te libérer ou pas ?

On vend de la très jolie vaisselle au magasin, des casseroles en aluminium, des soupières.

Je t'embrasse fort. Porte-toi bien.

Une tache mouillée s'était étalée sur le papier, dissolvant un peu d'encre.

De nouveau, il était impossible de dire si Dirsine était encore en train de lire ou s'il avait déjà fini.

« Alors, demanda Michkine. C'est clair pour vous ? »

Dirsine ne bougea pas.

« Ecrivez une réponse. Une réponse gaie. Je vous permets plus de quatre pages. Vous lui avez écrit une fois qu'elle devrait croire en Dieu. Mieux vaut, en effet, qu'elle croie en Dieu, pourquoi pas ? Autrement qu'est-ce que c'est que ça ? Où est-ce que ça mène ? Calmez-la, dites-lui que vous allez revenir bientôt. Que vous aurez de gros salaires.

— Mais est-ce qu'ils vont vraiment me laisser rentrer chez moi ? Est-ce qu'ils ne vont pas me déporter ?

— Cela dépend des autorités. Soutenir votre femme, c'est votre devoir à vous. Après tout, c'est la compagne de votre vie ? » Le commandant demeura silencieux un moment. « Ou peut-être en voulez-vous une jeune maintenant ? » suggéra-t-il avec sympathie.

Il n'aurait pas été si calme s'il avait su que dans le couloir dehors, n'en pouvant plus d'impatience d'entrer le voir et sautant d'un pied sur l'autre, se tenait son indicateur favori, Siromakha.

76

LE ROI DES MOUTONS

Dans les rares moments où Arthur Siromakha ne s'occupait pas de lutter pour survivre, quand il ne déployait pas ses efforts pour plaire aux autorités ou pour travailler, quand il renonçait à être sans cesse tendu comme un léopard, il devenait un jeune homme fané au corps mince, avec le visage d'un acteur fatigué et des yeux bleu-gris comme un ciel chargé de nuages, qui semblaient toujours humides de tristesse.

Deux hommes avaient, dans des crises de colère, traité Siromakha d'indicateur et tous deux n'avaient pas tardé à être expédiés dans des transports de prisonniers. Personne ne lui disait plus rien. Les zeks avaient peur de lui. Après tout, il n'y avait jamais de confrontation entre un zek et un indicateur. Le zek était-il accusé de préparer son évasion ? De terrorisme ? De révolte ? Il ne le savait pas, on lui disait de rassembler ses affaires. Est-ce qu'on l'envoyait simplement dans un camp ? Ou bien l'emmenait-on dans une prison pour l'interroger ?

C'est une caractéristique de la nature humaine, abondamment exploitée à toutes les époques, que tant qu'un individu est encore en mesure de dévoiler une trahison, ou bien, par sa propre mort, de sauver quelqu'un d'autre, l'espoir demeure vivace en lui ; il continue à se cramponner aux pitoyables restes de son confort ; il est donc silencieux et docile. Quand il a été anéanti, quand il n'a plus rien à perdre et qu'il est capable d'une action héroïque, c'est alors seulement que les murs de pierre du cachot sont là pour accueillir sa rage tardive. Ou alors le souffle d'une condamnation à mort le rend indifférent aux affaires de ce monde.

Sans le découvrir directement, sans le surprendre en train de dénoncer, mais sans douter non plus qu'il fût un indicateur, certains estimaient moins dangereux d'être amis avec Arthur Siromakha, de jouer avec lui au volley-ball, de parler filles. Ils se comportaient de la même façon avec les autres indicateurs. Ainsi la vie à la charachka semblait-elle paisible alors qu'en fait, dans la clandestinité, une lutte mortelle se poursuivait sans trêve.

Mais Arthur pouvait parler d'autre chose que de femmes. *La Saga des Forsyte* était une de ses œuvres favorites et il pouvait en discuter fort intelligemment, bien qu'il pût sans embarras abandonner Galsworthy pour se plonger dans un vieux roman policier comme *La Maison sans blé*. Arthur avait également l'oreille musicale et il aimait les mélodies italiennes et espagnoles. Il sifflait fort bien du Verdi et du Rossini et, quand il était en liberté, il avait l'impression que quelque chose manquait dans sa vie s'il n'allait pas une fois par an au concert du Conservatoire.

Les Siromakha étaient une famille noble bien que pauvre. Au début du siècle, un Siromakha avait été compositeur, un autre avait été exilé et condamné aux travaux forcés. Un autre Siromakha avait carrément rejoint les rangs de la Révolution et servi dans la Tchéka.

Quand Arthur avait atteint sa majorité, il avait éprouvé, par goût et par nécessité, le besoin d'avoir des revenus indépendants permanents. Une petite vie régulière et sinistre, où l'on travaillait dur du matin au soir, où l'on comptait soigneusement sa paie deux fois par mois, où l'on était accablé par les déductions faites pour les impôts et les emprunts, ce n'était pas pour lui. Quand il allait au cinéma, il estimait sérieusement ses chances auprès des plus célèbres actrices. Il s'imaginait très bien fuyant en Argentine avec Deanna Durbin.

Bien sûr, ni l'Institut ni l'instruction en général ne menaient à une pareille existence. Arthur se trouva un travail dans un service de l'administration où l'on s'agitait beaucoup, où l'on faisait mille allées et venues. Et ce travail, bien qu'il ne dispensât pas tous les fonds dont Arthur aurait aimé disposer, lui épargna quand même pendant la guerre de faire son service militaire, c'est-à-dire qu'il lui sauva la vie. Pendant que des imbéciles étaient là-bas à pourrir dans la boue des tranchées, Arthur, le visage rayonnant de santé, entrait d'un pas léger au restaurant du Savoy. Oh ! le moment où l'on franchissait le seuil du restaurant, lorsque l'air chargé de savoureuses odeurs de cuisine et que la musique vous frappaient partout à la fois, et qu'on voyait la salle brillante et que la salle pouvait vous voir, et qu'on choisissait sa table !

Tout en Arthur chantait, en lui disant qu'il était sur la bonne voie. Il était indigné de voir des gens qui considéraient ce service de l'administration comme infâme. Ce ne pouvait être que par incompréhension et par envie. Ce service-là était réservé aux gens doués. Il exigeait des dons d'observation, de la mémoire, de l'esprit d'initiative, du talent pour la mise en scène, de la comédie : c'était un travail artistique. Oui, et il fallait le garder secret. Ce travail exigeait le secret, mais seulement pour des raisons techniques, tout comme un soudeur a besoin d'un écran de verre protecteur pour souder et pour découper. Sinon Arthur n'aurait jamais dissimulé son activité : elle n'avait rien de déshonorant.

Un jour qu'il n'arrivait pas à équilibrer son budget, Arthur s'acoquina avec des gens que tentaient les biens de l'Etat. Il fut arrêté et emprisonné. Arthur ne fut nullement blessé. Il n'avait de reproches à faire qu'à lui-même, il n'aurait jamais dû se laisser prendre. Dès ses premiers jours passés derrière les barbelés, il eut tout naturellement l'impression qu'il appartenait encore au service et que son séjour dans ce camp n'en représentait qu'une nouvelle forme.

Les officiers de sécurité ne l'abandonnèrent pas : on ne l'envoya pas sur les chantiers de bûcherons ni dans les mines, on l'affecta à une section culturelle et éducative. C'était le seul endroit viable du camp, le seul coin où les prisonniers pouvaient passer une demi-heure avant l'extinction des feux et se sentir de nouveau humains : feuilleter un journal, prendre une guitare, se rappeler des poèmes, leur propre passé irréel, invraisemblable. Les « tomates confites », comme les voleurs appelaient les intellectuels incorrigibles, se rassemblaient là, et Arthur y était tout à fait à l'aise, avec son âme artistique, ses yeux compréhensifs, ses souvenirs de la capitale et son don de parler légèrement et nonchalamment de n'importe quoi.

Arthur eut tôt fait de constituer des dossiers : contre divers propagandistes individuels, contre un groupe à tendances antisoviétiques ; à propos de deux évasions, dont les préparatifs n'avaient pas commencé, mais dont la conception était censée exister déjà ; contre les médecins du camp accusés de prolonger le traitement des prisonniers pour des raisons de sabotage, autrement dit d'autoriser les prisonniers à se reposer à l'hôpital. Tous bénéficièrent d'une seconde condamnation et Arthur, par le canal de la Troisième Section, vit sa peine diminuer de deux ans.

Lorsqu'il atterrit à Mavrino, Arthur ne négligea pas là non plus l'expérience qu'il avait acquise dans le service. Il devint le favori des deux commandants « protecteurs », et le plus redoutable mouton de la charachka.

Mais, tout en faisant usage de ses dénonciations, les commandants ne lui dévoilaient pas leurs secrets, et Siromakha ne savait auquel des deux il était plus important de donner la nouvelle concernant Doronine : il ne savait pas duquel Doronine était l'indicateur.

On a beaucoup écrit pour affirmer que les gens dans l'ensemble sont étonnamment ingrats et déloyaux. Mais on découvre aussi le contraire. Avec un manque de précautions insensé, avec une extraordinaire absence de jugement, Rousska Doronine avait confié son projet d'être agent double non pas à un, à deux ou trois zeks, mais à plus de vingt d'entre eux. Chacun de ceux qui étaient au courant l'avait raconté à plusieurs autres et le secret de Doronine était maintenant celui de presque la moitié de la population de la charachka. On en parlait presque ouvertement dans les dortoirs ! Et bien qu'un sur cinq ou six des détenus de la charachka fût un indicateur, aucun d'eux n'en sut rien ; ou alors, s'il l'apprit, aucun d'eux ne le signala. Même le plus observateur, le plus sensible, le roi des moutons, Arthur Siromakha, ne l'avait appris lui-même qu'aujourd'hui.

Son honneur d'indicateur était blessé : qu'importait si les officiers de sécurité dans leurs bureaux n'avaient rien su de tout cela, mais lui, comment avait-il pu ? Et sa sécurité personnelle : ils auraient pu le pincer avec son mandat tout comme ils avaient pincé les autres !

Pour Siromakha, la trahison de Doronine était comme une balle qui lui avait frôlé la tête. Doronine s'était révélé un ennemi puissant : il fallait donc riposter puissamment. Toutefois, ne se rendant pas encore compte de l'étendue du désastre, Arthur croyait que Doronine ne s'était découvert que très récemment, aujourd'hui ou hier.

Mais Siromakha ne pouvait entrer dans les bureaux. Il ne devait pas perdre la tête, il ne devait pas essayer de forcer la porte fermée à clef de Chikhine ni même s'y précipiter trop souvent. Et à celle de Michkine, il y avait la queue ! On avait bien dispersé les zeks à la cloche de trois heures mais, pendant un moment, les plus tenaces et les plus obstinés d'entre eux étaient restés à discuter avec l'officier de service dans le couloir des bureaux. Siromakha, avec l'air de souffrir, se tenant l'estomac à deux mains, arriva comme s'il se rendait chez l'assistante médicale et resta là en attendant que le groupe s'éloignât. Dirsine avait déjà été convoqué chez Michkine. D'après les calculs de Siromakha, il n'y avait aucune raison pour que Dirsine restât longtemps chez le « Protecteur ». Il attendit donc et il attendit encore. Au risque de s'attirer le mécontentement de Mamourine pour s'être absenté une heure du Numéro Sept, où de la fumée sortait des fers à souder, des boîtes de résine, et des diverses installations, Siromakha attendit en vain que Michkine laissât partir Dirsine.

Mais il ne pouvait pas expliquer sa situation, même au gardien qui surveillait le couloir. Perdant patience, Siromakha remonta au deuxième étage jusqu'au bureau de Chikhine. La chance lui sourit enfin dans l'alcôve sombre qui précédait la porte de Chikhine : il entendit de l'autre côté la voix de crécelle sans pareille du concierge, la seule personne à la charachka à avoir une voix pareille.

Il frappa suivant le signal convenu. La clef tourna dans la serrure et Chikhine apparut dans l'entrebâillement de la porte.

« Très urgent, chuchota Siromakha.

— Une minute », répondit Chikhine.

D'un pas léger, Siromakha s'éloigna vers le fond du long couloir de façon à ne pas rencontrer le concierge qu'on libérait, puis il revint bientôt sur ses pas d'un air affairé et poussa la porte de Chikhine sans frapper.

77

« POUR CE QUI EST DE ME FUSILLER... »

Après une semaine d'enquête sur l'affaire du tour cassé,
la nature même de l'accident demeurait une énigme pour
le commandant Chikhine. Il avait seulement été établi
que ce tour, un tour produit par l'industrie russe en 1916,
en pleine Première Guerre mondiale, que ce tour donc
avait été débranché de son moteur électrique sur l'ordre
de Yakonov et transféré dans cet état du Numéro Trois
à l'atelier de réparation. Puis, comme on n'était pas
d'accord pour savoir qui devait le déplacer, le personnel
du laboratoire reçut l'ordre de descendre le tour dans
le couloir de la cave et, de là, le personnel de l'atelier
de réparation devait le remorquer par la rampe jusqu'à
l'atelier de l'autre côté de la cour. Il y avait bien un chemin plus court, qui aurait évité de descendre le tour dans
la cave, mais dans ce cas il aurait fallu autoriser les zeks
à sortir dans la grande cour d'où l'on voyait la route et
le parc et cela, bien sûr, n'était pas admissible du point
de vue de la sécurité.

Evidemment, quand l'irréparable s'était déjà produit,
Chikhine avait pu se faire des reproches : n'ayant pas
jugé importante cette opération de production capitale,
il ne l'avait pas dirigée personnellement. Mais, après
tout, dans la perspective historique, ce sont les erreurs

des hommes d'action qui sont toujours les plus apparentes : et comment éviter d'en faire ?

Ce qui s'était passé, c'était que le laboratoire Numéro Trois — dont le personnel comprenait un patron, un homme, un invalide et une jeune fille — n'avait pu avec ses seules forces déplacer le tour. Aussi, avec une absence totale de sens des responsabilités, avait-on rassemblé au hasard des gens provenant de différents dortoirs, des prisonniers, sans même dresser leur liste, si bien que le major Chikhine, au bout de quinze jours, devait consacrer à cette affaire énormément de travail, comparant les témoignages afin de reconstituer la liste complète des suspects. Et puis ces dix zeks avaient fait passer ce tour pesant par l'escalier pour aller du rez-de-chaussée à la cave. Toutefois, comme, pour des raisons techniques, le responsable de l'atelier ne voulait pas prendre en charge ce tour, non seulement il n'envoya pas son équipe à temps pour prendre la chose en main, mais il négligea même d'envoyer quelqu'un pour surveiller officiellement l'opération. Les dix zeks mobilisés pour cette tâche, ayant traîné le tour jusqu'à la cave et n'étant dirigés par personne, se dispersèrent. Le tour, bloquant le passage, resta donc là, dans le couloir de la cave, pendant plusieurs jours. Chikhine avait d'ailleurs lui-même trébuché dessus. Les gens de l'atelier finirent par venir le chercher, mais ils découvrirent une fêlure dans le socle, élevèrent une protestation à ce propos et refusèrent pendant trois jours encore d'emporter le tour jusqu'au moment où on les y obligea.

Cette fatale fêlure dans le socle était la base d'où devait partir l'« affaire ». Peut-être n'était-ce pas à cause de cette fêlure que le tour ne fonctionnait pas. Chikhine avait entendu exprimer cette opinion. Mais la signification de la fêlure était bien plus importante que la fêlure elle-même. La fêlure signifiait que des forces hostiles et non démasquées opéraient au sein de l'Institut. La fêlure signifiait également que la direction de l'Institut faisait preuve d'une confiance aveugle et d'une négligence criminelle. Grâce à une enquête bien menée, à la découverte du criminel et à celle des vrais mobiles derrière son crime, il serait possible non seulement de punir quelqu'un et de donner un avertissement à quelqu'un d'autre, mais aussi d'entreprendre autour de cette fêlure un travail d'endoctrinement à grande échelle. Enfin, et ce n'était pas le moindre, l'honneur professionnel du commandant Chikhine exigeait que l'on dénichât cet affreux complot !

Mais ce n'était pas facile. On avait laissé du temps passer. Les prisonniers qui avaient transporté le tour avaient pu mettre au point une brillante technique de justification mutuelle, une vraie collusion criminelle. Aucun employé libre — horrible exemple de négligence — n'était présent lors du transport. Parmi les détenus, qui avaient déplacé ce tour, il se trouvait n'y avoir qu'un seul indicateur qui, d'ailleurs, n'était bon à rien, son plus grand exploit ayant été de dénoncer l'affaire du drap découpé en plastrons. La seule façon dont il avait pu être de quelque utilité, en l'occurrence, ç'avait été pour reconstituer la liste des dix hommes. Pour tout le reste, les dix zeks, tablant insolemment sur l'immunité, affirmaient avoir transporté le tour jusqu'au sous-sol sans l'endommager, sans avoir fait glisser ni heurté le socle sur les marches. Il ressortit de leurs témoignages que personne ne tenait le tour là où la fêlure était apparue par la suite, à l'arrière du socle, sous l'arbre droit, mais qu'ils tenaient tous le socle à gauche, sous les poulies et la broche. Dans sa recherche de la vérité, le commandant avait même dessiné plusieurs croquis du tour avec les emplacements respectifs de ceux qui le transportaient. Mais il aurait été plus facile au cours des interrogatoires d'acquérir le métier de tourneur que de découvrir le responsable de la fêlure. La seule personne qu'on pouvait accuser, sinon de sabotage, du moins d'intention de commettre un sabotage, était l'ingénieur Potapov. Rendu furieux par un interrogatoire de trois heures, il avait laissé échapper :

« Allons, si j'avais voulu démolir ce tour, j'aurais simplement versé une poignée de sable dans les roulements et ça y était ! A quoi ça sert de fêler le socle ? »

Chikhine nota aussitôt dans le rapport cette déclaration caractéristique du saboteur invétéré, mais Potapov refusa de la signer.

Ce qui rendait cette enquête particulièrement difficile, c'était que Chikhine n'avait pas à sa disposition les moyens ordinaires de découvrir la vérité : cachot, rossées, rations alimentaires de punition, interrogatoires nocturnes, et même ce principe élémentaire qui consistait à séparer entre différentes cellules ceux sur qui portait l'enquête. Ici, il fallait procéder de telle façon qu'ils puissent continuer à travailler à pleine capacité et, pour cela, manger et dormir normalement.

Le samedi, néanmoins, Chikhine était parvenu à apprendre d'un zek que, alors qu'ils descendaient les dernières marches et qu'ils avaient coincé le tour dans la porte trop étroite, Spiridon, le concierge, s'était précipité vers eux en criant : « Attendez une minute, les amis, je vais vous aider ! » puis qu'il s'était joint à leur groupe de dix et les avait aidés à porter le tour jusqu'à l'endroit où il avait été abandonné. D'après le croquis, il s'avérait que le seul endroit où il aurait pu prendre position était au socle sous l'arbre droit.

Chikhine avait décidé de suivre aujourd'hui, lundi, cette nouvelle piste prometteuse, négligeant les deux dénonciations qui étaient arrivées ce matin à propos du procès du prince Igor. Avant le déjeuner, il avait convoqué le concierge roux qui était arrivé de la cour dans son blouson serré à la taille par une ceinture de toile usée. Il avait ôté sa casquette et s'était mis à la pétrir dans ses mains d'un air coupable comme le classique paysan russe venu mendier un bout de terre au propriétaire. Et il n'avait pas quitté les limites du tapis de caoutchouc de façon à ne pas salir le plancher. Jetant un coup d'œil désapprobateur aux caoutchoucs mouillés du concierge et le toisant d'un regard sévère, Chikhine le laissa planté là, puis s'assit dans un fauteuil et examina sans rien dire divers papiers. De temps en temps, comme si en lisant il découvrait avec stupéfaction le caractère criminel de Iegorov, il levait vers lui un regard surpris comme s'il avait devant les yeux un mangeur d'hommes enfin mis en cage. Tout cela était conforme au système et destiné à avoir un effet anéantissant sur l'âme du prisonnier. Une demi-heure s'écoula dans le bureau sans qu'un mot fût prononcé. La cloche du déjeuner sonna, c'était l'heure où Spiridon espérait recevoir une lettre de chez lui, mais Chikhine n'entendit même pas la cloche : il feuilletait en silence d'épais dossiers, il prenait un document dans un carton pour le ranger dans un autre, il consultait en fronçant les sourcils divers papiers et de nouveau jetait un bref coup d'œil surpris au malheureux Spiridon, complètement découragé.

Toute l'eau des caoutchoucs de Spiridon avait fini par dégouliner sur le tapis et les caoutchoucs avaient séché quand Chikhine déclara :

« Bon, approche ! »

Spiridon approcha.

« Arrête. Celui-là, tu le connais ? »

Et il poussa vers lui la photographie d'un jeune homme en uniforme allemand, détenu.

Spiridon se pencha, examina la photo en clignotant et dit d'un ton d'excuses :

« Vous comprenez, camarade commandant, j'ai la vue un peu basse. Laissez-moi regarder de plus près. »

Chikhine le laissa regarder. Tenant toujours son bonnet de fourrure dépenaillé dans une main, Spiridon prit la photographie par les bords et, la brandissant vers la lumière qui tombait de la fenêtre, il se mit à la passer devant son œil gauche, comme pour l'examiner section par section.

« Non, dit-il, avec un soupir de soulagement, je ne l'ai jamais vu. »

Chikhine reprit la photographie.

« Très ennuyeux, Iegorov, dit-il d'un ton accablant. Nier ne va faire qu'aggraver les choses pour vous. Allons, que diable, asseyez-vous, dit-il en désignant un siège. Nous allons avoir une longue conversation, vous ne tiendrez pas le coup si vous restez debout. »

Sur quoi il retomba dans le silence, se plongeant dans ses papiers.

Spiridon recula et s'assit. Il posa son bonnet sur une chaise auprès de lui, mais jetant un coup d'œil au cuir immaculé du capitonnage, il la reprit sur ses genoux. Il enfonça sa tête ronde entre ses épaules et se pencha en avant, toute son attitude exprimant le repentir et la soumission.

Très calme maintenant, il songeait :

« Oh ! serpent, chien ! Quand est-ce que je vais avoir ma lettre maintenant ? Et c'est toi qui l'as. »

Spiridon qui, au cours de son existence, avait vu deux enquêtes, une réouverture d'enquête et des milliers de prisonniers qui avaient connu de longues périodes d'instruction, ne se trompait pas une seconde sur le jeu de Chikhine. Mais il savait qu'il devait faire semblant d'y croire.

« Il y a de nouveaux documents contre vous qui viennent d'arriver, dit Chikhine avec un gros soupir. Il paraît que vous avez joué des tours en Allemagne !

— Ce n'était peut-être pas moi ! lui dit Spiridon. Nous autres Iegorov, en Allemagne, nous étions comme des mouches. Paraît qu'il y avait même un général qui s'appelait comme ça !

— Comment, ce n'était pas vous ? Pas vous ! Spiridon

Danilovitch, c'est le nom qui est marqué ici, dit Chikhine en tapant du doigt sur un des dossiers. La date de naissance correspond et tout le reste.

— La date de naissance ? Alors ce n'était pas moi, pas moi ! dit Spiridon avec conviction. Parce que pour me simplifier les choses avec les Allemands je m'étais ajouté trois ans.

— Ah ! oui, dit Chikhine, la mémoire lui revenait ; son visage s'éclaira, on sentit disparaître de son ton l'accablante nécessité de poursuivre une enquête et il repoussa les papiers étalés devant lui. Avant que j'oublie, reprit-il. Te souviens-tu, Iegorov, il y a dix jours, quand tu as transporté un tour ? Dans l'escalier de la cave.

— Oui, pourquoi ? fit Spiridon.

— Eh bien, dis-moi où le choc s'est produit ? Etait-ce dans l'escalier ou quand vous étiez déjà dans le couloir ?

— Le choc ? fit Spiridon, stupéfait. Je n'ai bousculé personne.

— Je parle du tour !

— Seigneur, camarade commandant, pourquoi voulez-vous que je frappe un tour ? Vous voulez dire que ça a blessé quelqu'un ou abîmé quelque chose ?

— C'est ce qui me surprend aussi : pourquoi l'ont-ils cassé ? Peut-être qu'ils l'ont laissé tomber ?

— Comment ça, laissé tomber ? Nous le tenions par les pieds, soigneusement, comme un bébé.

— Et toi personnellement, par où le tenais-tu ?

— Moi ? Par ici.

— Comment ça ?

— De mon côté.

— Oui, mais tu le tenais par quel endroit, sous l'arbre droit ou sous la broche ?

— Camarade commandant, je ne connais rien aux broches ni aux arbres, je vais vous montrer ! »

Il jeta son bonnet sur la chaise voisine, se leva et pivota comme s'il trimbalait un tour par la porte du bureau.

« Je descendais comme ça. A reculons... Là-dessus, deux d'entre eux se sont coincés dans la porte... Vous voyez ?

— Lesquels ?

— Comment voulez-vous que je sache ? Je ne suis pas allé à leur baptême. J'étais tout essoufflé. J'ai crié : « Arrêtez ! Je change de prise ! »

— Vous avez changé de prise ?

— Tu ne comprends donc pas ? lança par-dessus son épaule Spiridon, la colère le gagnant. Qu'est-ce que tu crois que nous transportions ?

— Tu veux dire le tour ?

— Bien sûr, le tour ! Et vite j'ai changé de prise ! »

Il fit une démonstration, les bras crispés, les jambes fléchies.

« Et puis l'un deux s'est glissé par le côté, l'autre a poussé et le troisième... C'est pas une affaire ! Bon sang ! dit-il en se redressant. Dans les fermes collectives, on trimbalait de plus gros fardeaux que ça. On aurait mis six femmes sur un tour... et on te l'aurait porté sur une verste. Où est-il, ce tour ? Allons le voir tout de suite, qu'on en finisse !

— Tu veux dire que tu ne l'as pas laissé tomber ? demanda le commandant d'un ton menaçant.

— C'est ce que je vous dis !

— Alors, qui l'a laissé tomber ?

— Parce que quelqu'un l'a laissé tomber ? demanda Spiridon d'un ton surpris. Je comprends. »

Il avait interrompu sa démonstration de la façon dont il avait porté le tour et s'était rassis sur son siège, l'air très attentif.

« Quand on l'a déplacé de l'endroit où il était, à ce moment-là, il était en bon état ?

— Ça, je ne l'ai pas vu, je ne pourrais pas vous le dire, peut-être qu'il était cassé.

— Bon, mais quand on l'a laissé dans le couloir, dans quel état était-il ?

— Oh ! à ce moment-là il était en parfait état !

— Mais il y avait une fêlure dans le socle ?

— Pas de fêlure, répliqua Spiridon d'un ton convaincu.

— Comment as-tu pu le voir, puisque tu as la vue basse ? Tu as bien la vue basse ?

— Camarade commandant, la vue basse quand il s'agit de lire des papiers, c'est vrai... mais quand il s'agit de ce qui se passe, je vois tout. Par exemple vous, vous et les autres camarades officiers, quand vous vous promenez dans la cour, vous lancez vos mégots par terre et je les balaie, même sur la neige blanche. Demandez au commandant.

— Alors, ce que vous essayez de me dire maintenant, c'est que vous avez reposé le tour et que vous avez pris soin de l'examiner ?

— Exact, qu'est-ce que vous croyez ? Le travail fini, on

a fumé une cigarette, on en avait besoin. Et puis on a
donné des claques sur le tour.

— Vous avez donné des claques sur le tour ? Avec
quoi ?

— Eh bien, avec nos mains, comme ça, comme on
flatte un cheval qui a chaud. Un des ingénieurs a dit :
« Quel beau tour ! Mon grand-père était tourneur... Il
« travaillait sur une machine comme ça. »

Chikhine soupira et prit une feuille de papier blanche.

« C'est très dommage que tu n'avoues pas, Iegorov. Il
va falloir rédiger un rapport. Il est clair que c'est toi
qui as cassé le tour. Si ça n'était pas toi, tu aurais dénoncé le coupable. »

Il avait dit cela d'un ton convaincu, mais en son for
intérieur il avait déjà perdu sa conviction. Bien qu'il fût
le maître de la situation, bien qu'il eût mené l'enquête,
bien que le concierge eût répondu avec beaucoup de
bonne volonté, et en fournissant des détails supplémentaires, les premiers moments de l'interrogatoire n'avaient
servi à rien : le long silence, la photographie, le jeu des
intonations, la conversation brusquement amenée sur le
tour, tout cela avait été du temps perdu. Comme ce prisonnier rouquin, dont le visage arborait encore un sourire obligeant, dont les épaules étaient toujours voûtées,
comme ce prisonnier n'avait pas cédé tout de suite, il
n'y avait aucune chance pour qu'il cédât maintenant.

Déjà, quand il avait parlé de l'existence d'un général
Iegorov, Spiridon avait deviné que ce n'était pas pour
ses activités en Allemagne qu'on l'avait convoqué, que
la photographie était un leurre, que le « Protecteur » bluf-
fait et qu'on l'avait fait venir à cause du tour : et ç'aurait
d'ailleurs été étonnant si on ne l'avait pas convoqué,
puisque les dix autres avaient toute la semaine été secoués comme des pruniers. Et, avec la vieille habitude
qu'il avait de tromper les autorités, il entra sans mal
dans l'esprit de ce jeu cruel. Mais toutes ces conversations creuses l'agaçaient. Ce qui le consternait, c'était
le fait qu'une fois de plus on ne lui eût pas donné sa
lettre. Et puis le fait que bien qu'il fût au chaud et au
sec assis dans le bureau de Chikhine, son travail dans
la cour ne se faisait pas et s'accumulait au contraire
pour le lendemain.

Le temps passait donc, la cloche de la fin du déjeuner
avait sonné depuis longtemps, et Chikhine avait conseillé
à Spiridon de signer un aveu de faux témoignage aux

termes de la clause 95, puis il avait noté sur le papier les questions et déformé de son mieux les réponses de Spiridon dans la transcription qu'il en avait faite.

Là-dessus, on frappa à la porte.

Se débarrassant de Iegorov qui l'assommait avec son esprit confus, Chikhine accueillit Siromakha ; avec ses airs de serpent affairé, Siromakha parvenait toujours à exprimer l'essentiel de la façon la plus brève.

Siromakha entra d'un pas léger et rapide. L'étonnante nouvelle qu'il apportait venait renforcer la situation particulière de Siromakha parmi les indicateurs de la charachka, faisait de lui un égal du commandant. Il referma la porte derrière lui et, sans donner à Chikhine le temps de pousser le verrou, il recula d'un air théâtral. Il jouait la comédie. D'une voix nette, mais si douce qu'on ne pouvait absolument pas l'entendre à travers la porte, il annonça :

« Doronine se promène en montrant un mandat de cent quarante-sept roubles. Liovbimitchev, Kagan et cinq autres ont été démasqués. Les zeks se sont réunis et les ont pincés dans la cour. Doronine est un des vôtres ? »

Chikhine passa un doigt à l'intérieur de son col et tira dessus pour se dégager le cou. Ses yeux semblèrent sortir de leurs orbites. Son cou vira au marron. Il se précipita sur le téléphone. Son visage, qui arborait toujours une expression si supérieure, si satisfaite, était maintenant celui d'un dément.

Sans faire de grandes enjambées, mais plutôt en bondissant souplement à travers la pièce, Siromakha devança le geste de Chikhine et ne le laissa pas décrocher le téléphone.

« Camarade commandant ! » lui rappela-t-il.

En tant que prisonnier, il n'osait pas l'appeler « camarade », mais il se devait de lui parler en ami !

« Pas directement ! reprit-il. Ne le laissez pas se préparer ! »

C'était une vérité élémentaire de la vie de prison, mais il fallait la rappeler à Chikhine.

Marchant à reculons, manœuvrant comme s'il voyait le mobilier derrière lui, Simorakha battit en retraite vers la porte. Il ne quittait pas le commandant des yeux.

' Chikhine but une gorgée d'eau.

« Je peux partir, camarade commandant ? demanda Siromakha pour la forme. Dès que j'en saurai davantage, je reviendrai... ce soir ou demain matin. »

La raison revenait lentement dans le regard de Chikhine qui était de nouveau normal.

« Il va avoir droit à neuf grammes de plomb, ce reptile ! siffla-t-il. Je vais arranger ça ! »

Siromakha sortit en silence, comme s'il quittait une chambre de malade. Il avait fait ce qu'on attendait de lui, suivant ses convictions, et il n'était pas pressé de demander une récompense.

Il n'était pas tout à fait persuadé que Chikhine resterait longtemps commandant du M.G.B.

Non seulement à la charachka de Mavrino, mais dans toute l'histoire du ministère, c'était une affaire extraordinaire.

Ce ne fut pas Chikhine personnellement qui appela le chef du laboratoire du vide, mais l'officier de service de l'Institut dont la table était dans le couloir ; il demanda à Doronine de se présenter immédiatement au bureau du colonel du génie Yakonov.

Bien qu'il fût quatre heures de l'après-midi, le plafonnier du laboratoire du vide, où il faisait toujours sombre, était allumé depuis quelque temps. Le chef du laboratoire était absent et ce fut Clara qui décrocha le téléphone. Elle était encore en bonnet de fourrure et en manteau, car elle venait tout juste d'arriver, plus tard que d'habitude, pour prendre son service. Elle s'était arrêtée pour parler avec Tamara et, bien que Rousska n'eût pas détourné d'elle son regard flamboyant, elle ne l'avait pas regardé une fois. Sa main gantée de rouge avait décroché l'appareil et elle avait répondu les yeux baissés, tandis que Rousska, planté près de sa pompe à trois pas d'elle la dévisageait intensément. Il songeait comment ce soir, quand tous les autres seraient à dîner, il serrerait contre lui cette chère tête. La proximité de Clara lui faisait oublier où il était.

Elle leva les yeux sans le chercher, sentant qu'il était là et dit :

« Rostislav Vadimovitch ! Anton Nikolaievitch vous demande d'urgence. »

Les gens les voyaient et les entendaient, et elle ne pouvait s'adresser à lui autrement, mais elle ne le regardait plus avec les mêmes yeux. Ils étaient différents. Une sorte de morne torpeur s'était abattue sur eux.

Obéissant machinalement et sans réfléchir à ce que pouvait signifier cette conversation inattendue chez le colonel du génie, Rousska sortit en ne pensant qu'à l'expression de Clara. Il se retourna sur le pas de la porte et vit qu'elle le regardait partir puis qu'elle détournait aussitôt la tête.

C'était un regard déloyal. Elle avait détourné les yeux d'un air apeuré.

Qu'avait-il pu lui arriver ?

Ne pensant qu'à elle, il monta chez l'officier de service, sans l'ombre de sa prudence ordinaire, oubliant complètement de se préparer à des questions inattendues, à une attaque, comme l'exigeait la ruse dont un prisonnier devait toujours faire preuve ; l'officier de service, bloquant la porte de Yakonov, lui désigna au fond de l'alcôve sombre la porte du commandant Chikhine.

Sans le conseil de Simorakha et si Chikhine avait appelé lui-même le laboratoire du vide, Rousska se serait aussitôt attendu au pire. Il se serait précipité pour prévenir une douzaine d'amis. Puis, au dernier moment, il aurait trouvé l'occasion de parler à Clara et de découvrir ce qui n'allait pas chez elle et d'emporter avec lui soit une foi triomphante en elle ou alors le sentiment d'être libéré de toute loyauté à son égard. Maintenant qu'il se retrouvait devant la porte du « Protecteur », il devinait trop tard de quoi il était question. En présence de l'officier de service, il était impossible d'hésiter, de rebrousser chemin, il ne fallait pas éveiller de soupçons si ce n'était déjà fait. Rousska pourtant tourna bel et bien les talons pour se précipiter dans l'escalier, mais voilà qu'apparut en haut des marches l'officier de service de la prison, le lieutenant Jvakoun, l'ancien bourreau qui avait été convoqué par téléphone.

Rousska entra dans le bureau de Chikhine.

Il entra, et, au bout de quelques pas, il avait retrouvé sa maîtrise de soi et changé l'expression de son visage. Avec l'expérience d'un homme qui a été traqué pendant deux ans de sa vie, grâce à ses dons de joueur, il apaisa aussitôt toute la tempête qui bouillonnait en lui, il se contraignit à entrer dans un cercle de nouvelles considérations et de périls nouveaux et, avec un air de sincérité juvénile, de bonne volonté insouciante, il déclara :

« Je peux ? Je suis à votre service camarade commandant. »

Chikhine était assis dans une position bizarre, la poitrine affalée sur le bureau, une main pendante, pendante comme un fouet. Il se redressa, faisant face à Doronine et, relevant cette main pareille à un fouet, il le frappa en plein visage.

Puis l'autre main partit à son tour, mais Doronine recula précipitamment vers la porte et resta là dans une attitude défensive. Du sang lui coulait au coin de la bouche et des mèches de cheveux blonds lui pendaient sur l'œil.

Ne pouvant plus maintenant le frapper au visage, le petit commandant se planta en face de lui, un rictus découvrant ses dents et dit d'un ton menaçant tout en postillonnant :

« Ah ! petit salaud ! Tu nous vends ? Dis adieu à la vie, Judas ! On va t'abattre comme un chien ! On va t'abattre dans la cave. »

Cela faisait deux ans et demi que Le Plus Humain des Chefs d'Etat avait aboli à tout jamais la peine capitale. Mais ni le commandant ni son indicateur démasqué n'avaient la moindre illusion : que faire d'un individu indésirable, sinon l'abattre ?

Rousska le regardait d'un air farouche, les cheveux en désordre, le sang coulant de sa lèvre enflée sur son menton.

Il se redressa pourtant et répondit d'un ton effronté :

« Pour ce qui est de me fusiller... Il faudra voir ça, camarade commandant. Je vous ferai jeter en prison avant ! Ça fait quatre mois maintenant que tout le monde se moque de vous... et vous êtes assis là à toucher votre solde. On vous arrachera vos petites épaulettes ! Et pour ce qui est de me fusiller... il faudra voir ça ! »

78

LE DISCIPLE D'ÉPICURE

L'APTITUDE à accomplir un acte exceptionnel est en partie affaire de volonté et semble en partie une qualité innée. L'acte le plus difficile est celui qui exige un effort impromptu de la volonté. Mais c'est beaucoup plus facile si l'acte découle d'années de discipline opiniâtre. Et bien plus encore si l'action vient naturellement, simplement, comme la respiration.

C'était ainsi que Rousska Doronine avait vécu sous le spectre de l'arrestation : simplement et avec un sourire puéril. Il semblait né pour courir des risques ; la fièvre du jeu brûlait dans son sang.

Mais pour Innokenty — homme de bien et prospère — l'idée de vivre sous un faux nom, de se cacher de-ci, de-là, d'un bout à l'autre du pays était inconcevable. Tenter d'échapper à son arrestation, si elle était ordonnée, ne lui viendrait même pas à l'esprit.

Il avait agi sous le coup d'émotions fortes, et il en restait bouleversé, épuisé. En donnant ce coup de téléphone, il n'avait certes pas imaginé comment la peur monterait en lui et le dévorerait ; s'il l'avait prévu, il n'aurait jamais pu appeler.

Il n'avait trouvé un peu de calme qu'au dîner chez

Makariguine. Il s'y était soudain senti soulagé et aurait presque accepté ce jeu dangereux avec joie.

Ensuite il avait passé la nuit avec sa femme et tout oublié.

La crainte n'en fut que plus affreuse lorsqu'elle revint le lundi matin. Elle lui ôta la force de se remettre à vivre, de retourner au travail en épiant les signes de changement, ne fût-ce que dans les voix.

Autant qu'il le put, il arbora un air digne mais intérieurement il se sentait déjà fini et toute sa résistance, toute sa volonté de se sauver lui-même s'étaient évanouies.

Peu avant onze heures, Innokenty alla voir son chef, mais la secrétaire ne le laissa pas entrer. Elle avait entendu dire que le rendez-vous de Volodine avait été retardé, dit-elle, par le ministre adjoint.

Cet on-dit le bouleversa si profondément qu'il n'eut pas le courage de demander un rendez-vous lui-même pour déceler la vérité. Aucun autre motif n'expliquait ce retard : il était découvert... Epuisé, il eut le vertige en retournant à son bureau et eut tout juste le temps de boucler sa porte et d'en retirer la clef pour faire croire qu'il était sorti. Rien ne l'empêchait de le faire puisque celui dont il partageait le bureau était en mission.

Faible, en proie à la nausée, il attendit qu'on frappe à sa porte. C'était épouvantable, poignant, de penser qu'ils pouvaient arriver d'une minute à l'autre pour l'arrêter. Une idée lui passa par la tête : ne pas ouvrir la porte... qu'ils l'enfoncent pour entrer !

Ou bien, peut-être devrait-il se pendre avant leur arrivée ?·

Ou encore se jeter par la fenêtre. Du deuxième étage. En plein dans la rue. Deux secondes de chute... puis l'explosion emporterait tout. Et la conscience disparaîtrait.

Un épais rapport comptable était posé sur sa table : les frais de voyage d'Innokenty évalués par des experts. L'estimation devait être contrôlée avant son départ. Mais la seule vue de se document le rendait malade.

Quoique chauffé, le bureau lui semblait terriblement froid.

Sa propre impuissance mentale le rendait stupide. Rester assis là, en attendant la mort...

Innokenty s'allongea sur le canapé de cuir et y resta sans bouger. Comme si ce meuble lui apportait quelque réconfort, une sorte d'assurance pénétra tout son corps.

Est-ce que tout cela se passait réellement ? Etait-ce bien lui ? Avait-il vraiment téléphoné à Dobrooumov l'avant-veille ? Comment l'avait-il osé ? Où avait-il trouvé un courage aussi désespéré ?

Et pourquoi avait-il fait ça ? Cette femme stupide ! Mais qui êtes-vous ? Comment pouvez-vous prouver que vous dites la vérité ?

Il n'aurait jamais dû téléphoner. Une bouffée de pitié pour lui-même le parcourut. Finir sa vie à trente ans.

Non, il ne regrettait pas d'avoir téléphoné. Il avait été contraint de le faire. C'était comme si quelqu'un avait guidé sa main.

Mais non, pas du tout... Il n'avait même plus assez de volonté pour regretter ou pas. Allongé sur le canapé, respirant à peine, il espérait seulement que toute l'affaire finirait vite.

Personne ne frappa, personne n'essaya d'entrer. Le téléphone ne sonna pas.

Innokenty dériva vers un léger sommeil qui lui apporta l'oubli. Des rêves absurdes et impérieux l'éveillèrent et lorsqu'il reprit conscience il se sentit encore plus oppressé et épuisé qu'avant, terrifié à l'idée qu'ils avaient essayé de l'arrêter ou bien qu'il était déjà arrêté. Il n'avait pas la force de se lever, de chasser ses cauchemars, ni même de remuer. L'horrible sommeil de l'impuissance l'emporta de nouveau et il finit par s'endormir profondément. A son réveil, il entendit des gens dans le couloir. C'était le moment de liberté où ils allaient prendre le thé.

Il se leva, rouvrit sa porte et alla se laver. On portait du thé et des sandwiches de bureau en bureau.

Personne ne vint l'arrêter. Dans le couloir ses collègues le saluèrent comme à l'accoutumée. Personne n'avait changé d'attitude envers lui.

Cela ne prouvait d'ailleurs rien. Aucun d'eux ne serait au courant.

Mais leurs visages familiers et leurs voix lui rendirent courage. Il demanda du thé plus fort et plus chaud à la jeune fille, en but deux verres et se sentit encore mieux.

Pourtant il n'était pas encore assez fort pour se décider à aller voir son chef afin de savoir où il en était.

En finir avec la vie serait encore le plus sage, ne serait-ce que par pitié pour lui-même, pour se protéger. Encore fallait-il être certain qu'ils allaient l'arrêter.

Et dans le cas contraire ?

Tout d'un coup le téléphone sonna. Innokenty se mit à trembler et un instant plus tard il entendit battre son cœur.

C'était Dotty. Sa voix était affectueuse dans l'appareil, c'était de nouveau celle d'une épouse. Elle lui demanda comment il allait et lui suggéra de sortir ce soir-là.

Innokenty éprouva un sentiment de gratitude chaleureuse envers elle. Qu'elle fût bonne ou mauvaise épouse, elle était quand même plus proche de lui que n'importe qui. Il ne dit rien quant à l'annulation de sa mission. Il s'imagina dans la sécurité du théâtre durant la soirée... après tout on n'arrête pas les gens dans une salle bondée de spectateurs.

« Eh bien, prends des billets pour quelque chose de gai, dit-il.

— Une opérette ? demanda Dotty. On joue « Akoulina » ou un nom dans ce genre-là. Rien d'autre. Au théâtre de l'Armée Rouge il y a « la Loi de Lycurgue » dans la petite salle, une première, et « la Voix de l'Amérique » dans la grande. Au théâtre d'Art : « Inoubliable 1919 ».

— La « Loi de Lycurgue » sonne trop bien. Les pires pièces ont toujours les meilleurs titres. Il vaut sans doute mieux prendre des billets pour « Akoulina ». Et ensuite nous irons au restaurant.

— Bravo ! Très bien. »

Dotty rit et approuva.

Il passerait toute la nuit dehors, si bien qu'ils ne le trouveraient pas. C'est toujours la nuit qu'ils viennent.

Le courage revint lentement à Innokenty. Très bien, admettons qu'ils me soupçonnent. Et Chevronok et Zavarzine, alors ? Ils étaient au courant de tous les détails, donc les premiers à soupçonner. Mais le soupçon n'est pas une preuve.

Supposons que l'arrestation ait déjà été ordonnée. Impossible d'y échapper, inutile de se cacher. Alors à quoi bon s'inquiéter ?

Il avait retrouvé assez de vigueur pour réfléchir de manière rationnelle.

Bon, et s'ils l'arrêtaient, que se passerait-il ? Ce ne serait peut-être pas ce jour-là, ni même cette semaine. Devait-il cesser de vivre ? Ou au contraire vivre ses derniers jours aussi intensément que possible ?

Pourquoi une telle terreur ? Diable ! il avait défendu Epicure avec tellement de feu la nuit précédente... pourquoi pas se conformer à quelques-uns des enseignements de ce maître qui semblait avoir dit pas mal de choses sages.

Il pensa à son vieux carnet de notes et à vérifier s'il n'avait pas noté quoi que ce fût de dangereux. Il se mit à le feuilleter et se rappela en même temps qu'il avait copié quelques passages d'Epicure. Voici le premier qu'il trouva : « Les sentiments spontanés de satisfaction ou d'insatisfaction sont les plus sûrs critères du bien ou du mal. »

Incapable de concentrer suffisamment son attention, Innokenty ne saisit pas le sens et continua à chercher pour arriver à : « Ils craignent la mort parce qu'ils redoutent de souffrir au-delà du tombeau. »

Quelle sottise ! Les gens craignent la mort parce qu'ils ont horreur de cesser de vivre. Maître, votre interprétation est bien épineuse !

Innokenty imagina les jardins d'Athènes : Epicure, soixante-dix ans, peau basanée, enseigne sur les marches de marbre ; et lui-même Innokenty, vêtu comme un contemporain, négligemment appuyé à une colonne comme un Américain, écoute Epicure.

« Mais il faut savoir, lut-il ensuite qu'il n'y a pas d'immortalité. Puisque nul n'est immortel, la mort n'est pas un mal, elle ne nous concerne tout simplement pas : tant que nous existons, la mort n'est pas en cause ; et quand vient la mort, nous sommes déjà partis. »

Ça c'est vrai, pensa Innokenty en se rasseyant. Quelqu'un avait dit la même chose, mais qui était-ce ? Ah oui ! hier, chez Makariguine ce type qui avait combattu en première ligne.

« La foi en l'immortalité est née chez les gens qui utilisent sans sagesse le temps que la nature leur a imparti. Mais le sage se contente de son temps de vie pour explorer tous les plaisirs tangibles et, quand vient l'heure de la mort, il quitte la table de la vie, satisfait, pour laisser la place à d'autres convives. Car une seule vie suffit au sage et le sot ne saurait que faire de l'éternité. »

Bien dit ! Magnifique ! Mais il y a un hic : si la nature nous écarte de la table quand nous avons soixante-dix ans, bon ; mais si nous n'en avons que trente et que ce sont des gens armés de pistolets qui le font ?

« Ne craignons pas la souffrance physique. Quiconque connaît les limites de la souffrance est libéré de la peur.

Les douleurs prolongées ne comptent pas ; celles qui importent sont toujours brèves. Le sage ne perdra pas sa quiétude spirituelle même sous la torture. Sa mémoire lui rappellera ses sensations précédentes et ses satisfactions spirituelles : par contraste, ses souffrances physiques d'aujourd'hui rétabliront l'équilibre dans son âme. »

Innokenty se mit à marcher, sinistre, dans son bureau.

Oui. Voilà bien ce qu'il craignait : pas la mort, mais qu'ils le torturent.

Epicure prétend qu'on peut dominer la torture ? Ah ! si Innokenty avait cette vigueur !

Mais il ne la trouvait pas en lui-même.

Quant à mourir ? Peut-être lui importait-il peu de mourir pourvu qu'on le sache... qu'on sache pourquoi et que sa mort donne du courage aux autres.

Mais non, personne n'en saurait rien. Personne ne le verrait mourir. Ils l'abattraient d'un coup de feu, dans une cave, comme un chien, et son « affaire » serait classée à jamais, quelque part, derrière des milliers de serrures.

Pourtant ses pensées lui apportèrent une sorte de quiétude. Le désespoir le plus poignant semblait avoir touché à sa fin.

Avant de refermer son calepin, il lut les tout derniers mots, à la dernière page : « Epicure conseillait à ses disciples de ne pas se mêler à la vie publique. »

Oui, comme c'est facile, de philosopher. Dans des jardins...

Innokenty rejeta la tête en arrière.

Non ! non !

Les aiguilles ajourées de l'horloge en bronze marquaient cinq heures.

Le soir tombait.

79

NON, CE N'EST PAS MON DOMAINE

La longue Zim noire franchit le portail devant le poste de garde au crépuscule ; on avait ouvert les grilles devant la voiture et elle prit ensuite de la vitesse sur les allées d'asphalte de la cour de Mavrino, que Spiridon avait dégagées de sa large pelle et que depuis lors le dégel avait entièrement libérées. Elle dépassa la Pobiéda de Yakonov garée près du bâtiment et vint s'arrêter net au ras de l'entrée principale.

L'ordonnance du général de brigade jaillit de la portière avant et ouvrit celle de derrière. Le corpulent Foma Oskoloupov en descendit et se redressa dans sa capote grise trop petite pour lui, et sous un bonnet d'astrakan trop haut. L'ordonnance ouvrit la première et la seconde porte du bâtiment et le général gravit les marches de l'escalier, soucieux. Il y avait un vestiaire sur le premier palier, derrière deux lampadaires à l'ancienne mode. Le préposé jaillit de son trou, prêt à saisir la capote du général, tout en sachant qu'il ne s'en déferait pas. Le général garda sa capote sur lui, ne retira même pas son bonnet et continua à monter sur un côté de l'escalier qui, à cet étage, se divisait en deux volées. Quelques zeks et des employés libres de bas rang s'enfuirent plutôt que de le croiser sur les marches. Toujours coiffé de son bonnet d'astrakan, le général continua son ascension, solennellement, mais avec la hâte exigée par les circonstances. L'ordonnance qui avait déposé ses affaires au vestiaire le rattrapa.

« Va chercher Roitman, dit Oskoloupov par-dessus son épaule. Préviens-le que dans une demi-heure j'irai inspecter la nouvelle équipe pour me rendre compte des résultats. »

Au troisième étage, il ne se dirigea pas vers le bureau de Yakonov, mais dans la direction opposée, vers le Numéro Sept. L'officier de service de l'Institut voyant disparaître le dos du général fonça sur le téléphone pour alerter Yakonov là où il le trouverait.

Au Numéro Sept, c'était le tohu-bohu. Inutile d'être spécialiste — et Oskoloupov ne l'était pas — pour comprendre que « rien n'était en ordre de fonctionnement », que tous les organes montés pendant de longs mois étaient débranchés, séparés les uns des autres, disloqués. Le mariage de l'analyseur et du vocodeur avait commencé par la dispersion de chacun des nouveaux mariés en unités séparées par éléments composants, presque condensateur par condensateur. De-ci, de-là, s'élevait la fumée d'un fer à souder ou d'une cigarette ; on entendait le sifflement de la chignole, les jurons des hommes au travail et les hurlements hystériques de Mamourine au téléphone.

Mais, malgré la fumée et le tintamarre, Siromakha remarqua immédiatement l'entrée du général de brigade. Vigilant, il ne perdait jamais la porte de vue. Il jeta son fer à souder sur son support, fila prévenir Mamourine debout près de l'appareil, s'empara de la chaise capitonnée de Mamourine et la porta vers le général en le scrutant du regard pour savoir où la poser. De la part de n'importe qui, ce geste eût été taxé de servilité, mais Siromakha lui donnait l'apparence d'un service digne prêté par un homme jeune à une personne âgée et respectable. Il se figea donc en attendant un ordre.

Siromakha n'était si mécanicien ni technicien, mais il était devenu électricien câbleur au Numéro Sept. En raison de sa prestesse, de sa loyauté, de la bonne volonté avec laquelle il aurait travaillé vingt-quatre heures par jour, écouté toutes les délibérations et prêté attention aux doutes des fonctionnaires responsables, il était hautement estimé et on ne le chassait jamais des conciliabules entre dirigeants du Numéro Sept. Il jugeait que ce genre d'attitude le servirait mieux à longue échéance que son activité d'indicateur. Il avait donc de bonnes chances d'être libéré.

Foma Gourianovitch Oskoloupov s'assit sans retirer son bonnet et en né déboutonnant sa capote que partiellement.

Le silence tomba dans le laboratoire. La chignole électrique cessa de percer. Les cigarettes s'éteignirent et les voix se turent. Seul Bobynine, dans son coin, continua à donner des instructions aux câbleurs de sa voix de basse ; et Pryantchikov, en proie à la distraction, continua à tourner autour du vocodeur en pièces avec un fer à souder chaud à la main.

Les autres attendaient pour savoir ce que le patron allait dire.

Mamourine essuya son visage couvert de sueur après une conversation pénible au téléphone au cours de laquelle il s'était disputé avec le chef de l'atelier de réparation qui avait bousillé les panneaux du châssis ; harassé, il alla saluer son ancien camarade de travail qui était désormais devenu un patron inaccessible. Oskoloupov lui tendit trois doigts. Mamourine avait maintenant une lividité de moribond ; il fallait être criminel pour le laisser sortir de son lit. Les coups des derniers jours l'avaient affecté plus durement que ses collègues de haut grade ; ce qui le bouleversait plus que tout, c'étaient la fureur du ministre et la dislocation de l'analyseur de voix. Si les nerfs avaient pu maigrir sous sa peau ils seraient devenus encore plus minces. Si les os humains avaient pu perdre du poids, ceux de Mamourine l'auraient fait. Pendant plus d'un an, il avait vécu pour l'analyseur et y avait cru comme au Petit Cheval Bossu du conte de fées russe pour l'emporter au-delà de son infortune. Il sentait venir la catastrophe, imminente depuis que Pryantchikov était arrivé avec le vocodeur au Numéro Sept. Rien ne l'en consolait.

Foma Gourianovitch Oskoloupov était un administrateur habile, quoiqu'il n'eût aucune connaissance ni aptitude pour le domaine qu'il administrait. Longtemps auparavant, il avait appris qu'il suffit à un chef de rassembler ses subordonnés bien informés, de les amener à confronter leurs opinions et ensuite de donner des directives. C'était exactement ce qu'il allait faire. Il fronça les sourcils et demanda : « Alors, où en sommes-nous ? Qu'est-ce que ça donne ? »

Il obligeait ainsi ses subordonnés à s'épancher.

S'ensuivit une discussion fastidieuse, inutile et qui écartait les gens de leur travail. Chacun répugnait à parler, soupirait et, si deux personnes parlaient à la fois, toutes deux s'arrêtaient instantanément.

La discussion portait sur deux thèmes : « il est indispensable de » et « il est difficile de ». « Il est indispensable », telle était la formule adoptée par le frénétique Markouchev, soutenu par Siromakha. Petit, actif et pustuleux, Markouchev s'efforçait fiévreusement, nuit et jour, d'inventer un « truc » qui assurerait sa gloire et le ferait libérer avant la fin de son temps. Il avait suggéré de réunir en un seul engin l'analyseur de voix et le vocodeur, non parce qu'il était convaincu du succès de ce projet au point de vue mécanique, mais parce que dans cette combinaison l'importance personnelle de Bobynine et de Pryantchikov diminuerait aux dépens de la sienne propre. Quoiqu'il détestât travailler pour « tonton » — autrement dit même s'il n'espérait aucun fruit de son travail — voir tous ses camarades du Numéro Sept aussi abattus l'indignait. Il se plaignit sournoisement devant Oskoloupov de l'apathie des ingénieurs.

Mamourine était un être humain, c'est-à-dire qu'il appartenait à cette espèce très répandue dans laquelle puisent les oppresseurs pour fabriquer des êtres pareils à eux-mêmes.

Le visage de Siromakha reflétait l'endurance et la foi.

Pour la première fois depuis qu'il était responsable du Numéro Sept, Mamourine se tut, son visage blême et dissimulé derrière ses mains transparentes.

C'est à peine si Khorobrov pouvait dissimuler la lueur de plaisir malicieux qui brillait dans ses yeux. Plus que quiconque, il avait soulevé des objections au projet de Markouchev et insisté sur les difficultés auxquelles il fallait s'attendre.

Oskoloupov critiquait particulièrement Dirsine chez qui il décelait un manque d'enthousiasme. Lorsque Dirsine était indigné ou souffrait d'une injustice, sa voix baissait au point d'être presque inaudible. En raison de ce défaut, il semblait toujours coupable.

Yakonov arriva au milieu de la conversation et y prit part par pure politesse. Oskoloupov n'y comprenait d'ailleurs rien. Puis Yakonov appela Markouchev à l'écart ; ils s'assirent côte à côte, et se mirent à tracer sur une feuille de papier un nouveau diagramme pour « l'engin ».

En réalité Oskoloupov aurait préféré poursuivre la séance de récriminations et de réprimandes : méthode à laquelle il était habitué et qu'au cours de ses années de direction il avait perfectionnée jusqu'à la moindre nuance d'intonation. C'est cela qui lui donnait les meilleurs résultats. Mais il comprit que cette fois la réprimande ne servirait à rien.

Peut-être Oskoloupov comprit-il que son apport dans la discussion n'avait pas de valeur, peut-être eut-il envie de respirer une autre atmosphère avant la fin de ce mois de grâce qui pouvait lui être fatal... toujours est-il que, sans écouter la fin des réflexions de Boulatov, il se leva et s'en alla vers la porte d'un air morose, en laissant tout le personnel du Numéro Sept souffrir en sa conscience des conséquences de sa négligence pour les chefs de la section.

Fidèle aux usages, Yakonov dut se lever et projeter sa lourde personne à la poursuite de l'homme au haut bonnet d'astrakan qui lui arrivait à peine à l'épaule.

Côte à côte, silencieux, ils descendirent vers le vestibule. Le chef de section n'aimait pas que son ingénieur en chef marche à côté de lui parce que Yakonov avait un visage large et au moins une tête de plus que lui.

A ce moment-là, Yakonov aurait dû s'émerveiller des progrès imprévus réalisés sur le codeur et c'est ce qu'il aurait fait s'il y avait eu quelque avantage. Il aurait ainsi dispersé aussitôt le mécontentement taurin qu'éprouvait Oskoloupov depuis sa réception nocturne par Abakoumov.

Mais il n'avait pas le schéma. En raison du sang-froid stupéfiant avec lequel Sologdine s'était montré prêt à mourir plutôt que de donner le schéma pour rien, Yakonov était convaincu qu'il devrait tenir sa promesse et s'adresser le soir même à Sevastyanov en passant par-dessus la tête d'Oskoloupov. Evidemment Oskoloupov enragerait, mais il lui faudrait se calmer sans tarder. On ne juge pas les vainqueurs, dit-on. Et plus tard, Yakonov pourrait prétendre qu'au fond il n'était pas certain que Sologdine pourrait vraiment s'en tirer et qu'il avait seulement fait une expérience.

Cette ruse cousue de fil blanc n'était pas la seule que Yakonov avait en tête. Il avait vu combien Oskoloupov était sombre, combien il craignait pour son propre sort et c'est avec plaisir qu'il le laissait se tourmenter quelques jours de plus. Anton Nikolaievitch Yakonov s'indignait autant au sujet du codeur que s'il s'était agi d'une de ses propres créations. Comme l'avait exactement décélé Sologdine, Oskoloupov chercherait sans l'ombre d'un doute à s'imposer comme coinventeur. Et quand il aurait le secret, il ne jetterait même pas un coup d'œil sur le plan de la section centrale, mais donnerait immédiatement l'ordre d'isoler Sologdine dans une salle à part dont il interdirait l'accès à ceux qui devaient l'assister ; puis il convoquerait Sologdine, le menacerait et lui imposerait des délais rigoureux ; ensuite il téléphonerait toutes les deux heures au ministère pour harceler Yakonov ; en fin de compte il prendrait de grands airs et répéterait à tout le monde que le codeur fonctionnait efficacement grâce à sa seule vigilance.

Parce qu'il savait tout cela jusqu'à l'écœurement, Yakonov se contenta pour le moment de ne rien dire. Néanmoins, en entrant dans son bureau, il fit une chose qu'il n'aurait jamais faite en présence de tiers : il aida Oskoloupov à retirer sa capote.

« Et Guerassimovitch, qu'est-ce qu'il fait chez vous ? » demanda Foma Gourianovitch Oskoloupov en s'asseyant dans le fauteuil de Yakonov sans retirer son bonnet.

Yakonov s'assit sur une chaise dans un coin.

« Guerassimovitch ? Voyons... Quand est-il arrivé de Strechnevka ? En octobre, je crois. Eh bien, depuis, il a fabriqué le poste de télé pour le camarade Staline !

— Faites-le venir ici. »

Yakonov téléphona.

Strechnevka était une autre charachka de Moscou. On y avait récemment inventé et mis au point sous la direction de l'ingénieur Bobyer un engin extrêmement ingénieux et utile qui s'adaptait aux appareils téléphoniques ordinaires. L'astuce, c'est qu'il fonctionnait uniquement lorsqu'on ne se servait pas du téléphone, lorsque le récepteur reposait tranquillement sur son berceau. L'engin avait été adopté et mis en fabrication.

L'esprit inventif des autorités (les autorités ayant toujours nécessairement l'esprit inventif) s'était tourné vers d'autres nouveautés.

L'officier de service passa la tête par l'entrebâillement de la porte. « Le détenu Guerassimovitch, dit-il.

— Faites-le entrer », répondit Yakonov en hochant la tête. La chaise sur laquelle il était assis, à l'écart de son bureau, était si petite qu'il en débordait des deux côtés.

Guerassimovitch entra, ajusta son pince-nez et trébucha sur le bord du tapis. Par comparaison avec les deux gros dignitaires, il avait les épaules fort étroites, était petit.

« Vous m'avez convoqué, dit-il sèchement en faisant quelques pas, les yeux fixés sur un point du mur entre Oskoloupov et Yakonov.

— Euh, hum !... répondit Oskoloupov, asseyez-vous. »

Guerassimovitch s'assit. Il n'occupait que la moitié du siège.

« Voyons... alors comme ça... dit Oskoloupov, vous êtes un spécialiste de l'optique, Guerassimovitch. Votre rayon, c'est pas les oreilles, mais les yeux. C'est bien ça ?

— Oui.

— Et vous... alors... » Oskoloupov tordait la langue, comme s'il était en train de se curer les dents. « Vous êtes apprécié, n'est-ce pas ? »

Il se tut. Un œil clos, il fixait Guerassimovitch de l'autre. « Vous êtes au courant des travaux les plus récents de Bobyer ? demanda-t-il.

— J'en ai entendu parler.

— Euh, hum !... et vous savez aussi que nous avons proposé la libération de Bobyer avant la fin de son temps.

— Je ne savais pas.

— Eh bien, maintenant vous le savez. Combien de temps vous reste-t-il ?

— Trois ans.

— Oh ! comme c'est long ! » dit Oskoloupov d'un ton surpris, comme si tous les pensionnaires de ses charachkas n'étaient condamnés qu'à des peines de quelques mois. « Comme c'est long ! »

(Peu auparavant, s'ingéniant à rendre courage à un nouveau venu, il avait dit : « Dix ans ? insignifiant ! On emprisonne les gens pour vingt-cinq ans ! »)

Il enchaîna : « Vous gagner une libération anticipée serait une bonne affaire, n'est-ce pas ? »

Cette question coïncidait étrangement avec la supplication de Natacha la veille.

Rassemblant tout son sang-froid étant donné qu'il se permettait de sourire ou d'être condescendant dans ses conversations avec les autres, Guerassimovitch sourit ironiquement.

« Et où trouverais-je cette libération ? demanda-t-il. Il n'en traîne pas par terre dans les couloirs. »

Oskoloupov se balança d'avant en arrière dans son fauteuil.

« Ah ! s'exclama-t-il, vous n'en trouverez évidemment pas dans les postes de télévision ! Mais je vais vous faire transférer d'ici quelques jours à Strechnevka et vous confier la direction d'un projet. Si vous en venez à bout en six mois, vous serez chez vous à l'automne.

— De quel genre de travail s'agit-il, si je puis le demander ?

— Eh bien, on prévoit beaucoup de travail, si ça vous intéresse. Je vais vous mettre au courant tout de suite : il s'agit d'une mission qui nous est confiée par Béria en personne. Voilà une idée par exemple : installer des microphones sous les bancs des jardins publics. Les gens parlent librement dans les parcs et ainsi on peut apprendre bien des choses. Mais ça n'entre pas dans votre spécialité professionnelle.

— Non, pas la mienne.

— Bon, mais il se trouve qu'il y a quelque chose pour vous aussi. Voyons, deux projets, l'un est très important et l'autre urgent. Et tous deux entrent dans votre domaine. N'est-ce pas, Anton Nikolaievitch ? » Yakonov hocha la tête en signe d'approbation. « L'un concerne un appareil photographique à utiliser la nuit et qui fonctionne au... Comment appelle-t-on ça ? Les rayons infrarouges. Avec ça, la nuit, on photographie quelqu'un dans la rue et on sait avec qui il est alors que lui ne se doutera jamais de rien. Il en existe déjà des modèles imparfaits à l'étranger et il suffit de... de les imiter de manière créatrice. L'appareil doit être facile à manipuler. Nos agents ne sont pas aussi intelligents que vous.

« Et voici l'autre projet, le second. Celui-là je suis certain que vous pouvez le réaliser en un clin d'œil et nous en avons besoin d'urgence. Il s'agit encore d'un appareil photographique, mais si petit qu'on puisse l'installer dans l'épaisseur d'une porte. Il se déclenchera automatiquement à chaque fois qu'on ouvrira la porte et photographiera celui qui la franchit. Au moins en plein jour ou quand les lumières seront allumées. Dans l'obscurité, ça ne fait rien, vous n'avez pas à vous en soucier. Nous voulons faire fabriquer en série un appareil de ce genre. Alors, qu'en dites-vous ? Vous feriez ça ? »

Guerassimovitch avait tourné son visage mince, émacié, vers les fenêtres et ne regardait pas le général de brigade.

Le vocabulaire d'Oskoloupov ne contenait pas de mots

tels que « lugubre ». Il n'aurait donc pu définir l'expression du visage de Guerassimovitch.

Il n'avait d'ailleurs pas envie de la définir. Il attendait une réponse.

C'était aussi la réponse à la supplication de Natacha.

Guerassimovitch revoyait devant lui le visage desséché et les larmes froides, brillantes.

Pour la première fois depuis bien des années, il sentit dans son cœur que le retour à la chaleur du foyer était possible, proche.

Il lui suffisait de faire ce qu'avait fait Bobyer : s'arranger pour qu'une centaine ou plus de gens confiants et stupides passent derrière des barreaux de prison.

Embarrassé, hésitant, Guerassimovitch demanda : « Mais ne serait-il pas possible de rester... à la télévision ?

— Vous refusez ? » demanda Oskoloupov indigné. Il fronça les sourcils et, avec la plus grande facilité, son visage prit une expression de colère : « Pour quelle raison ? »

Toutes les lois du cruel pays des zeks indiquaient à Guerassimovitch que s'apitoyer sur les gens libres du dehors, les myopes prospères, pas encore battus, pas encore fouettés, était aussi extravagant que de ne pas égorger un porc pour lui prendre son jambon. Les gens libres n'avaient pas l'âme immortelle que les zeks avaient gagnée au cours de leur temps de prison qui n'en finissait pas. Ils utilisaient goulûment et stupidement la liberté qui leur était accordée. Ils se salissaient dans des petites intrigues, des actions vaines.

Il n'avait qu'une amie dans la vie : Natacha. Elle attendait qu'il eût fini sa seconde peine. Elle était au bord de la tombe et, avec celle de Natacha, la vie de Guerassimovitch s'éteindrait aussi.

« Vous demandez pourquoi ? Pour quelle raison ? J'en suis incapable. Je ne saurais pas m'en tirer », répondit Guerassimovitch tout bas, très tranquillement.

Yakonov, qui jusqu'alors ne lui avait pas prêté attention, considéra Guerassimovitch avec curiosité. Apparemment c'était encore un de ces cas qui confinaient à la folie. Mais il fallait que l'emporte ici aussi la loi universelle selon laquelle « ta chemise est ce qu'il y a de plus proche de ta peau ».

« Vous avez perdu l'habitude des travaux sérieux, c'est pourquoi vous êtes timoré, dit Oskoloupov pour con-

vaincre le zek. Qui le ferait sinon vous ? Très bien, je vais
vous laisser réfléchir. »

Une de ses petites mains au front, Guerassimovitch se
tut.

« Mais à quoi bon réfléchir ? C'est en plein dans votre
domaine. »

Guerassimovitch aurait pu continuer à se taire. Il aurait
pu ruser. Selon la loi des zeks, il aurait pu accepter la
mission quitte à ne pas l'accomplir. Mais il se leva et
fixa avec mépris la trogne stupide à double menton du
général en bonnet d'astrakan.

« Non, ce n'est pas mon domaine ! dit-il d'une voix
claire et aiguë. Envoyer des gens en prison n'est pas mon
domaine. Je ne prends pas les gens au piège ! Que nous,
nous soyons en prison, c'est déjà assez triste. »

80

A LA SOURCE DE LA SCIENCE

Le lendemain matin, Rubine ne pensait toujours qu'à sa discussion de la veille. Il imaginait de nouveaux arguments qu'il avait négligé d'avancer. Mais à mesure que la journée progressait, il eut la bonne fortune de se plonger dans la grande tâche et il en oublia la discussion.

Cela se passait au second étage, dans la calme petite pièce marquée Ultra-secret ; il y avait de lourds rideaux à la fenêtre et à la porte, un vieux divan et un tapis usé. Tout ce tissu amortissait le son, mais il n'y avait en fait aucun bruit pour distraire Rubine car il écoutait les bandes magnétiques dans les écouteurs et Smolosidov était resté toute la journée silencieux, son visage labouré de rides considérant Rubine, comme s'il était un ennemi et non pas un camarade de travail. Rubine de son côté ne faisait pas attention à Smolosidov qui n'était pour lui qu'un appareil à changer et à régler les bobines.

Coiffé de ses écouteurs, Rubine écoutait inlassablement la fatale conversation, puis les cinq enregistrements qu'on avait faits pour lui des voix des suspects. Tantôt il se fiait à ses oreilles ; tantôt il ne leur faisait pas confiance et consultait les tracés à l'encre violette qui constituaient les empreintes sonores des conversations. Cela faisait des mètres de papier, des bandes trop longues même pour le bureau et qui tombaient en flots blancs par terre, à gauche et à droite. De temps en temps, Rubine prenait son album de spécimens d'empreintes vocales, où les unes étaient classées d'après les sons — d'après les phonèmes — les autres d'après le « ton de base » de diverses voix mâles. Avec un crayon rouge et bleu usé à chaque bout, car le geste de tailler un crayon était pour Rubine une véritable corvée, il notait sur les bandes les endroits qui retenaient son attention.

Rubine était absorbé par son travail. Ses yeux d'un noir de jais flamboyaient. Sa grande barbe noire mal peignée était emmêlée par touffes et souillée de cendres grises de pipe et de cigarettes qui parsemaient également les manches de sa combinaison, où il manquait un bouton au poignet, et aussi la table, les bancs, le fauteuil, et l'album d'empreintes vocales.

Rubine connaissait maintenant ce mystérieux envol de l'âme que les physiologues n'ont jamais expliqué. Oubliant son foie, les douleurs que provoquait sa tension, rafraîchi après une nuit épuisante, n'ayant pas faim bien qu'il n'eût rien mangé depuis les petits gâteaux du dîner d'anniversaire la veille, Rubine était dans cet état d'essor spirituel dans lequel l'œil distingue chaque grain du sable, où la mémoire retrouve sans mal tout ce qu'elle a emmagasiné depuis des années.

Pas une fois il ne demanda quelle heure il était. En arrivant, il avait voulu ouvrir une petite fenêtre pour compenser le manque d'air frais, mais Smolosidov avait dit en fronçant les sourcils : « Impossible, j'ai un rhume », et Rubine avait cédé. Pas une fois ensuite de toute la journée il ne s'était levé, même pour regarder par la fenêtre afin de voir comment la neige avait molli et avait viré au gris sous le vent d'ouest humide. Il n'avait pas entendu Chikhine frapper ni remarqué que Smolosidov avait refusé de le laisser entrer. Comme à travers une brume, il avait vu Roitman entrer et sortir ; bien qu'il ne se fût pas retourné, quelque chose avait pénétré jusqu'à sa conscience. Il ne s'était pas rendu compte que la cloche du déjeuner avait sonné, puis celle du travail. L'instinct du zek, pour qui le rituel des repas demeurait sacré, s'éveilla à peine en lui quand Roitman le secoua par l'épaule en lui montrant sur une petite table une omelette, des beignets aux fruits avec de la crème aigre et de la compote. Les narines de Rubine frémirent et la stupéfaction allongea son visage, mais même à ce moment-là sa conscience ne participait pas. Considérant avec ahurissement cette nourriture digne des dieux, comme s'il cherchait à comprendre pourquoi il était là, il changea de siège et commença précipitamment à manger, sans sentir le goût, ayant hâte seulement de retourner à son travail.

Rubine n'avait même pas apprécié ce repas ; mais il avait coûté plus à Roitman que s'il l'avait payé de sa poche. Il avait passé deux heures au téléphone, à appeler un endroit après l'autre, pour coordonner ce déjeuner. Il avait appelé d'abord la Section Technique spéciale, puis le général Boulbaniouk, puis l'Administration pénitentiaire, puis la Section du Ravitaillement et enfin le lieutenant-colonel Klimentiev. Ceux qu'il avait appelés avaient à leur tour réglé cette question avec les comptables et avec d'autres fonctionnaires. Le problème tenait au fait que Rubine était soumis au régime des prisonniers de « troisième catégorie », et que Roitman, en raison de la mission d'Etat particulièrement importante qu'on lui avait confiée s'efforçait de lui faire avoir pour une période de quelques jours des repas de « première catégorie » ainsi qu'un régime spécial. Lorsque tous les travaux de coordination eurent été effectués, la prison commença alors à avancer des objections d'ordre administratif : l'absence des mets demandés dans les entrepôts de la prison, le fait qu'on n'avait pas signé un bon de paie spéciale pour le cuisinier qui devait préparer un menu individuel.

Roitman maintenant était assis en face de Rubine et le regardait, non pas comme un maître qui attend les fruits du labeur d'un esclave, mais avec un sourire caressant, comme celui d'un grand enfant qui admirait et qui enviait l'inspiration de Rubine, en attendant le moment où il pourrait saisir la signification du travail effectué et en prendre sa part.

Rubine mangea tout, et peu à peu il reprenait conscience de l'endroit où il se trouvait. Pour la première fois ce jour-là il sourit :

« Vous n'auriez pas dû me nourrir, Adam Venianinovitch. *Satur venter non studet libenter*. Le voyageur doit parcourir le plus gros de son trajet journalier avant sa halte du déjeuner.

— Allons, vous travaillez depuis des heures, Lev Grigoritch ! Après tout, il est trois heures et quart.

— Comment ! Je croyais qu'il n'était pas encore midi.

— Lev Grigoritch ! Je suis dévoré de curiosité : qu'avez-vous découvert ? »

Ce n'était pas l'ordre d'un supérieur, c'était dit d'un ton d'excuse, comme si Roitman craignait que Rubine refusât de partager ce qu'il savait. Dans les moments où Roitman dévoilait son âme, il pouvait être très gentil, malgré son aspect redoutable, malgré ses lèvres épaisses qui ne se fermaient jamais à cause des polypes qui lui obstruaient les narines.

« Ça n'est que le commencement ! Ce ne sont que des conclusions provisoires, Adam Venianinovitch !

— Et quelles sont-elles ?

— Certaines d'entre elles sont contestables, mais une chose est claire. La science de la phonoscopie, qui est née le 26 décembre 1949, a bel et bien un noyau rationnel.

— Vous ne vous laissez pas emporter, Lev Grigoritch ? » fit Roitman.

Lui-même désirait tout autant que Rubine que tout cela fût vrai, mais, rompu aux sciences exactes, il savait que ce spécialiste des humanités risquait de laisser son enthousiasme l'emporter sur son intégrité scientifique.

« Depuis quand m'avez-vous vu me laisser emporter ? demanda Rubine, presque vexé et caressant sa barbe en désordre. La façon dont nous avons rassemblé du matériel pendant près de deux ans, toutes ces analyses de la langue russe par son et par syllabe ; l'étude des empreintes vocales, la classification des voix, l'étude des tracés d'élocution par nationalité, par groupe et par individu, tout ce qu'Anton Nikolaïevitch considérait comme une perte de temps — parfaitement, et d'ailleurs vous aussi vous avez eu vos doutes — tout cela maintenant donne des résultats. Nous devrions faire participer Nerjine à ces travaux aussi, qu'est-ce que vous en dites ?

— Si l'opération se développe, pourquoi pas ? Mais pour l'instant nous devons prouver que nos travaux sont viables et mener à bien la première tâche qu'on nous a fixée.

— La première tâche ! La première tâche qu'on nous a fixée c'est la moitié de toute cette science ! Pas si vite.

— Mais... Que voulez-vous dire, Lev Grigoritch ? Vous ne comprenez donc pas le caractère d'urgence de tout cela ? »

Comment pouvait-il ne pas comprendre ! Le jeune

komsomol Lev Rubine avait été élevé avec le mot « urgence ». Cela figurait dans tous les slogans des années 30.
Il n'y avait pas d'acier, pas d'électricité, pas de pain,
pas de tissu, mais on en avait besoin « d'urgence » ; et
on construisait des hauts fourneaux, on mettait en marche des fonderies, et puis, avant la guerre, tout occupé
qu'il était par ses études, plongé dans le XVIII⁰ siècle,
Rubine se gâta. Mais, bien sûr, le cri de « Urgent ! Urgent ! » sonnait toujours à ses oreilles et venait compro-
mettre son habitude de poursuivre ses travaux jusqu'à
leur conclusion.

La maigre lumière du jour qui filtrait par la fenêtre
pâlissait. Ils allumèrent la lampe, s'assirent à la table
de travail, examinèrent les échantillons d'empreintes
vocales et marquèrent au crayon bleu et rouge sur les
bandes les sons caractéristiques, les enchaînements de
consonnes, les lignes d'accentuation. Tout cela, ils le
faisaient ensemble, sans prêter attention à Smolosidov,
qui, sans quitter la pièce un instant de toute la journée,
restait assis auprès de la bande magnétique, veillant sur
elle comme un chien noir et menaçant tout en regardant leur nuque. Et ce regard pesant, implacable, pénétrait leur crâne comme un clou et pressait contre leur
cerveau. Smolosidov les privait ainsi de cet élément
fugace qui était au fond en même temps l'essentiel :
l'absence de contrainte ; il était témoin de leurs hésitations et il serait témoin aussi de l'enthousiaste rapport
qu'ils feraient au patron.

Et, tour à tour, l'un penchait vers le doute et l'autre
vers la conviction, et puis celui qui doutait était
convaincu et celui qui était convaincu se mettait à douter.
Roitman était retenu par son sens des mathématiques,
mais sa position officielle le forçait à avancer. Le désir désintéressé d'être à l'origine d'une science vraiment neuve
jouait sur Rubine le rôle d'une force modératrice ; mais
les leçons des plans quinquennaux le poussaient de l'avant.

Ils avaient tous deux trouvé suffisante la liste des
cinq suspects. Ils n'avaient pas fait d'excès de zèle en
demandant un enregistrement des quatre individus arrêtés à la station de métro Arbat. D'ailleurs, ceux-ci avaient
été arrêtés trop tard de toute façon. Ils n'avaient pas
demandé non plus d'enregistrement des divers autres
que Boulbaniouk avait promis en cas d'extrême nécessité. Ils repoussaient l'hypothèse selon laquelle la personne qui disposait des renseignements de première

main n'avait pas téléphoné elle-même mais avait chargé quelqu'un d'autre de le faire à sa place.

Mais ce n'était pas facile quand même de s'attaquer à cinq suspects ! Ils comparèrent à l'oreille les cinq voix avec celle du criminel. Ils comparèrent les cinq empreintes vocales avec celles du criminel.

« Regardez tout ce que l'analyse de l'empreinte vocale nous donne ! souligna Rubine avec enthousiasme. On entend qu'au début le criminel parle d'une voix différente. Il s'efforce de la déguiser. Mais qu'est-ce qui change sur les empreintes vocales ? La seule modification qui se produise est dans l'intensité des empreintes : mais le profil vocal individuel n'a pas le moins changé ! C'est notre grande découverte. Le profil vocal ! Même si le criminel parlait tout le temps avec une voix changée, il ne parviendrait pas à dissimuler ses caractéristiques spécifiques.

— Mais, pour l'instant, nous ne connaissons pas grand-chose des limites de la modification de la voix, protesta Roitman. Peut-être dans les micro-intonations. Les limites sont vastes. »

Il était facile pour l'oreille de douter quand une voix était la même et quand elle était différente ; mais sur les empreintes vocales les variations d'amplitude et de fréquence rendaient la différence claire et précise. Bien sûr, leur machine à transcrire la parole sous forme de tracés était malheureusement rudimentaire. Elle ne distinguait que quelques canaux de fréquence et montrait l'amplitude par des taches indéchiffrables. L'excuse était qu'elle n'avait pas été conçue pour un travail de cette importance.

Parmi les cinq suspects, Zavarzine et Siagovitov pouvaient être éliminés sans le moindre doute : c'est-à-dire que la future science permettait des conclusions sur la base de l'unique conversation. Avec quelque hésitation on pouvait éliminer Petrov : et Rubine dans son enthousiasme élimina même Petrov définitivement.

D'autre part, les voix de Volodine et de Chevronok ressemblaient à la voix du criminel quant à la fréquence du ton de base, elles avaient en commun avec elle certains phénomènes tels que « o », « r », « l » et « ch » et elles avaient le même profil vocal.

C'était là, avec ces voix similaires, que la science de la phonoscopie aurait dû être développée et ses méthodes perfectionnées. C'est seulement sur la base de différences aussi subtiles qu'on pourrait finir par mettre au point un appareil sensible. Rubine et Roitman se renversèrent dans leur fauteuil avec l'expression triomphante de deux inventeurs. Ils imaginaient le système, comparable à celui des empreintes digitales, qu'on allait adopter un jour : des archives audio-visuelles avec les empreintes sonores de tous ceux qui à un moment ou un autre avaient été suspects. Toute conversation criminelle serait enregistrée, comparée, et le coupable pris sans risque d'erreur comme un voleur qui aurait laissé ses empreintes digitales sur la porte du coffre.

Sur ces entrefaites, l'assistant d'Oskoloupov entrebâilla la porte pour annoncer l'arrivée de son chef.

Les deux hommes s'arrachèrent à leur rêverie. La science était la science, mais il fallait maintenant mettre au point une conclusion générale et la défendre ensemble en face du chef de la section.

A vrai dire, Roitman considérait qu'on avait déjà atteint des résultats tangibles. Sachant que les chefs n'aimaient pas les hypothèses, mais qu'ils aimaient les certitudes, Roitman céda à Rubine : il accepta de ne pas considérer la voix de Petrov comme celle d'un suspect et de déclarer avec fermeté au major général que seuls Chevronok et Volodine étaient encore à l'étude et que d'ici un ou deux jours on allait procéder à des examens plus approfondis à leur sujet.

« Au fond, Lev Grigoritch, dit Roitman d'un ton songeur, nous ne devrions pas, vous et moi, négliger la psychologie. Nous devons nous représenter quel genre d'individu déciderait de donner un tel coup de téléphone. Quels pourraient être ses motifs ? Et puis faire des comparaisons avec les suspects que nous avons. Nous devons poser la question de façon qu'à nous autres phonoscopistes on puisse donner non seulement la voix du suspect et son surnom, mais aussi de brefs renseignements sur sa situation, sa profession, son mode de vie, peut-être même sa biographie. Il me semble que dès maintenant je pourrais tracer une sorte d'esquisse psychologique de notre criminel... »

Mais Rubine, qui, la veille au soir encore, avait affirmé au peintre que la connaissance objective était libre d'émotion, en était déjà au point où il penchait en faveur d'un des deux suspects, et il protesta :

« J'ai tenu compte des considérations psychologiques,

Adam Venianinovitch, et d'après cela il semble que le coupable soit plutôt Volodine. Mais dans sa conversation avec sa femme, il est assez nerveux, oppressé, voire apathique ; et ce serait caractéristique d'un criminel qui craint d'être accusé ; il n'y a rien de cela dans le joyeux babil dominical de Chevronok, je l'avoue — mais ce serait du joli si dès nos premiers pas nous devions nous fonder non pas sur les matériaux objectifs de notre science, mais sur des considérations extérieures. J'ai déjà une certaine expérience dans l'étude des empreintes vocales, et il faut me croire : un grand nombre de signes indéfinissables me donnent la conviction absolue que Chevronok est le coupable. Par simple manque de temps, je n'ai pas pu mesurer toutes ces indications sur la bande avec un appareil de mesure pour les traduire en langage numérique. » (Le philologue n'avait jamais assez de temps pour cela.) « Mais si on me prenait à la gorge maintenant et qu'on me dise de donner le nom en garantissant que c'est le coupable, je désignerais Chevronok presque sans hésitation.

— Mais ce n'est pas ce que nous allons faire, Lev Grigoritch, protesta doucement Roitman. Procédons aux mesures, traduisons-les en langage numérique... et ensuite nous verrons.

— Mais combien de temps cela va-t-il prendre ! Après tout nous devons faire ça de toute urgence !

— Mais si la vérité l'exige ?

— Eh bien, tenez, voyez vous-même ! »

Reprenant alors les bandes d'empreintes vocales et les saupoudrant de plus en plus de cendres, Rubine entreprit avec feu de démontrer la culpabilité de Chevronok. Ils étaient absorbés par cette tâche quand le major général Oskoloupov entra en longues et puissantes enjambées de ses courtes jambes. Ils le connaissaient tous assez bien pour voir à la façon dont le général avait sa casquette posée en avant et à la grimace de sa lèvre supérieure qu'il était vivement mécontent.

Ils se levèrent d'un bond ; il s'assit à une extrémité du divan, enfonça les mains dans ses poches et marmonna comme si c'était un ordre :

« Alors ! »

Rubine garda un silence courtois, laissant Roitman faire son rapport.

Pendant le rapport de Roitman, Oskoloupov semblait plongé dans de profondes méditations, ses paupières se fermaient comme s'il avait sommeil et il ne daigna même pas examiner les bandes qu'on lui montrait. Rubine était déconcerté par le rapport de Roitman. Malgré les mots précis employés par cet homme intelligent, il avait le sentiment que cette obsession, cette inspiration qui l'avaient guidé dans cette enquête avaient été à un moment perdues de vue. Roitman conclut en disant que Chevronok et Volodine étaient tous deux suspects, mais que pour un jugement définitif il fallait de nouveaux enregistrements de conversation. Puis il se tourna vers Rubine et dit :

« Mais il semble que Lev Grigoritch voudrait ajouter ou corriger quelque chose ? »

Pour Rubine, Foma Oskoloupov était un imbécile, un parfait imbécile. Mais il était également un haut personnage de l'Etat et automatiquement un représentant de ces forces progressistes auxquelles Rubine s'était dévoué. Rubine s'exprima donc avec énergie, brandissant les bandes et les albums d'empreintes vocales. Il demanda au général de comprendre que, bien qu'on lui eût jusque-là présenté leurs conclusions comme offrant deux possibilités, une telle ambiguïté n'était absolument pas caractéristique de la science de la phonoscopie, mais que les délais avaient tout simplement été trop courts pour qu'on parvînt à un jugement définitif, qu'il fallait davantage d'enregistrements, mais que, si l'on voulait l'hypothèse personnelle de Rubine, alors...

Le chef n'écoutait plus avec une expression endormie, mais fronçait les sourcils d'un air dédaigneux. Et sans attendre la fin de l'explication, il interrompit Rubine :

« Les vieilles femmes disent la bonne aventure avec des haricots ! Qu'est-ce que j'ai besoin de votre « science » ? Il faut que j'arrête le criminel. Prenez vos responsabilités : est-ce que le criminel est ici, sur cette table, est-ce que vous le tenez, est-ce que c'est sûr ? Etes-vous certain qu'il ne se promène pas en liberté ? Que ce n'est pas quelqu'un d'autre que ces cinq suspects ? »

Il les dévisagea. Ils étaient debout devant lui, très droits. Les bandes enregistreuses ruisselaient sur le sol. Derrière leur dos, Smolosidov était penché sur le magnétophone comme un dragon noir.

Rubine se décomposa. Il comptait parler en termes généraux et non pas sur ce plan.

Roitman, qui était plus accoutumé aux manières des chefs, dit aussi courageusement qu'il le pouvait :

« Oui, Foma Gourianovitch. Pour ma part je suis sûr... Nous sommes certains... Nous sommes convaincus que le coupable se trouve parmi ces cinq-là. »

Que pouvait-il dire d'autre ?

Oskoloupov plissa un œil.

« Etes-vous prêts à répondre de ce que vous dites ?

— Oui, nous... oui... nous en répondons. »

Oskoloupov se leva lourdement du divan :

« Ecoutez, je ne vous ai pas forcé à parler. Je m'en vais maintenant faire mon rapport au ministre. Nous allons arrêter ces deux salopards ! »

Il dit cela d'un tel ton, avec un regard si hostile, qu'ils auraient pu croire que c'étaient eux qu'il se proposait d'arrêter.

« Un instant, protesta Rubine. Donnez-nous un jour de plus. Donnez-nous la possibilité d'établir des preuves complètes !

— Quand l'interrogatoire commencera... Allez-y, installez vos microphones sur le bureau de l'interrogateur et enregistrez leurs voix pendant trois heures de suite si ça vous chante.

— Mais l'un deux n'est pas coupable, s'exclama Rubine.

— Comment ça... pas coupable ? demanda Oskoloupov avec stupéfaction, en ouvrant tout grands ses yeux verts. Absolument pas coupable ? Les organismes de sécurité trouveront bien quelque chose ; ils arrangeront ça. »

Il sortit sans un seul mot de félicitation pour les adeptes de la nouvelle science.

C'était le style d'Oskoloupov : il ne félicitait jamais ses subordonnés... comme ça, ils se donneraient plus de mal. Ce n'était même pas son style personnel, ce style, il l'avait directement emprunté à Lui.

Quand même, c'était pénible.

Ils se rassirent sur les mêmes sièges où quelques instants plus tôt ils rêvaient du grand avenir de la science nouveau-née.

Et ils gardèrent le silence.

Ils avaient l'impression que tout cet édifice délicatement construit venait d'être piétiné. C'était comme si on n'avait aucun besoin de la phonoscopie.

Si au lieu d'un ils pouvaient en arrêter deux, alors pourquoi ne pas les arrêter tous les cinq et être sûrs ?

Roitman avait pleine conscience de l'avenir incertain

réservé au nouveau groupe, il se rappelait que la moitié des effectifs du laboratoire d'acoustique avait été dispersée, et le sentiment qu'il avait eu la veille au soir de la froide hostilité du monde et de son sentiment lui revint, plus aigu que jamais. Rubine, échappé momentanément de l'élan du travail, éprouvait un soulagement indirect : la facilité avec laquelle Oskoloupov avait pris sa décision montrait qu'on les aurait arrêtés même sans Rubine et sans phonoscopie. Ainsi, en fait, il avait sauvé trois hommes.

Son bel entrain était tombé. Il se souvint qu'il avait mal au foie et mal à la tête, qu'il perdait ses cheveux, que sa femme vieillissait, qu'il avait encore cinq ans à purger, et que pendant toutes ces années il continuait, il continuait dans la mauvaise direction. Voilà maintenant qu'ils avaient condamné la Yougoslavie.

. Mais aucun d'eux n'exprima tout haut ses pensées : ils restèrent assis là, silencieux.

Smolosidov derrière eux était silencieux lui aussi.

La carte de Chine de Rubine était épinglée au mur, avec la zone communiste colorée au crayon rouge.

Cette carte était la seule chose qui le ragaillardît. Malgré tout, malgré tout, nous allons conquérir...

On frappa à la porte pour appeler Roitman. Il était censé veiller à ce que les employés libres du laboratoire d'acoustique fussent présents à la conférence que devait donner un orateur de passage. Après tout, c'était lundi, le jour de l'endoctrinement politique.

81

NON, CE N'EST PAS TOI

Tous ceux qui assistaient à la conférence s'étaient bercé d'un espoir bien simple : partir tôt. Ils avaient tous quitté leur domicile à sept ou huit heures du matin et pris le tramway, l'autobus ou le train, et maintenant ils ne s'attendaient plus à pouvoir rentrer chez eux avant neuf heures et demie.

Simotchka avait encore plus que les autres envie de voir la conférence se terminer, bien qu'elle dût rester de service et qu'elle n'eût pas à se préoccuper de rentrer chez elle. La crainte et une joyeuse impatience tour à tour l'envahissaient, s'élevant et retombant en elle comme des vagues brûlantes ; elle avait les genoux aussi faibles que si elle avait bu du champagne. Car ce rendez-vous du lundi soir qu'elle avait pris avec Nerjine allait arriver dans quelques heures. Elle n'allait pas laisser ce grand et solennel instant de sa vie se passer comme ça, dans la désinvolture, et c'était pour cela qu'avant-hier elle ne se sentait pas prête. Mais la veille et la moitié de ce jour-là elle les avait passés comme si elle était au bord d'une grande fête. Elle était restée chez sa couturière, l'obligeant à se hâter de lui terminer une robe neuve qui s'était révélée très seyante. Elle s'était soigneusement baignée, trouvant la place d'installer un tub dans l'étroit espace de sa chambre à Moscou. Elle avait passé des heures à rouler ses cheveux le soir et des heures à ôter les bigoudis le lendemain matin ; elle s'était pomponnée inlassablement devant la glace, tournant la tête d'un côté et de l'autre, en essayant de se convaincre que sous un certain angle elle était vraiment séduisante.

Elle devait voir Nerjine à trois heures de l'après-midi, juste après la pause du déjeuner, mais Gleb, se moquant ouvertement du règlement (il faudrait qu'elle lui en parle aujourd'hui, il ne devait pas prendre de tels risques !) Gleb était en retard en revenant de déjeuner et entre-temps on avait envoyé Simotchka dans un autre groupe pour rassembler et inventorier des pièces détachées. Elle était revenue au laboratoire d'acoustique juste avant six heures, et, une fois de plus, elle n'avait pas trouvé Gleb, bien que son bureau fût encombré de revues et de dossiers et que la lumière y brûlât encore.

Elle était donc allée à la conférence sans le voir et sans connaître la terrible nouvelle : la veille on l'avait brusquement emmené voir sa femme qu'il n'avait pas vue depuis un an.

Simotchka était petite. Elle n'eut pas de mal à trouver une place dans l'une des rangées bien remplies où, entourée des autres, on ne pouvait pas la voir. Elle sentait le feu lui monter de plus en plus aux joues et elle suivait les aiguilles d'une grande pendule électrique. Peu après huit heures, elle serait seule avec Gleb...

Quand la conférence fut terminée et que tout le monde alla au vestiaire du premier étage, Simotchka y entra aussi pour dire au revoir à ses amies. Il y avait beaucoup de bruit et de bousculades, les hommes enfilant précipitamment leur manteau et allumant une cigarette pour la route, les filles appuyées contre le mur, se balançant d'un pied sur l'autre pour chausser leurs caoutchoucs. Mais malgré leur hâte de s'en aller, toutes ses amies trouvèrent le temps d'examiner avec admiration la robe neuve de Simotchka et d'en discuter chaque détail.

La robe marron avait été dessinée et exécutée en tenant compte des qualités et des défauts de la silhouette de Simotchka ; le haut, une sorte de veste, était serré autour de sa taille étroite mais formait des plis amples autour du buste. La jupe, pour lui élargir artistiquement la silhouette, avait deux volants en bas, l'un brillant et l'autre mat, qui s'élevaient et retombaient quand elle marchait. Ses bras minces semblaient presque éthérés dans les manches ondulantes, flottantes aux épaules et resserrées aux poignets. Et, à l'encolure, il y avait une charmante et naïve petite invention : le col était fait d'une large bande du même tissu, cousu comme une longue écharpe autour du décolleté et dont les extrémités étaient rassemblées en un nœud dont les boucles gracieuses sur la poitrine faisaient penser aux ailes d'un papillon brun argenté.

Il aurait paru bizarre dans ce milieu que, pour le soir où elle était de service, Simotchka portât une robe toute neuve qu'elle s'était fait faire pour le Nouvel An. Elle raconta donc aux filles qu'ensuite elle allait à une soirée d'anniversaire chez son oncle où il devait y avoir beaucoup de jeunes gens.

Ses amies applaudirent chaleureusement sa robe en disant que Simotchka était « tout simplement ravissante », et elles lui demandèrent où elle avait acheté le crêpe satin.

Au dernier moment, sa résolution abandonna Simotchka et elle hésita à l'idée de retourner au labo.

Enfin, à huit heures moins deux, le cœur battant — bien que les compliments de ses amies lui eussent donné quelque courage, — elle entra dans le laboratoire d'acoustique. Les prisonniers rendaient déjà leurs documents confidentiels pour qu'on les enfermât dans le coffre-fort. Au-delà de la partie centrale de la pièce, qui semblait nue et déserte après le transport du vocodeur au Numéro Sept, elle aperçut le bureau de Nerjine.

Il était parti. (Est-ce qu'il n'aurait pas pu attendre ?) Sa lampe était éteinte, le couvercle de son bureau à cylindre était fermé à clef, les documents confidentiels sur lesquels il travaillait n'étaient plus là. Il n'y avait qu'un détail insolite : le milieu de son bureau n'était pas rangé, comme il l'était généralement quand Gleb s'absentait pour un moment. Il y avait un dictionnaire et une grande revue américaine ouverts. Cela pouvait être un signal secret signifiant : « Je reviens tout de suite. »

L'adjoint de Roitman remit à Simotchka les clefs de la salle et le sceau (on scellait chaque soir les laboratoires.) Simotchka craignait que Roitman ne retournât voir Rubine, auquel cas il risquait à tout moment de surgir au laboratoire d'acoustique. Mais non, Roitman était là, sa casquette sur la tête, enfilant ses gants de cuir et pressant son adjoint de se préparer à partir. Il était de méchante humeur.

« Eh bien, Serafima Vitalievna, je vous confie la maison », lui dit-il en partant.

La sonnerie électrique retentit longuement dans les couloirs et dans les diverses salles de l'Institut. Les prisonniers étaient tous allés dîner. Simotchka, l'air grave, arpentait le labo, en regardant partir les derniers. Quand elle ne souriait pas, son visage avait une expression très sévère, surtout à cause de son nez fort et assez long qui l'enlaidissait un peu.

Elle resta seule.

Mais maintenant il pouvait venir !

Elle parcourut le laboratoire en se tordant les mains.

Quelle malencontreuse coïncidence ! Les rideaux qui pendaient toujours devant les carreaux avaient été ôtés ce jour-là pour être lavés et rien ne protégeait les trois fenêtres. N'importe qui caché dans l'obscurité de la cour pouvait voir toute la salle. Bien sûr, on ne pouvait pas voir de la cour le fond de la pièce, le laboratoire d'acoustique étant au premier étage. Mais non loin de là se trouvait le mur d'enceinte et, juste en face de sa fenêtre et de celle de Gleb, le mirador avec une sentinelle qui pouvait voir tout le laboratoire.

Devrait-elle éteindre toutes les lumières ? La porte était fermée à clef, alors tout le monde penserait que l'officier de service était parti.

Mais si on essayait de forcer la porte, ou si l'on trouvait une clef pour l'ouvrir ?

Simotchka s'approcha de la cabine acoustique, sans consciemment relier son action au fait que la sentinelle ne pouvait pas voir à l'intérieur. A l'entrée du minuscule réduit, elle s'appuya contre la lourde porte creuse et ferma les yeux. Elle ne voulait pas entrer sans lui. Elle voulait que ce fût lui qui l'y emmenât, la traînant, la portant lui-même.

Elle savait d'après ses amies comment tout cela se passait, mais l'image qu'elle en avait dans l'esprit était vague. Et sa nervosité ne cessait de monter, elle avait de plus en plus chaud aux joues.

Voilà maintenant que ce qu'il avait fallu, dans sa

jeunesse, sauvegarder plus que tout, était devenu un fardeau.

Oui ! Elle désirait avec ferveur avoir un enfant et l'élever elle-même jusqu'à la libération de Gleb. Ce ne serait jamais que cinq ans.

Elle approcha le confortable fauteuil tournant jaune de Gleb et en étreignit le dossier comme si c'était quelqu'un de vivant.

Elle jeta un coup d'œil par la fenêtre, sentant dans le noir la présence du mirador proche en haut duquel — comme une tache noire incarnant tout ce qui est hostile à l'amour — se trouvait la sentinelle avec son fusil.

Le pas ferme et rapide de Gleb retentit dehors dans le couloir. Simotchka regagna précipitamment son bureau, s'assit, approcha d'elle un amplificateur à trois étages, ses lampes à nu et se mit à l'examiner, un tournevis à la main. Elle sentait les battements de son cœur dans sa tête.

Nerjine referma la porte tout doucement de façon qu'on n'entendît pas le bruit dans le couloir. Par-delà l'espace laissé vide par le déménagement de l'installation de Pryantchikov, il aperçut Simotchka, blottie derrière son bureau comme une caille derrière un monticule.

« Petite caille », c'était ainsi qu'il l'appelait.

Il s'approcha d'elle rapidement pour dire ce qu'il avait à dire, pour la tuer charitablement d'un seul coup.

Simotchka leva vers Gleb des yeux brillants... et se figea aussitôt. Il avait une expression sombre et menaçante.

Jusqu'à son arrivée, elle était convaincue que la première chose qu'il ferait, ce serait de l'embrasser, et qu'elle l'arrêterait... après tout, il n'y avait pas de rideaux aux fenêtres et la sentinelle était sur son mirador.

Mais, au lieu de se précipiter de l'autre côté du bureau, ce fut lui qui le premier dit d'une voix sévère et triste :

« Il n'y a pas de rideaux, Simotchka, je ne vais pas approcher. Comment vas-tu ? »

Il resta planté là, les mains appuyées sur son bureau, en la regardant comme un procureur.

« Si personne ne vient nous déranger, nous avons quelque chose d'important dont nous devons parler.

— Parler ?

— Oui. »

Il ouvrit son bureau. Les lattes du cylindre s'écartèrent avec bruit. Sans regarder Simotchka, Nerjine, avec des gestes précis, tira de là divers livres, revues et dossiers : le camouflage qu'elle connaissait si bien.

Simotchka resta assise immobile, le tournevis à la main, les yeux fixés sur le visage sans expression de Nerjine. Elle se dit que la convocation qu'avait Gleb samedi pour aller voir Yakonov avait donné de mauvais résultats, qu'on le harcelait, ou bien qu'on allait bientôt l'envoyer ailleurs. Mais si c'était cela, pourquoi ne venait-il pas l'embrasser ?

« Il est arrivé quelque chose ? Qu'est-ce qui est arrivé ? » lui demanda-t-elle d'une voix étranglée.

Il s'assit, les coudes appuyés sur la revue ouverte, la tête entre ses mains, ses doigts formant comme une calotte sur son crâne. Il tourna vers la jeune fille un regard dur et droit.

Il y eut un silence de mort. Aucun bruit ne leur parvenait du dehors.

Ils étaient séparés par deux bureaux... deux bureaux éclairés par quatre plafonniers et deux lampes de table, et juste dans le champ de vision de la sentinelle qui regardait du haut du mirador.

Et ce regard était comme une rangée de barbelés qui lentement descendait entre eux.

Gleb dit :

« Simotchka, se serait terrible de ma part si je ne t'avouais pas quelque chose aujourd'hui.

— Ah ?

— Je ne sais pas, je me suis conduit légèrement. Je n'ai pas réfléchi.

— Ah ?

— Hier, je... j'ai vu ma femme. Nous avons eu droit à une visite. »

(Une visite ?)

Simotchka s'enfonça dans son fauteuil et parut plus petite encore. Les ailes de papillon sur sa robe retombèrent mollement sur le châssis d'aluminium de l'amplificateur.

« Pourquoi ne me l'avez-vous pas dit samedi ? demanda-t-elle d'une voix qui se brisait.

— Voyons, Simotchka ! fit Gleb, horrifié. Tu crois vraiment que je te l'aurais caché ? »

(Et pourquoi pas ?)

« Je l'ai seulement appris le matin de bonne heure. C'était inattendu. Nous ne nous étions pas vus depuis toute une année, comme tu le sais. Mais maintenant que nous nous sommes revus... Après notre rencontre... » Sa voix paraissait tourmentée et il comprenait combien c'était dur pour elle de l'écouter « Je... je n'aimerai qu'elle ! Tu sais qu'elle m'a sauvé la vie quand j'étais dans les camps. Et surtout, elle a sacrifié sa jeunesse pour moi. Tu voulais m'attendre, mais c'est impossible. C'est à elle seule que je dois revenir. Je ne pourrais pas supporter de lui causer... »

Nerjine aurait pu s'arrêter ! Le coup porté par sa voix rauque avait déjà atteint son but. Simotchka ne le regardait pas. Elle s'effondra, elle s'effondra littéralement, sa tête retombant sur les lampes de radio et les condensateurs de l'amplificateur.

Gleb s'interrompit. Il entendit des sanglots étouffés, comme une respiration.

« Simotchka, ne pleure pas ! Je t'en prie, ne pleure pas, ma petite caille ! » lui dit-il tendrement, à deux bureaux de là, sans bouger de sa place.

Elle pleurait presque en silence, à l'abri derrière le rideau de ses cheveux qui tombaient tout droit.

S'il s'était heurté à sa résistance, à sa colère ou à ses accusations, il aurait pu répondre avec fermeté et s'en aller soulagé. Mais de la voir ainsi sans défense, il se sentait le cœur tenaillé de remords.

« Ma petite caille ! murmura-t-il en se penchant à travers le bureau. Je t'en prie, ne pleure pas ! Ne pleure pas ! C'est ma faute, je t'ai fait tant de mal ! Mais quel autre moyen y a-t-il ? Qu'est-ce que je peux faire d'autre ? »

Il était presque ému aux larmes par cette fille sanglotante qu'il laissait souffrir seule. Mais c'était totalement, totalement inconvenable de faire pleurer Nadia comme ça !

Après la visite de la veille, il se sentait les lèvres et les mains pures, et il lui semblait impensable maintenant de s'approcher de Simotchka, de la prendre dans ses bras, de l'embrasser.

Quelle chance que l'on eût ôté les rideaux !

Il poursuivit d'une voix monotone ses efforts pathétiques pour l'empêcher de pleurer.

Mais elle continuait.

Nerjine essaya encore de la persuader, puis il finit par se taire.

Et, silencieux maintenant, il alluma une cigarette, le dernier ressort des hommes qui se trouvent dans une position stupide.

En lui s'élevait la rassurante conviction que rien de tout cela n'avait vraiment d'importance, que cela passerait.

Il se détourna et se dirigea vers la fenêtre, pressant son visage contre la vitre et regardant vers la sentinelle. Aveuglé par les lumières toutes proches, il ne parvenait pas à distinguer le mirador, mais, çà et là, au loin, brillaient des lumières séparées qui semblaient se dissoudre en vagues étoiles et, par-delà, plus haut dans le ciel, plus près d'un tiers de la voûte céleste, on apercevait le reflet blême des lumières de la capitale.

En bas de la fenêtre, il s'aperçut que la neige fondait dans la cour.

Simotchka leva la tête.

Gleb se tourna vers elle, franchement, prêt à s'approcher.

Les larmes avaient laissé des traînées humides sur ses joues et elle ne chercha pas à les sécher. Ses yeux étaient plus grands, rayonnants de souffrance, et ils étaient très beaux.

Elle regarda Gleb, une question insistante dans ses yeux brillants.

Mais elle ne dit rien.

Il se sentait embarrassé. Il dit :

« Après tout, elle a sacrifié sa vie pour moi ! Qui d'autre aurait pu faire ça ? Es-tu sûre que toi tu aurais pu ?

— Elle et vous, vous n'êtes pas divorcés ? » demanda Simotchka d'une voix douce mais bien articulée.

Avec quelle intuition elle allait droit à l'essentiel ! Mais il ne voulait pas lui avouer ce qu'il avait appris la veille.

« Non.

— Elle est belle ? » demanda Simotchka, puis elle se tut. Les larmes striaient toujours ses joues engourdies.

« Oui, pour moi, oui... »

Simotchka soupira et hocha la tête sans rien dire, regardant les points brillants sur les surfaces pareilles à des miroirs des lampes de radio.

« Alors, si elle est belle, elle ne vous attendra pas », déclara-t-elle d'une voix nette et triste.

Cette femme, qui s'était révélée ne pas être un fantôme, pas seulement un nom sans contenu... pourquoi avait-elle insisté por obtenir cette visite ? Quelle insatiable avidité l'avait donc poussée à vouloir renouer contact avec quelqu'un qui ne pourrait jamais lui appartenir ?

Simotchka ne pouvait concéder aucune des prérogatives de l'épouse légale à cette femme invisible. Jadis, pour une brève période, elle avait vécu avec Gleb, mais il y avait huit ans de cela. Depuis lors, Gleb avait fait la guerre, il avait été en prison et elle, bien sûr, avait vécu avec d'autres hommes. Aucune femme jeune et belle sans enfants ne pourrait supporter d'attendre huit ans. Et après tout, ni à cette visite ni d'ici un an ou deux ans, il ne pourrait lui appartenir, mais il pourrait appartenir à Simotchka. Simotchka aurait pu devenir sa femme aujourd'hui !

« Elle ne vous attendra pas », répéta Simotchka.

Sa prédiction piqua Nerjine au vif.

« Elle a déjà attendu huit ans », protesta-t-il, mais son esprit analytique le fit aussitôt se reprendre et ajouter : « Bien sûr, les dernières années seront plus difficiles.

— Elle ne vous attendra pas » réaffirma Simotchka dans un souffle.

Et du revers de sa main elle essuya ses larmes qui séchaient.

Nerjine haussa les épaules et, regardant de nouveau les lumières jaunes par la fenêtre, il répondit :

« Et alors, elle n'attendra pas ! Bon. Mais quoi qui se passe je ne veux pas qu'elle puisse me faire de reproches. »

Il éteignit sa cigarette.

Simotchka poussa de nouveau un profond soupir.

Elle ne pleurait plus.

Elle n'éprouvait plus non plus la moindre envie de continuer à vivre.

Suivant le fil de ses pensées, Nerjine poursuivait :

« Simotchka, je ne me considère pas comme quelqu'un de bien. Quand je pense aux choses que, comme tout le monde, j'ai faites sur le front allemand, je me rends compte que je ne suis pas bien du tout. Et maintenant, ici, avec toi... Mais c'est comme ça que j'ai appris à me conduire dans le prétendu monde normal. Je n'avais pas idée de ce qu'était le mal et tout ce qui était permis

me semblait parfait. Mais, par un étrange paradoxe, plus
je sombre dans ce monde d'une cruauté inhumaine, plus
je prête l'oreille aux rares qui, même dans un tel monde,
font appel à la conscience. Alors elle ne m'attendra pas ?
Qu'il en soit donc ainsi ! Que je meure parfaitement
inutile dans la taïga de Krasnoïarsk. Mais savoir, quand
on meurt, qu'on n'a pas été un salaud... c'est quand
même une certaine satisfaction. »

Il avait retrouvé un de ses thèmes de pensée favoris.
Et il aurait pu poursuivre un long moment, surtout
qu'il n'y avait rien d'autre à dire.

Mais elle n'écoutait guère ce sermon. Elle avait l'impression qu'il ne parlait que de lui. Mais qu'allait-il
advenir d'elle ? Avec horreur, elle s'imagina rentrant
à la maison, marmonnant quelque chose à sa mère qui
la presserait de questions, se jetant sur son lit. Son lit,
où pendant des mois elle s'était endormie le soir en pensant à lui ! Quelle humiliation ! Comme elle s'était préparée pour ce soir ! Comme elle s'était baignée et parfumée !

Mais si une visite en prison, sous l'œil d'un gardien,
une visite d'une heure, comptait plus que le fait d'avoir
été proches l'un de l'autre ici pendant des mois... que
pouvait-elle faire ?

La conversation arrivait à son terme. Tout s'était passé
brusquement, de façon inattendue, et il n'y avait rien
pour amortir le choc. Il n'y avait rien à espérer. Tout
ce qu'elle pouvait faire c'était entrer dans la cabine,
pleurer encore un peu, et puis se remettre.

Mais elle n'avait ni la force de le congédier ni celle
de s'en aller elle-même. Car c'était la dernière fois que,
fût-ce par un fil mince comme un fil d'araignée, ils
seraient liés l'un à l'autre.

Nerjine s'interrompit en voyant qu'elle ne l'écoutait
pas, qu'elle n'avait pas le moindre besoin de ses théories
exaltées.

Ils restèrent un moment assis en silence.

Puis il commença à se sentir agacé d'être assis là avec
elle, sans rien dire.

Depuis bien des années maintenant, il vivait parmi des
hommes qui, quand ils avaient à vider leur sac, le faisaient vite. Une fois que tout était dit et le sujet épuisé,
pourquoi fallait-il rester là en silence ? C'était l'absurde
entêtement des femmes ! Sans remuer la tête pour
qu'elle ne remarque rien, il jeta un coup d'œil à la

pendule fixée au mur. Il n'était que neuf heures moins vingt-cinq.

Mais il aurait été impensable et blessant de se lever et d'aller marcher pour le reste de la pause. Il était obligé de rester là jusqu'à la sonnerie de la cloche annonçant l'inspection.

Qui serait de service ce soir ? Chousterman, probablement. Et demain matin le petit lieutenant.

Simotchka était assise, penchée sur son amplificateur, ôtant machinalement une lampe après l'autre de sa douille, la secouant, puis la remettant en place.

Même avant elle ne comprenait rien à cet amplificateur, mais maintenant elle comprenait encore moins.

Cependant, l'esprit actif de Nerjine avait besoin de s'occuper. Sur un petit bout de papier glissé sous l'encrier, sur lequel il notait chaque matin les programmes de la radio pour la journée, il lut :

« Vingt heures trente : Ch. rom. rus. (Obkh).

Cela voulait dire : Chansons et romances russes interprétées par Oboukhova.

Quelle rare aubaine ! Et à une heure de la journée où il n'y aurait pas de chansons sur Le Père et Le Chef, sur le plus simpe des Hommes.

A la gauche de Nerjine, à portée de sa main, se trouvait un poste de radio avec un sélecteur de stations réglé sur trois postes de Moscou, un cadeau de Valentoulya. Mais devrait-il l'allumer ? Le concert avait déjà commencé. A la fin du siècle, on se souviendrait d'Oboukhova comme on se souvenait de Chaliapine aujourd'hui. Et nous sommes ses contemporains. Nerjine jeta un coup d'œil à Simotchka et, d'un geste furtif, alluma le poste, le réglant sur le volume le plus faible.

Sitôt les lampes chaudes, on entendit l'accompagnement des instruments à cordes puis la voix basse et passionnée d'Oboukhova emplit tous les recoins de la pièce silencieuse.

Non, ce n'est pas toi que j'aime passionnément,
Non, ce n'est pas pour moi le rayonnement de la
[beauté... »

Dire qu'il fallait tomber sur cette chanson ! Comme par un fait exprès. Nerjine chercha le bouton à tâtons, s'efforçant d'éteindre le poste sans se faire remarquer. Simotchka tremblait et considérait le poste avec stupeur.

« ... Et la jeunesse,
Et la jeunesse
Ma jeunesse perdue ! »

Les notes basses inimitables d'Oboukhova frémissaient avec ardeur.

« Ne l'éteignez pas, dit soudain Simotchka. Mettez-le plus fort. »

Oboukhava chantait « Jeu-eu-eu-eunesse, » en modulant longuement. Sa voix se brisa et il y eut quelques accords désespérés des instruments à cordes. Puis elle reprit d'une voix poignante :

« Quand parfois je te regarde... »

Nerjine n'aurait à aucun prix augmenté le volume, mais c'était trop tard aussi pour éteindre le poste. Comme c'était regrettable ! D'après quelle loi de la probabilité ces paroles-là passaient-elles à la radio juste maintenant ?

Simotchka reposa les mains sur l'amplificateur, regarda le poste et, sans sanglot ni tremblement, se mit à pleurer, librement, abondamment.

Ce fut seulement quand la chanson parvint à son terme que Nerjine augmenta le volume. Mais la chanson suivante ne valait pas mieux :

« Tu m'oublieras vite. »

Et Simotchka pleurait toujours.

C'était la punition de Nerjine : tous les reproches qu'elle n'avait pas exprimés, il devait maintenant les entendre en chansons.

Quand celle-ià fut terminée, la voix mystérieuse revint, s'attaquant toujours à la même plaie ouverte .

« Quand tu me dis adieu,
Serre bien mon châle autour de moi. »

« Pardonne-moi, dit Gleb, très secoué.
— Ça va passer », dit Simotchka avec un sourire désespéré.

Mais elle pleura encore davantage.

Chose étrange, plus Oboukhova chantait, plus Gleb se sentait soulagé. Dix minutes plus tôt, ils étaient si loin l'un de l'autre qu'ils n'auraient même pas trouvé la force de se dire adieu. Et voilà maintenant que quelqu'un de rafraîchissant et de gentil était avec eux, les avait rejoints.

Simotchka était maintenant assise de telle façon que, quand la lumière tombait sur elle, avec tout ce que les traits féminins ont d'imprévisible, elle paraissait à cet instant précis séduisante.

Neuf hommes sur dix se seraient moqués de la renonciation volontaire de Nerjine, après tant d'années de privations. Qui l'aurait forcé à l'épouser après. Qui était là pour l'empêcher de la tromper maintenant ?

Mais il était heureux d'avoir agi comme il l'avait fait. Il était ému. C'était comme si quelqu'un d'autre avait pris cette décision suprême.

Oboukhova continuait à chanter, leur torturant le cœur.

« Tout me déplaît, tout me répugne,
Je continue à souffrir pour lui... »

Ah ! il n'y avait là aucune loi de la probabilité ! La sainte vérité, c'était que toutes les chansons, il y a mille ans, il y a cent ans, ou bien dans trois cents ans parlaient et parleraient toutes de la même chose. La séparation appelle la chanson : quand on se retrouve, il y a mieux à faire !

Nerjine se leva, s'approcha de Simotchka et, sans songer un instant à la sentinelle, lui prit la tête entre ses mains, se pencha et l'embrassa sur le front.

L'aiguille des minutes sur la pendule murale avança d'un cran.

« Simotchka, ma chérie ! Va te laver le visage. Ils ne vont pas tarder à venir pour l'inspection. »

Elle sursauta, regarda sa montre et comprit. Puis elle haussa ses sourcils blonds et peu fournis comme si elle venait enfin de se rendre compte de ce qui s'était passé ce soir... et docilement, tristement, elle se dirigea vers le lavabo au coin de la pièce.

Nerjine pressa de nouveau son front contre la vitre et scruta les ténèbres de la nuit. Comme il arrive quand on regarde longtemps et intensément des lumières éparses dans le ciel de la nuit en se laissant emporter par ses pensées, ces lumières cessèrent d'être celles des faubourgs de Moscou. Il oublia ce qu'elles étaient et elles prirent une autre signification, une autre forme.

82

VOUS QUI ENTREZ ICI,
ABANDONNEZ TOUTE ESPÉRANCE

La journée s'était bien passée. Bien qu'Innokenty éprouvât encore quelque angoisse — et il savait que ce serait pire la nuit — il se cramponnait à l'équilibre auquel il était parvenu au début de l'après-midi. Et là, ce soir, il avait le sentiment qu'il devrait se cacher au théâtre pour ne plus avoir peur de chaque coup de sonnette à la porte.

Là-dessus le téléphone sonna. C'était juste avant le moment où ils devaient partir pour le théâtre et où Dotty, toute rose et ravissante, sortait de la salle de bain coiffée d'un bonnet en caoutchouc, en peignoir froufroutant et en mules.

Innokenty resta planté là, le regard fixé sur le téléphone, puis il dit : « Dotty, prends la communication ! Je ne suis pas là et tu ne sais pas quand je serai de retour. Qu'ils aillent au diable. Je ne vais pas laisser gâcher ma soirée. »

Serrant d'une main son peignoir autour d'elle, Dotty se dirigea vers le téléphone.

« Allô ?... Il n'est pas là. Qui ? Qui ça ? » Et soudain son expression se fit amicale. « Bonjour, camarade général... Oui. je vais voir... » Et elle mit la main sur le micro et dit : « C'est le général. Il a l'air de bonne humeur. »

Innokenty fut pris de doute. Le général téléphonant personnellement le soir et… de bonne humeur… sa femme remarqua son hésitation :

« Un instant… J'ai entendu la porte s'ouvrir, c'est peut-être lui. Oui, c'est lui ! Ini ! N'enlève pas ton manteau, viens vite, le général est à l'appareil. »

Bien que Dotnara n'eût jamais fait d'études par la suite comme sa sœur Dinera, elle était dans la vie une comédienne née. Si méfiant qu'ait pu être son interlocuteur au bout du fil, la voix de Dotnara lui aurait fait imaginer Innokenty s'arrêtant sur le pas de la porte, se demandant s'il allait ôter ses caoutchoucs, puis franchissant le tapis et prenant l'appareil.

La voix du général était bienveillante. Il annonça que la nomination d'Innokenty venait enfin d'être approuvée ; il prendrait mercredi l'avion pour Paris ; demain il devrait procéder officiellement à la passation de pouvoirs, et pour l'instant il devait venir pour une demi-heure afin de régler certains détails. On lui avait déjà envoyé une voiture.

Innokenty reposa le combiné. Il prit une longue et profonde inspiration et, quand il vida ses poumons, il eut l'impression de s'être déchargé de son fardeau de doute et de crainte.

« Tu te rends compte, Dotty, je prends l'avion mercredi ! Et maintenant il faut que je… »

Mais Dotty avait pris l'écouteur et avait déjà tout entendu.

« Qu'est-ce que tu crois ? demanda-t-elle en penchant la tête de côté. Ces « certains détails »… Est-ce que j'en fais partie ?

— Oui, peut-être…

— Mais qu'est-ce que tu as dit de moi ? dit-elle avec une moue. Est-ce qu'Ini irait vraiment à Paris sans son petit agneau ? Son petit agneau a très envie d'y aller.

— Bien sûr, je t'emmènerai, mais pas tout de suite. Je commence par m'installer là-bas, m'habituer…

— Mais ton petit agneau veut y aller tout de suite ! »

Innokenty sourit et la prit par les épaules.

« Eh bien, je vais essayer. On n'en a encore rien dit et je vais voir ce qui peut s'arranger. Mais en attendant ne te dépêche pas de t'habiller. Nous ne serons pas là-bas pour le premier acte… Nous n'avons pas besoin de voir *Akoulina* en entier de toute façon, n'est-ce pas ?

Nous pourrons sans doute y arriver pour le second acte.
Oui, je te téléphonerai du ministère. »

Il avait à peine passé son uniforme que le chauffeur
sonna à la porte. Ce n'était pas Victor qui le conduisait
généralement, et ce n'était pas non plus Kostya. Ce
chauffeur-là était mince, vif, avec un visage agréable et
intelligent. Il descendait joyeusement l'escalier, marchant tout près d'Innokenty en faisant tourner la clef de
contact au bout d'une ficelle.

« Je ne me souviens pas de vous, dit Innokenty, en
boutonnant son manteau.

— Oh ! moi, je me rappelle même de votre escalier. Je
suis venu vous chercher deux fois. »

Le chauffeur avait un sourire tout à la fois candide et
malicieux. C'était le genre de garçon plein d'entrain qu'il
serait agréable d'avoir pour conduire sa voiture.

Ils partirent. Innokenty s'était installé derrière. Par
deux fois le chauffeur avait essayé de plaisanter avec
lui mais il n'écoutait pas. Puis brusquement la voiture
obliqua vers le trottoir et s'arrêta. Un jeune homme vêtu
d'un manteau serré à la taille et d'un chapeau mou était
planté sur le trottoir le doigt levé.

« C'est notre mécanicien du garage », expliqua l'aimable chauffeur en essayant la portière avant droite pour le
faire monter. Mais la portière refusa de s'ouvrir, la
serrure était coincée.

Le chauffeur poussa un juron étouffé et demanda :
« Camarade conseiller, est-ce qu'il ne pourrait pas
monter derrière avec vous ? C'est mon patron... Je suis
un peu embêté.

— Mais oui, bien sûr », répondit aussitôt Innokenty
en se déplaçant.

Il était dans un état d'exaltation, de grande excitation,
il se voyait recevant ses papiers de voyage et son visa,
laissant le danger derrière lui.

Le mécanicien, une longue cigarette au coin de la
bouche, se pencha pour monter dans la voiture et d'un
ton mi-réservé mi-familier, demanda :

« Vous permettez ? » Et se laissa tomber auprès
d'Innokenty.

La voiture démarra aussitôt.

Pendant un moment Innokenty bouillonnait de mépris,
en pensant « rustaud ! » mais il ne tarda pas à se prolonger dans ses pensées sans guère faire attention au
chemin qu'ils prenaient.

Tirant sur sa cigarette, le mécanicien avait déjà empli de fumée la moitié de la voiture.

« Vous pourriez au moins ouvrir la vitre ! » dit Innokenty pour le remettre à sa place, l'air sévère.

Mais le mécanicien ne comprenait pas l'ironie, il n'ouvrit pas la vitre et, se vautrant sur la banquette, il tira de la poche intérieure de son veston une feuille de papier, la déplia et la tendit à Innokenty :

« Tenez, camarade chef, lisez-moi ça. Je vais vous éclairer un peu. »

La voiture tourna dans une rue sombre et montante qui aurait pu être la Pouchetchnaia. Le mécanicien avait allumé une petite torche de poche dont le faisceau éclairait la feuille de papier vert. Innokenty haussa les épaules, prit le papier d'un air dégoûté et se mit à lire négligemment :

« Je soussigné, procureur général adjoint de l'U.R.S.S., confirme... »

Il était encore dans le monde de ses pensées et il n'arrivait pas à comprendre ce qu'avait ce mécanicien. Etait-il analphabète, ou bien n'arrivait-il pas à comprendre le sens de ce document, ou bien était-il ivre et désireux de faire la conversation ?

« ... le mandat d'arrêt..., lut-il, ne comprenant toujours pas ce qu'il lisait... de Volodine Innokenty Arteniévitch né en 1919... »

Ce fut alors seulement qu'il eut l'impression d'être transpercé par une longue aiguille qui lui traversait tout le corps, qu'il eut la sensation qu'on venait soudain de le plonger dans de la poix brûlante. Innokenty ouvrit la bouche, mais sans émettre un son, et à peine ses mains qui tenaient la feuille ouverte étaient-elles retombées sur ses genoux que le « mécanicien » lui saisissait l'épaule en criant d'un ton menaçant :

« Allons, du calme, du calme ! Pas un geste où je vous abats sur place ! »

Il braqua le faisceau de sa torche sur les yeux d'Innokenty et lui souffla au visage la fumée de sa cigarette. Bien qu'Innokenty eût lu qu'il était en état d'arrestation et que cela signifiât la destruction de sa vie, pendant ce bref instant la seule chose intolérable c'étaient cette insolence, ces doigts comme des serres, cette fumée et cette lumière en pleine figure.

« Lâchez-moi ! » cria-t-il en essayant avec ses doigts sans force de se libérer. L'idée avait maintenant pénétré dans son esprit que c'était un vrai mandat d'arrestation qui le concernait, mais il lui semblait encore qu'un malheureux concours de circonstances l'avait précipité dans cette voiture et permis au « mécanicien » de faire le trajet avec lui et il avait le sentiment qu'il devait s'échapper pour aller trouver son chef au ministère et qu'alors on annulerait l'arrestation.

Tremblant, il agita la poignée de la portière gauche, mais elle ne s'ouvrit pas non plus. Sa serrure aussi était coincée.

« Chauffeur ! Répondez-moi ! Qu'est-ce que c'est que cette provocation ? cria-t-il d'un ton furieux.

— Je sers l'Union soviétique, Conseiller ! » riposta par-dessus son épaule le chauffeur d'un ton agressif.

Respectant les règlements de la circulation, la voiture fit tout le tour de la place Loubianka, brillamment illuminée, comme si elle faisait un circuit d'adieu pour donner à Innokenty un dernier aperçu non seulement du monde qu'il quittait mais aussi des deux bâtiments voisins de quatre étages, la Vieille et la Nouvelle Loubianka, où il était destiné à terminer ses jours.

Des files de voitures s'arrêtaient et repartaient aux feux de croisement. Des trolleybus oscillaient d'un côté à l'autre. Des autobus klaxonnaient. Des gens passaient en foules épaisses, sans connaître l'existence de la victime qu'on emmenait sous leurs yeux mêmes à sa perte.

Un drapeau rouge, brillamment éclairé par un projecteur dissimulé quelque part, flottait sur la tour qui coiffait le bâtiment de la Vieille Loubianka. Deux naïades de pierre à demi penchées contemplaient d'un regard méprisant les citoyens minuscules tout en bas.

La voiture passa devant la façade du célèbre bâtiment et tourna dans la rue Bolchaïa Loubianka.

« Lâchez-moi ! » dit Innokenty en essayant de se libérer des doigts du « mécanicien » qui lui serrait toujours l'épaule.

Les portes de fer noir s'ouvrirent dès l'instant où la voiture eut pris le virage et se refermèrent derrière elle sitôt qu'elle les eut franchies.

La voiture roula sans bruit sous une voûte noire et déboucha dans une cour.

Dès que la voiture fut sous la voûte, le « mécanicien » resserra son étreinte. Dans la cour, il lâcha Innokenty. Sortant par la portière de son côté, il dit d'un ton tranquille :

« Allons, descendons ! »

De toute évidence il était parfaitement à jeun.

Le chauffeur descendit à son tour en utilisant sa portière à lui qui n'était pas bloquée.

« Descendez ! Les mains derrière le dos ! » ordonna-t-il. Qui aurait pu reconnaître sous ce ton autoritaire et glacé celui qui tout à l'heure plaisantait.

Innokenty descendit de l'automobile-piège par la portière de droite, se redressa et, bien qu'il n'arrivât pas à comprendre pourquoi il obéissait, il obéit quand même : il mit ses mains derrière le dos.

L'arrestation paraissait brutale, mais ce n'était pas aussi redoutable qu'on l'imaginait en l'attendant. On éprouvait même un sentiment de soulagement. Il n'y avait plus rien à craindre, plus rien contre quoi combattre, plus besoin de faire semblant. C'était l'agréable sensation de torpeur et de soulagement qui s'empare du corps du soldat blessé.

Innokenty examina la petite cour, mal éclairée par une ou deux lampes et par des fenêtres allumées çà et là à différents étages. La petite cour formait le fond d'un puits dont les bâtiments qui s'élevaient autour constituaient les parois.

« Ne regardez pas ! cria le « chauffeur ». En avant ! »

Les trois hommes, Innokenty au milieu, passant devant des hommes indifférents en uniforme du M.G.B., s'engagèrent sous une voûte basse, descendirent quelques marches qui donnaient sur une autre petite cour — sombre et couverte d'un toit — puis, de là, ils prirent à gauche et ouvrirent une porte nette et bien cirée, comme la porte de la salle d'attente d'un médecin éminent.

Elle donnait sur un petit couloir brillamment éclairé. Son plancher repeint de frais avait été récemment lavé et on avait disposé dessus un long tapis.

Le « chauffeur » se mit bizarrement à faire claquer sa langue, comme s'il appelait un chien. Mais il n'y avait pas de chien là.

Le couloir se terminait par une porte vitrée derrière laquelle on apercevait des rideaux fanés. La porte était renforcée par un grillage en diagonale comme on voit près des gares de chemin de fer. Sur la porte, au lieu de la plaque d'un médecin, on pouvait lire :

RÉCEPTION DES PERSONNES ARRÊTÉES

Ils tirèrent la poignée d'une antique sonnette. Quelques instants plus tard, un garde au long visage, avec des épaulettes bleu ciel et des galons blancs de sergent, jeta un coup d'œil indifférent de derrière le rideau et ouvrit la porte. Le « chauffeur » prit le mandat d'arrêt vert des mains du « mécanicien » et le montra au gardien. Celui-ci jeta un coup d'œil ennuyé, comme un pharmacien ensommeillé qui lit une ordonnance, puis, les deux hommes entrèrent, refermant la porte derrière eux.

Innokenty et le « mécanicien » s'arrêtèrent devant la porte fermée, dans un silence profond.

La pancarte RECEPTION DES PERSONNES ARRE-TEES était le genre d'inscription qui aurait pu vouloir dire MORGUE — et la signification était la même. Innokenty n'avait même pas le courage de regarder cet insolent gaillard avec son manteau pincé à la taille qui lui avait joué la comédie. Peut-être Innokenty aurait-il dû protester, crier, réclamer justice ? Mais il avait même oublié qu'il avait mis les mains derrière le dos et qu'il était toujours dans cette position. Le cours de ses pensées s'était arrêté et il contemplait comme hypnotisé l'inscription : RECEPTION DES PERSONNES ARRE-TEES.

La serrure de la porte tourna doucement. Le gardien au long visage les fit entrer et les précéda, lui aussi faisant claquer sa langue comme pour appeler un chien.

Mais il n'y avait pas de chien ici non plus.

Le couloir dans lequel ils s'engagèrent était aussi brillamment éclairé et net comme un couloir d'hôpital.

Il y avait deux portes peintes de couleur olive. Le sergent en ouvrit une et dit :

« Entrez. »

Innokenty entra. Il avait à peine eu le temps d'examiner les lieux et de voir que c'était une pièce nue avec une grande table de bois blanc, un tabouret, pas de fenêtre, quand le « chauffeur » surgit auprès de lui et que le « mécanicien » l'empoigna par-derrière et que tous deux procédèrent à une fouille rapide de toutes ses poches.

« Qu'est-ce que c'est que ces manières de gangster ! protesta faiblement Innokenty. Qui vous a donné le droit de faire ça ? »

Il essayait de lutter, mais le fait de savoir que ce n'était absolument pas du gangstérisme et que ces gens faisaient simplement leur métier lui enlevait toute force et ôtait toute conviction à sa voix.

Ils prirent sa montre en or, tirèrent deux carnets de ses poches, un stylo en or et un mouchoir. Il vit dans leurs mains une paire d'étroites épaulettes argentées du corps diplomatique et il n'arrivait pas à comprendre que c'étaient les siennes. La fouille se poursuivait. Le « mécanicien » lui tendit son mouchoir :

« Prenez ça.

— Maintenant que vous avez mis vos sales pattes dessus ? » s'écria Innokenty en reculant !

Le mouchoir tomba par terre.

« On va vous donner un reçu pour les objets de valeur », dit le « chauffeur » et les deux hommes sortirent précipitamment de la pièce.

Le sergent au long visage, lui, n'était pas pressé. Regardant par terre, il conseilla :

« Si j'étais vous je ramasserais ce mouchoir. »

Mais Innokenty ne se pencha pas pour le prendre.

« Qu'est-ce qu'ils ont fait ? Ils m'ont arraché mes épaulettes ! »

Ce fut seulement alors, en tâtant son manteau, qu'il comprit ce qui s'était passé et la rage le saisit.

« Les mains derrière le dos, dit le sergent d'un ton indifférent. Avancez ! »

Et il fit claquer sa langue.

Le couloir tournait et débouchait sur un autre bordé de chaque côté par de petites portes couleur olive portant chacune un numéro dans un cadre ovale. Comme ils y arrivaient, une vieille femme usée, vêtue d'une jupe et d'une chemise militaires, arborant les mêmes épaulettes bleu ciel et les mêmes galons que le sergent, regardait par le judas d'une des portes. En les voyant approcher, elle laissa tranquillement retomber la petite plaque montée sur pivot qui masquait le judas et regarda Innokenty comme s'il était déjà cent fois passé là aujourd'hui et comme s'il n'y avait rien de surprenant dans le fait qu'il repassât une fois encore. Elle avait un visage morose. Elle introduisit une longue clef dans la porte portant le numéro « 8 », poussa le battant et lui fit signe d'avancer : « Entrez. »

Innokenty franchit le seuil mais, avant qu'il eût le temps de se retourner pour demander des explications, on avait repoussé et fermé à clef la porte derrière lui.

C'était donc là qu'il était destiné à vivre maintenant ! Un jour ? Un mois ? Des années ? Il était impossible d'appeler cet endroit une chambre, ou même une cellule,

car, comme nous l'a enseigné la littérature, une celllule
doit avoir une fenêtre, même si elle est très petite, et
être assez grande pour qu'on puisse y marcher de long
en large. Mais là, non seulement il était impossible de
marcher ou de s'allonger, mais il était même difficile
de s'asseoir. Une petite table et un tabouret occupaient
presque tout l'espace. Quand on s'asseyait sur le tabouret on ne pouvait pas étendre les jambes.

Il n'y avait rien d'autre dans ce petit réduit. Jusqu'à
hauteur de la poitrine il y avait des panneaux de bois
couleur olive et au-dessus les murs et les plafonds étaient
d'un blanc rendu plus éblouissant encore par une grosse
ampoule de deux cents watts enfermée dans une cage
métallique au plafond.

Innokenty s'assit. Vingt minutes plus tôt il songeait
à son arrivée à Paris et à la façon dont il occuperait
ce nouveau poste important. Vingt minutes plus tôt, sa
vie passée lui paraissait comme un tout harmonieux,
dont chaque événement était éclairé par la lumière des
autres événements conçus et coordonnés en une brillante
réussite. Mais ces vingt minutes étaient passées et ici,
dans cet endroit petit réduit, sa vie passée lui semblait,
de façon tout aussi convaincante, n'avoir été qu'une
succession d'erreurs, une accumulation de tristes déchets.

Aucun son ne venait du couloir, une ou deux fois
seulement une porte s'ouvrit et se referma non loin de
là. A chaque minute la petite plaque s'écartait et un œil
scrutateur observait Innokenty par le petit judas vitré.
La porte avait sept ou huit centimètres d'épaisseur et
le judas était en forme de cône dont la base était tournée
vers l'intérieur. Innokenty se rendit compte que c'était
pour qu'il n'y eût nul endroit où le prisonnier pût se
cacher des regards du gardien.

Il commençait à trouver qu'il manquait d'air et à
avoir chaud. Il ôta son grand manteau d'hiver, et regarda
tristement l'emplacement où l'on avait arraché les épaulettes de son uniforme. Comme il n'y avait pas de clou
aux murs ni d'étagère, il posa le manteau et sa casquette sur la petite table. C'était étrange, mais maintenant que venait d'éclater dans sa vie le coup de tonnerre
de cette arrestation, Innokenty n'éprouvait pas une
grande frayeur. Au contraire, ses pensées qui s'étaient
presque paralysées, reprenaient leur cours et il passait
en revue les erreurs qu'il avait commises.

Pourquoi n'avait-il pas lu en entier le mandat d'arrêt ?

Avait-il été légalement rédigé ? Portait-il un tampon officiel ? Etait-il signé par un procureur ? Oui, cela commençait par ça. A quelle date le mandat avait-il été signé ? Quel était le chef d'accusation ? Son chef était-il au courant quand il l'avait convoqué ? Bien sûr qu'il devait être au courant. Cela signifiait-il que cette convocation faisait partie de la machination ? Et pourquoi un tel numéro : cette comédie, avec le « chauffeur » et le « mécanicien » ?

Il sentit dans une de ses poches quelque chose de petit et de dur. Il le prit : c'était un petit crayon qui était tombé de la boucle de son agenda. Innokenty fut ravi de le trouver : cela pourrait être très utile ! Quel travail bâclé ! Même ici, à la Loubianka, ce n'étaient pas de vrais professionnels ! Ils ne savaient pas fouiller quelqu'un ! Cherchant quel serait le meilleur endroit pour dissimuler le crayon, Innokenty le cassa en deux et en fourra une moitié dans chacune de ses chaussures, sous la plante des pieds.

Oh ! quelle erreur de ne pas avoir lu de quoi il était accusé ! Peut-être son arrestation n'avait-elle rien à voir avec ce coup de téléphone fatal ? Peut-être était-ce une erreur, une coïncidence ? Quelle attitude devrait-il adopter ?

Il s'était écoulé très peu de temps seulement, mais à plusieurs reprises déjà il avait entendu le ronronnement d'une machine derrière le mur en face de la porte. La machine démarrait, tournait un moment puis s'arrêtait. Innokenty fut bientôt obsédé par la simple question qu'il se posait : de quel genre de machine s'agissait-il ? C'était une prison, pas une usine. Alors pourquoi y avait-il une machine ? Pour quelqu'un qui avait connu les années 40, qui avait entendu parler des méthodes mécaniques de destruction des gens, cela faisait aussitôt penser à des choses affreuses. Innokenty eut l'idée absurde, qui en même temps ne paraissait pas si invraisemblable, que c'était une machine pour broyer les os des prisonniers qui avaient déjà été tués. Cela le terrifia.

Et en même temps une autre pensée le harcelait : ç'avait été une terrible négligence, une redoutable erreur, de ne même pas avoir lu jusqu'au bout le mandat d'arrêt, de ne pas avoir protesté — mais non : insister pour clamer son innocence. Il s'était soumis à l'arrestation si docilement que cela les avait convaincus de sa culpabilité ! Comment cela s'était-il passé ? Comment avait-il pu ne pas protester ? Pourquoi ne l'avait-il pas fait ? Cela avait dû paraître évident qu'il s'attendait à être arrêté, qu'il était prêt !

Il était atterré par cette fatale erreur ! Sa première idée fut de se lever d'un bond, de marteler de coups de poing, de coups de pied, les murs et la porte, de crier à pleins poumons qu'il était innocent, qu'on devait absolument lui ouvrir la porte... mais là-dessus une autre pensée lui vint, plus raisonnée : ce comportement ne surprendrait personne, on avait souvent entendu ici des gens marteler la porte et crier comme ça, son silence des premières minutes avait déjà compromis ses chances.

Oh ! comment avait-il pu se laisser tomber entre leurs mains si facilement ? Un haut fonctionnaire du service diplomatique s'était laissé entraîner de son appartement dans les rues de Moscou et enfermer dans cette chambre de torture — sans opposer la moindre résistance, sans un mot.

Il n'avait aucun moyen de s'en tirer ! D'ici, aucun moyen !

Peut-être, après tout, son chef l'attendait-il ? Comment pourrait-il parvenir jusqu'à lui — même sous escorte ? Comment pourrait-il arranger les choses ?

Non, les choses ne s'arrangeaient pas, elles devenaient plus compliquées, plus embrouillées.

La machine de l'autre côté du mur se remit à ronronner et s'arrêta.

Les yeux d'Innokenty, aveuglés par la lumière, beaucoup trop brillante pour cette haute pièce étroite de trois mètres cubes, se reposaient depuis quelque temps sur la seule surface sombre du plafond. Ce petit carré grillagé était évidemment une bouche de ventilation, bien qu'on pût se demander où elle menait.

Et, il comprit tout d'un coup que ce n'était absolument pas une bouche de ventilation, qu'on faisait lentement pénétrer par cet orifice du gaz toxique, peut-être produit par cette machine qu'il entendait, que le gaz arrivait depuis l'instant où il avait été enfermé ici, et qu'un réduit aussi bien clos, avec une porte si bien ajustée, ne pouvait être conçu que pour cela.

Et c'était pourquoi on le regardait par le judas : pour voir s'il était encore conscient ou s'il avait déjà été asphyxié.

C'était pour cela que ses pensées étaient si confuses !

Il perdait conscience ! C'était pour cela qu'il était essoufflé ! C'était pour cela qu'il sentait un tel martèlement
dans sa tête !

Du gaz se déversait dans la cellule, incolore, sans odeur.
La terreur ! Une terreur bestiale ! La terreur qui réunit
les chasseurs et leur proie dans une même fuite affolée
devant un incendie de forêt... C'était cette terreur-là
qui s'empara d'Innokenty et, renonçant à toute autre
pensée, à tout autre raisonnement, il se mit à battre la
porte à coups de poing et à coups de pied en criant :

« Ouvrez, ouvrez ! Je suffoque ! De l'air ! »

C'était pour cela aussi que le judas avait la forme d'un
cône, pour qu'on ne pût pas passer le poing pour briser la vitre. De l'autre côté un œil impassible collé
contre la vitre surveillait l'agonie d'Innokenty avec un
plaisir malicieux.

Oh ! quel spectacle ! Cet œil désincarné, cet œil sans
visage, cet œil qui à lui tout seul exprimait tant de
choses, cet œil qui observait votre mort !

Il n'y avait pas d'issue !

Innokenty s'affaissa sur le tabouret.

Le gaz le suffoquait.

83

« A PERPÉTUITÉ »

Brusquement et — bien qu'elle eût été fermée sans douceur — dans un silence absolu la porte s'ouvrit.

Le gardien au long visage entra par l'étroite petite porte
et une fois à l'intérieur demanda d'une voix où la douceur n'excluait pas la menace :

« Pourquoi cognez-vous comme ça ? »

Innokenty se sentit soulagé. Si le gardien n'avait pas
peur d'entrer, cela voulait dire qu'il n'y avait pas encore
de poison.

« Je me sens malade, dit-il, avec moins d'assurance
maintenant. Donnez-moi un peu d'eau.

— Ecoutez, n'oubliez pas cela : vous ne devez cogner
sur la porte sous aucun prétexte, dit le gardien sur un
ton sévère d'avertissement. Sinon vous serez puni.

— Mais si je me sens malade ? S'il faut que j'appelle
quelqu'un ?

— Et vous ne devez pas parler fort. Si vous avez
besoin d'appeler quelqu'un, expliqua le garde avec la
même sévère impassibilité, attendez qu'on ouvre le judas
et levez le doigt. »

Il ressortit et referma la porte à clef derrière lui.

La machine derrière le mur se remit en marche et s'arrêta.

La porte s'ouvrit cette fois avec le fracas habituel. Innokenty commençait à comprendre que les gardiens étaient dressés à ouvrir la porte soit bruyamment, soit silencieusement, selon les circonstances.

Le gardien tendit à Innokenty une timbale pleine d'eau.

« Ecoutez, dit Innokenty en prenant la timbale. Je me sens mal, il faut que je m'allonge.

— Ce n'est pas permis dans un « box ».

— Où ça ? Dans quoi ? »

Il avait envie de parler à quelqu'un, fût-ce à ce gardien au visage de bois.

Mais le gardien avait déjà reculé dans le couloir et refermé la porte.

Innokenty se souvint alors de demander :

« Ecoutez, appelez le directeur de la prison. Pourquoi m'a-t-on arrêté ? »

La serrure se referma avec un déclic.

Il avait dit « dans un box », c'était bien ça ? Ça semblait être le mot anglais « box » — qui correspondait en fait exactement à ce qu'était cette minuscule cellule.

Innokenty but un peu d'eau. Il aurait voulu en boire plus tout de suite. La timbale contenait à peu près un quart de litre. Elle était en émail vert et il y avait dessus un dessin étrange : un chat portant des lunettes faisait semblant de lire un livre tandis que, du coin de l'œil, il guettait un petit oiseau qui sautillait hardiment près de lui.

Ce dessin, bien sûr, n'avait pas été choisi intentionnellement pour la Loubianka. Mais comme il convenait bien ! Ce petit livre, c'était la loi écrite, et le petit moineau audacieux, c'était Innokenty — hier.

Il sourit même et ce sourire crispé lui fit soudain prendre conscience de toute l'ampleur de la catastrophe. Pourtant, il y avait une sorte de joie étrange aussi dans son sourire, la joie de retrouver en lui un peu de vie.

Il n'aurait jamais cru qu'on pouvait sourire dans la première demi-heure qu'on passait à la Loubianka.

(Tchevronok, dans le « box » voisin était en bien plus mauvais état : il n'aurait pas souri au chat à ce moment.)

Repoussant le manteau sur la petite table, Innokenty posa la timbale à côté.

Il y eut un déclic dans la serrure. La porte s'ouvrit. Un lieutenant entra, un papier à la main. Derrière lui apparut le visage morose du sergent.

Dans son uniforme gris de diplomate, bordé de palmes d'or, Innokenty se leva pour l'accueillir.

« Voyons, lieutenant, dit-il d'un ton familier. Qu'est-ce que tout cela veut dire ? Quel est ce malentendu ? Faites-moi voir le mandat d'arrêt. Je ne l'ai pas lu.

— Nom de famille ? demanda le lieutenant d'une voix sans timbre, fixant Innokenty d'un regard vitreux.

— Volodine, répondit-il, cédant volontiers afin de clarifier la situation.

— Prénom et patronyme ?

— Innokenty Arteniévitch.

— Date de naissance ? fit le lieutenant en vérifiant ses réponses sur la feuille de papier.

— 1919.

— Lieu de naissance ?

— Leningrad. »

Là-dessus, alors précisément que le moment était venu de tout arranger et que le conseiller de seconde classe attendait des explications, le lieutenant sortit, claquant la porte au nez du conseiller.

Innokenty s'assit et ferma les yeux. Il commençait à sentir la force des mâchoires mécaniques du système.

La machine derrière le mur se mit à ronronner.

Puis elle se tut.

Diverses choses qu'il avait à faire, importantes et sans intérêt, lui vinrent à l'esprit, des choses si urgentes il y a une heure qu'il gardait encore dans les jambes l'envie de se lever et de courir les faire.

Mais dans le « box », il n'y avait pas la place de faire même un pas, encore moins de courir.

Le couvercle du judas s'écarta. Innokenty leva le doigt. La vieille femme aux épaulettes bleu ciel, avec son lourd visage morne, ouvrit la porte.

« J'ai besoin de...

— Les mains derrière le dos ! Avancez ! » ordonna la femme, et obéissant à son geste, Innokenty sortit dans le couloir où, après l'atmosphère étouffante du « box », il avait une impression d'agréable fraîcheur.

Après avoir guidé Innokenty pendant quelques mètres dans le couloir, la femme lui désigna de la tête une porte :

« C'est là. »

Innokenty entra. On referma la porte à clef derrière lui.

A part le trou dans le plancher et les plaques de fer

cannelées pour poser les pieds, le sol et les murs du petit cabinet étaient carrelés de rouge. De l'eau ruisselait dans le trou.

Satisfait de constater qu'ici au moins il pouvait échapper à la surveillance constante, Innokenty s'accroupit.

Mais il y eut un grincement de l'autre côté de la porte. Il leva les yeux et il aperçut là aussi le même judas conique et l'œil implacable qui l'observait constamment, sans trêve.

Horriblement embarrassé, Innokenty se redressa. Il n'avait même pas levé le doigt pour indiquer qu'il était prêt quand la porte s'ouvrit.

« Les mains derrière le dos. Avancez ! » fit la femme, imperturbable.

Dans le « box », Innokenty voulut savoir quelle heure il était. Sans réfléchir, il retroussa sa manchette, mais l'heure n'était plus là.

Il soupira et se mit à examiner le chat de la timbale. Mais on ne lui laissa pas l'occasion de plonger dans ses pensées. La porte s'ouvrit. Un nouveau personnage aux épaules larges et aux traits épais, portant une blouse grise par-dessus sa chemise militaire, demanda :

« Nom de famille ?

— J'ai déjà donné mon nom ! dit Innokenty avec indignation.

— Votre nom ? répéta le nouveau venu d'une voix sans expression, comme un opérateur radio ayant une autre station.

— Bon... Volodine.

— Prenez vos affaires. Venez », dit Blouse Grise d'un ton impassible.

Innokenty prit son manteau et son chapeau sur la table et sortit. On le conduisit dans la même pièce où on lui avait arraché ses épaulettes et pris sa montre-bracelet et ses carnets.

Son mouchoir n'était plus par terre.

« Dites donc, protesta Innokenty, on a pris mes affaires !

— Déshabillez-vous ! dit le gardien en blouse grise.

— Pourquoi ? » interrogea Innokenty avec stupéfaction.

Le gardien le regardait droit dans les yeux.

« Vous êtes Russe ? demanda-t-il d'un ton sévère.

— Oui. »

Innokenty, qui avait toujours été si débrouillard, ne trouva rien d'autre à dire.

« Déshabillez-vous !

— Pourquoi ? les non-Russes ne sont pas obligés ? »
dit-il en plaisantant sans entrain.

Le gardien attendit, gardant un silence pétrifié.

Avec un sourire méprisant, ironique et un haussement
d'épaules, Innokenty s'assit sur le tabouret, ôta ses chaussures, puis il ôta son uniforme et le tendit au gardien.
Bien qu'il n'attachât aucune signification rituelle à sa
tenue, Innokenty respectait néanmoins ce tissu brodé
d'or.

« Jetez-le par terre ! » fit Blouse Grise.

Innokenty hésita. Le gardien lui arracha l'uniforme
gris des mains, le lança par terre et ajouta brusquement :

« A poil !

— Comment ça ?

— Enlevez tout !

— Mais c'est tout à fait impossible, camarade ! Il fait
froid ici.

— On va vous déshabiller de force », lui dit le gardien.

Innokenty réfléchit. Ils l'avaient colleté une fois et il
était clair qu'ils recommenceraient. Frissonnant de froid
et de dégoût, il ôta son linge de soie et le jeta docilement sur le tas de vêtements par terre.

« Otez vos chaussettes ! »

Innokenty était maintenant debout sur le plancher, ses
jambes blanches et sans poils aussi nues que le reste de
son corps soumis.

« Ouvrez la bouche ! Plus grande ! Dites ah ! Encore.
Plus longtemps : Ahhhhh ! Maintenant, levez la langue. »

Lui ayant écarté les joues avec des mains sales, comme
si Innokenty était un cheval à vendre, et ayant regardé
sous chacune de ses paupières et ayant ainsi constaté
qu'il n'y avait rien de caché sous sa langue, dans ses
joues ni dans ses yeux, le gardien renversa violemment
en arrière la tête d'Innokenty, de façon que la lumière
éclairât l'intérieur des narines, puis il lui inspecta les
deux oreilles, les tirant par le lobe, lui ordonna d'écarter
les doigts pour s'assurer qu'il n'y avait rien de caché
entre eux, d'agiter les bras pour être certain qu'il n'y
avait rien sous ses aisselles. Puis de la même voix mécanique et sans réplique, il ordonna :

« Prenez votre pénis dans vos mains. Décalottez. Encore. Ça suffit. Levez-le vers la droite, vers la gauche.
Bon. Ça va. Tournez-moi le dos. Ecartez les pieds. En-

core. Penchez-vous vers le sol. Les pieds plus écartés !
Ecartez vos fesses avec vos mains. Voilà. Bon. Maintenant accroupissez-vous sur vos talons. Vite. Encore ! »

Quand auparavant il avait pensé à une arrestation, Innokenty avait imaginé une violente lutte spirituelle. Il
était tendu, prêt à opposer une sorte de défense hautaine
de ses convictions et de sa vie. Mais il n'avait jamais
imaginé que ce serait aussi simple, aussi absurde, aussi
impitoyable. Les gens qui l'accueillaient à la Loubianka,
des subalternes à l'intelligence limitée ne s'intéressaient
pas à son individualité ni aux actions qui l'avaient amené
ici. Mais en même temps ils portaient une attention vigilante aux détails mesquins auxquels Innokenty n'avait
pas pensé et contre lesquels il ne pouvait pas lutter. Et
qu'est-ce que voudrait dire alors sa résistance, à quoi
cela l'avancerait-il ? Chaque fois, toujours, pour une raison différente, on lui demandait de faire quelque·chose
qui semblait sans rapport avec la grande bataille qui
l'attendait et cela ne valait pas la peine de s'obstiner à
propos de quelque chose d'aussi mesquin. Mais l'effet
total de cette méthode était de briser totalement la volonté du prisonnier.

Ainsi découragé, Innokenty subit en silence toutes ces
humiliations.

Le gardien qui dirigeait l'inspection ordonna à Innokenty de s'asseoir sur un tabouret près de la porte. Il
semblait inconcevable de mettre son corps nu en contact
avec cet objet glacé. Mais Innokenty s'assit, agréablement surpris de constater que le tabouret de bois paraissait le réchauffer.

Il avait connu de bien grandes satisfactions dans sa
vie, mais c'en était une toute neuve. En croisant les bras
et en remontant les genoux, il eut l'impression d'avoir
encore plus chaud.

Il resta assis dans cette posture pendant que le gardien,
planté devant le tas de vêtements, se mettait à secouer
chacun d'eux, à les palper et à les regarder en transpa-
rence. Il ne consacra guère de temps à son slip et à ses
chaussettes, mais il pétrit soigneusement toutes les coutures et tous les ourlets de son caleçon. Il les jeta aux
pieds d'Innokenty, puis décrocha des chaussettes les
jarretières élastiques, les retourna et les lança à Innokenty. Palpant les plis et les ourlets de son maillot de
corps, il le lui lança aussi, si bien qu'Innokenty put
commencer à s'habiller et à se réchauffer.

Le gardien alors prit dans sa poche un gros canif au manche de bois, l'ouvrit et se mit au travail sur les chaussures. Secouant avec mépris les bouts de crayon, il ôta des chaussures les caoutchoucs qui les recouvraient et, l'air attentif, se mit à les plier d'avant en arrière pour voir s'il y avait quelque chose de dur à l'intérieur. Découpant la doublure intérieure avec son couteau, il parvint à extraire de chaque chaussure une sorte de bande d'acier qu'il posa sur la table. Puis, prenant un poinçon, il transperça un talon.

Innokenty, tout en le regardant travailler, se dit que ce devait être bien ennuyeux, année après année, de palper le linge des gens, de découper leurs chaussures et de leur regarder dans le derrière. C'était pourquoi le visage de ce gardien avait une expression aussi désagréable et aussi sévère.

Mais les brèves pensées ironiques d'Innokenty disparaissaient devant son appréhension. Le gardien se mit à ôter toutes les broderies d'or de son uniforme ainsi que les boutons et les écussons. Puis il détacha la doublure pour passer la main à l'intérieur. Il passa autant de temps à inspecter les plis et les coutures du pantalon. Il s'acharna même plus longtemps sur le manteau, car là, dans les profondeurs du rembourrage, le gardien entendit un froissement. Y avait-il un billet cousu à l'intérieur ? Une liste d'adresses ? Un flacon de poison ? Ouvrant la doublure il chercha longtemps, sans jamais quitter son expression de profonde concentration, comme s'il était en train de réaliser une opération sur un cœur humain.

La fouille se poursuivit longtemps, plus d'une demi-heure. S'étant enfin assuré que les caoutchoucs n'étaient qu'une couche de latex sans rien d'autre à l'intérieur et que quand on les pliait ils penchaient docilement dans un sens ou dans un autre, le gardien les lança aux pieds d'Innokenty et entreprit de rassembler ses trophées : les bretelles et les fixe-chaussettes : ces deux articles, comme il l'avait déjà expliqué à Innokenty, étaient interdits en prison, tout comme la cravate, l'épingle de cravate, les boutons de manchette, l'armature métallique de la chaussure, les bouts de crayon, les galons d'or, tous les insignes et décorations et une grande partie des boutons. Ce fut seulement alors qu'Innokenty comprit et apprécia le travail de destruction exécuté par le gardien. Ce n'était pas les entailles dans les chaussures, ni la doublure déchirée, ni le rembourrage qui sortait par les manches de son manteau, c'était, on ne sait pourquoi, le fait qu'on l'eût privé de la plupart de ses boutons et de ses bretelles qui affectait Innokenty plutôt qu'une autre des ignominies qu'il avait eu à souffrir cette nuit.

« Pourquoi avez-vous ôté les boutons ? demanda-t-il.

— C'est interdit, dit le gardien.

— Comment ça ? Comment voulez-vous que je m'habille ?

— Vous attachez vos affaires avec des ficelles, répondit-il d'un ton morose, déjà sur le seuil de la porte.

— Qu'est-ce que c'est que cette absurdité ? Quelles ficelles ? Où est-ce que je suis censé trouver de la ficelle ? »

Mais la porte claqua et se referma à clef.

Innokenty ne frappa pas sur la porte, il ne supplia pas. Il se rendit compte qu'on avait laissé un certain nombre de boutons sur son manteau et que c'était un détail dont il fallait se réjouir.

Il apprenait vite.

Retenant d'une main ses vêtements qui tombaient, il avait à peine achevé le tour de sa nouvelle cellule, dont il savourait les vastes dimensions en étendant les jambes, que de nouveau une clef tourna dans la serrure et qu'un autre gardien vêtu d'une blouse blanche sale entra. Il regarda Innokenty comme un objet familier qu'il aurait toujours vu dans cette pièce et ordonna brusquement : « Ôtez vos vêtements ! »

Innokenty aurait voulu répondre avec indignation, d'un ton menaçant, mais tout ce qui passa sa gorge serrée par l'humiliation, ce fut une protestation qui manquait de conviction : « Mais on vient de me faire déshabiller ! Pourquoi ne m'a-t-on pas prévenu ? »

De toute évidence, ils n'auraient pas pu le faire, car le nouveau gardien, attendit avec un regard ennuyé et sans expression de voir avec quelle rapidité son ordre allait être exécuté. Ce qui frappait Innokenty à propos de tous ces gens, c'était ce don qu'ils avaient de garder le silence alors que des gens normaux répondraient.

Tombant dans le rythme de l'obéissance facile et inconditionnelle, Innokenty se déshabilla et ôta ses chaussures.

« Asseyez-vous ! » dit le gardien, en désignant le tabouret sur lequel Innokenty s'était assis quelques instants plus tôt.

Le prisonnier nu s'assit docilement, sans demander pourquoi. L'habitude qu'avait un individu libre de réfléchir à ses actions avant de les exécuter, s'éteignait rapidement en lui, puisque d'autres pensaient en fait à sa place. Le gardien l'empoigna par la nuque. Le métal froid d'une tondeuse vint s'appuyer sur son crâne.

« Qu'est-ce que vous faites ? dit Innokenty en frissonnant, s'efforçant faiblement de libérer sa tête des doigts qui la maintenaient. Qui vous a permis ? Je ne suis pas encore arrêté ! »

Il voulait dire qu'on n'avait pas encore prouvé que l'accusation était justifiée.

Mais le coiffeur, lui maintenant la tête aussi solidement qu'avant, continua de le tondre. La flambée de résistance qui s'était allumée chez Innokenty s'éteignit vite. Ce jeune et fier diplomate, à l'air insouciant et indépendant, habitué à descendre les marches d'avions transcontinentaux, qui avait promené un regard si désenchanté sur les lumières et l'agitation des capitales européennes, n'était plus maintenant qu'un mâle tout nu, frêle et osseux, au crâne à demi tondu.

Les cheveux châtain clair d'Innokenty tombaient sans bruit en tristes poignées, comme de la neige. Il en attrapa une qu'il frotta tendrement dans ses doigts. Il sentit alors quel amour il avait pour lui-même et pour la vie dont on le privait.

Il se rappelait encore sa conviction que l'obéissance serait interprétée comme une preuve de culpabilité. Il se souvenait de sa décision de résister, de protester, de discuter, d'exiger la présence du procureur ; mais contre toute raison, sa volonté était en train de s'anéantir. Il éprouvait la douce indifférence d'un homme qui meurt lentement de froid dans la neige.

Lorsqu'il lui eut tondu le crâne, le coiffeur lui ordonna de se mettre debout et de lever un bras, puis l'autre, pendait qu'il lui tondait les aisselles. Puis il s'accroupit et avec la même tondeuse entreprit de tailler les poils pubiens d'Innokenty. Ce fut une surprise pour celui-ci qui était très chatouilleux. Il ne put maîtriser un frisson et le coiffeur le réprimanda.

« Est-ce que je peux me rhabiller ? » demanda Innokenty, une fois l'opération terminée.

Le coiffeur, sans dire un mot, sortit et referma la porte.

Cette fois, instruit par l'expérience, Innokenty ne se dépêcha pas de se rhabiller. Il éprouvait un désagréable picotement. Passant la main sur son crâne tondu, il tâtait ses poils courts dont il n'avait pas l'habitude et des zones inégales de son crâne qu'il ne connaissait pas.

Il ne se rappelait pas avoir jamais été tondu d'aussi près, même dans son enfance.

Il remit néanmoins son caleçon et il s'apprêtait à enfiler son pantalon quand une clef tourna dans la serrure. Un autre gardien, celui-là avec un nez charnu et violacé, entra. Il tenait à la main une grande fiche de carton.

« Nom de famille ?

— Volodine », répondit le prisonnier, ne résistant plus bien qu'il fût réduit à la nausée par ces répétitions sans fin.

« Prénom et patronyme ?

— Innokenty Arteniévitch.

— Date de naissance ?

— 1919.

— Lieu de naissance ?

— Leningrad.

— Déshabillez-vous. »

Ne comprenant que vaguement ce qui se passait, il se déshabilla une fois de plus. Ce faisant, son maillot de corps tomba de la table sur le plancher sale, mais Innokenty n'en éprouvait plus aucun dégoût et ne se pencha même pas pour le ramasser.

Le gardien au nez violacé se mit à examiner soigneusement Innokenty sur toutes les coutures et il nota sur la fiche le résultat de ses observations. D'après l'attention qu'il consacrait aux taches de naissance et aux détails du visage, Innokenty comprit qu'il était en train de dresser un signalement complet.

Puis ce gardien à son tour sortit.

Innokenty s'assit passivement sur le tabouret sans se rhabiller. La porte s'ouvrit de nouveau. Une grande femme aux cheveux noirs, vêtue d'une blouse d'un blanc de neige, entra. Elle avait un visage brutal et arrogant et les façons cultivées d'une intellectuelle.

Innokenty fut surpris et s'empressa de saisir son caleçon pour se couvrir. Mais la femme lui lança un regard méprisant, exempt de toute féminité et, avec une moue déplaisante, demanda :

« Vous avez des poux ?

— Je suis diplomate, répondit Innokenty, vexé, regardant fermement ces yeux noirs d'Arménienne, se dissimulant toujours derrière son caleçon.

— Et après ? Quelles plaintes avez-vous à formuler ?

— Pourquoi m'a-t-on arrêté ? Laissez-moi lire le mandat ? Où est le procureur ? dit précipitamment Innokenty, revenant à la vie.

— Personne ne vous demande ça, dit la femme en fronçant les sourcils d'un air las. Est-ce que vous niez être atteint de la maladie vénérienne ?

— Quoi ?

— Vous n'avez jamais eu la syphilis, la gonorrhée, le chancre ? La lèpre ? La tuberculose ? Rien d'autre ? »

Sur quoi elle sortit sans attendre la réponse.

Le premier gardien, celui au long visage, entra. Innokenty éprouva même une bouffée de chaleur en le voyant, parce que celui-là ne s'était pas moqué de lui, ne lui avait pas fait de mal.

« Pourquoi ne vous rhabillez-vous pas ? demanda le gardien d'un ton sévère. Rhabillez-vous plus vite. »

Ce n'était pas si facile. Le gardien le laissa là, enfermé dans la pièce, et Innokenty essaya de trouver un moyen de faire tenir son pantalon sans bretelles et alors qu'il manquait la plupart des boutons. N'ayant pas eu l'occasion de profiter de l'expérience de douzaines de générations précédentes de prisonniers, Innokenty réfléchit un moment, puis résolut le problème tout seul, tout comme l'avaient fait des millions avant lui. Il découvrit où se procurer une ceinture : il n'avait qu'à attacher son pantalon avec ses lacets de chaussures. Ce fut alors seulement qu'Innokenty remarqua qu'on avait arraché à ses lacets les bouts métalliques. Il ignorait que le règlement de la Loubianka supposait qu'un prisonnier pouvait se confectionner une lime à partir de ces bouts métalliques et scier des barreaux.

Il n'arrivait pas encore à fermer sa veste.

Le sergent, observant par le judas que le prisonnier était rhabillé, ouvrit la porte, ordonna à Innokenty de mettre ses mains derrière lui et l'emmena dans une autre pièce. Là se trouvait le gardien au nez violacé qu'Innokenty connaissait déjà.

« Ôtez vos chaussures », dit-il en guise de salutation.

Cela n'offrait aucune difficulté car elles n'avaient plus de lacets. Et, bien entendu, ses chaussettes, maintenant sans fixe-chaussettes, tombèrent sur ses pieds.

Contre le mur était disposée une toise blanche : Nez Violacé poussa Innokenty contre le mur, abaissa la barre jusqu'à son crâne et nota sa taille.

« Vous pouvez remettre vos chaussures », dit-il.

Et Long Visage sur le seuil lui lança :

« Les mains derrière votre dos ! »

Les mains derrière le dos, bien que le « box » numéro 8 ne fût qu'à deux pas de l'autre côté du couloir.

Une fois de plus, Innokenty fut enfermé dans son « box ».

De l'autre côté du mur, la machine continuait à ronronner, puis à s'arrêter.

Innokenty, serrant son manteau autour de lui, s'assit d'un air las sur le tabouret. Depuis son arrivée à la Loubianka, il n'avait vu qu'une lumière électrique aveuglante, des murs qui l'oppressaient et des geôliers silencieux et indifférents. Les diverses opérations exécutées, chacune plus absurde que la précédente, lui apparaissaient comme autant de moqueries. Il ne voyait pas qu'elles formaient une chaîne d'événements logiques et qui avaient un sens : la fouille préliminaire par les agents qui l'avaient arrêté ; l'établissement de l'identité du prisonnier ; l'enregistrement de la personne arrêtée par l'administration de la prison ; la fouille élémentaire à l'arrivée ; les premières mesures d'hygiène ; l'énumération des éléments du signalement, l'examen médical. Ces diverses opérations le déconcertaient, le privaient de ses facultés de raisonnement et de sa capacité de résister. L'unique désir qui le tourmentait maintenant, c'était de dormir. Ayant décidé que pour l'instant on allait le laisser tranquille, et ne voyant pas comment s'installer autrement, il posa le tabouret sur la table, étendit sur le sol son beau manteau de laine avec son col d'astrakan gris et se coucha dessus en diagonale. Au cours des trois premières heures qu'il avait passées à la Loubianka, il avait acquis une nouvelle compréhension de la vie. Il avait le dos sur le sol et la tête penchée vers le haut par le coin du « box » et ses jambes, fléchies aux genoux, étaient recroquevillées dans l'autre coin.

Au début, ses membres n'étaient pas encore engourdis et il éprouva une merveilleuse sensation de bien-être.

Il n'avait toutefois pas encore réussi à plonger dans un sommeil réparateur quand la porte s'ouvrit avec un fracas délibéré :

« Debout ! » ordonna la femme.

Innokenty bougea à peine les paupières.

« Debout ! Debout ! »

Il entendait cette incantation au-dessus de lui.

« Et si j'ai envie de dormir ?

— Debout ! » répéta-t-elle en se penchant au-dessus de lui comme une méduse dans un rêve.

Non sans difficulté, Innokenty quitta sa position recroquevillée pour se remettre debout.

« Je vous en prie, emmenez-moi quelque part où je puisse m'allonger et dormir, dit-il d'une voix faible.

— C'est interdit ! » dit la méduse aux épaulettes bleu ciel en claquant la porte.

Innokenty s'appuya contre le mur et attendit pendant qu'elle l'examinait longuement par le judas, après quoi elle s'en alla, mais revint encore, puis repartit.

Il s'effondra de nouveau sur son manteau, profitant de l'absence de la méduse.

Une fois de plus, il venait à peine de perdre conscience quand la porte s'ouvrit avec bruit.

Un nouveau personnage, assez grand et fort pour être un forgeron ou un casseur de pierres, apparut sur le seuil en blouse blanche.

« Nom de famille ? demanda-t-il.

— Volodine.

— Prenez vos affaires. »

Innokenty ramassa son manteau et son chapeau, et, l'œil terne, suivit le garde en vacillant. Il était dans un état d'extrême épuisement et c'était à peine si ses pieds se rendaient compte quand le sol était égal ou non. Il n'avait pas la force de bouger et était prêt à se coucher là dans le couloir.

On lui fit emprunter une sorte d'étroit passage taillé à travers un mur épais, puis il déboucha dans un autre couloir, moins bien entretenu, où une porte donnait sur l'entrée d'une cabine de bain ; après lui avoir remis un morceau de savon de lessive plus petit qu'une boîte d'allumettes, on lui donna l'ordre de prendre une douche.

Innokenty fut lent à réagir. Il était habitué à la propreté de miroir des salles de bain carrelées. Et cette cabine de bain en bois, qui aurait paru parfaitement propre à une personne ordinaire, lui semblait d'une saleté repoussante. Il réussit à trouver sur le banc un endroit sec et se déshabilla là ; dégoûté, il suivit les caillebotis humides sur lesquels on voyait des traces tout aussi bien de pieds nus que de chaussures. Il aurait été heureux de ne pas se déshabiller ni de se baigner, mais la porte s'ouvrit et le forgeron en blouse blanche lui ordonna d'entrer et de se placer sous la douche.

Derrière la porte mince et nue, qui ne ressemblait pas

à une porte de prison, avec ses deux ouvertures vitrées, était la salle de douche. Au-dessus de quatre caillebotis, qu'Innokenty trouva sales également, étaient disposées quatre pommes de douche distribuant de l'eau chaude et froide dans d'excellentes conditions, qu'Innokenty n'apprécia pas non plus. Quatre pommes de douche pour une seule personne, mais Innokenty n'en éprouvait aucune joie. S'il avait su que dans le monde des zeks il était plus habituel de voir quatre zeks se laver sous une seule pomme de douche, alors peut-être aurait-il apprécié d'être seize fois mieux traité. Dès l'entrée il avait déjà jeté la petite savonnette à l'odeur répugnante. En trente ans d'existence il n'avait jamais tenu un savon pareil, il ne savait même pas qu'une pareille chose existait. En deux minutes il parvint à se rincer, se lavant surtout les cheveux aux endroits les plus tendres, qui après la tonte le picotaient encore ; et avec l'impression de ne s'être pas du tout lavé, mais d'avoir seulement recueilli un peu plus de saleté, il revint enfiler ses affaires.

Mais ce fut en vain. Les bancs du vestibule étaient vides ; on avait emporté tous ses vêtements magnifiques, bien que mutilés, et seuls ses caoutchoucs avec ses chaussettes dedans étaient encore sous le banc. La porte donnant sur le couloir était fermée à clef et le couvercle rabattu sur le judas. Innokenty n'avait rien d'autre à faire que de s'asseoir sur le banc comme une statue nue, comme le Penseur de Rodin et à réfléchir tout en séchant.

Puis on lui donna du linge de prison, rude qui avait passé bien des lessives, avec devant et derrière l'inscription en lettres noires « Prison Intérieure » et un chiffon carré plié en quatre dans lequel Innokenty ne reconnut pas tout de suite une serviette. Les boutons des sous-vêtements étaient en carton et quelques-uns manquaient. Il y avait des ficelles mais elles aussi en certains endroits étaient arrachées. Le slip était court et serré pour Innokenty et l'irritait à l'aine. Le maillot de corps par contre était beaucoup trop grand pour lui et les manches descendaient jusque sur ses doigts. On refusa de les changer car il les avait salis en les enfilant.

Dans cette tenue peu élégante, Innokenty resta assis un long moment dans le vestibule des douches. On lui expliqua que ses vêtements étaient au « gril ». C'était un nouveau mot pour Innokenty. Durant toute la guerre, quand le pays était parsemé de « gril », il n'en avait jamais rencontré un seul. Mais les absurdes railleries dont il avait été victime cette nuit faisaient paraître parfaitement vraisemblable qu'il existât un « gril » à vêtements. Le mot évoquait dans son esprit une sorte d'énorme poêle à frire diabolique.

Innokenty essaya de réfléchir calmement à sa situation et de décider quoi faire, mais ses pensées étaient confuses et s'attardaient sur des questions mineures comme ce slip qui le serrait ou comme la poêle à frire où se trouvait maintenant son manteau, ou bien comme l'œil fixe derrière le judas lorsqu'on écartait le couvercle.

La douche avait chassé le sommeil, mais la faiblesse qui ne cessait de l'accabler l'envahissait maintenant. Il aurait voulu s'allonger sur quelque chose de sec et de chaud, de se coucher sans bouger et de retrouver ses forces qui s'en allaient. Mais il n'avait aucune envie de s'allonger sur les planches humides, aux coins mal rabotés, du banc.

La porte s'ouvrit, mais ce n'étaient pas ses vêtements qu'on lui apportait du « gril ». Une fille au visage large et rougeaud, en tenue civile, était plantée là. Masquant d'un geste honteux les ouvertures de ses sous-vêtements, Innokenty s'approcha de la porte. En ordonnant à Innokenty d'en signer un exemplaire, la fille lui donna un reçu attestant que ce jour, 26 décembre, la Prison Intérieure du M.G.B. d'U.R.S.S. avait reçu de Volodine I. A. en dépôt : une montre jaune avec couvercle ; un stylo avec des décorations en métal jaune et une plume du même métal ; une épingle de cravate avec une pierre rouge ; une paire de boutons de manchette en pierre bleue.

Innokenty attendit de nouveau, la tête penchée en avant. On finit par lui apporter ses vêtements. On lui rendit son manteau froid et intact, mais la tunique, le pantalon et la chemise étaient froissés, fanés et encore chauds.

« Vous n'auriez pas pu prendre soin de l'uniforme comme vous l'avez fait du manteau ? demanda Innokenty avec indignation.

— Le manteau a de la fourrure. Vous devriez comprendre ça ! » répondit le forgeron d'un ton sentencieux.

Même ses propres vêtements lui semblaient étrangers et répugnants après leur passage au « gril », et dans cette tenue étrangère et inconfortable, Innokenty fut de nouveau conduit à son « box », numéro 8.

Il demanda deux timbales d'eau qu'il but avidement. Il y avait toujours le chat dessiné dessus.

Puis une autre fille s'approcha de lui et, lorsqu'il eut signé, lui donna un reçu bleu clair certifiant qu'aujourd'hui, 27 décembre, la Prison Intérieure du M.G.B. de l'U.R.S.S. avait reçu de Volodine I. A. un maillot de soie, un caleçon de soie, des fixe-chaussettes et une cravate. Etait-ce déjà le 27 ?

La machine continuait son ronronnement sinistre.

Enfermé une fois de plus, Innokenty croisa les bras sur la petite table, appuya sa tête dessus et essaya de s'endormir assis.

« C'est interdit ! dit un nouveau gardien qui avait ouvert la porte.

— Qu'est-ce qui est interdit ?

— C'est interdit de reposer votre tête. »

Innokenty attendit complètement désemparé.

On lui apporta un nouveau reçu, cette fois sur papier blanc, expliquant que la Prison Intérieure du M.G.B. de l'U.R.S.S. avait reçu de Volodine I. A. la somme de cent vingt-trois roubles.

Puis quelqu'un d'autre arriva, un nouveau personnage, un homme portant une blouse bleu sombre par-dessus un somptueux costume marron.

Chaque fois qu'on apportait un reçu on lui demandait son nom... et on lui demandait indéfiniment : « Nom ? Prénom et patronyme ? Date de naissance ? Lieu de naissance ? » Cette fois le nouveau venu ordonna :

« Doucement !

— Comment ? demanda Innokenty, abasourdi.

— Venez doucement, sans vos affaires ! Les mains derrière le dos ! »

Dans le couloir, on donnait tous les ordres à voix basse, pour qu'on ne pût pas entendre des autres « box ».

Faisant claquer sa langue pour le même chien invisible, l'homme en costume marron fit franchir à Innokenty la grande porte de sortie, lui fit traverser un couloir jusqu'à une grande salle qui ne ressemblait pas à une pièce dans une prison : stores tirés aux fenêtres, meubles capitonnés, bureaux. On installa Innokenty sur une chaise au milieu de la pièce. Il était certain que maintenant on allait l'interroger.

Mais au lieu de cela, on roula de derrière une portière un appareil photographique en bois brun bien ciré et on alluma des lampes de chaque côté d'Innokenty. On le photographia une fois de face et une fois de profil.

L'homme en blouse blanche qui avait amené là Innokenty lui prit l'un après l'autre chaque doigt de sa main droite, les fit rouler sur un cylindre noir qui semblait enduit d'encre, pour noircir le bout des cinq doigts. Puis il les pressa d'un mouvement égal et régulier sur une feuille de papier pour les ôter aussitôt. Cinq empreintes noires avec les sillons en blanc restèrent sur le papier.

Il procéda ensuite de la même façon pour la main gauche.

Au-dessus des empreintes digitales on avait écrit :

« Volodine Innokenty Arteniévitch, 1919, Leningrad. »

Et au-dessus, en gros caractères noirs de machine à écrire :

A PERPÉTUITÉ

En lisant cela, Innokenty frissonna. Cela avait quelque chose de mystique, de surhumain et de surnaturel.

On le laissa se laver et se brosser les doigts avec du savon, une brosse et de l'eau froide à un lavabo. L'encre épaisse s'en allait difficilement et l'eau froide coulait dessus sans rien faire. Innokenty se brossa le bout des doigts sans contester l'illogisme avec lequel on l'avait conduit à la douche avant de prendre ses empreintes digitales.

Son esprit torturé et soumis était envoûté par ces mots qui l'écrasaient de tout leur poids possible :

A PERPÉTUITÉ

84

LE SECOND SOUFFLE

JAMAIS Innokenty n'avait connu de nuit aussi interminable. Il n'avait pas fermé l'œil et plus de pensées avaient défilé dans sa tête qu'en un mois de vie normale. Car il n'avait pas eu le temps de réfléchir lorsqu'on lui avait arraché les galons dorés de son uniforme de diplomate, ni quand il était assis à demi nu dans les douches et pas davantage dans les nombreux « box » qu'il avait occupés au cours de la nuit.

Il était frappé par la justesse de la formule « A Perpétuité ».

En fait, qu'on pût ou non établir la preuve que c'était lui qui avait parlé au téléphone — et il semblait assez évident que la conversation avait été surprise — une fois qu'on l'avait arrêté, on n'allait pas le laisser sortir. Il connaissait Staline : il ne laisserait personne revenir à la vie normale. Innokenty pourrait s'estimer heureux si on l'envoyait seulement dans un camp, car dans sa situation on pourrait fort bien le mettre dans un de ces monastères transformés où on lui interdirait de s'asseoir pendant la journée et de parler pendant des années. Nul ne saurait rien de lui et il ne saurait rien du monde, même si des continents entiers changeaient de drapeau ou si des hommes arrivaient sur la lune. Et dans la solitude

des cachots, on pouvait facilement abattre des prisonniers sans voix. Cela s'était vu...

Mais avait-il vraiment peur de la mort ?

Au début, Innokenty avait accueilli avec joie le moindre incident, l'entrebâillement de la porte, tout ce qui
venait interrompre sa solitude, cette vie de prisonnier
dont il n'avait pas l'habitude. Mais maintenant, il aurait
voulu méditer sur une pensée qu'il ne percevait encore
que confusément mais dont l'importance du moins lui
était sensible ; et il se félicitait qu'on l'eût ramené à
son ancien « box » et qu'on l'eût laissé là seul longtemps,
bien qu'on l'observât constamment par le judas.

Soudain, il eut l'impression qu'on venait d'arracher une
pellicule qui recouvrait son cerveau, et ce à quoi il n'avait
cessé de réfléchir toute la journée émergea dans une
totale clarté :

« La foi dans l'immortalité est née de la cupidité des
gens qui font mauvais usage du temps qui nous est alloué
par la nature. Le sage trouve sa vie suffisamment longue
pour boucler le cercle entier des plaisirs qu'il peut atteindre... »

Mais était-ce vraiment une question de plaisirs ? Il
avait eu de l'argent, de beaux vêtements, de l'estime, des
femmes, du vin, des voyages — mais en ce moment, il
aurait volontiers jeté en enfer tous ces plaisirs pour
avoir la justice et la vérité et rien de plus.

Et combien d'autres comme lui, dont il ignorait le
visage ou le nom, étaient-ils ici, dans les compartiments
de brique de ce bâtiment ? Comme ce serait exaspérant
de mourir sans avoir avec eux le moindre contact intellectuel ou spirituel !

C'était très bien de bâtir une philosophie à l'ombre des
grandes branches, dans les bonnes époques tranquilles
où il ne se passait rien !

Aujourd'hui, où il n'avait même pas de crayon ni de
carnet, tout ce qui flottait des recoins sombres de sa
mémoire lui paraissait d'autant plus précieux. Il se souvenait très bien :

« Il ne faut pas redouter la souffrance physique. La
souffrance prolongée n'a jamais d'importance : la souffrance qui compte est toujours brève. »

Ici, par exemple, rester assis sans dormir, sans air, pendant des jours dans un « box » où il était impossible de
se redresser ou d'allonger les jambes, quel genre de souffrance était-ce : prolongée ou brève ? Cela comptait-il ou

non ? Et que dire de dix ans de cachot sans entendre un seul mot ?

Dans la pièce où on l'avait photographié et où on lui avait pris ses empreintes, Innokenty avait remarqué qu'il était plus d'une heure du matin. Il était peut-être bien deux heures passées maintenant. Une pensée absurde le hantait, dominant les autres plus sérieuses : on avait rangé sa montre au vestiaire et elle continuerait à émettre son tic-tac jusqu'au moment où, le ressort détendu, elle s'arrêterait. Personne ne la remonterait plus et, les aiguilles immobilisées sur une certaine heure, elle attendrait soit la mort de son propriétaire, soit la confiscation du reste de ses biens. Quelle heure marquerait-elle alors ?

Et Dotty l'attendait-elle pour aller au théâtre ? Elle avait attendu... Avait-elle téléphoné au ministère ? Sans doute que non : on avait dû venir perquisitionner dans l'appartement. C'était un appartement énorme. Il faudrait bien cinq personnes à y passer toute la nuit. Qu'est-ce que ces crétins allaient trouver ?

Dotty divorcerait et se remarierait.

La carrière de son beau-père serait brisée : ce serait une tache dans ses états de service. Il serait le premier à tout raconter et à le dénoncer.

Tous ceux qui avaient connu le conseiller Volodine allaient loyalement l'effacer de leurs souvenirs.

Le léviathan sans bruit allait le broyer et personne au monde ne saurait jamais ce qu'il était advenu de lui.

Après tout, il avait envie de vivre pour voir à quoi ressemblerait le monde ! Tout sur terre finirait par se fondre. Les « hostilités tribales » cesseraient. Les frontières des Etats disparaîtraient en même temps que les armées. On allait réunir un parlement mondial. Elire un président de la planète. Il se découvrirait devant l'humanité et dirait...

« Prenez vos affaires !

— Quoi ?

— Prenez vos affaires !

— Quelles affaires ?

— Ces saletés-là, bien sûr. »

Innokenty se leva, prenant son manteau et son chapeau, qui lui étaient particulièrement précieux maintenant parce qu'ils n'avaient pas été abîmés dans le « gril ». Sur le seuil, juste derrière le gardien du couloir, apparut un sergent-chef boucané et insolent avec des épaulettes bleu ciel. Innokenty se demanda où on recrutait ce genre

de gaillards... et de quelles tâches on les chargeait. Vérifiant les réponses sur une feuille de papier, le sergent
demanda :

« Nom de famille ?
— Volodine.
— Prénom et patronyme ?
— Innokenty Arteniévitch.
— Date de naissance ?
— Dix-neuf cent dix-neuf.
— Lieu de naissance ?
— Leningrad.
— Prenez vos affaires. En route ! »

Et il le précéda, en faisant claquer sa langue.

Cette fois, ils sortirent dans une cour, descendirent
quelques marches qui les conduisirent dans l'obscurité
de l'autre cour couverte. L'idée soudain le traversa : l'emmenait-on pour le fusiller ? Il paraît que les exécutions
ont toujours lieu dans les caves la nuit.

Là-dessus, en ce moment pénible, Innokenty se dit :
pourquoi lui aurait-on donné des reçus pour ses objets
personnels si on avait l'intention de le fusiller ? Non, on
n'allait pas l'exécuter.

Innokenty était toujours persuadé qu'il existait une
coordination intelligente entre toutes les tentacules du
monstre.

Faisant toujours claquer sa langue, le sergent le fit
pénétrer dans un bâtiment et, après avoir traversé un
hall sombre, l'amena jusqu'à un ascenseur. Une femme
avec un tas de linge repassé d'un gris jaunâtre était plantée dans le couloir et regarda Innokenty entrer dans l'ascenseur. Et, bien que cette jeune lingère ne fût pas belle,
bien qu'elle fût d'une classe inférieure et qu'elle regar-
dât Innokenty du même regard impassible, avec la même
indifférence pétrifiée que tous ces autres automates qui
semblaient peupler la Loubianka, Innokenty se sentit
désemparé par sa présence, comme il l'avait été quand
les filles du vestiaire lui avaient apporté ses reçus rose,
bleu et blanc. La blanchisseuse le voyait dans un état
tellement misérable : elle penserait peut-être à lui avec
une compassion humiliante.

Cette pensée, toutefois, disparut aussi vite qu'elle était
venue : quelle différence cela faisait-il, après tout ? « A
Perpétuité ! »

Le sergent-chef referma la porte de l'ascenseur et
pressa un bouton sans numéro.

Dès l'instant où le moteur de l'ascenseur se mit à ron-ronner, Innokenty reconnut le bruit de cette mystérieuse machine qui, avait-il cru, broyait des os derrière le mur de son « box ».

Il eut un triste sourire, bien que cette amusante erreur le réconfortât quelque peu.

L'ascenseur s'arrêta. Le sergent-chef fit sortir Innokenty sur le palier qui donnait directement sur un vaste hall où il remarqua la présence de nombreux gardiens à épaulettes bleu ciel et galons blancs. L'un d'eux enferma Innokenty dans un « box » qui ne portait pas de numéro. C'était un « box » plus spacieux, peut-être d'une douzaine de mètres carrés de surface, et une lumière pas trop vive éclairait les murs peints de haut en bas de couleur olive. Ce « box » était très nu. Il avait un sol cimenté usé et un banc de bois étroit fixé à un mur était assez grand pour permettre à trois personnes de s'y asseoir. Il faisait fris-quet dans ce « box » et le froid le faisait paraître encore plus redoutable. Il y avait un judas aussi, mais le couver-cle ne glissait pas très souvent.

De l'extérieur venaient des bruits étouffés de bottes traînant sur le sol. De toute évidence, des gardiens ne ces-saient d'aller et de venir. La Prison Intérieure avait une vie nocturne intense.

Innokenty avait cru tout d'abord qu'on allait l'enfer-mer dans le « box » numéro 8, minuscule, étouffant, et où la lumière était aveuglante, et il ne était inquiet car là il n'avait pas la place d'allonger ses jambes, la lumière lui faisait mal aux yeux et il respirait avec difficulté. Il se rendait compte maintenant de son erreur et comprenait qu'il allait vivre dans ce « box » spacieux, inhospitalier et sans numéro. Il songeait avec consternation que le sol cimenté allait lui geler les jambes, que les allées et venues constantes des gardiens allaient le déranger et que le manque de lumière allait l'oppresser. Comme le besoin d'avoir une fenêtre se faisait sentir ! Même une toute petite, comme la lucarne d'un donjon dans un décor d'opéra, mais il n'y avait même pas cela.

On avait beau entendre une foule de récits, lire des mémoires sur tout cela, on ne pouvait pas l'imaginer : les couloirs, les escaliers, la multitude de portes, les policiers qui allaient et venaient, les sergents, le person-nel de service. La Grande Loubianka bourdonnant de toute son activité nocturne... mais aucun autre prison-nier nulle part ! Impossible d'en rencontrer un comme

soi ; impossible d'entendre un seul mot qui ne fût pas
officiel ; et encore de ceux-là on n'en prononçait pas beaucoup. Il semblait que tout l'énorme ministère fût éveillé
cette nuit-là à cause de lui, ne fût occupé que de lui seul
et du crime qu'il avait commis.

Le plan destructeur des premières heures en prison
consiste à isoler le prisonnier des autres détenus, de façon
qu'il n'y ait personne à prodiguer les encouragements, de
façon que le poids de tout le formidable appareil comprenant des milliers d'individus pesât sur lui seul.

Les pensées d'Innokenty prenaient un tour fâcheux. Ce
coup de téléphone qui, la veille encore, lui avait paru un
geste si magnifique, lui semblait aujourd'hui aussi incon-
sidéré et vain qu'un suicide.

Il avait de l'espace pour marcher de long en large maintenant, mais il était épuisé, accablé par tout le processus
par lequel il avait passé, et il n'avait plus la force de marcher. Après quelques allers et retours, il s'assit sur le
banc, laissant ses bras pendre mollement le long de ses
jambes.

Combien de grandes intentions étaient ensevelies entre
ces murs, scellées dans ces « box » et que la postérité ne
connaîtrait jamais ?

Quand il s'imaginait partant pour rejoindre son poste
à Paris, surtout les premiers jours, il avait le souffle
coupé en pensant à cette liberté vertigineusement inaccessible. Il aurait voulu griffer les murs et hurler son
désespoir.

Mais la porte qui s'ouvrait lui évita de commettre cette
infraction aux règlements de la prison. Une nouvelle fois,
on vérifia son identité, Innokenty répondant comme du
fond d'un profond sommeil. On lui ordonna de sortir
« avec ses affaires ». Comme Innokenty commençait à
avoir un peu froid dans le « box », il portait son chapeau
et avait son manteau jeté sur ses épaules. Il tenta de sortir ainsi du « box », ne se rendant pas compte que cela lui
aurait permis de dissimuler sous son manteau une paire
de poignards ou de pistolets chargés. On lui ordonna
d'enfiler les manches du manteau et seulement alors de
mettre ses mains derrière son dos.

Une fois de plus, escorté d'un gardien qui claquait de la
langue, il fut conduit jusqu'à l'escalier voisin de l'ascenseur et on le fit descendre. Dans la situation d'Innokenty,
il aurait été extrêmement intéressant de se rappeler
combien de tournants il avait pris, combien de marches

il avait montées ou descendues, et puis, à loisir, d'apprendre le plan de la prison. Mais la façon dont il percevait le monde s'était altérée à tel point qu'il avançait dans un état de totale insensibilité, sans remarquer jusqu'où ils étaient descendus quand soudain, d'un autre couloir, un autre gaillard de gardien approcha, faisant claquer sa langue avec autant d'entrain que celui qui précédait Innokenty. Le gardien qui conduisait Innokenty ouvrit brusquement la porte d'une cabine de contreplaqué peinte en vert obstruant le petit palier, le poussa dedans et de l'épaule referma la porte. A l'intérieur, on avait à peine la place de rester debout et de la lumière arrivait par en haut : la cabine n'avait pas de plafond et la lumière venait du palier.

Ç'aurait été une réaction humaine bien naturelle que de protester bruyamment, mais Innokenty, déjà habitué aux épreuves incompréhensibles et au silence de la Loubianka, était d'une docilité parfaite ; c'est-à dire qu'il faisait ce que la prison exigeait de lui.

Il comprit alors pourquoi les gardiens de la Loubianka claquaient de la langue ! C'était leur façon de prévenir leurs collègues qu'ils escortaient un prisonnier. Il était interdit aux prisonniers de se rencontrer. Il leur était interdit de puiser quelque réconfort dans le regard d'un autre.

Le premier prisonnier passa, puis un autre, et on fit sortir Innokenty de sa cabine pour le conduire plus loin.

Là, à la dernière étape de son voyage vers les profondeurs de la prison, Innokenty remarqua combien les marches étaient usées. Il n'avait jamais rien vu de pareil. Des côtés jusqu'au centre, elles étaient creusées en ovale sur près de la moitié de leur épaisseur.

Il frissonna. En trente ans, combien de pieds avaient dû traîner là pour user la pierre à ce point ! Et une personne sur deux était un gardien, et l'autre un prisonnier.

Sur le palier, il y avait une porte fermée à clef avec une petite fenêtre protégée par des barreaux et hermétiquement close. Innokenty connut là une nouvelle expérience : rester planté le nez au mur. Pourtant, du coin de l'œil, il put voir le gardien déclencher une sonnette électrique, puis le guichet de la porte s'ouvrir avec précaution et se fermer. Brusquement, dans un grand bruit de clefs, la porte s'ouvrit et quelqu'un qu'Innokenty ne pouvait distinguer sortit et demanda :

« Nom de famille ? »

Instinctivement, Innokenty se retourna pour regarder la personne qui lui avait adressé la parole, et il aperçut un visage qui n'était ni mâle ni femelle, un visage gonflé, flasque, avec la grande cicatrice rouge d'une brûlure et, de chaque côté, les épaulettes dorées de lieutenant. Le lieutenant cria à Innokenty :

« Ne vous retournez pas ! »

Et il entreprit de lui poser les mêmes sempiternelles questions, auxquelles Innokenty répondit, s'adressant à une tache de plâtre devant lui.

S'étant assuré que le prisonnier se décrivait toujours comme celui dont le signalement figurait sur la fiche et qu'il se rappelait encore la date et le lieu de sa naissance, le lieutenant sonna à la porte qu'il avait pris soin de refermer derrière lui. Le guichet de nouveau glissa prudemment, quelqu'un regarda par l'ouverture ; puis la fenêtre se referma et une clef tourna avec fracas dans la serrure.

« Avancez ! « dit le lieutenant au visage brûlé.

Ils entrèrent et l'on referma la porte derrière eux, dans le même vacarme de serrure.

Innokenty eut tout juste le temps de voir les gardiens qui l'escortaient partir dans trois directions différentes — devant, à droite, à gauche — et le couloir sombre avec toutes ses portes, près de l'entrée un bureau et d'autres gardiens, tandis que dans le silence le lieutenant ordonna d'une voix calme mais ferme :

« Face au mur ! Ne bougez pas ! »

C'était une situation stupide : regarder fixement la jonction des panneaux couleur olive et du plâtre blanc, tout en sentant plusieurs paires d'yeux hostiles braqués sur sa nuque.

Ils devaient examiner sa fiche ; puis le lieutenant donna un ordre, presque chuchoté, mais qu'on entendit distinctement dans le profond silence :

« Au troisième « box ». »

Le gardien d'Innokenty s'écarta du bureau et, sans faire tinter ses clefs, s'engagea sur le tapis du couloir à droite.

« Les mains derrière le dos ! Avancez ! » dit-il très doucement.

D'un côté, il y avait ce même mur peint en olive, et en face plusieurs portes avec des numéros sous une vitre ovale :

47   48   49

Sous les numéros se trouvaient les couvercles des judas. Réchauffé par la présence d'amis si proches, Innokenty aurait voulu ouvrir un des couvercles et coller une seconde son œil au judas pour regarder ce qu'était la vie séquestrée d'un prisonnier dans sa cellule. Mais le gardien l'entraîna rapidement, et puis Innokenty avait déjà dans les veines la docilité d'un détenu... et pourtant qu'avait donc à redouter un homme perdu ?

Malheureusement pour les gens — et heureusement pour leurs dirigeants — un être humain est ainsi construit qu'aussi longtemps qu'il vit il y a toujours quelque chose encore qu'on peut lui prendre. Même quelqu'un emprisonné à vie, privé de mouvement, du ciel, de sa famille et de ses biens, peut, par exemple, être transféré dans un cachot humide, privé de nourriture chaude, rossé à coups de matraque, et il sentira tout autant ces dernières petites vexations que la chute qui l'a d'abord précipité des hauteurs de la liberté et de la prospérité. Pour éviter ces ultimes punitions humiliantes, le prisonnier suit régulièrement le régime avilissant et odieux de la prison qui lentement tue l'être humain qu'il y a en lui.

Les portes au dernier détour du couloir étaient rapprochées et on pouvait lire sous les vitres ovales :

1   2   3

Le gardien ouvrit la porte du troisième « box » d'un geste qui en ces lieux était passablement comique : il l'ouvrit à Innokenty avec un grand geste de bienvenue. Innokenty remarqua l'humour de ce geste et examina attentivement le gardien. C'était un garçon de petite taille aux larges épaules, avec des cheveux noirs bien peignés et des yeux en diagonale comme des coups de sabre. Il avait un air mauvais et ni ses yeux ni ses lèvres ne souriaient, mais des douzaines d'indifférents qu'Innokenty avait vus cette nuit-là à la Loubianka, le visage peu amène de ce dernier, on ne sait pourquoi, lui plaisait.

Enfermé dans son « box », Innokenty regarda autour de lui. Après ce soir, il pouvait se considérer comme un expert en « box », puisqu'il avait eu l'occasion d'en comparer plusieurs. Celui-ci était superbe : large de plus d'un mètre sur deux mètres vingt-cinq de long, avec un parquet, il était presque entièrement occupé par un banc de bois long et pas trop étroit, installé contre le mur. Près de la porte se trouvait une petite table de bois hexago-

nale qui, elle, n'était pas fixée à la paroi. Le « box »
était, bien sûr, entièrement clos et sans fenêtres, et il y
avait seulement le grillage noir d'une bouche d'aération
au plafond. La pièce était haute : trois mètres. Les murs
étaient crépis à la chaux et rendus éblouissants par l'ampoule de deux cents watts fixée dans sa cage métallique
au-dessus de la porte. L'ampoule chauffait le « box » mais
blessait aussi les yeux.

On maîtrise vite l'art d'être prisonnier. Cette fois Innokenty ne se berça pas longtemps du vain espoir de rester bien longtemps dans ce « box » confortable. Surtout
lorsqu'il vit le long banc nu, l'ancien novice, qui à chaque
heure qui passait était moins novice, comprit que son
problème était maintenant de dormir. Comme une jeune
bête de la forêt sans sa mère apprend à se débrouiller
toute seule, Innokenty entreprit aussitôt de s'installer un
lit sur le banc avec son manteau, tassant le col d'astrakan et les manches pour former un oreiller. Il s'allongea.
Cela lui sembla très confortable. Il ferma les yeux et
s'apprêta à dormir.

Mais il ne parvenait pas à trouver le sommeil. Il aurait
tant voulu dormir quand c'était impossible. Il était maintenant passé par tous les stades de l'épuisement ; par
deux fois déjà il s'était un peu assoupi ; mais là où il
avait la possibilité matérielle de dormir, il n'y arrivait
pas. L'excitation, sans cesse renouvelée, le maintenait en
éveil et ne se calmait pas. Luttant contre ses regrets et
ses pensées, Innokenty essaya de respirer régulièrement
et de compter. C'est extrêmement pénible de ne pas
réussir à dormir quand on a tout le corps au chaud, qu'on
peut s'allonger complètement les jambes et qu'on ne sait
pourquoi le gardien ne vient pas vous réveiller.

Il resta étendu une demi-heure ainsi et enfin se mit à
perdre le fil de ses pensées, tandis qu'une paralysie vis-
queuse gagnait peu à peu tout son corps.

Mais à cet instant Innokenty eut l'impression qu'il ne
pourrait pas dormir avec la lumière allumée. Non seulement, elle pénétrait derrière ses paupières closes comme
une lueur orange, mais elle lui semblait peser sur ses
yeux mêmes avec une force intolérable. Cette pression
de la lumière, qu'Innokenty n'avait jamais connue jusqu'alors, le rendait fou. Après s'être tourné et retourné,
cherchant en vain une position dans laquelle la lumière
n'exercerait pas cette pression, Innokenty, désespéré,
renonça, s'assit et posa les pieds par terre.

On soulevait souvent le couvercle du judas ; l'entendant pivoter, Innokenty s'empressa de lever le doigt.

La porte s'ouvrit absolument sans bruit. Le gardien aux yeux bridés regarda Innokenty sans rien dire.

« S'il vous plaît, je vous prie. Eteignez la lumière ! lui dit Innokenty.

— C'est défendu, répliqua le gardien, imperturbable.

— Eh bien, alors, mettez une ampoule moins forte ! Pourquoi y a-t-il une si grosse ampoule pour un « box » aussi petit ?

— Ne parlez pas si fort », fit doucement le gardien.

C'était vrai que derrière lui le grand hall et toute la prison étaient silencieux comme la tombe.

« Celle qui est là est celle qui doit y être. »

Pourtant, il y avait quelque chose de vivant sur son visage mort. Ayant épuisé les possibilités de conversation et se rendant compte que la porte allait se refermer, Innokenty demanda :

« Donnez-moi un peu d'eau. »

Le gardien acquiesça et referma sans bruit la porte. Silencieusement, il quitta le box en suivant le tapis de jute. Quand il revint, il introduisit la clef dans la serrure avec un déclic et se planta sur le seuil, un gobelet à la main. Le gobelet, comme celui du rez-de-chaussée, portait l'image d'un chat, mais celui-là ne portait pas de lunettes, il n'avait pas de livre et on ne voyait pas non plus de petit oiseau.

Innokenty but l'eau avec délectation, examinant entre deux gorgées le gardien qui, sans s'en aller, repoussa la porte autant que le lui permettaient ses larges épaules et qui, au mépris de tous les règlements, lui fit un clin d'œil et demanda doucement :

« Qui étiez-vous ? »

Comme cela semblait étrange de s'entendre adresser la parole par un être humain pour la première fois de la nuit ! Abasourdi par le ton plein d'entrain de cette question furtivement posée par le gardien à l'insu de ses supérieurs et fasciné par ce « étiez » involontairement cruel, se faisant pour ainsi dire le complice de son geôlier, Innokenty lui dit dans un souffle :

« Diplomate. Conseiller d'Etat. »

Le gardien hocha la tête d'un air compatissant et reprit :

« Et moi, j'étais marin dans la Flotte de la Baltique. »

Puis il ajouta plus lentement :

« Pour quelle raison êtes-vous ici ?

— Je ne le sais pas moi-même, répondit Innokenty, soudain méfiant. Sans aucune raison. »

Le gardien de nouveau hocha la tête avec compassion.

« C'est ce qu'ils disent tous au début », déclara-t-il.

Et, avec une expression indécente, il poursuivit :

« Vous n'avez pas envie de pisser ?

— Non, pas maintenant », dit Innokenty, avec l'aveuglement du nouveau venu, sans savoir que la proposition qu'on venait de lui faire représentait la plus grande faveur que pouvait dispenser un gardien, un des plus magnifiques cadeaux sur terre, à quoi les prisonniers n'avaient droit qu'à heures fixes.

Après cette fructueuse conversation, la porte se referma et Innokenty alla se rallonger sur le banc, luttant vainement contre la pression de la lumière à travers ses paupières sans défense. Il essaya de se couvrir les yeux avec sa main, mais celle-ci s'engourdissait. Il se dit qu'il aurait pu plier son mouchoir en bandeau pour se masquer les yeux... mais où était donc son mouchoir ? Oh ! pourquoi ne l'avait-il pas ramassé sur le plancher ? Quel imbécile il avait été hier soir !

Ce sont de petites choses comme ça — un mouchoir, une boîte d'allumettes vide, un bout de fil écru, un bouton en matière plastique — qui sont les plus chers amis du prisonnier. Il y aura toujours un moment où l'un d'eux se révélera indispensable pour lui sauver la mise.

Soudain la porte s'ouvrit. Le gardien aux yeux bridés fourra dans les bras d'Innokenty un matelas à rayures rouges. Quel miracle ! La Loubianka non seulement n'empêchait pas les prisonniers de dormir, elle se préoccupait de leur sommeil. Pliés dans le matelas, il y avait aussi un petit oreiller de duvet, une taie et un drap — ces deux derniers articles portant le tampon « Prison Intérieure » — ainsi qu'une couverture grise.

Bénédiction ! Maintenant il allait dormir ! Ses premières impressions de prison avaient été trop sinistres. Savourant d'avance le plaisir qui l'attendait et faisant cela pour la première fois de sa vie lui-même, il passa la taie sur l'oreiller, tendit le drap, découvrant en même temps que le matelas dépassait un peu au bord du banc. Il se déshabilla, s'abrita les yeux sous la manche de sa tunique : la lumière maintenant ne le gênait plus. Et il commença à sombrer dans un sommeil très profond !

Mais la porte s'ouvrit avec fracas et le gardien dit :

« Otez vos mains de sous la couverture.

— Comment ça ? cria Innokenty au bord des larmes. Pourquoi m'avez-vous réveillé ? J'ai tellement de mal à m'endormir.

— Sortez vos mains, répéta froidement le gardien. Les mains doivent être en vue. »

Innokenty obéit. Mais ce n'était pas si simple de se rendormir avec les mains par-dessus la couverture. C'était un calcul diabolique, car c'est une habitude profondément enracinée dans la nature humaine que de se cacher les mains pendant le sommeil, de les serrer contre son corps.

Innokenty se tourna et se retourna et se retourna longuement, s'adaptant à une nouvelle humiliation. Mais le sommeil finit quand même par l'emporter.

Soudain un bruit dans le couloir parvint jusqu'à ses oreilles. Le bruit se rapprochait : on frappait aux portes. Et ils répétaient tout le temps quelque chose. Ils étaient maintenant à la porte voisine. Puis celle d'Innokenty s'ouvrit :

« Le réveil ! annonça d'un ton inexorable le marin de la Flotte de la Baltique.

— Comment ça ? Pourquoi ? rugit Innokenty. Je n'ai pas fermé l'œil de la nuit !

— Réveil à six heures, c'est le règlement ! » dit le marin en poursuivant son chemin.

A cet instant précis Innokenty avait une envie de dormir particulièrement violente. Il s'étendit sur son lit et sombra aussitôt dans le sommeil.

Mais presque aussitôt le gardien aux yeux bridés vint cogner à la porte en répétant :

« Le réveil ! Le réveil ! Roulez votre matelas ! »

Innokenty se souleva sur un coude et regarda d'un œil brumeux son bourreau qui, une heure auparavant, lui avait paru être quelqu'un de convenable.

« Mais je n'ai pas dormi, vous comprenez ?

— Je n'en sais rien.

— Mais si je roule mon matelas et que je me lève... alors qu'est-ce que je dois faire ?

— Rien. Restez assis ici.

— Mais pourquoi ?

— Parce qu'il est six heures du matin, on vous le répète.

— Alors je dormirai assis.

— Pas dans la journée. Je vous réveillerai. »

Innokenty balança la tête d'avant en arrière. Une certaine pitié parut se peindre sur le visage du gardien aux yeux bridés.

« Vous voulez faire votre toilette ?

— Oh !... oui, je voudrais bien, dit Innokenty, changeant d'avis et rassemblant ses vêtements.

— Les mains derrière le dos ! Avancez. »

Les lavabos étaient au détour du couloir. Désespérant de dormir cette nuit-là, Innokenty prit le risque d'ôter sa chemise et de se laver le torse à l'eau froide. Il aspergea le sol cimenté de la pièce glacée ; la porte était fermée ; le gardien ne le dérangeait pas.

Peut-être était-ce un être humain après tout, mais pourquoi avait-il si malicieusement omis de l'avertir que le réveil était à six heures ?

L'eau froide dissipa l'écrasante fatigue qu'avait laissée chez Innokenty ce sommeil interrompu. Dans le couloir, il voulut se renseigner à propos du petit déjeuner, mais le gardien l'empêcha de parler. Dans le « box », il répondit :

« Il n'y aura pas de petit déjeuner.

— Que voulez-vous dire ? Qu'y aura-t-il ?

— A huit heures, il y aura des rations, du sucre et du thé.

— Qu'est-ce que c'est que les rations ?

— Ça veut dire du pain.

— Et quand sera le petit déjeuner ?

— Il n'y en a pas. Après, c'est le déjeuner.

— Et je dois rester assis tout le temps ?

— Assez parlé. »

Il avait déjà presque complètement refermé la porte quand Innokenty leva le doigt.

« Qu'est-ce que vous voulez d'autre ? » demanda le marin de la Flotte de la Baltique en la rouvrant.

« On m'a ôté mes boutons et décousu ma doublure... qui va raccommoder ça ?

— Combien de boutons ? »

Ils les comptèrent.

La porte se referma pour s'ouvrir de nouveau bientôt. Le gardien lui tendit une aiguille, une douzaine de bouts de fil et divers boutons de tailles variées en os, en matière plastique, en bois.

« Qu'est-ce que vous voulez que j'en fasse ? Ce ne sont pas ceux qu'on m'a coupés.

— Prenez-les ! On ne vous rendra pas les autres ! » cria le gardien.

Et, pour la première fois de sa vie, Innokenty se mit à coudre. Au début, il ne savait pas comment humecter le fil pour le faire passer par le chas de l'aiguille, ni comment assurer la fixation des boutons une fois qu'il avait fini de les coudre. Faute d'avoir à sa disposition des milliers d'années d'expérience humaine, Innokenty réinventa pour son propre compte la couture. Il se piqua bien des fois, et le bout de ses doigts sensibles commençait à lui faire mal. Il lui fallut longtemps pour recoudre la doublure de l'uniforme et pour remettre d'aplomb le rembourrage du manteau. Il cousit certains boutons au mauvais endroit et quand il boutonna son uniforme, la tunique était de guingois.

Mais ce travail attentif et qui exigeait de la concentration non seulement tua le temps mais calma aussi Innokenty complètement. Il revenait peu à peu à un état normal et n'éprouvait plus ni peur ni dépression. Il se rendait parfaitement compte que ce légendaire nid d'horreurs, la prison de la Bolchaïa Loubianka, n'était pas si redoutable, que des gens vivaient bel et bien là aussi. Oh ! comme il aurait aimé les rencontrer ! Voilà un homme qui n'avait pas dormi de la nuit, qui n'avait pas mangé, dont en douze heures la vie avait été brisée et qui trouvait ce second souffle qui apporte au corps crispé de l'athlète une fraîcheur toute neuve.

Le gardien, un autre cette fois, vint reprendre l'aiguille.

Puis on lui apporta une rondelle de pain noir humide, avec un petit triangle supplémentaire pour faire le poids réglementaire et deux morceaux de sucre.

Peu après on lui versa du thé brûlant dans la timbale ornée du chat, et on lui en promit d'autre pour plus tard.

Tout cela signifiait qu'il était huit heures du matin et qu'on était le 27 décembre.

Innokenty jeta dans sa tasse toute sa ration de sucre de la journée et se mit à remuer avec son doigt en guise de cuiller. Mais son doigt ne supportait pas l'eau chaude. Alors, agitant son thé en faisant tourner la tasse, il le but et leva la main pour en demander d'autre. Il n'avait aucune envie de manger.

Innokenty but la seconde tasse avec un frisson de plaisir, cette fois sans sucre, mais en savourant pleinement l'arôme du thé.

Ses pensées avaient acquis une clarté qu'il n'avait encore jamais connue.

Dans l'étroit passage entre le banc et le mur d'en face, saisissant le matelas roulé par terre, il se mit à marcher en attendant la bataille : trois petits pas en avant et trois petits pas en arrière.

Une autre pensée d'Epicure, irréfutable et qui pourtant hier encore était difficile à comprendre pour l'homme libre, lui vint à l'esprit :

« Les sentiments de satisfaction et de mécontentement sont les principaux critères à quoi l'on distingue le bien du mal. »

Cela signifiait, selon Epicure, que ce que j'aime est bien et que ce que je n'aime pas est mal.

La philosophie d'un sauvage.

Staline aime tuer : cela veut-il dire que pour lui tuer est bien ? Et être emprisonné pour sauver un homme, après tout, n'apporte aucune satisfaction, alors cela signifie-t-il que c'est mal ?

Non ! Pour Innokenty, le bien et le mal avaient maintenant une définition matérielle, il y avait entre eux une séparation visible constituée par cette porte grise, par ces murs olive, par cette première nuit en prison.

Des sommets de la lutte et de la souffrance où il s'était élevé, la sagesse du grand philosophe antique lui semblait le babil d'un enfant.

La clef tourna dans la serrure.

« Nom de famille ? demanda brusquement un autre gardien, au visage d'Asiatique.

— Volodine.

— A l'interrogatoire ! Les mains derrière le dos ! »

Innokenty mit les mains derrière son dos et, la tête droite, quitta le « box ».

85

LE MATIN DE L'EXÉCUTION DES STRELTSY

A LA charachka aussi, c'était l'heure du petit déjeuner et thé matinal.

Ce jour-là, où les premières heures du matin ne présageaient rien d'extraordinaire, ne fut d'abord remarquable que pour le lieutenant Chousterman, toujours prêt à prendre quelqu'un en faute : comme il s'apprêtait à terminer son tour de garde, il s'efforça d'empêcher les prisonniers de dormir après le réveil. La promenade n'était pas tentante : après le dégel de la veille, la température avait de nouveau baissé pendant la nuit et le chemin tracé dans la cour était couvert de glace. Un grand nombre de zeks sortirent, firent un tour des plus glissants et regagnèrent la prison. Dans les dortoirs, certains zeks étaient assis sur les couchettes inférieures, et d'autres, les jambes pendantes ou croisées sous eux, installés sur les couchettes supérieures ; ils n'étaient pas pressés de se lever, se grattaient la poitrine, bâillaient et, plus tôt le matin que d'habitude, ils commencèrent d'un air maussade à se moquer les uns des autres, de leur triste sort, se racontèrent leurs rêves : le passe-temps favori des prisonniers, mais tandis qu'au milieu de ces rêves on retrouvait les thèmes classiques de la traversée d'un fleuve brumeux sur un petit pont, de l'enfilage de longues bottes, il n'y en avait aucun qui prédît nettement le départ du convoi.

Ce matin-là, Sologdine sortit comme d'habitude pour aller couper du bois. Pendant la nuit il avait laissé la fenêtre entrouverte et, avant de sortir, il l'ouvrit plus grande.

Rubine, dont la couchette était tournée vers la même fenêtre, ne dit pas un mot à Sologdine. Il avait de nouveau souffert d'insomnies cette nuit-là. Il s'était couché tard. Il sentait maintenant le courant d'air froid venant de la fenêtre mais, sans chercher à parer à l'action de son éternel adversaire, il coiffa sa casquette de fourrure, les cache-oreilles pendants, passa son blouson molletonné et, ainsi vêtu, il se couvrit la tête avec sa couverture et resta pelotonné là, sans se lever pour le petit déjeuner, sans faire attention aux avertissements de Chousterman ni au brouhaha du dortoir, s'efforçant seulement de prolonger l'horaire normal de sommeil.

Potapov, qui était descendu de sa couchette supérieure et sorti pour se promener, fut un des premiers au petit déjeuner et il avait déjà bu son thé, fait son lit en un parallélépipède impeccable et il était assis dessus à lire son journal bien qu'au fond de son cœur il eût hâte d'aller travailler. Il devait aujourd'hui calibrer un intéressant instrument qu'il avait construit lui-même.

Les céréales chaudes du petit déjeuner ce jour-là étaient une bouillie de millet, si bien que nombreux furent ceux qui n'allèrent pas prendre le petit déjeuner.

Guerassimovitch, toutefois, resta un long moment dans le réfectoire, portant lentement et délibérément à sa bouche de petites cuillerées de bouillie.

De l'autre bout du réfectoire à demi vide, Nerjine lui fit un petit signe de la tête, s'assit tout seul à une table et se mit à manger sans entrain.

Ayant terminé son petit déjeuner, Nerjine remonta sur la couchette supérieure qu'il occupait pour le dernier quart d'heure de temps libre, s'allongea et regarda le plafond voûté.

Dans la pièce, on continuait à discuter de ce qui était arrivé à Rousska. Il n'était pas rentré de la nuit et on savait qu'il avait été arrêté. Aux bureaux de la prison, il y avait un petit cachot sombre et il y avait été enfermé.

Les zeks ne parlaient pas tout à fait ouvertement, ils

ne le traitaient pas à haute voix d'agent double, mais
c'était sous-entendu. Ils parlaient du fait qu'on ne pouvait pas allonger sa peine et qu'on ne pouvait donc pas
lui en ajouter une nouvelle, ils se demandaient si les
vingt-cinq ans de « travail correctif dans des camps » ne
pourraient pas être transformés en vingt-cinq ans de cachot. Cette année-là, on construisait des prisons spéciales
ne comprenant que des cachots et la réclusion au secret
était de plus en plus à la mode. Bien sûr, Chikhine ne
bâtirait pas le dossier sur le fait que Rousska était un
agent double. Mais il n'était jamais obligatoire d'accuser
quelqu'un de ce dont il était exactement coupable. Si, par
exemple, il avait les cheveux blond filasse, on pouvait
l'accuser d'avoir les cheveux noirs — et lui infliger la
même peine qu'on donnait aux blonds.

Nerjine ne savait pas jusqu'où Rousska était allé avec
Clara et s'il devrait lui parler et essayer de la rassurer ou bien s'il pouvait même oser le faire ? Et comment ?

A l'amusement général, Rubine repoussa sa couverture
et s'assit sur son séant, avec sa casquette de fourrure et
son blouson fourré. Les rires qui le visaient personnellement, il les prenait d'ailleurs toujours de bonne humeur.
Otant sa casquette mais gardant son blouson fourré, et
sans poser les pieds par terre pour s'habiller — car cela
n'aurait pas rimé à grand-chose maintenant que la période de promenade, de toilette et de petit déjeuner était
passée — Rubine demanda à quelqu'un de lui verser un
verre de thé et, assis là sur son lit, avec sa barbe embrous-
saillée, il enfourna machinalement dans sa bouche le
pain blanc beurré, entre deux gorgées de thé chaud. Ce
faisant, il s'était plongé dans un roman d'Upton Sinclair,
qu'il tenait à côté de son verre et il était de la plus triste
humeur possible.

A travers toute la charachka, les rondes matinales se
poursuivaient. Le petit lieutenant était entré. Il comptait
les présents et Chousterman faisait les annonces. Entrant
dans la salle semi-circulaire, Chousterman, comme il
l'avait signalé dans les autres salles, annonça :

« Attention, les prisonniers sont avisés qu'après le dîner
personne ne sera autorisé dans la cuisine pour prendre
de l'eau chaude. Inutile donc de frapper et d'aller chercher l'officier de service pour cela !

— Qui a donné cet ordre ? hurla Pryantchikov, en jail-
lissant entre la double rangée de châlits.

— Le chef de la prison, répondit Chousterman d'un ton pesant.

— Quand a-t-il été donné ?

— Hier. »

Pryantchikov serra les poings et secoua ses bras maigres au-dessus de sa tête, comme s'il prenait à témoin le ciel et la terre.

« Ça n'est pas possible ! protesta-t-il, fou de rage. Samedi soir, le ministre Abakoumov lui-même m'a promis qu'il y aurait le soir de l'eau bouillante pour le thé. Est-ce que c'est même logique ? Après tout, nous travaillons jusqu'à minuit. »

Les rires des prisonniers lui répondirent.

« Tu n'as qu'à ne pas travailler jusqu'à minuit, pauvre cloche, tonna Dvoietosov.

— Nous ne pouvons pas garder un cuisinier de nuit », expliqua simplement Chousterman.

Prenant alors une liste des mains du petit lieutenant, Chousterman annonça d'une voix impressionnante qui réduisit aussitôt chacun au silence :

« Attention ! Ceux dont les noms suivent ne se rendront pas au travail et se prépareront pour partir avec un convoi. De cette salle : Khorobrov, Mikhailov, Nerjine, Siemouchkine ! Préparez-vous à rendre le matériel qui vous a été fourni par l'administration. »

Là-dessus, les deux officiers sortirent.

Comme par un tourbillon, les quatre dont les noms avaient été annoncés se trouvèrent entourés par tous les autres.

Les zeks laissèrent leur thé, laissèrent leurs sandwiches à demi entamés et se formèrent en groupes. Quatre sur vingt-cinq, c'était une moisson de victimes particulièrement riche. Tout le monde parlait à la fois, des voix animées se mêlaient à des voix déprimées et on en entendait d'autres vibrantes d'hostilité. Les uns, debout sur les couchettes supérieures, agitaient les bras ; d'autres se tenaient la tête ; d'autres discutaient avec insistance en se battant la poitrine alors que d'autres encore secouaient leur oreiller pour dégager les taies fournies par l'administration. Dans le dortoir tout entier, ce fut une telle explosion d'affliction, de soumission, de colère, de détermination, de doléances et de calculs, un tel pandémonium que Rubine se leva de sa couchette comme il était, en blouson fourré et en caleçon, pour crier d'une voix de stentor :

« C'est un jour historique à la charachka ! Le matin de l'exécution des streltsy [1] ! »

Et d'un geste large il embrassa toute la scène.

Son animation ne signifiait absolument pas que le départ du convoi le rendait heureux. Il aurait de la même façon plaisanté sur son propre départ. Rien n'était assez sacré pour l'empêcher de faire un mot.

Un convoi représente un tournant tout aussi décisif dans la vie d'un prisonnier qu'une blessure dans l'existence d'un soldat. Tout comme une blessure peut être légère ou sérieuse, de même un convoi peut emmener un prisonnier près ou loin, ce pouvait être une simple diversion ou bien la mort.

Quand on lit dans Dostoïevski les descriptions des horreurs de l'existence sous un régime de travaux forcés, on est surpris de voir combien paisiblement les prisonniers purgeaient leur peine. Après tout, en dix ans, ils ne connaissaient pas un seul convoi.

Un zek vit dans un endroit, il s'habitue à ses camarades, à son travail, aux autorités qui le dirigent. Si étrangère que puisse lui être toute acquisition, il finit quand même inévitablement par collectionner des affaires : il a une valise de fibre qu'on lui a envoyée de la liberté ou bien il en a confectionné une en contre-plaqué au camp ; il a un cadre pour la photo de sa femme ou de sa fille ; des pantoufles en chiffon avec lesquelles il circule dans les baraquements et qu'il dissimule la journée aux perquisitions ; il a peut-être même mis la main sur un pantalon supplémentaire ou bien s'est arrangé pour ne pas rendre de vieilles chaussures ; et il parvient à cacher tout cela ici et là d'un inventaire à l'autre. Il a même son aiguille à lui, ses boutons solidement cousus et, parfois, il en a même deux ou trois de rechange et un peu de tabac dans sa blague.

Et s'il est délicat, il garde de la poudre dentifrice et parfois se nettoie les dents. Il collectionne un paquet de lettres de sa famille, il s'est procuré un livre à lui et, en procédant par échange, il lit tous les livres du camp.

Mais le convoi vient bouleverser sa petite existence comme un coup de tonnerre : toujours sans avertissement, toujours conçu de façon à prendre le zek au dépourvu, à la dernière minute. Il se hâte de déchirer les

---

1. Milice qui fut, après bien des rébellions, supprimée en 1750. Il s'agit ici d'une allusion à un célèbre tableau de Repine. (*N.d.T.*)

lettres de sa famille et va en jeter les morceaux aux toilettes. Si le convoi doit s'effectuer dans les wagons rouges qui servent au transport du bétail, les gardiens coupent tous les boutons du zek et jettent au vent son tabac et sa poudre dentifrice, car ils risqueraient d'être aveuglés avec ces produits en route. Si le transport s'effectue en Stolipines, les gardiens de l'escorte entassent sans douceur les valises qui refusent d'entrer dans l'étroit espace réservé aux bagages, et, ce faisant, brisent le cadre où se trouve la photo. Dans les deux cas, on lui confisque le livre qui est interdit dans les convois, l'aiguille qui pourrait servir à scier les barreaux et à poignarder les gardiens de l'escorte ; et on jette aux ordures les pantoufles de chiffon tout comme on confisque le pantalon supplémentaire.

Et ainsi lavé du péché de propriété, de toute inclination à une vie rangée, de tout désir des conforts bourgeois justement condamnés par Tchékhov, débarrassé aussi de ses amis et de son passé, le zek met les mains derrière le dos et, en colonne par quatre — tout en sachant qu'un écart d'un seul pas à droite ou à gauche déclenchera automatiquement un coup de feu de l'escorte — entouré de chiens et de gardiens, il s'en va jusqu'au wagon.

Vous l'avez tous vu dans nos gares de chemin de fer à ce moment-là, mais avec votre loyauté poltronne vous vous êtes empressé de regarder ailleurs et de tourner les talons, pour que le lieutenant qui commande l'escorte ne vous soupçonne pas de quelque chose et ne vous arrête pas.

Le zek prend place dans le wagon qui est alors accroché derrière le fourgon postal. Avec ses lucarnes aux barreaux serrés qu'on ne voit pas des quais de gare, le wagon suit les horaires habituels, emportant dans son atmosphère confinée des centaines de souvenirs, d'espoirs et de craintes.

Où les emmène-t-on ? On ne leur dit pas. Qu'est-ce qui attend le zek à sa nouvelle destination ? Une mine de cuivre ? Un chantier forestier ? Ou bien quelque avant-poste agricole où il sera possible parfois de faire cuire des pommes de terre et où l'on peut s'empiffrer des navets réservés au bétail ? Le zek va-t-il être atteint de scorbut et de dystrophie dès les premiers mois de travail ? Ou bien aura-t-il la chance d'être aidé par un ami de rencontre et de se trouver une place d'assistant de baraque, d'infirmier ou peut-être même d'assistant du préposé au vestiaire ? L'autorisera-t-on à recevoir des lettres là où il va ? Ou bien sa famille n'aura-t-elle aucune communication avec lui pendant de longues années et le croira-t-elle mort ?

Peut-être qu'il n'arrivera pas à destination. Dans un wagon à bestiaux, il peut mourir de dysenterie, ou de faim, car on va les traîner pendant six jours sans pain. Ou bien peut-être que le gardien qui l'escorte le battra à coups de marteau parce que quelqu'un aura tenté de s'évader ? Ou bien, au terme du voyage, parce que le wagon n'est pas chauffé, peut-être qu'ils déchargeront comme des bûches les corps gelés des zeks ?

Les transports rouges mettent un mois à aller jusqu'à la Sovietskaïa Gavan.

Puissent-ils reposer en paix, ô Seigneur, ceux qui ne sont pas arrivés !

On avait beau les ménager au départ de la charachka — on laissait même aux zeks leur propre rasoir jusqu'à leur arrivée dans la première prison — toutes ces questions pesaient avec une force éternelle sur le cœur de ces vingt prisonniers qui apprirent, lors des rondes matinales du mardi, qu'ils figuraient sur la liste d'un convoi en partance.

Pour eux, la vie paisible et semi-libre des zeks de la charachka était terminée.

ADIEU, CHARACHKA !

Bien que Nerjine fût plongé dans les problèmes immédiats de son départ, l'idée jaillit en lui pour prendre de plus en plus le caractère d'une obsession qu'il devait, pour ses adieux, se payer la tête du major Chikhine. Aussi, quand la sonnerie retentit pour les appeler au travail, bien qu'il eût l'ordre de rester au dortoir et d'attendre les gardiens, comme les dix-neuf autres appelés pour le transport de prisonniers, il se précipita par la porte de la charachka. Il bondit jusqu'au second étage et frappa à la porte de Chikhine. On lui répondit d'entrer.

Chikhine était assis derrière son bureau, l'air sombre et sinistre. Depuis la veille, quelque chose en lui avait lâché. Il avait maintenant un pied au-dessus de l'abîme et connaissait l'impression de n'avoir rien sur quoi s'appuyer.

Mais sa haine pour ce garçon ne pouvait s'épancher rapidement ni directement. Le plus que Chikhine pouvait faire — le moins dangereux pour lui — c'était de fourrer Doronine au cachot, de noircir son dossier, puis de le renvoyer à la Vorkouta où, avec un dossier aussi chargé, il se retrouvait dans les brigades de régime spécial où il ne ferait pas de vieux os. Le résultat serait le même que s'il était jugé et exécuté.

Mais aux heures premières de la matinée, il n'avait pas convoqué Doronine pour l'interroger, car il attendait diverses protestations de la part de ceux qu'on expédiait.

Il ne se trompait pas. Nerjine entra.

Le commandant Chikhine n'avait jamais pu supporter ce zek maigre et déplaisant, avec ses façons rigides, sa connaissance méticuleuse de toutes les lois. Depuis long-temps Chikhine pressait Yakonov d'expédier Nerjine par un transport de prisonniers et ce fut avec une satisfaction malicieuse qu'il remarqua l'expression hostile de Nerjine lorsque celui-ci entra ; il supposa donc que le zek était venu demander pourquoi on le renvoyait.

Nerjine avait le don de formuler une réclamation en quelques mots frappants et de l'énoncer avec feu durant cette brève seconde où on ouvrait le guichet de la cellule par lequel on passait la nourriture, ou bien de la rédiger sur un bout de papier de toilette qu'on distribuait dans les prisons, pour les déclarations écrites. En cinq ans de prison, il avait mis au point également une façon particulièrement décidée de s'adresser aux supérieurs — ce qu'on appelle en langage zek, la tactique de la politesse à retardement. Ses paroles étaient courtoises, mais il parlait d'un ton hautain et ironique contre lequel toutefois on ne pouvait s'élever. C'était le ton des aînés conversant avec leurs cadets.

« Camarade commandant, dit-il sur le seuil, je suis venu reprendre le livre qui m'a été illégalement confisqué. J'ai de bonnes raisons de supposer que six semaines constituent un délai suffisant, compte tenu de l'état des communications à Moscou, pour découvrir qu'il ne s'agit pas d'un ouvrage interdit par la censure.

— Un livre ? s'exclama Chikhine, car il ne put tout d'abord rien trouver de plus intelligent à dire. Quel livre ?

— Je suis non moins certain, poursuivit Nerjine, que vous savez de quel livre je parle. Les Œuvres choisies de Serguei Essenine dans la collection « Petite Bibliothèque du Poète ».

— E-sse-nine ? » s'exclama le major Chikhine en s'enfonçant dans son fauteuil, comme s'il venait seulement alors de se rappeler ce nom si déplaisant et qu'il en était choqué. « Comment pouvez-vous venir vous présenter pour réclamer E-sse-nine ?

— Et pourquoi pas ? Il a été publié ici, en Union soviétique.

— Ce n'est pas une raison.

— D'ailleurs, il a été publié en 1940 ; autrement dit, pas durant la période interdite entre 1917 et 1938. »

Chikhine fronça les sourcils.

« Où avez-vous entendu parler de cette période ? »

Nerjine répondit de façon succincte, comme s'il avait précédemment appris la réponse par cœur :

« Un des censeurs dans un camp m'a très aimablement donné une explication. Lors d'une fouille, on m'a confisqué le dictionnaire de Dahl sous prétexte qu'il avait été publié en 1935 et qu'il devait donc être soumis à la vérification la plus attentive. Et quand j'ai montré au censeur que le dictionnaire était un fac-similé de l'édition de 1880, le censeur a aussitôt rendu le volume, en m'expliquant qu'il n'y avait aucune objection aux éditions datant d'avant la Révolution, puisque « les ennemis du « peuple n'étaient pas actifs à cette époque ». Et malheureusement pour vous, ce Essenine a été publié en 1940. »

Chikhine observa un silence digne. Puis il reprit :

« Très bien. Mais avez-vous lu ce livre ? L'avez-vous vraiment lu ? Pouvez-vous l'attester par écrit ?

— D'après l'article 95 du Code criminel d'U.R.S.S., vous n'avez aucune raison pour exiger ma signature dans le cas présent. Je confirme verbalement : j'ai la regrettable habitude de lire en effet les livres qui m'appartiennent et inversement de ne conserver que ceux que je lis. »

Chikhine eut un mouvement menaçant.

« C'est d'autant plus grave pour vous ! »

Il avait l'intention de marquer une pause si lourde de signification, mais Nerjine reprit aussitôt :

« Donc, pour me résumer, je renouvelle ma demande. Conformément au paragraphe 7 de l'article B du règlement de la prison, rendez-moi le livre qui m'a été illégalement confisqué. »

Crispé sous ce flot de paroles, Chikhine se leva. Quand il était assis derrière le bureau, sa grosse tête semblait appartenir à un individu de grande taille ; mais quand il se levait, il paraissait se ratatiner, car il avait les jambes et les bras très courts. Furieux, il s'approcha du placard, l'ouvrit et y prit le ravissant petit volume de Essenine, avec des feuilles d'érable jaunes sur la couverture.

Il avait marqué plusieurs passages. Il se rassit confortablement dans son fauteuil sans inviter Nerjine à en faire autant et se mit à examiner sans hâte les passages marqués. Nerjine s'assit tranquillement, les mains sur ses genoux, et fixa Chikhine d'un regard lourd et insistant.

« Tenez, écoutez ça », dit le commandant en soupirant et il se mit à lire sans aucun sentiment, pétrissant le texte du poème comme de la pâte :

> « Sous une étreinte étrangère et sans vie
> Mes poèmes mourront aussi.
> Seuls les épis courbés sous le vent
> Pleureront leur vieux maître. »

« De quel maître parle-t-il ? De quelles mains ? »

Le prisonnier considéra les mains blanches et potelées de l'officier de sécurité.

« Si l'on se place d'un point de vue de classe, Essenine avait ses limites et il y avait beaucoup de choses qu'il ne comprenait pas entièrement, fit Nerjine d'un air de condoléance en plissant ses lèvres. Comme Pouchkine et comme Gogol... »

Il y avait dans la voix de Nerjine un accent nouveau qui éveilla une lueur d'appréhension dans le regard de Chikhine. En face des zeks qui ne le craignaient pas, Chikhine éprouvait lui-même une secrète terreur : la peur habituelle des gens bien habillés, bien nantis, devant des gens mal habillés et pauvres. Son pouvoir dans ces cas constituait une défense insuffisante. A tout hasard, il se leva et entrouvrit la porte.

« Et comment expliquez-vous ça ? » interrogea Chikhine, revenant à son fauteuil et lisant :

> « Une rose blanche et un crapaud noir
> Je voulais unir sur la terre... »

« Là. A quoi fait-il allusion ? »

Un tremblement spasmodique agitait la gorge crispée du prisonnier.

« Très simple, répondit-il. Il ne faut pas essayer de réconcilier la rose blanche de la vérité avec le crapaud noir de la vilénie. »

Comme un crapaud noir, le « protecteur » avec ses bras courts, sa grosse tête et son visage brun était assis en face de lui.

« Toutefois, camarade commandant, reprit vivement Nerjine, les mots se succédant rapidement, je n'ai pas le temps de faire avec vous de l'interprétation littéraire. L'escorte de gardiens m'attend. Il y a six semaines vous avez déclaré que vous vous renseigneriez auprès de la GLAVLIT [1]. L'avez-vous fait ? »

Chikhine sursauta et referma avec bruit le petit livre jaune.

« Je n'ai pas de comptes à vous rendre ? Je n'ai pas l'intention de vous rendre le livre. Et d'ailleurs on ne vous autorisera pas à l'emporter avec vous. »

Nerjine se leva, furieux, sans quitter des yeux le Essenine. Il s'imagina comment les douces mains de sa femme avaient jadis tenu ce livre et comment elle avait écrit dessus :

« Et que tout ce que tu as perdu te soit rendu ! »

Les mots jaillirent d'entre ses lèvres sans le moindre effort :

« Camarade commandant ! J'espère que vous n'avez pas oublié comment pendant deux ans j'ai réclamé au ministère de la Sécurité d'Etat les zlotys polonais qu'on m'avait confisqués et leur contre-valeur — réduite peut-être de vingt fois — en kopecks, et comment je les ai obtenus par le Soviet suprême. J'espère que vous n'avez pas oublié comment j'ai demandé que cinq grammes de farine tamisée soient ajoutés à la nourriture ? On s'est moqué de moi, mais je les ai eus ! Et il y a d'autres exemples ! Je vous préviens, je ne vais pas vous abandonner ce livre. Je mourrai dans le Kolyma — mais de l'autre monde je vous l'arracherai des mains ! Je remplirai toutes les boîtes du Comité central et du Conseil des ministres de plaintes contre vous. Rendez-le-moi pour éviter tous ces désagréments. »

Et en face de ce zek condamné, impuissant, qu'on envoyait à une mort lente, le commandant de la sécurité, d'Etat céda. Il s'était bel et bien renseigné auprès du GLAVLIT et, à sa surprise, on lui avait répondu que le livre n'était pas formellement interdit. Formellement ! Son flair disait à Chikhine que c'était là de la négligence, que sans aucun doute le livre devrait être interdit. Mais cela voulait dire qu'il devait protéger sa réputation des accusations de cet infatigable faiseur d'histoires.

« Très bien, fit le commandant. Je vais vous le rendre. Mais nous ne vous laisserons pas l'emporter avec vous. »

Nerjine ressortit triomphant, serrant sous son bras le précieux petit livre jaune. C'était un symbole de réussite à un moment où tout n'était que ruines.

1. Sigle du bureau de censure soviétique.

Sur le palier, il croisa un groupe de prisonniers qui discutaient des récents événements. Siromakha était parmi eux, pérorant, mais de façon que sa voix ne parvînt pas jusqu'aux autorités :

« Qu'est-ce qu'ils font ? Envoyer des types pareils dans le transport de prisonniers ! Pourquoi ? Et Rousska Doronine ? Quel est le salaud qui a mouchardé sur son compte ? »

Serrant contre lui le volume de Essenine, Nerjine se précipita vers le laboratoire d'acoustique, en se demandant comment il allait détruire ses écrits avant que le gardien ne vînt le chercher. Les hommes qui devaient partir par le convoi n'étaient pas censés circuler librement dans la charachka.

Nerjine ne devait ses derniers brefs instants de liberté qu'aux effectifs importants prévus pour le convoi et peut-être aussi à la gentillesse du petit lieutenant, qui ne s'acquittait jamais tout à fait bien de son service.

Il ouvrit la porte du laboratoire d'acoustique et aperçut devant lui les portes ouvertes de l'armoire métallique — et, debout devant elles, Simotchka, vêtue de nouveau d'une simple robe à rayures, avec un châle gris sur les épaules.

Ils n'avaient pas échangé un mot ni un regard depuis la cruelle conversation de la veille.

Elle sentit plutôt qu'elle ne vit l'entrée de Nerjine et elle en fut déconcertée, elle resta immobile, comme si elle se demandait ce qu'elle devrait prendre dans l'armoire.

Sans s'arrêter à réfléchir, il s'approcha de l'armoire métallique et chuchota :

« Serafima Vitalievna ! Depuis hier, je n'ai pas le droit de vous demander quoi que ce soit. Mais mon travail de nombreuses années va périr. Faut-il que je le brûle ? Voulez-vous le prendre ? »

Elle savait déjà qu'il devait partir. Elle ne broncha donc pas lorsqu'il lui annonça qu'il s'en allait. Mais, répondant à sa dernière question, elle leva vers lui des yeux tristes et fatigués par l'insomnie et dit :

« Donnez-le-moi. »

Quelqu'un approchait et Nerjine s'empressa de regagner son bureau où il tomba sur le commandant Roitman.

Le visage de Roitman exprimait le désarroi. Avec un sourire embarrassé, il dit :

« Gleb Vikentitch ! Que c'est navrant ! Je n'ai pas été

prévenu... Je ne me doutais pas... Et maintenant il est trop tard pour arranger les choses. »

Nerjine leva les yeux et considéra avec une froide pitié cet homme que la veille encore il croyait sincère.

« Oh ! Adam Vemianovitch ! Après tout, ça n'est pas mon premier jour ici. Ces choses-là ne se font pas sans que soient consultés les chefs des laboratoires. »

Il se mit à ranger les tiroirs de son bureau.

Une expression douloureuse se peignit sur le visage de Roitman.

« Mais, croyez-moi, Gleb Vikentitch, on ne m'a pas demandé, on ne m'a pas prévenu... »

Il dit cela à voix haute, devant tout le laboratoire. Il préférait perdre la face vis-à-vis des autres que de passer pour un triste individu aux yeux de l'homme qui partait.

Des gouttes de sueur perlaient sur son front. Ahuri, il regardait Nerjine vider son bureau.

En fait, on ne lui avait pas demandé son avis. C'était un nouveau coup que lui assenait le colonel du génie.

« Faut-il que je remette mes documents sur l'articulation à Serafima Vitalievna ? » demanda Nerjine d'un ton indifférent.

Roitman, désemparé, ne répondit pas mais sortit lentement de la salle.

« Prenez mes notes de travail, Serafima Vitalievna », dit Nerjine et il se mit à transporter jusqu'à son bureau ses dossiers, les feuilles agrafées ensemble, les tableaux.

Dans un dossier il avait fourré ses trois carnets. Mais une sorte d'intuition lui conseillait de ne pas le faire.

Nerjine jeta un coup d'œil au long visage impénétrable de Simotchka. Et soudain il se dit : « Etait-ce un piège ? La vengeance d'une femme ? Le devoir d'un lieutenant du M. G. B. ? »

Même si les mains qu'elle lui tendait étaient tièdes, sa loyauté virginale durerait-elle longtemps ? Une tête de pissenlit dure jusqu'à la première brise ; une vierge dure jusqu'au premier homme. Elle dirait à son mari : « C'est quelque chose qu'on m'a laissé, chéri. »

Il glissa les carnets dans sa poche et remit les dossiers à Simotchka.

La grande bibliothèque d'Alexandrie a brûlé. Ils n'ont pas capitulé mais brûlé les chroniques dans les monastères. Et la suie des cheminées de la Loubianka — la suie des papiers brûlés et d'autres, et d'autres papiers brûlés encore retombait sur les zeks qu'on emmenait marcher sur le toit de la prison large comme une boîte.

Peut-être y a-t-il eu plus de grandes pensées brûlées que publiées.

Nerjine secoua sa boîte d'allumettes puis sortit en courant pour s'enfermer dans les toilettes.

Il revint dix minutes plus tard, pâle et indifférent.

Entre-temps, Pryantchikov était arrivé au laboratoire.

« Mais comment est-ce possible ? demanda-t-il. Nous ne sommes même pas scandalisés ! Nous sommes abasourdis ! Expédier des prisonniers ! On peut expédier des bagages, mais qui a le droit d'expédier des gens ? »

La harangue enflammée de Valentoulya trouvait des échos dans le cœur des zeks. Bouleversés par ce convoi de prisonniers, tous les zeks du laboratoire cessèrent le travail. Le convoi était toujours comme un rappel, quelque chose qui voulait dire : « Nous nous retrouverons tous là-bas. » Le convoi forçait chacun, même ceux que cela ne touchait pas directement, à réfléchir à l'incertitude de leur sort et au fait que leur existence même était à la merci de la hache du GOULAG. Même un zek qui n'avait jamais fait de faux pas était certain d'être expédié de la charachka deux ans avant la fin de sa peine de façon que tout ce qu'il savait fût démodé ou oublié. Seuls les prisonniers condamnés à vingt-cinq ans ne prévoyaient pas de terme à leur peine et pour cette raison le secteur opérationnel aimait bien les avoir dans les charachkas.

Les zeks entouraient Nerjine. Les uns s'assirent sur des bureaux au lieu de chaises, comme pour bien souligner la gravité du moment. Ils étaient mélancoliques et songeurs.

Tout comme aux enterrements, les gens se souviennent de tout ce que le défunt a fait de bien, ils se rappelaient à l'actif de Nerjine comme il aimait défendre leurs droits et combien souvent il avait pris la défense des intérêts des prisonniers. Il y avait la célèbre histoire de la farine tamisée, lorsqu'il avait inondé l'administration pénitentiaire et le ministère des Affaires intérieures de plaintes affirmant qu'on ne distribuait pas cinq grammes de cette farine par jour et par personne. D'après les règlements de la prison, il ne pouvait y avoir de plaintes collectives ou de plaintes formulées au nom d'autrui. Bien que l'idée directrice fût que le prisonnier devait être ramené vers le chemin du socialisme, il n'avait pas le droit de s'intéresser à la cause commune. A cette époque, les zeks de la charachka n'avaient pas encore leur content et la lutte

pour les cinq grammes de farine éveilla un intérêt beaucoup plus vif que les problèmes internationaux. Cette
fascinante épopée s'acheva par la victoire de Nerjine : le
capitaine qui était l'assistant de l'officier d'intendance de
la prison spéciale fut chassé. Avec la farine tamisée à
laquelle chaque homme avait droit dans toute la charachka, on prépara deux fois par semaine un supplément
de nouilles. Les zeks se souvenaient aussi de la lutte de
Nerjine pour l'augmentation des sorties dominicales qui
se termina toutefois par une défaite : si les prisonniers
avaient été autorisés à se promener librement le dimanche, qui aurait travaillé ?

Nerjine lui-même n'écoutait guère tous ces éloges. Pour
lui, le moment d'agir était venu et l'énergie bouillonnait
en lui. Maintenant que le pire était arrivé, c'était à lui seul
de faire arriver le meilleur. Ayant confié ses travaux sur
l'articulation à Simotchka, ayant remis ses documents
secrets à l'assistant de Roitman, ayant brûlé ou déchiré
tous ses papiers personnels, ayant rangé en piles différentes les ouvrages appartenant à la bibliothèque, il vidait
maintenant ses tiroirs des derniers objets qu'ils contenaient
et faisait des cadeaux à ses amis. On avait décidé
qui aurait son fauteuil tournant jaune, qui aurait son
bureau allemand à cylindre, et qui son encrier. Le moribond distribuait personnellement son héritage avec un
joyeux sourire, et ses héritiers lui apportaient chacun
deux ou trois paquets de cigarettes. C'était le règlement
de la charachka : dans ce monde les cigarettes étaient en
abondance et dans l'autre elles étaient plus précieuses
que le pain.

Rubine arriva, ayant quitté le groupe de travail ultra-
secret. Il avait l'œil triste et la paupière lourde.

Classant ses livres, Nerjine lui dit :

« Si tu aimais Essenine, je te le donnerais tout de
suite.

— Vraiment, tu ferais ça ? demanda Rubine, stupéfait.

— Mais tu préfères Bagritski, alors je n'ai aucun moyen
de t'aider.

— Tu n'as pas de blaireau, dit Rubine en tirant de sa
poche un blaireau au manche en matière plastique poli,
un instrument luxueux pour un prisonnier. Après tout,
j'ai fait le vœu de ne pas me raser jusqu'au jour de mon
acquittement... alors prends-le. »

Rubine ne disait jamais : « Le jour de ma libération »,
parce que cela signifierait la fin naturelle de sa peine.

Il disait toujours : « Le jour de mon acquittement »,
puisqu'il ne cessait d'envoyer des demandes de révision
de son procès.

« Merci, mon vieux, mais tu es tellement habitué à la
charachka que tu as oublié le règlement des camps. Qui
me laisserait me raser là-bas ? Veux-tu m'aider à rendre
mes livres ? »

Ils se mirent à rassembler et à disposer les livres et les
magazines. Les hommes qui les entouraient regagnèrent
chacun leur place.

Chacun portant toute une pile de livres et de périodiques, ils quittèrent le laboratoire et montèrent le grand
escalier. Ils s'arrêtèrent dans un recoin du couloir de
l'étage au-dessus pour reprendre haleine et pour rétablir
l'équilibre précaire de leurs piles.

Le regard de Nerjine, qui durant tous les préparatifs
brûlait d'une excitation morbide, était maintenant morne
et léthargique.

« Ecoute, mon ami, dit-il, pendant trois ans nous
n'avons jamais été d'accord, nous avons discuté tout le
temps, nous nous sommes moqué l'un de l'autre, mais
maintenant que je te perds, peut-être pour toujours, j'ai
le sentiment si net que tu es un de mes plus... de mes
plus... »

Sa voix se brisa.

Les grands yeux noirs de Rubine, que bien des gens se
rappelaient avoir vu briller de colère, étaient maintenant
emplis de bonté et de timididé.

« Tout ça c'est du passé, fit-il. Embrassons-nous, vieille
bête. »

Et il pressa le visage de Nerjine contre sa barbe noire
de pirate.

Un instant plus tard, alors qu'ils venaient d'entrer dans
la bibliothèque, Sologdine vint les rejoindre. Il avait l'air
soucieux. Sans réfléchir, il claqua la porte vitrée trop
fort et la bibliothécaire leva les yeux.

« Alors, Gleb ! dit Sologdine. Ça y est. Tu t'en vas. »

Sans accorder la moindre attention au « fanatique de
la Bible » debout auprès de lui, Sologdine n'avait d'yeux
que pour Nerjine.

Rubine lui non plus n'avait pas envie de se réconcilier
avec « l'assommant hidalgo » et il détourna la tête.

« Oui, tu t'en vas. C'est moche. Très moche. »

Peu importait combien ils avaient bavardé ensemble
en coupant du bois ou combien ils avaient discuté pen-

dant les promenades. On n'avait plus le temps maintenant et ce n'était pas le lieu pour Sologdine de lui faire partager ses règles de pensée et de vie comme il aurait voulu le faire.

« Ecoute, le temps c'est de l'argent. Il n'est pas encore trop tard. Donne-moi ton accord pour rester ici comme spécialiste de calculs de projets et peut-être que je pourrai te faire rester. Dans un certain groupe... Mais ça va être un travail très dur, je te préviens franchement. »

Rubine regarda Sologdine avec surprise ; Nerjine répondit en soupirant :

« Merci, Dimitri. J'ai eu cette occasion. Mais, pour certaines raisons, je suis d'humeur à tenter une expérience pour moi-même. Le proverbe dit : ce n'est pas dans la mer qu'on se noie, c'est dans la flaque de boue. J'ai envie d'essayer de me lancer sur la mer.

— Ah ! oui ? Ma foi, ça te regarde, ça te regarde, dit Sologdine d'un ton neutre. Je suis très très navré, très navré, Gleb. »

Son visage exprimait une profonde inquiétude. Il se dépêchait tout en se forçant à ne pas se dépêcher.

Ils étaient là ainsi tous les trois à attendre la bibliothécaire avec ses cheveux teints, ses lèvres trop maquillées, son visage lourdement poudré, et un lieutenant civil qui viendrait nonchalamment vérifier la liste des livres de Nerjine.

Gleb, qui souffrait de la mésentente qui existait entre ses compagnons, dit doucement dans le silence total de la bibliothèque :

« Mes amis. Il faut vous réconcilier. »

Ni Rubine ni Sologdine ne fit un geste.

« Dimitri », insista Gleb.

Sologdine leva la flamme bleue et froide de son regard.

« Pourquoi est-ce toujours à moi que tu adresses tes remarques ? dit-il, l'air surpris.

— Lev ! » répéta Gleb.

Rubine le regarda d'un air absent.

« Sais-tu, demanda-t-il, pourquoi les chevaux vivent longtemps ? »

Et après un silence il expliqua :

« Parce qu'ils ne se préoccupent jamais de clarifier leurs relations. »

Ayant rendu tout ce qui appartenait à l'administration et comme le gardien lui disait d'aller à la prison rassembler ses affaires, Nerjine, les mains chargées de paquets de cigarettes, rencontra dans le couloir Potapov, qui se hâtait un carton sous le bras.

Potapov se rendait à son travail non pas comme il était allé à la promenade : bien qu'il boitât, il marchait d'un pas vif, lançant la tête en avant puis en arrière, louchant fortement et regardant quelque part loin devant lui, comme s'il cherchait avec son regard à aller plus loin que ne pouvait le porter ses courtes jambes. Potapov voulait dire adieu à Nerjine et aux autres qui partaient, mais à peine était-il entré dans le laboratoire ce matin-là que l'engrenage du travail le happa, lui faisant oublier tout autre pensée et sentiment. Ce don de se consacrer totalement à son travail, d'oublier la vie, avait été à l'origine de ses réussites d'ingénieur quand il était dehors, et en prison cela l'aidait à supporter ses malheurs.

« Ça y est, Andreitch, dit Nerjine en l'arrêtant. Le cadavre était heureux et souriant. »

Potapov fit un effort pour retrouver ses esprits. Son regard se ranima. Il porta son bras libre à sa nuque comme s'il avait envie de se gratter.

« Bonjour, dit-il.

— Je vous donnerais bien mon Essenine, Andreitch, mais pour vous il n'y a personne que Pouchkine.

— Nous irons là-bas nous aussi », dit tristement Potapov.

Nerjine soupira.

« Où nous retrouverons-nous ? A la prison de transit de Kotlav ? Aux mines d'Indijirka ? J'ai du mal à croire que nous tomberons l'un sur l'autre en nous promenant librement sur le trottoir d'une ville, pas vous ? »

Plissant légèrement les yeux, Potapov récita :

> « J'ai fermé mes yeux aux fantômes ;
> Seuls des espoirs bien lointains
> Agitent parfois mon cœur. »

A la porte du Numéro Sept apparut la tête de Markouchev, toute rouge d'animation.

« Allons, Andreitch ! Où sont les fils ? Le travail attend ! » cria-t-il d'une voix irritée.

Les coauteurs du *Sourire de Bouddha* s'étreignirent maladroitement. Des paquets de cigarettes Belomor jonchèrent le sol.

« Il faut que vous compreniez, dit Potapov. Nous sommes en période de frai et nous n'avons pas le temps. »

Frai était le mot qu'employait Potapov pour désigner ce style de travail hâtif, bâclé et fait dans les vociférations et qui prévalait à l'Institut de Mavrino — et pas seulement là : le style de travail que les journaux appelaient « travail urgent » et « travailler dans la fièvre ».

« Ecrivez-moi », ajouta Potapov et tous deux éclatèrent de rire. Il n'y avait rien de plus naturel à se dire quand on se séparait, mais en prison c'était dérisoire. Toute correspondance était coupée entre les diverses villes du GOULAG.

Serrant la boîte de fils sous son bras, rejetant la tête en arrière, Potapov se précipita dans le couloir, ne boitant pratiquement plus.

Nerjine revint en courant dans la pièce semi-circulaire où il avait commencé à rassembler ses affaires, prévoyant déjà les pénibles surprises des fouilles qui l'attendaient, d'abord à Mavrino, puis à la Boutyrka.

Les gardiens étaient venus deux fois lui dire de se hâter. Les autres étaient déjà partis ou avaient été emmenés aux bureaux de la prison. Tandis que Nerjine terminait ses paquets, Spiridon, apportant toute la fraîcheur de la cour, entra dans la pièce, vêtu de son blouson sombre, sa ceinture faisant deux tours autour de sa taille. Otant sa grande casquette marron à oreillettes et retroussant soigneusement le coin du lit d'un voisin de Nerjine, un lit avec un drap blanc, il s'assit dans son pantalon molletonné et sale sur les ressorts du sommier.

« Spiridon Danilitch ! Regardez ! dit Nerjine en lui tendant le livre. Essenine est là !

— Il vous l'a rendu, le salaud ? »

Un rayon de lumière passa sur le visage mélancolique de Spiridon qui aujourd'hui semblait particulièrement ridé.

« Ça n'est pas tant le livre, Danilitch, expliqua Nerjine, que le principe : ils ne doivent pas nous abattre.

— C'est vrai, acquiesça Spiridon.

— Prenez-le, prenez le livre. Ce sera un souvenir de moi.

— Vous ne l'emportez pas avec vous ? demanda Spiridon d'un air absent.

— Attendez, dit Nerjine en reprenant le livre et en l'ouvrant pour chercher une page. Je vais vous trouver le passage, tenez, lisez...

— Eh bien, allez, Gleb, fit Spiridon d'un ton sinistre en

guise d'adieu. Vous savez comment est la vie dans un camp : votre cœur brûle d'envie de faire quelque chose et vos jambes n'arrêtent pas de vous traîner vers l'infirmerie.

— Je ne suis plus un novice, alors ne vous en faites pas pour moi, Danilitch. Je veux essayer de travailler. Vous savez ce qu'on dit : « Ce n'est pas la mer qui vous « noie, c'est la flaque. »

Regardant alors attentivement Spiridon, Nerjine remarqua qu'il n'était pas lui-même, absolument pas lui-même et qu'on ne pouvait mettre sa détresse seulement sur le compte de sa séparation d'avec son ami. Il se souvint alors que la veille, après qu'on eut annoncé les nouvelles restrictions imposées par l'administration de la prison, la découverte des indicateurs, l'arrestation de Rousska, la conversation avec Simotchka, il avait complètement oublié que Spiridon devait recevoir une lettre de chez lui. Il reposa le livre.

« La lettre. Avez-vous reçu votre lettre, Danilitch ? »

Spiridon tenait cette lettre serrée dans sa poche.

Il prit l'enveloppe, pliée en deux, déjà cassée.

« Tenez... Mais vous n'avez pas le temps... », dit Spiridon, les lèvres tremblantes.

L'enveloppe avait dû être pliée et pliée bien des fois depuis la veille. L'adresse était rédigée de la grande écriture ronde et confiante de la fille de Spiridon, cette écriture qu'elle gardait depuis sa cinquième année d'école, car elle n'avait pas eu l'occasion d'aller plus loin.

Selon leur habitude, Nerjine se mit à lire la lettre tout haut :

Mon cher Père !
Ce n'est pas simplement pour t'écrire, mais je n'ose plus vivre. Comme il y a des gens méchants dans ce monde. Tout ce qu'ils promettent... et comme ils nous trompent...

La voix de Nerjine s'étrangla. Il leva la tête vers Spiridon et croisa le regard de ses grands yeux presque aveugles qui le fixaient de sous ses sourcils roux broussailleux. Mais il n'eut même pas une seconde pour trouver des mots sincères de réconfort, car la porte s'ouvrit toute grande et Nadelachine arriva, furieux :

« Nerjine ! cria-t-il. Quand on est convenable avec vous.

voilà comment vous traitez les gens ! Ils sont tous là-bas...
Vous êtes le dernier ! »

Les gardiens se précipitaient pour escorter les prisonniers prévus pour le convoi jusqu'aux bureaux de l'administration avant le début de la période du déjeuner de
façon qu'ils ne rencontrent personne.

Nerjine serra Spiridon dans ses bras, posant une main
sur ses cheveux épais.

« Allons ! Allons ! Vite ! dit le petit lieutenant.

— Danilitch ! Danilitch ! » dit Nerjine en étreignant le
vieux portier.

Spiridon soupira et agita la main.

« Adieu, Gleb.

— Adieu pour toujours, Spiridon Danilitch ! »

Ils s'embrassèrent sur la joue. Nerjine prit ses affaires
et sortit d'un pas vif, accompagné par l'officier de service.

Spiridon prit le livre ouvert sur le lit de ses mains
salies par des années de crasse, il glissa la lettre de sa
fille sous la couverture aux feuilles d'érable et s'éloigna
en direction de sa chambre.

Il n'avait pas remarqué qu'il avait fait tomber du lit
sa casquette de fourrure toute feutrée et qu'elle était
restée là, par terre.

VIANDE

A MESURE que les prisonniers devant faire partie du convoi arrivaient aux bureaux de l'administration, on les fouillait. Une fois la fouille terminée, on les emmenait dans une pièce où il n'y avait pour tout mobilier que deux tables et un banc mal équarri. Le commandant Michkine assistait à toutes les opérations de fouille, et de temps en temps le lieutenant-colonel venait aussi. Le petit commandant au teint lilas ne daignait pas se pencher sur les sacs et les valises — cela aurait d'ailleurs été indigne de son rang — mais sa présence ne pouvait qu'inspirer les gardiens qui procédaient à la fouille. Ils défaisaient avec ardeur tous les paquets, vêtements et haillons des prisonniers et faisaient grand cas de tout ce qu'ils trouvaient d'écrit. La consigne était que ceux qui quittaient la prison spéciale n'avaient pas le droit d'emporter fût-ce un bout de papier manuscrit, dessiné ou imprimé. La majorité des zeks avaient donc brûlé déjà toutes leurs lettres, détruit leurs notes de travail et distribué leurs livres.

Un prisonnier, l'ingénieur Romachev, qui n'avait plus que six mois à faire, ayant déjà purgé quelque dix-neuf ans et demi, emportait ouvertement avec lui un gros dossier de coupures de presse couvrant une période de plusieurs années, ainsi que des notes et des calculs pour l'installation de centrales hydro-électriques. Il s'attendait à aller dans la province de Krasnoïarsk et comptait exercer ses talents là-bas. Bien que ce dossier eût déjà été personnellement examiné par le colonel du génie Yakonov, qui y avait apposé son visa pour qu'il pût sortir de la charachka, et bien que le commandant Chikhine l'eût envoyé à la Section, où l'on avait délivré un autre visa, il s'avéra que tous les mois de détermination frénétique et de projet fiévreux de Romachev avaient été vains. Le commandant Michkine déclara tout d'un coup que lui ne savait rien de ce dossier et il ordonna qu'on le confisquât. On le prit donc et on l'emporta, et l'ingénieur Romachev, avec des yeux les habitués à tout, le regarda partir. Il avait jadis survécu à une condamnation à mort et à un transport en wagon à bestiaux de Moscou à Sovietskaïa Gavan. Dans une mine du Kolyma, il s'était mis exprès la jambe sous un wagonnet de minerai pour se casser le tibia. Allongé dans un lit d'hôpital, il avait échappé à la mort qui vous attendait généralement dans les camps de travail de l'Arctique. Cela ne valait donc pas la peine de pleurer sur la destruction de ses dix ans de travaux.

Parmi les autres prisonniers du convoi, il y avait le petit dessinateur chauve, Siemouchkine, qui le dimanche avait consacré tant d'efforts à ravauder ses chaussettes. Lui, au contraire, était un nouveau venu, puisqu'il n'avait purgé que deux ans et seulement en prison et à la charachka. Il avait très peur d'aller dans un camp. Mais, malgré sa frayeur et son désespoir, il essaya de conserver un petit volume de Lermontov, à qui sa femme et lui vouaient un culte. Il supplia le commandant Michkine de lui rendre le livre, en tordant les mains comme un enfant. Au scandale des zeks de la vieille garde, il essaya d'entrer dans le bureau du lieutenant-colonel mais on ne l'y laissa pas pénétrer. Il arracha soudain le Lermontov des mains du « protecteur », qui sauta en arrière, affolé, considérant ce geste comme un signe de révolte ; là-dessus, avec une force que personne ne lui soupçonnait, il déchira la couverture verte du livre qu'il lança à travers la pièce et se mit à déchiqueter les pages en pleurant et en criant tout en les semant autour de lui :

« Prenez-les ! Bouffez-les ! Avalez-les ! »

La fouille se poursuivait.

Quand les prisonniers sortaient de la fouille, c'était à peine s'ils se reconnaissaient. Suivant l'ordre qu'on leur avait donné, ils avaient jeté sur une pile leur salopette bleue, sur une autre leur linge fourni et estampillé par l'administration, et sur une troisième leur manteau — à moins qu'il ne fût complètement usé ; ils portaient maintenant tous leurs propres vêtements, ou un équivalent de fortune. Durant leurs années de service à la charachka, ils n'avaient pas gagné de vêtements neufs. Ce n'était pas une question de négligence ou d'avarice de la part des autorités supérieures. Seulement les autorités supérieures étaient surveillées par le comptable.

Aussi certains d'entre eux, bien que ce fût le plein hiver, se retrouvaient-ils sans linge. Ou alors ils avaient enfilé des caleçons et des maillots de corps qui avaient moisi dans des sacs où ils étaient restés emmagasinés des années durant sans être lavés et qui étaient exactement dans le même état que le jour où ils étaient arrivés du camp. D'autres étaient empêtrés de chaussures de camp, car quiconque était surpris avec ces chaussures de camp dans son paquetage se voyait aussitôt confisquer ses chaussures de ville et ses caoutchoucs. D'autres avaient des bottes de toile avec des semelles de cuir ; et ceux qui étaient vraiment bien lotis portaient des bottes de feutre.

Ces bottes de feutre, c'est la seconde âme du prisonnier. Les plus dépossédés de toutes les créatures, ceux pour qui l'avenir est plus incertain encore que pour une grenouille, qu'une taupe ou qu'un rat des champs, les zeks sont sans défense contre les coups du sort. Dans l'abri le plus douillettement chauffé, le zek ne peut jamais oublier la crainte de voir venir la nuit où on le précipitera dans les horreurs de l'hiver, où un bras rayé de bleu le saisira et le traînera jusqu'au pôle Nord. C'est atroce, alors, si l'on n'est pas chaussé de bottes de feutre. Ce seront deux blocs de glace qu'il jettera du haut d'un camion dans les eaux du Kolyma. Un zek qui ne possède pas de bottes de feutre vivra tout l'hiver terré, il mentira, dissimulera, ou bien persécutera les autres, pour ne pas partir avec un convoi d'hiver. Mais le zek qui a ses bottes de feutre à lui ne craint rien ! Il regarde ses chefs les yeux dans les yeux et reçoit son ordre de départ avec le sourire d'un Marc Aurèle.

Bien que la neige fondît dehors, tous ceux qui avaient

des bottes de feutre, y compris Khorobrov et Nerjine, les enfilèrent et arpentèrent fièrement la pièce ainsi chaussés. Ils faisaient cela en partie pour être moins chargés, mais surtout pour sentir leur chaleur rassurante. Aujourd'hui pourtant, ils n'allaient qu'à la Boutyrka, où il ne faisait pas plus froid qu'à la charachka. Seul l'intrépide Guerassimovitch, qui avait refusé de prendre des gens au piège, n'avait rien à lui et le vestiaire lui avait remis « comme remplacement » un blouson aux longues manches qui ne se fermait pas sur le devant et qui avait déjà servi, et de petites chaussures de toile, « usagées » aussi.

Il avait un air particulièrement comique dans cette tenue à cause de son pince-nez.

La fouille était terminée. Les vingt zeks furent embarqués dans une salle d'attente vide avec ce qu'on les avait autorisés à emporter. On referma la porte derrière eux et, pendant qu'ils attendaient le panier à salade, on posta un gardien à la porte. On envoya un autre gardien patrouiller sur la glace glissante sous les fenêtres, pour éloigner quiconque s'aviserait de venir leur dire adieu pendant l'interruption du déjeuner.

Ainsi se trouvait coupé tout contact entre ces vingt hommes qui partaient et les deux cent soixante et un qui restaient.

Ceux qui attendaient le convoi étaient toujours là, et pourtant ils n'étaient plus là.

Ils s'installèrent comme ils purent, sur leurs ballots, sur les bancs, et tout d'abord ils gardèrent le silence.

Chacun pensait à la fouille : à ce qu'on lui avait pris et à ce qu'on lui avait laissé.

Et à la charachka : aux avantages qu'il allait perdre en la quittant, combien de sa peine il avait purgé là et combien de temps il lui restait à faire.

Comme tous les prisonniers, ils se plaisaient à compter et recompter inlassablement : le temps déjà perdu et le temps encore à perdre.

Et ils pensaient à leur famille avec laquelle ils allaient perdre tout contact pendant quelque temps. Et au fait qu'une fois de plus ils allaient devoir leur demander de l'aide. Car le GOULAG était un pays où un adulte, travaillant douze heures par jour, ne parvenait pas à se faire suffisamment nourrir.

Ils pensaient à leurs erreurs ou aux décisions délibérées qui les avaient amenés dans ce convoi.

Ils pensaient à l'endroit où on allait les envoyer, à ce qui les attendait dans leur nouveau séjour, et à la façon dont ils s'y installeraient.

Chacun ne pensait qu'à lui, mais toutes leurs pensées étaient bien sombres.

Chacun avait besoin de réconfort, d'espoir.

Aussi, quand la conversation reprit, commença-t-on par dire qu'après tout on n'allait peut-être pas les envoyer dans un camp mais dans une autre charachka, et même ceux qui n'en croyaient rien écoutaient.

Même le Christ au Jardin de Gethsémani, sachant fort bien quel sort affreux l'attendait, priait quand même et espérait.

Khorobrov, occupé à réparer la poignée de sa valise qui ne cessait de se détacher, jurait bruyamment :

« Oh ! les enfants de salaud ! Même pas fichus de faire une malheureuse valise. Je ne sais quel salopard a proposé une solution économique, que le diable l'emporte, alors ils plient tout simplement les deux bouts d'un arc d'acier et les fourrent dans les trous de la poignée. Ça tient tant que la valise est vide. Mais essayez un peu de mettre quelque chose dedans ! »

Avec des morceaux de brique tombés du poêle (où on les avait posés suivant les mêmes principes d'économie), Khorobrov cognait furieusement sur la bande d'acier pour la remettre en place.

Nerjine comprenait Khorobrov. Chaque fois qu'il rencontrait l'humiliation, la négligence, la moquerie, le travail bâclé, Khorobrov était scandalisé. Et d'ailleurs comment pouvait-on garder son calme devant ces choses-là ? Des mots délicats étaient-ils capables de transmettre l'exclamation de quelqu'un qui a mal ? En cet instant où il s'apprêtait à sombrer dans la vie des camps, Nerjine se sentait revenir à cet élément de la liberté masculine : un mot sur cinq qu'il prononcerait serait un affreux juron.

Romachev expliquait tranquillement aux nouveaux venus par quels chemins de fer on emmenait généralement les prisonniers en Sibérie et il parlait de la supériorité de la prison de transit de Kouibychev sur celles de Gorki et de Korov.

Khorobrov cessa de cogner et dans sa rage jeta violemment par terre la brique qui s'émietta en fragments rouges.

Puis Nerjine, avec l'impression qu'une énergie nouvelle

lui venait de sa tenue de camp, se leva, appela Nadelachine par le truchement de la sentinelle et déclara d'une
voix forte :

« Lieutenant ! Nous pouvons voir par la fenêtre que le
déjeuner a commencé depuis une demi-heure. Pourquoi
ne nous apporte-t-on rien à manger ? »

Le petit lieutenant se dandina d'un pied sur l'autre,
l'air embarrassé, et déclara avec conviction :

« A partir d'aujourd'hui, vous ne figurez plus sur les
effectifs ayant droit à des rations.

— Comment ça, on n'y figure plus ! »

Et entendant derrière lui un murmure de mécontentement, Nerjine insista :

« Allez dire au chef de la prison que nous n'irons nulle
part sans déjeuner ! Et que nous ne nous laisserons pas
embarquer de force non plus !

— Très bien, je vais le signaler ! » dit le petit lieutenant, cédant aussitôt.

Et il se hâta d'aller alerter les autorités.

Personne dans la pièce n'hésita, ils étaient tous concer-
nés. Les bonnes manières gratuites et les airs dégoûtés
des gens libres et bien nourris semblaient insensés
aux zeks.

« Bravo !

— Il ne faut pas se laisser faire !

— Ces salauds nous pressent comme des citrons.

— Les radins ! Trois ans de travail et ils font des
histoires pour un déjeuner.

— Nous ne partirons pas ! C'est bien simple ! Que
peuvent-ils nous faire maintenant ? »

Même ceux qui dans le train-train quotidien se montraient calmes et soumis aux autorités s'enhardissaient
maintenant. Le vent libre des prisons de transit leur
soufflait au visage. Ce dernier déjeuner avec viande
signifiait non seulement la dernière fois qu'ils auraient
l'estomac plein avant des mois et des années de bouillie
claire, c'était aussi une affaire de dignité humaine. Et
même ceux qui avaient la gorge sèche d'appréhension
et qui pour l'instant étaient absolument incapables de
manger, même eux, oubliant leur angoisse, réclamèrent
leur déjeuner.

Par la fenêtre, ils apercevaient le chemin qui allait
des bureaux de l'administration aux cuisines. Ils voyaient
un camion reculant vers le tas de bois, avec un grand
sapin sur le plateau, les branches et le faîte dépassant

du camion. L'officier d'intendance descendit de la cabine et un gardien qui était derrière sauta à terre.

Oui, le lieutenant-colonel avait tenu parole. Le lendemain ou le surlendemain, le sapin serait dressé dans la salle semi-circulaire, et les prisonniers — qui même s'ils étaient des pères sans leurs enfants redeviendraient à leur tour des enfants — y accrocheraient des décorations, sans être avares du temps appartenant au gouvernement qu'ils y consacreraient. Le petit panier de Clara avec la lune dans une cage de verre y figurerait, les hommes barbus et moustachus formeraient un cercle et ils danseraient autour de l'arbre en riant d'un rire sans joie :

« Dans la forêt poussait un sapin,
« Dans la forêt il poussait... »

Ils apercevaient sous la fenêtre le gardien qui chassait Pryantchikov, lequel avait tenté de forcer le passage jusqu'aux fenêtres interdites et qui criait quelque chose en levant les bras au ciel.

Ils apercevaient le sous-lieutenant Nadelachine qui se précipitait d'un pas inquiet vers les cuisines, qui repartait vers les bureaux, retournait aux cuisines pour revenir ensuite jusqu'aux bureaux.

Ils voyaient aussi qu'on avait arraché Spiridon à son déjeuner pour décharger le sapin du camion. En chemin, il s'essuya la moustache et rajusta sa ceinture.

Le petit lieutenant finit par entrer en courant dans la cuisine et il en ressortit bientôt, précédant deux cuisinières qui portaient entre elles un bidon de lait avec une louche. Une troisième femme arriva derrière elles, portant une pile de bols. Craignant de tomber, elle s'arrêta près de la porte. Le petit lieutenant revint sur ses pas et la débarrassa d'une partie de son fardeau.

Un frémissement victorieux parcourut la pièce.

Le déjeuner apparut sur le seuil. On commença à servir la soupe sur la table et les zeks prirent leurs écuelles et les emportèrent chacun dans son coin, s'asseyant sur le rebord des fenêtres et sur les valises. Certains réussissaient à manger debout, appuyés à la grande table auprès de laquelle il n'y avait pas de banc.

Le petit lieutenant et les femmes sortirent. Dans la salle tomba ce vrai silence qui accompagne toujours les repas. Ils pensaient : voilà une bonne soupe, pas trop grasse, bien sûr, mais où l'on sent un goût de viande ;

cette cuillerée, et celle-ci, avec cet œil de graisse et les fibres blanchies par la cuisson, je l'avale ; le liquide chaud va descendre par mon œsophage, tomber dans mon estomac ; et mon sang et mes muscles sont déjà en fête, ils sentent la venue d'une force neuve, de nouveaux renforts.

Nerjine se rappelait le proverbe « Pour la viande épouse un homme, pour un bon ragoût épouse une femme. » Cela signifiait qu'un homme fournit la viande, mais qu'une femme en fait un ragoût. Les proverbes populaires n'attribuent jamais aux gens des motifs bien nobles. Dans les milliers de dictons, le peuple s'exprimait avec plus de franchise sur lui-même que ne l'avaient jamais fait Tolstoï ni Dostoïevski dans toutes leurs confessions.

Lorsqu'il ne resta presque plus de soupe et que les cuillers d'aluminium raclèrent le fond des gamelles, quelqu'un dit d'une voix traînante :

« Eh oui ! Eh oui ! »

Et d'un autre coin quelqu'un répondit :

« Préparez-vous au jeûne, mes frères ! »

Un esprit critique observa :

« Ils l'ont prise au fond, elle était bien claire. Peut-être qu'ils ont gardé la viande pour eux. »

Une autre voix dit d'un ton las :

« Peut-être, mais nous n'aurons pas de sitôt une soupe comme ça ! »

Khorobrov frappa alors sa cuiller contre sa gamelle vide et déclara avec un accent de protestation dans la voix :

« Non, mes amis. Mieux vaut du pain et de l'eau que du gâteau et des ennuis. »

Personne ne lui répondit.

Nerjine se mit à frapper du poing sur la table en réclamant le plat principal.

Le petit lieutenant apparut aussitôt.

« Vous avez mangé ? » dit-il en gratifiant les déportés d'un cordial sourire.

Et s'étant assuré que leurs visages exprimaient les bonnes dispositions engendrées par la satiété, il annonça ce que son expérience de la prison lui avait conseillé de ne pas dire plus tôt :

« Il ne restait plus du plat principal. Ils sont en train de laver les marmites. Je suis désolé. »

Nerjine jeta sur les zeks un coup d'œil circulaire

pour voir s'ils allaient protester violemment. Mais, avec cette facilité qu'ont les Russes à se laisser apaiser, ils s'étaient tous calmés maintenant.

« Quel était le plat principal ? demanda une voix de basse.

— Du ragoût », répondit le petit lieutenant avec un sourire timide.

Ils soupirèrent.

De l'autre côté du mur, ils entendirent un moteur. On appela le petit lieutenant — ce qui lui permit de quitter les lieux. Ils entendirent dans le couloir la voix rude du lieutenant-colonel Klimentiev.

Puis on les fit sortir un par un.

Il n'y eut pas d'appel proprement dit car leur escorte de gardiens de la charachka devait accompagner les zeks jusqu'à la Boutyrka et là les remettre aux autorités de la prison. On compta chacun au moment où il faisait ce pas si familier et si fatal, un pas qui les conduisait du sol au plancher du fourgon cellulaire. Chaque zek baissait la tête pour ne pas se cogner au montant de la porte d'acier, ployant sous le poids de ses affaires qu'il heurtait maladroitement contre l'encadrement de la porte.

Il n'y avait personne pour leur dire adieu. La pause du déjeuner était terminée et les autres zeks avaient été chassés de la cour.

Le panier à salade avait reculé jusqu'à la porte des bureaux. Pendant le chargement, bien qu'il n'y eût pas les féroces aboiements des chiens policiers, il y avait cette bousculade, cet entassement, cette agitation qui ne servaient qu'à faciliter la tâche des gardiens de l'escorte, mais qui ne manquaient jamais d'affecter les zeks, les empêchant de regarder autour d'eux et de voir même où ils étaient.

Dix-huit d'entre eux s'embarquèrent ainsi, sans qu'aucun ne levât la tête pour dire adieu aux grands tilleuls paisibles qui avaient abrité leurs longues années, dans les heures joyeuses comme dans leurs heures graves. Mais les deux seuls — Khorobrov et Nerjine — qui parvinrent à jeter un coup d'œil à la ronde ne regardèrent pas les tilleuls mais les flancs du véhicule, pour voir de quelle couleur ils étaient peints.

Leur curiosité fut récompensée.

Le temps était depuis longtemps révolu où des fourgons cellulaires gris plomb et noirs circulaient dans les rues des villes, éveillant l'horreur des citoyens. Après la guerre, l'idée était née dans le cerveau de quelque génie de construire les paniers à salade exactement comme des camions de livraison et de les peindre de la même couleur orange et bleu clair avec l'inscription en quatre langues :

Khleb
      Pain
           Brot
                Bread
Myaso
      Viande
           Fleisch
                Meat

Juste avant de monter dans le fourgon, Nerjine parvint à faire un petit écart sur le côté et il lut :
« Viande. »
Puis il franchit l'étroit passage de la première porte et le passage encore plus étroit de la seconde, marcha sur les pieds de quelqu'un, traîna sa valise et son sac par-dessus les genoux d'un autre et s'assit.
L'intérieur de cette voiture cellulaire de trois tonnes n'était pas compartimenté : autrement dit, il n'était pas divisé en dix « box » d'acier, un par prisonnier. Non, ce fourgon-là était du modèle « général », conçu non pour transporter des prisonniers encore en période d'instruction, mais ceux qui avaient déjà été condamnés, si bien que sa charge utile en chair vivante était bien plus grande. Au fond, entre deux portes d'acier avec de petits grillages pour assurer la ventilation, le panier à salade avait un minuscule vestibule où, après avoir fermé de l'extérieur la seconde porte et de l'intérieur la première porte, après avoir communiqué avec le chauffeur et avec le chef d'escorte par un tuyau acoustique spécialement aménagé dans la carrosserie, les deux gardiens s'assirent en tailleurs, un peu serrés. Dans ce vestibule était aménagé un petit « box » de secours au cas où un rebelle se trouverait à bord. Le reste de l'espace derrière la cabine avant formait une seule souricière commune, un long compartiment métallique où, d'après les normes, on pouvait exactement mettre vingt personnes. Mais si deux paires de

bottes bloquaient solidement la porte d'acier, on pouvait y entasser plus de vingt prisonniers.

Le long de trois des parois qui constituaient cette souricière courait un banc qui ne laissait guère d'espace au milieu. Ceux qui trouvèrent de la place s'assirent. Mais ils n'étaient pas les mieux lotis. Lorsque le panier à salade fut plein, d'autres prisonniers et leurs affaires vinrent presser leurs genoux coincés ou leurs pieds engourdis et qu'ils ne savaient pas où mettre, et dans cette cohue il ne servait à rien de se vexer ni de prodiguer les excuses : pendant une heure entière, personne ne put bouger ni changer de place. Les gardiens s'appuyèrent à la porte et, ayant fait entrer tant bien que mal le dernier prisonnier, fermèrent le verrou.

Mais ils ne claquèrent pas la porte extérieure. Quelqu'un montait la marche et une ombre nouvelle vint se dessiner contre le grillage de ventilation.

« Frères ! fit la voix retentissante de Rousska. Je m'en vais à la Boutyrka pour être interrogé ! Qui est là-dedans ? Qui déporte-t-on ? »

Ce fut aussitôt une explosion de voix. Les vingt zeks lui répondirent tous à la fois en criant ; et les deux gardiens hurlèrent à Rousska de se tenir tranquille ; et Klimentiev, du seuil des bureaux, cria aux gardiens de faire montre de fermeté et de ne pas laisser les prisonniers communiquer entre eux.

« La ferme, espèce de...! » hurla quelqu'un du fond du panier à salade.

L'agitation se calma et les zeks entendirent les gardiens se démener et écarter les pieds pour pousser Rousska dans le « box ».

« Qui t'a dénoncé, Rousska ? cria Nerjine.
— Siromakha !
— Le salaud ! crièrent aussitôt quelques voix.
— Combien êtes-vous là-dedans ? demanda Rousska.
— Vingt.
— Qui ça ? »

Mais on l'avait déjà fourré dans le box qu'on avait refermé.

« N'aie pas peur, Rousska ! lui crièrent-ils. On se retrouvera au camp. »

Tant que la porte extérieure demeura ouverte, un peu de lumière filtrait à l'intérieur du fourgon, mais on la claqua aussi et les têtes des gardiens arrêtaient la dernière lueur incertaine qui passait par les grillages des deux portes. Le moteur rugit, la lourde machine frémit, s'ébranla et, maintenant qu'elle roulait en cahotant, seuls des reflets fugitifs éclairaient de temps en temps le visage des zeks.

Ils roulèrent un moment, puis le fourgon s'arrêta. Il était clair qu'ils étaient arrivés à la porte.

« Rousska ! cria un zek. Est-ce qu'ils te battent ? »

La réponse ne parvint pas tout de suite et, quand elle arriva, elle semblait venir de loin :

« Oui, ils me battent.

— Qu'ils crèvent Chikhine-Michkine ! cria Nerjine. Tiens bon, Rousska ! »

Des voix crièrent de nouveau et l'agitation reprit.

Ils repartirent, franchirent les portes ; puis ils furent projetés sur la droite : le fourgon avait pris un brusque virage à gauche, vers la grande route.

La secousse précipita l'un contre l'autre Nerjine et Guerassimovitch. Chacun regardant, essayant de reconnaître l'autre. Ce n'était pas seulement la bousculade à l'intérieur du panier à salade qui les rapprochait ainsi.

Ilya Khorobrov, retrouvant un peu de courage, lança dans l'obscurité :

« Ne vous en faites pas, les gars, ne regrettez pas de partir. Est-ce qu'on peut appeler ça une vie l'existence à la charachka ? On prend le couloir et on tombe sur Siromakha. Un type sur cinq est un indicateur. On n'a même pas le temps de lâcher un pet aux cabinets que le « protecteur » est déjà au courant. Voilà deux ans qu'ils ne nous laissent pas de dimanches, les salauds. La journée de travail a douze heures ! On leur donne toute notre cervelle pour vingt grammes de beurre. Ils nous ont interdit de correspondre avec nos familles, eh bien, qu'ils aillent se faire voir ! Et le travail, c'est un véritable enfer dans son genre ! »

Khorobrov se tut, indigné.

Dans le silence qui suivit, dominant le ronronnement régulier du fourgon qui roulait sans heurts sur l'asphalte de la route, on entendit la réponse de Nerjine :

« Non, Ilya Terentitch, ça n'est pas l'enfer. Ça n'est pas l'enfer ! L'enfer, c'est là où nous allons. Nous retournons en enfer. Et la charachka est ce qu'il y a de mieux, de plus élevé dans l'enfer, c'en est le premier cercle. C'était presque le paradis. »

Il n'ajouta rien de plus, car il sentait que ce n'était pas nécessaire. Ils savaient tous que ce qui les attendait était incomparablement plus dur que la charachka. Ils savaient tous qu'ils se souviendraient de la charachka comme d'un rêve doré. Mais en ce moment, pour soutenir leur courage et le sentiment qu'ils avaient que leur cause était juste, il leur fallait maudire la charachka, pour qu'aucun d'eux n'eût de regrets, pour qu'aucun ne se reprochât un pas trop précipité.

Et Khorobrov insista :

« Non, les gars, mieux vaut du pain et de l'eau que du gâteau et des ennuis. »

Toute leur attention concentrée sur les tournants que prenait le fourgon, les zeks restaient silencieux.

Oui, ce qui les attendait, c'étaient la taïga et la toundra, les records de froid d'Oimyakon, les mines de cuivre du Djezkazgan. Ce qui les attendait, c'étaient le pic et la brouette, les rations de famine de pain spongieux, l'hôpital, la mort. Rien que le pire.

Mais la paix régnait dans leur cœur.

Ils étaient habités par l'intrépidité de ceux qui ont tout perdu, une intrépidité qu'on n'acquiert pas facilement, mais qui dure.

Trimballant sa cargaison de corps entassés, le camion gaiement peint d'orange et de bleu traversa les rues de la ville, passa devant une gare et s'arrêta à un carrefour. Une voiture marron aux chromes étincelants attendait elle aussi que le feu passât au vert. A l'intérieur se trouvait le correspondant du quotidien progressiste français *Libération*, qui se rendait au stade Dynamo pour assister à un match de hockey. Le correspondant lut sur le camion :

Myaso

Viande

Fleisch

Meat

Il se souvint avoir déjà vu ce jour-là plus d'un camion semblable à celui-ci dans divers quartiers de Moscou. Il prit son carnet et nota avec un stylo marron comme sa voiture :

« Dans les rues de Moscou, on voit souvent des

camions bien astiqués et répondant à toutes les exigences de l'hygiène, qui vont livrer des produits alimentaires. Il faut bien reconnaître que l'approvisionnement de la capitale est excellent. »

1955-1964.

IMPRIMÉ EN FRANCE PAR BRODARD ET TAUPIN
6, place d'Alleray - Paris.
Usine de La Flèche, le 05-02-1974.
6856-5 - Dépôt légal n° 3212, 1er trimestre 1974.
LE LIVRE DE POCHE - 22, avenue Pierre 1er de Serbie - Paris.
30 - 81 - 3292 - 04   ISBN : 2 - 253 - 00296 - 8

Le Livre de Poche historique
(Histoire, biographies)

Amouroux (Henri).
Vie des Français sous l'Occupation,
t. 1, 3242** (2); t. 2, 3243** (0).

Aron (Robert).
Histoire de Vichy, t. 1, 1633**
(4); t. 2, 1635** (9).
Histoire de la Libération, t. 1,
2112** (8); t. 2, 2113** (6).

Azeau (Henri).
Le Piège de Suez, 2245*** (6).

Aziz (Philippe).
Tu trahiras sans vergogne, 3457**
(6).

Bainville (Jacques).
Napoléon, 427** (2).
Histoire de France, 513** (9).

Bar-Zohar (Michel).
L'Espion juif d'Hitler, 3445* (1).

Bellonci (Maria).
Lucrèce Borgia, 679** (8).

Benoist-Méchin.
Ibn-Séoud, 890** (1).
Mustapha Kémal, 1136** (8).

Bertrand (Louis).
Louis XIV, 728** (3).

Blond (Georges).
Le Survivant du Pacifique, 799** (4).
Le Débarquement, 1246** (5).
L'Agonie de l'Allemagne, 1482**(6).
Convois vers l'U.R.S.S., 1669* (8).
Histoire de la Flibuste, 3183*** (8).
Les Princes du ciel, 3595** (3).

Bonnecarrère (Paul).
Par le sang versé, 3178*** (8).
Qui ose vaincra, 3527*** (6).

Bruckberger (R.-L.).
L'Histoire de Jésus-Christ, 2884***
(2).

Chaplin (Charles).
Histoire de ma vie, 2000*** (5).

Chastenet (Jacques).
Winston Churchill, 2176*** (4).
La France de M. Fallières, 2858***
(6).

Coignet (Capitaine).
Cahiers, 3364** (4).

Daniel-Rops.
Histoire sainte, 624** (4).
Jésus en son Temps, 626** (9).
*L'Église des Apôtres et des Mar-
tyrs,* 606*** (1).

Dayan (Moshé).
*Journal de la campagne du
Sinaï-1956,* 2320** (7).

Delarue (Jacques).
Histoire de la Gestapo, 2392***(6).
*Trafics et crimes sous l'Occupa-
tion,* 3199*** (4).

Derogy (Jacques).
La Loi du retour, 3495*** (6).

Dulles (Allen).
Les Secrets d'une reddition,
2835** (4).

Erlanger (Philippe).
Charles VII et son mystère, 2668**
(9).
Henri III, 3257** (0).

Fauvet (Jacques).
La IVe République, 3213*** (3).

Fourcade (Marie-Madeleine).
L'Arche de Noé, t. 1, 3139** (0);
t. 2, 3140** (8).

Gaulle (Général de).
MÉMOIRES DE GUERRE :
1. *L'Appel (1940-1942),* 389**(4).
2. *L'Unité (1942-1944),* 391**(0).
3. *Le Salut (1944-1946),* 612**(9).
Mémoires d'espoir, t. 1, 3478**
(2).
Mémoires d'espoir, t. 2, 3479* (0).
Pour l'Avenir : extraits, 3480** (8).
Le Fil de l'épée, 3545* (8).
La Discorde chez l'ennemi, 3546*
(6).
La France et son armée, 3547**(4).
Trois études, 3548* (2).
Vers l'armée de métier, 3549* (0).

Gaxotte (Pierre).
La Révolution française, 461** (1).
Le Siècle de Louis XV, 702** (8).

Gimpel (Erich).
Ma Vie d'espion, 2236** (5).

Gorkin (Julian).
L'Assassinat de Trotsky, 3575**
(5).

Grousset (René).
L'Épopée des Croisades, 883** (6).
*Le Conquérant du Monde : Vie
de Gengis-khan,* 3354** (5).

Halévy (Daniel).
LA FIN DES NOTABLES :
1. *La Fin des Notables,* 3432**
(9).

2. *La République des Ducs*, 3433** (7).

Héron de Villefosse (René).
Histoire de Paris, 3227*** (3).

Hough (Richard).
La Mutinerie du Cuirassé Potemkine, 2204* (3).

Lapierre (D.) et Collins (L.).
Paris brûle-t-il? 2358*** (7).

Lenotre (G.).
Napoléon : Croquis de l'Épopée, 1307* (5).

Madariaga (Salvador de).
Hernan Cortès, 1184*** (8).
Christophe Colomb, 2451*** (0).

Maurois (André).
Histoire d'Angleterre, 455** (3).
Les Trois Dumas, 628** (5).

Montanelli (Indro).
Histoire de Rome, 1161** (6).

Noli (Jean).
Les Loups de l'Amiral, 3333*** (9).

Ollivier (Albert).
Saint-Just, 2021*** (1).

Pernoud (Régine).
Vie et Mort de Jeanne d'Arc, 1801** (7).

Perrault (Gilles).
L'Orchestre Rouge, 3158*** (0).

Perruchot (Henri).
La Vie de Cézanne, 487** (6).
La Vie de Gauguin, 1072** (5).
La Vie de Van Gogh, 457** (9).
La Vie de Toulouse-Lautrec, 565** (9).

Pourtalès (Guy de).
Chopin ou le Poète, 979* (2).
La Vie de Franz Liszt, 3258** (8).

Rémy.
Réseaux d'ombres, 2597** (0).

Compagnons de l'honneur, 2785** (1).
Comment devenir Agent secret, 3416** (2).

Renan (Ernest).
Vie de Jésus, 1548** (4).

Roy (Jules).
La Bataille de Dien Bien Phu, 3417*** (0).

Ryan (Cornelius).
Le Jour le plus long, 1074** (1).

Shirer (William).
Le Troisième Reich, t. 1, 1592*** (2), t. 2, 1608*** (6).

Speer (Albert).
Au cœur du Troisième Reich, 3471**** (7).

Thomas (Hugues).
Histoire de la guerre d'Espagne, t. 1, 2191** (2); t. 2, 2192** (0).

Toland (John).
Bastogne, 1450** (3).
Banzaï, 2807** (3).

Trotsky.
Ma Vie, 1726*** (6).

Vulliez (Albert).
Tonnerre sur le Pacifique, 3593*** (8).

Wertheimer (Oscar de).
Cléopâtre, 1159** (0).

Wiesenthal (Simon) et Wechsberg (Joseph).
Les assassins sont parmi nous, 2692** (9).

Zweig (Stefan).
Marie Stuart, 337** (3).
Marie-Antoinette, 386** (0).
Fouché, 525** (3).

Série Histoire *dirigée par Gilbert Guilleminault*

Le roman vrai de la IIIe République

Avant 14, 1710 (0).   Les Années difficiles, 1713 (4).

Le roman vrai du demi-siècle

Du premier Jazz au dernier Tsar, 2531 (2). | De Charlot à Hitler, 2352 (0).
| La Drôle de Paix, 2579 (8).

Le roman vrai de la IVe République

Les Lendemains qui ne chantaient pas, 2722 (4) | La France de Vincent Auriol, 2758 (8).

Le Livre de Poche policier

Alexandre (P.), Maier (M.).
Genève vaut bien une messe, 3389** (1).

Alexandre (P.), Roland (M.).
Voir Londres et mourir, 2111* (0)

Allain (M.), Souvestre (P.).
Fantômas, 1631** (8).
Juve contre Fantômas, 2215** (9).
Fantômas se venge, 2342** (1).

Behn (Noël).
Une lettre pour le Kremlin, 3240** (6).

Boileau-Narcejac.
A cœur perdu, 2328* (0).
L'Ingénieur aimait trop les chiffres, 2411* (4).

Bommart (Jean).
Le Poisson chinois, 2124* (3).
Le Train blindé n° 4, 2834* (7).
Bataille pour Arkhangelsk, 2792* (7).
Le Poisson chinois a tué Hitler, 3332* (1).
La Dame de Valparaiso, 3429** (5).

Breslin (Jimmy).
Le Gang des cafouilleux, 3491** (5).

Buchan (John).
Les 39 marches, 1727* (4).
Les 3 otages, 1724** (1).
Le Camp du matin, 3212*** (5).

Cain (James).
Assurance sur la Mort, 1044* (4)

Calef (Noël).
Ascenseur pour l'Échafaud, 1415* (6).

Carr (J. Dickson).
La Chambre ardente, 930* (5).

Charteris (Leslie).
Le Saint à New York, 2190* (4).
Le Saint et l'Archiduc, 2376* (9).
Le Saint à Londres, 2436* (1).
La Justice du Saint, 2610* (1).
Le Saint et les Mauvais Garçons, 2393* (4).
L'Héroïque Aventure, 2746* (3).
Le Saint à Ténériffe, 2821* (4).
Les Anges des Ténèbres, 3121* (8).
Ici, le Saint! 3156* (4).

Les Compagnons du Saint, 3211* (7).
Le Saint contre Teal, 3255* (4).
La Marque du Saint, 3287* (7).
Le Saint s'en va-t-en guerre, 3318* (0).
Le Saint contre Monsieur Z, 3348* (7).
En suivant le Saint, 3390* (9).
Le Saint contre le marché noir, 3415* (4).
Mais le Saint troubla la fête, 3505* (2).
Le Saint au Far-West, 3553* (2).
Le Saint, Cookie et Cie, 3582* (1).
Le Saint conduit le bal, 3612* (6).

Cheyney (Peter).
Cet Homme est dangereux, 1097* (2).

Christie (Agatha).
Le Meurtre de Roger Ackroyd, 617** (8).
Dix Petits Nègres, 954** (5).
Les Vacances d'Hercule Poirot, 1178** (0).
Le Crime du Golf, 1401* (6).
Le Vallon, 1464** (4).
Le Noël d'Hercule Poirot, 1595** (5).
Le Crime de l'Orient-Express, 1607** (8).
A.B.C. contre Poirot, 1703** (5).
Cartes sur table, 1999** (9).

Conan Doyle (Sir Arthur).
Sherlock Holmes : Étude en Rouge suivi de Le Signe des Quatre, 885** (1).
Les Aventures de Sherlock Holmes, 1070** (9).
Souvenirs de Sherlock Holmes, 1238** (2).
Résurrection de Sherlock Holmes, 1322** (4).
La Vallée de la peur, 1433* (9).
Archives sur Sherlock Holmes, 1546** (8).
Le Chien des Baskerville, 1630* (0).

Son dernier coup d'archet, 2019*
(5).
Conan Doyle (A.) et Carr (J. D.).
Les Exploits de Sherlock Holmes,
2423** (9).
Decrest (Jacques).
Les Trois Jeunes Filles de Vienne,
1466* (9).
Deighton (Len).
Ipcress, Danger immédiat, 2202**
(7).
Mes funérailles à Berlin, 2422** (1).
Neige sous l'eau, 3566** (4).
Dominique (Antoine).
Trois gorilles, 3181** (2).
Gorille sur champ d'azur, 3256** (2).
Exbrayat (Charles).
La Nuit de Santa Cruz, 1434* (7).
Olé, Torero!, 1667* (2).
Dors tranquille, Katherine, 2246*
(4).
Vous manquez de tenue, Archibald!,
2377* (7).
Les Messieurs de Delft, 2478* (3).
Le dernier des salauds, 2575* (6).
Les Filles de Folignazzaro, 2658* (0).
Pour Belinda, 2721* (6).
Des Demoiselles imprudentes,
2805* (1).
Barthélemy et sa colère, 3180* (4).
Le Voyage inutile, 3225* (7).
Une petite morte de rien du tout,
3319* (8).
Les Dames du Creusot, 3430* (3).
Mortimer! comment osez-vous?
3533* (4).
Des filles si tranquilles, 3596* (1).
Gaboriau (Émile).
L'Affaire Lerouge, 711** (9).
Hart (F.N.).
Le Procès Bellamy, 1024** (6).
Highsmith (Patricia).
L'Inconnu du Nord-Express, 849**
(7).
Plein Soleil (Mr. Ripley), 1519** (5).
Le Meurtrier, 1705** (0).
Eaux profondes, 2231** (6).
Ce mal étrange, 3157** (2).
Jeu pour les vivants, 3363** (6).
Hitchcock (Alfred).
Histoires abominables, 1108** (7).
Histoires à ne pas lire la nuit,
1983** (3).
Histoires à faire peur, 2203** (5).
Japrisot (Sébastien).
Piège pour Cendrillon, 2745* (5).

Leblanc (Maurice).
*Arsène Lupin, gentleman cambrio-
leur,* 843* (0).
*Arsène Lupin contre Herlock
Sholmes,* 999** (0).
La Comtesse de Cagliostro, 1214**
(3).
L'Aiguille creuse, 1352** (1).
Les Confidences d'Arsène Lupin,
1400* (8).
Le Bouchon de cristal, 1567** (4).
Huit cent treize (813), 1655** (7).
Les huit coups de l'horloge, 1971**
(8).
La Demoiselle aux yeux verts,
2123* (5).
La Barre-y-va, 2272* (0).
Le Triangle d'Or, 2391** (8).
L'Île aux trente cercueils, 2694**
(5).
Les Dents du Tigre, 2695** (2).
La Demeure mystérieuse, 2732**
(3).
L'Éclat d'obus, 2756** (2).
L'Agence Barnett et Cie, 2869* (3).
Victor, de la Brigade mondaine,
3278** (6).
La Femme aux deux sourires,
3226** (5).
La Cagliostro se venge, 3698** (5).
Le Breton (Auguste).
Le Rouge est mis, 3197* (8).
Le Carré (John).
Chandelles noires, 1596* (3).
Le Miroir aux espions, 2164** (9)
Leroux (Gaston).
Le Fantôme de l'Opéra, 509** (7).
Le Mystère de la Chambre Jaune,
547** (7).
Le Parfum de la Dame en noir,
587** (3).
Rouletabille chez le Tsar, 858** (8).
Le Fauteuil hanté, 1591* (4).
Le Cœur cambriolé suivi de
L'Homme qui a vu le diable,
3378** (4).
L'Homme qui revient de loin,
3470* (9).
Le Château noir, 3506** (0).
Les Étranges noces de Rouletabille,
3661** (3).
MacDonald (Ross).
L'Homme clandestin, 3516**.
Malet (Léo).
Brouillard au Pont de Tolbiac,
2783* (6).

L'Envahissant Cadavre de la Plaine Monceau, 3110* (1).

M'as-tu vu en cadavre?, 3330* (5).

Pas de bavards à La Muette, 3391** (7).

Fièvre au Marais, 3414* (7).

La Nuit de Saint-Germain-des-Prés, 3567* (2).

Corrida aux Champs-Élysées, 3597* (9).

Monteilhet (Hubert).

Le Retour des Cendres, 2175** (5).

Les Mantes religieuses, 2357* (9).

Nord (Pierre).

Double crime sur la ligne Maginot, 2134* (2).

Terre d'angoisse, 2405* (6).

Peloton d'exécution 1944, 2768* (7).

La Nuit des Karpathes, 2791* (9).

Rendez-vous à Jérusalem, 3109* (3).

L'Espion de la Première Paix mondiale, 3179** (6).

Le Guet-Apens d'Alger, 3303 (2).

Chasse couplée au Caire, 3444** (4).

L'Espion de Prague, 3532** (6).

Le Piège de Saigon, 3611** (8).

Queen (Ellery).

Le Mystère des Frères siamois, 1040** (2).

La Décade prodigieuse, 3492** (3).

Sayers (Dorothy).

Lord Peter et l'Inconnu, 978* (4).

Les Pièces du Dossier, 1668* (0).

Simenon (Georges).

Le Chien jaune, 2916* (2).

Les Fiançailles de M. Hire, 2900* (6).

La Maison du Canal, 2901* (4).

Le Fou de Bergerac, 2902* (2).

La Tête d'un Homme, 2903* (0).

L'Affaire Saint-Fiacre, 2904* (8).

L'Ombre chinoise, 2905* (5).

Le Coup de Lune, 2906* (3).

Le Charretier de « La Providence », 2907* (1).

La Nuit du carrefour, 2908* (9).

Pietr-le-Letton, 2909* (7).

Maigret, 2910* (5).

La Guinguette à deux sous, 2911* (3).

Les Gens d'en face, 2912* (1).

L'Homme de Londres, 2913* (9).

Monsieur Gallet décédé, 2914* (7).

Le Passager du « Polarlys », 2915* (4).

Un crime en Hollande, 2917* (0).

Le Relais d'Alsace, 2918* (8).

Liberty Bar, 2919* (6).

La Danseuse du Gai-Moulin, 2920* (4).

Le Pendu de Saint-Pholien, 2921* (2).

Au rendez-vous des terre-neuvas, 2922* (0).

L'Écluse n° 1, 2923* (9).

Le Port des Brumes, 2924* (6).

Le Haut-Mal, 2925* (3).

L'Âne rouge, 2926* (1).

Chez les Flamands, 2927* (9).

Les 13 coupables, 2928* (7).

Simmel (Johannès Mario).

On n'a pas toujours du caviar, 3362*** (8).

Siodmak (Curt).

Le Cerveau du Nabab, 2710** (9).

Steeman (S.-A.).

L'Assassin habite au 21, 1449* (5).

Le Dernier des Six, 2230* (8).

Quai des Orfèvres, 2151* (6).

Un dans trois, 2464* (3).

Les atouts de M. Wens, 2696* (0).

L'ennemi sans visage, 2697* (8).

Le Condamné meurt à cinq heures, 2820* (6).

Crimes à vendre, 2757* (0).

Le Mannequin assassiné, 3138** (2).

Poker d'enfer, 3403* (0).

Que personne ne sorte, 3552* (4).

Traver (Robert).

Autopsie d'un Meurtre, 1287** (9).

Vadim (Roger) présente :

Histoires de Vampires, 3198** (6).

Nouvelles Histoires de Vampires, 3331** (3).

Van Dine (S.S.).

Le Fou des Échecs, 2341* (3).

Van Gulik (R.H.).

Le Mystère de la Chambre Rouge, 2274* (6).

Le Monastère hanté, 2437* (9).

Le Mystère de la cloche, 2698** (6).

Véry (Pierre).

L'Assassinat du Père Noël, 1133* (5).

Viard (Henri).

La Bande à Bonape, 2857* (8).

Vickers (Roy).

Service des Affaires classées, t. 1, 976** (8); t. 2, 1300** (0).

Le Livre de Poche classique

Akinari.
Contes de pluie et de lune, 2733* (1).

Akutagawa.
Rashômon et autres contes, 2561** (6).

Andersen.
Contes, 2864** (4).

Aristophane
Comédies (Les Oiseaux - Lysistrata - Les Thesmophories - Les Grenouilles - L'Assemblée des Femmes - Plutus). 2018** (7).

Balzac (H. de).
La Duchesse de Langeais suivi de *La Fille aux Yeux d'or,* 356** (3).
La Rabouilleuse, 543** (6).
Les Chouans, 705** (1).
Le Père Goriot, 757** (2).
Illusions perdues, 862*** (0).
La Cousine Bette, 952** (9).
Le Cousin Pons, 989** (1).
Le Colonel Chabert suivi de *Ferragus chef des Dévorants,* 1140** (0).
Eugénie Grandet, 1414** (9).
Le Lys dans la Vallée, 1461*** (0).
Le Curé de village, 1563** (3).
César Birotteau, 1605** (2).
La Peau de Chagrin, 1701** (9).
Le Médecin de campagne suivi de *La Confession,* 1997** (3).
Pierrette suivi de *Le Curé de Tours,* 2110** (2).
Modeste Mignon, 2238** (1).
Honorine suivi de *Albert Savarus* et de *La Fausse Maîtresse,* 2339** (7).
Louis Lambert suivi de *Les Proscrits* et de *Jésus-Christ en Flandre,* 2374** (4).
Les Paysans, 2420** (5).
Ursule Mirouët, 2449** (4).
Gobseck suivi de *Maître Cornélius* et de *Facino Cane,* 2490* (8).
Mémoires de deux jeunes mariées, 2545** (9).
Une Fille d'Ève suivi de *La Muse du département,* 2571** (5).
Un début dans la vie suivi de *Un Prince de la Bohême* et de *Un Homme d'affaires,* 2617** (6).
Le Chef-d'œuvre inconnu suivi de *Pierre Grassou,* de *Sarrasine,* de *Gambara* et de *Massimilla Doni,* 2803** (2).
Les Employés, 2666** (3).
La Maison du Chat-qui-pelote suivi de *La Vendetta,* de *La Bourse* et de *Le Bal de Sceaux,* 2851** (1).
L'Illustre Gaudissart suivi de *5 Études,* 2863** (6).
Physiologie du mariage, 3254** (7).
Études de femmes (7 nouvelles), 3210** (9).

Barbey d'Aurevilly.
Le Chevalier des Touches, 2262* (1).
Une Vieille Maîtresse, 2214** (2).
Un Prêtre marié, 2688** (7).
L'Ensorcelée, 2781** (0).

Baudelaire.
Les Fleurs du Mal, 677** (2).
Le Spleen de Paris, 1179** (8).
Les Paradis artificiels, 1326** (5).
Écrits sur l'Art, t. 1, 3135** (8);
t. 2, 3136** (6).
Mon cœur mis à nu, Fusées, Pensées éparses, 3402** (2).

Brantôme.
Les Dames galantes, 2507** (9).

Casanova.
Mémoires, t. 1, 2228** (2); t. 2, 2237** (3); t. 3, 2244** (9); t. 4, 2340** (5); t. 5, 2389** (2).

Chamfort.
Maximes et Pensées suivi de *Caractères et Anecdotes,* 2782** (8).

Chateaubriand.
Mémoires d'Outre-Tombe, t. 1, 1327**** (3); t. 2, 1353**** (9); t. 3, 1356**** (2).
Atala suivi de *René* et de *Le Dernier Abencerage,* 3209** (1).

Constant (B.).
Adolphe suivi de Cahier rouge et de Poèmes, 360** (5).

Corneille
Théâtre (La Veuve - La Galerie du Palais - La Place Royale - L'Illusion - Le Menteur) 1412** (3).
Théâtre (Nicomède-Sertorius - Agésilas-Attila, roi des Huns - Tite et Bérénice - Suréna, général des Parthes). 1603** (7).

Descartes.
Discours de la Méthode, 2593* (9).

Dickens (Charles).
De Grandes Espérances, 420**** (7).

Diderot.
Jacques le Fataliste, 403** (3).
Le Neveu de Rameau suivi de 8 Contes et Dialogues, 1653***(2).
La Religieuse, 2077** (3).
Les Bijoux indiscrets, 3443** (6).

Dostoïevski.
L'Éternel Mari, 353** (0).
Le Joueur, 388** (6).
Les Possédés, 695**** (4).
Les Frères Karamazov, t. 1, 825*** (7); t. 2. 836*** (4).
L'Idiot, t. 1, 941*** (2); t. 2, 943*** (8).
Crime et Châtiment, t. 1, 1289** (5); t. 2, 1291** (1).
Humiliés et Offensés, t. 1, 2476** (7); t. 2, 2508** (4).
Les Nuits blanches suivi de Le Sous-sol, 2628** (3).

Du Bellay.
Poésies, 2229** (0).

Dumas (Alexandre).
Les Trois Mousquetaires, 667**** (3).
Le Collier de la Reine, t. 1, 2356** (1); t. 2, 2361** (1); t. 3, 2497** (3).
Ange Pitou, t. 1, 2608** (5); t. 2. 2609** (3).
Le Comte de Monte-Cristo, t. 1. 1119*** (4); t. 2, 1134*** (3); 1155*** (8).
Les Mohicans de Paris, 3728**** (0).

Euripide.
Tragédies, t. 1, 2450** (2); t. 2, 2755** (4).

Flaubert.
Madame Bovary, 713*** (5).
L'Éducation sentimentale, 1499*** (0).
Trois Contes, 1958* (5).
La Tentation de saint Antoine, 3238** (0).

Fromentin.
Dominique, 1981** (7).

Gobineau.
Adélaïde suivi de Mademoiselle Irnois, 469* (4).
Les Pléiades, 555** (0).

Goethe.
Les Souffrances du Jeune Werther suivi des Lettres de Suisse, 412** (4).

Gogol.
Les Nouvelles ukrainiennes, 2656** (4).
Les Nouvelles pétersbourgeoises, 2872** (7).

Hoffmann.
Contes, 2435** (3).

Homère.
Odyssée, 602*** (0).
Iliade, 1063*** (4).

Hugo.
Les Misérables, t. 1, 964*** (4); t. 2, 966*** (9); t. 3, 968*** (5).
Les Châtiments, 1378*** (6).
Les Contemplations, 1444*** (6).
Notre-Dame de Paris, 1698*** (7).
Les Orientales, 1969* (2).
La Légende des Siècles, t. 1 2329** (8); t. 2, 2330** (6).
Odes et Ballades, 2595** (4).
Les Chants du Crépuscule suivi de Les Voix intérieures et de Les Rayons et les Ombres, 2766** (1).
Bug-Jargal suivi de Le Dernier Jour d'un Condamné, 2819** (8).

Labiche.
Théâtre (La Cagnotte - Les Deux Timides - Célimare le bien-aimé). 2841** (2).

La Bruyère.
Les Caractères, 1478*** (4).

Laclos (Choderlos de).
Les Liaisons dangereuses, 354*** (8).

La Fayette (Mme de).
La Princesse de Clèves, 374** (6).

La Fontaine.
Fables, 1198** (8).

Laforgue (Jules).
Poésies complètes, 2109*** (4).

Lamartine.
Méditations suivi de *Nouvelles Méditations*, 2537** (6).

Lautréamont.
Les Chants de Maldoror, 1117** (8).

Machiavel.
Le Prince, 879** (4).

Marivaux.
Théâtre, 2120** (1).

Marx-Engels.
Le Manifeste du Parti Communiste suivi de *Critique du Programme de Gotha*, 3462* (6).

Mérimée.
Colomba et Autres Nouvelles, 1217** (6).
Carmen et Autres nouvelles 1480** (0).
Chronique du Règne de Charles IX, 2630** (9).

Montaigne.
Essais, t. 1, 1393** (5); t. 2, 1395** (0); t. 3, 1397** (6).

Montesquieu.
Lettres Persanes, 1665** (6).

Musset (Alfred de).
Théâtre, 1431** (3).

Nerval (Gérard de).
Aurélia, suivi de *La Pandora* et de *Les Chimères*, 690** (5).
Les Filles du feu suivi de *Petits Châteaux de Bohême*, 1226** (7).

Nietzsche.
Ainsi parlait Zarathoustra, 987*** (5).

Ovide.
L'Art d'aimer, 1005* (5).

Pascal.
Pensées, 823*** (2).

Pétrone.
Le Satiricon, 589** (9).

Platon.
Le Banquet, 2186* (2).

Poe.
Histoires extraordinaires, 604** (6).
Nouvelles Histoires extraordinaires, 1055** (0).
Histoires grotesques et sérieuses, 2173** (9).

Prévost (Abbé).
Manon Lescaut, 460** (3).

Rabelais.
Pantagruel, 1240** (8).
Gargantua, 1589** (8).
Le Tiers Livre, 2017** (9).
Le Quart Livre, 2247*** (2).
Le Cinquième Livre, 2489*** (0).

Racine.
Théâtre (Bajazet - Mithridate - Iphigénie - Phèdre - Esther - Athalie). 1157** (4).

Retz (Cardinal de).
Mémoires, t. 1, 1585** (6); t. 2, 1587** (2).

Rimbaud.
Poésies, 498** (3).

Rousseau.
Les Confessions, t. 1, 1098*** (0); t. 2, 1100*** (4).
Les Rêveries du Promeneur solitaire, 1516** (1).

Sade.
Les Crimes de l'amour, 3413** (9).
Justine ou les malheurs de la Vertu, 3714*** (0). (Interdit à la vente aux mineurs de moins de 18 ans, à l'exposition et à l'affichage).

Sand (George).
La Petite Fadette, 3550** (8).
La Mare au diable, 3551* (6).

Shakespeare.
Trois Comédies, 485** (0).
Roméo et Juliette suivi de *Le Songe d'une nuit d'été*, 1066** (7).
Hamlet-Othello-Macbeth, 1265** (5).
Le Songe d'une nuit d'été suivi de *Cymbeline* et de *La Tempête*, 3224** (0).

Stendhal.
Le Rouge et le Noir, 357*** (1).
Lucien Leuwen, 562**** (6).
La Chartreuse de Parme, 851*** (3).
Romans et Nouvelles, 2421** (3).
De l'Amour, 2573** (1).

Stevenson.
L'Île au trésor, 756** (4).

Suétone.
Vies des douze Césars, 718** (4).

Tchékhov.
La Mouette suivi de *La Cerisaie*, 1090** (7).
L'Oncle Vania suivi de *Les Trois Sœurs*, 1448* (7).
Ce Fou de Platonov suivi de *Le Sauvage*, 2162** (3).
La Steppe suivi de *Salle 6*, de *La Dame au petit chien* et de *L'Évêque*, 2818** (0).

Le Duel suivi de *Lueurs*, de *Une Banale histoire* et de *La Fiancée*, 3275*** (2).

Thucydide.
La Guerre du Péloponnèse, t. 1, 1722** (5); t. 2, 1723** (3).

Tolstoï.
La Sonate à Kreutzer, 366* (2).
Anna Karénine, t. 1, 636*** (8); t. 2, 638*** (4).
Enfance et Adolescence, 727** (5).
Guerre et Paix, t. 1 1016*** (2); t. 2, 1019*** (6).
Nouvelles, 2187** (0).
Résurrection, t. 1, 2403** (1); t. 2, 2404** (9).
Récits, 2853** (7).
Jeunesse suivi de *Souvenirs*, 3155** (6).

Tourgueniev.
Premier Amour suivi de *L'Auberge de Grand Chemin* et de *L'Antchar*, 497** (5).
Mémoires d'un Chasseur, 2744*** (8).
Eaux printanières, 3504** (5).

Twain (Mark).
Contes choisis, 2536** (8).

Vallès (Jules).
L'Enfant, 1038** (6).
Le Bachelier, 1200** (2).
L'Insurgé, 1244** (0).

Vauvenargues.
Réflexions et Maximes, 3154** (9).

Verlaine.
Poèmes saturniens suivi de *Fêtes galantes*, 747* (3).
La Bonne Chanson suivi de *Romances sans paroles* et de *Sagesse*, 1116* (0).
Jadis et Naguère suivi de *Parallèlement*, 1154* (1).
Mes Prisons et autres textes en prose, 3503*** (7).

Vigny (Alfred de).
Cinq-Mars, 2832*** (1).

Villon.
Poésies complètes, 1216** (8).

Voltaire.
Romans, Contes et Mélanges (t. 1), 657*** (4).
Romans, Contes et Mélanges (t. 2), 658*** (2).

XXX.
Tristan et Iseult, 1306** (7).

Humour, Dessins, Jeux et Mots croisés

HUMOUR

Allais (Alphonse).
   Allais... grement, 1392* (7).
   A la une..., 1601* (1).
   Plaisir d'Humour, 1956* (9).
Comtesse M. de la F.
   L'Album de la Comtesse, 3520** (1).
Étienne (Luc).
   L'Art du contrepet, 3392** (5).
   L'Art de la charade à tiroirs, 3431** (1).
Jarry (Alfred).
   Tout Ubu, 838** (0).
   La Chandelle verte, 1623*** (5).
Jean-Charles.
   Les Perles du Facteur, 2779* (4).
Leacock (Stephen).
   Histoires humoristiques, 3384* (2).
Mignon (Ernest).
   Les Mots du Général, 3350* (3).
Peter (L. J.) et Hull (R.).
   Le Principe de Peter, 3118* (4).
Ribaud (André).
   La Cour, 3102** (8).
Rouland (Jacques).
   Les Employés du Gag (La Caméra invisible), 3237* (2).

DESSINS

Chaval.
   L'Homme, 3534** (2).
   L'Animalier, 3535** (9).
Christophe.
   La Famille Fenouillard, 1908** (0).
   Le Sapeur Camember, 1909** (8).
   L'idée fixe du Savant Cosinus, 1910** (6).
   Les Malices de Plick et Plock, 1911** (4).
Effel (Jean).
   La Création du Monde : Le Ciel et la Terre, 3228** (1).
   La Création du Monde : Les Plantes et les Animaux, 3304** (0).
Simoen (Jean-Claude).
   De Gaulle à travers la caricature internationale, 3465** (4).

Siné.
   Je ne pense qu'à chat, 2360* (3).
Wolinski.
   Je ne pense qu'à ça, 3467** (5).
XXX.
   Souriez-lui, 3184** (6).

JEUX

Aveline (Claude).
   Le Code des jeux, 2645*** (7).
Berloquin (Pierre).
   Jeux alphabétiques, 3519* (3).
   Jeux logiques, 3568* (0).
   Jeux numériques, 3669* (6).
   Jeux géométriques, 3537* (5).
La Ferté (Roger) et Remondon (Martial).
   100 Jeux et Problèmes, 2870* (1).
La Ferté (Roger) et Diwo (François).
   100 Nouveaux Jeux, 3347* (9).

MOTS CROISÉS

Asmodée, Hug, Jason, Théophraste et Vega.
   Mots croisés du « Figaro », 2216* (7).
Brouty (Guy).
   Mots croisés de « L'Aurore », 3518* (5).
Favalelli (Max).
   Mots croisés, 1er recueil, 1054* (3); 2e recueil, 1223* (4); 3e recueil, 1463* (6); 4e recueil, 1622* (7); 5e recueil, 3722* (3).
   Mots croisés de « L'Express », 3334* (7).
La Ferté (Roger).
   Mots croisés, 2465* (0).
   Mots croisés de « France-Soir », 2439* (5).
Lespagnol (Robert).
   Mots croisés du « Canard Enchaîné », 1972* (6).
   Mots croisés du « Monde », 2135* (9).
Scipion (Robert).
   Mots croisés du « Nouvel-Observateur », 3159* (8).
Tristan Bernard.
   Mots croisés, 1522* (9).